BASTEI LÜBBE

Robert Silverberg

Herr der Finsternis

Afrika-Roman

Ins Deutsche übertragen
von Uwe Anton

BASTEI LÜBBE

BASTEI-LÜBBE-TASCHENBUCH
Band 13 476

Erste Auflage:
September 1993
Zweite Auflage:
Dezember 1993
Dritte Auflage:
April 1994

Deutsche Lizenzausgabe 1989/93
Bastei-Verlag Gustav H. Lübbe
GmbH & Co., Bergisch Gladbach
Originaltitel: Lord of Darkness
Titelfoto: Archiv für Kunst und
Geschichte, Berlin
Umschlaggestaltung:
Quadro Grafik, Bensberg
Satz: KCS GmbH,
Buchholz/Hamburg
Druck und Verarbeitung:
Cox & Wyman, Ltd.
Printed in Great Britain

ISBN 3-404-13476-1

Der Preis dieses Bandes
versteht sich einschließlich der
gesetzlichen Mehrwertsteuer.

Für Suc

Wer zum Teufel an Bord geht,
muß mit dem Teufel segeln.

Englisches Sprichwort

Gott ist Engländer!

John Aylmer

An Harborowe for Faithfull
and Trew Subjects, 1558

Erstes Buch

Reisender

1

Allmächtiger Gott, ich danke Dir für meine Errettung aus dem dunklen Lande Afrika. Und doch weiß ich alles zu schätzen, was Du mir in diesem Land gezeigt hast, selbst die Pein, mit der Du mich zu meiner tieferen Unterweisung belegt hast. Und ich danke Dir auch, daß Du mich vor dem Zorn der Portugiesen verschont hast, die mich versklavt haben, und vor dem der anderen Feinde mit schwarzer Haut und noch schwärzerer Seele, mit denen ich gestritten habe. Und ich sage Dir auch Dank, daß du mich die Wonnen seltsamer Liebe an einem seltsamen Ort hast kosten lassen, so daß ich in diesen meinen späteren Jahren mit Wonne auf Vergnügungen zurückblicken mag, die nur wenige Engländer gekannt haben. Doch am meisten danke ich Dir, daß du mir das Antlitz des Bösen gezeigt und mich unversehrt und freudig und unerschüttert in meiner Liebe zu Dir vor ihm bewahrt hast.

Ich bin Andrew Battell aus Leigh in Essex, was kein unbedeutender Ort ist. Mein Vater war der Kapitän Thomas James Battell, der glänzend unter solchen Männern wie dem großen Drake und Hawkins gedient hat, und meine Mutter war Mary Martha Battell, die ich niemals gekannt habe, denn sie starb, als sie mich auf diese Welt brachte. Das war im Herbst des Jahres 1558, dem selbigen Monat, in dem Ihre Protestantische Majestät Elisabeth unseren Thron bestieg. Ich wurde von der zweiten Frau meines Vaters großgezogen, Cecily, aus Southend, die mich lesen und schreiben und all diese anderen Dinge lehrte: Gott und Königin Elisabeth vor allen anderen zu lieben, ein ehrwürdiges Leben zu führen und alle

Männer zu behandeln, wie ich mich selbst behandelt hätte, und daß wir auf diese Welt geschickt werden, um zu leiden, wie auch Herr Jesus Christus gelitten hat, weil wir nur durch Erleiden lernen. Und ich glaube, ich habe die Lehren meiner Stiefmutter befolgt, besonders, was das Leiden betrifft, denn ich habe wahrhaftig eine solche Unterweisung in Pein gehabt, daß ich über dieses Thema die Gelehrten von Oxford oder Cambridge unterrichten könnte. Und doch bedauere ich nicht, was ich erlitten habe.

Mein Vater hatte gewollt, daß ich Kanzlist werde. Meine Brüder Thomas und Henry und John folgten meinem Vater zur See, wie auch mein Bruder Edward, der mit nur vierzehn Jahren vor Antwerpen ertrank, in der Woche vor meiner Geburt. Diese Nachricht, glaube ich, brach meiner Mutter das Herz und schwächte sie derart, daß sie bei meiner Geburt starb. Mein Vater faßte, doppelt betrübt, den Entschluß, keine weiteren Söhne mehr zur See zu schicken, und so wurde ich mit Wissen aus Büchern gefüttert, sogar mit etwas Latein und Griechisch, damit ich nach London gehen und einen Posten in der Regierung Ihrer Majestät ergreifen sollte.

Doch die Salzluft war immer in meiner Nase. Meine früheste Erinnerung besteht darin, in den Armen meiner Stiefmutter zu jenem Ort geführt zu werden, wo die Themse ins Meer fließt, und die Faust nach einer Möwe zu schütteln, die immer wieder wild auf mich hinabstieß. Wie Ihr wißt, ist Leigh eine Stadt, die eher Seeleute denn Kanzlisten hervorbringt. Schon seit Urzeiten gibt es hier eine berühmte Gilde von Steuermännern, die die nach der Heimat bestimmte Schiffahrt führen, während die Männer von Deptford Strond in Kent Steuermänner für die auf der Ausreise befindlichen abstellen. Es war die Gilde aus Kent und die unsere, die König Heinrich VIII. seligen Angedenkens zur

Brüderschaft der Ruhmreichsten und Unteilbaren Dreiheit und des Hl. Klemens zusammenschloß, die wir das Trinity House* nennen, und es sind die Brüder des Trinity House, die alle englischen Schiffe davor bewahren, auf die Riffe aufzulaufen.

Mein Vater Thomas besaß eine Lizenz dieser Gilde, die zu erwerben er ein Dutzend Jahre benötigte; und auch sein Sohn Thomas, der nun wie meine gesamte Familie tot ist, war ein Lotse. Und es kam eine Zeit, da selbst ich mich mit Quadranten und Sternhöhenmessern und Portolanos in fremden Gewässern abgab, obwohl solch ein Lotsen, wie ich es kannte, mir im Blut lag und in meinen Lungen atmete. Man hat es mir auf keiner Schule beigebracht. Es war Gott, der mich zum Lotsen machte, und die Portugiesen, aber nicht das Trinity House.

Eine andere frühe Erinnerung gilt einem Besucher, den mein Vater hatte, einem breitschultrigen Mann mit rauher Haut, harten blauen Augen, einem zotteligen roten Bart und dem durchdringenden, aber nicht unangenehmen Geruch nach Kabeljau. Er hob mich hoch – ich war damals, glaube ich, sieben oder acht Jahre alt –, warf mich in die Luft, fing mich auf und rief: »Hier ist ein neuer Seemann für uns, was, Thomas?«

»Ach, das glaube ich nicht«, sagte mein Vater.

Der Mann – Francis Willoughby, der Vetter von Sir Hugh, der auf der Suche nach der Nordostpassage nach China in Lappland verschollen ging – schüttelte den Kopf. »Nay, Thomas, wir müssen alle hinausgehen. Denn dies ist die Zeit unserer Nation. Wir Engländer, wir werden uns wie Samen auf der Erde ausbreiten. Oder wie geworfene Mün-

* Englischer Verband, der die Aufsicht über Leuchtfeuer, See- und Lotsenzeichen hat sowie Lotsen eine Berufs-Lizenz erteilt.

zen, könnte man besser sagen: eine Handvoll Münzen, die die Faust eines Riesen wirft. Und, Thomas, wir sind hell funkelnde Münzen, wir Engländer, aus den unedelsten Metallen!«

Ich erinnere mich äußerst lebhaft an diese Worte und daran, wie ich mir vorstellte, wie der Riese auf den Kontinenten hin- und hergeht und über die Meere schreitet und mit mächtigem Arm Engländer wirft. Und auch, wie ich dachte, wie erschreckend es sein müsse, auf diese Art geworfen zu werden, doch wie wundersam, in irgendeinem fernen Land auf die Erde zu stürzen, wo das Sonnenlicht eine andere Farbe hat und die Bäume mit den Wurzeln in der Luft und den Kronen unter der Erde wachsen!

Mein Vater nickte zustimmend und sagte: »Aye, jede Rasse hat ihre besondere Bestimmung, und die See ist nun die unsere, wie es die für Rom war, ein Weltreich zu schaffen, und die für die Normannen, England zu erobern. Und ich glaube, unser Volk wird weit in die Welt hinausgehen und sie höchst überschwenglich umarmen und diese unsere kleine Insel mit jedem fernen Land verbinden. Und die Seefahrer der Königin werden viele seltsame Orte kennenlernen, und einige werden auch seltsame Schicksale erleiden. Doch nicht mein Andy, glaube ich. Ich glaube, ich möchte ihn näher bei mir haben, damit er mir Trost in meinen alten Tagen ist. Ich darf einen Sohn für mich behalten, nicht wahr? Darf ich das nicht, Francis?«

Und ich hielt es für höchst ungerecht, daß ich allein an dem Vergnügen nicht teilhaben sollte, wenn wir Engländer alle von dem Riesen geworfen und zu Saatgut oder Münzen wurden und überschwenglich ferne Länder umarmten. Und ich sagte mir, während mein Vater und Francis Willoughby scherzten und lachten und ihr Ale tranken, daß auch ich diese fremden Orte sehen und die seltsamen Schicksale erleiden würde. Daran erinnere ich mich. Doch ich erinnere mich auch, daß, als sich Francis Willoughby verabschiedet hatte und die Hitze des Augenblicks abgekühlt war, ich diesen Träumen erlaubte, eine Zeitlang wieder in mir zu verbleichen.

Es war, wie ich schon sagte, für mich vorgesehen, Kanzlist zu werden. Doch während ich lernte, beobachtete ich, wie die Schiffe kamen und gingen, und lauschte den Gesprächen meines Vaters und meiner Brüder, und ein anderes Verlangen stieg in mir empor. Besonders mein Bruder Henry, der erste Freibeuter unserer Familie, war es, der mich zur See brachte.

Henry war der zweite Sohn, kühn und ungeduldig. Er stritt gewaltig mit meinem Vater, sagte man mir. (All dies geschah, als ich klein war, denn ich war um so vieles jünger als meine Brüder.) »Du magst glücklich zwischen Leigh und Antwerpen segeln, zwischen Antwerpen und Leigh, wenn es dir gefällt«, erklärte der unverschämte Henry, »doch ich sehne mich nach einem größeren Meer.« Er ging von zu Hause fort und wurde eine Weile nicht mehr gesehen, und dann kam er eines Tages zurück, nun größer als mein Vater, die Haut fast schwarz von der tropischen Sonne und eine Cutlass*-Narbe auf der Wange, und er ließ eine Börse voller Goldmünzen klingeln und warf sie auf den Tisch im Haus meines Vaters und sagte: »Hier, das Entgelt für die Unterkunft, die ich bei dir gehabt habe!«

Er war mit John Hawkins aus Plymouth zur See gefahren, um den Portugiesen in Westafrika Schwarze zu rauben und sie den Spaniern in der neuen Welt als Plantagensklaven zu verkaufen. Und er kam reich zurück: Mehr als das, er kam als Mann zurück, er, kaum mehr als ein Junge, als er fortgegangen war. John Hawkins fuhr im Jahr darauf mit fünf

* Kurzer Degen, auch Entermesser, einer Machete vergleichbar

Schiffen wieder nach Afrika, darunter die große *Jesus von Lübeck*, und Henry fuhr wieder mit ihm, und auch mein Bruder John, und als sie zurückkehrten, sonnengebräunt und großspurig prahlend, hatten sie die Beutel voll von Perlen und anderen Schätzen.

Mein Bruder Henry wanderte mit mir am Strand entlang und lehrte mich Worte in der spanischen und portugiesischen Zunge und erzählte mir von Fischen, die flogen, und von Bäumen, von denen Blut tropfte, und dann schenkte er mir eine Perle, die wie eine blaue Träne aussah und an einer Kette hing, und legte sie um meinen Hals. »Mit dieser Perle kannst du dir eines Tages eine Prinzessin kaufen«, sagte mein Bruder Henry.

Erneut stachen Henry und John nach Plymouth in See, raubten Sklaven in Guinea und brachten sie nach Hispaniola*, doch dieses Mal waren die Spanier voller Heimtücke, und der englische Kapitän, John Lovell, war ein Einfaltspinsel, und so kamen sie weder mit Gold noch mit Perlen nach Hause, sondern nur mit der Tönung der heißen Sonne auf ihrer Haut als Lohn für ihre Mühen.

»Dennoch«, sagte Henry zu meinem Vater, »die Reise war nicht gänzlich ein Verlust, denn es war ein Mann an Bord unseres Schiffes, der die Würde eines Königs hat, und er hat Pläne und Vorhaben, Wunder zu wirken, und ich werde ihm folgen, wohin er auch segelt.«

Dieser Mann war der Proviantmeister an Bord von Lovells Schiff, und sein Name war Francis Drake. Ich lag oben wach und lauschte, während Henry und John meinem Vater von diesem Mann erzählten, wie er sich gab und wie er lachte und fluchte und wie er auf Kosten König Philips reich werden wollte, und ich stellte mir vor, wie ich selbst mit meinen Brüdern zur See fahren würde, wenn sie sich von Francis Drake anwerben ließen.

* Alter Name für Haiti

Das war eine bloße Vorstellung, denn ich war noch keine zehn Jahre alt, und Kinder segeln nicht mit Freibeutern. Doch Drake und John Hawkins segelten, und nun fuhr auch mein ältester Bruder, Thomas, mit ihnen. Wie mein Vater wütete und tobte! Denn Thomas bekam nach seinen Jahren des Studiums seine Lizenz vom Trinity House und lotste Schiffe, die mit den Kanalhäfen Handel trieben, als ihn dieser Hang zur Piraterie überfiel. »Wer wird uns zu Hause lotsen«, wollte mein Vater wissen, »wenn alle Seeleute zu den Westindischen Inseln strömen?« Und doch war diese Frage nur ein Schrei in den Wind. Thomas hatte die Perlen gesehen. Thomas hatte die Goldmünzen und die funkelnden Dublonen gesehen. Und mich deucht, er beneidete unsere Brüder um ihre Narben und ihre schwartige Haut.

Jeder kennt das Schicksal dieser Reise, bei der Hawkins und Drake von Stürmen gezwungen wurden, bei San Juan de Ulloa an der mexikanischen Küste Schutz zu suchen, und dort von Spaniern aufgestöbert wurden, so daß sie kaum mit dem nackten Leben entkamen und viele ihrer Männer getötet wurden. Einer der Getöteten war mein Bruder Thomas. Man könnte meinen, mein Vater hätte dunkle Rechtfertigungen aus dieser Nachricht gezogen, wie die Menschen es tun, wenn ihre Warnungen ausgeschlagen werden, doch mein Vater zählte nicht zu dieser Sorte. Er betrauerte seinen erstgeborenen Sohn angemessen, und dann suchte er Francis Drake auf und sagte: »Ich habe Eurer Unternehmung drei Söhne gegeben, und einen davon erschlugen die Spanier; und nun frage ich, ob Ihr Bedarf an einem erfahrenen Lotsen habt, der nicht jung ist, wenn Ihr zu Euerm nächsten Beutezug an ihren Küsten aufbrecht.«

Was, sagt Ihr? Hatte die Trauer meinen Vater um den Verstand gebracht? Nein, er war nur verändert. Die bloße Gier nach Schätzen hatte nicht vermocht, ihn von seinen Pflichten im Kanal und der Nordsee abzuziehen. Doch die feige und verlogene Art und Weise, wie die Spanier über arglose Engländer hergefallen waren, und der Verlust so vieler kostbarer Menschenleben hatten seine Auffassung gewandelt. Er wollte Drake nun nur noch helfen, von Spanien zu nehmen, was immer er konnte, zum Teil als Entgelt für das Leben seines Sohnes. »Es gibt mehr Möglichkeiten, Gott und der Königin zu dienen«, sagte mein Vater zu mir, »als Schiffe in die Themsemündung zu lotsen.«

Und so war er 1570 mit Drake auf der *Swan*, um die Nordostküste Südamerikas zu plündern, und ein Jahr später war er einer jener an Bord von Drakes *Pasha*, die bei Nombre de Dios am Isthmus von Panama den Königlichen Schatz geraubt haben. Die Qualen dieser Reise, die Fieber und Unglücke, waren fürwahr eine Gottesprüfung, doch mein Vater muß unter solchen Lasten aufgeblüht sein, denn als er nach einem und einem halben Jahr zurückkehrte, sah er wundersam jünger aus, eher wie ein Bruder denn wie der Vater von Henry und John, und alle drei waren schlank und stark und dunkel wie Mohren.

Ich begab mich nach Plymouth, um bei der Rückkehr ihres Schiffes dabei zu sein. Ich war damals beinahe fünfzehn und plötzlich sehr groß geworden, und ich glaube, die Krankheit der Piraterie brodelte schon in meinen Adern. Ich umarmte meinen Vater und meine Brüder, und dann schoben sie mich zu einem robusten Mann mit einem mächtigen Bart und eleganter Garderobe, den ich für irgendeinen Lord oder Edelmann hielt, und ein Edelmann war er fürwahr. »Ihr seht, Francis«, sagte mein Vater, »ich habe einen Sohn in Reserve behalten.«

Drake knuffte mich leicht gegen den Arm, fuhr mir gegen den Strich über meinen seit neuestem sprießenden weichen Bart und sagte: »Bei Gottes Blut, Junge, du hast den Glanz in den Augen! Ich kenne ihn gut. Ich sage dir, du wirst weiter reisen als all deine Brüder«, und das bin ich auch, in ein Reich der Finsternis, das so schrecklich und so fremd ist, wie es sich kein Mann aus Essex hat vorstellen können.

In den nächsten Jahren gab es nur wenig Kaperfahrten. Ihre Majestät war nicht geneigt, einen Krieg mit Spanien zu beginnen, und handelte mit König Philip einen Frieden aus, den nicht einmal Drake zu brechen wagte. Mein Vater kehrte zu seinen Lotsenpflichten zurück, mein Bruder Henry fuhr mit Frobisher davon, die Nordwest-Passage zu suchen, und was aus meinem Bruder John wurde, weiß ich nicht, obgleich ich glaube, daß er womöglich nach Irland gegangen ist, wo er zehn Jahre später bei einer wilden Fehde starb.

Und ich? Ich machte erste Bekanntschaft mit dem Wasser. Mit sechzehn heuerte ich auf der *George Cross* an, einem Handelsschiff von vierhundert Tonnen, das Fässer mit Rotwein aus Bordeaux transportierte. Es war ein langsamer und schwerfälliger alter Kahn, ein Dreimaster, mit Lateinsegeln am Vor- und Hauptmast vollgetakelt, der nicht viel mit einer Piratenbrigantine oder einer Forschungskaravelle gemein hatte: ein plumpes, schweres Ding. Doch wenn man zum ersten Mal auf See ist, kommt einem jedes Schiff wie ein Wunder vor, besonders, wenn das Land außer Sicht ist und schwere Wellen gegen den Rumpf spülen. Da ich wußte, daß mein Vater von meiner Geburt an ein sicheres Leben an Land für mich vorgesehen hatte, empfand ich etwas Furcht, als ich zu ihm ging, um ihn um die Erlaubnis zum Anheuern zu bitten. Er sah mich lange an und sagte: »Henry hat dir den Teufel eingegeben, was? Oder war es Drake?«

»Sir?«

»Als wir bei Plymouth an Land gingen und sahen, wie du gewachsen bist, sagte Henry zu mir, Master Andrew ist jetzt zu kräftig für das Leben einer Landratte. Und dann Drake, als er deine Reise prophezeite – er hat deine Seele angeheitzt, nicht wahr?«

»Aye, Vater. So war es.«

»Sag mir, daß die See dich ruft. Sag mir, daß du dich dieser Anziehungskraft nicht widersetzen kannst.«

Ich trat unbehaglich von einem Bein aufs andere, da ich nicht wußte, ob ich verspottet wurde. Dieser mein Vater war mir in jenen Jahren zum Fremden geworden.

»Es ist nicht ganz so«, sagte ich.

»Aber?«

»Aber ich würde gern gehen.«

»Dann gehe«, sagte er freundlich. »Du wirst im Kanal nicht in Gefahr sein, und du kannst ein wenig lernen. Was meinst du, wirst du Decks schrubben?«

»Ich werde etwas lernen, Vater. Ich werde Warenlisten kontrollieren und Seefrachtbriefe erstellen.«

Er schüttelte den Kopf. »Mir wäre es lieber, wenn du Decks schrubben würdest, und auch, wenn ich selbst dir etwas beibringen könnte. Es war ein Fehler. Du warst für die See bestimmt, Junge. Doch es wird kein Schaden sein, den Körper eines Seemannes und den Verstand eines Kanzlisten zu haben. Auf jeden Fall ist das besser als anders herum.«

Und mit diesem barschen Segen ließ er mich anheuern.

Ich schaue über vierzig Jahre hinweg auf diesen Jungen zurück und gestehe, daß mir gefällt, was ich sehe. Grün, ja, und töricht und dumm, doch warum nicht, in diesem Alter? Still und eifrig und bereit, Mühsal auf sich zu nehmen, so gering mir diese Mühsal jetzt auch erscheinen mag. Ich hatte Starrsinn und Hingabe und war willens zu arbeiten, und ich besaß etwas Intelligenz, und ich war standhaft. Von meinem Vater hatte ich auch etwas geerbt; die Klugheit zu wissen, wann es an der Zeit ist, den Kurs zu ändern.

Elf Monate lang diente ich auf der *George Cross*. Von

dem, was ich zu Hause gehört und auf den Docks der Themsemündung gesehen hatte, besaß ich einige Seemannserfahrung; das heißt, ich wußte, daß ich nicht gegen den Wind pissen durfte und welche Seite Steuerbord und welche Backbord war und was das Achterdeck und was das Vordeck war, wenn auch nicht viel mehr. Ich hatte nur wenig Hoffnung, viel zu lernen, wenn ich zwischen Dover und Calais pendelte, doch wie der Zufall es wollte, fuhr die alte Karracke weiter als nur dorthin, nach Boulogne und Le Havre und einmal nach Cherbourg, so daß ich ein paar Stürme mitbekam und ein paar Dinge über Winde und Segel lernte. Das würde mir einmal zum Nutzen geraten, wenngleich ich dies noch nicht ahnen konnte.

Als Schiffszimmermann war ein Portugiese an Bord, ein Manoel da Silva, sehr schnell mit den Händen und mit der Zunge, der vor langer Zeit eine englische Frau geheiratet und den Papismus aufgegeben hatte. Er mochte mich und kam oft in die Kabine, in der ich mit Verzeichnissen und Faktura kämpfte, und bei seinen Besuchen sprach er halb Englisch und halb Portugiesisch mit mir, so daß ich nach und nach die Sprache von ihm aufschnappte: *um, dois, tres, quatro* und so weiter. Ich lernte, daß ich eine Begabung für Sprachen hatte. Und auch dies würde mir eines Tages nützlich sein.

In diesen Monaten entwickelte ich Geschmack an gutem Rotwein und fand heraus, wie man über Deck geht, ohne die Beine zu spreizen. Ich hatte meinen ersten echten Kampf und teilte mehr aus, als ich einsteckte, und ich ließ, was schon lange überfällig war, meine schmerzende Jungfräulichkeit im Leib einer dunkelhaarigen französischen Hure zurück. Danach machte ich mir einige Tage über die Pocken Sorgen, was aber überflüssig war. Ich fand heraus, daß ich auf harten Planken gut schlafen konnte, und lernte, mich damit abzufinden, von Salzgischt durchnäßt zu werden. Mein Körper wurde härter, meine Beine wurden länger, und ich sagte mir, daß ich nun ein Mann sei, und dieser Satz klang gut in meinen Ohren.

Bisweilen stellte ich mir vor, tausend Meilen von zu Hause entfernt zu sein, auf einer Reise, die niemand je vergessen würde, unterwegs nach Japan oder Hispaniola oder Terra Australis. Dabei fuhr ich nur auf einem alten Kahn, der Wein überführte, zwischen England und Frankreich.

Selbst damals dachte ich noch nicht daran, die See zu meinem Gewerbe zu machen. Denn trotz all meines Eifers, die Meere zu befahren und fremde Länder und Wunder zu sehen und meine Börse mit spanischem Gold zu füllen, war es mein tiefster und ehrlichster Wunsch, ein paar Pfund zurückzulegen, um eines Tages ein freies Gut zu kaufen, zu heiraten und zu gedeihen, genügsam mit harter Arbeit und inmitten einer Familie zu leben und wie ein Gentleman Bücher zum Vergnügen zu lesen und bisweilen ein Theater in London zu besuchen.

Am Ende meiner einjährigen Reise fand ich heraus, daß ich bei weitem nicht so viel zurückgelegt hatte wie erwartet – zwei Shilling weniger als zwei Pfund. Doch auch das schien für einen Jungen von siebzehn Jahren ein hübsches Vermögen zu sein und mehr, als ich an Land hätte verdienen können, denn in jenen Tagen konnte ein erfahrener Handwerker – ein Strohdachdecker zum Beispiel – nicht auf mehr als sieben Shilling und Sixpence die Woche hoffen, wovon Logis, Bekleidung und Essen noch abgezogen wurden, und ein junger Kanzlist verdiente bei weitem nicht soviel. Also fuhr ich nach zwei Monaten zu Hause wieder zur See.

Diesmal war es eine größere Reise, nach Flandern und Norwegen, und das Jahr darauf fuhr ich auf einem Schiff der

Muscovy Company bis hinauf nach Rußland, und es war kalt auf dieser Fahrt, was mir nicht sehr gefiel. Doch diese Reisen machten einen wirklichen Seemann aus mir, denn jedes Mal arbeitete ich weniger als Buchhalter und mehr als Seemann, und ich lernte allmählich, mich mit den See- und Himmelskarten, dem Kompaß und Lot auszukennen, nicht, weil es von mir verlangt wurde, sondern weil meine Neugier mich dazu trieb, aus erster Hand kennenzulernen, was für ein Gewerbe mein Vater und sein Sohn Thomas, der Steuermann, eingeschlagen hatten. So gingen die Jahre meines frühen Mannestums vorbei.

In jener Zeit schickten sich die Spanier mehr als einmal an, den Waffenstillstand zwischen ihren Besitzungen und den unseren zu brechen, und die Königin schickte Drake aus, die Spanier mit dem Verlust von Gold und Silber zu bestrafen. Das war im Jahre 1577, und es sollte eine Reise um die Welt werden, obwohl dies nicht Drakes Absicht gewesen war. Mein Bruder Henry war bei ihm an Bord seines Flaggschiffs, der *Pelican,* die Drake mitten auf der Reise in *The Golden Hind* umtaufen sollte. Auch mein Vater bewarb sich um das Kommando eines anderen Schiffes, der Pinasse *Christopher,* doch es wurde ihm wegen seines Alters mit Dank eine abschlägige Antwort erteilt.

Ich wäre auch mitgefahren, doch mein Vater wollte es nicht zulassen. »Thomas ist tot«, sagte er, »und John ist nach Irland geflohen, und Henry segelt mit Drake, und ich will einen Sohn für England.« Ich hätte ihm widersprechen können, hatte jedoch kein Herz dazu. Er war plötzlich alt geworden, und er verbot es mir weniger, als daß er darum flehte, und wie hätte ich ihm seinen Wunsch abschlagen können?

Also fuhr Henry Battell in kurzen drei Jahren mit Drake durch die Magellanstraße und hinauf nach Valparaiso und weiter, um das Gold von Peru zu plündern, und hinaus in die

Südsee zu den Gewürzinseln und nach Java und Afrika und wieder nach Hause, wobei Henry seinen linken Arm zurückließ, der auf irgendeiner tropischen Insel von einem Giftpfeil entzündet worden war. In dieser Zeit segelte Andrew Battell vier Mal nach Antwerpen und drei Mal nach Schweden und einmal nach Genua. Was wohl keine kleinen Fahrten sind, aber nichts im Vergleich mit denen zu den Gewürzinseln oder Java, und oft dachte ich traurig an Drakes Voraussage, wie weit ich reisen sollte. Wer könnte schon weiter fahren als Henry, der die Erdkugel umsegelt hatte?

Doch es gibt eine Reise ins Äußere und eine ins Innere, wie ich noch lernen sollte, und meine zwanzig Jahre in das Innere des Herzens der afrikanischen Grausamkeit führten mich in der Tat weiter, als Drake selbst jemals hätte fahren können, wie ich noch berichten werde.

Und doch, als Drake und seine Männer nach Hause gekommen waren, dachte ich, meine Tage auf See seien vorbei. Ich war zweiundzwanzig, und durch Sparsamkeit und Schweiß hatte ich mir mein Gut verdient, und ich hatte mein Land, und ich hatte meine Frau. Ihr Name war Rose Ullward aus Plymouth, und sie war klein und dunkelhaarig, mit funkelnden Augen. Ich erröte, wenn ich Euch sage, daß das fast alles ist, woran ich mich bei ihr erinnere, abgesehen davon, daß sie ein Schankmädchen in dem lizenzierten Haus war, das ihr Vater bei den Docks führte. Wir lebten ein Jahr und ein paar Monate als Mann und Frau.

An jenem Frühlingstag im Jahre 1581, als Königin Bess Francis Drake zum Ritter schlug, fuhren wir gemeinsam nach Deptford hinauf; weil mein Bruder ein Mann der *Golden Hind* war, durften wir an Bord gehen, und ich stand so nahe neben der Königin, daß ich die Pockennarben auf ihrer Wange sehen konnte. Sie war eine schöne, königliche Frau, ziemlich groß und stattlich, und ich weinte beinahe, weil ich ihr so nahe war. Eine große Menge war an jenem Tag zusammengekommen, so daß die Brücke, die vom Ufer zum Schiff führte, zusammenbrach und zweihundert Leute in die Themse stürzten, wobei niemand verletzt wurde oder ertrank. Ich sprang hinein, um mehrere zu retten, und auch Henry, der tapfer mit seinem einen Arm um sich schlug.

Sir Francis umarmte mich, als ich danach auf Deck erschauderte, und sagte: »Ich kenne dich, Bursche«, was mich erstaunte, denn wir hatten einander nur einmal gesehen, und das schon vor vielen Jahren. Doch die Männer meiner Familie haben alle ein Gesicht gehabt, und er muß Henry in meinen Zügen gesehen haben. Es war ein glücklicher Augenblick.

Bald schwoll der Leib meiner Rose, was mir Freude, doch auch Furcht bereitete, denn ich erinnerte mich, wie meine Mutter mit mir im Kindbett gestorben war. Solch unangebrachte Sorgen! Während wir uns den Kopf über eingebildete Gefahren zerbrechen, sehen wir oftmals nicht den wirklichen Feind, der sich an uns heranstiehlt. Drei Monate vor ihrer Zeit erkrankte Rose an den Blattern und verstarb schnell an ihnen, und mein ungeborenes Kind mit ihr. Im gleichen dunklen Jahr starb mein Vater in seinem dreiundsechzigsten Lebensjahr am Schlag.

Ich habe niemals solch eine Leere gekannt. Es war das einzige Mal in meinem Leben, daß mein ganzer Mut, meine ganze Zuversicht, alle Kraft mich verlassen hatten. Ich ging umher wie in einem Traum, ohne Frau und Kind und vaterlos. Wenn ich jetzt zurückblicke, verwirrt mich meine Torheit, doch das ist wohl das überharte Urteil eines alten Mannes. Ich glaube, als ich in meiner Verzweiflung ertrank, muß ich geglaubt haben, vom Schicksal betrogen worden zu sein, beraubt aller schönen Versprechen, die das Leben angeboten hatte, und ich war nicht imstande zu begreifen, daß man immer wieder von vorn anfangen, sich immer wieder ein neues Leben aufbauen kann.

In meinem törichten Leid suchte ich die Tavernen auf, vernachlässigte mein Gut, vertrank meine Ersparnisse und auch die sechs Pfund, die ich von meinem Vater geerbt hatte, und mit solch einer Summe kann man sehr viel trinken, und schließlich war alles fort, und die Büttel kamen, um mir zu sagen, daß ich mein Land verloren hatte. Ich glaube, es war Gottes Weg, mich merken zu lassen, daß ich für die Seefahrt bestimmt war, doch selbst dann verstand ich die Botschaft noch nicht und unterzeichnete in Leigh als Kanzlist im Zollhaus. Ich war kaum vierundzwanzig und dachte, mein Leben sei schon fast zu Ende, obwohl es in Wahrheit kaum begonnen hatte.

Auf ihrem tiefsten Stand wechseln die Gezeiten. Im Jahre 1586, nach einer unendlich schrecklichen Zeit dieses wandelnden Schlafs, kam ich wieder zu Sinnen, schaute mich um und sah, daß die Welt noch immer wunderschön war, und schickte mich an, das Leben von neuem zu entdecken. Ich verliebte mich, ich versprach mir feierlich, wieder zu heiraten, und begann wieder damit, Geld zurückzulegen, um mir ein Gut kaufen zu können; kurz gesagt, die Reihe der Niederlagen und die dunkle Schwermut in mir hatten ein Ende gefunden. Und aus diesen neu erweckten Hoffnungen fiel es mir leicht, meine lange aufgegebene Laufbahn auf See wieder aufzunehmen, denn wie sonst konnte ich schnell zu dem Wohlstand kommen, den ich brauchte? Und Schritt um Schritt machte ich mich unwissend auf den Weg, der mich für so viele Jahre lang fern der Heimat führen würde, nach Afrika, zu der Pein, mit der die Portugiesen mich belegten, zu den Königshöfen des Kongo und von Angola, zu den Dschungeln der Coccodrillos und Elephantos und den weiten Ebenen voller Zevveras und Gazellen; ich trat meine lange

Reise an die Seite dieses diabolischen Jaqqa-Kannibalen an, Imbe Calandola, Inkarnation des Herrn der Finsternis, dessen Stellvertreter ich wurde und dessen monströse Weisheit mir bis zu diesem Tage wie schreckliche dissonante Musik in der Seele klingt.

2

Wie es dazu kam? Nun, ich verliebte mich.

Ihr Name war Anne Katherine Sawyer. Sie war erst fünfzehn. Ihr Haar war golden, nicht bloß gelb wie meins, sondern das goldene Gold des Goldes von Ophir, und ihre Haut war hell, und ihre Lippen waren süß. Sie war die Tochter des Zollvorstehers. Ich hatte sie als hübsches Kind dort gesehen, und dann erwachte ich eines Tages, sah, daß sie kein Kind mehr war, und fühlte, wie das Blut, das seit dem Tag, da meine Frau Rose die Augen geschlossen hatte, langsam und träge gewesen war, wieder durch meine Adern raste. Ich spazierte mit Anne Katherine an den Docks entlang, ich sprach mit ihr über Antwerpen und Moskau, ich erzählte ihr von meinem Bruder, der mit Drake gesegelt war, und von meinem Vater, der bei Nombre de Dios den spanischen Schatz geraubt hatte, und ich berührte eines Tages ihre Schulter und am nächsten ihren Ellbogen und an dem darauf ihre Hand, wie ein Junge, der befürchtet, sein Mädchen mit zu viel Kühnheit zu erschrecken.

Etwas kokett war sie schon, und als die Dinge dringlicher wurden, hielt sie mich mit Leichtigkeit von ihrem Körper fern, als ich sie das erste Mal versuchte. Doch das Verlangen brennt in einer Frau genau wie in einem Mann – laßt Euch von keinem Tor etwas anderes erzählen! –, und schließlich gab sie mir ihren Jungfrauenschatz hin, was nicht schändlich war, wußte ich doch, ich würde sie zur Frau nehmen. Ich gab ihr als Zeichen meiner Hingabe die Perle an der Kette, die ich vor langer Zeit von meinem Bruder geschenkt bekommen hatte. Den ganzen nächsten Tag über war ich wie benommen von der Erinnerung an meine Hände auf ihren samtenen Schenkeln und meinen Lippen an ihren runden, hellen Brüsten, und das Geräusch, das sie machte – sanft, leise –, als ich schließlich in sie drang. Und ich träumte davon, solche Dinge Nacht für Nacht zu tun, alle Nächte unseres gemeinsamen Lebens.

Doch zuerst galt es, wieder Geld zurückzulegen und Land zu kaufen, vielleicht sogar das gleiche, das ich zuvor durch meine Torheit verloren hatte. Und es war auch unziemlich, sie so jung zu heiraten; sechzehn oder siebzehn wäre ein angemesseneres Alter. Ich sah mich nach einer Stellung auf einem Handelsschiff um, doch es bot sich nur wenig an, da die Zeiten in England damals schwer waren. Man konnte sich noch nicht einmal der Piraterie widmen. Fürwahr, im Frühjahr 1587 hatte Drake des spanischen Königs Bart versengt, war kühn in die Häfen von Cadiz und Lissabon gesegelt und hatte Dutzende von Schiffen versenkt, doch danach hatte ihm die Königin aus Furcht vor Krieg abgenötigt, zu Hause zu bleiben. Und dies tat ich ebenso, zu arm, um zu heiraten, nicht imstande, mein Leben so zu führen, wie ich es wollte. Dies war eine schreckliche Zeit für mich, und ich habe sie mir allein zuzuschreiben.

Was mich von meiner Verzweiflung befreite, war die mächtige Waghalsigkeit und Dummheit König Philips, der im Sommer des Jahres 1588 die Spanische Armada gegen England ausschickte. Als sich unsere großen Kapitäne zusammenfanden, diesem lästigen Versuch zu begegnen –

Drake und Hawkins und Frobisher und die anderen – wurde jeder Seemann im Lande benötigt, die Arbeit zu tun, und unter diesen war ich. Wäre es nach meinem Willen gegangen, wäre ich an Bord von Drakes Flaggschiff *Revenge* gewesen, direkt neben meinem Bruder Henry, doch ich war zu unbekannt dafür und hatte meine Stellung auf einem unbedeutenderen, doch keineswegs nichtswürdigen Schiff, dem Kaperschiff *Margaret and John* von zweihundert Tonnen, das durchaus etwas hergab. Wir kamen unserer Aufgabe gut genug nach, wenn auch vielleicht nicht so gut, wie unser Kapitän später behauptete, als es an der Zeit war, die Beute zu verteilen.

Ich muß hier nicht erneut berichten, wie wir Engländer mit Hilfe der Winde und Stürme die törichten Dons verstreuten und vor uns hertrieben und nach Schottland hinaufjagten, bis sie an den Ufern Irlands strandeten; das wißt Ihr alles. Für mich waren die Wochen der Schlacht eine besondere Freude, sowohl, da ich meine Kraft der Königin und dem Land geben konnte, als auch, weil mir wieder eine Meeresbrise um die Nase wehte. Ihr müßt wissen, daß ich mich bis zu diesem Sommer insgeheim nur für einen halben Mann gehalten habe, da ich nur auf Handelsschiffen gesegelt war, während mein Vater und meine Brüder auf und an waren, Helden zu werden, und da ich zu Hause mein Land verloren und mir Schande eingebracht hatte. Doch mit all dem war nun Schluß! Ich war in schwerer See gesegelt; ich hatte furchtlos gegen unsere Feinde gekämpft; ich hatte mich unter die Helden des Reiches eingereiht.

An Bord der *Margaret and John* war ein Mann aus Leigh, ein gewisser Abraham Cocke, der viel damit zu tun hatte, welchen Weg mein Leben danach einschlug. Dieser Cocke war einer von der verdrossenen Sorte, mit struppigem braunem Bart und einem schielenden Auge, der meinen Bruder

Thomas als Knaben gekannt und später ins Gewerbe der Piraterie eingeführt hatte. Wenig Glück brachte ihm dies, denn er plünderte an Bord des Schiffes von Drakes Vetter John die Küsten Brasiliens und wurde in der Nähe der Mündung des Rio de la Plata von den Portugiesen gefangengenommen, die ihn mehrere Jahre lang als Gefangenen hielten. Aus dieser Gefangenschaft wurde er schließlich vom Earl of Cumberland erlöst, der, während er die gleiche brasilianische Küste marodierte, ein portugiesisches Schiff aufbrachte, auf dem Cocke diente, und ihn nach England zurückbrachte. Dies war im Jahre 1587. Cockes Leiden hatten ihn nichts weiter gelehrt als eine noch größere Gier auf spanisches Gold, und er brannte darauf, zu den Ländern zurückzukehren, wo ihm solche Unbill widerfahren war. Er erzählte mir dies an einem Sommertag tödlicher Ruhe und schwerer, trügerischer Luft, als wir die Armada von Portland Bill zur Straße von Calais verfolgten.

»Dieser Krieg wird Spanien zerschmettern«, sagte Cocke. »König Philip hat zu viele Schätze zum Erbauen dieser zum Untergang verdammten Galeonen verschwendet. Er wird die Westindischen Inseln um viel Gold melken müssen, um seine Schatztruhe wieder aufzufüllen. Wenn diese Arbeit erledigt ist, werde ich mich zwischen König Philip und sein Gold stellen. Wollt Ihr Euch mir dabei anschließen, Battell?«

»Aye«, sagte ich, und mit diesem einzigen Wort gab ich zwanzig Jahre meines Lebens dahin.

Cocke erzählte mir, daß jedes Jahr ein großer Bestand an Schätzen über Land aus Peru heraus zum Hafen von Buenos Aires am Rio de la Plata transportiert und von dort aus an der Küste entlang nach Bahia verschifft wird, wo vier oder fünf Karavellen warten, um ihn nach Spanien zu befördern. Es war Cockes Absicht, die Schatzschiffe zwischen Buenos Aires und Bahia abzufangen, nicht mit brutaler Gewalt, sondern indem er blitzschnell mit zwei kleineren Schiffen von großer Geschwindigkeit zuschlug, deren Erwerb er bereits arrangiert hatte. Dieser Plan kam mir wie gerufen. Wenn Gott uns beistand, konnte ich bei diesem einen Piratenakt so viel verdienen wie in zehn Jahren, die ich an Bord von Han delsschiffen Faktura kritzelte, und ich konnte mein Land haben und meine Anne Katherine und mich schließlich anschicken, Söhne zu zeugen und Bücher zu lesen. Und dann lebwohl dem Seefahrerleben, denn ich zählte an Jahren nun beinahe dreißig und sehnte mich nach dem Land und meinem warmen Bett mit Anne Katherine.

Als die Sache mit der Armada erledigt war, die Spanier geschlagen, sprach ich mit Anne Katherine über mein Vorhaben. Ich fürchtete, sie würde Einwände erheben, daß ich als Freibeuter ging, wie Frauen manchmal an solchen Dingen Anstoß nehmen, doch nicht sie. Mit einem Lächeln, das so breit war wie die Sonne, sagte sie: »Auf alle Fälle, geh und ernte Gold. Denn die Spanier stehlen es nur von den armen Indianern und haben nur den Anspruch darauf, den der Teufel ihnen gibt. Warum sollten wir uns nicht auch einen Teil des Goldes zu Nutzen machen, die wir ein friedliches Volk sind, das Gott liebt?«

Auch Henry gab mir seinen Segen. Ich glaube, ich war ihm nur hinderlich – der unglückliche junge Bruder –, und er hoffte, nach dieser Reise würde ich endlich fest im Leben stehen. Er selbst war zu dieser Zeit schon ein bekannter Mann, der sich Walter Raleigh angeschlossen hatte, und plante mit ihm eine Expedition zur Suche des großen Schatzes von El Dorado in Guayana. Einige Jahre später unternahm er die Reise auch, aber er ließ für seine Mühen seine Knochen am Ufer des Orinoco zurück, doch davon weiß ich nur wenig.

Cocke brachte das Geld auf und kaufte zwei Pinassen von

je fünzig Tonnen, die *May-Morning* und die *Dolphin*. Am zwanzigsten April des Jahres 1589 brachen wir von der Themsemündung aus auf; die gesamte Nacht zuvor hatte ich in den Armen meiner Anne Katherine verbracht, und ich hatte noch den Duft ihrer süßen Brüste in den Nüstern, als wir in die fettigen Nebel stachen. »Wann wirst du zurück sein?« fragte sie mich in der Stunde vor der Morgendämmerung, und ich sagte: »Vor Weihnachten, mit Börsen voller goldener Dublonen, und wir werden bis zum Dreikönigstag verheiratet sein.« Obwohl sie keinen Augenblick Schlaf bekommen hatte, waren ihre Augen hell, und ihr Gesicht war frisch und klar, und ich sah die Liebe und Gottes Barmherzigkeit in ihrem schönen Lächeln. Sie zählte damals an Jahren achtzehn, wurde beinahe schon etwas zu alt für eine Ehe, und ich bereute bitterlich den Jahresaufschub. Doch ohne Gold konnte ich nicht heiraten, wenn wir danach geziemend leben wollten.

Auf all meinen Wanderungen hat sich das Bild von Anne Katherine heller in mein Gedächtnis gebrannt als die Gesichter der Heiligen bei den Papisten. Doch gar viele wunderliche Dinge widerfuhren mir, bevor ich dieses Gesicht wiedersah, und daß ich es schließlich wiedersah, war ein seltsames Geschick. Doch von dieser Geschichte im passenden Augenblick.

Am sechsundzwanzigsten April liefen wir Plymouth an, wo wir Proviant für die Reise aufnahmen. Am siebenten Mai stachen wir in See, doch schlechtes Wetter verschlug uns nach Plymouth zurück, wo wir einige Tage ausharrten und dann unsere Reise fortsetzten. Als England hinter uns außer Sicht fiel, sah ich die große gekrümmte grüne Erdkugel des offenen Meeres und schrie vor Freude auf, denn ich war zu guter Letzt auf dem Weg in die Welt hinaus, in dieses gewaltige runde Ding voller Wunder und Pracht und Staunen.

Die Küste von Spanien und der Berberei entlangfahrend, durchquerten wir die Straße von Santa Cruz de Tenerife, eine der Inseln, die man die Kanarischen nennt. Hier atmete ich die milde Luft der Länder des ewigen Frühlings, mit so vielen Wohlgerüchen darin, daß sie mich ungezügelt machte. Jesus! Solche Schönheit und Fremdartigkeit! Ich hatte einen Freund an Bord des Schiffes, Thomas Torner aus Essex, der schon vorher durch die Straße von Teneriffa gefahren ist, und Torner sagte zu mir: »Dies ist die Insel des Regenbaumes, der jeden Mittag von einer Wolke umhüllt wird. Die großen Äste des Baumes nehmen viel Feuchtigkeit auf, die schnell hinabfließt, um in großen Rinnsalen von seinen Wurzeln in gewisse Zisternen in der Nähe zu strömen. Und der gesamte Wasservorrat der Insel rührt von diesem einen Baum her.«

Meine Augen wurden groß, und mein Herz schlug heftig. Denn ich hatte diese Reise angetreten, um Gold zu erlangen, aye, doch auch, um Wunder zu schauen. Der Regenbaum von Teneriffa! Nun, so sei es. Weiß Gott, ich sah keinen solchen Baum dort, obwohl ich einen anderen fand, von dem ich viel gehört hatte. Dies war der berühmte Drachenblutbaum, von dem scharlachrotes Blut tropfte. Wie man ihn mir beschrieben hatte, so beschrieb ich ihn Torner. Doch er lachte nur und sagte: »Andy, Andy, es gibt keinen solchen Baum! Komm und sieh!«

Er zeigte mir den Drachenblutbaum, indem er darauf deutete, und in der Tat gab es viele davon auf den Inseln. Ein besonders schöner Baum war es, fett geschwollen vor Ästen, mit Blättern wie lange Dolche, und wenn man die Blätter abriß, blieb ein kleiner roter Fleck zurück. Ich frage mich, wie viele der anderen Geschichten von Reisenden von Marco Polos Tagen bis zu den unsrigen auf diese Art entflammt und vergrößert wurden. Und doch schwöre ich Euch bei den

Malen Jesu, daß ich Euch in dieser meiner Erzählung nichts anderes als die Wahrheit berichte, und wenn überhaupt schildere ich Teile dessen, was ich erlebt habe, eher nüchterner, als sie sich in Wirklichkeit zugetragen haben.

Wir führten eines jener kleinen Schiffe mit uns, die man leichte Kavallerie nennt, ein Ruderboot, das wir in zwei Teilen mitgenommen hatten. Am ruhigen Strand von Teneriffa setzten wir dieses Boot zusammen und schleppten es hinter uns her, um damit an Land rudern zu können. Als wir dies bewerkstelligt hatten, stachen wir in See.

Wenn man den Atlantik überqueren will, wendet man sich weit im Süden hinter den Kanarischen Inseln nach Westen. Wir taten dies nicht. Wir folgten der Küste Guineas und umrundeten den großen Buckel Afrikas, als habe Kapitän Cocke vor, uns zu einem anderen Bestimmungsort als Brasilien zu führen. Ich weiß nicht, warum dies geschah, ob es schiere Unfähigkeit seinerseits war oder wirklich ein Fehler oder die Hoffnung, in jenen Gewässern einem Schatzschiff der Portugiesen zu begegnen. Wahrscheinlich war es das letztere, denn unter jenen an Bord wie Thomas Torner, die sich bewußt waren, daß wir einen falschen Kurs eingeschlagen hatten, gab es kein Murren. Und ich, der ich meine erste Reise in die ausgedörrten Länder unternahm, hatte eine lange Weile keinen Argwohn, daß etwas nicht in Ordnung war, obwohl letzten Endes selbst ich mich zu wundern begann.

Es war eine schlechte Zeit für uns. Wir dümpelten in Windstille, weil wir zu nahe der Küste waren. Tagelang trieben wir ohne jeden leichten Windstoß dahin. In dieser Zeit erkrankten die meisten unserer Männer wegen der extremen Hitze und der Nebel der Nacht an Skorbut. Von diesem Elend blieb ich verschont, entweder wegen meines Gottvertrauens oder, was mir wahrscheinlicher erscheint, wegen der

Kraft meines Körpers, doch es war alles andere als leicht für mich, da ich Doppel- und Dreifachwachen zu stehen hatte und mich um jene kümmerte, die litten, um ihnen Erleichterung zu verschaffen. Wir brieten unter den großen gelben Augen des Feuers über uns. Meine Haut bräunte sich, wie sich die meiner Brüder gebräunt hatte, und ich wußte, in Essex würde ich damit jetzt eine beeindruckende Gestalt machen, doch dies war nicht Essex, und ich fühlte mich, als würde ich mich in Leder verwandeln, nur geschaffen dazu, Bücher darin einzubinden. In jenen Tagen aßen wir wenig außer Pökelfleisch und getrockneten Erbsen.

Als wir uns bis auf drei oder vier Grad dem Erdäquator genähert hatten, legten wir am Cape de las Palmas an, einem glückverheißenden Ort tief unten an der Seite Afrikas, wo der Kontinent in einer großen Biegung nach Osten schwingt. Die Menschen dieses Kaps setzten sich zu einem großen Teil aus solchen unseres Volkes zusammen und sagten, sie würden mit uns Handel treiben; doch dies geschah nur, um uns zu betrügen, denn sie sind sehr verschlagen, sie wollten unser Boot stehlen und haben einige unserer Männer verletzt.

Von diesem Kap legten wir in südwestliche Richtung ab; doch die Strömung und Windstille täuschten uns, so daß wir im Glauben, wir wären tiefer auf See, als wir es wirklich waren, zur Insel São Tomé hinabgetrieben wurden. Ich wußte, daß wir schlimm vom Kurs abgekommen waren, und nachts lag ich in der Hitze oft wach und dachte an die schönen weißen Brüste meiner Anne Katherine, mit ihren kleinen, empfindlichen rosa Spitzen, die unter meinen Händen so hart wurden. Auf dieser Reise die afrikanische Küste entlang kam ich Anne Katherine nicht näher und auch nicht dem spanischen Gold, das mein Hochzeitsgeld werden sollte. Und so empfand ich Trauer und manchmal einen erstickenden Zorn. Und wenn ich daran dachte, wie ihre Brüste hart wurden, wurde ich selbst woanders hart und rollte mich auf den Bauch und verschaffte mir mit der Hand Erleichterung, wie Seefahrer es tun müssen.

Doch trotz der Hitze und meiner kummervollen Einsamkeit und des Skorbuts und des eintönigen geräucherten Kabeljaus und allem anderen hätte ich um keinen Preis mit einer Landratte getauscht. Denn dies war das große Abenteuer meines Lebens, auf das ich mich eingelassen hatte. Und an dieser Lebensanschauung halte ich bis zum heutigen Tage fest; gleich, wieviel ich gelitten habe, es geschah, um zu einem größeren Menschen zu werden. Gewiß hat meine Reise nach Afrika hinab mich gewaltig erhöht, brachte sie mir doch solch beträchtliches Ungemach!

Da es uns an Holz und Wasser mangelte, warfen wir zwischen São Tomé und einer kleineren Insel namens Las Polas, eine Meile von der südlichen Spitze entfernt, Anker. Mit unserem Ruderboot gingen wir auf dieser kleinen und hohen und dicht bewaldeten Insel an Land, um unsere Fässer mit Süßwasser aufzufüllen. Hier fanden wir ein Dorf der Schwarzen, denn die Portugiesen von São Tomé sind es gewöhnt, ihre kranken oder schwachen Sklaven auf diese Insel zu schicken, damit sie dort wieder zu Kräften kommen. Wir nahmen von ihnen eine große Menge Orangen und auch von der Frucht, die als Pisang bekannt ist; sie ist lang und gelb und steif im Mund. Die Portugiesen nennen diese Frucht Beyonas. Doch Wasser bekamen wir keins, da es auf dieser Insel keine Quellen gibt und ihr gesamter Vorrat von Regenfällen stammt, die sehr selten sind. Statt Frischwasser trinken die Schwarzen den Wein der Palmenblätter. Wir kosteten dieses doch trotz all seiner Vorzüge war er kein Ersatz für Wasser.

Nachdem wir uns an den Früchten dieser Insel gelabt hatten, brannten wir das Dorf nieder. Und indem wir an der Ostküste São Tomés entlangfuhren, kamen wir zu der Stadt, die ein Sklavenlager der Portugiesen ist. Wir wagten nicht, uns ihr zu nähern, denn die Burg war gut mit schweren Kanonen bestückt, und sie feuerten auf uns, als wir längst außerhalb ihrer Reichweite waren.

Dann wandten wir uns Ost zu Süd zum Festland, und nach einiger Zeit drehten wir wieder zur Insel São Tomé ab, denn unsere Fässer enthielten jetzt nur noch rostige Rückstände, und unsere Not an Wasser war groß. Auf der westlichen Seite der Insel entdeckten wir einen kleinen Fluß, der aus den Bergen kam. Wir gingen mit unserem Ruderboot und sechs oder sieben Fässern, die wir mit Wasser füllen wollten, an Land.

Doch die Portugiesen erwarteten uns mit einhundert Mann, die im Hinterhalt lagen. Als wir den Strand erreichten, fielen sie über uns her und töteten einen und verletzten einen weiteren unserer Männer. Der Tote war ein Junge aus Southgate, dessen Namen ich vergessen habe, mit üppigem schönem hellem Haar, beinahe wie Flachs. Eine portugiesische Kugel traf ihn in die Stirn, und obwohl mir sein Name entschwunden ist, erinnere ich mich, wie hell das Blut war, das dieses schöne Haar besudelte. Er konnte nicht älter als siebzehn gewesen sein, und in diesem Augenblick waren alle Schönheiten der Welt für immer für ihn verloren. Es war das erste Mal, daß ich solch einen plötzlichen Tod gesehen habe, obwohl weiß Gott nicht das letzte. Wir flohen zu unserem Boot und ruderten davon, und danach stahlen wir uns an einem anderen Ort an Land und holten uns das Wasser, das wir brauchten.

Nun endlich setzten wir unsere Reise gen Westen fort.

Wir stachen auf West-Süd-West-Kurs in See, und nachdem wir etwa fünfzig Meilen gesegelt waren, begegneten wir einem Schwarm Delphine, die uns ein großer Trost waren, denn sie folgten unserem Schiff, bis wir auf der anderen Seite Land erreichten. Wir beobachteten mit großer Freude, wie sich diese großen Fische in der Sonne tummelten und sprangen und fast über ihre eigene Beweglichkeit zu lachen oder vielleicht zu lächeln schienen. Doch die Überfahrt brachte viel Mühsal für uns. Während der langen Passage auf dem gewaltigen Abgrund, auf der nichts als Meer unter und Luft über uns zu sehen war, hatten wir oft widrige Winde, unwillkommene Stürme und sogar noch unwillkommenere Zeiten der Windstille, und da wir im Herzen der heißen Zone waren, fühlten wir die Auswirkungen der schwülen Hitze, aber nicht ohne die Schrecken greller Blitze und häufiger Donnerschläge. Dies waren die Roßbreiten* oder die äquatorialen Windstillen, in denen wir uns befanden. Kein Lüftchen wehte, und die Schiffe lagen oft still und müßig. Eines schrecklichen Tages bekamen wir die andere Seite der Teufelshand zu spüren, als plötzlich schreckliche Sturmwinde über uns kamen, und wir tauchten so tief zu unseren Seiten ein, daß die Rahnocken die Wellen berührten. Auf den Masten tanzte ein unheimliches blaues Leuchten, das mich mit seiner Helligkeit blendete und in Schrecken versetzte. Doch ein Matrose beruhigte mich: »Das sind Elmsfeuer, die von göttlichem Schutz künden.« Er fiel auf die Knie und betete. Dies tat ich auch, und die See wurde wieder ruhig, und wir machten danach gute Fahrt.

Die Hitze war groß, und das Deck war wie ein Backofen, und der Teer schmolz in den Fugen. Wir schliefen schlecht. Wir hatten wenig zu tun, und das war eine Versuchung. Und doch empfand ich bei dieser Überfahrt keine Pein. Ich ver-

* Windstille Zonen im Atlantik, besonders zwischen 23,5 und 30 Grad südlicher und nördlicher Breite.

spürte Dankbarkeit, daß ich stark und gesund war und segeln konnte, in ein Reich der Delphine und des blauen Feuers und selbst der bleichen und leuchtenden Fliegenden Fische, von denen mein Bruder mir erzählt hatte, als ich ein Junge war, und die ich nun mit eigenen Augen sah, als sie über die Brandung des Meeres aufstiegen.

Nach dreißig Tagen sichteten wir Land. Die dunkle Linie vor uns war Brasilien.

Ich schaute zu jenem Land hinüber, und eine Art Benommenheit kam über mich und solch eine Ekstase, wie sie sonst wohl nur die Dichter empfinden. Denn vor meinem geistigen Auge sah ich, wie sich die Länder westlich von Brasilien immer weiter bis zum Sonnenuntergang ausdehnten, weit über Peru hinweg, und ich wußte von den Berichten meines Bruders Henry, daß dahinter die große Südsee lag und auf der anderen Seite dieser See solche Orte wie Cathay* und die japanischen Inseln und dann Afrika. Kurz gesagt, ich hatte eine Vision der ganzen Erde als eine einzige Kugel, Meile auf Meile voller Wunder, Gottes eigene Pracht an Wundern. Und ich hatte eine andere Vision, wie Englands kühne Männer auf diesen Meeren zu allen Ecken der Weltkugel segelten, die Flagge hißten, sich Häuser bauten und unseren Wohlstand und Ruhm vergrößerten. Wie wunderbar war es, in solch einer Zeit, in solch einem großen Abenteuer zu leben!

Und dann erinnerte ich mich, daß ich nur ein mittelloser Mann aus Essex war, der nichts weiter wollte als eine Frau und ein Gut, und daß ich zu diesem fremden Ort gekommen war, um den Spaniern und Portugiesen das Gold zu rauben, das sie ihrerseits von den Indianern geraubt hatten. Und ich lachte über meine eigene geschwollene Erhabenheit und

* China

schickte mich an, ein Segel loszumachen und besser anzuschlagen, was an diesem Tage meine Aufgabe war.

Wir fuhren die Küste Brasiliens entlang, bis wir nach Ilha Grande südlich des Äquators kamen. Dies ist eine schöne, sich auftürmende Insel, überaus grün und üppig vor Bäumen. Wir legten auf der Festlandseite an und schleppten unsere Schiffe an den Strand, säuberten sie und trugen den Ballast hinaus, damit wir die Kielräume schrubben konnten, eine üble Aufgabe, doch eine nötige. Wir erfrischten uns und nahmen Süßwasser auf. Obwohl dieser Teil der Insel sehr reich an Früchten ist, sahen wir keine Bewohner. Wir waren etwa zwölf Tage dort, als eine kleine Pinasse auf südlichem Kurs vorbeifuhr, um Wasser und einige Früchte aufzunehmen. Wir überraschten sie in unserem Hafen, brachten sie auf und nahmen einen portugiesischen Händler gefangen, der um sein Leben zu fürchten schien.

Abraham Cocke schickte nach mir und sagte: »Ihr sprecht die portugiesische Zunge. Fragt ihn, wann die Schatzschiffe kommen.«

Nun hatte sich auf das Portugiesisch, dessen ich mächtig war, im Lauf der Jahre Rost gesetzt, und dieser Portugiese war so verängstigt, daß er sich beinahe die Hosen vollschiß, und er bekam die Zähne nicht auseinander, als er zu sprechen versuchte. So verlief unser Gespräch wie das zwischen den beiden Blinden, die sich streiten, ob der Himmel rot oder grün sei. Doch die Worte fielen mir wieder ein, genug jedenfalls, um ihm zu versichern, daß wir ihn nicht erschlagen würden, wenn er nur ehrlich mit uns sei. Selbst dann erschauderte er nur unablässig und betete und leierte hundert Mal alle Heiligen herunter.

»Er ist vor Angst nicht bei Sinnen«, sagte ich Cocke.

Der Kapitän nickte. »Weil er weiß, was geschehen würde, wenn es andersherum wäre und ein Engländer einem Schiff voller Portugiesen in die Hände gefallen wäre. Sagt ihm, wir hätten es schon lange aufgegeben, Papisten zu verbrennen, und wir wollten nur Informationen von ihm und nicht seine Seele.«

Ich sprach, so gut ich konnte, und schließlich beruhigte sich der Mann und sagte, innerhalb von zwei Monaten würden zwei Schatzschiffe Buenos Aires verlassen, um nach Bahia in der Nähe dieser Ilha Grande zu segeln. Er sagte auch, ohne gefragt worden zu sein, auf der anderen Seite dieser Insel lebte ein Degradado, ein Verbannter, auf einer Plantage, deren Früchte uns nähren würden. Da unser Brot und sonstiger Proviant fast aufgebraucht waren, erlaubten wir dem Portugiesen, uns dorthin zu führen. Und fürwahr fanden wir die Plantage und ihren Besitzer und nahmen ihm große Vorräte an Beynonas und ein paar Schweine und Hühner und andere Dinge ab.

Kapitän Cocke teilte nun unsere Mannschaft, stellte ein paar Mann der *Dolphin* für unsere *May-Morning* ab und ließ die *Dolphin* vor Ilha Grande zurück, während die anderen von uns nach Süden fuhren, um die Schatzschiffe am Rio de la Plata abzufangen. Dies kam mir damals als törichte Strategie vor, wie so viele andere von Cockes Befehlen. Wir hatten sowieso schon kaum genug Männer, und ich verstand nicht, wieso er unsere Zahl aufteilte. Ich konnte über zwanzig Jahre lang darüber nachdenken und habe noch immer keine Antwort auf dieses Rätsel gefunden und weiß, daß ich niemals eine finden werde.

Ich weiß auch nicht, was aus der *Dolphin* und ihren Männern wurde, wenngleich ich auch annehme, daß sie nur noch ein paar Tage vor Ilha Grande warteten und dann zurück nach England fuhren. Auf jeden Fall füllten wir unseren Laderaum mit den Früchten des Degradado und verließen seine Insel.

Cocke sprach lange und laut von dem Gold, das bald anstelle der Früchte die Unterdecks füllen würde. Wenn man ihm ins Gesicht sah – was nicht einfach war, da seine Augen in verschiedene Richtungen schauten und den Blick nicht erwiderten –, sah man darin den Schimmer der Habsucht, als betrachtete er Berge von Dublonen. So war es; und doch gibt es ein gutes altes englisches Sprichwort, das besagt: »Ein krähender Hahn legt keine Eier«, und so war es mit diesem unserem guten Cocke*. Denn in meinem Leben sah ich genauso viele Hahneneier, wie diese Reise mir Dublonen eingebracht hat.

3

Eine lange, leere Zeit fuhren wir diese fruchtbare Küste hinab.

In der dritten oder vierten Nacht kamen ein starker Südostwind und Böen auf, die uns vom Kurs abbrachten, und wir suchten ein geschütztes Fleckchen zum Ankern. Doch wo wir an Land gingen, wartete ein Dutzend Indianer. Sie waren dunkelbraun und nackt, hatten ihre Geschlechtsteile nicht bedeckt und trugen Bögen und Pfeile in den Händen.

Sie alle kamen mit Entschlossenheit zu unserem Boot gelaufen. Nicholas Parker, der Zweite Maat, gab ihnen ein Zeichen, die Bögen niederzulegen, und sie senkten sie. Doch wegen der Wellen, die sich am Strand brachen, konnte er

* Unübersetzbares Wortspiel: Der Autor nutzt hier die Ähnlichkeit zwischen dem Namen des Kapitäns und dem englischen Wort für Hahn (Cock) aus. (Anmerkung des Übers.)

nicht mit ihnen sprechen oder sich auf andere Art und Weise verständlich machen. Er warf ihnen nur etwas Tand und eine kleine Mütze zu, die ihnen gefiel, und einer von ihnen warf ihm einen Hut aus großen Federn zu, mit einer kleinen Krone aus roten und grauen Federn wie denen eines Papageien. Ich glaube, sie erkannten, daß wir keine Portugiesen waren und ihnen daher keinen Schaden zufügen würden.

Diese Indianer hatten Löcher in ihren Unterlippen und einen Knochen darin, der so breit war wie die Knöchel einer Hand und so dick wie eine Baumwollspindel und an einem Ende scharf wie eine Ahle. Einige waren mit verschiedenartigen Streifen blauschwarzer Farbe bedeckt. Wir gaben ihnen Zeichen und sie uns, und dann erschienen vier oder fünf Mädchen aus dem Unterholz. Sie waren sehr jung und überaus hübsch, besonders für Männer, die seit vielen Monaten keine weiche Haut mehr berührt hatten. Sie hatten üppiges langes Haar, das ihnen bis auf den Rücken fiel, und ihre unbedeckten Geschlechtsteile wiesen fast keine Haare auf und waren so ansehnlich, daß sich viele Frauen in unserem Land, hätten sie solch eine Perfektion gesehen, geschämt hätten, daß die ihren nicht annähernd so vollkommen waren.

»Ich werde ihnen ein oder zwei Mädchen abkaufen«, sagte Nicholas Parker und lachte breit, und wir ermutigten ihn darin, denn diese Mädchen waren wohlgestaltet und -gerundet. »Was werden sie für sie verlangen? Etwas, das funkelt«, sagte er.

Doch dann steckte der Teufel seine Hand in den Handel. Ein Matrose aus Portsmouth, ein gewaltiger, schwerfälliger Tolpatsch oder Ochse, mußte unbedingt vorwärts wanken und die Hände auf eins der Indianermädchen legen. Das war schon schlimm genug; doch als er zu ihr polterte, verfing sich sein Stiefel in einer Ranke auf dem Boden, und er stürzte

Hals über Kopf. Seine Muskete flog ihm aus der Hand. Er ergriff sie, als sie fiel, doch seine Haltung war derart, daß es den verängstigten Indianern schien, er wolle schießen. Sie flohen augenblicklich und deckten uns aus der Ferne mit einem Pfeilhagel ein, der keinen Schaden anrichtete, unserer Unterredung jedoch ein Ende setzte, und wir erwarben weder an diesem noch an einem anderen Tag hübsche Mädchen. Danach fanden wir keine Indianer mehr und auch keine guten Häfen mehr, und wir sahen keine Spur von den spanischen Schatzschiffen aus Buenos Aires, obwohl wir auf der Suche nach ihnen hin und her kreuzten. Abraham Cocke musterte mich mit immer kälteren Blicken, als glaube er, ich hätte mich von Lügen des portugiesischen Händlers irreführen lassen oder seine Worte falsch verstanden. Und so kreuzten wir sechsunddreißig Tage, bis wir zur Insel Lobos Marinos gelangten, die in der Mündung des Rio de la Plata liegt.

Diese Insel ist eine halbe Meile lang und hat kein Frischwasser, doch es wimmelt dort von Robben und einem größeren Tier, einer Art Walroß. Es gab dort so viele von diesen Geschöpfen, daß unser Ruderboot nicht durch sie hindurchkam, wenn wir sie mit unseren Rudern nicht zur Seite trieben: Und die Insel ist völlig von ihnen bedeckt. Von diesen Robben lebten wir etwa dreißig Tage, ankerten hier und da im Fluß und litten abgesehen von diesem Fleisch großen Mangel an Nahrung. Dann entschlossen wir uns, Buenos Aires anzulaufen und mit unserem Ruderboot eine der Pinassen zu kapern, die vor dieser Stadt warteten. Doch als wir den Fluß so weit hinaufgefahren waren, daß wir die Stadt fast erreicht hatten, gerieten wir in einen mächtigen Südweststurm, der uns wieder zurücktrieb, und wir waren froh, vor der Isla Verde – das heißt Grüne Insel – Schutz zu finden, die auf der nördlichen Seite in der Mündung des Flusses liegt.

Der Mangel an Lebensmitteln machte uns sehr zu schaffen, und wir waren nicht imstande, dort lange auszuharren. So niedergeschlagen waren wir, daß wir den Zweck der Reise völlig vergaßen und uns schwermütig nordwärts zurückzogen, um unsere Absichten zu überdenken. So kamen wir zur Insel São Sebastião, die genau unter dem Wendekreis des Steinbocks liegt. Dort gingen wir an Land, um Fische zu fangen, und einige von uns, darunter ich, gingen in die Wälder, um Früchte zu sammeln. Und auf dieser Insel fand mein Leben als freier Mann ein Ende.

Ich glaube, dieses Unglück befiel mich am Dreikönigstag. Darin liegt eine kalte Ironie, denn ich hatte der mir anverlobten Anne Katherine in all meiner Unschuld versprochen, wir würden an diesem Tag verheiratet sein, ohne zu wissen, daß Abraham Cocke törichterweise die halbe Küste Afrikas hinabsegeln und sich dann erst nach Brasilien wenden würde oder daß wir Wochen hier und dort und hier und dort verschwenden würden, ohne die Schatzschiffe zu finden.

In den Tropen ist alles umgekehrt, und der Dreikönigstag fällt in den Hochsommer, und es war ein Tag von gar fürchterlicher Hitze, der mich nach Schnee sehnen ließ. Ich stand hoch oben auf einem Hügel und pflückte ein paar süße purpurrote Früchte von einem Baum, dessen Blätter glänzend wie Spiegel waren, als ich Rufe und Schreie hörte und den Hügel hinab blickte, um eine Gruppe von nackten Indianern zu sehen, die aus dem Hinterhalt auf unsere Leute einstürmten. Das war kein Stamm kindlichen Gemüts, der uns Federn zum Geschenk machte. Alle hatten Bögen und Pfeile, und einige trugen Messer, die sie von den Portugiesen bekommen haben mußten, und sie griffen so schnell an, daß wir keine Zeit mehr hatten, das Pulver anzuzünden, sondern uns nur noch die Flucht blieb. Flucht! Aye, so war es. Innerhalb eines Augenblicks lagen Leichen auf dem Strand und kletterten

Engländer in das Boot oder schwammen einfach verzweifelt zur *May-Morning* hinaus.

Nun, es ist nicht schändlich, die Flucht zu ergreifen, wenn man überrascht und von allen Seiten bedrängt wird. Ich dachte, ich wüßte, was nun geschehen würde: Cocke würde die Kanonen des Schiffes auf die Indianer richten und sie zur Aufgabe zwingen und dann das Ruderboot zur Insel zurückschicken, um unsere Toten zu bergen und die einzusammeln, die in den Hügeln Früchte gepflückt hatten. Doch dies geschah nicht. Das Ruderboot erreichte das Schiff, und die Männer kletterten an Bord; und vor meinen ungläubigen Augen holte die *May-Morning* den Anker ein, takelte die Segel auf und stach scharf ins offene Meer.

Ich konnte es nicht glauben. Ich wagte nicht zu rufen, da ich wußte, daß ich damit nur die Indianer anlocken würde, und der Wind hätte meine Stimme sowieso verweht. Doch etwas in meiner Seele schrie laut auf und noch lauter, so daß ich glaubte, meine Stirn würde unter dem Tosen und Donnern platzen. Verrat! Feigheit! Hatte Cocke mich vergessen, oder hatte er sich vor Schrecken die Hosen so naßgepißt, daß er keinen Versuch machte, mich zu retten, oder war es ihm einfach gleichgültig? Was auch immer – es kam dabei heraus, daß er mich im Stich gelassen hatte.

Jesus! Wie wollte ich in meinem Zorn toben und zetern und zerstören!

Doch ich bin weiß Gott ein Mann von Ausgeglichenheit und mäßigen Temperaments, und mein erster heißer Zorn verging schnell, und ich überdachte meine Lage. Vielleicht waren andere, die das gleiche Schicksal erlitten hatten, in der Nähe. Ich kauerte mich neben einer Pflanze nieder, die nur aus Stacheln und Dornen bestand, damit die Indianer mich nicht sahen, die noch immer den Strand absuchten, und dachte nach.

Primus: Cocke hatte mich vielleicht nicht gänzlich im Stich gelassen. Vielleicht würde er seine Männer zählen, wenn er sich in sicherer Entfernung zum Ufer befand, und wenn er feststellte, daß einige vermißt wurden, würde er sich erinnern, daß er ein paar zurückgelassen hatte, die Früchte sammeln sollten, und würde zurückkommen. Vielleicht. Und vielleicht würde die Königin den Papst heiraten, doch ich hatte nicht vor, eine hohe Heuer darauf zu setzen.

Secundus: Solange ich lebte, war ich noch nicht tot, wenn auch gestrandet. Ich mußte versuchen, zu überleben und andere Engländer zu finden, oder mir eine Art Boot bauen, mit dem ich das Festland erreichen konnte. Denn wir waren nur fünf Meilen von Santos entfernt, wo die Portugiesen eine Stadt von beträchtlicher Größe erbaut hatten.

Tertius: Wenn ich Verbündete hatte, konnte ich in Santos vielleicht eine Pinasse kapern und aus dem portugiesischen Herrschaftsbereich segeln. Denn die Portugiesen waren meine Feinde, seit König Philip von Spanien vor neun Jahren ihr Land erobert und sich selbst auch zum König darüber gemacht hatte. Wenn ich meinen Verstand zusammenhielt, würde ich es sicher zu einer französischen oder holländischen Insel schaffen, wenn es solche geben sollte, wo ich zumindest nicht auf der Stelle eingekerkert werden würde. Und wenn Gott mir beistand, würde ich auf See einem englischen Schiff begegnen und gerettet werden, wie es Abraham Cocke selbst vor ein paar Jahren geschehen war. Vom einen Augenblick zum anderen kann unser Leben einen völlig anderen Verlauf einschlagen, während wir ihm gerade den Rücken zuwenden.

Aus Furcht vor den Indianern verbrachte ich die Nacht auf dem Hügel. Ich bereitete mir ein Abendessen aus purpurnen Früchten und schlief in kurzen Abschnitten, wobei ich mir sozusagen selbst Wache stand, nun wach und dann wieder leicht schlafend. Am Morgen schien alles ruhig, und es waren nirgendwo Indianer zu sehen, aber auch nicht die *May-Morning*, von der nicht einmal ein weißer Fleck am fernen Horizont auszumachen war.

Ich ging vorsichtig den Hang hinab zum Strand, wobei ich an den teuflisch bewehrten Pflanzen oft mit der Hose hängenblieb. Sechs unserer Männer lagen von Pfeilen getötet da. Männer, deren Namen ich gekannt und deren Freundschaft ich geschätzt hatte. Ihre Körper waren verzerrt und im Todeskampf verdreht, was mir verriet, daß die Pfeile in Gift getaucht gewesen sein mußten, wie es hier Brauch ist.

Ich entschloß mich, die Toten am Nachmittag zu begraben, doch das war einer dieser kühnen Entschlüsse, die leichter zu fassen als zu halten sind, denn bis auf meine Hände und ein paar Muscheln hatte ich nichts, womit ich graben konnte, und ein Grab muß sechs Fuß tief sein. Ich stellte diese Aufgabe für eine spätere Zeit zurück.

Ich ging am Strand entlang, bis ich eine kleine Landspitze erreichte, wo das Ufer felsig war. Als die Flut hinausging, sah ich hier kleine Lebewesen, die sich auf dem Schlick bewegten, und als ich näher trat, erblickte ich viele Krebse, die in Löchern in den Felsen lebten. Ich zog einen meiner Strümpfe aus, füllte ihn mit Krebsen und trug ihn zu einem hohlen Feigenbaum, in dem ein altes Feuer rauchte, das von einem Blitzeinschlag herrührte. Ich warf die Krebse auf die Kohlen und kochte sie mir zum Mittagessen, und so verging der Tag. Und gegen Sonnenuntergang legte ich mich zum Schlafen nieder, so schwermütig und traurig, daß es mich wenig kümmerte, ob die Indianer zurückkamen und mich ergriffen. Am nächsten Tag wartete ich auf die Ebbe, um mir wieder Krebse zu fangen.

So lebte ich drei oder vier Tage allein. Erneut versuchte ich, die Toten zu begraben, doch auf der Insel war die Erde hart und voller Steine, und am Strand gab der Sand nach und brach zusammen, als ich ein Loch aushob, so daß ich keine Gräber machen konnte. Ich hätte Steine an die Männer gebunden und sie im Meer begraben, doch ich hatte keine Stricke, um sie an ihnen festzubinden, und es erschien mir unchristlich, sie einfach ins Wasser zu stoßen, wo sie in der Brandung treiben und sich aufblähen und von Raubfischen gefressen werden würden. So tat ich nichts, empfand nur Scham, sie unbegraben zu lassen. Ihr Gestank wurde lästig und ihr Anblick abstoßend, und so zog ich um die Spitze der Insel weiter und gelangte zu einem kleinen Fluß, der ins Meer floß.

Wegen des Süßwassers gedachte ich, hier zu verweilen. Doch ich war kaum ein halbes Viertel einer Stunde dort, als ich sah, wie ein großes Ding aus dem Wasser kam, mit großen Schuppen auf dem Rücken, mit großen häßlichen Klauen und einem langen Schwanz. Ich wußte es damals noch nicht, doch später würde ich erfahren, daß dieses Tier als das Coccodrillo bekannt ist und in einigen Teilen der Welt auch Allagardo genannt wird.

Dieses Ungetüm versetzte mich in eine Angst, in der ich beinahe gestorben wäre. Es kam auf mich zu, und ich wollte, nay, konnte nicht fliehen, sondern ging einfach, wie von Zauberei getrieben, darauf zu. Als ich es beinahe erreicht hatte, blieb ich stehen, erstaunt, ein solch monströses Ding vor mir zu sehen. Es war wie ein Teufelsding, ein Zauberwesen, etwas, das aus der Hölle gekommen war, um mich zu ergreifen, und ich unterwarf mich völlig seiner bösen Kraft. Daraufhin schien dieses Untier zu lächeln, öffnete das Maul und stieß eine lange Zunge aus, die mich an eine Harpune erinnerte. Ich vertraute mich Gott an und befürchtete schon, in Stücke gerissen zu werden, doch das Geschöpf wandte sich ab und kehrte zum Fluß zurück.

Am nächsten Tag ging ich weiter um die Insel herum, weil ich Furcht hatte, länger an diesem Ort zu verweilen, und fand einen großen Wal, der auf dem Strand lag wie ein Schiff kielaufwärts und vom langen Liegen gänzlich mit einem kurzen Moos bedeckt. Als ich dieses Wunder betrachtete, rief eine vertraute Stimme: »Andy, bei der Liebe Jesu!« Es war Thomas Torner, der an der anderen Flanke des Wals sein Lager aufgeschlagen hatte.

Eine gewaltige Freude stieg in mir empor, als ich ihn erblickte, denn er gab mir die Hoffnung, vielleicht doch von diesem Ort entkommen zu können, was nicht leicht für zwei sein würde, aber fast unmöglich für einen einzigen. Wir umarmten uns wie Brüder.

»Ich fürchtete, ich sei allein zurückgeblieben«, sagte ich zu ihm.

»Nay, es gibt noch mehr von uns«, sagte Torner und führte mich um des Wals schwere Schwanzhälften herum. »Sieh doch«, sagte er, und ich erblickte drei weitere von unserer Besatzung, Richard Jennings und Richard Fuller und einen, dessen Namen die Jahre aus meiner Erinnerung gespült haben. Diese Männer hatten sich im Augenblick des Angriffs der Indianer an verschiedenen Orten aufgehalten, und ein jeder war einen anderen Weg in den Wald geflohen, und einer nach dem anderen hatten sie sich hier zusammengefunden. »Bei Jesu Wunden«, rief Richard Jennings, ein großer, beleibter Mann, halb so groß wie ein Eichenbaum. »Weißt du, Battell, daß wir von dem feigen Cocke verraten und zurückgelassen wurden und den Rest unseres Lebens zwischen diesen Krebsen und anderen Insekten verbringen müssen?«

»Aye«, erwiderte ich, »ich weiß von dem Verrat, denn ich sah, wie das Schiff ablegte. Doch was den zweiten Teil betrifft, so sage ich dir, nay, mein Freund. Ich glaube, wir werden England wiedersehen.«

»Glaubst du das? Werden Delphine uns dorthin tragen?«

»Gott wird dafür sorgen. Und wenn Er es nicht tut, müssen wir selbst dafür sorgen, oder diese Krebse werden fürwahr auf ewig unsere Nachbarn bleiben. Gibt es hier noch andere von uns?«

»Nur wir vier«, sagte Torner, »und du bist der fünfte. Ich glaube nicht, daß es auf dem Teil der Insel hinter uns noch andere gibt. Gab es in deiner Richtung noch welche?«

»Nur sechs Tote, die unbegraben auf dem Strand liegen und verfaulen. Doch fünf von uns sind genug, um ein Boot zu bauen und es zum Festland zu bringen«, sagte ich und erläuterte meinen Plan, in Santos eine portugiesische Pinasse zu kapern und sie zu benutzen, um mit kleinen Hopsern und Sprüngen den Ozean zu überqueren. Sie lauschten mir aufmerksam und ohne zu spotten. Fuller war Schiffszimmermann, was uns für unser Vorhaben einen großen Vorteil verschaffte.

Wir sprachen davon, einen umgestürzten Baum zu suchen und als Schiffshülle auszuhöhlen, und von weiteren derartigen Absichten, und als wir sprachen, erkannte ich, daß ich stillschweigend zum Anführer dieser Männer geworden war. Dies überraschte mich immens, denn ich hatte nur die Erfahrung eines gemeinen Matrosen und nie irgendeine Befehlsgewalt gehabt, war sogar in vielerlei Hinsicht herabgesetzt und -gewürdigt, weil ich der jüngste von so vielen Brüdern war. Doch das zählte hier nichts.

Ich war an Jahren dreißig und hatte einen starken Körper, und die Fehlschläge oder Geringschätzungen, die mich in meiner Jugend beeinträchtigt haben mochten, waren meinen Gefährten unbekannt und hatten keine Bedeutung. Ich glaube auch, daß es meine Entschlossenheit war, wieder nach England zurückzukehren, die wie ein Leuchtfeuer aus meiner Seele strahlte, ihnen Mut gab und bewirkte, daß sie sich mir zuwandten; denn bis ich zu ihnen gestoßen war, hatten diese vier sich nur damit beschäftigt, Nahrung und Unterkunft zu suchen, und an einen Rettungsplan keinen Gedanken verschwendet.

Wir speisten von dem Fleisch des Wals, das noch nicht verdorben, aber nicht sehr nach meinem Geschmack war, und sprachen lange und ernsthaft über unser Vorhaben, und danach begaben wir uns auf die Suche nach Holz, mit dem wir unser Boot bauen konnten. Ob wir dieses Vorhaben jemals verwirklicht hätten, ist eine Frage, die ich nicht beantworten kann, doch ich sage Euch, daß seine Planung uns Hoffnung gab, ohne die das Leben für uns fürwahr grausam gewesen wäre.

Ein Ozean trennte mich von meiner Anne Katherine. Eine tropische Sonne verbrannte meine Haut. Summende Geschöpfe fielen in Wolken über uns her und bissen und stachen. Alptraumhafte Geschöpfe hausten in den Flüssen und konnten jeden Augenblick über uns herfallen. Und doch verzweifelte ich nicht, denn welchen Nutzen hat die Verzweiflung? Und meine Stärke wurde die der anderen. Ich sprach von Plänen, von denen selbst ich wußte, daß sie schierer Wahnsinn waren, und ließ sie möglich erscheinen.

Am deutlichsten erinnere ich mich an den Vorschlag, die gesamte Küste dieses südlichen Amerika hinaufzufahren und von Westindischer Insel zu Westindischer Insel und aye! nordwärts nach Virginia, wo Walter Raleigh auf der Insel Roanoake eine Kolonie gegründet hatte. In meiner Vorstellung war diese Entfernung nicht so groß, obwohl sie in Wirklichkeit fast genauso groß ist wie die zu Afrika, und wir wären den gesamten Weg über in feindlichen Gewässern gewesen. Doch die Vorstellung, tollkühn oder nicht, gab uns ein paar Tage lang Kraft. Und am Ende spielte ihre Tollkühnheit gar keine Rolle, da wir niemals die Gelegenheit hatten, sie zu verwirklichen, was wir der Rückkehr der Indianer verdankten.

Sie kamen so verstohlen wie Katzen über uns. Ein Kanu, von ihnen bemannt, landete auf der westlichen Seite unserer Insel, und sie bahnten sich den Weg durch die Wälder, tauchten aus den Nebeln der Morgendämmerung auf und umzingelten uns, die Bögen auf uns gerichtet, in einem weiten Kreis. Ihre Bögen waren lang und schwarz und ihre Pfeile ebenso, mit Spitzen aus geschärftem Rohr, und sie hätten uns liebend gern aufgespießt, wenn wir Widerstand geleistet hätten. Doch Widerstand wäre Torheit gewesen. Diese Indianer waren nackt, und einige waren zu einem Viertel mit ihren Farben bemalt, andere zur Hälfte und wieder andere ganz wie eine Tapisserie. Sie alle hatten ihre Lippen durchbohrt; manche hatten Knochen darin, viele andere aber nicht. Alle waren bis über die Ohren rasiert; ebenso waren ihre Augenwimpern und -brauen rasiert. All ihre Stirnen waren von einer Schläfe zur anderen mit schwarzer Farbe bemalt, so daß es schien, sie trügen zwei Zoll breite Bänder darum. Ihr Häuptling sprach schnatternd auf uns ein, so klang es jedenfalls: »Amma thamma hula hai« und ähnliche Worte, die er fünf oder sieben Mal wiederholte.

»Du verstehst dich gut auf Sprachen, Andy«, sagte Torner zu mir. »Erkläre ihnen, daß wir ihnen nichts Böses wollen, daß wir Feinde der Portugiesen sind und hoffen, Freunde seines Volkes sein zu können.«

»Soll ich es mit Amma und Thamma sagen?« fragte ich.

Der Häuptling sprach erneut. Ich versuchte, seine Worte nachzuahmen, obwohl es wundersam kitzlig ist, eine Sprache unter einer Pfeilspitze zu lernen. Wir hätten den ganzen Morgen über solchen Unsinn hin und her sprechen können, bis sie die Geduld verloren und uns erschlagen hätten, doch dann sagte der Häuptling ein paar Worte in unmißverständlichem Portugiesisch, und diese Worte lauteten: »Ihr kommt mit uns.«

»Ich glaube«, sagte ich zu meinen Gefährten, »das sind zahme Indianer, die zu den Portugiesen gehören. Sie werden uns nicht erschlagen, eher zu Sklaven machen.«

»Besser, sie würden uns erschlagen«, stieß Richard Jennings hervor.

»Nay«, sagte ich, »Tote entkommen niemals, sondern liegen auf ewig tot hernieder. Die Sklaverei ist nicht so fortdauernd. Und diese Indianer nehmen uns nur die Mühe ab, auf eigene Faust nach Santos zu gelangen.«

So führten uns die Indianer in ihrem Kanu, das sie aus einem ganzen Baumstamm gemacht hatten, zum Festland hinüber. Als wir dort an Land gingen, sahen wir eine Ortschaft von ein paar hundert Bewohnern, und es war sehr still, und in der Stille hörten wir, wie eine Glocke läutete.

»Es muß Sonntag sein«, sagte Torner, und wir alle spuckten aus, denn diese Glocke verriet uns, daß die Portugiesen bei ihrer Messe waren und im gleichen Augenblick der Mönch die Hostie des Sakramentes vor dem Volke hochhielt, damit die Leute es anbeteten. So war es denn auch, denn die Indianer marschierten direkt zur Kirche und hätten uns hineingestoßen. Doch ein Portugiese in ledernen Kniehosen kam heraus und verbot es. »Ihr dürft nicht eintreten. Ihr seid keine Christen.«

Ich übersetzte dies für die anderen, und Richard Fullers Gesicht färbte sich rot, und er rief: »Ich würde dieses Gebäude nicht einmal betreten, um darin zu scheißen!« und so weiter. Der Portugiese, glaube ich, verstand etwas Englisch, oder er entnahm Fullers Ton den Sinn seiner Worte, denn seine Augen wurden sehr kalt, und er nahm ein schweres silbernes Kruzifix von seinem Hals, hielt es vor Richard Fullers Mund und befahl ihm, es zu küssen. Ich wußte, was

Fuller wohl tun würde, und sagte noch: »Gib acht!« doch es war zu spät, denn Fuller hatte in seinem Mund schon einen Klumpen Schleim gesammelt und spuckte ihn über das Bild Jesu und die Hand des Portugiesen. Woraufhin dieser das silberne Idol nahm und es über Richard Fullers Mund zog, daß die Lippe gespalten wurde und die Zähne ausbrachen und Blut in seinen Bart rann, und dann die Spitze des Kruzifixes so hart in Fullers Unterleib stieß, daß der Mann würgte und sich übergab; und er winkte mit der Hand, und die Indianer führten Fuller ab zu ein paar Bäumen hinter der Stadt.

Wir haben ihn nie wiedergesehen. Ich konnte nicht glauben, daß ein Europäer einen anderen in diesem fremden Land töten würde, nur weil er ein papistisches Symbol nicht respektierte – dazu wäre vielleicht nur ein Spanier fähig, doch von den Portugiesen hatte ich eine höhere Meinung gehabt. So nehme ich an, daß sie Fuller nur in Einzelhaft hielten, um ihn wegen seiner Unfrömmigkeit zu bestrafen. Doch seit diesen Tagen habe ich viel von der Welt und ihren Grausamkeiten gesehen, und nun weiß ich, daß auch wegen viel geringerer Anlässe Blut vergossen wird, manchmal aus überhaupt keinem Grund, von Portugiesen und Spaniern und Franzosen und Holländern und allen anderen, und selbst ein Engländer ist imstande, einen Menschen wegen einer vorgeblichen oder tatsächlichen Beleidigung seiner Religion zu ermorden, wenngleich er vielleicht zuerst Gericht über ihn halten würde. Hat König Heinrich nicht einem Mann den Kopf abschlagen lassen, weil er freitags Fleisch gegessen hat, und hat Königin Maria nicht gute Protestanten wie Ochsen über einem Feuer schmoren lassen, weil sie gegen den Papst gesprochen haben? Ich glaube, dies ist nicht die Art Jesu, sondern die Art von Herrschern und Menschen und auch nicht ungewöhnlich.

Wir anderen wurden ein paar Tage lang im Keller eines

Vorratshauses gefangengehalten, wobei Ketten um unsere Fuß- und Handgelenke gelegt wurden, und man ließ uns essen, indem man uns Schüsseln mit der zerstampften Wurzel namens Maniok gab, die wir wie Hunde mit unseren Zungen auslecken mußten. Der Statthalter dieses Ortes kam zu uns und sprach mit mir, warum wir in das Gebiet der Portugiesen eingedrungen und ob wir Spione oder nur Piraten seien, woraufhin ich erwiderte, wir seien Siedler, die auf ihrem Weg zu der Kolonie in Virginia durch einen Sturm vom Kurs abgekommen wären und in Brasilien Schiffbruch erlitten hätten. »Das werdet ihr auch sein«, sagte er, »für eine lange Weile Schiffbrüchige in Brasilien.«

Ich glaube, er wollte nichts mit uns zu tun haben, denn sehr bald traf eine Schaluppe in Santos ein und überführte uns zu einer größeren Stadt, die die Portugiesen im Norden erbaut hatten, an der Mündung des Flusses namens Rio de Janeiro. Auf dieser Reise passierten wir die Ilha Grande, wo Cocke die *Dolphin* zurückgelassen hatte, und sahen keine Spur von ihr. Am Rio de Janeiro verblieben wir vier Monate. Hier gab es zwei Dinge von Bedeutung, ein Jesuitenkloster und eine große Zuckermühle auf einer Insel namens Insel des Gouverneurs.

Jennings und der andere Mann wurden als Dienstboten ins Kloster Jesu geschickt, wohl, wie ich annehme, um die Fußböden zu schrubben, damit die Mönche sich nicht die Kutten schmutzig machten, wenn sie niederknieten, und Torner und ich wurden der Zuckermühle überstellt. Ich weiß nicht, wer von uns Schlimmeres erlitt, die, die für die papistischen Gelehrten Handlangerdienste verrichten mußten, oder die, die sich das Rückgrat brachen, um diese Mühle zu drehen: ich wage zu behaupten, daß Torner und ich größere Schmerzen des Körpers erlitten und die beiden anderen größere Schmerzen der Seele. Doch wir hatten keine Gelegenheit, unsere Erfahrungen auszutauschen, denn nachdem wir voneinander getrennt waren, habe ich die beiden anderen nie wiedergesehen, und nach allem, was ich weiß, sind sie immer noch dort, mittlerweile vielleicht selbst Jesuiten, alt und krumm und fließend in Latein und geübt, die Messe zu singen. Gott sei ihnen gnädig.

Für mich war es eine Unterweisung anderer Art. Sie ließen mich Tag und Nacht auf eine Barke hinauf und wieder hinab gehen, um Zuckerrohr und Holz für die Mühle zu tragen. Ich bekam weder Fleisch noch Kleidung, aber so viele Schläge wie ein Galeerensklave und Torner ebenso. Wir sprachen täglich von Flucht, doch es gab kaum eine Gelegenheit dazu, da die Mühle auf einer Insel lag und die umgebenden Gewässer voller menschenfressender Fische sein sollten. Kurz über lang waren wir verzweifelt genug, um das Risiko einzugehen, herauszufinden, ob dies der Wahrheit entsprach, doch der Fall schien hoffnungslos, da es keinen sicheren Ort gab, zu dem wir fliehen konnten.

Die Portugiesen hatten gewisse Indianerstämme versklavt, die taten, was sie von ihnen verlangten, doch schon eine kurze Strecke hinter der Stadt waren die Indianer wild, und sie waren auch Menschenfresser. Menschenfresser im Meer und Menschenfresser zu Lande: die Vernunft gebot, daß wir eine Weile blieben, wo wir waren; schließlich wurden wir nur geschlagen, was ein weniger barbarisches Schicksal ist, als gefressen zu werden.

Ich weiß nicht, ob die warmen und ruhigen Gewässer dieser Flußmündung wirklich menschenfressende Fische beheimateten, doch was die kannibalischen Indianer betrifft, so habe ich keinen Zweifel. Im zweiten Monat meiner Gefangenschaft wurden ich und Torner und ein Dutzend portugiesischer Soldaten abgestellt, aus dem Inland Holz einer gewissen seltenen Art zu sammeln, und wir wurden von einem

Stamm namens Taymayas oder Tamoyas überfallen, der der verhaßteste Feind ist, den die Portugiesen in dieser Gegend haben. Sie fesselten und schafften uns tiefer in den Wald, und ein Portugiese namens Antonio Fernandes sagte zu mir: »Schließe Frieden mit deinem Gott, denn dieses Volk wird uns auf seinem Fest essen.«

Wir wurden zu ihrem Dorf gebracht, das in der Nähe eines Flusses lag, der voller Allagardos, riesiger Schlangen und anderen seltsamen Getiers war. Ich erinnere mich an eins, das so groß war wie ein Bär und auch einen Körper wie ein Bär hatte, aber eine Nase, die eine Elle lang, und einen schönen großen Schwanz, der ganz schwarz und grau war. Dieses Tier steckt seine Zunge durch Ameisenhügel, und wenn die Ameisen alle auf seiner Zunge kleben, verschluckt es sie. »Und du kannst Freude an solchen Ungeheuern finden«, sagte Torner, »wo du doch bald sterben wirst?«

»Ich lebe mein ganzes Leben, als würde ich bald sterben«, entgegnete ich ihm, »und finde solche Freude, solange ich es noch kann. Und du und ich, wir sind von unserer Arbeit zu sehnig und zäh, um eine gute Mahlzeit abzugeben.«

In Wahrheit konnte ich nicht glauben, daß Menschen Geschmack am Fleisch anderer Menschen finden würden. Was für ein Narr war ich doch, ist diese Welt doch voller Kannibalen, die glücklich verschlingen, was sie nur können, wie ich mittlerweile besser weiß als irgendein anderer Engländer, der jemals gelebt hat. Doch in einem hatte ich recht: daß diese Taymayas zuerst die Portugiesen essen würden.

Ihr teuflisches Fest begann an diesem Abend. Die Indianer kamen zu uns und suchten den wohlgenährtesten der Portugiesen aus, der »Jesus Maria!« und andere solche Dinge schrie und die Heiligen rief. Er hätte genausogut die Bäume anrufen können oder die Allagardos im Fluß. Sie zerrten ihn an seinem Seil vor, und ein kräftiger junger Mann trat hinter ihn und versetzte ihm zwei schreckliche Schläge mit einer Keule, die seinen Schädel spalteten und ihn töteten. Dann nahmen sie die Zähne irgendeines Tieres, trennten seine Haut auf, hielten ihn am Kopf und den Füßen über ihr Feuer und zerrten mit den Händen an ihm, bis sich die Haut ablöste.

Als ich dies beobachtete, dachte ich, ich sei in einem Traum, und dachte auch, daß in diesem selbigen Augenblick meine Anne Katherine gemächlich ein Buch las und die große Königin Elisabeth vielleicht mit ihren Höflingen zusammensaß und Schauspieler auf der Bühne des *Globe* standen und die Zeilen eines Schauspiels rezitierten, dachte also, daß es irgendwo eine zivilisierte Welt gäbe, die nichts von diesen Dingen wisse, und daß Andrew Battell aus Leigh in Essex hier in einem wilden Dschungel sitzt und beobachtet, wie ein wohlbeleibter junger Portugiese zum Essen tranchiert wird. Dies war fürwahr kein Traum, und niemals fühlte ich mich von der Welt, in die ich hineingeboren war, weiter entfernt als bei diesem ersten Zwischenspiel des unglaublichen Schreckens, von dem ich bei Gott wünschte, es wäre mein letztes gewesen.

Sie schlugen ihm den Kopf ab und gaben ihn ihrem Häuptling und dann die Gedärme den Frauen, wonach sie ihn Stück um Stück zerlegten, zuerst die Hände, dann die Ellbogen und so den gesamten Körper. Danach gaben sie jeder Hütte ein Stück; dann stimmten sie einen Tanz an, und die Frauen brachten große Mengen Wein herbei. Und später kochten sie jedes Stück in einem großen Wasserkessel und machten eine Brühe daraus. Ich beobachtete all diese Dinge mit solchem Entsetzen und Abscheu, daß ich glaubte, ich würde daran sterben. Über drei Tage hinweg taten die Indianer nichts anderes als tanzen und trinken, Tag und Nacht.

Danach töteten sie einen weiteren Portugiesen genau wie den ersten. Doch sie kamen nicht dazu, sein Fleisch zu genießen, denn ein Rettungstrupp der Portugiesen fiel genau in diesem Augenblick mit aufblitzenden Musketen über das Dorf her und befreite uns.

Frei, aye, doch für mich war es nur die Freiheit, dem Kochtopf zu entgehen, denn sie brachten mich schnell in die Mühle zurück und ließen mich wie ein müdes Maultier schuften. »Ich bedaure beinahe, gerettet worden zu sein«, sagte Torner neben mir, »denn das war ein schneller Tod, und dieses Leben ist eine Hölle, die uns noch fünzig Jahre lang umschlingen kann.« Und dann lächelte er und sagte: »Nay, Andrew, erspare mir dein Gerede, das Leben dem Tod auf jeden Fall vorzuziehen. Ich kenne dich mittlerweile zu gut, deinen Starrsinn, deine Hoffnung, dein Vertrauen darin, daß alles glücklich enden wird.«

»Wärest du also wirklich lieber gestorben?« fragte ich.

»Nay, ich glaube nicht«, entgegnete er, und wir kehrten zu unserer Fronarbeit zurück.

Doch obwohl ich mich niemals der Verzweiflung hingab, fühlte ich dennoch, wie sie an meiner Seele nagte, denn die Wochen verstrichen, und ich sehnte mich nach England und Anne Katherine und dem kalten grauen Himmel und den klaren süßen Flüssen, in denen es nicht von tödlichen Coccodrillos und all diesem Getier wimmelte. Ach, in England muß es nun Frühling sein, dachte ich, April oder Mai des Jahres 1590, bei dem das ganze Land ergrünt und überall Blumen sprießen, und ich bin hier in einem Land, das keinen Winter kennt, ein Sklave, und welches Schicksal erwartet mich? Ein Jahr meines Lebens war fern von England verstrichen: wie ich das beklagte!

Ein Jahr meines Lebens! Und doch war dies nur der Anfang meiner Gefangenschaft.

In unserem vierten Monat am Rio de Janeiro kam ein Jesuitenmönch zu Torner und mir, einer, der etwas Englisch sprach, und sagte: »Werdet ihr unseren Glauben annehmen und zu unserer Mette kommen?«

Ich schlug ihn nicht, wie ein anderer es vielleicht getan hätte. Ich spuckte nicht aus. Ich rief nicht, daß der katholische Glauben ein Verrat an England ist und ich kein Verräter sei. Ich bin in dieser Hinsicht nicht erregbar. Obwohl ich all dies empfand, sagte ich nur: »Das werde ich nicht. Wir haben unseren eigenen englischen Glauben, und wir ziehen ihn vor, denn er ist der einzige Trost, der uns jetzt noch bleibt.«

Der Mönch seufzte. Er war keiner von der grausamen Sorte. »Wir könnten euch hier in unserem Kloster behalten, wenn ihr unseren Glauben annehmen würdet. Ansonsten werdet ihr von hier fortgeschickt werden, denn sie wollen keine Ketzer in der Mühle.«

»Wohin werden wir geschickt?« fragte Thomas Torner.

»São Paulo de Luanda«, erwiderte der Jesuit.

»Jesus!« rief Torner. »Nach *Afrika*?«

4

Fürwahr, nach Afrika, in dieses dunkle und feuchte Land, von dessen gewaltigem Busen eine Milch der Geheimnisse und des Schreckens strömt.

Die Portugiesen hatten sich dort schon vor langer Zeit eine sichere Stellung verschafft, waren nach Süden und Süden und Süden gesegelt, bis sie die Spitze des Kontinents umrundet hatten, das Kap Bona Speranza, und waren nach Indien weitergefahren. So hatten sie sich ein gewaltiges Weltreich geschaffen, dessen Ausdehnung, wenn man sie betrachtet, einen im Kopf benommen macht. Dies war zu einer Zeit gewesen, da wir Engländer törichterweise kein Interesse daran hatten, die Meere weit zu befahren, sondern damit zufrieden waren, nur nach Flandern oder Portugal oder Frankreich zu segeln oder zum Fischen manchmal nach Island oder Neufundland. Überall an beiden Küsten Afrikas hatten die Portugiesen Städte und Festungen für ihren Handel gegründet, der gänzlich aus all den wundersamen Gütern dieses Landes bestand, aus Gold und Gewürzen und dem Elfenbein der Elephantos, doch besonders aus Sklaven: und es war einer dieser Vorposten, neun Grad südlich der Äquatorlinie in dem Land namens Angola, zu dem Torner und ich nun verfrachtet wurden.

Es war eine lange und mühsame Reise, denn die Winde waren widrig, und die Stürme bliesen uns einen Großteil der Zeit ins Gesicht. Wir fuhren auf einem breiten und schweren Handelsschiff von vielleicht dreihundertundfünfzig oder noch mehr Tonnen, mit einer dementsprechend großen Menge an Segeln, die sich an Masten blähten, die nach dem holländischen Prinzip angelegt waren. Das heißt, es gab Marsstenge mit Eselshäuptern* und Stützen, die Marssegel von gewaltiger Größe und Bramsegel darüber trugen, die ich noch nie zuvor aus dieser Nähe gesehen hatte. Doch trotz allem konnte man das Schiff kaum auf östlichem Kurs halten, und wir alle rollten elendig in der rauhen und widrigen See.

Kalter Zorn und heiße Wut schossen abwechselnd durch meinen Geist. Ich konnte es nicht ertragen, ein Gefangener zu sein. Ich wollte England und Essex und Anne Katherine

* Verbindungsteil zwischen Mast und Stange

und mein Stück Land und konnte nichts haben; und oft dachte ich daran, mich ins Meer zu stürzen, wenn ich nur eine Gelegenheit dazu gehabt hätte. Doch ich wußte, das war nur hohle, gespielte Tapferkeit. Denn trotz all meiner Pein hätte ich mich nicht dem Tod ausgeliefert, weder damals noch überhaupt jemals.

Torner war mein Schanzkleid. Dieser einzige mir verbliebene Gefährte war zehn Jahre älter als ich, ein stämmiger, wettergegerbter Mann, der auf vielen Meeren gesegelt war. Oftmals verlor er selbst den Mut, doch immer zu anderer Zeit als ich, so daß wir uns abwechselnd einander aufheiterten. »Sieh doch, wir werden zu Hause sein, bevor du Hans Sprotte sagen kannst!« rief er. »Während wir den Atlantik überqueren, wird eine gute englische Brigg über diese alte Schute herfallen, sie kapern und uns an Bord nehmen!«

Dies geschah nicht. Doch es war angenehm, davon zu träumen.

An den ersten drei Tagen wurden Torner und ich in Ketten gehalten, als fürchteten die Portugiesen, wir würden uns des Schiffes bemächtigen, wenn man uns nur ließe. Das Metall war rostig und roh und scheuerte uns überaus grausam wund, so daß unsere Handgelenke bluteten und vor Schmerzen brannten. Wir lagen wie zwei Klafter Holz auf Deck, gefesselt und verstaut, und die Matrosen gingen um uns herum und schenkten uns keine Beachtung oder funkelten uns manchmal an und spuckten aus oder machten mit ihren Fingern das Zeichen des Horns oder mit den Händen das Zeichen des Kreuzes, als wollten sie den bösen Einfluß von Dämonen abwehren.

Ich haßte ihren Haß. Was hatte ich ihnen getan? Mich geweigert, Gott auf die römische Art und Weise zu verehren? Meine Treue einer englischen Königin statt ihrem irrsinnigen König Philip zu schwören, den sie selbst verachteten? Das war der einzige wahre Unterschied zwischen uns: ich war Engländer, und sie waren Portugiesen, und doch schauten sie auf mich hinab, als sei ich ein Türke oder irgendein rasendes Ungetüm aus den tieferen Höllen. Warum? Warum? Bei Gott und der Wahrheit, ich empfand keinen Haß für sie, nur für ihre Religion. Ich bekenne mich schuldig zu meinem Mißfallen ihres öligen portugiesischen Aussehens, doch dies nur, weil dieses Volk mir unbekannt war und ich das gute, saubere, offenherzige Aussehen von Engländern vorzog.

Die Meeresgischt brannte in meinen Augen, und da das Schiff stark schlingerte, prellte ich mich oft, und einmal flog ein großer Vogel mit weißer Brust und hellroten Teufelsaugen langsam über das Deck hinweg und ließ seinen Dung auf meine Stirn fallen. Woraufhin die portugiesischen Matrosen lauthals lachten und erheitert auf meine Kosten mit den Handflächen auf das Deck trommelten.

Doch als der erste schwere Sturm kam, wurden alle Hände gebraucht, um die Takelage zu bedienen, selbst die unsrigen. Wir wurden von den Ketten befreit, rieben unsere gekrümmten, geschundenen Glieder, damit das Blut wieder durch sie floß, und wurden zur Takelung hinaufgeschickt, um an den Leinen zu ziehen. Und so schufteten wir neben denen, die uns so scharf verspottet hatten. Es wäre keine große Aufgabe gewesen, einen oder zwei von ihnen mit dem Ellbogen anzustoßen und sie taumelnd ins Verderben zu schicken, als wir in den Stengen kletterten; doch das wäre Irrsinn gewesen und hätte mir nichts weiter eingebracht als ebenfalls einen nassen Tod, wenn nicht Schlimmeres, und ich vergaß den Plan. Und nach einem oder zwei Tagen ließ der Haß dieser Männer auf uns nach: nun waren wir Matrosen wie sie, mehr nicht. Obwohl wir getrennt voneinander aßen und nur Reste bekamen, wurden wir nicht mehr angekettet, und niemand schien daran zu denken, daß wir Gefangene waren. Aye, und wohin hätten wir schon mitten auf dem Meer entkommen können, abgesehen vielleicht von dem Schlund eines Hais?

Unsere Schiffsgefährten waren ein mürrischer und verdrossener Schlag. Sie stritten oftmals untereinander, sprachen mit verderbten Flüchen und verspotteten ihre Offiziere hinter deren Rücken. Manchmal auch in deren Gesichter, und eines Morgens mitten auf dem Ozean hörte ich laute Schreie zwischen einem schwarzbärtigen, buckligen Matrosen und dem Zweiten Maat, die immer wütender wurden, bis plötzlich der Matrose den Zweiten Maat mit einem Schlag auf Deck niederstreckte, der seine Nase zertrümmerte und Blut über eine erstaunliche Entfernung spritzen ließ. Als dies geschah, stand alles still bis auf das Schiff: die Männer in der Takelage erstarrten, die, die an den Pumpen arbeiteten, standen da wie Statuen, und die, die die Taljereepe und das Takel festzogen, ließen die Taue los. Der Mann, der zugeschlagen hatte, starrte seine eigene Hand an, als habe er sie noch nie zuvor gesehen. Denn man schlägt auf See keinen Offizier und überlebt.

Der Mann wurde ergriffen und innerhalb einer Stunde war er verurteilt und sein Schicksal besiegelt. Jeder Mann, der nicht nötig war, das Schiff zu bedienen, wurde herbeigerufen, und der Matrose wurde an einen Mast gebunden, und ein riesiger Portugiese mit Armen, die so dick waren wie bei jedem anderen die Beine, würde die Peitsche schwingen.

Ich bin keiner von diesen Bewohnern Londons, die jeder Hinrichtung beiwohnen und mit der Menge von Anbruch der Dämmerung an warten, um einen guten Platz zu ergattern. Ich sehe keine Unterhaltung darin, einer Köpfung beizuwohnen, mit all diesen Scheußlichkeiten und diesem Tumult, wenn der tote Kopf hinterher hochgehalten wird, oder einer Verbrennung, wenn gutes Menschenfleisch zu einer Kruste verkohlt, während schreckliche Schreie die Luft zerreißen.

Nicht, daß ich übermäßig weibisch oder zartbesaitet wäre oder mir schnell von solchen Anblicken schlecht würde; nur, ich bin ein Mann aus Essex, der niemals dazu erzogen wurde, die Vergnügungen der Stadt zu genießen: Sollen die Verderbten geziemend bestraft werden, sage ich, doch ich werde mein Vergnügen woanders suchen.

Doch dieser Züchtigung wohnte ich bei – ich hatte keine Wahl, denn alle Mannschaften versammelten sich, und ich mußte ebenfalls zuschauen.

Der bucklige Matrose war einer, den ich besonders wenig mochte: Er war einer jener, die uns am meisten verspottet hatten, als wir in Ketten lagen, und ich hatte seinen Speichel und Schlimmeres gespürt, und einmal, als Torner und ich etwas Wein zu trinken bekommen hatten, hatte er mir die Schüssel aus der Hand gestoßen und es wie ein Mißgeschick hingestellt. So bedauerte ich kaum, daß sie ihn zu Tode peitschen würden. Doch solch eine Strafe ist eine schreckliche Todesart.

Sie rissen ihm das Hemd vom Leib, legten seine verwachsenen Schultern und seinen Buckel bloß, und das Auspeitschen fing an. Ihr müßt wissen, daß die Peitsche, die auf See benutzt wird, nicht so ein kleines Ding ist, mit dem man Pferde antreibt, sondern ein großes, schreckliches Lederungetüm, und als sie sich hob und senkte und hob und senkte, schnitt sie das Fleisch des Übeltäters wie ein Säbel auseinander. Schweiß ölte den gewaltigen Körper des Peitschenden ein, bis er wie eine eingefettete Statue glänzte. Ich hörte das Pfeifen der Peitsche in der Luft und das Knallen, mit dem sie gegen Fleisch und Muskeln schlug, und beim fünfzehnten Hieb schien der Mann das Bewußtsein zu verlieren, und beim zwanzigsten hörte er auf zu stöhnen, und noch immer senkte sich die Peitsche mit kaum einer Unterbrechung, in der der Züchtigende Atem holen konnte.

Es war nicht nötig, dem Mann die vollen einhundert Schläge zu versetzen, doch sie machten bis zum Ende weiter, und danach sprach der Schiffspriester über den Mann, der schon längst tot war, den papistischen Segen, und man hüllte ihn in einen Sack und warf ihn über Bord. Noch Tage später sah ich, wenn ich die Augen schloß, die Peitsche, wie sie durch die Luft pfiff.

»Wenn man mich jemals fragt, welchen Tod ich sterben möchte«, sagte ich zu Torner, »erinnere mich daran, die Axt des Henkers zu wählen.«

»Aye. Wer würde dies nicht? Doch nur ein Narr schlägt einen Offizier, und eine Züchtigung ist eine gute Unterweisung für einen Narren.«

»Und für alle anderen Narren, die ihr beigewohnt haben«, sagte ich.

Danach gab es weniger Zank an Bord, und alle gehorchten bereitwilliger den Befehlen der Maate. Die Blutflecken verblieben viele Tage lang auf den Brettern.

Nun ja, in der englischen Flotte werden Züchtigungen genauso streng vorgenommen, doch ich bin nicht darauf versessen, die Feinheiten dieser Methode ein zweites Mal zu beobachten.

Von all den Portugiesen sprach während der ganzen Reise nur einer freundlich zu uns. Dies war ein gewisser Barbosa, ein friedlicher Mann von angenehmen Manieren, der eine Art Steuereintreiber für König Philip war und eine endlose, ermüdende Route zwischen Brasilien und Afrika reiste. Er war älter als die anderen, hatte einen guten Geschmack für Kleidung und einen eleganten, breitrandigen Hut, den er nach der Art der Kavaliere über ein Auge hinabgezogen trug. Er sprach gutes Englisch, und nach Anbruch der Dämmerung, wenn wir an der Reling standen, kam er oftmals zu uns und erzählte von dem Land, zu dem wir fuhren.

Die Portugiesen, sagte er, hatten dort nur einen winzigen Besitz. Sie hatten mehrere der afrikanischen Könige übertölpelt, sie aufzunehmen und sogar die heilige Hostie und den Wein des römischen Ritus zu schlucken und sich mit portugiesischen Namen zu taufen, so daß dieser Mohrenkönig nun Don Affonso und jener Don Alvaro und der nächste der Herzog von Soundso und der Marquis von Soundso war. Doch das alles waren lediglich kleine Inseln der portugiesischen Zivilisation an der afrikanischen Küste, die von großen dunklen Teichen der monströsen Nacht umgeben waren, und es herrschte ein ständiger Krieg zwischen den Portugiesen und ihren unwilligen Gastgebern und auch mit einem Kannibalenstamm, der sich Jaqqa nannte und wie ein Teufel im Hinterland wütete. Barbosa sah dies alles von beiden Seiten. »Es ist ein tödliches Land, voller übler Malarias und geheimer Gifte. Und doch hat es Schönheit und Reichtümer, und wir werden, wenn Gott es uns gewährt, daraus ein neues Mexiko, ein neues Peru machen.«

»Doch König Philip hat schon genug solcher Ländereien«, sagte ich.

»Aye, doch diese wird nicht König Philip gehören! Er mischt sich nicht in die Geschicke der Länder in Übersee ein, die Portugal gehörten, bevor die beiden Königreiche vereinigt wurden«, sagte Barbosa, »und König Philip wird Portugal nicht auf ewig regieren.« Und er schaute sich um, vielleicht, weil er sich fragte, ob er belauscht worden war, obwohl ich nur schwer begreifen kann, warum einer dieser Portugiesen sich daran stören sollte, daß Barbosa dem spanischen König nicht treu ergeben war.

Wochen später kam der Tag, da Afrika den Horizont verdunkelte. Und als unser Schiff auf spiegelglatter See in den

Hafen von São Paulo de Luanda im Land Angola einlief, kam der Bootsmann wieder mit unseren Ketten und deutete mit einem Kopfnicken an, daß wir sie anlegen müßten.

Dieses São Paulo de Luanda liegt an einer großen Bucht, die die Ziegenbucht genannt wird und für die Schiffahrt einen brauchbaren Hafen abgibt. Verschlossen wird dieser Hafen von einer gewissen Insel namens Luanda, was in der Sprache dieses Landes ›kahl‹ oder ›rasiert‹ bedeutet, weil es eine sehr niedrige Insel ohne jeden Hügel ist. Fürwahr erhebt sie sich kaum über das Meer. Diese Insel setzt sich aus dem Sand und Schlamm der See und einer Flußmündung zusammen, die ein wenig südlich von der Stadt liegt, die des Flusses Kwanza; deren beide Fluten stoßen aufeinander, und der Schlamm sinkt dort hinab und ist im Lauf der Zeit zu einer Insel geworden. Sie ist vielleicht zwanzig Meilen lang und höchstens eine Meile breit; an manchen Stellen mißt sie von der einen zur anderen Seite jedoch nur eine Bogenschußweite.

Als wir diese Insel passierten, sagte Barbosa zu Torner und mir: »Auf diesem Eiland hat der schwarze König des Kongo seine Geldmine, aus der er jedes Jahr einen großen Wohlstand zieht.«

»Gold, meint Ihr?« sagte Torner.

Dieser Barbosa lachte. »Nay, guter Freund. Muscheln der See, die schätzt dieses einfache Volk am meisten!«

Er lachte, wie um es zu verspotten, ein mächtiges, gekünsteltes hartäugiges Lachen der Verachtung und erzählte uns, wie die Frauen an den Strand gehen, bis zu zwei Faden Tiefe und noch tiefer Sand in ihre Körbe schaufeln und danach die kleinen glatten und hellen Muscheln herauswaschen. Sie sind das Geld dieses Landes. »Gold und Silber und andere Metalle sind hier kein Geld«, erklärte Barbosa. »Fürwahr, mit diesen Muscheln kann man sogar Gold und Silber und alles andere kaufen! Aber das sind nur dumme Wilde, versteht ihr?«

Wir lachten mit ihm, Torner und ich, denn wir hielten es für komisch und überaus seltsam, daß jemand bunte Muscheln höher schätzen konnte als Gold.

Doch zu dieser Zeit war ich noch fremd in den entlegenen Winkeln der Welt und betrachtete alles mit den verkniffenen Augen der Unwissenheit und des bornierten Mitleids. Die Zeit hat mir einen Schatten mehr Weisheit gegeben, und ich glaube nun, daß es nicht einen einzigen richtigen Weg für alles gibt, sondern daß jeder Weg auf seine eigene Art richtig ist, und warum also sollte dieses Volk nicht schöne Muscheln lieben wie das unsere edle gelbe oder weiße Metalle? Beides sind Güter, die man nicht leicht findet, die mit Werkzeugen aus der Erde geholt werden müssen, und beide besitzen eine gewisse Schönheit und sind zu nicht viel nutze denn als Handelsgut. Und doch hätte ich zu dieser Zeit mit Barbosa nicht über solche Dinge streiten können. Noch teile ich, nebenbei, heutzutage den Glauben, daß die Leute dieses Landes bloß dumme Wilde sind, doch all diese Weisheit war teuer zu erwerben.

Angola funkelte in dem hellen sengenden Tageslicht wie ein Land der Träume, von denen allerdings keine angenehm waren.

Torner hatte mir eine grobe Landkarte gezeichnet. Angola liegt an der südwestlichen Küste Afrikas, etwa auf halber Höhe zwischen der großen Ausbuchtung von Guinea im Norden und dem Kap Bona Sperenza im Süden. Über Angola schließt sich an der Küste das Königreich Kongo an, das es sich einverleibt hat, wie Spanien sich Portugal einverleibt hat, und darüber liegt ein weiteres Königreich namens Loango, und landeinwärts von diesen dreien finden sich in dieser Gegend etliche weitere kleinere Königreiche.

Seltsame Namen. Ein grollender Mund voller Laute. Mpemba, Mbamba, Mbata, Nsundi, Mpangu, Soyo. Die Provinz der Ambundu. Die Stammesgebiete der Wembo, Wando, Nkusu, Matari. Das Gebiet der Wilden, der Menschenfresser, der Jaqqa, Calicansamba, Cashil, Cashindcabar. Teufelsnamen. Namer voller harter Musik, voller Trommeln und schriller, kreischender Schreie.

Einige dieser Namen nannte Torner mir, als wir auf die Karte schauten, die er gekritzelt hatte. Einige davon hörte ich später, wurden mir von verängstigten Männern im Urwald zugeflüstert. Ich trage jetzt Narben, die mich an diese Namen erinnern. Tropfen meines Blutes liegen auf dem dunklen, feuchten Erdreich dieser Länder, und von meinem Blut haben sich in diesen vergangenen Jahren große Ollicondibäume genährt und Zedern und Palmen und Bäume, die überhaupt keinen Namen tragen. Ich habe mit eigenen Augen die Provinz Tondo und die große Stadt Dongo und den Fluß namens Gonza gesehen und mehr, so viel, daß sich mein Gehirn von den berstenden Erinnerungen an sie alle füllt und überfließt. Königreiche: Angola, Kongo, Loango. Traumländer.

Nay, keine Traumländer für ihre eigenen Völker, sondern rechtmäßige Herrschaftsgebiete, wie es in unserer Welt Portugal und Frankreich und Schweden sind oder auch England. Der König des Kongo ist der oberste Monarch, dessen Titel Manikongo lautet, und sowohl Angola wie auch Loango sind ihm tributpflichtig. Doch die Macht dieses Königs ist in letzter Zeit gewaltig geschwunden, und auf jeden Fall haben die Portugiesen einen Hohn aus all den feierlichen Zeremonien dieser Königreiche gemacht, indem sie dem schwarzen Volk ihre eigene Herrschaft und ihre eigene Religion und ihre eigenen Gebräuche so weit wie möglich aufgezwungen haben.

Obwohl ich ein Gefangener war, verzweifelt weit von der Heimat entfernt und mit keiner Hoffnung auf Rückkehr, schaute ich dennoch dieses Land mit erstaunten Augen. Und die himmelshohen Bäume mit ihren grünen Kronen waren wundersam für mich, ebenso die Hitze der Luft, die Gerüche, die Geräusche, das verwirrend grelle Licht.

Unser gewichtiges Schiff fuhr so weit in den Hafen hinein, wie es dies wagte, und warf dann den Anker. Und dann kamen kleine Boote mit Rudern und Segeln, um uns zu holen. Sie waren aus dem Holz der Palmenbäume gemacht, das man zusammengelegt und nach der Art unserer Boote zusammengesetzt hatte. Als wir zum Festland gebracht wurden, sahen wir, daß der Kanal voll von diesen Booten war, denn dies sind reiche Gewässer, schwer von Sardinen und Sardellen und auch Seezunge und Stör und einem Überfluß an großen Krebsen.

Wir gingen an Land. Und sahen einen grimmigen Zug Portugiesen, die uns mit ernsten Gesichtern erwarteten, dunkelhaarige, dunkeläugige, dunkelhäutige kleine Männer, die unter der schrecklichen Sonne in ihren vollständigen Rüstungen schwitzten. Als wären wir eine Bande großer Judasse, Torner und ich, die nicht entkommen durften.

Sie musterten uns überaus verdrossen. Wären ihre harten, kalt starrenden Augen Steine gewesen, die sie auf uns geworfen hätten, so hätten sie unsere Haut durchbohrt. Ich verspürte den Druck ihres Hasses, dieses dumpfe, schwere, feindselige Gewicht, das ich auch während der ersten paar Tage unserer Meeresüberfahrt gespürt hatte. Und ich erwiderte Blick mit Blick, Stirnrunzeln mit Stirnrunzeln. Bin ich euer Feind? *Porque*? Weil mein Land der Feind eures Landes ist? Weil meine Königin ein Feind des Papstes ist? Weil wir uns nicht hinhocken und unsere Hingabe murmeln wollen und nicht die Heiligen und andere falsche Götter rufen? Weil wir den lateinischen Singsang verabscheuen und unser eigenes rechtmäßiges Gebetsbuch haben? Nun denn, so sei es, Portugiesen. Ich bin euer Feind! Aber nur, weil ihr euch entschieden habt, der meine zu sein.

Sie spotteten. Sie riefen Worte in ihrer dickmündigen Zunge, nicht wissend, daß ich die Hälfte ihrer Verderbtheit verstand. Sie verfluchten die Königin als exkommunizierte Hure und die Tochter einer Hure und Hexe. Sie sagten das gleiche von meiner und Torners Mutter. Ich bewahrte meinen Frieden, obwohl es nicht leicht war. Jesus, war es schwer! Ich hätte ihnen Dinge über den Papst und den stinkenden Luxus zugerufen, in dem er schwelgt, und über die Mönche, die sich mit dem Altarwein vollaufen lassen und in den Klöstern wie die Teufel kopulieren, und noch viel schlimmere solche Sachen. Doch ich bewahrte Ruhe.

Schließlich, als sie mich zu der trockenen schwarzen Erde ihrer Stadt führten, sagte ich lediglich in meinem besten Portugiesisch: »Der Teufel wird eure Seele fressen, ihr Papistenschweine«, und sie keuchten erstaunt auf, daß ich ihre Zunge sprach.

Die Stadt war als angebliche Hauptstadt eines großen Reiches, das angeblich in der Entstehung begriffen war, klein und schäbig. Dieser Teil Angolas birgt keinen Stein und nur sehr wenig Holz, und die Gebäude, die ich sah, bestanden zum größten Teil aus Binsenrohr und Palmenwedeln, die mit Erde bedeckt waren. Es gab natürlich gewisse Gebilde von größerer Pracht, der Palast des Statthalters und die Häuser der Regierung und die Kirche mit roten Mauern und einem hohen Glockenturm und das von einer hohen Palisade umzäunte Fort, das die Siedlung von dem höchsten Punkt in der Gegend aus schützte.

Torner und ich wurden wie Schafe vorwärtsgetrieben oder noch grober als die, durch die Mitte dieses Ortes, durch staubige Labyrinthe grindiger Straßen. Alles war heiß und trocken, da die Regenzeit jenen langen Monaten gewichen war, in denen es keinen Regen gab. Nur daran kann man in jenen Breitengraden den Winter vom Sommer unterscheiden: Die Winter sind trocken. Auf unserem Weg kamen einige Afrikaner herbei, um uns anzustarren, zuerst ein paar und dann große Mengen, ein ganzer Schwarm von hervortretenden weißen Augen in einer Wolke der Schwärze.

»Warum mustern sie uns so grimmig?« fragte ich Torner. »Sollte es solch ein Wunder sein, daß hier zwei Engländer vorgeführt werden?«

»Es ist dein Haar, Andy, dein gelbes Haar!« antwortete er mir.

Zweifellos war es das, und bald kroch der kühnste der Schwarzen vor, um es vorsichtig zu berühren, wie um herauszufinden, ob es aus Gold gesponnen sei, glaube ich. Weiße Haut war kein seltsamer Anblick mehr für dieses Volk, doch helles Haar, schätze ich, muß für sie sehr neu gewesen sein, da die Portugiesen im allgemeinen ein Volk mit dunklem Haarwuchs sind. Also starrten sie mich an und ich sie. Was für eine glänzend zusammengesetzte Welt, in der einige rosa sind wie wir und einige rot und andere gelbhäutig und wieder andere ebenholzfarben! Diese Angolaner waren völlig schwarz, sowohl die Männer als auch die Frauen, und nur wenige von ihnen kamen der Farbe der wilden Olive nahe. Ihr Haar war dicht gelockt und schwarz, obwohl ich bei einigen wenigen einen schwachen roten Schimmer sah. Ihre Lippen waren nicht so dick wie die anderer Schwarzer, die ich in anderen Ländern gesehen hatte, und ihre Wangenknochen waren scharf. Die Statur der Männer war von einer mittelmäßigen Größe wie die der Portugiesen. Die Frauen wirkten stark, mit hohen und vollen Brüsten, die sie ohne Scham zur Schau stellen.

Was an diesem Ort mit mir geschehen würde, war mir ein völliges Geheimnis. Ich wußte nicht, warum die Portugiesen sich die Mühe gemacht hatten, mich hierher zu verschiffen, noch, welchen Frondienst sie hier für mich finden würden, und nichts war sicher bis auf die Tatsache, daß ich England lange Zeit nicht wiedersehen würde.

Sie stießen uns weiter zu der Festung. Die Sonne brannte in meinen Augen und blendete sie, und dann stolperte ich blinzelnd und verwirrt in einen sowohl feuchten wie auch kalten Kerker, der aus der Erde gemeißelt war. Torner und ich lagen Seite an Seite in einer großen, verschimmelten Kammer, mit einer Barriere geschärfter Pflöcke zwischen uns. Unsere Knöchel waren mit leichten Ketten gefesselt, so daß wir nicht laufen konnten, ohne zu stolpern, doch unsere Hände waren frei. Die portugiesischen Soldaten hockten sich, nach Knoblauch und Öl stinkend, um uns herum zu Boden, schoben ihre Gesichter ganz nah vor die unseren, betasteten uns hier und da, um zu sehen, ob wir Knochen und Rippen hatten, und betasteten uns erneut. Wie abergläubische Heiden schlugen sie oft das Zeichen des Kreuzes vor uns, hielten uns ihre Rosenkränze und andere Spielzeuge entgegen und sprachen in so barbarischem, unsinnverkrustetem Portugiesisch miteinander, daß ich ihren Worten nur wenig Sinn entnehmen konnte, bis auf die Tatsache, daß sie einander anwiesen, daß wir ohne Bequemlichkeiten gefangengehalten werden sollten.

Und dann verließen sie uns. »Gott segne Königin Elisabeth!« rief ich ihnen nach. »*Dieu et mon Droit*! England, England, England!« und weitere solche Dinge.

Dort blieben wir drei oder vier Tage in Dunkelheit und Elend, erhielten von Zeit zu Zeit Mahlzeiten und wurden ansonsten nicht beachtet. Insekten statteten uns Besuche ab, Spinnen mit Pelzen und kleine Käfer und Echsen der Nacht.

Wir atmeten unentwegt den Gestank von Pisse und Scheiße. Als wir auf dem Stadtplatz von Barbosa getrennt wurden, hatte er gesagt, wir würden bald erfahren, was für ein Schicksal uns erwartete, doch ich fragte mich, ob diese uns übel gesonnenen Portugiesen uns einfach vergessen hatten. Schließlich jedoch erklang das Klirren von Toren und das Rasseln ferner Schlösser, und Barbosa erschien mit einer tropfenden Wachskerze. Zwei unserer Wärter begleiteten ihn, blieben jedoch ein paar Schritte hinter ihm.

Der gute Mann war so freundlich, uns eine Schüssel des Weins dieses Landes mitzubringen, der aus Palmensaft gemacht wird: Für diese Anständigkeit mögen seine Heiligen ihm Frieden schenken. Der Wein war milchig und überaus süß und prickelte leicht in unseren Mündern.

»Bekommt ihr zu essen?« fragte Barbosa.

»Nicht oft und nicht gut, doch wir verhungern nicht«, sagte ich. »Wir bekommen hauptsächlich eine Art Brei. Sollen wir für immer in diesem Loch bleiben?«

»Es gibt ein Problem«, sagte Barbosa. »Der alte Gouverneur ist tot, und hier ist alles durcheinandergeraten, und es droht ein Krieg mit den Schwarzen. Der König von Matamba und der König des Kongo und der König von Angola haben sich gegen uns verbündet, und auf der anderen Seite lauern die Jaqqas, hungrig auf böses Fleisch. Es wird Krieg geben. Zu solch einer Zeit können die Beamten hier nicht viele Gedanken an euch verschwenden.«

»Dann laßt uns frei, wenn wir zu viel Mühe machen!« rief Torner. »Gebt uns frei, damit wir nach Hause zurückkehren können!«

Barbosa schüttelte traurig den Kopf. »Ihr würdet nicht eine Woche lang überleben, mein Freund. Dies ist kein Land für solche Abenteuer. Ihr müßt in São Paulo bleiben.«

»Warum werden wir festgehalten?«

»Man wird Verwendung für euch finden«, sagte Barbosa.

»Was?« rief Torner. »Niemals!« sagte ich im gleichen Augenblick.

»Verwendung«, sagte Barbosa. »Wir sind so wenige, und die Schwarzen sind so viele. Die Verwalter haben beschlossen, englische Gefangene hier einzusetzen, von denen ihr die ersten seid.«

»Das ist töricht«, sagte ich. »Wir werden Euch niemals dienen. Und wenn sie genug von uns hierher schicken, werden wir uns erheben, über Eure bemitleidenswerten Truppen herfallen und dieses Reich für Königin Bess nehmen.«

»Ich bitte dich, kein solches Gerede«, sagte der Portugiese leise, »oder die Heißsporne hier werden eure Köpfe haben.«

»Spielt das eine Rolle?«

»Für euch schon, wenn der Augenblick kommt.«

»Welchen Rat könnt Ihr uns geben?« fragte Torner.

»Geduld, Zuversicht, Schweigen. Leistet keinen Widerstand und hofft auf bessere Tage. Der Tod des Gouverneurs hat hier alles gelähmt, denn er war einer, der alle Autorität in sich vereinigte, und nachdem er heimberufen wurde, ist da nur leere Luft, ein Vakuum, durch das Wirbelwinde tosen.«

Dieser Gouverneur, der kürzlich starb, so erzählte er uns, war ein gewisser Paulo Dias de Novais, ein Enkelsohn jenes Bartholomeu Dias, der den Weg um das Kap Bona Speranza gefunden hatte. Paulo Dias war es gewesen, der vor fünfzehn Jahren São Paulo de Luanda gründete, nachdem er die Gunst des Königs von Angola gewonnen und das Recht bekommen hatte, Palisaden und Forts an dieser Küste zu errichten, nachdem er den König bei Kämpfen gegen rebellische *Sobas*, das sind schwarze Duodezfürsten, unterstützt und viele der Eingeborenen hier zu Christen gemacht hatte. Als sich später die Dinge zwischen König Ngola und den Portugiesen abgekühlt hatten und es zu erstem Aufruhr gegen die weißen Eindringlinge gekommen war, hatte dieser Dias sich als fähiger General und entscheidungsfreudiger Mann erwiesen. Sein Tod war unser großer Verlust, da er wie Barbosa auch nicht dafür bekannt war, seine Kräfte auf müßige Feindseligkeiten zu verschwenden und sich zwei gestrandeten Engländern gegenüber, die ohne eigenes Dazutun in seine Obhut gefallen waren, vielleicht freundlich gezeigt hätte; in der Tat hatte es niemals solch einen Haß zwischen Engländern und Portugiesen gegeben, bis unser Feind Philip der König von Portugal geworden war. Doch nun war Dias tot, und die Festung hatte seinen Stellvertreter, Luiz Serrão, als seinen Nachfolger gewählt. »Serrão war zu seiner Zeit ein guter Soldat«, sagte Barbosa. »Doch er ist alt und müde und gezwungen, einen Krieg zu führen, den er nicht will. Ich glaube, er wird keine Verfügung über euch beide treffen, bis er seine anderen Probleme überwunden hat. Und dieser Tag wird vielleicht niemals kommen.«

»Also werden wir hier bis auf ewig verfaulen?« wollte ich wissen.

»Jesus und Maria mögen euch Trost geben«, sagte der gute Portugiese leise. »Es wäre besser für euch, wenn ihr England niemals verlassen hättet, doch ihr seid hier, und ich werde mich in meinen Gebeten an euch erinnern, denn ich glaube, es wird lange dauern, bevor ihr wieder Tageslicht seht.«

Darin jedoch hat sich der freundliche Barbosa geirrt.

Kaum einen Tag später wurden wir aus unserem Kerker geholt und zu einer Audienz bei diesem Serrão geschleppt. Er war alt und schwer und saß gekrümmt da, atmete rasselnd, da er fleischig und krank war, und hatte eine ungesunde graue Haut, auf der überall helle Schweißbäche glänzten. Eine lange Weile musterte er uns, als seien wir ein paar seltsame Tiere mit faulem Geruch, und ich erwiderte seinen Blick mit Zorn und Abscheu, denn dieser Mann war unser einziger Feind hier, der, der die Macht über Leben und Tod über uns hielt und zwischen uns und der Heimat stand, und ich wußte, daß er uns nicht freilassen würde.

Schließlich sagte er: »Die Briefe verraten mir, daß ihr gefährliche Freibeuter seid, die versucht haben, der Regierung Brasiliens zu schaden. Trifft das zu?«

»Freibeuter, ja«, erwiderte ich. »Doch wir haben nur versucht, etwas von dem Gold der Indianer zu bekommen, von den Schatzschiffen des Rio de la Plata.« Es schien sinnlos zu sein, die Behauptung aufrecht zu erhalten, wir seien unschuldige Siedler für Virginia, wenn wir hier sowieso schon als verurteilt galten.

»Du sprichst unsere Sprache gut, obwohl dein Akzent schrecklich ist.«

»Es ist die Sprache, die schrecklich ist. Ich spreche sie so, wie sie es verdient.«

»Ach, so voll des Feuers bist du also? Daß du den Mann ankeifst, dem du dein Leben verdankst?«

»Ich keife euch an, weil Ihr mein Leben in der Hand haltet, Sire.«

»Ich habe nicht um euch gebeten«, sagte Serrão. »Für mich seid ihr eine Last, ein Dorn in meiner Seele.«

»Wir haben auch nicht um Euch gebeten.«

Serrão sah mir in die Augen. »Soll ich mit euch die Coccodrillos füttern, um mir euer Ärgernis vom Hals zu schaffen? Ihr seid ein Summen in meinen Ohren. Der Heilige Michael erspare mir, noch mehr von euch zu hören.«

»Und der Heilige Georg erspare uns, lange unter euch zu verweilen.«

»Schweigt!«

Bei diesem plötzlichen Ausbruch des trägen und kränklichen Serrão sah Torner mich an und sagte: »Um Jesu willen, Andy, erzürne den alten Mann nicht!«

»Der andere Engländer«, sagte Serrão, »er versteht nichts von dem, was wir sprechen?«

»Sehr wenig«, sagte ich. »Später werde ich ihm die Bedeutung übersetzen.«

»Ist er genauso voll des Zorns wie du?«

»Noch voller«, sagte ich. »Seine Zunge zittert vor Abscheu vor Eurer Rasse, doch er kann es nur auf englisch sagen.«

Serrão nickte, als wäre es ihm gleichgültig, daß wir solch aufrührerische Schurken seien, und verstummte wieder. Er spielte mit einem Schnitzwerk an seinem Gürtel und säuberte sich die Nägel mit einem Dolch: ein fetter alter Soldat, der einst kühn und schnell gewesen sein mußte, obwohl davon nur noch wenig zu sehen war. Wahrscheinlich war er sehr erzürnt auf Paulo Dias, daß dieser zur Unzeit gestorben war. Nach einer Weile blickte er auf. »Was soll ich nur mit euch tun?« sagte er.

»Verfrachtet uns auf das nächste Schiff nach Lissabon, von dort aus werden wir den Weg nach England schon finden.«

Der alte Mann lachte. »Ja, und ich gebe euch auch noch tausend Pfund Elfenbein mit, weil ihr unter unserer Obhut so gelitten habt. Seid ihr gute Seeleute, Freibeuter?«

»Ausgezeichnete.«

»Welche Erfahrungen habt ihr?«

»Ich bin Lotse«, sagte ich kühl, »und mein Gefährte ist Kanonier.«

Diese Lügen sprach ich, um uns wichtiger erscheinen zu lassen, denn hätte ich gesagt, daß wir nur einfache Matrosen waren, so hätten die Portugiesen, fürchtete ich, nur wenig um uns gegeben und uns vielleicht die Kehlen durchgeschnitten, um sich nicht mehr um uns kümmern zu müssen. Darin sollte ich recht behalten. »Ein Lotse«, sagte Serrão murmelnd: »Gut. Sehr gut. Unsere Pinasse, die zwischen hier und Masanganu verkehrt, ist knapp an Besatzung, und wir werden euch auf ihr dienen lassen.«

»Das werden wir nicht tun«, erwiderte ich.

»Ihr weigert euch?«

»In der Tat.«

Er zog ein Gesicht, als hätte ich ihn mit der Faust in die Fettrollen seines Leibes geschlagen und etwas Luft aus ihnen gedrückt. Ich behielt meinen kalt funkelnden Blick bei. Doch seltsamerweise fiel es mir schwer, ihn weiterhin zu verachten; er war alt, leidend, müde, und durch einen Winkelzug des Schicksals mußte er Gericht über mich halten, was ihm vielleicht nicht besser gefiel als mir. Ich tat diese Gedanken als Schwäche und Nachgiebigkeit ab, versuchte, sie zu unterdrücken, und blickte düster auf ihn hinab wie auf einen durchtriebenen und betrügerischen italienischen Kardinal, der nachts seiner eigenen Schwester beiwohnt.

»Warum weigert ihr euch?« fragte Serrão.

»Königin Bess kann mir Befehle erteilen, aber nicht Ihr, und ganz bestimmt nicht König Philip.«

»Sprich nicht zu mir von König Philip. Er ist nicht mein König, abgesehen von einem fernen Dekret, von dem ich nichts weiß. Ich trage euch auf, auf unserer Pinasse zu fahren, der es an Besatzung mangelt.«

»Bemannt sie doch selbst, Alter.«

Er schien sich selbst Einhalt zu gebieten. Auf langsame, bedächtige Art sagte er: »Was für eine Wahl habe ich? Ich könnte euch mit einer Handbewegung erschlagen lassen und später sagen, ihr wäret entschlossene Ketzer gewesen, die falsch zu den Schwarzen gepredigt hätten. Doch nein, ich bin nicht versessen darauf. Ich könnte euch in den Kerker zurückschicken und euch dort verschimmeln und verfaulen lassen, bis die Knochen durch eure Haut scheinen. Ist dies nach eurem Geschmack? Aber dann muß ich euch zu essen geben und mich noch anderweitig um euch kümmern. Oder aber ihr könntet unter unserem Kommando dienen.«

»Das werden wir nicht, und wenn wir dafür verfaulen oder Eure Coccodrillos mit unserem Fleisch füttern müssen.«

Serrão lehnte sich gegen seine Stuhllehne zurück und trommelte mit den Fingerspitzen auf seinen Arm, der an einigen Stellen eine schuppige Schlangenhaut aufwies. »Ihr seid starrköpfig«, sagte er, »und zwar von einer törichten Starrköpfigkeit. So sei es: zurück in eure Zellen.«

Die Wachen schickten sich an, uns aus dem Raum zu drängen.

Torner sah mich an und fragte: »Was hat es gegeben?«

»Man hat uns Posten auf einem ihrer Schiffe angeboten. Ich habe abgelehnt und gesagt, daß wir ihnen nicht dienen werden.«

»Tapferer Bursche!«

Fürwahr tapfer, doch vielleicht nicht ohne Torheit. Denn als wir uns durch die seelenverdörrende stickige Hitze zu den Tiefen und Eingeweiden der Festung zurückschleppten, fühlte ich, wie mich eine Änderung meiner Meinung überkam. Ich dachte bei mir, daß mein Patriotismus zwar edelmütig, aber auch edelmütig töricht sei. Sie konnten uns für ein oder fünf Jahre, aber auch für immer in den Kerker werfen. Es war gut vorstellbar, daß wir dort unten in-zwei weiteren Wochen an der Feuchtigkeit oder an einem Spinnenbiß oder einem inneren Ausfluß sterben würden. Wie konnten wir damit der Königin dienen? Wie würde dies unseren eigenen Wünschen und Träumen dienen? War es nicht besser, diesen Portugiesen zu gehorchen, wieder ins Sonnenlicht hinauszukommen und ihnen zu dienen, bis sie uns vielleicht begnadigten? Es würde mir nicht leicht fallen, in ihre Dienste zu treten, doch es hieß entweder das oder sterben, und aus starrköpfigem Patriotismus zu sterben mag zwar eine schöne Sache sein, aber doch nicht halb so schön, wie England wiederzusehen.

»Ich habe es mir anders überlegt«, sagte ich zu Torner.

»Was?«

»In den Kerkern haben wir keine Chance. An Bord ihrer Pinasse könnten wir den Anfang des Wegs nach Hause finden. Was sagst du, Thomas?«

»Wirst du ihnen dienen?«

»Aye, das werde ich. Ich halte es für klüger.«

»Dann werde ich es auch, Andy.«

Ich blieb stehen und sagte zu den Portugiesen, die mich anstießen und mir mit ihren Knüppeln in die Nieren schlugen: »Wartet, ich will den Statthalter noch einmal sprechen.«

»An einem späteren Tag«, erwiderte eine Wache.

»Nein!« rief ich, da ich dachte, daß Monate daraus werden könnten. »Geh zu ihm, sag ihm, wir hätten es uns anders überlegt, oder es geht auf deine Kappe!«

Die Portugiesen beratschlagten untereinander; und dann erbarmten sie sich und brachten uns zu Serrão zurück, der seit den zehn Minuten, die verstrichen waren, um vieles älter und müder aussah.

»Ich füge mich«, sagte ich. »Wir werden dienen.«

»Du bist klug, dies zu tun. So sei es.« Und er winkte uns hinaus.

Erneut wurden wir zu unserem Kerker geführt, und nun erklärte ich Torner alles, was sich bei dem ersten Gespräch zwischen Serrão und mir zugetragen hatte. Er zuckte die Achseln, als ich sagte, wir hätten die Wahl gehabt, zu dienen oder elendig in Ketten zu sterben, und lachte, als ich sagte, ich hätte ihn zum Kanonier und mich zum Lotsen befördert; doch er erbleichte, als ich sagte, Masanganu sei der Ort, zu dem wir gebracht werden würden.

»Du kennst ihn?« fragte ich.

»Barbosa hat mir einmal davon erzählt, als wir auf See waren«, sagte Torner. »Es ist ein Fort irgendwo im heißen Inneren dieses Landes, das es gegen die wilden Stämme beschützt, die dahinter leben. Die Portugiesen fürchten es allesamt, sagte Barbosa, und niemand wird dorthin gehen, wenn er es verhindern kann, denn es ist ein Ort, an dem die Menschen wie Hühner am Fieber und an Krankheiten sterben.« Torner schaute mich an, und ich sah mehr Zorn als Furcht in seinen Augen. »Dieser fette alte Schurke hat den einfachsten Weg gefunden, uns loszuwerden. Masanganu! Ein Ort, wo die Menschen wie Hühner sterben, hat Barbosa ihn genannt. Wo die Menschen wie Hühner sterben.«

5

Des Statthalters Pinasse war, selbst was Pinassen betrifft, ein bescheidenes Schiff, mit einem krummen Sparren auf dem Fockmast, und sein Großsegel war nach Art der Araber aufgebauscht, so daß es dazu neigte, den Bug zu senken. Ich war froh, daß wir nicht darauf berufen wurden, um sie in Meeresgewässer zu führen, denn ich argwöhnte, solch ein Schiff würde bei schwerem Seegang oder einer leichten Änderung der Windrichtung unvorhersehbar aus dem Kurs laufen. Doch wir mußten es nur auf eine Entfernung von einhundertdreißig Meilen den Fluß Kwanza hinaufsegeln.

Dieser Fluß mündet kurz unterhalb von São Paulo de Luanda ins Meer. Die Pinasse, die dort wartete, hatte fürwahr nur eine kleine Besatzung, kaum genug Männer, um den Anker einzuholen und die Segel zu setzen: kein Wunder, daß sie Engländer in ihre Dienste zwangen. Die Portugiesen hatten sich in Angola viel zu sehr ausgebreitet; es gab nur ein paar hundert von ihnen, die all die Forts füllen mußten, während sich an jeder Grenze die Feinde zusammenzogen. An Bord der Pinasse war der Kapitän gleichzeitig der Lotse, ein Portugiese mit fleischigem Gesicht namens Henrique, und die anderen waren nichts als gewöhnliche Matrosen, die taten, wie man sie hieß, mehr aber auch nicht.

Neun Tage fuhren wir den Fluß Kwanza hinauf, während denen ein portugiesischer Matrose starb und ein anderer tödlich erkrankte. Das Land hier ist so heiß, daß es ihre Herzen durchbohrt. Wir kamen nur langsam in schrecklicher Stille voran, die von schrecklichen Geräuschen unterbrochen wurde: des Tags vom wilden Geschrei der Vögel, des Nachts von den scheußlichen Lauten der Leoparden und Löwen und Schakale und Hyänen. »Wir haben nur einen Segen«, sagte Henrique zu mir, denn er war höflich und zeigte uns keine Verachtung, »nämlich, daß wir die Reise in der Trockenzeit machen. Denn in der Regenzeit fallen schwarze Insekten in dichten Wolken über uns her, und wir atmen und essen sie und zwinkern sie aus den Augen.«

Coccodrillos sonnten sich auf schlammigen Bänken und lächelten ihr Coccodrillolächeln, an das ich mich von Brasilien so gut erinnerte. Wenn wir uns ihnen näherten, glitten sie geräuschlos in das dunkle Wasser hinab. In Lagunen wateten Wasservögel zu Tausenden und nährten sich an glücklosen kleinen Geschöpfen. Da waren schwarzweiße Störche düsteren Aussehens, die mir wie Todesboten erschienen, und auch ein anderer großer Vogel mit einem seltsam geformten Schnabel, der wie ein großer Löffel aussah. Und am Ufer wuchs in weit übermannshoher Größe schilfähnlicher grüner Papyrus mit Spitzen, die zu Fächern geformt waren, während dahinter der Dschungel lag, Palmen und

Kletterpflanzen und so weiter, die sich zu einem undurchdringlichen Wall verschlungen hatten. Manchmal sahen wir die Flußpferde oder Hippopotami, von denen nur die platten Nasen und die breiten, funkelnden Rücken aus dem Wasser ragten. Und manchmal lagen die Coccodrillos so dicht auf den Bänken, daß wir uns wegen ihres schweren Moschusgeruchs beinahe übergeben mußten. Der seltsamste Anblick von allen, die wir schauten, war jedoch weder ein Coccodrillo noch ein Flußpferd, sondern ein Mann einer menschlichen Rasse.

Dies trug sich vielleicht auf halber Höhe des gewundenen Flußlaufes zu, direkt hinter einem See, der den Namen Soba-Njimbe-See trägt. Hier, auf einem flachen Stück Land vor dem Rand des dichten Dschungels, stand ganz allein ein Schwarzer von gewaltiger Größe und tiefdunkler Hautfarbe, einem reinen Kohlschwarz mit einem purpurähnlichen Anflug darin. Er war völlig nackt bis auf einen perlenbestickten Gürtel, der sein Geschlechtsteil, das von fürchterlicher Größe war, keineswegs bedeckte. Er trug an einer Hüfte eine Art Dolch und an der anderen eine längere Waffe, lehnte sich auf einen schweren Schild und starrte in die Ferne, ohne mehr Notiz von unserem passierenden Schiff zu nehmen als von einem Käfer auf einem dahintreibenden Strohbüschel.

An diesem einen Mann waren eine Fremdartigkeit und ein überaus beherrschendes Auftreten und solch ein Eindruck einer stillen Bedrohung, daß er wie eine Art Luzifer oder Mephistopheles wirkte, und ich wußte vom ersten Augenblick an, daß er kein gewöhnlicher Mann war. Neben mir gab einer der Portugiesen ein leises, grunzendes Geräusch von sich, ließ sich auf die Planken fallen und schickte sich an, sich zu bekreuzigen und einen solchen Strom von Ave Marias und Vater Unsern herunterzubeten, daß ich sah, ich war nicht der einzige, der so empfand.

»Was ist das für eine Person?« fragte ich Henrique.

»Ein Prinz der Jaqqas«, erwiderte der Lotse. »Wir sehen sie mitunter auf dieser Strecke, wenn sie Pilgerreisen machen, von denen wir nichts wissen.«

»Jaqqas? Die Menschenfresser?«

»Die selbigen«, sagte Henrique. »Gefolgsleute des Herrn der Finsternis, Teufel aus der Grube!«

Einer der anderen Portugiesen hatte eine Arkebuse ergriffen und zielte mit dem Ding nun auf das Geschöpf am Ufer. Henrique pfiff durch die Zähne, drückte die Mündung der Waffe zur Seite und sagte: »Du Narr, willst du, daß wir am Abend alle in einem Kochtopf sitzen?«

Im nächsten Augenblick vollzog der Fluß eine scharfe Biegung, und der Jaqqa verschwand aus unserer Sicht. Doch sein Bild hatte sich in mein Gehirn gebrannt.

»Sie sind eine Plage«, sagte Henrique. »Sie kommen und gehen in der Wildnis wie Geister oder eher wie Heuschrecken und verschlingen alles auf ihrem Pfad, vernichten es, zeigen kein Erbarmen. Und doch wissen wir nicht, ob sie unsere Feinde oder unsere Freunde sind, denn manchmal sind sie unseren Zwecken zu Diensten, und manchmal fallen sie wie Höllenhunde über unsere Lager her.« Er erschauderte. »Diese Völker von Angola und die des Kongos sind nur Menschen mit dunkler Haut und wolligem Haar, und wir verstehen sie, und wenn wir in ihre Augen schauen, sehen wir Seelen, die unseren Blick erwidern, und wenn wir ihre Haut berühren, fühlen wir menschliches Fleisch darunter. Doch die Jaqqas . . .!«

Er ließ die Worte unausgesprochen.

Am siebten Tag machten wir bei einem Dorf namens Muchima halt, wo die Portugiesen ein Presidio oder Fort gegründet hatten, um Medizin für unseren Mann zu beschaffen, der krank geworden war, nachdem der andere schon gestorben war. Nur drei Portugiesen lebten in diesem Presidio, das eher eine Hütte aus Ästen war denn ein Fort. Doch um sie herum befand sich ein Dorf der Schwarzen von fünfzig oder achtzig Seelen, freundliche, unschuldige und friedliche Geschöpfe, die hauptsächlich vom Fischfang lebten. Wir blieben eine Nacht dort.

Diese Nacht nahmen alle Portugiesen, selbst Henrique, Mädchen des Stammes als Bettgenossinnen, bis auf den einen, der für solch eine Vergnügung zu krank war, und einen anderen, von dem ich glaube, daß er einen Eid geleistet hatte, in diesem Jahr keine Frau zu berühren, weil seine geliebte Jungfrau Maria ihm irgendeine Gunst erwiesen hatte. Torner wurde auch eine Frau angeboten, und er akzeptierte überaus freudig, und mir auch, doch ich lehnte ab. Meine Weigerung erzeugte unter den Portugiesen eine gewisse Erheiterung, da ich einen robusten Körper und eine ausgezeichnete Gesundheit hatte und sie meine Gründe nicht verstehen konnten.

»Hast du geschworen, ein Mönchsleben zu führen?« fragte Henrique mich. »Oder ist es, daß du die Liebe deines eigenen Geschlechts vorziehst, woraufhin wir dich wohl erschlagen und an die Coccodrillos verfüttern müssen, wenn du unsere Reise störst.«

»Weder das eine noch das andere«, antwortete ich ihm. »Doch in dieser üblen Hitze verspüre ich keinen Drang nach einer Frau.«

In Wirklichkeit war dies nicht die Wahrheit. Meine Lenden schmerzten, und in meinen Träumen sah ich nur Brüste und Schenkel und Hinterbacken und das Vlies zwischen den Beinen. Doch dieses Vlies war vom goldenen Flaum meiner Anne Katherine. Weiß Gott, ich bin kein Heiliger, und ich hatte auch kein Keuschheitsgelübde geleistet, und doch konnte ich zu dieser Zeit nicht in den Körper irgendeiner

Frau eindringen, nur um meine Gelüste zu befriedigen, nicht, wenn meine Handfläche mit geringerer Sünde den gleichen Zweck erfüllen konnte. Besonders wenn diese fremde Frau von schwarzer Haut und mit irgendeinem ranzigen Zeug eingeölt war und sich zur Zierde seltsame Narben auf die Wangen geritzt und vielleicht einen Knochen durch die Nase gestoßen hatte. Solch eine Frau zu benutzen hieße beinahe, Vieh zu benutzen, und Vieh war keine passende Gesellschaft für einen Engländer. So dachte ich – Gott vergebe mir! – in meinem Hochmut, ich, der ich zu dieser Zeit erst ein Jahr und ein paar Monate aus Essex fort war.

Daher schlief ich in dieser Nacht allein, wessen ich gewaltig überdrüssig war, da ein Jahr und ein paar Monate eine lange Zeit sind, um allein zu schlafen. Als wir am Morgen unsere Reise fortsetzten und einen Weg durch Untiefen und Felsen suchten, kam Torner zu mir und sagte: »Sie gaben mir zu meinem Vergügen ein Mädchen von dreizehn Jahren. Ihre Brüste waren jung und standen fest von ihrem Brustkorb ab und fühlten sich an wie Kugeln aus einem festen, schwammartigen Material. Unter diesem Volk ist es eine Sünde für eine verheiratete Frau, mit einem anderen als ihrem Ehemann zu liegen, genau wie es bei uns der Fall ist, doch ihre Mädchen reichen sie freimütig herum.«

»Und hattest du Vergnügen, Thomas?«

Seine Augen strahlten wie Leuchtfeuer. »Aye, Andy! Aye! Nicht, daß sie großartig erfahren darin war, und sie hatte eine seltsame Art, wie sie mich aufnehmen wollte, nämlich auf den Knien hockend. Doch ich drehte sie herum und spreizte ihr die Beine, und oh! Andy, es war ein so gutes Gefühl, nach dieser langen Zeit.«

»Obwohl sie keine Erfahrung hatte?«

»Was spielt das für eine Rolle? Ich wollte sie nicht heiraten«, sagte Torner, »nur meine Lust stillen. Sie lag da mit geöffneten Augen und gespreizten Beinen und tat wenig, so daß ich mich nach einer guten Londoner Hure sehnte, die weiß, wie sie ihren Arsch zu bewegen hat. Und doch, Andy, und doch . . .!«

»Was war mit ihren Zähnen, die zu Spitzen gefeilt sind?« fragte ich. »Hat dich das nicht gestört?«

»Das hätte es, wenn sie mich mit dem Mund liebkost hätte. Ich wäre zu Daumenlänge zusammengeschrumpft, hätten sich diese Teufelszähne um meine Elle geschlossen. Doch ich denke mir, daß man es hier nicht auf diese Art treibt. Und nur die Zähne anzuschauen bereitete mir kein Unbehagen, denn nach dem ersten Blick hielt ich die Augen auf eine andere Stelle gerichtet und später ganz geschlossen.« Torner lachte und knuffte meinen Arm. »Und du? Zu stolz, einer schwarzen Dirne beizuwohnen?«

»Zu sehr meinem Mädchen aus Essex verbunden«, sagte ich leise.

»Ach, Essex ist weit. Wirst du keusch bleiben, bis du dorthin zurückkehrst?«

»Wie kann ich das wissen?«

»Aber für den Augenblick willst du keusch bleiben?«

Ich nickte. »Für den Augenblick. Ich bin so lange keusch geblieben, was schmerzhaft genug war; vielleicht kann ich mich mit dieser Gewohnheit abfinden.«

»Nay. Ich habe während vieler Nächte gehört, wie du vor Verlangen stöhnst, Andy.«

Farbe kam in mein Gesicht. »Ach, das hast du? Nur zu!«

»Es ist wahr! Nun, letzte Woche lagst du in diesem Kerker und hast in deinem Schlaf gestöhnt und geschluchzt, und dann hast du geschnaubt, und dann lagst du ruhig. Glaubst du etwa, ich kenne diese Geräusche nicht, Junge?«

»Vielleicht kennst du sie.«

Seine harten blauen Augen waren nah vor den meinen,

und sein Lächeln war verderbt, als er sagte: »Glaubst du, Anne Katherine wird keusch leben, während du die Meere durchpflügst?«

Ich schlug ihn.

Ich schlug ihn mit der flachen Hand gegen die Wangenknochen, eher ein harter Stoß denn ein Schlag, doch hart genug, um seine Knie zu krümmen und ihn zu Fall zu bringen. Drei oder vier Portugiesen kamen herbei, da sie keinen Kampf zwischen uns Engländern wollten, doch Torner erhob sich, schüttelte den Kopf, um die Bienen aus seinen Ohren zu vertreiben, grinste und sagte: »Das war ein guter Schlag, Junge.«

»Du hast unbedacht gesprochen.«

»Aye, und dies tut mir leid. Es war schändlich von mir, dies zu sagen.«

»Sie ist keine Jungfrau. Ich habe sie mehr als einmal gehabt, doch ich war der erste, Thomas. Ich weiß dies gewiß, und ich glaube, ich bin noch der einzige.«

»Ich bete dafür, daß du recht hast. Ich wünsche dir alle Freude ihrer Liebe.«

»Und die Jahre werden verstreichen, und ich werde nicht zurückkehren«, sagte ich, »und es wird eine Zeit kommen, da sie mich für tot hält, und dann wird sie zu einem anderen Mann gehen. Doch ich glaube, diese Zeit ist noch nicht gekommen. Ich will dies glauben, Thomas. Sie ist erst neunzehn oder mittlerweile zwanzig, und ich glaube, sie wird mir noch ein Jahr geben.«

»Ihr seid verlobt?«

»Aye. Ich hatte einmal eine Frau, die an den Pocken starb, und nun fürchte ich, eine zweite zu verlieren, bevor wir verheiratet sind und während wir beide noch leben. Bist du verheiratet?«

»Das bin ich«, sagte Torner. »Mit drei Jungs von ihr.«

»Und bleibt sie dir treu, während du auf Reisen bist?«

»Ich stelle dies nicht in Frage, guter Andy. Mein Gewerbe hält mich mitunter lange Monate von ihr fern und nun vielleicht auf ewig. Soll ich einen solchen langen Zeitraum über keusch bleiben? Und wenn ich es nicht bin, warum denn sie? Nay, ich stelle keine Fragen darüber.« Er lachte breit. »Wie alt bist du, Andy?«

»Ich wurde im Monat von Königin Elisabeths Thronbesteigung geboren.«

»Dann bist du dreißig, glaube ich. Ein Mann mittlerer Jahre, und doch wirkst du in mancher Hinsicht noch sehr jung.«

»Aye«, sagte ich, »ich hatte einen späten Anfang, und ich verlor in meinem frühen Mannestum ein paar Jahre durch Trauer und Verwirrung, da keine Vernunft in meinen Kopf kommen wollte. Doch keine Angst, Thomas: Ich bin kein Narr. Dirnen mit spitzen Zähnen und Brüsten, die spitz hervorstehen, erregen mich diese Woche nicht, das ist alles.« Und wir lachten und umarmten uns, schlugen uns auf den Rücken und nahmen unsere Pflichten auf Deck wieder auf.

Doch ein schwerer Trübsinn senkte sich über mich. Ich sah, wie Anne Katherine in der Luft vor mir erschien, und sie weinte und trug Witwentracht. Und ich dachte bei mir, wie seltsam, daß ich hier in diesem Land der gespitzten Zähne und genarbten Wangen bin und der Coccodrillos und eines Luzifers, der nackt an einem Flußufer steht, und England so fern und wahrscheinlich für immer für mich verloren. Es ist der Preis des Reiches, wie Francis Willoughby vor langem einmal sagte, daß einige unseres Volkes wie Samen in fremden Boden verstreut werden: doch warum war ich es, der so verstreut wurde? Torner mochte schon recht haben, sich mit jedem Trost, der zur Hand war, zu trösten, denn das Leben, das wir in England kannten, gab es für uns nicht mehr, und wir waren etwas anderes an diesem Ort, entkleidet unserer Versprechen und unserer Persönlichkeit. Die Vergangenheit war so nackt wie dieser Jaqqa am Flußufer.

Und dann dachte ich, nay, ich bin Andrew Battell aus Leigh in Essex, und ich werde zumindest Andrew Battell bleiben, ein Mann aus Essex, und wenn Gott will, werde ich Essex wiedersehen und Anne Katherine und das Haus meiner Familie.

Und nun, da ich weiß, was dieser junge Mann auf der Fluß-Pinasse nicht wissen konnte, da ich weiß, was alles ich in diesen zwanzig Jahren und mehr, die seitdem vergangen sind, getan habe und man mir angetan hat, frage ich mich nun, bin ich noch immer Andrew Battel aus Leigh in Essex, oder habe ich mich gewandelt, bin ich wie durch Magie zu einem Wechselbalg geworden? Und ich antworte, ja, ich bin noch immer Andy Battell, doch ein größerer und seltsamerer Andy Battell, als es jemals beabsichtigt war, als mein Vater mich zeugte. Und obwohl ich Taten begangen habe, die ein Engländer als Ungeheuerlichkeiten bezeichnen würde, bin ich doch noch immer ein Mann Gottes und ganz bestimmt ich selbst.

Ein trüber Flußnebel hob sich und machte unsere Reise gefahrvoll, und in dieser grauen Schwere hob sich meine Melancholie. Ich fand mich zu sehr von meinen Pflichten beansprucht, als daß ich betrübt darüber nachdenken konnte, daß ich ein Verbannter und Gefangener war, und zu vereinzelten Gelegenheiten fragte ich mich sogar, wie es gewesen wäre, einem Mohrenmädchen beigewohnt zu haben. Wir zogen an den schlammigen Ufern vorbei. Aus dem Nebel kam furchterregendes Muhen und Bellen – von welchen Geschöpfen, weiß ich nicht, doch es waren nicht die Kühe und Hunde Englands. Der Nebel hob sich ein wenig, und wir sahen, daß sich ein zweiter Fluß in den Kwanza ergoß. Dies war der Lukala, der aus dem Nordosten floß, und genau hinter diesem Zusammenfluß der Gewässer lag das Presidio Masanganu.

Henrique zitterte, als er auf das kleine steinerne Fort zeigte. »Dies ist ein schrecklicher Ort«, sagte er. »Es ist das unbeständigste Land unter der Sonne. Am Morgen sind die Männer noch fröhlich, und innerhalb von zwei Stunden sind sie tot. Bei einigen schwellen die Beine mitunter an, bis sie dicker sind als die Leiber, wenn sie sie auch nur benetzen: bei anderen brechen sie an den Seiten auf, und es fließt Wasser hinaus. Ich verabscheue diesen Ort.«

»Werden wir lange hier sein?« fragte ich.

»Einige Wochen.«

»Es hätte schlimmer kommen können.«

Er musterte mich ausgiebig. »Oh, wenn du die unerträgliche Hitze des Landes kennen würdest, wäre es dir tausend Mal lieber, tot zu sein, als eine Woche hier zu verbringen. Hier wirst du eine Schwadron armer Soldaten sehen, die sich wie Kamele nach einem Windstoß sehnen. Teile deine Kraft ein, Engländer. Du wirst sie brauchen.«

»Warum wurde das Fort dann an solch einem Ort erbaut?«

»Um den Schwarzen Einhalt zu gebieten, daß sie uns nicht aus dem Hinterland überfallen. Wenn jemand nach São Paulo de Luanda marschieren will, muß er hier vorbei oder an dem Fluß entlang, der im Norden liegt, dem Mbengu, der nicht so leicht zu überqueren ist. Und es gibt noch einen Grund. Vor uns liegt ein Ort namens Kambambe, etwa so weit entfernt, wie Muchima hinter uns liegt, und in Kambambe, sagt man, gibt es ergiebige Silberminen.«

»Ach?«

Henrique lachte schallend. »Sieh an, wenn man von Schätzen spricht, erwacht der Pirat sofort. Wisse, Engländer, daß es uns noch nicht gelungen ist, die Minen von Kambambe zu finden. Doch wir wissen, daß das Silber dort ist. Wir glauben, daß es zu den Minen von König Solomon gehört.«

»Aye?«

»Aye. Es gibt einige, die behaupten, daß Solomons Gold, das er für den Tempel von Jerusalem zusammentrug, über das Meer aus diesen Ländern gebracht wurde. Dies ist fürwahr nicht einmal unwahrscheinlich, denn im Landesinneren gibt es ein Reich namens Monomotapa, wo bis zu diesem Tage viele alte Gebäude großer Baukunst und einzigartiger Architektur, wie man sie in keiner der benachbarten Provinzen findet, erhalten geblieben sind. Und wenn wir uns den Weg zum Herzen dieses Landes bahnen, Engländer, werden wir Monomotapa für uns ergreifen und Ophir* und seine Schätze nehmen, die denen von Peru und Mexiko gleichkommen, die die Spanier geraubt haben. Deshalb haben wir hier unser Fort errichtet, da dies der Anfang des Landesinneren ist, das den Weg nach Monomopata öffnet.«

Ich lauschte Henriques Berichten über die Minen des Königs Solomon aufmerksam und nahm mir vor, diese Nachricht ans Ohr der Königin Elisabeth zu bringen, wenn ich jemals nach Hause zurückkehren sollte. Ich hätte ihr gern ein neues Peru, ein neues Mexiko auf den Herd gelegt. Sollen die Portugiesen diese Minen finden, sagte ich mir, und dann werden wir sie ihnen abnehmen als Entschädigung für meine Leiden.

Der arme Henrique sah keinen goldenen Schatz. Unter dem scheußlichen Gewicht der Hitze von Masanganu, die wie ein hinabstürzender Himmel über uns hing, erlitt er einen Blutsturz und lag zitternd vor Schüttelfrost in dem

* Das biblische Goldland

kleinen Haus, in dem die Portugiesen dort ihre Kranken aufbewahrten, und jede Woche kam der Arzt, um ihn zur Ader zu lassen, was ihm jedoch keine Erleichterung verschaffte. Ich besuchte ihn und sah, wie das Fleisch unter seinem Schweiß verbrannte und er von Tag zu Tag mehr zu einem Skelett wurde. Er war einmal ein untersetzter, starker Mann gewesen, und nun war er ein Totenschädel und Knochen, ein schrecklicher Anblick, der lebendige Tod. Nach Ablauf von zwei Monaten war nichts mehr von ihm übrig, und er starb.

Danach kam ein Offizier der Garnison Masanganu zu mir, dessen Name Vicente de Menezes lautete, und sagte: »Im Logbuch stehst du als Lotse ausgewiesen, Engländer.«

Ich war einen Augenblick lang verblüfft, doch dann fiel mir die Lüge wieder ein, die ich Luiz Serrão vorgetragen hatte.

»Aye«, sagte ich.

»Nun denn«, sagte dieser Vicente de Menezes, der hager und von grüner Gesichtsfarbe war und ebenso von der Hand des Todes umklammert schien, »die Pinasse muß jetzt mit Depeschen und gewissen Gütern nach São Paulo de Luanda zurückgeführt werden, und Henrique ist tot. Ich befehle dir, sie an seiner Stelle den Fluß hinabzuführen.«

Ich widersprach nicht. Ich war zwar kein Lotse, hatte jedoch gewisse Kenntnisse über diese Kunst, und keiner der Portugiesen hier sah aus, als habe er auch nur die geringste Erfahrung darin. Und ich glaube, zu dieser Zeit hätte ich vieles getan, um Masanganus Brennofen lebendig zu entgehen – sogar das Bild der Madonna geküßt oder römisches Kauderwelsch gemurmelt –, aye, selbst das, glaube ich. Es war nur eine Kleinigkeit, das Kommando über eine portugiesische Pinasse zu übernehmen, um mein Leben zu retten. So rückte ich meiner Verwandlung einen weiteren Zoll näher. Man hätte meinen können, daß ich ein Offizier in den Diensten König Philips geworden sei. Bei Gott, die Wendungen und Drehungen, die das Leben uns bringt!

Und die Wendungen und Drehungen des Flusses: Zumindest an diese erinnerte ich mich, denn ich bin in dieser Hinsicht begabt. Was mein Verstand einmal aufnimmt, umklammert er mit einem angstmachenden Griff. Wir beluden unser Schiff und brachen mit einer Mannschaft auf, die halb so groß war wie die auf dem Hinweg, denn Henrique und zwei seiner Männer lagen jetzt in ihren Gräbern, und einer war zu krank, um mit uns zu fahren. Die unter meinem Kommando zeigten mir keine Geringschätzung, weil ich ein Engländer war. Warum sollten sie es auch, wollten sie doch nur diesen höllischen Ort verlassen? Hätte der Antichrist auf dem Achterdeck gestanden, sie hätten auch von ihm Befehle entgegengenommen.

Als wir uns Muchima näherten, einen Tag und einen halben flußabwärts, sahen wir schon von weitem, wie sich Rauch über die Palmen erhob, und dann kam das Dorf. Ein Racheengel hatte es heimgesucht oder, was wahrscheinlicher war, eine Horde Dämonen. Ein Wirbelsturm an Mördern war hindurchgebraust. Der Ort war geplündert und völlig verwüstet; überall lagen Leichen und herausgerissene Körperteile. Es war ein schrecklicher Anblick. Die Palmen, die den Wein gaben, waren an den Wurzeln gefällt worden, und die Anpflanzungen waren umgegraben und schlimm verwüstet worden und alle Fischnetze zerrissen, und die Leichen der Menschen waren auf schlimmste Weise verstümmelt. So viel Blut tränkte die schwarze Erde, daß sie unter unseren Füßen scharlachrot erschien, als gingen wir auf protzigen Teppichen oder den Roben von Kardinälen. Auch das portugiesische Presidio war geschliffen, und einer der Portugiesen lag tot und in seinem Blute darin, während die beiden anderen verschwunden waren.

»Die Jaqqas, das waren sie«, sagte einer meiner Männer.

Da endlich begriff ich, daß dieser einsame schwarze Prinz, den wir am Flußufer gesehen hatten, ein Kundschafter gewesen war, ein Verkünder des nahenden Unheils. Die Teufelsbrut hatte alles Leben abgeschlachtet, selbst das Vieh und die Hunde. Wir suchten nach den Leichen der beiden vermißten Portugiesen, fanden sie jedoch nicht. »Man hat sie gegessen«, sagte ein Matrose, und die anderen nickten zustimmend.

Torner erstaunte mich, indem er Tränen zeigte. Um die Portugiesen? Nein, um das Mädchen, das er gehabt hatte, um die Dirne mit den gespitzten Zähnen, auf deren nicht gerade entflammtem Körper er seine Leidenschaft befriedigt hatte. Von einer qualmenden Hütte zur anderen ging er und suchte in dem fürchterlichen Gemetzel nach ihren Überresten. Ich trat zu ihm, ergriff seinen Arm und sagte sanft: »Warum bist du so betroffen wegen ihr?«

»Sie war warm und weich in meinen Armen. Ich möchte ihr zumindest ein anständiges Begräbnis geben.«

Ein Portugiese kam zu uns, um zu fragen, wann wir weiterführen. Ich erklärte schnell, daß wir zuerst die Leiche dieses Mädchen suchen müßten, und er schüttelte den Kopf.

»Nay«, sagte er. »Die Jaqqas töten alles, doch nicht die Jungen und Mädchen von dreizehn oder vierzehn Jahren. Die nehmen sie gefangen und ziehen sie als ihre eigenen Kinder auf. Alle anderen erschlagen sie, und viele essen sie, doch nicht die jungen.«

Dies wiederholte ich Torner, der daraufhin seine Tränen aus den Augen blinzelte. Wir kehrten zur Pinasse zurück. Die völlige Zerstörung betäubte mich und ließ mein Blut gefrieren. Sollte es in unseren christlichen Tagen noch solches Böse auf unserer Erde geben? Diese glücklichen Menschen ausgelöscht? Wofür? Ihre Palmen niedergemacht, die süßen Wein gaben. Ich dachte darüber nach, und es war, als starrte ich in das Glas eines Zauberers und sähe darin solch ein Reich der Teufelskunst und Monstrosität, daß ich in heillose Furcht stürzte, als sei das Pandämonium über die Erde hereingebrochen und würde sie vereinnahmen, einen Ort nach dem anderen. Ich verspürte eine Krankheit der Seele. Und beizeiten eine andere Art der Krankheit: Denn am nächsten Tag kündigte sich das erste Pochen des Fiebers in mir an, und als wir flußaufwärts eilten, pochte mein Kopf und strömte Schweiß über meine Haut und gaben meine Gedärme nach, und ich sah alle Dinge doppelt, so daß ich mein Schiff kaum sicher durch die Coccodrillobänke steuern konnte, und als wir São Paulo de Luanda erreichten, war ich scheußlich krank. Ich dachte, meine letzte Stunde würde im Galopp zu mir eilen.

6

Phantome suchten mich in meinem fiebrigen Schlaf heim.

Zuerst kam eine Horde von hoch aufgeschossenen Jaqqas, angeführt von einem wahrhaftigen Bocksbein, neun Fuß groß und schwarz wie die Nacht. Ich wälzte mich stöhnend auf einer fauligen Strohmatte, und aus der Dunkelheit des Dschungels tauchten diese Diaboli auf, mit Augen, die wie weiße Flammenkreise funkelten. Um mich herum marschierten sie, herum und herum und herum. Einer von ihnen spielte auf einer Flöte, die aus Knochen gefertigt war, und einer trug über Kopf und Schultern eine Coccodrillo-Maske, nur Schnauze und Zähne und Grinsen, und einer schlug auf eine Trommel aus Menschenhaut, auf der noch die Muttermale zu sehen waren. Und sie sangen in ihrer Jaqqazunge zu mir, doch ich verstand ihr Lied, das ein Lied des Todes, ein Lied des Zorns war.

Das Verbrennen ist die Freude
Die Folter ist das Vergnügen
Das Töten ist die schöne Kunst
Das Verzehren die Krone von allem.

Und so weiter, lange Knittelverse, erfüllt mit höllischer Lebhaftigkeit und Begeisterung.

Vor meinen träumenden Augen fielen diese schwarzen Unholde über das Dorf her, und ich wußte, daß es das Dorf Muchima war. Ob ich die Augen nun schloß oder sie geöffnet ließ, ich sah den gleichen Anblick, ein höchst abscheuliches Hinschlachten, gefolgt von einem Fest, das dem ähnelte, dem ich in Brasilien beigewohnt hatte, einem Fest, bei dem Menschenfleisch verzehrt wurde. Einen Unterschied gab es, denn diese Jaqqas verschlangen ihre Opfer nicht nacheinander, sondern nahmen einen gewaltigen Kessel von der Größe einer Barke oder Karavelle, füllten ihn mit Wasser, das sogleich sprudelte und Blasen warf, und stießen die Dörfler zu Dutzenden hinein. Und als sie gekocht waren, brachte mir der größte der Jaqqas, ein Riese mit dem Körper eines Gottes und einem lang hinabbaumelnden Geschlechtsteil, das wie eine schwarze Schlange anmutete, einen Schenkel und einen Arm und sagte: »Hier, Engländer! Nimm und iß! Nimm und iß! Dieses Fleisch wird dich heilen!« Und ich hatte keine Wahl und mußte essen, doch siehe, das Fleisch war zart und wohlschmeckend, und Kraft strömte in meinen kränkelnden Körper, bis ich mich von meinem Bett erhob und unter den Jaqqas durch die rauchenden Ruinen des Dorfes tanzte.

Solcher Art waren meine Trugbilder. Es war keine Wahrheit in ihnen, nur die eines zerrütteten Verstandes. Doch wie ich herausfinden würde, beinhalteten sie eine Prophezeiung. Sie waren Vision und Orakel zugleich.

Die Jaqqas sangen und tanzten und speisten und waren verschwunden. Und ich lag schwitzend und mich erbrechend da und dachte, ich kann noch nicht tot sein, denn ich fühle Schmerz in jedem Knochen, und vom Tod heißt es ja, er würde Erleichterung von solchem Übel bringen.

Nach den Jaqqas kam Ihre Protestantische Majestät Königin Elisabeth in mein Zimmer.

Sie war ganz in strahlendes Weiß gekleidet; in ihre Robe waren funkelnde Edelsteine eingelassen, und sie war mit Hermelin besetzt. Die Krone auf ihrem Kopf hatte goldene Spitzen, die sich fingerhoch erhoben, und auf jeder Spitze saß ein kleiner Rubin oder Smaragd, höchst kunstfertig zu einem Männerkopf geschnitten genau wie die gepökelten Köpfe der Verräter, die auf Pfählen die London Bridge säumen. Sie trug das Zepter und auch den Reichsapfel, doch diese legte sie nieder und beugte sich über mein Bett, so daß ihr üppiges rotes Haar in mein Gesicht fiel und ich ihren kalten süßen Atem fühlte und das strahlende Wunder ihres Lächelns sah.

»Armer Andy«, murmelte sie. »Wie du für mich leidest!«

Und sie nahm meine Hand in die ihre, streichelte sie, um die Hitze aus meinem Fleisch zu ziehen, und sagte leise: »Ich erinnere mich, wie es damals war, als ich die Pocken hatte und glaubte, daran sterben zu müssen; alles war gleichzeitig Alpha und Omega für mich. So ist es auch für dich, nicht wahr? Doch ich habe mich erholt, und du wirst dich auch erholen und wieder erstarken, und wenn du zu mir zurückkehrst, werde ich dich zum Herzog schlagen, nicht wahr, Andy? Zum Herzog von Angola. Zum Grafen von Masanganu. Und dir Land und Schlösser und zehntausend Pfund das Jahr geben, denn du bist mein einziger Sohn, an dem ich großen Gefallen finde.«

Und viel mehr Geschwätz der gleichen Sorte; sie erzählte mir Geschichten vom Hofe, über die Taten des Grafen von Leicester und Lord Burghley und Sir Walter Raleigh und all dieser Männer, und dann sprach sie von ihrer schrecklichen spanischen Schwester Maria, Maria Tudor, die im Jahr meiner Geburt gestorben ist und uns alle zu Papisten gemacht hätte, wenn sie gelebt hätte. Die Königin erzählte mir flüsternd, wie die Blutige Maria sich kalt mit ihrem Mann gepaart hatte, dem selbigen Philip, der König von Spanien und Portugal geworden ist, und erzählte mir spöttisch von solch schändlichen Dingen, daß ich erröten würde, müßte ich sie in diesem Bericht enthüllen, denn sie entstammten keinem wahren Klatsch, sondern nur den Schmortöpfen meines eigenen Verstandes, wie fieberhaft er auch sein mochte. Sie erzählte mir auch ähnliche Dinge vom Papst und seinen Lustknaben, und dann sagte sie: »Und wenn du auf diesem Bett stirbst, Andy, nimm nicht die Salbung des portugiesischen Priesters entgegen, sondern gehe mit meinem eigenen Dispens, der dich von aller Schuld befreit, denn ich bin Gottes Vikar in England.« Und sie wischte mir die Stirn mit einem nassen Tuch und gab mir süßen dicken Sirup zu trinken und bettete meinen Kopf an ihren Brüsten, die wundersam weich waren, im Gegensatz zu den schändlichen Geschichten, die man von ihr erzählt. Doch ich war im Fieber. Denn als die Königin mich umpflegte und liebkoste, verwandelte sie sich in meinem schmelzenden Gehirn in meine süße Anne Katherine, deren Brüste ich gut kannte und die fürwahr weich waren. In dem tiefen Tal zwischen ihnen fand ich meinen Frieden, und sie fuhr mit den Fingern über mein verfilztes, struppiges Haar und sang von Liebe und Frieden.

»Gute Anne Katherine«, sagte ich. »Nimm mich zu dir!«

Ihr Körper war nackt, ganz rosa und golden, und von ihm kam der Wohlgeruch des Grases im Frühling und von Veilchen in Blüte oder von Flieder, und sie öffnete mir die Arme und zog mich an sich. Und mein Körper erhob sich zu dem ihren, meine Mannheit versteifte sich, und ich fühlte die warme, nasse Stelle zwischen ihren Schenkeln, und als ich in sie eindrang, geschah etwas Seltsames, denn sie wurde dunkler und kleiner und verwandelte sich in meine andere Frau Rose Ullward, die an den Blattern gestorben war. Die Veränderung von der hellhäutigen zur dunklen, von der großen zur kleinen Frau dauerte nur einen Augenblick, und ich legte die Hände um ihre Brüste, die für eine so kleine Frau wundersam rund und voll waren, und legte mein Gesicht auf die Rundung ihres Halses und fuhr mit den Lippen über ihre Haut, doch die Haut kam mir kalt vor. Und sie mochte es auch gewesen sein, denn die Rose, die ich umarmte, war die Rose, die bis zu diesem Tage auf dem Friedhof von Plymouth liegt, nur Knochen und starrende leere Augenhöhlen, die mir großen Schrecken bereiteten.

Nach dieser Vision schrie ich lange und laut. Und es kam jemand anderes, um mich zu trösten, der mir die Stirn abtupfte und mir mit einem Löffel eine Medizin zwischen die Lippen schob. Ich wagte es nicht, die Augen zu öffnen, aus Furcht, ein weiteres Skelett zu sehen, doch eine vertraute Stimme sagte: »Hab keine Angst, Andy, deine Genesung schreitet gut voran.«

Es war mein Vater. Ich sah ihn an, und da war er, gut gekleidet mit einer engen dunklen Hose und den feinen samtenen Beinkleidern und einem braunen Lederwams, einem weiteren, ganz mit Gold verwebten Wams, dem Mantel eines hohen Herrn, und einer Lederbörse an der Seite, und er sagte: »Du warst immer mein Augapfel, mein Liebling, das Kind meiner späten Jahre, und ich werde dich von nun an behüten, ich werde dich vor allem Übel bewahren, denn ich bin sowohl dein Vater wie auch deine Mutter und dein Lotse in diesem stürmischen Meer.«

Ich umklammerte seine Hand, und er verwandelte sich in Rauch und war verschwunden, was mir zu sagen schien: Es gibt keinen wahren Lotsen bis auf dich selbst, und du mußt deinen eigenen Kurs in dieser Welt segeln, auf der dich fürwahr keine andere Seele unterstützen kann. Doch vielleicht gehe ich irre darin, solche Trugbilder so ernst zu nehmen.

Ich weiß nicht, wie lange ich in diesen Träumen verblieb. Es hätten Tage oder Wochen oder Monate sein können.

Es gab noch viele andere. Mein Geist hatte sich völlig aus seiner Vertäuung gelöst, und ich konnte nicht zwischen Traum und Wachen, zwischen Tag und Nacht unterscheiden. Ich weiß, Sir Francis Drake kam zu mir und schwor, mich all seine Erfahrung mit der See zu lehren, und dann war da ein Priester, der mir römischen Trost anbot, mit Oblaten und Wein, was ich wohl akzeptiert haben mag, und ich erinnere mich an Thomas Torners junge Bettgefährtin von den Muchimas mit ihren festen Brüsten, die hervorstanden wie welche, die gerade erst gesprossen sind, und ihren kleinen, zu scharfen Keilen geschliffenen Zähnen.

Sie fuhr mit dem Mund über meinen Körper, küßte mich und nagte an mir, wie ein Barbier nach Geschwüren suchen mag, wobei sie die Haut hier und da zwischen die Finger nahm, was ich nicht als unangenehm empfand. Nach einiger Zeit empfand ich aber gar nichts mehr als unangenehm. Sollen die Jaqqas in meinem Zimmer tanzen, soll aus meiner Anne Katherine Rose und aus meiner Rose ein Skelett werden, soll papistischer Weihrauch brennen, es war mir alles gleich, denn ich lag im Sterben, und die Dinge dieser Welt waren alle eins, hatten keine tiefere Bedeutung mehr. Luftblasen. Ich speiste zur einen Stunde mit der Blutigen Königin

Maria und zur nächsten mit ihrem Vater, dem Großen Heinrich. Ich sah den guten Jesus und all Seine Jünger, und Peter und Johannes und Thomas führten Taschenspielertricks vor, die mich lachen und klatschen ließen. Ich tanzte mit Coccodrillos eine schöne Galliarde. Ich speiste am Hofe des Hohen Khans von Cathay und mit dem Erzherzog von Moskau, durchschritt die lange Marmorgalerie der Herren von Byzanz und trank den goldenen Wein von Priester John. Ich paarte mich mit Delphinen und Schlangen und der Tochter des Pharao. Ich wanderte in Zeitalter, die erst noch kommen müssen, und in solche, die längst vergangen sind. Ich trieb von einem Wunder zum nächsten, in benommener Entrückung, und hatte nicht den Wunsch, daß es jemals enden möge.

Doch es fand ein Ende. Die Welt wurde Tag um Tag wieder wirklicher, bis ich in die echte Wahrheit meiner Umgebung aufstieg. Und dann wäre ich lieber in meine Träume und Fieber zurückgekehrt.

Ich sah mich in einem Zimmer mit irdenem Boden und irdenem Dach, einer unterirdischen Kammer, an der Spitze durchbohrt von einem kreisrunden Abzugsloch, durch das ein schwacher Lichtstrahl fiel. Die Einrichtung bestand lediglich aus einem elendigen Strohhaufen und einem Kübel mit einer trüben Brühe dahinter, und eine Palisade aus stämmigen Pfosten verbarrikadierte die Tür, mit einer Kette darüber, so daß ich nicht sicher war, ob ich mich in einem Hospiz oder einem Kerker befand oder einer Mischung aus beidem. Was, wie ich später herausfand, der Fall war.

Ich war schwach wie ein Welpe. Ich konnte nicht aufstehen. Ich berührte das Gesicht mit zitternden Händen und fühlte, daß meine Wangen ganz steinern und hohl waren wie die eines Totenschädels und überall grober Bart sproß. Meine Augen waren trüb, doch ich konnte gut genug sehen, um meinen nackten Körper vor mir auszumachen, fleischlos, die Hüften wie Krummdolche hervorstehend, die Haut locker und schlaff und gelb, meine Männlichkeit verschrumpelt wie die eines Mannes von neunzig Jahren, schlaff und traurig. Also war ich nicht tot, aber auch alles andere als lebendig.

Das Tor wurde zurückgeschoben, und eine Frau betrat meine Zelle. Ich konnte sie nur verschwommen ausmachen, doch sie war schlank und geziemend jung, mit einem Leibchen und einer Robe aus einem dunklen, samtartigen Stoff und einer Art Überwurf auf den Schultern, gewoben wie ein Netz aus feinen Fäden, und einem Schleier vor dem Gesicht. Ich hielt sie für eine Nonne, obwohl ich verblüfft war, Goldketten um ihren Hals zu sehen, und daß ihre Haube aus schwarzem Samt mit Juwelen eingefaßt war. Dies erschien mir nicht wie die Kleidung einer Nonne, obwohl solche Üppigkeiten bei den Papisten mittlerweile Wurzeln geschlagen haben mochten, wie ich sehr wohl wissen sollte.

»Dann seid Ihr wach?« fragte sie auf portugiesisch.

»Aye.«

»Und wieder bei Sinnen?«

»Dessen kann ich mir nicht so sicher sein. Was für ein Ort ist dies?«

»Das Hospiz von Santa Maria Magdalena in São Paulo de Luanda, wo Ihr all diese Monate krank gelegen habt.«

»Monate? Was für einen Monat schreiben wir?«

»Es ist der Monat des Festes des Heiligen Antonio.«

»Bei Gott, ich kenne eure Heiligen nicht! Welchen Monat des Kalenders?«

»Juni.«

Dies traf mich hart. Erstens, daß ich ein halbes Jahr nicht bei Sinnen geschlafen hatte, und zweitens, daß nun zwei

Jahre vergangen waren, seit ich England verlassen hatte. Mein Leben floh dahin, und ich trieb hilflos und verloren.

Die Frau hatte mir Essen gebracht. Es war eine Schüssel mit irgendeinem zerstampften Zeug, das in einer hellen Soße schwamm.

Sie kauerte neben mir nieder und bot mir etwas davon auf einem hölzernen Löffel an, wobei sie sagte: »Ihr müßt wieder zu Kräften kommen. Ihr habt sehr wenig gegessen. Wollt Ihr es versuchen?«

»Was ist das?«

»Eine Speise namens Maniok, die wir aus der Erde graben und rösten, die ganze Wurzel, und zu Mehl zerstampfen. Es wird Euch wieder zu Kräften bringen.«

Ich erinnerte mich von Brasilien her an dieses Maniok: eine Pflanze der Indianer, von der ich annahm, daß die Portugiesen sie in Angola eingeführt hatten. Ich hatte sie oft gegessen, ohne daß ich großen Geschmack daran gefunden hätte, doch nun aß ich sie und auch die Brühe, in der sie lag. Der erste Löffel voll gab mir solch einen Appetit, daß ich sofort nach einem zweiten verlangte, doch dies war Unbesonnenheit: als der zweite in meinem Magen eintraf, stieß mir der erste schon sauer auf.

Ich bedeutete der Frau, die Schüssel beiseite zu stellen. Sie wartete geduldig. Der Krampf ging vorbei, und ich verspürte wieder Hunger und aß mehr, weniger gierig. Dann noch etwas. Ich wartete, dann noch mehr. Und ich fühlte, wie sich mein Magen wieder in einem Krampf zusammenzog, lächelte dankbar und sagte höflich: »*Obrigado*, Schwester«, was auf portugiesisch danke heißt.

»Ich bin Doña Teresa da Costa.«

»Wart Ihr es, die all diese Monate für mich gesorgt hat?«

»Ich und einige andere. Sie hätten Euch zuerst sterben lassen, doch das erschien zu grausam, und wir kamen, um Euch

Medizin zu geben und ein wenig Suppe, wenn Ihr sie essen wolltet.«

»Ich bin sehr dankbar«, sagte ich erneut. »Wie heißt Euer Orden, Schwester?«

Sie lachte, ein leises, klingelndes Geräusch. »Ah, nay, ich bin keine Nonne! Ganz und gar keine Nonne!«

»Und doch dient Ihr im Hospiz?«

»Es geschah zu meinem Vergnügen«, sagte sie. »Ihr habt einfach großartig ausgesehen, als sie Euch bewußtlos von der Pinasse trugen, mit Euerm goldenen Haar, das lang hinabfiel, und Eurer hellen englischen Haut und allem. Ich hatte noch nie solches Haar und solche Haut gesehen und wollte Euch nicht sterben lassen. Könnt Ihr noch etwas essen?«

»Ich glaube nicht.«

»Etwas zu trinken?«

»Nur etwas Wasser.«

»Ich werde es holen.«

Sie war lange Zeit fort. Bevor sie zurückkehrte, fühlte ich, wie das Fieber wieder in mir stieg, und ich wußte, daß ich alles andere als geheilt war; vielleicht stand mein Leben noch immer auf dem Spiel. Ein Zittern schüttelte mich, und als sie zurückkam, drehte ich mich auf die Seite und erleichterte mich von allem, mit dem sie mich gefüttert hatte, in solch peinigenden Krämpfen, daß ich glaubte, ich würde die Eingeweide aus dem Mund spucken, daß sie verheddert neben mir zu liegen kämen. Dann lag ich, so schnell, wie es geschehen war, wieder ruhig da, schweißnaß und zitternd, doch die Hitze war aus meiner Stirn gewichen. Ich bat sie um Verzeihung, daß ich solch eine Ungehörigkeit über sie gebracht hätte, doch sie lachte nur und sagte: »Während Eurer Krankheit hat es Schlimmeres, viel Schlimmeres gegeben.«

Und als sie mir den Speichel aus dem Gesicht wischte, musterte ich sie näher. Sie war nicht älter als achtzehn, wie ich erkannte, und von außerordentlicher Schönheit. Ihre Augen standen auf diese wundersame Art, die portugiesische Frauen manchmal haben, weit auseinander und waren schmal, ihre Haut war in einem olivenfarbigen Ton tiefdunkel, und das pechschwarze Haar war dick und üppig und fiel in schweren Locken und Rollen. Ihre Lippen waren voll, die Wangen hoch und hervortretend, die Statur königlich.

»Ich will es mit noch etwas Maniok versuchen«, sagte ich, und diesmal behielt ich es bei mir.

Sie hieß mich zu schlafen, doch ich erwiderte, ich hätte lange Monate geschlafen und wünschte nun, etwas von dem zu erfahren, was sich in der Welt außerhalb meiner Zelle ereignet hatte. Es sei ein anderer Engländer in São Paulo de Luanda, sagte ich. Wo war er? Konnte er mich nicht besuchen kommen, oder war er in Haft?

»Ich weiß es nicht«, sagte sie.

»Sein Name ist Thomas Torner, und er war bei mir auf der Pinasse, als wir von Masanganu kamen.«

»Ja, das weiß ich. Er war es, der Euch an Land trug, als Ihr krank wurdet. Doch er weilt jetzt nicht in São Paulo de Luanda.«

»Ist er nach Masanganu zurückgekehrt?«

»Ich glaube, er ist geflohen«, sagte sie. »Oder vielleicht umgekommen. Ich weiß nichts von diesem Engländer.«

Was mich zutiefst betrübte und bekümmerte. Was für eine Flucht konnte ihm möglicherweise gelungen sein? Ich bat sie, Erkundigungen einzuziehen, und das tat sie auch, bekam jedoch nichts heraus. Später erfuhr ich, daß Torner nicht lange nach unserer Rückkehr von Masanganu verschwunden war, auf eine überaus geheimnisvolle Art und Weise entschwunden. Doch just zu dieser Zeit war eine Gruppe arabischer Sklavenhändler an der Küste gewesen, die Mohren verkauften, die sie in den Wüstenländern weit im Norden eingefangen hatten, und die Portugiesen argwöhnten, daß sich Torner irgendwie unter sie geschmuggelt und sie bestochen oder um alle Gnade angefleht hatte, die die Söhne des Propheten zu geben willens waren. Was weiter aus ihm wurde, weiß ich nicht – ob er selbst in die Sklaverei verkauft wurde oder durch die Freundlichkeit der Araber ein zivilisiertes Land erreicht hat –, doch ich habe vernommen, daß er nach einiger Zeit sicher nach England zurückgekehrt ist. Ich habe ihn nie wiedergesehen nach unserem letzten Tag an Bord der Pinasse noch weiß ich, ob er noch lebt oder nicht.

Nachdem Torner fort war, fühlte ich mich in diesem seltsamen dunklen Land ungeheuer allein. Er war ein munterer Gefährte gewesen, ein Mann meines eigenen Volkes, mit dem ich es gut gekonnt hatte, und ein kluger Kopf, um Gedanken auszutauschen; und nun war ich ganz allein unter einem wilden Gemisch aus Portugiesen und Jaqqas und Kongos und all den Dutzenden anderen Mohrenvölkern, mit niemandem, der mich führen konnte außer meinem eigenen Verstand. Dies war eine schwere Last, obwohl ich glaube, daß ich sie gut bewältigte, als die Dinge ihren Verlauf nahmen.

Das Gespräch mit Doña Teresa hatte mich ermüdet, und sie verließ mich, sehr zu meinem Bedauern, da ihre Anwesenheit mir Lebenskraft gab. Sie erschien mir damals wie eine barmherzige, freundliche Heilige. Ich schlief und erwachte und schlief und erwachte, und andere brachten mir zu essen, und dann, am dritten Tag, kehrte sie zurück. Ich war stärker, stark genug, um die Hand nach ihr auszustrecken, als sie eintrat, und mich ein wenig aufzusetzen.

»Ich glaube, ich werde bald imstande sein, dieses Bett zu verlassen«, sagte ich, nachdem ich gegessen hatte, »und ein wenig zu laufen. Und dann will ich ins Sonnenlicht hinausgehen und dieses Loch verlassen.«

»Ach, das dürft Ihr nicht.«

»Wirklich nicht? Warum nicht?«

»Weil Ihr ein Gefangener seid.«

»Nay«, sagte ich. »Was dies betrifft, so habe ich mit Gouverneur Serrão einen Pakt geschlossen. Er hat mich eingeladen, in die Dienste der Portugiesen zu treten, und ich nahm an und diente auf der Pinasse des Gouverneurs als Lotse, als ich sie von Masanganu hierher brachte. Weshalb kerkert ihr mich nun ein?«

»Das weiß niemand. Das Dekret wurde erlassen, und Ihr dürft nicht befreit werden. Außerhalb dieses Raumes hält die ganze Zeit über ein Posten Wache, um zu verhindern, daß Ihr von hier flieht.«

Darüber mußte ich lachen, ich, der ich zu schwach war, die Beine auf den Boden zu setzen.

Daraufhin beugte ich mich zu ihr. »Doña Teresa«, sagte ich, »seid Ihr mein Freund?«

»Bin ich«, sagte sie. Und in diesem Augenblick bezweifelte ich sie zum ersten Mal, denn ich sah ein Funkeln in ihren Augen, eine Fremdartigkeit, sogar eine Art satanischen Unheils, und fragte mich, bis zu welchem Ausmaß sie wirklich eine Heilige sein mochte. Woher diese Gedanken kamen, weiß ich selbst nicht: Ich glaube, es war ihre große Schönheit, die mich erschreckte, und eine gewisse Fremdheit, deren volles Ausmaß ich damals nicht begriff und die mich warnte, einem Portugiesen zu vertrauen, gleichgültig, wie freundlich er sich gab. Doch noch als ich diese Zweifel an ihr hatte, sagte sie überaus freundlich: »Wie kann ich Euch zu Diensten sein?«

»Geht zu Gouverneur Serrão«, drängte ich, »und erinnert ihn daran, daß er und ich ein Abkommen geschlossen haben . . .«

»Gouverneur Serrão ist tot.«

»Ach, deshalb! Wann?«

»Vor vielen Monaten. Es gab einen Krieg gegen König Ngola und seine Verbündeten, der schlecht für uns verlief, und kurz darauf erkrankte Serrão und starb. Die Truppen wählten seinen Stellvertreter, Luiz Ferreira Pereira, seine Stelle einzunehmen. Es war Gouverneur Pereira, der befahl, Euch einzukerkern.«

»Warum?«

Sie schüttelte den Kopf. »Das ist nicht bekannt. Vielleicht wollte er einfach nicht über Euch nachdenken, da er zuviel anderes im Kopf hatte. Es erging der Befehl, daß der Engländer als Gefangener abgesondert zu halten ist. Was Euch nichts ausmachte, da Ihr tobtet und träumtet und jeder sowieso dachte, Ihr würdet sterben, was Ihr aber nicht tatet. Sobald Ihr wieder die Kraft dazu habt, werdet Ihr ins Gefängnis im Presidio verlegt werden.«

»Nay, nay, nay! Werdet Ihr für mich zu diesem Gouverneur Pereira gehen und ihm sagen, wie Serrão mit mir verfahren ist, und daß ich in seinen Diensten nützlicher für ihn bin als im Kerker?«

»Aber Pereira ist nach São Salvador gegangen.«

Dieser Name sagte mir nichts. »Wohin?«

»Das liegt im Land Kongo. Er brach vor drei Monaten auf, und ich glaube, er wird nicht zurückkehren. Es hieß, er hätte dringende Geschäfte dort zu erledigen, doch ich glaube, er fürchtet nur die Jaqqas, von denen es heißt, sie würden Kräfte zusammenziehen, um in dieses Gebiet einzudringen.«

»Dann ist gar kein Gouverneur hier?«

»Nein.«

»Wer herrscht?«

»Niemand. Man sagt, ein neuer Gouverneur sei auf dem Weg von Portugal hierher, doch wir sind uns nicht sicher. Wir warten. Wir leben. Die Zeit verstreicht.«

Erneut fühlte ich, wie mich Hilflosigkeit überkam. Diese

Portugiesen! Der fette alte Gorverneur tot, der neue geflohen, der nächste noch nicht eingetroffen, und was wird aus mir, was wird aus mir? Sollte ich auf ewig im Kerker verfaulen, während sie ihre Narretei fortsetzten? Nun ja, es hatte keinen Sinn, mir darüber den Kopf zu zerbrechen. Solange ich nicht die Kraft hatte, weiter als bis zu meinem drei Fuß entfernten Pinkeltopf zu gehen, spielte es kaum eine Rolle, ob ich im Hospiz oder im Kerker war. Und wenn ich kräftig genug war, um aufzustehen, würde der neue Gouverneur vielleicht schon hier sein.

Meine Kraft kehrte in den folgenden Wochen schnell zurück. Ich wurde gelegentlich von Doña Teresa bedient, öfter jedoch von schwarzen Nonnen des Hospizes, und ich war immer enttäuscht, wenn eine von ihnen und nicht sie in die Zelle kam.

Doch sie kam oft genug zu mir, und allmählich erfuhr ich auch über sie etwas. Sie war wirklich erst achtzehn Jahre alt; darin hatte ich recht gehabt. Und sie war keine Portugiesin oder eher nur zum Teil eine. Das fand ich heraus, indem ich fragte, wie lange es her sei, daß sie ihr Vaterland verlassen habe und ob sie in Lissabon geboren sei, woraufhin sie lachte. »Ah, nay, Andres« – so nannte sie mich, Andres – »es gibt an diesem Ort keine portugiesischen Frauen.«

»Was seid Ihr dann, ein Hexenkind? Ein Wechselbalg der Mohren?«

Ich war der Wahrheit näher gekommen, als ich es wußte. Sie erzählte mir, sie sei im Kongo geboren worden, in der selbigen Stadt São Salvador, in die Gouverneur Pereira sich nun abgesetzt hatte. Die Portugiesen waren vor fast einhundert Jahren in diesem benachbarten Königreich im Norden eingetroffen, hatten sich dort niedergelassen und sich in einer friedlichen Invasion in das Blut und die Adern dieses Landes ausgebreitet, indem sie dem Volk des Kongo portugiesische Vorstellungen und Gebräuche und den Frauen des Kongo etwas anderes eingegeben hatten; was, könnt Ihr Euch ja denken. Indem sie sich schwarze Weiber zu Frauen genommen hatten, hatten sie eine Rasse von gemischtem Blut hervorgebracht, in die später Portugiesen eingeheiratet haben, und so weiter und so fort, bis eine seltsame Kreuzung zur Regel geworden war, die solche Wunder wie Doña Teresa hervorgebracht hatte. In meinen Augen sah sie wie eine reinrassige Portugiesin aus. Doch ein Teil des Blutes in ihren Adern war Kongoblut.

Als ich dies von ihr erfahren hatte, verstand ich meinen frühen Augenblick der Furcht. Sie hatte nichts anderes getan, als mir während meiner Krankheit zu dienen, und doch hatte ich ihr mißtraut, weil sie eine Portugiesin war, und nun mißtraute ich ihr noch mehr, da ich keine Vorstellung hatte, wo ihre wirkliche Loyalität lag. Später mußte ich dann erkennen, daß meine Einschätzung richtig war und Doña Teresa nur Doña Teresa diente, und den letzten beißen die Hunde.

Sie war noch nicht lange in Angola – ich glaube, sie traf erst einige Monate vor meiner Ankunft hier ein. Warum sie hierher gekommen war, sagte sie nicht, sondern antwortete nur ausweichend, sie sei des Lebens im Kongo überdrüssig geworden. Was sie mir nicht erzählte, war, daß sie die Mätresse eines gewissen hohen Fidalgo oder Grande der Portugiesen im Kongo war, eines Don João de Mendoça, und daß dieser Mendoça nach dem Tode Gouverneur Serrãos nach Angola gezogen war, weil er glaubte, er könne hier zu Macht kommen. Wenn Doña Teresa mir ihre Verbindung mit Mendoça gestanden hätte, wäre ich nicht sehr bekümmert gewesen, da ich wußte, daß eine Frau von so gewaltiger Schönheit nicht auch eine von gewaltiger Tugend sein konnte, wenn man die leichtfertige Moral dieser Portugiesen in Übersee bedachte; doch es sollte noch einige Zeit dauern, bis ich dies erfuhr.

Als sie mir diese Dinge über sich erzählt hatte, bat ich sie, mir auch von den Ereignissen zu berichten, die sich während meiner Zeit des Deliriums im Lande Angola zugetragen hatten.

Es hatte sich vieles ereignet, und nichts davon war gut. Kurz vor Weihnachten hatte Gouverneur Serrão die Vorbereitungen für den Krieg abgeschlossen, den zu kämpfen er so unwillig war, und war gegen den Feind gezogen. Sein Heer bestand nur aus einhundertundachtundzwanzig portugiesischen Musketieren – mit drei Pferden – und etwa fünfzehntausend einheimischen Verbündeten, die mit Bögen bewaffnet waren. Dies kam mir fürwahr wie eine mächtige Truppe vor, doch Doña Teresa schüttelte den Kopf und sagte: »Dieses schwarze Volk hier ist sanft und leicht zu erschrecken. Und wenn es den Heeren König Ngolas gegenübersteht, schmilzt die Loyalität für die Portugiesen schnell.«

König Ngola war der Herrscher dieser Region, nach dem die Portugiesen dem Land seinen Namen gegeben hatten. (Sein eigenes Volk nennt es keineswegs Angola, sondern vielmehr Ndongo.) Es scheint, daß Ngola nur sein Königstitel ist und nicht der Taufname (wenn ich ihn so bezeichnen darf!), denn als ich mich später mit der Geschichte dieses geplagten Landes beschäftigte, erfuhr ich von vielen Königen Ngola. Es gab einen namens Ngola Ineve, der vor langer Zeit den ersten Schaden anrichtete – in den Tagen von Königin Maria, als ich noch nicht geboren war –, indem er einen Brief nach Portugal schickte und nachsuchte, freundschaftliche Beziehungen zwischen seinem und diesem Lande zu errichten. Dies geschah, um das Königreich Kongo abzuwehren, das ihn bedrohte. So war es also dieser Ngola Ineve, der den Teufel ins Zelt einlud, doch er starb, und es war Ngola

Mbandi, der die Portugiesen willkommen hieß, und er starb auch, und es war schließlich Ngola Kiluanji, der ihnen erlaubte, sich mit der Ortschaft São Paulo de Luanda an seiner Küste niederzulassen. Und doch habe ich schon gehört, wie all diese Namen in einer ganz anderen Reihenfolge genannt werden, denn die Portugiesen, die diese Historie schrieben, sind faule, unwürdige Chronisten, die wahrscheinlich nicht einmal die Namen ihrer eigenen Könige in der richtigen Reihenfolge nennen können.

Doch sei es, wie es sei, dieser Ngola Kiluanji war kein Freund Portugals, denn er hatte gehört, daß die Portugiesen letztendlich beabsichtigten, Besitz von seinem gesamten Königreich zu ergreifen und sein Volk über die Meere als Sklaven zu verkaufen.

»Es war ein portugiesischer Händler, in den der Teufel gefahren war, der ihm diese Dinge verriet«, erklärte Doña Teresa, »oder so erzählt man jedenfalls, obwohl ich glaube, daß es der König des Kongos war, der ihm berichtete.«

Wer immer es auch gewesen war, es lag nahe an der Wahrheit, denn die Portugiesen beabsichtigten tatsächlich, in diesem Land Sklaven zu jagen. Nachdem König Ngola Kiluanji dies gehört hatte, massakrierte er alle portugiesischen Händler an seinem Hofe, etwa zwanzig Mann, und raubte ihnen eintausend Sklaven. Dies ist schon lange her; es trug sich in den Zeiten Gouverneur Paulo Dias' zu, und seitdem hat es immer wieder Kriege zwischen Ngola und den Portugiesen gegeben. Und ich glaube, Ngola hätte die Portugiesen vor einigen Jahren ins Meer getrieben, wäre es nicht zu Feindseligkeiten zwischen den Mohrenhäuptlingen gekommen, die dazu führten, daß sich einige mit den Portugiesen gegen ihren eigenen König verbündeten.

In diesem neuesten Krieg flossen die Gezeiten des Glücks für König Ngola. Serrão führte sein Heer über den Fluß

Lukala und marschierte landeinwärts in östliche Richtung zu einem Ort, wo Ngola mit seiner gewaltigen Streitmacht auf ihn wartete, mitsamt den Truppen des Königs von Matamba und einer Abordnung, die der König des Kongos geschickt hatte, und auch, wie Doña Teresa sagte, gewissen Streitkräften der Jaqqas, die als die Jaqqa-Chinda bekannt sind.

»Dann verbinden sich die Jaqqas mit anderen Völkern?« fragte ich.

»Wenn es ihnen genehm ist«, erwiderte sie. »Genau, wie der Wind sich mit den Seefahrern verbindet, wenn er ihre Segel füllt und sie dorthin schickt, wohin sie es wünschen, und bei anderen Gelegenheiten in Stürmen über sie hereinbricht und ihre Masten knickt. Wir wissen es niemals, bis wir es erfahren.«

Der fette alte Gouverneur Serrão machte sich vor Angst derart in die Hosen, daß er sich angesichts der überlegenen Streitmacht zurückziehen wollte, doch seine Offiziere drängten ihn zum Angriff. Einer jener, die ihn zum Kampf überredeten, war der gleiche Oberst Pereira, der sich nun im Nachbarland versteckte. Am letzten Montag des Jahres trafen die Portugiesen auf ihren Feind, erlitten eine fürchterliche Niederlage und wurden viele Meilen gen Masanganu zurückgetrieben. Bei diesem Rückzug, so heißt es, kämpfte Gouverneur Serrão tapfer gegen seine Verfolger und schützte geschickt die Nachhut der Portugiesen. Eine Zeitlang wurde das Heer bei Masanganu belagert, bis Verstärkung aus São Paulo de Luanda eintraf und es befreite. Kurz nach diesem verhängnisvollen Feldzug war Serrão erkrankt und gestorben, und Pereira war sein Nachfolger geworden.

»Und nun?« fragte ich. »Werden sie die Stadt überfallen, wo Pereira geflohen ist?«

»Wir warten ab«, sagte sie. »Wir beten. Wir achten auf Omen.«

Ich dachte insgeheim, es würde kein großes Unheil für mich sein, wenn König Ngola oder die Jaqqa-Chinda oder irgendwelche andere dieser Heiden einmarschierten und São Paulo de Luanda verwüsteten. Mit etwas Glück würde ich ihnen zeigen können, daß ich nicht ihr Feind war, und mein gelbes Haar könnte die Flagge meiner Freiheit sein. Und was bedeutete es mir schon, wenn sich der Ozean rot vor portugiesischem Blut färbte? Ich brachte ihnen keine Liebe entgegen; ich hatte mich nicht danach gesehnt, hier zu sein; was hatte ich in diesen zwei Jahren von ihnen bekommen? Nur Ketten und Kerker und Brei zu essen, wo es mir in England doch gut ergangen wäre.

Doch ich behielt diese Gedanken für mich.

In diesem Monat blieb der Überfall aus. Unter der Obhut von Doña Teresa und der schwarzen Nonnen des Hospizes kam ich wieder zu Kräften; ich machte meine ersten zittrigen Schritte; ich behielt feste Nahrung bei mir und sogar etwas Wein; ich wusch und kleidete mich selbst; ich verließ unter Bewachung meine Zelle und machte auf dem Hof des Hospizes kleine Spaziergänge. Einmal kam ich zu einem Ort, wo ein Spiegel war, und sah mein Gesicht und erkannte, wie nah ich dem Tode gekommen war: Denn mein Gesicht war hager und eingefallen, mit tiefen Furchen in den Wangen und dunklen Ringen um die Augen, und meine Haut war fahlbleich und mein Aussehen katarrhalisch – und dies nach Monaten und Monaten der Erholung! Ich habe immer gewußt, daß der Herr über mich wacht, denn in unserer harten Welt ist es schon ein Sieg, über die Tage der Kindheit hinaus zu leben, doch ich glaube, ich muß mehr Leben als die meisten Katzen und eins oder vielleicht zwei davon mit diesem Pestleiden verloren haben, das ich mir im vom Fieber heimgesuchten Masanganu zuzog.

Doch die Rückkehr meiner Gesundheit brachte mir wenig

Freude. Denn sobald man sah, daß ich wieder laufen konnte und etwas Fleisch ansetzte, kam ein reich gekleideter Hauptmann der Portugiesen zu mir und sagte: »Du wirst in den Kerker verlegt. Mach dich bereit und komm mit.«

Ich protestierte, jedoch vergeblich. Ich verlangte den Gouverneur zu sprechen, doch es gab natürlich keinen Gouverneur. Ich führte an, daß ich bereits in den Diensten der Kolonie stünde, als Lotse der Pinasse des Gouverneurs. War es Torheit, die Portugiesen zu bitten, für sie zu schuften? Wenn ich erhört wurde, schickte man mich zurück nach Masanganu, wo mich beinahe mein Schicksal ereilt hätte. Nein, es war keine Torheit. Denn es ist abscheulich, in einem Kerker zu vermodern. Man muß den Stolz beiseite stellen, wenn man Freiheit – oder scheinbare Freiheit – haben kann.

Dieser Hauptmann, der für einen Portugiesen ein anständiger Mann war, empfand Mitgefühl für mich. Doch Gouverneur Pereira hatte befohlen, ich gehöre eingekerkert, und so mußte ich in den Kerker, da kein Gouverneur da war, um Pereiras törichten Befehl aufzuheben, und niemand traute sich, eine andere Verwendung für mich zu finden.

So wurde ich barsch zu dem Presidio auf den Höhen des São Miguel, der die Stadt überblickte, zurückgeschleppt. Und als ich wütend meinen Arm von einem der Portugiesen losriß, die mich dorthin führten, versetzte mir ein anderer von hinten mit seinem Knüppel solch einen Schlag in die Nieren, daß ich zu Boden stürzte und dachte, ich würde dort im Staub meinen Geist aufgeben.

Sie brachten mich in den gleichen verdreckten unterirdischen Kerker zurück, in den Torner und ich nach unserer ersten Ankunft in São Paulo de Luanda gesperrt worden waren. Und das Tor schloß sich. Und dort saß ich in der Dunkelheit und dem Gestank. Und dort wurde ich wieder einmal vergessen. Meine Kerkermeister brachten mir zweimal am Tag zu essen und Wasser, und einmal die Woche fragten sie mich, ob ich einen Priester haben wollte, der mir die Beichte abnehmen würde, was ich ablehnte. Mit anderen Menschen kam ich über mehr Wochen, als ich addieren kann, nicht zusammen.

Ich dachte, ich würde den Verstand verlieren.

Ich fragte mich, ob Sterben nicht besser sei.

Dies war eine meiner größten Prüfungen. Ich hatte keinen Torner, der mich mit rauher Seemannssprache und Klatsch von der Heimat aufheitern konnte; keine Doña Teresa, die mich besuchte; der freundliche Barbosa, der mir bei meiner ersten Haft in diesem stinkenden Loch Wein gebracht hatte, weilte nicht mehr in Angola oder hatte aufgehört, sich für mich zu interessieren. Ich bat meine Kerkermeister ständig um eine Audienz bei irgendeinem Würdenträger der Kolonie, und sie antworteten mir mit Spott und Speichel und manchmal auch ihren Fäusten, die meine Wange aufrissen und ein anderes Mal eine Rippe anbrachen.

»Willst du einen Priester haben?« fragten sie mich wieder und wieder.

»Nay«, sagte ich, »er wird mich nicht befreien, nicht wahr?«

7

In diesen dunklen Monaten der bitteren Einsamkeit fand ich nur ein Vergnügen, nämlich Gespräche mit Gefährten aus meinem verlorenen glücklichen Leben zu führen.

Anne Katherine sprach ich oft an. »Dieses Gold der Karibik«, sagte ich zu ihr, »bringe ich dir, auf daß es zwischen deinen Brüsten hängt und an deinen Ohren baumelt und an deinen Handgelenken leuchtet.«

Woraufhin sie erwiderte: »Und wirst du wieder zur See fahren, Andrew, nun, da du diesen Schatz errungen hast?«

»Nay, niemals. All dieses Anholen der Taue und Segel, all dieses Zusammenrollen und Aufrollen, das Teeren und Flicken, die Sonne und der schwarze Durst, der meine Zunge anschwellen läßt – nay, nay!«

»Aber es war dein großes Abenteuer, Liebster.«

»Fürwahr, und ich hätte es nicht missen wollen. Doch ich habe den Hafen erreicht, und nun ist es an der Zeit, zu säen und ernten, zu den Mahlzeiten Käse und Wein zu nehmen, Wohlstand zu mehren und für ihn zu danken, in einem guten weichen Bett zu schlafen und eines Tages auch, voll an Jahren, im Bett zu sterben. Komm her zu mir, Liebste.«

Und ihre Brüste in meinen Händen, ihre Lippen auf meinen, und unsere Zungenspitzen berührten einander, und unser Atem vermischte sich, und unsere Bäuche rieben gegeneinander – yeah! Mein Samen strömte in ihren Körper, und ihre Seufzer klangen weich an meinem Ohr . . .

Ich sprach mit meinem Vater. »Verrate mir die Geheimnisse deines Gewerbes«, bat ich ihn, »so daß ich diesen Portugiesen zu Nutzen sein kann und die Freiheit erlange.«

»Und würdest du sie dann unterstützen?«

»Es ist keine so böse Sache. Diene ich Gott besser, indem ich auf See meinen Beruf ausübe oder in meiner eigenen Pisse in diesem schwarzen Loch liege? Ich bitte dich, erzähle mir von der Lotsenkunst.«

»Du mußt zuerst die Werkzeuge kennen«, sagte er. »Deine Aufgabe ist es, die Gewässer zu kennen, die Landzungen und Untiefen, doch auch deine Position im Kosmos, und dazu benötigst du Werkzeuge. Hier, dies ist dein Kreuzstab. Halte das Ende ans Auge und bewege das Kreuzstück, bis es genau mit der Entfernung vom Horizont zu dem Stern übereinstimmt, den du beobachtest, und das wird dir deine Höhe vom Horizont verraten. Siehst du? In der Morgen- und der Abenddämmerung ist dies dein Führer. Und dies hier ist dein Astrolabium, das du an diesen Ring hängst, und die Scheibe bewegst du auf diese Art. Und dann studiere dieses Buch, die Abhandlung des Juden Pedro Nunes über die Handhabung des Kompasses und andere solche Dinge.«

»Es gibt so viel zu wissen, Vater!«

»Aye. Zwölf Jahre, um ein anständiger Lotse zu werden. Von einem Landgang zum nächsten, immer das Geräusch vom Lot und Tau in den Ohren, die Stunden zählen, dein Gedächtnis zu einem Ruder für die ganze Welt formen, die Strömungen und Gezeiten beherrschen, die Karten in Ordnung halten und für die erweitern, die nach dir kommen – so viel, so viel! Und du willst den Portugiesen als Lotse dienen?«

»Nuno da Silva war Lotse bei Drake, Vater. Und war der Portugiese Simon Fernandes im Jahre achtundsiebzig bei diesem zum Scheitern verdammten Unternehmen von Sir Humphrey Gilbert nicht an Bord von Walter Raleighs *Falcon*?«

»Aye, Junge.«

»Nun, dann kann ein Engländer auch Lotse für die Portugiesen sein oder für die Holländer oder Ägypter, wenn es denn sein müßte. Es kommt einzig darauf an, während seiner Aufgabe Gott anständig zu dienen. Verstehst du mich, Vater?«

Und Rose Ullward rief ich aus den Schatten herbei, meine kleine dunkle erste Frau, deren Vater in Plymouth eine Taverne gehabt hatte. Sie blinzelte zu mir hinüber, kniff in der Dunkelheit die Augen zusammen und sagte: »Du bist Andrew, der mein Mann war, nicht wahr?«

»Der bin ich.«

»Ich kenne dich so wenig. Unsere Zeit war so kurz. Doch du erinnerst dich noch gut an mich?«

»Ehrlich gesprochen, nicht sehr gut. Doch ich habe dich geliebt, das weiß ich.«

»Nun liebst du eine andere.«

»Weil dich mir der Tod genommen hat. Bei Gottes Atem und Augen, Frau, wirst du aus dem Grab eifersüchtig sein?«

»Ich bin nicht eifersüchtig. Ich wurde vom Schicksal betrogen. Wenn du aus der Gefangenschaft zurückkehrst, wirst du dann zu ihr oder zu mir zurückkehren?«

»Wie kann ich zu dir zurückkehren?« fragte ich.

»Wir werden uns am anderen Ufer treffen. Du und ich, und der gute Jesus, und Heinrich der Große, der alte König, und alle anderen, die jemals gelebt und gelitten haben. Werden wir uns treffen? Du hast gesagt, du liebst mich, Andrew.«

»Und ich habe dich geliebt. Du bist die einzige andere Frau, die ich je hatte. Doch als du von mir gingest, fand ich eine andere.«

»Aye. Der Lauf der Welt. Ich wünsche dir Freude an ihr. Doch denkst du von Zeit zu Zeit an mich?«

»Das verspreche ich«, sagte ich und schickte sie in das Schattenreich zurück, denn dieses eingebildete Gespräch führte mich in schwierige Gewässer.

Nach ihr rief ich meine Brüder Henry und Thomas und John herbei und sprach selbst Edward, der ertrank, bevor ich geboren wurde, und sprach lange und ernst mit ihnen über ihr Leben, ihre Hoffnungen und Künste, ihre Ängste, ihre Wünsche. Ich hatte Sir Francis Drake zum Abendmahl und John Hawkins und Sir Walter Raleigh, der anmaßend und verschlagen war und mir angst machte. Ich verbrachte ein paar Stunden damit, mit Ihrer Majestät Staatsangelegenheiten zu besprechen. Ich hatte König Philip in meiner Zelle, diesen verdrossenen und freudlosen alten Mönch von König, befragte ihn über seinen Glauben und ließ ihn eingestehen, daß das Credo der Papisten falsch und eine Verhöhnung der Apostel war. Ich zog weiter hinaus und lud den Großkhan und Prester John und den Sultan der Türken ein. Ich bekam Besuch von Dichtern, Kit Marlowe und Ben Jonson und Will Shakespeare und anderen dieser Sorte und bat sie, mir Stücke vorzulesen, die ich mir selbst einfallen ließ, das Stück von Königin Maria und die Tragödie des Samson und das Stück des Königs von Mexiko und der spanischen Eroberer. Oh, ich weiß, es wären Stücke, die dem Globe in London nicht zur Schande gereicht hätten, doch ich könnte Euch nicht mehr eine einzige Zeile zitieren.

Mit solchen Phantasien verstrichen meine Monate. Auch schritt ich meinen Kerker ab und zählte seine Ausmaße, verschaffte mir andere Übungen, die mir nur einfielen, und atmete trotz des Gestanks dieses Ortes so tief durch, wie ich nur konnte, um meine Lungen zu trainieren. Und ich glaube, nach meiner früheren Verzweiflung fand ich eine Art Ruhe wie ein Einsiedler in der Wüste: Ich beklagte nicht mehr die Unannehmlichkeiten und Enttäuschungen meines Lebens, sondern nahm einen Tag nach dem anderen hin, wie Gott es geheißen hat. Ich bin auf meine Art wohl ein guter Philosoph: Ich versuche, mich nicht gegen das Unabdingbare aufzulehnen, meine Kräfte nicht am Unabänderlichen zu verschwenden.

Eines Tages hatte ich schließlich einen anderen Besucher als meine Kerkermeister. Doña Teresa war es wie ein Strahl goldenen Sonnenlichts, der durch die dicken Erdwälle meines Gefängnisses fiel.

Ihr dunkles Haar glänzte und funkelte in den Schatten. Ihr Haar hatte einen wunderbaren Schimmer, und ihre vollen, breiten Lippen leuchteten feucht und schwer vor Versprechen der Freude. Und ich hatte diese Frau in meiner Krankheit einmal für eine Nonne gehalten!

»Ich dachte schon, Ihr hättet mich aufgegeben«, sagte ich.

»Armer Andres, ich bekam keine Erlaubnis, Euch zu besuchen, bis ein gewisser Freund von seinem Dienst im Norden in die Stadt zurückkehrte; erst sein Rang verschaffte mir Zutritt. Leidet Ihr?«

»Nay, dies ist ein ruhmreicher Palast, in dem unvergleichliche Feste gefeiert werden. Es ist nur, daß ich manchmal die Jagd vermisse und andere kleine Vergnügungen, die mir hier nicht zugänglich sind, der Moriskentanz und die Spiele mit Kugeln auf dem Dorfgrün.«

»Diese Worte sind für mich unverständlich.«

»Was für eine Jahreszeit haben wir?«

»Der Regen ist über uns gekommen.«

»Aber nicht die Heere König Ngolas?«

»Nay, es ist Frieden. Und ein neuer Gouverneur kommt zu uns, Don Francisco D'Almeida.«

Mein Herz schlug schneller. »Werdet Ihr bei ihm um meine Freiheit nachsuchen?«

»Das werde ich«, sagte sie. »Und ich werde mit einem anderen bedeutenden Mann der Kolonie sprechen, Don João de Mendoça, der mir gut bekannt ist. Ich werde Euch hier herausholen, Andres.«

»Ich bete nur, daß es bald geschehen wird.«

»Was werdet Ihr mir geben, wenn ich Euch freibekommen habe?«

Dies konnte ich nicht ergründen. »Euch geben? Was habe ich zu geben? Ihr seht mich in Lumpen, in weniger als Lumpen. Wo ist mein verborgener Goldschatz, Doña Teresa? Kennt Ihr ein Geheimnis, das selbst mir ein Geheimnis ist?«

»Ich weiß, wo Euer Gold ist«, sagte sie.

»Dann sagt es mir.«

Sie kam an meine Seite und legte die Hand auf mein Haar, das rauh und verfilzt und schmutzig war, aber doch noch gelb, noch immer das schöne englische Haar, das in diesen Landen so selten ist.

»Dies ist Gold«, sagte sie. Sie berührte meinen Bart. »Und hier ist mehr davon. Heilige Maria, seid Ihr schmutzig!«

»Es gibt hier nur wenig Bademöglichkeiten, Doña Teresa.«

»Ich werde dies ändern«, sagte sie und strich mir wieder über das Haar. Und musterte mich lange und seltsam.

Solche Dreistigkeit hatte ich in den Tagen meiner Krankheit nicht an ihr bemerkt. Denn gewißlich flossen nun solche Strömungen zwischen uns, wie ich sie zwischen Mann und Frau kenne, und meine lange Einsamkeit hatte mich darin nicht getrogen. Eine Frau spielt nicht mit dem Haar eines Mannes und liebkost seinen Bart, ohne Regungen hervorzurufen. In dem Hospiz hatte ich gekrümmt und nackt vor ihr gelegen, faulig duch die Fäule meines eigenen Körpers, und sie schien nichts weiter als eine hilfreiche Frau eines Ordens zu sein, die einen glücklosen Kranken pflegte. Doch dies war etwas ganz anderes, dieses scheue Liebäugeln, dieses Spiel der verspielten Koketterie und des geheimen Begehrens.

Und als sie ganz nahe neben mir stand, griff sie in ihre Gewänder und holte einen kleinen Gegenstand heraus, den sie nacheinander lange an den Brüsten rieb und dann am Bauch und schließlich zwischen den Schritt drückte. Woraufhin sie dieses Ding nahm, in meine Hand drückte, meine Finger darüber zusammenbog und mir, verstohlen lächelnd, heißblütig in die Augen sah.

»Behaltet dies bei euch«, sagte sie, »und alles wird gut werden.«

Ich öffnete die Hand und betrachtete das Ding. Es war eine Holzschnitzerei, geschickt aus einem sehr schwarzen Holz gearbeitet, die eine Frau mit einem geschwollenen Leib zeigte, als ginge sie schwanger, und mit schweren Brüsten und einem tiefen Schlitz an der Stelle ihres Geschlechts, und an dem Kopf war Haar befestigt: fünf oder sechs Strähnen dunklen, dicken Haares, das dem Doña Teresas ähnlich sah. Als ich dieses kleine Idol mit meinem Daumen berührte, fühlte es sich warm an, als enthielte es die Wärme ihres eigenen Körpers, an dem sie es gerieben hatte; und dies beunruhigte mich, denn es roch nach Hexerei.

»Was ist das für ein Ding?« fragte ich.

»Ein Talisman«, sagte sie, »um Euch vor Bösem zu schützen, während Ihr an diesem Ort seid, und auch immer danach.«

»Ein teuflisches kleines Amulett, meint Ihr?«

»Ein Amulett«, sagte sie, »doch nicht teuflisch.«

»Ich glaube, ein jedes Amulett wurde vom Teufel gemacht.«

»Auch ein Kruzifix? Ist dies denn kein Amulett?«

»Aye«, sagte ich. »Ich verabscheue alle diese Dinge, selbst die, von denen die Papisten behaupten, sie seien christlich.«

»Nun, verabscheut dieses nicht«, sagte Doña Teresa. »Denn es wird Euch behüten, Andres.« Sie faltete erneut meine Finger darüber und sagte und flüsterte mir leise ins Ohr: »Nehmt es. Habt es stets bei Euch. Tut dies für mich als Entgelt für die Dienste, die ich Euch erwiesen habe und in Zukunft noch erweisen werde. Werdet Ihr das, Andres?«

»Das werde ich«, sagte ich zögernd. »Doch nur, weil es Euer Geschenk ist, und ich gern daran denke, daß es von Euch kam. Doch ich sage Euch, ich verabscheue alle Amulette des Teufels.«

»Ich sage erneut, es ist nicht des Teufels.«

»Es ist aber auch kein christlich Ding.«

»Nay, das ist es nicht.« Sie legte ihre Finger auf die Lippen.

»Wir sind hier Christen, doch wir kennen auch noch einige der alten Dinge, die, die einem von Nutzen sind. Behaltet es bei Euch, Andres, dicht an Eurem Körper, und alles wird gut für Euch ausgehen.« Dann legte sie ihre Hand über die meine, die den Talisman hielt, und sagte: »Doch noch etwas. Zeigt es nicht den Portugiesen, denn sie verstehen nichts von diesen Dingen. Und wenn sie es finden sollten, bitte ich Euch, nicht zu sagen, daß Ihr es von mir habt. Denn sie glauben, daß ich auf meine Art ganz und gar Portugiesin bin, und ich möchte nicht, daß sie wissen, daß ich ein paar der alten Lehren folge. Nun, Andres? Werdet Ihr mir dies schwören, Andres?«

Sie erschreckte mich. Ich spürte, daß sie mich in eine Teufelsfalle führte. Vielleicht war es, weil ich kürzlich in meinem Geiste das Stück von Samson geschrieben hatte, der von der Delila in eine Falle gelockt wurde, die ihn vernichtete, von der Frau eines anderen Stammes, die in den Diensten des Feindes stand. Und hier war sie und spielte mit meinem Haar, wie Delila mit dem Samsons gespielt hatte. Aye, ich fürchtete Doña Teresa. Ich fürchtete sie wegen ihrer Schönheit, die überwältigend war und über der irgendeiner anderen Frau lag, die ich kannte, und ich fürchtete sie auch, weil sie zum Teil Portugiesin und zum Teil Afrikanerin war, was heißt, Papistin auf der einen und Dämonenanbeterin auf der anderen Seite, doch zu keinem Quentchen ihres Körpers Engländerin. Zu dieser Zeit meiner Unerfahrenheit blickte ich auf Frauen hinab, die nicht englisch waren, und fürchtete, sie seien erschreckend anders, nicht zuletzt, weil ich mir eine französische ausgesucht hatte, mir als erste beizuwohnen. Für mich war Doña Teresa ein siedender Topf voller Geheimnisse und Magie, ein Eintopfkessel voller unbekannter Gefahren. Und andererseits argwöhnte ich, daß sie für ihre portugiesischen Herren spionierte, was mich natürlich vorsichtig machte. Deshalb versuchte ich auch nicht, sie zu umarmen.

Sie fühlte meine Kälte und zog sich nach einer Weile zurück und sagte, wobei sie ihre Verärgerung gut, aber nicht vollständig verbarg: »Es war nicht leicht für mich, die Erlaubnis zu bekommen, Euch zu besuchen.«

»Werdet Ihr wiederkommen?«

»Wollt Ihr es?«

»Warum seid Ihr gekommen?«

»Als Ihr krank wart, habe ich Euch gepflegt. Daher bin ich der Meinung, daß mir ein Teil Eures Lebens gehört. Nun leidet Ihr wieder, auf andere Art, und meine Seele ist bei Euch.«

»Ihr seid sehr freundlich, Doña Teresa.«

»Es heißt, ich könne Euch jeden zweiten Tag besuchen. Ich werde dies tun.«

Sie musterte mich, als wartete sie darauf, daß ich dies ablehnte. Doch ich tat es nicht. So unsicher, wie ich mir über sie sein mochte, war ich nicht so töricht, die erste Gesellschaft abzulehnen, die ich seit vielen Monaten gehabt hatte. So sagte ich ihr, ich würde ihre Besuche willkommen heißen, und dies war in der Tat keine Lüge. Ich verbrachte den folgenden Tag damit, die Stunden zu zählen. Sie hatte den Rhythmus meiner Einsamkeit durchbrochen, und ich konnte mich nun nicht mehr den kleinen Ablenkungen widmen, den Gesprächen und Phantasien, die mir die Zeit vertrieben hatten. Ohne daß es meine Absicht gewesen war, hatte Doña Teresa mein philosophisches Gleichgewicht zerstört und mich ins Leben zurückgeholt.

Als sie wiederkam, brachte sie zwei Dinge mit sich, die sie nacheinander in die Zelle trug. Das erste war eine Flasche Wein: nicht der süße Palmenwein der Mohren, den Barbosa mir einmal gegeben hatte, sondern echter Rotwein aus Portugal, dessen Geschmack ich schon ganz vergessen hatte.

»Dies war auch nicht leicht«, sagte sie. »Solcher Wein ist hier selten.«

»Ihr erweist mir eine große Freundlichkeit. Kommt, laßt uns den Korken ziehen!«

»Nicht so schnell, nicht annähernd so schnell.« Sie stellte den Wein beiseite, ging hinter die Palisade und kam einen Augenblick später zurück, ein breites Becken und einen großen, rauhen, gelben Schwamm tragend. »Legt Eure Kleidung ab«, sagte sie zu mir.

»Doña Teresa . . .«

»Meint Ihr, Euer Geruch sei angenehm?«

»Nay, hier gibt man kein Parfum an die Gefangenen aus. Doch es beschämt mich, einfach meine Kleidung vor Euch abzulegen.«

»In dem Hospiz lagt Ihr völlig ohne Kleider da und empfandet keine Scham dabei.«

»Damals war ich auch nicht bei Sinnen.«

»Die Gestalt Eures Körpers ist mir kein Geheimnis. Und wenn wir zusammen Wein trinken wollen, müßt Ihr sauberer sein. Kommt, Herr, und tut, was ich sage!«

An diesem Tag trug sie ein leichtes Leibchen, das sehr tief ausgeschnitten war und ihre Brüste beinahe enthüllte. Sie leuchteten in der Umklammerung des Stoffes wie schöne, polierte Holzschnitzereien, rund und glatt und dämmrig hell, und erinnerten mich an die Brüste ihres kleinen Amuletts. Ich fühlte, wie mich eine Woge davontrug, der ich nicht widerstehen konnte.

Und doch war ich bester Absichten. Noch beabsichtigte ich, meiner Anne Katherine treu zu bleiben, mit welchen Versuchungen auch immer mich diese Delila lockte; und wenn die Worte in Euren Ohren übermäßig unschuldig klingen, wie sie dies auch in meinen tun, werde ich sie dennoch nicht verleugnen, denn dies war meine Absicht, schlecht erdacht, doch tief empfunden. Ich wußte, ich würde vielleicht den Rest meines Lebens in Afrika verweilen müssen, und dann wäre meine Treue eine Torheit gewesen, doch bis zu diesem Zeitpunkt, zumindest bis zu diesem Zeitpunkt, wollte ich mich daran festhalten, nachdem ich mich schon so lange daran geklammert hatte.

Dies war auf jeden Fall meine Absicht.

Doch meinen Körper zu säubern war kein schlechter Gedanke. Ich hatte mich immer gern gewaschen. Wäre ich ein Grande des Hofes gewesen, hätte ich mich wohl mit Pudern und Salben und Parfums zufriedengegeben und meine Haut niemals mit Wasser in Berührung gebracht; so halten sie es dort ja, habe ich zumindest gehört. Doch das einfache Volk aus den umliegenden Städten ist sauberer und besonders jene, die zur See fahren, da man oft nackt in strömendem Regen steht und die Berührung des Wassers auf der Haut weder unvertraut noch schmerzhaft ist, sondern eher als angenehm empfunden wird. Mich störte der Schmutz, der sich auf meinem schweißgebadeten Körper ansammelte und Juckreiz hervorrief. So ließ ich trotz all meines Unbehagens die Kleider fallen und machte Anstalten, Doña Teresa das Waschbecken abzunehmen.

»Das werde ich tun«, sagte sie.

Ich konnte mich nicht weigern. Sie benetzte den Schwamm – ein hartes Ding, das noch nicht vor langer Zeit aus der See geholt worden war und wie Dorngestrüpp kratzte – und schrubbte mir den Rücken ab und dann die Schultern, und sie drehte mich um und rieb mir über die Brust, nicht sanft, so daß meine Haut brannte und einen rosigen Farbton annahm. »Wie schmutzig sie dich haben werden lassen!« sagte sie. »Sieh nur, das Wasser fließt in dunklen Rinnsalen von deiner Haut!« Ich dachte, als mein Oberkörper gereinigt war, sie wäre fertig mit mir, doch nein, sie war durch und durch teuflisch und fuhr mit ihrem Schwamm über meinen Bauch, diesmal sanfter, und meine Schenkel hinab und vorn und hinten über meine Beine.

Als sie mir diesen Dienst leistete, den sie so ruhig vollzog, als würde sie eine Statue abwaschen, kam sie meinem Geschlechtsteil überaus nahe, obwohl sie darauf achtete, es nicht direkt zu berühren. Und doch hätte sie diese meine edelsten Teile genausogut mit den Händen liebkosen können, denn die Wirkung auf mich, der ich seit über zwei Jahren bei keiner Frau mehr gelegen hatte, war die gleiche. Allein ihr Anblick, wie sie direkt auf mein Geschlecht sah, als sie niederkniete, um meine Hüften abzureiben, hätte ausgereicht, die Lust in mir zu entflammen.

Ich versuchte, die Gewalt über meinen Körper zu behalten. Ich fühlte, wie sich das Blut in meinen Lenden staute, wie Leben in mein Geschlechtsteil kam, und es war überaus beschämend für mich zu wissen, daß es steif wurde. Ich wagte nicht hinabzusehen. Doch auch ohne zu schauen, konnte ich sagen, daß mein Mast stand, und zwar königlich. Und mein Herz donnerte, und meine Kehle wurde trocken, und ich rezitierte die Katechismen und andere trockene Dinge, um mich davon abzuhalten, mich auf sie zu werfen, denn wie hätte ich dies zulassen können?

Wie, fürwahr? Wenn ich doch einer schönen jungen Frau in England treu bleiben wollte, wie konnte ich mich da einer dunklen Dirne aus dem Dschungel Afrikas hingeben?

Ihr lächelt. Ihr sagt, fahrt fort, nur ein Mönch hätte seine Treue bewahren können, wenn man ihn derart reizt, oder ein Eunuch. Ein Mann und eine Frau, allein in einer verschlossenen Zelle, und der Mann nackt und die Frau beinahe barbrüstig, und er war so lange keusch gewesen, und die Versuchung war derart überwältigend – sicher würde der Mann unter diesen Umständen nachgeben, und zwar schnell und bereitwillig. Ich lächle auch, wenn ich mich daran erinnere. Doch ich war dort, nicht Ihr, und ich schwöre bei den blutigen Handmalen Jesu, daß ich an diesem Tag keusch blieb.

Doch nein, ich muß noch etwas hinzufügen, was diese meine Worte glaubwürdiger macht. Denn als meine Säuberung ihren Verlauf nahm, wurde mein Geist benommen wie bei einem Sonnenstich, mein Blick bewölkte sich, und meine Wahrnehmungen beschränkten sich einzig auf diesen schmerzenden Stab, der aus meinen Lenden wuchs. Ich sog den Atem tief in die Lungen und wußte, daß ich diesem Geschenk, was mir anscheinend so freigiebig angeboten wurde, nicht mehr länger widerstehen konnte. Ich war auf und an, nach ihr zu greifen, sie auf mein Strohlager zu ziehen, ihre Robe zu heben und mich tief in ihren Hafen zu versenken, wobei alle Gedanken an England und Anne Katherine und die Keuschheit aus meinem Kopf verdrängt waren. Dann plötzlich erhob sie sich, trat zurück und sagte kühl, fast brüsk: »Nun, jetzt seid Ihr wenigstens anständig sauber. Kleidet Euch an und laßt uns den Wein genießen.«

Es war, als hätte man mir einen Becher alten Essig in die Augen geschleudert. Ich stand verblüfft da, meine Seele voller Verlangen, und sie hatte die Zelle schon halbwegs durchschritten und zerrte den Korken aus der Flasche. Was konnte ich tun, frage ich, um nicht zu ihr zu stolpern und mich auf sie zu werfen, denn ich war in diesem Augenblick wie ein Katapult, das man bis zum Äußersten gespannt hatte: das heißt, wie kann das Katapult seine Ladung ablegen, sobald der Mechanismus einmal in Gang gesetzt ist? Das einzige, was mich zurückhielt und mich wieder zu Sinnen kommen ließ, war die Befürchtung, ich hätte sie gänzlich mißverstanden. Vielleicht war doch keine Koketterie in ihrem Gehabe gewesen und keine Herausforderung durch die Freiheiten beabsichtigt, die sie sich mit meinem Körper erlaubt hatte. Vielleicht empfand sie keinen Fetzen der Begierde für mich, sondern sah mich lediglich als einen übelriechenden Gefangenen an, der einer Säuberung bedurfte. Und vielleicht war dies alles eine Prüfung, um zu sehen, ob man mir vertrauen konnte, und sechs Wachen vor der Zelle würden bei Doña Teresas erstem Aufschrei über mich herfallen.

Dies war fürwahr ein abkühlender Gedanke. Die Furcht überwand das Verlangen. Denn ich war unter Portugiesen, die sich an jedem erdenkbaren Spiel erfreuen mochten, sogar an diesem, und vielleicht suchten sie nur nach einem Vorwand, mich zu hängen. Es könnte als Anklage genügen, eine Frau ihrer Nation überfallen zu haben, und vielleicht war sie Teil einer Verschwörung, mich unter Anklage zu stellen. Sogleich wich das Blut aus meinem Stab, und ich drehte mich um und suchte meine schäbige Kleidung.

Sie tat, als sei ihr nicht bewußt geworden, welche Gedanken mir durch den Kopf gingen – ich weiß, daß sie es nur vorgab –, und lächelte überaus freundlich und bot mir einen Kelch Wein an.

Wir tranken zusammen wie ein Lord und eine Lady. Wir hielten uns frömmig voneinander fern und sprachen über unbedeutende Dinge. Ich war durch die Spiele, die sie mit mir getrieben hatte, verwirrt und völlig außer Fassung gebracht; meine Kiefer schmerzten, weil ich sie zusammendrückte, meine Augen pochten, und um meine Stirn lag ein Feuerband. Der Wein verschaffte mir Erleichterung, doch nur mäßige. Ich glaube, ich wurde ein wenig trunken und blickte mehr auf ihren Busen denn in ihr Gesicht, was sie bemerkte, doch sie enthielt sich weiterer Herausforderungen, und ich kam ihr nicht näher.

Nach einiger Zeit sagte sie, sie müsse gehen, und sie sammelte die leere Flasche und die Kelche ein und steckte sie in eine Strohtasche; dann trat sie vor mich und lächelte und blitzte mich so direkt und offen einladend an, daß ich glaubte, meine Kniescheiben würden schmelzen. Doch bevor ich es begriff und überlegen konnte, welche Erwiderung ich machen sollte, küßte sie mich leicht auf die Wange, ein schwesterlicher Kuß, die Berührung eines Schmetterlings, wünschte mir freundlich alles Gute und ging.

Dieser Besuch brachte meinen Geist in tiefe Verwirrung. In den folgenden Tagen durchlebte ich ihn tausend Mal in der Erinnerung und fragte mich, ob es ihre Absicht gewesen war, solch ein Verlangen in mir zu erzeugen, oder ob ich ihre Absichten völlig mißverstanden hätte. Sicher war, daß ich beabsichtigt hatte, meine Keuschheit zu bewahren; sicher war ebenso, daß wie durch Magie alle Keuschheit aus mir gewichen war, als sie mich gewaschen hatte; doch hatte sie nur mit mir gespielt? Oder war es nur, daß ich mich allzusehr nach einer Frau sehnte und mein Treuegelübde allmählich als bloße romantische Torheit sah? Ich kannte mich mit mir selbst nicht mehr aus. Ich vermute, ich war überwältigt von dieser Doña Teresa: sie war zu geschickt im Spiel zwischen Mann und Frau, und ich viel zu einfältig.

Als sie mich das nächste Mal besuchte, ein paar Tage später, kam sie in schwarzen Gewändern gekleidet, ähnlich denen einer Nonne; sie küßte mich weder noch warf sie mir Blicke zu, sondern war ehrbar und keusch mit mir. Beim nächsten Besuch war sie verspielter und trug auch wieder ein dünneres Gewand; beim nächsten blieb sie nur ein paar Minuten und war geziert und abweisend. Ich schien niemals die gleiche Teresa zweimal zu sehen. Und beim nächsten Besuch kam sie in einem so spärlichen Gewand, daß sie genausogut hätte nackt sein können, selbst ihre Wäsche war durchnäßt, und man sah alles, ihre prallen Brüste und dunklen Warzen, die Höhlung ihres Nabels und das Geflecht dunkler Wolle darunter. Es war zuviel. In dem Augenblick, da sie aus ihrem Mantel schlüpfte, um mir die Wunder ihres Körpers zu zeigen, die dieser dünne Stoff kaum bedeckte, wußte ich, daß sie ein Teufelsspiel mit mir trieb.

»Ich habe wieder Wein mitgebracht«, sagte sie.

»Und werdet Ihr mich wieder baden wie dieses andere Mal, da Ihr mit einer Flasche kamt?«

Sie lachte liebreizend. »Seid Ihr wieder schmutzig?«

»Nein, ich bin durchaus sauber. Doch das Abschrubben war ein schöner Vorgeschmack auf den Wein.«

Ich war völlig in ihrem Bann. Meine Blicke glitten über ihren Körper, als wäre er die Landkarte zur Straße zum Paradies.

»Ich habe weder das Becken noch den Schwamm mitgebracht«, entgegnete sie kühl. »Und warum sollte ich mir die Mühe machen, Euch zu säubern, wenn Ihr kein Bad benötigt, mein Herr?«

»Weil es mir Vergnügen bereitete.«

Sie gab vor, mich zu schelten. »Mein Herr, Ihr seid ein Gefangener! Ihr habt keinen Anspruch auf Vergnügen!«

»Und der Wein?«

»Oh, der. Der ist einzig für Eure Gesundheit.«

»Dann badet mich mit ihm.«

»Ihr vergeßt Eure Stellung«, sagte sie vorgeblich streng, doch ihre Augen funkelten, und ihr Lächeln war kühn.

Ich trat zu ihr. Ich forderte es heraus, das streite ich gar nicht ab; doch sie war so listig und geschickt verfahren und so fingerfertig mit mir umgegangen, daß ich völlig ihr Spielzeug war, und wenn ich derjenige zu sein schien, der vorwärts trat, dann war es nur eine Illusion, denn ich schritt einen Pfad entlang, den sie durch ihr Taktieren vorgegeben hatte. Meine Hände griffen ihre Schultern. Ich zog sie zu mir. Sie versteifte sich und gab vor, schockiert zu sein.

»Mein Herr«, rief sie, »was hat dies zu bedeuten?«

Ich antwortete nicht. Ich streifte mit den Händen über ihr Gewand, versuchte, es von ihrem Körper zu reißen, doch in meiner Not und meinem Zorn war ich tolpatschig, mit Fingern aus Holz, und noch während sie sich wand und Widerstand vortäuschte, gelang es ihr, nach einer Öse zu greifen und sie aufzuknipsen, so daß sich das Ding öffnete und wie Nebel in der Morgensonne von ihr abfiel. Als ich ihre Brüste erblickte, hätte ich sie beinahe losgelassen und wäre zurückgewichen, denn ihre Warzen waren braun und auch die breiten Kreise, die sie umgaben. Darin enthüllte sich der afrikanische Teil ihres Blutes. Ich weiß, daß die Frauen von Spanien und Portugal dunklere Haut haben als die von England, doch diejenigen, denen ich während meiner Tage an Bord des Handelsschiffes beigewohnt hatte, hatten mehr oder weniger die Brüste und Warzen einer englischen Frau gehabt, eine dunklere Färbung des Pigmentes, doch nicht braun wie diese. Teresa entblößte ihre Brüste und offenbarte die Andersartigkeit ihrer Seele.

Nicht, daß ich etwas Abscheuliches in afrikanischen Frauen sah, obwohl sie nicht nach meinem Geschmack waren; doch es war die *Mischung*, die mich abstieß, das Vermengen des Blutes zweier Welten. Ich kam mir vor wie vom Teufel umschlungen, wie ein Sklave dunkler Mächte.

Doch ich wurde auch von einer anderen Macht versklavt, die in meinen eigenen Adern hämmerte und schlug. Und so bedeckte ich diese fremden Warzen mit meinen zitternden Händen und umfaßte die dunklen, seidigen Kugeln und drückte meinen Mund gegen den ihren, während sie mich meiner Kleidung entledigte. Und wir sanken gemeinsam hinab auf den feuchten, irdenen Boden, und ihre Schenkel öffneten sich, und sie nahm mich auf, denn sie war mehr als bereit, und es bestand keine Notwendigkeit für das Vorspiel des Streichelns, das viele Frauen mögen.

Alle Gedanken wichen aus meinem Verstand.

Ihr Rücken war gebogen, ihre Beine schlangen sich um meinen Körper, ihre Finger gruben sich in meinen Rücken, und tief unten fühlte ich den heißen, süßen, feuchten Schlund, der mich aufnahm wie das hungrige Maul eines Seesterns, und es stieg eine Flut in mir empor, die mich völlig hinwegtrug und gegen die ich nicht ankämpfte. Tief in diesem lieblichen zweiten Mund begraben, in diesem warmen, tröstenden Hafen, verlor ich mein Sein in einer Kanonade wahnwitziger Explosionen, die mich völlig entkräfteten, und rollte mich wie tot und keuchend auf den Boden neben sie.

Sie lachte ein leises, klingelndes Lachen und fuhr mit der Hand durch das goldene Vlies auf meiner Brust.

»So eifrig, Engländer, und so schnell! Doch ich vergebe dir. Es ist lange her gewesen, nicht wahr?«

»Tausend Jahre.«

»Das nächste Mal ist nicht so weit entfernt.«

»Nay. Kaum drei Augenblicke, denke ich.«

Sie zog mich an ihre Brüste. Meine Finger streiften über ihre Haut. Im Nachschein des Beischlafs hatte sie das Aussehen schöner, polierter Bronze, und ihr Haar da unten war kraus und gelockt, ein weiteres Zeichen, daß Afrika in ihrem Blut war. Als ich sie berührte, fühlte ich, wie meine Mannhaftigkeit fast augenblicklich wieder zum Leben erwachte.

Ich rollte mich frei und umarmte sie erneut.

»Diesmal langsamer, denn deine Ungeduld wird nicht mehr so groß sein, nicht wahr, Engländer?«

»Aye«, antwortete ich. Und gab dem Teufel, was des Teufels war.

8

Und mit diesem ersten Stoßen von Fleisch in Fleisch begann ich, was ich nun als eins der größten Abenteuer der Leidenschaft, die ich jemals hatte, erkannt habe, vielleicht das größte von allen, das mein Leben völlig änderte und wandelte. Dies argwöhnte ich zu jener Zeit jedoch noch nicht. Ich hatte nicht den Eindruck, etwas von Bedeutung habe seinen Anfang genommen, sondern nur, daß ich einsam und fern von der Heimat litt und in die Fänge des Satans getaumelt war. Doña Teresa, die mich betört und gelockt hatte, bis ich kaum mehr als ein tönerner Tor war, hatte mir meine hochgeschätzte Keuschheit genommen und damit – wahrscheinlich nicht zum ersten Mal – die Macht ihrer List über einen hilflosen Mann bewiesen. Wäre ich ein Papist gewesen, hätte ich wahrscheinlich um meine unsterbliche Seele gefürchtet und wäre in dem Augenblick, da sie meine Zelle verließ, plärrend zum Beichtstuhl gelaufen.

Doch ich bin kein Papist, und obwohl ich ein gottesfürchtiger Mann bin, bin ich kein kirchenfürchtiger Mann, wenn Ihr versteht, was ich meine. Ich glaube nicht, daß man die Seele verlieren kann, wenn man ein paar Zoll festen Fleisches in einen heißen kleinen Schlitz stößt, selbst wenn es nicht der richtige und geziemende Schlitz ist, den ausschließlich zu benutzen man geschworen hat. Obwohl ich wußte, von ihr zu etwas verleitet und gedrängt worden zu sein, das nur zum Teil meinem Wunsch entsprach, machte sie dies noch lange nicht zur Handlangerin des Teufels, nicht wahr? Sie hatte mit mir gespielt und etwas von mir bekommen, das sie zweifellos aus gutem Grund gesucht hatte, und mir etwas gegeben, das meinem Verlangen entsprach.

Ich muß erklären, daß ich weder Scham noch Schuld verspürte. Denn Keuschheit ist wie ein entzündetes Furunkel, das, einmal aufgestochen, schnell heilt und wieder verschwindet und nicht zurückkommt und das man, wenn die Entzündung abgeklungen ist, völlig vergißt. Ich wußte, daß ich Anne Katherine nicht weniger liebte, weil ich mit dieser seltsamen Frau auf dem Boden eines afrikanischen Kerkers kopuliert hatte. Und ich wußte auch, daß meine Hoffnungen, England und Anne Katherine wiederzusehen, gering waren, so gering, daß es nur wenig mehr als mönchischer Wahnsinn war, zu versuchen, bis zu meiner Heimkehr keusch zu bleiben. Nicht einmal Odysseus hat dies getan, als er während seiner langen Reise nach Ithaka mit Circe und Nausicaa und wer weiß wie vielen anderen geschmust hatte.

(Seine Penelope war natürlich keusch geblieben. Aye, aber das ist eine andere Sache, nicht wahr?)

Nach dieser ersten leidenschaftlichen Stunde verließ mich Doña Teresa und kehrte zwei Tage lang nicht zurück. Was mich hungrig auf ihre Gesellschaft machte und mich im Geiste unser Spiel nachvollziehen ließ. Jedes Mal, wenn ich Tore schlagen hörte, brach mir der Schweiß aus und erwachten meine Lenden zum Leben, doch es war immer nur ein Wachposten, der mir Mehlsuppe oder Haferschleim oder einen anderen schrecklichen Brei brachte. Doch beizeiten kam sie wieder, und wieder, und noch viele Male.

»Wie kommt es«, fragte ich, »daß du dich in diesem Gefängnis nun so frei bewegen kannst? Du kommst und gehst, als wärst du ein Hauptmann der Wache.«

»Ah«, antwortete sie, »das bin ich nicht, doch der Hauptmann der Wache ist mein Freund. Er war es, der mir das Recht gewährt hat, dich zu besuchen.«

Bestürzende heiße Eifersucht brandete in meinem Fleisch auf, denn ich glaubte zu wissen, was sie mit ›Freund‹ meinte.

»Diesen Stutzer meinst du, den mit den hübschen purpurnen Hosen?«

»Ja, diesen. Du kennst ihn also?«

»Ich habe ihn einmal gesehen. Er war es, der mich vom Hospiz in den Kerker brachte.«

»Er ist Fernão de Souza. Er ist jung und ehrgeizig, und er will eines Tages ein mächtiger Mann in Afrika sein.«

»Wie sie es alle wollen, diese Portugiesen, nicht wahr? Dein Freund Mendoça, der, wie du sagst, mich begnadigen wird, hofft auch, eines Tages in diesem Land bedeutend zu sein.«

»Fürwahr. Und Souza glaubt, indem er mir zu Gefallen ist, auch Mendoça, der mächtiger ist, zu gefallen. So kann ich ihn benutzen und herkommen und dich besuchen so oft ich möchte. Er seinerseits benutzt mich, indem ich vor Mendoça gute Dinge über ihn sage.« Wie ein Hitzegewitter flackerte Unheil über ihre Züge. »Siehst du, Andres, wie einfach es für mich ist?«

»Wenn jemand deine Schönheit hat, ist alles einfach.«

»Schönheit ist nicht das Geheimnis. Klugheit ist es. Ich weiß, was ich will, und daher suche und bekomme ich es.«

»Und was ist es dann, was du von mir willst?«

»Glaubst du denn, daß ich dir dies offen sage, Andres?«

»Aye«, entgegnete ich. »Denn du weißt, daß ich ein freimütiger und offener Mann bin und Unaufrichtigkeit nicht die Medizin ist, die du bei mir benutzen müßtest. Ich antworte offen und ehrlich auf eine direkte Frage.«

»Das tust du.«

»Was für eine Rolle soll ich also in dem Epos deines Lebens spielen, Doña Teresa?«

»Nun, du wirst mich nach Europa bringen.«

»Was?« fragte ich erstaunt.

»Dies ist mein großer Traum. Du weißt, ich bin eine afrikanische Frau, die nur den Kongo und Angola gesehen hat und für die die anderen Teile der Welt nur ein Märchen sind. Komme ich dir europäisch vor, Andres?«

»Aye, sehr.«

»Ich bin es aber nicht. Dennoch eifere ich danach, europäisch zu sein. Ich spreche wie eine Europäerin und trage portugiesische Kleider und halte mich an die christlichen Weisen. Ich hasse diesen Ort. Ich bin der Hitze und des Regens und der Trockenheit und der Flüsse voller menschenfressender Ungetüme überdrüssig. Ich trinke guten Wein und bedecke mich mit Pudern und Parfums und stelle mir vor, eine Frau am Hofe zu sein, wo ich doch weiß, daß dies nur die Wildnis ist, mit den Jaqqas im Dschungel, die mich essen würden, könnten sie es, und großen Elephantos, die die Bäume niederreißen, und vielem anderen Getier. Ich will Musik hören. Ich will Theater besuchen. Ich möchte, daß mein Porträt gemalt wird, und mit Herzogen kokettieren.«

»Ach, meine Dame, dann soll ich Euch nach Lissabon geleiten? Oder nach Madrid?«

»Warum nicht nach London?«

»Soll ich meinen Mantel ausbreiten und dorthin fliegen, während du dich an mir festhältst? Ach, ich kann nicht fliegen! Ich habe nicht einmal einen Mantel!«

»Du wirst Afrika eines Tages verlassen, Andres.«

»Darum ersuche ich in jedem Gebet.«

»Und du wirst mich mitnehmen. Ja? Du wirst mich der Königin Elisabeth vorstellen und sagen: Hier ist eine Frau vom Hofe des Kongo, die nun wünscht, Eure Hofdame zu sein.«

Ich lächelte. »Du schätzt mich falsch ein, Teresa, wenn du glaubst, die Königin und ich seien Spielgefährten. Doch soviel verspreche ich dir: Verhilf mir zu Flucht, und ich werde versuchen, dich mitzunehmen, wenn ich dieses Land verlasse.«

Ach, solche Lügen sprechen wir, wenn feste Schenkel und pralle Brüste so nahe zur Hand sind!

War es eine Lüge? Ich glaube, in diesem Augenblick war es Gottes eigene Wahrheit, und vor meinem inneren Auge sah ich, wie wir beide gemeinsam aus Afrika flohen, in irgendeinem robusten kleinen Boot die Küste entlang und hinauf zu den Kanarischen Inseln und zur Schwelle Europas. Doch wie sollte dies sein? Allein zu fliehen war schon schwierig genug; eine Frau mitzunehmen würde meine Risiken und Schwierigkeiten verdreifachen. Und selbst wenn es mir gelänge – wie sollte ich mit einer Frau dieser Sorte an meinem Arm in England einmarschieren? Es wäre leichter, ein paar Elephantos mitzunehmen oder eine kleine Herde flinker Zevveras. Sie der Königin vorstellen? Aye, und sie Anne Katherine vorstellen, und dann werden wir drei vom Erzbischof von Canterbury getraut, nicht wahr? Doch dies waren alles zweite und dritte Gedanken, die mir in einer späteren Stunde kamen. In diesem Augenblick nahm ich mein Versprechen halbwegs ernst, so, wie wir Wunschvorstellungen nachhängen. Daß ich Afrika eines Tages entkommen würde, schien durchaus möglich, denn dies war mein großes Ziel. Daß ich Doña Teresa mitnehmen würde, war zumindest eine hypothetische Erörterung wert.

Eines Tages fragte sie: »Trägst du diesen kleinen Talisman noch bei dir, den ich dir gegeben habe?«

»Aye. Ich trage ihn manchmal an einer Schnur um meine Taille, damit er mich an dich erinnert, und wenn ich schlafe, liegt er neben mir oder unter meinem Kopf.«

»Und du hast solchen Abscheu empfunden, als ich ihn dir gab!«

»Nun, er stammt von dir, und so ist er mir lieb geworden.«

»Ich habe dich belogen, als ich dir seinen Zweck nannte«, sagte sie mit einem übermütigen Grinsen.

»Inwiefern?«

»Daß er ein Schutzamulett sei. Das ist er nicht.«

»Was ist er dann?«

Sie lachte verspielt. »Ein Liebesamulett«, sagte sie. »Um dich an mich zu binden, damit du mich ersehnst. Denn ich habe dich ersehnt, doch du hast mich niemals mit Begierde betrachtet, so daß ich dachte, ich müsse bei einer höheren Macht Zuflucht nehmen. War dies nicht verderbt von mir?«

»Ach«, sagte ich, gleichzeitig amüsiert und beunruhigt, denn dies war Hexenkunst, und ich fürchtete die Hexerei. Und doch sagte ich mir, daß es nicht das Amulett war, das diese Lust erzeugt hatte, sondern einfach ihre Schönheit; obwohl ich in der Tiefe meiner Seele einen gewissen Zweifel daran empfand und eine gewisse Furcht, daß ich, wenn ich den Talisman behielt, mich der Teufelskunst auslieferte.

Sie brachte mir Wein. Sie brachte mir kleine Kuchen. Sie wusch mich mit ihrem Schwamm, wenn der Kerkerdreck zu dick auf mir wuchs. Sie öffnete mir freudig und bereitwillig ihren Körper, und wir entwickelten große Kunstfertigkeit im Spiel der Liebe, so daß der Kerker für mich eine gelindere Qual war, als man allgemein annimmt. Doch ich war noch immer ein Gefangener.

»Der neue Gouverneur wird in ein paar Wochen eintreffen«, berichtete sie mir. »Dann werde ich bei ihm vorsprechen und dich aus diesem Loch befreien.«

»Und werde ich dich noch sehen, wenn ich frei bin?«

»Wir werden unseren Plan heimlich in Angriff nehmen müssen. Doch wir werden ihn in Angriff nehmen, das verspreche ich dir!«

»Und was soll aus mir werden, wenn deine feinen portugiesischen Freunde es erfahren? Zurück in den Kerker? Oder Schlimmeres?«

»Sie werden es nicht erfahren.«

»Aye, ich weiß, du bist geübt in diesen Künsten. Ich glaube, wenn du ein Mann wärest, würdest du der Gouverneur dieses Ortes sein, noch bevor du dreißig bist.«

»Wenn ich ein Mann wäre«, sagte sie. »Doch statt dessen werde ich der Gouverneur des Gouverneurs sein und den Lohn bekommen, ohne die Mühen zu haben. Ist dies nicht besser? Wenn man bedenkt, daß ich kein Mann bin und kein Amt übernehmen darf. Was glaubst du, warum ist das so, daß Frauen keine Ämter übernehmen dürfen?«

»In England dürfen sie es«, warf ich ein.

»In England, aye! Doch diese Portugiesen denken anders. Sie glauben, daß eine Frau nur zu zwei Dingen gut ist, die beide im Bett getan werden, und das zweite ist Gebären.«

»Das andere wird nicht im Bett getan, Doña Teresa.«

»Vielleicht nicht von dir und mir in dieser bettlosen Zelle. Doch der Brauch hier . . .«

»Nein, ich meine das Kochen«, sagte ich, »denn ist dies nicht das andere, das die Frauen tun, wenn sie nicht mit einem Kind gehen?«

Sie lachte herzlich darüber und versetzte mir einen heftigen Rippenstoß.

Dann sagte sie ernsthafter: »Welche Ämter dürfen Frauen in England übernehmen?«

»Fürwahr, Doña Teresa, die allerhöchsten! Sicher weißt du, daß wir eine Königin haben, und vor ihr hatten wir schon einmal eine!«

Dies erstaunte sie nicht. »Das weiß ich«, sagte sie. »Deine Elisabeth und deine Maria, die eine halbe Spanierin war. Doch eine Königin wird man nur durch den Zufall der Geburt. Wenn es keinen Sohn gibt, muß die Tochter den

Thron bekommen, oder der königlichen Familie geht die Macht verloren, ist es nicht so? Ich glaube, selbst die Spanier, für die eine Frau nichts ist, haben Königinnen gehabt.«

»Aye, Isabella von Kastilien und vielleicht noch andere.«

»Doch welche anderen Ämter in England halten die Frauen? Sitzen sie in euren Gerichten und gehen sie zu euren Ratsversammlungen?«

Ich dachte einen Augenblick lang nach.

»Nay, das ist unmöglich.«

»Unmöglich oder nur undenkbar?«

»Es gibt keine Frauen in unserem Parlament. Wir wählen auch keine zu unseren Richtern.«

»Und zu euren Priestern? Gibt es Frauen darunter?«

»Nay, auch das nicht.«

»Doch ihr habt eine Königin. Sie hat die höchste Gewalt inne, läßt Köpfe rollen, wenn es ihr gefällt, und entfesselt Kriege. Doch unter ihr gibt es keine Frau, nicht wahr, Andres?«

»So ist es. Bis auf die Königin sind die Frauen in allen Dingen ihren Vätern und Gatten untertan.«

»Also ist es bei euch Europäern gleich. Eine kluge Frau muß herrschen, indem sie ihren Beherrscher beherrscht, wenn sie nicht als Königin geboren ist. Hältst du mich für klug, Andres?«

»Du bist die klügste Frau, die ich jemals gekannt habe, obwohl es sein mag, daß unsere Elisabeth dir mehr als nur ebenbürtig ist. Doch sonst vielleicht keine.«

»Dann werde ich erringen, was ich mir ersehne«, sagte sie, »nämlich die Königswürde und Macht oder zumindest eine sehr hohe Stellung. Pfui, eine Frau hat mehr Rechte unter den Mohren des Kongos, als man ihr in Europa gewährt. Die Schwarzen haben auch Königinnen gehabt. Und ihre Frauen dürfen Besitztümer halten. Eure *sind* Besitztümer.«

»Du sagst ›sie‹ und ›Mohren‹, wenn du vom Volk des Kongos sprichst. Du sagst ›diese Portugiesen‹, wenn du von den Portugiesen sprichst. Stehst du also außerhalb beider Völker und betrachtest sie alle als Fremde?«

Sie senkte den Blick. »So kann man sagen, ja.«

»Außerhalb von beiden, keinem zugehörig? Schmerzt es dich nicht, daß du kein wahres Volk hast, Teresa?«

»Dies habe ich mir nicht so erwählt.«

»Wer waren deine Eltern?«

»Mein Vater war ein Portugiese am Hofe von Don Alvaro, dem Manikongo, das heißt, dem schwarzen König. Er war ein Berater in militärischen Belangen und diente dem Manikongo tapfer, als die Jaqqas in sein Königreich einfielen und den König in die Verbannung auf der Hippopotamus-Insel trieben. Er war Don Rodrigo da Costa, ein sehr großer Mann. Er ist jetzt tot, gestorben an einem Fieber, das er sich im Kampf zuzog.«

»Und deine Mutter?«

»Doña Beatriz, deren Vater Duarte Mendes war, der Sieger von São Tomé. Es heißt, sie sei sehr wunderschön und mir sehr ähnlich gewesen, nur, daß sie dunkler war, da sie mehr afrikanisches Blut hatte als ich. Ich habe sie nicht gekannt. Sie starb, als ich ein kleines Kind war.«

»Das betrübt mich. Auch ich habe meine Mutter früh verloren.«

»Die Jaqqas haben sie geholt und wohl bei einem ihrer Feste benutzt.« Einen Augenblick lang zeigten ihre Augen Schmerz und Zorn. Dann sah sie mich an und sagte: »Wenn sie gelebt hätte, wäre sie eine große Frau geworden. Ich werde an ihrer Statt eine große Frau sein. Ich werde den Ort in diesem Land suchen, an dem sich die Macht ballt, und Besitz von ihr ergreifen. Außer« – sie lächelte böswillig – »außer, du bringst mich von hier fort, wenn du fliehst, und führst mich nach England. Auch in England werde ich berühmt und bedeutend sein. Berichte mir von England, Andres.«

»Was möchtest du wissen?«

»Ist es kalt dort?«

»Nay, nicht sehr. Das Land ist grün. Der Regen fällt das ganze Jahr über, und das Gras ist dick.«

»Ich habe von einer Sache gehört, die ihr Schnee nennt.«

»Es gibt nicht viel davon«, sagte ich.

»Verrate mir, was dies ist.«

»Schnee ist Regen, der im Winter gefriert und vom Himmel fällt und das Land wie ein weißes Tuch bedeckt, doch gewöhnlich nicht sehr lange.«

»Gefriert? Dieses Wort ist mir unbekannt.«

Ich suchte und überlegte, wie ich es ihr erklären konnte. »Auf den höchsten Bergen Afrikas ist die Luft doch kalt, nicht wahr?«

»Ja.«

»Und sind die Gipfel dieser Berge nicht von einer weißen Masse bedeckt?«

»Dies habe ich gehört. Aber ich habe es noch nicht selbst gesehen.«

»Diese weiße Substanz ist Wasser, das durch die Kälte hart und zu Schnee geworden ist. Doch warum sprechen wir so viel davon? England hat nur wenig Schnee. Es ist ein mildes, kühles Land mit süßer Luft und schönen weichen Wolken, und manchmal ist der Himmel grau vor Feuchtigkeit und Nebel, doch selbst das haben wir lieben gelernt.«

»Ihr zürnt dort dem Papst.«

»Aye, das tun wir!« Ich starrte sie an. »Du weißt vom Papst? Was bedeutet er dir?«

»Der Papst ist der König der Christenheit«, sagte Doña

Teresa. »Der Papst ist die rechte Hand Gottes, und König Philip und all seine Untertanen sind ihm untertan.«

»Dann bist du also Christin?«

»Mein Vater war Don Rodrigo da Costa, und ich bin keine Wilde, Andres«, sagte sie mit großer Würde. »Warum verspottet ihr Engländer den Papst und lehnt ihn ab?«

»Nun, weil es Wahnsinn ist, von einer religiösen Gewalt regiert zu werden, von der wir über tausend Meilen durch Meere und Gebirge getrennt sind und die über Fragen des englischen Gesetzes nach den Maßstäben Italiens und Spaniens und manchmal Frankreichs, aber niemals nach denen Englands urteilt. Der Papst hat vor, unsere Königin zu entthronen. Der Papst würde uns der Gewalt unserer Feinde ausliefern. Der Papst hat immer versucht, uns vorzuschreiben, was wir tun dürfen, und manchmal ist es ihm gelungen; doch schließlich hat der Große Harry ihn besiegt . . .«

»Der Große Harry?«

»König Heinrich, der der achte dieses Namens war, der Vater von Königin Elisabeth.«

»Den Papst besiegt? Wie war das möglich? Der Papst herrscht noch immer in Rom.«

»In Rom, aye. Doch wir haben uns befreit. Und vor gierigen Mönchen bewahrt, die das Volk ausbluten lassen, um ihren Wohlstand zu mehren, und uns selbst ignoranten Mummenschanz und unsinnige Irrlehren erspart, die uns in einer uralten Sprache intoniert werden und uns im Gestank von Weihrauch und dem Anbeten von Heiligen ersticken.«

»Nun, dann seid ihr keine Christen!«

»Christen sind wir«, sagte ich, »doch wir sind Engländer, und das macht in allen Dingen einen Unterschied.«

»Ja«, sagte sie. »Engländer haben gelbes Haar und hassen den Papst. Dies sind die wichtigsten Unterschiede. Du mußt mir ein anderes Mal mehr von England erzählen. Und von dir selbst: Du mußt mir von deiner Kindheit berichten und wieso du zur See gefahren bist und ob es jemanden in England gibt, den du liebst, und wie du den Portugiesen in die Hände gefallen bist und viele andere Dinge. Doch wir werden später darüber sprechen.«

»Aye, später.«

»Und nun laß uns nicht mehr reden«, sagte sie.

Womit ich einverstanden war, denn sie drückte sich gegen mich und rieb ihre seidenweiche Haut an meiner Brust, und wieder einmal verzauberte sie mich mit ihrer schamlosen Art, umarmte und verschlang mich, und dieser Seesternschlund sog mich ein. Sie kannte keine Scham. Doña Teresa war der Mittelpunkt der Welt, und alle anderen Dinge steuerten um sie herum, und das, was sie begehrte, nahm sie sich auch, seien es Juwelen oder schöne Kleider oder die Körper der Männer. Und doch war eine Leichtigkeit und Offenheit daran, die dies überhaupt nicht unbehaglich machte; es war, als sei sie ein Mann, als folge sie lediglich ihrem Stern, wie wir dem unseren folgen.

Warum ist dieser Ehrgeiz bei einem Mann eine Tugend und bei einer Frau eine boshafte Diskordanz? Warum ist diese Lust bei einem Manne ein Zeichen von Stärke und bei einer Frau ein Stigma der Verderbtheit? Aye, es gibt genügend gefallene Frauen, doch niemals einen gefallenen Mann, bis auf jene, die töricht genug waren, sich von höheren Positionen hinabstoßen zu lassen.

Durch unsere fieberhaften Kopulationen auf dem Boden dieser düsteren, stinkenden Gefangenenzelle lernte ich von Doña Teresa da Costa viel über die Welt. Ich lernte, daß in gewissen Aspekten des Charakters eine Frau einem Mann sehr ähneln konnte, ohne etwas von ihrer Weiblichkeit aufzugeben, wenn sie klug genug war. Ich lernte, daß sich ein gesamtes Geschlecht in verschwenderischer Müßigkeit und

Plaudereien ergeht, weil wir es zu unserem eigenen Vorteil unterdrücken. Ich lernte, daß im dunkelsten Herzen Afrikas Grazie und Klugheit und Kraft blühen konnten, die jedem Königreich zur Ehre gereicht hätten.

All diese Dinge hätte ich sicher, schätze ich, aus genauerer Betrachtung meiner Königin ebenfalls lernen können. Denn Bess ist sicherlich eine Fürstin unter Fürsten, eine Frau mit allen Eigenschaften des Mannes und auch denen der Frau, und sie straft die Lügen, die behaupten, dieses Geschlecht sei einfach und schwach. Doch es war mir nicht die Gunst erwiesen worden noch wird sie mir jemals erwiesen werden, wie ein Leicester oder Raleigh in die Hallen Ihrer Majestät zu schreiten: Doña Teresa jedoch hat mir diese nähere Unterweisung fürwahr erteilt, als ihre Augen vor den meinen leuchteten, ihre Zungenspitze die meinige kitzelte, ihre harten Brustwarzen wie glühende Kohlen an meiner Brust brannten; und überdies hat sie mir ihren dunklen und unbeständigen Geist offenbart, so daß ich ihre Absichten und Vorhaben durchschauen konnte.

Dank Doña Teresas Diensten war meine Gefangenschaft also nicht die schmerzlichste, die ein Gefangener je ertragen mußte. Es gab genug Prellungen und Strafen, denn manchmal wurden die Kerkermeister zornig auf mich, oder ich auf sie, und schlugen mich für meinen Ungehorsam. Auf diese Art verlor ich einen Schneidezahn. Doña Teresa fiel dies auf, und sie erkundigte sich augenblicklich nach dem Namen des Mannes, der mich verletzt hatte, damit sie ihn dafür bestrafen lassen konnte.

»Nay«, sagte ich, »ich bin gestolpert und unglücklich mit dem Gesicht aufgeschlagen«, denn ich fürchtete, daß sich die Wachen an mir rächen oder mich sogar erschlagen könnten, wenn ich es ihr verriet.

Abgesehen von solch kleinen Dingen führte ich jedoch ein

behagliches Leben, wobei mich an vielen Tagen die großen Kunstfertigkeiten dieser Frau trösteten und ich manchmal ausgezeichneten Wein zu trinken und kleine Reste von den besten Banketten der Stadt zu essen bekam. Doch trotz allem war ich nicht dazu geboren, in einer irdenen Höhle zu hausen, und sehnte mich nach dem Sonnenlicht und der Freiheit.

Wie viele Monate waren es gewesen? Ich hatte sie schon lange nicht mehr gezählt. Eine Regenzeit und eine Trockenzeit und noch einmal Regen und Dürre – hieß dies nicht, daß der volle Kreislauf des Jahres zweimal verstrichen war? Gab es noch ein England? War Elisabeth noch meine Königin, oder waren die Spanier mit einer neuen und weniger kraftlosen Armada zurückgekehrt? Anne Katherine, was war mit ihr? Wie war es meinem Bruder Henry ergangen und seinem Gönner Raleigh und dem großen Sir Francis Drake, und floß die Themse noch an London vorbei ins Meer? Verloren, verloren, all dies war mir verloren. Doña Teresas zarte Schenkel und hüpfende Brüste waren mir ein Trost, doch nicht Trost genug, während ich in meinem Kerker wütete und auf und ab schritt und litt und mir zu einer philosophischen Ruhe riet und dennoch wieder wütete.

Schließlich kam sie zu mir und sagte: »Der neue Gouverneur ist hier, Don Francisco d'Almeida. Er ist mit vierhundertundfünfzig Fußsoldaten und fünzig afrikanischen Hilfskräften gekommen, alles ausgesuchte Männer, und ist voller kühner Pläne. Er beabsichtigt eine Expedition quer durch Afrika, um eine Kette von Forts zu errichten, die die Straßen von hier bis zu dem Meer, das an der anderen Küste liegt, schützen soll.«

»Fürwahr, sehr kühne Pläne«, sagte ich. »Und hast du mit ihm gesprochen, und wird er mich aus diesem Loch holen?«

»Ich habe schon mit ihm gesprochen.«

»Und?«

»Er ist ein eitler und selbstgefälliger Mann.«

Meine Hoffnungen, die sich kurz gehoben hatten, sackten wie Luzifer hinab, der einen ganzen Tag lang vom Himmel stürzte. »Das heißt, er wird mich nicht freilassen?«

»Er ist mit seinen Plänen beschäftigt. Hauptsächlich liegt er mit den hiesigen Jesuitenpatern im Streit. Sie beanspruchen gewisse Rechte an seiner Herrschaft und weigern sich, seinen Weisungen zu gehorchen.«

»So ist es schon immer mit des Papstes Männern gewesen. Und so war es schon immer mit diesen wankelmütigen Gouverneuren hier. Soll ich auf ewig hier verfaulen, Teresa?«

»Friede, Friede. Nachdem ich nicht das Ohr des Gouverneurs d'Almeida gewinnen konnte, habe ich mich an Don João de Mendoça gewandt.«

Ich hatte schon lange das Vertrauen in die Macht dieses Mendoça verloren. Da er zu einer Zeit, da es hier keinen Gouverneur gegeben hatte, nicht in der Lage gewesen war, das Kommando zu übernehmen und von diesem dummen neuen Gouverneur aus Portugal, Don Francisco, verdrängt worden war, schien es erwiesen, daß er unfähig war, in Angola voranzukommen. Doch nun, als ich schon dachte, niemand würde sich je um mich kümmern, hatte Doña Teresa eine Unterredung mit Mendoça für mich arrangiert.

»Er wird dich morgen sehen«, sagte sie, »und er beabsichtigt, dich in seine Dienste aufzunehmen.«

»Steht dies denn in seiner Macht?«

»Er kann tun, was ihm beliebt. Nun, da dieser Gouverneur d'Almeida eingetroffen ist und sich als Tor entpuppt hat, ist es für Don João an der Zeit, nach der Macht zu greifen. Sei guten Mutes.«

»Das will ich dann sein.«

Sie zog mich näher heran, bis ihr Mund an meinem Ohr

lag. »Nur eins noch«, flüsterte sie leise. »Deute nicht an, daß es zwischen uns irgend etwas außer geographischen Unterweisungen gegeben hat, oder es wird uns beiden schlecht ergehen.«

»Geographische Unterweisungen?«

»Aye. Ich bin all diese Monate zu dir gekommen, damit du mich alles über den Globus und die Ozeane und die Länder Europas lehrst. Nichts weiter. Nichts weiter.«

»Don João de Mendoça ist ein eifersüchtiger Mann?«

»Er ist ein stolzer Mann.«

Was mir bestätigte, was ich bereits geargwöhnt hatte, nämlich, daß sie die Mätresse dieses Mendoça war und daß sie das, was sie zwischen den Beinen hatte, bei ihm als eins der Mittel zu ihrem Aufstieg einsetzte. Nun, so sei es, ich hatte sie nicht für eine Jungfrau gehalten und auch nicht angenommen, daß sie die vielen Nächte, die sie nicht bei mir war, alleine lag.

Es spielte keine Rolle. Ich war guten Mutes. Mit ihrer Hand auf Mendoças Glied war sie vielleicht imstande, die Freiheit für mich herauszupressen.

9

Am Morgen kam dieser gut gekleidete Hauptmann der Wache zu mir, Fernão de Souza, ein weiterer, von dem ich argwöhnte, daß Teresa ihn erobert hatte. Wie es Usus bei ihm war, ging er überaus edel gekleidet, ganz in Spitzen, mit fleckenlosen Handschuhen und parfümierten Stiefeln und Samtärmeln und breiten, aufgebauschten perlenbesetzten Stulpen: ein junger Mann, groß für einen Portugiesen, mit mitteldunkler Hautfarbe und gerade genug Verschlagenheit und Ehrgeiz in seinen Augen, um den Fluch von seiner Geckenhaftigkeit zu nehmen. »Du wirst aufgefordert«, sagte er zu mir, »vor Don João de Mendoça zu treten, der dir aus der Größe seines Herzens die Gelegenheit gewährt hat, dich nützlich zu machen. Säubere dich und lege diese Kleidung an.«

Kein übelriechender Lumpenbold für Don João! Ich wusch mich, zog einfache, bescheidene Kleidung an und schritt aus meiner Zelle und blinzelnd und erstaunt in das gewaltige Strahlen des Tageslichts hinaus. Und auf den Platz der Stadt, vorbei an der Kirche zu einer kleineren Häusergruppe, die im portugiesischen Stil errichtet war – das heißt, aus Brettern erbaut und mit einem zweiten Stockwerk. Dies war der Palast von Don João de Mendoça, den ich bei seinem Mittagsmahl vorfand, als ich hineingeführt wurde.

Mendoça war ein Mann hoher Erscheinung und Autorität, der in einem jeden Umkreis zu einem bedeutenden Rang aufgestiegen wäre. Was er in dieser fernen Kolonie tat, anstatt in Lissabon zu weilen und sich mit hohen Staatsangelegenheiten abzugeben, konnte ich mir nicht vorstellen, obwohl ich später herausfand, was für mich hätte offensichtlich sein sollen: Mit einem Spanier auf dem Thron von Portugal sah Don João wenig Aussichten, in seinem Heimatland emporzukommen, und als jüngerer Sohn hatte er auch keine größeren Ländereien geerbt. So war er wie viele andere kühne Männer in die tropischen Länder des Reiches gegangen, wo Männer mit Eifer und Können neu beginnen.

Er war ein Mann von vielleicht vierzig Jahren oder etwas darüber, woraufhin ich mich fragte, wie er mit den verlangenden Leidenschaften seines Liebchens Doña Teresa mithalten konnte. Vielleicht nicht allzugut, sagte ich mir, da sie noch Feuer für solche wie Hauptmann Fernão da Souza und mich übrig hatte und wer weiß für wie viele andere noch dazu? An Statur war Mendoça klein, doch seine Schultern waren breit, so daß er im Sitzen wie eine Person von Macht und Erhabenheit erschien. Es war das gleiche mit Sir Francis Drake, der nicht groß war, einen Ratstisch jedoch mit spielerischer Leichtigkeit beherrschte. Don Joãos Fleisch war voll, doch fest, seine Haut war dunkel, wie es die Portugiesen an sich haben, und seine großen Augen blickten glänzend. Er war gut gekleidet, wenn auch nicht in der übertriebenen, geckenhaften Art von Hauptmann de Souza; sein Aufzug war eher unscheinbar, in Schwarz und Grau gehalten, mit schwarzen Samtschuhen. Die Tafel, die sich vor ihm ausbreitete, war königlich, dachte ich, wenngleich sie auf einfachem Zinngeschirr und nicht auf feinem Porzellan serviert wurde. Viele Schüsseln und Seidel und Platten enthielten die Speisen des Landes, Früchte und Gemüse, die ich nicht kannte, und Fleisch verschiedener Sorten, alles in dunklen und dicken Saucen und nach den Gewürzen riechend, die die Portugiesen so lieben, nach ihrem Knoblauch und Safran und spanischen Pfeffer und so weiter. Zwei Sorten Wein standen auf dem Tisch und auch Becher mit Bier oder Ale. Don João hielt einen Teller an seinen Mund, schlürfte eine schwere goldgelbe Sauce, setzte ihn mit großer Bedachtsamkeit wieder ab, schnitt eine Scheibe Fleisch ab, die ich für Hammel oder Kalb hielt, spießte sie sorgsam mit seinem Messer auf und kaute genießerisch darauf. Dann nahm er einen großen Schluck des hellen Weines, wischte sich die Lippen ab und sah zu mir hoch, und ich erkannte in ihm einen Mann, der mit seiner Mahlzeit sehr zufrieden war.

»Doña Teresa sagte, daß du annehmbares Portugiesisch sprichst«, sagte er ohne ein Wort des Grußes.

»Das ist wahr.«

»Wie hast du dir diese Fertigkeit angeeignet?«

»Nach und nach, Herr, als ich ein Junge in England war und mein Bruder mir einzelnde Worte beibrachte.«

»Deine Aussprache ist zu breit, obwohl du die Worte und ihren Sinn einigermaßen kennst. Du sprichst unsere Worte auf diese flache englische Art aus, ohne Musik. Sprich mehr durch Kehle und Nase, verstehst du? Lege etwas Donner in die Selbstlaute. Lege etwas würzige Schärfe in sie hinein. Es ist wohl euer englisches Essen, das so leer an Geschmack ist, das euch Engländer veranlaßt, eure Worte so fade auszusprechen. Wie war gleich noch dein Name?«

»Andrew Battell, Herr.«

»Setz dich, Andrew Battell. Willst du essen?«

»Wenn es Euch gefällt.«

»Iß. Es ist genug für ein ganzes Regiment da.« Er schob mir Behälter mit Fleisch und Haferschleim zu und einen Kelch und Wein und andere Dinge. Ich war verblüfft von solchem Überfluß, hatte ich doch so lange von faulem Kerkerfraß gelebt, den nur die Leckereien aufgebessert hatten, die mir Doña Teresa in die Zelle geschmuggelt hatte. Als ich zögerte, schnitt er eine Scheibe Fleisch ab und setzte sie mir vor, und ich aß, wenn auch nur aus Angst, seine Gastfreundschaft zu beleidigen. Es war Fleisch, das auf den ersten Blick wie Hammel aussah, doch meine Zunge schmeckte nicht im geringsten Hammel, eher etwas in Richtung Kalbfleisch, wenngleich nicht ganz in dieser Richtung, und es war mit einer Sauce aus heißem Pfeffer und Zwiebeln bedeckt, die auf den ersten Biß wie glühende Kohlen in meinem Mund brannten, obwohl ich mich schnell daran gewöhnte. Don João beobachtete mich neugierig, als ich das seltsame Fleisch und dann ein zweites Stück aß.

»Es schmeckt dir also.«

»Fürwahr. Was für ein Fleisch ist dies, Herr?«

»Eine große Delikatesse. Du weißt nicht, wie glücklich du dich schätzen kannst.«

»Und sein Name?«

»In diesen Ländereien wird es *ambize angulo* genannt, was soviel wie Schweinsfisch heißt, weil es so fett wie eine Sau ist.«

»Es hat weder den Geruch noch den Geschmack von Fisch.«

»Ja«, sagte Don João, »denn es ist genausowenig ein Fisch wie du oder ich, obwohl es in den Flüssen lebt. Es ist ein Tier, das die Indianer der Neuen Welt Manati* nennen und das zwei Hände und einen Schwanz wie einen Schild hat. Es verläßt das Süßwasser niemals, sondern ernährt sich von dem Gras, das an den Ufern wächst, und hat ein Maul wie die Schnauze eines Ochsen.«

»Ein überaus seltsames Geschöpf.«

»In der Tat. Es gibt von diesen Fischen einige, die über fünfhundert Pfund wiegen. Die Fischer mit ihren kleinen Booten fangen sie, indem sie ihnen an den Plätzen auflauern, wo sie fressen, und dann mit ihren Sicheln und Mistgabeln auf sie einschlagen. Sie ziehen sie tot aus dem Wasser, und im Königreich Kongo müssen alle diese Geschöpfe, die gefangen werden, sofort zum schwarzen König gebracht werden, und wer dies nicht befolgt, wird mit dem Tode bestraft. Hier leiden wir nicht unter solchen Einschränkungen und essen dieses Fleisch oft. Willst du mehr haben?«

»Nach einer Weile vielleicht. Diese Üppigkeit des Essens übersättigt mich nach einer so langen Gefangenschaft.«

»Ich verstehe. Doch sie verbessert dein Portugiesisch. Gestehst du ein, daß diese Sauce deine Aussprache verbessert und dich beredsam gemacht hat?«

* Seekuh

»Nicht die Sauce, glaube ich, sondern, daß ich Euren Worten lauschen konnte«, sagte ich.

»Dann bist du also ein Schmeichler?«

»Nay, ich wollte Euch nicht schmeicheln. Es ist nur, daß ich ein gutes Ohr habe, und indem ich Eurer Aussprache lausche, verbessere ich die meine.«

»Ah. Gut gesagt. Du bist klug und lernst die Dinge schnell.«

Darauf erwiderte ich nichts.

»Dieses Fleisch ist vom Schenkel des Elephanto, und dies ist ein Schleim, der in diesem Land die Stelle von Brot einnimmt. Und dies ist eine Bohne, die *nkasa* heißt und gekocht wird. Das Öl ist das des Palmenbaums, da dies kein Land für Oliven ist. Und die Weine sind die guten Weine der Kanarischen Inseln. Wir haben nicht genug Salz hier, speisen ansonsten jedoch recht gut. Warum bist du ein Gefangener, Engländer?«

»Weil ich gefangengenommen wurde.«

»Ja. Ja. Das weiß ich. In Brasilien, nicht wahr?«

»Aye, Herr.«

»Doch Gefangene sind unnütze Lasten. Wenn wir dich nicht töten, sollten wir dafür sorgen, daß du dich irgendwie nützlich machst.«

»Dies ist geschehen. Gouverneur Serrão setzte mich vor etwa zwei Jahren auf einer Reise zum Presidio Masanganu ein. Doch als ich zurückkehrte, wurde ich krank, und nachdem ich mich erholt hatte, wurde ich in den Kerker geworfen. Warum, weiß ich nicht. Seit dieser Zeit schmachte ich in einem der Kerker unter der Zitadelle.«

»Du bist Lotse?«

»Das bin ich.«

»Und bereit, mir zu dienen?«

»Es ist nicht meine erste Wahl, doch ich ziehe es der Gefangenschaft vor.«

»Und deine erste Wahl?«

»Nach meinem England zurückzukehren. Ich habe eine Verlobte in England, und mein einziger Traum ist es, zu ihr zurückzukehren und sie zu meiner Frau zu machen und den Rest meines Lebens auf Land zu verbringen.«

»Und doch warst du in Brasilien ein Pirat.«

»Ein Freibeuter, Herr, der etwas Gold zu gewinnen suchte, mit dem er sich Land kaufen konnte.«

»Etwas Gold zu stehlen suchte, meinst du?«

»Es wäre nicht das Gold Portugals gewesen, Don João, sondern das Perus, das die Spanier schon gestohlen haben, obwohl Gott es ihnen nicht zugedacht hat.«

»Ah«, sagte er und sagte lange darauf nichts mehr, sondern nahm sich seine Schüsseln vor und suchte in ihnen nach weiteren Bissen Fleisch. Dann schließlich sagte er: »Du gefällst mir, Battell.«

»Habt Dank, Don João.«

»Fürwahr. Du hast eine grobe englische Ehrlichkeit an dir, die mir gefällt. Du katzbuckelst nicht, du leckst keinen Speichel. Als ich dachte, du wolltest mir schmeicheln, sagtest du, ich ahme nur Eure Aussprache nach, wo mir einer der Hauptmänner hier einen langen Gesang über die Eleganz meines Stils vorgetragen hätte. Ich glaube, ich werde dich nach Hause gehen lassen.«

Das hatte ich nicht erwartet. Es traf mich so, daß meine Zunge am Gaumen meines Mundes festgenagelt war und mein Unterkiefer wie der eines geistlosen Greises hinabhing.

»Das heißt, wenn du mir hier einige Dienste leistest«, fuhr er fort.

»Nennt sie mir, Herr!«

»Wir haben einen Mangel an Seeleuten. Es gilt, einigen Handel hier an der Küste zu treiben, mit dem Königreich Kongo und nordwärts darüber hinaus mit Loango, wo sie

Reichtümer haben, die sie gegen Tand eintauschen werden – die Zähne und Schwänze des Elephantos und das Öl der Palmen und die Stoffe, die sie auch aus Palmen machen, und viel mehr, was wir für Glasperlen und Spiegelglas und groben Stoff haben können. An gewöhnlichen Matrosen haben wir genug, doch kaum jemanden, der sie befehlen, der navigieren und die Pinasse von den Riffen fernhalten kann. Ich möchte, daß du als Lotse für uns arbeitest, ein paar Reisen, vielleicht einen Dienst von sechs Monaten oder einem Jahr, und wenn du dich ehrbar benimmst, werden wir dich dann auf ein Schiff nach Europa setzen, und Gott sei mit dir.«

Mein Gesicht wurde rot, und ich stammelte vor Freude, denn dies war die Antwort auf all meine Gebete.

»Don João!« sagte ich. »Don João!«

»Du wirst mir also dienen?«

»Aye. Und gern, wenn ich mir damit die Freiheit erkaufe.«

»Dann abgemacht. Nimm noch ein Stück des Schweinsfisches.«

Er schob mir die Platte zu, und in meiner Freude schnitt ich mir eine gewaltige, vor Fett triefende Scheibe ab und verschlang sie auf ein Mal, so daß ich daran erstickt wäre, wäre da nicht Don Joãos kostbarer Wein von Lanzarote gewesen, den ich rückhaltlos trank. Er beobachtete mich, erhob keinen Einwand. Schon fühlte ich mich halbwegs wieder in England, Afrika fiel von mir ab wie eine überflüssige Haut, und von dem Manatifleisch in meinem Mund mit seinem seltsamen Geschmack und den brennenden Gewürzen glaubte ich, es sei das letzte Unbekannte, das ich zu schlucken hätte.

Oh, wie sehr irrte ich mich darin, und genug Seltsamkeiten warteten im Fluß der Zeit auf mich, und das Fleisch dieses sanften, trägen, im Schlamm wühlenden Manati war kaum das Schlimmste davon. Doch in diesem Augenblick war ich auf dem Weg nach Hause, wenn auch nur in der Vorstellung meines Geistes, und ich dachte bei mir, daß dieser Don João de Mendoça ganz und gar nicht wie all die anderen Portugiesen und Spanier, sondern ein Mann des Mitgefühls und Verständnisses und wahren Edelmutes sei. Ich hätte beinahe seine Stiefel geküßt, hätte ich nicht zu der Sorte gehört, die niemandem die Stiefel küßt und es schwer findet, selbst Ihrer Majestät solche Gehorsamsbekundungen zu erweisen.

»Doña Teresa spricht gut von dir«, sagte er. »Ich glaube, ihr Urteil ist angemessen.«

»Sie ist eine scharfsichtige Frau.«

»Fürwahr. Fürwahr eine seltene Frau. Ich kenne sie schon seit vielen Jahren, Battell. Ihr Vater starb jung und heldenmütig, im Kongo, und ich war ihr Vormund.«

Und noch etwas anderes als nur Vormund, dachte ich bei mir, doch sprach es nicht aus. Ich mochte eine grobe englische Ehrlichkeit haben, doch grobe englische Ehrlichkeit erweitert sich nur bei Narren zu einer ungestümen Lockerheit der Zunge.

Und doch sah ich Teresa in meiner Vorstellung, nackt in meiner Zelle und ölig vor Schweiß, wie sie sich über mir niederkauerte und sich hinabließ, um meinen Stößel in ihren Mörser aufzunehmen und dann solch ein Mahlwerk in Gang zu bringen, das Marmor zu Staub zerrieben hätte; und ich wußte, wenn diese Vorstellung aus meinem Geist in den Mendoças übersprang, würde ich mich nicht als Lotse wiederfinden, sondern als Galeerensklave oder Schlimmeres. Und ich sah auch Mendoça, nackt und aalglatt und feist, mit seinen Knien zwischen Teresas Schenkeln und seinen Händen um beide Brüste, und *diese* Vorstellung nährte ein Feuer des Aufruhrs in meiner Brust, das mich in solche Verzweiflung stürzte, daß ich mich hastig zwang, statt dessen an

Manati zu denken und an Elephantos und die leuchtenden Fische der tropischen Meere.

Während diese Bilder in meinem Kopf wogten, fuhr Don João mit seiner Rede fort und pries Doña Teresas Tugenden, ihre Weisheit und Beherrschung der Künste der Musik und Dichtung und ihre Klugheit, die, wie er sagte, der eines jeden Mannes gleichkam, und ihre Schönheit, und sprach von ihren scharfen, leuchtenden Augen und geschmeidigen Gliedern und betörenden Lippen, als beschriebe er irgendeine Frau eines fernen Landes. Nun, und er hatte guten Grund, sich an ihr zu freuen.

Es war nun an der Zeit, meine Audienz bei ihm zu beenden. Wir hatten unsere Übereinkunft geschlossen: Ich würde eine Zeitlang sein Lotse sein, und dann würde er mich freilassen. Es erschien mir seltsam, daß die Portugiesen, die schon zu den Zeiten Prinz Heinrich des Seefahrers all diese Länder und die andere Seite Afrikas entdeckt hatten, diese Portugiesen, die schon in die dahinterliegenden Nebel vorgedrungen waren und sogar Indien entdeckt hatten, so bedürftig an Männern waren, daß sie einen englischen Lotsen in ihre Dienste zwingen mußten, in den gleichen Meeren, in denen Bartholomeo Dias und Vasco da Gama und ihre anderen großen Seefahrer solche Verdienste errungen hatten. Doch anscheinend waren bei den Portugiesen schlechte Zeiten angebrochen. Wenn sie den Spanier Philip als ihren König duldeten, warum sollten sie dann nicht den Engländer Andrew als ihren Lotsen dulden, mich, der ich nur die leichteste Unterweisung für diese Aufgabe genossen hatte? Ich dankte Don João de Mendoça erneut für seine Großzügigkeit und auch für dieses Mahl seltener Delikatessen.

Er schlug in die Hände, und zwei Sklaven erschienen, um den Tisch abzuräumen – Schwarze mit flachen Nasen und Lippen wie Rindsrouladen. Einer von ihnen war so unglücklich, zu stolpern und ein paar Tropfen einer öligen gelben Sauce auf Don Joãos Kleidung zu verschütten und zu beflecken, und mit einer einzigen Bewegung ergriff Don João, ohne nachzudenken, eine Schüssel, die eine andere Sauce enthielt, eine glühend heiße, und schlug sie in das Gesicht des Sklaven und in seine Augen, so daß der arme Wilde aufschrie und die Hände vors Gesicht schlug und sich wälzend und schluchzend auf den Boden warf. Don João trat ihn und stieß ihn zur Seite, und der Sklave kroch hastig auf den Knien hinaus, soweit ich weiß geblendet oder zumindest mit großen Schmerzen.

So ist es mit diesen Portugiesen. Don João war fürwahr ein Mann des Mitgefühls und Verständnisses und alledem, zivilisiert und freundlich, vielleicht der beste seiner gesamten Rasse, doch selbst er würde wegen ein paar Tropfen auf seinem Ärmel einem anderen Geschöpf schreckliches Leid zufügen.

Es war eine nützliche Lektion für mich über die Verschlungenheit der menschlichen Natur – nicht, daß ich ihrer wirklich bedurft hätte.

Doch vielleicht ist dies eine Lektion über die Einfachheit der menschlichen Natur, namentlich meiner eigenen, der ich doch bei einem Portugiesen eine vollständige Güte erwartet hatte. Der unglückliche Sklave konnte sich zumindest glücklich schätzen, daß er nicht einem Spanier gedient hatte; denn dann hätte sein Herr ihm wegen dieser Flecken vielleicht die Haut abgezogen.

10

Und dann ergriff ich das ehrbare und gehobene Gewerbe des Lotsen auf einem Schiff, das die Meere befuhr, den höchsten aller maritimen Berufe, den mein Vater in seinen zwölf Jahren beim Trinity House erlernt und auch mein verstorbener Bruder Thomas ausgeübt hatte. Es erniedrigte mich, ihren Fußstapfen zu folgen, ohne eine lange und anstrengende Zeit über eine Lizenz erworben zu haben, und es erschien mir überaus ironisch, daß ich meine Lotsentätigkeit für die Portugiesen und nicht die Königin ausübte.

Doch ich hatte keine Angst, dieses Gewerbe schlecht auszuüben und Schande über die Battells aller vergangenen und zukünftigen Zeiten zu bringen. Don João hatte es selbst gesagt: Ich bin klug und lerne schnell, muß ich sagen, auch wenn es sich unbescheiden anhört. Und ich war auch kein Neuling auf See.

Was ist sie, diese Lotsenkunst, die ich so hoch schätze?

Sie ist nichts weniger als das Herz der Navigation: die Kunst, Schiffe von einem Ort zum anderen zu führen, wenn Land oder Navigationszeichen in Sicht sind.

Mir liegt es fern, verächtlich auf die Wissenschaft der Navigation auf offener See hinabzublicken – und doch, gebe ich zu bedenken, was ist die große Navigation, sobald man einmal auf offener See ist, wenn nicht, Tag um Tag die gleiche Aufgabe zu erledigen, nämlich den Wind im Rücken und das Deck über Wasser zu halten und dafür zu sorgen, daß man dem Sonnenuntergang entgegensegelt, wenn man gen Westen fährt, und umgekehrt, wenn man anders herum fährt? Wohingegen der Lotse – ah, der Lotse sich mit tausend und abertausend Gefahren abgeben und sich jeder Wissenschaft bedienen muß, um einen Schiffbruch zu vermeiden; seine Aufgabe ist in jedem Augenblick voller Kniffligkeit.

Bedenkt, der Lotse hat nicht ständig Land in Sicht. Der besonnene Seemann entscheidet sich nicht oft dazu, nah am Ufer zu fahren – dort gibt es zu viele Gefahren und Geheimnisse –, sondern wählt lieber tiefere Gewässer hinter dem, was wir die Kenning nennen, was die Entfernung ist, bei der die Küste vom Masttopp aus sichtbar ist. Doch es ist die Pflicht des Lotsen, oft genug Landzungen und -spitzen zu sichten, um der Position seines Schiffes sicher zu sein. Wo das Terrain gut bekannt ist, hat er seinen Steuermann oder Portolano, der ihm die Stellen nennt, auf die er achten muß; sein Kartenbuch, das von Generationen seiner Vorgänger erstellt wurde und jedes Vorgebirge, jede Insel, jeden Baumstumpf oder Flecken verzeichnet, der ihm eine Landmarke sein könnte. Und wenn er eine unbekannte Küste entlangsegelt, muß er seinen Verstand benutzen, um die Landmarken zu erkennen, und wenn keine Landmarken zur Hand sind, seine Instrumente.

So ertasten wir uns den Weg mit Kompaß und Lot, mit Kreuzstab und Quadrant, mit Astrolabium und Senkblei. Wir versuchen, uns niemals gefährlich nahe ans Ufer zu begeben und niemals gefährlich weit aufs Meer hinaus. Wir müssen die Winde und die Sterne und die Botschaften der Wolken kennen.

Da ist noch mehr. Es kommt während der Reise eine Zeit, da ein Landgang gemacht werden muß; und dabei gibt es neuen Tumult, denn der Lotse muß sich mit Untiefen und Riffen, mit Gezeiten, plötzlichen Boren und Strömungen befassen. Der Mond beherrscht die Gezeiten, und der Lotse muß nach dem Mond und seinen Phasen leben oder das Risiko eingehen, das Schiff auf Land zu setzen und sich ins Land der Einfaltspinsel zu begeben. So war es eine beträchtliche Aufgabe, die Don João mir anbot, die doppelt erschwert wurde, da ich noch nie diese afrikanischen Gewässer gesehen hatte – ein unerfahrener Lotse, der sich den Weg durch unbekannte Meere blufft – und dreifach, da meine Gefährten eine Mannschaft von Portugiesen waren, die keinen Grund hatte, mich zu mögen oder zu achten oder mich in jene Kenntnisse einzuweihen, die sie vielleicht selbst von der Strecke hatte.

Die Pinasse, die ich bekam, hieß *Infanta Beatriz*, ein größeres Schiff als das, das ich auf dem Fluß gehabt hatte, von vielleicht siebzig oder achtzig Tonnen. Es war eigentlich eher eine Karavelle als eine Pinasse, denn es hatte drei Masten, einschließlich eines kleinen am Heckaufbau, und seine Segel waren Lateinsegel, mit denen das Schiff vor dem Wind oder auch hart am Wind segeln konnte, also mit einem Seitenwind. Dann gab es auch einige Bastardvorrichtungen, um notfalls am Hauptmast Rahsegel zu takeln. Diese Portugiesen befahren schon seit langer Zeit diese afrikanischen Küstengewässer und haben ihre Schiffe so geschaffen, daß sie den Gegebenheiten entsprechen.

Sie ließen mich an Bord gehen, damit ich mich auf dem Schiff umsehen und mit ihm vertraut werden konnte. Für einen Seefahrer ist ein neues Schiff wie eine neue Frau, an die man sich gewöhnen muß. Alle Frauen haben die gleichen Körperteile an mehr oder weniger den gleichen Stellen; und doch sind sie in Größe und Form unterschiedlich, und selbst ein erfahrener Frauenheld benötigt ein paar Augenblicke, um sie kennenzulernen. Genauso ist es bei einem Schiff. Der Rumpf ist unten, und die Masten sind oben, doch innerhalb dieses Arrangements gibt es eine Vielzahl von Anordnungsmöglichkeiten, und man muß sich früh genug einen Überblick über die Einzelheiten der Segel und Spiere verschaffen, der Wanten und Takelage, der Brassen und Stage, der Webeleinen und Ankertaue und so weiter. So wanderte ich herum und erkundete die *Infanta Beatriz*. Es war ein enges und robustes, ein leicht zu steuerndes Schiff, das eine glatte Fahrt versprach.

Es gab eine – wenn auch kleine – Kabine für mich im Heck, und zur Unterstützung hatte ich ein paar Instrumente und auch verschiedene Bücher und Tabellen, alt und wasserbefleckt, doch noch immer nützlich: einen Ephemerides*, einen Almanach, eine Tabelle der Gezeiten und ein Ruderbuch. Nichts davon gab mir alle Kenntnisse über die Küste, doch ein jedes enthielt einen Teil, und wenn ich sie mir alle zu Nutzen machte und Gott mir beistand, dachte ich, würde ich imstande sein, beim ersten Mal den Weg die Küste hinauf zu finden. Danach müßte ich diese Strecke dann weniger zögerlich bewältigen können.

Die Mannschaft war nur klein. Der Kapitän, der mein vorgesetzter Offizier war und das Kommando über alle und die Verantwortung für die Fracht hatte, war ein gewisser Pedro Faleiro, der mir willensschwach und jähzornig, aber nicht böswillig vorkam. Ansonsten hatten wir einen Zimmermann, einen Kalfaterer und einen Küfer, einen Kanonier, einen Bootsmann, einen Steuerer und eine Reihe gewöhnlicher Matrosen, alle schurkisch und faul, die mir in jeder Hinsicht nur wenig mit englischen Matrosen gemein zu haben schienen. Doch sie konnten das eine Tau von dem anderen unterscheiden, und das war alles, was ich von ihnen verlangte. Ich hätte es wohl nicht gewagt, mit solchen Männern den Ozean zu überqueren, doch eine Reise von fünfzig oder hundert Meilen die Küste hinauf und wieder zurück war eine andere Sache.

Obwohl ich Engländer und kein Papist bin, waren sie nach

* Tabelle über die tägliche Stellung der Himmelskörper

außen freundlich zu mir, und Faleiro und ein paar andere luden mich ein, am Vorabend unserer Reise die Messe mit ihnen zu begehen. »Nay«, sagte ich, »dies ist nicht mein Glauben«, und ihre Gesichter bewölkten sich, doch nur einen Augenblick lang, und sie ließen ab von mir. So gingen sie dann zu ihren römischen Mysterien, um die Oblaten zu schlucken und den Wein zu schlürfen, das heißt, das Fleisch Jesu zu essen und Sein Blut zu trinken; sie gestehen ein, daß sie zumindest glaubten, dies zu tun.

Ich hätte nichts gegen einen Zuspruch Gottes gehabt, bevor ich in See stach. Doch in diesem Teil Afrikas gibt es keine Kapellen des anglikanischen Glaubens, und ich sah keinen Wert für mich in der lateinischen Zeremonie, die die Macht Gottes nicht weiterleitet, sondern eher behindert. Statt dessen sonderte ich mich eine Weile lang ab, blickte zum Himmel empor und sagte inbrünstig: »Herr, ich bin Euer Diener Andrew Battell, und ich habe ein seltsames Schicksal erlitten, mit dem mich zu belegen Ihr sicherlich guten Grund gehabt habt. Ich befolge Eure Gebote in allen Dingen und bitte Euch, mich zu behüten und meinen Körper vor Gefahr und meine Seele vor der Verderbnis zu bewahren. Amen.«

Ich erinnere mich gut an dieses Gebet, da ich es danach noch bei vielen anderen Gelegenheiten sprach, als meine afrikanischen Jahre länger und länger wurden und die Gefahren, die mich bedrohten, immer schrecklicher. Und ich glaube, es ist ein nützliches Gebet. Ich glaube, wenn man sich direkt an den Herrn wendet und offen und aufrichtig zu Ihm spricht, ist dies tausend und aber tausend Male wirksamer, als wenn man Rosenkranzperlen zählt und Kerzen anzündet und kniend seine Paternoster und Ave-Marias murmelt und sich vor irgendwelchen Priestern in schönen Roben und majestätischem Pomp erniedrigt.

Nach diesem Gebet kehrte ich in meine dunkle Zelle im Presidio zurück; denn obwohl ich nicht mehr länger unter Bewachung stand, hatte man mir kein angenehmeres Quartier gegeben. Wenn ich von meiner Reise zurückkehrte, sagten sie mir, würde ein Haus in der Stadt bereitstehen. (Es hatte keinen Sinn mehr, mich zu bewachen. Sie wußten, daß ich nicht fliehen würde. Wohin könnte ich gehen? Und wie? Ich konnte nicht nach England schwimmen.)

Kurz darauf kam Doña Teresa zu mir. Sie trug einen dunklen Umhang und einen Schleier über ihr hübsches Gesicht.

»Du siehst, ich habe mein Wort gehalten«, sagte sie.

»Ich bin überaus dankbar.«

»Don João hat warmherzig und mit großem Lob von dir gesprochen. Er sagt, du wärst ein Mann mit Fähigkeiten und Kraft und Klugheit und in deiner offenen Art auf gewisse Weise diplomatisch und durchaus vertrauenswürdig.«

»Aye, das bin ich.«

»Und daß du auch von großer Bescheidenheit seist.«

»Aye, Doña Teresa! Ich bin berühmt dafür, und zwar zu Recht.«

»Du hast auch andere Begabungen, für die du ebenfalls berühmt sein könntest, doch von diesen weiß Don João nichts.«

»Nay«, sagte ich. »Als wir über unserem Wein und unserem Schweinsfischbraten saßen, sagte ich ihm, wie oft ich deinen Körper genossen und wie bewundernswert ich dich besprungen und welche Geräusche des äußersten Vergnügens ich deinen Lippen entlockt habe. Und er beglückwünschte mich und sagte, er hätte wie ein Holländer über dir geschwitzt, ohne dich zur Ekstase zu bringen, und fragte mich, ob ich in dieser Hinsicht ein Geheimnis habe, in das ich ihn einweihen könnte. So sagte ich daraufhin . . .«

»Andres!«

»... es sei ganz einfach, man müsse nur den Mund ganz nah an dein linkes Ohr bringen ...«

»*Andres!*«

»... und auf englisch zu dir sprechen, gewisse erhitzende Worte wie ›Käse‹ und ›Butter‹ und ›Seidel‹ sagen, und daß du, wenn du diese Worte vernimmst, in solch eine Raserei gerätst, daß es aller Körperkraft eines Mannes bedarf, dich zu reiten, ohne zerrissen zu werden, und ...«

»Ich bitte dich, hör auf damit!« rief sie, wobei sie ihr Gelächter zwar zurückhielt, sich jedoch ein Kichern gestattete.

»... und augenblicklich den Gipfel des Vergnügens erreichen würdest, nur weil du ein paar Worte der englischen Sprache vernommen hättest. Und so hat Don João mir gedankt und mir befohlen, ihn in meiner Sprache zu unterweisen, was ich auch getan habe, und wenn er das nächste Mal deinen Körper besitzt, wirst du, schätze ich, wohl hören, wie er in den innigsten Augenblicken einige gute alte Worte der englischen Sprache murmelt, ›Spinnennetz‹ und ›Messerschmiedehandwerk‹ und so weiter. Und ich rate dir, Doña Teresa, sie mit gewaltigen Bewegungen deiner Hüfte und Stößen deiner Mitte und mit tiefem Keuchen und Stöhnen in deiner Kehle zu erwidern, denn sonst hat er mich der Lüge überführt, und ich werde bei deinem Don João an Rang und Ansehen verlieren.«

»Du bist ein sehr törichter Mann«, sagte sie liebevoll.

»Ich bin nach langen Monaten der Gefangenschaft befreit worden, und ich glaube, vor Aufregung ist mein Gehirn ganz weich geworden.«

»Wirst du auf englisch zu mir sprechen?«

»Und um dir zu gefallen, sogar auf pollackisch oder in der Zunge der Türken.«

»Sprich englisch mit mir.«

»Ich bin Euer treuester Diener und höchster Bewunderer«, sagte ich auf Englisch, überaus schwülstig und mit einer Verbeugung.

»Nein«, sagte sie, »noch nicht, noch nicht! Flüstere mir diese Dinge ins Ohr, wie du es angeblich tust, wenn wir ganz innig sind!«

»Ah, sicher.«

Sie nahm den Schleier ab und legte ihr schönes Gesicht bloß, das für mich mehr und mehr eine verborgene Mohrenschönheit besaß – die vollen Lippen, die breiten, hohen Wangenknochen. Und dann legte sie mit einer ähnlichen Geste den Mantel ab, drehte sich und wirbelte herum, während sie die kleine Schnalle löste, die ihn an ihrem Hals befestigte, und ich sah, daß unter dem Mantel nichts war bis auf Teresas willfährige Nacktheit; ihre Brüste schwangen und hüpften wie Glockenklöppel in Glocken, und ihre Schenkel leuchteten dunkler in dem dunklen Schein meiner Zelle. Und als sich dieser Anblick so plötzlich offenbarte, empfand ich einen Anfall von Freude, der mich beinahe ein Hurra! hätte schreien lassen.

Sie kam zu mir, und ich streichelte und rieb sie mit meinen eifrigen Händen und fühlte, wie sie sich unter meinen Berührungen zu winden begann, besonders, als ich meine Finger auf diesen prallen, behaarten Hügel unter ihrem Bauch legte. Sie gab zischende Geräusche von sich und sprach mit Worten zu mir, die ich nicht kannte, es mußte die Sprache ihrer Mutter und Großmutter sein, und als ich in sie eindrang, rollten ihre Augen wie die einer Besessenen. Die Kühnheit und Wildheit ihrer Leidenschaft war fast erschreckend. Wir machten uns mit gar königlicher Heftigkeit ans Werk, und ich konnte nicht umhin, sie etwas zu necken, indem ich auf unser närrisches Spiel mit Worten zurückkam; im Augenblick der höchsten Freude drückte ich meine Lippen auf ihr

Ohr und murmelte englische Worte wie ›Steinmetz‹ und ›Rübenkraut‹ und ›Aasfresser‹, die ersten besten, die mir einfielen.

Worauf sie sich vor irrsinnigem Gelächter schüttelte und äußerst heftig mit der Hand auf meinen Rücken schlug, und unten spürte ich, wie sie mich fest preßte, als hätte sie dort eine kleine Faust verborgen, wie es manche sehr leidenschaftliche Frauen zu tun vermögen, und sie rief: »Ah, Andres, wie ich dich liebe, Andres!«

Und als sie dieses Wort ›Liebe‹ aussprach, überkam mich trotz meiner übermäßigen Erhitzung ein kühler Frost. Denn ich dachte an Anne Katherine. Seit einiger Zeit hatte ich mich bemüht, dies nicht zu tun, doch nun strömten die Gedanken in meine schuldige Seele. Ich sagte mir, daß ich fürwahr in tiefen Gewässern segelte, wenn Teresa und ich schon die Kunst des Wortspiels erlernt hätten, in der nur Liebende geübt sind, und daß wir schon so weit gekommen seien, von Liebe zu sprechen. Denn wie brünstige Katzen in einem fremden Land zu kopulieren ist eine Sache, die man vergeben könnte, wenn die Lust über die Keuschheit obsiegt, doch Liebe ist eine ganz andere, und zwar eine gefährliche.

Dann sagte ich mir, daß die Menschen oft von Liebe sprechen, wenn ihre Körper ineinander verflochten sind, und daß dies nur menschlich ist, eine Schwäche des Augenblicks. Man liebt immer die Person, die seinem Körper äußerste Vergnügen bereitet – zumindest in dem Augenblick, in dem diese Vergnügen stattfinden –, doch dies ist nicht das gleiche Ding wie die Liebe, die Mann und Frau über die Jahrzehnte verbindet. So sagte ich es mir zumindest.

Und verdrängte die Frage aus meinem Verstand, hatte mein Vergnügen an guten, harten, pulsierenden Stößen und brach keuchend über Doña Teresa zusammen. Und wir lagen ziemlich lange nebeneinander, bis sie sich erhob und wieder ankleidete und meine Zelle verließ, indem sie mir eine gute Reise wünschte.

11

Am nächsten Tag segelten wir. Ich dachte, die Portugiesen würden erst meine Lotsenkenntnisse einer Prüfung unterziehen, indem ich durch alle Sandbänke und Untiefen allein den Weg aus dem Hafen von São Paulo de Luanda finden müsse. Doch dazu bestand kein Anlaß. Die Matrosen kannten den Weg aus der Ziegenbucht hinaus und bewältigten ihn ohne meine Anweisungen, indem sie den Bojen und Marken folgten und uns an der Spitze der Insel Luanda vorbei auf das offene Meer hinausführten.

Doch ich merkte mir alles, was sie taten; denn ein anderes Mal mußte ich den Weg vielleicht allein finden.

Als wir unseren Kurs nach Norden aufgenommen hatten, kam es zu einer kleinen Herausforderung. Nicht weit nördlich von São Paulo de Luando strömt ein Fluß ins Meer, der mehrere Namen hat, der Mbengu oder der Nzenza, den die Portugiesen jedoch den Mondego nennen. Unter welchem Namen seine Fluten auch ins Meer rollen, man muß sie vorsichtig umfahren, was wir auch taten, und danach konnten wir unbehelligt segeln.

Schon bald fand ich heraus, daß ich mir wegen nichts den Kopf über die Schwierigkeiten meines neuen Gewerbes gemacht hatte. Die See war ruhig, und unsere Reise war nicht weit, nur fünzig Meilen zu dem mächtigen Fluß Kongo, den die Portugiesen Zaire nennen. Das ist ihre Art, ein Wort der Eingeborenen auszusprechen, *nzari*, das einfach ›der große Fluß‹ bedeutet, und ein großer Fluß ist er wirklich; sogar einer der größten der Welt, schätze ich.

Wir krochen an der Küste entlang, wobei die Landwinde uns schoben, und jeden Abend warfen wir Anker an einem sicheren Ort entweder hinter einem Kap oder in einer Bucht. Auf unserer Reise galt es, ein paar wenige Entscheidungen zu treffen, doch insgesamt hätte auch ein Kind als Lotse dienen können, und daß die Portugiesen von Angola mit dieser Reise gewartet hatten, bis ihnen ein gefangener Engländer die Karten lesen konnte, ließ sie in meiner Achtung nicht steigen.

Oh, ich blickte mich aufmerksam um und kniff die Augen zusammen, ich holte das Astrolabium hervor und schaute sehr feierlich und maß die Sterne ernst mit dem Kreuzstab und fütterte von Zeit zu Zeit meine Kompaßnadel mit meinem Magnetstein, um seinen Magnetismus aufzuladen. Und ich ließ das Lot hinab und maß die Zeit und ließ Dinge mit der Takelage und den Segeln und den Bulinen anstellen und so weiter. Ich wollte, daß die Portugiesen mich hoch einschätzten.

Unser Ziel war eine Insel in der Mündung des Zaire, die im Marschbefehl von Don João de Mendoça die Ilha das Calabaças genannt wird, das heißt Kalebassen-Insel. Als ich auf meine Karten schaute, um die äußerste der Inseln in der Flußmündung zu suchen, war diese Insel als Ilheo dos Cavallos Marinhos bezeichnet, was Hippopotamus-Insel bedeutet. Ich sprach Pedro Faleiro darauf an und sagte: »Ich werde jede Insel finden, die ich finden soll, doch ihr bringt lieber etwas Ordnung in eure Namen.«

Faleiro lächelte. »Es ist die gleiche Insel, Kalebassen oder Hippopotamus. Wir haben dort eine Stadt, von der aus wir unseren Handel betreiben.«

Ich hatte den Namen schon gehört, Hippopotamus-Insel, doch ich mußte lange in meinem Gedächtnis stöbern, bevor ich ihn fand. Ich erinnerte mich, daß Doña Teresa davon gesprochen hatte. Ihr Vater, hatte sie gesagt, habe dort tapfer gekämpft und sei dort gestorben, als die Jaqqas einmal in das Königreich Kongo eingefallen seien. Ich fragte Faleiro, ob er mir etwas darüber berichten könne, und er sagte: »Das ereignete sich schon vor langer Zeit, bevor ich hergekommen bin. Doch man erzählt sich noch immer Geschichten darüber, um uns an die Raserei der teuflischen Jaqqas zu erinnern.«

Und er erzählte mir eine Geschichte von solchem Schrecken und solcher Grausamkeit, daß ich an die schlimmsten Berichte aus der Historie erinnert wurde, die ich je gehört hatte, die über die teuflischen Mongolenhorden, die Europa in alten Zeiten überrannt hatten, oder die über die rachsüchtigen Türken oder die über die alten Hunnen, die ganze Provinzen verwüstet hatten. Doch seine Worte klangen noch schlimmer, da sie nicht nur das Töten der Menschen beinhalteten, die sich hier niedergelassen hatten, sondern auch das Verzehren von Menschenfleisch, was diese anderen Unmenschen meines Wissens nicht getan haben.

Die Jaqqa-Kannibalen, erzählte Faleiro mir, waren aus den Wäldern an der Südwestflanke des Königreichs in den Kongo eingefallen und rasend nördlich zur königlichen Hauptstadt gezogen, São Salvador, die ein gutes Stück vom großen Fluß entfernt landeinwärts liegt. Dies geschah, soweit Faleiro sich erinnern konnte, im Jahre 1568. In diesem Jahr war ich ein Knabe von zehn Jahren, der in Leigh davon träumte, irgendwann einmal zur See zu fahren. Und in dem selbigen Augenblick meiner Kindheit an den friedlichen Themseufern hatten Hunderttausende von Flüchtlingen verzweifelt das Land Kongo durchquert in der Hoffnung, dem mörderischen Hunger der Jaqqas zu entkommen.

In São Salvador, sagte Faleiro, waren die Jaqqas wie eine Feuerflut eingefallen. Die Stadt war damals groß gewesen, viel prachtvoller, als sie es je wieder sein sollte, und viel größer als São Paulo de Luanda. Sie hatten sie angezündet und jeden, den sie ergreifen konnten, auf schrecklichste Art und Weise ermordet und die Toten aufgestapelt und von ihnen gegessen, bis sie gesättigt waren und vom Menschenfleisch rülpsten. Die Überlebenden suchten ihr Heil in der Flucht. Das Volk von São Salvador, nicht nur der Manikongo oder König und sein gesamter Hof, sondern auch einige Hunderte Portugiesen, die dort lebten, flohen auf das Land und verursachten dort solch eine Verwirrung, wie die Jaqqas selbst sie beinahe nicht schlimmer hätten hervorrufen können, und setzten gewaltige Horden unschuldigen Volkes in Bewegung, die durch den Wald stürmten, bis sie das Ufer des Kongos erreichten. Dort fanden sie Zuflucht auf einigen Inseln, hauptsächlich auf jener Hippopotamus- oder Kalabassen-Insel, der wir uns nun näherten.

Die Flüchtlinge erreichten die Insel in solcher Zahl und schrecklichen Enge, daß die Pest unter ihnen ausbrach und eine Hungersnot, und jeden Tag starben Hunderte und mußten in den Fluß geworfen werden. Und noch immer wüteten die Jaqqas hinter ihnen und trieben mehr und mehr des friedlichen Volkes zum Fluß. Einige wurden buchstäblich durch den Druck jener, die hinter ihnen kamen, in den Fluß gestoßen und fielen den Coccodrillos zum Opfer.

Dann geschah etwas, von dem Faleiro mit einem gewissen Stolz sprach und was mich mit noch größeren Schrecken erfüllte. Denn die Portugiesen zogen daraufhin ihren Vorteil aus der Furcht der Menschen und dieser Tragödie, indem sie mit Karavellen von ihrer Sklaveninsel São Tomé im Norden kamen – die gleiche, die ich gesehen hatte, als ich mit Abraham Cocke gesegelt war –, und ruderten in Langbooten auf die Inseln, um die Unglücklichen zu versklaven.

Faleiro hielt dies für eine sehr kluge Tat. »Sie brachten Nahrung, verstehst du? Und der Vater verkaufte seinen Sohn und der Bruder seinen Bruder, weil sie verhungerten, und wir schlugen großen Profit daraus, brachten die Sklaven nach São Tomé und dann in die Neue Welt, was nur zu ihrem Nutzen war, da alle gestorben wären, wenn sie auf der Hippopotamus-Insel geblieben wären.«

Als ich dies hörte, dankte ich Gott, daß ich Engländer und kein Portugiese war. Denn obwohl wir selbst mit gutem Gewinn am Sklavenhandel teilgenommen haben, haben wir unsere Ware zumindest ehrenhaft von arabischen oder schwarzen Händlern gekauft und sind nicht schändlich zu einem verzweifelten, verhungernden Volk gekommen, um ihm Brot für seine Kinder anzubieten. Und als ich dies dachte, fragte ich mich zum ersten, aber nicht zum letzten Mal, wer die größeren Teufel seien: die Jaqqas, die all diese Verheerungen herbeigeführt hatten, aber wie wilde Naturkräfte ohne Seele oder Gewissen waren, oder die Portugiesen, die ihren Vorteil daraus geschlagen hatten und angeblich Christen waren, die sich den Lehren Jesu verpflichtet hatten.

Unter denen, die es in dieses wahnwitzige Leichenhaus an der Flußmündung verschlagen hatte, war die Mutter Doña Teresa de Costas und auch Doña Teresas Vater. Und ich glaube, Teresa wurde in dieser Zeit des Chaos geboren, um in einer Welt des Irrsinns zu leben, an deren Horizont die Freudenfeuer der Jaqqas loderten und in der Tag für Tag so viele Menschen starben.

Nun, fürwahr, kein Schrecken währt ewig bis auf den, den die Prediger den Sündern versprechen, und ich glaube, jene portugiesischen Sklavenhändler werden am Tag des Jüngsten

Gerichts dessen Hitze spüren. Doch es waren andere Portugiesen, denen die Ehre zukommt, dieses Elend am Fluß beendet zu haben. Der schwarze König Don Alvaro schickte seinem Verbündeten König Sebastião von Portugal eine Nachricht – sie hatten in jenen Jahren, bevor die Spanier Portugal verschluckten, einen eigenen König –, und der König Sebastião schickte Nachricht an seine Männer in São Tomé, damit aufzuhören, Sklaven zu stehlen, und die Unglücklichen zu befreien.

Und so stellten die Portugiesen in São Tomé ein Heer von sechshundert Mann zusammen, zogen zur Hippopotamus-Insel, trieben die Reste der Truppen des Manikongos zusammen und zogen gegen die Jaqqas zu Felde.

Es bedurfte eines blutigen Feldzugs von zwei Jahren, doch am Ende trieben die Portugiesen die Jaqqas hinaus, setzten den Manikongo Don Alvaro wieder auf seinem Thron in São Salvador ein und bauten ihm eine Mauer um die Stadt, um sie zu sichern. Und der Manikongo schwor den Portugiesen die Vasallentreue und zahlte einige Jahre lang einen Tribut in Form von *Njimbos*, das heißt, den Muscheln, die die Währung des Landes sind, da er weder Gold noch Silber hatte, um damit bezahlen zu können. Doch diese Jaqqa-Kriege waren das Ende des Kongos als echtes Königreich, denn danach wurde es von Hungersnöten und Pestilenzen stark geschwächt und von den Zwistigkeiten der Häuptlinge und Provinzherren und den höllischen Unternehmungen der Sklavenkäufer. Und als die Portugiesen sahen, wie ihr Puppenkönigreich im Kongo allmählich zusammenbrach, zogen sie sich in ihre südliche Kolonie Angola zurück und machten diese zum Ausgangspunkt für Aktivitäten im westlichen Afrika.

Beim Zurücktreiben der Jaqqas stellte Doña Teresas Vater Don Rodrigo seine Tapferkeit unter Beweis, bis er von einem

Fieber befallen wurde und starb. Und bei der Verteidigung der Hippopotamus-Insel wurde Doña Teresas Mutter geraubt und aller Wahrscheinlichkeit nach von den Kannibalenkriegern verspeist. So war der Ort, der vor uns lag, in meinen Gedanken eng mit ihr verbunden, mit dieser Frau, deren so heiße und sirenenhafte Lippen und Brüste und Schenkel noch frisch in meiner Erinnerung waren. Und nun nahmen wir Kurs auf diese Insel.

Es war kein Kinderspiel, in die Mündung des Zaire einzufahren, und dort mußte ich mich auch als Lotse erweisen. Ihr müßt wissen, daß der Zaire ein Fluß ist, der alle Flüsse schluckt, ein gewaltiger Strom, demgegenüber unsere Themse im Vergleich wie ein Bach anmutet. Er läßt sich von der Größe her vergleichen mit dem großen Nilus von Ägypten und dem riesigen, vielmündigen Strom in Amerika, den man den Amazonas nennt, und ich könnte nicht sagen, welcher gewaltiger ist. Als ich mich ihm nordwärts näherte, war ich gezwungen, weit aufs Meer hinauszufahren, manchmal volle fünfzehn Meilen, da die Gewässer vor der Küste sehr flach sind und die Brandung von bösartiger Heftigkeit ist. Ständig durch mein Glas Obacht gebend, sah ich eine lange Mauer aus hohen, roten Tonklippen und erreichte dann das, was die Karten mir schon angekündigt hatten, die ersten portugiesischen Forscher jedoch in stummes Erstaunen versetzt haben mußte: den erschreckenden Vorstoß des Flusses ins Meer.

Er kommt mit einer dunklen Färbung aus dem Land, die durch den Schlamm entsteht, den er aus dem Herzen Afrikas mit sich führt. Und er ergießt diese Farbe weit ins Meer, vierzig, fünfzig, sogar achtzig Meilen, so daß die Wellen, die sich an der Küste brechen, von einer seltsamen, überraschenden gelbbraunen Farbe sind und der Ozean selbst von einer tiefroten, die an die von Blut erinnert. Und all das ist Süßwasser, obwohl es im Ozean liegt. Wenn wir wollten, könnten wir es trinken. Diese Flußströmung ergießt sich zwischen zwei breiten Spitzen, die wie die Scheren eines gewaltigen Krebses geformt sind, aus dem Land; sie bilden einen natürlichen Hafen von einem Dutzend oder mehr Meilen Durchmesser, der Seeleute zur Einkehr lädt. Hier laufen die roten Tonklippen aus, und man findet breite, leuchtende Sandstrände und dahinter einen Wald aus Ollicondi-Bäumen, bei denen es sich um die riesigsten Bäume auf der ganzen Welt handeln muß; und irgendwo östlich davon liegt schließlich eine blaue Wand ferner Berge.

Ja, ein so einladender Hafen! Doch in ihn einzufahren! Das schreckliche Einfahren!

Denn der Fluß strömt mit einem gewaltigen Tosen und Krachen vor und ergießt sich wie ein schrecklicher Dreschflegel über die Tiefen des Meeres, und unsere kleine Pinasse war gegen solch eine Gewalt nur eine kleine Muschelschale. Mit der Hilfe der Meeresbrise bahnte ich mir langsam und vorsichtig den Weg in die gewaltige Mündung des Zaire und glaubte dabei, ich würde mich in den Schlund eines Drachen begeben. Und obwohl es anfangs gut voran ging, wurde der Fluß schmaler und schmaler und immer schmaler, bis er kaum noch eine Meile Breite hatte, mit Ufern, an denen sich Klippen von sieben- oder achthundert Fuß erhoben. Je schmaler der Fluß wurde, desto stärker wurde seine Strömung; seine Breite reichte hier für all diese Wassermassen kaum noch aus, so daß sie um so heftiger fließen mußten. Wir fuhren gegen eine seewärts gerichtete Strömung von zehn Knoten an, die geradezu kochte und dampfte, mit Strudeln, die sich plötzlich mit abscheulich saugenden Lauten direkt unter unserem Kiel bildeten. Nun blickten die portugiesischen Matrosen mich an. Ich sah den Schrecken in Pedro Faleiros Gesicht und wußte, weshalb ich hier war.

»Sag es uns, Lotse! Wo entlang? Wo ist der Kanal?« Es gibt Zeiten, da ist es besser, nicht mit dem angemessenen Bedacht zu überlegen, sondern so zu handeln, wie der Augenblick es einem vorschreibt. Wenn einem das Glück beisteht, wird man zu solchen Zeiten zu einem Arm der See, zu einem Gehilfen des Windes, und alles durchfließt einen, ohne auf Widerstand zu treffen, und man weiß, was man zu tun hat. So war es bei mir.

Ich hatte die Wegekarte studiert und wußte, wie man am besten in die Flußmündung einfuhr, doch ich sah nun auf keine Karte. Ich stellte mich auf, so daß jedermann mich sehen konnte, und gab den Männern Zeichen, die an den Tauen und Seilen arbeiteten, und dem am Ruder, der den Stab umklammerte, und wendete durch den Wind und schwang die Pinasse herum und segelte hart am Wind und fühlte, wie die Strömungen unter mir flossen und das Blut in meinen Adern, und rief nach den Markierungen auf meinen Loten, als die Matrosen sie hinabließen. Und zehntausend Meilen Fluß aus dem unbekannten Herzen Afrikas strömte gegen mich an, doch ich gab ihm nicht nach, sondern fuhr weiter und weiter und weiter, bis endlich das Schlimmste hinter mir lag und wir in der Flußmündung waren und uns durch ruhigere Kanäle bewegten.

Ah, dachte ich. Das ist wahres Segeln! Ich hatte es bisher nicht gekannt.

Und als wir in die Mündung des Zaire glitten und uns den Weg zwischen Sümpfen und Schlammlöchern und anderen solchen Untiefen suchten und das scharfkantige Gras betrachteten, das dreimal mannshoch wuchs, und die Horden der Coccodrillos, deren Augen wie Smaragde aus ihren langen, alptraumhaften Köpfen in den Sandgruben leuchteten, und den flammenfarbenen Papageienvögeln lauschten, die in den Palmenbäumen standen, und sahen, wie sich ein

Hippopotamus aus dem Wasser erhob, das eher wie ein riesiges, rundnasiges Schwein aussah denn wie ein Flußpferd, wie sein Name uns glauben machen will, und sein klaffendes rotes Maul öffnete, als wolle es uns zurück nach Brasilien rülpsen – als ich all diese Dinge sah, fühlte ich, wie sich eine leichte Hand auf meine Schulter legte, und sah mich nicht um, denn ich wußte, daß ich den, dem diese Hand gehörte, nicht sehen würde, und die Hand spannte sich zu einem festen Griff, und mein Vater, der Kapitän Thomas James Battell aus Leigh in Essex, sagte mit einer Stimme, die nur ich vernehmen konnte: »Gut getan, mein Sohn, fürwahr, sehr gut getan.« Und meine Augen wurden feucht vor Stolz, daß ich meines Vaters Sohn und seines Namens würdig war.

Vor uns lag die Hippopotamus-Insel oder die Kalabassen-Insel, oder wie immer man sie auch nennen will.

Da ich Faleiros Geschichte von Krieg und Vernichtung noch frisch im Gedächtnis hatte, war ich überrascht, wie friedlich der Ort wirkte. Ich habe wohl erwartet, blutige Leichen am Ufer verstreut zu finden oder eine gewaltige Verwüstung. Doch dies war müßig von mir, da sich all diese Ereignisse zwanzig Jahre in der Vergangenheit zugetragen und sich die Dinge seitdem beruhigt hatten. Es gab einen kleinen Hafen und eine Eingeborenenstadt und eine portugiesische Niederlassung von beträchtlicher Größe, und nach den Turbulenzen des Flusses hielt ich diesen Ort für höchst einladend.

So setzte ich zum ersten Mal den Fuß ins Königreich Kongo, das einmal das größte Reich dieses Teils von Afrika gewesen war und vielleicht sogar das sagenhafte Land von Prester John im fernen Äthiopien übertroffen hatte, doch nun wegen der Blutrünstigkeit der Jaqqas und der anderen Teufeleien, die die Portugiesen diesem Volk angetan haben, seinen Rang verloren hat. Es war ein helles und offenes Land mit goldgelbem Gras – denn es hatte seit langem nicht mehr geregnet –, über dem feiner Staub wehte. Doch was für ganz Afrika gilt, gilt auch hier: Hinter den offenen Ebenen und hellen, sonnigen Plätzen liegt immer ein Dschungel, und der Dschungel ist immer dunkel, dunkel.

Dieser erste Geschmack vom Kongo war durchaus angenehm. Ich sah mich auf der Schwelle zu einem Land, das, obwohl schwarz, auf seine Art doch zivilisiert war. In Angola hatte ich wenig gesehen außer São Paulo de Luanda, was ausschließlich eine Siedlung der Portugiesen ist, die diese aus dem Boden gestampft haben, und die Schwarzen, die dort leben, sind von woanders hergekommen, um in den Dienst der weißen Herren gepreßt zu werden. Und auf meiner Reise nach Masanganu hatte ich nur ein paar kleine Dörfer gesehen, von denen ich nur wenig über die Natur des Volkes erfahren hatte. Doch nun hielt ich mich in einer wahren schwarzen Nation auf, was neu für mich war.

Das Volk des Kongos nennt sich selbst Bakongo und spricht eine Sprache namens Kikongo, die ich im Lauf der Zeit fließend zu beherrschen lernte. Es ernährt sich vom Ackerbau und von bestimmten Handwerken, versteht sich auf das Schmieden von Metallen und die Webkunst und übt den christlichen Glauben aus, wenngleich ich bezeugen kann, daß sein Christentum nur eine dünne Hülle ist, eine Art Mantel aus hehrem heiligem Lack, der das tiefe und befremdliche Heidentum darunter überdeckt. Das Liebesidol, das Doña Teresa mir gegeben hat, ist ein gutes Beispiel dafür. In ihrer Hauptstadt São Salvador, die ich lange nicht zu sehen bekam, tragen die Schwarzen portugiesische Kleidung, manche davon von guter Qualität, geben sich portugiesische Namen und befleißigen sich noch weiterer solcher Vorwände, zivilisiert zu sein. Doch hier auf dieser Insel war es nicht ganz so.

Die Insel war klein, doch überaus heiß und feucht, und nichts auf ihr kündete von einer gehobenen Zivilisation. Die Eingeborenenstadt bestand aus leichten Bauten aus Erde und Zweigen, sie waren mit Stroh bedeckt und ähnelten denen, die ich in São Paulo de Luanda gesehen hatte. Die Straßen waren ein schlammiges Labyrinth, in dem sich, so klein die Stadt auch war, ein Fremder augenblicklich verirren würde. Das Volk trug keine europäische Kleidung, sondern nur ein einfaches rotes oder grünes Palmtuch, das wie ein Kilt von der Taille zu den Füßen gefaltet fiel und die Brust freiließ. Einige dieser Stoffe waren hervorragend gearbeitet, aufwendig verziert, meistens aber war es grober Stoff, denn dies hier waren einfache Leute.

Die portugiesische Stadt war sehr klein und gefiel mir überhaupt nicht. Es wohnten acht oder zehn Portugiesen dort, hauptsächlich düster blickende Männer, deren Aufzug vernachlässigt und beschmutzt war. Sie hatten einige praktisch nackte schwarze Konkubinen bei sich, und es liefen Mischlingskinder herum und räudige, flohverseuchte Hunde.

»Pfui«, sagte ich zu Faleiro, »sind diese Männer Sträflinge, daß sie so abgerissen aussehen?«

»Sie sind die Garnison und bewachen diesen Ort gegen Eindringlinge.«

Ich lachte darüber. »Gegen einen Einfall von Moskitos? Gegen einen Einfall von Mäusen?«

»Was, wenn die Holländer kämen oder ihr Engländer und versuchten, den Kongo aus unserem Einfluß zu brechen?«

»Und würden diese traurigen alten Männer sie etwa vertreiben können?«

»Sie hissen die Flagge. Es ist wichtig, die Flagge zu hissen. Andere Europäer respektieren eine Flagge. Solange hier Repräsentanten unseres Landes weilen, wird es keinen ausländischen Einfall geben.«

»Und wenn die Jaqqas kommen?«

»Ach«, sagte Faleiro und erschauderte leicht. »Die Jaqqas sind eine andere Sache.«

Ich verstand, wieso diese Männer so unglücklich waren. Es waren vergessene Männer an einem vergessenen Ort. Die Portugiesen konzentrierten ihre Kraft darauf, Angola zu gewinnen, und hatten einen weiteren großen Stützpunkt die Küste hinauf in São Tomé, von wo aus sie den Sklavenhandel betrieben; der Kongo jedoch, der in ihren Plänen einst eine so große Rolle gespielt hatte, bedeutete ihnen nun kaum noch etwas, und es gab keine Zukunft für jene, die hier für Portugal den Geist eines Reiches aufrechterhielten.

Ich verstehe nun sehr gut, warum ein so ehrgeiziger und fähiger Mann wie Don João de Mendoça, der sich so lange dem Kongo gewidmet hat, nun nach Angola gegangen ist, um seine Ambitionen zu verwirklichen. Doch diesen armen Seelen hier war nicht möglich, was ihm möglich gewesen war.

Nun, es mochte zwar hart für sie sein, ging mich jedoch nichts an. Niemand hatte sie gezwungen, nach Afrika zu gehen, wie man mich gezwungen hatte. Sie starrten mich verdrossen an – an meinem gelben Haar erkannten sie, daß ich ein Außergewöhnlicher war –, und als sie hörten, daß ich Engländer sei, machten einige verächtliche, geringschätzige Gesten, die ich erwiderte. Ich ließ mich nicht von ihnen verspotten.

Faleiro sprach mit ihnen, und danach ließen sie mich in Ruhe. Ich verabscheute ihre schäbige Stadt und kehrte zu der einheimischen zurück, wo die Leute mich ansahen, als käme ich aus einer anderen Welt. Doch sie waren freundlich und baten auf ihre furchtsame, empfindsame Art, mein Haar und meinen Bart berühren zu dürfen.

Wir brachten unser Handelsgeschäft schnell und mit

gewaltigem Gewinn hinter uns. Die Insel war ein Warenlager für die Händler des Hinterlandes, die uns Schätze wie die Zähne der Elephantos brachten. Diese Zähne sind von beträchtlicher Größe und aus Elfenbein. Eine andere Ware, die die portugiesischen Händler hier erwerben, ist der goldene Weizen des Königreichs, den die Einheimischen *Masa Mamputo* nennen. Dies ist kein echter Weizen noch stammt er aus Afrika, sondern jene Frucht, die Mais oder Indianergetreide genannt wird, aus Amerika kommt und von den Portugiesen hier eingeführt wurde. Die letzte Ware, die wir auf der Hippopotamus-Insel erstanden, war das Öl der Palme, das man aus den fleischigen Früchten der schlanken, grazilen Palmenbäume gewinnt, die hier überall wachsen. Es wird aus der Frucht gezogen wie Öl aus Oliven und eignet sich hervorragend zum Kochen. Ich gewöhnte mich schnell an den Geschmack und finde die Öle Europas nun fett und ungewohnt. Es hat die Farbe und Konsistenz von Butter, nur daß es etwas grünlich ist; man kann es genauso verwenden wie Olivenöl und Butter; man kann es verbrennen; man kann aber auch den Körper damit einreiben. Wir erwarben einen großen Bestand davon.

Und was gaben wir unsererseits für diesen Überfluß an Stoßzähnen und goldenem Weizen und Öl? Nun, lange Glasperlenketten und runde blaue Perlen und kleine bunte Perlen und Spiegel der schlechtesten Manufaktur und groben roten Stoff und grobe Wolldecken, die bei dem Bakongo-Volk sehr begehrt sind. Wir erhielten für eine Elle Stoff drei Elephantozähne, die einhundertundzwanzig Pfund wogen. Es beschämte mich, solch einen Handel zu treiben, doch als ich sah, wie sehr sich die Einheimischen freuten, unser wertloses Handelsgut zu bekommen, ließ ich meine Einwände fallen, denn wer bin ich schon, daß ich sagen könnte, was wertvoller ist, ein Elephantostoßzahn oder eine Elle Stoff? Sie finden die Stoßzähne ohne Mühen im Dschungel, wo die sterbenden Elephantos fallen, und der Stoff muß mit großem Risiko über das Meer zu ihnen gebracht werden, und würden wir ihn nicht bringen, nun, dann könnten sie ihn nicht bekommen, so daß er eigentlich unbezahlbar ist. Als ich über diese Dinge nachdachte, wurde ich in meinen Ansichten weniger frömmig, und als ich später etwas Handel auf eigene Rechnung betrieb, wurde ich eine Zeitlang ein wohlhabender Mann, indem ich einige kostbare Waren gegen weniger kostbare einhandelte.

Und so beluden wir schnell unsere Pinasse und fuhren wieder auf den großen Fluß hinaus, der uns wie einen Korken zum Meer trug, und ich fing den Wind in den Segeln, drehte südwärts und fuhr vorsichtig die Küste entlang nach Angola. Und stand triumphierend auf dem Deck der *Infanta Beatriz*, nackt bis zur Taille und von der Sonne dunkel gebrannt, und in der Brise, die aus dem heißen Landesinneren kam, wehte mein Haar lang hinter mir her, als wir in den Hafen von São Paulo de Luanda einfuhren. Denn es war eine erfolgreiche Reise gewesen, und ich hatte mich bewährt und meinen eigenen Respekt als Lotse gewonnen. Und der eigene Repekt ist der schwerste, den man gewinnen kann, wenn man ein ehrlicher Mann ist.

Don João de Mendoça schlug mir freundlich auf den Rücken, lobte meine Arbeit, speiste mich mit Büffel und anderem seltsamen Fleisch, gab mir von seinen guten Weinen und sagte: »Gut bewerkstelligt! Und nächste Woche brichst du wieder auf, noch weiter, ins Land Loango, um größere Fracht zu holen.«

Fürwahr, ich war bereit dazu. Und wieder und wieder zu gehen, so oft man mich auf den Weg schicken würde, ein Jahr lang oder so. Ich würde meinen Teil des Handels einhalten, und dann würden sie ihren einhalten und mich als freien Mann nach England schicken.

Aye! Mit einem Portugiesen zu handeln! Wie viele Reisen sollte ich hinter mich bringen, wie viele monströse Begebenheiten sehen, bevor ich England wiedersah, wie viel Leid, wie viel Tod, wie viel Schmerz! Doch zu diesem Zeitpunkt sah ich noch nichts davon voraus.

Ich speiste mit Don João, sprach ein wenig prahlerisch davon, wie ich in die Mündung des Zaire eingefahren war, und dann ging ich zu meinem neuen kleinen Haus in der Stadt, um meine nächste Reise vorzubereiten. Dorthin kam kurz darauf Doña Teresa, und dort hatten wir eine freudige Wiedervereinigung unserer Körper und unserer Seelen, und als ich danach allein und schläfrig lag, kam mir ein erstaunlicher Gedanke. Denn ich erkannte, daß ich, obwohl ich von diesen Portugiesen gefangengenommen und in die Sklaverei geschickt worden war und so vieles ertragen hatte, was nicht nach meinem Geschmack war, ein glückliches Leben führte! Ich war ein glücklicher Mann, bei Gott, und konnte dies nicht abstreiten! Nur eins fehlte mir, nämlich die Rückkehr in mein Heimatland; doch selbst dies erschien nun weniger dringlich, nun, da ich den Kerker verlassen und einen Platz unter den Portugiesen gewonnen und einen Beruf hatte, den ich gut ausübte. Dies erstaunte mich: mich glücklich zu finden. Und doch war es in diesem Augenblick die Wahrheit. Und in einer Woche die Reise nach Loango; und in einem Jahr vielleicht die Heimreise nach England. Alles verlief gut für mich.

Aye! Wäre es doch nur so gewesen!

Zweites Buch

Lotse

1

Aye, nordwärts ging es in schneller Fahrt auf meiner zweiten Handelsreise für Don João. Loango war mein Ziel, ein Königreich, das fünfzehn Meilen nördlich des Flusses Zaire seinen Anfang nimmt.

Wundert Ihr Euch über die Leichtigkeit, mit der ich ein Offizier des portugiesischen Seehandels wurde? Nay, ich sah mich nicht als Verräter an Ihrer Majestät. Ich hatte die Wahl, ihnen zu dienen oder in einem Kerker zu liegen und zu verfaulen. Indem ich diese Reise unternahm, konnte ich mein Leben und meine Gesundheit erhalten und Kenntnisse über die Lotsenkunst erwerben, die eines Tages von Nutzen für Ihre Majestät sein könnten – und ich wahrte zumindest meine Chance, die Freiheit wiederzuerlangen. Dies sagte ich mir jedenfalls, immer und immer wieder, wenn diese Debatte in meiner Seele aufbrach, bis eine Zeit kam, da sie nicht mehr aufbrach und ich meine Pflicht tat, ohne sie in Frage zu stellen.

Dieses Land Loango war von Angola aus leicht zu erreichen; es mußten keine schrecklichen Flußmündungen wie bei der letzten überwunden werden. Am vorbestimmten Tag ging ich hinab zum Hafen von São Paulo de Luanda und fand das gleiche Schiff wie zuvor, die *Infanta Beatriz*, und fast die gleiche Mannschaft. Dies war ein Trost.

Der Kapitän Faleiro und andere Männer, die ich auf der ersten Fahrt kennengelernt hatte und an deren Namen ich mich nach all diesen Jahren noch gut erinnere, waren schon an Bord – Andrade und Pires und Cabral und Oliveira, die mir auf die Schulter klopften und mich freundlich angrinsten und mir freigiebig von ihrem sauren Wein anboten, den sie in Lederschläuchen aufbewahrten. Diese Männer hatten gesehen, wie ich kühnste Dienste geleistet hatte, als ich sie in die Mündung des Zaire lotste, und nun waren ihre Vorurteile gegen mich, den Engländer, vergessen. Sie nannten mich ›Andres‹ oder öfter ›Piloto‹, was das portugiesische Wort für Lotse ist, und starrten mich nicht mehr an und bedachten mich nicht mehr mit harten, funkelnden Blicken.

Ich hielt mich lediglich von ihnen fern, wenn sie sich zum Gebet versammelten, da ich nicht der Messe beiwohnen oder ihre lateinischen Lieder singen oder das Kruzifix und Bild der Madonna und andere Heiligenbilder, die sie mit an Bord gebracht hatten, verehren wollte. Ich sonderte mich dann leise ab, kniete nieder und sprach mit einfachen Worten zu Gott, wobei ich meine Seele erleichterte und manchmal einige Worte sagte, an die ich mich von meinen Morgenandachten oder Abendvespern erinnerte. Die Matrosen nahmen dies nicht als Beleidigung, da sie von mir genausowenig erwarteten, ich würde mich zu einem Papisten bekehren lassen, wie sie von einem Mohren erwarteten, seine Haut würde weiß werden.

So segelten wir mit guten Brisen die Küste entlang, vorbei an dem schrecklichen Zaire und bis zu einem Ort namens Cabo do Palmar, wo Loango anfängt. Hier wachsen viele Palmenbäume, die dem Ort seinen Namen gegeben haben. Fünf Meilen weiter liegt der Hafen Kabinda, in dem viele Schiffe anlegen, um neue Vorräte aufzunehmen. Das Gelände besteht aus Wäldern und Buschwerk. Und sieben Meilen nördlich davon liegt der Fluß Kakongo. Dies ist ein breiter Fluß, dessen Gewässer das Meer auf sieben Meilen färbt, obwohl er sich nicht mit dem Zaire vergleichen läßt. An seiner Mündung liegt die Stadt Chiloango, dort lagert ein großer Vorrat an Elephanto-Zähnen, und ein Boot von zehn Tonnen kann den Fluß durchaus noch befahren.

Ich nenne Euch diese Orte, weil ich der erste Engländer

war, der sie je gesehen hat. Vier Meilen vom Kakongo entfernt fließt der Fluß Luiza Loango. An der Stelle, wo er ins Meer mündet, ist er nur zwei Fuß tief, was an einer Sandbank liegt, doch sobald sich ein Schiff erst einmal in dem Fluß befindet, liegt eine schöne, auf über hundert Meilen brauchbare Wasserstraße vor ihm. Zehn Meilen den Fluß hinauf liegt die Stadt Kaia, eine der vier großen Niederlassungen oder Provinzen des Königreichs Loango. Auf dieser Reise kam ich nicht dorthin. Und zwei Meilen nördlich die Küste entlang befindet sich eine Bucht mit einem breiten Sandstrand, wo sich ein Schiff in vier oder fünf Faden dem Ufer bis auf Musketenreichweite nähern kann. Hier liegt der Hafen Loango, die Hauptstadt dieses Königreichs.

»Komm, Piloto«, sagte Pedro Faleiro, als wir den Anker warfen und uns anschickten, an Land zu gehen. »Du wirst uns in die Stadt begleiten, die wohl keiner gleicht, die du je gesehen hast.«

»Erzähle ihm von dem König und der Glocke«, sagte unser Bootsmann, Manoel de Andrade.

Faleiro lachte. »Aye! Der König und die Glocke! Lausche gut, Andres, denn es könnte dich das Leben kosten, wenn du in dieser Sache achtlos bist.«

Und er sagte, es sei in diesem Land bei Todesstrafe verboten, zu sehen, wie der König ißt oder trinkt. Wenn der König trinkt, hält der Mundschenk, der den königlichen Becher mit Palmwein trägt, auch eine Glocke in der Hand, und wenn er dem König den Becher gibt, wendet er das Gesicht ab und läutet die Glocke. Und dann werfen sich alle, die in der Nähe weilen, bäuchlings zu Boden und erheben sich nicht, bis der König getrunken hat. »Was sehr gefährlich für jeden Fremden ist, der diesen Brauch nicht kennt«, sagte Faleiro, »denn wenn jemand sieht, wie der König trinkt, wird er augenblicklich getötet, ganz gleich, wer immer er sein mag.«

»Wer immer er ist?« fragte ich.

»Aye. Da war ein Junge von zwölf Jahren, des Königs Sohn. Dieser Knabe trat zufällig ein, als sein Vater in einer Kammer trank, und erblickte ihn. Augenblicklich befahl der König, den Jungen in seine besten Gewänder zu kleiden und ihm zu essen und zu trinken zu geben. So geschah es; und danach befahl der König, ihn zu vierteilen und durch die Stadt zu tragen und dabei zu verkünden, er habe gesehen, wie der König trank.«

»Das ist nicht wahr!« rief ich.

»Du willst mich der Lüge bezichtigen?« rief Faleiro und blickte zornig drein.

»Nay, nay, guter Pedro«, sagte ich und berührte seinen Arm. »Ich meinte nur, daß mein Verstand solch einen Schrecken nicht hinnehmen kann.«

»Nimm ihn hin und erinnere dich gut daran. Denn wenn wir das Glück haben, daß uns eine Audienz bei diesem König gewährt wird, achte genau auf die Glocke. Wir sind keine Ausnahme von der Regel.«

»Dann würden sie auch einen von uns vierteilen?«

»Wir sind wenige, und sie sind viele. Ich weiß nicht, ob sie uns angreifen würden, und wenn, haben wir Musketen und sie nicht. Doch wir sollten es nicht darauf ankommen lassen.«

»Und so müssen wir uns auf dem Bauch erniedrigen, wenn der König trinken will?« fragte ich.

»Für uns genügt es, wenn wir das Gesicht abwenden«, gab Faleiro zurück.

»Es ist das gleiche, wenn der König ißt«, sagte Andrade, »doch dieses Risiko ist geringer, denn der König hat ein Speisehaus, das er allein betritt, und die Tür wird hinter ihm geschlossen, und er klopft, bevor er herauskommt. Dennoch stolpert mitunter irgendein Tor in dieses Haus und sieht den König, und dafür muß er sterben.«

Ich fühlte, wie ich trotz der Hitze des Tages erschauerte. »Dies klingt in meinen Ohren teuflisch, wahnwitzig.«

»Es ist ihr Glaube«, sagte Manoel de Andrade, »daß der König sterben wird, wenn ihn jemand beim Essen oder Trinken beobachtet. Und so schützt er sich. Denn wenn er den, der ihn beobachtet hat, erschlägt, wird sein Leben verschont, glaubt man hier.«

»Ah!« rief ich. »Nun verstehe ich, und dies ergibt fürwahr einen guten Sinn!«

Doch ich sprach mit tiefer Ironie – was meine portugiesischen Gefährten nicht bemerkten, nehme ich an, denn sie betrachteten mich sonderbar, als wollten sie sagen: Der Engländer muß genauso verrückt sein wie das Volk von Loango.

Ich machte mir nicht die Mühe, mich ihnen zu erklären. In der Tat ergab es einen gewissen Sinn – *wenn* jemand an etwas glaubt, folgert daraus natürlich, daß er die richtigen Schritte unternehmen muß, sich vor dem Bösen, das daraus erwachsen kann, zu schützen. Man muß nur daran glauben. Für die Papisten ist das Blut Christi in dem Kelch, aus dem sie nippen, und ich glaube, der König von Loango hätte seine Schwierigkeiten, an diese Wahrheit zu glauben. Bei Gott, die habe *ich* ja schon!

Nachdem ich diese Geschichte gehört hatte, war ich gespannt und überaus aufmerksam, als wir nach Loango gingen. Wir betraten die Stadt zu Fuß und hatten eine kleine Gruppe Männer zurückgelassen, das Schiff zu bewachen. Und als ich diesen Ort betrat, war es für mich, als hätte ich ein Land der Träume betreten, einen Ort, an dem im hellen Tageslicht Phantome wandeln. Die Fremdartigkeit dieser ersten Augenblicke konnte ich geradezu in meinem Mund schmecken, als hätte ich irgendein Stück Metall unter meine Zunge geschoben, und ich kann mich bis an den heutigen Tag an diesen Geschmack der Fremdartigkeit erinnern.

Doch das seltsamste an dieser Fremdartigkeit ist, wie schnell sie verbleicht. Ich habe viele Orte wie Loango betreten, die für einen Engländer unvorstellbar fremd waren, und jedes Mal hatte ich den Eindruck, in eine andere Welt zu treten, in der das Licht und die Töne und alles andere fremde Eigenschaften haben. Und doch passe ich mich überaus schnell daran an. Ist dies ein besonderer Aspekt meines Charakters, frage ich mich, oder allgemein üblich? Das erstere, glaube ich.

Es gibt jene, die sich niemals an etwas Unbekanntes anpassen, die durch das Leben gehen und nur ihre angeborene Zunge sprechen und nur ihre einheimische Nahrung essen, und wenn sie anderer Nahrung oder einem anderen Klima ausgesetzt werden, werden sie schnell krank und sterben. Doch ich passe mich an. Mir hat die Hitze dieser afrikanischen Länder niemals zugesagt; sie ist einfach zu drückend. Doch da es kein Entkommen vor der Hitze gibt, nimmt man sie einfach nicht mehr wahr. Man lebt mit der Hitze, wie man mit den Schmerzen einer alten Verletzung lebt, und nimmt keine Notiz von ihr. Und wohin immer es mich auch verschlagen hat, ich habe mich mit dem abgefunden, was ich nicht ändern konnte. Ich sprach die Sprache jener um mich herum, seien es Portugiesen oder Kongos oder Jaqqas gewesen. Ich aß – Gott steh mir bei! – das, was sie aßen. Ich atmete ihre Luft. Und so verlor dieses Loango, das ich betrat, als würde ich das Reich Belials oder Molochs betreten, schon bald seine Fremdartigkeit für mich und erschien mir beizeiten als überaus angenehm und behaglich, als wäre es irgendeine heimelige Stadt an der Themse.

Wenn ich in späteren Jahren Zuflucht suchte, suchte ich sie hier und fühlte mich hier sehr wohl. Ich glaube, dies ist eine seltsame Eigenschaft meiner Seele, doch ich entschuldige mich nicht dafür. Denn wenn ich sie nicht gehabt hätte, so glaube ich, hätte ich schon vor vielen Jahren die Würmer gefüttert.

Die eigentliche Stadt Loango liegt drei Meilen vom Ufer entfernt in einer großen Ebene. Die Straßen sind breit und lang und immer sauber gefegt. Dieser Ort wimmelt vor Menschen, mehr, als man zählen kann, obwohl man dies nicht auf den ersten Blick sieht, da die Paradiesfeigenbäume und die Palmen und die anderen Pflanzen so üppig wachsen, daß sie die Gebäude verbergen, die zwischen ihnen errichtet worden sind. Im Westen der Stadt befinden sich zehn große Häuser, die dem Maloango gehören, wie man den König hier nennt, und vor der Tür seines Haupthauses liegt ein breiter, offener Platz, wo er sitzt, wenn er irgendwelche Feste gibt oder Kriegsangelegenheiten beratschlagen muß. Die Vorstellung, Königin Elisabeth würde vor ihrem Vordertor mit dem Kronrat plaudern, fiel mir nicht leicht. Andererseits jedoch fiel mir auch die Vorstellung schwer, der Kronrat würde seine Gesichter in den Staub drücken, wann immer der Königin Mundschenk auf ihren Wink käme.

Von diesem offenen Platz verläuft eine große, breite Straße, die eine Länge von mehreren Musketenschüssen hat, und an ihrem anderen Ende befindet sich jeden Tag ein großer Markt, der um zwölf Uhr eröffnet wird. Hier handelt man mit Eßwaren, Hühnern, Fisch, Wein, Öl, Getreide und dem ausgezeichneten Stoff, der aus den Fäden der Palmblätter gewebt und so verarbeitet wird, daß er wie Samt, Seide, Taft, Damast, Sarsenett und so weiter anmutet. Hier handelt man auch mit kupfernen Armbändern und einem Holz, das einen sehr guten scharlachroten Farbstoff ergibt. Doch obwohl Loango einen Überfluß an Elephantos hat, werden ihre Zähne niemals auf dem Marktplatz, sondern immer über private Verträge verkauft.

Die Leute von Loango sind Heiden. Sie tragen schöne, gut gearbeitete Kleidung aus Palmstoff oder gewebtem Gras, die sie wie eine Art Kilt von der Taille zu den Füßen binden. Die Männer sind hier auf Art der Hebräer beschnitten, wie es auf alle Völker in dieser Gegend bis auf die Christen des Königreichs Kongo zutrifft, die ihre Jungen unversehrt lassen, wie es auch bei den Europäern Brauch ist. Der König von Loango ist ein Verbündeter des Königs des Kongos, und in früheren Tagen, als der König des Kongos sehr mächtig war, war der König von Loango sein Vasall.

Wir erreichten die Stadt zur Mitte des Nachmittags. Unter dem schrecklichen Gleißen der Sonne waren nur wenige Menschen unterwegs, doch als sich die Nachricht verbreitete, die Portugiesen seien eingetroffen, nahm die Anzahl derer auf den Straßen zu. Und erneut verdoppelte und verdreifachte die Anwesenheit eines blonden Engländers ihre Neugier: Sie flüsterten, zeigten auf mich und näherten sich mir, bis sie mich beinahe berühren konnten. Während mein Haar und meine Haut im strahlenden Sonnenlicht glänzten, glaubte ich beinahe, der Apollo der Griechen zu sein, und ich lächelte und streckte der Menge die Arme entgegen und gab vor, sie ernst zu segnen, bis Pedro Faleiro mich in die Rippen stieß und sagte: »Erspare uns diese Komödie, Piloto.«

Durch diese zusammengelaufene Menschenmenge bahnten wir uns den Weg zum königlichen Palast, damit wir unsere Empfehlungs- und Beglaubigungsschreiben präsentieren konnten. Das Volk von Loango wich vor uns mit der Ehrfurcht und Ergebenheit auseinander, die die farbigen Völker der Welt den Europäern so bereitwillig entgegenbringen und durch die die Spanier und Portugiesen so große Gebiete auf

Kosten so weniger Menschenleben erobern konnten. Ich frage mich, ob sie uns wirklich für Götter hielten oder unsere weiße Haut sie überzeugte, daß wir aus der Geisterwelt kämen und sie uns Gehorsam erweisen mußten? Hätten sich die Azteken und die Völker von Peru und aller anderer niedergeworfener Nationen erhoben und wären sie bereit gewesen, für ein jedes Leben eines Eindringlings fünfzig ihrer eigenen zu opfern, dann hätten sie sicherlich König Philips Truppen ins Verderben stürzen und sich ihre Reiche bewahren können. Doch sie haben es nicht getan.

Als wir zu den königlichen Gebäuden gelangten, zeigte Faleiro mir eine Gruppe auf der südlichen Seite, die alle mit Pfostenpalisaden umzäunt waren, und sagte: »Dies ist der Harem.«

»Ich kenne dieses Wort nicht«, erwiderte ich.

»Es stammt von den Mohren und bezeichnet den Ort, an dem des Königs Frauen verwahrt werden. Kein Mann darf diesen Ort betreten.«

Es waren so viele Gebäude, daß sie schon den Eindruck eines kleinen Dorfes machten. Ich war erstaunt. »Bei Gott«, rief ich, »wie viele Frauen hat dieser Mann denn?«

»Einhundertundfünfzig oder mehr«, sagte Faleiro.

»Jesus!«

»Das ist noch wenig. Der alte König, der vor ihm herrschte, hatte doppelt so viele. Und vierhundert Kinder. Oder waren es viertausend, Andrade?«

»Vierhundert, glaube ich«, sagte der Bootsmann.

Ich schüttelte den Kopf. »Das reicht schon. Einhundertundfünfzig Frauen! Jesus, wenn er eine pro Nacht besucht, braucht er ein halbes Jahr, um sie alle zu beschlafen!«

Faleiro bedachte mich mit einem lüsternen Blick. »Wäre solch eine Lebensweise nicht nach deinem Geschmack, Piloto?«

»Nay«, sagte ich wahrheitsgemäß. »Besser eine Frau und ihren lieben Körper einhundertfünfzig Mal im Jahr umarmen, als einhundertfünfzig und jede einmal umarmen.«

Diese Worte erinnerten mich an meine Heimat und meine Frau und erweckten die Traurigkeit und das Heimweh, das stets dicht unter der Oberfläche meiner Seele liegt. Und dieses ganze Gerede von Frauen und Beischlaf erweckte in mir dunkle, heiße Gedanken an Doña Teresa, die mir am meisten fehlte. Ach, war es also der Verlust von Anne Katherine, den ich betrauerte, oder die Trennung von der verhexenden Portugiesin? Ich wußte es nicht. Ich wußte es ganz und gar nicht, und dies stürzte mich in eine neue Verzweiflung. Denn mußte ich nun nicht eingestehen, daß Anne Katherine und alle unsere Pläne in das Reich der Nebel und Hirngespinste gezogen waren und es die samtenen Schenkel und prallen Brüste von Doña Teresa waren, die ich ersehnte? Und doch hatte ich Doña Teresas kleine Hexenfigur mitgenommen und behielt sie die ganze Zeit über eng an meinem Körper und streichelte sie dann und wann, als streichelte ich ihr selbiges Fleisch; und wenn ich sie berührte, wurden meine Hoden schwer vor Verlangen und hitzigen Erinnerungen. Dies stieß mich ab, denn es war Hexerei, und Hexerei verabscheue ich zutiefst: Doch obwohl ich oftmals überlegt hatte, dieses kleine Idol um Jesu willen ins Meer zu werfen, hatte ich es nicht getan und konnte es um Doña Teresas willen auch nicht. All diese Gedanken fuhren mir in diesem Augenblick durch den Kopf und stürzten mich in Verwirrung.

Die derben Portugiesen hatten nicht den Verstand, um zu erkennen, daß ich meinen Gedanken nachhing, sondern zogen mich auf und scherzten mit mir, wie es mir gefallen würde, König zu sein und solch einen Überfluß an Frauen zu haben. Doch ich verspürte keine Fröhlichkeit, und meine

Gedanken galten anderen Dingen, die sie nicht verstehen konnten.

Und dann sagten sie mir, wenn ein Mann diesen Harem beträte, wenn er in den Armen einer Frau aufgegriffen würde oder auch nur mit ihr spräche, dann würden beide auf den Marktplatz gebracht werden, und man schnitte ihnen die Köpfe ab und würde sie vierteilen und den ganzen Tag über so zerrissen auf der Straße liegen lassen. Faleiro hatte einmal solch eine Hinrichtung gesehen und Andrade ein anderes Mal ebenso.

Ein Mann aus unserer Besatzung namens Mendes Oliveira, der von uns allen die Zunge dieses Reiches am besten beherrschte, sprach mit einem Würdenträger, der herauskam, um uns zu begrüßen, und verabredete, daß wir den König aufsuchen konnten, wenn er hofhielt. Dies geschah jeden Tag zwischen ein Uhr nachmittags und Mitternacht und würde gleich der Fall sein; so wurden wir schnell zu dem Hauptpalast geführt, der kein echter Palast war, sondern nur ein großes Gebäude aus Flechtwerk und Stroh und Schlamm mit einem gewölbten Dach, das mit Vorhängen und purpurroten Tapisserien behangen war, damit es herrschaftlicher wirkte. Es war voller Adliger, die auf weißen Teppichen auf dem Boden saßen. Daß es sich um Adlige handelte, war einwandfrei ersichtlich, denn sie waren höchst aufwendig mit den prächtigsten Gewändern aus Palmstoff gekleidet, die im hellsten Gelb und Scharlach und Blau leuchteten, und überdies trugen sie Schurze aus schönen und sorgsam gearbeiteten Fellen wie denen des Panthers, der Zibetkatze, des Zobels, des Marders und so weiter, an denen noch die Köpfe hingen. Eines noch größeren Eindrucks willen hatten sie sich eine Art runden Chorrock über die Schulter geworfen, der in ihrer Sprache *Nkuto* hieß, bis über das Knie fiel und wie ein feines Netz aus Palmfäden gewebt war; die Nahtstellen waren mit gefransten Quasten besetzt, was sehr hübsch anzusehen war.

Eine lange Zeit sprach niemand. Dann trat der König ein und ging zum vorderen Ende des Hauses, wo eine Art Thron für ihn errichtet war. Im Gegensatz zu seinen Adligen war er äußerst einfach bekleidet, mit einem kurzen Lendentuch aus reinstem Weiß und einem weiteren Streifen weißen Stoffes um den Kopf. Die Dunkelheit seiner Haut und das Weiß dieser gestärkten Kleidungsstücke verliehen ihm eine überwältigende königliche Ausstrahlung, einen Glanz, der den übertriebenen Putz der anderen bei weitem übertraf. Doch nur dieses eine Mal sah ich ihn so einfach gekleidet; alle anderen Male, die ich ihn sah, trug er die reichste und prachtvollste Kleidung.

Er war ein stark gebauter Mann, der etwas zum Verfetten neigte. Als er Platz nahm, schlugen alle anderen in die Hände und begrüßten ihn, indem sie riefen: »*Nzambi! Ampungu!*«, was, wie ich später erfuhr, ›O allerhöchster Gott‹ bedeutet. Denn das Volk von Loango hält seinen König gleichzeitig für Gott, und ich nehme an, würde er dem Papst begegnen, so würde er erwarten, daß der Papst niederkniet, da er, der Maloango, glaubt, von höherem Rang zu sein.

Der König nahm diese Ehrungen freundlich hin, bis er genug davon hatte. Dann musterte er uns und stieß eine Begrüßung aus – dies glaubten wir zumindest –, die sich wie ›Byani ampembe mpolo, muneya ke zinga!‹ anhörte.

»Er heißt uns willkommen«, murmelte Oliveira, der laut auf portugiesisch erwiderte: »Im Namen Seiner Höchsten Katholischen Majestät Philip des Zweiten von Portugal und Spanien danken wir Euch, o König von Loango, und möge der Segen Gottes und Seines Sohnes auf Euch und Euer Königreich fallen.« Diese oder ähnliche Worte sprach er mit volltönender Stimme, woraufhin er sie dann in der einheimischen Sprache wiederholte.

Erst nach vielen Jahren sollte ich die wirkliche Bedeutung des Grußes des Maloango verstehen, als ich sie noch einmal vernahm und die Sprache mittlerweile fließend beherrschte. Denn die Worte *Byani ampembe mpolo, muneya ke zinga!* haben in Wirklichkeit die Bedeutung: ›Mein Gefährte, das weiße Gesicht, das sich aus der Erde erhob und nicht lange leben wird.‹ Fürwahr eine seltsame Begrüßung! Doch sie war keineswegs als Bedrohung gemeint, wenngleich Oliveira, hätte er ihren Sinn verstanden, es gut so hätte hinbiegen können. Die Bedeutung ergibt sich aus dem Glauben der Mohren, daß der weiße Mann ein Geist ist, der sich mit seinem Schiff vom Meeresboden erhebt; und solange er sich an Bord seines Schiffes aufhält, wird er ewig leben, doch sobald er an Land kommt, ist er zu einem frühen Tod verdammt. Dieser Glaube rührt wohl daher, daß in diesem Land so viele Portugiesen an Fieber und Ausfluß gestorben sind. Und dies erklärt vielleicht, warum sie uns mit solcher Ehrerbietung begegnen, überschattet uns doch die Heiligkeit des bevorstehenden Todes wie ein dunkler Schimmer.

Diese Formalitäten und ähnliche währten einige Stunden lang. Oliveira übersetzte für uns, doch ich glaube, nicht sehr gut, denn er runzelte die Stirn und spitzte die Ohren, um alles zu verstehen, und murmelte vor sich hin, als hätte er nichts verstanden, und wenn er die Worte in unserer Sprache wiederholte, erfand er wohl die Hälfte von dem, was er uns sagte, denn seine Worte ergaben nur wenig Sinn für mich. Ich lauschte aufmerksam, wobei ich natürlich nicht wußte, was ich hörte, lernte aber immerhin fünf oder sechs Worte, einfach, weil sie in einem gewissen Zusammenhang, der keinen Zweifel offenließ, wiederholt wurden. Die Sprache schien nicht schwierig zu sein, sobald sich das Ohr erst einmal an sie gewöhnt hatte, und ich überlegte, daß ich größere Sicherheit und Privilegien bei den Portugiesen erlangen konnte, wenn ich die Sprache der Eingeborenen besser beherrschte als sie, da sie anscheinend wenig Befähigung für solche Dinge aufbrachten.

Nach einem langen und ermüdenden Palaver, das, soweit ich es sagen konnte, zu keinen Ergebnissen führte, rief der König nach Getränken. An seinen beiden Seiten stand je ein Diener, um ihm seine Wünsche zu erfüllen; der auf der rechten reichte ihm den Becher, und der auf der linken warnte die Versammlung, indem er zwei spitz zulaufende Eisenstäbe von der Länge eines Fingers gegeneinander schlug. Sofort warf sich die gesamte Versammlung zu Boden, wie Faleiro es gesagt hatte, und alle verbargen ihre Gesichter so lange im Sand, wie die Eisen ihr Geräusch von sich gaben. Es war ein erstaunlicher Anblick, diese Würdenträger in ihren schönen Roben zu schauen, wie sie auf der Nase lagen, während der König seinen Wein trank. Wir blieben stehen, drehten uns jedoch um und sahen in die entgegengesetzte Richtung, und ich schloß außerdem die Augen, damit ich den König nicht aus den Winkeln sah, wie er trank, und mich somit ums Leben brachte.

Als dies geschehen war, erhoben sich die Adligen wieder, und laut ihren Bräuchen bedeuteten sie, daß sie ihm Gesundheit wünschten, indem sie mit den Händen klatschten, was auch ein Zeichen des Respektes war, wie es bei uns in Europa das Abnehmen des Hutes ist. Nun wurde an alle in der Hütte Wein verteilt, und es wurde auch eine Mahlzeit serviert, gebratener Fisch in einer Honigsauce und ein dicker Brei aus einer Erdnuß, die etwas größer als eine unserer Erbsen ist und deren Hülsen in den Wurzeln unter der Erde wachsen. Dieses letzte Gericht wurde mit dem Saft des scharfen Pfeffers gewürzt, dem *Pili-pili*, der sich wie glühendes Feuer aß.

Er rief im Mund ein intensives Gefühl der Verbrennung hervor und trieb mir den Schweiß aus allen Poren. Ich glaubte, an seinem Verzehr zu ersticken, und selbst die Portugiesen, die ihr Essen schärfer würzen als wir Engländer, hatten schwer daran zu schlucken. Doch ich aß meinen Teil und gewöhnte mich allmählich daran, und mit der Zeit, im Verlauf der kommenden Monate und Jahre, lernte ich das *Pilipili* so sehr schätzen, daß mir eine Mahlzeit ohne diesen Saft geschmacklos erschien, woran sich bis heute nichts geändert hat.

Es gab eine Schwierigkeit beim Erwerb der Elephanto-Zähne, die einzuhandeln wir hierher gekommen waren. Da die Portugiesen mich nicht in solch eine delikate Angelegenheit einweihen wollten, weiß ich nicht, worin die Schwierigkeit bestand, und ich wurde nicht in die dringlichen Verhandlungen zwischen Faleiro und den Beamten von Maloangos Hof einbezogen. Vielleicht war es ein religiöses Problem – womöglich war es nicht die richtige Jahreszeit zum Handeln – oder auch, daß das Volk von Loango versuchte, den Preis seiner Waren in die Höhe zu treiben; man sagte es mir nicht, und ich fragte nicht danach. Diese Angelegenheit verzögerte unsere Heimreise jedoch um mehrere Wochen.

Wir wohnten in kleinen, groben Hütten, die man eigens für uns gebaut hatte, und bekamen die einheimische Nahrung. Wir sprachen oft davon, auf die Jagd zu gehen, verzichteten jedoch wegen der großen Hitze darauf, die uns alle träge machte. Ebenso berührten wir keine Frau. Faleiro sagte mir, uns stünden Frauen zur Verfügung – keine aus der Stadt, deren Einwohner genauso eifersüchtig auf die Tugend der Frauen waren, wie es auch Christen gewesen wären, sondern Sklavinnen, die es hier überreichlich gab. Doch ich hatte kein Verlangen nach ihnen, und ich glaube, meine

Gefährten auch nicht, bis vielleicht auf einen oder zwei der geilsten, und diese auch nicht oft.

Den größten Teil unserer Tage verbrachten wir damit, uns auszuruhen, mit Würfeln oder Messern zu spielen, den schweren, süßen Palmwein zu trinken und von unserer Heimat zu sprechen. Diese Portugiesen waren im allgemeinen derbe Leute, und ich habe niemals gehört, daß einer von ihnen von etwas anderem sprach als vom Spielen oder Huren oder Saufen oder Prügeln oder Reichtumhorten. Kein Wort ließen sie fallen über Dichtung oder Theaterspiele, worüber ein jeder Engländer, der mehr war als ein ungehobelter Flegel, liebend gern gesprochen hätte.

Als ich ihnen eines Tages von der Vielfalt und den Vergnügungen unserer Theater erzählte und von Meister Marlowes Schauspiel über Tamburlaine, welches ich gesehen hatte, und dem wunderbaren Stück über Hieronimos und den spanischen Fürsten, das Thomas Kyd geschrieben hatte, musterten sie mich, als spräche ich Griechisch, und schenkten mir keine Beachtung. Und einer von ihnen, der Tristão Caldeira de Rodrigues hieß und mich besonders wenig zu mögen schien, runzelte die Stirn, spuckte mir einen großen Brocken Schleim direkt vor die Füße und sagte auf seine gehässige Art: »Diese englischen Seeleute wollen uns glauben machen, sie wären alle Dichter und Gelehrte, um uns zu beschämen. Doch ich glaube, daß die Engländer ihre Dichtkunst nur vortäuschen und sich besonders vornehm geben, weil sie lange nur eine Rasse von Bauerntölpeln und Tonstechern waren und sich dessen nun schämen und vorgeben, eine bessere Sorte zu sein.«

»Ah, und du hast also so eine gute Herkunft«, fragte ich heißblütig, während der Zorn im Gewölbe meines Kopfes zu pochen begann, daß ich ihn nur durch eine große Anstrengung im Zaum halten konnte.

»Du hast meinen Namen gehört«, sagte er verächtlich.

»Der bedeutet mir nichts.«

»Das überrascht mich gar nicht«, erwiderte dieser Caldeira de Rodrigues und wandte sich von mir ab, als hätte ich mich in Luft aufgelöst.

Ich hätte ihn zum Kampf stellen können, doch es gelang mir, mich zu beherrschen, da ich wußte, daß ich immer noch einen untergeordneten Rang einnahm, ob ich nun der Lotse dieser Leute war oder nicht. Und doch stand es auf des Messers Schneide, da ich mich so sehr über seinen Spott erregte. Nur die Berührung einer Hand auf meinem Arm – Cabrals Hand, glaube ich – bewahrte mich schließlich davor, ihn anzuspringen.

Ein wenig später erfuhr ich von den anderen, daß dieser rotznasige, überhebliche Einfaltspinsel der Sohn eines der hohen Herzöge Portugals war und ein enger Verwandter der alten königlichen Familie, die der Macht beraubt worden war: Und so stand er von Geburt her weit über fast jedem anderen in Angola, ausgenommen vielleicht Don João de Mendoça, der auch von hoher Herkunft war. Caldeira de Rodriguez und sein älterer Bruder Gaspar, sagten sie, seien wegen ihrer ruinösen Verschwendungssucht und ihrer ruchlosen verbrecherischen Vergangenheit, die sogar für Männer von dieser hohen Herkunft zu weit ging, aus Lissabon verbannt und nach Angola geschickt worden, damit sie dort in einem gewissen Anschein von Tugend schwitzten.

Er war ein Mann von achtzehn Jahren, sehr schlank, fast auf eine weibliche Art hübsch, obwohl ein häßliches und hartes Funkeln in seinen Augen lag; er trug einen Dolch an der Hüfte, den zu benutzen er nicht lange zögern würde. Sein Gesicht wurde von einem roten Flecken auf der Wange entstellt, der ihm ein wenig von der Schönheit nahm, und sein Bart wuchs nur an einigen Stellen, wobei große Stücke dazwischen freiblieben. Alles in allem mochte ich ihn nicht besonders und bedauerte es, ihn unter meinen Kameraden zu haben.

Während dieser Zeit der Verzögerung wanderte ich oft durch die Gegend, entweder allein oder von einem oder zweien der freundlicheren Portugiesen begleitet und selten ohne irgendwelche Wachen der Mohren, die uns folgten, um darauf zu achten, daß wir keinen heiligen Boden betraten. Dies hätten wir einmal beinahe getan, als wir vom Hafen zurückkehrten und einen ihrer Götzen erblickten, eine kleine schwarze Statue, die als Kikoko bekannt ist. Kikoko ist ein *Mokisso*, das bedeutet Hexengeist, der in einer kleinen Hütte an der Hauptstraße wohnt, und jeder, der an ihm vorbeigeht, schlägt in die Hände oder bringt ihm ein Opfer.

Ich wußte, daß diese *Mokissos* große Macht über die Schwarzen hatten, und glaubte, diese Macht könne sich selbst auf uns ausstrecken: Denn wer weiß, wie lang die Arme des Teufels wirklich sein mögen? Alles, was ich hörte, bewog mich dazu, vorsichtig mit der Hexenwelt umzugehen. In Loango, sagt man, würde dieser *Mokisso* des Nachts manchmal Besitz von einem Menschen ergreifen, der dann drei Stunden lang unentwegt vor sich hin plappert. Was immer die besessene Person sagt, wird als Kikokos Wille angesehen, und der gesamte Stamm gehorcht ihm, und man veranstaltet ein großes Fest und tanzt im Hause dessen, der so spricht.

Obwohl ich großen Respekt vor diesem bösen Ding hatte, wollte ich Kikoko aus Neugierde in seinem kleinen Haus sehen. Doch die Schwarzen standen vor ihm und machten eine bedrohliche Geste mit ihren Speeren, und ich lichtete schnell den Anker und ging woanders hin.

Einmal gab es wegen dieser Götzen einen Tumult, als ein

neuer geschnitzt worden war und über das Meer aus einer Stadt im Norden gebracht wurde. Er entglitt den Händen der Träger und fiel ins Wasser. Obwohl sie lange danach suchten, konnten sie ihn nicht finden, was ein großes Unglück war. Der König des Landes schickte nach uns, berichtete, was geschehen war, und fragte, ob wir eine Möglichkeit hätten, den Götzen zu bergen. Nur wenige der Portugiesen konnten überhaupt schwimmen, und so legte ich meine Kleidung ab und tauchte. Ich glaubte, den *Mokisso* gesehen zu haben, doch das Wasser war zu tief, und mein Atem reichte nicht, und so kam ich mit leeren Händen an die Oberfläche.

»Ich versuche es noch einmal«, sagte ich.

»Nein«, widersprach Faleiro, »ertränke dich nicht wegen dieser Heiden, Piloto, denn wir haben größeren Bedarf an dir.«

Bei einer anderen Gelegenheit zeigten mir Cabral und Andrade den Friedhof der Könige von Loango. Dies war ein Ort namens Loangiri, der zwei Meilen vor der Stadt lag. Um ihn herum hatte man die Zähne von Elephantos in den Boden gestoßen, um eine große, leuchtendweiße Palisade zu schaffen, und der gesamte Friedhof maß im Durchmesser zehn Viertelmorgen, so daß ein jeder König genug Platz hatte. »Wenn wir allein diese Elephanto-Zähne haben könnten!« sagte Cabral. »Sie wären ein halbes Königreich wert. Doch unter diesen Erdhügeln haben sie gemeinsam mit ihren Königen alle möglichen Schätze vergraben, Perlen und Juwelen und so weiter, deren Wert zu hoch ist, als daß wir ihn zählen könnten.«

Ich starrte ihn mit großen Augen an, da dieser Cabral ein so ehrenvoller Mann war, wie Portugiesen überhaupt ehrenvoll sein können.

»Doch sicher wollt Ihr nicht die Schätze eines Friedhofs rauben!«

»Dies ist kein geweihter Boden«, sagte er mit einem Achselzucken. »Diese Wilden sind nur Heiden, und wenn sie es vorziehen, ihre Schätze zu verschwenden, indem sie sie vergraben, nun, dann ist es unsere Pflicht vor Gott, sie auszugraben und irgendeinem Zweck zuzuführen.«

»Eure Pflicht vor Gott«, sagte ich staunend, »die Toten zu berauben?«

»Sie sind doch nur Heiden«, wiederholte Cabral.

Und er und Andrade sprachen von einer zukünftigen Zeit, in der sich das Christentum in diesem Lande Loango ausbreiten und die Priester versuchen würden, den König zu überreden, seine Vorfahren auf einen christlichen Friedhof umbetten zu lassen. »Und wenn diese Zeit gekommen ist«, sagte Andrade, »werden wir all diese heidnischen Schätze aus der Erde holen und einen großen Gewinn daraus schlagen und gleichzeitig die Seelen dieser Menschen erretten.«

»Aye«, sagte ich, aber nicht laut, »ihre Seelen retten, indem wir aus Gräbern räubern. Betrachtet eure eigenen Seelen, Portugiesen!«

Doch wir betraten den königlichen Friedhof an diesem Tage nicht. Wir betrachteten nur ehrfürchtig diese große Mauer aus sich hoch auftürmenden Elephanto-Zähnen, die diesen Ort umgab, und ich lächelte, als ich die Gier sah, die auf den Gesichtern meiner Freunde Andrade und Cabral funkelte, und nach einer Weile kehrten wir in die Stadt zurück.

2

Langsam und mit häufigen Unterbrechungen kam Faleiro mit seinen Verhandlungen voran, und es erschien sicher, daß das Volk von Loango schließlich doch mit uns Handel treiben würde. Ich war herzlich froh darüber, denn dieser Müßiggang ermüdete mich, und ich freute mich schon, wieder Meeresbrisen an meinem Gesicht zu spüren. Ich gestehe mit nicht geringer Scham, daß ich mich auch danach sehnte, in São Paulo de Luanda wieder in die Arme Doña Teresas zurückzukehren: denn obwohl es mir gelungen war, nach meinem Aufbruch von England meine Tugend in mehreren Jahren der Keuschheit zu bewahren, hatte sie meine schlummernden Gelüste neu geweckt, und es war nicht einfach, sie wieder zu einer disziplinierten Muße zu zwingen. So stellte ich mir nachts manchmal vor, ihre seidenglatten Brüste lägen in meinen Händen und sie hätte die Schenkel eng um meine Hüften geschlossen, und ich spielte im Geiste solche Phantasien mit ihr, wie ich es zuvor mit Anne Katherine getan hatte. Anne Katherine hingegen, fürchte ich, wurde zu dieser Zeit allmählich nur zu einem Schatten in meinem Gedächtnis, da mittlerweile vier Jahre und einige Monate vergangen waren, seit ich England verlassen hatte, und mir mein gesamtes vorheriges Leben bleich und unwirklich erschien wie etwas, das ich einmal in einem Buch gelesen hatte. Das helle Sonnenlicht Afrikas überstrahlte in mir den schwachen, bleichen Glanz Englands. Afrika war nun zu meiner eigenen Wirklichkeit geworden. Ich sagte Euch ja, ich habe die Fähigkeit, mich anzupassen.

So träumte ich von Doña Teresas brauner Nacktheit und verschlang die scharfen Eintöpfe und Breie Loangos und durchstreifte die Stadt, um mehr über das Leben dort zu erfahren, ein wenig von ihrer Sprache zu lernen und ihre Gebräuche kennenzulernen.

Ich fand ein weiteres *Mokisso*-Haus am Hafen, in dem eine alte Frau namens Nganga Gomberi wohnte, was ›Die Priesterin des Geistes Gomberi‹ bedeutet.

Die Schwarzen erzählten mir, daß einmal im Jahr dort ein Fest abgehalten wird und Nganga Gomberi aus dem Erdboden heraus sprach und Orakel gab. Ich bat darum, diese alte Hexe sehen zu dürfen, in der Hoffnung, sie würde mir ein Horoskop erstellen, das meine Rückkehr nach England voraussagen würde, doch man wollte mich nicht zu ihr vorlassen.

Ich sah ein noch seltsameres Ding, nämlich einen weißen Neger, so weiß wie ein jeder weiße Mann, doch mit gelocktem Haar und dicken Lippen und einer flachen Nase. Dies war auf dem Marktplatz, als ich ein lautes Gemurmel und Stimmengewirr hörte, und dort kam er, wobei die Menge auf beiden Seiten vor ihm zurückwich. Oliveira war bei mir, und er sagte: »Schau! Habt acht! Dies ist ein heiliger Mann!«

»Bei Gott, wer ist das?«

»Er wird *Ndundu* genannt, der, der weiß geboren wird und diese Farbe sein ganzes Leben lang behält. Sie werden immer erzogen, Hexer zu werden, und dienen dem König mit ihrer Hexerei. Er hat vier von ihnen, heißt es, und niemand wagt es, sich mit ihnen abzugeben.«

Und fürwahr, dieser *Ndundu* ging über den Markt und nahm diese und jene Lebensmittel, biß hier und da in eine Frucht und warf sie weg, und dabei konnte er tun und lassen, wie es ihm beliebte. Er näherte sich mir bis auf fünf Ellen und blieb stehen, um mich zu mustern, denn mit meinem blonden Haar war ich ein genauso seltsamer Anblick für ihn, wie er einer für mich war. Unsere Augen trafen sich, und seine waren rot, *rot*, wo meine blau waren, die roten

Augen eines Dämons aus der Hölle, wie ich sie noch nie gesehen habe.

Er bedachte mich mit gewissen heiligen Gesten, die wie das Zucken eines Irrsinnigen anmuteten, wobei er heftig die Arme schwenkte und die Finger krümmte. Und mit einer zischenden Stimme, einem bösen Krächzen, sagte er: »*Jaqqa-Ndundu! Ndundu-Jaqqa!*«, was so viel wie ›weißer Jaqqa‹ bedeutete, und selbst ich verstand, wenngleich ich nicht die Bedeutung dieser Anrede ergründen konnte. Und er sagte noch andere Dinge, die genauso geheimnisvoll waren und mich zutiefst verwirrten. Wir musterten einander lange, und dann sah ich zur Seite, nicht imstande, diesem diabolischen Blick länger standzuhalten; und ich verspürte selbst in dieser drückenden Hitze ein Frösteln, als hätten sich die Tore des Infernos vor mir geöffnet und einen eisigen Windstoß des Satans freigegeben. Weißer Jaqqa! Was für ein Wahnsinn war dies? Ach, ich sollte es noch erfahren, doch wie konnte ich dies in diesem Augenblick wissen?

Während wir derart in Loango festsaßen, kam es zu drei besonderen Wundern, das heißt, Dingen, die selbst für das Volk von Loango außergewöhnlich waren.

Das erste war ein Wunder des Königs. Die Regenzeit war angebrochen, doch es war schon seit einigen Wochen trocken, und das Volk litt, da die Feldfrüchte nicht gediehen. Dem Brauch und den Gepflogenheiten dieses Landes entsprechend kam das Volk also zum König und bat ihn, den Regen zu bringen, und er verkündete, ein großes Regenfest abzuhalten, das wir alle besuchten.

An diesem Tag kamen alle Fürsten und Streitkräfte der benachbarten Provinzen nach Loango und hielten vor dem König ein Turnier und einen Schaukampf ab, bei dem sie die Speere schwangen, tanzten und herumsprangen und ihr Geschick mit Pfeil und Bogen zeigten. Der beste von ihnen war ein Bogenschütze, der Robin Hood und all seine Männer beschämt hätte; er verbrachte solche Wunder, wie einen Pfeil mit einem anderen zu spalten und Vögel vom Himmel zu holen, indem er ihre Schwingen durchschoß, Dinge, die ich außerhalb der Geschichten von Märchenerzählern nicht für möglich gehalten hätte. Als er seine Künste vorgeführt hatte, trat er vor und sprach mit dem König, der ihn umarmte und ihm mit eigenen Händen zu essen und trinken gab.

Dann nahm der König seinen Platz auf einem auf dem Boden ausgebreiteten Teppich ein, der etwa fünfzehn Klafter lang und breit und aus dem feinen Stoff *Nsaka* gewebt war, der an Samt erinnert, und nahm, ganz in Leopardenfelle gekleidet, auf einem Thron von Mannshöhe Platz. Er befahl, die *Ndambas* anzustimmen, Instrumente aus Palmenstämmen, die fünf Fuß lang und auf einer Seite gespalten sind; in die Ränder dieser Spalten sind Kerben geschnitten, und die Musikanten reiben mit einem Holzstock über diese Kerben, um ein schreckliches und überirdisches Geräusch zu erzeugen wie das Zirpen von riesigen Grillen. Und sie haben auch Elfenbeintrompeten aus Elephanto-Stoßzähnen, die *Mpunga* genannt werden und ausgehöhlt und poliert sind. Mit diesen *Mpungas* und *Ndambas* machten sie einen wirklich höllischen Lärm. Nachdem sie ihre Kämpfe ausgetragen und dem König auf diese Art Vergnügen bereitet hatten, erhob er sich von seinem Thron, winkte den großen Schützen herbei und erhielt von ihm dessen Bogen und Pfeile.

Ich dachte, der König selbst würde damit schießen, doch nein, er gab sie an einen Hohepriester oder Regenmacher weiter, der neben ihm stand und am ganzen Körper mit Farbe angemalt und mit Federn geschmückt war. Neben dem König standen auch die vier Albinos – Ungetüme, wobei *Albino* das Wort ist, mit dem die Portugiesen diese weißen

Mohren bezeichnen; und bei ihnen waren zahlreiche andere Hexen und Zauberer des Stammes, sogar die alte Frau Nganga Gomberi. Es erklang ein so schrecklicher Lärm der Trommeln und Trompeten, daß ich meine Ohren mit den Händen bedecken wollte und die Portugiesen sich eifrig bekreuzigten und ihr Latein murmelten, und der hohe Regenzauberer richtete seinen Bogen gen Himmel und schoß mit aller Kraft einen Pfeil ab, so daß er in hohem Bogen emporstieg und in der Ferne verschwand.

Und dann, werdet Ihr sicher sagen, geschah gar nichts, und der Mangel an Regen setzte sich noch vier weitere Monate fort, und das gesamte Land verwandelte sich in eine Wüste. Dies hätte ich von so einer heidnischen Torheit selbst erwartet. Doch ich muß Euch bei der Seele meiner Mutter sagen, daß ich die Wahrheit spreche, wenn ich berichte, daß innerhalb weniger Minuten eine kleine weiße Wolke im Südosten erschien und dann eine dunklere Wolke, und dann war der Himmel voll von ihnen, dicke schwarze Regenwolken, und bevor eine Stunde verstrichen war, erlebten wir solch einen Wolkenbruch, wie Noah ihn vielleicht erlebt hatte, und Bäche strömten durch die Straßen, und Staub wurde augenblicklich in Schlammklumpen verwandelt. Wie kann man dies erklären? Man kann es nicht erklären. Man schreibt es der dunklen Macht der Hexerei zu. Oder man sagt, daß ja schließlich Regenzeit war und der Regen selbst in einem trockenen Jahr früher oder später kommen mußte, und sehr wahrscheinlich hatte der König gewartet, bis er in der Ferne erste Zeichen des Regens ausmachen konnte und hatte diesen Tag gewählt, um sein großes Regenfest abzuhalten.

Und war es wirklich Hexerei? Ich kann es nicht sagen. Denn es trifft zu, daß der König den Pfeil nicht selbst abschoß, sondern seinem Priester gab. Ich glaube, wenn der

König sicher gewesen wäre, Regen machen zu können, hätte er den Bogen mit eigener Hand gespannt; doch indem er diese Aufgabe dem Priester übertrug, schützte er sich vor der Gefahr, daß das Fest ohne Ergebnis blieb. Priester kann man immer bestrafen, wenn sie keinen Regen herbeibringen; Fürsten hingegen sind nach meiner Erfahrung nicht versessen darauf, die Verantwortung für ein Versagen zu übernehmen.

Dies war das erste der drei Wunder.

Das zweite ereignete sich nur drei Tage darauf, als noch immer leichter Regen fiel. Ich war auf dem Marktplatz und tauschte ein paar der Kaurischalen, die hier als Geld gelten, gegen einen Ballen des Palmstoff-Brokats, der sehr schön in Grün und Rot und Gelb gearbeitet war und aus dem ich mir einen Umhang nähen wollte, der mich vor den schlimmsten Sonnenstrahlen abschirmen sollte. Plötzlich hörte ich in der Ferne eine schrille Musik, ein Klang, der dem des Dudelsacks der wilden Schotten nicht unähnlich war und schmerzhaft in mein Ohr drang. Bei diesem durchdringenden und erschreckenden Ton erlahmte alles Treiben auf dem Marktplatz. Danach hörte ich, wie Männer einen Singsang anstimmten, wie sie es tun, wenn sie eine schwere Last ziehen oder tragen, ein tiefer, langsamer, mahlender Gesang, der, wie ich glaube, nicht aus Worten, sondern nur aus Tönen bestand. All dies kam aus dem Westen, von der zum Meer gelegenen Seite der Stadt.

Dann kam etwas in Sicht, was ein Coccodrillo gewaltigen Ausmaßes zu sein schien, das in der Luft schwebte. Doch natürlich war dies nicht der Fall: dieses Coccodrillo, das größte Ungetüm, das ich jemals gesehen und das eine Länge von acht Ellen oder vielleicht noch mehr hatte, wurde auf den Schultern von acht oder zehn Mann getragen. Sie kämpften mit seinem gewaltigen Gewicht und hatten den monotonen Rhythmus angestimmt, um die Last bewältigen zu können, ein *Oom Oom OOM Oom Oom, Oom Oom OOM Oom Oom*; sie taumelten und mühten sich, daß ihnen bald die Augen aus ihren schweißleuchtenden schwarzen Gesichtern traten, während um sie herum drei oder vier Musiker auf ihren Pfeifen und Flöten spielten und dazu tanzten. Diese schwerfällige Prozession kam bis zum Mittelpunkt des Marktplatzes; der Schwarze, der das Sagen über die Träger hatte, stieß einen Schrei aus, und daraufhin knieten alle nieder und rollten sich zur Seite, und das große Coccodrillo fiel zu Boden.

Seine Augen waren geöffnet, doch es lag ein Schimmer darauf, und das schreckliche, zahnbewehrte Maul klappte auf, doch weder schloß noch öffnete es sich, denn das Tier war tot. In der Tat ging ein solcher Gestank von ihm aus, daß sich meine Eingeweide hoben und mir beinahe in die Kehle gesprungen wären: denn es lag nicht nur die moschusartige Ausdünstung, die allen Coccodrillos eigen ist, in der Luft, die schon ekelerregend genug ist, sondern auch die des Verfalls, der Gestank der Vermoderung, des Todes. Ich trat einige Schritte zurück; doch das Stadtvolk drängte vor, scharte sich um das Tier und stimmte einen solch aufgeregten Tumult an, daß meine neu gewonnenen Kenntnisse über ihre Sprache nichts mehr fruchteten, da ich kein einziges Wort ausmachen konnte.

Zu meiner Verwunderung währte diese Schaustellung eine beträchtliche Weile. War es in dieser Stadt Brauch, erschlagene Coccodrillos auf den Marktplatz zu bringen und über ihnen zu frohlocken? Wie war es überhaupt erschlagen worden? Ich sah keine Verletzung an seinem Körper, obwohl seine Mitte in einer Art Blase aufgeschwollen war, was mich denken ließ, daß es vielleicht vergiftet worden war. Doch schließlich kamen vom königlichen Palast einige der Würdenträger der Stadt, angeführt von einer großen, stämmigen

Person in einem eleganten scharlachroten Umhang, der wie ein bedeutender Minister wirkte. Dieser Mann zog eine lange eiserne Klinge aus seinem Umhang, die er dort, wo die Blase war, in die Eingeweide des Coccodrillos stieß.

Oh! welch widerwärtige Flüssigkeiten strömten hinaus! Oh, dieser Gestank, diese Fäulnis! Mit großer Ruhe zerrte dieser hohe Minister an der dicken Haut des Ungetüms, riß sie mit nicht geringen Anstrengungen auf, setzte dabei absichtlich solch einen Ausfluß übler Galle frei, daß ich husten und würgen mußte. Doch ich wandte mich nicht ab, da ich diese gewisse Eigenschaft besitze, die ich selbst kaum verstehe, fasziniert auf gewisse abstoßende und erschreckende Dinge zu schauen, ja geradezu mit einer Art magischen Anziehungskraft von ihnen angelockt zu werden. So sah ich zu; und als dieser Würdenträger des Hofes den Bauch dieses Leviathans aufgeschnitten hatte, stieß er den Arm in das Loch und tastete herum, bis er bis zur Schulter darin steckte, und zog plötzlich, grunzend und Grimassen schneidend, etwas hervor, das ich zuerst nicht erkennen konnte, sich dann jedoch als menschlicher Arm herausstellte, der zum Teil verdaut und kaum noch als solcher erkenntlich war. Bei diesem Anblick hob sich ein schwerer Schrei von der zuschauenden Menge. Noch immer zog der Beamte; und der Arm steckte an einem Körper und der Körper an einer Kette, und die Kette führte zu einem zweiten Körper und einem dritten, und diese Enthüllung des Schreckens und Todes setzte sich fort, bis ich glaubte, meinen Augen nicht mehr trauen zu können.

Schließlich lagen acht halb verdaute Körper nebeneinander auf dem Boden, und das Coccodrillo, das so seiner Beute beraubt war, wirkte eingefallen und flach. Sicher, daß sich keine Opfer mehr im Leib des Ungetüms befanden, erhob sich der Beamte und legte seine gesamte Kleidung ab, da er völlig mit geronnenem Blut und Kot beschmiert war, und Knaben kamen zu ihm und reinigten ihn mit Wasserkübeln, und nachdem er neue Kleidung angelegt hatte, kehrte er zum Palast zurück, um von diesem Ereignis zu berichten, während sich das Volk enger zusammenscharte und mit leisen, murmelnden Stimmen zu einem langen Palaver ansetzte.

Ich sah einen Händler, von dem ich wußte, daß er ein paar Brocken Portugiesisch sprach, berührte ihn am Arm und sagte in dieser und halb in seiner Sprache: »Bitte, sag mir, was hier geschehen ist.«

Und er erklärte mir, daß dieses Coccodrillo so groß und gierig war, daß es eine *Alimbamba* verschlungen hatte; das ist eine aneinandergekettete Gruppe von Sklaven, die vor einigen Tagen am Ufer des Flusses gearbeitet hatte. Als sich die unglücklichen Gefangenen abplackten, rutschte einer aus und fiel auf die Schlammbank, auf der das Coccodrillo lauerte; und mit jener schrecklichen Geschwindigkeit, die diese Geschöpfe aufweisen, wenn ihr Appetit geweckt wird, hatte es den Mann gänzlich verschlungen. Doch mit seinen schrecklichen Kiefern zog es den nächsten an der Kette zu sich heran und den nächsten und den nächsten und verschlang sie nacheinander. Es gab keine Flucht: Ein jeder entsetzte Sklave mußte mit ansehen, wie sein Vorgänger verschlungen wurde, bis sich schließlich die gesamte *Alimbamba* im Bauch des Coccodrillos befand.

Es war dieses unverzehrbare Eisen, das dem Menschenfresser so schlecht bekam und ihn schließlich tötete. Denn selbst ein Coccodrillo, selbst ein solcher Riese unter Riesen, hat seine Grenzen; und es lag tagelang schwerfällig und träge da und versuchte, sein fürchterliches Mahl zu verdauen, und es hätte sie mit der Zeit auch alle zersetzen können, wozu es vielleicht einige Monate benötigt hätte; doch die Kette konnte es nicht verkraften. So wurde es schwächer und blähte sich auf, und einige Knaben aus der Stadt bekamen die Weisung, es Tag und Nacht in seinen letzten Zuckungen zu beobachten, und als es der Tod ereilt hatte, luden diese Träger es auf ihre Schultern und schleppten es zum Marktplatz. Der Beamte, der das Geschöpf aufgeschnitten hatte, war der Verwalter der Sklaven, der eine Bestandsliste führen und den Tod eines jeden menschlichen Eigentums verzeichnen muß. Nachdem er dies getan hatte, war die Sache erledigt. Ich sah zu, wie nun andere Sklaven erschienen und die acht schrecklichen Leichen davontrugen, als wären sie nur Unrat – wahrscheinlich, glaube ich, brachten sie sie zu dem Gebeinplatz des Dorfes, wo sie dann verscharrt wurden. Doch die Kette, die die Sklaven-*Alimbamba* zusammengehalten und sie zu ihrem schrecklichen Tod geführt hatte, wurde überaus achtsam von allem Schleim gereinigt, damit sie von neuem benutzt werden konnte.

Noch Tage später war es das Stadtgespräch, daß dieses Coccodrillo solch einen Appetit auf Fleisch entwickelt hatte und an seiner eigenen Gier gestorben war; doch ich hörte kein Wort des Bedauerns über die Sklaven, die gestorben waren. Vielleicht war mein Verständnis der Sprache damals noch nicht ausgeprägt genug, um solche Feinheiten zu erfassen. Auf jeden Fall wurde ich drei Nächte hintereinander in fürchterlichen Träumen von diesem Anblick verfolgt, und in den Stunden des Wachens sehnte ich mich nur noch leidenschaftlicher nach England und seiner schönen, lieblichen Themse, die keine so teuflischen Ungetüme in sich birgt. Und wo, wenn solche Dinge doch geschehen würden, man der Opfer mit Mitleid gedenken und über sie weinen und sie zur letzten Ruhe in ein christliches Grab betten würde.

Und dies war das zweite Wunder von Loango.

Doch das dritte, das sich eine Woche darauf ereignete, hinterließ den tiefsten Eindruck von allen dreien, obwohl es das einfachste Ereignis war. Wieso, fragt Ihr? Nun, obwohl es erstaunlich und ein Wunder war, daß ein Coccodrillo Sklaven in solch großer Zahl verschlungen hatte, bedeutete dies keine Bedrohung für die, die es nicht verschlungen hatte. Und die Trockenheit, so ernst sie auch war, stellte eher eine Prüfung denn eine Katastrophe dar. Doch diese dritte Sache war für jeden von Bedeutung, obwohl sie an sich gemessen so gering war. Denn sie bestand lediglich darin, daß man im Wald der Ollicondi-Bäume, die zwischen der Stadt und dem königlichen Friedhof von Loangiri lagen, einen einzelnen toten Schwarzen fand.

Einen einzelnen toten Schwarzen. Ja, aber es war doch mehr als dies.

Erneut wurde ich durch den Lärm der Pfeifen und Flöten darauf aufmerksam, doch diesmal war es kein wildes Schrillen, sondern eher ein dunkler Trauerklang, so langsam und traurig, daß er mir beinahe die Tränen in die Augen trieb. Er barg alle Niedergeschlagenheit in sich, die es jemals gegeben hatte, allen Verlust und alle Trauer und alles Elend, das der Herr der Allmächtige jemals über uns geschickt hat, um unseren Glauben an Ihn zu prüfen. Dann folgte ein einzelner Trommler, der einen Todesmarsch auf einer Trommel schlug, deren Kopf mit dem Fell jener schönen, schwarzweißen Pferde der Ebenen bespannt war, die man hier *Zevveras* nennt. Auch diese Melodie war so klagend, daß sie buchstäblich meine Seele durchbohrte. Ich war mit Faleiro und Cabral zusammen, als wir die Musik hörten, und wir betrachteten einander mit gleicher Beunruhigung, und Faleiro sagte: »Das gefällt mir nicht. Welches Unheil kündigen sie an?«

»Es kann nur der Tod des Königs sein«, wagte ich die Behauptung, »denn was sonst hier könnte so traurige Klänge verursachen?«

»Gott verhüte es«, rief Faleiro und machte ein halbes Dutzend Mal schnell das Zeichen des Kreuzes. »Denn wenn dem so ist, sind wir verloren. Wenn der Maloango stirbt, steht die Welt still. Alles wird der Trauer übergeben. Es gibt keine Jagd, der Markt ist geschlossen, die Schmiede und der Amboß werden stumm, und nachts darf niemand hinausgehen.«

»Aye«, sagte Cabral, »und man darf nicht lachen oder rufen, noch nicht einmal schnaufen oder husten, und es wird nicht mehr gekocht, und man geht nicht mehr zu den Brunnen. Laßt uns beten, daß der König noch lebt. Wenn in der Woche der Beerdigung ein Hund bellt, wird er erschlagen, und wenn ein Schaf blökt, stirbt es.«

Doch die Ängste der beiden Portugiesen beschäftigten uns nicht lange, denn der Adel versammelte sich vor dem Königlichen Palast, und zu ihnen gesellte sich der König selbst, der auf seinem Thron von Sklaven getragen wurde. Was uns beunruhigte und gleichzeitig unsere Betroffenheit vergrößerte, denn wir wußten, daß der Maloango nicht in der Öffentlichkeit erschien, wenn nicht ein Ereignis von großer Bedeutung über sein Volk gekommen war.

Wir standen still wie Stein, während die Flötenspieler und Trommler an uns vorbeigingen, und dann kam der Mittelpunkt und der Anlaß dieser unheimlichen Prozession. Aus der Waldstraße kamen sehr langsam vier Krieger des Reiches marschiert, die einen breiten Schild aus Elephanto-Haut trugen, die auf einen hölzernen Rahmen aufgezogen war; und auf diesem Schild lag ein nackter Mann, tot, die Glieder ausgestreckt und hinabbaumelnd. Sie trugen ihn vor den König, setzten ihn mit dem Schild und allem ab und traten zurück, und die Musiker waren still, und die ganze Stadt war still.

Dann brach aus der Kehle des Maloango solch ein klagender Schrei hervor, daß es einem die Seele zerriß. Man hätte glauben können, daß er um seinen liebsten Sohn trauerte, wie David um Absalom geweint hatte. Doch war dies nicht der König, der befohlen hatte, ein Kind seiner Lenden zu vierteilen, da es ihn unglücklicherweise gesehen hatte, als er Wein trank? Nun weinte er, er stöhnte, er raufte seine Kopfbedeckung und schleuderte sie zu Boden. Nicht einmal Maria, die den Erlöser beweinte, hätte solch eine gewaltige Klage anstimmen können.

»Was hat das zu bedeuten?« fragte ich Faleiro. »Weshalb schreit er so?«

»Es ist ein Fürst der Jaqqas, der dort tot liegt«, erwiderte Faleiro heiser flüsternd.

Ich trat so nahe an ihn heran, wie ich es wagte, um ihn besser sehen zu können. In der Tat schien der Tote einem anderen Stamm als den Loangos anzugehören. Er war von großer Statur, schlank, mit mächtigen langen Armen und Beinen und einem langen, schlanken Hals. Er trug nichts außer einem doppelten, perlenbestickten Gürtel um die schmalen Hüften, und auf seiner nackten Brust war seltsamerweise mit dicker weißer Farbe das Zeichen des Kreuzes gemalt, was ihm das Aussehen eines Tempelritters verlieh, der ausgezogen war, das Heilige Land vor den Ungläubigen zu erretten. Seine Wangen waren mit zerfurchten Narben bedeckt, sechs auf dieser, sechs auf jener Seite. In der Grimasse des toten Mundes sah ich, daß zwei seiner oberen und zwei seiner unteren Zähne fehlten, was anscheinend zur Zierde geschehen war, da seine anderen Zähne stark und gut waren.

Wegen seiner Größe und Erscheinung dachte ich, dies könne der gleiche Jaqqafürst sein, den ich auf der Lichtung am Fluß Kwanza gesehen hatte, damals vor dem Massaker am Dorf Muchima. Doch nein, dies war ein anderer Mann, obwohl er dem ersten vom Körperbau her ähnelte. Denn ich erinnerte mich, daß der andere Fürst, der sich nackt und majestätisch auf seinen Schild gestützt hatte, ein Geschlechtsteil von phänomenaler Länge besessen hatte, das wie eine schwarze Schlange halbwegs bis zu den Schenkeln hinabgehangen hatte, und dieser Mann hier war gewöhnlicher gebaut, wenngleich er sich vor keinem anderen hätte schämen müssen. Selbst im Tod umgab ihn eine furchterregende Ausstrahlung, ein geheimnisvolles Leuchten, etwa wie der Schein, den ein Teufel haben mochte, wenn Teufel solch einen Schein haben, wie man es von den Heiligen oft behauptet.

Ich sah die Verletzungen, die zu seinem Tode geführt hatten. Denn seine Brust war etwas eingedrückt und verschoben, und eine Seite seines Körpers war gequetscht, als hätte ihn ein großes Tier des Dschungels verwundet. Faleiro vermutete, daß dieser Jaqqa von einem Elephanto überrascht worden war, der ihn mit seiner langen Nase gepackt und gedrückt und vielleicht gegen einen Baum geschleudert hatte, und ich glaube, daß er recht damit hatte.

Der König von Loango gab sein Klagen nun auf und setzte zu einer Rede an, von der ich vielleicht jedes sechste Wort verstehen konnte und bei der er die Worte ›Jaqqa‹ und ›Imbe Calandola‹ immer und immer wiederholte. Faleiro bemühte sich, ihm zu folgen, genau wie Cabral, doch ich erkannte, daß sie kaum etwas verstanden. Doch indem wir drei untereinander berieten, konnten wir auf den Sinn der Ansprache des Königs schließen.

Der darin lag, daß man davon ausging, wo ein Jaqqa war, würden viele sein, daß dieser Jaqqa aller Wahrscheinlichkeit nach ein Späher war, der erkunden sollte, ob ein Krieg gegen Loango wünschenswert sei; und daß der Tod dieses Mannes, obwohl kein Loango ihn verschuldet hatte, womöglich die Vernichtung der gesamten Stadt nach sich ziehen konnte.

Faleiro spuckte aus und trat in den Boden. »Wir müssen diesen Ort sofort verlassen«, sagte er zornig.

»Ohne unsere Fracht?« fragte ich.

»Wenn es sein muß. Ich werde nicht hier sein, wenn die Jaqqas kommen.«

»Wir haben den Auftrag«, sagte ich, »mit Elephanto-Zähnen und all den anderen Gütern, die es hier gibt, nach Angola zurückzukehren. Wie können wir fliehen, nachdem wir so lange gewartet haben, und nichts zurückbringen?«

»Piloto, das ist nicht dein Belang!«

»Es wäre beschämend, solch eine Feigheit zu zeigen.«

Faleiros Augen wurden beim zweiten Teil des Satzes hell vor Wut, und er griff zu seinem Schwert. Ich, der ich bis auf ein kleines Messer unbewaffnet war, fühlte, daß gut mein letzter Augenblick gekommen sein könnte. Und verdientermaßen, denn ich hatte töricht gesprochen. Was ging es mich an, ob diese Portugiesen Gewinn machten oder nicht? Ich war nur ihr Gefangener, ihr Diener auf Zeit: welche Schande würde auf mich fallen, wenn sie zu Don João zurückkehren und sagen wollten, die Furcht vor den Jaqqas hätte sie mit leeren Händen vertrieben? Und doch stieß es mir übel auf, so viel Zeit verschwendet zu haben, selbst wenn ich keinen Anteil an dem Gewinn der Reise bekam; und ich glaube auch, auf irgendeine irrwitzige Weise hoffte ich, noch hier zu sein, wenn die Jaqqas kamen, um ungeachtet der Gefahren dieses Volk einmal aus der Nähe zu sehen. Doch Pinto Cabral kam zwischen uns und stiftete Frieden, bevor Faleiro zuschlagen konnte, und ich trat zurück, kam wieder zu Sinnen und sagte leise: »Ich bitte um Verzeihung. Diese Entscheidungen sind nicht von mir zu fällen.«

»Aye, Piloto. Bleib hier, wenn du willst, und lasse dich von den Jaqqas lebendig kochen. Doch wir werden sofort aufbrechen.«

Während sich dieser Disput abspielte, hatte der Maloango an seine Untertanen weitergesprochen. Ich wandte meine Aufmerksamkeit wieder ihm zu und fand heraus, daß er Verteidigungspläne ausarbeitete und dem Volk befahl, sich auf einen Einfall der Kannibalen vorzubereiten, und Späher in die Wälder schickte, um nach dem feindlichen Heer zu suchen. Und alle liefen in hektischer Eile herum.

Nach dieser Stunde der Aufregung beruhigten sich die Dinge wieder. Trommeln erklangen in der Nähe und weiter entfernt im Wald; auf diese Art verständigten sich die Späher von Loango untereinander und übermittelten ihre Nachrichten, und sie sagten, wie ich erfuhr, daß keine Jaqqas in der Nähe waren: der Tote schien ein einsamer Wanderer gewesen zu sein. Dies legte die Krise etwas bei. Am nächsten Tag wurde der Jaqqa mit einer höchst pompösen Zeremonie an einem besonderen Ort tief im Urwald begraben. Ich glaube, indem der Maloango dem Leichnam des Jaqqas diesen Respekt erwies, hoffte er, dadurch den Zorn dessen Gefährten von sich abzulenken.

Es gab noch eine besondere Überraschung für uns. Als der König erfuhr, daß Faleiro unseren Aufbruch befohlen habe, schickte er die Nachricht, er wolle endlich einen Handel mit uns abschließen. Und nach all diesen langen Verzögerungen waren wir fürwahr bereit, endlich mit ihm zu handeln, und kauften mit unseren Stoffen und Perlen und Spiegeln die Elephanto-Stoßzähne, die zu erwerben wir gekommen waren. Dieser Austausch schien auch irgendeine mystische Bedeutung zu haben, da der König vielleicht glaubte, seinen Göttern zu gefallen, indem er unsere bunt schillernden Waren erwarb und sie auf ihre Altare legte: zumindest fällt mir kein anderer Grund für diese plötzliche Bereitschaft ein, Handel zu treiben, nachdem er uns so lange hatte warten lassen.

Wir füllten unsere Lagerräume mit Elfenbein und Palmstoff und auch mit anderen Waren von hohem Wert, nämlich Elephanto-Schwänzen. Diese waren den Portugiesen weiß Gott nichts wert, doch bei den Schwarzen von Angola hoch begehrt, die die Schwanzhaare zu Halsbändern und Gürteln webten. Ich erfuhr von Faleiro, daß fünfzig der groben Haare des Schwanzes eintausend Reis portugiesischen Geldes einbrachten, was sechs englischen Schillingen entspricht. So erwarben wir diese Schwänze in diesem an Elephantos reichen Land, um sie woanders gegen Sklaven einzutauschen; so nämlich verläuft der Handelskreis in diesen Ländern.

Innerhalb von zwei Tagen waren wir voll beladen und zum Aufbruch bereit. Während dieser Zeit schliefen wir sehr wenig und achteten immer wachsam auf einen Angriff der Jaqqas, da wir glaubten, die Menschenfresser könnten wie Geister ohne Warnung aus einer jeden Richtung kommen.

Der gleiche Gedanke war in den Köpfen der Schwarzen, und sie waren ständig wachsam, und ihre Gesichter waren so verspannt und furchtsam, daß ich schon glaubte, sie würden an ihrer eigenen Ängstlichkeit sterben. Dieses Volk von Loango war verschreckter, als würde ein Heer riesiger Coccodrillos auf sie zumarschieren. Ich nehme an, damals verstand ich noch nicht gänzlich, was es mit den Jaqqas auf sich hatte und welche Furcht sie verbreiten konnten, denn alles, was ich gesehen hatte, war die Verwüstung gewesen, die sie über das Dorf Muchima gebracht hatten. Doch bei meinem Eid, später sollte ich das vollste und vollständigste Wissen darüber erlangen!

Zu dieser Zeit schlug einer von uns höchst schändlich Vorteil aus der Verwirrung der Loangos. Ich erhielt einen ersten Hinweis darauf, als ich sah, wie zwei der niedrigeren portugiesischen Matrosen untereinander feilschten und über ein schönes Messer afrikanischer Herstellung stritten, in dessen Heft große grüne Juwelen eingesetzt waren. Ich beobachtete sie zufällig und nahm ihnen das Ding ab, um es zu bewundern, und drehte es in der Hand und sagte: »Woher habt ihr das? Ich habe so etwas nie auf dem Markt gesehen!«

»Ach, das ist nur ein altes Messer«, sagten sie, »das eine arme, uralte Frau verkauft hat, um ein paar ihrer Schulden zu bezahlen.«

Dies klang durchaus glaubwürdig; doch kurz darauf sah ich das gleiche noch einmal, nämlich einen Handel zwischen zwei der gewöhnlichsten Männer über ein überaus seltsam geschnitztes Kästchen aus Elfenbein. Und ich stellte einige Fragen und dann noch einige und erfuhr, daß der schlanke und ruchlose Tristão Caldeira de Rodrigues unter dem Mantel der Nacht und zu einer Zeit, da das Volk von Loango zu sehr mit den Jaqqas beschäftigt war, um Männer abzustellen, ihre heiligen Orte angemessen zu bewachen, auf den geheiligten Friedhof von Loangiri gekrochen war und eins der schönsten Gräber ausgeraubt hatte, wobei er einen Sack voller Schätze zu seiner eigenen Bereicherung davongetragen und ein paar Stücke den anderen verkauft hatte, um Spielschulden zu begleichen.

Ich nehme an, ich hätte Faleiro davon unterrichten müssen oder Mendes Oliveira oder Pinto Cabral um Rat fragen sollen, anstatt die Sache selbst in die Hand zu nehmen. Doch dieser verteufelte junge Mann hatte schon meinen Zorn erregt, und das Schicksal ließ ihn mir genau in diesem Augenblick über den Weg laufen, bevor ich einen der anderen sah. Und so hielt ich ihm sein Verbrechen vor und fragte ihn, ob die Geschichte, die ich gehört hatte, wahr sei.

Er bedachte mich mit einem unverschämten Blick, als wolle er sagen: »Wie wagst du es, mir Vorhaltungen zu machen, englischer Bauer, englischer Tölpel!« Und hob die Achseln und wollte davongehen.

Doch ich faßte ihn am Handgelenk und sagte: »Antworte mir! Ist es so?«

»Und wenn es so ist, was ginge das dich an?«

»Es ist von großem Belang für mich.«

»Ah«, sagte er, »du übst eine Religion mit diesen Schwarzen aus und nimmst es als Sakrileg, was? Doch laß mich dir sagen, Engländer, wenn du mich noch einmal am Arm berührst oder irgendwo anders, werde ich die Spitze meines Dolches in deine Geschlechtsteile treiben, so du welche haben solltest.«

»Du sprichst kühn, Junge, wir wollen sehen, wie kühn du bist, wenn der Dämon *Mokissa* dieser Schwarzen nach dir greift und dich wegen deiner Unfrömmigkeit ins Meer schleudert.«

»Was, und das glaubst du?« sagte er und schien wirklich erstaunt.

»Das glaube ich.«

»Du bist ein Tor, Engländer. Es gibt keine Dämonen hier! Es gibt nur Schätze, die man sich nehmen kann, und unwissende dumme Wilde, die sich denen unterwerfen müssen, die ihre Herren sind.«

Ich betrachtete ihn mit großer Kälte und sagte: »Man hat mir erzählt, du seist der Sohn eines Herzogs, und ich bin nur der Sohn eines Seefahrers, und so sollte ich dir keine Lektionen in Höflichkeit erteilen. Doch ich sage dir dies, daß wir englischen Bauern, schmutzig und unwissend, wie wir auch sein mögen, genügend Respekt vor den Toten haben, ob sie nun von weißer oder schwarzer oder grüner Haut sind, um ihren Schlaf ungestört zu lassen und nicht zwischen ihnen einherzuschleichen, um ihre Schätze zu rauben. Dies ist eine Sache, und keine unbedeutende, wenn auch nur eine der

Höflichkeit, die für dich nicht von Bedeutung sein mag, da du der Sohn eines Herzogs bist und über all diesen kleinen Feinheiten stehst.«

»Fürwahr«, sagte er. »Was die Herkunft betrifft, so werde ich keine Belehrungen von dir annehmen.«

»Das solltest du auch nicht. Doch höre zumindest dies: Diese Menschen haben Götter und Dämonen, genau wie wir, und sicherlich bewachen diese dunklen Wesen ihre heiligen Orte. Und wir werden bald eine Reise südwärts durch unruhige Gewässer unternehmen. Ich sage dir, Bursche, deine Gier hier könnte einen Fluch über unsere Reise bringen und uns alle das Leben kosten: Und ich werde kein Lotse auf einer Reise sein, die dem Untergang geweiht ist.«

Und daraufhin wirkte er etwas ernüchtert, wenngleich sein Blick so kalt wie immer war und das purpurne Geburtsmal auf seiner Wange in hellen Farben blitzte, aus Wut, daß ich ihn gemaßregelt hatte.

»Ich werde mit dir zu Kapitän Faleiro gehen«, fuhr ich fort, »und ihm sagen, daß ich nicht segeln werde, und ich werde auch sagen, warum.«

»Ach, das wirst du?«

»Und wenn auch er Gräber plündert und nichts darum gibt, was du hier getan hast, dann werde ich hierbleiben und es mit den Jaqqahorden aufnehmen und euch lotsenlos in euer Schicksal segeln lassen, welches auch immer euch erwarten mag.«

Caldeira de Rodrigues trat nun von einem Fuß auf den anderen, schaute höchst unbefriedigt drein und sagte: »Ein Fluch, glaubst du? Von einem alten Hof, wo uralte Knochen verrotten? Komm, Piloto, das ist töricht!«

»Nicht für mich, und ich kenne etwas von der See, und ich werde nicht auf einem Schiff reisen, auf dem sich ein Mann befindet, der die Rache der Geister herausgefordert hat.«

»Und du wirst dies Faleiro sagen?«

»Dies werde ich ganz bestimmt.«

Er schwieg eine lange Weile. Dann sagte er, mit dem Glanz des Verführers in seinen Augen: »Ich werde mit dir teilen, eine Hälfte für dich und eine für mich, wenn du schweigst.«

»Ach, damit ich den Fluch ebenfalls auf mich nehme?«

»Aber wer kann sicher sein, daß es solch einen Fluch überhaupt gibt?« rief er.

»Und wer kann sicher sein, daß es ihn nicht gibt?« sagte ich.

Erneut zögerte er. Und es erschien mir, daß ich ihn tief in seiner schäbigen Seele getroffen und erschreckt hatte: Denn habgierig mochte er zwar sein und windig und spöttisch und nur von seiner Gier geleitet, doch niemand kann gänzlich die Macht der unsichtbaren Welt leugnen, wenn er sich nicht in tödliche Gefahr begeben will. Und so glaube ich, daß es zu einem Zwiestreit in Tristão Caldeira de Rodrigues kam, bei dem er seinen großen Vorteil gegen seine Liebe zum Leben setzte und über die Gefahren der See nachdachte und, glaube ich, zum ersten Mal in Erwägung zog, daß es wirklich Hexenfeuer geben könnte, die die Schätze der Toten der Loangos bewachen könnten.

Ich sah, wie sich all dies auf dem Gesicht dieses wertlosen jungen Burschen widerspiegelte, sein Zorn auf mich, daß ich seinen Diebstahl aufgedeckt hatte, und seine Furcht, bei einem Schiffbruch zu sterben. Und ich glaube auch, daß er über noch etwas anderes nachdachte: Nämlich, wie er verhindern konnte, daß Faleiro von seinem Verbrechen erfuhr, entweder weil er glaubte, er könne die gestohlenen Güter an seinen Kapitän verlieren, oder weil er Angst vor schwerer Strafe hatte.

Auf jeden Fall stellte er in sehr wenigen Augenblicken sehr viele Überlegungen an; und dann sagte er, mich nachdenklich musternd: »Wirst du Faleiro nichts verraten, wenn ich das, was ich genommen habe, auf den Friedhof zurückbringe?«

»Dann werde ich nichts sagen.«

»Und darf ich deinem Wort glauben?«

»Hältst du mich für einen Schurken? Ich habe nicht das Glück, der Sohn eines Herzogs zu sein; daher muß ich allein mit meiner Ehre auskommen.«

»Du bist ein lästiger Unruhestifter, Piloto, und ein Narr.«

»Aber kein Schurke, Bursche.«

»Hüte deine Zunge, oder ich schneide sie mit meiner Klinge heraus!«

Seine Drohung bereitete mir kein Unbehagen.

»Wir sprachen davon, daß du zurückbringst, was du gestohlen hast«, sagte ich ruhig.

»Da du mir keine Wahl läßt, werde ich alles zurückbringen. Doch ich werde es dir eines Tages heimzahlen. Und ich werde nicht verbergen, daß ich dich zutiefst verachte, weil du mich zwingst, diese Schätze zurückzubringen.«

»Verachte mich, wie du nur willst, guter Freund«, sagte ich. »Doch zumindest werden deinetwegen keine Flüche auf mein Schiff fallen, während ich auf See bin.«

Er richtete sich zu voller Größe auf, die nicht sehr beachtlich war, trat dicht vor mich und sagte: »Ich gebe nicht den kleinsten Teil eines Cruzeiros um deine Furcht vor Flüchen. Ich glaube, es ist Frauentorheit, über die Rache der Geister der Mohrenaffen zu grübeln. Und was den Respekt vor den Toten betrifft, nun, ich habe keinen Respekt vor diesen lebenden Affen, warum sollte ich dann welchen vor den toten haben? Doch es gibt eins zu bedenken, nämlich deine Furcht vor Hexerei, die so groß ist, daß man dir nicht ausreden kann, mit deiner Geschichte zu Faleiro zu laufen, und wenn du dies tust, wird es mir schlecht ergehen. Also könnte ich dich an Ort und Stelle töten, oder ich muß zurückgeben, was ich mir durch meinen Mut und meine Geschicklichkeit rechtmäßig angeeignet habe. Bei Gott, ich sollte dich töten. Doch ich glaube, ich werde es nicht tun. Ich werde den Schatz zurückbringen.«

»Ich werde dich begleiten«, sagte ich.

Er starrte mich wütend an. »Reicht dir mein Wort nicht?«

»Es ist gefährlich, auf diesen heiligen Ort zu schleichen. Ich werde mit dir gehen und Wache für dich halten, während du zurückgibst, was du genommen hast.«

Ich glaubte schon, er wolle mich wirklich angreifen; und ich sah, wie seine Finger zitterten, als wollten sie zu seinem Dolch fahren. Ich war bereit für ihn. Ich glaube, er wußte das. Und obwohl sein Haß auf mich rauchte und beinahe den Siedepunkt erreicht hatte, unterdrückte er dennoch seinen Zorn, was überaus klug von ihm war. Gemeinsam gingen wir zu seinem Quartier, wo er in einer eichenen Truhe eine erstaunliche Anzahl von Kostbarkeiten verborgen hatte, alle möglichen Edelsteine und kleine, kunstvolle Elfenbeinschnitzereien. Überaus verdrossen trug er diese Dinge zusammen, und in meiner Begleitung brachte er sie auf den Friedhof zurück und hätte sie ohne eine Zeremonie auf den nackten Boden geworfen, doch ich drängte ihn überaus bedrohend dazu, sie zu vergraben. Was er auch tat, und ich glaube, selbst in diesem Augenblick spielte er mit dem Gedanken, mich an diesem einsamen, von gewaltigen Elephanto-Zähnen umzäunten Ort zu ermorden, nur, daß er zu feige war, diesen Versuch zu unternehmen. Hätte er fünf oder sechs Helfershelfer gehabt, er hätte mich von ihnen festhalten lassen, während er mir den Bauch aufschlitzte. Doch er wollte mir nicht allein gegenübertreten, und das war klug von ihm, aye.

So hatte ich mir seine doppelte Feindschaft eingehandelt:

Zum einen, weil ich bloß ein grobschlächtiger Engländer war, zum anderen, weil ich ihn gezwungen hatte, auf seinen geraubten Schatz zu verzichten. Ich gab nichts darum. Man fährt nicht mit einem Mann zur See, der den Zorn der unsichtbaren Welt auf sich geladen hat. Die Seeleute, die in alten Zeiten den Propheten Jonas an Bord genommen hatten, nachdem Jonas dem Herrn gegenüber ungehorsam gewesen war, hatten sich inmitten eines Unwetters wiedergefunden, das nicht nachließ, bis sie Jonas ins Meer geworfen hatten; und in diesem Augenblick war ich mir sicher, daß Caldeira de Rodrigues' Grabschändung Unglück über uns alle gebracht hätte. Daher hatte ich es vorgezogen, von diesem minderwertigen und schamlosen jungen Mann gehaßt zu werden, denn sein Zorn machte mir weniger Angst als der der unbekannten Gottheiten dieses Ortes.

Als wir von Loango aufbrachen, herrschte eine hektische Betriebsamkeit in der Stadt, und kaum einer sah, wie wir losfuhren. Des Königs vier Albino-*Ndundus* standen auf einem hohen Gestell, um Gebete zu intonieren, und verschiedene Hexenfrauen schickten sich an, den mächtigen *Mokissos* Opfer zu bringen, genau wie die Kathedralen Europas vor Menschen bersten würden, wenn ein Angriff der Türken angesagt ist.

Überall waren Freudenfeuer und Räucherwerk und Trommeln und Flöten und Gesänge im Gange, und Soldaten der Loangos schritten mit ernsten Gesichtern auf und ab und übten mit ihren Waffen.

So verließen wir Loango mit unserer reichen Fracht an Gütern und segelten zurück nach São Paulo de Luanda. Es war eine gute Reise für mich gewesen, die mich umfassend über die Sitten in diesem fremden Land belehrt hatte.

3

Wir brachen guten Mutes südwärts auf, denn unsere Laderäume waren voll, und unser Gewinn würde groß sein, und es gab niemanden unter uns, der sich nicht danach sehnte, wieder in der Hauptstadt zu sein. Doch obwohl ich selbst mit Tristão Caldeira de Rodrigues zum Friedhof gegangen war, damit er seine Unfrömmigkeit wiedergutmachte, wurde bald ersichtlich, daß wir für sein Verbrechen auf überaus schwere Weise zu bezahlen hatten und unser wendiges kleines Schiff nun in der Tat verflucht war.

Der Wind war gut, wenngleich manchmal stärker, als uns recht war, und der Himmel war schön, als wir die Küste entlangfuhren. Doch wir befanden uns noch ein gutes Stück nördlich von der Zairemündung, als wir ein Omen sahen, das uns eine schlechte Reise voraussagte, denn eines Tages begegneten wir am Mittag einem Fisch, und niemand wußte, was dies für ein Fisch sein konnte. Er sah aus wie ein Wal von geringer Größe, hatte ein ernstes, böses Antlitz und verschreckte alle anderen Fische, die mit unserem Schiff reisten. Er blieb den ganzen Tag bei uns, und am nächsten Tag war er noch immer da, und er gab es nicht auf, uns zu verfolgen, sondern blieb vor dem Schiff, blies große Wasserfontänen hinauf und starrte uns aus seinen kleinen, bösen Augen an.

Dann kam ein trockener, scharfer Wind vom Süden, ein sehr harter Wind wie Wasser, das einen Abzugskanal hinabströmt. Dieser Wind machte uns alle sehr ungeduldig miteinander, als hätte er eine morbide Heftigkeit in unseren Adern entfacht. Und dann blitzte es über uns, doch es kam kein Regen, nur eine immer größere Trockenheit.

Die Portugiesen zeigten sich dadurch allesamt sehr beunruhigt, was auch für mich galt, denn wir hatten nur selten ein Gewitter ohne Regen gesehen, und es war immer ein Bote von nichts Gutem gewesen. Die Luft war nun so heiß und ausgedörrt, daß man glaubte, blaue Funken sprühen zu sehen, wenn man mit den Fingern schnippte, und daß die Kleider Flammen fangen würden, wenn man sich in dem Wind zu schnell umdrehte.

Faleiro kam zu mir und sagte: »Wir müssen uns darauf vorbereiten, schnell die Segel zu streichen, denn dieser Wind könnte übel werden.«

»Aye«, sagte ich. »Wenn er nach Westen abdreht, würde ich ihn fürchten, und ich bete, daß er dies nicht tut.«

Wir waren wachsam; und noch immer kam der Wind aus dem Süden, heißer und härter, und wir standen stockstill in unserem Kielwasser. Wir waren nun hoch auf See, und die Küste war nur noch ein dünner, schmaler Strich.

An Bord der *Infanta Beatriz* wurde nun viel gebetet; die Männer fielen bei jeder leichten Veränderung der Windstärke auf die Knie, bekreuzigten sich und spielten mit ihren Rosenkränzen. Mir selbst waren zu dieser Zeit Gebete auch nicht fremd, und ich sah sogar den schurkischen Tristão Caldeira de Rodrigues in tiefer Andacht. Ich sah ihn an, als wollte ich sagen: ›Siehst du? Die Dämonen von Loango suchen nach dem, der die Toten geschändet hat!‹ Doch er wollte meinen Blick nicht erwidern und sah schuldbewußt zur Seite. Ich glaube, er hatte Angst, ich würde ihn bei Faleiro denunzieren und hätte ihn über Bord werfen lassen, als sei er der Jonas in unserer Mitte. In der Tat kam mir dieser Gedanke in den Sinn. Und mir kam auch in den Sinn, daß Rodrigues solch einem Zug meinerseits zuvorkommen könnte, indem er mich erschlug; so schlief ich die ganze Nacht über nicht und behielt meine Waffe in der Hand, für den Fall, daß er wie ein Meuchelmörder herangekrochen käme.

Noch etwas überdachte ich, aber nur kurz, und zwar, ob nicht *ich* die Wurzel und der Anlaß dieses schrecklichen Windes sein könnte. Denn trug ich nicht eine kleine Hexenstatue bei mir, die Doña Teresa für mich gemacht hatte, und rieb ich sie aus reiner Gewohnheit nicht von Zeit zu Zeit, was auch eine Art von Verehrung war? Ich bedachte, ob dies nicht vielleicht den Zorn Gottes auf mich gelenkt hatte, da ich ja zu einer heidnischen Gottheit betete und um einen Begierde-Zauber ersuchte. Als ich an der Reling des Schiffes stand, überlegte ich wieder einmal, meinen kleinen Teresa-*Mokisso* ins Wasser zu werfen, um uns vor der Bedrohung des Meeres zu bewahren. Doch ich konnte es nicht. Das Ding war kostbar, da es von ihrer Hand gefertigt war, und rief in meiner Erinnerung all die leidenschaftlichen Stunden zurück, die wir einander verschlungen in den Armen des anderen verbracht hatten. Es über Bord zu werfen, hieße Doña Teresa über Bord zu werfen: Und dies konnte ich nicht. Sie hielt mich in ihrer unlösbaren Umklammerung.

Und hatte ich nicht schon Reisen mit diesem Idol an meiner Seite gemacht, und hatten wir bei diesen Schiffbruch erlitten? Wenn ich für eine Götzenverehrung bestraft werden sollte, wäre dies schon längst geschehen. So behielt ich das geschnitzte Idol bei mir und betete, daß ich dadurch nicht die Schuld am Tod anderer auf mich nahm, denn diese würde im Fegefeuer schwer auf meiner Seele lasten.

Und der Wind erhob sich und erhob sich, und die Luft wurde noch trockener und heißer, und dann ereignete sich, was wir alle befürchtet hatten, denn der Wind schlug um und wehte aus dem Westen und trieb uns über eine wilde schlingernde See der unbekannten Küste entgegen. In diesem heftigen Sturm blähten sich unsere Segel auf wie die Wangen Boreas', so daß wir dachten, das Tuch würde nicht halten, und sie einholen wollten. Doch bevor wir dies konnten, riß der starke Wind das Hauptsegel vom Mast. Als wir sahen, daß wir unser Segel verloren hatten, liefen wir alle zum Focksegel, um es einzuholen, bevor es ebenfalls entkleidet wurde. Nun ließen die Wellen, die vom Westen heranpeitschten, und die, die sich im Osten aufbäumten, unser Schiff derart mit Wasser vollaufen, daß wir jedes Mal, wenn es zur Seite geworfen wurde, dachten, es würde auf Grund gehen; und doch zogen wir das Risiko, die Wellen könnten das Schiff dwars legen, dem vor, ohne jedes Segel zu verbleiben.

Wie wir schufteten.

Wir hatten das Focksegel noch nicht ganz eingeholt, als die See die *Infanta Beatriz* tatsächlich dwars legte. Im gleichen Augenblick brachen drei so gewaltige Wellen über ihr zusammen, daß sie schwer rollte und die Takelage und die Mastbalken auf der Backbordseite barsten.

»Fällt den Mast!« rief Faleiro.

Seine Worte wurden vom Wind verweht, doch trotzdem: Jeder von uns wußte, was zu tun war. Wir ergriffen unsere Äxte und schickten uns an, den Großmast zu fällen, als er über den Ringen der Schlingerborte brach, als hätten wir ihn mit einem Schlag gefällt, und der Wind ihn zusammen mit dem Topp und den Wanten nach Steuerbord ins Meer warf, als sei er ganz leicht. Dann fällten wir die Takelage und die Wanten auf der anderen Seite, und alles stürzte ins Meer.

Da wir nun ohne Mast und Rah waren, machten wir einen kleinen Mast aus dem Stumpf, der uns vom alten geblieben war, indem wir ein Stück einer Spiere daraufnagelten, und machten aus einer anderen Spiere eine Rah für ein Großsegel und so weiter. Doch all dies war so zusammengehämmert und schwach, daß schon ein leichter Wind genügt hätte, um es davonzutragen.

All dies geschah so schnell und inmitten eines solchen

Chaos, daß ich kaum die Zeit hatte, über die traurige Verstümmelung unserer schönen kleinen Pinasse nachzudenken noch über die Gefahren, die sich vor uns auftürmten. Doch als der Wind nach einiger Zeit etwas nachließ, hatten wir einen gewissen Aufschub; und während wir arbeiteten, ereiferten wir uns über die Wendung des Schicksals, das uns im einen Augenblick so reich mit Fracht bedacht hatte, während wir uns im nächsten fragen mußten, ob wir überhaupt überleben würden. Doch so ist das Leben auf See nun einmal.

Während wir arbeiteten, gingen einige Männer mit Rum herum. Der, der mir einen gab, war Caldeira de Rodrigues, und ich beugte mich zu ihm hinab, sah ihm in die Augen und sagte: »Was nun, Herzogssohn? Versucht nicht doch eine gewisse Macht, dich für dein Verbrechen zu bestrafen?«

»Halte deine Stimme gesenkt.«

»Ach, du machst dir noch immer Sorgen um deine Haut! Nun, und ich glaube, daß wir kurz über lang alle schwimmen müssen! Beende deine Runde, und dann geh in dich und bitte Jesus um Vergebung.«

Er bedachte mich mit einem kalten Blick. »Wenn wir dies hinter uns haben, Engländer«, sagte er, »werde ich dir das Leben nehmen.«

»Ah, fürwahr, ich habe den Sturm gebracht, um dir Unannehmlichkeiten zu bereiten, nicht wahr? Nur zu, Schurke: verärgere mich genug, und ich werfe dich über Bord, und dann, glaube ich, wird der Sturm nachlassen! Doch betrachte die Schäden, die wir wegen dir erlitten haben!«

Er trat zurück, da er fürchtete, ich könnte meine Worte so meinen, wie ich sie gesagt hatte, was bis zu einem gewissen Grad auch der Wahrheit entsprach. Doch es sollten sich noch schlimmere Schäden einstellen. Denn nun trieben wir hilflos auf See, obwohl wir behelfsmäßige Masten und Segel zusammgeflickt hatten; und wir wurden vorwärts getrieben, und die Nacht kam, und wer weiß, welche Untiefen sich aus der See erheben konnten, um uns zu zerschmettern? Ich ging zu meinen Karten, doch die verrieten mir wenig Neues. Wir waren noch immer viele Meilen auf See, doch dies waren tropische Gewässer, die oftmals flach waren, wo man es am wenigsten erwartete, und die Karten waren ungenau.

Dunkelheit senkte sich. Der Wind schien sich gelegt zu haben, und das Meer war ein wenig ruhiger. Wir sprachen von den Reparaturen, die wir am Morgen durchführen würden, und der Fortsetzung unserer Reise. Einige Männer gingen in ihre Kojen. Ich blieb auf Wache, gemeinsam mit dem Kapitän Faleiro und Pinto Cabral. Dann hob sich der Wind wieder, und das Meer begann zu schäumen, und in der tiefsten Pechgrube der Nacht hörten wir plötzlich das schreckliche Geräusch von Wellen, die sich auf Felsen in der Nähe brachen. Dann lief die *Infanta Beatriz*, die wir nicht mehr steuern konnten, zur Strafe für unsere Sünden und wegen Gottes ausgewogenen und verborgenen Urteils, auf eine Untiefe.

»Wir sind verloren!« rief Cabral, und ich dachte schon, er hätte recht damit.

Als das Schiff auflief, gab es drei fürchterliche Stöße, und sofort wurde der Kiel des Schiffes wegen der äußersten Härte dieser eingetauchten Felsen über das Wasser gehoben. Ich hörte den Klang zerbrechender Balken, ein schreckliches, mahlendes und knirschendes Geräusch, und fühlte, wie sich der Schaum und die Gischt über mich ergossen.

Das übelste an diesem Schiffbruch war, daß er sich in der Nacht ereignete, in solcher Dunkelheit, daß wir einander kaum sehen konnten. Männer kamen aus den Tiefen der Pinasse gestürmt, schreiend vor Furcht und Verwirrung, da sie im tosenden Meer dem Tod entgegensahen, ohne zu wissen, wo sie sich in Sicherheit bringen konnten. Das Aufbrechen des Schiffes, das Reißen des Holzes, das zu kleinen Splittern zerrissen wurde, das Fallen der Masten und Spiere machte einen so schrecklichen Lärm und Tumult, daß uns beinahe die Köpfe geplatzt wären.

Dann kam ein weiteres Aufblitzen dieses regenlosen Gewitters, in dem ich einen Augenblick lang unsere Umgebung sehen konnte. Wir waren auf Felsen gestrandet, die sich bei dieser Ebbe teilweise aus dem Meer erhoben. Am Schlamm und Seegras darauf konnte ich erkennen, daß sie innerhalb einiger Stunden wieder völlig eingetaucht sein würden. Bei einem zweiten Aufblitzen von Gottes Pfeil gelang es mir, auf den nächsten dieser Felsen zu springen und mich an ihm festzuhalten; und bei einem dritten schaute ich zurück und sah, daß das Schiff zwar völlig zerstört, das Langboot darauf jedoch noch unversehrt war.

Wir waren jedoch dreißig oder vierzig Mann, und das Langboot würde vielleicht ein Dutzend aufnehmen können, und wir waren noch einige Meilen vom Ufer entfernt. Ich schickte mich an, einige Männer zum Sammeln von Holz für Flöße anzuhalten, als ich über eine Gestalt stolperte, die stöhnend auf den Felsen lag: zweifellos ein Seemann, der beim Auflaufen aus dem Schiff geschleudert worden war. Als ich in der Dunkelheit, an die sich meine Augen nun ein wenig gewöhnten, nach ihm griff, überspülte uns beide eine Welle, und er begann davonzutreiben, und einen Augenblick später wäre er in der Nacht verloren gewesen. Obwohl ich dadurch mein eigenes Leben aufs Spiel setzte, glitt ich ins Wasser, schwamm ihm nach, was durch meine schweren Stiefel äußerst mühselig war, faßte ihn an einem Bein und zog ihn in meinen Armen zu den Felsen zurück. Ein neuerlicher Blitz flammte auf und verriet mir, daß ich Pinto Cabral gerettet hatte, was mich mit Freude erfüllte, da Cabral ein guter Mensch war. Genausogut hätte es Caldeira de Rodrigues sein können, für den ich mein Leben aufs Spiel gesetzt hatte, und ich war kein so guter Christ, daß ich dies von mir aus getan hätte.

»Das Schiff ist in Gefahr«, murmelte Cabral, der nun, da er Luft statt Wasser atmete, zu sich kam.

»Das Schiff ist völlig zerstört«, sagte ich. »Doch das Boot hat es überstanden. Komm, leg deinen Arm um meine Schulter.« Und auf den scharfen, rauhen, schlammbedeckten Felsen rutschend und gleitend fanden wir den Weg zu den Planken des Decks. Allmählich setzte die Morgendämmerung ein. Ich sah, wie einige Männer versuchten, das Boot ins Wasser zu lassen, und sich andere herumscharten und stritten, um einen Platz darauf zu ergattern. Von Faleiro war nichts zu sehen, wodurch ich als Lotse das Kommando hatte. Sogleich stürmte ich zu denen, die miteinander stritten, und rief: »Seid ihr verrückt geworden? Wenn ihr alle das Boot besteigt, wird es sinken, und ihr alle mit ihm! Reißt euch zusammen, laßt uns nachdenken. Im Augenblick sind wir hier in Sicherheit.«

Und dennoch kämpften sie weiterhin wie die tollwütigen Wölfe, um ins Boot zu steigen. Ich packte einen nach dem anderen von ihnen, schleuderte sie zurück und brüllte sie an, wieder zu Sinnen zu kommen, und mir wurden einige harte Schläge versetzt, als ich darum kämpfte, daß sie am Leben blieben. Doch dann erschien Faleiro, mit einer großen, blutigen Rißwunde auf der Stirn, und stellte sich neben mich, und gemeinsam gelang es uns, Ordnung zu schaffen.

Obwohl der Wind noch immer heulte und das Meer wie ein gieriges Untier wütete, bewahrten wir die Ruhe und verschafften uns einen Überblick über unsere Lage. Es hatte den Anschein, daß etwa acht oder neun Mann tot waren: Einige waren beim Auflaufen des Schiffes umgekommen, das auf traurigste Art festgerammt und zerschmettert auf den Klippen lag, andere waren herausgeschleudert worden wie Cabral und in die Nacht davongetragen, bevor man ihnen helfen konnte. Die anderen klammerten sich an die Seiten des Bootes, und wir warteten auf den Morgen. Die Wellen brachen sehr heftig über das Riff und fielen sofort mit großer Gewalt nach Südosten ab, in die Richtung, in die das Meer zu strömen schien.

In den letzten Stunden der Dunkelheit gab es viele Tränen und Zeichen der Bußfertigkeit und des Bereuens der Sünden. Ich hörte ihre Litaneien und Rituale und bat um Gottes Gnade, was ich allerdings in meiner englischen Sprache tat. Einige hielten Kruzifixe hoch oder Bilder der Jungfrau und baten sie unter vielen Tränen, ihre Seelen zu retten, da sie glaubten, ihr Leben sei verwirkt.

Doch beim ersten Licht sahen wir, daß es noch Hoffnung gab. Wir fanden die Schiffstaue, und aus den Planken des Decks setzten wir mehrere kleine Flöße zusammen, eine Aufgabe, die weniger Zeit in Anspruch nahm, als ich gedacht hatte. Nun hatte sich der Sturm gelegt, und der Tag war heiß und schön. Schade nur, daß das Schiff aufgerissen war und einige der riesigen Elephanto-Zähne wie Streichhölzer über die Klippen verstreut lagen und auch unsere schönen Stoffe und anderen guten Handelswaren; und der Rest der Fracht war im Wasser und konnte nicht mehr geborgen werden. Doch die meisten von uns lebten noch, und dafür dankten wir Gott.

Als die Flöße gebaut waren, sah Faleiro mich an und sagte: »Nun, Piloto, kannst du uns ans Ufer führen?«

»Ich werde mein Bestes tun«, sagte ich. »Kommt, wollen wir die Gezeiten nutzen und diesen Ort sofort verlassen.«

Es wurde beschlossen, daß ich in dem Langboot fahren sollte, da ich der Lotse war und nicht verschollen gehen durfte. Faleiro würde ein Floß befehligen, und Pinto Cabral ein zweites, und das dritte, das das größte war, würde von einem Mann namens Duarte Figueira geführt werden, der bei dem Schiffbruch große Geistesgegenwart und Kraft gezeigt hatte.

Die anderen zogen Lose, wer die Sicherheit des Langbootes haben durfte. Neun wurden erwählt, und sie freuten sich sehr mit einer Art irrwitzigen Jubilierens. Auch beluden wir das Boot mit den Dingen, die wir vom Schiff retten konnten, mit Waffen und Tauen und Werkzeugen, jedoch nicht mit zu vielen davon. An Vorräten hatten wir kaum etwas. Die Flut stand nun am höchsten, und die Klippen waren völlig eingetaucht, wodurch die Flöße und das Boot freikamen und wir losfahren konnten, was auch nur gut war, denn in diesem Augenblick erhob sich eine große Welle und zerschlug die gestrandete *Infanta Beatriz*, so daß die beiden Hälften auseinanderbrachen und schnell versanken und nur ein Teil ihrer Hülle, der auf den Klippen festgerammt war, übrig blieb.

Im letzten Augenblick ereignete sich etwas, das mir später noch große Unannehmlichkeiten bereiten würde. Denn diese Welle trieb Cabrals Floß an die Seite unseres Langbootes, und plötzlich erhob sich Tristão Caldeira de Rodrigues, der einen Platz auf diesem Floß hatte. Mit seinem roten Geburtsmal auf dem Gesicht sah er aus wie von Sinnen, und er rief, er habe nicht vor, auf einem ungeschützten Floß zu sterben, das der Gnade der See ausgeliefert sei.

Ich sah, wie er Anstalten machte, in das Langboot zu springen, das sowieso schon zu schwer beladen war.

»Nay, das dürft Ihr nicht!« rief ich. »Ihr werdet uns ertränken!«

Doch er hatte schon zu dem Sprung angesetzt. Wir konnten ihn nicht mitnehmen, oder wir wären alle verloren gewesen. Obwohl Caldeira de Rodrigues ein Mann von leichtem

Körperbau war, trug er einen Sack in den Armen, der zweifellos Dinge enthielt, die er in seiner Gier von dem Schiff gerettet hatte und der, nach seiner Mühe zu urteilen, zweifellos von großem Gewicht war. Sein wahnwitziger Sprung hätte mit Sicherheit für uns alle das Ende bedeutet.

Und so zögerte ich nicht. Das, was ich tat, rührte nicht daher, daß ich ihn nicht mochte: Ich hätte das gleiche getan, wäre es Cabral gewesen oder Faleiro oder irgendein anderer, denn wir konnten uns den Verlust des Langboots nicht leisten. Ich ergriff mein Ruder, und als er durch die Luft sprang, schlug ich ihm damit hart in den Magen und stieß ihn auf das Floß zurück.

Er baumelte einen Augenblick mitten in der Luft wie an einem Seil, was auch das geziemende Schicksal für ihn gewesen wäre. Seine Augen waren rund vor Erstaunen, sein Mund klaffte auf, sein Geburtsmal blitzte wie ein Leuchtfeuer. Dann fiel er und stürzte, noch immer seinen Sack umklammernd, in die Wellen. Das Langboot legte sich im gleichen Augenblick weit auf die Seite und nahm etwas Wasser auf, richtete sich jedoch sofort darauf wieder auf. Ich sah hinab, glaubte, noch etwas von Caldeira de Rodrigues erhascht zu haben, und wartete, daß er an die Oberfläche kam. Doch er kam nicht mehr hoch. Vielleicht hatte mein Hieb ihm die Luft aus den Lungen getrieben und ihn betäubt, doch selbst dann hätte er nach einer Weile hochtreiben müssen. Ich glaube jedoch, daß er seinen Sack mit einem so tödlichen Griff festhielt und nicht loslassen wollte, daß dessen Gewicht ihn hinabzog und ertränkte.

»Wenn wir São Paulo de Luanda je wiedersehen, wirst du dafür zu leiden haben«, sagte ein Mann neben meinem Ellbogen. »Sein Bruder wird bestimmt Rache nehmen.«

»Darum werde ich mich kümmern, wenn die Zeit dazu kommt«, sagte ich mit einem Achselzucken. »Wenn er das

Langboot erreicht hätte, wären wir jetzt alle mit ihm im Wasser.«

»Richtig«, sagte ein anderer. »Darin ist Wahrheit.«

Wir warteten noch einen Augenblick ab, doch es war keine Spur von ihm zu sehen. Ich glaubte zu wissen, was in diesem tödlichen Sack war, denn ich argwöhnte, daß er ohne mein Wissen einen Teil seiner gestohlenen Beute vom Friedhof zurückbehalten hatte. Dann wären es die kostbaren Juwelen gewesen, die ihn in den Tod gezerrt hatten. Nun, wenn dies der Fall war, dann war es ein angemessener Tod: Denn ich glaube, es war der Fluch über den Grabräuber, der den Sturm über uns hereingebracht und den Verlust unseres Schiffes und all seiner Schätze verursacht und unschuldige Männer das Leben gekostet hatte.

4

Und dies war das beklagenswerte Ende unserer freudigen und gewinnträchtigen Reise nach Loango. Unter einem wolkenlosen und gnadenlosen Himmel, der uns keine Erleichterung vor dem schrecklichen Hammer der tropischen Sonne verschaffte, ruderten wir nun der Küste entgegen. Doch einige noch schlimmere Schrecken sollten uns erwarten.

Dank Gottes unendlicher Gnade wehte der Wind aus dem Westen; es war kein böser Wind, und wir ruderten unser Boot und stakten die Flöße in scharfer Ordnung. Bald war das Ufer deutlich auszumachen. Nach seinem Aussehen und den Erinnerungen an die Küste, die ich von der Reise gen Norden behalten hatte, waren wir vielleicht auf halber Strecke zwischen Loango und der Mündung des Zaire, und wie wir jemals nach São Paulo de Luanda zurückkehren wollten, wußte ich nicht. Doch ich schenkte dieser Frage wenig Beachtung: Für diesen Tag reichte das Böse, das über uns gekommen war.

Obwohl es uns gelang, den größten Teil der Reise über in enger Formation zu bleiben, trieb das Floß, das von Duarte Figueira befehligt wurde, etwas nach Norden ab, als wir uns dem Land näherten, und er konnte sich bemühen, wie er wollte, es gelang ihm nicht, wieder in unsere Nähe zu kommen. Zu dieser Zeit schien das nur wenig Bedeutung zu haben, da wir uns ja am Land wieder vereinigen konnten, aber die Tatsache, daß sein Floß von uns getrennt wurde, führte schon nach kurzer Zeit zu einem schmerzlichen und tragischen Unheil.

Die Strömung floß nun schnell nach Nordosten, und unser Rudern und Staken war nun überflüssig geworden. Wir wurden von der Strömung erfaßt und zum Ufer getragen, hatten keinen Einfluß auf den Kurs und beteten nur, daß wir nicht an scharfen Felsen zerschellten.

Doch dies blieb uns erspart, denn als wir uns dem Land näherten, sahen wir, daß das Ufer seicht und sandig war, mit zahlreichen kleinen Landzungen und Inseln und Halbinseln niedriger Höhe, das Ergebnis irgendeiner inneren Strömung, wie es ähnlich bei der Insel Luanda im Hafen von São Paulo de Luanda der Fall war. So glitten wir gemächlich an Land, das Langboot und Faleiros Floß und Cabrals Floß an einer Stelle, und Figueiras an einer anderen, die von vielleicht dreihundert Ellen offenen Wassers von uns getrennt war.

Wir luden unsere erbärmlich wenigen Güter aus und riefen ihnen zu: »Kommt herüber! Laßt uns alle zusammen sein!« Doch als sie versuchten, ihr Floß zu unserer Position zu staken, konnten sie es nicht bewerkstelligen: das Wasser war zu flach, und die Stange blieb wie in Treibsand stecken. Und als sie versuchten, uns über Land zu erreichen, war es das gleiche: Dort, wo sie das Ufer erreicht hatten, bestand es nur aus Schlamm, und sie konnten es nicht passieren.

So waren wir in zwei Gruppen an Land gegangen, auf einem Paar sandiger Landzungen, die wie die zwei Zinken des Buchstaben V vom wirklichen Ufer hervorragten, mit flachem, offenem Wasser dazwischen und einem unpassierbaren Sumpf am inneren Ende. Nun, dachte ich, wir können uns eine Weile ausruhen und uns dann wieder in die Ruder legen und die Küste zu einem gastfreundlicheren Ort entlangfahren.

Mittlerweile forschten wir auf unserer kleinen Landzunge nach allem, was uns nützlich sein konnte, denn wir hatten nicht viele Vorräte aus dem Wrack bergen können. Einige Weinflaschen, ein Stück Käse, etwas Quittenmarmelade, etwas voll Wasser gesogenes Brot: Das war alles, und es würde keine zwei Tage reichen.

»Was habt ihr gefunden?« fragte ich Cabral und Faleiro, als wir uns nach dem Suchen wieder zusammenfanden.

Ihre Gesichter waren düster. »Kleine Schlangen«, sagte Cabral. »Eine Art Ratte. Ein paar Krebse.«

»Und ein paar niedrige Büsche«, sagte Faleiro, »ohne Früchte darauf.«

»Nun, dann werden wir über kurz oder lang Schlangenhäute und geröstete Knochen essen«, sagte Cabral und lächelte dabei, obwohl wir alle wußten, daß es kein Scherz, sondern die Wahrheit war.

»Und danach«, sagte ich, »werden wir einander essen.«

»Ah, bist du ein Jaqqa, daß du so etwas sagst?« fragte Faleiro verdrossen.

»Gott verhüte es«, sagte ich. »Nehmen wir uns selbst das Leben, bevor es dazu kommt!«

Doch manchmal werden in Scherzen die fürchterlichsten Dinge vorweggenommen.

Wir bereiteten uns eine klägliche kalte Mahlzeit, wanderten durch unser kleines Königreich, warteten auf die Nacht, schliefen schlecht und warteten auf den Morgen. Und als der Morgen kam, enthüllte er ein monströses Bild. Denn obwohl es uns nicht möglich gewesen war, das Land über den Treibsand zu erreichen, war es anderem Volk sehr wohl möglich gewesen, den anderen Weg zu nehmen, zumindest den zu jener Stelle, wo Figueira und seine sieben oder acht Gefährten waren. Ich schaute müßig aufs Meer hinaus und träumte, ein Schiff zu sehen, das zu unserer Rettung käme, als Cabral sehr fest meinen Arm ergriff und rief: »Sieh! Dort drüben!«

»Jesus behüte uns«, sagte ich.

Denn eine dämonische Gruppe dunkler, nackter Gestalten umzingelte nun unsere Gefährten auf der anderen Landzunge. Wie Nachtschwärmer aus der Hölle waren einige Dutzend langbeiniger, geschmeidiger Männer gekommen, die in einem schrecklichen Tanz sprangen und hüpften, mit augenscheinlicher Freude mit Armen und Beinen zuckten und unsere Gefährten immer enger einkreisten.

»Mutter Gottes!« sagte Faleiro mit einer Stimme, die von einem zu kommen schien, der geköpft werden sollte. »Das sind Jaqqas!«

Und das waren sie, und nun entfaltete sich ein wahrer Alptraum vor unseren Augen, und wir konnten nicht daraus erwachen und mußten jeden grausamen, abscheulichen Augenblick miterleben.

Wie die Menschenfresser auf die Landzunge hinausgekommen waren, weiß nur Gott allein. Vielleicht kannten sie irgendeinen Weg durch die Treibsandgruben, oder vielleicht waren sie schwimmend oder mit Booten von der anderen Seite gekommen: Da ich es niemals erfahren habe, kann ich es Euch auch nicht sagen. Doch sie waren da, und als unsere unglücklichen Schiffsgefährten niederknieten und überaus fieberhaft beteten, fielen die Kannibalen über sie her und schnitten einem nach dem anderen die Kehle durch.

Wir konnten nichts tun. Unsere einzigen Waffen waren Messer und Schwerter, und die waren auf solch eine Entfernung nutzlos.

»Beim Blut der Heiligen!« rief einer der grauhaarigen alten Portugiesen unserer Mannschaft, »wir müssen sie retten!« Und er stampfte ins Wasser, in jeder Hand eine Klinge; doch er war kaum ein Dutzend Ellen weit gekommen, als er bis zu den Knien einsackte und wohl oder übel ans Ufer zurückkehren mußte. Worauf die Jaqqas von ihrem Geschlächter aufsahen, uns mit Gesten verspotteten, lachten und laut riefen, als wollten sie sagen: ›Wartet nur, bis ihr an der Reihe seid, und wir werden kommen und uns euch zuwenden!‹

Und so sahen wir zu. Und fluchten und tobten und schüttelten die Fäuste und waren völlig hilflos.

Unsere Freunde wurden alle erschlagen. Figueira selbst war der letzte, ein großer und edel aussehender Mann mit silbernem Haar, der den Himmel anrief, ihn zu rächen, und dann fuhren die langen Messer in seinen Körper. Und nach diesem Gemetzel kam noch Schlimmeres, das Ausweiden und Kochen. Es war ein fürchterlicher Anblick, viel schrecklicher als jenes andere Kannibalenfest, das ich vor langer Zeit in Brasilien gesehen hatte, denn dies waren Männer, die ich mit Namen kannte, die gerade ein schreckliches Unglück auf See überlebt und als nächstes solch ein Schicksal einfach nicht verdient hatten.

Aus Treibholz und altem, getrocknetem Seegras machten die Jaqqas ein Feuer, schnitten etwa drei oder fünf unserer Männer in mehrere Teile, brieten sie vor unseren Augen, setzten sich fröhlich mit übereinandergeschlagenen Beinen auf den Boden und kauten an den Lenden.

Ich war dankbar, daß uns einige hundert Ellen offenen Wassers von ihnen trennten, nicht so sehr, weil es uns Sicherheit gegeben hätte, sondern vielmehr, damit wir dieses schreckliche Festmahl nicht aus näherer Reichweite beobachten mußten. Denn es war auch schon auf diese Entfernung schlimm genug.

Es ging weiter und weiter, das Braten und Essen. Und ich glaube, am schlimmsten von allem war, daß in unserem ausgehungerten Zustand der Geruch des bratenden Fleisches trotz unseres Schreckens ein Hungergefühl in uns erzeugte, daß Speichelströme in unseren Mündern flossen und unsere Mägen sich zusammenzogen und schmerzten. Und welche Ungeheuerlichkeit war dies, beim Geruch von bratendem Menschenfleisch solch einen Hunger zu verspüren? Doch wir waren so ausgehungert, daß wir uns nicht einreden konnten, es sei unheilig, sich nach Stücken dieses Fleisches zu sehnen: Es hätte genausogut bloß Schwein sein können, denn unsere ungeübten Nasen konnten keinen Unterschied ausmachen.

Ich weiß nicht, wie viele Stunden das abscheuliche Festmahl währte. Doch schließlich war es vorbei, und die Jaqqas erhoben sich, warfen sich die Leichen der Männer, die sie nicht verzehrt hatten, über die Schultern, stahlen sich auf ihre geheimnisvolle Art über eine kleine Erhebung in der Sandgrube davon und verschwanden auf der anderen Seite.

»Sie werden uns als nächste holen«, sagte Faleiro düster.

»Ich glaube, sie sind für den Augenblick gesättigt«, sagte ich.

»Du suchst immer nach der helleren Seite, was, Piloto?« sagte er. Und fürwahr, so war es, denn welchen Wert hat es, immer das Dunkelste anzunehmen? Wir stellten Wachen auf, und die gesamte Zeit über, die wir an diesem Ort verbrachten, achteten wir Tag und Nacht auf die Jaqqas. Doch sie kamen nicht, entweder weil sie unser Ufer nicht so leicht wie das andere erreichen konnten, oder weil sie ihren Hunger gestillt hatten und nun nach einem anderen fernen Ziel aufbrachen, um dort das nächste ihrer üblen Feste abzuhalten.

Und doch fiel es uns schwer genug, hier zu verweilen, wo die Erinnerung an das, was wir beobachtet hatten, so frisch in uns war. Tausend Mal wünschte ich, ich hätte den Blick abgewandt und die Augen geschlossen, doch ich konnte es nicht; niemand von uns konnte es; wir hatten jeden schrecklichen Augenblick davon verfolgt, und dieses Bild blieb nun, und auf lange Zeit, in meiner Seele.

Nach ein paar Tagen jedoch stellte sich in uns der Eindruck ein, daß unsere gefallenen Gefährten die glücklicheren waren. Denn es gab an diesem Ort nichts zu essen, und wenn wir nicht das Glück gehabt hätten, eine Süßwasserquelle zu finden, hätten wir einen noch fürchterlicheren Tod als sie erlitten. Auch mit dieser Quelle mußten wir harte Entbehrungen überstehen, und Cabrals Scherz erfüllte sich schließlich, als wir an Knochen nagen und Schlangenhautfetzen kratzen und Wurzeln saugen mußten. Ich dachte oft an die Not, die ich gekannt hatte, seit ich England verlassen hatte, und nichts schien schlimmer als dies, obwohl ich mich darin vielleicht irrte. Doch die Not des Augenblicks scheint oft viel größer als die, die zurückliegt. Ich lag da und sah oft auf die See hinaus, träumte von der Heimat und manchmal von Anne Katherine und manchmal von Doña Teresa, deren Amulett ich aus meiner Tasche holte und lange betrachtete. Doch dessen Anblick, die Brüste, die Spalte des Geschlechts und die glatten, üppigen Hinterbacken, brachten quälende Begierde in mir empor, die ich nicht stillen konnte, und ich bedauerte es, das Amulett hervorgeholt zu haben.

Nun, und diese böse Zeit fand ein Ende, wie alle bösen

Zeiten in meinem Leben früher oder später ein Ende gefunden haben. Ein Schiff aus São Tomé, das mit Waren südlich nach São Paulo de Luanda fuhr, hatte unseren Kurs eingeschlagen und sah die Trümmer der *Infanta Beatriz* auf den Klippen; und da der Kapitän annahm, daß es Überlebende gegeben hatte, näherte er sich dem Ufer, wo die Hand Gottes ihn zu uns führte.

So wurden wir gerettet und bekamen Nahrung und Kleidung und einen Platz zum Schlafen, und allmählich erholten wir uns wieder. Als wir uns São Paulo de Luanda näherten, fühlte ich mich beinahe wieder wie ich selbst. Doch in meinem Geist waren nun für immer gewisse Bilder und Erinnerungen, die ich gerne ausgekratzt hätte. Ich sah, und sehe immer noch, wie Tristão Caldeira de Rodrigues mitten in der Luft hing, nachdem ich ihn mit meinem Ruder geschlagen hatte; und ich sah die dunklen Zähne der Klippen im Lichtschein des Blitzes und unsere kleine Pinasse, die darauf gestrandet lag; und ich sah, was am bittersten und schmerzhaftesten war, wie die dämonischen Jaqqas um unsere Gefährten tanzten, sie erschlugen und mit größtem Appetit über ihr Fleisch herfielen. Ach, dachte ich, was für eine Welt ist dies, auf der solche Wölfe in menschlicher Verkleidung wüten!

So war ich am Ende dieser Reise, die so gut angefangen hatte, in einer recht niedergeschlagenen Stimmung. Doch es ist nicht meine Natur, töricht über dunkle Dinge zu grübeln, und als ich in São Paulo de Luanda an Land ging, war ich sehr froh, noch am Leben zu sein.

Ich fand heraus, daß sich während meiner Abwesenheit in dieser Stadt vieles geändert hatte.

Der neue Gouverneur, Don Francisco d'Almeida, hatte damit angefangen, ihr seinen Stempel aufzudrücken. Die Hänge des Hügels, die zu der hochgelegenen Festung hinaufführten, wimmelten vor neuen Gebäuden. Tausende Schwarze plackten sich unter der schrecklichen Hitze der gnadenlosen Sonne und bauten einen Palast für den Gouverneur, der viel majestätischer war als der alte, und auch Häuser für den Bruder des Gouverneurs, Don Jeronymo d' Almeida, und für die zahlreichen anderen großen Fidalgos, die dieser Gouverneur aus Portugual mitgebracht hatte. All dies waren sehr große Bauten aus Kalk und Stein, der aus großer Entfernung herangeschafft und mit Ziegeln aus Lissabon bedeckt wurde, was einen sehr würdigen, ehrfurchtserregenden Eindruck hervorrief und den Ort bedeutungsvoll aussehen ließ; denn das Weiß des Kalks und das fröhliche Blau und Gelb der Ziegel tanzten im hellen Sonnenlicht höchst verspielt im Auge.

Unterhalb dieser prachtvollen Bauten waren viele andere entstanden und auch Kasernen für die Hunderte neuer Soldaten, die Don Francisco aus Angola mitgebracht hatte. Die Errichtung dieser Gebäude hatte nicht wenige Eingeborenenleben gefordert. Denn obwohl an diesem Ort alle Jahreszeiten warm sind, ist die Regenzeit oft übler als die Dürre, und d'Almeida hatte seine Leute angehalten, trotz der Hitze zu arbeiten, so daß viele von ihnen zusammengebrochen und gestorben waren, obwohl sie dieses Klima gewohnt waren.

Dies erfuhr ich von Don João de Mendoça, der mich mittlerweile als eine Art Vertrauten ansah. »Sie begraben ein Dutzend Schwarze am Tag«, sagte er stirnrunzelnd, »und noch immer zeigt d'Almeida keine Mäßigung. Er will, daß sein Palast vor dem Winter fertig ist.«

»Ist der Mann verrückt?«

»Nein, Andres, nicht verrückt, nur dumm. Sehr, sehr, sehr dumm.« Don João musterte mich lange und eindringlich. »Das ist keine Art, seine Arbeiter zu behandeln.«

Ich erinnerte mich daran, daß Don João der Mann war,

der im Zorn einem ungeschickten Sklaven eine Schüssel mit scharfer Sauce in die Augen geworfen hatte.

»Es ist eine Verschwendung, daß sich all diese Männer zu Tode schuften, denn einige von ihnen haben Befähigungen, die nicht leicht zu ersetzen sein werden«, und ich begriff, daß Don Joãos Einwände solche der Wirtschaftlichkeit und nicht der Moral waren. Er lachte und sagte: »Doch eines Tages wird Don Francisco von hier fortgehen, und sein Nachfolger wird den Palast benutzen. Also kommt wohl doch etwas Gutes dabei heraus.«

Don João mußte mir nicht sagen, daß er große Hoffnungen hegte, selbst in diesem Palast zu wohnen. Jeder, der Augen im Kopf hatte, wußte von der Rivalität zwischen ihm und d'Almeida: Don João war der stärkere und gerissenere Mann, Don Francisco hielt die königliche Ernennung. Niemand in Angola bezweifelte, daß das Amt des Gouverneurs nach seiner letzten Vakanz an Don João hätte gehen sollen; doch Don Francisco war von höherer Geburt, und er hatte die besseren Beziehungen im Vaterland. Es war schlau von Don João, keine Verstimmung zu zeigen, bei der Besetzung dieses Amtes übergangen worden zu sein, und doch mußte es bitter für ihn sein, da Angola plötzlich voll neuer Männer war, den Satrapen Don Franciscos, und auch diese zwischen ihm und der wahren Macht in der Kolonie standen.

Als wir mit diesen Angelegenheiten fertig waren, richtete sich das Gespräch auf unsere traurige Reise. Er hatte einen beträchtlichen Verlust erlitten, denn ihm hatte der größte Teil der Fracht gehört, die mit der Pinasse untergegangen war; doch erneut zeigte er sich nicht allzu betrübt darüber.

»Es wird andere Reisen geben«, sagte er. »Und ich hoffe, daß du eine wichtige Rolle bei ihnen spielst, denn ich habe von Faleiro viel von deinem Mut und Geschick gehört.«

»Das Geschick habe ich von meinem Vater geerbt«, gab

ich zurück. »Und was den Mut betrifft, so war er nötig, um mein Leben zu retten.«

»Und das Leben anderer, habe ich vernommen. Alle Männer sprechen hoch von dir.«

»Ich bin froh, mir ihre Achtung verdient zu haben.«

»Ihre Achtung und mehr. Denn was die nächste Fahrt betrifft, so wirst du einen Anteil vom Gewinn bekommen. Es ist nicht rechtens, daß ein Mann sein Leben aufs Spiel setzt, um für uns Lotse zu sein, ohne seinen gerechten Anteil am Ertrag zu erhalten.«

Es überraschte mich sehr, daß die Portugiesen mich mit einem Anteil bedenken wollten. Doch ich dankte ihm nur herzlich, ohne den Hauch eines ungnädigen Gedankens verlauten zu lassen.

»Berichte mir von den Ereignissen eurer Reise, Andres«, sagte er, »bevor es zum Schiffbruch kam.«

Dies tat ich dann auch mit genauen Einzelheiten, wobei ich lange bei den seltsamen Dingen verweilte, die sich ereignet hatten, während ich im Land Loango war. Von dem Regenmachen und dem großen Coccodrillo nahm er nur oberflächlich Notiz; es war die Geschichte des toten Jaqqas, die ihn am meisten erregte. Er ließ sie mich in jeder Einzelheit beschreiben. Als ich das weiße Kreuz erwähnte, das auf die Brust des Kannibalenfürsten gemalt war, schlug er auf den Tisch, schrie laut auf und rief: »Bei der Messe! Dies sind lustige Teufel, diese Jaqqas!«

Ich sah nichts Lustiges an ihnen: Für mich waren sie Teufel und Hyänen oder Wölfe in menschlicher Gestalt. Doch vielleicht hatte Don João nie gesehen, wie sie seine Schiffskameraden verzehrten.

»Welche Bedeutung hat das Kreuz für sie?« fragte ich, »sie sind doch sicherlich keine Christen.«

»Nun, nein, natürlich nicht. Und es hat wohl keine Bedeutung für sie, bis auf die Tatsache, daß sie es für schön erachten. Oder sie wollen uns womöglich verspotten. Oder sie sind vielleicht Jesuiten geworden, und das ist ihr neues Ordenszeichen. Niemand versteht, warum die Jaqqas tun, was sie tun. Ich glaube, sie sind keine Menschen. Doch keiner dieser Mohren hat viel Sinn für wirkliches Christentum, gleichgültig, was sie des Sonntags in der Kirche plappern. Weißt du, Andres, als ich am Kongo war, sah ich oftmals, wie gute christliche Neger das heilige Kreuz für heidnische Zwecke mißbrauchten. An einem Ort hatten sie Hörner wilder Tiere aufgehäuft und mit Zweigen umgeben; eine Art Altar hatten sie errichtet und ein Kreuz darüber aufgestellt. Sie haben den uralten Aberglauben, daß sie ihre Tiere mit solchen aufgehäuften Hörnern verhexen können, wenn sie sie jagen, und sie müssen der Auffassung gewesen sein, daß das Kreuz ein noch mächtigerer *Mokisso* war, so daß sie es dem Haufen Hörner hinzugefügt haben. Ich glaube, das war recht klug von ihnen.«

»Und ich auch, Don João. Warum soll man nicht allen Aberglauben einsetzten, den man finden kann, wenn man hungrig ist?«

Er bedachte mich mit einem Stirnrunzeln, und ich glaubte schon, er würde wütend sein, doch dann entspannte er sich etwas.

»Dann ist das Kreuz für dich ein Aberglauben?«

»Man lehrt uns in England, daß Jesus für unsere Sünden am Kreuze starb, genau, wie man es in Rom lehrt«, sagte ich unbehaglich. »Doch wir glauben, daß es Jesus ist, der heilig ist, und nicht das Holz, an dem Er starb. Wir haben die Symbole und Idole aufgegeben.«

»Habt ihr das?« fragte Don João. »Und macht es euch keine Angst, ohne ihren Schutz zu leben?«

»Es war nur ein falscher Schutz, Herr. Denn als wir unsere

Reliquien zerstörten, unsere Heiligenbilder und dergleichen, kam keine Pest über England, und auch keine Rache unserer Feinde. Nein, wir sind vielmehr aufgeblüht und viel wohlhabender geworden, als wir es in den alten Tagen waren, und als König Philip seine Armada schickte, erlitten wir keinen Schaden, sondern . . .«

»Ja«, sagte Don João düster. »Ich frage mich, warum der Herr solche Ketzer wie die Engländer ermutigt. Doch sei es, wie es ist: Uns hier liegen solche Streitigkeiten fern. Ich zeigte das Kreuz des Jägers einem Priester, der ganz ungehalten wurde, es zerbrach und verbrannte und sagte, es sei Gotteslästerung, es zu benutzen, und das war es vielleicht auch. Nun, sollen die Priester auch die Jaqqas als Gotteslästerer verbrennen, wenn sie einen fangen können. Hast du diese Jaqqas gesehen, Andres? Andere als den Toten in Loango?«

Ich sah ihn erstaunt an und rief: »Hat man Euch denn nicht berichtet, daß sie einige unserer Männer verschlungen haben, nachdem wir auf Land gestrandet waren?«

»Nein, nicht ein Wort!«

Ich ertappte mich, wie ich zitterte, als ich daran dachte. »Es war das Schrecklichste, das ich jemals gesehen habe. Sie tauchten auf wie Spukgestalten, an einem Ort, der von Treibsand umgeben war, fielen über die Gestrandeten her, erschlugen sie und . . . Ich habe alles gesehen«, fuhr ich erschaudernd fort. »Doch muß ich Euch dies nun ausmalen?«

»Mir wurde nur berichtet, daß viele Männer bei dem Schiffbruch starben.«

»So starb die Hälfte unserer Toten, und die andere Hälfte fiel dem Hunger der Jaqqas zum Opfer, nachdem sie dem Zorn der See entkommen waren.«

Und ich wandte den Blick ab, damit er nicht sah, wie

bleich ich war, wie erschüttert von der schrecklichen Erinnerung.

Er schien sich meiner Gefühle nicht bewußt, denn er fuhr im leichtesten Plauderton fort: »Dies sind kühne Burschen. Völlige Wilde, mit keiner Spur Menschlichkeit in ihnen. Ich habe einmal einige gesehen, die wir bezahlten, damit sie Kämpfe für uns fochten – denn weißt du, manchmal, wenn diese Stimmung sie überkommt, kämpfen sie für Geld. Sie waren wie eine Bande von Teufeln, so daß ich immer wieder auf ihre Schultern schaute, um zu sehen, ob dort schwarze Schwingen sprossen. Ich höre, daß es irgendwo landeinwärts in ihrem Gebiet einen Markt gibt, auf dem sie Menschenfleisch nach Gewicht verkaufen wie wir das von Schafen oder Ochsen. Himmel, ich frage mich, wie sie es zubereiten, ob sie es kochen oder braten oder in einem Ofen backen!« Er schlug sich auf seinen üppigen Bauch. »Gott verhüte es, Andres, doch manchmal – manchmal – bin ich neugierig, wie es schmeckt. Ich gestehe dir etwas ein, das ich nicht einmal meinem Beichtvater sagen würde, und ich kenne den Grund dafür nicht, bis auf die Tatsache, daß du ein Mann nach meinem Geschmack bist. Würdest du Menschenfleisch essen?«

»Ich habe es einmal beobachtet, Don João, als ich in Brasilien ein Gefangener wilder Indianer war. Ich kam nicht in Versuchung.« Ich wollte ihm nichts von den Auswirkungen sagen, die das gebratene Fleisch auf mich gehabt hatte, als ich auf dieser Sandinsel so ausgehungert war.

»Und wenn dein Leben davon abhinge?«

»Ich glaube, ich würde es nicht tun«, sagte ich standhaft. »Ich könnte gut genug von Wurzeln und Blättern und Beeren leben und von den kleinen Tieren der Wildnis.«

»Ich meine, wenn man dir sagte: Iß dieses Fleisch, oder wir erschlagen dich, und das Fleisch wäre vom Menschen?«

»Eine seltsame Frage, Don João.«

»Dennoch stelle ich sie dir.«

»Nun«, sagte ich achselzuckend, »ich glaube, wenn ich muß, würde ich es essen. Gott erspare mir diese Wahl jedoch.«

»Du *bist* ein Mann nach meinem Geschmack!« rief er. »Es ist immer klüger, zu essen, als gegessen zu werden! Komm, Andres, trinke etwas Wein mit mir. Und dann zu deinen eigenen Vergnügungen.« Er goß mir einen Kelch bis zum Rande voll und sagte, ihn mir reichend: »Werden die Jaqqas Loango angreifen?«

»Das kann ich nicht sagen. Das Volk von Loango fürchtet sich sehr davor.«

»Du hast die Geschichten jener Zeit gehört, als die Menschenfresser São Salvador im Kongo angegriffen haben, nicht wahr?«

»Von der Zeit, als der König dieses Landes gezwungen wurde, auf die Hippopotamus-Insel zu fliehen?«

»Ja, '69 war es. Sie werden eines Tages hierher kommen, Andres. Sie werden mit der Zeit überallhin kommen. Sie sind Gottes Plage, die Er auf die Welt losgelassen hat.« Er sagte dies sanft, als spreche er über eine Brise, die aus dem Westen heranzog, oder über einen leichten Regenschauer. »Ich glaube, sie wollen sich ihren Weg von Nation zu Nation fressen, bis sie die ganze Welt verschlungen haben. Sie haben einen König namens Imbe Calandola, von dessen Hunger man sagt, er sei grenzenlos. Was glaubst du, weshalb werden solche Zerstörer immer wieder unter uns geboren? Die Türken, die Mongolen, die alten Hunnen, die Assyrer, von denen die Bibel uns berichtet – und nun sind die Jaqqas und ihr großer Teufel Imbe Calandola die letzten dieser Sorte. Glaubst du nicht, daß sie für etwas sprechen, das es in uns allen gibt? Nun, Andres? Diese Liebe für Zerstörung, diese

Freude, Böses zu tun? Gottes eigene Geißel! In diesem Bösen liegt eine gewisse Schönheit. Nun, Andres? Nun? Hier, nimm mehr Wein.«

Er setzte sich zurück, lachte und kratzte sich den Bauch. Ich erkannte, daß er sehr tief in den Becher geschaut hatte. Seine Worte kamen schwerfällig, und ihre Bedeutung war ungeheuerlich. Ich wußte nicht, was ich angesichts solch erstaunlicher Worte erwidern sollte. Wir schwiegen eine Zeitlang, und dann erklärte er: »Ich werde mir ein paar zahme Jaqqas suchen, Andres. Und ich werde sie mit einigen nutzlosen Portugiesen füttern, damit die Dinge in dieser Stadt wieder ruhiger werden. Ich glaube, ich werde ihnen zuerst die Jesuiten vorwerfen. Und dann den törichten Hurensohn d' Almeida und seine pockenkranken Freunde. Hah! Und mein eigener Koch, der ein Meister seiner Kunst ist, wird die Saucen für sie rühren.«

Er lachte und trank und lachte und trank. Ich beobachtete ihn verwundert. Kurz über lang, da war ich mir sicher, würde er an seiner eigenen Trunkenheit einschlafen. Doch statt dessen tat Don João genau das Gegenteil: Er setzte sich in seinem Stuhl auf, schob das Weinglas zur Seite und sagte mit völlig nüchterner Stimme, die nicht mehr undeutlich und seltsam klang: »Es gibt hier viel Ärger zwischen Don Francisco und den Jesuiten, und es wird noch schlimmer werden. Ich sage dir, der Mann ist dumm. Er weiß nicht, wie man mit diesen Priestern umgehen muß, und bald wird es einen offenen Krieg zwischen ihm und ihnen geben.«

»Werden die Priester dann zu den Waffen greifen?«

»Nein, ich meine keinen wirklichen Krieg. Doch irgendeine Art von Zwist ist gewiß, und er wird unser Leben in Unordnung bringen. Weißt du, die Jesuiten kamen in den Tagen von Paulo Dias nach Angola, und sie hatten immer eine Hand in den Regierungsgeschäften. Dias war stark und klug, und er behielt die Macht über sie, indem er sie in allen Staatsangelegenheiten um Rat fragte und sie glauben machte, daß er sie als seine Berater hoch schätzte.

Als Serrão Gouverneur war, und Pereira nach ihm, hatten sie eine so große Tonne voller anderer Probleme, daß sie den Jesuiten keine Beachtung mehr schenkten, woraufhin sich die Priester neue, eigene Macht verschafften. Dias hat d' Almeida zu zügeln versucht, doch genau auf die falsche Art, wie alles was er anfaßt. Er bedrohte die Jesuiten, wo er sie eigentlich umschmeicheln müßte.«

»Auf welche Art«, fragte ich, »suchen die Priester Macht?«

»Nun, indem sie behaupten, die Schwarzen seien ihre geistliche Herde und sie müßten ihre Hirten sein. Sie machen schon Anstalten, sich als die einzigen Vermittler zwischen dem Gouverneur und den eingeborenen Häuptlingen zu etablieren, so daß die Häuptlinge in kurzer Zeit den Wünschen der Jesuiten und nicht denen des Gouverneurs nachkommen werden.«

»Doch das würde heißen, daß die Jesuiten dieses Land beherrschten!«

»Genau das meine ich auch, Andres. Sie würden dem Gouverneur die Macht delegieren, Krieg zu machen und unsere Grenzen zu verteidigen, und alles andere für sich selbst behalten. Und schon bald würden wir hier überhaupt keine weltliche Macht mehr brauchen, da sich die heiligen Väter in alle Geschicke des Landes eingenistet hätten. Nun, und d'Almeida gefällt das nicht, und dafür habe ich ihm applaudiert. Doch nun beabsichtigt er, den Jesuiten zu verbieten, sich überhaupt noch mit den Häuptlingen zu treffen. So darf man es nicht anfassen. Man muß ihnen allmählich die Macht nehmen, so langsam, daß sie selbst nicht begreifen, was mit ihnen geschieht.«

»Ist es denn möglich, einen Jesuiten zu täuschen?« fragte ich. »In England sagt man, es gäbe keinen gerisseneren oder kunstfertigeren Menschen als ein Mitglied dieser durchtriebenen Bruderschaft.«

»Ja. Sie sind teuflisch, Andres. Sie sind die wahrhaftigen Jaqqas der Kirche. Doch man *kann* sie beherrschen. Paulo Dias wußte, wie man dies anstellt. Ich weiß es auch.«

»Und wie liegen die Dinge nun?«

»Wir hatten ein Ratstreffen. D'Almeida erklärte, die Jesuiten hätten ihren geistlichen Einfluß höchst verschlagen dazu benutzt, die befreundeten Häuptlinge zu veranlassen, den staatlichen Mächten den Gehorsam zu versagen, und verlangte nach Befugnissen, dem entgegenzutreten. Die ihm auch gewährt wurden, durch die Stimmen seines Bruders, seiner Vetter und anderer solcher Führer. Ich habe dagegen gestimmt. Nun wird er heute verkünden, jeder Jesuit, der beobachtet wird, wie er das Lager eines Häuptlings betritt oder mit ihm beratschlagt, sei zu hängen.«

»Was, einen Priester hängen?« rief ich.

»Dazu wird es nicht kommen. Die Priester sind zu stark für ihn. Sie werden ihn brechen, Andres. Was nicht schlecht wäre, sieht man einmal davon ab, daß wir in diesem Land von Feinden umgeben sind und seit dem Tod Dias' Jahre verschwendet haben, in denen wir keinen Vorteil für uns erringen konnten. Wir brauchen hier eine gute Führung und kein derartiges memmenhaftes Gewäsch.«

»Aye«, sagte ich, und ich wußte, welchen Führer er im Sinn hatte.

»Doch wenn d'Almeida fällt, wird es Monate oder gar Jahre neuer Unruhen geben, bevor die Ordnung wiederhergestellt ist. Dies können wir uns schlecht leisten. Laß mich dir erklären, Andres, wie wir uns verhalten müssen, wenn wir hier unsere Absichten verwirklichen wollen.«

Und so schweifte er in großem Ausmaß ab. Doch ich hatte das Interesse an den Einzelheiten all dieser Intrigen verloren. In dem Augenlick, da er davon sprach, es seien Jahre verschwendet worden, wurde ich äußerst heftig und scharf darauf gebracht, über die Jahre nachzudenken, die ich hier als Gefangener verschwendet hatte, und ich verfiel ins Brüten und schenkte ihm kein Gehör mehr. Er leierte unentwegt über die Schändlichkeiten Don Franciscos und die Mittel, die er dagegen anwenden wollte, und ich hörte ihm nur wenig zu, so daß er mich völlig überraschte, als er plötzlich sagte: »Und was ist das, Andres, hast du einen Mord begangen?«

»Herr?« entgegnete ich verblüfft.

»Wie mir zu Ohren kam, wird eine Untersuchung stattfinden. Man beschuldigt dich des böswilligen Erschlagens von Tristão Caldeira de Rodrigues, der ein Mann von hoher Geburt war.«

»Er war ein Schurke und ein Dieb!«

»Nun, und wenn schon? Er war von königlichem Blut, oder beinahe jedenfalls. Komm, Andres, was hat es mit diesem Verbrechen auf sich? Du darfst offen zu mir sein. Ich kannte den Mann ein wenig: Es war keine Ehre in ihm. Doch wenn du ihn wirklich erschlagen hast . . .«

»Ich habe sein Leben genommen«, sagte ich müde, »doch nur, um das vieler anderer zu retten. Es war kein Mord. Als wir Schiffbruch erlitten hatten, wollte er sich mit Gewalt Zutritt zu einem Langboot verschaffen, das schon überfüllt war, und ich habe ihn zurückgetrieben, und er fiel ins Wasser und ertrank.«

»Ah«, sagte Don João und schenkte sich mehr Wein ein.

»Ertrunken überdies, weil er den Griff des Schatzbeutels nicht loslassen wollte, den er in der Hand hielt und der voller kostbarer Güter war, die er vom Friedhof der Könige von Loango gestohlen hatte. Dieser Sack zog ihn nach unten, so daß er ertrank. Und überdies, glaube ich, führte der Diebstahl dieser Edelsteine zu dem Schiffbruch, den wir erlitten: Denn zornige Dämonen-Götter schickten uns heiße, trockene Winde, rissen unsere Segel entzwei und trieben uns auf eine verborgene Untiefe, und das alles mitten an einem schönen und angenehmen Tag.«

»Ah. Ah«, sagte er. »Ah.«

Und eine lange Zeit saß er mit geschlossenen Augen da, den Weinkelch eng an die Brust gedrückt, und ich dachte, er sei eingeschlafen, so benommen wirkte er von seiner Trinkerei. Doch dann sah er mich an und sagte: »War es wirklich so, wie du es berichtet hast?«

»Auf meine Ehre.«

»Dann ist es wahr«, sagte er. »Gibt es Zeugen?«

»Genügend, außer die Furcht vor dem Bruder des Toten bringt sie dazu, gegen mich zu lügen.«

Don João nickte. »Der Bruder, ja . . . Es ist der Bruder, der diese Anklage vorbringt: Gaspar Caldeira de Rodrigues. Auch ein wertloser Mann, ein verderbter Schurke. Er wird dir viel Schwierigkeiten machen, denn er ist auf Rache aus.«

»Und werde ich dafür wieder eingekerkert werden? Ich sage Euch, Herr, bevor man mich in den Kerker wirft, will ich lieber sterben: Und diesen Gaspar mit mir nehmen, wenn ich gehe.«

»Kerker? Es könnte sein, wenn diese Untersuchung gegen dich befindet.«

»Dann werde ich ihn erschlagen!«

»Bedächtig, bedächtig, Andres. Zuerst kommt die Untersuchung. Über die ich wohl den Vorsitz führen werde.« Er streckte die Hand nach mir aus, lächelte und sagte: »Wir müssen die Wahrheit herausfinden. Doch ich glaube, ich kenne sie bereits: Denn ich kenne dich, und ich kenne Gaspar. Und ich werde mich nicht freiwillig von meinem Piloto trennen.« Er gähnte überaus breit, rülpste und rieb seinen angeschwollenen Leib. »Nun gehe, Andres. Ich werde allmählich schwunglos und möchte ruhen. Wir werden ein anderes Mal über diese Dinge sprechen. Geh und sieh dich vor. Dieser Gaspar ist ein übler Feind, und vielleicht wartet er die Untersuchung nicht ab, um seine Rache zu haben.«

Ich verließ ihn und kehrte zu dem kleinen Haus zurück, das sie mir gegeben hatten, ein schönes auf der zur See gelegenen Seite der Stadt, wo oftmals gute Winde wehen. Ich hielt die Augen offen für den Fall, daß Bruder Gaspar und seine Gefährten mich mit gezogenen Schwertern anspringen sollten, doch dies geschah nicht.

Ich war wegen dieser Untersuchung in gedrückter Stimmung, doch sie überraschte mich nicht übermäßig, da ich wußte, welchen Einfluß Gaspar Caldeira de Rodrigues hatte. Dennoch würde die Wahrheit meine Verteidigung sein, und ich hatte die Unterstützung von Don João de Mendoça, wie ich zumindest fieberhaft hoffte, und obwohl die Wahrheit allein nicht ausreichen mochte, konnte die Kraft dieses mächtigen Fidalgo mich vielleicht vor Schaden bewahren.

Als ich mich meiner Behausung näherte, sah ich, daß auf dem Platz mit großem Pomp und einer Anzahl vorsorglich bereitstehender Soldaten eine Verkündung verlesen wurde. Ich näherte mich dem Platz und fand heraus, daß sie den Verkehr zwischen den Jesuiten und den eingeborenen Häuptlingen verbot. Doch ich war müde und wollte in diesem Augenblick nichts mehr darüber hören. Ich ging nach Hause, legte mich nieder und schlief eine Zeitlang, und dann, mitten in der Nacht, klopfte es leise an meiner Tür.

Ich trennte den Vorhang und sah in der Dunkelheit Doña Teresa.

»Du kommst so spät?« fragte ich, denn dies war nicht ihre Art.

»Don João ist fort.«

»Nay, ich habe ihn erst am Mittag noch gesehen.«

»Das war am Mittag. Heute abend berät er sich mit dem Gouverneur und dem Rat, und das wird noch Stunden währen. Oh, Andres, Andres, möchtest du mich nicht hereinbitten? Ich habe so sehr um dich gefürchtet! Wie habe ich getrauert, als es hieß, dein Schiff werde vermißt, wie habe ich geklagt! Und wie habe ich gebetet!«

»Zu Jesus und Maria oder zu deinem *Mokisso*?«

»Verspotte mich nicht«, sagte sie scharf, halb verletzt und halb erzürnt. »Laß mich ein!« Und sie kam durch die Tür und in meine Arme.

In der kurzen Zeit seit meiner Rückkehr waren wir nicht ein Mal allein gewesen, obwohl ich einmal auf dem Platz an ihr vorbeigegangen war und wir aus der Ferne einen vorsichtigen Blick und ein verstohlenes Lächeln gewechselt hatten. Nun warf sie sich gegen mich und begrüßte mich mit einem tigerhaften, hungrigen Kuß.

Sie trug nur die leichtesten Gewänder, die überdies noch von dem sanften Regen feucht waren. Sie fuhr mir heftig mit den Fingern über die nackte Haut und drückte ihre Brüste gegen meine Brust. Es strömte eine große Hitze von ihr aus. Ich legte die Hände um ihre Brüste und stellte fest, daß die Warzen geschwollen und fest waren, und sie gab ein leises, zischendes Geräusch von sich, als ich sie zärtlich drückte.

»Andres!« rief sie. »Oh, ich habe gebetet! Ich habe mich so nach dir gesehnt!«

»Wie ich mich nach dir.«

»Wirklich?« sagte sie und musterte mich überaus ernst. »Hast du überhaupt an mich gedacht?«

»Ständig.« Ich zog ihre kleine Statue hervor, die ich so oft gestreichelt hatte, und hielt sie hoch. »Tausend Mal habe ich dieses Hexending berührt und mir gesagt, es seien deine Brüste, die ich berührte, und kein Stück Holz!«

»Ah. Ich habe um dich gebangt, die ganze Zeit über, da du in Loango warst. Es ist ein gefährlicher Ort.«

»Mir erschien er nicht so.«

»Sie sind dort keine Christen. Sie halten an einem seltsamen Glauben fest.«

»Und du, die Schöpferin von Idolen, bist du eine Christin?«

»Ja!« rief sie mit tiefem Zorn. »Sage nie, ich sei etwas anderes!«

»Aber das Idol . . .«

»Eine Vorsichtsmaßnahme«, sagte sie. »Ich bin Christin, doch ich gebe nichts Wertvolles auf.«

Wir standen nur ein paar Zoll voneinander entfernt, waren jedoch so verrückt vor Begehren, daß wir uns nicht rühren konnten, sondern weiterschwatzten. Sie erzählte mir fünfzig Mal, wie sie für mich gestorben war und zu jedem Gott von Afrika wie auch den Heiligen und der Madonna gebetet hatte, daß mir in Loango kein Schaden widerführe oder ich nicht auf See umkäme, und ich erzählte ihr, wie ich mich in Begierde nach ihr gewunden und gezuckt hatte. Und noch immer rührten wir uns nicht. Bis sie schließlich ihren leichten Umhang zu Boden fallen ließ und mich ungeduldig zu meinem zerwühlten Bett drängte und ich ihr eilends folgte.

Der Regen wurde weniger sanft und trommelte mit großer Heftigkeit auf das Dach meiner Behausung. In meinen Nüstern war der Duft von Doña Teresas Körper, hart, scharf, der Lustgeruch, den alle Tiere haben, und in diesem Augenblick kam sie mir wie ein Tier vor, schlank, schnell, geschmeidig, ein Wesen des Dschungels. Sie legte sich nieder, setzte die Fußsohlen auf das Bett und hob den Rücken, so daß sich ihre Hinterbacken in der Luft befanden und ihr Körper sich bog. Im trüben Licht meiner einzigen Kerze sah ich, daß sie geöffnet und für mich bereit war, ein dunkles, fremdes Geschöpf, bei dem jeder Muskel zitterte; die Wölbungen ihrer Schenkel zeigten ihre Konturen, und das pechschwarze haarige Diadem zwischen ihnen zog mich an wie ein Magnet. Ich ging zu ihr und fiel über sie und drang fast mit einer einzigen Bewegung in sie ein, und sie entspannte ihren gebogenen Körper und zog uns beide auf die Bettoberfläche, und dort blieben wir einen Augenblick bewegungslos liegen, zufrieden damit, daß sich unsere Körper nach einer so langen Trennung wieder vereinigt hatten. Ihre Augen leuchteten vor Wollust.

Nun, da wir vereint waren, fiel ein Teil der Dringlichkeit von ihr ab, und sie sagte verschlagen, ihre Hände auf meine Hüften drückend, damit ich mich nicht bewegte: »Hattest du viele schwarze Mädchen, während du im Norden warst?«

»Nay, keine einzige.«

»Ah, völlige Keuschheit, Andres!«

»Ich wurde von dem, was ich sah, nicht verlockt.«

»Schwöre es bei der Gottesmutter!«

»Ich schwöre es bei Gott selbst. Ich bin in keine Frau eingedrungen.«

»Du lügst«, sagte sie kühl und zufrieden, ihre Hüften nun auf eine langsame, ruhige, mich um den Verstand bringende Art und Weise auf- und niedersteigen lassend. »Du hattest ein Dutzend von ihnen, kleine ebenholzschwarze Mädchen mit süßen kleinen Brüsten, und du hast nicht einmal an mich gedacht. Ich kann noch ihren Geruch an dir riechen. Ich kann die Spuren ihrer kleinen Bisse an deinen Schultern sehen.«

»Dann siehst du mit Hexenaugen, denn dort sind keine Spuren.«

»Und was ist das?« fragte sie und berührte mich an einer Stelle, wo ich meinen Arm an Rankenfußkrebsen aufgescheuert hatte, als ich die Felsen der Untiefe hinaufgeklettert war, auf der unser Schiff zerschellt war.

»Ich habe letzte Woche mit einem Coccodrillo gekämpft«, antwortete ich ihr, »und es hat mich ein- oder zweimal gebissen, bevor ich seinen Kiefer auseinanderreißen konnte.«

»Ah«, sagte sie. »Ich bin all meiner Ängste enthoben. Besser, du umarmst ein Coccodrillo als ein Mädchen von Loango, was?« Und sie lachte, und ich lachte mit ihr, obwohl diese ihre vorgetäuschte Eifersucht mir unter ihrer äußerlichen Verspieltheit nur wie ein Vorwand erschien und dies mir Unbehagen bereitete. Doch nun bewegte sie ihren Körper in einem unbeständigen Rhythmus, immer schneller, und ich gab es auf, an etwas anderes zu denken als an die Vereinigung unseres Fleisches. Ich trieb mich tief in ihren Mittelpunkt, und die kleinen, zitternden Bewegungen der Ekstase setzten bei ihr ein, und ein neuer Geruch stieg von ihr auf, ein See-Geruch, moschusartig und mit scharfem Beigeschmack, als die Befreiung von ihrer Lust begann. Obwohl es schon viele Wochen her war, daß ich selbst solch eine Befreiung gekannt hatte, hielt ich mich im Zaum und wartete ab bis zum höchsten Augenblick ihres Aufstiegs und gab mich dann, jede Beherrschung vergessend und das tiefe, seltsam tierhafte Knurren ihrer Wonne überschreiend, der Vervollkommnung unseres Liebesaktes hin, die mich wie mit der Macht eines Hammerschlages durchfuhr. Und ich fiel ihr keuchend, schwitzend und albern lachend entgegen, und wir hielten einander fest und rollten von Seite zu Seite, schlugen einander leicht und küßten und zwickten uns.

Die Welt schien nun ruhig und voll auf ihrem Kurs. Denn

ich glaube, wenn sich ein Mann und eine Frau lieben und durch die Erfüllung dieser Liebe im Fleische zusammenkommen, dann verlassen sie die Welt der Windstöße und treten in ein neues und stilles Reich der Ruhe, das beinahe einer höheren Daseinsebene zugehörig sein könnte. Könnten wir doch nur auf ewig dort verbleiben wie die Engel in ihrer kristallenen Bleibe! Doch ich nehme an, wenn wir immer über den Wolken weilten, würden wir niemals die Freude des Aufstiegs kennenlernen.

Nach einer Weile lösten wir unsere Körper voneinander, und Teresa erhob sich aus dem Bett und trat nackt aus dem Haus, um sich im Regen zu waschen. Sie kehrte sauber und strahlend zurück und sagte: »Ich muß jetzt gehen. Wenn Don João noch nach mir schickt, muß ich in meinem Bett sein.«

»Diese Beratung, von der du gesprochen hast . . .«

»Sie dreht sich um die Jesuiten«, sagte sie. »Du hast heute nachmittag die Verkündung gehört?«

»Sehr wenig davon. Don João hat mir gesagt, es gäbe einen Zwist zwischen dem Gouverneur und den Jesuiten.«

»Fürwahr. D' Almeida hat verfügt, daß jeder Jesuit, der sich mit einem *Soba* trifft, sterben muß.«

»Das habe ich gehört.«

»Das ist aber nicht alles. Als das Dekret verlesen und an die Tür der Residenz des Priesters genagelt wurde, hat der Jesuitenpräfekt Affonso Gomes es abgerissen und verbrannt. Und er schickte Nachricht, daß er den Gouverneur exkommunizieren würde, sollte er daran festhalten.« Sie runzelte die Stirn und sagte: »Tut das weh, exkommuniziert zu werden?«

»Das bedeutet nur, daß man die Sakramente der Kirche entzogen bekommt.«

»Ja, das weiß ich. Es ist verboten, die Messe zu besuchen,

und keine Beichte, keine Absolution, keine der Riten der Taufe oder Ehe oder des Todes. Doch ist das alles? Ich habe von dieser Exkommunikation gehört, doch ich habe nie gesehen, wie sie bewerkstelligt wird. Wird sie mit Peitschenschlägen vollzogen?«

»Sie wird allein mit Worten vollzogen«, sagte ich.

»Ah«, sagte sie, und augenscheinlich war sie ein wenig enttäuscht. »Dann liegt keine Gefahr darin?«

»Es liegt Gefahr darin«, sagte ich. »Es ist nicht nur, daß man dem ganzen Brimborium der Frömmigkeit entzogen wird, das dem katholischen Glauben anhaftet. Denn die gesamte Christenheit muß den Exkommunizierten verachten, sich abwenden und ihm keine Hilfe gewähren, selbst wenn er blutend und geschunden in einer Gosse liegt. Wußtest du das nicht?«

»Man hat mich diese Dinge gelehrt, doch damals war ich noch ein Mädchen. Wir haben hier noch keine Exkommunikation gehabt, Andres. Nun ja, selbst wenn es keine Peitschenschläge gibt, klingt die Sache doch sehr ernst!«

»Das nehme ich auch an. Doch viel hängt davon ab, welche Macht der Exkommunizierte hat. Als unser König Heinrich die Autorität des Papstes verleugnete, als er sich von seiner ersten Frau Katharina trennen wollte, wurde der König in der Tat exkommuniziert, doch wir in England schenkten dem keine Beachtung. Und ein anderer Papst hat unsere gute Elisabeth exkommuniziert, als ich ein Junge war, weil sie ein Gebetbuch duldete und uns protestantische Bischöfe gab. Doch erneut war dies wie ein bloßer Windstoß für uns und hatte weder Bedeutung noch Gehalt.«

Dies verwirrte Doña Teresa, die schließlich Katholikin war, falls sie überhaupt Christin war, und die nichts von unserem ketzerischen Glauben wußte, bis auf die Tatsache, daß wir für den Papst Verachtung empfanden. Ich nehme an, man konnte sie nicht rechtens eine Heidin nennen, denn sie war in ihrer Religion unterwiesen worden und hatte die Sakramente empfangen und so weiter, und doch wußte ich von ihrem Glauben an Idole und Hexerei, daß ihr der Glaube nur bis kurz unter die Haut reichte, wie es bei all diesem bekehrten Volk der tropischen Länder der Fall ist. Sie wußte, wer die Jungfrau Maria und wer der Erlöser war und andere wichtige Dinge des Glaubensbekenntnisses, doch ich nehme an, daß die schönen Aussagen der Lehre ihr verschwommen und bewölkt vorkamen und keine wirkliche Bedeutung für sie hatten, wenn ihr Vater und Mutter nicht gesagt hatten, Gott in Ehren zu halten. Vielleicht tue ich ihr Unrecht: Vielleicht hatten die Priester des Kongo eine echte und tiefe Katholikin aus ihr gemacht. Ich weiß es nicht.

Konnte sie diesen Glauben und den heidnischen ihrer schwarzen Großmütter mit der gleichen Kraft halten? Ich glaube, sie war dazu imstande: Nay, ich weiß es! Ich glaube, sie hatte genausoviel Zweifel an meinem Glauben wie ich an dem ihren und gestand mir nur ein, Christin zu sein, weil sie nicht wußte, was ich sonst von ihr halten würde. Denn ich schien auf eine rechtschaffene christliche Weise an Gott und Seinen Sohn zu glauben, obwohl der Papst, der ihr großer *Mokisso* war, nur ein Windstoß für mich zu sein schien.

»Es heißt«, sagte sie an meiner Tür, »daß es zwischen dir und Gaspar Caldeira de Rodrigues einen Streit gibt.«

»Diesen Anschein hat es.«

»Und ist es wahr, daß du seinen jüngeren Bruder erschlagen hast?«

»Ich habe seinen Tod verursacht, das gestehe ich ein.« Und ich erzählte ihr, wie es sich zugetragen hat. »Doch ich lasse mir deshalb keine Schuld zuweisen. Kennst du diesen Gaspar?«

»Ein wenig«, sagte sie.

»Ist er so feige wie sein toter Bruder?«

»Davon weiß ich nichts. Er ist ein kluger Mann und ehrgeizig. Nimm dich in acht, bis diese Sache erledigt ist, denn ich glaube, er will dir Schaden zufügen.«

»Dann bete für mein Wohlergehen, als wäre ich auf See in Gefahr.«

Ihre Augen funkelten. »Ich werde mehr tun als beten. Ich werde gegen seine Boshaftigkeit all die unsichtbaren Mächte einsetzen, die mir zur Verfügung stehen.«

»Ah, dann gestehst du ein, Hexerei zu betreiben!«

Sie drückte mir einen Finger auf die Lippen. »Kein Wort darüber! Doch ich werde auf dich achtgeben!« Dann liebkoste sie mit ihrer unzüchtigen Hand überaus schamlos meine Männlichkeit, so daß ich sie am liebsten auf das Bett zurückgezogen hätte, doch dies wollte sie nicht zulassen. »Bis zum nächsten Mal, mein Liebster!« Und sie war fort.

Ich dachte eine Weile an diese schwierigen Angelegenheiten, an die Untersuchung, an Don Joãos Zwist mit dem neuen Gouverneur und an die Jesuiten. Doch dann fiel alles von meinem Verstand ab, diese Händel unter den verschlagenen und streitsüchtigen Portugiesen, dieser papistische Kriegszug um Macht über die bedauernswerten Schwarzen, die sie derart betört und betrogen und versklavt und ausgebeutet hatten. Ich fiel in einen tiefen Schlaf und war bis zum Morgen der Welt entzogen. Und als ich erwachte, erkannte ich an der ungewöhnlichen Stille in der Stadt sofort, daß etwas Bedeutsames geschehen war.

Ich kleidete mich an und nahm mein Frühstück ein, das mir von einem der Sklaven gebracht wurde, die Don João für mich abgestellt hatte – ich, ein elender Gefangener, hatte drei Sklaven als Diener! –, und trat hinaus in die Mitte der Dinge und sah mich um. Der große Platz war völlig verlassen. Ein Zug Soldaten marschierte vor dem umzäunten Haus der Jesuiten, an das eine neue Proklamation angenagelt war, auf und ab. Hoch oben vor dem Presidio ergingen sich andere Soldaten in Übungen. Bei den neuen Gebäuden an den Hängen war jede Arbeit zum Erliegen gekommen, und es waren nur sehr wenige Eingeborene zu sehen. Ich überlegte, zu Don Joãos Palast zu gehen, um herauszufinden, welchen Verlauf die Dinge genommen hatten, wurde jedoch von dem Hauptmann der Wache, Fernão de Souza, aufgehalten, der plötzlich aus dem Magazin auftauchte und sagte: »Du tätest gut daran, heute in deinem Haus zu bleiben, Engländer.«

»Was ist geschehen?«

»Der Gouverneur hat die Jesuiten in ihre Quartiere verbannt und sagt, er wird jeden Priester töten, der es verläßt. Von Pater Affonso heißt es, er bereite einen Eröffnungsbeschluß der Exkommunikation gegen den Gouverneur vor und würde bald auf dem Platz erscheinen, um ihn zu verkünden.«

»Wahnsinn!« sagte ich.

»Wessen? Des Gouverneurs oder des Vorstehers?«

»Beider. Was wird geschehen, wenn der Priester hervorkommt? Soll er auf seiner eigenen Schwelle erschossen werden?«

Hauptmann de Souza – soviel sei ihm zugestanden – sah überaus erschrocken aus. »Das weiß niemand, mein Freund. Wir erschießen keine Priester. Wir verweigern unserem Gouverneur nicht den Gehorsam. Wir können nicht beiden Parteien zugleich gehorchen.«

»Wenn Ihr ein gewöhnlicher Soldat wäret«, sagte ich, »und Ihr bekämet den Befehl, einen Priester niederzuschießen, würdet Ihr ihn befolgen?«

»Ich glaube nicht«, sagte er nach einer Weile.

»Nun, dann ist Gouverneur d'Almeida verloren.«

»Das glauben wir auch. Doch es könnte einen tiefen Disput geben, bevor ihm dies klar wird, und ich glaube, es wird Kämpfe geben, denn als er von Portugal kam, hat er Truppen mitgebracht, die ihm viel ergebener sind als den Jesuiten. Wir werden sehen. Ich rate dir jedoch, dich aus der Schußlinie zu halten.«

Was kein Rat war, den ich zweimal hören mußte. Ich zog mich in mein eigenes Haus zurück und vertrieb mir dort die Zeit, und während dieses Tages geschah nichts, was irgendwelche Auswirkungen hatte, und auch nicht während des nächsten oder übernächsten. Die Jesuiten hielten sich auf ihrem Gelände auf, der Gouverneur in seinem Palast, und die einzigen Menschen auf dem Platz waren Soldaten.

Als ich dieses Spiels des Beobachtens und Abwartens überdrüssig war, ging ich zum Hafen hinab und fischte, watete im Wasser und sprach mit den Hafenbeamten, die die Ankunft eines Schiffes aus Brasilien erwarteten und wenig Anteil an dem Geschehen in der Stadt nahmen. Ich stellte mir vor, dieses Schiff zu besteigen, den Kapitän zu ergreifen und ihn zu zwingen, mich nach England zu segeln, doch dies war nur die müßige Torheit eines heißen, feuchten Nachmittages.

Dann kam der Sonntag, und ich fragte mich, ob die Kirche verschlossen bleiben und die Messe nicht gelesen werden würde. Doch an diesem Tage kamen die Ereignisse ins Rollen. Ich spähte auf den Platz und sah Truppen hier und da und dort, die alle gespannt zu warten schienen. Don João kam an mir vorbei, als er vom Palast des Gouverneurs zu seinem eigenen ging, und obwohl er mich sah, sprach er nicht mit mir noch begrüßte er mich. Dann erschien der Gouverneur selbst, umgeben von einer Gruppe seiner Verwandten.

Ich hatte noch immer nicht mit diesem Don Francisco gesprochen, obwohl ich ihn natürlich schon viele Male aus der Ferne gesehen hatte: Nur dem Ansehen nach kam er mir vor wie ein Feigling und Schwächling, mit einem weichen Gesicht, schwerlidrigen, schläfrigen Augen und einem langen, dünnen Bart, der die Umrisse seines Kinns nicht verbarg. Er kleidete sich auf die erstaunlichste, phantastische Art, in einem Gewand, das selbst für einen Kaiser zu pompös und sogar für Prester John zu protzig zu sein schien, mit Ellen goldener Borten und einem funkelnden Helm, der mit Reihen kostbarer Steine besetzt war. An diesem Morgen stolzierte er herum, zeigte die größte Lebhaftigkeit, als er seine Truppen inspizierte, ihre Waffen begutachtete und ermutigende Worte sprach. Es schien auch ein Disput mit seinen Ratgebern im Gange zu sein, denn von Zeit zu Zeit kamen Männer zu ihm, und es fielen wütende Worte zwischen ihnen.

Doña Teresa erschien. Sie begrüßte mich mit hoher Förmlichkeit und ich sie genauso, und keiner von uns beiden zeigte irgendeine Spur einer Vertrautheit. Und sie sagte: »Sie werden die Exkommunizierung heute durchführen. Die Jesuiten werden am Mittag herauskommen.«

»Und glaubt Ihr, daß Don Francisco ihnen trotzen wird?«

»Würdest du ihnen trotzen? Der Macht Gottes trotzen? Aye, ich glaube, du würdest es, denn du bist ja ein Ketzer.«

»Nay, ich würde Gott nicht trotzen. Doch welchen Beweis habe ich, daß diese Jesuiten göttliche Autorität innehaben, bis auf den, daß sie dies von sich behaupten?«

»Nun, sie sind gesalbte Priester!« rief sie.

»Sie sind nur Menschen. Wenn sie ihre angemessene Provinz der heiligen Angelegenheiten verlassen, um sich in Staatsaffären einzumischen, müssen sie diese Umhänge der Heiligkeit ablegen, die zu tragen sie behaupten. Wenn ich

Don Francisco wäre und hier herrschen wollte, würde ich nicht dulden, daß die Jesuiten meine Autorität untergraben!«

»Nun werden sie ihn jedoch mit dem Fluch Gottes belegen, und alles wird für ihn verloren sein.«

»Glaubt Ihr, König Heinrich von England hätte den Fluch Gottes gefürchtet, als er bei einem ähnlichen Kampf den römischen Glauben aus unserem Land vertrieb? Oder seine Tochter Elisabeth, als sie das gleiche tat?«

»Sie waren sehr unbesonnen. Außer, sie waren so aus Gründen der Staatsführung.«

»Fürwahr!« sagte ich. »Sie waren weise Herrscher und wußten, was nötig war, um ihr Volk gegen fremde Tyrannen zu schützen. Und der Disput war nicht wirklich eine Frage der Formalitäten und Verehrung, die geistliche Dinge betraf, sondern eine weltliche Sache.«

»Wieso? Erkläre es mir.«

»Als Heinrich König war, schmiedete der Papst mit dem Heiligen Reich ein Komplott gegen uns, um unserem Handel zu schaden. Dies verhinderte Heinrich, indem er sich protestantische Verbündete schuf und unser Land von Spionen und Verrätern säuberte. Und zu meiner Zeit wurden wir heftig von Spanien bedroht, und König Philip suchte über uns zu herrschen und unser England zu Fall zu bringen, wie er sein Spanien und jetzt auch Portugal ausgeplündert hat. Unser Land war voller Verschwörer in Priesterroben, die planten, unsere Königin zu töten und ihm das Land zu übergeben. Frau, glaubt Ihr, diese Streitigkeiten, die wir mit den Papisten haben, gingen wirklich über die Frömmigkeiten des Gebetesprechens? Daß es uns so wichtig ist, ob wir unsere Gottesdiente in englischer oder lateinischer Sprache abhalten? Es ist Politik, Doña Teresa, es ist Politik.«

»Sie nickte. »Allmählich verstehe ich.«

»Und genauso ist es hier. Don Francisco muß kämpfen,

will er Gouverneur bleiben. Wenn er nicht verhindert, daß die Priester ihn denunzieren, wird seine Herrschaft hier gebrochen sein.«

»Don João vermutet, daß genau dies eintrifft. Die Macht Gottes ist zu groß für Don Francisco.«

»Und ist die Macht eines Musketenschusses nicht zu groß für den Jesuitenvorsteher?« fragte ich.

»Don Franciso wird nicht versuchen, den Priestern Schaden zuzufügen«, sagte Doña Teresa ruhig. »Sie sind Gottes Boten, und Gott würde ihn vernichten, sollte er die Hand gegen sie heben, und das weiß er. Politik ist nicht alles. Es gibt einen falschen und einen wahren Glauben, und wenn der wahre Glauben spricht, würde nur ein Narr Trotz bieten. Das glaube ich, Andres.« Sie lächelte, verabschiedete sich von mir und ging über den Platz zu ihrem Haus.

Ich zuckte nur die Achseln. Ich hatte schon zuvor Menschen gehört, die dem wahren Glauben anhingen, und wußte es besser, als mich mit ihnen zu streiten. Sie werden keine Einwände gelten lassen; ihre Meinung ist unverrückbar. Wenn die Anzahl unserer Atemzüge bei der Geburt festgelegt wird, ist es Irrsinn, auch nur zwei dieser kostbaren Atemzüge bei einem solchen Gespräch zu verschwenden.

Als ich jedoch allein am Rand des Platzes stand, erschien es mir, daß ich zu stark von der politischen Seite unseres Bruchs mit der Kirche Roms gesprochen und den Glaubensangelegenheiten nicht genug Bedeutung hatte zukommen lassen. Nicht, daß ich jemals annehmen würde, *unser* Glaube sei der wahre und jeder andere verderbte Ketzerei. Ich war lediglich der Meinung, daß unser Glaube der bessere sei, wenn es darum ging, die Gaben des von Gott gewährten Lebens einzuholen. Denn ich glaube, daß die Papisten schon vor langer Zeit korrupt geworden sind und sich von den

Wegen Jesu abgewandt haben, mit ihrem Weihrauch und ihren leuchtenden, mit Brokat geschmückten Roben und ihren juwelenbesetzten Thronen und Palästen für ihre Kardinäle und Päpste, und daß wir mit unserer protestantischen Revolution all diese Verderbtheit beiseite gewischt und einen direkten Weg zwischen uns selbst und Gott geschlagen haben. Ich habe das Papsttum zu Hause niemals kennengelernt, da ich geboren wurde, als Königin Maria schon in ihrem Grab lag, doch mein Vater kannte es, und er sprach oft davon, wie das Volk unter der alten Religion unwissend und unselbständig gehalten wurde, da es nicht lesen konnte und nicht einmal die Bibel kennen durfte, bis auf das, was die Priester lehrten, was nicht immer das war, was dort geschrieben stand.

Dies war eine Religion, die uns nicht direkt mit Gott sprechen ließ, sondern uns zwang, uns Vermittlern zu bedienen. Das ist nicht gut; es entmutigt das Denken. Warum sind wir Engländer so kühn und unternehmungslustig, die Papisten aber zumeist so schafsähnlich, so bereit, selbst dem übelsten Führer zu folgen? Ich glaube, es liegt daran, daß wir einen besseren Weg gewählt haben, der uns einen tieferen Seelentrost gibt. Und ich weiß, daß wir recht gehandelt haben, uns von allen Glaubenszwängen auch immer zu befreien, die England der Gnade unserer Feinde ausliefern wollten. Daß wir die Religion gewechselt haben, dient unseren nationalen Interessen, und es dient unseren Seelen. Es ist kein Zufall, daß alle seefahrenden Männer Englands gläubige Protestanten sind und das Papsttum so sehr hassen: Weil wir Patrioten sind und auch, weil unsere Köpfe klar und frei sind, ungefesselt vom Aberglauben, sind wir ausgezogen, so weit durch die Welt zu schweifen.

Es war nun beinahe Mittag. Der Tag war trocken und windstill, und die große Sonne bescherte uns eine gewaltige

Hitze. Als die Mittagsstunde schlug, wurden die Tore des Jesuitenklosters aufgestoßen, und auf den Platz traten vier Priester in der vollsten Kleidung ihres Amtes, nicht einfach in mönchischen Roben, sondern mit der vollständigen Amtstracht und priesterlichen Ornamenten, so daß sie im hellen Sonnenschein wie die Leuchtfeuer strahlten.

An ihrer Spitze ging der Vorsteher des Jesuitenordens in Angola, Pater Affonso Gomes. Er war ein großer, breitschultriger Mann mit dem Aussehen und Gehabe eines Kriegers: von sehr dunkler Hautfarbe, mit heftig funkelnden, wütenden Augen, einem breiten Schnurrbart und einem harten, schmalen Gesicht mit Wangenknochen, die wie Messerklingen hervorstachen. Es war nichts vom süßen, sanften Jesus an diesem Mann. Er hatte des Gesicht eines Großinquisitors, eines, der nicht nur Freude daran empfand, Ketzer zu verbrennen, sondern eines, der sie mit eigener Hand noch auf den Spieß stecken würde.

Die drei anderen Priester waren von viel sanfterem und zurückhaltenderem Auftreten, mit diesem gelehrten, nach innen gerichteten Blick, den Jesuiten oftmals haben; doch auch sie trugen in diesem Augenblick ernste und freudlose Gesichter wie Soldaten am Vorabend der Schlacht.

Sie wurden von etwa einem Dutzend oder mehr ihrer Gefolgsleute und Amtsbrüder begleitet, das heißt Meßgehilfen, Altarjungen, Weihrauchschwenkern und anderen solchen Helfershelfern. Diese führten eine Art tragbaren Altar mit sich, in Gestalt einer breiten Bank oder eines massiven Tisches, den sie mitten auf den Platz trugen und mit Tüchern und Vorhängen aus schwerer, mit Gold durchwirkter Seide und rotem Samt bedeckten. Dann schickten sie sich an, einen schweren silbernen Kerzenständer darauf zu stellen und Behälter mit Weihrauch und all den anderen Putz und das Zubehör einer Zeremonie, als wollten sie vor unseren

Augen eine Krönung abhalten oder eine königliche Hochzeit.

Sie brachten aus ihrer Kirche auch ihre heiligen Bilder mit, vom Erlöser und Maria, und zwei große silberne, mit Gold und Perlen verzierte Kruzifixe, von denen jedes einen Wert hatte, der genügte, um ein halbes Jahr lang die Steuern und Abgaben einer ganzen englischen Grafschaft zu entrichten. Ich beobachtete staunend, wie dieser heilige Schatz unter der großen Hitze inmitten der Stadt mit wundersam großer Geduld und Obhut aufgebaut und gruppiert wurde.

Der Platz, der beinahe leer gewesen war, füllte sich allmählich. Jeder Portugiese in Angola schien hier zu sein; Don Francisco und seine Leute hatten sich auf dieser Seite versammelt, Don João mit Doña Teresa dort; und Soldaten, Händler, Sklavenhändler und Schankwirte sowie einige tausend der einheimischen Bevölkerung – sowohl Sklaven wie auch Freie – standen stumm und still wie die Schafe auf den Feldern.

Ich begriff nun, warum Don Francisco gegen diese Jesuiten hilflos war. Wie konnte er es wagen, seinen Truppen zu befehlen, das Feuer zu eröffnen, wie er angedroht hatte, und die Patres vor der gesamten Stadtbevölkerung zu töten? Dieser Pater Affonso war so furchterregend, daß er imstande schien, den Musketenschuß mit einer Handbewegung beiseite zu fegen, wie wir einen summenden Moskito verscheuchen. Und bei all diesem römischen Pomp verspürte sogar ich ein Zittern der Ehrfurcht und konnte mir gut das Entsetzen vorstellen, das solch eine Vorführung in einem auslöste, der diesen Glauben teilte.

Dies war keine bloße Angelegenheit der Politik und kein bloßer Machtkampf, obwohl die Sache dort ihre Wurzeln hatte: Gottes eigene Heere schienen sich hinter Pater Affonsos Rücken zusammengezogen zu haben, und dies sage ich, der ich Jesuiten immer eher für Schurken denn für heilige Männer gehalten habe. Wenn ein ketzerischer Engländer so bewegt sein konnte, wie würde sich dann ein Portugiese fühlen oder ein leichtgläubiger Schwarzer?

Dann schickte sich Don Affonso zu sprechen an, und als er dies tat, wich meine Ehrfurcht dem Zorn und der wütenden Verachtung, denn ich wußte nun, daß ich unter törichten Barbaren weilte.

Seine Stimme war tief und volltönend, und er sprach auf lateinisch, langsam und ernst; seine Worte waren derart mit besonderen Ausdrücken des kirchlichen Gebrauchs verbrämt, daß ich kaum eins davon verstehen konnte. Doch ich glaube, sie waren nicht dazu gedacht, daß man sie verstand; sie sollten nur erschrecken. Immer und immer weiter ging der große Fluß sonorer Beschwörungen – denn Beschwörungen waren es, eine ernste, überaus abstoßende Magie –, und als er sprach, drehte er sich manchmal um und nahm eine silberne Glocke von einem silbernen Tablett und hob sie hoch und klingelte damit und setzte sie ab und ergriff zwei mächtige Kerzenhalter und hob sie hoch und so weiter, ein einziges pompöses Theaterspiel heidnischer Riten. Ich hörte, wie er mehrere Male den Namen von Don Francisco d'Almeida erwähnte, und als ich zum Gouverneur hinüberschaute, sah ich, daß er bleich war und zusammenzuckte und wie Schweiß auf seiner weißen Stirn glänzte, die nun mehrere Stufen weißer war als ihr gewohntes Dunkelbraun.

Dann vollzog der Jesuit ein großes Brimborium, indem er sich den anderen Priestern zuwandte, von ihnen gewisse Bücher und Kelche und wer weiß wie viele andere Gegenstände der papistischen Ausstattung entgegennahm und diese Dinge in vorbestimmter Abfolge einem anderen weiterreichte. Ich staunte, wie ausgeklügelt diese Prozedur war und wie gut einstudiert. Erneut wurden die beiden Kerzenhalter hochgehoben und gesenkt, erneut klingelte die Glocke, erneut dröhnten die lateinischen Worte, und all dies wurde von einer Vielzahl Kreuzzeichen und dann und wann einem erschreckenden Ausstrecken der Arme begleitet, als würden Blitze aus den Fingerspitzen des Jesuiten hervorschießen.

Dann – und er sprach nun in der portugiesischen Zunge, so daß jeder, selbst die Schwarzen, ihn verstehen konnten – erklärte Pater Affonso:

»Woraufhin du, Don Francisco, in genügenden Punkten der Aufsässigkeit und Blasphemie überführt bist und des Widerstandes gegen die Heilige Mutter Kirche und nach gewährter Ermahnung und Gebeten eigensinnig bleibst ohne jede Spur oder ein Zeichen der wahren Reue. Daher verkünde ich und erkläre ich dich, Don Francisco d'Almeida, im Namen des Herrn Jesus Christus und Seines Vaters und des Heiligen Geistes, und vor dieser versammelten Gemeinde, als exkommuniziert, ausgeschlossen von der Gemeinschaft der Gläubigen, bar jeden kirchlichen und weltlichen Privilegs, und liefere dich zur Vernichtung deines Fleisches dem Satan aus, damit deine Seele am Tag des Herrn Jesu gerettet werde.«

Und mit diesen schrecklichen Worten stieß er die angezündeten Kerzen zu Boden und löschte sie aus, klingelte mit seiner Glocke, schwenkte die heilige Bibel und schlug sie zu, ergriff einen Kelch und hielt ihn hoch und marschierte zum Jesuitenkloster, gefolgt von seinen drei Amtsbrüdern und seiner gesamten Gesellschaft von Untergebenen, die den Altar und seine reiche Ausschmückung mit sich nahmen.

Unter den Schwarzen erklangen Schreie, unter den Portugiesen herrschte Konsternation. Ich warf einen Blick auf Don Francisco, der aussah, als hätte er einen Schlag erlitten; sein Gesicht war rot gesprenkelt, und er fuhr herum und ging zu seinem Palast, gefolgt von seinem Bruder Don Jeronymo und anderen engen Vertrauten, die alle sehr ernst wirkten.

Ich sah Don João de Mendoça, der gelassen dastand, die Arme verschränkt und ein seltsames kleines Lächeln auf den Zügen. Ich sah Doña Teresa, die Augen aufgerissen und den Mund geöffnet, als habe sie gerade eben gesehen, wie Satanas Mephistopheles vor dem Antlitz der Sonne floh. Ich sah Hauptmann Fernão de Souza in einem hitzigen Gespräch mit Soldaten, die alle verblüfft und erstaunt wirkten. Und so war es auf dem gesamten Platz: Jeder hatte die Exkommunikation erwartet, und doch waren die meisten wie von Sinnen, als wären sie völlig überrascht und wüßten nun nicht, was sie denken oder tun sollten.

Und ich? Ich, der ich dieses Kitzeln der Ehrfurcht angesichts der Errichtung dieses unheilverkündenden Altars unter dem strahlenden Auge der Sonne verspürt hatte?

Ich fühlte mich krank vor Gram über die Torheit der Menschheit. Dies alles kam mir völlig aberwitzig vor, dieses Schwingen der Glocken und Bücher und Kerzen, dieser Singsang furchterregender Worte, diese geistlichen Donnerschläge im Namen von Gottes barmherzigem Sohn. Es war so magisch für mich, so heidnisch wie dieses Wirken in Loango mit den Albinohexern und *Mokisso*-Häusern und dem Blasen von Trompeten, um Regen herbeizuzaubern. Nun, nicht einmal die Coccodrillos, die brüllend und schnaubend an den Flußufern lagen, wären so hohlköpfig, diesem Getue Glauben zu schenken; nur diese Sterblichen, die sich selbst mit geräuschvollem Singsang und geheiligtem Gewäsch verzaubern, können dies schlucken.

Glaubte Pater Affonso wirklich, er habe Don Francisco die Gnade Gottes genommen? Glaubte Don Francisco dies? Oder war dies alles nur ein äußerliches Schauspiel, um die Törichten zu erschrecken und ihm die Macht als Gouverneur zu nehmen, indem die gewöhnlichen Leute sich nun scheuten, sich ihm zu nähern, wollten sie nicht auch zur Hölle fahren?

Ich weiß es nicht. Doch eins ist sicher: daß die Schwarzen dieses Landes zwischen zwei scharfe Mäuler gefallen sind, wenn sie entweder von den korrupten und käuflichen staatlichen Gewalten oder von diesen grausamen Priestern beherrscht werden; und welche Herrschaft besser für sie ist, kann niemand sagen.

Wir würden nicht halb so oft von Teufeln heimgesucht werden, hätten wir uns nicht die Mühe gemacht, so viele von ihnen zu erfinden.

5

Als ich mich von der Exkommunikation heimwärts wandte, fand ich meinen Weg von einem schlanken und flink aussehenden Mann in engen blauen Samthosen und einem flammend scharlachroten Wams versperrt, der mich überaus boshaft betrachtete, während er seine Hand am Schaft seines Schwertes auf und ab rieb, als streichle er seine lusterfüllte Männlichkeit.

Ich wußte sofort, daß dies Gaspar Caldeira de Rodrigues war. Er hatte den unbeständigen, verschlagenen Blick seines Bruders und dessen leichtes, verächtliches Lächeln und auch den gleichen dünnen Bart, der nur auf einigen Stellen seines Gesichts wuchs. Doch er war größer und robuster und erweckte einen etwas weniger feigen Eindruck. Hinter ihm standen vier andere seiner Sorte, häßlich und mürrisch, und ich machte mich augenblicklich bereit, mich zu verteidigen, da ich einen Angriff fürchtete und entschlossen war, mindestens die Hälfte von ihnen zur Hölle zu schicken, bevor sie mich fertig machten.

»Halte ein, Mörder«, sagte er kalt. »Ich will mit dir sprechen.«

»Ich bin kein Mörder«, entgegnete ich. »Doch ich bin imstande, Euch zu erschlagen, wenn Ihr mich auf die Probe stellen wollt.«

»Mein Bruder hat dir keinen Schaden zugefügt.«

»Laßt das Gericht darüber urteilen, Don Gaspar.«

»Ich habe mit denen gesprochen, die gesehen haben, wie du ihn getötet hast. Das Gericht wird dich hängen, wenn du lange genug lebst, um gehängt zu werden.«

»Ah, und Ihr wollt also dem Verbrechen, Zeugen bestochen zu haben, einen Mord hinzufügen?«

»Ich werde meine Klinge nicht an dir benetzen«, sagte er. »Doch mein Bruder hat andere Freunde, die nicht von so edler Geburt sind wie ich und vielleicht auch nicht so übertrieben wählerisch.«

»Ja, Euer Bruder war fürwahr edel. Edelmütig hat er Gräber geplündert, und edelmütig hat er versucht, ein Langboot zu besteigen, das keinen Platz für ihn hatte, und edelmütig hat er gestohlene Schätze an seine Brust gedrückt, selbst wenn sie ihn ertränken sollten. Seid Ihr gleichermaßen edel, Don Gaspar?«

Sein Zorn flog auf. Er schritt auf mich zu und streichelte sein Schwert dabei noch heftiger.

»Edel genug, um dich nicht auf der Straße aufzuschlitzen, was du verdient hättest, lutherischer Hund! Soll sich das Gericht rechtmäßig mit dir befassen. Doch ich sage dir dies, Engländer: Wenn du durch irgendeinen Winkelzug deines Herrn Don João von der Untersuchung freikommst, dann wirst du mir Antwort stehen müssen!«

»Und Euren Freunden auch, nehme ich an? Oder werdet Ihr mich von Mann zu Mann herausfordern?«

Zur Antwort spuckte er mir vor die Füße, schnaubte mit den Nüstern, wirbelte herum und marschierte überaus pompös davon.

Mein erster Drang war es, darüber zu lachen, denn er war mit seinem Prahlen, dem Liebkosen des Schwertes und den Drohungen so komisch und geschwollen vor Stolz, daß ich versucht war, ihn für einen Hofnarren zu halten. Und doch wußte ich, daß dies ein Fehler war. Denn solche Männer – geschwollen wie Schweineblasen, voller Stolz auf ihre Herkunft und Tugenden – sind die gefährlichsten, denn sie sind schwach und bedecken ihre Schwäche mit solchen Taten, durch die sie in den Augen anderer kühn wirken. Einer, der wirklich stark ist, kann die Achseln zucken, lachen und sich von einem Zwist abwenden, der unter seiner Würde ist; doch der Schwächling, der Stärke vortäuschen muß, hat diese Weisheit nicht; er schlägt feige im Schutz der Nacht zu, verfolgt seine Feinde mit bloßer nachtragender, greinender Beharrlichkeit, bis er durch Betrug oder boshafte Verschwörung den Triumph bekommt, den er haben muß. Hätte ein anderer erfahren, wie sein Bruder umgekommen war, so hätte er den Verlust seines Blutsverwandten betrauert, doch keinen Groll gegen den gehegt, der ihn getötet hatte. Doch ich hatte mir hier fürwahr einen gefährlichen Feind verschafft. Man muß die Hornisse oftmals mehr fürchten als den Löwen.

Und doch, wenn ich mich vorsah, würde ich eine Zeitlang keinen Streit mit ihm zu befürchten haben. Wie sein Bruder war er eitel und müßig und feige, und seine Position war gefährdet, daß er sich keine weiteren Untaten mehr leisten konnte. Er hoffte, die Untersuchung würde mich verdammen und ihm die Mühe ersparen. Doch wenn ich mit einem Freispruch daraus hervorgehen sollte, wäre es eine andere Sache; dann mußte ich viel Ärger von ihm erwarten.

Ich verdrängte ihn für den Augenblick aus meinen Gedanken.

Die Untersuchung war nun verschoben. Denn wie Don João de Mendoça vorausgesagt hatte, war die Autorität von Gouverneur d'Almeida durch die Exkommunikation völlig zerschmettert worden. Es war nicht das gleiche, als wäre ein König Heinrich oder eine Königin Elisabeth von einem fremden Papst verdammt worden, während sie noch sicher und mächtig in England saßen. São Paulo de Luanda war damals eine kleine Stadt: Jeder darin bekannte sich dazu, ein gläubiger Katholik zu sein, abgesehen von jenen Schwarzen, die insgeheim Heiden waren, und dem einen englischen Protestanten, der dort unfreiwillig verweilte; es war d'Almeida unmöglich, seine staatlichen Funktionen auszuüben, solange er außerhalb der Gemeinschaft seines Glaubens stand. Jeder, der sich mit ihm abgab oder seinen Befehlen nachkam, ging die Gefahr der gleichen schrecklichen Exkommunikation ein; daher war er isoliert. Wenn er in die Stadt hinausginge, wäre er für den anderen unnahbar, wie ein Lepra- oder Pestkranker, daher war er in seinem Palast gefangen. Und ein Gouverneur, der nicht hinausgehen und dessen Befehlen man nicht nachkommen kann, ist kein Gouverneur.

Mehrere Wochen lang ähnelte der Ort einer Totenstadt. Es wurden keine Geschäfte getätigt, die Straßen waren leer. Man sah weder die Jesuiten noch den Gouverneur. Es fanden Gespräche der mächtigen Männer dieses Ortes statt, wobei die eine Partei von Don Jeronymo d' Almeida und die andere von Don João angeführt wurde, doch was bei diesen Konferenzen beschlossen wurde, weiß ich nicht. Die einzigen Nachrichten, die ich erhielt, kamen von Doña Teresa, doch selbst sie wußte nicht genau, was vor sich ging, bis auf die Tatsache, daß Verhandlungen darüber geführt wurden, wer der neue Gouverneur von Angola sein sollte, nachdem Don Franciscos Herrschaft endgültig beendet war.

Ich ging still meinen Aufgaben nach, achtete darauf, mich mit keiner der beiden Parteien zu sehr einzulassen, und blieb Gaspar Caldeira de Rodrigues und seinen Freunden gegenüber wachsam. Dann und wann kreuzten sich unsere Wege, und es fielen genügend verdrossene Blicke, doch sie unternahmen nichts gegen mich.

Das Schiff aus Brasilien traf inmitten dieser Vorgänge ein; es brachte einige wenige neue Kolonisten mit, auch den freundlichen Barbosa, der nach Übersee zurückgekehrt war, um die Steuereinschätzung der Kolonie vorzunehmen. Durch Zufall war ich bei den Docks, als er an Land kam, und er betrachtete mich mit solchem Erstaunen, als hätte er einen Geist gesehen.

»Was, Battell, noch immer hier und lebendig?«

»Aye. Meint Ihr etwa, eine kleine Sache wie ein Schiffbruch könnte meiner Gesundheit schaden?«

»Ein Schiffbruch? Was für ein Schiffbruch? Ich dachte, du wärest der Roten Ruhr anheimgefallen. Es hieß, du würdest nicht überleben.«

»Ah, ich habe überlebt, und seit dieser Zeit ist viel geschehen!«

Wir umarmten einander freundlich. Da man nun den April des Jahres '93 schrieb, war es zwei Jahre her, daß ich ihn zuletzt gesehen hatte. Er wirkte schlanker und älter als nur diese zwei Jahre, doch er war so elegant gekleidet wie immer, in seegrünen Beinkleidern, einem leichten, lavendelfarbenen Umhang und mit einem Hut mit hohem Kopf und schmaler Krempe.

Er trat zurück, musterte mich und sagte: »Du siehst durchaus gesund aus. Was soll dies nun heißen, bist du zur See gefahren?«

»Aye. Nachdem ich meine Krankheit überwunden hatte, ging ich für eine Weile in den Kerker und wurde dort vergessen, doch dann erinnerte man sich wieder an mich, und Don João warb mich an, seine Pinasse im Elfenbeinhandel die Küste entlang zu lotsen. Die selbige Pinasse verloren wir auf meiner letzten Reise, als wir von Loango nach Hause zurückfuhren, doch wie Ihr seht, hielt ich mich über Wasser und werde über kurz oder lang wohl wieder segeln.«

»Das ist nicht das Schicksal, das ich für dich bestimmt hielt«, sagte er. »Dann hast du deine Freiheit?«

»Recht und schlecht«, antwortete ich. »Ich habe ein Haus und Diener, und man sagt mir, auf meiner nächsten Reise würde ich einen Anteil des Gewinns bekommen, was sehr freundlich von ihnen ist, wenngleich auch nicht ein Zehntel so freundlich, als würden sie mich einfach nach England heimkehren lassen. Das wollen sie jedoch nicht, obwohl sie mir ein windiges Versprechen gegeben haben, wenn ich nur zuerst noch ein paar Reisen für sie unternehme. Doch ich glaube, wegen des Bürgerkriegs, den wir bald haben werden, wird es dieses Jahr weder Reisen noch Gewinne geben.«

Das verblüffte Barbosa. »Bürgerkrieg?«

»Aye«, sagte ich und berichtete ihm von den Zwistigkeiten zwischen Don Francisco und den Jesuiten, und nun von diesem Schachern zwischen Don João und Don Jeronymo. All dies vernahm er mit Anzeichen gewaltigen Unbehagens und Kummers, denn Barbosa war ein anständiger Mann, und ein Streit unter Portugiesen bereitete ihm große Pein. Am Ende meines Berichts schüttelte er traurig den Kopf und schritt in einem kleinen Kreis hin und her.

»Sie sind Narren, sich so aufzuführen«, sagte er schließlich. »Bei so vielen Feinden, die sich vor der Stadt versammeln, können sie sich nicht den Luxus erlauben, innerhalb der Mauern um die Macht zu streiten. Ich werde mit Don João sprechen.«

»Und was werdet Ihr ihm sagen, wenn ich fragen darf?«

»Nachzugeben und seine Zeit abzuwarten. Die Partei d' Almeidas hält im Augenblick die königliche Beglaubigung. Don João ist der beste Herrscher für diesen Ort, doch nur, wenn er mit legitimen Mitteln an die Macht kommt.« Barbosas Gedanken schienen einen Moment lang abzuschweifen. Dann lächelte er, nahm meinen Arm und sagte: »Wie seltsam es ist und wie schön, daß du, der du als verachteter Gefangener kamst, lebst und sogar gedeihst und Sklaven hast! Ich bin so erfreut, von deinem Glück zu erfahren! Willst du morgen abend mit mir speisen?«

»Sehr gern«, sagte ich. »Ich werde höchstes Vergnügen an Eurer Gesellschaft haben, und ich hoffe, Ihr werdet die Nachrichten mit mir teilen, die Ihr von der Welt dort draußen bringt. Denn ich bin mächtig neugierig, was sich dort abgespielt hat.« Und ich lachte. »Ja, wie seltsam es ist, Senhor Barbosa, daß ich hier ausharre und gedeihe, und nun werde ich sogar von einem Beamten des portugiesischen Hofes zum Essen geladen! Das habe ich mir wahrlich nicht vorgestellt, als ich nach Amerika aufbrach. Es gibt Zeiten, Senhor, da mir dieses Abenteuer nur wie ein Traum erscheint.«

»Aus dem du bereitwillig erwachen würdest, schätze ich, wenn du dich danach in deinem Bett in England wiederfändest.«

»Aye, vielleicht. Doch wenn ich erwache, fühle ich statt dessen die Hitze und Feuchtigkeit an meiner Haut und sehe die seltsamen, schweren Bäume mit scharlachroten Blüten hinter meinem Fenster, und höre, wie die Tiere Afrikas in ihrem Dschungel schreien. Und ich weiß, daß es kein Traum ist.«

»Dann denke doch, daß es ein Traum in einem Traum ist. Du bist immer noch in England.«

»Das ist eine schöne Vorstellung, Senhor Barbosa«, sagte ich und lächelte dabei. »Ach, wäre es doch nur so!«

Barbosas Besitztümer waren nun aus dem Schiff entladen worden, und Sklaven kamen, um ihn in die Stadt zu bringen, wobei sie ihn in einer Art Sänfte trugen, die ähnlich wie eine Hängematte aus Stricken gefertigt war. In ganz Angola und dem Kongo ist es Brauch, daß hohe Persönlichkeiten in solchen Hängematten getragen werden, wenn sie ausgehen, besonders in der Regenzeit, wenn die Straßen schlammig sind. Barbosa bat mich, ihn zu begleiten; doch es war keine andere Sänfte zur Hand, und wir wollten nicht warten, während die Schwarzen in die Stadt zurückkehrten, um eine zweite zu holen, und Barbosa wollte nicht, daß ich neben ihm herging, während er getragen wurde. Dann schlug der erste Sklave vor, zwei oder drei der stärksten Schwarzen könnten mich auf ihren Armen tragen, doch das schien mir absurd und höchst unangenehm. Am Ende entließen wir schließlich die Sklaven und gingen zu Fuß zur Stadt, was für einen Mann von Barbosas Rang wohl kein angemessenes Verhalten war.

Als wir noch ein ganzes Stück von der Stadt entfernt waren, kam ein junger Portugiese aus der Soldateska herbeigelaufen und blieb stehen, als er Barbosa sah. Er war in voller Rüstung und dampfte vor Schweiß. Etwas überrascht, uns zu Fuß zu sehen, salutierte er und sagte, wobei er um Atemluft rang: »Ich suche den Steuereinschätzer Lourenço Barbosa, der gerade aus Brasilien eingetroffen ist.«

»Der bin ich«, sagte Barbosa.

»Ich habe den Auftrag, Euch zu berichten, daß Gouverneur Don Francisco d'Almeida heute morgen von seinem Amt zurückgetreten ist und daß Ihr Euch umgehend bei seinem Bruder Don Jeronymo melden möchtet, der auf die dringliche Forderung des Rats die Regierungsgeschäfte übernommen hat.«

»Ah«, sagte Barbosa, und er und ich wechselten einen Blick. »Dann ist in der Stadt alles friedlich?«

»Alles ist friedlich«, sagte der Soldat.

»Und wie ist es Don João de Mendoça ergangen?« fragte ich.

Der Soldat musterte mich, als sei ich eine Schlange mit Beinen. »Ich habe keine Anweisungen, mit dir zu sprechen, Engländer.«

Für diesen Hochmut hätte ich ihn bereitwillig erschlagen, wäre ich nicht unbewaffnet und er in Leder und Stahl gekleidet gewesen. Doch Barbosa leitete meinen plötzlichen Zorn ab, indem er freundlich sagte: »Seine Frage hat auch für mich Bedeutung. Bitte sprich.«

»Don João ist zu seiner eigenen Sicherheit in Schutzhaft genommen worden, da es unter d'Almeidas Anhängern einige gibt, die Drohungen gegen ihn ausgestoßen haben. Doch er ist unverletzt und nicht in Gefahr.«

»Erkundigt Euch nun nach den Jesuitenvätern«, erbat ich von Barbosa.

Doch der Soldat war nun geneigt, mir direkt zu antworten. »Die Jesuiten befinden sich in ihrem Kloster. Don Jeronymo wird sich morgen mit ihnen treffen, um mit ihnen über eine Aussöhnung der staatlichen und geistlichen Mächte der Stadt zu sprechen.«

»Dann ist alles gut«, sagte Barbosa. »Komm, gehen wir zum neuen Gouverneur, und erweisen wir ihm unsere Aufwartung.«

»Habt Ihr keine Träger?« fragte der Soldat.

»Ich habe sie fortgeschickt. Ich habe viele Wochen an Bord eines kleinen Schiffes verbracht und muß meinen Beinen Bewegung verschaffen.« Dabei lächelte Barbosa überaus freundlich, und wir gingen weiter, nun eskortiert von dem Soldaten und einem halben Dutzend anderer Portugiesen, die, wie ich nun sah, ein kurzes Stück vor uns auf der Straße gewartet hatten.

Die Stadt war in der Tat friedlich. An jeder Ecke des Platzes und vor jedem der wichtigsten Gebäude hatten Soldaten Wache bezogen und auch vor dem Jesuitenkloster und vor dem Palast Don Joãos. Sonst war niemand in Sicht noch gab es irgendein Lebenszeichen. Welche Umwälzungen auch immer heute morgen in São Paulo de Luanda stattgefunden hatten, sie hatten sich schnell vollzogen; und sie waren, wie ich kurz darauf erfuhr, völlig ohne Blutvergießen vonstatten gegangen, was mich sehr erstaunte.

Die Lage war so, wie der Soldat sie beschrieben hatte. In Ungnade gefallen und überaus entmutigt, hatte Don Francisco sein Amt heute morgen aufgegeben, oder man hatte es ihm genommen. Er hatte sich nun zurückgezogen und schickte sich an, mit jenem Schiff, das gerade eingetroffen war, nach Brasilien aufzubrechen.

Es war zu einem kurzen, doch überaus stürmischen Ratstreffen gekommen, bei dem man Don Jeronymo und Don João für das Amt vorgeschlagen hatte, und die Gefolgschaft Don Jeronymos hatte klargemacht, daß sie die stärkere Position innehatte. Don João hatte seine Bewerbung zurückgezogen, doch erst, nachdem wütende Worte gefallen waren und ein Vetter Don Jeronymos, Baltharsar d'Almeida, und ein gewisser João de Velloria sogar Messer gezückt hatten. Dieser Velloria, ein Spanier, hatte seit vielen Jahren als Soldat in Angola gedient und galt als einer der kühnsten Soldaten dieser Gegend, nachdem er sich in einem Kampf gegen die

Eingeborenen ausgezeichnet hatte. Er war überdies ein getreuer Verbündeter der Jesuiten. Aus diesem Grund lehnte er den gesamten Clan der d'Almeidas ab und hatte die Seite von Don João de Mendoça unterstützt, was jedoch nichts nützte; und bei den hitzigen Worten, die danach fielen, hatten entweder er oder Balthasar – das ist nicht bekannt – die Mutter des jeweils anderen verflucht. Don João hatte Velloria und Balthasar heftig gedrängt, ihre Waffen einzustecken, und um der Ruhe in der Stadt willen Don Jeronymo seinen Gehorsam bekundet. Nun weilte Don João unter Bewachung in seiner Residenz, João de Velloria unter schärferer Bewachung in der Festung, und Don Jeronymo d'Almeida übte die Herrschaft über die Stadt aus.

Meine eigene Lage, so hatte es den Anschein, war mißlich. Dem barschen Ton, den der Soldat mir gegenüber angeschlagen hatte, als ich mit Barbosa zur Stadt ging, entnahm ich, daß ich als Verbündeter der Fraktion Don Joãos angesehen wurde und daher tief aus der Gunst gefallen war. Und es zeigte sich, daß dies tatsächlich der Fall war. Als ich meine kleine Hütte erreichte, stellte ich fest, daß all meine Diener verschwunden waren und zwei verdrossene Portugiesen als Wachen vor meiner Schwelle standen.

»Sorgt Ihr dafür, daß mein Haus nicht von Löwen heimgesucht wird?« fragte ich freundlich.

Nicht so freundlich erwiderten sie: »Geh hinein und bleibe drinnen, Engländer!«

Ich tat, wie sie mich hießen. Dies war keine Zeit für Heldentaten. Obwohl ich eine lange Zeit unter dem Anschein von Freiheit hatte verbringen dürfen, war ich offiziell noch immer ein Kriegsgefangener an diesem Ort. Meine Privilegien waren aus dem zufälligen Umstand erwachsen, daß Gouverneur Serrão mich in die Dienste Portugals genommen hatte, indem er mich als Lotse einsetzte, und Don João diese

Privilegien dann erneuert hatte, doch Serrão war schon lange tot und Don João gestürzt, und aller Wahrscheinlichkeit nach war ich mit ihm gestürzt. Ich schätzte mich glücklich, nur unter Hausarrest zu stehen. Es konnte gut sein, dachte ich, daß ich bis zum Anbruch der Nacht wieder in Ketten in dem vertrauten alten Kerker am Hügel lag. Don Jeronymo hatte schließlich keinen Grund, einen Engländer an die Brust zu drücken, besonders nicht, wenn dieser seinem Feind Don João treu ergeben war.

Daß ich nicht in den Kerker ging, verdankte ich einzig dem guten Steuereinschätzer Barbosa. An diesem Nachmittag und in der Nacht blieb ich in meinem Haus, wurde von niemandem besucht und bekam nichts zu essen und zu trinken; und am Morgen wurde ich mit weniger barschen Worten als zuvor zum Regierungspalast bestellt. Im Raum des Bewahrers der Steuerrolle fand ich Barbosa, der müde und in den Kleidern des gestrigen Tages ungewohnt schäbig aussah, als habe er überhaupt nicht geschlafen. Er hieß mich, Platz zu nehmen, und sagte: »Hat man dich schlecht behandelt?«

»Abgesehen davon, daß ich Hunger und Durst verspüre, würde ich dies nicht sagen.«

»Man hat dir nichts zu essen gegeben?«

»Nicht einmal Gefangenenfraß. Ich wurde in meinem eigenen Heim festgehalten oder in dem, was ich in diesem Land mein Heim nenne.«

Barbosa bedeutete einem Sklaven, er solle mir eine Mahlzeit bringen.

»Es ist eine geschäftige Nacht gewesen«, sagte er. »Ich bin eigentlich ein Finanzbeamter und kein Friedenshüter. Doch ich glaube, ich habe alle widerstreitenden Seiten zusammengebracht. Empfindest du irgendeinen Haß auf Don Jeronymo d'Almeida?«

»Ich kenne den Mann überhaupt nicht. Ich habe noch nie mit einem d'Almeida zu tun gehabt.«

»Du bist Don Joãos Mann. Du mußt Don Jeronymo die Treue schwören, oder ich kann dich nicht weiterhin schützen.«

»Ich werde jedem die Treue schwören, solange ich nicht in den Kerker komme«, erwiderte ich übereifrig. Und ich sagte: »Dann wart Ihr es, der mich dieses Mal befreit hat?«

»Das war ich.«

»Erneut muß ich Euch danken. Ich habe von Euch ein Übermaß an freundlicher Behandlung empfangen, Senhor Barbosa.«

Er tat meinen Dank mit einem Achselzucken ab. Der Sklave trat mit einem Tablett voller Essen und einem Becher Palmwein für mich ein, und während ich aß, sagte Barbosa: »Diese Kolonie kann sich keine Zwistigkeiten mehr leisten. Während des Streites zwischen Don Francisco und den Jesuiten haben sich die *Sobas* der Provinz Kisama, die in unserem Süden und Osten liegt, von ihren Untertanenpflichten freigesprochen, und wir müssen sie erneut befrieden. Don Jeronymo weiß dies. In diesem Augenblick berät er sich mit dem Jesuitenpater Affonso, um den Bruch zu kitten. Sobald er Pater Affonsos Segen hat, wird er sich die Untertanentreue von Velloria und den anderen Soldaten verschaffen, die den Jesuiten ergeben sind, und alles wird geheilt sein, so daß wir Heere auf das Feld schicken können.«

»Und welche Rolle habt Ihr dabei für mich vorgesehen?« fragte ich.

»Nun, du bist der Lotse unserer Kriegsflotte! Don Jeronymo will, daß du zur Insel São Tomé segelst und Soldaten holst, die ihn auf seinen Kriegszügen unterstützen werden.«

»Dann wird man mir vertrauen, obwohl man weiß, daß ich Don João freundlich ergeben bin?«

»Don João wird Angola in Bälde verlassen«, sagte Barbosa. »Er hat eingewilligt, am Hof von Lissabon vorzusprechen, um neue Truppen für diese Kolonie zu beschaffen und Waffen und Pferde.«

Diese Nachricht war höchst unangenehm für mich. Ich hatte nicht gedacht, daß man Don João von diesem Ort vertreiben könnte. Es war noch immer meine Hoffnung, daß er die Macht ergreifen, mir eine Gunst erweisen und erlauben würde, nach England zurückzukehren. Daß er Angola verließ, konnte nur von Nachteil für mich sein, besonders in bezug auf die Untersuchung über den Tod Tristão Caleira de Rodrigues', die mich noch immer erwartete.

»Ich bin überrascht«, sagte ich. »Duldet Don João es einfach, daß Don Jeronymo versucht, ihn loszuwerden?«

»Es gibt in São Paulo de Luanda keinen Platz für Don Jeronymo *und* Don João. Doch Don Jeronymo wagt es nicht, die Hand gegen Don João zu heben, der viele Freunde hat. Dafür hat er einen Vorwand gesucht, unter dem Don João nach Portugal reisen kann, und Don João hat eine ehrenvolle Möglichkeit gefunden, einen Ort zu verlassen, an dem er seine gesamte Macht verloren hat. Und beiden Männern werden auf diese Art zukünftige Zwistigkeiten erspart.«

»Und wenn Don João zurückkehrt? Wird es dann nicht neuen Streit geben?«

»Ah, das wird aber erst in vielen Monaten sein oder sogar noch später. In dieser Zeit kann viel geschehen, und es ist müßig, jetzt schon darüber zu spekulieren.« Barbosa rieb sich mit den Daumen die Augen und gähnte verhalten. »Dann ist es also beschlossen, daß du dem neuen Gouverneur treu dienst?«

»Es spielt für mich keine Rolle, wer Gouverneur ist«, sagte ich. »Nur, daß ich am Leben und außerhalb des Kerkers bleibe, bis man mir gestattet, in mein Vaterland zurückzukehren.«

»Du bist ein kluger Mann, Andrew Battell.«

»Bin ich das?«

»Du lebst nicht nach dem Stolz, sondern nach der Vernunft. Du siehst dein wahres Ziel in weiter Ferne, und du näherst dich ihm klug und ohne Verwirrung. Das bewundere ich.«

»Kein Seemann ist je nach Hause zurückgekehrt, indem er in den Schlund eines Sturms gesegelt ist«, sagte ich. »Ich versuche, meine Segel in einer geraden Linie auszurichten oder mich zumindest nicht zum Kentern bringen zu lassen. Werden wir heute abend miteinander speisen, wie Ihr es erwähnt habt, Senhor Barbosa?«

»Ich bitte dich, guter Andrew, gewähre mir noch einen Abend«, sagte Barbosa mit großer Freundlichkeit. »Heute abend muß ich mich wieder mit Don Jeronymo beraten. Ist mir dieses Versäumnis verziehen?«

»Fürwahr, das ist es«, erwiderte ich. »Laßt uns an einem anderen Abend zusammenkommen, wenn diese dringenden Angelegenheiten Euch weniger in Anspruch nehmen.«

6

Innerhalb von ein paar Tagen war in der Stadt São Paulo de Luanda die Ruhe wiederhergestellt. Don Jeronymo machte seinen Frieden mit den Jesuiten; die Exkommunikation Don Franciscos wurde aufgehoben, und dieser unglückliche Fidalgo bestieg das Schiff nach Brasilien, froh, schätze ich, Angola verlassen zu können. João de Velloria wurde aus dem Gefängnis entlassen und wieder in den Rang eines Hauptmanns eingesetzt, den er vorher innegehabt hatte. Auch Don João de Mendoça wurde aller Freiheitsbeschränkungen enthoben, obwohl er es vorzog, in seiner Abgeschiedenheit zu verbleiben. Und auch ich wurde von meinem Hausarrest befreit. Ein Stellvertreter Don Jeronymos überbrachte mir eine Nachricht des Gouverneurs, die besagte, daß ich mich auf eine Reise nach São Tomé vorbereiten solle und in Bälde genauere Anweisungen von Don Jeronymo erhalten würde.

Nun stand noch die Sache der Untersuchung an. Doch dieser Prozeß, den ich so sehr gefürchtet hatte, erwies sich am Ende als hohle Formalität. In der Stadt hatten sich so große Ereignisse abgespielt, daß das Erschlagen eines aufsässigen Seemanns, selbst wenn er der Sohn eines Herzogs gewesen war, keine Rolle mehr spielte; jeder bis auf den gekränkten Don Gaspar hatte die Tat vergessen. Und obwohl sich nicht mehr Don Joãos Hand wie ein Schild über mich hob, bedurfte der neue Gouverneur Don Jeronymo dennoch meiner Dienste, und so konnte ich solch einer Rachsucht nicht anheimfallen.

So wurde ein Gericht unter dem Vorsitz eines Gerichtsbeamten der Fraktion Don Jeronymos, Don Pantaleão de Mendes, zusammengerufen, eines Mannes mit faltigem, verdrossenem Gesicht. Die Sache war in einer Stunde erledigt. Don Gaspar erhob sich und klagte mich an, seinen Bruder erschlagen zu haben; er behauptete, mich hätte nach gewissen wertvollen Gütern seines Bruders verlangt, und erinnerte Don Pantaleão an die hohe Abstammung des Toten.

Ich sagte meinen Teil.

Dann erhoben sich Pinto Cabral, Pedro Faleiro und Mendes Oliveira, die auf dieser Reise meine Gefährten gewesen waren, und sagten, wie es gewesen war: daß der verstorbene

Caldeira de Rodrigues mit Gewalt versucht habe, sich Zutritt zum Langboot zu verschaffen, und durch meine Schnelligkeit und Kühnheit davon abgehalten worden sei, worauf sie alle einen ernsten Eid schworen. Und das war alles.

»Ein Unfall mit tödlichem Ausgang«, entschied Don Pantaleão, schlug dem Kläger die Kosten des Prozesses zu, und der Fall war abgeschlossen. Doch als wir den Raum verließen, ergriff Don Gaspar meinen Ärmel, zischte und runzelte die Stirn und schwor mir Rache.

»Ich bin noch nicht fertig mit dir«, sagte er.

»Ich bitte Euch«, sagte ich, »bratet einen anderen Fisch und laßt mich in Ruhe.«

Nachdem der Umsturz sein Ende gefunden hatte, speiste ich mit Senhor Barbosa. Während seines Aufenthaltes in São Paulo de Luanda hatte man ihm ein großes Haus zur Verfügung gestellt, und wir wurden von einer Vielzahl von Sklaven bedient, von denen einige gute Livree trugen, da Barbosa ein Mann war, der sich an schöner Kleidung erfreute. Wir aßen üppig an vielen Fleischsorten, darunter auch Rebhuhn und Fasan und der wilde Eber, der hier *Mqalo* genannt wird, und kleine Austern von großer Saftigkeit und seltsame Früchte des Landes wie Mandonyn, Beyonas und Ozeghes. All dies war überaus wohlschmeckend auf europäische Art gekocht, mit feinen Saucen, und wurde von einer Vielzahl ausgezeichneter Weine von Portugal und den Kanaren begleitet. Ich stopfte mich schamlos voll wie jemand, der lange in Wüstenländern verweilt hatte, obwohl sich Senhor Barbosa damit begnügte, hier und da ein wenig zu probieren, immer nur die bescheidensten Bissen.

Bei diesem großen Fest vernahm ich von ihm, was in der Welt vorgegangen war: etwa, daß Drake noch immer die Schiffe König Philips aufbrachte. »Er fiel in den Hafen von Coruña in Spanien ein und zerstörte eine neue Armada, die wir dort bauten«, sagte Barbosa. » Daraufhin ergriff er Don Antonio, der angeblich rechtmäßiger Thronfolger von Portugal ist, und ging mit ihm in Lissabon an Land, um ihn als König einzusetzen.«

»Tapferer Sir Francis! Doch was kam dabei heraus?«

»Ah«, sagte Barbosa, »sehr wenig, denn wir Portugiesen scheinen nicht darauf versessen zu sein, uns töten zu lassen, um unsere alte Dynastie zurückzubekommen, und die Unternehmung scheiterte. Nun ist Drake in England in Ungnade gefallen; die Königin ist zornig auf ihn, weil er König Philip provoziert hat. Drake plündert die Azoren und den spanischen Hof und wagt es nicht, nach Hause zurückzukehren.«

»Er wird sehr schlecht behandelt. Und welche Neuigkeiten gibt es sonst?«

Es hatte, sagte er, eine weitere große Reise von Thomas Candish gegeben, der anno 1586 zu einer Weltumsegelung aufgebrochen war. Ich hatte schon von diesem Candish gehört; er entstammte dem niederen Adel von Suffolk, und glaubwürdige Leute sagten, er sei einer der grausamsten und unbeliebtesten Kapitäne, die je ein Schiff befehligt hatten. Barbosa sagte mir, er sei vor etwa zwei Jahren mit fünf Schiffen von Plymouth aufgebrochen, habe Brasilien geplündert, die Stadt Santos überraschend angegriffen, als deren Volk bei der Messe war, und jeden, der sich in der Kirche aufhielt, gefangengenommen.

»Und doch war dieser Angriff ein Fehlschlag«, sagte Barbosa, »und zwar wegen der Nachlässigkeit von Candishs Stellvertreter bei dem Überfall, einem Kapitän Cocke..«

»Cocke?« brach es aus mir heraus, und ich empfand ein wütendes Pochen meines Herzens, als ich den Namen hörte. »Ein kleiner Mann mit verdrossenem Gesicht, nicht wahr, und einem scheelen Auge?«

»Das weiß ich nicht, denn ich habe diesen Mann niemals gesehen. Zu dieser Zeit war ich in Rio de Janeiro.«

»Sagt mir, inwiefern er nachlässig handelte.«

»Als er Santos eingenommen hatte«, sagte Barbosa, »schenkte er den Indianern der Stadt keine Beachtung, die alles aus ihr heraustrugen, alle Bedarfsartikel und Vorräte, und den Ort bar zurückließen. So fanden sich die Engländer binnen kurzer Zeit in äußerster Not an Lebensmitteln. Nach fünf Wochen waren sie gezwungen, die Stadt aufzugeben.«

»Das klingt ganz nach dem Cocke, den ich kenne, jenem, der mich vor vier Jahren auf einer verlassenen Insel zurückgelassen und mich so aus dem Leben gerissen hat, das ich führte.«

»Ah, deshalb stieg die Farbe in dein Gesicht, als ich diesen Namen nannte, und trat Zorn in deine Augen.«

»Ich wünsche kaum einem Menschen Schlechtes, bis auf diesen Cocke, dem es noch immer gut geht, wie ich sehe, und der in amerikanischen Gewässern plündert und sich als genauso töricht und unfähig erweist wie immer.«

»Vielleicht nicht mehr«, erwiderte Barbosa. »Denn unter Candishs Kommando segelte diese gesamte Flotte südwärts zur Magellanstraße, doch wegen der Verzögerung bei Santos war die Zeit vorbei, in der man in dieser Gegend noch gut navigieren kann, und die englischen Schiffe wurden von extremen Stürmen zerstreut. Wir haben danach nichts mehr von ihnen gehört. Vielleicht liegt dein Feind Kapitän Cocke nun auf dem Grund der Südsee.«

»Ich hätte lieber«, sagte ich, »daß Gott ihn nach Afrika bläst, es ihn in diesen Hafen von Angola verschlägt und er in meine Hände fällt.« Und ich krümmte meine Finger überaus furchterregend und dachte, welche Freude es sein würde, sie um Abraham Cockes Kehle zu legen. Dieser starke Drang überraschte mich sehr, denn normalerweise bin ich nicht von solch rachsüchtiger Natur. Wahrscheinlich hatte mich dieses Fieber des Hasses erfaßt, weil Barbosa mir so großzügig den Wein eingeschenkt hatte.

Da sich Barbosa in den vergangenen zwei Jahren in entfernten Kolonialgebieten aufgehalten hatte, konnte er mir von weltlichen Ereignissen, etwa neuen Kriegen oder neuen Herrschern, nur wenig berichten. Doch es gab einige Neuigkeiten, die er mir unterbreitete. Er hatte gehört, daß es ein großes Kommen und Gehen von Päpsten gegeben hatte, nicht weniger als vier in dieser Zeit, wovon einer nur zwölf Tage geherrscht hatte. Doch das spielte keine große Rolle für mich. Von größerem Interesse waren die Neuigkeiten aus Frankreich, wo es ebenfalls große Umwälzungen gegeben hatte, da ein fanatischer Mönch König Heinrich erschlagen und so alles in Verwirrung gestürzt hatte, da Heinrich kinderlos gestorben war. Der ermordete König, sagte Barbosa, habe seinen Blutsverwandten Heinrich von Navarra vor seinem Tod als Erben benannt.

»Aber Navarra ist ein Hugenotte!« rief ich jubelnd. »Hat Frankreich also einen protestantischen König?«

»Das ist nicht sicher. Es heißt, er habe dem sterbenden König Heinrich versprochen, er würde zum katholischen Glauben übertreten, doch er scheint dies noch nicht getan zu haben, und nun beanspruchen andere den Thron. Ich glaube, es gibt viel Zwist in Frankreich.«

»Gott stärke ihren neuen König«, sagte ich.

Und es gab auch einen Zwist in Spanien, wo sich das Volk von Aragonien gegen König Philip aufgelehnt hatte, doch von Truppen aus Kastilien niedergeworfen wurde. Was immer den Spaniern Unannehmlichkeiten bereitete, bereitete mir Vergnügen, doch das sagte ich Barbosa nicht. In England herrschte die Königin noch immer überaus ruhmvoll, obwohl ihr Schatz allmählich schwand, weil sie die Mittel aufbringen mußte, um in den Niederlanden und der Bretagne Heere zu unterhalten, die die Ambitionen Spaniens zurückweisen sollten. Es gab, sagte er, aus Gründen der Religion in England noch immer zahlreiche Verbrennungen und Hinrichtungen, und die, die starben, waren nicht nur Katholiken, die sich gegen die Königin verschworen hatten, sondern auch einige Protestanten, die sich zu weit in der puritanischen Richtung vorgewagt und die Abschaffung der Bischöfe verlangt hatten. Wenn Barbosa mir die Wahrheit erzählte, wurde es als Aufwiegelung betrachtet, wenn man aus einer dieser beiden Richtungen gegen die Kirche von England sprach; und ich glaube, er sagte die Wahrheit, da diese heiligen Abschlachtungen ihm genauso widerwärtig waren wie mir.

Schließlich waren alle Neuigkeiten vorgetragen, und ich konnte nicht mehr essen und nicht mehr trinken, und Barbosa rief Sklaven herbei, um mich in einer Sänfte zu meiner Hütte zurückbringen zu lassen. Als ich mich zum Aufbruch erhob, faßte er mich leicht am Arm und sagte lächelnd: »Es erfreut mich, daß es dir in diesem Land so gut ergangen ist. Als ich dich und den anderen Engländer zum ersten Mal gesehen habe, wie ihr in Ketten auf Deck lagt und wir von Brasilien hierher aufbrachen, habe ich um euch getrauert, denn euer Schicksal erschien düster, und du hast nicht den Eindruck eines Schurken gemacht. Ich habe gehofft, daß du deine Prüfung überstehen würdest, und ein Gebet für dich gesprochen; doch ich habe nicht gedacht, daß du erreichen würdest, was du in deiner Gefangenschaft erreicht hast.«

»Es war Gottes Segen, und ich habe viel Glück gehabt.«

»Und so möge es fortwähren. Doch hüte dich: Überall um dich herum sind wahre Schurken.«

»Meint Ihr die Jaqqas, die Menschenfresser? Oder Don Gaspar?«

Er lachte. »Die Jaqqas! Sie sind nichts als schlechte Träume, Ungetüme aus Nachtmahren, die einem keinen Schaden zufügen, wenn man nur ihrem Dschungel fernbleibt. Nein, ich meine Gefahren, die dir näher sind. Ich weiß nicht, was man von Don Gaspars Drohungen zu halten hat. Doch es gibt hier viele, die dich zu ihrem eigenen Vorteil verkaufen würden. Dies ist keine Stadt von heiligen Männern und auch nicht von heiligen Frauen. Achte darauf, was du tust.« Und indem er dies sagte, entließ er mich, und die Sklaven trugen mich in die Nacht hinaus.

Seine Abschiedsworte bekümmerten und besorgten mich, als ich unter einem gekrümmten Mond die Stadt durchquerte. Ein Schleier warmer Luft legte sich schwer auf mich; große grüne Motten und dunkle haarige Fledermäuse und die seltsamen Nachtvögel flatterten um meinen Kopf herum; ich vernahm ein entferntes, durchdringendes Geräusch, bei dem es sich um das Trompeten eines Elephantos oder das Heulen einer häßlichen Hyäne handeln konnte; ich weiß nicht, was es war.

Als ich meine Hütte erreichte, war ich müde und sehr verwirrt; mein Kopf war voller Gedanken über Barbosas Gerede über Feinde und über Meuchelmörder und verlorene Schiffe und Hinrichtungen und den Tod von Päpsten und Königen. Was ein wunderbarer Abend gewesen war, hatte irgendwie ein ganz anderes Ende gefunden. Doch obwohl ich mich beunruhigt niederlegte, ergriff schon bald der Wein die Herrschaft über mich, und ich fiel in einen schweren Schlaf, und als ich erwachte, war ich wieder fröhlich und Gott gegenüber voller Dankbarkeit, daß Er mich nun bald fünfunddreißig Jahre lang verschont hatte; und bescheiden bat ich Ihn, mir weitere fünfunddreißig Jahre zu gewähren und mir alle Länder und Wunder Seiner großen Schöpfung zu zeigen.

Es vergingen noch viele Tage, bevor der neue Gouverneur mich zu sich rief. Mittlerweile war ein Schiff aus Portugal eingetroffen, das Briefe und Pakete und Weinfässer und andere angenehme Dinge brachte und auch einige Priester und ein paar Soldaten und einen Vorrat an Musketen und Munition. Wenn seine Fracht aus Elfenbein und Häuten und Kupfer und so weiter an Bord geladen war, würde es nach Lissabon zurückkehren, und Don João de Mendoça würde mit ihm segeln.

Und auch noch eine andere Person, deren Aufbruch mir große Trauer bereitete.

Diese andere Reisende war Doña Teresa da Costa. Ich hatte nicht angenommen, daß sie Don João begleiten würde, da es ihm unziemlich erscheinen müßte, mit einer Frau gemischten Blutes als Geliebter in Portugal zu erscheinen. Doch Don João dachte anders darüber.

Dies erfuhr ich von Doña Teresa selbst. Ihre Besuche in meiner Hütte waren während dieser Tage der unsicheren Politik in der Stadt, wo überall die Spione des Gouverneurs lauerten, immer seltener geworden, und immer mehr Zeit lag zwischen ihnen. Doch am Vortag des Aufbruchs des portugiesischen Schiffs kam sie kurz nach dem Mittag zu mir, und als wir uns bereitmachten, den Beischlaf auszuüben, sagte sie mit einem seltsamen und boshaften Gesichtsausdruck: »Laß uns heute unser Vergnügen langsam und geschickt haben, Andres, denn ich glaube, es wird viel Zeit vergehen, bis wir uns wieder umarmen.«

»Und warum das?«

Ihre Lippen zitterten, und ihre Augen funkelten, und sie bekam die Worte kaum über die Lippen, bis sie schließlich wild hinausplatzte: »Ich werde nach Portugal fahren! Ich reise mit Don João!«

Diese Nachricht ließ mich erschlaffen, und ich konnte

mein Elend nicht verbergen. Ich rollte mich von ihr und starrte sie an.

»Was, du wirst Angola verlassen?«

»Es war schon immer mein Traum, Europa zu sehen. Ich habe überaus kläglich gebeten, und Don João hat es gewährt. Ich werde wahre Städte sehen und große Kathedralen und die hohen Fidalgos des Hofes in ihren schönen Roben.«

Bei diesen Aussichten glühte sie förmlich. »Vielleicht werden wir Rom besuchen oder Paris! Bist du jemals in diesen Städten gewesen? Liegen sie weit von Portugal entfernt? Nun, Andres, warum betrachtest du mich in dieser meiner großen Freude so niedergeschlagen?«

»Weil ich dich nie wiedersehen werde!«

»Ich werde zurückkommen! Sechs Monate, sieben – die Zeit wird wie ein Augenblick verstreichen!«

»Nicht für mich«, sagte ich. »Ich würde nicht einmal gern sechs Tage ohne dich verbringen. Und ich glaube, du wirst niemals zurückkehren.«

»Das ist nicht wahr.«

Ich schüttelte den Kopf. »Don João hat hier seine Macht verloren, doch er ist ein so großer Mann, daß Don Jeronymo ihn hier nicht dulden kann. Du hast es nicht begriffen, doch diese Reise hat den Zweck, Don João auf immer aus Angola zu verbannen. Er wird niemals die Erlaubnis zur Rückkehr erhalten. Und wenn du mit ihm gehst, wirst du dein gesamtes Leben im Exil verbringen müssen.«

»Nichts von dem, was du sagst, ist wahr«, sagte Doña Teresa kühl.

»Sie haben dir die Wahrheit vorenthalten. Und was wird in Portugal aus dir werden? Du wirst eine Wunderlichkeit sein, ein Neuntagewunder, und dann wird man dich vergessen. Und der erste Winter wird dich töten, denn du bist nicht einmal die milden Winter Portugals gewöhnt. Ich bitte dich, gehe nicht, Teresa!«

»Du kennst unsere Absichten nicht«, sagte sie voller Selbstvertrauen und Zuversicht.«

»Und die wären?«

»Glaubst du, wir wüßten nicht, warum Don Jeronymo wünscht, daß Don João diese Reise nach Portugal unternimmt? Nämlich nicht, um ihm Verstärkung für die Heere hier zu verschaffen, sondern nur, um ihn loszuwerden; ja, das wissen wir. Doch siehst du nicht, welchen großen Wert es für Don João hat, in Portugal zu sein, und wie er diese Reise zu seinen eigenen Zwecken nutzen kann?«

»Das sehe ich nicht«, sagte ich.

»Nun Don Jeronymo hat keine königliche Ernennung als Gouverneur, sondern wurde lediglich vom Rat als Nachfolger seines Bruders gewählt, nach der Torheit Don Franciscos, die seiner Herrschaft ein Ende gesetzt hat. Wenn wir in Lissabon sind, wird sich Don João an gewisse mächtige Verbündete wenden, die er dort hat, und die königliche Vollmacht erhalten, hier die Macht auszuüben, und wenn wir zurückkehren, wird er endlich Gouverneur sein. Und dann wird es Don Jeronymo sein, der stürzt.«

Daran hatte ich nicht gedacht.

»Das ist ein ausgezeichneter Plan, Teresa.«

»Das denken wir auch. Wer dem Thron am nächsten steht, wird mit dem höchsten Rang bedacht. Das war Don Joãos Fehler, daß er hier verweilte, nachdem Gouverneur Pereira geflohen war, und zuließ, daß Don Francisco mit dem königlichen Siegel aus Portugal kam. Wir werden zurückkehren, das versichere ich dir, und dann wird es Don Jeronymo nicht gut ergehen.« Ihre Augen blitzten mit der vertrauten Verderbtheit auf. »Und nun komm und nimm mich in deine Arme, Andres!«

»Das kann ich nicht!« sagte ich.

»Und warum nicht?«

Ich deutete auf meinen Schoß und die Schlaffheit meiner Männlichkeit. »All dieses Gerede von deinem Aufbruch hat ihn entmutigt«, sagte ich zu ihr.

»Hah! Das ist die Sache eines Augenblicks!«

Und sie beugte sich über mich, so daß ihre Brüste wie schwere Monde über meinen Schenkeln hingen, und schwang sie lachend von einer Seite zur anderen, und ich fühlte ihren heißen Atem auf meinem Bauch und die Spitzen ihrer Brüste auf meinem Glied. Und es erhob sich sofort, wie es in Doña Teresas Nähe immer der Fall war. Und als es sich erhob, bestieg sie mich, setzte sich mit gespreizten Beinen auf mich, ließ sich hinab, bis mein Speer völlig von ihr verschlungen wurde, und schrie jubelnd auf. Ich schrie ebenfalls auf, ergriff mit beiden Händen ihre weichen Hinterbacken und ritt sie meinen Schaft auf und ab, bis der Schweiß in Bächen über uns strömte und die natürlichen Öle ihres Körpers flossen und sich mit den meinen vermischten und sie vor Vergnügen keuchte. Sie war prachtvoll anzusehen, den Kopf zurückgeworfen, das dunkle Haar lang fallend, den Rücken zurückgebogen, die Brüste hochstehend. Nacheinander fanden wir unsere Erleichterung, ruhten, begannen von neuem und brachten uns langsam wieder zur Ekstase, nun in der engen Wärme des Tages nebeneinanderliegend und uns in die Augen sehend. So kostbar war sie mir in ihrer fremden Schönheit, ihrer dunkelbraunen, dunkeläugigen Pracht! Ich konnte den Gedanken nicht ertragen, daß sie sich auf eine so lange Reise fort von mir begeben würde. Ich würde mich die ganze Zeit nach ihr sehnen.

Ich kann Euch nicht sagen, wie oft wir uns an diesem Nachmittag vereinigten, doch es war eine achtbare Anzahl, dies versichere ich Euch, und ich war nicht der erste, der ermüdete, obwohl ich an Jahren beinahe doppelt so viele zählte wie sie. Schließlich legten wir uns zurück.

»Oh, und noch etwas«, sagte sie dann. »Wenn wir in Lissabon sind, werden Don João und ich verheiratet werden, von einem Kardinal des römischen Glaubens, mit vollem Pomp und mit großer Pracht. Sei nicht so niedergeschlagen. Ich schwöre dir, die Frau des Gouverneurs wird nicht zu stolz sein, sich einen Engländer als Geliebten zu halten, wenn sie nach São Paulo de Luanda zurückkehrt. Ergeht es mir nicht gut, Andres? Ergeht es mir nicht gut?«

7

Ihr Schiff brach nach Portugal auf. Gouverneur d'Almeida hielt ein großes öffentliches Schauspiel ab, indem er zum Hafen ging und sich von Don João und Doña Teresa verabschiedete und dabei mehr Schmerz über Don Joãos Aufbruch vortäuschte, als er gezeigt hatte, als sich sein eigener Bruder Don Francisco schamhaft ins Exil verkrochen hatte. Ich sah, daß viele Seemänner der Kolonie wie Pedro Faleiro und Manoel Andrade, die auf meinen beiden Reisen die Küste entlang mit mir gesegelt waren, als Frachtaufseher an Bord des gleichen Schiffes gingen. Es verwirrte mich, Faleiro davonfahren zu sehen, denn wer würde der Kapitän der Pinasse sein, die bald nach São Tomé segeln würde, wenn er nicht da war?

Die Antwort darauf bekam ich schnell. Denn kurz nach dem Aufbruch des portugiesischen Schiffes schickte Don Jeronymo, der Gouverneur, nach mir, um mich bezüglich der Reise nach São Tomé zu befragen.

Dieser Don Jeronymo war der jüngere Bruder von Don Francisco d'Almeida und konnte an Jahren nicht mehr als fünfundzwanzig zählen. Nichtsdestotrotz wirkte er wesentlich eindrucksvoller als sein Bruder; er war groß und gebieterisch und hatte ein fürstliches Gehabe an sich. Ich hatte den Eindruck, daß Don João eine beträchtliche Aufgabe bevorstehen würde, diesen Mann von der Macht zu verdrängen, ob er nun eine königliche Bevollmächtigung hatte oder nicht.

Er stand während unseres gesamten Gesprächs, und obwohl ich ein Mann von mehr als nur mittlerer Größe bin, überragte er mich um ein Stück, so daß ich mich etwas unbehaglich fühlte. Er befragte mich kurz über meine Bereitschaft, seiner Provinz zu dienen: worauf ich durchaus wahrheitsgemäß erwiderte, mein andauerndes Wohlergehen hinge von meiner Loyalität gegenüber meinen Herren hier ab, und daher stünde ich ihm gänzlich zu Diensten. Er musterte mich lang und eindringlich, als wolle er mir in die Seele schauen und herausfinden, ob ich ihn auf irgendeine Weise zum Vorteil von Don João betrügen wollte; und seine Augen waren so wild und durchdringend wie die des Jesuitenpaters Affonso, der die Exkommunikation ausgesprochen hatte. Doch die Absicht des Verrats lag nicht in mir; wie hätte Don Jeronymo sie also finden können?

»Kannst du lesen, Piloto?« fragte er schließlich.

»Aye.«

»Dann lies das.«

Und er reichte mir ein Dokument, das in wunderbaren Lettern auf weißem Pergament geschrieben war. Ich hatte einige Mühe damit, sowohl weil es in so schöner Handschrift verfaßt war als auch weil meine Kenntnisse der portugiesischen Sprache sich nur auf das gesprochene und nicht auf das geschriebene Wort erstreckten; doch ich konnte den Sinn durchaus verstehen und blickte erstaunt auf. »Soll ich der Kapitän Eurer Pinasse sein, Herr?« fragte ich.

»Das ist dein Beglaubigungsschreiben, das du dem Gouverneur vorlegen mußt. Wir haben nur wenige Männer zu erübrigen: Du wirst mit einer kleinen Mannschaft auskommen und selbst zwei Pflichten auf einmal übernehmen müssen. Hast du schon einmal ein Kommando gehabt?«

»Niemals.«

»Nur gelotst?«

»Aye«, sagte ich, wobei ich ihm allerdings nicht freiwillig berichtete, daß sich sogar meine Lotsenerfahrungen auf zwei Reisen diese Küste entlang und eine den Fluß Masanganu hinauf beschränkten.

»Viele Lotsen sind schließlich Kapitäne geworden«, sagte Don Jeronymo. »Es heißt, du seiest überaus fähig. Ich zähle auf dich, daß du dich gut führst.«

Ich war dadurch geehrt; doch mir kam auch der Gedanke, daß ich Verrat gegen England ausüben könnte, wenn ich das Kommando über ein portugiesisches Schiff übernahm, was ja ein höherer Dienstgrad war. Es war eine Sache, als Lotse zu dienen, und fürwahr eine andere, der Kapitän eines Schiffes zu sein, zumal sich Portugal formell mit meinem Vaterland im Krieg befand. Doch ich sagte mir, es würde keine Rolle spielen, was für eine Mütze ich an Bord meines Schiffes trug, solange ich keine feindlichen Akte gegen England unternahm. Und mir blieb keine Zeit mehr, über diese Dinge nachzudenken, denn Don Jeronymo zog andere Dokumente hervor, die ich dem Gouverneur von São Tomé überreichen sollte; eins, das die Probleme der Kolonie Angola unterbreitete und eine Verstärkung von etwa einhundert Soldaten forderte, die dazu beitragen sollte, die ruhelosen *Sobas* der äußeren Provinzen zu befrieden; und ein zweites, das den Männern aus São Tomé gestattete, als Entgelt für ihre Hilfe so viele Sklaven zu sammeln, wie sie es als angemessen erachteten. Als ich diese Schriftstücke gelesen hatte, kam Don Jeronymos Sekretär und versiegelte sie mit dickem braunen Wachs, und so war es eine beschlossene Sache, daß ich das Kommando über die Reise hatte.

Sie hatten eine neue Pinasse gebaut oder besser eine ausgebessert, indem sie das alte Wrack genommen hatten, das auf der Insel Luanda lag, und es seetüchtig gemacht hatten. Das war die *Doña Leonor,* nicht ganz so wendig und schmuck wie die *Infanta Beatriz,* aber auch nicht ganz verschieden von ihr, und sie würde unseren Zwecken genügen. Doch meine Mannschaft war in der Tat sehr klein, was an den Verlusten lag, die uns der Schiffbruch und die Grausamkeit der Jaqqas eingebracht hatten, und ich verfügte kaum über halb soviel Mann wie auf der Reise nach Loango.

Einige der Männer waren mir bekannt, etwa Mendes Oliveira und Pinto Cabral und Alvaro Pires, doch die meisten waren Neuankömmlinge in Angola, die mit den jeweiligen Schiffen aus Brasilien und Lissabon eingetroffen waren. Wenn sie verblüfft waren, plötzlich herausfinden zu müssen, einen Engländer als Kapitän zu haben, sagten sie nichts davon; doch womöglich nahmen sie es leicht, und es kam ihnen nicht seltsamer vor als alles anderes, was sie bislang in Afrika gesehen hatten. Ich schloß schnell meine Vorbereitungen ab, und wir stachen am fünfzehnten Tag des Juno anno 1593 in See.

Diese Insel São Tomé liegt etwa zweihundert Meilen nordwestlich in der Mündung des Flusses Zaire im Golf von Guinea. Vier Jahre zuvor hatte ich dieser Gegend einen kurzen Besuch abgestattet, als ich mit Abraham Cocke an Bord der *May-Morning* fuhr und die Strömung oder die Unwissenheit Kapitän Cockes oder seine Gier uns sehr weit südlich von unserem Kurs abgebracht hatten.

Als wir uns nun São Tomé von der anderen Seite näherten, hatten wir sehr viel Mühe damit, denn trockene Nordwinde bliesen uns die ganze Zeit über ins Gesicht, und unser Weg die Küste entlang war mit einer gewaltigen Anstrengung verbunden.

Um den Ausfluß des Zaire zu vermeiden, führte ich die Pinasse ein gutes Stück auf See hinaus, und das ging gut; doch ich wurde beinahe sehr übel geschlagen, als ich zur Küste zurückfuhr, wo ich in Loango Wasser und Proviant an Bord nehmen wollte. Der große Vorzug, sowohl Kapitän wie auch Steuermann zu sein, liegt darin, daß man niemandem bis auf Gott und seinem Gewissen verantwortlich ist; während unserer schwierigen Passagen hielt ich mit mir selbst Rat, machte ein tapferes Gesicht, schlug viel in meinen Wegen und anderen Karten nach, verkürzte und verlängerte und wechselte und schiftete die Segel so häufig, daß niemand mir zu widersprechen wagte. Wir hatten einen sehr schlimmen Augenblick, als sich der Wind in heftigen, ja teuflischen Stößen von Nord nach West drehte, ein Wind, der so stark war, daß er eine Farbe zu haben schien, einen leichten, purpurnen Ton, und ich wurde schmerzlich an den Wind erinnert, der mein letztes Unglück angekündigt hatte.

Die Wellen des Meeres hoben sich gewaltig, und wir schlingerten heftig. Drei große grüne Wellen brachen über das Schiff, und ihr Rollen ließ die Takelage und die Wanten auf der Backbordseite bersten, und einer meiner Männer wurde von Bord gespült und ertrank. Doch dann wurde es ruhig, und wir behoben die Schäden und setzten unsere Fahrt zur Küste fort, wo sanfte Wellen an der Linie des weißen Sandes leckten.

Als wir Loango erreichten, stellten wir fest, daß die Stadt in Sicherheit war: Die Übergriffe der Jaqqas, die sie so sehr gefürchtet hatten, waren ausgeblieben, und alles gedieh prächtig, wofür sie den *Mokissos*, die sie vor allen Dämonen beschützten, sehr dankbar waren.

Hinter Loango waren die Gewässer neu für mich, doch meine Karten erwiesen sich als gute Führer, und es kam nur darauf an, gegen die widrigen Winde anzukämpfen, was für einen Seemann genauso alltäglich ist wie das Pissen oder Stiefelschnüren. In all diesen langen Wochen kam jedoch meine härteste Prüfung, als der Wind leicht war und ich mit meinem Stellvertreter Mendes Oliveira auf der Brücke stand; beide waren wir untätig und blickten gen Westen, wo sich die dunkelblaue Schüssel des Meeres auf tausend mal tausend Meilen zu einer gewaltigen Leere zu wölben schien. Ich wandte mich an Oliveira, einen Mann von vierzig Jahren mit einem wettergegerbten, häßlichen Gesicht und einem langen, schütteren weißen Bart, und sagte leichthin: »Das Segeln geht nur langsam voran. Ich glaube, Don João wird in Portugal sein, bevor wir São Tomé erreicht haben.«

»Nein«, antwortete Oliveira. »Das wird nicht sein.«

Ich deutete nach Nordwesten, wo irgendwo Portugal liegen mußte, und sagte: »Sein Schiff ist im Mai aufgebrochen. Wenn es mittlerweile noch nicht in Lissabon ist, kann es nicht mehr weit davon entfernt sein.«

»Soviel gestehe ich dir zu, Piloto. Doch obwohl das Schiff in der Nähe von Lissabon sein mag, ist Don João dies nicht.«

»Das verstehe ich nicht.«

Oliveira beugte sich zu mir. »Soll ich dir ein Geheimnis verraten, das mir Pedro Faleiro verriet, bevor er das Schiff bestieg?«

»Sprich nur.«

»Don João ist schon tot. Der Befehl wurde von Don Jeronymo gegeben, an gewisse Gefolgsleute von ihm auf diesem Schiff; am siebenten Tag auf See sollten sie Don João ergreifen, ihn über Bord werfen und als vermißt melden.«

»*Was?*«

»Ich schwöre es! Faleiro hat mit den Männern getrunken, die angeheuert wurden, die Tat zu begehen, und auch Andrade, und in der Taverne brüsteten sich die beiden, mit Gold bezahlt worden zu sein, um Don João zu töten, und auch seine Mulattenkonkubine Doña Teresa, die . . .«

»Nay!« rief ich mit einer so gewaltigen Stimme, daß die Masten erzitterten. »Nay, das kann nicht sein!«

Und in der Tat glaubte ich in diesem Augenblick, daß es unmöglich war, daß Don João zu klug war und zu gute Beziehungen hatte, um solch einem Plan zum Opfer zu fallen, und daß meine Doña Teresa mit ihrer dunklen Haut und ihrer dunklen Seele auch von solch verschlagener Klugheit und überdies von ihrer *Mokisso*-Hexerei behütet war, um solch einer Schurkerei zum Opfer zu fallen.

In der tiefsten Grube meiner Seele wollte ich nicht an ihren Tod glauben; doch dann schwappten, wie die Flut unausweichlich wieder über die Felsen spülen wird, die hoch und frei gelegt werden, Furcht und Zweifel über diese Ungläubigkeit und durchsetzten sie mit Unsicherheit, und nach der Unsicherheit kam der Schrecken, und das alles in einem Augenblick. Denn selbst der Mächtige und gut Behütete kann von einem entschlossenen Feind aus dem Weg geräumt werden, oder Könige würden niemals Meuchelmördern zum Opfer fallen; und nach meiner ersten Weigerung, ihren Tod hinzunehmen, kam die plötzliche Umkehr, die Qualen des Zweifels, die schreckliche Befürchtung, es könne so sein: Mein Verbündeter Don João sei mir für immer genommen, und Doña Teresa, deren Hexerei sich so tief in mein Herz und meine Lenden geschlichen hatte, würde nie mehr zu mir zurückkehren.

Oliveira, der nicht wußte, warum ich so bewegt, und nicht erkannte, daß ich schon halbwegs von Sinnen war, sagte auf seine gleiche ruhige Art: »Man würde die beiden den Haien ausliefern. Don João wird Don Jeronymo niemals wieder Unannehmlichkeiten bereiten. Eine Schande, denke ich, denn Don João war ein kluger Mann, und auch ein gerechter, und hätte gut . . .«

»Jesus!« brüllte ich und warf mich auf Oliveira, als wäre er persönlich Doña Teresas Mörder. Meine Hände fuhren an seine Kehle und gruben sich tief ein, so daß sich seine Augen aus dem Gesicht wölbten und seine Wangen purpurrot anliefen, und ich schüttelte ihn und schüttelte ihn und schüttelte ihn, daß sein Kopf auf den Schultern schwankte wie bei einer ausgestopften Strohpuppe, mit der die Kinder spielten, und er gab gurgelnde Geräusche von sich, und schlug, schwach wie ein Kleinkind, ohne Auswirkungen, auf mich ein. Während ich ihn würgte, schrie und brüllte ich weiterhin, und beinahe die gesamte Mannschaft des Schiffes kam herbeigelaufen, um zu sehen, was sich zugetragen hatte, und bildete einen Kreis um uns herum; doch zuerst wagte es niemand, in diesen Zwist zwischen dem Kapitän und seinem Stellvertreter einzugreifen.

Dann legte Pinto Cabral, der ein kluger und bedächtiger Mann war, eine Hand auf meine Schulter und sagte leise ein paar Worte, da er glaubte, ich habe den Verstand verloren; und in diesem Augenblick kam ich wieder so weit zu Sinnen, um Oliveira loszulassen und ihn zurückzuschleudern. Er taumelte über die Brücke und kam in einer Ecke zu liegen, zitternd und nach Luft schnappend und sich die Kehle reibend. Auch ich zitterte; mehr noch, ich bebte, ich krümmte mich wie bei einem Anfall.

Niemals zuvor hatte ich ein solches Beben der Seele erlebt. Ich krümmte mich gegen die Planken, schlug mit den Knöcheln auf sie ein, während Tränen heiß wie brennende Säure in meinen Bart flossen und auf den Boden tropften. Vor meinem geistigen Auge erschien die schreckliche Vision, wie brutale Rohlinge Doña Teresa des Nachts ergriffen, sie grob und unsaft aus ihrem Schlummer rissen und auch Don João packten, der neben ihr schlief, und sie zur Reling des Schiffes trugen und schnell und leise in die Dunkelheit schleuderten, nachdem sie ihnen zuerst vielleicht noch die Kehlen durchgeschnitten hatten, damit sie nicht um Hilfe rufen konnten; und dann stellte ich mir vor, wie Doña Teresa vom Schlund der See erfaßt wurde, wie Doña Teresa für immer verschwand, wie sie den Haien zum Fraß vorgeworfen wurde – sie, die davon gesprochen hatte, in Lissabon von einem Kardinal vermählt zu werden, sie, die sich gewünscht hatte, Rom und Paris zu sehen, sie, die ihre lieblichen Brüste über meine Schenkel gerieben hatte, um mein Mannestum zu erwecken, einen oder zwei Tage bevor sie an Bord gegangen war, sie, die nun gänzlich von diesem dunklen und kalten und unermeßlichen nassen Leichentuch eingehüllt wurde – nein, nein, nein, es war unvorstellbar! Ich konnte es nicht fassen.

Ich weiß nicht, wie lange ich mich dort zusammengekrümmt habe, zitternd und benommen und betäubt, ob es zehn Sekunden oder zehn Minuten waren, doch schließlich wurde ich bis zu einem gewissen Ausmaß Herr über meine Trauer und erhob mich, und mit leiser, knurrender Stimme befahl ich den Matrosen, wieder an ihre Arbeit zu gehen, wobei ich sie mit den Ellbogen zurückdrängte und ihnen nicht in die Augen sah.

Ich ging zu Oliveira, der sich noch immer die Kehle rieb, an der allmählich die Abdrücke meiner Hände sichtbar wurden. Er betrachtete mich voller Schrecken: Vielleicht glaubte er, ich wolle zu Ende bringen, was ich angefangen hatte. Ich kniete neben ihm nieder. »Bist du arg verletzt?« fragte ich.

»Piloto, du hättest mich beinahe erschlagen!«

»Es war ein plötzlicher Wahnsinn, der mich überkam. Ich bin zutiefst beschämt. Kannst du aufstehen?«

»Ja.«

»Dann komm.«

Ich half ihm auf. Seine Augen wölbten sich noch vor, und sein Gesicht war sehr rot, und er zitterte, als wären wir in die arktischen Meere vorgedrungen. Selbst jetzt war er meiner nicht sicher und blieb mißtrauisch neben mir stehen, um davonzulaufen, sollte meine derzeitige Freundlichkeit nur das Vorspiel zu einem weiteren Angriff sein.

Die meisten Männer aus der Mannschaft beobachteten uns noch. Ich drehte mich zu ihnen um und rief: »Fort von hier! Geht wieder an eure Aufgaben!« Zu Cabral sagte ich: »Du hast für diese Stunde das Kommando.« Und zu Oliveira gewandt: »Komm mit in meine Kabine. Ich werde dir mit einem guten Branntwein Erleichterung verschaffen, und wir werden uns unterhalten.«

»Du hast mich sehr erschreckt, Piloto.«

»Es war der Wahnsinn«, sagte ich erneut. »Er wird nicht zurückkehren. Komm mit mir.«

In meiner engen Kabine entkorkte ich den dunklen, rauchigen Branntwein und goß ihm einen guten Schluck und mir auch einen ein; meine Hand zitterte noch immer so heftig, daß ich einen Großteil seiner Portion beim Ausschenken verschüttete und auch einen Teil der meinen, so daß er seinen Branntwein mit einem Schluck herunterstürzen konnte. Wir tranken schweigend, und schließlich sagte ich: »Die Geschichte, die du mir erzählt hast, hat meine Seele tief zerrissen, und einen Augenblick lang war ich verrückt vor Verzweiflung. Ich bedaure sehr, dich angefallen zu haben; ich hoffe, du wirst mir vergeben.«

Er fuhr sich mit dem Finger über den schweißnassen Kragen. »Ich werde es überleben, Piloto.«

»Du verstehst, wie es ist, wenn ein Mann schreckliche Nachrichten vernimmt; daß er dann manchmal den anfällt, der ihm am nächsten steht, selbst wenn er völlig unschuldig ist?«

»Solche Dinge geschehen«, sagte Oliveira.

Wir tranken unser zweites Glas.

Dann sah er mich an und sagte: »Darf ich offen sprechen, Piloto?«

»In der Tat. Sag ruhig alles.«

»Wir sind keine engen Freunde, wir beide, nur Männer, die zwei- oder dreimal zusammengesegelt sind. Und du bist Engländer und ich Portugiese, so daß wir nur wenig gemeinsam haben. Und doch würde ich nicht gern sehen, daß du Schaden erleidest, denn ich glaube, du bist ein erfahrener Lotse und ein Mann mit gutem Herzen, und überdies . . .«

»Komm zur Sache, wenn du willst.«

»Ich nähere mich der Sache, Piloto. Es ist ganz offensichtlich, daß die Neuigkeiten, die ich dir berichtete, dich mit tiefer Trauer erfüllt haben, und dein tiefempfundenes Mitgefühl verrät viel von deiner Treue zu Don João, der dein besonderer Gönner war, wie ich weiß. Doch nichtsdestotrotz . . .«

»Du mißverstehst es.«

»Mit Verlaub, gestatte, daß ich ausrede. Ich dränge dich, deine Trauer zu beherrschen und alle Gefühle für Don João beiseite zu stellen; ihn offen zu betrauern, wäre unklug. Dies würde dich als Feind von Don Jeronymo kennzeichnen, und ich weiß fürwahr, daß es einige an Bord dieses Schiffes gibt, die von Don Jeronymo beauftragt wurden, dich genau zu beobachten, ob du dich nicht doch noch auf irgendeine Art als Verräter ihm gegenüber erweist. Jede Verzweiflung über Don Joãos Tod ist gefährlich und unbesonnen.«

»Ich danke dir für diese Warnung. Doch meine Verzweiflung galt nicht Don João.«

»Nicht Don João?« sagte er und kniff die Augen zusammen.

»Wenn du im Geiste den Augenblick nachvollziehen kannst, den ich dich angefallen habe, wirst du wissen, daß du mir gerade gesagt hattest, auch Doña Teresa sei für den Tod ausersehen. Erinnerst du dich daran? Ich bin manchmal langsam darin, Konsequenzen zu überdenken, und hatte zuerst, als ich von dir von der Verschwörung gegen Don João hörte, nicht begriffen, daß sie sich auch auf sie erstreckte.«

»Ah.«

»Und als du mir davon erzähltest – nun, etwas brach in mir entzwei, verstehst du?«

»Dann ist es also wahr«, sagte Oliveira.

»Was ist wahr?«

»Daß du Doña Teresas Geliebter warst.« Und indem er dies sagte, duckte er sich zurück, als erwarte er, daß ich ihn wieder ansprang. Doch auch zu meiner Überraschung lachte ich lediglich.

»Du wußtest davon?«

Er betrachtete mich verschlagen und, glaube ich, ein wenig neidisch. »In der Stadt ging dieses Gerücht herum. Sie hat dich oft besucht, sowohl als du in der Festung warst wie auch nach deiner Freilassung, und wir dachten, sie wolle vielleicht nicht nur über das Wetter sprechen oder mit dir würfeln. Wir sprachen oft von deinem Glück, als Sklave hierher zu kommen und dich dann auf einmal in den Armen Doña Teresas wiederzufinden.«

»Glaubst du, daß auch Don João diese Geschichten gehört hat?«

»Ich weiß nicht, was Don João gehört hat und was nicht, denn wir waren schließlich keine engen Gefährten.«

Ich schloß die Augen, umfaßte hart die Branntweinflasche, nahm einen Schluck daraus und stürzte ihn herunter. Er beruhigte mich etwas, doch hinter dem Brennen des Branntweins in meinem Magen war ein anderes heißes Feuer der Qual, das Doña Teresa und auch Don João galt, obwohl letzterem auf andere Art. Es erstaunte mich, daß ich so tief um einen Portugiesen und eine Mischlingsfrau trauerte, war ich doch ein Engländer und der schönen blonden Anne Katherine versprochen, die meiner Erinnerung immer mehr entglitt; doch so war es, und ich sah die Tiefe der Veränderung in mir, erkannte, wie sehr mich diese afrikanische Welt vereinnahmt hatte. Und ich sah auch, wie schrecklich dieser Ort war und daß überall viele Gefahren lauerten, all diese Verschwörungen und Gegenverschwörungen, von denen ich nichts argwöhnte, die mich wie Riffe und Eisberge und treibende Eisschollen umgaben; und auch über mich waren Gerüchte im Umlauf, und ich stand insgeheim unter geheimer Überwachung, die sehr schnell zu einer tödlichen Verschwörung werden konnte. Ich dachte lange darüber nach, während Mendes Oliveira mich betrachtete, zu verängstigt vor mir, um zu sprechen oder sich zurückzuziehen.

Schließlich verkorkte ich die Flasche, erhob mich und sagte: »Wir werden nicht mehr über diese Dinge sprechen, ja? Doch ich danke dir für alles, was du gesagt hast, und ich bitte dich erneut, mir meinen Wahnsinn gegen dich zu verzeihen. Und ich werde für alle anderen Ratschläge, die du mir geben kannst, dankbar sein, sollte ich auch in Zukunft in Gefahr geraten. Abgemacht?«

»Abgemacht, Piloto.«

Und er trat rückwärts aus der Kabine heraus, froh, nehme ich an, sie verlassen zu können.

8

Während des Rests dieser Reise nach São Tomé dachte ich an Doña Teresa und oft auch an Don João de Mendoça, und das Wissen um ihr Schicksal lag auf meiner Brust wie ein kalter Stein, der zwischen meinen Rippen steckte und nicht verschwinden wollte. Niemals verlor ich die Hoffnung, daß sie doch überlebt hatten, doch meine Überzeugung, daß sie verloren waren, überwog. Als die Tage verstrichen, sickerte dieser dumpfe, schwere Schmerz des Wissens um den Verlust jedoch in einen tieferen Grund meines Bewußtseins; er löste sich nicht auf, er verstrich nicht, beschäftigte mein Denken jedoch nicht mehr ständig.

Ich glaube, daß dies ein natürlicher Heilungsprozeß war. Ich hatte ihn zuvor durchlebt, als Menschen gestorben waren, die meiner Seele viel näher gestanden hätten, etwa mein Vater, mein Bruder und meine frühere Frau Rose. Wir vergessen niemals die Toten oder hören auf, ihren Verlust zu beklagen, doch die scharfe Kante des Schmerzes stumpft schnell ab, und wir lernen, mit der Leere zu leben, die in unser Leben getreten ist.

Überdies war die Arbeit fürchterlich schwer, dieses Ankämpfen gegen schlechte und überaus widrige Winde, und ich hatte keine Zeit, mich dem Leid zu überantworten. Einige Nächte schlief ich überhaupt nicht, und andere nur in kurzen Augenblicken und Abschnitten, denn diese trockenen, scharfen Winde aus dem Norden drohten ständig, uns vom Kurs abzubringen und uns diagonal zu unserer wahren Richtung zu schicken.

Ich konnte das Risiko nicht auf mich nehmen, ein weiteres Schiff zu verlieren. Und meine portugiesische Besatzung bestand aus überraschend törichten Seeleuten, die alles über das Meer wußten, nur nicht, wie man es überlistete, und ich mußte sie ein jedes Mal unterweisen, was sie zu tun hatten. Wenn die Seeleute, sagte ich mir oft, die auf den Schiffen von Prinz Heinrich dem Navigator und den anderen großen Portugiesen alter und hoher Reputation gedient hatten, denen auf meinem Schiff geglichen hätten, dann hätten sie sich aus reiner Torheit selbst versenkt, noch bevor sie Cadiz erreicht hätten. Doch es war einhundertundfünfzig Jahre her, daß die Portugiesen die Tiefen Afrikas entdeckt und zum ersten Mal das Bona Sperenza umrundet hatten, und ich nehme an, einhundertundfünfzig Jahre reichen aus, daß eine Rasse dekadent und einfältig wird, obwohl Gott verhüten möge, daß dies auch England bevorsteht.

Doch irgendwie brachte ich die Pinasse sicher nach São Tomé, einem Ort, der in dunklem Ruf steht und dem ich keine Liebe entgegenbringe.

Diese Insel ist der Mittelpunkt des Sklavenhandels, den die Portugiesen in Afrika aufgebaut haben. Es ist eine kleine Insel von ovaler oder fast runder Form, etwa fünfzehn Meilen in der Länge von Norden nach Süden und zwölf in der Breite von Osten nach Westen. Sie erhebt sich einhundertundachtzig Meilen* vor dem Festland, direkt gegenüber der Mündung des Flusses namens Gabon. Die bedeutendste Hafenstadt von São Tomé liegt im nördlichen Teil der Insel, direkt unter dem Erdäquator.

Die Portugiesen waren seit über einhundert Jahren im Besitz dieser Insel. Ihr Klima ist sehr ungesund, und bei der Errichtung der frühen Siedlungen ist eine große Anzahl Männer gestorben. Doch als jene Juden, die sich nicht taufen

* Hierbei ist zu bedenken, daß die Meile ein uneinheitliches Längenmaß war, das eine Entfernung von 3,9 bis 7,4 Kilometern bezeichnen konnte. Eine englische Landmeile entsprach damals 4,83 Kilometern, eine Seemeile 5,56 Kilometern. Anm. d. Übers.

lassen wollten, im Jahre 1493 aus Portugal vertrieben wurden, hat man Tausende von ihnen auf diese Insel verbannt und gezwungen, schwarze Frauen zu heiraten, die man aus Angola hergeschafft hatte, und so im Laufe der Zeit eine Mulattenrasse geschaffen, die die derzeitige Bevölkerung der Insel ausmacht. Von der Abstammung her halb Juden und halb Mohren, sind sie heute dennoch Christen und brüsten sich damit, wahre Portugiesen zu sein; doch ihre Konstitution ist von Natur aus wesentlich besser dazu geschaffen als die von Europäern, die Bösartigkeit der Luft dort zu ertragen. Es gibt hier aber auch eine Anzahl Portugiesen, die schlußendlich ein Rassengemisch vervollständigen, das zu verworren ist, um noch einigermaßen durchschaubar zu sein.

Ich führte die *Doña Leonor* in den Hafen der Stadt, die in einer Bodensenke zwischen zwei Flüssen liegt. Es ist eine Stadt von etwa vierhundert Häusern, die meisten davon etwa zwei Stockwerke hoch und alle mit flachem Dach und aus einer harten, schweren, weißen Holzart erbaut. Ein steinerner Festungswall schützt sie auf der Seeseite, und auf einem Hügel über ihr erhebt sich die gut befestigte Burg des Ortes, an die ich mich noch gut erinnerte, da ihre Kanonen schweres Feuer auf uns abgaben, als die Schiffe Abraham Cockes anno 1589 hier vorbeikamen.

Wir waren zu einer unfreundlichen Jahreszeit eingetroffen; doch andererseits sind hier alle Jahreszeiten unfreundlich. Es gibt zwei Regen- und zwei Trockenzeiten in São Tomé, wobei der Regen bei jeder Tagundnachtgleiche einsetzt, wenn die Sonne, die genau senkrecht am Himmel steht, dem Meer soviel Wasser entzieht, daß es wie Noahs Sintflut als Regen vom Himmel tropft. Die Dämpfe, die sich unter der gewaltigen Hitze aus den schwarzen Sümpfen erheben, erschaffen einen dichten, stinkenden Nebel, der die Luft übel macht, und nötigen die Einheimischen, zu solchen Zeiten daheim zu bleiben. Doch die tiefstehenden Wolken schirmen den Ort wenigstens vor dem schlimmsten Zorn der Sonne ab, die in der Trockenzeit unerträglich ist, wie es der Fall war, als wir eintrafen: Der Boden erwies sich als so brennend heiß, daß es kaum möglich war, ohne Korkrindensohlen unter den Füßen auf ihm zu schreiten.

Dies ist ein überaus fruchtbarer Ort. Das Erdreich ist im allgemeinen fett und von gelber und weißer Erde durchsetzt, die durch den Tau der Nacht und den extremen Regen der feuchten Jahreszeit sehr fruchtbar ist; viele Arten von Früchten und Pflanzen gedeihen darauf, und in Sumpfgründen wachsen in kurzer Zeit erstaunlich hochragende Bäume. Man pflanzt hier Ingwer an und Maniokstraucher, die mannsbeinhoch wachsen, und vier Arten von Kartoffeln und vieles mehr. Eine bedeutende Pflanze ist das Zuckerrohr: Auf dieser Insel gibt es etwa siebzig Häuser oder Mühlen, in denen Zucker hergestellt wird, und jede Mühle wird von vielen Hütten umgeben, so daß man beinahe von Dörfern sprechen könnte, und in jedem dieser Dörfer leben etwa dreihundert Menschen, die für diese Arbeit abgestellt sind. All diese Mühlen stellen insgesamt etwa fünfzehnhundert Tonnen braunen Zucker her. Das Rohr wächst erstaunlich hoch, ergibt aber nicht so viel Saft wie das in Brasilien, vielleicht, weil es zu oft regnet. Man pflanzt hier ebenfalls Baumwolle und auch Weizen und Wein und noch mehr.

Doch die bedeutendste Frucht von São Tomé, die mit großem Eifer geerntet wird, entspringt dem Samen Adams.

Dies ist ein Ort, an dem man mit den Seelen von Männern und Frauen und Kindern handelt, was ein überaus furchterregender und sehr grausamer Handel ist. Sklaverei ist eine altbekannte Sache in Afrika, die der Ankunft der Weißen lange vorausging, und so, wie sie die Afrikaner gehandhabt haben, war sie nicht verwerflicher als viele andere Gebräuche auf der Welt, schätze ich. Doch die Portugiesen haben sie hier in São Tomé zu etwas überaus Monströsem kultiviert.

Sklaven sind für das Volk von Angola und Loango und des Kongos einfach eine Ware. Sie werden bei Kriegen zwischen den Stämmen genommen oder von ihrem eigenen Stammesvolk verkauft, um Schulden zu begleichen oder Darlehen abzusichern, oder sie werden als Bestrafung für Diebstahl, Mord oder Notzucht in die Knechtschaft geschickt. Einmal Sklave, hat man keinen Rang mehr im Land, sondern ist einfach ein Stück Besitz, das vererbt oder weitergegeben werden kann, wie der Besitzer es möchte. Doch abgesehen von dem Mangel an Freiheit leben Sklaven kaum anders als freie Männer.

Das Gesetz schreibt vor, daß sie anständig behandelt, gut ernährt und untergebracht und in jeder Hinsicht versorgt werden müssen. Sie haben die Erlaubnis zu heiraten, selbst jemanden, der dem Rang nach frei ist, und wenn sie fleißig sind, können sie genug sparen, um sich ihre Freiheit zu erkaufen, obgleich dies nur die wenigsten tun. Nach einiger Zeit zählen Sklaven praktisch zur Familie des Besitzers: In der Tat gibt es einen Unterschied zwischen alteinsässigen Sklaven und den neuesten Erwerbungen des Besitzers, wobei der einen Gruppe viele Privilegien zukommen; sie werden *Bana nkulu* genannt, ›Kinder der Vergangenheit‹, während die anderen *Bana mpa* sind, ›neue Kinder‹.

All dies habe ich mit eigenen Augen gesehen. Ich würde niemals der Sklave eines anderen sein wollen; und doch kann ich bescheinigen, daß jene Sklaven, die die Sklaven anderer Schwarzer in Afrika sind, kein übermäßig hartes Leben führen, etwa wie die Leibeigenen und Bauern unserer alten Zeiten in Europa. Doch wie sehr unterscheidet sich das davon, was die Portugiesen aus diesem Brauchtum der Sklaverei gemacht haben!

Ich glaube, sie verstehen nicht, daß die Sklaven auch Menschen sind. Sie betrachten sie einzig als Handelsgüter, wie die gebogenen Stoßzähne der Elephantos oder die vielen Pfeffersäcke; etwas, das man schnell auf den Markt bringen und zum besten Preis verkaufen muß. Starke Sklaven sind kostbar, schwache oder kränkliche werden wie lahme Pferde aussortiert.

Die Nachfrage für diese Handelsware ist gewaltig, da es in der Neuen Welt große Plantagen gibt, die bewirtschaftet werden müssen, und weil die Indianer Brasiliens oder der Westindischen Inseln schlechte Arbeiter sind, die lieber fortlaufen oder sterben, als ihren Herrn zu dienen. Doch die Mohren sind gute Arbeiter und werden zu Tausenden und Abertausenden dorthin geschickt.

Die Sklavenjäger von São Tomé ziehen die gesamte Küste entlang, gehen tief landeinwärts, umzingeln ihr menschliches Eigentum und treiben es zur Insel. Wo es alteingesessene Sklavenmärkte gibt, kaufen die Portugiesen die Männer und Frauen oder tauschen Schnaps und Schießpulver und ähnliches gegen sie ein. Doch sie nehmen sie auch mit Gewalt, indem sie in den Dschungel gehen und harmlose Menschen aus ihren Leben reißen. Wie ich Euch schon erzählt habe, sind die Portugiesen von São Tomé zu den Inseln in der Mündung des Zaire gefahren und haben für ein paar Körnchen Getreide den verhungernden Eltern ihre eigenen Kinder abgekauft, als die Jaqqas den Kongo verwüstet und dort eine Hungersnot ausgelöst hatten. Doch das ist nicht das schlimmste. Denn daraufhin wurden diese Menschen, als sie erst einmal versklavt waren, nackt, schlecht ernährt und aneinandergekettet unter großen Unannehmlichkeiten auf die Insel geschafft, auf Schiffe verladen und ohne Rücksicht auf ihr Wohlergehen oder Befinden nach Amerika geschickt.

Während ich auf meine Audienz bei dem Gouverneur von São Tomé wartete, hatte ich ausführlich Gelegenheit, das Treiben auf dem Sklavenmarkt zu beobachten, und es betrübte mich zutiefst. Jeden Tag trafen neue Sklaven vom Festland ein und wurden in einen gewissen Schuppen gebracht, um mit einem heißen Eisen gebrandmarkt zu werden, wie wir Schafe brennen. Eines Tages beobachtete ich ein solches Brandmarken; die Sklaven standen in einer Reihe nebeneinander und sangen ein Lied ihres Volkes, das wie *mundele que sumbela he kari ha belelelle* klang, als würden sie einem fröhlichen Fest beiwohnen. Und einer nach dem anderen wurden sie von den Portugiesen ergriffen, die das heiße Eisen auf ihr Fleisch drückten und sie auf den Hinterbacken oder Oberschenkeln brandmarkten, sowohl die Männer wie auch die Frauen. Die meisten schrien dabei nicht einmal auf, wenngleich einige vor Schmerzen ohnmächtig wurden. Ich beobachtete diese langen Minuten voller Schrecken, hörte, wie das Eisen auf der Haut zischelte, und roch den Geruch verbrannten Fleisches. Und schließlich fragte ich einen Portugiesen: »Warum zeigen sie keine Furcht? Warum zucken sie vor dem Eisen nicht zurück? Sind sie so kindisch unwissend, daß sie nicht argwöhnen, wie sehr es schmerzen wird?«

Und er lachte und sagte: »Sie wissen, daß es schmerzt. Doch wir sagen ihnen, wenn sie das Zeichen nicht haben, wird man sie in Brasilien für nichtswürdige Menschen halten, und so sind sie versessen darauf, gebrandmarkt zu werden!«

Oh, die armen, hintergangenen Mohren!

Und dann müssen sie auf die Abfahrt des nächsten Sklavenschiffes warten. So liegen sie jede Nacht unter freiem

Himmel auf dem nackten Erdboden, ohne jeden Schutz, wodurch sie schwach und krank werden. Einige aus dem Landesinneren, die das schreckliche Klima von São Tomé nicht gewöhnt sind, werden krank, und man läßt sie ohne jede Versorgung sterben, was mir eine sehr schlechte Art zu sein scheint, mit seiner Handelsware umzugehen; doch die Portugiesen sagen, es wäre nur recht, daß jene hier sterben, denn wenn die kränklichen Arbeiter verschifft und verkauft würden und dann stürben, kämen die Sklavenhändler in einen schlechten Ruf, und so läßt man die Schwächlinge lieber umkommen, bevor sie verkauft werden.

Ihre Wartezeit betrug manchmal nur eine oder zwei Wochen, manchmal aber auch viele Monate, wenn das Meer stürmisch war. Die Portugiesen haben große, schreckliche Sklavenschiffe gebaut, und es ist fürwahr herzzerreißend, mit anzusehen, wie sie diese armen Unglücklichen zusammenpferchen, sechshundertundfünfzig oder siebenhundert auf einem Schiff. Die Männer stehen in den Laderäumen, mit Pflöcken aneinandergefesselt. Die Frauen liegen unter Deck, und die, die mit einem Kind schwanger gehen, in großen Kajüten, und die Kinder in den Zwischendecks, aneinandergedrückt wie Heringe in einem Faß, was in diesem heißen Klima eine unerträgliche Hitze und einen nicht minder schlimmen Gestank verursacht. Die Reise vollzieht sich im allgemeinen in dreißig oder fünfunddreißig Tagen, wenn der Passatwind sie antreibt; doch manchmal flaut er ab, und dann dauert sie länger, oftmals viel länger, und ich glaube, dann müssen die Schwarzen Fürchterliches erleiden.

Bevor ein jedes Schiff aufbricht, lassen die Portugiesen die Sklaven, die sie verladen, taufen, da es unter Androhung der Exkommunikation verboten ist, jemanden, der kein Christ ist, nach Brasilien zu bringen. Auf diese Art schafft man – ich habe es selbst gesehen – sehr viele neue Römische Katholiken, die man durch Peitschenhiebe und Hunger lehrt, die Mutter Gottes und alle Heiligen zu lieben.

Auf dem Schiff sah ich, wie alle Männer den Namen João und alle Frauen den Namen Maria bekommen, und der Priester ermahnte sie alle, auf die Gnade Gottes zu vertrauen, der jemanden, der wirklich auf ihn vertraut, niemals aufgibt, und fügte hinzu, daß Gott Leiden schickt, um uns für unsere Sünden zu bestrafen. Nun, ich rufe ›Amen!‹, denn auch ich glaube, daß Gott den nicht aufgibt, der Ihn liebt, wenngleich ich dagegen halte, daß Er uns keine Leiden schickt, um uns zu bestrafen, sondern um uns zu unterweisen und zu stärken. Doch ich frage mich, wieviel die Schwarzen von alledem verstanden. Sie sangen nicht mehr *mundele que sumbela* und diese anderen fröhlichen Lieder, sondern stießen nun ein Wehklagen aus, das sich gar fürchterlich anhörte.

An diesem Handel verdienen die Portugiesen überaus viel. Und doch vertraue ich darauf, daß sie am Tag des Jüngsten Gerichts, wenn sie ihrem Schöpfer und vielleicht auch noch all ihren Heiligen ins Gesicht sehen müssen, alles zurückzahlen werden, mit vollen Zinsen darauf. Und ja, ich weiß, daß wir Engländer unseren Teil an Sklaven befördern, daß selbst so große Männer wie Drake und Hawkins an diesem Handel teilgenommen haben. Doch diese Sklaven wurden alle anständig gekauft, denke ich, und nicht einfach aus ihren Heimen und Familien gestohlen, und bei der Verschiffung nicht annähernd so grausam behandelt. Ich mag die Sklaverei nicht, und wenn ich die Geschicke der Welt bestimmen würde, so würde ich sie wohl nicht ermutigen; doch ich erkenne sie an als einen Teil des Lebens, wie Krankheit und Sterblichkeit, und ich kann nicht völlig aufrecht sagen, daß ich mich ihr widersetze, sondern nur, daß sie mit etwas Rücksicht auf das Wohlergehen der Versklavten durchgeführt werden sollte und nicht so, wie die Portugiesen sie handhaben.

Was die Audienz bei dem Gouverneur betraf, so gab es eine gewisse Verzögerung, da er in einer wichtigen Angelegenheit aufs Festland von Guinea gegangen war. So waren wir gezwungen, bis zu seiner Rückkehr auszuharren. Dies war sehr beunruhigend für uns, da São Tomé ein der Gesundheit abträglicher Ort war, fast so schrecklich wie Masanganu, wo ich mir ein Fieber geholt hatte, an dem ich beinahe gestorben wäre.

Das gleiche Fieber ist auch auf dieser Insel bekannt, und mir wurde gesagt, daß es Neuankömmlinge aus Europa normalerweise in weniger als acht Tagen der Krankheit dahinrafft. Das erste Anzeichen ist ein Schüttelfrost von zwei Stunden, verbunden mit einer unerträglichen Hitze, einem fürchterlichen Brennen im Körper, welches den Patienten in ein tiefes Delirium wirft, das den meisten Menschen, die davon ergriffen sind, am fünften oder siebenten – oder spätestens am vierzehnten – Tag der Krankheit ein Ende macht. Ich fürchtete dieses Fieber, doch Cabral sagte mir, ich würde es nicht bekommen, da ich es schon zuvor gehabt hatte wie übrigens auch alle anderen aus meiner Mannschaft.

Dieser Cabral, ein kleiner und flinker Mann, dessen eines Bein ein wenig länger als das andere war, hielt sich schon seit vielen Jahren in Afrika auf und war auf seine Art klug, und was Ratschläge dieser Art betraf, so setzte ich ein großes Vertrauen in ihn. »Wenn jemand das Masanganu-Fieber bekommt und es überlebt«, so sagte er, »ist er danach dagegen gefeit, wenn er ein gemäßigtes Leben führt. Doch nur wenige Glückliche überleben es. Du bist von robustem Körperbau, Piloto, und ich glaube, die Götter sind dir gewogen.«

»Aye, so muß es sein«, sagte ich, »oder sie hätten mir nicht die Gunst eines Exils zu fern von zu Hause erwiesen und andere kleine Gaben dieser Art.«

»Wir sind alle fern von unserer Heimat«, sagte Cabral. »Doch ich glaube, auf deiner Wanderung durch die Welt hast du ein wenig Freude gekannt, die sich in dein Leid gemischt hat.«

»Dies ist wahr, guter Freund. Ich will nicht klagen.«

Cabral warnte mich, daß es auf der Insel auch die Blattern gab und eine Kolik, die man sich bei ausschweifendem Verkehr mit Frauen zuzog, und eine andere, für die der Morgentau verantwortlich zeichnen sollte; und es gäbe einen Blutfluß, der fast immer tödlich verlaufen würde. Doch die Krankheit, die ich während dieser langgezogenen und beunruhigenden Wartezeit am meisten fürchtete, war die, die man *bichos no cu* nennt und bei der es sich um eine Art Ruhr handelt, die dort sehr häufig vorkommt. Ihre Eigenschaft ist es, das Fett des Menschen innerlich zu schmelzen oder aufzulösen; man gibt es mit dem Stuhlgang ab, so daß man verfällt und stirbt. Das Symptom ist eine außergewöhnliche Melancholie, begleitet von heftigen Kopfschmerzen, Müdigkeit und entzündeten Augen. Sobald diese Dinge auftreten, sagte Cabral – der sah, daß ich begierig auf jedes Wissen über die Länder war, die ich betrat, und mich königlich mit allen möglichen Geschichten versorgte –, nahm man den vierten Teil einer Zitronenschale und stieß sie dem Patienten wie ein Stuhlzäpfchen in den Darm, was allerdings sehr schmerzhaft ist. Wenn die Krankheit nicht zu weit fortgeschritten ist, heilt diese Behandlung ihn bestimmt; doch wenn sich dieses Arzneimittel als unwirksam erweist und die Krankheit so bösartig ist, daß eine Art grauer Schleim ausfließt, legt man Tabakblätter zwei Stunden lang in Salz und Essig ein, gibt sie in einen Mörser und verabreicht dem Patienten ein Klistier davon; doch weil dies einen stechenden Schmerz verursacht, müssen zwei Mann ihn festhalten.

»Selbst zwei«, sagte er, »reichen manchmal nicht aus. Ich habe einmal gesehen, wie sich ein Mann von dreien losgerissen hat und zum Fluß gestürzt ist, um sich abzukühlen, wo er augenblicklich von einem Coccodrillo gefressen wurde.«

»Was ihm zumindest den Schmerz im Darm genommen hat.«

Nachdem Cabral mir solch schreckliche Geschichten erzählt hatte, fürchtete ich diese Krankheit sehr, doch weder diese noch irgendeine andere befiel mich auf São Tomé. Auch erkrankte niemand aus meiner Besatzung, bis auf einen, der sich die Syphilis holte, die jedoch mit Bingelkraut geheilt wurde, was dem Mann allerdings große Schmerzen bereitete.

Während ich auf der Insel wartete, erwarb ich mir jedoch eine Sklavin.

Dies geschah sehr zu meinem Erstaunen, da das Sklavenhalten meiner Natur fremd ist. Fürwahr, wie Ihr wißt, hatte ich diese drei Sklaven in São Paulo de Luanda, doch die hatte man mir gegeben, ohne daß ich darum nachgesucht hatte, und ich hatte sie nur als Diener, nicht als Besitz betrachtet. Ich war niemals der Meinung, es sei für einen Engländer geziemend, das Leben eines anderen Mitmenschen zu besitzen. Und doch kaufte ich einen in São Tomé. Doch ich glaube, daß es aus guten und angemessenen Gründen geschah, und ich zögerte nicht und hatte auch keine Skrupel, es zu tun.

Es kam folgendermaßen dazu: Auf dem größten Platz der Stadt, direkt neben einer der Kirchen, gab es einen Pferch für Sklaven, den die Portugiesen einen *Corral* nannten. Eines Morgens ging ich an diesem Corral vorbei, der gut mit Sklaven bestückt war, als eine Stimme aus dem Pferch mir zurief:

»Señor, em nome de Deus!«, was auf portugiesisch ›Herr, im Namen Gottes!‹ bedeutet. Ich hatte nicht erwartet, daß ein Gefangener dieses Sklaven-Corrals Portugiesisch, geschweige denn, daß er von Gott sprechen würde.

Daher blieb ich stehen und musterte die eng gepackte Masse nackten schwarzen Fleisches, bis ich sah, wer zu mir gesprochen hatte. Es war ein junges Mädchen von nicht mehr als sechzehn Jahren, das völlig nackt dort stand und nicht einmal einen Schurz trug, um die Lenden zu bedecken, wie manche Frauen es taten. Sie war groß und gut gebaut, mit guten, schlanken Gliedern und hohen Brüsten, die spitz hervorstanden, wie es bei den Brüsten afrikanischer Mädchen zumeist der Fall ist, bis sie ein Kind bekommen. Ihre Haut war bis auf gewisse Stammesnarben, die die Neger sich selbst beibringen, und auf das Brandzeichen auf der Innenseite des Schenkels direkt unter dem Schritt glatt und makellos. Sie war nicht so sehr von schwarzer wie von einer hellbraunen Farbe, der fast eine rote Tönung zugrunde zu liegen schien, was gar nicht der Farbe der Menschen entsprach, die ich an der Küste gesehen hatte, und ihre Augen, aus denen eindeutig Intelligenz sprach, waren hell und klar. Mich zu sich winkend, fuhr sie fort, in der portugiesischen Zunge zu sprechen, wobei sie Dinge wie ›Jesus, Maria, der Heilige Geist, Heilige und Apostel‹ und so weiter sagte und so nahe an die Umzäunung des Corrals trat, daß sie die Arme hindurchstecken konnte. »Herr«, sagte sie, »rettet mich, denn ich bin eine Christin.«

Daraufhin erschien eine Wache in dem Corral, ein übler, gedrungener, einäugiger Portugiese mit einer Peitsche in der einen und einem Säbel in der anderen Hand, und er brüllte sie an und schlug mit der Peitsche durch die Luft, so daß sie herumfuhr und sich vor ihm duckte. Mit einer groben Geste befahl er ihr, sich von mir zu entfernen, was ihr einen solchen Ausdruck des Leids abrang, daß er mir tief das Herz rührte.

»Warte«, sagte ich. »Ich will mit ihr sprechen!«

»Und wer bist du?«

»Der Gesandte Seiner Gnaden Don Jeronymo d'Almeida, Gouverneur von Angola«, sagte ich mit einem Aufblitzen in den Augen, um ihn einzuschüchtern. Solche Männer lassen sich nur allzu leicht einschüchtern. »Ich inspiziere diese Sklaven, und ich fordere dich auf, mich nicht zu behindern.«

Er starrte mich verdrossen an und sagte mit leiser, mißmutiger Stimme: »Was hat Angola mit unseren Sklaven zu schaffen?«

»Ich muß diese Dinge nicht mit dir besprechen, Freund. Hole mir dieses Mädchen aus deinem Pferch heraus, damit ich geziemend mit ihm reden kann, oder es wird dir schlecht ergehen.«

»Ach, wird es das?«

»Bei der Messe, ich lasse dir das andere Auge auch noch herausreißen!« brüllte ich und mußte mich beherrschen, nicht in Gelächter auszubrechen, als ich hörte, wie ein römischer Fluch über meine Lippen kam.

Ich hatte das Schwert gezogen, und mein Gesicht war rot vor Zorn, doch ich war noch außerhalb des Corrals und er und das Mädchen drinnen, und er hätte mich dort stehen lassen und einen Narren aus mir machen können. Doch es hatte den Anschein, als habe er meine Entschlossenheit so weit auf die Probe gestellt, wie er es wagte, denn er bedeutete mir, auf die Seite des Corrals zu kommen, wo das Tor war, und öffnete es und stieß das schwarze Mädchen zu mir hinaus, wobei er nicht sehr freundlich zu mir sagte: »Du darfst sie nicht allzu lange draußen behalten.«

»Lange genug, um zu erfahren, was ich wissen möchte«, sagte ich und zog sie ein Stück beiseite, fort von dem Tor.

Sie musterte mich verwundert und ehrfürchtig, als wäre ich ein Erlöser, der direkt vom Himmel herabgestiegen sei. Und als ich sie betrachtete, wie sie so schüchtern lächelte, ertappte ich mich bei dem Gedanken, es sei eine Schande, sie in den Käfig mit den Sklaven zurückzuschicken, aus dem ich sie geholt hatte. Ich glaube, es war in diesem Augenblick, daß mir der verrückte Einfall in den Kopf stieg, sie zu kaufen.

»Wie bist du dort hineingekommen?« sagte ich zu dem Mädchen.

Doch sie war der portugiesischen Sprache nicht mächtig genug, um mich zu verstehen. Ich begriff, daß sie nur ein paar Wortbrocken konnte und sich diese überaus sorgsam eingeprägt hatte, für den Fall, daß jemand dem Corral nahe genug kam, um sie verstehen zu können. So stellte ich meine Frage erneut, langsamer, und machte ein paar Zeichen und stumme Gebärden, um ihr die Bedeutung zu verdeutlichen. Diesmal verstand sie nach einigen Augenblicken. Sie sprach mir ein paar Worte nach, und ich nickte und ermutigte sie, und sie sprach erneut, diesmal deutlicher, und ihr Vertrauen in die Sprache wuchs, als sie sah, daß ich beabsichtigte, sanft und geduldig mit ihr zu sein. Und durch langsame und mühsame Sätze gelang es uns, zu einer gewissen Verständigung zu kommen.

Während sie sich niederkauerte, um eine Art Landkarte in die weiche Erde zu kratzen, sagte sie, sie käme aus einer Provinz im Landesinneren des Territoriums von Angola, einem Ort namens Kazama im Lande Matamba, das dem König von Angola tributpflichtig war. Jesuitenmissionare seien dorthin gekommen, hätten eine kleine Kirche gebaut und das Volk mehr oder weniger zum Römischen Glauben bekehrt, und sie sei von ihnen auf den Namen Isabel getauft worden. Sie nannte mir auch ihren ursprünglichen Namen, doch diesmal ließ mein Ohr für seltsame Worte mich im Stich, denn der Name war so schrecklich auf meiner Zunge, ein derart verdrehtes, geschnalztes Ding, das sich beinahe wie ein Niesen anhörte, daß ich ihn nicht nachsprechen konnte, obwohl sie ihn mir dreimal nannte. Ich konnte ihn nicht einmal richtig zu Papier bringen. So nannte ich sie Isabel, obwohl mir dies nicht leicht fiel, da Isabel ein so europäischer Name und sie ein Geschöpf der dunkelsten Tiefen Afrikas war; danach nannte ich sie normalerweise immer ›Matamba Isabel‹ und dann nur noch ›Matamba‹, was sie als ihren Namen akzeptierte, obwohl es in Wahrheit der des Landes war, aus dem sie kam, und gar keiner für einen Menschen; es war das gleiche, als hätte sie mich ›England‹ genannt. Doch das kam alles erst später.

Sie war durch ein doppeltes Unglück in die Sklaverei gefallen. Vor zwei Jahren – ich glaube zumindest, daß sie dies sagte – hatte sie ein umherziehender Trupp Jaqqas aus ihrem Dorf gestohlen und wollte sie zu einer der Ihren machen – wie ich schon bei dem Massaker in Muchima erfahren hatte, war es der Brauch der Jaqqas, aus den Dörfern, die sie geplündert hatten, die Mädchen und Jungen von dreizehn und vierzehn Jahren in ihren Stamm aufzunehmen. Doch sie hatte sich von den Kannibalen in die Dunkelheit des Dschungels davongestohlen und war kühn allein weitergewandert; es hatte sie nach Westen in einen Teil Angolas verschlagen, wo sie die Bewohner eines kleinen Dorfes gefunden hatten. Um für gewisse Waren zu bezahlen, nach denen es sie verlangte, hatten sie sie an einen umherziehenden Sklavenhändler verkauft, der seinerseits hatte sie zur Küste gebracht und an die Portugiesen weiterverkauft; die hatten sie gebrandmarkt und hier in São Tomé in den Pferch gesperrt, bis sie sie an Bord eines dieser stinkenden, schrecklichen, unerträglichen Sklavenschiffe bringen und in die

Sklaverei und einen frühen Tod nach Amerika schicken konnten.

»Gottes Blut!« rief ich. »Dies soll dir erspart bleiben!«

Ich nehme an, es war ungerecht von mir, ein einziges Mädchen von all den anderen auszusondern und zu entscheiden, sie sollte nicht versklavt werden. Waren die anderen nicht genauso Menschen? Hatten sie nicht auch Hoffnungen, Ängste, Befürchtungen, Schmerzen, Ehrgeiz und all diese menschliche Fracht? War nicht jeder von ihnen der Mittelpunkt seines eigenen Universums, ein stolzes und edles Geschöpf Gottes? Wie konnte ich da sagen, *diese eine* soll verschont werden, *diese eine* verdient so eine Knechtschaft nicht, doch jene müssen bleiben?

Und doch schien diese eine den anderen überlegen und solche Eigenschaften zu haben, daß es eine böse Sache war, sie zu versklaven. Ich weiß, darin liegt ein Denkfehler. Sklaverei ist kein Zustand, den man nur den Unterlegenen aufbürden kann. Wenn man ihn überhaupt jemandem aufbürden muß, dann sollte er allen gleichermaßen aufgebürdet werden, und wenn Gott bestimmt hat, daß die Schwarzen in Ketten nach Amerika verschifft werden, nun, dann sollten wir nicht gewisse Schwarze heraussuchen, die unsere Gunst erlangen, und sagen: Du bist eine Ausnahme, du bist zu gut für diesen Dienst. Und doch schrie mich die Ungerechtigkeit, dieses Mädchen in eine Art Lasttier zu verwandeln, mit hundert Zungen an. Sie hielt sich so aufrecht, sie schien offensichtlich solche ungewöhnlichen Eigenschaften des Verstandes und Geistes zu haben, sie schien so weit über den Wilden zu stehen, mit denen sie den Corral teilte, daß es mir überaus ungerecht erschien, sie in die Versklavung zu schicken.

Ich konnte sie nicht alle retten; ich sah nicht einmal die Notwendigkeit oder den Wert, sie alle zu verschonen; ich wünschte nur, diese eine zu verschonen. Daß sie etwas Portugiesisch sprach und sich als Christin bekannte, hob sie in meinen Augen schon als jemanden heraus, dem die Sklaverei erspart bleiben sollte; denn wenn wir das Versklaven von Christen begünstigen, nun, dann würde es kein Ende mehr geben, und bald würden wir alle einander versklaven, wie die üblen Türken und Mohren gefangengenommene christliche Seefahrer versklaven, um die Ruder ihrer Galeeren zu bedienen. (Bei diesem hübschen Gedankengang hielt ich nicht inne, um zu bedenken, daß die Portugiesen mich trotz meiner hellen Haut und meiner bekannten Liebe zu Jesus einst versklavt und in ihrer Zuckermühle am Rio de Janeiro hatten arbeiten lassen).

Ich denke auch, ich sollte gestehen, daß mir die körperliche Schönheit des Mädchens aufgefallen war, ihre schlanken Glieder und hochstehenden Brüste und kühnen, hellen Augen. Ja, gestehe die ganze Wahrheit ein, Battell! Doch obwohl sie in meiner Gunst dadurch natürlich stieg, schwöre ich, daß ich sie nicht mit der Absicht erwarb, sie zu meiner Konkubine zu machen. Es ist nur, daß die Schönheit einer Frau ein mächtiges, eigenständiges Argument in einer Auseinandersetzung bildet, ob dies nun gerecht oder ungerecht sein mag. Und obwohl ich in meinen frühen Tagen in Afrika niemals das Vorhandensein von Schönheit bei schwarzen Frauen zur Kenntnis genommen und bis zu diesem Zeitpunkt niemals irgendeinen geschlechtlichen Verkehr mit einer vollzogen hatte, hatte ich mittlerweile über vier Jahre unter der heißen afrikanischen Sonne verbracht, und dieser Aufenthalt hatte zweifellos zu Veränderungen in meinem Blut geführt.

In dem Buch Salomon, das das Hohelied Salomons oder das Lied der Lieder genannt wird, singt Salomons Braut: *Nigra sum, sed formosa, filiae Jerusalem,* was in unserer Sprache heißt: ›Ich bin schwarz, aber anmutig, o ihr Töchter von Jerusalem‹; und so war es bei dieser Matamba Isabel: schwarz, aber in meiner neuen Sicht der Dinge anmutig. Doch bei Gott schwöre ich, daß ich damals nicht im Sinn hatte, ihren Körper zu benutzen.

Die einäugige, ungehobelte Wache kam zurück und sagte: »Hast du dich lange genug mit dieser Sklavin unterhalten? Sie muß in den Corral zurückkehren.«

»Nay, sie wird nicht dorthin zurückkehren.«

»Und du willst das also verhindern?«

»Ich habe vor, sie zu kaufen. Wie ist ihr Preis?«

Das Mädchen sprach offenbar genug Portugiesisch, um dies zu verstehen, denn sie warf mir einen Blick voller Erstaunen und Dankbarkeit zu. Doch der Portugiese zuckte nur die Schultern und sagte: »Das gibt es nicht, sie einfach zu verkaufen. Du kannst sie nicht haben.«

»Ich brauche einen Sklaven. Auf dieser Insel werden Sklaven verkauft. Nenne mir den Preis, und ich werde ihn bezahlen.«

»Ich sage dir, das gibt es nicht.«

Erneut hob sich mein Temperament, und diesmal ergriff ich ihn, und meine Hand schloß sich so heftig um sein Hemd, daß der dünne, schweißgetränkte Stoff riß. Ich schüttelte ihn fürchterlich, daß sein eines Auge heftig rollte, stieß ihn von mir zurück und zog mein Schwert, bereit, es zu benutzen, falls er seinen üblen Säbel schwingen sollte. Doch er bedachte mich nur mit einem giftigen Blick, trat ein paar Schritte zurück und versuchte, seine in Unordnung geratene Kleidung zurechtzurücken. Und schließlich sagte er, wobei er meinem Blick auswich: »Das obliegt nicht meiner Entscheidung. Warte hier, und ich werde mich nach ihrem Preis erkundigen.«

Er humpelte davon. Das Mädchen zitterte völlig erstaunt und verängstigt neben mir. Wir standen eine lange Zeit dort und sagten nichts. Innerhalb des Corrals winkten uns Arme verzweifelt zu, und Stimmen erhoben sich in einem halben Dutzend afrikanischer Zungen; denn andere in dem Pferch glaubten wohl, daß ich sie aus ihrer Gefangenschaft holte, und baten mich, das gleiche für sie zu tun.

Während dieser Zeit kamen drei Mann aus meiner Besatzung vorbei, Oliveira, Cabral und ein dritter, an dessen Namen ich mich nicht mehr erinnere; und als sie sahen, wie ich mit einem nackten Mohrenmädchen dort stand, kamen sie mit einem lüsternen, gierigen Ausdruck auf den Gesichtern auf uns zu.

»Ein süßes Stück!« rief dieser dritte. »Laßt sie uns ausborgen, und wir nehmen sie heute abend mit in unser Lager!« Er legte die Hände auf sie, streichelte die Rundungen ihrer Hinterbacken und drückte ihre Brust. Auf der Stelle faßte ich ihn an der Schulter, wirbelte ihn herum und versetzte ihm mit dem Handrücken einen Schlag auf die Wange, daß er vier oder fünf Schritte rückwärts taumelte, und als er mit dem Taumeln und Wanken fertig war, fuhr er zu mir herum, mich zugleich überrascht und zornig ansehend, und seine Hand lag auf dem Schwertknauf, bereit, die Waffe zu ziehen.

»Gemach«, sagte ich. »Ich will diese Sklavin kaufen und möchte nicht, daß ihr sie anrührt.«

»Ich wußte nicht, daß sie dir gehört«, murmelte er.

»Du weißt es jetzt.«

Er nickte überaus verdrossen, noch immer zornig dreinschauend; er nahm jedoch die Hand vom Schwertknauf. Er rieb sich die Wange, doch es war ersichtlich, daß er keinen Streit mit mir wollte, da sich auf dem Schiff herumgesprochen hatte, wie ich mit Oliveira umgesprungen war, und sie wußten, daß ich gefährlich stark und vielleicht ein wenig verrückt war.

»Willst du dieses Mädchen wirklich kaufen, Piloto?« fragte Oliveira.

»Sie ist eine Christin, spricht Portugiesisch und geriet ohne Verschulden in Gefangenschaft. Ich möchte nicht, daß sie das Schicksal dieser Wilden erleidet. Sie wird mit mir nach São Paulo de Luanda kommen und für meine häuslichen Belange sorgen, und wehe dem Seemann, der meinen Besitz so wollüstig berührt.«

»Achte darauf, daß diese Sklavenhäscher dich nicht betrügen«, sagte Oliveira.

»Ich bitte dich, sage mir, was ein angemessener Preis wäre.«

Er beriet sich einen Augenblick mit Cabral und dem anderen und sagte schließlich zu mir: »Höchstens zehntausend Reis.«

Zehntausend von irgend etwas wären eine zu große Belastung meiner Börse gewesen, da ich in Wirklichkeit noch ein Gefangener war und kein eigenes Geld hatte. Doch ich schenkte dem keine Beachtung. Wenn ich mir etwas vorgenommen habe, verfolge ich es, bis ich es erreicht habe.

Kurz darauf kehrte der Einäugige zurück; der häßliche Mann hatte einen zweiten Wärter des Sklavenpferchs dabei, der genauso dunkel und unansehnlich war wie der andere und mir zuerst sagte, ich könne auf so ungewöhnliche Art und Weise keinen Sklaven kaufen; doch als er dann sah, daß ich dazu entschlossen war und von drei Mann meiner Besatzung unterstützt wurde, zog er es vor, keine große Sache daraus zu machen, und sagte, wobei er sich in seiner herablassenden Art überaus höflich gab: »Nun, es ist ungewöhnlich, doch ich kann dir aus Respekt vor deinem Herrn Don Jeronymo einen Gefallen erweisen. Für zwanzigtausend Reis gehört das Mädchen dir.«

Ich lachte verächtlich. Ich rief, das Mädchen sei schwach

in den Knien und habe dreimal gehustet und dabei etwas ausgespien, was auf die Schwindsucht hindeute. »Fünftausend«, sagte ich. Er wirkte verletzt und hochmütig, und wir machten eine Weile damit weiter, bis wir uns schließlich auf zehntausend einigten, wie wir es beide von Anfang an gewußt hatten. Ah, diese syphiliskranken Portugiesen, die nur Pöbel sind und schachern wie die Hausierer.

»Gib mir deine Rechnung«, sagte ich, »und ich werde dir morgen früh das Geld schicken.«

Dies gefiel ihm nicht, doch erneut waren wir zu viert und sie in der Minderzahl, und er schrieb mir ein Stück Papier aus, und ich ging mit meinen Gefährten und der Sklavin Isabel Matamba davon. Wir waren alle im Hafenwirtshaus untergebracht, und es erhob sich ein lauter Schrei, als ich mit einem nackten schwarzen Mädchen erschien. Die Seeleute drängten sich um sie herum, als hätten sie noch nie weibliches Fleisch gesehen. Schnell machte ich deutlich, daß sie mir gehörte und nicht behelligt werden durfte; und dann gab ich sie in die Obhut der Sklaven des Wirtshauses, damit sie zu essen und Kleidung und Pflege bekam. Innerhalb von einer Stunde war sie mit einem Streifen roten Stoffes um die Hüften wieder da, der ihr Trost und Sicherheit zu verleihen schien, denn die afrikanischen Frauen ziehen es vor, ihr Geschlecht bedeckt zu halten, wenn auch nur mit einem Blatt oder Stroh oder einer Perlenkette, obwohl sie gar nichts darum geben, ihre Brüste oder Hinterbacken zu zeigen.

Ich nahm Pinto Cabral zur Seite und sagte: »Wie kann ich nun zehntausend Reis bekommen?«

»Was, du hast sie nicht?«

»Während meiner gesamten Zeit in Afrika bin ich mit keiner einzigen Kaurischale entlohnt worden.«

»Nun, dann mußt du sie dir borgen.«

»Wo? Wie finde ich einen jüdischen Geldverleiher?«

Er lachte und sagte: »Du brauchst keinen Wucherer, Piloto. Ich kann dir die Summe borgen, wenn Oliveira und ein paar andere mir dabei helfen, und du kannst sie uns von den Gewinnen zurückzahlen, die wir machen, indem wir auf der Heimfahrt in Loango Handel treiben.« Und er sprach mit dem ersten und einem zweiten und einem dritten und trieb die zehntausend schnell auf, was mir wie ein Wunder erschien – denn zehntausend Reis entsprachen damals drei englischen Pfund, was nicht wenig ist. Doch ich erfuhr bald, daß in diesen afrikanischen Kolonien leicht an Geld zu kommen ist, indem man wertlose Glasperlen gegen gleichermaßen wertlose Haare aus Elephanto-Schwänzen und diese Haare dann gegen Sklaven eintauscht, von denen man einen für zehntausend Reis verkaufen kann. So kam es, daß ich mich leichtfertig auf eine Summe in Höhe von drei Pfund verschuldete, was mir in England eine große Last gewesen wäre.

Und auf diese Art kam ich dazu, ein Sklavenmädchen zu erwerben.

Fürwahr, mein Leben war übermäßig seltsam geworden, und neue Dinge strömten in so großer Zahl so schnell auf mich ein, daß ich all diese Seltsamkeiten allmählich nicht mehr als Erschütterung empfand, sondern ein jedes Ding einfach nahm, wie es kam, und sie als den normalen Fluß des Lebens ansah.

9

Der portugiesische Gouverneur von São Tomé kehrte schließlich von seinen Geschäften auf dem Festland zurück, empfing mich, erkannte meine Beglaubigung an und nahm die Briefe von Don Jeronymo entgegen, in denen dieser um militärische Unterstützung bat. Nach ein paar Tagen ließ er mir eine Antwort zukommen, die besagte, daß er für die Genehmigung, in dem Gebiet, das Don Jeronymo unterstand, Sklaven fangen zu dürfen, jetzt sofort dreihundert Mann an Angola abstellen würde und dreihundert weitere, wenn die Regen der Tagundnachtgleiche kämen. Ich sagte, ich hielte dies für eine zufriedenstellende Übereinkunft, und verabschiedete mich von ihm.

Wir waren nun aus unseren Pflichten in São Tomé entlassen und schickten uns an, den Ort zu verlassen, was keiner von uns auch nur im geringsten bedauerte.

Auf unserer Fahrt gen Süden hatte ich mich mit einer neuen Schwierigkeit zu befassen, nämlich der Anwesenheit des Mädchens Matamba inmitten einer Mannschaft wollüstiger Männer. Die Pinasse war klein, und es gab nur zwei Kabinen, von denen eine mir und die andere Oliveira gehörte. Die anderen schliefen auf Deck, woran sie gewöhnt waren. Doch ich wagte nicht, Matamba zwischen ihnen schlafen zu lassen, oder sie hätten sie höchst schändlich benutzt, gleichgültig, welche Anweisungen ich ihnen gegeben hatte, sie unangetastet zu lassen: Es entspräche nur ihrer menschlichen Natur, so zu verfahren. Ich konnte sie ihnen nicht überlassen, damit sie sich an ihr vergnügten. Was konnte ich also tun? Nun, ich mußte sie in meiner Kabine unterbringen.

Diese meine Kabine war lang und schmal, mit einer

Schlafstätte auf der linken Seite, einer eichenen Truhe für Karten und Instrumente ihr gegenüber und etwas Raum zum Schreiten dazwischen. Ich spannte über diesen Raum eine Hängematte für sie auf, doch sie musterte sie mit langem Gesicht und bedeutete mir mit Gesten, sie fürchtete, durch das Schwanken des Schiffes hinauszufallen. So beschaffte ich mir gewebte Palmstoffmatten und legte sie auf den Boden neben meiner Koje, was für sie annehmbar war.

In dieser Nacht hatte ich die Frühwache, und als ich nach meinen vier Stunden die Kabine betrat, schlief Matamba schon auf dem Boden zusammengerollt, die Knie an ihrem Busen und den Daumen wie ein Kleinkind in den Mund geschoben. Fürwahr erinnerte sie mich an nichts so sehr wie an ein Kind, wie sie friedlich dort lag und nach dem langen Schrecken des Sklaven-Corrals endlich wieder Seelenfrieden gefunden hatte. Im Kerzenschein sah ich zu ihr hinab und schaute mit Vergnügen ihre glatte, feste, dunkle Haut, die starken, fleischigen Glieder und die festen Brüste: Denn trotz aller Qualen, die sie erlitten hatte, war sie gesund und kräftig und hatte die Lebenskraft der Jugend, wie ein stämmiges junges Füllen, das viele Achtelmeilen an einem Stück im leichten Galopp reiten konnte.

Ich lächelte sie an, löschte mein Licht, legte mich in der Dunkelheit nieder, sprach ein oder zwei Gebete und schlief schnell ein.

Die nächsten zwei oder drei Nächte war es dasselbe: Sie lag nackt neben mir, und ich berührte sie niemals. Die Versuchung kam über mich, doch ich erlag ihr nicht. Am Tag legte sie keusch ihren knappen Lendenschurz an und übernahm einfache Aufgaben an Bord, so half sie zum Beispiel beim Ausgeben der Mahlzeiten. Im Glauben, ich würde mich des Nachts an ihr vergnügen, bedachten die Männer mich mit ihrem neidischen, wissenden Grinsen, doch ich schenkte ihnen keine Beachtung.

Doch die natürliche Anziehungskraft der Geschlechter ist etwas, das automatisch in uns erwacht, und ich bin dagegen noch nie besonders gefeit gewesen. Es kam eine Nacht, als ich auf sie hinabschaute und den Drang verspürte. Es war, als ich von meiner Wache kam und mich zum Schlaf niederlegen wollte und über ihr stand, wie sie schlief, auf dem Rücken liegend, die Beine ein wenig gespreizt, und kein Fetzen bedeckte sie. Und ich dachte: *warum nicht?* Sie würde mich nicht zurückweisen. Ich war ohne Frau. Doña Teresa war wahrscheinlich tot – wie mich das schmerzte! – und Anne Katherine könnte genausogut auf dem Mond leben – auch das schmerzte mich, doch nicht auf eine so direkte, unmittelbare Art, nicht nach so vielen Jahren – und ich hatte meine Gelüste wie jeder andere; wollte ich denn den Rest meiner Tage in Afrika wie ein Mönch verbringen? Hier war eine Frau. *Nigra sum, sed formosa.* Sie war mehr oder weniger eine Christin. Und sie war zumindest keine Wilde. Und sie stand zur Verfügung.

Warum nicht? Fürwahr, warum nicht? Und doch tat ich es nicht. Einige kleine Gewissensbisse hielten mich davon ab; schließlich war sie ja eine Sklavin und eine Mohrin.

So glitt ich zwischen meine Laken und lag eine Zeitlang wach, etwas verdrossen in meinem Drang, und erörterte diese Dinge endlos lange mit mir selbst, sagte mir, ich müsse nur neben mich greifen und sie zu mir holen oder mich zu ihr legen und in sie eindringen, und das wäre es gewesen. Doch ich tat es nicht, und obwohl der Schlaf nur langsam zu mir kam, mußte er schließlich gekommen sein, denn ich glitt in schlimme Träume voller Zähne und Klauen und dunkler Gewässer, in denen verborgene Monstrositäten lauerten.

Und in der Nacht kam der Speer eines Blitzes, der die

Dunkelheit in Tag verwandelte, und ein rollender Donner, der wie die schweren Posaunenklänge des Tags des Jüngsten Gerichts über uns kam, und solch ein peitschender Regen, daß das Meer kochte und in seiner Wut weiß wurde. Ich erwachte augenblicklich und dachte, ich müsse auf Deck hinausgehen und nach den Masten und Segeln sehen, obwohl es Oliveiras Wache war und ich wußte, daß er imstande war, selbst dafür zu sorgen. Doch als ich mich aufsetzte und in der Dunkelheit die Augen zusammenkniff und rieb, bewegte sich etwas in der Kabine, und Matamba warf sich in mein Bett und flüsterte: »Ich habe Angst! Ich habe Angst!«

Erneut ein Blitz. Erneut der Donner und noch schrecklicher.

Sie zitterte wie jemand, der auf der Schwelle eines epileptischen Anfalls stand, und hieb und trat und schlug um sich, so daß ich sie in meine Arme nehmen mußte, um uns beide vor Verletzungen zu schützen. Und ich sprach tröstende Worte und streichelte ihren Rücken, der feucht war vom Angstschweiß, der ihr aus jeder Pore brach. Die Pinasse rollte und schwankte mittlerweile und schlug ihre Seiten gegen die hohen Wellen, und ich hörte, wie die Männer auf Deck arbeiteten, und wußte, daß ich eigentlich zu ihnen hinaufgehen und ihnen helfen mußte. Doch Gott vergebe mir, ich konnte es nicht!

Denn als ich die arme, verängstigte Matamba tröstete, sie sanft hielt und tröstete, erweckte die Nacktheit ihres Körpers an dem meinen eine heftige Erregung in mir; die beiden festen Brüste drückten sich unwiderstehlich gegen mich, und meine streichelnden Hände glitten von ihrem Rücken zu ihren Hinterbacken hinab, und zu der heißen Stelle zwischen ihren Schenkeln. Mein Prügel erhob sich in drängendem Verlangen und drückte so hart gegen ihren Bauch, daß es für ihn keinen Platz zwischen uns mehr gab, wollte ich ihn nicht dort hineinschieben, wo es die Natur für ihn vorgesehen hatte.

Sie gab leise, keuchende Geräusche von sich, wie ein läufiges Tier es vielleicht tut, und drückte sich mit Armen und Beinen hoch, und plötzlich saß sie rittlings auf mir, mich eng umarmend, und mein Pfahl war tief in ihren Körper eingesunken. Es war nur, weil ich sie getröstet hatte, denke ich, eine Art urspüngliche Vereinigung des Fleisches in einer Allianz gegen die große Furcht, sterben zu müssen. Doch bei Gottes Tod!, es war ein wunderbares Gefühl, wie dieser weiche, nasse, geheime Frauenschlund ihres Leibes mich umklammerte und aufnahm und über mir vor und zurück glitt. Und sie kannte noch eine Kunstfertigkeit, die auch Doña Teresa nicht unbekannt gewesen war, nämlich die, ihre weibliche Öffnung erzittern zu lassen, sie zu spannen und zu öffnen, zu spannen und zu öffnen, was mir äußerstes Vergnügen verschaffte.

Wie hätte ich mich zu solch einer Zeit von ihr losreißen können, um auf das Deck zu gehen? Der Kapitän des Schiffes mochte ich sein, doch wahrhaftig, ich bin auch ein Sterblicher und kein Engel und ein Mann mit gesunden Gelüsten, und ich hatte Matamba genausowenig zurückstoßen und zu meinen Pflichten gehen können, wie ich aus meiner Haut fahren konnte. So vollzogen wir unser kleines Liebesringen auf dieser zerwühlten Bettstätte, auf unseren Seiten liegend, sie halb über mir; meine Hände umklammerten ihre Hinterbacken, meine Finger gruben sich tief in ihr Fleisch, und sie bewegte sich mit der seltsamen Heftigkeit einer Frau, in der sich der Schrecken in Verlangen verwandelt hatte, wobei zwischen dem einen und dem anderen nur eine kaum wahrnehmbare Grenze lag. Und dann kam von ihr ein hoher, jammernder Schrei, der wie der Klagegesang eines Geistes der dunklen, nebelverhangenen Sümpfe klang und mich zuerst erschreckte, bis ich begriff, daß es nur der Aufschrei ihrer Ekstase war, und in diesen Schrei hinein ergoß ich mich mit harten, hämmernden Stößen, die mich schwach und wimmernd zurückließen. Derart erschöpft, hielten wir uns in der Dunkelheit einander fest, und allmählich begriff ich, daß der Sturm nachgelassen, das Meer sich beruhigt hatte.

Sie schluchzte leise.

Himmel! Was sagt man, wenn eine Frau neben einem schluchzt, nachdem man ihr beigewohnt hat? Weint sie aus Freude oder Scham oder Furcht oder weshalb? Wie kann man diese Dinge wissen und wie kann man sprechen, ohne unbeholfen zu sein?

Nun, manchmal ist es am besten, gar nicht zu sprechen. Ich hielt sie nur fest, wie ich sie zuvor gehalten hatte, und sie beruhigte sich. Mein Körper glitt aus dem ihren, und sie wich ein wenig zurück, aber nicht weit. Ich nahm ihre Hand zwischen die meinen, um ihr Zuversicht zu geben.

»Bitte«, sagte sie, »vergib mir . . .«

»Vergeben? Und was vergeben? Da ist nichts zu vergeben.«

Noch immer glänzten Tränen auf ihrer Wange.

»Hast du meine Worte verstanden?«

»Angst . . .«

»Ja, der Sturm war abscheulich. Er ist jetzt vorüber.«

»Angst – jetzt. Nicht Sturm.«

»Angst vor dem, was wir taten? Nay, Mädchen. Es ist das schönste, was ein Mann und eine Frau füreinander tun können. Verstehst du meine Worte? Verstehst du mich?« Sie gab keine Antwort, und ich wußte nicht zu sagen, inwieweit sie meinen Worten folgen konnte. Doch dann sagte ich: »Ich muß an Deck gehen und sehen, ob es Beschädigungen gegeben hat«, und sie verstand dies durchaus, denn sie bat mich flüsternd, sie nicht zu verlassen. Ich erklärte ihr, es sei meine Pflicht; und nun, da mich der magnetische Sog des fleischlichen Verlangens nicht mehr in seinem unerschütterlichen Griff hielt, fiel es mir viel leichter, sie zu verlassen. Ich zog den Mantel über und tätschelte sie, um ihr zu zeigen, daß ich mit meinem Aufbruch keine Kälte zeigen wollte, und ging hinaus.

Die See ging noch hoch, und Wasser strömte über das Deck, und die Männer waren unter Oliveiras Befehl damit beschäftigt, das Schiff zu verschalken und zu belegen. Doch alles war in Ordnung; der Regen war nichts weiter als eine leichte, warme Gischt, das Gewitter war nach Osten abgezogen, wo wir es durch die dunklen Erhebungen der Küstenhügel wandern sahen, und der Donner war nur noch ein ferner Widerhall. »Ich habe noch eine Stunde Wache, Piloto!« sagte Oliveira zu mir. »Du wirst im Augenblick nicht auf Deck gebraucht!« Und er entblößte die Zähne zu einem Grinsen, als wolle er sagen: Geh zu der Dirne zurück, Junge, und wälze dich noch einmal vergnügt mit ihr herum! Wegen dieses anzüglichen, doch gutgemeinten Grinsens hielt ich große Stücke auf ihn.

Nichtsdestotrotz machte ich meine Runde, und erst als ich sicher war, daß alles seine Ordnung hatte, kehrte ich zu meiner Kabine zurück. Matamba hatte mein Bett nicht verlassen, doch nun war sie ruhig. Ich legte mich neben sie und hätte sie geküßt, was ich in dieser unserer plötzlichen und wilden Vereinigung nicht getan hatte, doch sie wandte den Kopf ab und sagte: »Der Mund ist zum Essen da.«

Darüber lachte ich. Denn wer könnte schon etwas gegen einen süßen Kuß einzuwenden haben? Doch ich sah den großen Abgrund, der zwischen uns lag, erkannte, daß wir zwei Menschen aus verschiedenen Welten waren.

Wir kamen einander näher und kopulierten bald schon wieder. Und diesmal übten wir die Riten der Liebe nicht mehr nur deshalb aus, weil wir angesichts der Plötzlichkeit und Heftigkeit des Sturms zusammengekommen waren – was sowieso nur der Vorwand gewesen war, den wir beide gebraucht hatten, glaube ich –, sondern aus reinem Begehren. Und in den nachfolgenden Nächten unserer Heimreise zögerten wir nicht mehr, uns in meiner Kabine zu vereinigen, und schickten das hohe Wehklagen ihres Vergnügens und das Poltern meines eigenen zur Antwort immer und immer wieder durch das Schiff.

Obwohl Matamba kaum mehr als ein Mädchen war, hatte sie in diesen geschlechtlichen Dingen eindeutig viele Erfahrungen gehabt. Ihre Befähigungen waren beträchtlich, und doch war sie auf ihre Art, wie sie den Akt durchführte, ganz und gar eine Afrikanerin, mit Praktiken, die mir überaus vertraut waren. Ich habe Euch schon erzählt, daß sie mich nicht küssen wollte, da die Berührung von Mündern bei ihrem Stamm als unrein angesehen wurde, ganz zu schweigen von einem Speichelaustausch von Zunge zu Zunge. Sie gab auch nicht viel darum, daß ich ihre Geschlechtsteile mit der Hand liebkoste, noch berührte sie die meinen, außer wenn sie mir einen besonderen Gefallen erweisen wollte und mit den Fingern leicht über meinen Schaft fuhr. Und auf keinen Fall wollte sie dulden, daß ich ihre weiblichen Teile mit meinem Mund berührte, und ich glaube, sie wäre lieber gestorben, als das gleiche bei mir zu tun. Bei diesen Dingen folgte sie eher den Gebräuchen ihrer Rasse, als daß es sich um eine übertriebene Empfindlichkeit gehandelt hätte, denn niemals habe ich in einem afrikanischen Land eine Frau gefunden, die das Küssen oder das Berühren der Geschlechtsteile mit dem Mund schätzte: Dies ist nicht ihre Art, und sie blicken mit Abscheu auf Europäer hinab, die so etwas tun.

Andererseits mochte sie es sehr, mich zu kitzeln, am liebsten unter den Armen und auf den Schenkeln. Was mich verblüffte und mir nicht besonders gefiel, sowohl weil es für meine Erregung unerheblich und auch sonst kein angenehmes Gefühl war; doch als ich sie bat, dies aufzugeben, brach sie in Tränen aus, da es bei ihnen so bedeutsam ist wie das Küssen bei uns und überdies Kern und elementarer Bestandteil ihres Liebesspiels. Nachdem sie wußte, daß es mir nicht gefiel, versuchte sie, darauf zu verzichten, doch es hatte sich zu tief in ihr eingeprägt, und wenn die volle Hitze des Spiels über sie kam, konnte sie es nicht unterlassen, mir mit den Fingerspitzen vorsichtig über meine empfindlichen Teile zu fahren, was ich schließlich auch hinzunehmen lernte.

Was die Art und Weise betraf, in der wir uns vereinigten, so hatte sie auch dort ihre ausgeprägten Vorlieben. Ihre liebste Methode war es, sich über mich zu hocken wie jemand, der sich am Flußufer niederkauerte, um Kleidung im Wasser zu waschen, und sich auf mich zu senken, bis ihre Lenden über den meinen waren, und so auf meinem Schaft zu reiten. Es gefiel ihr auch, sich neben mich zu legen und über mich zu gleiten, bis ich von ihren Beinen umschlungen war, wie sie es jenes erste Mal getan hatte, als der Sturm sie in mein Bett getrieben hatte. Und oftmals drehte sie sich um und kniete, mir den Rücken zugewandt, vor mir nieder, so daß ich sie nehmen konnte, wie die Hunde es taten. Was ihr überhaupt nicht gefiel, war unsere vertraute englische Art, bei der die Frau auf dem Rücken liegt, die Beine angezogen, und der Mann zwischen ihnen. Dies empfand sie als unterdrückend, gefährlich und irgendwie unbeholfen. Diese Stellung war in der Tat bei ihrem Stamm nicht gebräuchlich, doch ich glaube, der wirkliche Grund, daß sie sie nicht ausüben wollte, lag tiefer. Denn während ihrer Zeit der Sklaverei war sie des öfteren gewaltsam von Portugiesen genommen worden – sie schändigen ohne Scham jede stattliche Sklavin, wann immer es sie überkommt –, und bei diesen Akten der Notzucht hatten sie sich normalerweise auf sie geworfen; daher verabscheute sie diese Art der Vereinigung.

Ich darf hinzufügen, daß sie auch die Portugiesen verabscheute, alles an ihnen verachtete, ihre Gesichter und ihren Geruch und die Schmutzigkeit ihrer Körper. Als sie mir von dem Sklaven-Corral aus zurief, ich solle sie vor den Sklavenjägern retten, so geschah dies wegen meines gelben Haars und englischen Gesichts, denn obwohl sie nicht die geringste Vorstellung hatte, worum es sich bei einem Engländer handelte, wußte sie auf den ersten Blick, daß ich kein Portugiese sein konnte, und entschloß sich daher, mir ihr Schicksal anzuvertrauen. Und als sie herausfand, daß ich tatsächlich anders war, daß meine Haut nicht ranzig war vor altem Schweiß und Schmutz und daß ich meinen Pfahl nicht bei der erstbesten Gelegenheit in ihren trockenen Schlitz stecken würde, zeigte sich ihre Hingabe an mich überaus rührend. Sie folgte mir auf dem Schiff so hingebungsvoll und treu wie ein junger Hund; und obwohl sie zu den Portugiesen durchaus höflich war, denn schließlich handelte es sich ja um meine Gefährten, bewahrte sie zwischen ihnen und sich selbst eine kühle Distanz, so weit dies auf diesen engen Räumlichkeiten möglich war.

So geschah es, daß ich als alleinstehender Mann nach São Tomé fuhr und als Mann mit einem Besitztum zurückkehrte, mit meiner eigenen Sklavin, die auch meine Bettgefährtin und, soweit dies zwischen Mann und Frau möglich war, mein Freund war.

Denn wir waren beide verlorene Seelen, die es fern von unserer heimatlichen Erde verschlagen hatte, zwei Wanderer, zwei Opfer der Inbesitznahme und Gefangenschaft, und wir klammerten uns aneinander. Ich hatte zuerst beabsichtigt, sie in Angola freizulassen und ihr zu erlauben, in ihr Heimatland zurückzukehren; doch als ich die Pinasse von Hafen zu Hafen führte, wurde mir schnell eingängig, daß ich nicht den Wunsch hatte, sie fortzuschicken. Und sie war auch nicht versessen darauf, mich zu verlassen, da sie auf der Heimreise in ihre angestammte Provinz sicher wieder von Sklavenjägern ergriffen, wenn nicht gar von Jaqqas verspeist oder von Löwen zerrissen oder von Coccodrillos verschlungen werden würde. Nachdem wir zu dieser Erkenntnis gelangt waren, stellten wir fest, daß wir einander im Geiste schnell näherkamen, was mich sehr erfreute.

Ich begann damit, sie in der portugiesischen Sprache zu unterweisen, und sie lehrte mich einige afrikanische Worte, so daß wir nicht mehr auf das beschwerliche Verdeutlichen mit Gesten angewiesen waren, womit wir uns bis dahin hauptsächlich verständigt hatten. Sie lernte schnell. Ich brachte ihr sogar einige englische Worte bei und erklärte ihr, daß dies meine eigene Sprache war, die Sprache meiner wahren Nation, die mit diesen Portugiesen, unter die es mich verschlagen hatte, verfeindet war. Es war weiß Gott eine Freude, wieder gute englische Silben auf meiner Zunge zu fühlen. Im Scherz hatte ich einmal bei Doña Teresa das Spiel angeregt, Englisch zu sprechen, um die Flammen der Lust aufzurühren; doch bei Matamba war es mir ernst damit, denn es erregte mich sehr, zu hören, wie meine Sprache über ihre Lippen kam.

So lagen wir zusammen, und sie sagte: »Gott segne Ihre Protestantische Majestät Königin Elisabeth«, und ich lachte und liebkoste sie und hätte sie geküßt, wenn sie es nur zugelassen hätte.

Und sie sagte: »Essex, Sussex, Somerset, York.«

»Northumberland, Suffolk, Gloucester, Kent«, sagte ich.

Und sie sprach mir auf ihre Art nach: »Northumberland, Suffolk, Gloucester, Kent.«

Es war eine freudige Zeit. Sollten sich die Portugiesen im Kampf um die Macht doch wie die Schlangen und Basilisken verhalten, sagte ich mir; sollten sie doch lügen und schwindeln und betrügen, sich einander mit Glocke und Bibel und Kerze exkommunizieren und ihrem eigenen Vorteil zuliebe fieberhaft Ränke schmieden. Dies war nicht meine Art. Ich hatte mir in ihrem dunklen, stürmischen Afrika eine kleine Insel des Trostes geschnitzt. Ich ging einem Beruf nach; ich erfreute mich guter Gesundheit; und nun hatte ich auch meine Matamba. Es war daher meine Absicht, ruhig und bedächtig zu leben, bis ich irgendwie meine Flucht und meine Rückkehr nach England bewerkstelligen konnte, was das eine große Krebsgeschwür in der Süße meines Lebens war: so fern der Heimat zu sein.

Da waren noch die Schulden, die ich mir aufgebürdet hatte, indem ich Matamba aus der Sklaverei gekauft hatte. Doch diese waren fürwahr schnell zu begleichen, indem wir mit den Küstenstädten Handel trieben. Denn laut Befehl von Don João de Mendoça – einem Befehl, den Don Jeronymo bestätigt und bekräftigt hatte – war ich bei jeder Unternehmung, die wir hinsichtlich solch eines Handels betrieben, ein gleichwertiger Partner der Portugiesen meiner Mannschaft. Und als wir auf unserem Weg nach Süden wieder in Loango anlegten, begrüßten die Leute uns dort herzlich und berichteten uns, auf einer großen Jagd seien zahlreiche Elephantos getötet worden, so daß sie uns viele Waren anzubieten hatten, aus denen wir mächtigen Gewinn schlagen konnten.

Der Elephanto, so sollte ich erklären, ist das ehrfurchtgebietendste aller afrikanischer Tiere, der gleiche Koloß, der die Heere des großen Hannibal begleitete, als er Rom erobern wollte. Er wandert überall im Lande Kongo und in Loango herum, und zu einem geringeren Ausmaß auch in Angola, wo die Einheimischen nicht so beharrlich Jagd auf ihn machen. Es sind gewaltige Tiere, wie Häuser, die umherstreifen. Ich habe den Abdruck ihrer Füße im Staub gesehen, im einfachen Durchmesser vier Spannen* breit, und ihre Ohren sind wie große graue, faltige Mäntel, in denen ein Mann sich verbergen könnte. In Loango erzählte man mir, die Elephantos würden einhundertundfünfzig Jahre alt und bis zur Mitte ihres Lebens ständig wachsen. Ich habe etliche ihrer Stoßzähne gesehen und gewogen, und ihr Gewicht erreichte mitunter zweihundert Pfund das Stück und mehr. Diese gewaltigen Zähne sind in den zivilisierten Ländern natürlich wegen des Elfenbeins geschätzt, das aus ihnen geschnitten und poliert wird.

Doch in Afrika haben ihre Schwänze den höchsten Wert, und aus diesen schuf ich mir viel später das Vermögen, das ich für eine gewisse Zeit zusammentrug. Sie benutzen diese Schwänze, um die Fliegen zu vertreiben, die sie belästigen, und auf ihren Schwänzen haben sie gewisse Haare oder Borsten von einer schwarzen Farbe, die so groß wie Binsen oder Besengerben werden. Je älter sie sind, desto schöner und stärker werden die Haare, und sie bringen einen guten Preis: für fünfzig Haare bekommt man tausend Reis, was sechs von unseren Schillingen entspricht. Die Schwarzen dieser Königreiche flechten diese Schwanzhaare sehr kunstfertig und tragen sie um den Hals und die schwärzesten und glänzendsten auch um ihre Hüften, wobei sie sie überaus stolz zur Schau stellen.

Bei der Jagd auf Elephantos gibt es mehrere Methoden. Man fängt sie, indem man dort, wo sie normalerweise weiden, tiefe Gräben zieht, die unten sehr schmal und oben breit sind, so daß das Tier sich nicht helfen und herausspringen kann, wenn es einmal hineingefallen ist. Diese Gräben

* Engl. Maß: 1 Spanne = 9 Zoll = ca. 23 cm; Anm. d. Übers.

bedeckt man mit Erdschollen und Gras und Zweigen, und wenn das Tier darüber hinweggeht, fällt es in das Loch. Doch es gibt noch eine andere Methode für mutige Jäger, bei der es sehr auf deren Schnelligkeit beim Laufen ankommt: Man legt sich, ganz mit dem Dung und Urin der Elephantos eingerieben, damit dieser den menschlichen Geruch nicht wahrnimmt, auf Lauer. Wenn das Tier dann über einen steilen, schmalen Pfad schreitet, folgt man ihm und schneidet ihm mit einem sehr scharfen Messer den Schwanz ab, das arme Tier ist auf solchen Pfaden nicht imstande, sich schnell umzudrehen, um sich zu rächen, und kann den Feind auch nicht mit dem Rüssel erreichen, und der Jäger flieht. Der Elephanto ist ein schnelles Tier, weil er große Schritte macht, doch beim Umdrehen verliert er viel Zeit, und so kann der Jäger sicher mit seiner Beute entkommen.

Auf dem Marktplatz von Loango tauschten wir diese Haare gegen unsere Glasperlen und anderen wertlosen Tand, den wir in São Tomé erworben hatten, denn wir wußten, daß wir sie in São Paulo de Luanda für sehr viel mehr verkaufen konnten.

Wenn die Afrikaner an dieser Küste ein seefahrendes Volk gewesen wären oder einige Erfahrung im Handelsgewerbe gehabt hätten, wäre es den Portugiesen nicht so leicht gewesen, so viel an ihnen zu verdienen. Doch wie die Dinge stehen, muß man den Reichtum nur ergreifen, denn das einheimische Volk treibt über die jeweiligen Stammesgrenzen hinaus nur sehr wenig Handel und bietet unternehmungslustigen Europäern so eine Möglichkeit, sie seiner Schätze zu berauben. Nun, und diese Rasse war schon immer schnell gewesen; und so sei es. So sei es!

10

Als wir nach São Paulo de Luanda zurückgekehrt waren, verhökerten wir unsere Fracht in der Tat überaus gewinnbringend, und ich war imstande, von meinem Anteil die zehntausend Reis zurückzuzahlen, die ich mir von meinen Kameraden geborgt hatte, und auch noch einen Teil auf die Seite zu legen, das erste eigene Geld, das ich besaß, seit ich England verlassen hatte. Ich führte Matamba zu meiner Hütte und zeigte sie meinen anderen Sklaven, die ihre Ankunft jedoch nicht guthießen, da sie mein Bett teilte und auch in anderer Hinsicht in meiner Gunst stand. Man bedachte sie mit bösen Blicken und spielte ihr oftmals üble Streiche. Doch ich entließ eine meiner Sklavinnen aus meinen Diensten, eine Frau der Bakongo, die Verachtung für den Stamm empfand, aus dem Matamba kam; und die beiden anderen, ein Junge und eine alte Frau, bereiteten keine Schwierigkeiten mehr.

In der Stadt war es ruhig. Wenn es noch irgendwelche Anhänger der ehemaligen Fraktion von Don João gab, verhielten sie sich nun Don Jeronymo gegenüber loyal, und ich habe in der Tat nicht mehr vernommen, daß man Don Joãos Namen erwähnte. Wann auch immer ich an dem Palast vorbeikam, der ihm gehört hatte – der noch immer bewacht und erhalten wurde, wegen der Vortäuschung, Don João würde bald aus Portugal zurückkehren –, fühlte ich den scharfen Stachel des Leids über den grausamen Mord an diesem Mann, der mir gegenüber so großzügig gewesen war. Und natürlich beklagte ich auch den Tod von Doña Teresa und betete, daß die Meuchelmörder sie zumindest um ihrer Schönheit willen verschont hätten, wenngleich ich dies nicht als sehr wahrscheinlich erachtete.

Ich tröstete mich mit Matamba, einer einfacheren und warmherzigeren Person als Doña Teresa, mit der ich gern zusammen war; in den Belangen des Fleisches kam sie Teresa gleich, und ihre süße und eifrige Natur hatte einen Reiz, den man in der anderen Frau vergeblich suchte. Und doch gestehe ich, daß ich Doña Teresas Schönheit vorzog. Obwohl Matambas Körper reif und üppig war, blieb sie nichtsdestotrotz doch eine reinrassige Mohrin, und ich war damals noch kein solcher Afrikaner, daß ich imstande war, an ihrer flachen Nase und den vollen Lippen die höchste Freude zu empfinden. Und wenn meine liebkosende Hand über die rauhe Narbe des Sklavenbrandzeichens an der weichsten Stelle ihres Schenkels glitt oder wenn ich ihr Gesicht streichelte und auf die Doppelreihe der Stammeszeichen stieß, die als Schmuck in Form von Narben in ihre Haut geschnitten waren, dann sehnte ich mich gegen meinen Willen nach der samtenen Vollkommenheit jener Frau, die ich verloren hatte.

Dennoch besaß ich noch das kleine hölzerne Idol, das Doña Teresa mir vor langer Zeit gegeben hatte und das alles Ungemach, dem ich ausgesetzt gewesen war, überstanden hatte. Dieses Ding betrachtete ich als allein für mich bestimmt und zeigte es niemandem, sondern bewahrte es in meiner Kleidung oder unter meinem Kissen auf. Doch wo nun Matamba das Bett mit mir teilte, war ich sicher, daß sie es finden würde, und eines Tages entdeckte sie es tatsächlich. Sie schlug mein Kissen zurück und betrachtete es mit ernstem Schweigen, so daß ich hörte, wie sie schwer atmete. Dann bekreuzigte sie sich heftig fünf Mal und flüsterte: *»Mokisso! Mokisso!«*

»Es ist nichts, Matamba.«

»Warum hast du das?« fragte sie.

Ich hätte lügen und sagen können, ich hatte es auf meinen

Wanderschaften entdeckt und behielte es nur, weil es mir so seltsam erschien. Doch ich sah keinen Grund, vor einer Sklavin zu lügen, und ich wollte Matamba nicht anlügen. So sagte ich also: »Ein . . . Freund hat es mir gegeben.«

»Wirf es fort! Es ist Hexerei!«

Und sie zitterte, als hätte sie im Erdboden vor unserer Tür des Teufels Hufabdruck gefunden.

»Nun, und wenn es das ist?« sagte ich. »Es hat keine Macht über mich.«

»Weißt du das wirklich?«

»Ich bin mein eigener Herr und leide nicht unter Hexenkraft.«

»Dann wirf es fort«, sagte sie erneut.

»Doch ich finde es hübsch. Seine Oberfläche ist glatt und gut geschnitzt. Und der Freund, der es mir gegeben hat, ist tot – das glaube ich zumindest –, und das ist alles, was ich von ihr noch habe.«

»Von *ihr?*« sagte Matamba, und es lag ein sehr fraulicher Ton in ihrer Stimme, der mich zugleich amüsierte wie erzürnte.

»Doña Teresa da Costa war ihr Name«, sagte ich. »Eine sehr gute und edle Christin von hoher Geburt, die . . .«

»Wenn sie dir dies gab, ist sie keine Christin. Sie ist eine Hexe!«

»Komm, Matamba, du bist zu barsch!«

»Ich kenne Hexenkunst. Ich kenne *Mokissos.* Dies ist gefährlich.«

»Eine harmlose kleine Schnitzfigur.«

»Ein Idol«, sagte sie.

Und nun hob sich mein Zorn, denn ich wußte, daß sie recht hatte und ich unrecht, was einen immer erzürnt, wenn man entschlossen ist, nicht nachzugeben; und bei meinem Glauben, ich wollte mich nicht von diesem Geschenk Teresas trennen, und wenn sechs Erzbischöfe darauf bestanden hätten. Sie versuchte, es mir abzunehmen, und ich hielt es in der Hand und stieß sie zurück, und zwar nicht sanft, so daß sie auf die Bettkante fiel. Und als sie zu mir aufblickte, wobei sich ihre Brüste in der Erregung heftig hoben und senkten, trat ein neuer Blick in ihre Augen, der besagte, daß sie daran erinnert wurde, daß ich noch immer ihr Herr war, und ein Mann, wenngleich ich auch sanfter erschien als alle anderen Männer, die sie gekannt hatte.

»Ich wollte dir nicht wehtun«, sagte ich. »Doch du mußt es verstehen: Die Figur gehört mir, und sie ist mir kostbar, und ich werde sie nicht vernichten, und ich will nicht, daß du sie fortwirfst.«

»Dann wird sie dir Schaden zufügen. Das will ich nicht.«

»Laß mich zufrieden, Matamba. Ich bitte dich, laß mich zufrieden.«

»Wenn du sie behalten willst, dann behalte sie. Du bist der Herr. Doch es steckt *Mokisso* darin. Es ist nicht christlich. Es kann dir Schaden zufügen.«

»Dieses Risiko werde ich eingehen«, sagte ich und brachte die Sache damit zum Abschluß. Und einige Tage lang trug ich das Schnitzwerk ständig bei mir, so daß sie es nicht in die Hände bekommen konnte; doch dann sah ich, daß sie meinen Wunsch respektierte, und ich legte es an seinen Platz in der Hütte zurück. Wann immer sie es sah, bekreuzigte sie sich viele Male, doch sie brachte nicht mehr die Sprache darauf.

Einige Tage nach meiner Heimkehr schickte Don Jeronymo d'Almeida nach mir, um mir eine neue Aufgabe anzubieten. Zu ihm ging ich nur widerwillig, wußte ich doch, daß er hinterhältig den Tod dieser meiner beiden Freunde geplant hatte; ich wollte nicht, daß es zu irgendeiner Herzlichkeit zwischen mir und solch einem Judas kam, doch ich mußte meine Skrupel zurückstellen, denn er war der Gouverneur und ich seiner Gnade ausgeliefert. Ich konnte ihm wegen Don João und Doña Teresa so viele Vorwürfe machen wie ich wollte, und am Ende würde er mich doch nur auspeitschen lassen oder mich in den Kerker stecken und vergessen, und was hätte dies mir genutzt, oder was hätte es Don João und Doña Teresa genutzt?

Don Jeronymo begrüßte mich brüsk auf seine übliche harte, heftige Art. Er beabsichtigte nun, sagte er, seinen Feldzug in die unruhige Provinz Kisama zu beginnen, die die portugiesische Herrschaft bereits völlig abgeschüttelt hatte. Diese Provinz hatte ihre Grenze am Südufer des Flusses Kwanza und verlief von dort aus südlich in Richtung Benguela, wo es einen wichtigen Anlegeplatz gab, wo portugiesische Schiffe, die das Kap der Guten Hoffnung umrunden wollten, ihre Vorräte auffrischten.

Es war überaus gefährlich, dieser Provinz zu gestatten, in der Rebellion zu verbleiben, und sobald die Männer aus São Tomé eintrafen, wollte Don Jeronymo eine große Streitmacht in dieses Land führen. Er beabsichtigte, mit dem Schiff den Kwanza bis zum ehemaligen Presidio Muchima hinaufzufahren, es wieder aufzubauen und dann in südliche Richtung über Land zu einem Ort namens Ndemba zu marschieren, wo es reiche Salzminen gab. Bei Ndemba wollte er ein neues Presidio gründen und es mit einhundert Mann bestücken: Dies würde sein Stützpunkt für die Rückeroberung der Provinz Kisama sein.

Meine Rolle bestand darin, der Lotse des Fährschiffs zu sein. Ich sollte die Truppentransportschiffe den Kwanza hinauf- und hinabführen und seine Soldaten nach Muchima und dem größeren Presidio weiter den Fluß hinauf bei Masanganu bringen.

Nun, ich verspürte keine große Sehnsucht, mich in die

Nähe von Masanganu zu begeben, wo ich mir jenes schreckliche Fieber zugezogen hatte, das mich den größeren Teil eines Jahres um den Verstand und auf das Krankenlager gebracht und mich beinahe sogar das Leben gekostet hatte. Doch ich erinnerte mich an Pinto Cabrals Worte, daß der, der solch ein Fieber einmal überlebt hatte, es kein zweites Mal bekommt, wenn er einen kräftigen Körper hat. So erschien mir eine zweite Reise nach Masanganu wegen der schrecklichen Hitze eher beschwerlich als übermäßig gefährlich. Und dennoch, ich haßte diesen Ort und wäre lieber woanders hingeschickt worden, selbst zu dieser Salzminenstadt Ndema. Doch sie konnte man nicht über das Wasser erreichen, und Don Jeronymo wollte mich als Lotse und nicht als Soldat einsetzen.

Auch dachte ich erneut über Don Joãos Versprechen nach, mich nach England zurückkehren zu lassen, nachdem ich ihm hier einige Monate als Seemann gedient hatte. Dieses Versprechen war schon zwei Jahre alt, oder beinahe zwei Jahre, und ich sah kein Anzeichen, daß es erfüllt werden würde. Denn es war während des Zwistes zwischen Don João und den d'Almeidas in der Schwebe geblieben und durch Don Joãos Tod sicherlich aufgehoben worden: Don Jeronymo würde in Kriegszeiten kaum einen nützlichen Lotsen freilassen. Dies verbitterte mich sehr.

Ich wagte nicht, das Thema Don Jeronymo gegenüber zur Sprache zu bringen, denn ich kannte seine Unbeherrschtheit und die Zweifelhaftigkeit meiner Lage. Ich hatte nun keine andere Wahl, als meinen portugiesischen Herren bei allem zu dienen, was sie von mir verlangten, während ich bei einem Wechsel meines Geschicks auf Gottes Gunst warten mußte.

So reiste ich erneut nach Masanganu, mit einer flachbäuchigen Fregatte, die mir eher wie eins dieser häßlichen

Schiffe vorkam, das die Holländer *Schute* nennen. Wir beluden es mit Portugiesen, die überaus verdrossen und bestürzt wirkten, denn sie waren sich gewiß, in den Tod aufzubrechen, wenn nicht unter den Speeren und Pfeilen der Eingeborenen, dann unter den Seuchen und der Schwarzen Ruhr von Masanganu; und wir fuhren den Fluß hinauf, vorbei an den trägen, üblen Coccodrillos, die an diesem und jenem Ufer schnaubten, vorbei an den dichten grünen Wällen der Vegetation, die Gott weiß welche fürchterlichen Geheimnisse und Schrecken verbargen, vorbei an den Orten, wo die Hippopotami gähnten und die langbeinigen Wasservögel wie Überbringer eines schlechten Omens stakten.

In den Bereich der schweren, üblen, stinkenden nassen Hitze fuhren wir, und die Männer erkrankten in der Tat. Doch dies ging mich nichts an, und ich lieferte sie tot oder lebendig in Masanganu oder in dem wiederaufgebauten Fort bei Muchima ab und fuhr zurück, um neue zu holen, und machte die Reise erneut. Das bemerkenswerteste Ereignis, an das ich mich bei dieser beschwerlichen und schrecklichen Pendelfahrt erinnere, fand statt, als ich zum ersten Mal eine der Riesenschlangen dieses Landes erblickte, an deren Existenz ich nicht glauben würde, hätte ich sie nicht mit eigenen Augen gesehen.

Dieses Ungetüm erblickte ich bei Masanganu, als wir unsere Fracht von Soldaten entluden. Die Schwarzen dieses Ortes veranstalteten plötzlich ein lautes Geschrei, fuchtelten mit den Armen und veranstalteten in ihrer Furcht eine Art Tanz, und dann sahen wir, wie sie durch die niedrigen Büsche neben einem Fußweg gekrochen kam, den wir oft benutzten. Die Schlange hatte ohne jede Übertreibung eine Länge von fünfundzwanzig Fuß, und ich versichere Euch, ihr Kopf war so groß wie der eines Kalbs, und als sie sich von einer Seite zur anderen durch die Büsche schlängelte, hatte es den Anschein, als näherten sich uns zwanzig Mann. Als wir sie erblickten, zogen wir uns erschrocken vor ihr zurück, aus Furcht, sie könne uns mit einem plötzlichen Satz verschlingen oder uns mit ihrem gewaltigen gelben Schwanz erschlagen; doch dann griffen einige zu ihren Musketen und schossen Kugeln in sie hinein, die ihren Vormarsch aufhielten.

Ihr Sterben währte jedoch fürchterlich lange, und immer wieder schlug sie sowohl mit ihrem großen Kopf wie auch mit dem anderen Ende hämmernd auf den Boden ein. Ich glaube, sie wußte gar nicht, daß sie tödlich verwundet war, sondern dachte nur, von ein paar Stechfliegen oder Bienen angegriffen worden zu sein, wenn sie überhaupt etwas dachte. Doch schließlich wich das Leben aus ihr, und die Eingeborenen, die nun überaus kühn vorwärts stürmten, schlugen ihr den Kopf ab, woraufhin sie sich erneut zusammenzog und ein paar Minuten lang bewegte.

Das Fleisch dieser Schlangen wird von den Mohren mit großem Genuß verspeist, und es gilt unter ihnen als Delikatesse. Sie boten uns einen Anteil an, doch niemand griff zu. Später sah ich die Knochen der Schlange, die erstaunlich zierlich und schön waren; die Eingeborenen hatten sie anscheinend auf einem halben Morgen der Stadt verstreut.

Ein Portugiese, der Erfahrung mit diesen Ungetümen hatte, erzählte uns die Geschichte eines kleineren, aber immer noch gewaltigen Exemplars, das in den frühen Tagen der Stadtgründung in der Nähe von São Paulo de Luanda gesichtet worden war. Ein Soldat hatte es mit einem mächtigen Schlag seines Säbels in zwei Teile gespalten, sagte er, doch selbst dies hatte es nicht getötet, und beide Hälften krochen in das dichte Unterholz davon. Als kurz darauf zwei andere Männer vorbeikamen, kroch die Hälfte mit dem

Kopf wieder hervor, fiel über sie her und verschlang sie fast zur Gänze.

Der gleiche Portugiese erzählte mir, daß die Jaqqas diesen Schlangen einen ihrer Gefangenen vorwarfen, wenn sie einmal einen lebendig gefangennahmen, und dann bei einem einzigen Festmahl sowohl die Schlange als auch den Menschen verspeisten. Auch dies habe ich nie beobachtet.

Ich tat meinen Dienst in Masanganu, und der Ort erschien mir wie immer fürchterlich heiß und unbehaglich, doch ich erkrankte an keinem seiner Fieber. So verbrachte ich die späten Monate des Jahres des Herrn 1593 und den Frühling des Jahres 1594.

Mittlerweile trafen bei uns Berichte ein, daß Don Jeronymo mit Hilfe der Soldaten aus São Tomé eine große Säuberungsaktion in Kisama durchgeführt und fast alle der rebellischen *Sobas* unterworfen hatte. Das Werk war vollbracht, und ich sehnte mich nach dem Ende meiner Pendelfahrten auf dem Fluß, der Rückkehr nach São Paulo de Luanda und den Armen meiner süßen Matamba. Es wäre eine große Freude, sagte ich mir, wieder die Meeresbrise der Küste zu atmen, denn selbst ein schrecklicher Ort wie São Paulo de Luanda erscheint einem wie ein fröhlicher Ausflugsort, wenn man ihn mit einem solchen Vorposten des Höllenreichs wie Masanganu vergleicht.

Doch dann kamen Boten mit sehr niederschlagenden Nachrichten. Nachdem Don Jeronymo die Befriedung vollendet und sein neues Presidio in Ndemba gegründet hatte, war er nach Osten aufgebrochen, um die Silberminen von Kambambe zu suchen. Viele kühne Narren waren bei der Suche nach diesen Minen umgekommen, die, nach allem, was ich weiß, nur ein Mythos sind, und auf dem Weg zu ihnen war Don Jeronymo von einem Wechselfieber ergriffen worden, und man hatte ihn, ernsthaft erkrankt, nach São

Paulo de Luanda zurückgebracht. Nach diesem übereilten Rückzug hatte der Gouverneur den Befehl über seine Soldaten in die Hände von Balthasar d'Almeida und Pedro Alvares Rebello gelegt, zwei Männern, deren Urteil von ihren portugiesischen Gefährten nicht besonders gepriesen wurde; und da diese beiden, so vermute ich, schnellen Ruhm zu gewinnen suchten, indem sie von sich aus auf einen Feldzug gingen, beabsichtigten sie, sich auf der Suche nach einem gewissen wilden Eingeborenenhäuptling, Kafuche Kambara mit Namen, Hals über Kopf in ein überaus ödes und unwirtliches Gebiet zu begeben.

Dieser entschlossene Rebell zog irgendwo südlich von Masanganu herum; und in der Hoffnung, ihn zu ergreifen, boten sie beinahe die gesamte Garnison aus dieser Stadt auf und ließen dort nur eine kleine Streitmacht zurück.

Bei dem hastigen Sammeln der Soldaten blieb niemand, der bei Gesundheit war, von der Einberufung verschont. Und zu meiner Überraschung und Bestürzung stellte ich fest, daß ich an diesem überstürzten Feldzug teilnehmen sollte. Dort auf der Liste stand auch mein Name:

Andrew Battell, Piloto.

In den Künsten des Sodatentums war ich nie sehr bewandert gewesen. Da wir auf einer Insel leben, ist dies keine große englische Tradition. Wenn Feinde an unsere Strände gekommen sind, haben wir sie tapfer, aber, wie ich eingestehe, mit wenig Erfolg bekämpft, was der Grund dafür ist, daß uns Caesars Römer unterwerfen konnten und die Angeln und Sachsen, die später kamen, und Williams Normannen.

Wir sind ein tapferes Volk – das tapferste auf der Welt, glaube ich –, doch wir haben niemals Wert darauf gelegt, die strengen Schulungen und die Manöver des Kampfes auf dem Land einzuüben, die von uns verlangen, wie ein einziges

Tier mit vielen Köpfen, die alle gleich denken, zu marschieren, denn dies ist nicht die englische Art. Wir sind zu unabhängig. Und da wir um diese Schwäche oder Nachlässigkeit in uns wissen, haben wir seit König Williams Zeit dafür Sorge getragen, daß kein Feind je wieder unsere Ufer erreichen kann, und kein Feind hat sie jemals erreicht, und ich schätze, daß wir durch Gottes Gunst und die Kraft unserer kühnen Seefahrer auf ewig davor geschützt sein werden, daß je wieder ein Feind England heimsucht.

In meiner Familie heißt es, es habe einen Großvater meines Vaters gegeben, der in den Kriegen zwischen Lancaster und York gut gekämpft habe, doch außer diesem waren wir alle Männer der See gewesen, wie es einer Familie der Küste von Essex auch zukommt.

So war es neu und überaus unangenehm für mich, mich in einer portugiesischen Rüstung wiederzufinden, mit einem leuchtenden, polierten Helm, unter dem mein Kopf schwitzte, und in einer großen, behindernden Brustplatte und all diesen anderen törichten, schweren Dingen, und dann in einem trottenden Gleichschritt über eine schier grenzenlose Einöde marschieren zu müssen. Bei Gott, wie abstoßend war dies für mich! Doch hatte ich in dieser Angelegenheit keine Wahl. Ich konnte nicht sagen: »Meine Vereinbarung mit euch Portugiesen besagt, daß ich als Lotse für euch arbeite!« Ich hatte überhaupt keine Rechte unter diesen Leuten. Ich lebte allein von ihrer Geduld. Ich war ein Kriegsgefangener, der zu jeder Zeit von jedem Befehlshaber in den Kerker geworfen werden konnte. Als ich also den Befehl bekam, zu marschieren, marschierte ich und murrte nicht darüber.

Und oh!, das schmerzlich trostlose Land, in das wir marschierten! Hier wuchsen keine üppigen, feuchten Urwälder, hier erhoben sich keine schweren, fauligen Dämpfe von Teichen und Sümpfen. Dies war ein trockenes Land in der Trockenzeit, ein Ort, an dem man leicht glauben konnte, der letzte Regen sei zu Zeiten König Arthurs gefallen und davor vielleicht zu denen von Julius Caesar. Der Boden war ausgedörrt und gelbbraun, aufgebrochen wie alter Kleister, den die Sonne gespalten hatte, und er war völlig öde. Ausgebleichte Schädel und Knochen von Tieren lagen wie Mahnmale der Sterblichkeit auf dem Boden verstreut. Auf dieser versengten Ebene gediehen schrecklich verkrümmte Dornenbüsche und andere niedrige Vegetation, die den Alpträumen irgendeiner verwirrten Gottheit entsprungen sein konnte. Es war ein leeres Land, bis auf einige Stellen hier und dort, wo die Erde weniger grausam war und sich ein paar Eingeborenendörfer an ein bescheidenes Leben klammerten: kuppelförmige Hütten aus schwächlichen Ästen und Blättern, die in Kreisen von sieben oder neun angeordnet waren und von hageren Mohren mit traurigen Augen bewohnt wurden, die ihr eigenes Stammesgebiet mit verstreuten Knochen und Abfall und zerbrochenen Flaschenkürbissen und anderem Unrat beschmutzten und erschlaffte Runken Trockenfleisch in die blattlosen Äste der Bäume hängten.

Nur einmal bot sich während dieses schrecklichen, elenden Marsches ein Anblick der Schönheit und Freude, und zwar, als wir eine Zone üppiger Weiden betraten, die von den Tieren abgegrast werden, die hier die Zevveras genannt werden und wundersam anzuschauen sind. Dieses Tier ähnelt einem Pferd, doch Mähne, Schwanz und Körper sind von schwarzen und weißen Streifen überzogen, die höchst gefällig und wie aufgemalt wirken. Diese Zevveras sind alle wild und leben in großen Herden; sie gestatten es, daß ein Mensch in Schußweite an sie herankommt und drei oder vier abschießen kann, bevor sie davonlaufen. Wenn sie laufen, dann in gewaltiger Herde, und diesen Anblick könnte nicht einmal der stupideste Tölpel jemals vergessen, denn sie verwirren das Auge mit der Bewegung ihrer schwarzen und weißen Streifen und scheinen über die Bewegung des Tieres selbst eine eigene, innere Bewegung zu haben.

Wir überraschten diese Zevveras und schossen ein paar mit unseren Musketen ab, und die anderen flohen und schufen so den wundersamen Anblick eines Flusses von Streifen, der vor uns zurückwich. Niemand hat je eins dieser gestreiften Pferde soweit gezähmt, daß er auf ihm reiten konnte, und ich glaube, dies wird auch keinem jemals gelingen. Denn ihnen ist eine heftige Unabhängigkeit des Geistes eigen, die ich sehr bewundere.

Ich hatte auf dieser Reise ein anderes, höchst unerwartetes Vergnüngen, und zwar die Gesellschaft meines sanften Freundes Laurenco Barbosa, des Steuereinschätzers. Gewiß war er kein Soldat. Doch als ich von jener letzten Reise von Masanganu mit der Schute eintraf, hielt er sich bereits dort auf, um eine Art Verzeichnis oder Auflistung der portugiesischen Siedlungen im Landesinneren zu erstellen; und als die Generale Alvares Rebello und d'Almeida darum ersuchten, Truppen auszuheben, um Kafuche Kambara zu unterwerfen, entschloß sich Barbosa, sie zu begleiten, statt in Masanganu zu verweilen. Ich glaube, er wünschte einfach, ein wenig von der Aufregung und Heftigkeit des Krieges zu kosten, nachdem er seine gesamten Tage damit verbracht hatte, die Grenzen des Reiches entlangzureisen und Verzeichnisse und Register zu erstellen und Einträge in sein Hauptbuch zu machen.

Bis zum zweiten Tag unserer Reise wußte ich nicht einmal, daß er uns begleitete. Doch dann sah ich in der Kolonne vor mir einen auffälligen älteren Mann mit einer eleganten purpurnen Feder an seinem Hut, den er anstelle eines Metallhelms trug, und obwohl ich kaum glauben wollte, daß er es sei, lief ich voraus und erkannte ihn. Und wir hatten ein fröhliches Wiedersehen, wobei wir beide überrascht waren, den anderen an solch einem unwahrscheinlichen Ort vorzufinden.

Wir teilten Wein miteinander, den er in einem Korb mitgenommen hatte, und sprachen darüber, was uns in den zehn Monaten, seit wir uns zum letzten Mal gesehen hatten, widerfahren war. Barbosa war durch das gesamte Landesinnere gereist und in solchen Provinzen wie Malemba und Bondo und Bangala und Matamba gewesen, die kaum ein Portugiese jemals betrat, und ich staunte über seinen Eifer, Reisen zu solch entlegenen Orten zu unternehmen. Er erzählte mir viele Geschichten von diesen Ländern: etwa von der großen Provinz Cango, die vierzehn Tagesreisen von der Stadt Loango entfernt liegt, voller Berge und felsigen Geländes ist, und voller Wälder, und in denen es große Kupfervorräte gibt. Die Elephantos gedeihen an diesem Ort prächtig, und es gibt so viele, daß die Lagerhäuser mit ihren Zähnen, die dort gesammelt werden, um auf den Markt nach Loango gebracht zu werden, geradezu überquellen. Und ich hörte von ihm von gewissen monströsen Affen des Landesinneren, dem großen namens Pongo und dem kleineren namens Engeco*, die wie wilde, haarige Menschen aussehen, aber nicht sprechen können und nicht mehr Verstand als ein Tier haben.

Als er mir dieses und vieles andere erzählte, das mich über die Worte hinaus erstaunte, berichtete ich von meiner Reise nach São Tomé und daß ich mir eine Sklavin aus Matamba erworben hatte, die eine Christin war und zu meiner Bettgefährtin geworden war, und so weiter. Dann erkundigte sich Barbosa, welche Nachrichten ich aus São Paulo de Luanda erhalten habe, denn er war seit vielen Monaten nicht mehr

* Gemeint sind natürlich Gorillas und Schimpansen. Anm. d. Übers.

in der Hauptstadt der Provinz gewesen. Besonders verlangte er zu wissen, ob Don João de Mendoça aus Portugal zurückgekehrt, und, falls ja, was zwischen ihm und Don Jeronymo d'Almeida vorgefallen sei.

Daraufhin war ich sehr niedergeschlagen, denn wegen des Schmerzes, den diese Sache mir bereitete, war ich noch nicht dazu gekommen, ihm davon zu berichten. »Nay«, sagte ich ernst, »ich glaube, Don João wird niemals zurückkehren, denn Don Jeronymo hat einen Plan gegen ihn geschmiedet, der ihn zu Tode bringen soll.«

»Wie kommst du darauf, dies zu sagen?«

»Ich hörte es von einem meiner Seeleute«, erklärte ich und wiederholte, was Mendes Oliveira mir berichtet hatte.

Darauf bekreuzigte sich Barbosa mehrere Male und wirkte sehr bewegt, wobei sich in seinen Augen Tränen zeigten.

»Don João war die einzige Hoffnung dieses Landes«, sagte er, »klug und mit Geschick regiert zu werden.«

»Aye.« Dieser Meinung war ich auch.

»Doch kann es wirklich sein? Er ist so klug, sich gegen solch einen Angriff sicherlich gewappnet zu haben!«

»Ich bete darum«, erwiderte ich. »Ich weiß nur, was man mir erzählt hat, und als ich zuletzt von São Paulo de Luanda aufbrach, gab es noch kein Wort über eine Rückkehr Don Joãos.«

»Doch auch keins über seinen Tod?«

»Nay, darüber auch nicht.«

»Dann gibt es noch Hoffnung für ihn«, sagte Barbosa. Doch diese Hoffnung erschien mir gering.

Nachdem ich diesen Mann an meiner Seite hatte, war die Last unseres Marsches viel geringer für mich. Innerhalb von ein paar Tagen erreichten wir das Lager, in dem sich der größte Teil der portugiesischen Streitmacht versammelt hatte, und es war eine schöne, große Streitmacht, die die halbe Ebene beanspruchte. Es müssen sieben- bis achthundert Portugiesen dort gewesen sein; dazu kam noch ein Heer ihrer schwarzen Verbündeten, das so groß war, daß ich es nicht zählen konnte, eine Anzahl von zwanzig- oder dreißig- oder gar vierzigtausend Mann. All diese waren in einer langgezogenen, ungeordneten Masse aufgestellt, die Portugiesen in ihren Zelten, um die herum ein paar Pferde grasten, und die schwarzen Hilfstruppen auf den Seiten.

Mit diesen Hilfstruppen hat es folgendes auf sich: Die Portugiesen haben einen schwarzen Adligen aus dem Kongo, der als guter Christ und von guter Gesinnung bekannt ist. Er hat etwa einhundert Schwarze aus dem Kongo mitgebracht, die seine Gefolgsleute sind. Dieser Macikongo, wie er genannt wird, hat den Rang eines *Tandala*, oder Generals, über das Lager der Schwarzen, und hat die Befugnis zu töten, Unterführer ein- oder abzusetzen, und den Oberbefehl über die Schwarzen. Und wenn ein schwarzer *Soba* oder Adliger kommt, um sich zu unterwerfen, geht er zuerst zum *Tandala* und macht ihm Geschenke, etwa Sklaven, Vieh oder Ziegen. Dann bringt der *Tandala* den *Soba* vor den portugiesischen Gouverneur, und bevor er hineingehen kann, macht er dem Amtsboten des Gouverneurs zwei Sklaven zum Geschenk. Dann muß der *Soba* ein großes Geschenk für den Gouverneur haben, das mitunter aus dreißig bis vierzig Sklaven und dazu noch aus Vieh besteht. Doch wenn er vor den Gouverneur tritt, kniet er nieder, klatscht in die Hände und wirft sich vor ihm mit dem Gesicht auf den Boden, und dann muß sich dieser stolze *Soba* erheben und sagen: »Ich war ein Feind, und nun schwöre ich Treue und niemals mehr die Hand gegen Euch zu erheben.« Dann ruft der Gouverneur einen Soldaten herbei, der eine Belohnung verdient hat, und übergibt ihm den *Soba*. Der *Soba* bestätigt, daß dieser Soldat sein neuer Herr ist, und beschenkt den Soldaten und macht ihn aus den Einkünften seines Stammes reich, und als

Gegenleistung repräsentiert der Soldat den *Soba* bei den Ratssitzungen der Portugiesen. In den Kriegen teilt der *Soba* mit seinem portugiesischen Herrn, was immer er erbeutet hat. So kommt es, daß es zahlreiche portugiesische Soldaten gibt, denen ein schwarzer *Soba* oder Stammesherr untertan ist. Und so bereichern sich die Portugiesen auf Kosten dieser Völker. Ich habe dies alles mit eigenen Augen gesehen.

Und so wurden die loyalen *Sobas* und ihre Streitkräfte und der schwarze *Tandala*, der ihr Oberherr war, und die portugiesischen Truppen allesamt zusammengezogen, um sich an die Unterwerfung dieses lästigen und mächtigen *Sobas* Kafuche Kambara zu machen. Wegen der gewaltigen Größe des Heeres mit all diesen Mohren und den portugiesischen Soldaten, das gegen ihn ins Feld ziehen würde, erschien es mir unvorstellbar, daß dieser Häuptling den Portugiesen würde widerstehen können.

Doch Gott bereitet in Seiner Weisheit jenen, die zu stolz in die Welt hinausschreiten, viele heftige Überraschungen.

Die Überraschung, die den Portugiesen am zweiundzwanzigsten Tag des Aprils anno 1594 widerfuhr und bei der ich Zeuge war und beinahe das Leben verloren hätte, ereignete sich in Gestalt eines plötzlichen und überaus schrecklichen Hinterhaltes, als sich die Portugiesen und ihre Verbündeten den Weg durch das Land bahnten. Denn eine große Streitkraft kann manchmal so groß sein, daß sie sich durch ihre Größe selbst behindert, genau wie es bei diesen Elephantos der Fall ist, von denen ich sprach: die sich auf enge Pfade wagen und nicht mehr umkehren können und denen ein kühner Jäger den Schwanz abschlägt. Als wir uns in eine tiefe Schlucht begaben, so lang und schmal, daß man kaum einen Zahnstocher in sie hineinstecken konnte, stellte sich bei mir plötzlich ein Gefühl der höchsten Beunruhigung ein; warum, weiß ich nicht. Balthasar d'Almeida und Pedro Alvares

Rebello gingen voran, als seien sie Alexander der Große und Hannibal, und der schwarze *Tandala* trieb seine gewaltige Mohrenherde hinter ihnen an, als im Handumdrehen die Streitkräfte Kafuche Kambaras aus dem Nichts über uns herfielen, genau wie sich in der alten griechischen Geschichte plötzlich auf geheimnisvolle Art und Weise die Bewaffneten um den Helden Cadmus erhoben, als er die Erde mit Drachenzähnen säte.

Dies war meine erste Bekanntschaft mit dem Krieg zu Lande, und fürwahr eine wilde und barbarische. In Angola und auch im Kongo kämpft man mehr mit List als mit einem direkten Angriff, mit einem großen Augenmerk auf Hinterhalte, und so geschah es auch bei uns. Überall um uns herum waren insgeheim Wege mit Dornen unpassierbar gemacht und Pfähle aus dem starken und harten *Nsako*-Holz, das die Portugiesen Eisenholz nennen, in den Boden gesteckt und Fallen, die aus Gräben bestanden, die man mit Erde und Zweigen bedeckt hatte, ausgehoben worden. Wir wußten nichts davon. Und als der Feind über uns herfiel, stürzten wir augenblicklich in eine gewaltige Panik, wobei große Teile unserer Streitmacht sofort in diese Fallen getrieben wurden und entweder augenblicklich umkamen oder solche Verletzungen erlitten, daß sie danach nutzlos waren.

Da es in diesem Land bis auf die wilden und unzähmbaren Zevveras keine Pferde gibt, kämpfen die eingeborenen Heere hier immer zu Fuß. Sie teilen ihre Streitmacht in mehrere Gruppen auf, die sich jeweils den Gegebenheiten des Feldes anpassen. Die Züge ihrer Streitkräfte werden durch gewisse verschiedene Geräusche und Zeichen geführt und geleitet, die der Hauptmann gibt, der sich inmitten des Getümmels bewegt und dort anweist, was auszuführen ist, das heißt also, ob man in den Kampf eingreifen, sich zurückziehen, vorwärtsstürmen, sich nach rechts oder links schlagen oder irgendeinen anderen kriegsmäßigen Schachzug durchführen soll. Denn alle Männer im Heer verstehen diese wenigen Geräusche, die sich eindeutig voneinander unterscheiden, und damit die Befehle ihres Hauptmanns, so wie wir in unseren europäischen Heeren anhand der kräftigen Schläge auf die Trommel und der Geräusche der Trompeten wissen, was unser General von uns verlangt.

Diese Zeichen des Krieges bestehen hauptsächlich aus drei Geräuschen, die fürchterlich und erschreckend in meinen Ohren klangen, als sie über uns hereinbrachen. Eins stammte von großen Rasseln, die aus dem Holz eines Baumes geschnitzt und mit Leder bespannt sind, an das kleine Elfenbeinschwengel angebracht sind. Ein anderes kam von einem dreieckigen Instrument, das aus dünnen Eisenplatten besteht, die innen hohl und leer sind. Sie lassen sie erklingen, indem sie mit hölzernen Gerten darüber reiben; und oftmals schlagen sie auch darauf, damit das Geräusch härter, schrecklicher und kriegsmäßiger erklingt. Das dritte Instrument war die *Mpunga*, die ich im Land Loanga kennenlernte; dies ist die Querpfeife, die aus dem ausgehöhlten Zahn des Elephantos gemacht wird. Mit diesen Instrumenten geben sie einander Zeichen und ermutigen sich gegenseitig von einem Teil des Schlachtfeldes zum anderen, und einige kühne und mutige Soldaten marschieren vor den anderen, schlagen ihre Glocken und tanzen und rütteln die Emotionen der Schlacht auf, und mit den Bewegungen ihres Tanzes bedeuten sie den anderen, in welcher Gefahr sie sich befinden und mit welchen Waffen sie es zu tun haben.

Die militärische Aufmachung unserer Angreifer war furchterregend. Die Oberführer trugen Kopfschmuck, der mit den hellen Federn des Pfaus verziert war und mit denen des Straußes und anderer Vögel; sie ließen sie als Männer von größerer Statur wirken, als es der Fall war, und fürchterlich aussehen. Vom Gürtel aufwärts waren sie alle nackt, und an ihren Hälsen und um die Hüften hingen gewisse Eisenketten mit Ringen darauf, die so groß waren wie der kleine Finger eines Mannes und bei denen es sich um militärischen Pomp und Putz handelte. Vom Gürtel abwärts trugen sie leinene Beinkleider und Stiefel nach portugiesischer Mode.

Der gewöhnliche Soldat trug nicht viel, abgesehen davon, daß seine Lenden bedeckt waren.

Als Waffen benutzte dieses Volk Pfeil und Bogen. Die eisernen Spitzen der Pfeile waren mit Widerhaken versehen. Ferner benutzten sie Keulen aus Eisenholzästen, Dolche und übermannsgroße Lanzen. Das Schwert ist bei ihnen keine Waffe der Schlacht und im allgemeinen nur von Königen und Edlen als Zeichen der Macht getragen. Noch stehen ihnen – Gott sei gepriesen! – keine Musketen und Schießpulver zur Verfügung, wenngleich diese überaus tödlichen Waffen durch die Torheit einiger portugiesischer und niederländischer und in letzter Zeit auch französischer Händler in ihre Hände verkauft werden.

Ich kann mir nicht vorstellen, wie die zivilisierten Rassen der Welt diesem Ansturm, der sicher kommen wird, widerstehen können, sobald erst einmal alle schwarzen und roten Wilden den Gebrauch von Feuerwaffen kennen, bei denen es sich um die schrecklichsten Waffen handelt, die die Welt jemals gekannt hat.

Doch an diesem Tage genügte es Kafuche Kambara und seinen Männern, Pfeile und Keulen und Dolche einzusetzen. Wie eine funkelnde schwarze Flut ergossen sie sich auf uns hinab, machten ihre abscheuliche Musik, schrien ihre Kriegsrufe und verursachten fürwahr ein Blutbad unter uns. Sie kamen in Wellen, wobei die erste Gruppe kämpfte, bis sie müde war, um dann von den Trommeln und Querpfeifen und Glocken zurückgerufen und durch frische Krieger ersetzt zu werden, die ihren Platz einnahmen.

Unsere schwarzen Hilfstruppen gerieten sofort in Panik, obwohl der tapfere *Tandala* und seine *Sobas* versuchten, sie in eine Kampfstellung zu zwingen. Es war sinnlos, denn die Überraschung ist verderbenbringend für sie, und ganze Legionen von ihnen flohen, trampelten andere nieder und zerstörten jede Ordnung.

Inmitten all dieses Getümmels bildeten die Portugiesen eine feste Gruppe, Rücken an Rücken, Schulter an Schulter, und versuchten, mit ihren Musketen eine Öffnung in die Reihen der Angreifer zu schießen. Und fürwahr richtete ihr Feuer großen Schaden an. Doch mit einer Muskete zu kämpfen, ist in solch einem Handgemenge ein langsames Geschäft, wenn man sie wieder laden und schießen und neu laden und so weiter muß: In einer anständigen Formation, in der die Verteidiger vernünftige Stellungen bezogen haben, kann die Muskete nicht überwunden werden, doch wir wurden unvorbereitet angegriffen und starben zu Dutzenden. Sie fielen über uns her, stießen mit ihren Lanzen zu und schlitzten uns mit ihren Dolchen auf, und wenn wir einen niederschossen, standen uns zwei neue gegenüber, und die ganze Zeit über flogen ihre tödlichen Pfeile über uns hinweg und dezimierten unsere Reihen überaus bedrohlich.

Dieses Töten war neu für mich, zumindest aus solch einer geringen Nähe, so daß ich das Gesicht meines Opfers sah und seinen Schweiß roch, wenn ich es niedermachte. Fürwahr, als ich bei dem Kampf gegen die Spanische Armada an Bord der *Margaret and John* Dienst leistete, nahm ich an einem Krieg teil, der wahrhaftig kein Kinderspiel war und in dem ebenfalls zahlreiche Menschen starben. Zu jener Zeit lud ich schwere Kugeln in die Kanonen, sprang zurück und beobachtete, wie sie in die Flanken spanischer Schiffe prallten, die augenblicklich in Flammen aufgingen und zertrümmert wurden: Dies ist sicherlich Krieg. Es sind damals viele Spanier umgekommen, und ich hatte meinen Anteil daran, sie zur Hölle zu schicken. Doch es besteht ein Unterschied darin – oh, ein sehr großer Unterschied! –, unter den Kanonieren eines Schiffes zu weilen und Feuerkugeln auf gesichtslose Feinde zu schießen, die hunderte von Ellen entfernt an Bord eines anderen Schiffes sind, oder die Hand auszustrecken und einem Mann das Leben zu nehmen, der direkt vor einem steht. Der erste liegt tot in der Ferne, der andere stirbt in unmittelbarer Nähe. So war der Kampf an jenem Tag eine Feuertaufe für mich.

In der Gesellschaft von etwa zwei Dutzend Portugiesen erkämpfte ich mir den Weg durch einen Haufen heulender, mit Klingeln läutender Mohrenkrieger zu einer niedrigen Erhebung östlich der Hauptschlachtlinie. Auf der Spitze dieses hellen Sandvorsprungs wuchsen große, stachlige, blattlose Pflanzen, deren Äste hellgrün und fleischig und mit überaus schrecklichen schwarzen Dornen bewehrt waren. Wir zwängten uns zwischen die Reihen dieser eng aneinanderstehenden kleinen Bäume, wobei ihre Dornen mich überaus grausam schnitten, so daß an dreißig Stellen Blutfäden meine Haut hinabliefen. Doch sobald wir erst einmal hinter ihnen waren, bildeten diese kräftig bewehrten Pflanzen eine sichere Palisade, die uns vor dem Ansturm der Feinde schützte. Wir legten oder knieten uns nieder, zielten sorgfältig mit den Musketen und schossen einen nach dem anderen nieder, und unter unserem Vorsprung häuften sich die gefallenen Feinde immer höher auf.

Und während wir sie so niedermachten, wagten wir uns auch hinaus, immer nur ein paar von uns gleichzeitig, um jene anderen Portugiesen ausfindig zu machen und in Sicherheit zu bringen, die in unserer Nähe waren. Wenn wir welche sahen, zwängten wir uns aus diesem üblen Dickicht, winkten mit den Armen und riefen ihnen in portugiesischer Sprache zu, bis sie uns über das Tosen der Schlacht vernahmen, und wenn sie verwundet waren, liefen wir zu ihnen, um sie zu holen, während unsere Gefährten mit ihren Musketen auf jeden Feind zielten, der uns bedrohte.

Ich selbst ging vier Mal auf solche Beutezüge, und beim vierten Mal war es Barbosa, den ich aufspürte und in Sicherheit brachte. Er war von einem Pfeil in den fleischigen Teil des Arms getroffen worden, weigerte sich jedoch, sich von mir helfen zu lassen, rief nach Schießpulver für seine Muskete und legte sich neben uns zu Boden, um zu kämpfen.

So ging es vielleicht den halben Teil einer Stunde lang. Wir hatten kaum Zeit, einmal Atem zu holen, da strömte schon eine neue Welle der Angreifer heran. Der schreckliche Klang ihrer kleinen, lauten Glocken, die an ihren Körpern baumelten, machte uns große Angst, und die Musik ihrer Kampfanweisungen kreischte und donnerte über alle anderen Laute hinweg. Kleine fliegende Insekten, die nicht größer waren als Zuckmücken, schwebten über mir wie eine summende Wolke, setzten sich auf meinen Schweiß und besonders auf die dicken und klebrigen Blutrinnsale auf meiner Haut, die von den zahlreichen Rissen und Schnitten stammten, die mir die grünen Dornenpflanzen eingebracht hatten.

Solange wir uns sicher hinter unserer natürlichen Palisade aufhielten, konnte der Feind uns nicht erreichen. Doch wir hatten nur soundsoviel Pulver und soundsoviel Schuß Munition, und ganz egal, wie laut wir Jesus und die Apostel herbeiriefen, sie würden uns wahrscheinlich nicht helfen können.

Zuerst war die Munition dieses, dann jenes Portugiesen erschöpft, und unsere Lage wurde hoffnungslos. Die Wilden krochen heran und versuchten, sich den Weg durch die Dornenbüsche zu erzwingen, was ihnen weniger Mühe als uns bereitete. Einige versuchten, die Büsche von außen mit ihren Keulen und Lanzen zu Boden zu zwingen, doch dies erwies sich als überaus schwierig. Andere waren jedoch imstande, sich Zutritt zu verschaffen, indem sie auf die Äste der Pflanzen einhieben und sie auseinanderschlugen, wobei von diesen abgetrennten Stellen ein seltsames, milchiges Blut hinabfloß.

Barbosa, der neben mir lag, ergriff den ersten, der in unsere Zuflucht eindrang, grub die Hände in die dicke Wolle der Haare des Mannes und riß ihn nieder.

»Deiner!« rief er mir zu, und ich schlug mit dem Griff meiner leeren Muskete auf den Mann ein, bis er in den Sand stürzte. Barbosa ergriff die Lanze des Feindes und stieß sie heftig in den nächsten, der sich durch die Öffnung im Buschwerk wagte. Und so kämpften wir weiter, lange Minuten, die mir wie Tage vorkamen.

Mittlerweile richteten die Bogenschützen des Feindes ihre Pfeile auf unser Bollwerk. Die meisten davon trafen die Pflanzen und wurden von ihnen aufgehalten, wobei mehr der milchigen Flüssigkeit hervorströmte; etwas davon, das auf meine Lippen und ein Auge tropfte, brannte überaus heftig, und mein Augenlid schwoll eine Zeitlang so stark an, daß ich kaum etwas sehen konnte. Denn dies waren Giftpflanzen, deren Milch das Feuer Satans enthielt und deren tödliche Eigenschaften sich in dem Dornenbewuchs auf ihren Ästen äußerten.

Ein paar der Pfeile fanden den Weg zwischen den dichtstehenden Ästen hindurch und richteten Schaden unter uns an. Eingezwängt, wie wir waren, erlitten wir viele Verletzungen und wagten uns nun nicht mehr heraus, um andere aus unserer Gesellschaft zu retten. Es schien nur noch eine Frage der Zeit zu sein, bis der Feind uns überwältigen würde. Ich verfluchte die Geistlosigkeit unserer Generale, die uns in diese Schlucht geführt hatten, und ersehnte mir tausend Male die Feuchtigkeit des Kerkers in São Paulo de Luanda herbei, wo es keine gottlosen Pflanzen gab, die mich mit ihrer teuflischen Milch versengten, und auch keine Wilden, die mich mit Pfeilen bedrohten. Doch während ich diesen Gedanken nachhing, kämpfte ich überaus heftig und benutzte den Griff meiner Muskete, bis die Waffe entzwei brach. Ich warf sie fort und ergriff eine Lanze, die ich einem gefallenen Neger abnahm. Aber unsere Feinde waren Hunderte, und wir nur ein paar Dutzend, und ihre Pfeile pfiffen und sangen durch immer größere Öffnungen in unserer Palisade; und wie lange würden wir wohl noch aushalten können?

In einiger Entfernung erhob sich hinter uns ein weiterer dornenbewachsener Hügel. Einer von uns schlug vor, wir könnten einen Rückzug dorthin versuchen und uns dabei in einen ausgedörrten Wald schlagen, der auf der anderen Seite lag. Wenn wir uns weit genug zurückzogen, würden die Verfolger uns vielleicht nicht aufspüren, und wir könnten fliehen, denn es war hoffnungslos, diese Schlacht zu gewinnen, und unser Ziel war das bloße Überleben. Dies schien die beste einer Menge unbefriedigender Strategien zu sein, und wir schickten uns an, sie in die Tat umzusetzen, wobei einige von uns rückwärts krochen, während andere die Dornenbarriere vor uns bewachten.

Doch als wir unseren Rückzug aufnahmen, gelang es drei Mohren, eine breite Lücke in den Dornenpflanzen aufzureißen, und eine Horde von ihnen stürmte hindurch. Wir schlugen den ersten nieder, doch es folgten weitere, und wir waren nicht genug Mann, um uns mit allen von ihnen abzugeben. Zu meinem Kummer sah ich, wie Barbosa mit zweien gleichzeitig kämpfte, und er war kein junger Soldat, sondern nur ein alter Mann von sanftem Benehmen, der solche Taten nicht gewöhnt war. Ich lief zu ihm.

»Nein!« rief er. »Flieh! Flieh! Ich werde sie aufhalten!«

Dies konnte ich nicht begünstigen. So fiel ich über seine Gegner her, nun drei an der Zahl, ergriff einen großen Mohren, dessen Wangen scharlach- und purpurrot angemalt waren, an den Haaren, zog sein Gesicht über eine Dornenreihe, was ihm einen teuflischen Schrei abzwang, und stieß ihn taumelnd und geblendet zurück.

Einen zweiten Gegner spießte ich mit der Spitze meiner Lanze auf. Barbosa hatte mittlerweile seinen Dolch gezogen und hielt den letzten seiner Angreifer in Schach, wobei er die Luft vor ihm durchpflügte und verhinderte, daß er näher kam. Diesem schlug ich mit der Faust in den Rücken und mit der Fläche meiner anderen Hand gegen die Schläfe. Er stürzte wie ein Ochse, dem man eins mit einer Keule übergezogen hatte.

Einen Augenblick lang herrschte dort, wo wir standen, Ruhe. Mein Freund drehte sich mit warmer Dankbarkeit in den Augen zu mir um und wollte mir danken. Doch solch eine Ruhe auf dem Schlachtfeld ist sowohl trügerisch wie auch gefährlich, denn oft führt sie zu noch schlimmeren Geschehnissen. Plötzlich brach ein Pfeilhagel über unsere Lichtung hinweg. Einer von ihnen durchbohrte mich, traf mich hoch oben im Rücken, genau dort, wo mein linker Arm aus der Schulter wächst. Er drang durch das Fleisch, ohne lebenswichtige Teile zu treffen. Doch andere Dinge lenkten mich so sehr ab, daß ich nicht das Feuer verspürte, das er verursachte; denn im gleichen Augenblick traf ein anderer Pfeil Barbosa in die Kehle. Er sagte etwas, das nur halbwegs ein Laut war, ganz Gurgeln und Sprudeln, und seine Augen wurden sehr hell und verloren dann ihren Glanz. Ich fing ihn auf, als er stürzte, doch man konnte ihn nicht mehr retten.

Dabei nahm ich zum ersten Mal den Schmerz wahr, den meine eigene Wunde mir verursachte. Sie brannte, als hätten tausend Bienen alle in die gleiche Stelle gestochen. Der Pfeilschaft war lang, aber dünn und ragte aus mir heraus. Doch einer der Portugiesen kam herbeigelaufen, schnitt das gefiederte Ende ab und trieb den Hauptteil des Schaftes schnell durch die Wunde, was mir den Atem raubte, mich jedoch von dem Pfeil befreite.

»Komm«, sagte er. »Es ist noch Zeit zur Flucht.«

Ich sah mich um. Barbosa konnte ich nicht mehr helfen. Die Bogenschützen zielten im Augenblick woandershin, denn weitere Gruppen von Portugiesen zeigten sich auf der anderen Seite des Hügels. Die meisten unserer Leute hatten mit ihrer Flucht in die Sicherheit begonnen, und nun würde ich es ihnen gleichtun. Ich wandte mich von diesem Schreckensort ab und lief, stolperte und fiel, erhob mich wieder, stolperte, rollte einmal durch den warmen Sand, stand auf, stolperte weiter. Ich glaubte nicht, daß ich noch zehn Minuten lang leben würde; und dabei war ich so müde und betrübt, daß ich meinen Tod beinahe willkommen hieß.

11

Ich erreichte den anderen Hügel; ich ließ mich zu Boden fallen und wand mich erneut durch eine teuflische Hecke dieser blattlosen Dornenpflanzen; ich erreichte die andere Seite, wo alles ruhig war, und blickte mich um und sah, wie in der Ferne die Schlacht wütete. Sie entfernte sich langsam von mir und war nun nur noch ein Gemenge ferner Schreie und Glocken und Trommeln, ein Ereignis, das ich wie durch einen Nebel schaute. Ich kauerte mich dort zusammen und fing plötzlich an, heftig zu weinen – nicht vor Kummer, schätze ich, und auch nicht vor Furcht, sondern nur vor einer vollständigen, schwarzen Müdigkeit meines Körpers und Geistes, die ich in jedem Knochen, in jeder Faser verspürte. Doch die Tränen heilten mich ein wenig davon.

Nachdem dieser Anfall vorüber war – und es war nur ein kurzer –, untersuchte ich meine Wunde und stellte fest, daß sie häßlich und offen, aber nicht sehr gefährlich war: Die Stelle, an der der Pfeil das Fleisch durchdrungen hatte, war taub, und ich wußte, daß ich später ein Schmerzen und Ziehen spüren würde, wo ich nun nichts spürte; ansonsten würde die Verletzung mich jedoch nicht behindern. Im Augenblick bereiteten mir die hundert tiefen Schnitte und Risse in meiner Haut mehr Unbehagen als diese Wunde.

Ich schaute mich um und erblickte sieben Portugiesen, die alle mehr oder weniger schwer verwundet waren und sich in der Nähe im Sand verbargen. Wir sammelten uns, ein trauriger und geschlagener Haufen. Ich kannte keinen von ihnen, denn es handelte sich bei allen um Soldaten aus São Tomé; doch zwei von ihnen erkannten mich, nachdem sie mich während meines Besuchs auf dieser Insel gesehen hatten. Einer, der eine schreckliche Kieferwunde hatte, grinste mit seinem halben Gesicht gewissermaßen und sagte: »Wir könnten jetzt dein Sklavenmädchen hier gebrauchen, Engländer, damit es dir die Wunden verbindet, was?«

Ein Achselzucken war meine einzige Antwort. Zu dieser Zeit glaubte ich nicht, meine Matamba jemals wiederzusehen, und ich war betrübt über den Tod Barbosas, der von allen Portugiesen, denen ich in diesen Jahren meiner Gefangenschaft begegnet war, mein wahrster und sanftester Freund gewesen war und dessen Leiche ich nicht einmal vor den Geiern hatte retten können, die schon den Himmel verdunkelten.

Kurz darauf stießen zwei weitere Portugiesen zu uns, Männer aus São Paulo de Luanda, die uns berichteten, daß Balthasar d' Almeida und seinem Mit-General zu Pferde die Flucht gelungen sei, fast alle anderen Portugiesen jedoch von den gnadenlosen Kriegern Kafuche Kambaras erschlagen worden seien.

»Die Toten sind die Glücklichen«, sagte einer der Männer aus São Tomé. »Ihr Tod war schnell. Unserer wird langsam und sehr durstig sein, versichere ich euch.«

Und damit begann er, eine Vielzahl von düsteren Gebeten vor sich hinzumurmeln.

»Warte«, sagte ich. »In fünf Tagen können wir in Masanganu sein, nicht wahr?«

»Kennst du den Weg?« fragte ein anderer Portugiese.

»Und woher bekommen wir zu essen oder trinken?« fragte ein anderer.

»Die Mohren werden uns niedermachen«, murmelte noch ein anderer. »Wir sind schon tote Leute, nur, daß wir uns noch bewegen und uns selbst täuschen können.«

Ich wollte irgendeine ermutigende Ansprache halten, wie ich es vor langer Zeit getan hatte, als ich in Brasilien gestrandet war und mich ebenfalls unter Männern mit melancholischer, geschlagener Seele wiedergefunden hatte. Doch ich brachte die Worte nicht über meine Lippen. Ich war in diesem Augenblick selbst zu seelenkrank, stand meiner eigenen Niedergeschlagenheit noch zu nahe. Obwohl die Schlacht nun an uns vorbeigezogen war und wir wahrscheinlich nicht mehr von unseren Feinden belästigt würden, stand uns nun eine unmögliche Aufgabe bevor: ohne Vorräte zurückzumarschieren und ohne Kenntnis des Weges durch diese schreckliche Wüste und ohne Waffen, mit denen wir Beutetiere erlegen konnten, und mit Verletzungen, die uns von der Kraft, die wir jetzt noch hatten, Tag um Tag ein wenig mehr nehmen würden. Ich beabsichtigte nicht, mich der Verzweiflung anheimzugeben, denn aufzugeben ist nicht meine Art, und die Verzweiflung ist nicht mein Lieblingsgetränk. Doch ich bin auch nicht geneigt, mich der Torheit hinzugeben, und die Hoffnung, wir würden diesen Ort lebendig verlassen können, schien wirklich töricht zu sein. Und so hatte ich wenig zu sagen, um diese Männer aufzuheitern.

Die Portugiesen fuhren mit ihren Gebeten fort. Sie drängten sich um einen Rosenkranz, den einer der Männer bei sich trug, und um das Kruzifix eines anderen. Ich nahm nicht an der Verehrung dieser Gegenstände teil.

Trotz all ihrer Hingabe hatten diese Männer jedoch nur wenig wahren Glauben. Denn einer erklärte: »Gott hat uns verlassen«, und die anderen nickten, ergriffen das Thema und schmückten es aus, wobei sie schließlich erneut erklärten, wir seien unserer Sünden wegen in dieses Tal der Schatten geführt worden. Und bei dieser Art von dunklem Gerede stieg etwas in mir empor, das ich für gänzlich englisch hielt: nämlich, nicht einfach vorzustürmen und wie ein Schwächling die Niederlage einzugestehen, wenngleich sich meine Überlegungen über die Aussichten auf unser Überleben nicht geändert hatten.

»Nay, was bringen uns solche Worte Gutes?« platzte ich heraus. »Wir leben bislang noch, oder nicht? Wo alle unsere Gefährten tot sind. Dies ist doch etwas, das euch trösten müßte – wir leben noch!«

»Es ist kein großer Trost für mich, Engländer, wenn ich weiß, daß ich nur noch wenige Tage zu leben habe.«

»Fürchte dich nicht«, sagte ich. »Gott wird für uns sorgen.«

»Ja«, sagte der Portugiese verbittert. »Er wird uns mehr

Folter bringen, und Er wird uns mehr Schmerz bringen und einen quälenden, langsamen, grausamen Tod.«

Es war sinnlos, mit ihnen zu streiten. Wir saßen da, schauten uns um und warteten schweigend darauf, daß der Tag sein Ende fand, denn in unserem geschwächten Zustand erschien es uns am besten, nur in den kühleren Nachtstunden zu marschieren.

Einer der Portugiesen, der einige Erfahrung als Sanitäter hatte, versuchte uns zu helfen, verband unsere Wunden und bot Bissen von Früchten aus einem kleinen Sack an, den er bei sich trug. Ich wunderte mich darüber – daß er sein Essen mit uns teilte und es nicht für sich allein aufbewahrte, wie ich es mir bei einem Portugiesen vorgestellt hatte; doch dies zu denken war nicht rechtens von mir, denn Portugiesen sind keine schändlichen Menschen, auch wenn sie nicht in jeder Hinsicht unser englisches Ehrgefühl besitzen. Die Süße der Frucht erfrischte mich, und ich erhob mich und ging herum, obwohl mein Kopf vor Müdigkeit schwamm.

Der Mittelpunkt und Tumult der Schlacht hatte sich nun völlig von uns entfernt. Ich sah in der Nähe nur die blutigen Leichen der Gefallenen und die Geier, die um sie herumschwebten und sich die saftigsten Bissen aussuchten.

Und dann sah ich eine noch üblere Sache. Fünf nackte Schwarze, die aus einer anderen Richtung kamen, dem Südwesten, in dem es den ganzen Tag über ruhig gewesen war. Sie waren sehr groß und hatten langgezogene, spitz zulaufende Glieder, und zwei waren klein und breit und von überaus mächtiger Statur, und alles, was sie trugen, waren Waffen, die sie um ihre Hüften gebunden hatten, bis auf einen, um dessen Hals ein Kragen befestigt war, und jeder hatte seinen Körper in weißer Farbe mit gewissen Symbolen und Emblemen bemalt. Sie bewegten sich in einer Reihe, sehr leise, wie die Katzen, wobei der größte vorn und der zweitgrößte am Ende der Reihe ging.

Ich hatte solche Krieger schon einmal gesehen, und es bereitete mir keine Freude, sie erneut zu sehen. Denn ich wußte, daß es Jaqqas waren, und das Herz wurde mir schwer. Gott wird für uns sorgen, hatte ich gesagt, und Gott hatte fürwahr für uns gesorgt. Doch, dachte ich, was Er uns geschickt hat, sind Dämonen, die uns zu unserer letzten Ruhe bringen werden.

Und doch, in mir hob sich eine gewisse Faszination. Wie ich zuvor gesagt habe: Ich stelle fest, daß ich von der Dunkelheit angezogen werde, von den seltsamen, obskuren, heimlichen Mysterien. Ich kenne den Grund dafür nicht. Das große Coccodrillo, das auf jener verlassenen Insel in Brasilien, auf der ich zurückgelassen worden war, aus dem Fluß gekommen war, hatte mich magisch angezogen, und auch der Jaqqa-Prinz, der auf der ersten Reise nach Masanganu allein im Wald stand, und der tote in Loango. Und nun starrte ich diese fünf Sendboten des Satans an, wie sie am Horizont entlangmarschierten, und konnte nicht die Augen von ihnen nehmen, denn sie übten eine unwiderstehliche Anziehungskraft auf meine Seele aus.

Sie zogen durch das wilde Durcheinander des Schlachtfeldes, untersuchten die Toten, betasteten diesen und jenen, drehten ihn um, überprüften sein Fleisch, wie man in einem Fleischerladen Fleisch betasten und drücken mag, um zu sehen, wieviel Fett daran ist, und wie viele Sehnen, und wie fest das Gewebe ist. Ich, der ich schon einmal Kannibalen gesehen hatte, in den Wäldern hinter der Stadt Rio de Janeiro und nach meinem Schiffbruch, wußte, weshalb diese Männer hier waren, und dieses Wissen ließ das Blut in meinen Adern gefrieren.

Mit großer Ruhe und ohne jede Eile wählten sie aus den

Hunderten und aber Hunderten auf diesem Feld des Blutes drei Leichen aus, alle davon Mohren, als wäre das Fleisch weißer Männer unwürdig für ihren Gaumen. Diese drei luden sie den drei Jaqqas in der Mitte der Reihe auf die Schultern, dem, der den Kragen trug, und den beiden, die klein und sehr muskulös waren, und gingen dann, augenscheinlich zufrieden mit ihrer Beute, von Süden nach Norden weiter.

Dann bemerkten sie uns.

Wir hatten uns die ganze Zeit über nicht bewegt und hatten auch nicht gesprochen. Wir kauerten uns auf unseren kleinen, sandigen Hügel und beteten darum, nicht gesehen zu werden; denn obwohl wir zehn Mann waren und sie fünf, waren wir alle erschöpft und verwundet, und bis auf leere Musketen und zerbrochene Lanzen hatten wir keine Waffen, und es war keiner unter uns, der die geringste Lust hatte, an diesem Tag noch einmal zu kämpfen. So verbargen wir uns vor ihren Blicken; doch die Jaqqas blieben stehen, sogen wie mißtrauische Leoparden die Luft in die Nüstern, schritten das Gelände in Kreisen ab, legten dann wortlos ihre Beute ab und näherten sich uns.

»Wir sind verloren«, sagte der portugiesische Medicus. »Das sind die Menschenfresser, die Jaqqas.«

»Und warum sollten sie sich die Mühe machen, uns zu töten, wo doch genug Tote herumliegen, um ihren gesamten Stamm einen halben Monat lang zu ernähren?« fragte ich.

»Das Fleisch auf dem Boden wird in ein paar Tagen verdorben sein«, gab der Arzt zurück. »Wir bleiben frisch, bis wir geschlachtet werden. Sie werden uns gefangennehmen und essen, wenn ihr Appetit es verlangt.«

Doch keiner von uns machte Anstalten zur Flucht. Wir waren alle so schwach und von den Anstrengungen verausgabt, und sie wirkten auf uns so flink wie Zevveras. Und es kommt für jeden Menschen die Zeit, da sich ihm der Tod nähert und er weiß, daß es keine Flucht gibt, und so bleibt er einfach stehen und wartet ab.

Für mich machte es in diesem Augenlick keinen Unterschied, ob ich nun ein Gefangener der Portugiesen oder einer der Jaqqas war, bis auf die Tatsache, daß die Portugiesen mir, so lange ich tat, was sie von mir verlangten, ein Haus geben würden, in dem ich wohnen konnte, und ein paar Diener, die für mich sorgten. Ich bezweifelte, daß diese Jaqqas mich so freundlich behandeln würden. Noch würden die Portugiesen mich wohl kochen und verspeisen. Ich gestehe, daß ich mir bei allen Todesarten, die ich mir in den müßigen Stunden meiner Jugend für mich vorgestellt hatte, wenn man viel an den Tod denkt und versucht, seine Natur zu begreifen, niemals hätte träumen lassen, gebraten und von meinen eigenen Mitmenschen verschlugen zu werden. Was keine sehr angenehme Vorstellung für mir war; doch welche Rolle spielt es schon, wenn man tot war, ob man nun Futter für die Würmer oder Fische oder Ameisen oder Jaqqas wurde? Man ist tot; nur darauf kommt es an, und es hatte nun den Anschein, daß ich mich sehr bald dem Ende meiner Reise nähern würde.

Die Jaqqas kamen zu uns und stellten sich in einem Kreis um uns herum auf, wobei ihre Hände leicht auf den Griffen ihrer langen Dolche ruhten. Und ich sah, wie der mit dem Kragen jenem großen gegenüber, der ihr Anführer zu sein schien, eine Geste machte, und es war eindeutig eine bittende Geste, ohne begleitende Worte, die der Führer schnell und stumm erwiderte, indem er einmal seine linke Hand bewegte. Ich nehme an, der mit dem Kragen bat um die Erlaubnis, uns zu töten, und daß diese Erlaubnis verweigert wurde. Später fand ich heraus, daß ich recht hatte, denn unter den Jaqqas trugen die jungen Männer als Zeichen der

Sklaverei einen Kragen um den Hals, bis sie den Kopf eines Feindes bringen, den sie im Kampf getötet haben, woraufhin man ihnen den Kragen abnimmt, sie befreit und mit dem Titel eines Soldaten auszeichnet. Dieser hier fragte, ob er sich seine Freiheit verdienen konnte, indem er uns erschlug. Doch wir waren eindeutig zu elendig, um erschlagen zu werden; es wäre kein anständiger Kampf, und man verweigerte ihm die Erlaubnis.

Eine lange Weile musterten sie uns und wir sie. Sie gingen immer wieder in seltsamer Gedankenverlorenheit um uns herum und gaben dabei nicht einen Ton von sich. Ihr Schweigen war am fürchterlichsten dabei, denn es ließ sie wie Traumgeschöpfe erscheinen, wie Nachtmahr-Wesen.

Ihre Augen waren hell wie glühende Kohlen, und ihre Körper leuchteten unter ihrer Farbe, so daß jeder Muskel wie der einer Statue hervortrat, und sie hatten nach der Art der Jaqqas zwei Zähne oben und zwei unten entfernt, was ihnen das Aussehen von bösen Kürbiskopflaternen verlieh, wenn sie grinsten. Wir blieben auch stumm, als sie uns musterten, vielleicht aus Furcht oder aus Aberglauben, denn in der Anwesenheit des Teufels spricht man nicht.

Schließlich kamen sie zu einer Entscheidung über unser Geschick. Mit stummen Gesten bedeuteten sie uns, unsere eingedellten, blutbefleckten Rüstungen abzulegen und fallenzulassen, woraufhin wir nur noch in den leichten, leinenen Unterkleidern und dem, was wir darunter trugen, dastanden. Dann bedeuteten sie uns, ihnen zu folgen. Sie führten uns zu dem Pfad, dem sie gefolgt waren, bevor sie uns entdeckt hatten.

Sie stellten uns in einer Reihe auf und gliederten uns in ihre Formation ein, so daß einer von ihnen von zweien von uns gefolgt wurde. Wir marschierten nach Norden, wobei sie erneut die drei Leichen der Mohren schulterten und wir so gut mit ihnen Schritt hielten, wie es uns in Anbetracht unserer Erschöpfung möglich war.

»Ach, Madonna, wohin bringen sie uns?« fragte ein Portugiese hinter uns.

Und ein anderer erwiderte: »Zu ihrem Lager, so daß sie uns bei einem großen Fest verspeisen können.«

»Sollen wir fliehen?« fragte ein dritter.

Und ein vierter antwortete mit einem Lachen: »Mich deucht, uns würden besser Schwingen wachsen, damit wir davonfliegen können. Auf diese Art könnten wir ihnen entkommen.«

Ich bewahrte meinen Frieden. Die Nacht brach herein, und ich gewann allmählich meine Kraft zurück und wollte nichts davon bei einem müßigen Gespräch verschwenden. Die Pfeilwunde in meinem Rücken bereitete mir nun außerordentliche Schmerzen, die wie bei einer Kanonade in Wellen in mir explodierten, doch ich wußte, daß ich trotzdem nicht allzu schwer verwundet war. Und die anderen Erschöpfungen des Kampfes, das Hämmern in meiner Brust, die Schwere meiner Beine und das Pochen in meinen Augen und den Schnitten in meiner Haut, verließen mich nun allmählich, als sich die natürliche Kraft meines Körpers behauptete. So dachte ich, ich könnte wandern, bis die Dunkelheit vollends über uns hereingebrochen war, und dann versuchen, mit einem oder zwei der Portugiesen, wenn sie es versuchen wollten, von diesen Jaqqas fortzuschlüpfen und den Weg nach Masanganu zu finden. Ich dachte, es könnte nicht allzu schwer sein, mich von ihnen zu entfernen, da nur fünf Mann nicht gut auf zehn Gefangene acht geben können.

Doch es sollte nicht sein. Als die Dunkelheit kam, hielten wir an einem heißen, trockenen Ort an, wo das Buschwerk dicht war und mehr dieser abscheulichen Dornenbäume mit dem milchiggrünen Fleisch wuchsen. Die Jaqqas schleppten uns auf eine kleine Lichtung, bei der es nur einen Durchgang gab, und bedeuteten uns, wir sollten uns niederlegen, was wir nur allzugern taten. Zwei von ihnen bewachten uns und standen müßig mit verschränkten Armen vor uns, während die anderen auf eine Suche gingen, von der sie mit ein paar Handvoll Früchten und Körnern zurückkamen Diese gaben sie uns und bedeuteten uns, wir sollten sie essen.

»Das ist freundlich von ihnen«, sagte ein Portugiese.

»Bevor sie uns töten, mästen sie uns«, erklärte ein anderer.

Die Früchte waren bitter, und die Körner ließen sich nur schwer knacken und kauen, doch die Nahrung tat uns gut, und in der Nähe war eine klare Quelle, von der wir trinken konnten, was wir den ganzen Tag lang nicht getan hatten. Die Jaqqas beschäftigten sich dann damit, ein Feuer zu machen, was sie überaus geschickt bewerkstelligten, indem sie über einem Haufen des trockenen Strohs, das hier als Gras gilt, einen Ast an einem anderen rieben, bis ein Funke hervorsprang und das Stroh anzündete. Schon bald brannte ein kräftiges Feuer.

Daraufhin wurden wir Zeugen eines unheiligen Festmahls, denn sie nahmen eine der drei Leichen, die sie von dem Schlachtfeld mitgenommen hatten, und trennten ihr überaus gewandt die Beine ab. Sie schnitten das Schenkelfleisch in große Stücke, die sie auf Spieße steckten, welche sie in die Spitzen der Flammen hielten, und drehten sie schnell, so daß das Fleisch briet, die Spieße aber kein Feuer fingen. All dies geschah mit höchster Gelassenheit, als wäre es eine überaus alltägliche Sache.

Sie aßen ihren Teil, und dann noch einen; und als sie mit dem Fleisch fertig waren, schlugen sie den Schädel auf und kratzten mit einer Art Löffel, den sie aus einer Rippe geformt hatten, das Gehirn heraus, und verspeisten es mit höchstem Genuß; und danach wandten sie sich an uns, die wir dieses

Zubereiten ihrer Nachspeise mit tiefem Entsetzen beobachtet hatten, und machten freundliche, großzügige Gesten, als wollten sie sagen: »Gesellt euch bei unserem Bankett hinzu, Kameraden! Es ist genug Fleisch für alle da!« Doch natürlich schreckten wir vor dieser freundlichen Einladung zurück, wie wir vor der Umarmung der Mutter des Satans zurückgeschreckt wären.

Das Feuer brannte die ganze Nacht über, und die Jaqqas saßen daneben, und soweit ich es sagen konnte, schliefen sie nicht. Meine Wunde bereitete mir nun großes Ungemach, und ich lag manchmal wach und verlor mich in einer nebelhaften Verwirrung des Geistes, doch jedes Mal, wenn ich die Augen öffnete, sah ich, wie unsere fünf diabolischen Wachen dort saßen, ohne zu schlafen. Dann und wann erhob sich einer von ihnen, schnitt sich ein neues Stück Fleisch ab und briet es. Während der gesamten Nacht hing der scheußliche Geruch verkohlten Fleisches und menschlichen Fettes über unserem Lager; zuerst machte er uns krank, doch dann war er nur noch ein Geruch, den man ohne besondere Aufmerksamkeit hinnahm.

Der Morgen brach an. Die Jaqqas rüttelten uns wach und begruben ihr schwelendes Feuer mit Sand. Wir nahmen unsere Formation ein und marschierten weiter.

Ich erkannte nun, daß eine Flucht einfach unmöglich war. Sie kannten sich in der Wüste zu gut aus und hielten immer ein Auge auf uns, ob nun auf dem Marsch oder im Nachtlager. Und wenn es mir gelänge, mich davonzustehlen, wäre es reine Torheit gewesen, denn dies war ein ungastlicher Ort, und ich wußte nicht, wo sich die Wasserlöcher befanden oder welche Früchte man ohne Gefahr essen konnte. Wenn ich tatsächlich entkommen sollte, würde ich in dieser schrecklichen Wildnis innerhalb von zwei Tagen an meinen eigenen Eingeweiden reißen. So gab ich den Plan völlig auf. Einige der Portugiesen, mit denen ich marschierte, schätzten die Lage anders ein, und am dritten Tag der Reise brachen zwei plötzlich aus der Linie aus und liefen unbeholfen und taumelnd über die dürre Einöde davon. Sie waren keine zehn Schritte weit gekommen, da hatte einer der Jaqqas den Bogen von der Schulter genommen und einen Pfeil eingelegt, und ich dachte, in einem oder zwei Augenblicken wäre einer der Portugiesen bestimmt tot. Doch der größte der Jaqqas machte eine Handbewegung, und der Schütze senkte den Bogen, und dann machte er eine andere Handbewegung, und zwei seiner Gefährten folgten den Flüchtenden. Noch nie habe ich einen Sterblichen so schnell laufen gesehen. Wenn der Leopard jagt, kann er auf eine kurze Strecke selbst die langbeinige Gazelle einholen; doch ich glaube, diese beiden Jaqqas hätten selbst einen Leoparden hinter sich lassen können. Nach wenigen Augenblicken hatten sie die beiden Portugiesen eingefangen, ergriffen sie, indem sie ihnen einen Arm um den Hals legten, und warfen sie mühelos zu Boden; und dann hoben sie sie nicht einmal grob auf und stellten sie wieder auf die Füße. Die Portugiesen zitterten vor Furcht; sie erwarteten, wegen ihres Ungehorsams auf der Stelle erschlagen zu werden. Doch nein, es geschah ihnen überhaupt nichts; sie wurden lediglich an ihre Plätze zurückgeschickt, und wir marschierten weiter, als wäre nichts geschehen.

Das war der einzige Fluchtversuch, den welche von uns unternahmen.

Doch am fünften Tag unserer Reise nach Norden stellten wir etwas Erstaunliches fest, was uns dazu führte, daß wir uns beglückwünschten, nicht nachdrücklicher versucht zu haben, unseren Häschern zu entkommen. Denn wir erkannten gewisse vertraute Eigenarten der Landschaft, die nur zu einem Schluß führten: Die Jaqqas waren nicht unsere Häscher, sondern unsere Retter, denn sie führten uns in die Richtung von Masanganu!

»Wie kann das sein?« fragte ein Portugiese. Haben sie das gesamte Gebiet erobert, und befindet sich dort nun ihr Hauptlager?«

»Masanganu ist für sie nicht von Interesse«, sagte ein anderer.

»Wer weiß schon, was für einen Jaqqa von Interesse ist?«

»Gehen wir wirklich in diese Richtung?« fragte ich.

»Sieh doch, Engländer. Dort, jene Reihe von Palmenbäumen am Horizont – was sonst ist dies, wenn nicht der Dschungel am Ufer des Flusses Kwanza? Es gibt hier keine anderen Flüsse, bis auf den Lukala, der von dort oben kommt, und wir sind viel tiefer unten. Und dort, diese Hügel im Osten – das ist Kambambe, das Land der Silberminen!«

»Doch warum bringen sie uns nach Masanganu?« fragte ich verwundert.

»Ja, warum?« erwiderte der portugiesische Medicus.

Und das war die einzige Antwort, die wir jemals bekamen. Ihr wißt, wie es in Träumen ist: daß sich Dinge ereignen, die sich den Anforderungen der Vernunft nicht unterwerfen; und Ihr wißt, daß ich wieder und wieder gesagt habe, daß mir diese Jaqqas vorkamen wie Geschöpfe aus dem nebelverhangenen Land des Schlafes, wie wandelnde Nachtmahre, die auf unsere Welt losgelassen worden sind. Man stellt an Traumgeschöpfe keine Fragen; und wenn man es tut, muß man wissen, daß man kein Recht hat, vernünftige Antworten zu erwarten.

Die Portugiesen hatten recht: Die Wurzeln der Bäume wuchsen im Wasser des Kwanza. Ein weiterer Tag verstrich, und dann waren wir fürwahr in Sichtweite der Festungen von Masanganu. Hier veränderte sich die Luft, wurde feucht und fieberschwanger, wie es im schrecklichen Masanganu nun einmal der Fall ist. Die Jaqqas begleiteten uns nicht weiter. Sie hatten bei ihren nächtlichen Mahlzeiten die drei Toten restlos bis auf den letzten Fleischfetzen verzehrt, ihre geheimnisvolle, selbst auferlegte Aufgabe, unser Leben zu retten, bewältigt, und verschwanden nun so schnell, wie sie gekommen waren, ohne eine Wort, ohne ein Zeichen, und überließen es uns, die letzten wenigen Meilen unseres Weges nach Masanganu zu finden.

Eine traurige und elende Gruppe von zehn Mann waren wir, als wir in das Presidio wankten und taumelten. Wir waren beinahe nackt, gekleidet in fadenscheinige Fetzen, und von unserer spärlichen Ernährung an bitteren Früchten und harten Körnern ganz abgemagert; aus dem gleichen Grund wölbten sich auch unsere Augen. Trotz der besten Bemühungen unseres Medicus hatten unsere Verletzungen zu eitern angefangen.

Doch wir lebten. Wir waren weder in Kafuche Kambaras schrecklichem Hinterhalt auf dem Schlachtfeld umgekommen noch in die Mägen der Jaqqas gewandert, und daß uns diese beiden Schicksale erspart geblieben waren, kam uns so wunderbar vor, daß wir uns vor den Mauern Masanganus niederwarfen und jeder auf seine Art und in seiner Sprache dem Herrn dankte, wobei wir laut riefen, daß es sicher Seine leidenschaftliche Zuwendung für unsere Sache gewesen war, der wir unser Leben verdankten.

Gott verschone mich, doch ich hätte niemals geglaubt, ich würde einmal vor Freude weinen, Masanganu wiederzusehen. Doch diesmal war mir der Ort so willkommen wie die Gestade des Paradieses.

12

In Masanganu machten die Portugiesen großes Aufheben um uns, denn sie hatten nicht erwartet, daß sich noch einige Überlebende des Massakers zu ihnen durchschlagen würden.

Die Nachricht über dieses Verderben hatte sie fünf oder sechs Tage zuvor erreicht als die ersten, denen die Flucht gelungen war, ins Presidio gekommen waren. Das waren jene, die zu Pferde entkommen waren, hauptsächlich die hohen Offiziere, die kühn in Sicherheit galoppiert waren und ihre gesamte Infanterie zurückgelassen hatten, um hinter ihnen erschlagen zu werden. Solche Männer wie Balthasar d'Almeida und sein Hauptmann Pedro Alvares Rebello hatten Masanganu schon verlassen und waren nach São Paulo de Luanda aufgebrochen, um sich mit Gouverneur d' Almeida zu beraten, doch andere Überlebende hielten sich noch in der Stadt auf, und ihr Erstaunen war groß, als sie erfuhren, daß es uns gelungen war, uns lebend vom Ort der Schlacht zu entfernen.

Wir wurden ins Hospiz gebracht und bekamen zu essen und zu trinken und Medizin, und unsere Verletzungen wurden behandelt, und ein Offizier namens Manoel Fonseca, der den Befehl über die Garnison in Masanganu hatte, besuchte uns, um zu erfahren, wie uns die Flucht geglückt war.

»Nun«, sagte unser portugiesischer Medicus, »wir wurden von fünf Jaqqas gerettet, die uns hierher brachten und uns unterwegs mit Nahrung versorgten.«

Woraufhin Manoel Fonseca ein lautes Gelächter ausstieß und erwiderte: »Das Fieber hat dich um den Verstand gebracht, Mann!«

»Nay«, sagte ich, denn ich lag im nächsten Bett, »bei Gott, es ist die Wahrheit! Sie haben kein Wort gesprochen, diese

Jaqqas, sondern mit Gesten gesagt: Kommt, folgt uns; und sie blieben bei uns, bis wir die Palmen sahen, die am Flußufer wachsen.«

»Das kann ich nicht glauben. Jaqqas? Ich frage Euch, woher wißt Ihr, daß es Jaqqas waren?«

»Weil sie unten und oben Zähne ausgeschlagen hatten«, sagte ich und deutete auf meine Schneidezähne. »Und weil sie, während wir bei ihnen waren, drei tote Mohren, die sie auf dem Schlachtfeld aufgelesen haben, gebraten und verzehrt haben. Ist das nicht Beweis genug?«

Fonseca konnte es jedoch noch immer nicht glauben, und erst als er die gleiche Geschichte von uns allen vernommen hatte, wollte er uns zugestehen, daß wir die Wahrheit gesprochen hatten. Was um so mehr Erstaunen verursachte, da sich niemand erinnern konnte, daß die Jaqqas jemals so etwas getan hatten, solange es Portugiesen in Angola gab. Und doch konnten sie nicht abstreiten, daß wir sicher hier angelangt waren und uns auch keine Engel getragen hatten.

Die Wochen bis zu meiner Genesung verbrachte ich in Masanganu. Mit seinem üblen und giftigen Klima ist dies kein Ort, der einer Genesung zuträglich ist, doch ich war zu schwach, um nach São Paulo de Luanda zurückzukehren, und es fuhren sowieso keine Schiffe die Küste hinauf. Nach einiger Zeit verließ ich das Bett, ging umher und gewann etwas Kraft zurück. Zu dieser Zeit war die Stadt so eng gepackt wie eine Schildkröte in ihrer Schale, und Tag und Nacht waren die Wachen postiert, denn die Portugiesen waren sehr verängstigt und wußten nicht, welches Unheil als nächstes über sie kommen würde. Unter den Händen dieses Kafuche Kambara hatten sie die schrecklichste Niederlage in ihrer afrikanischen Geschichte erfahren, Hunderte von Männern und sehr viel Ausrüstung und beinahe ihre gesamten schwarzen Hilfstruppen verloren, und sie befürchteten,

Kafuche könne nun versuchen, ihnen endgültig den Garaus zu bereiten, oder die anderen *Sobas* würden sich vielleicht erheben und ihr Joch abwerfen. Doch nichts davon geschah, und im Juli 1594 kam endlich ein Schiff nach Masanganu, um Verstärkung zu bringen. Als es nach São Paulo de Luanda zurückkehrte, war ich an Bord und diente auf der Reise den Fluß hinab als Lotse.

In der Hauptstadt erwarteten mich große Überraschungen.

Im Hafen dümpelte eine große, neue Galeone aus Portugal, ein Schiff von mindestens sechshundert Tonnen, und als ich die eigentliche Stadt betrat, sah ich, daß alle Gebäude wunderschön mit Bannern und Zierbändern und hellen, bunten Flaggen geschmückt waren, als hätten die Portugiesen gerade keine ungeheuerliche Niederlage erlitten, sondern einen gewaltigen Sieg zu feiern. Scharlachrote und grüne Wimpel wehten im Wind, und besonders der Palast des Gouverneurs war mit Flaggentüchern und Samt von großer Farbenpracht geschmückt.

Ich fragte die Träger, die uns zur Stadt brachten, aus welchem Grund die Stadt so prachtvoll herausgeputzt sei, und sie erwiderten: »Um den neuen Gouverneur zu feiern, den Portugal uns geschickt hat.«

»Den neuen Gouverneur? Wo ist Don Jeronymo?«

Und sie deuteten überaus ernst auf das Presidio, auf die gleiche grimmige Festung, in der ich vor vier Jahren eingekerkert gewesen war. Also hatte es anscheinend während der vielen Monate meiner Abwesenheit große Umwälzungen und Veränderungen in der Kolonie gegeben.

Doch ich hatte nicht einmal die Hälfte davon erfahren.

Ich ging zuerst zu meiner Hütte, wo ich alles ordentlich und gut geführt vorfand. Matamba und meine anderen Sklaven waren dort. Sie stieß ein kleines Keuchen aus, als sei sie verängstigt oder schockiert, mich zu sehen, lief zu mir, wobei ihr die Tränen aus den Augen traten, fiel vor mir auf die Knie, blickte besorgt zu mir hoch und sagte: »Du bist so anders! Du hast dich so verändert!«

»Ach ja? Komm, steh auf, Mädchen.«

Ich zog sie sanft hoch, schickte die anderen Sklaven fort und umarmte sie, und sie fuhr mir mit den Fingern über die Wangen.

»Du bist krank gewesen«, sagte sie.

»Aye, und auch ein wenig mitgenommen. Doch ich bin noch immer der gleiche.«

Ich ging in meine Kammer, wo ich einen trüben alten Spiegel aufbewahrte, und musterte mein Spiegelbild. Und es verblüffte mich fürwahr, als ich sah, was aus mir geworden war, denn mein Gesicht wirkte mindestens fünf Jahre älter, mit tiefen Linien, die sich um meinen Mund und die Augen eingegraben hatten, und einem allgemeinen Schwinden des Fleisches und Hervortreten der Wangenknochen. Die Hitze des Landesinneren und alle Erschöpfungen und alle Verletzungen, die ich dort erlitten hatte, hatten mich bis auf den harten Kern abmagern lassen: Ich wirkte hager, meine Augen strahlten in einem fieberhaften Glanz, und mein Geist schien gefährdet zu sein wie der eines ungestümen Abenteurers, wie sie in den Tavernen der Stadt herumlungerten. Nun, ich schätze, wenn ich auf den Straßen Londons einen Mann getroffen hätte, der wie ich ausgesehen hätte, dann hätte mich Furcht vor ihm überkommen, so ausgezehrt und piratenhaft wirkte mein Gesicht nun.

Ich legte meine Kleidung ab, die von der Reise durchgeschwitzt war, und Matamba schrubbte mich ab. Wasser ist immer rar und höchst kostbar in São Paulo de Luanda, da es in der Stadt keine Quelle gibt, sondern es durch einen Kanal von der Insel herbeigeschafft werden muß und viel davon durch die Nähe des Ozeans verseucht wird. Als sie mich badete, betastete und untersuchte Matamba meine neuen Narben, sowohl die schlimme in meinem Rücken, wo der Pfeil ausgetreten war, wie auch die kleineren, die verblichen, aber noch nicht gänzlich verschwunden waren. Daß sie mich so betastete und derart viel Aufhebens um mich machte, war mir ein neuerlicher Beweis ihrer Hingabe, und sobald ich gesäubert war, wollte ich sie mit in mein Bett nehmen, da ich während meiner Monate als Soldat abstinent gelebt hatte und sie in ihrem einfachen weißen Tuch, das die Brüste unbedeckt ließ, und einem blauen Band um den Hals überaus begehrenswert auf mich wirkte; überdies strahlten ihre Augen vor Bereitwilligkeit. Doch da klopfte es an der Tür, und ein Bote des Gouverneurs trat ein, sagte, ich solle sofort zu dessen Palast kommen, und überreichte mir ein Schriftstück, das die ganze Sache noch amtlicher machte.

Ich öffnete das Papier, las es und hätte in meinem Erstaunen beinahe laut aufgeschrien, denn es war überaus kühn mit dem Namen des neuen Gouverneurs unterzeichnet, und der Name des neuen Gouverneurs lautete Don João de Mendoça.

»Aber er ist tot!« rief ich. »Wie kann das sein?«

Der Bote, der nur ein Sklave war, blickte mich an, als hätte ich den Verstand verloren, und Matamba wußte nichts von Gouverneuren, bis auf die Tatsache, daß die Portugiesen dieser Stadt in letzter Zeit oft auf dem Platz exerziert hatten, mit pompösen Wachablösungen, bei denen die Flagge gehißt und niedergeholt wurde, doch das alles kam ihr griechisch vor. So stieg ich brennend vor Neugier in meine besten Kleider, hieß sie, meine Rückkehr abzuwarten, und eilte zum Palast. Dies ging über mein Verständnis: Denn wie hatte Don João den Meuchelmördern entkommen können? Ich dachte schon, daß er vielleicht einen Sohn des gleichen

Namens habe, der von Portugal gekommen sei, um den Tod seines Vaters zu rächen, doch dies erschien mir nicht sehr wahrscheinlich.

Dann wurde ich in den gleichen, hohen Audienzraum geschoben, in dem ich mich mehrere Male mit Don Jeronymo d'Almeida, dem ehemaligen Gouverneur, getroffen hatte, und dort, hinter dem großen, abgeschliffenen Sekretär aus hell leuchtendem Rotholz, saß Don João höchstpersönlich und kein frisch eingetroffener Sohn gleichen Namens und auch kein Geist, schätze ich.

Er sah wohlgenährt und gesund aus und kaum einen Tag älter, als ich ihn während der Tage vor den Auseinandersetzungen mit den Jesuiten zuletzt gesehen hatte, und obwohl er sich nicht von seinem Amtsstuhl erhob, erbot er mir ein freundliches, herzliches Lächeln und eine ausholende Geste der Begrüßung und rief aus: »Andres! Andres, mein Freund, mein Engländer, mein Piloto!«

»Don João, es bereitet mir Freude und Erstaunen, Euch zu sehen!«

»Und auch mir bereitet diese Begegnung Freude. Wie wir uns alle verändert haben, was? Ich bin endlich Gouverneur, und du – du siehst aus, als hättest du schwer gekämpft und nicht wenig gelitten.«

»Es war ein schwieriger Feldzug. Doch durch Gottes Gnade und einige Hilfe der Jaqqas wurde ich verschont. Und auch Ihr seid verschont geblieben! Ich dachte, Ihr wäret schon lange tot, Don João.«

Er fuhr ein wenig zusammen. »Das dachtest du? Warum?«

»Man berichtete mir, Don Jeronymo habe geplant, Euch auf Eurer Fahrt nach Portugal ins Meer werfen zu lassen.«

Er beugte sich vor. »Hast du davon gewußt, Andres?« fragte er.

»Aye. Doch mein Wissen kam zu spät, um Euch zu helfen,

denn ich war schon auf halbem Weg nach Loango, als ich davon erfuhr, und Ihr wart schon weit unterwegs nach Portugal. Doch war es so, wie man mir berichtet hat?«

»Es war so«, sagte er mit tiefer, dunkler Stimme. »Es waren drei Mann an Bord, die in Don Jeronymos Sold standen und den Plan ausführen sollten. Doch man hatte mich gewarnt, und ich habe dafür gesorgt, gut bewacht zu werden, und wir haben die Männer entlarvt und befragt. Und sie haben gestanden, und ihr Plan wurde vereitelt.«

»Gott sei gedankt. Ich habe sehr um Euch getrauert.«

»Und dies bewegt mich sehr, Andres. Doch du siehst, ich war vorbereitet. Denn ich habe Don Jeronymo durchschaut und seinen Worten kein Vertrauen geschenkt.«

»Und nun seid Ihr Gouverneur!«

»Ja. Es war einfach genug, die Ernennung zu arrangieren, sobald ich erst einmal vor Seiner Majestät gesprochen und ihm verdeutlicht hatte, wie groß die Gefahr sei, unsere Kolonie hier zu verlieren, wenn die Herrschaft der Gebrüder d' Almeida nicht gebrochen würde. Es war bereits bekannt, daß Don Francisco nach Brasilien geflohen war. Don Jeronymos Ernennung war nicht legitim. Und so erhielt ich die königliche Bestätigung und kehrte mit vierhundert Soldaten und dreißig Pferden hierher zurück, und nun bringe ich die Dinge wieder ins rechte Lot. Wir werden die gesetzlosen *Sobas* bestrafen und dies, so Gott will, besser erledigen, als es Don Jeronymo getan hat. Du warst in Masanganu, als Kafuche Kambara sein Massaker veranstaltete?«

»Nay. Ich war bei dem Massaker selbst dabei.«

»Und du hast überlebt? Fürwahr, dann hat Gott dir beigestanden.«

»Und das Glück und etwas Geschick. Doch ach, unter den Erschlagenen war der gute Barbosa, der wie ein zweiter Vater für mich war.«

»Sein Verlust ist traurig. Ich wußte davon und daß Hunderte andere mit ihm gefallen sind. Nun, Andres, dies sind die Risiken des Reiches. Wurdest du verletzt?«

»Ich bekam einen Pfeil ab. Es war nicht so schlimm.«

»Warum warst du überhaupt in diesem Krieg?«

Ich zuckte die Achseln.

»Don Jeronymo erteilte mir den Befehl, Truppen nach Masanganu zu bringen. Als er erkrankte, befahlen seine Generale jedem, gegen Kafuche zu kämpfen, und ich konnte mich nicht weigern.«

»Ich wollte nur, daß du uns als Lotse dienst«, sagte Don João. Er musterte mich eindringlich und sagte: »Glaubst du, ich hätte mein Versprechen vergessen, dich nach Hause zurückkehren zu lassen? Was? Ich sagte, diene mir eine Weile, indem du die Küste entlangfährst, und ich werde dich auf ein Schiff nach England setzen. Nun, Andres? Wie lange ist dies her?«

»Ich glaube, es war im Juni 1591 oder im Juli.«

»Drei Jahre. Ein längerer Dienst, als wir beide erwartet haben. Das Versprechen gilt noch, Andres. Doch ich habe noch Verwendung für dich. Wirst du dein Gelöbnis noch eine Weile erneuern?«

»Ich sehne mich nach meinem Heimatland, Don João.«

»Ja. Das verstehe ich. Doch stelle mir deine Dienste noch zur Verfügung, Andres, nur noch für eine kleine Weile. Wirst du das tun?«

Er sah mich an; sein Blick ruhte auf dem meinen, und plötzlich erkannte ich die Wahrheit, die hinter seinen warmen und freundlich bittenden Worten lag: nämlich die, daß er mich überhaupt nicht bat, sondern mir einen Befehl erteilte. Dies war seine Art, freundlich und einschmeichelnd zu sein, genau, wie es Don Jeronymos Art gewesen war, heftig und beherrschend zu sein, und bei beiden Methoden war das Ergebnis gleich: ich wurde gezwungen, in diesem Lande Angola zu verbleiben.

Ich hatte überaus heftig um Don João getrauert, als ich ihn für tot hielt, und wir hatten oftmals gemeinsam gespeist und getrunken, als wären wir echte Freunde, doch auf Grund dieser Dinge behielt die Wahrheit Bestand, daß ich der Sklave und er mein uneingeschränkter Herr war, eine Wahrheit, die er abschwächte und mit sanften Worten verbarg. Doch was konnte ich sagen? Konnte ich meinen Dienst verweigern und die augenblickliche Überfahrt nach England verlangen? Ich hatte keinen Anspruch darauf. Wenn ich dies tat, würde er mich mit der größten Betrübnis und süßen Bekundungen der Freundschaft in den Kerker werfen lassen, und dann würde ich dort für immer verfaulen.

Ich glaube nicht, daß Don João unaufrichtig war. Ich denke, er brachte mir tatsächlich freundschaftliche Gefühle entgegen und schätzte mich. Doch jemand mußte seine Schiffe für ihn segeln, und diese Not wog schwerer. Vielleicht würde er mich eines Tages wirklich gehen lassen, doch nicht jetzt, noch nicht. Und ich konnte nichts anderes tun, als mich zu unterwerfen.

»Aye, da Ihr mich bittet, werde ich Euch dienen«, sagte ich. »Doch werdet Ihr mich freigeben, Don João, sobald die Rebellion niedergeworfen ist und Ihr Eure Macht hier gesichert habt? Der Heimat fünf Jahre fern zu sein, ist fürwahr eine lange Zeit.«

»Nur noch eine kleine Weile«, sagte Don João, »und dann wirst du auf deinem Weg dorthin sein.«

Und dies sagte er mit solch einer Wärme und dem klaren Bekenntnis seines guten Willens, daß ich seine Worte für den Augenblick nicht bezweifeln konnte. Doch ich wußte, wenn er ›Nur eine kleine Weile‹ sagte, konnte diese kleine Weile zwei Monate bedeuten oder sechs oder anderthalb Jahre, oder eine Ewigkeit, je nachdem, ob er mich noch brauchte. Und ich wußte auch, wenn er mich für andere Dinge benötigte, dann würde er mich mit der gleichen Wärme, mit dem gleichen guten Willen wieder und wieder bitten, ihm seine Dienste noch etwas länger zur Verfügung zu stellen. Ich glaube, ich würde mich lieber ohne Täuschung zwingen als mit solchen Verlockungen betören lassen, doch dies spielte keine Rolle: Ich würde in Angola verbleiben müssen.

Wir sprachen eine Zeitlang über die Reise, die er von mir verlangte; ich sollte seine Pinasse auf verschiedenen Handelsfahrten die Küste entlang führen. Und erst als wir damit fertig waren und er sich anschickte, mich zu entlassen, stellte ich die Frage, die mir die ganze Zeit über im Kopf herumging, die Frage, die zu stellen ich bei keinem früheren Teil unseres Gespräches einen geziemenden Grund gefunden hatte.

Ganz beiläufig sagte ich: »Der gleiche Mann, der mir von dem Anschlag gegen Euch verriet, sagte, auch Doña Teresa sollte auf die gleiche Art erschlagen werden. Ich hoffe, dies ist nicht geschehen.«

Don João lächelte. »Sie ist wohlauf und war niemals in Gefahr. Oh, wie sie in Lissabon aufblühte! Ihre Augen waren den ganzen Tag und die ganze Nacht über groß, und sie sog die Wunder dieser Stadt geradezu in sich auf. Doch das Winterwetter machte ihr zu schaffen, und sie war froh, nach São Paulo de Luanda zurückkehren zu können. Weißt du, sie ist jetzt verheiratet.«

»*Verheiratet?*

Ich verbarg meine Betroffenheit nicht; ich konnte es nicht, denn die Überraschung war zu groß. Bevor sie nach Europa aufgebrochen war, hatte Doña Teresa mir gesagt, daß sie und Don João in Lissabon heiraten würden, so daß mich diese Nachricht nicht ganz unerwartet traf. Und seine Worte hatten nicht ganz richtig geklungen, denn hätte er sie geheiratet, hätte er gesagt, »Doña Teresa und ich sind jetzt verheiratet!« und nicht »*Sie* ist verheiratet!«. So starrte ich ihn in meiner Verwirrung an, und ich glaube, indem ich eine so starke Betroffenheit zur Schau stellte, hätte ich ihm leicht verraten können, daß mein Interesse an Doña Teresa über die bloße höfliche Neugier hinausging.

Doch er verriet nicht, daß er es bemerkt hatte. Er sagte nur: »Aye, nach unserer Rückkehr hat sie keine Zeit verloren, sich einen Mann zu nehmen. Pater Affonso hat die Zeremonie persönlich vollzogen, und ich stand neben ihr, fast wie ein Vater es getan hätte.«

»Und ihr Mann?«

»Nun, es ist jener, der sich so prächtig kleidet, Hauptmann Fernão de Souza. Du kennst ihn, nicht wahr? Der Kommandant der Presidiowache? Ich glaube, sie sind schon seit langem . . . äh . . . befreundet gewesen, und nun, seit vierzehn Tagen, sind sie Mann und Frau. Du solltest sie besuchen, nachdem du dich wieder in dein Leben hier eingewöhnt hast.«

Er erhob sich – wenn er stand, war er so überaus klein! – und gab mir die Hand, und ich dankte für die Gunst, die er mir erwiesen hatte, und verließ ihn in einem beträchtlichen Dunst der Bestürzung. Doña Teresa verheiratet! Und nicht mit Don João, sondern mit Fernão de Souza!

Nun, ich hatte gewußt, daß sie seit langem ein Spiel mit Souza trieb. Denn als ich sie gefragt hatte, wieso sie so leicht Zutritt zu mir bekam, als ich in der Festung eingekerkert war, hatte sie ziemlich geradeheraus erklärt, Souza sei ihr Freund, und das hatte nur bedeuten können: ihr Liebhaber. Doch Souza hatte sicher gewußt, daß das, was sich in meinem Kerker zwischen Doña Teresa und mir abgespielt hatte, nicht nur eine keusche Erörterung geographischer Fragen gewesen war; und es stand außer Frage, daß er wußte, daß sie Don Joãos Mätresse war, denn die gesamte Kolonie wußte dies.

Warum hatte er sie dann heiraten wollen? Hatte er keinen Stolz? Konnte er sich ein Weib zur Frau nehmen, von dem jeder wußte, daß sie es seit einigen Jahren mit dem Gouverneur der Kolonie trieb und mit dem englischen Gefangenen Battell? Ich glaube, ich hätte Anne Katherine nicht geheiratet, wenn halb England gewußt hätte, daß sie eine abgelegte Geliebte von, sagen wir, Sir Walter Raleigh gewesen wäre und ich ihr überdies noch geholfen hätte, einem spanischen Seemann beizuwohnen, der bei der Niederlage der Armada gefangengenommen worden war.

Doch nachdem ich noch etwas darüber nachgedacht hatte, begriff ich, daß man diese Dinge nicht miteinander vergleichen konnte. Denn dies war weder England noch irgendein anderes zivilisiertes Land, sondern nur eine abgelegene Kolonie am Rande eines heidnischen und barbarischen Landes. Es gab sehr viele Männer hier und wenige Frauen, zumindest wenige, die man wie Doña Teresa für Europäerinnen halten konnte. Ich nahm an, daß jene Regeln der Keuschheit und des Anstandes, die man zu Hause anwenden konnte, hier keinen Bestand hatten.

Aus irgendwelchen Gründen, die ich nicht ausloten konnte, hatten Don João und Doña Teresa in Portugal nicht geheiratet; nun schien sie irgendwelchen Vorteil darin zu sehen, Souza zu heiraten, der ehrgeizig und von einer wachsenden Bedeutung hier war, und zweifellos sah auch Souza einen Vorteil darin, vielleicht, weil er dadurch in die Gunst Don Joãos rücken würde. Vielleicht.

Ich wußte nicht, wie solche Dinge arrangiert wurden. Doch die Überraschung erschütterte mich, der ich selbst nicht wenig Leidenschaft für Doña Teresa empfand. Meine

Beziehung zu ihr mußte nun sicherlich ein Ende finden, denn als Frau eines Hauptmanns konnte sie sich nicht davonstehlen, nicht wahr, und insgeheim hier und da die Beine für alte Geliebte wie mich spreizen. Oder konnte sie dies doch? Nun, ich hatte jetzt sowieso Matamba; die Dinge hatten sich für uns verändert.

Als ich an jenem Tag durch die Stadt ging, stieß ich auf andere Überraschungen, namentlich mehrere Frauen, die dort spazieren gingen, reine Europäerinnen zu sein schienen und sich mit Gebilden aus Papier, die an langen Griffen steckten, vor dem Sonnenlicht schützten. Jede von ihnen war jung und stattlich und hatte ihre kleine Gefolgschaft aus den Männern der Stadt, die wie Kriebelmückenwolken eng um sie herumscharwenzelten.

Ich zog Erkundigungen ein und erfuhr, daß Don João bei seiner Rückkehr zwölf solcher Frauen aus Portugal mitgebracht hatte, die ersten reinrassigen europäischen Frauen, die Angola je gesehen hatte, um dem Leben in der Stadt einen sanfteren Eindruck zu verleihen.

»Ihr meint, sie sind Huren?« fragte ich.

Mein Informant, der ein Getreidehändler war, lachte breit und sagte: »Nay, nay, es sind ehrbare Frauen! Sie sind Jüdinnen, aber ehrbar!« Und er erzählte mir, daß es in Portugal ein Haus namens Casa Pia gab, das eine ehemalige Königin errichtet hatte, in dem unglückselige Frauen lebten. Einige von ihnen waren Verbrecherinnen, die auf den Pfad der Tugend zurückgeholt worden waren, und andere Jüdinnen, die man zum Christentum bekehrt hatte; und zwölf von diesen, an deren Brüsten nun Kruzifixe und andere Zeichen höchster Frömmigkeit baumelten, waren zu dieser rauhen und harten Grenze gebracht worden.

Und in der Tat ließen sie den Ort schöner und weicher erscheinen, denn eine jede war wie eine kleine Sonne, die bei ihren Spaziergängen durch die Straßen von São Paulo de Luanda hell erstrahlte.

Zu einer anderen Zeit hätte auch ich versucht, mich ihrem Glanz zu nähern; doch diese Männer waren mir in ausreichender Zahl voraus, und ich verspürte nicht den Wunsch, mich durch solch eine Menge zu kämpfen.

Überdies hatte ich Matamba, und in dieser Nacht vollzogen sie und ich solch eine Wiedervereinigung des Fleisches, daß ich keinen Schlaf bekam; wir beide erlebten die höchsten Wonnen der Wonne, wobei wir stöhnten und keuchten, uns in dieser und jener Position liebten, sie mich kitzelte und mit den Fäusten auf mich einschlug, daß ich glaubte, den Verstand zu verlieren, und sich dann umdrehte und niederkauerte, um mir ihre schwarzen Hinterbacken zu präsentieren, während ich meinen steifen Schaft in den heißen Ort darunter stieß, und mich danach anders herum nahm, wobei sie auf ihre Art über mir kniete, und mir noch später sogar die Gunst gewährte, sie auf die europäische Art zu nehmen, wobei ihr Körper unter dem meinen lag; und die ganze Nacht ging es so weiter, in einer Raserei zitternder Brüste und aufblitzender Schenkel und überaus feuchter Lenden und hell lachender Augen und schnell stoßender Hüften. Woraufhin ich aus reiner Freude weinte, daß ich hier in São Paulo de Luanda in den liebenden Armen einer gutherzigen Negerin weilte und nicht mit leeren, von den Geiern ausgepickten Augenhöhlen auf dem Schlachtfeld Kafuche Kambaras lag.

13

Es dauerte einige Tage, bis ich Doña Teresa begegnete, denn als verheiratete Frau unterlag sie nun einigen Beschränkungen, und ich konnte sie nicht einfach besuchen, und sie mich auch nicht. Doch ich sah sie am Arm von Hauptmann Fernão de Souza auf dem großen Platz der Stadt, sie sehr elegant mit einem Schleier, einem Hut aus schwarzem Samt, goldenen Ketten und einer seidenen Robe, und er dreimal so auffällig wie sonst mit scharlachroten Beinkleidern und einem leuchtenden gelben Mantel.

Ihr Anblick bereitete mir einen scharfen Schmerz, einen tiefen Stich, um so mehr, als ich mich erinnerte, wie ich um ihren vermeintlichen Tod getrauert hatte. Als ich an ihnen vorbeischritt, nickte sie mir zu und lächelte durch ihren Schleier, alles mit der größten Würde, als sei sie eine Dame am Hof Ihrer Protestantischen Majestät Elisabeth, und auch Souza entbot mir einen formellen Gruß. Doch wir gingen aneinander vorbei, ohne weitere Worte zu wechseln.

Am nächsten Tag sah ich sie erneut gemeinsam, doch aus größerer Ferne, und als sie vorbeiging, hatte ich plötzlich eine Vision, bei der ich mich wieder in meinem Kerker sah, und Doña Teresa war bei mir, und wir beide waren nackt, und sie lag mit ihrem Gesicht an meinen Schenkeln und nahm die Spitze meines harten Prügels in den Mund, wie sie es mehrere Male getan hatte, und ließ sie tief in den inneren Teil ihrer Kehle gleiten und bewegte sich vor und zurück, bis ich vor Ekstase laut aufschrie. Diese Vision, die mich auf den öffentlichen Straßen überkam, machte mir sehr zu schaffen. Mein Herz schlug heftig, Mund und Nase waren trocken, ich nahm meine Umgebung nur noch verschwommen wahr und ersehnte sie so heftig, wie ich jemals etwas ersehnt hatte, und nichts anderes spielte eine Rolle. Dann kam ich wieder zu Atem und wandte mich ab, nicht bereit, sie anzuschauen, um nicht wie ein Tor zu wirken. Die Macht des Augenblicks gab mich frei, und ich drehte mich erneut um, und sie war fort.

Daraus lernte ich, wie stark mich Doña Teresa noch in ihrem Bann hielt. Was ich fürchtete, denn die Portugiesen nehmen die Keuschheit ihrer Frauen überaus ernst, und ich ersehnte mir keinen Zwist mit Hauptmann Fernão de Souza noch wollte ich wieder Doña Teresas unheilvollem Bann verfallen, so schön sie auch war. Sie war zu durchtrieben und gefährlich für mich; ich würde mit Matamba vorliebnehmen, sagte ich mir, bis ich diesen Ort für immer verlassen konnte.

Als ich am Tag darauf zum Hafen ging, um die Pinasse zu inspizieren, sah ich Doña Teresa ohne ihren Mann, wie sie von einer Gruppe Träger in einer jener Sänften, die Hängematten ähnelten, getragen wurde, und sie befahl ihren Dienstboten, neben mir anzuhalten, und sprach von oben herab zu mir, wie es eine große Dame getan hätte.

Sie sagte, sie sei überrascht, mich noch in Angola zu finden, habe sie doch angenommen, ich wäre mittlerweile freigelassen worden. Woraufhin ich erwiderte, ich sei anscheinend hier von Wert, da die verschiedenen Gouverneure immer neue Aufgaben für mich fänden, und ich bezweifelte sehr, jemals wieder nach Hause zurückzukehren. Und sie sagte, noch immer auf die gleiche herablassende Art, sie hätte viel Gutes von meiner Kühnheit in der Schlacht mit Kafuche Kambara gehört; und sie machte ein paar Bemerkungen über die Veränderungen in meinem Aussehen, die dieses Ungemach mit sich gebracht hatte. Wir tauschten noch ein paar nette Belanglosigkeiten dieser Art aus, und am Ende lud sie mich ein, sie an diesem Nachmittag in ihrem

Haus zu besuchen; sie würde Träger schicken, die mich abholten.

Als ich sie an diesem Nachmittag in ihrem stattlichen neuen Haus, in dem sie nun mit Souza wohnte, besuchte, gab sie sich völlig anders. Noch immer war sie mit großer Pracht gekleidet; doch dieser Erhabenheit, dieser hohen und fernen Herablassung, befleißigte sie sich nun nicht mehr. Nun war sie die Frau, an die ich mich erinnerte, deren Körper sich mit dem meinen in jeder nur möglichen Position des Liebesaktes vereinigt und von der ich jeden Zentimeter ihrer Haut mit den Augen und Fingern und Lippen und der Zunge erkundet hatte. Sie betrachtete mich mit der Erinnerung an Lust und nicht erfüllte Begierden, und ich reagierte meinerseits, indem ich vor einer Sehnsucht, die ich kaum beherrschen konnte, zitterte.

Und doch beherrschte ich sie, wie sie auch, denn wir befanden uns in dem formellen Empfangsraum ihres Hauses, und überall um uns herum waren Sklaven, die uns kleine gekochte Leckerbissen und Wein brachten. Was vor den Augen dieser Zuschauer zwischen uns geschah, war so anständig und geziemend, daß es sich auch zwischen einer würdevollen alten Dame und einem klapprigen Mönch hätte abspielen können. Nur Teresa und ich konnten die betörenden Ströme der mächtigen Anziehungskraft wahrnehmen, die von ihren Augen zu den meinen und von den meinen zu den ihren flossen.

Sie schob mir ein Tablett mit Süßspeisen zu und sagte leise und erregt: »Die ganze Zeit, die ich in Europa verbrachte, habe ich mir vorgestellt, daß du auf mir liegst, Andres, und mein Herz war zutiefst betrübt, daß ich dir so fern war.«

»Und ich, meine Dame, war zutiefst betrübt, weil ich dachte, man hätte Euch ermordet.«

»Es hat nicht viel daran gefehlt. Wer hat dir berichtet?«

»Einer meiner Seeleute, auf dem Weg nach Loango. Er hatte in einer Taverne gehört, wie sich die Mordbuben zu laut über den Plan unterhielten. Wie habe ich gewütet, wie habe ich aus Zorn, dich verloren zu haben, Teresa, auf die Balken des Schiffes eingeschlagen! Es wäre beinahe dazu gekommen, sagst du?«

»Wir erfuhren von dem Plan erst ein oder zwei Tage, bevor er stattfinden sollte. Drei Männer wollten des Nachts zu uns kommen, uns die Kehle durchschneiden und über Bord werfen, doch Don João hatte treue Diener, die die Meuchelmörder ausfindig machten und zwangen, ihren Plan zu gestehen, und schließlich waren sie es, die über Bord gingen, die Hände auf dem Rücken gefesselt.« Sie füllte meinen Kelch ein zweites Mal. »Dies war für mich der schlimmste Augenblick der Reise, als ich hörte, wie nah ich dem Tod gewesen war. Nein, der zweitschlimmste.«

»Und was war dann der schlimmste?«

»Als ich sah, wie Don João in Lissabon seine Frau begrüßte.«

»Seine *Frau*? Aber ich dachte . . .«

»Das dachte ich auch. Ein Versprechen, mich in die Ehe zu nehmen. Doch er hatte es niemals so gesagt, mit eindeutigen Worten. Er hatte die Vorstellung in meinen Kopf eingepflanzt, und ich schmückte sie dann aus, vertraute ihr und stellte große Erwartungen daran, doch er hatte es niemals selbst gesagt. Don João ist geschickt darin, die Wahrheit auf solche Art und Weise zu verdrehen. Doch als ich meine Erinnerungen über unsere Gespräche über dieses Thema ordnete, was nicht viele waren, erkannte ich, daß er mir niemals etwas versprochen, sondern mir nur erlaubt hatte, zu denken, wir würden getraut werden. Denn wie konnte er mich heiraten, wenn er schon eine Frau in Portugal hat? Die Kirche wird ihm nur eine Frau zugestehen, und er kann sie nicht so leicht beiseiteschieben wie dein englischer König die Königinnen, derer er überdrüssig geworden war.«

»Es tut mir leid, daß er dir Pein bereitet hat«, sagte ich, als ich sah, wie sich vor Zorn ihre Nüstern aufblähten und die zurückgehaltenen Tränen in ihren Augen schimmerten.

»Er hat sie geheiratet, als sie beide sehr jung waren«, sagte sie. »Sie stammt aus einer edlen Familie, ja, ist sogar von königlichem Blut, glaube ich, und wohlhabender als er, mit mächtigen Verbindungen in der Regierung, und er wagt es nicht, mit ihr zu brechen, obwohl er diese vielen Jahre in Afrika verbracht und überhaupt keinen Verkehr mit ihr gehabt hat. Als wir in Lissabon eintrafen, schickte er ihr sofort seine Boten, und die Zeit, die wir in dieser Stadt verbrachten, gaben sie sich als Mann und Frau und machten in der Öffentlichkeit einen großen Pomp daraus. Obwohl sie die Nächte in getrennten Kammern verbracht haben, wie ich annehme.«

»Warum hat er sich dann überhaupt die Mühe gemacht, dich nach Portugal mitzunehmen?«

Doña Teresa lächelte ein bitteres Lächeln. »Weil er mir fürwahr geschworen hatte, ohne Wortverdrehungen, mich mitzunehmen, falls er jemals nach Portugal zurückkehren sollte. Ich glaube, er hat niemals erwartet, daß ich ihn bei diesem Wort nehmen würde, denn er hatte beabsichtigt, nie mehr einen Fuß in dieses Land zu setzen. Doch als die Umstände verlangten, daß er fuhr, nun, da betrog er mich nicht um die Reise, denn er wußte, daß es mich sehr verlangte, Europa zu sehen. In dieser Hinsicht ist er ein ehrenwerter Mann. Und dann ist es auch eine lange Reise, und Don João ist kein Mann, der Wochen und noch mehr Wochen ohne eine Frau in seinen Armen verbringen will. Und ich glaube auch, daß er mich am Hofe als seine wunderschöne afrikanische Konkubine vorführen wollte, denn so etwas erfüllt die Männer mit Stolz, nicht wahr, Andres? Und selbst unter guten Christen ist es nicht verwerflich, sich eine Konkubine zu nehmen, obwohl man schon eine Frau hat, wenn man von hohem Rang ist; so habe ich es jedenfalls verstanden. Die Frau selbst schien nicht eifersüchtig auf mich zu sein. Sie lobte sogar meine Schönheit, und ich glaube, sie beglückwünschte ihren Mann, eine so gute Wahl getroffen zu haben.«

»Und das ist der Grund, weshalb du Hauptmann de Souza geheiratet hast?« fragte ich. »Um dich zu rächen?«

»Dieser Grund wäre zu einfach.«

»Doch Don João hat dich zutiefst verletzt.«

»Nein, Andres, meine eigenen Hoffnungen und Torheiten haben mich verletzt. Ich hege keinen Groll gegen Don João.«

»Er muß ein wundersam glücklicher Mann sein, daß er Menschen verletzen kann und sie ihn trotzdem noch lieben.«

»Er hat dir versprochen, daß du nach England zurückkehren darfst, nicht wahr? Und dies nicht einmal indirekt oder zwischen den Zeilen, sondern geradeheraus mit eindeutigen Worten. Doch obwohl er das Versprechen nicht erfüllt hat, dienst du ihm noch immer, und ich glaube, du liebst ihn auch.«

»Dies ist nicht das gleiche«, sagte ich. »Er hat keinen Grund und keine Verpflichtungen, mich jemals freizulassen. Er macht mir die Freiheit nur zum Geschenk, das er mir gewähren kann, wann immer er will, oder auch gar nicht, und ich habe in dieser Angelegenheit nichts zu sagen. Doch dich denken zu lassen, er würde dich heiraten, obwohl er die ganze Zeit über wußte, daß dies unmöglich war . . .«

»Ich habe dir gesagt, dies war eine Selbsttäuschung meinerseits. Meine Augen waren vor der Wahrheit blind. Ich will nicht abstreiten, daß ich zutiefst enttäuscht bin und daß die Erkenntnis, wie weit ich davon wirklich entfernt war, sehr schmerzlich war. Doch ich hasse ihn deshalb nicht. Ich bleibe sein Freund.«

»Doch du bist nun die Frau von Souza.«

»Fürwahr.«

»Warum Souza?«

»Er ist stattlich. Er ist ehrgeizig. Ich wollte gern heiraten, und da ich Don João nicht haben konnte, nun, da war es an der Zeit, einen anderen zu wählen. Und ich habe Souza gewählt.«

»Und er hat keine Einwände, daß du Don Joãos Geliebte gewesen bist?«

»Warum sollte er? Die Männer suchen hier keine Jungfrauen. Und es gerät ihm zur Ehre, daß alle wissen, daß er so einen hohen Preis wie Doña Teresa de Costa errungen hat.«

»Und wie denkt Don João in dieser ganzen Sache?«

»Nun, da ich fürwahr verheiratet bin«, sagte Dona Teresa, verschlagen lächelnd, »ist sein Gewissen mir gegenüber erleichtert. Und er hat nichts verloren.«

Ich starrte sie an. »Du beabsichtigst noch immer . . .«

»Er ist der Gouverneur, nicht wahr? Wenn er mich noch attraktiv findet, gerät es mir dann nicht zum Vorteil, sein Begehren zu befriedigen? Gerät es nicht auch meinem Gatten zum Vorteil?«

Es war fast wie am englischen Hofe, dachte ich, dieses Verkuppeln von Frauen um der eigenen Vorteile willen, dieses Zwinkern mit der Unzucht. Ich nehme an, daß es überall das gleiche Spiel ist.

»Es erstaunt mich«, sagte ich nach einem Augenblick, »daß sich Souza vor der gesamten Gemeinde Hörner aufsetzen läßt, nur um einen kleinen Vorteil zu erringen. Hat der Mann keine Scham?«

»Ah, es wird nicht so öffentlich geschehen, wie du anscheinend glaubst. Wir werden vorsichtig sein. Man muß ja schließlich auf den Anstand achten, nicht wahr?«

»Muß man das?«

Nun lachte sie. »Andres, Andres, du schaust so finster drein!«

»Dieses Geschäft ist mir nicht genehm, einem jüngeren Offizier eine abgelegte Mätresse zur Frau zu geben und dann hinter dem Rücken des neuen Gatten herumzuschleichen und . . .«

»Ach, was bist du fromm! Und als ich glaubte, mit Don João verlobt zu sein und insgeheim zu dir kam, war dies dir immerhin doch so genehm, daß du mich nicht zurückgewiesen hast, Andres.«

»Das war etwas anderes!« rief ich.

»War es das? Wie ich es sehe, wohl kaum. Ich werfe dir Scheinheiligkeit vor, lieber Andres, und eine falsche Moral.« Sie bot mir erneut die Süßspeisen an, wie es sich für eine Gastgeberin geziemte, und dann rutschte sie eng zu mir und sagte mit leiser, volltönender Stimme, die mich wie eine heiße Klinge durchfuhr: »Es hat sich nichts geändert, nur, daß ich nun verheiratet bin. Ich habe Don João zu meinem Vorteil benutzt. Ich benutze Fernão genauso. So war es, und so wird es sein. Verstehst du, was zwischen ihnen und mir geschieht, ist eine Art Geschäft, ein rein geschäftlicher Vorgang. Zwischen dir und mir ist es nicht das gleiche. Und wir bleiben, wie wir sind. Erinnerst du dich, wie es sich anfühlte, als ich in deinen Armen lag? Nein, das hast du nicht vergessen. Ich habe es auch nicht vergessen. Und es ist schon ein Jahr her, nicht wahr? Das ist eine viel zu lange Zeit. Ich erinnere mich an deinen Körper, an seine Größe, seinen Geschmack, wie er sich anfühlt. Ich erinnere mich an alles an dir. Ich hoffe, du wirst mir auf deine fromme englische Art nicht sagen, daß ich dir nun, da man mich eine Ehefrau nennt, zu heilig bin. Nun, Andres?«

Ihr Blick ruhte auf mir. Ihre Haut war gerötet, ihre Lippen schimmerten und waren geöffnet. Ich glaube, wenn sie mich gebeten hätte, sie an Ort und Stelle zu nehmen, hier auf diesem dichten grünen Teppich, vor all ihren Sklaven, ich hätte es wohl getan. Ich hätte nicht widerstehen können. Hätte sie mich gebeten, hätte ich sie an Ort und Stelle gespreizt und genommen. So stark war der Bann, den sie über mich ausübte.

Doch dies durfte natürlich nicht geschehen, und es geschah auch nicht. Sie rutschte wieder von mir fort, verbannte das Pochen und Zittern aus ihrer Stimme und das Feuer aus ihren Augen, und wir sprachen wieder wie die alte Dame und der Mönch, ganz ruhig und unschuldig, bis der Besuch sein Ende fand.

Als ich jedoch draußen war, im vollen Glanz des Tages, legte sich ein Schweiß über mich, der nichts mit der Hitze der feuchten Luft zu tun hatte, und ich konnte mich kaum im Zaum halten. Jezabel! Messalina! Sie war schrecklich, diese Frau: Sie war eine unwiderstehliche Macht, die über einen Mann hereinbrach wie der Fluß Zaire.

Und doch mußte ich dem Unwiderstehlichen widerstehen.

Ihre Absicht war gefährlich für mich. Es war schon zu den Zeiten, da ich mit ihr Don João Hörner aufgesetzt hatte, schlimm genug für mich gewesen; doch entweder hatte es Don João nicht gewußt, oder er hatte es gewußt, und es hatte ihn nicht gekümmert, oder Don João hatte es vielleicht gewußt und es für amüsant und schmeichelhaft gehalten, daß seine Lieblingskonkubine von dem kühnen Engländer beschlafen wurde. Denn das war in Wirklichkeit alles, was er in ihr sah: seine Konkubine, sein Spielzeug; oder er hätte das grausame Spiel nicht durchgeführt, sie in allem Pomp mit ihm nach Europa reisen zu lassen und sie dort seiner Frau vorzustellen.

Doch nun, da sie Souzas Frau war, lagen die Dinge ganz anders. Souza war stolz; er war jung; er trug ein Schwert und wartete auf die Gelegenheit, es zu benutzen. Ich beabsichtigte nicht, leichtfertig mit einem heißblütigen jungen Portugiesen in seinen frühen Mannesjahren umzugehen. Souza mochte vielleicht die Augen schließen, wenn seine Frau von Zeit zu Zeit den Gouverneur aufsuchte, und würde sich sagen, daß sie dadurch seine eigene Position in der Regierung verbesserte; dies war schändlich, aber zu seinem Vorteil. Doch ich bezweifelte, daß er sich von einem geringeren als Don João würde Hörner aufsetzen lassen. Ich für meinen Teil sehnte keinen Zwist herbei, ich wollte nur Frieden, Sicherheit und Wohlstand, bis ich dieses Land verlassen konnte. Zur Befriedigung meiner Gelüste hatte ich die freundliche und nachsichtige Matamba. Obwohl ich gewaltig nach Doña Teresa lechzte und bis zum Ende meiner Tage immer nach ihr lechzen würde, konnte sie mir nur Ärger einbringen, und ich zog es vor, mich von einer so unsicheren Untiefe, wie sie es war, fernzuhalten.

Doch es wäre einfacher gewesen, sich auf einer Reise gen Westen zu den Westindischen Inseln von den Kontinenten Amerikas fernzuhalten.

In den nächsten Tagen schickte sie mir zweimal Nachrichten, daß ich an jenem oder solchem Ort zu ihr kommen sollte. Die Nachricht nannte natürlich keinen Grund dafür, doch er war mir bekannt. Beim ersten Mal bat sie mich, ihr meine Pinasse zu zeigen, doch ich erwiderte, das Schiff sei kielgeholt* worden, um die Rankenfußkrebse zu entfernen, und könne nicht betreten werden. Beim zweiten Mal bat sie

* Zwecks Bodenüberholung auf die Seite gelegt

mich, sie auf die Insel Luanda in unserem Hafen zu begleiten, damit sie die Faktur besichtigen könne, in der die Geldmuscheln gelagert wurden; doch diese Insel ist groß, und es leben nicht viele Portugiesen darauf, und so konnte man sich leicht vorstellen, was zwischen uns geschehen würde, sobald wir dort einen Augenblick allein waren. Erneut antwortete ich mit einer Entschuldigung. Ich hoffte, sie würde daraus entnehmen, daß ich sie nicht weniger liebte, aber nicht wagte, sie zu umarmen.

Einige Tage lang hörte ich nichts von ihr, was mir die Hoffnung gab, sie habe die Bedeutung meiner Antworten verstanden. Eine Frau wie Doña Teresa zurückzuweisen fiel mir nicht leicht, und doch mußte ich so handeln; und ich betete, sie möge verstehen, daß ich sie aus keinen anderen Gründen als denen der Sicherheit, meiner eigenen und auch der ihren, abwies.

Während dieser Zeit lenkte eine neue Aufgabe meine Gedanken von diesen Schwierigkeiten ab. Denn in unserem Hafen erschien ein Schiff aus Holland, das gekommen war, um mit den Portugiesen Handel zu treiben. Und ich wurde als Übersetzer verdingt, denn die Holländer sprachen nur wenig Portugiesisch und die Portugiesen von Angola überhaupt kein Holländisch. So übertrug mir Don João, der sehr verwirrt war, daß dieses Schiff überhaupt hierher gekommen war, diese Aufgabe, denn der holländische Kapitän sprach wie die meisten seines Volkes recht gut Englisch, und ich kannte von meinen Reisen nach Antwerpen und ähnlichen Orten ein paar Brocken Holländisch.

Das Schiff der Holländer gehörte der Klasse an, die sie *Fluyt* oder Flieboot nennen, und es war ein gewaltiges Ding. Ich hätte es als treibendes Warenlager bezeichnet, das praktisch flach auf dem Kiel lag, mit einer einfachen Takelage, keiner nennenswerten Bewaffnung und weit auseinanderstehenden Masten. Die Länge des Schiffes entsprach etwa dem Fünffachen seiner größten Breite – es war in Wirklichkeit einfach eine große Barke, die zu den geringstmöglichen Kosten Gottes eigene Tonnage befördern konnte. Ich hatte gehört, daß die Holländer in letzter Zeit viele solche Schiffe gebaut hatten, um Waren zwischen Europa und den Kontinenten Amerikas zu befördern, und auf ihre emsige holländische Art mächtig an dem Verkauf von Stoffen und Sklaven in Brasilien verdienten und dem Kauf von Zucker und Salz, was sie von Venezuela nach Europa brachten.

Doch es überraschte mich, einen holländischen Händler in Angola zu sehen. Die Holländer sind ein Seefahrervolk und reisen mit großem Erfolg hierhin und dorthin, doch sie sind auch Protestanten und Feinde von König Philip von Spanien. Philip war einmal Souverän über die Niederlande gewesen, die er durch irgendwelche Erbschaftsschliche von seinem Vater, dem Kaiser Karl bekommen hatte, doch das protestantische Volk von Holland, so erinnere ich mich, hatte aufbegehrt und eine eigene Republik errichtet, ein Unternehmen, das die Engländer mit Kraft unterstützt hatten. War diese Republik gefallen, so fragte ich mich, so daß Holland wieder Philips Lehen war? Wenn nicht, was hatten protestantische holländische Händler auf einer Reise ins papistische Afrika zu suchen? Hatten sie keine Angst, ergriffen und in den Kerker geworfen zu werden, wie ich von den Portugiesen in Brasilien ergriffen und in den Kerker geworfen worden war?

Ein paar Worte mit dem holländischen Handelskapitän, einem gewissen Cornelis van Warwyck, und ich bekam ein besseres Verständnis von der verschlungenen Situation. Die holländische Republik war nicht gefallen; in der Tat hatten die Holländer in diesen wenigen letzten Jahren meiner Abwesenheit Spanien aus allen ihren sieben Vereinigten Provinzen verdrängt. So waren sie nicht weniger als zuvor König Philips Feinde. Doch ich war lediglich in der Hoffnung, Philips Gold zu stehlen, auf Kaperfahrt nach Brasilien gegangen, woraufhin mein Leben verwirkt war, sollte ich gefangengenommen werden.

Diese Holländer waren jedoch gekommen, um Handel zu treiben, was beiden Seiten Wohlstand bringt, wenn es mit Geschick betrieben wird. Und obwohl sich Spanien und Portugal einerseits und die Vereinigten Provinzen andererseits im Kriegszustand miteinander befanden, war es ein rein europäischer Krieg, der hier in diesen fernen Kolonien hinter der Notwendigkeit, Profit zu machen, zurückstand. Überdies waren die Portugiesen vor 1580, als Philip die portugiesische Krone bekam, keine Feinde der Holländer gewesen und brachten ihnen nicht den Haß entgegen, der die Spanier beseelte. Und die Holländer bezahlten für die Gewürze, die Stoffe, das Elfenbein und all die anderen exotischen Handelswaren, die sie zu erstehen wünschten, auch mit guten Gulden und Dukaten; Gulden und Dukaten, die weder protestantisch noch papistisch waren; und so zogen es diese kühnen Händler wie auch Don João vor, zur beiderseitigen Bereicherung die Streitigkeiten, die ihre Nationen in der Heimat trennten, zu ignorieren. So etwas war, wie ich erfuhr, in Afrika und der Karibik üblich. Nun, es gab sogar ein paar Portugiesen, die auf Kapitän van Warwycks Schiff segelten – schäbige, niederträchtige Schurken mit unbeständigen, verschlagenen Augen, die ich nicht in meiner Mannschaft geduldet hätte, obwohl Warwyck behauptete, daß sie gut und schwer arbeiteten.

Ich vertiefte mich sehr in diesen Handel, der viele Zusammenkünfte mit dem holländischen Kapitän und mit Don João verlangte, und sprach sowohl Englisch wie auch Portugiesisch, wobei ich meine wenigen Brocken Holländisch einfließen ließ. Dies war eine harte Arbeit, doch welche Freude bereitete es mir, wieder einmal gute englische Redewendungen zu hören! Zu hören, wie solche Worte wie ›Rechnung‹ und ›Menge‹ und ›Wechselkurs‹ über meine Lippen kamen oder auch nur so bescheidene Worte wie ›aber‹ und ›und‹ und ›überdies‹ – welch eine Freude! Nun, solche Worte auszusprechen war nicht minder schön, als hätte ich einen Krug gutes kühles braunes Ale geleert!

Dieser Warwyck war ein großer Mann mit rundem Gesicht, geröteten Wangen, blauen Augen und weißen Haaren. Er trug dunkle, schmucklose holländische Kleider, grobe, wollene Stoffe in unserer tropischen Hitze, und paffte an einer langen Tonpfeife, wie die Holländer es so gern tun, und rauchte große Mengen dieses üblen Krauts, wie es in seinem, aber auch in meinem Land heutzutage der Brauch ist. Auf seinem Englisch lag eine seltsame Süße, als tränkte er seine Worte mit Honig, bevor sie seine Zunge verließen, was an seinem holländischen Akzent lag. Mir gefiel dies vorzüglich, und ich muß gestehen – so seltsam es sich auch anhören mag –, je mehr ich mit ihm sprach, desto öfter krochen ähnliche Töne in meine eigene Aussprache. Ich glaube, dies lag daran, daß ich kaum ein englisches Wort laut gesprochen hatte, seit Thomas Torner vor Jahren verschwunden war, und ich mich von seiner Art der Aussprache bereitwillig beeinflußen ließ, da mir Englisch mittlerweile eine fast unvertraute Sprache geworden war.

Da er erst im Frühjahr '94 in London gewesen war, fragte ich ihn, welche Neuigkeiten es aus England gäbe. Denn England war für mich mittlerweile nur eine Art verschwommener Traum, und ich brauchte Bestätigung, daß es überhaupt noch existierte.

»Die Königin«, sagte ich, »wie ist es ihr ergangen?«

»Es heißt, sie sei stark und wohlauf und ihre Schönheit habe sich nicht verdunkelt.«

»Und mein Land – gedeiht es?«

Warwyck paffte tief an seiner Pfeife und umgab sich mit einer großen, weißen Rauchwolke, und schließlich sagte er: »In den letzten Jahren waren die Ernten schlecht. Ihre Majestät hat in den Kriegen in Frankreich und in meinem eigenen Land viel Geld ausgegeben. Ich glaube, in den Azoren sind einige spanische Schatzschiffe aufgebracht worden, was den königlichen Schätzen sehr gut getan hat . . .«

»Ah«, sagte ich, »dann beansprucht die Königin nun einen Anteil an solchen Unternehmungen?«

»In der Tat. Sie arbeiten nun zusammen, die Königin und ihre tapferen Kapitäne, und teilen sich die Beute. Was sie abstreiten würde, sollte man sie danach fragen, doch wir wissen, daß es stimmt. Doch ich glaube, daß England trotz solcher Beutezüge ärmer wird. Man kann nicht vom Piratentum leben, mein Freund. Handel, ja, Kolonien, ja – die Engländer sollten fremde Länder besiedeln und sich einverleiben, wie diese Portugiesen es getan haben und die Spanier, und wie wir es beabsichtigen.«

»Die Holländer werden auch Kolonien gründen? Wo, frage ich Euch?«

»Dort, wo es keine Portugiesen gibt: auf den Westindischen Inseln, den Gewürzinseln und anderen solchen Orten. Wir segeln; wir lernen; wir werden es wohl gut anstellen, glaube ich. Besser als die Spanier und Portugiesen, denn sie sind nur seichte Siedler, während wir uns tief in diese Länder eingraben und Gewürznelken und Pfeffer und Muskat und andere nützliche Dinge aus ihnen importieren, anstatt den Eingeborenen lediglich ihr Gold zu stehlen und ihnen Krankheiten zu geben. Und wir werden es auch besser als ihr Engländer anstellen, denn ihr scheint nur am Piratentum interessiert zu sein, und das birgt auf lange Sicht keinen Profit, wie verlockend die Aussichten auch sein mögen, dieses oder jenes Schiff aufzubringen. Nun, mein Freund, versteht Ihr, was ich meine?«

Allerdings verstand ich es; denn ich wußte aus eigener Erfahrung, was die Portugiesen trieben, nämlich eher den Handel mit Sklaven als mit Waren, und ich kannte auch unsere eigenen seefahrerischen Unternehmungen von innen heraus, und mir waren auch die kurzsichtigen Grausamkeiten der schwarzherzigen Spanier bekannt. Und ich wußte, daß diese Holländer, hielten sie sich nur getreulich an ihre selbstgestellte Aufgabe, eine gewaltige Maschinerie der immerwährenden Geldversorgung errichten würden, denn sie waren ein kluges Volk, das fürwahr begriffen hatte, wo der wahre Goldschatz lag. Und ich schwor mir, sollte ich jemals nach England zurückkehren, so würde ich das Evangelium des Kolonisierens und des Handelns predigen und meine Landsmänner drängen, das Piratentum und den Sklavenhandel aufzugeben, da dies nicht die besten Möglichkeiten waren, unserem Volk Wohlstand zu bringen.

Warwyck und sein Klatsch verschlimmerten die Sehnsucht nach meinem kühlen, grünen Land sehr. Er erzählte und erzählte! Raleigh war aus der Gunst gefallen, sagte er, da er einer der Hofdamen der Königin ein Kind gemacht und sie insgeheim geheiratet hatte, was der Königin sehr mißfallen hatte.

Der große Mann am Hof war nun der Earl von Essex, der Schwiegersohn des alten Leicester. Lord Burghley war noch immer derjenige Ratgeber, dem die Königin das größte Vertrauen entgegenbrachte, doch sein buckliger Sohn Robert stieg nun in der Gunst. Es hatte auch Anschläge auf das Leben der Königin gegeben, und einige Portugiesen, die in London lebten, waren angeklagt worden, versucht zu haben, sie im Auftrag König Philips zu vergiften. Nahrung war selten, Regen fiel ständig, überall herrschte Hunger. Auf den

Straßen starben Menschen den Hungertod, doch die Königin hatte befohlen, der Bevölkerung aus ihren eigenen Vorräten Getreide zu geben, wofür sie sehr geliebt wurde. Er berichtete mir endlose Dinge über England, die in mir ein scharfes, beißendes Verlangen erzeugten, schindelgedeckte Häuser und gewundene Landstraßen und die weiße Linie der Brandung zu sehen, die an dem Nebel leckt, der über der Küste liegt. Nur auf einem Gebiet konnte er mir nichts berichten, dieser Holländer Warwyck, und zwar, als ich mich nach der Welt des Theaters und der Dichtkunst erkundigte, nach den neuen und wunderbaren Dingen, die man auf die Bühne gebracht hatte. Denn die Welt der Worte hatte mich immer brennend interessiert, und ich hatte viel gelesen, wie es bei Seeleuten oft der Fall ist, und es schien mir, daß es im England meiner Zeit ein Heer neuer Männer gab, die wundersam schreiben konnten. Doch von alledem wußte der Holländer nichts und konnte mir nichts berichten. So verblieb ich über die hohen Taten unserer Poeten im Unwissenden, obwohl er mir den Preis eines Viertelscheffels Getreide in den Docks von London nennen konnte.

Nun ja, ich konnte nicht alles von dem Mann erwarten, und er hatte mir viel erzählt. Aye, so viel sogar, daß ich vor einer mächtigen, bitteren Sehnsucht brannte, dieses versengte Angola zu verlassen und auf die freundliche Insel meiner Geburt zurückzukehren, bevor das Greisenalter mich zu einer bloßen Hülle verfallen ließ. Bei Gott, ich hatte genug von Afrika, mehr als genug!

Tag und Tag übersetzte ich, während die Portugiesen und Holländer über die Preise ihrer Waren feilschten. Warwyck war nicht an Sklaven interessiert, doch die prächtigen Stoffe von Angola schienen ihn zu faszinieren, und er kaufte auch große Mengen Elfenbein und Ballen gewisser Heilkräuter, die scharf in der Nase brannten. Wenn diese Geschäfte mich einmal nicht beanspruchten, verbrachte ich glückliche Stunden mit Matamba oder ging allein angeln oder schlenderte einfach durch die Stadt und dachte nach.

Ich lebte nicht schlecht, das gestehe ich ein; doch es war nicht das Leben, das ich mir wünschte. Von Zeit zu Zeit sah ich Doña Teresa aus der Ferne, doch es kam zu keinen Begegnungen zwischen uns. Und doch spürte ich, daß es aus dieser Ecke über kurz oder lang Schwierigkeiten geben würde.

Und so war es auch. Eines Nachmittags kehrte ich von meinen Verhandlungen mit den Holländern zu meiner Hütte zurück, und als ich sie betrat, hatte ich die Vorahnung eines bösen Geschicks, ein Kribbeln in den Eiern und einen kalten Knoten in meiner Magengrube. Als ich hineinblickte, sah ich Doña Teresa in meiner Kammer. Sie hatte den Großteil ihrer Kleidung abgelegt und trug nur noch ein dünnes Unterhemd nach einheimischer Webart, das in hellem Gelb und Grün gefärbt war, eine Art Damast, den man hier aus den Fasern der Palmen macht. Dieses eine Kleidungsstück war so drapiert, daß es die sanften Rundungen ihres Körpers enthüllte, mit einem Hauch Schenkel und einem Hauch Brüste, die es kunstvoll zu meiner Betörung zur Schau stellte.

Keiner meiner Sklaven war in der Nähe. Im Haus war alles still; die Luft war drückend schwül. Teresa schien erstarrt, als habe sie nach langem Suchen eine Positur gefunden und lange gewartet, damit ich sie auch genauso vorfand. Ihre Augen strahlten hell, und es lag ein Geruch in dem Raum, jener moschusartige Katzenduft ihres Körpers, von dem ich wußte, daß er der sicherste Beweis ihrer Begierde war.

»Da du nicht zu mir kommen willst, Andres«, sagte sie, »bin ich zu dir gekommen.«

»Ah, du hättest dies nicht tun sollen!«

»Niemand hat mich geschickt. Gib mir eine Stunde, und dann werde ich davonschlüpfen, wer wird es je erfahren?«

»Bei der Liebe Gottes, Teresa . . .«

»Bin ich häßlich geworden?«

»Du bist schöner denn je. Doch die Dinge stehen nun anders mit uns, Teresa, die Dinge stehen anders! Du bist verheiratet!«

»Ich habe dir gesagt, daß dies nichts bedeutet.«

»Nun, soll Don Fernão mir dies persönlich sagen, dann fühle ich mich vielleicht sicherer«, entgegnete ich.

»Bist du also solch ein Feigling?«

»Wenn ich muß, werde ich gegen die Jaqqas kämpfen«, sagte ich, »oder Kafuche Kambaras Kriegern Lanzen in die Mägen stoßen. Doch ich habe nicht den Wunsch, mich mit einem zu Recht erzürnten Ehemann zu duellieren.«

»Andres . . . Andres . . .«

Sie bedachte mich mit einem Blick, in dem zugleich Verlangen wie auch Zorn lag und der bewirkte, daß ich sie sehr fürchtete.

Langsam erhob sie sich und glitt mit fließenden Bewegungen zu mir, und ich sah, wie die unbehinderten Kugeln ihrer Brüste unter dem dünnen Stoff schwangen, und auch das dunkle Dreieck zwischen ihren Schenkeln war unverkennbar, und ich fühlte, wie ich alle Entschlossenheit verlor.

»Andres«, sagte sie, »erzähle mir nichts mehr von erzürnten Ehemännern. Du und ich, wir lieben uns, und nichts anderes ist wichtig. Komm, du willst mich so sehr, wie ich dich will.«

»Das werde ich nicht abstreiten.«

»Dann komm.«

Ich schüttelte den Kopf. »Es ist zu gefährlich. Ich sage dir, wir müssen unserer Verbindung ein Ende bereiten.«

»Nein«, sagte sie. Sie kam näher, rieb sich höchst schamlos und verlangend an mir und drückte und stieß mit ihrem Schoß, so daß mein Schaft so hart stand, daß er mir beinahe die Hosen zerrissen hätte. »Zwinge mich nicht, dich zu bitten, Andres«, sagte sie.

»Ich bitte *dich*, Teresa . . .«

Sie trat zurück, und nun schwelte der Zorn in ihren Augen.

»Ich kann es nicht glauben! Ich komme vor dir angekrochen, und du weist mich zurück? Was hast du getan? Hast du den Schwur an deine englische Dirne erneuert und bist du zu deiner keuschen Lebensweise zurückgekehrt?«

»Sie ist mir in letzter Zeit nicht oft in den Sinn gekommen«, erklärte ich zu meiner Schande, denn es entsprach der Wahrheit.

»Warum weichst du mir dann aus? Ich kann nicht an diese Furcht vor Fernão glauben, die du nun vorschiebst! Er wird es nicht erfahren. Und sollte er es erfahren, er würde in die andere Richtung blicken, das schwöre ich! Es muß etwas anderes sein, das dich von mir fernhält.« Sie trat noch einen Schritt zurück, und der Ausdruck auf ihrem Gesicht veränderte sich, wurde härter, wurde kälter. »Man sagte mir, du hättest dir in Loango eine Sklavin gekauft, ein junges Ding, und sie sei deine Bettgefährtin. Als ich dies hörte, habe ich darüber gelacht, denn ich weiß, daß es dich nicht nach den afrikanischen Frauen gelüstet. Du willst keine flachen Nasen, du willst keine dicken Lippen und schweren Hinterteile. Das habe ich jedenfalls geglaubt. Doch entspricht es auch der Wahrheit, Andres? Benutzt du deine kleine schwarze Schlampe und hast kein Verlangen mehr nach mir? Ist es so? Ist es so?«

Ihre Worte trafen mich wie Messerstiche. Ich konnte nichts sagen.

Ja, ja, ich schlief mit Matamba, und ja, ich fand großes Vergnügen an ihr, und ja, alles, was Doña Teresa gehört hatte, entsprach der Wahrheit. Doch das war nicht die ganze

Geschichte, weshalb ich sie zurückwies. Es war nicht Matamba, die zwischen uns getreten war, sondern eher die Verknüpfung von Begierde und Politik in dieser Stadt und meine Furcht, daß eine neuerliche Vereinigung mit Teresas Körper auch zu einer fatalen Verflechtung meiner Ziele führen würde. Doch all das hatte ich ihr bereits gesagt, und sie hatte es beiseite gewischt und nach einem tieferen Grund gesucht.

Ich grub in meinem Verstand nach einem neuen Argument, das dem Kern der Sache näherkam und verhinderte, daß alles bloß auf einen eifersüchtigen Zwist zwischen Frauen zurückgeführt wurde, fand aber nichts, was ich ihr sagen konnte. Und so stand ich stumm und gaffend da, während in mir die einnehmende, teuflische Versuchung emporstieg, all diese Wortklauberei hinter mir zu lassen und mich augenblicklich in einer willigen Umarmung auf Teresas Körper zu stürzen, die zu genießen ein jeder andere Mann, der noch halb bei Sinnen war, ein Jahr seines Lebens geopfert hätte.

Und doch tat ich es nicht und auch sonst nichts, sondern blieb wie gelähmt stehen. Und dann ereignete sich das Schlimmste, was sich ereignen konnte, denn in diesem Augenblick betrat Matamba ahnungslos die Hütte, kam sofort zu meiner Kammer und rief, wie eine vertraute Geliebte, mit fröhlicher Stimme meinen Namen: »Andres! Andres!«

Oh, Himmel, was hätte ich dafür gegeben, hätte sie irgendeinen anderen Augenblick gewählt, von ihren Besorgungen zurückzukehren!

In dem Jahr, das ich vor so langer Zeit mit meiner Frau Rose Ullward verbrachte, hielten wir uns zwei Katzen als Haustiere, einen ergrauten, getigerten Kater und ein schlankes, altes, schwarz und gelb gestreiftes Weibchen, beides freundliche, zugängliche Tiere, die verharrten und überaus genießerisch schnurrten, wenn ich sie hinter den Ohren rieb. Sie waren Roses Katzen, doch sie mochten auch mich gern und ich sie. Als ich eines scheußlichen, regnerischen, stürmischen Wintertages mit ihnen im Haus war und sie sich auf dem Fenstervorsprung zusammendrängten und in der Wärme schliefen, kam draußen eine streunende Katze vorbei, sprang auf das Fensterbrett und spähte zu ihnen hinein, als sehnte sie sich danach, den Regen verlassen und sich zu ihnen gesellen zu können. Ich weiß nicht, warum, doch als meine beiden Katzen dieses streunende Tier sahen, sträubte sich ihr Fell, und sie erhoben sich wie Tiere, die einen bösen Geist gesehen hatten, und begannen im gleichen Augenblick miteinander zu kämpfen, kreischten schrecklich und sprangen herum, und ganze Wolken ihres Fells stoben in die Luft. Ich wollte nicht, daß sich diese Tiere, die mir beide so lieb waren, gegenseitig verletzten, und so schickte ich mich an, sie zu ergreifen und auseinanderzubringen. Was ein überaus schwerwiegender Fehler war, denn einmütig wandten sie sich *mir* als Feind zu und bissen und kratzten mich derart ungestüm mit ihren Krallen, daß ich innerhalb von Sekunden an den Armen und beiden Handgelenken blutete und heftige Schmerzen hatte. Dies lehrte mich zweierlei: Zum einen, daß eine Katze, die man liebgewonnen hat, auch wenn sie alt und zahm und schläfrig zu sein scheint, nichtsdestotrotz ein Raubtier mit grausamen Fängen und Klauen und starken Sehnen ist; und zum anderen, daß man sich niemals als Schlichter zwischen zwei kämpfende Katzen werfen soll, weil man dann derjenige ist, der am meisten darunter zu leiden hat. Und doch habe ich diese Lektionen nur schlecht gelernt, vermute ich, denn etwas von dieser gleichen Geschichte wiederholte sich nun in meiner Hütte, und es erwuchsen ähnliche Ergebnisse daraus.

Womit ich meine, daß Teresa in dem Augenblick, da Matamba meine Kammer betrat, zurückwich und sich zusammenkauerte, die Zähne fletschte und die Finger zu fürchterlichen Krallen bog, als wolle sie augenblicklich über ihre Rivalin herfallen. Matamba war zwar zutiefst verwirrt, Doña Teresa hier vorzufinden, und dazu noch beinahe nackt, begriff jedoch sofort, daß sie bedroht wurde.

»Ah, du bist die Hexenfrau«, sagte sie. »Du bist die Zauberin! Ich kenne dich, Idol-Macherin!«

»Sklavin! Unrat!«

»Ah«, machte Matamba, stürzte vor und streckte die Arme aus, wobei ihre Finger auf ähnliche Art zu Klauen gekrümmt waren. »Ah, Jesus Maria, Gott ist mit mir!«

Und Teresa stieß Worte in der Zunge der Bakongo aus, die ich von ihr noch nie gehört hatte, schwarze Hokus-Pokus-Worte aus den Seelen ihrer Großmütter, ein hartes, magisches Kauderwelsch, von dem es mich erstaunte, es über so wunderschöne Lippen kommen zu hören. Und bei jedem Wort, das sie in diesem dunklen Singsang sprach, nannte Matamba den Namen eines Heiligen, obwohl ich den Schrecken in ihren Augen sah; und ich selbst empfand auch keinen geringen Schrecken angesichts dieser magischen Verhexungen, die Doña Teresa von sich gab.

Vielleicht eine halbe Minute lang umkreisten sie einander, im Gleichgewicht, angespannt, und die eine Frau schrie Flüche und Magie, und die andere antwortete ihr mit heiligen Namen, und ich sah bestürzt zu und dachte, ich müsse sie voneinander fernhalten.

Doch ich wartete einen Augenblick zu lange. Denn Doña Teresa sprang die abwartende Matamba plötzlich mit einem höllischen Kreischen an.

»Nay!« rief ich. Doch es war, als hätte man einem wilden Hurrikan einen Befehl zugerufen.

Sie stürmten mit einem lauten Klatschen des Fleisches aufeinander ein, suchten einander zu fassen und begaben sich in eine höchst lieblose Umarmung, wobei sie aneinander zerrten und rissen, um die andere zu Boden zu werfen, und dabei wie erzürnte Tiere schnaubten. Sie waren in etwa von gleicher Größe, wobei Matamba ein paar Jahre jünger und etwas stämmiger gebaut war, Doña Teresa jedoch die geschmeidige Kraft eines Leoparden hatte. Sie keuchten und schlugen aufeinander ein, während ich, der ich noch nie gesehen hatte, wie Frauen miteinander kämpften, einen Augenblick lang wie erstarrt dastand.

Doña Teresas fadenscheinige Kleidung war bald nur noch ein Fetzen, und eine gerötete Reihe von Kratzern lief ihr von der Schulter über die Brust bis zur Seite des Brustkorbs. Ungeachtet dessen ergriff sie Matambas dickes, wollenes Haar, zerrte daran, als wollte sie es ihr vom Kopf reißen, und trat dem schwarzen Mädchen mit dem Knie in die Leisten, woraufhin Matamba sie erneut kratzte und diesmal niederwarf, wobei auch Matambas Kleidung zerriß. Teresa erhob sich und griff erneut an, und die Luft war voller Schreie und Schweiß.

Und ich, der ich die Lektion vergessen hatte, die die beiden streitlustigen Katzen mir erteilt hatten, konnte es nicht mehr ertragen, wie diese beiden Frauen, beinahe nackt und so verletzlich, ihre Schönheit derart gefährdeten. Bevor es also zum Auskratzen von Augen und Brechen von Nasen und ähnlichen Verletzungen kommen konnte, warf ich mich gegen ihre schlüpfrigen Körper und versuchte, sie voneinander zu trennen.

Gott, welch eine Torheit! Ach, wie dumm war ich doch!

Im Zorn des Augenblicks wandten sie sich beide gegen mich, genau wie damals die Katzen, und ich mußte feststellen, daß ich in einem Wahn hüpfender Brüste und kratzender Nägel angegriffen und verletzt wurde. Sie wußten nicht, wer es war, den sie nun angriffen, und es war ihnen auch gleichgültig; sie wünschten nur, ihre Wut an jemandem auszulassen. Aye, und sie ließen sie aus! Ich weiß nicht, wie lange unser Kampf zu dritt währte, doch schließlich hatten wir alles in diesem Raum zertrümmert, so gründlich, als wäre eine Herde Elephanto-Bullen hindurchgestürmt, und mein Hemd hing in Fetzen hinab, und die heißen Rinnsale meines Blutes vereinigten sich auf meinen Armen und der Brust zu wahren Strömen, und ich wurde so getreten und zerschunden und zerkratzt, daß ich fürchtete, von ihnen niedergemacht zu werden, bis ich sie schließlich in entgegengesetzte Ecken des Zimmers schleuderte und keuchend zwischen ihnen stand, die Arme gespreizt haltend, falls sie sich noch einmal aufeinander oder auf mich stürzen sollten.

In diesem Moment der Ruhe, in dem wir drei schwer atmend und benommen von der Gewalt dastanden, setzte Doña Teresa zu einer neuen Schimpfkanonade an, die ich mit einem Befehl verstummen ließ; und Matamba murmelte etwas Dunkles in ihrer eigenen Sprache, das ich auch unterbrach.

»Ich will nichts mehr hören!« sagte ich. »Ich habe genug von diesem Aufruhr!« Ich blieb wie ein Wall zwischen ihnen stehen und bedeutete ihnen, sich zu erheben. Sie waren beide so gut wie nackt, und der Schweiß ließ ihre Körper glänzen, Teresas braunen und Matambas schwarzen, und ich sah das Blut überall auf ihnen, aber noch mehr davon auf mir. Doch niemand war schlimm verletzt.

»Kleide dich an«, sagte ich zu Doña Teresa. »Und du, Matamba, trittst zurück und läßt sie gehen. Und kein Wort mehr von euch beiden!«

Nur ihre Überkleidung tragend, ging Doña Teresa aus meiner Hütte, uns beide überaus mörderisch anstarrend.

Matamba blieb steif stehen, bis sie fort war, und begann dann mit einer Heftigkeit zu zittern und zu beben, die mich erstaunte.

»Bist du verletzt?« fragte ich.

»Gesegnete Jungfrau!« rief sie. »Ich bin verhext! Sie hat den Bann auf mich gelegt, und ich werde verdörren, ich werde verwelken!«

»Nay, es waren nur Worte«, sagte ich, wenngleich auch nicht mit der vollsten Überzeugung.

Ich ging zu ihr, nahm sie in die Arme und tröstete sie, und sie mich, und sie stand eine Weile schluchzend da und schickte sich dann an, den Schwamm zu holen, damit wir unsere blutigen Kratzer reinigen konnten. Doch der Schrecken blieb in ihrem Körper. Ich hatte sie niemals so bleich gesehen, mit einer völlig neuen Hautfarbe, die alles andere als rosig und frisch wirkte. »Sie hat des Teufels *Mokisso* auf mich herabgerufen!« sagte sie.

»Gott ist stärker, Matamba. Gott wird dein Schild sein.«

»Darum bete ich.« Sie ergriff meinen Arm. »Ich bitte dich, verbrenne ihr Idol, heute noch! Übergib es dem Feuer!«

»Aber das ist doch nur ein Schnitzwerk«, sagte ich. »Es hat keine Macht.«

»Vernichte es! Schleudere es ins Meer!«

»Ach, Matamba, das möchte ich nicht.«

»Nicht einmal jetzt? Nicht einmal nach dem, was du gesehen hast?«

Ich streichelte ihren Rücken und den Ansatz ihres Halses. Nicht einmal jetzt, das wußte ich, konnte ich es über mich bringen, mich von dieser kleinen Statue zu trennen, obwohl ihre Schöpferin sich mir in der ganzen Schwärze ihrer Seele gezeigt hatte. Und es beschämte mich, Matamba einzugestehen, wieviel mir an diesem Idol und seiner Schöpferin lag. Und so sagte ich nur: »Ich glaube nicht an die Kraft von Idolen, und wenn du eine Christin bist, solltest du es auch nicht. Es ist nur Tand. Schenke ihm keine Beachtung. Komm, laß uns baden und ankleiden und alle Hexerei aus unseren Gedanken verbannen.«

Doch sie zitterte noch immer, genau wie ich. Ich stellte fest, daß mich das, was gerade geschehen war, in größere Furcht versetzte als der gesamte Angriff der Krieger Kafuche Kambaras. Denn nun war Doña Teresa mein geschworener Feind, und sie würde nicht der feige, prahlerische Gegner sein, als die sich die Gebrüder Caldeira de Rodrigues erwiesen hatten. Sie würde, so fürchtete ich, mir mehr Leid bereiten als diese beiden zusammen und noch dazu ein ganzes Regiment bemalter Wilder mit Lanzen, sobald sie sich mit ihrem scharfen Verstand erst an diese Aufgabe machte.

14

Während meines gesamten Aufenthalts in Afrika hatte ich eine Flucht niemals ernsthaft in Erwägung gezogen. Sie war mir niemals möglich erschienen; auf Hunderte von Meilen näherte sich kein englisches Schiff dieser Küste, und das Landesinnere war wild und unbekannt. Es war besser, so dachte ich, abzuwarten und zu dienen und voller Vertrauen darauf zu warten, daß Don João sein Versprechen erfüllte, mich freizugeben, oder auch auf eine günstige Veränderung in den Beziehungen zwischen England und Portugal zu hoffen, die mir vielleicht die Freiheit bescheren würde.

Doch dieser ernste Bruch mit Doña Teresa gefährdete mich sehr, und ich sah mich gezwungen, mich vor ihr zu schützen; und unter dieser Notwendigkeit erkannte ich plötzlich, daß

Gottes Vorsehung mir eine Möglichkeit gegeben hatte, dieses Irrenhaus von Land zu verlassen. Wenn ich nun handelte, war dies vielleicht die Rettung für mich.

Als ich mich also gewaschen und angekleidet und etwas geruht hatte, rief ich meine Träger herbei, ließ mich zum Hafen bringen und suchte den Holländer Cornelis van Warwyck auf, den ich als Bevollmächtigten meiner Erlösung auserkoren hatte.

Er begrüßte mich freundlich mit einem kräftigen Klaps auf den Rücken und einem herzlichen Lachen; dann bot er mir Tabak an und den guten, starken holländischen Genever, den er in Fässern in seiner Kabine aufbewahrte. Ich lehnte die Pfeife ab, griff bei dem Schnaps aber gern zu, da ich dringend seiner Kraft bedurfte. Wir tranken auf die holländische Art, wobei wir das klare, scharfe Zeug mit einem heftigen Ruck unserer Handgelenke die Kehlen hinabstürzten, keuchten vor Befriedigung auf und füllten die Gläser erneut.

»Euch bekümmert etwas, Battell?« sagte Warwyck dann.

»Kann man dies so leicht erkennen?«

»Vor zwei Stunden wirktet ihr zufrieden. Nun toben Stürme in Eurem Gesicht, und widrige Winde strömen um Euren Kopf herum.«

»Aye«, sagte ich. »Ihr habt mich klug beurteilt. Ich habe Kummer.«

»Mit den Portugiesen?«

»Mit Frauen«, sagte ich.

Woraufhin er lächelte und sehr erleichtert schien, denn ich glaube, er befürchtete, seine Gastgeber hätten sich untereinander überworfen, und seine Position in dieser Stadt war schwierig und leicht aus dem Gleichgewicht zu bringen.

Er paffte an seiner Pfeife und betrachtete mich auf seine gemächliche Art, und ich musterte ihn genau und schätzte ihn ab, denn ich wollte eine schwerwiegende Bitte an ihn richten.

»Habt Ihr Euch jemals gewundert, Kapitän«, sagte ich schließlich, »was ein Engländer unter diesen Portugiesen in Angola zu schaffen hat?«

Er wirkte erheitert. Durch die dichten Wolken des Pfeifenqualms sah ich, wie seine Augen blinzelten.

»Es ist mir in den Sinn gekommen, daß Ihr hier fehl am Platze wirkt«, sagte er sehr ruhig. »Ich dachte, es stünde mir jedoch nicht zu, Fragen zu stellen. Ich bin hier, um Handel zu treiben, und nicht, um mich in Dinge einzumischen, die mich nichts angehen.«

»Natürlich.«

»Doch ich habe es mich gefragt. Seid Ihr eine Art Renegado?«

»Nay, Kapitän. Ein Gefangener.«

Seine Augenbrauen hoben sich den kleinen Teil eines Zolls. »Ach, sagt bloß.«

»Vor Brasilien gefangengenommen, als ich auf Kaperfahrt war. Dann vor vier Jahren in Eisen hierher verschifft.«

»Ah, ihr Engländer! Ihr schätzt das Piratentum sehr!«

»Es war meine erste Reise in diesem Gewerbe«, sagte ich. »Und, glaube ich, auch meine letzte.«

Er paffte noch etwas. »Ich schätze, Ihr habt es nicht schlecht hier getroffen. Ihr tragt dieser Tage keine Eisen mehr. Ich sehe, wie Ihr auf den Rücken von Sklaven reist, wenn Ihr durch die Stadt geht. Es heißt, Ihr hättet auf Reisen die Küste entlang und die Flüsse hinauf ihre Schiffe befehligt.«

»Ich bin nicht gern in die Dienste der Portugiesen getreten«, erwiderte ich. »Es hieß, entweder das, oder in ihren Kerkern zu bleiben. Nachdem einige Zeit verstrichen war, gaben sie mir eine Aufgabe und vertrauten mir schließlich, was sie auch können, denn ich bin kein unaufrichtiger Mann.«

»Ah. Sicher nicht.«

Eine lange Weile herrschte Schweigen zwischen uns. Er schenkte mir noch einen Genever ein und einen für sich, hielt sein Glas jedoch in der Hand und betrachtete mich. Also trank ich auch nicht.

»Ich kann Euch kaum sagen«, fuhr ich schließlich fort, »wieviel Freude es mir bereitet, daß ich wieder in meiner englischen Zunge mit jemandem sprechen kann, Kapitän van Warwyck.«

»Ja, es ist eine angenehme Sprache. Sie birgt viel Musik in sich. Neben dem Holländischen gefällt sie mir am besten.«

»Ich würde gern in ein Land reisen, Kapitän, in dem Englisch häufiger gesprochen wird als hier in Angola.«

»Ach.«

»Es war größtenteils eine angenehme Gefangenschaft für mich. Doch es war trotzdem eine Gefangenschaft.«

»Ah. Natürlich.« Wieder paffte er genüßlich an seiner Pfeife.

»Kapitän«, sagte ich, »wann brecht Ihr von hier auf?«

Erneut runzelte er ein wenig die Stirn. »In drei Tagen.«

»Und zu welchem Hafen, wenn Ihr mir das sagen würdet?«

»Wir haben uns noch nicht entschieden. Vielleicht nach Sierra Leone oder nach Kap Verde oder zu den Inseln dieses Kaps. Dann zu den Azoren, um Holz und Wasser aufzunehmen. Und dann nach Holland.«

»Wenn Ihr Euren Heimathafen ansteuert, werdet Ihr nahe an England vorbeikommen.«

»Ich verstehe, was Ihr meint, Battell.« Er senkte nachdenklich die Augen und hantierte verdammenswert lang mit der

Glut im Kopf seiner Pfeife. »Es bestehen dabei Risiken für uns«, sagte er schließlich.

»Das streite ich nicht ab.«

»Und es liegt kein Gewinn darin, den ich sehen kann. Wißt Ihr, es ist niemals meine Art gewesen, ohne Aussicht auf Gewinn ein Risiko auf mich zu nehmen.«

»Ich habe keinen Reichtum. Ich besitze eine schwarze Sklavin, sonst nichts.«

»Ich kann mit Eurer Sklavin nichts anfangen.«

»Wir sind beide Protestanten, Kapitän. Bringt mich von diesen Papisten fort, damit ich wieder in meine Kirche gehen kann, wie es sich geziemt, denn es ist schon viele Jahre her, daß ich zum letzten Mal gesegnet wurde.«

Dies schien ihm gleichgültig zu sein.

»Ich bin ein Protestant, ja, aber nicht so gottesfürchtig, Battell, daß es mich groß kümmert, wie lange Ihr schon nicht mehr in der Kirche wart. Euch von den schrecklichen Papisten wegzubringen ist nicht Grund genug für mich, meine Vorteile hier aufs Spiel zu setzen, wo die Portugiesen so gut waren, mich Handel treiben zu lassen, obwohl ich ihr Feind bin. Gott kann auf einen Protestanten hier und da verzichten, doch kann Holland auf die Erträge meiner Reise verzichten?«

Ich fühlte, wie der Zorn in mir emporstieg, so zwischen die Gewinne und Verluste eingereiht zu werden, doch ich hielt mich zurück.

»Dann werdet Ihr mich nicht mitnehmen?« fragte ich.

»Habe ich das gesagt, Battell? Hier, wir halten volle Gläser in den Händen, und das Zeug wird verdunsten und in dieser verdammten Hitze zuneige gehen. Trinkt, Mann, trinkt.« Er hob seinen Genever und prostete mir damit zu. »Natürlich werde ich Euch mitnehmen«, sagte er und stürzte den Inhalt seines Glases hinab, als sei es Wasser.

»Das werdet Ihr?«

»Wie viele tausend Männer hat England geschickt, um die Freiheit in meinem Land zu verteidigen, was? Wieviel Hunderttausende Pfund hat Eure Elisabeth wie in ein Sieb geschüttet, um Holland vor den Spaniern zu retten? Und nun kommt ein Engländer zu mir und sagt: ›Cornelis, bringt mich nach Hause, denn ich bin es überdrüssig, diesen Portugiesen zu dienen!‹, und ich soll es ihm ablehnen? Denkt Ihr das von mir? Trinkt Euren Genever, Battell! Trinkt!«

Meine Hand zitterte so stark, daß ich den Schnaps, den er bis zur Oberkante ins Glas geschüttet hatte, beinahe verschüttet hätte. Doch ich trank überaus freudig. »Wenn ich Euch oder Eurem Land jemals zu Diensten sein kann . . .« sagte ich.

»Ich verstehe. Aye.« Er beugte sich zu mir und sagte: »Donnerstag kommt Ihr bei Sonnenuntergang in den Hafen, und wir werden Euch an Bord nehmen und tief unter unserer Ladung verstecken, die so mächtig ist, daß sie Euch niemals finden werden, und wenn sie einen ganzen Monat lang suchen. Und bei Sonnenaufgang werden wir die Segel setzen und in See stechen, und das wäre es gewesen. Wir werden nicht mehr darüber sprechen, nicht wahr, Battell?«

»Ich bin Euch auf ewig dankbar.«

»Natürlich seid Ihr das. Ich rette Euch das Leben, Mann! Ich sage, wir sollten über solche Dinge kein Wort mehr verschwenden. Werden wir noch einen trinken?«

»Ich glaube, wir sollten es lieber nicht.«

»Ich *weiß*, daß wir es lieber nicht sollten«, sagte Warwyck. »Doch das war nicht meine Frage. Ob wir noch einen trinken werden, das habe ich gefragt.«

Und wir tranken noch ein Glas, und ich glaube, danach noch eins, und vielleicht haben wir sogar noch ein paar protestantische Hymnen gesungen, ›Ein' feste Burg ist Unser

Gott‹ und so weiter, er auf holländisch und ich auf englisch, und dann, glaube ich, zu unserer großen Erheiterung wohl wir beide auf holländisch. Und dann setzte er mich in sein Langboot, und ich wurde ans Ufer gerudert, wo meine Träger wie eine Horde geduldiger Maultiere warteten, und sie brachten mich zu meiner Hütte.

Bei dem Gedanken, in meine wirkliche Heimat zurückzukehren, dieser immerwährenden Hitze, meinem Dienst und der portugiesischen Sprache und allem anderen den Rücken zu kehren, brandete eine große Freude durch meine Seele.

In den wenigen Tagen, die ich noch in Angola verbleiben mußte, wanderte ich herum, als wäre ich halbwegs schon wieder in England. Ich fürchtete nichts, und kein Verdruß trat in meine Seele. Selbst Doña Teresa und ihre rachsüchtige Absicht bedeuteten mir nun nichts mehr; sie war bloß eine weit entfernte Harpye, der keine Zeit zum Zuschlagen verblieb.

Ich empfand eine gewisse Bekümmerung, Matamba zurückzulassen, denn ich konnte sie auf keinen Fall mitnehmen und ihr auch nicht sagen, daß ich sie verließ, denn dies hätte uns beiden große Schmerzen bereitet. Und es tat mir sogar leid, daß ich Doña Teresa verlieren würde, obwohl sich diese Trennung schon vollzogen hatte; doch ich erinnerte mich an die Stunden unseres Beischlafs und die großen Freuden, die sie mir bereitet hatten, und auch an die tiefere Verbindung, die wir einst gehabt hatten, als wir in den Tagen unserer ersten Liebe in São Paulo de Luanda über unser Leben und unsere Wünsche gesprochen hatten. All dies brannte in meinem Gedächtnis. Doch ich tröstete mich mit dem Wissen, daß ich sie mit mir nehmen konnte, wohin ich auch ging, ihre Brüste und Schenkel, den Geschmack ihrer Lippen, den Geruch ihres Körpers und das Gefühl ihrer

Hinterbacken unter meinen Händen, so lebendig und wirklich für mich, als wären wir noch zusammen, und auch den Klang ihrer Stimme, der so reich und musikalisch und melodisch war. Doch ich mußte nicht auf ewig in Angola verweilen, um solche Vergnügen der Erinnerung genießen zu können.

Nun, da ich Afrika verließ, gestand ich mir ein, daß ich eine seltsame Art von Sehnsucht nach diesem gesamten Kontinent verspürte. Während meiner Jahre hier hatte ich tief von diesem Land getrunken, wenn auch kaum einen Schluck von der Oberfläche dieses gewaltigen Kelches Afrika, und zu meiner Überraschung wünschte ein Teil von mir, zu bleiben und noch tiefer davon zu trinken.

Es zog mich zu diesem wilden Dschungel hin, den ich nicht wirklich aus der Nähe gesehen, und zu diesen großen Städten der Mohren, von denen ich nur gehört hatte, und selbst zu den Jaqqas, die solche geheimnisvollen Teufel waren. Ich dachte vernarrt an die Coccodrillos und die Zevveras und die seltsamen und wunderschönen Vögel mit ihren vielen Farben und an die Hippopotami, die ihre Mäuler aufklaffen ließen, denn ich würde sie nie wieder sehen. Es ist seltsam, wie man einen Ort liebgewinnt, wenn man ihn schließlich verläßt, auch wenn dem zuvor nicht so war. Und ich hatte Afrika niemals verabscheut. Ich glaube, mir kam es weniger darauf an, Afrika zu verlassen, als nach England zurückzukehren.

Das einzige wirkliche Übel, das ich in Afrika finden konnte, abgesehen von solchen wie die Hitze und die Insekten, die überall herumschwirrten, war, daß es nicht England war; deshalb verließ ich es. Doch nichtsdestotrotz hatte ich gewaltige Abenteuer erlebt; ich hatte eine Pinasse befohlen und Hand in Hand mit Wilden gekämpft und war mit Kannibalen gereist und hatte zwei Frauen geliebt, die denen Englands nur sehr wenig ähnelten. Ohne diese Erlebnisse wäre ich an Erfahrung viel ärmer.

Bei meinen Verhandlungen mit den holländischen Händlern deutete ich die Abmachung, die ich mit Kapitän van Warwyck getroffen hatte, durch nichts an, weder durch ein verstohlenes Blinzeln noch durch ein Lächeln. Ganz geschäftsmäßig ging ich meiner Aufgabe nach, ihre Worte zu übersetzen, und verbarg meine Freude und Erwartung. Doch in mir war alles in Wallung, und ich zählte wie von Sinnen die Stunden und sagte mir, daß ich in achtundvierzig Stunden auf dem Weg nach England sein würde, in vierzig, in siebenunddreißig, und so weiter, und daß ich in soundsoviel Tagen hundert Meilen auf See sein würde, und so fort.

Dann war es Donnerstag, und die Holländer hatten ihren Handel beendet und bereiteten sich auf den Aufbruch vor. Und dies tat ich auch. Ich glaube, mein Herz schlug an diesem gesamten Tag doppelt so schnell. Die Stunden krochen wie auf Schneckenfüßen, doch ich tanzte durch meine Aufgaben.

Am späten Nachmittag ging ich zu meiner Hütte und nahm Matamba zu mir, und in meiner Kammer zog ich ihr die Kleider aus und betrachtete zum letzten Mal ihren jugendlichen, lebensvollen Körper, ihre hochstehenden, vollen Brüste, die kräftigen Schenkel und ihre glatte dunkle Haut, und die Stammesnarben auf ihrem Gesicht und das Brandzeichen der Portugiesen auf ihrem Schenkel und die Kratzer, die ihr Doña Teresa beigebracht hatte.

Sie lächelte mir zu und sagte: »Du bist heute in einer seltsamen Stimmung, nicht wahr?«

»Nay, ich bin überaus vergnügt.«

Und oh!, es war nicht leicht, die Wahrheit vor ihr zurückzuhalten.

Ich streichelte und liebkoste sie, und wir umarmten uns,

und ich erbat einen Kuß von ihr, den sie mir schenkte, da sie, glaube ich, erkannte, daß irgend etwas Außergewöhnliches geschehen würde. Und dann öffnete sich mir ihr Körper, und ich drang in sie ein, und wir stießen und rangen und spielten das Spiel der Lust, woraufhin ich beinahe geweint hätte, denn ich wußte, daß ich aus ihrem Leben verschwinden würde, ohne ihr ein Wort der Erklärung zu bieten. Und doch sagte ich mir, daß ich ihr nichts schuldig sei. Ich hatte sie aus der Sklaverei gekauft und verhindert, daß sie in die Neue Welt gebracht wurde, was kein kleiner Dienst gewesen war, und obgleich ich nicht wußte, was mit ihr in São Paulo de Luanda geschehen würde, nachdem ich fort war, hielt sie sich immerhin in der Nähe ihres Heimatlandes auf und konnte dorthin zurückkehren. So stand mein Konto mit ihr zu meinen Gunsten. Und ich wollte ihre Klagen nicht hören noch ihre Bitten, ich möge bleiben, die sie, wie ich mir sicher war, höchst mitleidserregend äußern würde.

Als wir uns nach dem Liebesspiel ankleideten, hätte ich ihr beinahe die Wahrheit gesagt: daß ich an diesem Abend an Bord des holländischen Schiffes gehen würde. Doch ich dachte an all die Tränen und das Leid und ließ davon ab. Auch dachte ich, es wäre gut, wenn sie nichts wußte, denn die Portugiesen würden sie wegen meines Verschwindens sicherlich befragen, und sie würden leicht erkennen, daß sie unwissend war; doch wenn sie versuchte, etwas zu verbergen, so würden sie vielleicht versuchen, es ihr unter der Folter zu entreißen, und so war es besser, daß ich ihr überhaupt nichts erzählte.

Die Dunkelheit kam. Ich rief keine Träger herbei. Ich betrachtete ein letztes Mal São Paulo de Luanda und erreichte auf Umwegen und durch die Schatten kleiner Gassen den Weg zum Hafen, wo ich in der plötzlichen und vollständigen Schwärze der Nacht voller Freude die Lichter des holländischen Schiffes ausmachte, das dort vor Anker lag.

Ich pfiff; dies war das Zeichen. Es klatschten Ruder im Wasser, und das Langboot kam mich holen, und bald war ich an Bord des Schiffes, und Warwyck umarmte mich und führte mich persönlich in den gewaltigen Laderaum des großen Schiffes, und um den Augenblick zu feiern, tranken wir noch einige Genever. Und dann kauerte ich mich zwischen den Fässern und Ballen der Ladung zusammen, all diesem Zeug, das ich in den letzten Tagen auf die Registraturlisten eingetragen hatte, und machte es mir in meinem Versteck bequem, um auf den Sonnenaufgang und den Aufbruch zu warten.

England! Die Heimat!

Ich dachte, was für eine seltsame Gestalt ich mit meinen Narben, der sonnengebräunten Haut und dem hageren, hohlen Gesicht, das durch meine Abenteuer ganz ausgezehrt war, abgeben würde, wenn ich durch die Straßen meiner Heimatstadt gehen würde. Und ich stellte mir Gespräche mit den Freunden aus meiner Kindheit vor, wie ich ihnen Geschichten von Menschenfressern und riesigen Coccodrillos und den Minen König Salomons erzählen würde. Noch ein paar Stunden, und es würde soweit sein.

Doch dann hörte ich, wie Ruder das Wasser peitschten, und einen Tumult auf Deck, bei dem Kapitän van Warwyck laut auf holländisch schrie und Portugiesen genauso laut antworteten und keiner den anderen verstand, doch ich verstand alles: daß sie nämlich wußten, daß ich mich davongestohlen hatte, und gekommen waren, um mich zu suchen.

Wie hatten sie es herausgefunden?

Ich wußte es nicht. Während der Zwist über mir wütete, machte ich mich klein und kroch in das unzugänglichste Versteck, das ich ausfindig machen konnte. Und dann näherten sich polternde Schritte und Fackeln und der Lärm von Männern, die in der Nähe suchten und stöberten, wobei Warwyck noch immer lamentierte und protestierte, und schließlich leuchtete das Licht in mein Gesicht, und ich sah sechs Portugiesen, alle bewaffnet, die auf mich herabschauten.

»Hier ist er«, riefen sie. »Der Verräter, der Renegado!«

Sie zerrten mich auf die Füße. Die Fackeln waren so hell, daß sie mich blendeten, doch als ich meine Augen ein wenig von ihrem harten Glanz abschirmte, sah ich, daß Hauptmann Fernão de Souza persönlich den Trupp anführte und er nun keine bunten Beinkleider, sondern Rüstung und Helm trug, und sein Gesicht war streng und barsch vor Zorn. Und neben ihm stand kein anderer als Gaspar Caldeira de Rodrigues, der mir seit langer Zeit kein schlimmeres Ungemach als verdrossene Blicke aus der Ferne bereitet hatte, sich nun jedoch vor Triumph und unverhohlener Freude aufblähte. Denn er war es – wie ich später erfuhr –, der das Geheimnis meiner Flucht entdeckt hatte, indem er mit einigen Portugiesen aus Kapitän van Warwycks Mannschaft gesprochen hatte – diese Schurken, diese pockennarbigen Hurensöhne! –, die die Vorbereitungen belauscht hatten, mich an Bord des Schiffes zu verstecken. Und er war es, der mich bei Hauptmann de Souza denunziert hatte. So hatte diese Hornisse endlich ihren Stachel in mein Fleisch getrieben, und die Rache war sein, denn um mich war es geschehen.

Von Sinnen vor Zorn schlug mir Souza mit solch einer Kraft über das Gesicht, daß beinahe mein Genick gebrochen wäre, und schlug mich erneut, was meine Lippe aufplatzen ließ und mich einen Zahn kostete, und nannte mich einen Hund und Verräter und mehr und sagte: »So bezahlst du also unsere Freundlichkeit, mit diesem Verrat? Oh, dafür wirst du selbst bezahlen müssen!« Und als er mit mir fertig war, kam Caldeira de Rodrigues an die Reihe, der es mir überaus hart für den Tod seines Bruders heimzahlte, indem er mich in die Rippen und den Magen schlug, während die anderen mich festhielten, und mich auf andere schändliche Art folterte, so daß mein ganzer Körper mit Blut und Prellungen gezeichnet war.

Dann wurden mir sowohl die Hände wie auch die Füße gefesselt, und ich wurde auf Deck geschleppt und in das portugiesische Langboot gestoßen. Als wir das Ufer erreichten, warteten dort keine eingeborenen Träger mit Sänften, sondern einige Pferde, und ich wurde über den Rücken eines davon geworfen, als sei ich nichts weiter als ein Sack Bohnen. Sie fesselten mich, und wir ritten in einem solch scharfen Galopp in die Stadt, daß ich glaubte, mir jede einzelne Rippe gebrochen zu haben. Zum Presidio ritten wir, und ich wurde unter vielen Tritten und Schlägen in einen Kerker gebracht.

Es war das gleiche verdreckte, schändliche Loch, in das man mich nach meiner Ankunft in São Paulo de Luanda geworfen hatte – mich, den kühnen Lotsen, mich, den nützlichen Übersetzer, mich, den heldenhaften Überlebenden von Kafuche Kambaras Massaker, mich, der ich dieses und jenes gewesen war, was nun alles nicht mehr zählte; ich war nun wieder an jenem elenden Punkt angelangt, an dem ich in diesem Land angefangen hatte.

Ich lag die ganze Nacht schlaflos da, erstaunt über diese Umkehr meines Schicksals. Und als der Morgen kam, die Zeit des Aufbruchs des holländischen Schiffes, da wußte ich, daß es fort war, obwohl ich den Hafen nicht sehen konnte, und ich verspürte solch einen Schmerz in meinen Eingeweiden, daß er nicht durch die Prügel entstanden sein konnte, die ich bezogen hatte, nay, nicht einmal durch einen Speerstoß. Denn Warwyck und seine Holländer stachen nun in See, und ich war noch immer hier, und all meine Hoffnungen, England wiederzusehen, waren mir genommen, als ich vor ein paar Stunden ergriffen worden war. Dies war der größte Schmerz: dem Ziel so nahe zu sein und dennoch versagt zu haben.

Was würde nun aus mir werden?

Am heftigen Zorn des sanften und höflichen Fernão de Souza erkannte ich, daß es nicht gut um mich bestellt war. Ich fragte mich, ob meine Freundschaft mit Don João, so es eine war, mir nun helfen konnte. Denn ich hatte durch meinen Fluchtversuch sein Vertrauen hintergangen. Ich hatte versprochen, ihm zu dienen, und er hatte mich gebraucht, und dann hatte ich mich trotzdem an Bord des holländischen Schiffes geschlichen, und dies mußte ihn verletzt haben. Und doch, und doch, er konnte meine Sehnsucht nach England sicher verstehen. Er war von freundlichem Herz; er mochte mich; man mußte ihm nicht erklären, daß ein Mann, der am Heimweh litt, jede Gelegenheit zur Flucht nutzen würde, gleichgültig, welche Eide er geleistet hatte. Während dieser langen, düsteren Nacht sagte ich mir immer und immer wieder, daß Don João mich am Morgen freilassen, mir nur einen Verweis erteilen und mir dann wieder mein angenehmes Leben unter den Portugiesen ermöglichen würde.

Doch dann dachte ich, daß es vielleicht nicht so einfach sein würde. Denn ich erinnerte mich daran, wie Don João seine Geliebte Doña Teresa in der Angelegenheit ihres Ehegelübdes getäuscht hatte. So begann ich mich von neuem zu fürchten. Ich hatte das Vertrauen enttäuscht, das er in mich gesetzt hatte: Warum sollte er dann gnädig mit mir umspringen?

Am Morgen brachte man mir eine Schüssel Wasser und eine Schale mit kaltem Haferschleim und sonst nichts, und niemand kam, um mit mir zu sprechen. Und so war es auch am nächsten Tag und am übernächsten. Es war schlimmer als bei meiner ersten Gefangenschaft in diesem Kerker, denn damals hatte ich die Gesellschaft meines Schiffskameraden Thomas Torner gehabt, und manchmal war Barbosa gekommen, um mich zu ermutigen, und später Doña Teresa; doch Torner war schon vor langer Zeit geflohen, Barbosa tot und Doña Teresa zu meiner Feindin geworden, und wer würde nun mein Fürsprecher sein?

Ich wurde schwächer und litt sehr unter Hunger. Am vierten Tag schepperten die Tore, und es kam ein Priester zu mir, Pater Goncalves, einer der Jesuiten. Ich zitterte vor Schrecken, als ich ihn sah, denn ich wußte, sie hatten die Hoffnung, mich zu ihrem römischen Glauben zu bekehren, schon vor Jahren aufgegeben, und wenn sie mir nun einen Priester schickten, mußte dies bedeuten, daß mich eine schwere Strafe erwartete, vielleicht sogar die Hinrichtung. Und in der Tat zündete er seine Kerzen an, murmelte auf lateinisch vor sich hin und lud mich ein, mit ihm zu beten.

»Wieso«, sagte ich, »bin ich zum Tode verurteilt worden?«

»Das weiß ich nicht, mein Sohn«, sagte der Priester in überaus düsterem Tonfall, der den dunklen Schatten des Galgens in meinen Kerker brachte.

»Es kann doch nicht sein, einen Mann zu erschlagen, nur weil er versucht hat, zu seinem Vaterland zurückzukehren!«

»Deine Seele ist gefährdet. Füge keine weiteren Sünden hinzu, indem du Lügen murmelst.«

»Lügen?«

»Du bist ernster Verbrechen schuldig«, sagte er.

Woraufhin ich rief: »Ein ernstes Verbrechen? Was? Sich nach seinem Heimatboden zu sehnen, seine Familie wiedersehen zu wollen?«

»Einer verheirateten Frau deine Gelüste aufzuzwingen ist kein geringes Verbrechen.«

»Was, habe ich Euch richtig verstanden?«

»Du wirst der Vergewaltigung beschuldigt, oder willst du es abstreiten?«

Woraufhin ich begann, lautstark zu protestieren, erzürnt über diesen niederträchtigen und unhaltbaren Angriff auf meine Unschuld. Und dann begann mein Kopf vor Entsetzen zu schwimmen, denn einen Augenblick später begriff ich, welche Frau es war, die vergewaltigt zu haben ich angeklagt war, und was für eine Falle um mich herum gewebt worden war. Und ich fürchtete, daß ich verloren sei.

»Sprecht die Wahrheit, Priester«, sagte ich, nachdem sich das Hämmern meines Herzens etwas beruhigt hatte. »Wird man mich hängen?«

»Du bist ein Ausreißer und ein Lutheraner und ein Frauenschänder. Welche Hoffnung kann es für dich geben?«

»Daß ich ein Protestant bin, war von Anfang an bekannt, und niemand in diesem Land hat mich deshalb groß gescholten. Daß ich ein Ausreißer bin, zählt auch nicht, denn es war eine natürliche Tat, die jeder begangen hätte, und keine Sünde. Und daß ich ein Frauenschänder bin, ist ein abscheuliches falsches Zeugnis. Ich wünschte, ich könnte sehen, wie meine Anklägerin einen Eid vor Gott darauf ablegt, daß ich ein solches Verbrechen begangen habe.«

»Diese Worte werden dich nicht retten.«

»Dann wird der Gouverneur mich retten! Weiß Don João, daß ich hier eingekerkert bin?«

»Dies geschah auf seinen ausdrücklichen Befehl«, sagte der Priester.

»Das ist eine Lüge!«

Mürrisch hob er sein Kruzifix hoch und sagte: »Verlangst du von mir einen Eid darauf?«

Da wußte ich, daß alles verloren war. Ich fiel auf die Knie und bat Gott nach meinem Brauch, mich zu verschonen. Woraufhin sich die Miene des Priesters beträchtlich aufhellte, er neben mir niederkniete und mir anbot, das Kruzifix zu geben, während ich betete, was ich nicht annahm, und er sagte: »Wenn du nur den wahren Glauben annehmen würdest, werde ich den Gouverneur um Begnadigung bitten, und vielleicht wird er sie dir gewähren.«

Ich schloß die Augen. »Mein Leben hängt also davon ab, daß ich Papist werde?«

»Eher deine Seele.«

»Ja. Ihr werdet mich mit Latein vollstopfen und mich dann trotzdem hängen und noch glauben, Ihr hättet ein gutes Werk getan, indem Ihr noch eine gute katholische Seele in den Himmel geschickt habt. Ich erkenne Euren Plan. Doch ich werde ihn nicht annehmen. Wenn ich hängen muß, dann hänge ich lieber als Protestant, denke ich. Denn ob ich in den Himmel oder die Hölle komme, spielt keine große Rolle für mich; doch es ist meine Absicht, als ehrlicher Mann zu sterben.«

»Du sprichst von Ehre, mit solchen Verbrechen auf deinem Gewissen?«

Ich fuhr wütend zu ihm herum und schrie: »Bei dem Gott, den wir beide zu lieben behaupten, ich habe keine Verbrechen begangen!«

»Friede. Friede!«

Und er murmelte noch etwas auf Latein, wobei er oft das Zeichen des Kreuzes über mich schlug. Ich glaube, er war aufrichtiger in seinem Hunger nach meiner Seele als ich darin, meine Schuld abzustreiten. Und so ließ ich ihn für mich beten.

Und dann sagte ich: »Ich werde kein Papist werden, denn dies kann mein Gewissen nicht auf sich nehmen. Doch wenn Ihr so gottesfürchtig seid, wie Eure Robe es verkündet, dann bitte ich Euch, mir einen Dienst zu erweisen: geht zu Don João und sagt ihm, daß ich dabei bleibe, unrechtmäßig eingekerkert zu sein, und ihn bitte, mir eine Audienz zu gewähren, damit ich mich gegen diese Vorwürfe verteidigen kann.«

Pater Goncalves betrachtete mich lange und eindringlich. Schließlich sagte er: »Ja, ich werde mit Don João sprechen.«

Dann ging er. Seine letzten Worte machten mir Hoffnung, und einen Tag und einen halben lauschte ich angestrengt auf die Schritte meiner Kerkermeister, ob sie kommen und mich zum Gouverneur bringen würden. Doch als schließlich jemand zu mir kam, waren es nicht die Kerkermeister, sondern ein gewisses ehrwürdiges Mitglied des regierenden Rates, ein Duarte de Vasconcellos. Dieser gebeugte alte Rechtsgelehrte mit seinen eingefallenen Wangen und dem Staub uralter Gesetzesbücher überall an ihm verkündete mir, Don João habe ihn geschickt, um mir die Natur meiner Frevelhaftigkeit zu erklären.

Die gewaltig waren, da ich angeklagt wurde, mit dem Holländer Cornelis von Warwyck geplant zu haben, die königliche Regierung von Angola mit Gewalt zu stürzen und die Stadt São Paulo de Luanda für Holland einzunehmen; des weiteren wurde ich beschuldigt, in den Stunden der Dunkelheit, bevor ich das holländische Schiff betreten hatte, in die Kammer der Dame Doña Teresa de Souza gegangen zu sein und ein gewaltsames Eindringen in ihren keuschen Körper versucht zu haben.

»Und wer sind die Ankläger?« fragte ich.

Im zweiten Verfahren sei Doña Teresa persönlich die Klägerin, gab er zurück. Und was das erste betraf, so sei es Gaspar Caldeira de Rodrigues, der mir Verrat vorwarf und bei seinen königlichen Vorfahren schwor, ich sei durch die Straßen gegangen und habe mich gebrüstet, die Stadt in den Besitz der Holländer zu bringen, die sie an England verkaufen wollten. So rächte er seinen Bruder.

»Nun«, sagte ich, »stellt mich diesen Klägern gegenüber! Denn der verschlagene Rodrigues weiß, daß ich keinen feindseligen Akt gegen diese Stadt durchführen, sondern nur in meine Heimat zurückkehren wollte. Und Gott weiß, daß Doña Teresa nicht imstande sein wird, sich vor meinen Augen zu erheben und zu schwören, ich hätte sie mit Gewalt genommen, wo es doch in ganz São Paulo de Luanda gut bekannt ist, daß sie sich mir mehrmals freiwillig hingegeben . . .«

»Nay, sprich keine Verleumdungen aus, Engländer.«

»Verleumdungen? Verleumdungen? Kommt, alter Mann, Ihr wißt selbst, daß sie . . .«

»Ich will nichts davon hören.«

Er blickte mich streng an und sagte: »Die Portugiesen, die dich denunziert haben, können nicht gegen dich aussagen, denn ihr Schiff ist in See gestochen, und sie sind auf ihm davongesegelt. Und ich sage dir, es ist unvorstellbar, Doña Teresa den Qualen und der schweren Prüfung auszusetzen, vor Gericht zu erscheinen, so erschüttert und gebrochen hat sie dein Angriff. Doch ihr Gatte Don Fernão hat die Prellungen und anderen Verletzungen ihres Körpers gesehen und die Anklage gegen dich vorgebracht, woraufhin du für schuldig befunden und verurteilt wurdest . . .«

»Gottes Tod, ich bin schon schuldig, und es hat noch keine Verhandlung stattgefunden?«

». . . zum Vergnügen des Gouverneurs Don João de Mendoça auf einem öffentlichen Platz gehenkt zu werden.«

»Diese Prellungen an Doña Teresas Körper hat meine Sklavin Matamba verursacht, als die beiden sich geschlagen haben, nachdem Doña Teresa das Mädchen in eifersüchtiger Wut angegriffen hatte: sie war erzürnt darüber, daß nun Matamba und nicht sie selbst meine Bettgefährtin war.

Befragt die Sklavin! Holt Ihr Zeugnis ein und seht Euch die Verletzungen an, die Doña Teresa ihr zugefügt hat!«

»Die Aussage einer Sklavin ist ohne Belang. Und das Urteil ist sowieso schon gesprochen.«

»Ah«, sagte ich. »Die gerühmte portugiesische Rechtsprechung!«

»Ich bin hier, um dich formell zu benachrichtigen und dich zu fragen, ob du noch irgendwelche Wünsche hast, die wir erfüllen können.«

»Ich lege Widerspruch gegen mein Urteil ein und verlange eine Audienz bei Don João, um ihm meine Unschuld zu beweisen.«

»Dies wird dir nichts nützen«, sagte Vasconcellos. »Doch ich werde Don João deine Worte ausrichten.«

An diesem Nachmittag kamen vier portugiesische Wächter zu mir und führten mich ohne ein Wort aus der Zelle. Ich dachte voller Freude, nun würde man mich tatsächlich zu Don João bringen, und dies bereitete mir Mut, da ich mich in den letzten Stunden beinahe schon damit abgefunden hatte, wegen dieser unwirklichen Verbrechen zu Tode gebracht zu werden.

Doch es war eine grausame Enttäuschung, denn die Portugiesen führten mich nur auf den Hof des Presidios, wo sie mich an den Schandpfahl fesselten und mit verknoteten Stricken peitschten, und als sie damit fertig waren, war an meinem gesamten Körper kein Fleck mehr, der nicht geschwollen war und schmerzte, und an einigen Stellen blutete ich sogar.

Nach dieser Bestrafung brachten sie mich in eine Zelle zurück, und ein Wächter trat ein, sagte, er täte dies auf Befehl des Gouverneurs, und legte mir Beinfesseln mit großen eisernen Kugeln von jeweils dreißig Pfund Gewicht an, die wie des Teufels Griff selbst an mir zerrten. »Dies geschieht, weil du als Ausreißer berüchtigt bist«, sagte er und ging.

Entkräftet, angekettet und wund vom Auspeitschen lag ich wie betäubt und willenlos da. Jeden Morgen, wenn ich aufstand, erwartete ich, hinausgeführt und hingerichtet zu werden, und jeden Abend, wenn ich mich schlafen legte, kerbte ich einen weiteren Tag meines Lebens ein, gleichzeitig dankbar und verzweifelt, denn welchen Sinn hatte das Leben, wenn meine letzten wenigen Tage so leer waren?

Ich dachte an Warwycks Schiff, das nun auf halber Strecke nach Holland sein mußte, und weinte vor Wut. Ich dachte an Matamba und fragte mich leidvoll, was nun, da ich verurteilt war, aus ihr geworden war. Ich dachte an Doña Teresa, durch deren Eifersucht und Verrat mir dies zugestoßen war, und dachte lange und tief darüber nach, wie sich Liebe in bittere Feindschaft verwandeln konnte. Und ich dachte oftmals an England, an meine Freunde dort und die Familie, die ich noch haben mochte, und an Ihre Majestät die Königin, an die weichen Nebel und den sanften Regen und die grünen Felder voller Schafe und all das, was ich niemals wiedersehen würde.

So glitt ich von der Verzweiflung zur Resignation und wurde ruhiger, sagte mir, daß ich etwa fünfunddreißig Jahre gelebt hatte, was mehr ist, als den meisten gewährt wird, und daß ich in dieser Zeit viel Freude und das richtige Maß Leid gekannt hatte. Nun, wenn ich jetzt sterben mußte, würde ich dieses Urteil akzeptieren, denn es entspricht über jede Debatte hinaus der Wahrheit, daß wir alle Gott, der uns das Leben geschenkt hat, einen Tod schuldig sind, und ich zahlte die Schuld nur ein wenig früher ab, als ich es mir vielleicht gewünscht hätte. Des weiteren gibt es viele Todesarten, die viel schrecklicher sind als das Hängen, und ich würde keine davon erleiden.

Doch mir sollte auch der Galgen erspart bleiben. Zwei Monate lang siechte ich in diesem üblen, stinkenden Gefängnis dahin, erwartete mein Verderben und dachte jedesmal, wenn ein Wächter eine Zelle betrat, er würde mich zum Galgen führen. Doch dann kam jener, der mir die Eisen an die Füße gelegt hatte, und nahm sie mir wieder ab; und dann betrat der Rechtsgelehrte Vasconcellos meine Zelle und sagte: »Ich bringe dir frohe Nachrichten, Engländer.«

»Ah, ich soll langsam im guten Wein der Kanarischen Inseln ertränkt werden, anstatt gehängt zu werden; ist es das?«

Er schüttelte über meinen Gleichmut den Kopf und sagte überaus ernst: »Seine Exzellenz Don João hat dich trotz deiner großen Verbrechen mit Gnade bedacht. Dein Todesurteil ist aufgehoben.«

»Gott sei gedankt!« rief ich.

Doch mein Jubel kam zu früh. Denn Vasconcellos fuhr damit fort, mir zu sagen, daß ich nicht begnadigt war, sondern lediglich einen neuen Urteilsspruch bekommen hatte: Der lautete, ich solle für immer in das Fort Masanganu verbannt werden, um für den Rest meiner Tage an diesem Ort der Fieber und der monströsen Hitze zu dienen und die Grenzen dieser Kolonie zu verteidigen. Als ich dies hörte, war es mein erster Drang, zu rufen, ich wollte lieber gehängt werden, da dies viel angenehmer sei. Was ich aber nicht sagte. Doch bei mir dachte ich, daß Don João für das Erweisen dieser Gunst nur wenig Dank von mir verdient hatte. Denn er hatte mich in ein Leiden über jedes Maß geschickt, in eine Hölle auf Erden, von der die einzige Erlösung wohl nur der Tod war.

Als ich an Bord der Pinasse ging, die mich den Fluß hinauf in meine Verbannung brachte, zog ich aus meiner Börse das kleine Frauenidol, das Doña Teresa mir vor langer Zeit geschenkt hatte, und betrachtete es überaus lange und eindringlich. Es schien noch immer die düstere, unwiderstehliche Schönheit dieser Frau zu verkörpern und sich noch immer wie durch eine geheime Kraft im Holz in meine Hand zu drücken. Ich atmete tief ein, biß die Kiefer aufeinander, schleuderte dieses Idol mit aller Kraft in das dunkle Wasser und sah ihm nach, wie es aus meiner Sicht verschwand.

Diese Tat bereitete mir einen gewissen Trost, eine Erleichterung von meiner Anspannung. Ich hielt mich an der Reling fest und stand schwitzend und keuchend da, als hätte ich eine gewaltige Anstrengung vollbracht, bis sie mich mit einem groben Stoß auf dem Schiff weitertrieben. Doch dieses Idol fortzuwerfen war das einzige, was ich gegen jene unternehmen konnte, die mir dieses Schicksal aufgebürdet hatten, wenngleich es mir in Wirklichkeit auch nicht das geringste einbrachte. Denn obwohl ich mich schließlich von Doña Teresas Hexenbann befreit hatte, war ich doch noch unausweichlich zu den äußersten Qualen verdammt, denn mich erwartete das versengte Masanganu, das schreckliche Masanganu.

Drittes Buch

Krieger

1

In Masanganu verbrachte ich sechs Jahre lang ein höchst elendiges Leben, ohne jede Hoffnung, jemals das Meer wiederzusehen.

Wie leichthin ich dies nun sagen kann! Es bedarf nicht einmal zweier Dutzend Worte, um diese einfache Tatsache auszudrücken. Doch wie mir selbst ein Narr beipflichten wird, kann man diese sechs Jahre nicht in einer Stunde weniger als diesen sechs Jahren durchleben; und ich schwöre beim Bart des Erlösers, daß sechs Jahre in Masanganu sechzig oder vielleicht sechshundert irgendwo anders gleichkommen.

Und doch habe ich es ertragen, Tag um Tag, Minute um Minute, was die einzige Möglichkeit ist, solch ein Schicksal zu überstehen. Wenn ich an die Jahre meiner Fron dort zurückdenke, scheint sich die Zeit fürwahr in sich selbst zusammenzuschieben, so daß ich von sechs Jahren sprechen und den Eindruck erwecken kann, als seien sie so schnell verstrichen, wie ich Euch nun darüber berichte. Und doch spüre ich die Last dieser Jahre noch immer in mir; sie hängt an meiner Seele, wie eiserne Ketten einst an meinen Beinen hingen. Ein Gefangener kann seine Ketten ablegen, wenn er begnadigt wird, doch ich kann niemals meine Jahre in Masanganu ablegen, nicht bis zu jenem letzten Tage, da ich all die Last ablege, die meine Seele trägt.

Ich habe Euch bereits etwas über diesen Ort berichtet, der dort liegt, wo die Flüsse Kwanza und Lukala zusammenfließen, an der Innenseite der Küstenebene Angolas, in einer Gegend, die sowohl feucht wie auch erdrückend heiß ist. Zwischen den Sümpfen und Marschen von Masanganu erhebt sich das bleiche Steinfort der Portugiesen auf einer kleinen Landzunge, in einer Region, wo die Hitze am größten ist, die Sonne den ganzen Tag über und auch die halbe Nacht, schätze ich, am Himmel steht, denn in den Stunden der Dunkelheit ist es nicht kühler als zur Mittagszeit.

Dieses Fort hat eine ideale Lage, die Innenlande zu bewachen, denn es blickt den Bergen entgegen, die sich im Inneren Angolas erheben, und jede feindliche Macht, die aus diesen urwaldbewachsenen Hochlanden hinabsteigt, muß auf jeden Fall in die Sichtweite von Masanganu kommen, bevor sie hoffen kann, São Paulo de Luanda zu bedrohen. Und so steht in Masanganu ständig eine Garnison, um den Ort gegen alle vordringenden Feinde aus dem Osten oder Norden zu schützen.

Das heißt, ständig in dem Sinne, daß es in Masanganu jederzeit Soldaten gibt, und zwar ein paar hundert; doch die Männer selbst leben dort nie sehr lange, denn sie werden immer wieder von den Krankheiten des Ortes dahingerafft. Daß sich Gott entschieden hat, mich vor diesen Leiden zu verschonen, ist wohl ein Beispiel der großen Gnade, die Er mir widerfahren ließ und die Er mir während meiner Abenteuer in Afrika in vielerlei Hinsicht erwies; doch die ganze Zeit über, da ich dort war, hielt ich mich unter Männern auf, die von dieser oder jener Pest schrecklich befallen waren, und ich lernte, keine schnellen Freundschaften zu schließen, da kaum die Aussicht bestand, daß eine solche lange bestehen würde.

An diesem Ort kommt eine Kolik vor, die überaus tödlich ist, und eine rote Ruhr und eine Art Kopfweh, das einem Schmerzen über jedes Maß bereitet; und es gibt dort auch das Fieber, das mich bei meinem ersten Besuch dort niederwarf, und ich sah, wie eine Vielzahl Männer von ihm dahingerafft wurden, obwohl es mich nach jenem ersten Mal nicht mehr befiel. Und es gibt auch eine Wurmart in Masanganu, die heimlich in den Körper eindringt, zumeist in die fleischigen Teile wie die Schenkel, die Hüften, die Brust oder sogar das Skrotum und den After, und ich glaube, die Krankheit, die dieser Wurm verursacht, ist die schlimmste von allen. Der Wurm zeigt sich im allgemeinen durch das Anschwellen des Fleisches; bei manchen Menschen verursacht er starkes Wechselfieber, bei dem die Betroffenen sich heftig schütteln; andere quält er mit unerträglichen Schmerzen im gesamten Körper, so daß sie in keinerlei Körperhaltung ruhen können; andere stürzt er in ein heftiges Fieber und anschließendes Delirium. Doch jene Männer, die an ihren Geschlechtsteilen betroffen sind, leiden mehr als alle anderen und werden in ihrer Qual geradezu verrückt und gewalttätig, daß es von Nöten ist, sie zu fesseln.

Die einzige Art und Weise, diese abscheuliche Krankheit zu heilen, besteht darin, den Wurm sehr behutsam zu ergreifen, sobald sein Kopf aus der Schwellung hervorschaut, und diesen an einem kleinen Holzstäbchen festzubinden, an dem man ihn langsam und vorsichtig herauszieht, indem man ihn um das Holz wickelt, bis er den Körper ganz verlassen hat, was manchmal einen Monat lang dauern kann. Sollte der Wurm abreißen, indem man ihn zu schnell herauszieht, wird der Teil, der im Körper verblieben ist, bald verfaulen oder an eine andere Stelle wandern, was doppelten Schmerz und doppelte Mühe bereitet. Ich sah derart befallene Männer, für die man keine andere Möglichkeit fand, ihr Leben zu erhalten, als ein Bein, einen Arm oder die Geschlechtsteile zu amputieren; und wenn der Wurm im Körperrumpf steckt und abreißt, ist es fast ein Wunder, wenn der Betroffene nicht am Brand der lebenswichtigen inneren Organe stirbt. Von meiner Ankunft in Masanganu gegen Ende des Jahres 1594 bis zu meiner Abreise dort im Frühjahr Anno 1600 verging kein einziger Tag, an dem ich meinen Körper nicht voller Furcht und zitternd auf das Eindringen dieses Wurms untersuchte, bis ich mir sicher war, daß er mich nicht befallen hatte.

Es mutet befremdlich an, doch in Masanganu waren es die Portugiesen, die am schlimmsten unter diesen Krankheiten litten; bis auf die, die durch den Wurm hervorgerufen wurden, wurden die Schwarzen kaum von ihnen befallen; und es gab dort verschiedene Mohren und Zigeuner, die ebenfalls vor den Fiebern immun zu sein schienen. Diese Männer waren genau wie ich nach Masanganu verbannt worden. Die Zigeuner oder Ziganos, wie sie sich nannten, waren unter der Androhung der Todesstrafe, wenn sie das Königreich nicht innerhalb von vier Monaten nach seinem Erlaß verlassen haben sollten, von König Philip aus Portugal vertrieben worden, und viele dieser Leute hatten sich entschlossen, ihr Glück in Afrika zu suchen, woher ihre Rasse – sie waren der Herkunft nach Ägypter – ja auch stammte. Die in Masanganu waren allesamt Verbrecher, die man von São Tomé oder vom Kongo hierhergeschickt hatte, und es war ein gefährlicher Haufen, der einen fröhlich aufschlitzen würde, nur um zu sehen, welche Farbe die inneren Organe haben.

Was die Mohren betraf, so waren sie Morisken aus dem Lande Marokko, die an der Küste von Guinea mit den Portugiesen im Sklavenhandel konkurrierten, und diese hier waren gefangengenommen und wegen ihrer Verbrechen eingekerkert worden. Ich schloß niemals nähere Bekanntschaft mit diesen Mauren, die ein stolzes und hochmütiges Volk waren und sich untereinander in einer Sprache unterhielten, die sie andere nicht lehren wollten. Doch ich freundete mich mit ein paar Zigeunern an, einfach weil sie und ich, die wir nicht den üblen Krankheiten dieses Ortes zum Opfer fielen, über einen langen Zeitraum hinweg zusammengeworfen wurden und uns aneinander gewöhnten.

In diesen Jahren führten die Portugiesen oft Krieg gegen

die schwarzen Stämme des Landesinneren. Die wichtigste dieser Expeditionen wurde von Don João selbst geführt, der, wie ich glaube, niemals zuvor zu Felde gezogen war. Nun machte er einen Einfall den Fluß Mbengu hinauf, der etwas oberhalb von São Paulo de Luanda im Norden liegt, und seine Absicht war es, die Schwarzen am Rande der Grenzen von Angola zu befrieden. Bei dieser Exkursion erwies sich der kluge und weitsichtige Don João als genauso unbesonnen wie der unbeklagte Don Jeronymo, denn entgegen allen Ratschlägen brach er zur schlechtesten Jahreszeit, dem März, auf, und verlor sehr schnell zweihundert Mann durch das Fieber. Dies weiß ich, weil er nach diesen Todesfällen Verstärkung von der Garnison in Masanganu anforderte, wenngleich ich nicht zu den Auserkorenen gehörte. Mit diesen zusätzlichen Männern eroberte Don João die Provinz, und als wolle er sich für seine eigenen Verluste durch Krankheiten und Unkenntnis des Landes an den Eingeborenen rächen, behandelte er die besiegten Häuptlinge mit ungewöhnlicher Unnachsichtigkeit. Ich habe aus glaubwürdigen Quellen erfahren, daß viele der glücklosen *Sobas* in seine schweren Kanonen gesteckt und dann von einer Pulverladung davongeschossen wurden, wobei ihnen auf schrecklichste Art und Weise die Glieder abgerissen wurden.

Nun, es mag schon sein, daß die Portugiesen ihre besiegten Gegner behandeln können, wie es ihnen beliebt, doch ich könnte mir nicht vorstellen, daß Sir Francis Drake oder irgendein anderer Engländer jemals Feinde in seinen Kanonen zerreißen lassen würde. Nun, ich glaube, nicht einmal unser buckliger König Richard III., der große Feind des Großvaters unserer Königin, der vor einhundert Jahren in unserem Land solche üblen Verbrechen begangen haben soll, hätte sich wohl solch einer Schurkerei hingegeben. Doch mich dünkt, daß die Seelen der meisten dieser Spanier und

Portugiesen in jenem Wesen, das andere Männer vor ungeheuerlichen Grausamkeiten zurückschrecken läßt, unzulänglich sind. Vielleicht ist es die heiße, trockene Luft ihrer elenden iberischen Halbinsel, die die Gnade aus ihnen herausbrennt, oder möglicherweise die papistischen Lehren, mit denen sie aufgezogen werden und die sie denken lassen, das Leben eines Menschen mit anderem Glauben sei von keinem Wert. Doch ich bezweifle das letztere, denn die Genueser und die Venetianer und die Burgunder und viele andere sind genauso Papisten, und sie stecken ihre besiegten Feinde nicht in Kanonen.

Während sich Don João diesem Zeitvertreib hingab, marschierte sein Hauptmann João de Velloria, der Spanier, durch das Land Lamba, das zwischen den Flüssen Kwanza und Mbengu liegt, und verfuhr dort mit den Eingeborenen ziemlich ähnlich. Wegen dieser Triumphe wurde Velloria zum Mitglied im Orden Christi ernannt, was irgendeine heilige Bruderschaft der Portugiesen ist; und man gewährte ihm eine Pension von zwanzigtausend Reis, was sechs Pfund das Jahr ist, und er wurde zum Marcador dos Esclavos oder Verwalter der Sklaven ernannt, ein Amt, das ihm für jeden Sklaven, der auf seinem Territorium gefangen wird, eine gewisse Summe einbringt. Wie viele Schwarze er auf dem Feldzug niedermetzelte, der ihm diese Ehren einbrachte, kann ich nicht sagen. Doch zumindest ging keiner von ihnen als Sklave in die Zuckermühlen Brasiliens, so daß er ihnen in dieser Hinsicht eine Freundlichkeit gewährte: Man stirbt einen schnelleren Tod auf dem Schlachtfeld, als man sein Leben ausblutet, indem man Zuckerrohr schneidet und Mühlsteine dreht.

Und ich, der ich in dem höllischen Presidio von Masanganu eingekerkert war, hatte keinen Anteil an all diesen heldenhaften und frömmigen Unternehmungen. Meine hauptsächliche Aufgabe dort war es, die Toten zu begraben, gemeinsam mit drei Zigeunern und zwei Portugiesen, von denen es hieß, sie seien ebenfalls gegen diese Krankheiten gefeit. Wir hoben Gräber aus und trugen die aufgeschwollenen, geschwärzten Leichen hinein und gaben ihnen eine Bestattung. Eine Zeitlang zählte ich die Toten, die ich unter die Erde brachte, doch dann, als es schon weit über hundert waren, verlor ich den Kerbstock. Denn dieses Masanganu war in der Tat ein Ort, wie Thomas Torner vor langer Zeit voller Furcht erklärt hatte, wo die Menschen wie Hühner sterben. Doch wenn ein Huhn stirbt, muß sich niemand die Mühe machen, ein großes, tiefes Loch in die Erde zu graben, um es dort hineinzulegen, unter einer Sonne, die so heiß ist wie tausend mal tausend Backöfen auf einmal.

Abgesehen von dieser Tätigkeit hatten wir nicht viel zu tun. Wir schoben Wache; wir reparierten das Fort, das wegen der schlechten Qualität des Mörtels in diesem Klima fortwährend zerfiel; wir schlugen Lichtungen in den Dschungel, wobei ich den Zweck dieses Tuns niemals erfuhr; wir reinigten Kanonen und fegten die Straßen. Manchmal jagten wir, was uns eine kleine Ablenkung war, Coccodrillos oder Flußpferde. Zu unserem Vergnügen hatten wir die einheimischen Frauen, von denen viele pockenvernarbt waren, und die Soldaten benutzten sie freimütigst auf jede Art, nach der es sie verlangte, einschließlich einer, wegen der sie, wie ich glaube, auf dem Scheiterhaufen verbrannt worden wären, wenn die Jesuiten davon Wind bekommen hätten, denn sie trieben Sodomie mit ihnen. Dies wurde eine Zeitlang die Regel in Masanganu, und immer, wenn man hörte, wie eine Frau in der Ferne vor Schmerz schrie, konnte man sicher sein, daß irgendein fröhlicher Portugiese sie auf den Bauch geworfen hatte und seinen Prügel zwischen ihre Hinterbacken rammte. Dies versuchte ich jedoch niemals, denn ich hielt es für eine Lasterhaftigkeit, wo Gott doch direkt daneben einen viel süßeren und natürlicheren Eingang geschaffen hatte. Von Zeit zu Zeit nahm ich mir eine Frau auf die natürliche Weise, selten eine ein zweites Mal und niemals öfter, als das Feuer der Lust es unbedingt verlangte. Ein mir bekannter Zigeuner zeigte mir freundlicherweise ein Arzneimittel gegen die Geschlechtspocken, das aus einer gewissen Salbe aus Palmöl und frisch gelegten Eiern bestand; man mußte diese Substanz sofort nach dem Geschlechtsverkehr anrühren und sich damit das Glied, die Hoden und die Schenkel einreiben. Dies tat ich trotz der schleimigen Fäule der Substanz unnachgiebig, und ich holte mir in Masanganu keine Pocken, obwohl ich nicht sagen kann, ob dies an der Wirksamkeit der Zigeunermedizin lag oder nur reines Glück war.

So vergingen die Monate und Jahre. Ich war mir gewiß, daß ich den Rest meines Lebens an diesem Ort verbringen würde, und gestehe ein, so seltsam sich dies auch anhören mag, daß ich eine gewisse Zeitlang dagegen überhaupt nicht aufbegehrte. Was?, werdet Ihr sagen. Andrew Battell hat sich mit der Gefangenschaft abgefunden, ist nur noch ein geduldiges Arbeitstier? Ja, so war es. Doch ich bitte Euch zu bedenken, daß ich meine Heimat im Frühjahr '89 verlassen hatte und nun sechs und sieben und acht Jahre vergangen waren und ich den Großteil dieser Jahre ein Gefangener gewesen war – manchmal unter angenehmeren Umständen, manchmal unter unangenehmeren, doch kaum einen Augenblick lang mein eigener Herr. Dies hatte mich zwar nicht gebrochen, aber doch die scharfe Spitze meines Verstandes abgestumpft. Obwohl ich noch immer davon träumte, dieses dunkle und schwüle Land verlassen und wieder nach England zurückkehren zu können, war dieser Traum für mich nun nur noch ein trügerisches Irrlicht und so weit entfernt von der Wirklichkeit wie für ein kleines Kind die Hoffnung auf den Himmel.

Ich arbeitete. Ich aß. Ich schlief. Ich schwitzte. Das waren die Grenzen meines Lebens in Masanganu. Und ich sage Euch, diese Einstellung ließ die Zeit schneller vorbeiziehen, wenn sie mich nicht gar gegen meine Gefangenschaft unempfindlich machte. An diesem Ort, an dem es kaum einen Wechsel der Jahreszeiten gab, wo jeder Tag und jede Nacht das ganze Jahr über von gleicher Länge sind, wo man den Winter nur an dem Wechsel von der nassen zur trockenen Jahreszeit vom Sommer unterscheiden kann und die schreckliche Hitze alles beherrscht, scheint die Zeit fürwahr in einer einzigen, undurchbrochenen Abfolge der Stunden zu vergehen, und ich wußte nicht, ob wir das Jahr 1595 oder 1596 oder 1597 schrieben. Irgendwo weit entfernt gab es ein England, in dem es noch ein Ostern und ein Weihnachtsfest und die Ausgelassenheit des Hochsommers gab, wo eine Königin in Würde und Glanz über einen prächtigen Hof mit Herzögen und Lords und Rittern regierte, wo Mädchen verheiratet und Mütter wurden, wo ein ständiger Wechsel, eine immerwährende Veränderung die Regel war: und hier plackte ich mich an einem zeitlosen Ort des größten Ungemachs und der Schrecklichkeit ab, und ein jeder Tag war der Zwilling des voraufgegangenen.

Es gab nur eine Unterbrechung unseres Lebens des Gleichmaßes, und zwar, als sich König Ngola erhob, der größte Feind Portugals in dieser Gegend, und unser Presidio belagerte. Ich glaube, dies geschah im Jahre des Herrn 1597.

Wir hatten genügend Warnungen erhalten, denn unsere Späher berichteten aus der gesamten Provinz, daß ein Heer zusammengezogen wurde, mit wildem Schlagen der Kriegstrommeln, großem Geschrei und Schwingen der Waffen, und daß die Zauberer hölzerne Glocken schlugen, was bei diesem Volk zu den rituellen Vorbereitungen eines Krieges gehört. Dann kamen sie über uns, zuerst eine Prozession der Zauberer und Medizinmänner, die Körper eingehüllt in die starken Blätter der *Matteba*, eines Baumes, der der Palme sehr ähnelt, so daß es den Anschein hatte, als marschiere der Wald selbst auf uns zu; und dann die Krieger selbst in ihrer wilden Kampfeskleidung, mit dem hohen Kopfschmuck, den eisernen Ketten und klingelnden Glöckchen, wie ich sie schon einmal bei dem Angriff des Kafuche Kambara gesehen hatte. Es waren Tausende von ihnen, die wie groteske Spukerscheinungen und Incubi vor uns auf und ab sprangen, Pfeile und Speere fliegen ließen, heisere, jaulende Schreie ausstießen und einen Todestanz aufführten.

Doch wir hatten gut gebaut und waren hinter den Mauern unseres Forts nicht angreifbar, so daß sie eine Woche lang tobten und schrien, uns aber kein Leid antun konnten. Wir konnten auch keinen Schaden unter ihnen anrichten, wie ich hinzufügen muß, und hätte die Belagerung viele Wochen länger gewährt, so wären wir alle an Hunger, wenn nicht gar an den Krankheiten dieses Ortes gestorben. Wir wagten es nicht, das Presidio zu verlassen und zu unserem Friedhof zu gehen, und wann immer einer von uns an einer Krankheit starb, verbrannten wir seine Leiche und verstreuten die Asche, was Gott und der Kirche vielleicht nicht gefiel, uns jedoch vor der Ausbreitung dieser Krankheit schützte. Und nach einer Weile kam unter dem Kommando von General Balthasar Rebello de Aragao die Hauptstreitmacht der Portugiesen von São Paulo de Luanda herbeimarschiert und vertrieb die Schwarzmohren, als wären sie nichts weiter als Ungeziefer, und befreiten uns. Woraufhin dieser Rebello de Aragao den Kwanza hinabfuhr und in der Nähe des Dorfes Muchima ein neues Presidio errichtete, bei dessen Bau ich teilhatte.

Doch dann zog wieder das alte, müde Leben in Masanganu ein, und ich verlor erneut den Überblick über die Monate und Jahre. An einem Tag erfuhr ich zufällig, daß wir den November des Jahres 1598 schrieben, so daß der vierzigste Jahrestag meiner Geburt gekommen war. Es erschien mir, ein sehr hohes Lebensalter erreicht zu haben, besonders eingedenk solch vieler Leiden.

»Ich bin vierzig Jahre alt«, sagte ich mehrmals laut zu mir selbst, und es klang seltsam in meinen Ohren. Und dies war also auch das vierzigste Jahr der ruhmreichen Herrschaft Ihrer Protestantischen Majestät, falls sie tatsächlich noch den Thron halten sollte. Doch war sie noch auf dem Thron? Gott schütze mich, doch was die Nachrichten aus England betraf, die ich bekam, so hätte ich auf einem anderen Stern sein können.

Lebte die Königin noch? Und wer hielt nun den Thron, wenn sie verschieden sein sollte? War es James von Schottland oder irgendein französischer Prinz oder der König von Spanien oder ein ganz anderer? Nay, ich konnte mir niemanden sonst auf unserem Thron vorstellen als sie, diese jungfräuliche und wunderbare Dame; und ich konnte mir auch nicht vorstellen, daß ich jetzt vierzig war, was bedeutete, daß meine verlorene Anne Katherine, der ich die Jungfräulichkeit genommen hatte, als sie fünfzehn war, nun siebenundzwanzig sein mußte, schon lange jenseits der Blüte ihrer Jugend, fast eine Matrone. Wartete sie noch immer auf meine Rückkehr? Nur ein Narr würde dies annehmen. Vielleicht trauerte sie um mich, doch gewiß hatte sie ihre Liebe längst einem anderen geschenkt, hatte nun zwei oder drei Kinder und wurde langsam füllig, und vielleicht sproß aus ihrer Lippe jetzt eine feine Linie goldenen Haars? Der November des Jahres 1598! Vierzig Jahre alt, aye, und ein Sklave in Masanganu!

So verstrich die Zeit, und ich wurde immer härter und geduldiger, und dann erwachte ich aus meiner langen Resignation und dachte zum ersten Mal an eine Flucht von diesem Ort, bevor meine Lebensspanne völlig erschöpft sein mochte.

Es gab in Masanganu einen gewissen Zigeuner, dem ich im Laufe der Jahre zu vertrauen gelernt hatte, und umgekehrt galt dies auch, denn wir hatten lange Seite an Seite geschuftet und gemeinsam viel erlitten und viel geteilt. Er nannte sich Cristovão, obgleich er in der Sprache der Cigano auch einen Namen hatte, den er anderen jedoch nicht verriet. Dieser Cristovão war ein kleiner Mann von sehr dunkler Hautfarbe, mit einer Hakennase, überaus durchdringenden Augen und außergewöhnlicher Körperkraft, da er Gewichte heben konnte, die so schwer wie ich waren, obwohl er beinahe nur halb so groß war wie ich.

Als er und ich und ein paar andere Zigeuner an einem Tag von wahrhaft erstaunlicher Hitze einen Bruch in der Mauer des Forts reparieren mußten und litten wie die Juden unter dem Pharao, kam ein Aufseher namens Barbosa – doch gewißlich kein Verwandter meines gefallenen Freundes – zu uns, während wir einen Augenblick lang innehielten, um uns zu erfrischen. Cristovão hatte eine lederne Flasche mit Palmwein, und er trank daraus, indem er sie hoch über seinen Kopf hielt und einen Bach des süßen Getränks in seinen geöffneten Mund fließen ließ; und er nahm einen tiefen Schluck daraus und gab die Flasche mir, indem er sagte: »Hier, Andres, es ist an der Zeit, daß du lernst, wie es gemacht wird.«

Woraufhin ich es ihm gleichtat, aber schlecht, und der Wein auf meine Wangen und den Hals floß, und er lachte und die anderen Ciganos auch, und dann nahm er die Flasche, um mir zu zeigen, wie es gemacht wird. Und während er sie sich über den Kopf hielt, erschien dieser Aufseher Barbosa, schlug Cristovão die Flasche aus der Hand und rief: »Was trinkt ihr hier und arbeitet nicht?«

Ich sah die Wut in Cristovãos Augen. Demütig bückte er sich und hob seine Flasche auf, aus der der Wein zum größten Teil verschüttet war, und dann reinigte er sich das Gesicht, wo der Wein es beschmutzt hatte, und er atmete mehrmals in der heißen Luft tief ein, um sein Temperament im Zaum zu halten, damit er den Aufseher nicht erschlug, wie Moses es im Lande Ägypten getan hatte. Und er murmelte leise Flüche in der Cigano-Zunge, denn in ihm siedeten Haß und Zorn.

»Kannst du dies noch länger ertragen?« fragte ich daraufhin, nahm ihn am Arm und führte ihn zur Seite. »Denn ich kann es nicht. Ich beabsichtige, von diesem Ort zu fliehen, Cristovão.«

»Auf deinen Eid?«

»Fürwahr. Diese selbige Nacht noch werde ich gehen, denn ich halte es besser für mich, mein Leben für meine Freiheit aufs Spiel zu setzen, als noch länger in dieser elendigen Stadt zu darben«, sagte ich, wobei sich die Worte aus irgendeiner mächtigen Quelle in meiner Seele hoben, in der sie zu lange eingepfercht gewesen waren.

Er drückte sein Gesicht eng an das meine und grinste breit, so daß ich ein Vermögen an Gold sah, das in seinen schlechten Zähnen steckte, und er sagte: »Ich werde mit dir gehen, Andres, und wir werden unser Leben gemeinsam aufs Spiel setzen.« Und er legte seinen Arm auf eine komplizierte und verschlungene Art und Weise um den meinen, was, so glaube ich, unter dem Ciganovolk ein Ausdruck der Blutsverbundenheit ist.

So faßten wir unseren Entschluß und setzten ihn dann, ohne zu zögern, in die Wirklichkeit um. Während wir schufteten, arbeiteten wir unseren Plan aus, der vorsah, daß wir ein Ruderboot stahlen und unter dem Schutz der Dunkelheit aus dem Fort schlüpften, und nicht nur wir beide, sondern eine ganze Gruppe von Flüchtlingen, denn wir stimmten überein, zu mehreren sicherer zu sein, wenn wir im Dschungel unterwegs waren. Cristovão sagte, er würde zehn seiner Freunde überreden, mit uns zu gehen, und dies tat er auch, sieben Portugiesen und drei weitere Zigeuner, die mir alle als starke und vertrauenswürdige Männer bekannt waren.

In diesem tropischen Land bricht die Nacht schnell herein, sobald die Sonne erst einmal untergegangen ist, und wenn der Mond nicht am Himmel steht, ist es völlig dunkel, was an der Dichte der Dschungeldämpfe liegt und an der Schwere der verschlungenen Kletterpflanzen, die sich bis zu den Gipfeln der Bäume ineinander verflechten. Dies war eine Nacht, in der kein Mond am Himmel stand; und in der zweiten Stunde der Dunkelheit erhoben wir uns in unseren Hütten und schlichen uns aus dem Fort davon.

Bei den Wachen erregten wir keinen Argwohn, denn es gingen immer nur ein paar Mann auf einmal, und sie waren auch von der Hitze und Feuchtigkeit des Ortes benommen, die mit der Zeit selbst den wachsamsten aller Männer in einen schwachsinnigen Einfaltspinsel verwandeln kann.

Einer nach dem anderen gingen wir durch die feuchten, fieberbrodelnden Schneisen des Urwalds, bis wir den kleinen Kai neben dem Fluß erreichten. Dort stellte ich fest, daß Cristovão und ein anderer Zigeuner den Posten überwältigt hatten, der die Kanus bewachte. Simão, einer der Portugiesen, zog ein Messer aus dem Ärmel und schickte sich an, dem Mann die Klinge in den Bauch zu stoßen, doch Cristovão ergriff überaus fest sein Gelenk und hielt ihn zurück.

»Nay«, flüsterte er, »sei doch kein Narr! Was soll aus uns werden, wenn wir ihn töten und wieder gefaßt werden?«

Ich hatte in dieser Hinsicht meine Zweifel und war der Meinung, daß es kaum eine Rolle spielte, denn wenn die Portugiesen uns wieder ergreifen sollten, würde es uns schlecht ergehen, ob nun das Blut dieses Portugiesen an unseren Seelen klebte oder nicht. Doch war ich niemals dafür, die Unschuldigen zu töten, und dieser Mann hatte mir kein Unrecht getan. So gab ich meine Zustimmung, und anstatt ihn zu töten, fesselten wir ihn mit Seilen aus lebendigen Schlingpflanzen, die wir von den Bäumen herabgerissen hatten, und stopften in seinen Mund einen dicken Knäuel aus Gras, um ihn zu knebeln.

Dann suchten wir das beste der Kanus aus, das lang und schlank war und wie ein stolzer kleiner Lord auf dem Wasser stand. Wir verstauten unsere Musketen an Bord, das Schießpulver, die Munition und einen kleinen Vorrat an dem goldenen Weizen namens *Masa mamputo,* der Guineaweizen oder genauer amerikanischer Mais ist, denn dies war die einzige Nahrung, die wir uns vor unserer Flucht beschaffen konnten.

»Geh, Piloto«, sagte Cristovão. »Geh zum Bug und führe uns, und ich werde mich ins Heck setzen.«

Dann kletterte wir zwölf Flüchtlinge in das Kanu, und ich nahm meinen Platz vorn ein, und jeder von uns ergriff ein Ruder, und wir stießen uns ab und brachen auf dem schwarzen, eng gewundenen Fluß auf in die Dunkelheit der Nacht.

2

Wir waren frei!

An diesem Morgen Sklaven, und am Abend waren wir unsere eigenen Herren, wenn auch auf der Flucht!

Schweigend glitten wir auf der dunklen Brust des Kwanza entlang. An beiden Seiten des Flusses erhoben sich Bäume wie gewaltige Palisaden, und die Tiere der Nacht stießen ihre schrecklichen, heulenden Rufe aus. Mit scharfer Entschlossenheit hielten wir uns auf der Mitte des Flusses, um unser Boot nicht am Ufer zu beschädigen. Manchmal sahen wir, wie am Flußufer rote Augen in der Nacht leuchteten oder auch gelbe: Hippopotami oder Coccodrillos oder vielleicht noch schlimmere Ungetüme.

Einer der Portugiesen, ein gewisser Pero, fing an, eine Geschichte von einer Reise mit dem Kanu zu erzählen, die er einst beim Feldzug des Don João de Mendoça auf dem Mbengu unternommen hatte, und er sagte: »Es war genau wie jetzt des Nachts, und der Fluß war viel schmaler, und als wir gen Osten paddelten, hielt uns ein Strudel in der Strömung auf, und dann erhob sich unter uns ein Flußpferd, das so groß wie ein Elephanto war, und stieß unser Boot um und verstreute uns im Wasser.«

»Sei still«, sagte der Zigeuner Duarte Lagosta, »oder wir werden dich an die Coccodrillos verfüttern. Wir brauchen hier keine so düsteren Geschichten, die uns nur entmutigen.«

»Ich wollte euch nur erzählen, wie wir entkamen, als . . .«

»Erzähle es uns, nachdem wir gekentert sind«, sagte Duarte Lagosta, und der Portugiese schwieg.

Ich dachte ein wenig über die Gefahr nach, des Nachts einem Flußpferd zu begegnen, und noch viel mehr, auf eine der schlammigen Inseln zu laufen, die den Fluß durchziehen. Denn dies konnte leicht geschehen, und wenn wir strandeten, waren wir Fleisch für die Coccodrillos, bevor wir das Boot wieder flottmachen konnten. Vor vielen Jahren hatte ich diesen Fluß befahren, doch niemals in der Dunkelheit und seit sechs Jahren nicht mehr; und doch grub ich in meinem Gedächtnis und versuchte, mich anhand der Biegungen und Windungen an die Stellen zu erinnern, wo die Inseln lagen. Vielleicht übersah ich ein paar, doch wir strandeten jedenfalls nicht. Als die Dämmerung über den Baumgipfeln in den Himmel kroch, fanden wir uns in einem besseren Teil des Flusses wieder, von dem ich wußte, daß er zum Gebiet eines gewissen Fürsten namens Mani Kabech gehörte, der einen Teil der Provinz Lamba beherrschte, die wiederum Portugal untertan ist.

Der Morgen zeigte uns eine schwere, schwüle Welt voller gewaltiger Bäume – Palmen, Zypressen, Eisenbäume und besonders die großen, bauchigen Ollicondis, die in sich selbst wie Häuser sind, innen ganz schwammig, mit Stämmen, die das Regenwasser halten und von denen Vögel trinken. All dies war von den Girlanden und Gehängen der riesigen grünen Schlingpflanzen über unseren Köpfen, die so dick waren wie die größten Schlangen, wie eine Tapisserie miteinander verwoben. Obwohl der Tag angebrochen war, war der Dschungel dunkel – oh, wie war er dunkel, dunkel, dunkel! –, und das war auch gut so, denn während der Zwangsarbeit in Masanganu hatten wir mehr als nur den nötigen Anteil Sonne bekommen, und diese Dunkelheit war eine angenehme Kühle für uns.

Hier gingen wir mit unseren zwölf Musketen, dem Schießpulver und der Munition an Land. Wir versenkten unser Kanu, damit die Portugiesen nicht herausfanden, wo wir an Land gegangen waren. Wir machten im Urwald ein kleines Feuer und rösteten unseren Guineaweizen, um unseren Hunger zu stillen. Später sammelten wir in der Gabelung eines großen Baumes, wo Bienen herumflogen, etwas Honig. Und ein Zigeuner zeigte uns, von welchen Palmenbäumen man essen konnte, indem er die schlanken jungen fällte und die fahlen, zarten, saftigen Sprößlinge aß, die aus ihren Herzen wuchsen.

Den ganzen Morgen rasteten wir hier, aßen und sprachen von unseren Plänen. Da wir in der Nacht unserer Flucht keinen Schlaf bekommen hatten, nahmen wir ihn jetzt, indem einige von uns die Augen schlossen und andere Wache standen. Unsere Wachsamkeit war eher gegen die tödlichen Tiere des Dschungels gerichtet als gegen die Portugiesen, denn wir glaubten nicht, daß sie uns bis hierher verfolgen würden.

Sobald es dunkel war, nahmen wir unsere Reise wieder auf und marschierten die ganze Nacht über unter größten Mühen durch dichtes Unterholz, wobei wir hofften, eine nord-nord-westliche Richtung eingeschlagen zu haben. Da man mich für einen erfahrenen Navigator hielt, wandte sich dabei ein jeder an mich um Rat, und bei jeder Öffnung der Kletterpflanzen betrachtete ich die Sternbilder und gab, so hatte es den Anschein, anhand ihrer Anordnungen weise Ratschläge. Doch ich achtete auch geflissentlich auf den Verlauf des Flusses, was weit nützlicher war, denn er floß ein kurzes Stück unterhalb zu unserer linken Hand und war uns ein ständiger Führer.

Doch dann entfernte sich der Fluß von uns, was sich nicht ändern ließ, denn unser Ziel war das Königreich Kongo im Norden, und wenn wir dem Kwanza gefolgt wären, hätte er uns einige Meilen südlich von São Paulo de Luanda zum Meer gebracht. So gab ich nun mein Bestes, unseren Weg allein aufgrund von Vermutungen zu bestimmen, gab mir dabei jedoch immer den Anschein, ich sei mir völlig sicher. Es ist mitunter viel einfacher, trotz des Mangels an Landmarken seinen Weg auf dem offenen Meer zu finden als in einem Dschungel, wo jeder Baum wie das Ebenbild seines Bruders aussieht und einen in die Irre führt, was viel schlimmer ist, als hätte man gar keine Anhaltspunkte.

Unser zweiter Tag war sehr schlimm, denn als wir auf eine große Ebene vordrangen, wurde das Land viel trockener, und es gab nirgendwo Wasser. Es schien sicher, daß es in einem so feuchten und üppigen Land genügend Quellen und Bäche für uns geben mußte, doch wir fanden keinen Tropfen, und die Hitze der Sonne quälte uns grausam, zog die Feuchtigkeit aus unseren Körpern und machte uns ganz schwindlig.

Gonçalo Fernandes – das war ein Portugiese, der vor einiger Zeit an der anderen Küste Afrikas Schiffbruch erlitten hatte – erzählte uns: »Ich war auf einer Wüsteninsel gestrandet, und auf dieser ganzen Insel konnten wir keinen einzigen Tropfen Süßwasser finden, wenn wir nicht unseren eigenen Urin trinken wollten.«

»Und du schlägst uns dies nun vor?« fragte mein Zigeunerfreund Cristovão und machte ein verdrossenes Gesicht wie über eine alte Pflaume, die man ein Dutzend Jahre hatte in der Sonne liegen lassen.

»Du wirst nicht sehen, wie ich hier verdurste«, erwiderte Gonçalo Fernandes. »Einmal bewahrten wir den Urin in den Scherben gewisser Gefäße auf, die wir an Bord unserer Pinasse gehabt hatten, und ließen ihn die gesamte Nacht über darin abkühlen, um ihn am nächsten Morgen zu trinken. Und ich schwöre euch bei der Gottesmutter, daß dies uns am Leben erhielt. Der Urin, den wir ausschieden, wurde überaus rot, wohl, weil wir die gleiche Flüssigkeit immer wieder tranken und ausschieden. Doch wir sind nicht gestorben. Und ich sage euch noch etwas: Nachdem wir einen Weg gefunden hatten, auf das Festland überzusetzen, stießen wir auf einen kleinen Fluß mit sehr süßem und angenehmem Wasser, und mein Gefährte Antonio, den vorher äußerster Durst geplagt hatte, trank zuviel und starb in meinem Beisein innerhalb einer halben Stunde. Also dürfen wir nicht vergessen, mit Wasser sehr sparsam umzugehen, wenn es uns wieder zur Verfügung steht.«

Nun, an diesem Tag tranken wir keinen Urin, doch wir litten gewaltig unter dem Durst. Wenn wir irgendwelche Behälter dabeigehabt hätten, um die Substanz darin aufzubewahren, so hätten wir, glaube ich, unsere Befangenheit in dieser Hinsicht überwunden. Doch wir hatten keine Gefäße dabei. So marschierten wir weiter, in der Hoffnung, Ollicondi-Bäume zu finden und die Feuchtigkeit aus ihnen herauszusaugen, doch solche Bäume wuchsen nicht auf dieser Ebene.

Nach einem Tag dieser Reise war uns schwindlig, und wir litten sehr, alle bis auf ein oder zwei Zigeuner, die von solcher Körperkraft zu sein schienen, daß sie weder essen noch trinken mußten. In dieser Nacht konnten wir nicht weitergehen, und wir waren schließlich darauf angewiesen, Wurzeln von kleinen Bäumen auszugraben und zu säubern, damit wir sie aussaugen konnten, um zu überleben, wie ich es damals bei meinem Schiffbruch getan hatte.

Am dritten Tag stießen wir auf eine dieser großen Schlangen, die in dieser Gegend vorkommen; diese hier war so lang wie fünf Männer von Kopf bis Fuß und so dick wie der Schenkel eines sehr stämmigen Mannes. Das Ungetüm schlief, und ich glaube, daß es kürzlich erst gefressen hatte, denn seine Körpermitte war so weit aufgebläht, daß ein Schwein oder eine Ziege darin Platz gefunden hätte. Wir beratschlagten, ob wir sie wegen ihres Fleisches töten sollten, doch die Portugiesen unter uns verabscheuten es, Schlangenfleisch zu essen, und einer der Zigeuner schwor, daß das Tier einen feurigen Atem ausstoßen und uns vernichten würde, sollten wir es erzürnen; und er vertrat diese Befürchtung so leidenschaftlich, daß wir schließlich, so hungrig wir auch waren, die Schlange unbehelligt ließen, einen großen Bogen um sie schlugen und unseren Weg fortsetzten. Was zu einem weiteren Disput führte: Einige sagten, sie würden lieber Schlangenfleisch essen als verhungern, wohingegen andere das Verhungern vorzogen; und wir verschwendeten viel Kraft mit einem lautstarken Streit darüber.

Doch später an diesem Tag begegneten wir einem alten Neger, der zu der Stadt reiste, die Mani Kabech zu seiner Hauptstadt auserkoren hatte. Es überraschte uns sehr, an diesem verlorenen Ort irgendeinen Menschen zu sehen. Dieser Mann war runzlig und uralt, aber stark, und als er uns sah, fing er sofort an zu laufen. Zwei von unseren Zigeunern, die noch am flinksten auf den Füßen waren, setzten ihm nach und warfen ihn zu Boden, doch er kämpfte so überaus heftig mit ihnen, daß es uns erstaunte, da er ja schon weißhaarig war und seine Haut vom Alter verdörrt und in trockenen Falten hinabhing. Als wir ihn bezwungen hatten, nahmen wir ihm sein Lendentuch aus kräftigen Palmfasern ab und fesselten ihm die Hände auf den Rücken, und ich sprach mit ihm und erklärte ihm mit Kikongo-Worten, die ich von Matamba gelernt hatte, daß wir ihm nichts Böses zufügen würden, wenn er uns hülfe.

Er betrachtete mich überaus verdrossen, als wolle ich ihn morgen in die Sklaverei verkaufen.

»Nay«, sagte ich, »wir sind keine Sklavenjäger, und wir lieben die Herrschaft Portugals nicht mehr als du.«

Mamputo war der Ausdruck, den ich für ›Portugal‹ benutzte, das Wort der Einheimischen für diese Nation, und ich stellte meine Abscheu dar, indem ich das Wort sprach und dabei ausspuckte. Die Portugiesen unter uns waren erzürnt darüber, doch ich sorgte dafür, daß sie ihre Zungen im Zaum hielten.

Mit großer Geduld erklärte ich dem alten Mann, daß wir vor unseren Feinden flohen, dem *Mamputo*-Volk, und hofften, im Lande Kongo Zuflucht zu finden, und daß er uns zum See Kasanza führen müsse, der, wie wir wußten, in dieser Richtung lag und an dem wir uns erholen konnten. Er verstand, was ich meinte, und versprach, dies für uns zu tun. Einer der Portugiesen bat mich, ihm zu sagen, daß er einen schrecklichen Tod erleiden würde, sollte er versuchen, uns zu verraten, doch ich billigte dem alten Mann genug Weisheit zu, dies zu erkennen, ohne daß ich es ihm eigens erklärte.

Dieser See Kasanza war einigen, mit denen ich reiste, gut bekannt. Er hat einen Durchmesser von acht Meilen und läuft in den Fluß Mbengu aus. Er wimmelt vor Fischen mannigfaltiger Sorten, und an seinem Ufer findet sich das größte Vorkommen wilder Tiere, das es in ganz Angola überhaupt gibt. So hofften wir, uns dort mit Vorräten versorgen zu können, bevor wir unseren Marsch in das Land Kongo fortsetzten.

Der alte Mann betrog uns nicht. Nachdem wir den ganzen Tag in diesem äußerst heißen Land gereist waren, kamen wir zu der Stadt namens Kasanza, die in der Nähe des Sees liegt. Als wir uns ihr näherten, überschritten wir einen kleinen Fluß, der dem See entspringt und der das erste Wasser bot, das wir seit langem gesehen hatten. Doch der alte Mann schrie auf, als wir losliefen, um aus dem Fluß zu trinken, und sagte in seiner Zunge, das Wasser sei schlecht, und da ich Vertrauen zu ihm hatte, warnte ich meine Gefährten. Dies war schwierig für sie einzusehen, doch als wir zum Flußufer kamen, fiel es ihnen leichter, denn der Fluß war so flach, daß er beinahe ausgetrocknet war, und das Wasser war schwarz und faulig und mit einer dichten Schlacke oder Kruste überzogen, und mit Fliegen, die so zahlreich waren, daß sie wie ein summender Vorhang anmuteten.

So gingen wir weiter, ohne daß unser Durst gestillt war, und nach einer kleinen Weile gelangten wir zur Stadt Kasanza. Hier befanden wir uns nun zwölf Meilen östlich von São Paulo de Luanda. Es waren nur noch zwei oder drei Meilen von der Stadt zum See, doch einige unserer Leute brachten wegen ihres Durstes nicht die Kraft auf, noch weiterzugehen. Daher ließen wir unseren alten Schwarzmohren frei und gingen in die Stadt, um dort Hilfe zu suchen.

Diese Stadt war eine von jenen, die Don João de Mendoça bei seinem Feldzug durch das Tal des Mbengu unterworfen hatte, und wir fürchteten, es könnte dort eine portugiesische Garnison geben. Doch es gab keine, nur eine Negerbevölkerung, die uns sehr kühl begrüßte, und als wir um Wasser baten, flohen sie in ihre Häuser, wollten nicht mehr herauskommen und uns auch nichts zu trinken geben.

»Laßt uns das Dorf anzünden«, sagte dieser Portugiese Simão, der auch schon den Wachposten bei den Kanus hatte erschlagen wollen und sich seines Mutes und seiner Fähigkeiten brüstete, für mich jedoch nichts anderes als ein gewöhnlicher Verbrecher war.

»Aye«, sagte Gonçalo Fernandes, der einst überlebt hatte, indem er Urin getrunken hatte. »Wenn sie uns trotzen, werden wir sie verbrennen wie Ratten in einem Heuhaufen.«

»Das ist nicht das klügste Vorgehen«, erwiderte ich. »Wir können sie auch einfacher erschrecken.«

Und so ließ ich unsere Gruppe auf militärische Art und Weise Stellung beziehen, und wir zielten mit unseren Musketen auf die Hütten und feuerten sehr zurückhaltend, aber gezielt, schossen in diese und jene Hütte, so daß die Eingeborenen den Eindruck haben mußten, angegriffen zu werden. Dies trieb sie aus den Hütten hinaus, und sie machten Gesten der Unterwerfung, und nun kam auch ihr Fürst, der Mani Kasanza, zu uns, redete beschwichtigend auf uns ein, lud uns ein, die Nacht in seinem Dorf zu verbringen und sagte, wir könnten Wasser haben.

So schliefen wir in dieser Nacht wieder unter einem Dach. Doch es war keine ruhige oder fröhliche Nacht, wenn man keine Erheiterung an so gewaltigen Unannehmlichkeiten findet, daß sie schon wieder den Charakter des Absurden annehmen.

Denn genau dies spielte sich ab. Sie gaben uns zum Schlafen einen ihrer größten Paläste, der natürlich kein Palast war, sondern nur ein Haus aus Zweigen und Stroh und festgebackenem Schlamm, das jedoch viele Zimmer aufwies. Als wir gegessen und unseren Durst gelöscht hatten, gingen wir zufrieden auf unsere Zimmer, doch dort zerstreute sich unsere Freude schnell. Mein Bett stand an der Wand, die aus dickem, schlecht zusammengesetztem Ton bestand und genauso gut ein Rattennest genannt werden konnte: Denn es gab so viele und so große Ratten dort, daß sie mir großes Ungemach bereiteten, indem sie über meinen Körper liefen und mich in die Zehen bissen. Um dies zu verhindern, befahl ich, mein Bett solle in der Mitte des Raums aufgestellt werden, doch dies änderte nichts daran, denn diese verfluchten Geschöpfe wußten, wo sie mich finden konnten. Die anderen hatten die gleichen Schwierigkeiten, und nachdem eine Stunde vergangen war, die uns die Ratten unablässig gequält hatten, gingen Cristovão und ich zum Haus des Mani Kasanza, um gegen das Haus zu protestieren, das wir bekommen hatten.

Unsere Beschwerde überraschte ihn keineswegs, doch er sagte, er würde uns mit einem unfehlbaren Gegenmittel ausstatten. Dies war ein kleiner Affe, der mich vor den Ratten schützte, indem er Winde gegen sie ließ, sobald er sie erspähte, und so einen moschusartigen Geruch absonderte, den die Ratten unangenehm fanden. Wir nahmen dieses kleine, flinke Geschöpf mit in unser Haus, und fürwahr, es tat seine Pflicht; denn das Äffchen war ziemlich zahm und suchte in meinem Haar und Bart nach dort verborgenem Getier, das es verzehrte, und legte sich dann, nachdem es mir diesen Dienst erwiesen hatte, am Fuß meines Bettes nieder.

Als die Ratten dann erneut kamen, wie es ihre Gewohnheit war, ließ der Affe zwei oder drei Mal scharfe Winde gegen sie ab und jagte sie in die Flucht; und dann ging er in die anderen Zimmer und tat das gleiche für meine Gefährten.

So bekam ich vielleicht zwei Stunden Schlaf ohne Unterbrechung, derer mein Körper nach dem langen Marsch durch das heiße Land auch dringend bedurfte. Doch gerade, als ich in die wahren Tiefen meines Schlummers sank, der der erholsamte Teil der Nacht ist, stürzten mehrere Schwarze unter großem Gepolter in die Kammer und riefen: »Hinaus! Hinaus! Die Ameisen sind losmarschiert, und wir haben keine Zeit zu verschwenden!«

Ich war benommen vor Müdigkeit und verstand kaum, was sie sagten, und so hoben sie mich, ohne abzuwarten, daß ich mich rührte, auf meinem Strohbett hoch und trugen mich darauf aus der Hütte. Das gleiche geschah mit den anderen meiner Gruppe, und wir sammelten uns draußen, nun vollends erwacht. Die schnelle Auffassungsgabe der Schwarzen war mir gut zustatten gekommen, denn die Ameisen waren schon meine Beine hinaufgelaufen, hatten meinen Rumpf erreicht und bissen mich wie mit brennenden Nadelstichen.

»Wir sollten Gott danken«, sagte ein gewisser Portugiese namens Vaz Martin, den ihr Anblick sehr erregte, »daß wir vor diesen Ameisen errettet wurden, denn sie sind überaus tödlich.« Und er erzählte mir, daß so etwas im Königreich Angola oft geschieht: daß Männer in ihrem Schlaf überrascht werden, sich nicht mehr bewegen können und lebendig von ihnen gefressen werden, und daß man auch Kühe findet, die des Nachts von diesen Ameisen verspeist wurden und von ihnen nichts bis auf die Knochen übrigbleibt. Es stellt kein geringes Unterfangen dar, diesen lästigen Insekten zu entkommen, denn manche von ihnen können fliegen, und sie sind schwer von der Stelle zu entfernen, die sie mit Beschlag belegt haben; doch Gott sei gedankt, mein Leib wurde nicht lebendig von ihnen verzehrt.

Um das Dorf von den kleinen Angreifern zu befreien, nahmen die Schwarzen Stroh und zündeten es auf dem Boden der vier Räume an, über die die Ameisen schon auf einer Höhe von einem halben Fuß marschierten. Dabei griff das Feuer jedoch auf das Dachstroh des Hauses über, und da wir fürchteten, das Feuer könne vom Wind aufgepeitscht werden, zogen wir uns in eine sichere Entfernung zurück. Und die Ameisen drangen auch in eine benachbarte Hütte ein, wo die Schwarzen sie erneut ausräucherten; doch da die Hütte völlig aus Stroh bestand, wurde sie genauso wie die Ameisen vernichtet, woraufhin die Schwarzen aus ihren Häusern flohen, weil sie befürchteten, der Wind könne die Flammen weitertragen, und das gesamte Dorf würde abbrennen.

Dies alles klingt vielleicht ganz amüsant, wenn man es lange im nachhinein erzählt, doch ich versichere Euch, daß wir diese Komödie mit Ratten, Affen, Ameisen und Feuer keineswegs als erheiternd empfanden, sondern als sehr ernst. Wegen all dieser Vorgänge bekamen wir in dieser Nacht nur wenig Schlaf, und vor Anbruch der Dämmerung brachen wir noch erschöpfter, als wir eingetroffen waren, wieder auf und verbargen uns am Ufer des Sees Kasanza.

Hier fanden wir endlich etwas Ruhe, und wir konnten uns die Mägen mit Fischen und Vögeln vollschlagen. Und am nächsten Tag brachen wir bei Dämmerung gen Norden auf, bis wir den Fluß erreichten. Den Mbengu zu überqueren bedeutete große Gefahr, denn dieser Ort ist ein Schlüpfgrund der Coccodrillos, und sie traten dort in solch großer Zahl auf, daß sie uns an die Ameisenarmee erinnerten. Ich habe Euch schon gesagt, daß Coccodrillos einen moschusartigen Geruch ausströmen, doch hier waren sie so zahlreich, daß das Wasser selbst nach ihren Ausdünstungen stank, was höchst unangenehm war. Und diese Ungetüme stoßen Schreie aus, rufen sich des Nachts einander zu, besonders bei Tagesanbruch, mit einem Geräusch, das an eines erinnert, das sich aus einem tiefen Brunnen erhebt und noch eine Meile entfernt vernommen werden kann. Doch wir fanden eine Stelle, wo wir den Fluß sicher zwischen zwei großen Lagerstätten dieser Ungetüme durchwaten konnten, und wir zündeten Fackeln an, was sie zurückzuhalten schien.

Den gesamten folgenden Tag über durchquerten wir ein weiteres trockenes, heißes Gebiet, und kurz vor Anbruch der Nacht stießen wir auf den Fluß Dande, den nächsten im Norden des Mbengu. Wegen der Öde des Landes wandten wir uns nach Osten und marschierten soweit, daß wir sogar die Berge des Manibangono erreichten, eines Stammesfürsten, der mit dem König des Kongos, zu dem wir immer noch reisen wollten, verfeindet war. Vor uns sahen wir ein Dorf, aber wir wußten nicht, welch einen Empfang man uns dort bereiten würde, und so schlichen wir uns verstohlen heran und verbargen uns in einem nahegelegenen Feld.

Gottes Tod, das war eine Torheit! Denn wir hatten uns genau den großen Friedhof des Dorfes ausgesucht und uns kaum dort niedergelassen, als eine Prozession die Stadt verließ, um irgendwelche Begräbnisriten abzuhalten. Wir konnten nicht fliehen, denn das Land war so flach, daß man uns gewiß sehen würde; und so hatten wir keine andere Wahl, als uns hinter einem der großen, aufgehäuften Hügel der Begräbnisstätte zu verbergen und zu hoffen, daß man uns nicht bemerken würde.

So kamen sie also näher, und als sie den Rand des Friedhofes erreicht hatten, blieben sie stehen und sahen zu, wie ihre bemalten Medizinmänner ein paar Hennen töteten und das Blut freigebig verspritzten. »Weißt du, welche Bedeutung dieser Ritus hat?« flüsterte mir Cristovão zu, der sich neben mir verbarg.

»Überhaupt nicht«, sagte ich.

»Er soll verhindern, daß die Seele des Toten irgendeinem aus der Stadt als *Zumbi* erscheint.«

»Ich kenne dieses Wort *Zumbi* nicht.«

»Es bedeutet eine Erscheinung des Verstorbenen. Sie sind der Meinung, daß der, dem auch immer er erscheint, bald sterben wird.«

»Sind wir den Ameisen und Coccodrillos nur entkommen, um uns dem *Zumbi* auszuliefern?« fragte ich.

Daraufhin lachte er leise, und dann schwiegen wir und beobachteten, wie die Klageprozession mit viel Gesang, Tanz und Jammern zum Klang von Trommeln, eisernen Glöckchen und elfenbeinernen Hörnern weiterzog. Dann wurde der Leichnam, der in helle Stoffe und Tücher gewickelt war, in sein Grab gelegt. Sie bedeckten ihn mit reichen Gütern, mit Tüchern, Roben und Schmuckstücken und gossen anderthalb Ozeane Palmwein darüber, die ich in diesem Augenblick gern selbst getrunken hätte, und bedeckten das Grab dann mit Strohmatten. Und dann schritten die Zauberer oder Medizinmänner mit tausend abergläubischen Bewegungen und Zuckungen am Grab auf und ab, woraufhin schließlich die Erde aufgeschüttet wurde. Danach zogen sie sich zum Schlag einer Trommel in ihre Stadt zurück, und in der Nacht hörten wir aus der Ferne die Geräusche eines fröhlichen Festes mit Gott weiß welchen götzendienerischen Freuden und abscheulichen Vergnügungen.

Es gab in dieser Nacht keinen Schlaf für uns. Wer konnte schon sagen, welche Trauernden in der Nähe waren oder welche Wachen oder welche *Zumbi*? Bei den ersten rosa Streifen der Morgenröte im Himmel schien alles ruhig zu sein, und wir stahlen uns gen Norden davon. Und wir überquerten den Fluß, rasteten erneut, marschierten am Tag weiter und drangen, wie wir hofften, allmählich ins Königreich Kongo vor, und dabei kamen wir uns beinahe vor wie die Kinder Israels, die aus der Wüste in das verheißene Land marschierten.

3

Als wir zwei Meilen nördlich vom Fluß Dande entfernt waren, stießen wir auf eine Gruppe Neger, ein Dutzend oder mehr junge Jäger oder Krieger, gut bewaffnet, aber anscheinend freundlich. Sie sprachen die Sprache der Schwarzen aus Angola und fragten uns, wohin wir reisten.

»Wir gehen zum Kongo«, sagte ich.

»Dann geht ihr in die falsche Richtung«, sagten sie, was mich sehr überraschte, da ich sicher war, die Karte dieser Gegend genau im Kopf zu haben. Doch sie sagten, sie würden uns führen, denn sie seien Mushikongos, das hieß Kongomänner, und würden uns in das Land Mbamba bringen, wo der Herzog von Mbamba residierte, der einer der wichtigsten Fürsten des Königreichs Kongo war.

Mich beunruhigte dieses Abkommen, und Cristovão und seine Zigeuner auch, wie ich ihnen zugute halten muß. Doch die Portugiesen, die bei uns waren, mißtrauten meiner Führung und waren bereit, sich von diesem Schwarzmohren geleiten zu lassen, und sie vertraten ihre Auffassung so fest, daß ich nachgab und glaubte, ich könne mich doch im Irrtum befinden, was die richtige Reiseroute betraf.

So gingen wir etwa drei Meilen in östliche Richtung, tiefer ins Landesinnere, bis wir sicher waren, eine falsche Richtung eingeschlagen zu haben. Denn wir orientierten uns an der Sonne, und als wir an diesem Nachmittag die Hügel hinaufstiegen, lag sie genau hinter uns. So wandten wir uns wieder nach Westen. Daraufhin bauten sich die Schwarzen schnell vor uns auf und hoben ihre Bogen und Pfeile und Speere, bereit, auf uns zu schießen.

Ich sah Cristovão an, und er mich, und ich sagte: »Wir müssen uns den Weg freikämpfen.«

»Aye«, sagte er, und wir richteten unsere Musketen auf sie. Die Schwarzmohren zeigten daraufhin keine Furcht, und wir schossen gleichzeitig sechs Musketen ab, was vier von ihnen tötete und die anderen sehr erschreckte, und sie flohen in das Unterholz. Doch sie folgten uns vier oder fünf Meilen und verletzten zwei aus unserer Gruppe mit ihren Pfeilen.

Am nächsten Tag erreichten wir die Grenze von Mbamba, der südwestlichen Provinz des Königreichs Kongo, und marschierten den ganzen Tag über. Des Nachts hörten wir die Brandung der See. Dies bereitete mir großes Vergügen, da ich die glücklichsten Tage meines Lebens in Hörweite des Meeres verbracht hatte und wie jeder Engländer engherzig und verdrossen werde, wenn ich auf irgendeine große trockene Ebene getrieben werde, die weit entfernt von der Brandung und den Meeresbrisen liegt. Doch nun vernahm mein Ohr das Ansteigen und Fallen der Wellen, das schönste Geräusch, das unsere Erde hervorbringen kann.

Mein Plan sah vor, daß wir uns in einen zivilisierten Teil des Kongo durchschlugen, denn dieses Land hat eine gewisse Ordnung, und sein Volk ist alles andere als rückständig und kommt dem Geheiß Jesu nach. Die Portugiesen haben dort einen großen Einfluß, doch ich fürchtete nicht, ihnen in die Hände zu fallen, da sie nichts von meiner Flucht aus Angola wußten, und vielleicht konnte ich vorgeben, ein Holländer zu sein, der irgendwo Schiffbruch erlitten hatte und Zuflucht suchte. Oder aber die Schwarzmohren selbst würden mir helfen, einen Hafen zu erreichen, und ich würde dort ein Schiff nach England nehmen. Ich hatte mir noch einige andere dieser Pläne ausgearbeitet für den Fall, daß die beiden besten Möglichkeiten nicht durchführbar waren. Doch letztendlich waren alle diese meine Pläne zum kläglichen Scheitern verurteilt, denn das Unheil überkam uns, als wir erschöpft nach Norden unterwegs waren, nur ein paar Meilen vom Meeresufer entfernt.

Es war am frühen Morgen, und wir befanden uns, glaube ich, zehn Meilen oder ein wenig mehr oberhalb von São Paulo de Luanda. Zu unserer großen Bestürzung sahen wir plötzlich, wie uns ein Trupp berittener Portugiesen folgte, mit einer großen Streitmacht an Negern hinter ihnen. Ich glaube, wir sind durch irgendeinen tragischen Zufall einer außerhalb stationierten Garnison des portugiesischen Heeres über den Weg gelaufen, die in dieser Gegend auf der Suche nach Feinden patrouillierte, und überdies wurden wir fälschlicherweise von ihr noch für Späher eines sich nähernden Heeres gehalten.

Unsere Gruppe wurde durch dieses Zusammentreffen derart entmutigt, daß sich unsere sieben hasenfüßigen Portugiesen im Unterholz verbargen, sich wie Eichhörnchen in einem Loch zusammenkauerten, wo man sie bestimmt aufgreifen würde. Ich wollte mit den vier Zigeunern fliehen, doch die Soldaten folgten uns so schnell, daß wir kaum ein kleines Wäldchen erreichen konnten. Sobald der portugiesische Hauptmann uns eingeholt hatte, gab er eine Musketensalve in den Wald ab, woraufhin wir uns verloren, denn unter diesem tödlichen Feuer krochen wir hier oder dort entlang und wurden voneinander getrennt.

Ich lag allein da, in stinkenden Schweiß gehüllt, ansonsten aber unverletzt. Überall um mich herum erklangen die

Schreie und Rufe der schwarzen Hilfskräfte, die unbeholfen durch den Wald stoben und sich auf der Suche nach uns gegenseitig zuriefen. Doch es gab so viele von ihnen, daß sie trotz ihrer Ungeschicktheit früher oder später über mich stolpern mußten, und ich malte mir aus, daß mich diese Neger, sollten sie mich hier im Wald finden, auf irgendeine häßliche, barbarische Art und Weise töten und meinen blutigen Leichnam zum Hauptmann der Portugiesen zerren würden, um eine Belohnung zu beanspruchen. Ich glaubte schon, meine Zeit sei gekommen, doch ich zog es vor, in einem sauberen Kampf zu sterben, anstatt von Wilden in irgendeinem dornenreichen Unterholz totgeschlagen oder erwürgt zu werden. In der Meinung, mir sei ein besseres Ende beschert, wenn die Portugiesen es mir bereiteten, stürmte ich schließlich aus dem Wald, die Muskete geladen, bereit, eine gewisse Anzahl von Feinden mit mir zu nehmen.

Doch der Hauptmann, der glaubte, wir kämen alle zwölf gemeinsam hinaus und ich würde meine Gefährten aus unserer Zuflucht führen, rief mir etwas zu und sagte dann: »Soldat, ich habe die Begnadigung des Gouverneurs; wenn du dich ergibst, wird dir kein Leid geschehen.«

Ich, der ich meine Muskete bereit hatte, gab dem Hauptmann höchst wahrheitsgetreu zurück, daß ich Engländer sei und sechs Jahre in großem Elend in Masanganu gedient habe; und in Gesellschaft von elf Portugiesen und Zigeunern geflohen und nun allein sei; und anstatt an den Galgen gebracht zu werden, würde ich lieber bei der Verteidigung meiner Freiheit sterben.

»Nay«, sagte er, »du wirst nicht gehängt werden. Bist du der Piloto Andrew Battell?«

»Der bin ich.«

»Händige deine Muskete einem der Soldaten aus, Piloto Battell. Und ich gelobe dir als Ehrenmann und Soldat, daß ich dir wegen deines unbeirrbaren Geistes das Leben retten werde.«

Dies waren recht edle Worte, wenngleich sie aus dem Mund eines Portugiesen kamen. Ich hielt es für klüger, trotz all meines Mißtrauens gegenüber solchen Verblendungen seinem Schwur zu vertrauen, anstatt ihn fürderhand zurückzuweisen und ruhmreich zu sterben; denn man kann das Sterben, ob es nun ruhmreich oder nicht vonstatten geht, nicht rückgängig machen. So ergab ich mich. Und Ihr werdet nicht erstaunt sein, zu erfahren, daß ich auf diese Art in ein neuerliches Unglück stolperte.

Der Hauptmann befahl all seinen Soldaten und Negern, das Unterholz abzusuchen und alle von uns lebendig oder tot herauszubringen, was schließlich auch geschah. Dann brachten sie uns zur Stadt São Paulo de Luanda, die in den sechs Jahren, seit ich sie zum letzten Mal gesehen hatte, viel größer und gewiß beträchtlich wohlhabender geworden zu sein schien, und warf mich mit den drei Zigeunern in den Kerker. Dort lag ich viele Monate lang mit einem Eisenkragen um den Hals und großen Gewichten an den Beinen, im gleichen Kerker, den ich zuvor schon gekannt hatte, inmitten der Ratten und Spinnen. Ich wurde nicht gehängt, und insofern erfüllte der Hauptmann sein Versprechen. Doch erneut war ich ein Gefangener in Ketten.

Alles wird viel einfacher, wenn man darin geübt ist, und ich war mittlerweile ein wahrer Experte im Eingekerkertsein. Ich erschöpfte meinen Atem nicht mehr in lautem Wehklagen über mein Schicksal oder die Denunziation meiner Feinde, noch brütete ich lang und schwer über eine grausame Rache. Stattdessen ließ ich mich schnell in einen veränderten Bewußtseinszustand gleiten, eine Art mystische Trance, während der meine Seele mitunter stundenlang diesen abscheulichen Ort verließ und den hellen Bereich meiner

Vorstellungen durchstreifte. Hätte ich diese Eigenschaft nicht besessen, so hätte ich bei all meinen vielen Gefangenschaften wohl den Verstand verloren.

Also stellte ich mir vor, ich sei in England, schlenderte durch die schmalen, verwinkelten Gassen Londons und schritte über die süßen grünen Felder von Essex. Nach Plymouth ging ich und nach Dover, dem Ort, der im Sonnenschein so hell strahlt, und ich kniete in der großen Kathedrale von Canterbury nieder und schritt auf den alten Mauern von Chester und reiste im Ochsenkarren nach York und sogar auf einem Botengang für dieses störrische, aufrührerische Volk ins dunkle, stürmische Schottland. Ich beratschlagte mich mit den hohen Herren des Hofes und lernte erfahrene Kartographen kennen, denen ich meine Geschichte von Frankreich erzählte. Ich segelte wieder nach Frankreich und sogar nach Spanien, von dem ich mir vorstellte, es sei nun durch einen Friedensvertrag mit England verbunden. Und ich stellte mir vor, wie ich zu einem liebenden Weib nach Hause kam, das ich Anne Katherine nannte, obwohl meine Vorstellungskraft mich hier im Stich ließ, denn ich konnte noch nicht einmal ein Gesicht für sie herbeirufen und auch keine Charaktereigenschaften. Die Anne Katherine, die ich einmal gekannt hatte, war nur ein Produkt der Einbildung, ein schon lange erwachsen gewordenes Kind, und obwohl ich vorgeben konnte, mit ihr verheiratet zu sein, hatte sie keinen Gehalt mehr für mich.

Mit solchen Spielen verbrachte ich die Tage und die Nächte. Ich dachte oft über mein Leben nach und auch über die seltsamen Wendungen und Drehungen, die es genommen und die mich in diese portugiesischen Kerker und wieder aus ihnen hinaus gebracht hatten, und über die seltsamen, gewundenen, schattigen Flüsse, über die ich mich wie ein Verzauberter durch ein Reich der nackten Wilden und der

Menschenfresser bewegt hatte. Es war, als wäre ich an einem Apriltag im Jahre des Herrn 1589 eingeschlafen und in einen langen Traum gefallen, aus dem es kein Erwachen gab.

In Träumen kann alles geschehen, und nichts ist ein Anlaß, überrascht zu sein. So gab ich mich nun nach dem Fehlschlag meiner kühnen Flucht von Masanganu dem traumähnlichen Fluß der Ereignisse hin und ließ mich von seiner Strömung tragen, ohne jemals eine weitere Befreiung aus dem Kerker und der Haft zu erwarten und ohne das geringste Erstaunen zu zeigen, als mein Leben eine neuerliche Wandlung erfuhr. Womit ich meine, daß ich mich in eine große Gleichmut gehüllt hatte, aus der nichts meinen ruhigen Pulsschlag heben konnte. Als also Wärter kamen und mir die Gewichte von den Beinen und den eisernen Kragen vom Hals nahmen, stellte ich keine Fragen, denn es war mir völlig einerlei, ob sie mich nun zum Hinrichtungsplatz führten oder an Bord eines Schiffes nach England brachten. Mein Blut floß ruhig. Meine Seele akzeptierte alles gleichermaßen stoisch.

Und so zogen sie mir meine Lumpen aus und gaben mir grobe, aber saubere Kleidung, wie sie ein gewöhnlicher Bauer tragen mochte, und führten mich auf den Hof des Presidio und in das Herz der Stadt hinaus. Und unter dem Trommelschlag der Mittagshitze marschierte ich zwischen ihnen, ein wenig schwach auf den Beinen, weil ich so lange in eine Zelle gezwängt war, doch die Schultern gehoben, und ich sagte kein einziges Wort, fragte sie niemals, wohin sie mit mir gingen oder welches Schicksal mich erwartete.

Sie geleiteten mich zu einem Wohnsitz, der wie ein Palast anmutete, mit Einfassungen aus weißem Stein, die in die strahlend blauen und gelben Ziegel portugiesischer Herstellung eingelassen waren, und mit Wachposten, die draußen mit Musketen patrouillierten. Ich glaubte, mich von meinem früheren Leben in São Paulo de Luanda an diesen Palast zu erinnern, war mir aber nicht sicher, und die Wolken klärten sich erst vor meinem Geist auf, als ich den Palast betreten hatte. Da begriff ich, daß es der Wohnsitz von Fernão de Souza und Doña Teresa war, der jedoch im Laufe der Jahre mannigfach umgebaut und viel prächtiger geworden war. Und als ich den Fuß in dieses Haus setzte, wurde meine gelassene Trance gebrochen, und ich verspürte eine Trockenheit in meiner Kehle, und mein Herz wurde wie von einer geheimen Hand in meiner Brust zusammengedrückt.

Wir schritten durch eine lange Halle, die mit schweren Tapisserien behangen war, und in einen kleinen Salon, in dem mich Doña Teresa einst mit Süßigkeiten von einem kleinen Tablett gefüttert hatte. Eine Frau von größter Erhabenheit und Schönheit stand dort. Sie trug ein langes, schwarzes Gewand aus venezianischer Seide und eine dreifach gelegte Kette aus leuchtenden Perlen, die von tiefblauer Farbe waren, wobei keine zwei die gleiche Form hatten, und in ihren Ohren waren breite Ringe aus Gold, in die große Smaragde eingelassen waren. So verschwenderisch war ihre Aufmachung, daß deren Glanz ihre Gesichtszüge beinahe überstrahlte, und ich erkannte sie nur allmählich, obwohl es natürlich Doña Teresa war, die ich dort sah.

»Ihr könnt gehen«, sagte sie.

Ihre Stimme war kühl und wohlabgewogen, die Stimme eines Menschen, der zu befehlen gewohnt war. Sie gab sich wie eine Königin.

Ich dachte an die Zeit vor sechs Jahren zurück und noch mehr daran, wie ich sie zum letzten Mal gesehen hatte, als sie sich fast nackt in meiner Hütte zusammenkauerte, vor Schweiß glänzend und wild wie ein erzürntes Tier, ihre Kleidung zerfetzt und rote Kratzer überall auf ihrer Haut, und wie sich ihre Brüste vor Raserei und Zorn hoben und senkten. Und dann blitzten die Gedanken an eine frühere und glücklichere Zeit in meinem Verstand auf, als ich neu in Angola war und mich kaum von meinem Masanganu-Fieber erholt hatte und sie in meinem Kerker ihr Gewand beiseite schob, mir ihre braunen Brustwarzen zeigte und ihre Schenkel um meinen Körper schlang.

Sie war damals bloße achtzehn gewesen, geheimnisvoll und selbstsicher. Doch dies war zehn Jahre her, oder noch ein wenig mehr, und sie war zu einer königlichen Erscheinung von gar erstaunlicher Stärke gereift. Und doch war sie immer noch wunderschön, sogar noch schöner, als sie es damals gewesen war, und ich hätte über die Vollkommenheit ihres Gesichts und Körpers vor Schmerz weinen können.

Ich nehme an, ich hätte sie fürchten sollen. Denn bei unserer letzten Begegnung vor diesen sechs Jahren hatte sie sich als wahre Hexe erwiesen, als dunkle Zauberin, als überaus boshafte Frau: Eigenschaften, die ich von Anfang an in ihr gesehen hatte, die den Gipfel ihrer verbitterten Kraft jedoch erreichten, als sie sich mit Matamba gemessen hatte. Sie war ein großartiges Geschöpf: und doch war sie eine Art Ungetüm.

So seltsam es Euch anmuten mag, ich fürchtete sie nicht.

Lag es daran, daß die Furcht unter der heißen Sonne von Masanganu aus meiner Seele gebrannt worden war? Oder daß ich ihre Macht über mich gebrochen hatte, als ich ihr kleines Idol in das Wasser des Flusses geschleudert hatte? Oder war es nur, weil ich wußte, daß sie mir kein weiteres Leid antun konnte, da ich überhaupt nichts mehr zu verlieren hatte? Vielleicht war das letztere der Kernpunkt. Was es auch sein mochte, ich trat ihr sehr kühl entgegen, und mein Herz schlug nicht schneller als sonst auch. Ich brachte ihr Zorn entgegen – aye, einen alles übertreffenden Zorn! –, verspürte aber nicht die geringste Furcht.

Wir standen uns gegenüber, mit einem schweren, geschliffenen Bronzetisch zwischen uns, und sie betrachtete mich, als sei ich irgendeine seltene Rarität aus den Schatzkammern von Byzanz.

Dann sagte sie: »Ich hatte gefürchtet, dein Haar sei weiß geworden. Es erfreut mich sehr, daß es noch golden ist.«

»Ich bin innerlich weißhaarig, Doña Teresa.«

»Fürwahr? Wie alt bist du nun, Andres?«

»Ich glaube, ich werde dieses Jahr zweiundvierzig.«

»Ja, sehr alt. Dreh dich um. Laß mich dich von allen Seiten sehen.«

Ich gehorchte und drehte mich, als führe ich ihr einen neuen Mantel vor oder schmucke Beinkleider. Denn ich wagte es nicht, die engen Zügel, an die ich mich genommen hatte, zu lockern und in die Nähe meiner wahren Empfindungen zu kommen, weil ich mich sonst womöglich auf sie geworfen und sie zu Tode gewürgt hätte.

»Du siehst noch stark und lebensvoll aus, Andres«, sagte sie.

»Aye. Die Sklaverei bekommt mir gut.«

»Dann war es für dich Sklaverei?«

»Sechs Jahre in Masanganu, Doña Teresa«, sagte ich überaus ruhig. »Dieser Ort ist keiner, den man zu seinem Vergnügen aufsucht. Und dann habe ich einige Tage zu Fuß die Wildnis durchquert und danach mehrere Monate in diesen Kerkern hier verbracht, in denen das Essen nicht das beste ist.«

»O Andres, wirst du mir vergeben?« fragte sie, und die stählerne Härte wich aus ihrer Stimme, und schien beinahe wieder ein Mädchen zu sein.

»Aye«, sagte ich verbittert, »denn es war ein leichtes, was du mir angetan hast, mich am Abend meiner Flucht zu verraten und zu verhindern, daß ich in mein Heimatland zurückkehren konnte. Warum sollte ich dir deshalb zürnen?«

»Beim Kreuz Jesu, Andres, ich hatte nichts mit dem Verrat an deiner Flucht zu tun. Ein paar Portugiesen in der Mannschaft des Holländers haben von deinem Plan erfahren und ihn Caldeira de Rodrigues verraten.«

»Ah, so war es also. Du hast lediglich die Geschichte erfunden, ich hätte dich mit Gewalt genommen, das war alles.«

Sie senkte den Blick. »Ich war sehr zornig auf dich.«

»Weil ich dich zurückgewiesen habe?«

»Deshalb und weil du das Sklavenmädchen an meine Stelle genommen hast.«

»Du warst nicht meine Frau. Sollte ich für den Rest meiner Tage allein schlafen, außer wenn du mich einmal rufen läßt?«

»Ich hätte dich oft rufen lassen«, erwiderte sie darauf. »Ich konnte es nicht ertragen, daß du dich mit diesem Tier vereinigst.«

»Keine Tier, meine Dame, sondern eine gute Christin, eine bessere als manche andere in dieser Stadt, die vorgeben, Christen zu sein, aber auch mit dem Teufel schachern. Und sie hatte ein warmes und freundliches Herz, wo es hier einige gibt, die dort überhaupt nichts haben.«

»Warum hast du sie gekauft?«

»Um sie vor dem Übel zu bewahren, in einen tödlichen Dienst verschifft zu werden.«

»Und um sie zu deiner Konkubine zu machen?«

»Dies geschah erst nachher; dies hatte ich nicht vorgesehen. Und vergiß nicht, ich hatte geglaubt, du wärest tot. Es hieß, du wärest auf deinem Weg nach Portugal über Bord geworfen worden.«

»Aber dieses Schicksal blieb mir erspart. Warum hast du sie nicht verstoßen, als ich nach São Paulo de Luanda zurückkehrte?«

Ich sog die Atemluft tief ein und gab sie langsam wieder frei. »Was für einen Wert hat es, über diese Dinge zu sprechen, Doña Teresa? Sie war meine Dienerin und meine Gefährtin. Du hattest dir einen Gatten genommen. Du und ich, wir mußten verschiedene Leben leben, und sie war ein Teil von meinem. Als ich dir dies berichtete, wolltest du es mir nicht zugestehen, sondern hast dich wie ein wildes Tier mit deinen Klauen auf sie geworfen und dann eine ungeheuerliche Lüge erzählt, die mir beinahe die Todesstrafe eingebracht hätte. Doch warum sollen wir in diesen Sachen graben? Es ist schon lange her.«

Sie kam um den Tisch herum und trat näher zu mir, so daß ich das Parfum roch, das sie aufgelegt hatte, und ich stellte mir vor, es käme eine pochende Hitze von ihr, eine Wärme wie die der Sonne, die von den beiden Zwillingsspitzen ihre Brüste und von dieser dunklen, heißen, wolligen Stelle darunter ausstrahlte, die ich so gut kannte.

»Ich habe ein schändliches Ding getan, dich so fälschlich zu beschuldigen«, sagte sie. »Doch ich war erzürnt, Andres, ich war von Sinnen, ich war nicht bei Verstand. Danach habe ich im Innern bereut und große Schuld über die Sünde verspürt, die ich dir angetan habe, und bin zu Don João gegangen und habe ihn gebeten, dich von deinem Todesurteil zu begnadigen.«

»Ah, dann verdanke ich dir mein Leben«, sagte ich halb im Spott.

»Das wäre etwas übertrieben, denn Don João hatte sich bereits entschieden. Er fand in seinem Herz nicht den Willen, dich zu hängen, und so zögerte er seine Entscheidung hinaus und ließ dich im Kerker. Als ich mit ihm sprach, stärkte dies seinen Entschluß, und er entschied, dein Urteil in eine lebenslange Verbannung nach Masanganu umzuwandeln.«

»Ein überaus angenehmer Ort.«

»Angenehmer als der Galgen, nicht wahr, Andres?« Sie streckte eine Hand nach mir aus, berührte mich aber nicht. »Wie du sagtest: es war vor langer Zeit. Mein Zorn entsprang lediglich meiner Liebe zu dir. Ich habe meine Falschheit bereut und innerlich, in meiner Seele, dafür Buße getan. Und ich bitte dich nun, mir zu vergeben.«

»Was wird nun aus mir werden?«

»Du stehst wieder unter Anklage auf Todesstrafe, weil du unrechtmäßig aus deiner Verbannung geflohen bist. Doch erneut zögert Don João, dich zu hängen, aus einer seltsamen Zuneigung zu dir heraus. Und erneut habe ich für dich gesprochen.«

»Dann ist Don João noch Gouverneur?«

»Er ist alt und krank, und ich glaube, er wird seinen Posten nicht mehr lange halten. Doch im Augenblick herrscht er noch. Don Fernão macht sich für deinen Tod stark, wie auch Caldeira de Rodrigues. Doch ich widerspreche, und Don João ist nicht unwillig, und ich glaube, wir werden die Oberhand behalten.«

»Ah. Dein Gatte sucht immer noch Rache für die Vergewaltigung, die gar nicht stattgefunden hat!«

»Ich habe ihm gesagt, daß sie nicht stattgefunden hat.«

»Warum will er mich dann hängen lassen? Glaubt er dir nicht?«

»Er glaubt mir. Er hegt keinen privaten Groll gegen dich. Um seiner Position willen muß er in der Öffentlichkeit Feindschaft gegen dich zeigen, weil du seine Frau entehrt hast.«

»Um seiner Position willen?« fragte ich. »Und was für eine Position ist das?«

»Er ist zweiter Vizekönig* unter Don João, und er wird, glaube ich, ihm in seinem Amt folgen.«

* Damals gebräuchliche Bezeichnung für das Gouverneursamt; Anm. d. Übers.

Darüber lächelte ich. »Also hast du deinen Plan fast schon bewerkstelligt. Bald wirst du die Frau des Gouverneurs sein, und weil er ein schwacher und dummer Mann ist, wirst du in Wirklichkeit der Gouverneur sein, obwohl er die Amtskette trägt. Ich applaudiere dir, Doña Teresa! Ich beglückwünsche dich in größter Bewunderung!«

»Andres . . .«

»Warum die sanften Worte? Warum die ausgestreckte Hand? Doña Teresa, du hast mich auf sechs Jahre in eine schreckliche Verbannung geschickt.«

»Und dich vor dem Hängen gerettet, und ich werde dich wieder retten, und ich werde alles tun, was in meiner Macht steht, um den Schaden, den ich dir zugefügt habe, wiedergutzumachen. Ich bitte dich, daß du deinen Haß auf mich fallen läßt. Ich bitte dich, daß du dich an unsere Liebe erinnerst, die so hell gebrannt hat.«

Ich schloß die Augen und wandte den Kopf ab.

»Du wirst mich nicht noch einmal zurückweisen!« rief sie, und alle Zärtlichkeit, die in ihre Stimme gekrochen war, war daraus verschwunden.

»Ah, du befiehlst mir also, dich zu lieben?«

»Ich befehle gar nichts!«

»Was wollt Ihr dann von mir, meine Dame?«

»Nichts, was wir nicht schon zuvor hatten.«

»Wir sind nicht mehr die, die wir einmal waren«, entgegnete ich.

»Ich sage dir, nichts hat sich geändert.«

»Aye, aye, du hast recht«, sagte ich mit einem Nicken. »Nichts hat sich geändert. Nur, daß ich deinetwegen sechs Jahre in der Verbannung zugebracht habe, während du dich in Seide und Perlen gekleidet und in großer Pracht am Meer gelebt hast. Du hast an guten Weinen genippt, und ich habe Galle getrunken. Du hast seltenes Geflügel gegessen, und ich habe den Gestank von Coccodrillos gerochen. Doch nichts hat sich geändert.«

»Andres . . .«

»Oh, ich glaube, ich habe geweint, als ich Euch für tot hielt, meine Dame!«

»Andres«, sagte sie erneut, und wieder machte ihre Stimme die Reise vom Stahl zum Samt. »Hör mir zu und lege deinen Zorn für den Augenblick ab. Von dem Moment an, da ich dich zum ersten Mal sah, habe ich dich geliebt. Du warst wie die Sonne, dachte ich, du mit deinem goldenen Haar und deinen blauen Augen – allein wenn ich dich anschaute, verspürte ich eine Wärme, ja sogar eine starke Hitze. Und seit diesem Augenblick habe ich dich immer höher geschätzt als alle anderen Männer. Wenn ich dich betrogen habe – und ich habe dich höchst schändlich betrogen –, dann geschah es aus einem Übermaß an Liebe, aus einem Zuviel an Leidenschaft. Doch wenn du dich mir wieder zuwendest, werde ich dich voll entschädigen, das schwöre ich dir!«

»Was genau willst du von mir, Doña Teresa?«

»Ich dachte, ich hätte es gesagt.«

»Du hast von sehr verschwommenen Dingen gesprochen. Benenne den Dienst, den ich dir erbringen soll.«

Über das Funkeln ihrer Augen senkte sich ein verhüllender Schleier aus neuerlichem Zorn.

»Andres, bitte . . .«

»Benenne ihn!«

»Nein«, sagte sie und wandte sich von mir ab. »Dies hat keinen Nutzen. Zuviel Zeit ist zwischen uns getreten.«

»Zeit und auch andere Dinge.«

»Fürwahr. Geh, Andres.«

»Und ich bin dein Feind?«

»Niemals wieder«, sagte sie. »Doch geh! Schnell!«

Ich konnte die heißen Wellen des Verlangens, die von ihr ausströmten, deutlich fühlen, und ich wußte, daß ich selbst jetzt nur zu ihr treten, mit meinen Fingerspitzen ihre nackte Schulter berühren mußte, und sie würde mir in einem Augenblick gehören. Ich zögerte. In meinem Geist blitzte das Bild von Doña Teresa auf, wie sie eine geheimnisvolle Schnalle öffnete und ihr Gewand fallen ließ, so daß sie bis auf ihre Perlen und die smaragdbesetzten Ohrringe nackt vor mir stand, mit den dunklen Türmchen, die sich hart von ihren hochstehenden, runden Brüsten hoben, und dem Moschusgeruch der Lust, der ihre Lenden tränkte, und dann würde ich vor ihr niederknien, und sie würde mein dichtes, verfilztes Haar streicheln und meine Wangen gegen ihre glatten Schenkel drücken, und ich würde mein Gesicht in das Flußbett ihrer Weiblichkeit drücken, und meine Zunge würde den kleinen rosa Knopf suchen, der darin verborgen war, und dann – und dann, und dann, und dann . . .

Oh! Wie leicht würde ich mich in den Schlingen ihres zarten Fleisches verfangen!

Doch ich trat nicht vor. Bei Gott, wie ich es Euch bislang sicher verdeutlicht habe, bin ich in diesen Dingen der Lust kein Mann von eiserner Selbstdisziplin. Doch selbst dann gibt es eine Zeit, da es unangemessen wird, mit einer bestimmten Frau zu kopulieren, und diese Zeit war für Doña Teresa und mich schon längst gekommen.

Sie war Dalila. Sie war Circe. Sie hatte mich in ihrem Bann, und sie hatte mich als ihr Spielzeug benutzt, und sie hatte mich fallen lassen, als ich ihre Bedürfnisse nicht mehr erfüllen wollte. Und indem sie mich fallengelassen hatte, hatte sie mir die Kraft gegeben, mich von ihr zu trennen. Wenn ich mich nun wieder in ihre Hände begab, würde ich vielleicht nie wieder daraus entkommen.

Ah, sie war wunderschön, und sie war niemals schöner

gewesen als jetzt, in der vollen Reife ihrer Fraulichkeit. Doch ich kannte sie so gut! Sie war gefährlich, ein Frauendämon, eine Lilith, ein Instrument der Verführung und Beherrschung, die sich wie ein Mädchen oder sogar wie ein Kätzchen geben konnte, wenn es zu ihrem Vorteil war.

Ich zitterte, als ich daran dachte, wie einfach es sein würde, sie in die Arme zu nehmen, und welch großen Fehler ich damit begehen würde. Ich verstand alles, was sie behauptet hatte: daß sie mich einfach aus Zorn und Eifersucht verraten hatte. Und solche Motive waren auch nicht unbekannt in der Welt vor ihrer Zeit, nicht, seit Jupiters Königin Juno in schändlicher Weise viele ihrer Rivalinnen verhext und ihre unglücklichen Geliebten verzaubert hatte; und ich schätze, viele geringere Frauen haben ebenso gehandelt.

Doch ich würde mich nicht noch einmal täuschen lassen. Eher würde ich aufs Geratewohl mit irgendwelchen Huren von den Straßen kopulieren, als mich in den Bann dieser Teufelin zu begeben, die ich fälschlicherweise für eine wahre Frau gehalten hatte. Ich mußte mich von Doña Teresa fernhalten, der Weisheit und der Ehre und der Sicherheit willen. So ging ich nicht zu ihr, was mir so leicht gefallen wäre.

Statt dessen sagte ich, mit einer großen Ferne in der Stimme und einer leichten Kühle: »Nun, also werden wir keine Feinde sein. Ich wünsche dir allen Trost und Segen, Doña Teresa.«

4

Obwohl ich mich ihr nicht unterwerfen wollte, wurde ich durch Doña Teresas gute Dienste wieder zum freien Mann. Doch es war eine eingeschränkte Art der Freiheit, die keineswegs der entsprach, die ich in den alten Zeiten genossen hatte, als ich der Lotse der Pinasse des Gouverneurs gewesen war. Es lag noch immer die doppelte Anklage auf Verrat und Vergewaltigung über mir, wegen der ich nach Masanganu verbannt worden war, und darüber hinaus die wegen des Verbrechens, aus diesem Fort geflohen zu sein; und man gab mir zu verstehen, daß mich für diese Vergehen noch eine gewisse Bestrafung erwarten würde. Doch ich mußte meine Zeit nicht mehr in dem Kerker hier verbringen, noch würde man mich nach Masanganu zurückschicken. So hatten sich meine Lebensumstände etwas gebessert.

Ich durfte meine ehemalige Hütte am Meeresufer nicht mehr beziehen. Statt dessen bekam ich ein viel bescheideneres Heim, einen Raum im Erdgeschoß der Kasernen, in denen die gewöhnlichen portugiesischen Soldaten wohnten, und ich bekam diesmal auch keine Diener. Doch ich hätte kaum etwas besseres als dies erwarten können, und selbst die Kasernen waren ein guter Schritt aufwärts von der Fäule des Kerkers oder der üblen Feuchtigkeit von Masanganu. So zog ich ohne Murren dort ein und nahm meine Mahlzeiten mit den Soldaten ein, aß wie sie bescheidene Mehlsuppen oder Haferschleim und das sehnige, gekochte Fleisch unbekannter Tiere und spülte alles wie sie mit dem schalen Bier oder dem leichten Palmwein hinab, den sie bekamen.

Unter diesen Soldaten suchte ich keine Freundschaften, denn sie waren alle halb so alt wie ich und erst in den letzten Jahren aus Portugal oder den anderen Kolonien hierher gekommen. Ich schätze, sie sahen wie eine Art Phantom auf mich herab und fanden mich furchterregend: ein hagerer, großer Engländer mit wilden Augen, von dem es hieß, er habe schreckliche Verbrechen begangen und lange Jahre der Zwangsarbeit im Landesinneren überstanden, an einem Ort, den sie verabscheuten.

Sie begriffen nicht, wieso ich überhaupt in Angola war, noch konnten sie mich als Gefährten akzeptieren, da ich mich von ihrem Wesen so völlig unterschied. Es gab Zeiten, da hätte ich beinahe gesagt: »Nay, ich bin nur der gutmütige Andy Battell, der euch nichts Übles will«, doch ich sagte es nicht.

Denn allmählich sah ich ein, daß dieser gutmütige Andy Battell, dieser liebenswürdige junge Mann, der England verlassen hatte, um ein wenig Gold zu gewinnen, mit dem er seine Liebste heiraten konnte, schon seit langem tot war, begraben in der Hülle des Mannes, der den gleichen Namen trug.

Ich war unschuldig und fröhlich gewesen, sogar etwas unbedarft; und wegen dieses unbedarften Wesens hatte Gott es als geziemend erachtet, mich von einer Gefangenschaft in die andere zu schicken, von einer Qual in die anderen, und dies hatte mich sehr gewandelt, denn es war nur sehr wenig übrig geblieben von dem ursprünglichen Andy Battell, bis auf eine gewisse starrköpfige Beharrlichkeit und, so hoffe ich, ein gewisses Maß an Ehre.

Während meiner Abwesenheit hatten sich in diesem Land auch andere Änderungen vollzogen. Die offensichtlichste lag darin, wie sehr São Paulo de Luanda gewachsen war, ein Ort, der nur aus schlammigen Straßen und Gebäuden mit Strohdächern bestanden hatte, als Thomas Torner und ich im Juni des Jahres 1590 hierher verschleppt worden waren; und nun, zehn und noch ein paar Jahre darauf, war eine wirkliche Stadt daraus geworden, mit schönen Palästen und Kirchen und Regierungsgebäuden überall. Dies verriet mir, daß die Portugiesen große Gewinne aus diesem Ort ziehen mußten und daß sie ihn zu ihrem wichtigsten Stützpunkt auf der dem Atlantik zugewandten Seite Afrikas gemacht hatten, wobei sie sich fast völlig aus ihrem früheren Herrschaftsbereich im Inneren des Königreichs Kongo zurückgezogen hatten.

Es hatte auch unter den Bewohnern der Stadt Veränderungen gegeben. Ich habe schon davon gesprochen, wie sich Doña Teresa von einem stattlichen Mädchen in eine mächtige und erstaunliche Frau verwandelt hatte, praktisch die Königin der Stadt. Ein paar andere, die ich früher gekannt hatte, fielen mir noch auf; sie waren in ihren Positionen jedoch zumeist sehr aufgestiegen. Pedro Faleiro, mein Schiffsgefährte auf den Küstenfahrten, war nun der Admiral, während mein anderer Segelgefährte Pinto Cabral als sein Stellvertreter diente. Mendes Oliveira war tot; Manoel de Andrade war im Süden; ihm unterstand der Hafen von Benguela; Manoel Fonseca, der in Masanganu die Befehlsgewalt gehabt hatte, als ich nach dem Massaker, das Kafuche Kambara angerichtet hatte, dorthin gebracht worden war, war nun der Hauptmann des Presidios von São Paulo de Luanda. Seinen Vorgänger in diesem Amt, Fernão de Souza, sah ich gelegentlich, wie er von Eingeborenensklaven, die in die farbenprächtigsten, pompösesten Gewänder gekleidet waren, in einer Sänfte getragen wurde. Souza selbst neigte noch immer dazu, schmucke Kleidung und wundersame Farben zu tragen, wirkte jedoch weicher, nicht mehr so stattlich, denn er glitt nun allmählich in jene Art von Lebensmitte, die einige dieser ungestümen Portugiesen überkommt, wenn sie zu hoch aufsteigen und zu viel Wein und Trägheit genossen haben. Ich hatte kein Zusammentreffen mit Souza und wünschte mir auch keins. Was meinen anderen alten Feind betraf, Gaspar Caldeira de Rodrigues, so war er kürzlich zu meiner großen Erleichterung zu den portugiesischen Ländereien in Indien aufgebrochen.

Ein anderer, den ich nur aus der Ferne sah, war Don João de Mendoça, und sein Anblick betrübte mich zutiefst. Er war kurzatmig und leberleidend geworden; sein Gesicht hatte einen beinahe grünen Farbton angenommen und war sehr aufgedunsen, und seine Augen, die unter Falten kränklichen Fleisches lagen, waren kaum noch zu sehen. Er ging langsam und mit einem schmerzhaften Humpeln, und es war offensichtlich, daß sich die Hand des Todes langsam, aber unausweichlich um ihn schloß. Ich hatte nicht direkt mit Don João zu tun. Längst waren die Tage vergangen, da er mich zu einem Festmahl mit vielen Fleischsorten und Wein in seinen Palast rufen und mit mir über seine Träume und Hoffnungen für diese Kolonie sprechen würde. Ich war nun so tief gefallen, daß diese mächtigen Männer von Angola mich gar nicht mehr wahrnahmen.

Von allen Wandlungen, die ich feststellte, war jedoch die traurigste die, die jene durchgemacht hatte, die mir einst am nächsten gestanden hatte, nämlich meine ehemalige Sklavin Matamba. Ich fand sie nur durch Zufall wieder, und sie hatte sich so verändert, daß ich beinahe an ihr vorbeigegangen wäre, ohne sie zu erkennen.

Es gab in São Paulo de Luanda nun eine Art Hurenviertel, hinter dem Hauptmarkt, wohin die Soldaten gingen, die nicht regelmäßig einer Schwarzen oder einer Mulattin beiwohnten, um sich ein Eingeborenenmädchen zu suchen, das sich für eine Handvoll Muschelgeld zu ihnen legte. Irgendwann in den frühen Tagen meiner Rückkehr kam ich an diesem Ort vorbei und sah mich mit müßiger Neugier um, doch ich tat nicht mehr als das, denn ich habe es noch nie sehr geschätzt, mir auf diese Art die Körper fremder Frauen zu mieten, außer wenn meine Bedürfnisse übermächtig waren. Und doch wird das Jucken von Zeit zu Zeit so stark, daß ich es kratzen muß.

Ein Botengang führte mich eines Tages zufällig zum Hafen, und dort sah ich ein paar Angolamädchen von dreizehn oder vierzehn Jahren, die nackt in der warmen Brandung badeten, und der Anblick ihrer festen, hervorstehenden Brüste und runden, üppigen Hinterbacken, die im Meereswasser und Sonnenschein geradezu leuchteten, erweckte in mir wieder die Verlangen des Fleisches. So ging ich danach in das Viertel, wo die Huren sich herumtrieben, um mich nach einem einigermaßen sauberen und pockenfreien schwarzen Mädchen umzusehen, an dem ich dieses Bedürfnis befriedigen konnte.

Es gab dort mehrere junge und hübsche, unter denen ich die Wahl treffen konnte, als eine alte Bettlerin – wie ich dachte – an meinem Ärmel zog und leise und mit gesenktem Blick sagte: *»Por favor . . .«*

Ich hätte ihr eine Muschel gegeben und mich meinem Anliegen gewidmet, ohne sie eines Blickes zu würdigen, doch ein vertrauter Klang ihrer Stimme traf eine tiefe Ebene meiner Seele, und ohne den Grund zu kennen, drehte ich mich zu ihr um. Ich sah eine Frau in einem zerrissenen und fadenscheinigen Kleid von einer verblichenen Farbe, mit gebeugten Schultern und einer gebrochenen, besiegten Ausstrahlung; und doch bargen ihre Augen noch einen Schimmer, den Funken einer besseren Existenz, und zu meinem großen Entsetzen begriff ich nach einem Augenblick, daß dies keine alte Bettlerin war, sondern eine Frau, die ich gut kannte: Denn es war fürwahr meine Matamba, die mehr gealtert war, als ich es diesen sechs Jahren zuschreiben konnte.

Denn dies hätte genauso gut Matambas Mutter sein können wie sie selbst.

»Bist du das?« fragte ich.

»Ich bin . . . ich habe die Worte vergessen . . .«

»Du weißt, wer ich bin, Matamba?«

»Der Engländer . . . Andres . . .«

»Ja! Aber ich kann diese Verwandlung kaum glauben, Matamba. Bist du es wirklich?«

Sie schien zu zittern und schloß einen Augenblick lang die Augen, als griffe sie auf noch tiefer zurückliegende Erinnerungen zurück, die sie schließlich auch hervorholte, indem sie mit schwacher, zitternder Stimme sagte: »Esses . . . Sussex . . . Somerset . . . York . . .«

Ich stand den Tränen nahe.

Augenblicklich schleppte ich sie aus diesem Huren-Markt und in meine Kaserne, wo ich eine Mahlzeit für sie bestellte, etwas Palmwein, etwas gekochtes Getreide und Fleisch. Sie aß hastig und mit verzweifelter Gier, mit beiden Händen, als hätte sie seit langem nichts mehr zu essen gehabt und fürchtete nun, man könne es ihr wegnehmen, bevor sie fertig war. Ich beobachtete sie mit Mitleid und Entsetzen.

Sie zählte damals nicht mehr als zweiundzwanzig Jahre und sah aus wie vierzig, aber wie eine verbrauchte Vierzigjährige. Ihre Brüste, die einst wie zwei feste Kugeln vorgestanden hatten, hingen nun schlaff hinab und waren eingefallen. Ihr Gesicht war hager, die Nase zeigte Spuren einer Verletzung, die dunkelbraune Haut hatte nun eine aschgraue Farbe angenommen, und das wollige Haar war von grauen Strähnen durchzogen. Sie, an die ich mich als stämmige, kräftige, wohlgebaute Frau erinnerte, war nun dünn, und ihre Muskeln waren erschlafft. Ihre Hände zitterten, nicht heftig, doch unablässig.

Als sie mit ihrer Mahlzeit fertig war, nahm ich ihr Kinn und hob ihren Kopf. »Wir sind beide nun längst nicht mehr so hübsch, nicht wahr, Matamba?« sagte ich. »Doch zumindest haben wir beide überlebt. Berichte mir, was dir in diesen sechs Jahren zugestoßen ist, und dann werde ich dir meine Geschichte erzählen.«

»Die Worte . . . zu schnell . . .«

»Du hast dein Portugiesisch vergessen, nicht wahr?«

»Ich spreche . . . wenig . . .«

»Ah. Ja. Wenn du willst, können wir uns in deiner Kikongo-Sprache unterhalten. Ich kenne noch ein paar Worte dieser Zunge.«

»Nein . . . Portugiesisch . . .«

Aye. Sie wollte die Sprache zurückhaben.

So war ich zärtlich und sanft mit ihr, und wir sprachen ein wenig, und sie ruhte, und wir versuchten es erneut mit ein paar Worten, und ich bestellte weiteres Essen für sie. Dann war sie müde und legte sich nieder, und später gesellte ich mich zu ihr ins Bett; doch ich hatte mittlerweile all meine Lust vergessen und hielt sie bis zum Morgen lediglich in den Armen. Ihr nackter Körper war ein beklagenswerter Anblick; Schwangerschaftslinien kerbten sich tief in ihren Bauch, und ihre Schenkel, die einst so fest und lebhaft gewesen waren, waren nun faltig und runzlig, und ihre ganze Schönheit war schrecklich zugrunde gerichtet. Und doch schien sie schon nach einem Tag und einer Nacht aufzumuntern und wieder sie selbst zu werden. Bei Gottes Wundmalen, wie mußte sie unter ihren Nöten, an ihrem Elend gelitten haben, bevor ich sie zwischen den Huren fand!

Es schmerzte mich, sie in jenen frühen Tagen zu beobachten, wie sie durch mein Zimmer humpelte, oftmals stehenblieb, um ein Gebet zu murmeln und sich zu bekreuzigen, und immer darum kämpfte, Kraft zu finden, um nicht aufzugeben. Denn sie war ein Wrack, eine gestrandete Hülle, die die schlimmsten Naturgewalten überstanden hatte und alle Anzeichen davon zeigte. Sie weinte oft und zitterte vor einer inneren Kühle oder vielleicht der Erinnerung eines Schüttelfrostes. Doch einen jeden Tag war sie weniger verfallen als am Tag zuvor, wofür ich Ihm, der unsere Errettung ist, zutiefst dankte.

Langsam und allmählich erholte sie sich wieder, gewann etwas Kraft zurück und beherrschte auch die portugiesische Sprache besser, als ihr Körper ihrem Geist Unterstützung anbot. Innerhalb von etwa einer Woche fielen Monate des Leidens von ihr ab, so daß sie nicht mehr gar so fürchterlich anzuschauen war. Doch über jeden Zweifel hinaus würde sie nie wieder jenes göttliche schwarze Mädchen sein, das ich in São Tomé gekauft hatte, bestenfalls nur noch ein Schatten ihrer selbst.

Sie erzählte mir die Geschichte ihrer Leiden, die mein Blut abkühlen ließ wie ein Wintersturm aus dem Norden.

Sie sagte, nach meiner Verhaftung sei sie von meinen anderen Dienern ergriffen, heftig verprügelt und nackt aus meiner Hütte geworfen worden, so daß sie davonkriechen mußte. Einige portugiesische Soldaten fanden sie und nahmen sie in der selbigen Stunde noch fröhlich im Gebüsch, einer nach dem anderen, bis sie blutig und wund war; erst dann ließen sie von ihr ab. Später wurde sie auf Befehl von Doña Teresa ergriffen und ausgepeitscht – die Narben sind noch schwach auf ihrem Rücken und den Hinterbacken zu sehen und werden wohl niemals ganz verbleichen – , und danach wurde sie einem von Doña Teresas Dienern in die Sklaverei gegeben.

»Aber dies ist abscheulich!« rief ich. »Du hast nicht verdient, daß man dir irgend etwas davon antat!«

»Das war noch nicht das Schlimmste von allem«, sagte sie sehr ruhig.

Denn danach wurde sie schlimm benutzt von allen, denen sie begegnete, wie sie erklärte: Denn die Männer der Stadt hielten es für eine Möglichkeit, Doña Teresa ihre Ehrerbietung zu erweisen, indem sie das ehemalige Liebchen des Engländers mißbrauchten, und Matamba wurde öfter vergewaltigt und verprügelt, als sie sich erinnern konnte.

All dies erzählte sie mir mit leiser, weicher Stimme, mit keinem Feuer darin, als berichtete sie irgendwelche Ereignisse, die vor langer Zeit einer anderen Person im Reich der Königin Kleopatra von Ägypten zugestoßen seien. Und doch brachten ihre Geschichten mein Blut in heiße Wallungen und ließen mein Herz voller Zorn pochen, und während sie sprach, wanderte ich wie ein gefangenes Tier im Zimmer auf und ab und wünschte mir hundert Hände, damit ich alle diese Übeltäter gleichzeitig bestrafen konnte – als hätte ich, der ich keine Privilegien mehr in diesem Land besaß, etwas ausrichten können.

»Mein Herr, der Diener, wurde meiner überdrüssig und verkaufte mich einem Fischer«, sagte sie. »Und dieser war so grob und schuppig wie ein jeder Fisch, den er fing, und sein Atem stank nach Fisch und auch sein Haar und seine ganze Haut. Er verlor mich bei einer Wette an einen Gasthauswirt, der mich seinen Gästen als Hure anbot.«

»Das darf doch nicht wahr sein!«

Sie hob die Achseln. »Während dieser Zeit gebar ich drei Kinder. Eins lebte zwei Wochen und eins vier und eins einen Monat und einen halben. Meine Brüste schmerzten immer vor Milch. Wenn die Männer kamen, um meinen Körper zu benutzen, bat ich sie, daran zu saugen, um den Schmerz zu lindern. Und manche taten es und manche nicht.«

Sie erkrankte auch an irgendeiner Kolik, die sie an den Rand des Todes brachte. Sie betete täglich zur Gottesmutter um Erlösung: Gott allein weiß, warum, aber der christliche Glaube blieb stark in ihr. Doch nicht einmal der Tod wurde ihr gewährt. Und nachdem sie sich erholt hatte, so erzählte sie, habe sie auf den Hurenmarkt gehen müssen, der kürzlich entstanden sei. Nach den verheerenden Auswirkungen der Krankheit, des Gebärens und vieler anderer solcher Leiden war sie häßlich geworden und zu früh gealtert, und nur selten wählte ein Mann sie aus, so daß sie arge Nöte hatte, für ihr Essen zu bezahlen, und lange Zeit bittersten Hunger ertragen mußte. Und so ging es mit meiner armen Matamba weiter, vom Schlechten zum Schlechteren, und oftmals nahm sie sich vor, eines Morgens einfach ins Landesinnere zu gehen, in der Hoffnung, von einem Löwen angefallen und von ihren Leiden erlöst zu werden. Doch dies konnte sie nicht, da ihr Glaube ihr solch eine Selbstaufgabe verbot.

All das, und nur, weil ich sie aus der Sklaverei freigekauft hatte!

Ich glaube, ich habe ihr damit letztendlich doch keinen Dienst erwiesen. Niemand kann sagen, was mit ihr geschehen wäre, wäre sie in die Neue Welt gegangen, wie es ihre Bestimmung gewesen war, doch vielleicht wäre es nicht schlimmer gekommen als hier und vielleicht sogar etwas besser, wenn es auch nur ein schneller Tod durch irgendeine ansteckende Krankheit gewesen wäre. Denn ich nehme an, es gibt Zeiten, da muß man den Tod dem Leben vorziehen, wenn es ein Leben ist, wie Matamba es in den vergangenen Jahren hatte ertragen müssen.

Doch sie lebte noch und hatte die Hoffnung, es würden bessere Zeiten für sie kommen, die die Toten nicht haben. Ich tat, was ich konnte, um die Grausamkeiten wiedergutzumachen, die sie durch die Hände anderer erlitten hatte, indem ich sie fütterte und nährte, bis ihre Haut wieder eine gesundere Farbe annahm, sie die Schultern aufrecht hielt und sogar einige kleine Anzeichen von Lebensfreude zeigte. Trotzdem schlich sie durch mein Zimmer, als erwarte sie, wegen jedes kleinen Fehlers ausgepeitscht zu werden, und ständig fuhr sie beim geringsten Geräusch herum wie eine aufmerksame Katze und zuckte zusammen; doch mit der Zeit verließ sie ein Teil dieser Furchtsamkeit.

Wir schliefen jede Nacht in dem gleichen schmalen Bett.

Doch ich versuchte nicht, mich ihr zu nähern, denn ich wußte ja, wie oft sie grausam genommen worden war, und dachte, sie müsse jeden Geschmack an diesem Akt des fleischlichen Vergnügens verloren haben, nachdem er so oft mit brutaler Gewalt und Schmerzen verbunden gewesen war. Daher wollte ich ihrem Leid kein weiteres Eindringen hinzufügen. Doch eines Nachts stahl sich ihre Hand scheu meinen Bauch hinab, bis sie mein Glied umfaßte, und fuhr an ihm auf und ab, wodurch es sofort zu seiner vollsten Größe wuchs.

»Nay«, sagte ich leise. »Das brauchst du nicht, Matamba.«

»Begehrst du mich nicht, Andres?«

»Du hast soviel erlitten, daß ich von dir nicht verlangen möchte, so etwas zu . . .«

»Aber ich begehre dich«, sagte sie, »wie in den alten Tagen. Wenngleich ich jetzt häßlich bin – willst du mir dieses Vergnügen nicht gewähren?«

»Du bist nicht häßlich.«

»Und doch hast du kein Verlangen nach mir?«

»Das habe ich niemals gesagt.«

»Dann laß es uns nicht zurückhalten«, erwiderte sie, legte ein Bein über meinen Körper und schob mich rittlings in sie hinein, so daß wir endlich auf die innerlichste aller Möglichkeiten vereint waren, und sie kitzelte mich auf ihre seltsame afrikanische Art und biß mich leicht hier und da und kratzte mich auch etwas, und pumpte ihre Lenden mit gleichmäßiger, wenn auch zunehmender Kraft gegen mich. Dann keuchte sie und atmete heiß gegen meinen Hals und kam zwei oder drei Mal oder sogar noch öfter zu ihrem Vergügen, vielleicht das erste Vergnügen, das sie seit meiner Verbannung an diesem Akt gefunden hatte, und im wildesten Augenblick ihres Entzückens brachte sie mich zu dem meinen. Und nach unserer Vereinigung weinten und lachten wir gemeinsam, doch hauptsächlich lachten wir.

So brachte ich Matamba wieder zu sich selbst zurück und zu mir. Es bereitete mir große Freude, sie wieder aufblühen zu sehen, obwohl sie nie wieder ihre ursprüngliche Schönheit zurückerlangen würde. Man kann keine neue Straffheit in eingefallene Brüste pumpen, und es gibt keine Wundersalben für Narben und Furchen in der Haut. Ich glaube, auch wenn sie in diesen sechs dunklen Jahren nicht so gelitten hätte, wäre es ihr vielleicht sogar ähnlich ergangen, denn die Mädchenjahre gehen bei diesen Afrikanerinnen schnell und gnadenlos vorbei: Mit vierzehn sehen sie alle aus wie eine schwarze Venus, und mit dreißig oder fünfunddreißig sind sie nur noch verwelkte alte Schachteln, und man scheint nichts daran ändern zu können. Ich habe mich oft nach dem geschmeidigen Mädchen mit den hellen Augen gesehnt, das ich in São Tomé aus der Sklaverei freigekauft hatte, doch ich wußte, daß diese Hoffnung so müßig war wie diejenige, mein eigenes jugendliches, noch nicht eingekerbtes Gesicht und die Spannkraft meiner Jugend zurückzubekommen. Es ist töricht, eine Umkehr der Zeit zu erbitten.

Etwa zu dieser Zeit erfuhr ich, welche Strafe mir für meine Flucht von Masanganu und für andere, sowohl wirkliche wie auch angebliche Verbrechen zugedacht war. Der Gouverneur beabsichtigte nun, vierhundert Männer, die wegen Schwerverbrechen aus Portugal verbannt worden waren, ins Land Lamba zu schicken, um eine Rebellion zu unterwerfen, und von dort aus in einen jeden anderen Bezirk, der befriedet werden mußte. Sobald diese Verbrecher aus Lissabon eingetroffen waren, würde ich mich zu ihnen gesellen müssen und auf ewig in diese Grenzkriege entlassen werden, um endlos hierhin und dorthin zu marschieren und die Grenze Angolas gegen Einfälle der Jaqqas und Aufstände der Einheimischen zu sichern.

Ich suchte Don João auf, um gegen dieses Urteil Berufung

einzulegen, doch er wollte mich nicht empfangen, wohl aus Schuld und vor Scham, mich auf so grausame Art und Weise zu benutzen. So schickte ich mich an, mein Leben als Soldat aufzunehmen. Es war zumindest besser, als gehängt zu werden, und wohl auch ein besseres Schicksal, als weiterhin in Masanganu Dienst zu tun, wo ich vielleicht vor Langeweile starb, wenn mich nicht eine der Pestilenzen dahinraffte.

Doch bis zu meinem Aufbruch aus der Stadt vergingen noch viele Wochen. Diese Zeit war ich größtenteils mir selbst überlassen, und ich verbrachte meine Stunden mit Matamba oder indem ich allein am Ufer des geheimnisvollen Ozeans entlangwanderte und sehnsüchtig zum unsichtbaren Europa hinüberblickte und nach England.

England! Würde ich jemals England wiedersehen? Hatte es solch einen Ort wie England jemals gegeben, oder existierte er nur in meinem Traum, und ich war in Wirklichkeit in Afrika geboren und aufgewachsen?

»Sprich Englisch zu mir, Andres«, sagte Matamba.

»Aye, das werde ich. Wenn ich mich noch an die Worte erinnern kann, Mädchen!«

Und ich sprach zu ihr, doch die Worte schlängelten sich quälend langsam über meine Zunge, so sehr hatte ich mich an die gedehnte portugiesische Sprechweise gewöhnt. Doch ich fuhr fort damit und kämpfte heftig darum, das mir angeborene Englischtum zurückzuerlangen, das mir immer so kostbar gewesen war. Ich fragte mich, ob jemand erkennen würde, daß ich von englischem Blut war, wenn mich Engel heute nach Essex bringen würden oder ob man mich für eine neue, gelbhaarige Sarazenenart halten würde, oder für irgendeinen Dämon aus der Hölle. Denn meine Jahre unter dieser tropischen Sonne und unter solch harten Diensten hatten mich gewiß sehr verändert, innerlich und äußerlich.

Doch ich schickte mich an, mich an mein verlorenes, ehemaliges Leben zu erinnern.

»Das sind die Könige von England«, sagte ich zu Matamba. »Zuerst war da Wilhelm, der aus der Normandie kam, um über die alten Sachsen zu herrschen. Und dann war da sein Sohn Wilhelm, der im Wald erschlagen wurde, und dann sein anderer Sohn Heinrich, und dann ergriff Stephan von Plantagenet den Thron und dann ein anderer Heinrich und nach ihm Richard Löwenherz und dann Johann . . .« Und so fuhr ich fort, nannte ihr alle Könige, die Eduards und die Heinrichs und die Richards, bis hin zur ruhmreichen Regierungszeit meiner Elisabeth. Und ich ließ die schwarze Frau die Namen wiederholen, bis sie sie so gut kannte wie ich und den zweiten Richard an seinen rechtmäßigen Platz zwischen Eduard und Heinrich Bolingbroke stellte und wußte, daß sich der vierte Eduard mit dem sechsten Heinrich während der Kriege zwischen York und Lancaster mehrmals in der Herrschaft abgewechselt hatten und mir sagen konnte, wie Heinrich Tudor aus Wales gekommen war, um den buckligen Tyrannen Richard zu besiegen, und so weiter: all die Namen, die man mir eingehämmert hatte, als ich als Junge für die Stellung eines Kanzlisten ausgebildet wurde. Es tat mir sehr gut, all diese Namen wieder zu hören, weil ich mich auf diese Art und Weise nämlich daran erinnerte, daß es einmal ein England gegeben hatte und es wohl noch immer ein England gab. Welchen Sinn dies alles für Matamba ergab, weiß nur Gott allein; doch wenn wir des Nachts zusammenlagen, mein Prügel tief in ihr, und uns langsam bewegten, murmelte sie oftmals: »Heinrich, Heinrich, Heinrich, Eduard, Eduard, Richard, Heinrich, Heinrich, Eduard, Maria, Elisabeth«, wie eine Art von Litanei, bei der sie die Namen auf eine wunderliche fremde Art und Weise aussprach. ›Eilieschabeth‹, mit einem pfeifenden Herausströmen des Atems, ›Einriech‹, ›Rieschart‹.

Und ich erzählte ihr von unseren Dichtern, die der große Stolz und das Wunder unserer Rasse waren, unsere besondere Musik. Sie bat mich, ihr einige Verse vorzutragen, doch als ich in meinen Erinnerungen suchte, war alles leer und dunkel, ein trockner, versiegler Brunnen, bis plötzlich einige Brocken und Fetzen in den staubigen Ecken meines Geistes erschienen, und ich zitierte ihr einige Zeilen aus Marlowes Stück Faustus, das, als ich das letzte Mal in England weilte, die neueste Sache auf den Theaterbrettern gewesen war:

Wie sonst gehn Zeit und Sterne, und der Pendel
holt aus zum Schlag! Der Teufel kommt, und Faust
fällt in Verdammnis! Oh – ich will hinauf
zu meinem Gott! – Wer reißt mich abwärts?! – Sieh:
wie Christi Blut einströmt ins Firmament!
Ein Tropfen, ein halber Tropfen – könnte meine Seele
erlösen! – Ach, mein Heiland!*

Ich dachte, ich würde diese ganze Rede auswendig können, doch der Rest war mir entfallen, bis auf das Schlagen der Uhr und den letzten kleinen Rest:

Ach Gott, mein Gott, blick nicht so voller Grimm!
Luft!! Ottern, Schlangen, laßt mir noch den Atem!
Schreckliche Höll', öffne dich nicht!
Nein, komm nicht, Luzifer!
Ich will verbrennen meine Zauberbücher . . .
ah, Mephistopheles!

* Zitiert nach: Christopher Marlowe, DIE TRAGISCHE HISTORIE VOM DOKTOR FAUSTUS, deutsche Fassung von Adolf Seebass, Philipp Reclam jun., Stuttgart 1964; Anm. d. Übers.

Sie lauschte diesen Worten ganz ergriffen und hielt sie schon wegen ihres Klangs für eine magische Musik, was sie, wie ich glaube, fürwahr auch sind. Doch sie bat mich nicht, ihr die Bedeutung zu erklären, und als ich ihr die Worte übersetzte und zum Teil auf Portugiesisch und zum Teil auf Kikongo vortrug, erschreckten sie sie so sehr, daß sie vor mir zurückwich und sich zu einem verängstigten, zitternden Ball zusammenrollte, und ich mußte sie trösten, indem ich sie in den Arm nahm. Mich dünkt, sie befürchtete, ich würde in unserer kleinen Kammer den Satan heraufbeschwören.

So beruhigte ich sie mit sanfteren Liedern:

Westwind du, wann wirst du wehn,
Daß es wieder regnen tät?
Ach, wär meine Liebste doch bei mir
Und ich in meinem Bett.

Und auch:

Es saßen drei Raben auf einem Baum,
Und kratzten sich im Gefieder.
Es saßen drei Raben auf einem Baum,
Sie warn so schwarz, man sah sie kaum,
Und kratzten sich immer wieder.

Und dann:

Komm her, mein Schatz, zu mir,
Golden bricht der Morgen an:
Luft, Erde, alles hier
Künden unsre Liebe.

Und all diese Lieder gefielen ihr, und ich mußte sie ihr oftmals vortragen, und selbst wenn mich bei den meisten mein

Gedächtnis im Stich ließ, konnte ich ihr doch einzelne Bruchstücke und Strophen nennen, wenngleich auch kaum einmal ein vollständiges Gedicht. Und doch erfreute allein ihr Klang sie, und ihr Sinn, und ihre Augen strahlten, und sie legte ihre Hände in die meine und hielt sie fest, während ich sie mit diesen Gesängen meines Heimatlandes verzauberte.

Sie fragte mich, ob ich eins davon komponiert habe, und ich antwortete ihr traurig, nay, ich sei kein Dichter, sondern lediglich ein Liebhaber der Dichtkunst, und daß andere Männer mit viel gehobeneren und weitreichenderen Seelen diese Worte verfaßt hätten, was sie zu der Frage veranlaßte, wie jemand eine weitreichendere Seele als ich haben könne; meine hätte mich schließlich so weit geführt.

»Das ist etwas anderes«, sagte ich. Woraufhin sie mit den Achseln zuckte und mich um mehr Gedichte bat. Ein jedes, das ich aufsagte, bereitete ihr Vergnügen, selbst Tom O'Bedlams Lied, wenngleich mich dieses, wenn ich tiefer über seine Bedeutung nachsinne, melancholisch stimmte und ich es kein zweites Mal aufsagen wollte:

Mit einem Heer wilder Phantasien
Deren Herr ich bin,
Mit einem Feuerspeer, und einem Luftroß
Ich in die Wildnis ging.
Ein Geist und Schatten von Ritter
forderte mich zum Turnier
zehn Meilen hinter dem Ende der Welt;
mir dünkt, dies ist keine Reise hier.

Und das war alles von England, das mir geblieben war, eine Aufzählung der Könige und ein paar klingelnde Verszeilen, ein Feuerspeer und ein Luftroß, während ich zehn Meilen hinter dem Ende der Welt in den Armen der schwarzen Frau lag. Und doch gab ich nicht die Hoffnung auf, nach Hause zurückkehren zu können.

5

Dann kam die Zeit für mich, meine Muskete zu nehmen und für die Portugiesen in den Krieg zu ziehen; mittlerweile war ich wohl selbst ein halber Portugiese, allein der bloßen Tatsache wegen, so lange unter ihnen gelebt zu haben. So brach ich auf, mit einem schurkischen, bösartigen Heer von Taschendieben, Zinswucherern und stutzerhaften Falschwiegern, dem Abschaum von Lissabon, den die Richter des alten Königs Philip ausgeschickt hatten, Angola gegen die Mächte der Finsternis zu verteidigen.

Ich verabschiedete mich von Matamba, sehr ausgiebig und liebevoll und unter vielen Tränen, da ich bezweifelte, daß ich sie jemals wiedersehen würde, und marschierte mit meinen neuen Gefährten nach Sowonso, einer Stadt, die von einem Fürsten regiert wird, der dem Herzog von Mbamba gehorcht, und von dort aus nach Saminabansa und dann nach Namba Calamba, die einem hohen Fürsten unterstand, der sich uns widersetzte.

Wir brannten seine Stadt nieder, und daraufhin unterwarf er sich uns und stellte uns dreitausend Negerkrieger zu Verfügung, die unsere Truppe verstärkten. Von dort aus marschierten wir zur Stadt von Sollancango, einem kleinen Fürsten, der sehr verzweifelt gegen uns kämpfte, doch zur Unterwerfung gezwungen wurde; und dann nach Kumbia ria Kiangu, wo wir viele Monate lang blieben. Von diesem Ort aus führten wir zahlreiche Angriffe und brachten viele Fürsten zur Unterwerfung. Wir waren fünfzehntausend Mann stark, unsere Schwarzen mitgezählt, und marschierten zu dem Berg, der als Ngombe bekannt ist. Doch zuerst verwüsteten wir ganz Ngazi, ein Land im Norden des Flusses Mbengu und weit im Osten von São Paulo de Luanda, und dann stießen wir auf den Fürsten, der von seiner Hauptstadt aus Ngombe beherrschte.

Dieser Fürst von Ngombe trat uns mit mehr als zwanzigtausend Bogenschützen entgegen und tötete viele unserer Männer. Doch mit unseren Kanonen richteten wir ein großes Unheil unter ihnen an, woraufhin er sich auf den Berg zurückzog, einen seiner Hauptmänner zu unserem General João de Velloria schickte und verkündete, er würde sich ihm am nächsten Tag unterwerfen.

Am Morgen betrat der Fürst von Ngombe unter großem Pomp unser Lager, mit Trommeln und Flöten und großen Elfenbeintrompeten, und wurde königlich empfangen; und er gab viele Geschenke, die General de Velloria und seine Offiziere sehr bereicherten. Wir zogen in seine Stadt auf dem Gipfel des Berges, wo es eine große Ebene gab, auf der viel Ackerbau betrieben wurde; sie war voller Palmen, Zuckerrohr, Kartoffeln und anderen Wurzelgemüses, und es wuchsen dort viele Orangen und Limonen. Dort gab es auch einen Baum namens *Ogheghe*, der eine Frucht trägt, die wie eine gelbe Pflaume aussieht, einen sehr süßlichen Geruch hat, sehr schmackhaft und ein Heilmittel gegen Galle und die Blähsucht ist. Hier gab es auch einen sauberen Fluß, der den Bergen entsprang und bis zur Stadt floß.

Wir lagerten fünf Tage dort, und dann marschierten wir in das Landesinnere und verwüsteten und brandschatzten es sechs Wochen lang, und dann kehrten wir mit einem großen Vorrat an Muscheln, die in diesem Land die Währung darstellen, wieder nach Ngombe zurück. Hier schlugen wir unser Lager eine Meile von diesem angenehmen Berg entfernt auf und blieben mehrere Monate dort.

Wenn ich Euch von diesen Abenteuern berichte, von unserem Brandschatzen, den Plünderungen und Eroberungen, dann bin ich mir durchaus bewußt, daß ich Euch nichts davon berichtet habe, was während dieser Jahre währenden Märsche durch die inneren Provinzen in meinem Kopf vor sich ging. Dies liegt daran, daß in jenen Jahren nur sehr wenig in meinem Kopf vorging. Ich hatte mir den Kniff angeeignet, meine Gedanken abzuschotten, und beschäftigte mich nur mit meiner eigenen Sicherheit, mit meinen drei täglichen Mahlzeiten und den Befehlen, die ich ausführen mußte. Denn mittlerweile hatte ich mir die eigentliche Philosophie meines Lebens in Afrika angeeignet: nämlich, mich nicht zu widersetzen, dem zu dienen, wer auch immer im Augenblick mein Herr sein mochte, und meine Zeit abzuwarten, bis sich vielleicht eine Gelegenheit fand, dieses Land für immer zu verlassen. Mich zu widersetzen, für mich selbst zu denken, Unabhängigkeit des Geistes zu zeigen – ich hatte gelernt, daß diese Handlungsweise nur in den Kerker führte und auf dem Schlachtfeld vielleicht sogar zu einer standrechtlichen Hinrichtung.

So ergab ich mich keinen Meutereien, nicht einmal innerlichen. Ich marschierte, ich aß und trank, ich kämpfte. Es spielte keine Rolle für mich, daß ich für Portugal kämpfte. In der tiefsten Wahrheit kämpfte ich nur darum, am Leben zu bleiben. Wir alle müssen die Aufgaben erfüllen, die Gott uns auferlegt hat, wie immer sie auch aussehen mögen, und wenn Gott in Seiner geheimnisvollen Weisheit bestimmt hatte, daß Andrew Battell aus Leigh in Essex einen gewissen Teil seiner Tage als Soldat in den Heeren Portugals verbringen sollte, nun, dann sollte es so sein. Dann sollte es so sein!

Dann und wann mußte ich für meine Herren eine Verletzung hinnehmen. Bei diesen handelte es sich in der Hauptsache nicht um ernsthafte, sondern um die geringfügigen, die man sich im Kampf zuzieht, ein Schnitt hier, eine Prellung dort, ein ausgerenktes Bein oder ein verstauchter Knöchel, der einen eine oder zwei Wochen humpeln macht, und so weiter. Doch in der letzten meiner Schlachten in diesem Teil von Ngombe bohrte sich ein Pfeil tief in meinen rechten Schenkel und durchschlug die Sehnen und die dicken Muskeln so heftig, daß ich dachte, mir müsse das gesamte Bein abgenommen werden. Ich hörte das schreckliche, pfeifende Geräusch, das die Federn des Pfeiles machten, als er auf mich zugeschossen kam, doch ich konnte ihm nicht mehr ausweichen, und als er mein Fleisch durchschlug, machte es ein Geräusch wie bei einem Axtschlag gegen einen Baum. Ein geschickter Sanitäter zog den Pfeil heraus und verband mich derart, daß sich mein gespaltenes Gewebe schnell wieder zusammenfügte; doch trotzdem setzte dieser Pfeil meinem Dasein als Fußsoldat auf diesem Feldzug ein Ende, denn es war mir nicht mehr möglich, so viele Monate lang zu stehen oder zu marschieren. Gemeinsam mit zahlreichen anderen Verwundeten wurde ich in die Stadt São Paulo de Luanda geschafft, wo ich meine Verletzung ausheilen sollte. Und ich war überaus dankbar, sowohl, daß ich das Schlachtfeld verlassen konnte, wie auch, daß Gott mein Bein verschont hatte, Gott und dieser portugiesische Sanitäter, der mir seinen Namen nicht genannt hatte. Er hatte einen grauen Bart, ein schielendes Auge und großes Geschick in den Händen, und das ist alles, was ich von ihm weiß.

Nun nahm mein Schicksal einen freundlicheren Verlauf.

Sobald ich das Bett verlassen konnte, wurde ich zum Gouverneurspalast bestellt, um mit Don João de Mendoça zu sprechen. Dies war die erste Begegnung, die ich seit langen

Jahren mit ihm hatte, seit sieben oder acht, seit meinem Versuch, auf dem holländischen Schiff nach Hause zu segeln, und ich wußte, daß er mich nicht lediglich rief, um mich zu bestrafen oder meine Verbannung zu erneuern.

Sein Anblick versetzte mich in große Bestürzung. Don João war übermäßig fett geworden, und es war nicht das gesunde, füllige Fleisch eines passionierten Freßsacks, sondern ein krankes und übles Fleisch, eine Art schwammige Wucherung, die um ihn herum wogte und schwabbelte wie ein gewaltiges, schlaffes Tuch, in dessen Tiefe der eigentliche Mensch irgendwo gefangen war. Die grünliche Färbung, die mir schon zuvor an ihm aufgefallen war, trat nun noch deutlicher hervor und ließ ihn wie ein Geschöpf aus dem Jenseits erscheinen, das dem Grab entkommen war und zwischen uns wandelte. Ich konnte den Schrecken bei seinem Anblick nicht verbergen. Doch er schien davon keine Notiz zu nehmen; er saß auf seinem großen Stuhl, eingefallen und alt, und betrachtete mich überaus aufmerksam, als wolle er aus meinem Gesicht all das lesen, was mir zugestoßen war, seit wir uns zum letzten Mal gesehen hatten. Er sagte kein Wort, und ich wagte nicht zu sprechen. Ich fühlte, daß ich in der Gegenwart des Todes weilte.

Dann schüttelte Don João langsam den Kopf und sagte: »Andres, Andres, wie lang ist es her?«

»Sehr lang, Don João.«

»Es scheint eine Ewigkeit zu sein.« Er betrachtete mich mit endlosem Schweigen, so daß ich schon glaubte, er sei eingeschlafen, ohne die Augen geschlossen zu haben, doch nach einer Weile sagte er: »Du wußtest, daß ich dich niemals an den Galgen bringen würde, nicht wahr?«

»Ich habe gebetet, daß Ihr mich verschonen möchtet.«

»Weißt du, es war eine schlimme Zeit. Die Zeit, als Doña Teresa behauptete, du hättest sie mißbraucht, und überaus teuflisch zeterte und anbot, ihre Wunden zu zeigen. Und Souza verlangte wie ein Besessener nach deinem Hals, Souza, der nie mehr gewesen war als ein Geck in hübschen Kleidern, und der nun plötzlich voller Eifer und Zorn war. Wenn Souza beharrlicher gedrängt hätte, hätte ich dich vielleicht hängen lassen müssen; doch er ist ein Schwächling, und das Feuer verließ ihn schnell. Und dann gestand Teresa, es sei eine Lüge gewesen, eine Lüge, die dem Zorn und der Eifersucht entstammte und die sie tief demütigte, als sie erzählte, wie sie dich verleumdet hatte, und . . . Nun, Andres, nun, all dies spielt jetzt keine Rolle mehr, nicht wahr? Nichts spielt mehr eine Rolle. Ich glaube, ich werde bald sterben. Ich habe versprochen, dich nach Hause zu schicken, nicht wahr? Und ich habe dich nicht nach Hause geschickt. Statt dessen bin ich es nun, der heimgeht – in einer Kiste, verstehst du, in einer langen Kiste aus dunklem afrikanischem Holz, fest zusammengefügt.«

»Guter Don João . . .«

»Nay, erspare dir deine freundlichen Worte. Siehst du nicht die Knochenhand um meinen Hals? Ich gehe heim, und ich nehme all dieses Elephantofleisch und das Manatifleisch und die schweren Weine dieses Landes und alles andere mit, von dem ich mir diesen gewaltigen, üblen Bauch angefressen habe.« Er grinste und zeigte mir ein klaffendes Loch von Mund, in dem nur noch Zahnstümpfe standen. »Velloria berichtet mir, daß du gut für uns gekämpft hast. Du warst immer inmitten der Schlacht, uneingedenk der Gefahren. Du warst einer seiner kühnsten Soldaten. Ich frage mich: Warum hast du so hart für Portugal gekämpft?«

»Ich habe gekämpft, weil es mein Gewerbe war, Don João.«

»Ah. Ich hätte diese Antwort voraussehen sollen. Du schlägst immer den offenen und einfachen Weg ein. Doch dein Gewerbe ist das Meer, habe ich geglaubt.«

»Wenn ich auf See bin, ist mein Gewerbe das Meer. Wenn ich Soldat bin, ist mein Gewerbe der Krieg.«

»Du sagst dies so ruhig. Was ist mit dir geschehen, Andres? Hast du keinen Zorn in dir?«

»Aye. Genug Zorn, schätze ich.«

»Warum denn diese übellaunige Ruhe? Warum tobst und zeterst du nicht und spielst den Löwen? Dieses Land hat dir dein halbes Leben gestohlen.«

»Es ist zu spät, um zu zürnen, Don João.«

»Ist es das? Du könntest einen Satz machen und mir das Leben aus dem Leib würgen, wenn du unter all diesem schwabbligen Fleisch nur meine Kehle finden würdest. Du könntest mich aufschlitzen wie ein geschwollenes Coccodrillo. So, wie sie es mit dem in Loango gemacht hatten, nachdem es all diese Sklaven gefressen hatte, nicht wahr?«

»Das würde ich nicht tun«, sagte ich.

»Warum nicht? Ich bin deiner Gnade ausgeliefert.«

»Euch zu töten würde mir diese Jahre nicht zurückgeben, sondern mich nur die kosten, die mir noch bleiben.«

»Ah. Immer ein Philosoph, Andres!«

»Und ich hege keinen Groll gegen Euch, Don João.«

Daraufhin blickte er ehrlich überrascht auf, und zum ersten Mal kam Leben in sein Gesicht, und ein Glanz schimmerte in seinen kleinen, geröteten Augen.

»Keinen Groll? Keinen Groll? Aber ich hätte dich nach Hause schicken können und habe es nicht getan.«

»Ich habe bald die Hoffnung aufgegeben, Ihr würdet mich nach Hause schicken«, sagte ich seufzend. »Es macht keinen Unterschied. Doch würdet Ihr mich jetzt nach Hause schicken?«

»Wirst du zuerst noch eine Reise für mich unternehmen?«

»Das habe ich schon zuvor gehört«, sagte ich mit einem leisen Lachen.

»Fürwahr. Nun, dieses Jahr geht kein Schiff mehr nach Europa. Doch später wird eins fahren, und wir werden gemeinsam darauf reisen, nicht? Ich in meinem Sarg und du, um ihn zu bewachen. Und in Lissabon wird man dich freilassen. Dies schwöre ich dir, und dies ist ein wahrer Schwur: Bei Gott, dem bald genug meine Seele anheim gegeben wird, dieser Eid ist wahr. Das nächste Schiff nach Portugal, für uns beide. Was denkst du darüber, Andres?«

»Ich denke nichts, Herr.«

»Du hast den Wunsch aufgegeben, nach Hause zurückzukehren, nicht wahr?«

»Nay, diesen Wunsch würde ich niemals aufgeben. Doch ich habe das Vertrauen in Eide verloren.«

Er nickte ernst. »Dazu hast du guten Grund. Doch dieser hier ist aufrecht gemeint. Noch eine Reise, und dann nach Hause! Bei dem Kreuz, Andres! Bei all meiner Hoffnung auf den Himmel, so gering sie auch sein mag!«

»Nur noch eine Reise?«

»Nur noch eine.«

»Und wohin soll ich also fahren?«

»In den Süden«, sagte er. »Benguela und darüber hinaus. Wirst du dies tun?«

»Wie kann ich mich weigern?«

»Nay, tue es gern, Andres!«

»Ich werde es tun«, sagte ich. »Dies soll genügen, Don João.«

So geschah es, daß ich wieder zur See fuhr, südwärts mit sechzig Soldaten auf einer Fregatte, auf einer Handelsfahrt, mit allen Annehmlichkeiten. Es erfreute Don João sehr, daß ich dieser Aufgabe zustimmte, und er nahm meine Hand zwischen seine feuchtkalten, fleischigen und drückte sie, und ich wußte, daß ich ihn niemals lebendig wiedersehen würde, und das mußte er auch gewußt haben. Und was sein Versprechen betraf, mich freizulassen, nun, so hatte ich diese Musik schon zuvor gehört, und ich beabsichtigte nicht, die Melodie noch einmal zu summen. Ich dachte nur, es sei besser, zur See zu fahren, als erneut unter dem Pfeilhagel der Schwarzen zu stehen, während ich unter der heißen Sonne des Landesinneren wieder eine portugiesische Rüstung trug, und daß Gott mich zu Seiner Zeit wieder nach England zurückbringen würde.

Ich umarmte Matamba, die sagte: »Immer wünschen wir uns Lebwohl«, und ich hatte keine Antwort darauf, sondern konnte sie nur umarmen. »Gerade erst habe ich dich wiederbekommen«, sagte sie, »und schon mußt du mich wieder verlassen. Was soll ich tun? Was soll ich tun?«

»Du stehst unter dem Schutz von Don João de Mendoça«, sagte ich zu ihr, denn dies hatte ich mit dem Gouverneur vereinbart. »Niemand wird dir ein Leid antun. Man wird dich nicht wieder in dein altes Leben zwingen.«

»Und wenn Don João stirbt, was bald geschehen wird, wie du sagst?«

»Gott wird dich behüten«, sagte ich, denn ich wußte nicht, was ich sonst sagen konnte.

Wir beide hatten eine überaus leidenschaftliche und ungestüme letzte Nacht miteinander, und bei Anbruch der Dämmerung schlüpfte ich in den Morgennebel hinaus und zu den Docks hinab, und ich dachte dabei überaus innig an dieses Sklavenmädchen, das so tief in meine Seele getreten war.

Es erschien mir seltsam, daß mich die Gleise meines Lebens zu so verschiedenen Frauen wie Rose und Anne Katherine und Doña Teresa und Isabel Matamba geführt hatten, die so wenig miteinander gemein hatten bis auf ihre Weiblichkeit: Und doch hatte ich sie alle geliebt, und sie mich, eine jede auf andere Art.

Wir segelten mit unserer Fregatte gemächlich gen Süden,

bis wir einen Ort zwölf Grad unterhalb des Äquators erreicht hatten. Das Volk dieses Ortes brachte uns Kühe und Schafe, Guineaweizen und Bohnen; doch wir blieben nicht dort, sondern fuhren weiter nach Bahia das Vaccas: Das heißt ›die Bucht der Kühe‹, die die Portugiesen auch ›Bahia de Torre‹ nennen, weil sie einen Fels wie einen Turm hat. Hier fuhren wir auf der nördlichen Seite um den Fels herum in eine Bucht mit einem Sandstrand, in die ein jedes Schiff wegen ihrer glatten Küste ohne Gefahr einfahren konnte. Hier nehmen alle Schiffe, die aus Ostindien* kamen, Proviant an Bord. Denn die großen Karracken kommen, schwer beladen mit Gütern aus den portugiesischen Besitztümern, in letzter Zeit nun immer diese Küste entlang und fahren zu der Stadt namens Benguela, um Wasser und Vorräte aufzunehmen.

Diese Provinz wird Dombe genannt und verfügt über eine Kette hoher *Serras* oder Berge, die sich von den *Serras* oder Bergen von Kambambe erstrecken, in denen Silberminen vermutete werden, und liegt südlich und westlich von der Küste. Hier gibt es große Vorkommen an gutem Kupfer, und das dort lebende Volk, die *Ndalabondos*, das keine eigene Herrschaftsform kennt und sehr einfach, wenn auch verräterisch ist, schürft dieses Kupfer nicht und holt nicht mehr aus den Bergen heraus, als es an Rüstungen tragen kann, um seine Tapferkeit zu beweisen.

Die Männer dieses Landstrichs tragen Felle um die Hüften und Glasperlenketten um die Hälse. Sie führen eiserne Speere mit sich und halten Bögen und Pfeile in den Händen. Sie sind abscheulich in ihrer Lebensweise, denn sie haben Männer in Frauenkleidern, die sie unter ihren Frauen halten.

* Alter Name für Vorder- und Hinterindien sowie den Malaiischen Archipel; Anm. d. Übers.

Diese sah ich, affektiert lächelnde, einfältige Schwule unter den Frauen, die mir nicht gefielen. Ein paar Portugiesen fingen eine dieser Mann-Frauen ein und entkleideten sie ihrer Roben, wobei das dumme Geschöpf die ganze Zeit über vor Furcht wimmerte, und wir sahen die männlichen Geschlechtsteile darunter, die genau wie bei jedem anderen Mann aussahen, auch wenn wir gedacht hätten, diese verkleideten Frauen könnten Hermaphroditen sein.

Eine *Ndalabondo*-Frau trägt einen Kupferring um den Hals, der wenigstens fünfzehn Pfund wiegt; an den Armen kleine Ringe aus Kupfer, die bis zu den Ellbogen reichen; um die Hüfte ein Tuch aus der Rinde des *Nsanda*-Baumes, einer Art wilder Feige mit vielen schlanken Stämmen; an den Beinen Ringe aus Kupfer, die bis zu den Waden reichen.

Von diesem Volk kauften wir eine große Menge an Kühen, Schafen – die größer als unsere englischen waren – und sehr gutem Kupfer. Und wir kauften auch eine Art süßes graues Holz, das die Portugiesen wegen seines Wohlgeruchs schätzen, und eine große Menge an Guineaweizen und Bohnen. Und nachdem wir unsere Barke beladen hatten, schickten wir sie nach Hause; doch fünfzig von uns blieben an Land und errichteten aus Holzbalken ein kleines Fort, weil das Volk dieses Landes verräterisch ist und die, die mit ihm Handel treiben, auf der Hut sein müssen.

Nach siebzehn Tagen hatten wir fünfhundert Kopf gutes braunes Vieh gekauft, das wir mit ein Zoll langen Glasperlenketten bezahlten, fünfzehn Ketten für eine Kuh. Der Gouverneur schickte uns drei Schiffe, auf denen wir dieses Vieh nach São Paulo de Luanda verfrachteten, und dann brachen wir zur Stadt Benguela auf.

Dies ist ein kleiner Außenposten, der, wie ich glaube, in späteren Jahren wohl sehr bedeutend werden wird. Er liegt hinter einer *Morro* – einer großen Klippe –, die sich direkt aus dem Meer erhebt und mit den dicken, fleischigen, kleinen, blattlosen Dornenbäumen bewachsen ist, die in diesen trocknen Gebieten so häufig vorkommen. Die Bucht der Stadt bietet einen guten Ankergrund, und auf ihrer nördlichcn Seite steht das Fort von Benguela, ein viereckiges Gebilde aus Palisados und Baumstämmen, umgeben von Häusern, denen Bananen-, Orangen-, Limonen- und Granatapfelbäume Schatten spenden; und hinter dem Fort liegt ein Süßwasserteich. Um das Dorf herum liegen sieben Dörfer, die den zehnten Teil ihres gesamten Besitzes als Tribut an die Portugiesen von Benguela entrichten.

Die Luft von Benguela ist sehr schlecht, und die Portugiesen, die dort leben, sehen eher wie Geister denn wie Menschen aus. Den Befehl über die kleine Garnison hatte Manoel de Andrade, der auf mehreren langen Reisen die Küste hinauf mein Gefährte gewesen war; und er war sehr gealtert und schwach und hager. Ich erfuhr von ihm, daß er sich eine ernste Krankheit zugezogen hatte, die er nicht nennen wollte, und als Bestrafung nach Benguela geschickt worden war. Dies traf auch auf alle anderen Portugiesen dort zu.

Wir konnten in Benguela nur wenig Handel treiben, denn die Portugiesen dieses Ortes waren in letzter Zeit zu träge oder krank gewesen, um irgendwelchen Geschäften nachzugehen. Daher blieben wir nicht lange. Während unseres Aufenthalts führte Andrade uns in eine Eingeborenenstadt, wo ich einen Marktplatz für Hundefleisch sah.

»In einigen Teilen Angolas schätzt das Volk Hundefleisch mehr als jedes andere«, sagte er, »und daher füttern und mästen sie die Hunde und töten sie dann, um sie auf einem offenen Fleischmarkt zu verkaufen.«

Auf diesem Schlachthof oder Markt zeigte Andrade uns die verschiedenen Fleischsorten und betastete und befühlte sie mit sachkundigen Bewegungen, während die Händler in ihrer Muttersprache riefen, um die Qualitäten ihrer Erzeugnisse zu rühmen.

»Sie züchten ihre Tiere auf Geschmack«, erklärte mir Andrade. »Letztes Jahr wurde ein gutes Zuchttier im Austausch gegen zweiundzwanzig Sklaven verkauft. Was, nebenbei bemerkt, bei zehn Dukaten pro Sklave ein Vermögen für einen einzigen Hund ist!«

»Ah, das Fleisch muß köstlich sein«, erwiderte ich.

»Das weiß ich nicht«, sagte Andrade mit einem Lachen. »Ich bin kein Hundeesser. Aber du bist ein Mann, der das Abenteuer schätzt, nicht wahr, Piloto? Hier, willst du dieses Fleisch heute zum Abendessen kosten?«

»Nay«, sagte ich, »es versucht mich nicht allzu sehr. Ich glaube, ich werde ein Leben verbringen, ohne Hundefleisch zu essen.«

Und ich wandte mich ein wenig erschaudernd ab. Doch Hundefresser würden mir im Vergleich mit dem, was mich an dieser Küste noch erwartete, bald harmlos und unschuldig erscheinen.

Denn wir fuhren ein kurzes Stück über Benguela hinaus und sahen ein gewaltiges Lager am südlichen Ufer des Flusses Kuvu. Da er zu erfahren wünschte, was das für Männer waren oder wer sie befehligte, wählte unser Kommandant, ein gewisser Diogo Pinto Dourado, eine Mannschaft aus, die mit unserem Ruderboot an Land gehen sollte, und ich befand mich unter dieser Mannschaft, was ich meiner Beschlagenheit in den einheimischen Zungen verdankte. Als wir das Ufer beinahe erreicht hatten, spähte ich hinüber, und was ich sah, ließ mir das Blut gefrieren, denn diese Männer waren nackt, hier und dort weiß bemalt, gut bewaffnet und häufig von großer Gestalt und mächtigem Körperbau: Ich erkannte sie als Jaqqas.

Ich ergriff das Handgelenk unseres Bootsmannes und

sagte: »Laßt uns umkehren, denn wir fahren in unseren Tod. Das sind Menschenfresser!«

»Bist du dir dessen sicher?«

»So wahr ich Christ bin!«

Der Bootsmann, Fernão Coelho mit Namen, war ein Mann mit dunkler Gesichtsfarbe, doch er wurde weiß wie ein Laken und bedeutete augenblicklich, das Boot zu wenden, da wir ein Dutzend und sie am Ufer mindestens fünfhundert waren. Doch als wir zu der Fregatte zurückruderten, erschien Hauptmann Pinto Dourado an Deck und rief uns zu, wieso wir nicht an Land gegangen seien, und als wir erwiderten, das Ufer würde von Jaqqas gehalten, sagte er mit heftigen Gesten, daß wir trotzdem zu ihnen gehen müßten.

»Nay«, murmelte ich in meinen Bart, »sie werden uns im Handumdrehen kochen!«

Der Bootsmann hatte eine ähnliche Vorstellung, denn er führte uns weiterhin zur Fregatte; doch Pinto Dourado ließ Musketen auf uns richten, und unter dem Druck der Waffen hatten wir keine andere Wahl, als wieder zum Ufer zu rudern. Schweigend wie Geister fuhren wir dorthin, und die Portuiesen bekreuzigten sich oft. Und doch fand ich Mut, als ich mich an die Jaqqas erinnerte, die mich, als ich mich nach dem Massaker des Kafuche Kambara in der Wüste verirrt hatte, in Sicherheit gebracht hatten, und ich sagte mir, daß auch diese hier gnädig sein könnten. Doch trotz all dieser Gedanken war mir nicht gerade fröhlich zumute, waren doch hinter mir Musketen auf mich gerichtet und warteten vor mir Menschenfresser auf mich.

Wir erreichten das Ufer, und ein Trupp von einhundert Mann erwartete uns dort. Wir waren bewaffnet, hielten die Waffen aber nach unten gerichtet, um keinen Angriff zu provozieren. Fernão Coelho sah mich an, und ich sagte: »Aye, fürwahr Jaqqas.«

»Dann hat uns Pinto Dourado ins Verderben geschickt!« sagte Coelho mit einem Fluch. »Bist du sicher?«

»Sie haben die Jaqqamerkmale. Sie schlagen sich als Zeichen der Stattlichkeit vier Zähne aus, und sie bemalen ihre Körper hier und da mit weißen Mustern, und sie tragen verschiedene Waffen an ihren Gürteln.«

Die Jaqqas umzingelten uns nun, sagten nichts, musterten uns nur angestrengt, als seien wir Menschen vom Mond, die auf einen Besuch gekommen wären.

»Kannst du ihre Sprache sprechen?« fragte mich Coelho.

»Kaum ein Wort. Doch ich spreche andere Sprachen, die sie vielleicht auch kennen. Ich werde es versuchen.«

Ich sage Euch im vollen Ernst, daß ich erwartete, an diesem Tag zu sterben, vielleicht schon innerhalb der nächsten Stunde. Und doch war ich seltsam ruhig, wie es die Menschen oftmals sind, wenn sie sich in der Gegenwart des Todes befinden. Ich sah mich um, machte den größten und furchterregendsten der Jaqqas aus und sprach in der Kikongo-Zunge zu ihm, sagte, wir kämen in Frieden, als Händler, und seien Gesandte des großen Schiffes dort, das vor dem Ufer lag.

Der Jaqqa sagte nichts, sondern musterte mich lediglich eindringlich.

»Laß uns zum Schiff zurückkehren, wenn sie nicht mit uns sprechen wollen«, sagte Coelho.

»Friede, Bootsmann. Wir können noch nicht so bald umkehren.«

»Warum nicht? Wir wurden hergeschickt, um herauszufinden, wer sie sind, und jetzt sind wir uns sicher, und daher . . .«

Ich bedeutete ihm zu schweigen. Der große Jaqqa sprach überaus tief und ernst Worte, die ich nicht verstand, und dann stockend auf Kikongo. Und was er sagte, war: »Von welcher Welt kommt ihr? Seid ihr Geister?«

»Wir sind Menschen«, sagte ich, »aus einem Land jenseits des Meeres.«

Der Jaqqa erstattete seinen Gefährten in ihrer eigenen Sprache ausführlichen Bericht, und mehrere von ihnen wandten sich ab und liefen als Boten zum Hauptlager am Strand. Zu mir sagte er: »Seid ihr Portugiesen?«

»Diese meine Gefährten sind Portugiesen. Ich bin Engländer!«

»Und was ist das?«

Als Antwort schwang ich den Kopf heftig von einer Seite zur anderen, so daß mein langes, goldenes Haar umherflog und überaus hell in der Sonne funkelte, und der Jaqqa riß daraufhin die Augen auf und schaute überaus erstaunt drein.

Mit gehobenen Armen und ausgestreckten Händen rief ich: »Ein Engländer ist ein Sohn Albions*, und ein Herr unter den Menschen. Und wir dienen Ihrer überaus Protestantischen Majestät Elisabeth, die die oberste unter den Fürsten der Erdkugel ist.«

Diese schöne Rede beeindruckte den Jaqqa ein wenig, wie es auch beabsichtigt war. Coelho, der kein Wort verstand, beugte sich zu mir und sagte: »Was hat all dieses Geschwätz zu bedeuten?«

»Ich glaube nicht, daß wir in Gefahr sind«, sagte ich. »Denn dies sind Jaqqas, die noch nie einen weißen Mann gesehen haben und die Portugiesen nur von Gerüchten und vom Hörensagen kennen, und sie halten mich wegen der Farbe meines Haars vielleicht für einen Gott. Ich glaube, sie werden es nicht wagen, uns ein Leid zuzufügen.«

»Laßt uns beten, daß du recht hast«, sagte Coelho.

Der langbeinige Jaqqa sprach erneut. Ich konnte seinen

* Poetischer Name für England, meist ganz Britannien, gelegentlich auch auf Schottland beschränkt; Anm. d. Übers.

Worten nicht folgen, doch sie enthielten eine große, fließende Ankündigung. In die Kannibalen geriet Bewegung; sie traten zurück und von der Mitte fort, und ich sah, daß eine neue Gestalt unter uns eingetroffen war, geführt von den Boten, die ins Lager gelaufen waren. Er schritt in die Mitte unserer Gruppe und betrachtete uns mit größter Aufmerksamkeit.

Ich glaube, dieser Mann war der schrecklichste Anblick, den ich jemals gesehen hatte, so fürchterlich wie das größte Coccodrillo oder das wildeste Rudel heulender Wölfe. Er war von gewaltiger Größe, ein wahrer Riese, und so schwarz wie die tiefste Nacht. Doch trotz all dieser Schwärze sah sein Gesicht nicht wie das eines reinrassigen Negers aus: Es verfügte über eine gerade Nase und schmale harte Lippen, die dem Antlitz einen noch grausameren Anflug verliehen; irgendwie wirkte es wie das eines Mohren, wenngleich es viel dunkler war. Sein Haar war lockig, sehr lang und reich bestickt mit Schnüren und Muscheln, die man *Mbambas* nennt, was Wellhorn- oder Schneckenhäuser sind. Um seinen Nacken hing ein Halsband mit anderen, spiral- oder türmchenförmigen Muscheln, die an diesen Gestaden zum umgerechneten Preis von zwanzig Shilling die Muschel verkauft werden, wie ich wußte; und um die Hüften trug er Schnüre mit Verzierungen, die man aus den Schalen von Straußeneiern geschnitten hatte. Seine Lenden waren in ein funkelnd helles Tuch aus scharlachrotem Palmstoff gehüllt, der so fein wie Seide war. Der Rest seines Körpers war nackt, doch mit roten und weißen Verzierungen der überaus erschreckendsten Art bemalt, und wo sie nicht bemalt war, war seine Haut mit Schnitten vernarbt, die sich zu üppigen Verzierungen von erstaunlicher Höhe hoben, die fast wie ein Relief anmuteten, als wäre die Haut überall von einem verästelten Damast bedeckt, der sich zu den schönsten Mustern der mannigfachsten Formen hob. Und der Mann glänzte geradezu, so daß ich beinahe glaubte, ich könne mein Bild auf seiner Haut sehen, wie in einem Spiegel. In der Nase trug er ein zwei Zoll langes Kupferstück und in den Ohren ähnliche. Insgesamt stellte er nichts anderes dar als das höchste Abbild der Barbarei.

Und seine Augen! Bei Gottes Tod, diese Augen! Es waren Tümpel der Nacht, umgeben von einem Feld aus betörendem Weiß, und sie zogen mich an und hielten mich wie die mächtigsten Magneten in ihrem Bann. Als ich diese Augen sah, zitterten meine Knie.

Ich wurde erneut an die längst vergangene Zeit erinnert, als ich durch Abraham Cockes Verrat auf der Insel zurückgelassen worden und ein gewaltiger Allagardo oder Coccodrillo aus einem Fluß getreten war und mich angelächelt und die Zunge herausgesteckt hatte; ich hatte wie gebannt dagestanden und war dann wie einer, der verzaubert worden war, nicht vor dem Geschöpf geflohen, sondern darauf zugegangen. Dieser Jaqqakönig verzauberte mich auf die gleiche Art.

Der große Kannibale, der Kikongo sprach, sagte: »Du bist in der Gegenwart des Großen Jaqqa, Imbe Calandola.«

Und ich kam mir vor, als wäre ich in der Gegenwart des Herrn der Finsternis selbst, des Fürsten der Hölle, des Großen Widersachers, des gewaltigen Luzifers des Abgrundes: Satan Mephistopheles Beelzebub, der Erzfeind, der König des Bösen.

6

In der Stille auf dem Strand war das Toben der Brandung ein Geräusch wie das Schlagen der Trommeln des Jüngsten Gerichts. Dieser Calandola trat vor und neben mich, so daß ich den Geruch seiner Haut wahrnahm, der, wie ich später erfuhr, daher stammte, daß er sich täglich mit dem Fett menschlicher Opfer einrieb, damit sie diesen funkelnden Glanz bekam. Und dennoch wagte ich es nicht, vor ihm zurückzuweichen, als er mich genau musterte.

Seine Größe war überwältigend.

Ich sah nun, daß er nicht wirklich der größte seines Trupps war und in der Tat nur zwei Zoll größer als ich, der ich selbst nicht von geringer Statur war; doch den Eindruck dieser gewaltigen Größe verliehen ihm die übermäßige Breite seiner Schultern, die Dicke des Halses und die Kraft seiner Arme und Hände, die mit Leichtigkeit zwei Männer um die Köpfe fassen und sie gleichzeitig wie Eierschalen zertrümmern konnten.

Und diese großen Hände fuhren tatsächlich zu meinem Kopf, doch nicht auf gewalttätige Art und Weise. Er nahm mein Haar hoch und ließ es wieder fallen und fuhr mit den Händen hindurch, so vorsichtig, als berühre er ein so zerbrechliches Gewebe, daß es bei einem harten Atemzug schmelzen würde. Er sah mir tief in die Augen, als wolle er mir aus der Seele lesen. Er ging um mich herum, betrachtete mich von jeder Seite, berührte mein Haar mit den Fingerspitzen und meinen Bart und fuhr sogar mit den Fingern über meine Augenbrauen, die dick und sehr golden waren. Während er dies tat, murmelte er seinen hohen Fürsten Worte zu und sich selbst auch; und als er mit mir fertig war, klatschte er in die Hände und stieß ein lautes, diabolisches Gelächter aus, als wolle er sagen: ›Dein seltsames Haar bereitet mir großes Vergnügen, Engländer!‹

Dann fuhr er herum und ging zu seinem Lager am Ufer, und Jaqqa Schlacksbein gab mir ein Zeichen, daß ich ihm mit meinen Gefährten folgen solle.

Was wir auch taten, und wir traten erneut vor Imbe Calandola, als er auf einer Art Hohesitz in einem Zelt saß. Fünf seiner Fürsten standen an seiner Seite und zwei Hexenmeister und zwei Frauen, die Schwestern hätten sein können, denn beide hatten schwere Brüste und das gleiche Gesicht, wobei vier ihrer Zähne der Schönheit willen gezogen worden waren und ihr Haar hoch aufgetürmt und mit *Mbamba*-Muscheln durchstoßen war.

Eine große Schüssel mit Palmwein wurde gebracht, und Calandola trank daraus, und dann wurde sie mir gereicht. Und als ich ein paar Schlucke daraus genommen hatte, tauchte Calandola die Hände hinein und träufelte den süßen, schweren Wein über mein Haar, als wolle er mich salben. Nachdem ich durch und durch von dem Zeug benetzt war, nahm er sanft meinen Kopf zwischen die Hände und rieb den Wein tief in mein Haar ein, wobei er unentwegt mit einer tiefen, polternden Stimme zu dem Medizinmann neben ihm sprach. Und dem unterwarf ich mich bedingungslos, denn wenn man im Lager der Kannibalen ist und deren König einem den Kopf mit Wein salbt und sie fünfhundert sind und man selbst nur ein paar wenige, spielt man nicht den mäkligen Stutzer und lehnt solch eine Ehre ab.

Als ich auf diese Art durchnäßt war, sagte der langbeinige Jaqqa, der die Kikongo-Zunge sprach: »Imbe Calandola möchte wissen, warum ihr an diesen Ort gekommen seid.«

»Um an der Küste Handel zu treiben«, erwiderte ich. »Wir handeln mit Gütern aller Art und wollen Vieh und andere nützliche Waren erwerben.«

Dies berichtete er Calandola, der eine Erwiderung gab.

»Der Imbe-Jaqqa heißt euch hier willkommen«, sagte der Jaqqa zu mir, »und heißt eure Leute, mit all euern Gütern an Land zu kommen.«

Ich übersetzte dies Coelho, der sich überaus erleichtert zeigte und am liebsten augenblicklich unser Langboot bestiegen hätte, um zur Sicherheit unseres Schiffes zurückzukehren. Doch zuerst gab es gewisse Rituale, und es wurde mehr Palmwein gereicht; und als ersichtlich wurde, daß wir gehen konnten, bedeutete Calandola, daß ich mit zwei anderen Portugiesen zurückbleiben solle.

Daraufhin erfüllte mich bleierne Verzagtheit, denn in meiner verzweifelten Vorstellung entwarf ich sofort eine Abfolge der Ereignisse, in der Kapitän Pinto Dourado, der eine Falle fürchtete, in dem Augenblick, da das Langboot zurückkehrte, sein Schiff und die Mannschaft aus diesen Gewässern führte und mich und meine beiden Gefährten hier zurückließ. Ich war schon daran gewöhnt, im Stich gelassen zu werden, und gegenüber solchen Möglichkeiten immer mißtrauisch. Und ich bezweifelte sehr, daß Pinto Dourado seinen eigenen kostbaren Leib in die Höhle der Menschenfresser bewegen würde. Und ich schob dieses Bild noch ein wenig hinaus und sah mich als das Hauptereignis auf dem Kannibalenfest, bei dem all diese Jaqqas johlten und drängelten, um einen Bissen vom Fleisch des goldenhaarigen Gottes zu bekommen.

Doch meine Vorahnungen erwiesen sich als reine Hirngespinste. Pinto Dourado kam in der Tat mit seiner gesamten Mannschaft und Mengen von Perlenketten und üblem Tand zum Schachern eilends an Land: Wenn er sich auch vor den Jaqqas fürchten mochte, seine Liebe für Profite überstrahlte diese Furcht.

Wir gingen in das Jaqqalager, das sehr ordentlich und mit

Holzpalisaden befestigt war; und wir bekamen für die Nacht Häuser zugewiesen und für unser leibliches Wohl große Mengen Palmwein und Kühe, Ziegen und Mehl.

Nach Anbruch der Dunkelheit wurde ein gewaltiges Fest abgehalten, und ich erwartete, Menschenfleisch auf den Festtischen zu sehen. Aber nein: Die Jaqqas speisten an diesem Abend genau wie wir: Sie labten sich an gebratener Ziege, Rindfleisch und beträchtlichen Mengen Palmwein. Zu dem Fest erklang viel laute, harte Musik von sehr barbarischer Art, die mit Trommeln und Flöten und *Mpungas* und einem Ding namens *Tavale* gemacht wurde, was ein Brett auf zwei Holzstäben ist, auf das man mit den Fingern schlägt. Und es tanzten Frauen, die nichts trugen bis auf Massen von Perlenschnüren um die Hälse, Arme und Beine. Sie sprangen wie tänzelnde Hexen über das Feuer, grinsten breit, um ihre zahnlückigen Münder zu zeigen, und lachten und schrien. Und in der Mitte von alledem saß der König-Dämon Calandola auf seinem Thron; sein eingeölter Körper funkelte im Licht des Feuers, seine gewaltigen Beine waren breit gespreizt und sein Kopf zurückgeworfen, als er sein lautes Gejohle des Vergnügens ausstieß. Und die ganze Zeit über waren drei oder vier Frauen um ihn herum und stellten üble Dinge mit ihm an, rieben sich an ihm, leckten mit der Zunge über seine Haut und nahmen seinen riesigen Prügel in den weit geöffneten Mund, während er müßig ihr wollenes Haar streichelte.

Ich empfand die mächtige Anwesenheit dieses Mannes als einen wahrhaftigen und schweren Druck auf mir. Wellen der Macht und der Gewalt rollten von ihm fort wie das Dröhnen der Trommeln, das Krachen der Brandung. Es gab keine Flucht, kein Verbergen vor ihm.

Ich sah ihn als ein riesiges Maul, das rittlings auf dem Busen der Welt saß und daran sog, sog, sog.

Wir schliefen in dieser Nacht nur wenig, denn die Festlichkeiten dauerten fast bis zur Dämmerung an. Und als das erste frühe Licht kam und überall schlafende Jaqqas lagen, alle viere weit ausgestreckt, und auch schlafende Portugiesen, gab es eine Konferenz zwischen Imbe Calandola und seinem Dolmetscher-Jaqqa und Kapitän Pinto Dourado und mir, bei der ich herausfand, warum der König der Jaqqas uns so bereitwillig hatte an Land kommen lassen.

Durch den Dolmetscher, dessen Name Kinguri lautete, erfuhren wir, daß Calandola entschlossen war, das Reich Benguela mit Krieg zu überziehen, das auf der nördlichen Seite des Flusses Kuvu lag. Das hieß, er beabsichtigte nicht, die kleine portugiesische Siedlung dort zu bedrohen, sondern würde sich damit begnügen, das Benguelavolk zu unterwerfen, das von einem Fürsten namens Hombiangymbe (so hörte sich der Name jedenfalls in meinen Ohren an) beherrscht wurde. Dazu wünschte er unsere Hilfe, indem wir seine Männer mit unserem Boot auf die andere Seite des Flusses brachten.

»Wenn ihr uns unterstützt«, sagte Kinguri, »wird der Imbe-Jaqqa dulden, daß ihr alle Gefangenen als Sklaven nehmt, denn wir wissen, daß ihr begierig seid, viele Sklaven zu verkaufen.«

Dies erstaunte mich: daß wir uns mit Menschenfressern verbünden sollten, um einen Eingeborenenstamm zu unterwerfen, der Portugal bereits Tribut entrichtete. Ich dachte nicht, daß wir dies tun würden, und überlegte mir im Geiste bereits die Formulierung einer Weigerung, als Pinto Dourado mit vor Geldgier strahlenden Augen zu mir sagte: »Aye, dabei können wir ein Vermögen machen! Wir werden es tun!«

»Ist das Euer Ernst?«

»Wir werden es tun«, sagte er beharrlich. »Sage es ihm. Gib ihm unsere verbindliche Zusage!«

Und so wurde es vereinbart. Den ganzen Tag lang wurden scharfe Kriegsvorbereitungen unter den Jaqqas betrieben, und des Abends gab es ein weiteres großes Fest, das so wild wie das zuvor wurde.

Die Frauen tanzten zum Klang der Trommeln, und einige junge führten einen obszönen Ritus durch, indem sie paarweise tanzten, eine der anderen folgte und die zweite die Gesten und Bewegungen eines Mannes nachäffte, der einer Frau nachsetzte. Bei gewissen Augenblicken, wenn das Donnern der Trommeln seinen lebhaftesten Rhythmus erreichte, ergriff die junge Frau, die die Rolle des Mannes spielte, die andere und drehte sie um. Dann hielten sie sich an den Schultern fest und ahmten heftig und rasend den Geschlechtsakt nach, wobei sie die Lenden und die Bäuche aneinanderstießen und sich in einer Verspottung und Nachahmung der Kopulation die dunklen, haarigen Dreiecke der Weiblichkeit aneinanderrieben, bis sie erschöpft zu Boden fielen. Dann verfuhr ein zweites Paar ebenso und ein drittes, und als alle erkennbar erregt waren, suchten sich die Häuptlinge des Stammes tanzende Frauen aus, nahmen sie beiseite, spreizten ihnen die Beine und nahmen sie vor allen Augen, wobei sie harte, grollende Geräusche von sich gaben, die eher zu kopulierenden Wildhunden oder Hyänen gepaßt hätten. Doch mir fiel auf, daß die Jaqqas sorgsam darauf achteten, ihr Geschlecht herauszuziehen und den Samen auf die Bäuche dieser Mädchen und nicht in ihre Schöße zu spritzen, was, wie ich später erfuhr, ein Teil dieses Ritus war und kein allgemeiner Brauch der Jaqqas bei der Kopulation.

Das Fest endete um Mitternacht, und es herrschte eine plötzliche Stille, wie ein fallender Vorhang, und alle schliefen. Ich lag lange auf meinem groben Lager wach, lauschte dem leisen Atem der Kannibalen überall um mich herum, und durch meinen Verstand wirbelten die Ereignisse des

Tages: die nackten Frauen, die die Kopulation nachahmten, die gewaltigen Jaqqakrieger, die ihren Samen auf sie verspritzten, das Jaqqalächeln mit den fehlenden Zähnen, die hoch lodernden Feuer, und immer Calandola, Calandola, Calandola, der mit inbrüstigem Genuß diesen höllischen Spielen vorstand und mit wundersamem Getöse zwischen seinen Spielgefährten sang und johlte.

Am Morgen, noch vor Tagesanbruch, erhob sich Calandola, ließ seinen *Ngongo* ertönen, was ein Kriegsgerät ist, das die Form einer doppelten Glocke hat, und hielt schließlich mit lauter Stimme eine Rede, die das gesamte Lager vernehmen konnte. Ich hatte schon an einem einzigen Tag genug von der Jaqqazunge gelernt, um etwas von dem, was er sagte, zu verstehen, nämlich, daß er die Benguelas völlig vernichten würde. Dann stieß er mit solcher Lautstärke einen Schrei aus, als wolle er die Erde selbst erzittern lassen.

Und schließlich waren sie alle bewaffnet und marschierten zum Flußufer, wo sie *Jangadas* oder Flöße aus einem leichten Holz erbaut hatten, das an den sumpfigen Ufern von Gewässern im Überfluß wächst. Wegen der Stärke der Strömung wäre es eine gewaltige Anstrengung gewesen, diese *Jangadas* mit Stangen über den Fluß zu staken, eine Aufgabe, die den Kriegern die Kraft genommen hätte, bevor sie das andere Ufer erreicht hatten; daher wollten sie unser Boot benutzen. Sie umschwärmten uns, ein jeder eifrig, den Ruhm zu erwerben, der erste auf diesem Feldzug gewesen zu sein, und Calandola konnte sie kaum zurückhalten, unser Boot nicht durch ihr bloßes Gewicht zu versenken. Er wählte seine besten Männer aus, und wir setzten eine Ladung, die Tapfersten der Kannibalen, über den Fluß und dann noch eine Gruppe.

Beim zweiten Übersetzen erschienen einige Krieger der Benguelas und nahmen eine kriegsähnliche Position ein, um die erste Gruppe der Jaqqas zu bedrohen, die sich hoffnungslos in der Unterzahl befand. Doch Pinto Dourado sagte: »Schießt auf sie«, und wir feuerten unsere Musketen ab, was viele Benguelas tötete und die anderen vertrieb.

Zwölf Stunden darauf hatten wir alle Jaqqas auf das andere Ufer übergesetzt. Dann befahl Calandola den Männern, die all seine Trommeln, *Tavales, Mpungas* und die anderen Schall- und Schlaginstrumente spielten, eine Kriegsmusik anzustimmen, und gab das Zeichen zum Angriff, was den Benguelas einen blutigen Tag bescherte.

Wir nahmen an dem Gemetzel nicht teil, sondern beobachteten es aus der Ferne, und ich sah, wie Calandolas Truppen zu diesem hilflosen Dorf ausschwärmten, was mich daran erinnerte, wie die gefräßigen Ameisen in meine Hütte in diesem Dorf am See Kasanza eingedrungen waren. Es gab kein Zurückhalten unter den Jaqqas, keine Erschöpfung. Mit schrecklichen, langgezogenen, schrillen Teufelsschreien fielen sie über die Benguelas her, die ihnen eine kleine Weile standhielten, bevor sie, da sie die schreckliche Natur ihres Feindes kannten, die Furcht überkam.

Sie gaben ihre Schlachtordnung auf und wandten sich zur Flucht, und eine große Anzahl von ihnen wurde erschlagen oder gefangengenommen: Männer, Frauen und Kinder. Diese Jaqqas sind hauptsächlich Männer von sehr großer Statur und Kraft, und sie kämpfen mit solch einer Raserei und solch heftigem Schwingen ihrer Schwerter und Lanzen, daß man sie nicht mehr zurückhalten kann, sobald sie sich erst einmal in ihren Kriegsrausch gesteigert haben.

Der Fürst dieses Landes, Hombiangymbe, wurde gemeinsam mit über einhundert seiner Kriegsherren erschlagen, und man haute den Toten die Köpfe ab und warf diese vor die Füße des großen Imbe-Jaqqa Calandola, der auf seinem Thron saß und überaus ernst seinen Sieg beobachtete und genoß.

Dann wurden die Männer, Frauen und Kinder des Stammes lebendig in Gefangenschaft genommen, und die gefangenen Männer mußten die Leichen der toten Benguelas tragen, die aufeinandergelegt wurden, um verzehrt zu werden. Denn diese Jaqqas sind die größten Kannibalen und Menschenfresser, die es auf der Welt gibt, und lieben es, sich hauptsächlich von Menschenfleisch zu ernähren, obwohl sie große Viehherden ihr eigen nennen. Und ich glaube, sie hatten diesen Krieg gegen die Benguelas in erster Linie unternommen, weil sie einige Wochen lang durch ein Land marschiert waren, in dem es keine Siedlungen gab und sie infolgedessen keine Gelegenheit gehabt hatten, von ihrem Lieblingsfleisch zu speisen.

Was danach geschah, war fürchterlich, wenngleich ich für meinen Teil etwas davon schon vor langen Jahren unter den Menschenfressern von Brasilien beobachtet hatte, und so war meine Seele gegen den Anblick etwas abgehärtet.

Die Jaqqas errichteten ein großes Feuer, warfen viel Holz von den Häusern der Unterworfenen darauf und fügten gewisse Steine und Puder hinzu, die ihre Medizinmänner bei sich trugen, damit die Flammen in blauen, grünen, violetten und anderen kräftigen Farbtönen hochschlugen. Während dies geschah, weideten einige ältere Männer des Stammes die Leichen mit langen Kupferklingen aus, die sie mit großer Fertigkeit handhabten, und bereiteten sie für das Mahl vor, indem sie jene Teile fortschnitten, die die Jaqqas nicht bevorzugten, und die Haut an manchen Stellen einritzten, damit sie das Fleisch besser braten konnten. Denn manchmal kochen die Jaqqas ihre Opfer, und manchmal braten sie sie, doch sie hatten ihre großen Kessel nicht von der anderen Flußseite mitgebracht, so daß es nun vonnöten war, sie zu braten. Sie nahmen gewisse lange Holzspieße und spitzten sie mit großer Obhut zu, und es wurde ersichtlich, daß sie in diesem Werk sehr erfahren und beschlagen waren; und dann zogen sie die Körper der Toten wie Ochsen über die Spieße und drehten sie, brieten sie und beträufelten sie mit Fleischsaft, wie es die besten Köche getan hätten, die jemals in der Küche eines Königs gekocht hatten. Das Fleisch zischte und brutzelte und bräunte sehr gut an, und ein Geruch stieg von ihm empor, der – Gott helfe mir, es ist die Wahrheit! – sehr wohlschmeckend war, solange man den Feuern den Rücken zuwandte und nicht das Fleisch erblickte, das diesen Duft ausströmte.

Calandola rief uns auf seine laute, tosende Art recht jovial etwas zu, und es war nicht schwer zu erraten, daß seine Worte in etwa bedeuteten: »Kommt, Portugiesen, gesellt euch zu unserem Fest! Wir werden euch die besten Stücke überlassen, denn ihr seid unsere Freunde!«

Doch wir schlugen seine Gastfreundschaft aus, und in der Tat stahlen sich viele unserer Männer in das Gehölz davon, und ich hörte, wie aus ihrer Richtung würgende, spuckende Geräusche kamen. Ich selbst war nicht so schwer betroffen, wenngleich es mir auch nicht in den Sinn kam, an diesem abscheulichen Mahl teilzunehmen. Was das besiegte Benguelavolk betraf, so mußte es sich nackt und waffenlos in zwei Reihen aufstellen und zusehen, wie das Braten vonstatten ging.

Welche Gedanken durch die Seelen dieser Menschen gingen, kann ich nicht sagen, denn sie waren sehr still, bis auf einige Verwundete, die ein wenig stöhnten, und ihre Augen verrieten mir nicht, ob sie tief bekümmert oder aber so benommen und taub waren, daß sie den Sinn dessen, was dort vor sich ging, nicht erfaßten. Wenn dies Essex gewesen wäre und zweihundert englische Männer und Frauen hätten sich aufstellen müssen, während ihre Brüder und Söhne gebraten wurden, so hätten wir wohl den einen oder anderen

Aufschrei von ihnen gehört; doch dieses Volk hier ist anders, und seine Denkweise ist mir sehr fremd. Und doch bin ich mir ziemlich sicher, daß sie wegen dieser schrecklichen Sache trauerten, wenn auch vielleicht tief im Inneren.

Als das Fleisch fertig war, ereignete sich eine weitere große Seltsamkeit. Denn einer von Calandolas Hexenmeistern brachte ihm einen wundervoll gearbeiteten Weidenkorb von beträchtlicher Größe, von dem ich mich erinnerte, daß wir ihn eigens von dem Jaqqalager auf der anderen Seite hergebracht hatten. Und aus diesem Korb nahm der Zauberer gewisse Gewänder und Utensilien von unzweifelhaft christlicher Herkunft und reichte sie eins nach dem anderen Imbe Calandola.

Da war die schwarze Soutane eines Priesters und der Umhang, den man Vespermantel nennt, und eine reich geschmückte Kasel*, die die Priester tragen, wenn sie die Messe lesen. All diese verschiedenen Kleidungsstücke waren aufgetrennt und mit Stricken wieder verbunden worden, damit sie über Calandolas gewaltigen Körper paßten; denn der portugiesische Priester, dem sie einmal gehört hatten, mußte ein viel kleinerer Mann gewesen sein. Nachdem Calandola diese Gewänder angelegt hatte, nahm er ein Kruzifix, das er am kurzen Ende hielt, und hob mit der anderen Hand einen silbernen Abendmahlskelch, und mit einem mächtigen Gelächter schlug er das Ende des Kruzifixes gegen die Seite des Kelches, als wolle er eine Glocke betätigen, um seine Männer zum Mahl zu bitten. Und bei dem Geräusch dieser Glocke erhob sich lautes Geschrei unter allen Jaqqas und ein Freudenjubel, denn sie wußten, daß nun Essenszeit war.

Es bekümmerte mich wenig, welche Blasphemie der Imbe-

* Liturgisches Obergewand; Anm. des Übers.

Jaqqa mit all diesen portugiesischen Gewändern und Utensilien vollzog. Doch ich befürchtete, es würde meine portugiesischen Gefährten beträchtlich stören. In der Tat waren sie zurückgetreten, und ich sah, wie sie die Lippen zusammenpreßten und ihre Nüstern sich aufblähten. Doch sie riefen kaum ein Wort des Protestes. Darin taten sie es ihrem schurkischen Befehlshaber gleich, Pinto Dourado, der mit vor der Brust verschränkten Armen dastand und so süß lächelte, als würde er einen Chor von Weihnachtssängern und nicht das Geschrei kirchenschänderischer Kannibalen vernehmen.

Kümmerte Pinto Dourado die Beleidigung seines Glaubens nicht? Oder dachte er klugerweise, ein Protest würde lediglich dazu führen, daß sich noch etwas portugiesisches Fleisch zu dem Festessen hinzufügen würde? Vielleicht von beidem etwas; doch ich glaube auch, daß er sorgfältig auf seine geschäftlichen Vereinbarungen mit den Jaqqas achtete und es nicht wagte, die Mißbilligung seiner Gastgeber auf sich zu ziehen, bis der Handel abgeschlossen war.

Wie dem auch gewesen sein mochte, das Fest begann.

Da war Calandola, der den Kelch und das Kruzifix schwenkte und seine mächtigen Schultern gegen das ihn einengende Gewand irgendeines ermordeten Priesters drückte, und da waren seine langbeinigen nackten Krieger, die die Spieße drehten, und da waren die Verwandten der Opfer, die schweigend danebenstanden, und dann begannen die Schlächter-Jaqqas mit dem Tranchieren und brachten dem König ein großes, saftiges Lendenstück; und dieser warf den Kopf zurück, brüllte sein tosendes Gelächter und grub die Zähne ins Fleisch.

Während er aß, deutete er auf seine Unterführer und Hauptmänner, und nacheinander bekamen auch sie ihren Anteil, Kinguri Schlacksbein zuerst, und dann ein jeder in der Folge des Ranges. Fast alle Jaqqas sind groß und schlankgliedrig, wenngleich auch einige wenige klein sind, und diese kleinen weisen sehr muskulöse Arme und Beine auf. Da sie sich durch Adoption vermehren, Kinder aus anderen Stämmen stehlen und sie als Jaqqas aufziehen, gibt es nur wenig Blutsverwandtschaft unter diesen Menschenfressern; und dennoch ähneln sie einander, als führte ihr blutrünstiges Leben dazu, daß sie einer wie der andere aussehen. Oder vielleicht liegt es daran, daß sie vorzugsweise Gefangene mit einem gewissen Körperbau in ihre Reihen aufnahmen. Doch ihre Größe und Stärke beeindruckte mich zutiefst, wie schon von Anfang an, als ich vor langer Zeit gesehen hatte, wie ein Jaqqa von der Größe Kinguris allein und geheimnisvoll am Ufer des Flusses Kwanza stand.

Und erneut bedeutete Calandola uns zu essen, mit lauten Worten, die in etwa bedeuten mußten: »Ihr seid unsere Gäste! Eßt, eßt, eßt!«

Was wir aber nicht taten.

Aus der Ferne beobachtete ich jedoch das Fest. Und nach einer Weile geschah etwas sehr Seltsames mit mir, was Ihr vielleicht nur schwer verstehen könnt: nämlich, daß ich mit der Zeit nicht mehr erstaunt oder abgestoßen war und das Fest als ein ganz gewöhnliches Ereignis betrachtete. Was? sagt Ihr. Wurde ich etwa zu einem Ungetüm wie diese Kannibalen? Ich glaube nicht. Ich glaube, eine Art Weisheit drang in mich ein, die daher rührte, daß ich zuvor schon mehrere solcher Kannibalenfeste gesehen hatte, das erste davon während meiner Zeit in Brasilien, unter den Taymayas, den wilden Indianern.

Und diese Weisheit sagte: Wir essen Vieh, und wir essen Schafe, und wir essen Geflügel, und wir denken uns nichts Schlechtes dabei. Und diese Leute essen Menschen, und *sie* denken sich nichts Schlechtes dabei, und wir sind doch alle Gottes Geschöpfe, oder etwa nicht?

Ich meine damit lediglich, daß es auf dieser gewaltigen Welt unterschiedliche Bräuche gibt, und was der einen Rasse als fremdartig oder verabscheuungswürdig erscheint, ist bei der anderen vielleicht ganz normal. Sind wir zum Beispiel auf einen Franzosen wütend, weil er kein Englisch spricht und wir sein Palaver nicht verstehen? Doch er ist Franzose; Französisch ist die ihm gebräuchliche Sprache. Und Menschenfleisch ist die gebräuchliche Nahrung der Taymayas und der Jaqqas und der anderen dieser Menschenfresser. Und ich glaube, es geziemt sich nicht, sie deshalb von vornherein zu verdammen.

Vielleicht, sagt Ihr, habe ich zu lange unter Kannibalen geweilt, und meine Seele wurde durch ihre Gebräuche verdorben. Vielleicht; doch ich bin nicht dieser Ansicht. Ich glaube nur, weil ich so lange an den äußersten Grenzen der Welt gelebt habe, habe ich ein breiteres Verständnis für ihre Mannigfaltigkeit gewonnen. Ich wage zu behaupten, daß es irgendwo auf dieser Erdkugel eine Rasse gibt, die nicht nur für Menschenfleisch schwärmt, sondern sich auch bei dem Gedanken, Rind oder Geflügel zu essen, übergeben würde, da sie der Meinung ist, solches sei unnatürlich und böse.

Als wir nach dem Festmahl alle gesättigt waren, teilten wir die Beute. Die Jaqqas wählten unter den Gefangenen gewisse Knaben und Mädchen aus, denen allmählich die ersten Schamhaare sprossen, und nahmen sie damit in ihren Stamm auf. Es waren zwölf oder fünfzehn an der Zahl, die ganz benommen dreinschauten und nicht wußten, wie ihnen geschah. Die Knaben bekamen Sklavenhalsbänder umgelegt, wie es bei allen jungen Jaqqas geschieht, bis sie im Kampf einen Gegner getötet haben. Die anderen Benguelas wurden uns als Sklaven überlassen, als unser Entgelt, die Jaqqas über den Fluß gebracht zu haben. Diese verfrachteten wir mit dem Wissen, daß wir ein Vermögen gemacht hatten, auf unser Schiff: denn wir hatten viele starke und gesunde Seelen, die wir in São Paulo de Luanda für zwölftausend Reis pro Kopf verkaufen konnten, und sie hatten uns nichts gekostet, nicht einmal eine Handvoll Glasperlen.

Dann machten wir uns bereit zum Aufbruch. Zu guter Letzt kamen die hohen Jaqqas zu uns, Calandola und Kinguri und einige andere, und sie schritten am Ufer auf und ab und betrachteten unser Schiff; wahrscheinlich, so vermute ich, hielten sie es für ein Wunderwerk. Und der Imbe-Jaqqa berührte erneut mein Haar und ließ einige Bemerkungen darüber fallen.

Nun bekam ich allmählich eine Vorstellung darüber, weshalb uns diese Jaqqas, die uns damals in der Wüste gefunden hatten, verschont und nach Masanganu geleitet hatten. Es war meines Haares willen geschehen; denn sie hatten noch nie solch ein Haar gesehen und hielten mich in irgendeiner Hinsicht für gottähnlich. Und Calandola zeigte solch eine Faszination über mein Haar, daß ich mich unbehaglich fühlte und befürchtete, er würde mich nicht mit meinen Gefährten davonsegeln lassen, was Pinto Dourado höchstwahrscheinlich gelassen hinnehmen würde, oder er würde mich gehen lassen, mich jedoch bitten, mein Haar zurückzulassen. Doch der Imbe-Jaqqa begnügte sich damit, es ein paarmal zu berühren. Und dann ruderten wir zur Fregatte hinüber.

Und als wir nordwärts reisten, konnte ich die Jaqqas nicht aus meinem Geist drängen.

Ich war völlig besessen von ihnen. Gewiß waren sie kannibalische Ungetüme und schrecklich; und doch erschienen sie mir auf eine seltsame Art nicht wirklich böse, nicht mehr, als ein Sturm, der mit dem Toben der Vernichtung über das Land zieht, wirklich böse ist. Denn es war keine Boshaftigkeit in ihnen. Sie waren lediglich der personifizierte Hunger auf Beinen. Einen seiner eigenen Art zu erschlagen und zu essen, ist fürwahr ein großes Übel, wie ein jedes Kind weiß. Doch waren die Jaqqas schlimmer als die ausschwärmenden, schlüpfrigen Portugiesen, die diese Küste übernommen und eine ganze Rasse in die Sklaverei gezwungen hatten und einander betrogen und alle möglichen düsteren Verrate schmiedeten, derweil sie frömmig jeden Tag zur Messe gingen? Ich kam zu dem Schluß, daß in diesem Lande Afrika ein jeder Mensch in der einen oder anderen Hinsicht ein Ungetüm war. Und ich glaube, ich zog diese wilden Jaqqas, die sich keinen Anschein von Frömmigkeit gaben, dem scheinheiligen Volk vor, das vorgab, zivilisiert zu sein, aber unter der dünnen Schale genauso aus rohen Wilden bestand.

Der Imbe-Jaqqa verfolgte mich noch auf andere Art. Ich weiß, daß es auf dieser Erdkugel gewisse große Männer gibt: Drake ist einer und Raleigh, und auch Elisabeth muß als großer Mann erachtet werden, denn sie hatte die Rolle eines Mannes angenommen und übte sie prachtvoll aus. Und auch Julius Caesar und Alexander und dergleichen – Führer, Herrscher. Ich selbst habe einen sehr kleinen Teil von dem, was sie ausgemacht hat: Ich bin zwar kein Herzog oder ihnen vergleichbar, doch ich habe beobachtet, daß man sich in einer jeden Menschengruppe über kurz oder lang wie auf ganz natürliche Art und Weise an mich als Führer wendet, obwohl ich diese Führerschaft nicht suche. Hätte ich sie jemals gesucht oder wäre ich von einer solch edlen Abstammung, daß man diese Macht zugesprochen bekommt, ohne sie erst suchen zu müssen, dann hätte ich in der Tat zu einer herausragenden Persönlichkeit werden und gewaltige Taten vollbringen können, und dies sage ich nicht prahlerisch, sondern als ganz ruhige Einschätzung. Doch ich habe nur einen kleinen Teil davon. Ich wäre kein Kaiser gewesen. Doch dieser Calandola, dachte ich sofort, hatte das Zeug zur Erhabenheit: Wie der große Dschingis der Tartaren, wie der Hunnenkönig Attila, die vor langer Zeit Europa verwüstet hatten, wie der Assyrer Sanherib* von düsterer Reputation, konnte auch er die Seelen der Menschen für sich einnehmen und sie dazu bringen, ihm zu folgen, wohin auch immer er wollte. Bei dieser ersten Begegnung hatte er mich schon für sich eingenommen, was ich allerdings kaum verstand. Denn es war viel an ihm, was verabscheuungswürdig und abstoßend war, und doch zog er mich an.

Versteht Ihr dies? Könnt Ihr dies begreifen? Es war der Sog des Coccodrillos, der Sog der Finsternis, des verborgenen, kalten, satanischen Stroms, der durch die Tiefen der Seele fließt und jedes Gewissen, jeden Glauben unterspült. Ich sah Imbe Calandola in meinen Träumen als einen Riesen, der den halben Himmel ausfüllt. Seine Berührung lag auf mir. Er tönte wie ein großer Gong in meinem Schädel, der läutete, läutete und mir keinen Frieden gab. Und ich verstand weder, welche Macht er über mich ausübte, noch, daß ich dazu bestimmt war, mich ihr zu unterwerfen. Doch er füllte den halben Himmel aus; erschallte in meinem Schädel wie ein Gong.

7

Die Jaqqas ließen sich in diesem Land Benguela nieder und zogen ihren Nutzen daraus. Und wir hatten einen großen Handel mit ihnen, fünf Monate lang, und verdienten gewaltig an ihnen. Zuerst brachten wir unsere Sklavenladung nach

* 704—681 v. Chr., König von Assyrien; Anm. d. Übers.

São Paulo de Luanda und verkauften sie dort, wobei der Gouverneur und die anderen Beamten ihren beträchtlichen Anteil daraus zogen, uns jedoch noch soviel Profit ließen, daß wir alle reich daran wurden; ich wurde mit Tausenden von Reis bedacht, genug Geld, um mir in England einen großen Hof zu kaufen, wenn ich nur in England wäre.

Wir blieben eine Weile in der Stadt, und mit meinem neuen Reichtum erwarb ich gute Mäntel und andere hübsche Dinge für Matamba. Ich sprach mit ihr über die Dinge, die mir zugestoßen waren, und sagte ihr, daß ich Imbe Calandola gesehen hatte. Woraufhin sie vor mir zurückwich und zu wimmern begann, als fürchte sie, irgendeine Ansteckung des Bösen könne von dem großen Jaqqa über mich auf sie übergehen; doch ich beruhigte sie, und sie stellte mir viele Fragen und sagte mir, daß der langbeinige Kinguri ein Bruder des Calandola sei und selbst ein berühmter Mann, was ich nicht gewußt hatte.

Wir unternahmen eine zweite Reise nach Benguela und nahmen gewisse Beile und Messer und andere allgemeine Dinge mit, die die Jaqqas brauchten, und bekamen dafür weitere Sklaven: Denn es war den Jaqqas ein leichtes, die Dorfbewohner zusammenzutreiben und uns zu einem geringen Preis zu überlassen. So wurde ich, der ich noch vor kurzem ein elender Gefangener und ein Verbannter gewesen war, noch reicher.

Es gab nun ein Kontor in São Paulo de Luanda, das von einem Spanier mit Verbindungen zum Hause Fugger, das in Europa beträchtliche Banken besitzt, betrieben wurde, und ich brachte mein Geld dorthin, um es zu vermehren. Dies war ein edles Gemäuer mit weißen Wänden und schwarzen Holztäfelungen und einer großen Treppe aus irgendeinem feinen schwarzen Holz, die sich zum Raum in der ersten Etage erhob, wo die geheimen Bankgeschäfte vorgenommen wurden; die Spanier waren überaus höflich und zuvorkommend und scharwenzelten herum wie kleine Hündchen, katzbuckelten und sagten mit großem Eifer *»Si, Señor Battell«*, als sei ich ein großer Herr mit eingeöltem und gewachstem Haar und einem Espaniardo-Schnurrbart, und gaben mir eine Empfangsbestätigung für meine Reis auf feinem Pergament, die überaus heroisch mit Schnörkeln und Vignetten verziert war, wie man vielleicht eine Landkarte zum Paradies schmücken würde.

Und ich wußte, daß ich in der Entwicklung meiner Seele eine weitere unsichtbare Linie in ein neues Territorium überschritten hatte, denn nun war ich ein Sklavenhändler und konnte diese Wahrheit nicht verbergen: Denn wie sonst soll man einen Menschen nennen, der Männer und Frauen von Kannibalen kauft und sie an die Portugiesen weiterverkauft? Ich, der ich kaum ein oder zwei Pfund besessen hatte, hatte auf meinem Konto der Fugger in Augsburg nun viele tausend Reis liegen; das heißt, ich war ein wohlhabender und bedeutender Mann, der seinen gesamten Reichtum aus dem Handel mit Seelen und dem Umgang mit Menschenfressern gewonnen hatte. Das war Gottes kleiner Scherz mit mir, der ich ein ehrbares Leben geführt hatte.

In diesen fünf Monaten unternahmen wir noch eine dritte Reise zu den Jaqqas im Süden und brachten noch mehr Sklaven zurück. Doch als wir zur vierten Reise aufgebrochen waren, fanden wir sie nicht mehr. Ich wußte mittlerweile genug von den Jaqqas, daß mir klar war, daß Imbe Calandola sich nicht lange an einem Ort aufhalten würde; und er und seine Gefolgsleute waren des Benguelalandes überdrüssig geworden, denn sie hatten all ihren Wein verbraucht, und in diesen Landesteilen gibt es keine Palmbäume, aus denen man Wein machen kann, obwohl andere Nahrungsmittel dort im Überfluß verfügbar sind. So waren sie zur Provinz

Bambala weitergezogen, zu einem großen Fürsten namens Calicansamba, dessen Gebiet fünf Tagesmärsche im Landesinneren liegt.

Da wir nicht ohne Handelsgüter zurückkehren wollten, faßten wir den Entschluß, ihnen ins Landesinnere zu folgen. So gingen fünfzig von uns an Land, darunter Kapitän Diogo Pinto Dourado und sein Bootsmann, und ließen das Schiff unter Bewachung in der Bucht von Benguela zurück. Und wir marschierten zwei Tage lang ins Landesinnere, wo alles grün war, der Erdboden lohfarben und die Luft voller kleiner leuchtender Vögel mit Augen wie Saphiren und Schnäbeln aus Feuer, und betraten schließlich das Herrschaftsgebiet eines großen Fürsten namens Mofarigosat. Und als wir in seine Hauptstadt kamen, stellten wir fest, daß sie völlig niedergebrannt und zerstört worden war, wobei hier und da blutige, geschundene und schrecklich verkrümmte Leichen lagen, was mir von einem anderen traurigen Gemetzel vor langer Zeit vertraut war.

»Die Jaqqas waren hier und sind weitergezogen«, sagte Pinto Dourado.

Er schickte nach einem Negersklaven, den er von den Jaqqas gekauft hatte und der bei uns weilte, und befahl ihm, dem Fürsten Mofarigosat eine Nachricht zu überbringen. Der Sklave sagte Mofarigosat, wir seien weiße Männer, die mit den Jaqqas verbündet seien, und verlangten daher Zutritt und freies Geleit durch sein Gebiet.

Zwei Tage verstrichen, und wir glaubten schon, unser Botengänger sei erschlagen worden, was eine große Beleidigung gewesen wäre und uns zu einem Krieg herausgefordert hätte. Doch dann kehrte der Sklave zurück, und bei ihm war ein Würdenträger von Mofarigosats Hof, ein breitnackiger Schwarzer mit einer großen, scharlachroten Amtsschärpe auf seiner Brust, der sich tief vor uns verbeugte, als seien wir

Dämonenfürsten aus der Hölle, und überaus unterwürfig sagte: »Mein Herr bittet mich, Euch zu sagen, daß Ihr hier willkommen seid.«

Mofarigosat selbst war weniger bescheiden. Dieser Häuptling, der uns einen Tag später in seiner Hauptstadt empfing, stand aufrecht vor uns, und seine Augen blitzten, und es lag kein Lächeln auf seinen Lippen, als er uns in sein Heim bat: »Tausendmal willkommen«, sagte er, doch seine Stimme war kühl, und er täuschte dieses Willkommen nur vor. Es bedurfte nicht viel an Verstand, daß er uns lediglich aus Furcht vor Imbe Calandola willkommen hieß.

Mofarigosat war ein Mann von beinahe sechzig Jahren, mit weißem Haar und ebensolchem Bart, aber von großer Kraft und Vitalität. Sein Körper war schlank und stark und sah aus wie der eines Kriegers, es war kein Fetzen Fett zuviel daran. Er trug lediglich einen blauen Lendenschurz und ein Halsband aus kleinen goldenen Plättchen. Das Gold überraschte uns, denn dieses Metall war unter dem afrikanischen Volk, das hier lebte, nicht sehr begehrt.

Mofarigosat begrüßte uns vor seiner Ratskammer, schritt von einem zum anderen und musterte uns genau, unsere Haut, unsere Gewehre, unsere Rüstungen, denn diesen Landesteil hatte zuvor noch kein Weißer betreten. Schließlich sagte er in der Kikongo-Zunge, aber mit einem fließenderen südlichen Akzent: »Dient Ihr dem großen Imbe-Jaqqa, oder ist er Euer Vasall?«

Pinto Dourado bedeutete mir, daß ich ihm antworten sollte, und nachdem ich mir schnell eine Erwiderung ausgedacht hatte, sagte ich: »Wir sind gleichberechtigte Verbündete, die zum allgemeinen Vorteil beider Seiten miteinander handeln.«

»Ah«, sagte Mofarigosat. »Gleichberechtigte Verbündete.«

»Was denn, du hättest ihm sagen sollen, daß der Jaqqa

unser Diener ist!« wandte sich Pinto Dourado voller Schärfe an mich.

»Ich glaube, diese Lüge wäre zu gewagt gewesen«, sagte ich. »Sie kennen den Jaqqa hier zu gut.«

Mofarigosat befahl ein Fest für uns und bekundete keine Feindschaft für Calandola, obwohl dieser eines seiner Dörfer niedergebrannt und vernichtet hatte. Diesen Vorfall schien der Häuptling lediglich als eine Verpflichtung des Imbe-Jaqqa zu erachten. Während Calandola durch sein Gebiet marschierte, mußte man damit rechnen, daß er irgendwo innehalten würde, um zu speisen, und wenn er sich an einigen Untertanen des Mofarigosat ernährte, nun, dann war das eben so. Ich verstand nun, wieso dieser Fürst hier so lange hatte herrschen und unbelästigt ein so hohes Alter erreichen können; denn auch er kannte die Kunst, sich der Brise zu beugen, um nicht von einem Sturm umgeknickt und fortgeweht zu werden.

Doch offensichtlich war er kein unbedeutender Häuptling, sondern eher ein überaus mächtiger Fürst, und auch kein Feigling, sondern ein kluger und kühner Mann. Mofarigosats Stadt war groß und gut bestellt, mit vielen Gebäuden und großen, hölzernen Palästen, die dick mit Stroh gedeckt waren und mit einer Palisade aus gespitzten Pfählen darum herum, die man nicht leicht durchbrechen konnte. Er hatte eine große Anzahl von Kriegern, die stark und fähig und mit Lanzen und großen Bögen bewaffnet waren, und achtete sorgsam darauf, sie uns auch vorzuführen.

Ich glaube, hätte Imbe Calandola sich entschlossen, diesen Fürsten Mofarigosat anzugreifen, wäre es ihm nicht leicht gefallen, ihn zu unterwerfen. Am Ende hätten die Jaqqas wahrscheinlich triumphiert, denn ich glaube, daß Calandola so sehr von seiner Unbesiegbarkeit überzeugt ist, daß er alle anderen auch davon überzeugen könnte, selbst seine Feinde. Doch der Versuch wäre ihm teuer zu stehen gekommen. So hatte sich Calandola dieses Mal entschlossen, seine Kraft nicht in einem schweren Krieg mit Mofarigosat zu verschwenden, sondern in einem weiten Bogen um die Stadt und in den dichteren Urwald zu ziehen, der die wahre Heimat der Jaqqas ist.

Und als ich die Größe von Mofarigosats Heer und das harte Wesen des Mofarigosat selbst sah, bekam ich wegen unserer eigenen Sicherheit an diesem Ort Bedenken, da wir nur fünfzig Mann waren und sie viele hundert. Ich wußte, daß die Spanier die gesamten Nationen von Mexiko und Peru mit Heeren erobert hatten, die kaum größer gewesen waren als unser kleiner Trupp, doch diese Stämme waren Indianer und keine Neger gewesen und hatten sich vielleicht leichter von Musketen und weißer Haut entmutigen lassen, da Indianer zerbrechlichere und furchtsamere Menschen als Neger waren. Mir war nicht aufgefallen, daß sich die Truppe des Kafuche Kambara, als sie die Portugiesen in der Wüste überfallen hatten, von solchen Dingen entmutigen ließ. Und ich war auch nicht der Meinung, daß sich Mofarigosat davon entmutigen lassen würde.

Zuerst war alles ein Fest und eine Feier. Der Palmwein floß wie Wasser, und Mofarigosat ließ das beste Vieh herbeibringen und zu unserem Vergnügen schlachten, und wir aßen und tranken, bis wir ganz lethargisch davon waren.

Pinto Dourado ist zugute zu halten, daß diese höfliche Behandlung schon früh seinen Argwohn erregte; er hielt sie für das Vorspiel eines Massakers, das erfolgen würde, wenn wir alle völlig betrunken waren. So gab er den Befehl, daß immer fünf unserer fünfzig Mann überhaupt nichts trinken durften und daß wir alle auch während des Festes die Musketen in unserer Reichweite halten mußten.

Die Freundlichkeit, die Mofarigosat uns entgegenbrachte,

hielt noch einige Tage an. Immer wenn sich der orangene Ball der Sonne schnell dem fernen blauen Schild des Meeres näherte, versammelten wir uns und feierten mit Mofarigosat und seinem Volk, und oftmals saß der Fürst den Festlichkeiten vor. Es wurde getanzt, wobei sich Männer und Frauen mit dem Gesicht zueinander in zwei Reihen aufstellten, mit den Füßen stampften und dann aufeinander zuliefen, um mit Hüftstößen den Geschlechtsakt nachzuahmen. Doch dieser Tanz war weit weniger unzüchtig als der ähnliche, den die Jaqqafrauen aufgeführt hatten, denn diese Jaqqas hatten ihre schlüpfrigen Körper in heißer Leidenschaft aneinandergerieben, und diese hier stellten den Akt beinahe auf keusche Art dar, wobei sie sich nicht berührten. Doch es war kein Tanz, wie man ihn in England oder Portugal zu sehen bekommt, und er erzeugte einige Lust in uns.

Um diese Lust zu stillen, bekamen wir Frauen: nicht die von Mofarigosats Stamm, keineswegs, sondern Sklavinnen aus einigen anderen Stämmen. Andere Frauen dieses Landes schärften der Schönheit willen ihre Zähne, doch diese hier hatten diese Mode bis zum Äußersten getrieben. Ihre zugespitzten, nadelscharfen Zähne waren für mich alles andere als schön. Auch war ihre Haut reich verziert, und zwar nicht einfach mit den üblichen Schnitten und Narben, sondern mit gefärbten Mustern, die mit scharfen Klingen in die Haut geritzt werden, auf Stirn, Brüsten, Schultern und Hinterbacken, wodurch diese Mädchen buntgefleckt und fremdartig wirkten.

Ich wurde Zeuge, wie man einem Mädchen diese Hautfärbung einritzte; es mußte sich auf den Boden legen, während ein Künstler dieses Gewerbes eine Blume in ihren Bauch meißelte. Es hieß, daß Mädchen, die diese Marter ohne Schreie ertrugen, problemlos Kinder bekommen würden; doch wenn sie die Schmerzen nicht ertrugen, würden sie niemals heiraten dürfen und in die Sklaverei verkauft werden. So wählen Männer, die auf Brautschau sind, zuerst jene Frauen aus, die die schönsten Verzierungen auf den Bäuchen haben.

Nun, in der Dunkelheit bemerkt man solche Verzierungen nicht, noch stört man sich an Zähnen, die spitz zugeschliffen sind. So nahmen wir an den Geschenken des Mofarigosat bereitwillig unser Vergnügen. Für mich war es eine besondere, geheime Freude, mein Mädchen in die Arme zu nehmen und vorzugeben, es sei Matamba, denn die Art und Weise, wie sich ihre Haut anfühlte, wie ihre Schmucknarben angebracht waren und wie ihr Körper süß roch, erinnerte mich in der Tat an Matamba. Doch sie kam Matamba in den Künsten der Bettkammer nicht einmal entfernt gleich, woraufhin ich mich wieder danach sehnte, zurück in São Paulo de Luanda und in Matambas Umarmung zu sein.

Doch als wir mit Mofarigosat darüber sprachen, ihn zu verlassen, und ob wir vielleicht einen Führer von ihm bekommen könnten, der uns zur Stadt des Calicansamba bringen würde, lachte er nur, schlug uns erheitert auf die Schultern und rief: »Bleibt bei uns! Teilt unser Fleisch mit uns! Warum wollt Ihr so eilig aufbrechen?«

Woraufhin wir nur noch argwöhnischer wurden. Ich sprach mit Pinto Dourado und sagte ihm, was ich für den wirklichen Grund von Mofarigosats Freundschaft hielte, nämlich, daß er fürchtete, wir könnten uns mit Calandolas Jaqqas zusammentun, und daß er uns hier mit seinen Vergnügungen festhielt, bis Calandola das Land verlassen hatte. Darin stimmte Pinto Dourado mit mir überein.

Dann endete das Fest, und wir sagten zu Mofarigosat: »Nun werden wir uns von dir verabschieden. Wirst du die Freundlichkeit haben, uns mit einem Führer zu versorgen, der sich im Landesinneren auskennt?«

»Alles mit der Zeit, mit der Zeit«, sagte Mofarigosat,

schaute nachdenklich drein und strich sich über den weißen Bart. »Zuerst muß ich einen kleinen Dienst von Euch erbitten, der Euch kaum eine Mühe bereiten wird.«

Darüber empfand ich Abscheu, denn ich war in meinem Leben gut darin unterwiesen worden, was es bedeutet, nur einen kleinen Dienst zu erbringen, bevor man seiner Wege gehen konnte. Wir wollten von ihm wissen, was er von uns verlangte, woraufhin er erwiderte, es gäbe eine Stadt in der Nähe, die ihm feindlich gesonnen sei und gegen ihn aufbegehre, und er erbitte unsere Hilfe bei dem Unternehmen, diese Stadt zum Gehorsam zu unterwerfen.

»Sicher sind die Heere des Mofarigosat imstande«, sagte ich, »allein mit jedem Feind fertig zu werden!«

»Das sind sie«, erwiderte er glattzüngig, »doch es wird um so vieles schneller und mit so viel weniger Blutvergießen gehen, wenn die weißen Männer und ihre Gewehre diesem Volk ihre Macht zeigen.«

Wir beratschlagten eine Weile, und allmählich formte sich ein Bild der Dinge heraus: Mofarigosat suchte einen mächtigen Bundesgenossen und wollte uns benutzen, um seine Feinde in Angst und Schrecken zu versetzten. Er würde nicht dulden, daß wir sein Land verließen, bis wir mit ihm in den Krieg gezogen waren, und einzig und allein darum ging es.

Natürlich konnten wir uns weigern und uns den Weg freikämpfen, doch zweifellos würden einige von uns dabei ihr Leben lassen, und vielleicht würden wir völlig darin scheitern. Denn die Heere des Mofarigosat bewachten uns ständig und patroullierten um uns herum, Hunderte und aber Hunderte von Kriegern, und obwohl er großen Respekt vor unseren Musketen hatte, fürchtete er weder sie noch uns. Angesichts seiner festen Haltung wählten wir den leichtesten Weg, der darin bestand, sich ihm wenigstens dieses eine Mal zu unterwerfen und ihm zu Diensten zu sein.

So waren wir gezwungen, mit ihm zu einer Stadt an einer kleinen Gabelung des Flusses Kuvu zu marschieren, die zwar gut befestigt war, Mofarigosat jedoch auch ohne unsere Hilfe leicht hätte erobern können. Er ließ seine Leute um die Stadt herum Stellung beziehen und rief, daß sie sich ergeben müßten, oder sie würden von weißhäutigen Dämonen erschlagen werden. Die Antwort bestand aus einem Pfeilhagel. Woraufhin Mofarigosat sich zu uns umdrehte und lächelte und uns ein Zeichen gab: »Vernichtet sie.«

Und wir richteten unsere Musketen auf die Krieger der aufrührerischen Stadt und töteten schon beim ersten Angriff viele von ihnen. Die anderen flohen augenblicklich, und wir marschierten in die Stadt und vernichteten die Feinde des Mofarigosat. Dabei wurden drei von uns durch Pfeile leicht verwundet, doch die gesamte Stadt, die sich ihm widersetzt hatte, wurde genommen. Wir standen auf einer Seite, während Mofarigosat und seine Truppen nun die Stadt plünderten und sich so Reichtum verschafften. Ich kenne den Namen dieses Ortes nicht, an dessen traurigem Untergang ich teilnahm.

Als dies geschehen war, wollten wir uns ohne weitere Verzögerungen von Mofarigosat verabschieden. So gingen die portugiesischen Offiziere und ich erneut zu dem Fürsten und sagten, wir würden nun den Aufbruch befehlen, wobei ich der Sprecher war und meine Worte einfach und fest klingen ließ.

»Ich werde nicht verhindern, daß Ihr geht«, sagte Mofarigosat.

»Aye«, sagte ich, »dann werden wir noch diese Stunde aufbrechen.«

»Doch ich muß zuerst einen Gefallen von Euch erbitten.«

Pinto Dourado, der gelernt hatte, diese Sprache beinahe so

gut wie ich zu sprechen, und lauschend neben mir saß, blickte mich besorgt an, und ich teilte sein Unbehagen.

»Was willst du von uns erbitten?« sagte ich.

»Daß Ihr innerhalb von zwei Monaten in mein Land zurückkehrt und einhundert Männer mitbringt, um mir bei meinen Kriegen zu helfen, und Handel mit mir betreibt. Denn wir möchten uns mit euch Portugiesen verbünden.«

»Habt Ihr seine Worte verstanden?« fragte ich den Hauptmann.

»Aye.«

»Und was soll ich ihm sagen?«

»Daß er ein alter, brandiger Narr ist«, knurrte Pinto Dourado. Dann sagte er jedoch: »Nein, behalte das für dich. Doch was kann ich ihm antworten? Hier gibt es nichts, das im Handel für uns von Interesse wäre. Und wir haben es nicht nötig, seine Kriege für ihn zu kämpfen. Sage ihm, daß wir einverstanden sind«, fügte Pinto Dourado mit einem Achselzucken hinzu. »Wir werden in zwei Monaten zurück sein und ihm alles geben, was er verlangt.«

»Aber . . .«

»Sag es ihm, Engländer!«

Und so wandte ich mich zu Mofarigosat und sagte, wie ich angewiesen worden war: »Es ist beschlossen. Du wirst einhundert Männer mit Waffen bekommen, die Feuer spucken, und wir werden Handel mit dir treiben.«

»Ausgezeichnet«, erwiderte Mofarigosat. »Und werdet Ihr mir ein Faustpfand geben, um mich von Euerm guten Willen zu überzeugen?«

»Ein Pfand?« sagte ich. »Was für ein Pfand?«

»Laßt einen aus Eurer Mitte als Geisel bei mir zurück, so daß ich weiß, daß Ihr zurückkommen werdet.«

Daraufhin spuckte Pinto Dourado aus, runzelte die Stirn und wandte den Blick ab. Ich sagte dem Häuptling, daß so etwas für uns nicht in Betracht käme, doch er wollte es nicht anders haben, und am Ende zogen wir uns zurück, um untereinander zu beratschlagen. Die Portugiesen schienen allesamt den starken Wunsch zu verspüren, diesen Ort so schnell wie möglich zu verlassen, selbst wenn dies bedeutete, einen Mann zurückzulassen. »Es sind nur zwei Monate«, sagte Fernão Coelho. »Und wir werden diesem Mann einen vollen Anteil an all unseren Profiten in unserem Handel geben!«

»Wenn Euch diese Zeit so kurz vorkommt«, antwortete ihm einer unserer Feldwebel, »dann seid Ihr doch derjenige, der zurückbleibt, Bootsmann!«

»Ah, nie, Freund«, sagte Coelho. »Wir werden lieber Lose ziehen.«

»Lose! Lose! Ja!« riefen viele der Portugiesen. »Das ist der einzige gerechte Weg!«

Doch einige von ihnen wollten dem nicht zustimmen und sagten, auch wenn nur eine Chance von eins zu fünfzig bestünde, daß sie hier zurückgelassen werden würden, wollten sie dieses Wagnis nicht eingehen. Und niemand konnte sie zwingen, Lose zu ziehen; und daher würden die anderen auch keine Lose ziehen, denn nur ein Narr würde nach einem Strohhalm greifen, wenn die Hälfte seiner Gefährten es ablehnte, dieses Wagnis zu teilen.

Ich dachte schon, Pinto Dourado würde ihnen allen befehlen, an der Lotterie teilzunehmen, um der Diskussion ein Ende zu bereiten und uns hier herauszubringen, bevor sich Mofarigosat irgendeine neue Aufgabe für uns einfallen ließ. Doch der schlüpfrige Portugiese hatte eine einfachere Idee.

Er wandte sich zu mir und sagte: »Wir werden dich als unser Pfand zurücklassen, Engländer.«

Ich glaube, selbst wenn ich achthundert Jahre alt werden sollte, werde ich mich niemals an diesen beiläufigen Verrat gewöhnen können, der unter den Menschen dieser Welt verübt wird. Denn seid versichert, daß mich Pinto Dourados Worte so überraschend und mit solch einer Wucht trafen, wie es der Tritt eines gestiefelten Fußes in die Magengrube getan hätte.

»Aye!« riefen alle Portugiesen begeistert, und warum sollten sie dies auch nicht? »Laßt den Engländer zurück! Laßt den Ketzer zurück!«

Nach einem Augenblick hatte ich mich von meiner Überraschung erholt und sah sie an. »Seid ihr alle solche Judasse«, sagte ich, »daß ihr mir ohne einen weiteren Gedanken solch ein Schicksal zubestimmt?«

»Es ist doch nur für zwei Monate«, sagte Coelho beschwichtigend.

»Fürwahr. Und wenn es Euch in den Sinn kommt, niemals zurückzukehren, was wird dann aus mir werden?«

»Wir sind doch keine solchen Verräter, daß wir dich vergessen würden«, sagte Pinto Dourado, und in seinem öligen Gesicht sah ich nur Verachtung. »Doch wenn einer von uns bleiben muß, nun, dann sage ich dir, daß du das sein wirst, da du ein Ausländer und Lutheraner bist und ein Sklave, der eine Gefängnisstrafe verbüßen muß. Doch wir sind alle freie Portugiesen, mit denen man nicht so umspringen kann. Ließe ich einen anderen und nicht dich hier zurück, hätte ich in São Paulo de Luanda viele Fragen zu beantworten. Verstehst du das?«

»Ich verstehe, daß ich verraten werde«, antwortete ich. »Bei Gottes Wundmalen, werdet Ihr mich im Stich lassen?«

»Es muß sein.«

»Dann schwört bei Eurem Kreuz oder etwas anderem, das Euch heilig ist, daß Ihr zurückkehren werdet!«

»Ah, es wäre unrechtmäßig, solch einen Eid zu leisten«, sagte Pinto Dourado, »da du ein Ketzer bist. Einem wie dir dürfen wir nichts beim Wort des Herren schwören.«

»Solch einen Einwand habe ich noch nie zuvor gehört.«

»Du hast ihn jetzt gehört, Engländer. Geh nun zu Mofarigosat und sage ihm, daß du das Pfand bist, das wir ausgewählt haben, und daß wir schwören, zurückzukehren und ihm zu helfen, und daß er dir dafür nichts antun darf. Denn wir möchten nicht, daß dir etwas angetan wird, da du einer aus unserer Truppe bist.«

8

Mit diesen Worten entließ mich Pinto Dourado, und erneut fand ich mich im Stich gelassen und das Opfer von Verrat.

Denn da Pinto Dourado bemerkt hatte, daß es hier nichts gab, wonach es den Portugiesen verlangte, wußte ich, ich würde nicht von diesem Ort erlöst werden. Dennoch sagte ich ihm beim Abschied überaus ruhig, ich hätte nichts Unrechtes getan, womit ich solch ein Schicksal verdient hätte, und daher hoffte ich, er würde mich nicht vergessen, wenn er sich auch geweigert hätte, einen Eid zu leisten. Und ich sagte auch, leise und auf eine Art und Weise, die sich vielleicht tief in seine Seele einfressen würde, daß ich wüßte, Gott der Allmächtige würde an denen, die ihre Mitmenschen verraten hätten, bis zum letzten Tag der Welt eine schreckliche Rache ausüben.

Dann eilten die Hurensöhne von Portugiesen aus der Stadt des Mofarigosat, wobei sie nicht einmal den Führer verlangten, um den sie gebeten hatten, so ungeduldig waren sie, aufbrechen zu können. Denn dieser hinterlistige Mofarigosat hatte sie auf eine gewisse Art und Weise mehr verängstigt als selbst Imbe Calandola. Für sie, so glaube ich, war Calandola so unermeßlich monströs, daß sie ihn nicht einmal bruchstückhaft verstehen konnten; doch dieser schlanke und sehnige alte Mofarigosat war fürwahr von ihrem Schlag, geschickt und gnadenlos und zu jeder Art von Verrat fähig; der einzige Unterschied zwischen ihm und ihnen war, daß er ein Heide und seine Haut ein paar Farbtöne dunkler war. So wollten sie vor ihm fliehen, bevor er sie allesamt gefangennahm.

Ich allein blieb zurück und mußte befürchten, daß ich den Rest meines Lebens in Mofarigosats Stadt verbringen würde und daß diese Zeitspanne vielleicht gar nicht so lange währte.

Zumindest behandelten mich die Schwarzen für den Anfang freundlich. Ich hatte eine kleine Hütte für mich allein, die aus Baumstämmen und Stroh bestand, und wenn immer ich in die Hände schlug, brachten sie mir Palmwein und Fleisch, und an jedem Abend warteten, wenn ich mich zurückzog, drei oder vier Frauen an meiner Tür, junge, hartbrüstige Sklavinnen mit dicken Lippen und zugefeilten Zähnen, die sich hinter diesen Lippen verbargen, und von denen ich mir aussuchen konnte, welche ich wollte. Dies war eine Gefangenschaft, aye, doch es war nicht die übelste Haft.

Am Tage konnte ich ungestört in der Stadt spazieren, in der feuchte Hitze herrschte und die von schimmerndem, schweren Blattwerk umgeben war, und ich konnte, wenn ich wollte, die Gebräuche dieses Stammes beobachten. Und ich sah bei diesem Volk viele seltsame Dinge.

Sie waren Götzenanbeter, wie all diese Schwarzen bis auf jene, die in den Städten wohnten und unter dem Daumen der Jesuiten stehen. Als Götter suchen sich die heidnischen Afrikaner verschiedene Schlangen aus und Nattern und Tiere, Vögel, Kräuter und Bäume, und sie machen Idole von all diesen Dingen, gemeißelt aus Holz oder Stein.

Sie geben sich auch nicht damit zufrieden, die besagten Geschöpfe anzubeten, solange sie noch flink und lebendig sind, sondern verehren, wenn sie einmal tot sind, auch ihre Häute, die sie mit Stroh ausstopfen. Ich habe gehört, daß es Nationen gibt, die Drachen mit Schwingen verehren, die sie in ihren Häusern halten und füttern, indem sie ihnen die besten und köstlichsten Leckereien zu essen geben, die sie haben. Andere halten Schlangen der schrecklichsten Art; einige beten die größten Ziegen an, die sie bekommen können; einige auch Löwen und die monströsesten anderen Geschöpfe; ja, je wilder und ungeschlachter diese Tiere sind, desto heftiger werden sie verehrt.

Es fällt mir nicht leicht, die Verehrung von Fledermäusen, Eulen, Wachteldrosseln und derart zu verstehen, und doch begriff ich allmählich ihre Gründe dafür, nämlich: daß Gott der Allmächtige in allen Dingen der Schöpfung weilt, auch in den verabscheuungswürdigsten, und daß man, wenn man Ihn in Seinen dunkleren Ausprägungen anbetet, nichtsdestotrotz Ihn verehrt. Doch dies ist für einen christlichen Verstand nur schwer einzusehen.

In der Stadt des Mofarigosat, die völlig heidnisch war, da die Verkünder Jesu nie so tief in dieses Land vorgedrungen sind, hatten sie heilige Häuser für ihre *Mokissos* oder Idole, die die Portugiesen *Feitissos* oder Fetische nennen. An ihren heiligen Tagen, von denen einer sehr kurz auf meine Verbannung an diesen Ort folgte, kleidete sich das Volk ganz in Weiß und beschmierte sich zum Zeichen der Reinheit mit weißer Erde. Ich sah, wie sie Hähne und Ziegen töteten, die sie ihren *Mokissos* anboten, doch sobald die Tiere tot waren, rissen sie sie mit bloßen Händen in Stücke, von denen der Besitzer den kleinsten Teil bekam, während seine Freunde und Verwandten darüber herfielen und jeder ein Stück ergriff. Diese kochten und aßen sie sehr gierig. Sie zerschnitten die Eingeweide in kleine Stücke, drückten den Kot mit den Fingern heraus und kochten sie mit anderen Organen, ein wenig Salz und dem Pfeffer, der den Portugiesen als *Malagueta* bekannt ist, und aßen sie, ohne das Blut abzuwaschen; für sie war dies ein überaus köstliches wie auch ein heiliges Gericht.

Sie begangen ihren Feiertag auf einem großen, offenen Platz, auf dessen Mitte sie eine Art Tisch oder Altar von etwa vier Fuß Durchmesser errichteten, der von vier Tonbeinen gestützt wurde, die mit grünen Ranken und abgerissenen Blättern des Schilfgrases geschmückt wurden. Dieser Altar wurde am Fuß eines Baumes errichtet, der ihren Gottheiten geweiht war, und darauf legten sie, damit sich ihre Idole daran laben konnten, Guineaweizen, Hirse, Reiskörner, Palmwein, Wasser, Fleisch, Fisch, Beynonas und andere Früchte. Ich glaube, sie waren davon überzeugt, daß ihre Götter dieses Opfer aßen, obwohl sie tagtäglich sahen, wie sie von Vögeln verzehrt wurden.

Ein Priester, der auf einem hölzernen Stuhl vor dem Altar saß, hielt in einer geheimen Sprache, die ich nicht verstand, eine viele Minuten währende Predigt, bei der er sich mitunter heftig ereiferte. Dies kann man wohl damit vergleichen, wie ein Papistenpriester vor dem Volk spricht, das nur Spanisch oder Deutsch oder dergleichen versteht. Die Gemeinde war sehr aufmerksam. Der Priester besprenkelte die Gesichter der Andächtigen mit Schnaps aus einem Topf, und dann fingen alle an zu singen, tanzten um den Baum und den Altar herum und spielten auf ihren Musikinstrumenten, bis sich der Priester erhob und den Altar mit dem geweihten Schnaps besprenkelte. Woraufhin sie alle riefen: *Ei-jau, Ei-jau,* was wohl so etwas wie ›Amen‹ bedeutete, und dann nach Hause gingen.

Ich gestehe, daß ich wegen dieser Zeremonien recht unentschlossen war; waren sie nun so von Übel wie die Verehrer des Goldenen Kalbes, gegen die Moses schimpfte, oder waren sie nur die andersartige Ausprägung einer Verehrung des wahren Gottes im Himmel? Denn sicher gibt es nur einen Gott, der die Papisten und Protestanten und Heiden alle gleich geschaffen hat, und Er weigert sich nicht, von jedem Seiner Geschöpfe Ehrungen zu empfangen, gleichgültig, in welche Phrasen sie ihre Hingabe kleiden.

Ich weiß, daß dies Blasphemie ist, wegen der ich in jedem beliebigen Land Europas, einschließlich meines eigenen, lebendig verbrannt werden könnte. Und doch spreche ich dies hier frei aus, da ich alt bin und das Verbrennen nicht halb so sehr fürchte, wie ich es fürchte, die Wahrheit dessen, was ich gefühlt und empfunden habe, zu verbergen.

Ich sah den *Mokisso* namens Nkondi, der wie ein Mann von der Größe eines Kindes war und vor Dieben schützt. Mavena, ein Hund mit geifernden Fängen, behütet vor Verführern. Ntadi, ein zwergenhaftes Ungetüm mit menschlichem Gesicht, spricht in Träumen, um vor Gefahren zu warnen. Und es gab noch andere, die Fruchtbarkeit oder Wohlstand oder Erfolg bei Kriegszügen oder Sicherheit gegen Hexer bescherten. Die Ernte und die Regenfälle standen unter dem Befehl Mbumbas, einer Schlange, die gleichzeitig ein Regenbogen war, und bittet mich nicht zu erklären, wie eine Schlange und ein Regenbogen ein und das gleiche sein können.

All diese Geister waren jeder ein Teil von Nzambi Ampungo, der höchsten Macht, was bei uns Gott der Allmächtige ist. Sie beten Nzambi Ampungu nicht direkt an, da sie der Meinung sind, er sei von den menschlichen Belangen zu weit entfernt, sei unsichtbar und unzugänglich und könne nicht in der Gestalt eines Idols dargestellt werden, das man anbeten könne. So beschränken sie sich darauf, Nzambi

Ampungu in ihren Herzen zu verehren, sprechen jedoch eigene Gebete und entbieten Ntadi oder Nkondi oder Mavena und dergleichen ihre Opfer. Mich dünkt, daß sich dies nicht gewaltig von der Art der Papisten unterscheidet, einen hohen Gott zu haben, der weit über allem herrscht, und die Gebete an die Heilige Maria oder den Heiligen Antonius und dergleichen zu richten, die es eigentlich sind, die die Menschen begünstigen. Und womöglich nehmen diese Heiden deshalb so bereitwillig den katholischen Glauben an, den die Jesuiten ihnen bringen. Ich glaube, den Jesuiten würde es nicht sehr gefallen, wenn sie wüßten, daß ihre Heiligen von den Afrikanern nur als neue *Mokissos* angesehen werden.

Ich erfuhr alles, was ich über den Glauben dieses Volkes lernte, von einem gewissen Zauberer aus Mofarigosats Stamm, dessen Name Mboma lautete. In der Sprache dieser Landesteile ist *Mboma* die schwarze Pythonschlange, und *Boma* ist das Wort für ›Furcht‹, so daß dieser Zauberer Mboma von großer Macht war und sein Name in etwa Herr der Furcht bedeutete. Doch er war überhaupt nicht schwarz: er entstammte vielmehr der *Ndundu*-Rasse, die die Portugiesen *Albinos* nennen, mit einer so weißen Haut, daß sie weißer als die einer englischen Maid war, einer Haut, die eher die Farbe von Papier denn die von Haut hatte, und auch mit Haar von heller Farbe, obwohl es in keiner Hinsicht dem meinen glich, sondern eher weiß denn golden war, und mit Augen, die rosa waren, wie die eines Negers braun und die meinen blau waren.

Dieser Hexer Mboma war ein kleiner, zerbrechlich wirkender Mann, der einen Sonnenschirm aus Palmfasern trug, um sich vor der sengenden Sonne zu schützen. Und das Volk schien Angst vor ihm zu haben und hielt sich von ihm fern.

Ich erinnerte mich daran, daß ich, als ich am Anfang meiner Tage in Afrika in Loango gewesen war, einen dieser *Ndundus* gesehen hatte, der mir höchst furchterregend erschienen war, einen wahrhaftigen Höllen-Dämon, und mich seine Blicke und drohenden Gesten sehr bestürzt hatten; doch dieser Mboma erschreckte mich trotz seines fürchterlichen Namens überhaupt nicht. Er kam zu mir, berührte mich am Arm und am Bart und bedeutete mir, ich möge mich bücken, damit er mein Haar berühren könne, das außerhalb seiner Reichweite war. Und er sagte zu mir: *»Mokisso, Mokisso«*, womit er mir wohl sagen wollte: »Ihr werdet von den Göttern beschützt«, oder vielleicht auch: »Ihr seid ein Heiliger«; was genau, bin ich mir nicht sicher.

Ich ging mit diesem Mann in der Stadt herum, und er zeigte mir die Schreine der *Mokissos* und ließ mich ihre Zeremonien beobachten und erklärte mir einige Bedeutungen der Riten, die ich sah. Er behandelte mich so aus Respekt vor meiner weißen Haut und meinem goldenen Haar, welches mir während meiner gesamten Zeit in Afrika unweigerlich besondere Aufmerksamkeit bescherte.

Dieser *Ndundu*, der ein *Ngunga* oder Priester oder Hexer oder Medizinmann war, wie ich schon sagte, kam jeden Tag zu mir, zerrte an meinem Arm und führte mich zu einer neuen Festlichkeit. Eine davon war der Beschneidungsritus, denn alle diese Schwarzmohren bis auf die christlichen der Küstengebiete, die ihr abgeschworen haben, praktizieren die Beschneidung. Ich vermute, sie tun dies nicht aus religiösen Gründen, wie es bei den Juden und den Muselmanen der Fall ist, sondern um ihre Männlichkeit zu beweisen: Eine Frau würde es nicht als geziemend erachten, einen Mann zu heiraten, der noch seine Vorhaut hat. In der Tat ist die Vorhaut für sie überaus seltsam, und wenn ich mit Eingeborenenfrauen der heidnischen Stämme kopulierte, haben sie oftmals mit meiner gespielt, sie wie ein Spielzeug vor und zurück geschoben, bis ich sie nachdrücklich daran erinnern mußte, welcher Sache wir miteinander nachgehen wollten.

Es bereitete mir kein großes Vergnügen, Zeuge der Beschneidung zu werden. Dies geschah bei Knaben von zwölf Jahren, die mit weißer Erde beschmiert wurden und lange miteinander tanzten, wobei sie überaus freudig und aufgeregt wirkten, wenngleich man annehmen sollte, sie hätten eher verängstigt dreingeschaut. Dann gingen sie in ein dunkles Haus, in dem sie bei sehr karger Nahrung mehrere Tage blieben; und als sie herauskamen, wurden sie mit roter Erde eingerieben, und Tiere wurden geopfert, und die Knaben tanzten erneut. Dann sprach der *Ndundu* Gebete, und der Beschneider, der auch der Schmied des Ortes war, trat mit einer eisernen Sichel in der Hand vor. Die Knaben setzten sich mit gespreizten Beinen auf den Boden, und Helfer des Beschneiders traten hinter sie und hielten sie fest, und der Beschneider trat zu einem Novizen nach dem anderen, in der rechten Hand die Sichel, die nun rotglühend erhitzt war, mit der linken Hand ergriff er das Glied eines jeden Jungen, zog an der Vorhaut und schnitt sie mit einer plötzlichen Bewegung ab, wobei ich ein jedes Mal, wenn es geschah, den Kopf abwandte. Und ein jedes Mal verspürte ich auch einen heftigen Schmerz in meinem Glied, der mich wie aus Mitgefühl mit dem beschnittenen Jungen zusammenzucken ließ.

Bei Gott, was tun wir uns im Namen der Heiligkeit und Frömmigkeit nicht alles selbst an!

Die blutenden Knaben bekamen irgendeine Arznei zu trinken, und dann führten die älteren Jungen sie davon, um ihre Wunden zu waschen, und es fanden weitere Riten statt, denen ich nicht mehr beiwohnen durfte, was aber kein ernster Verlust für mich war. Die Vorhäute wurden schließlich aufeinandergelegt, zum Friedhof der Stadt geschafft und mit einem sehr ernsten Ritus bestattet. Denn mein Hexer-

Freund erzählte mir, daß sie, wenn man sie nicht geziemend beisetzte, *Zumbis* werden könnten, das heißt, wandelnde Geister, die zurückkehren und das Dorf heimsuchen würden.

Ich gestehe ein, daß ich bei diesen Worten geringschätzig zur Seite blickte und lachte, da ich mir keine Geister in Gestalt von Vorhäuten vorstellen konnte. Doch später hielt ich dies gar nicht mehr für so töricht; schließlich konnte sich ein Geist aus einem kleinen Teil des Körpers wiederaufbauen, vor allem, wenn dieser Teil mit solch einem Pomp entfernt wurde. Denn warum sollte ein Geist nicht – wenn es überhaupt welche gibt, wessen ich mir keineswegs sicher bin – aus dem kleinsten Fetzen eines Menschen auferstehen und fürderhin auf alle Ewigkeit als *Zumbi* wandeln?

Der *Ndundu* Mbomba berichtete mir noch etwas über dieses Thema der Beschneidung, das einen tiefen Schrecken in mir hervorrief.

»Wir beschneiden nur die Knaben«, sagte er. »Doch ich weiß, daß man in den Ländern im Osten auch die Mädchen beschneidet.«

Ich glaubte, ihn falsch verstanden zu haben, und bat ihn, dies zu wiederholen, doch er sagte es erneut sorgsam mit den gleichen Worten.

Woraufhin ich erwiderte: »Bei Gottes Augen, doch was kann man bei einem Mädchen beschneiden?«

Als Antwort bedeutete der weißhäutige Hexer einem Mädchen von zwölf oder vierzehn Jahren, das gerade zufällig in der Nähe weilte, zu uns zu kommen, was es auch tat, wenn auch vor Angst schrecklich zitternd, war es doch von zwei solchen Männern wie uns gerufen worden. Er nahm ihm das schmale Stoffband ab, das es trug, entblößte so ihre Lenden, spreizte ihre Beine und die äußeren Lippen, die lediglich von gerade erst gesprossenem Haar bedeckt waren, und zeigte mir die verborgene, rosa Knospe, die bei einer Frau die geheimste Stelle des Vergnügens ist.

»Das hier beschneiden sie«, sagte er.

»Bei Gott«, sagte ich bestürzt.

»In diesem Land ist es nicht üblich. Doch es gibt Stämme, die sagen, es wäre für Frauen unrein, solche Knospen zu haben, oder es würde ein Zauber von ihnen ausgehen, oder sie würden die Frauen unkeusch machen, schnitte man sie nicht ab. Sie benutzen eine Art Nesselgewächs, um das Organ anschwellen zu lassen, damit es groß genug wird, daß man es abschneiden kann, bis auf jene Stämme, die das Brenneisen benutzen, wobei . . .«

»Genug«, sagte ich und erschauderte. »Ich will nichts mehr davon hören.«

Es war das einzige Mal, während ich das Wissen dieser fremden Völker sammelte, unter die es mich verschlagen hatte, daß ich jemals befahl, mit einer Erzählung innezuhalten. Ich nehme an, ich hätte diesen Bericht, den vielleicht kein anderer Europäer jemals vernommen hat, ertragen sollen; doch ich wollte es nicht. Denn alles, woran ich denken konnte, waren die armen, verstümmelten Frauen, die des Mittelpunkts ihrer Lust beraubt waren, und ich dankte meinem Gott, daß Er uns keinen solchen Brauch auferlegt hatte, der mir weit barbarischer erscheint als selbst der Kannibalismus. Ich glaube, das Leben einer Frau ist offensichtlich schon schwer genug, wie es ist, ohne daß sie auch noch dieses Vergnügen aufgeben muß.

Doch das Volk des Mofarigosat war von Natur aus wollüstig und fügte seinen Frauen diese Verstümmelung nicht zu. Wofür ich in jenen Nächten dankbar war, in denen ich meine Furcht und Einsamkeit linderte, indem ich die Frauen zu mir holte. Sie betrieben den Verkehr auf jene Art, mit der ich schon vertraut war, indem sie mich viel kitzelten und mir weder den Mund noch die Geschlechtsteile küßten, und mit anderen Stellungen als denen, die in England üblich waren. Sie rieben ihren Körper mit irgendeinem Fett ein, was mir kein Vergnügen bereitete, aber auch nicht unerträglich war, und ich nahm sie oft genug, da ich glaubte, es könne sich die Zeit nähern, da Mofarigosats Rache mich aus dieser Welt sandte, und ich vorher soviel Vergnügen haben wollte, wie ich bekommen konnte.

Ich erfuhr einiges von den seltsamen Mitteln, die diese Frauen kannten, um kein Kind zu empfangen. Sie glaubten, unfruchtbar zu werden, wenn sie sich drei Schnitte in die Schenkel zufügten und etwas Blut ihrer Monatsblutung darin verrieben; doch wollen sie ihre Fruchtbarkeit zurückerlangen, so glauben sie, diese Schnitte lediglich öffnen und mit fließendem Wasser reinigen zu müssen. Manche glauben auch, die gleiche Wirkung erzielen zu können, indem sie Samen anstelle von Monatsblut benutzen. Andere binden Knoten in eine Schnur, um sich vor einer Schwangerschaft zu schützen, oder drücken nach dem Verkehr Hühnereier in ihre Scheide oder fangen eine Ameise von einer gewissen großen, weißen Art und schieben sie heimlich an die gleiche Stelle.

Wenn es darum geht, das männliche Verlangen anzustacheln – sollte dies einmal nötig sein –, so haben sie einen Zauber, von dem mir berichtet wurde; dazu benötigt man das Glied eines Ziegenbocks, die Hoden eines Hahns und eine Wurzel namens *Ngname,* die die Form des männlichen Geschlechts hat. Auch rühren sie Arzneien aus Salamandern und Schaben an, Schamhaaren, in Samen getauchten Blättern und dergleichen.

Ich vertrieb mir während meiner Gefangenschaft in der Stadt des Mofarigosat die Zeit, indem ich ihre Rechtsprechung beobachtete, die auf einem Urteilsspruch durch Gift beruht. In der Tat ist diese fürchterliche und tödliche Rechtsprechung in der gesamten Gegend üblich, doch ich hatte ihr nie beiwohnen können und auch nie davon gehört, wenngleich ich später noch einige bedeutende Begegnungen damit haben sollte.

Dabei wird auf folgende Art und Weise verfahren: Wenn ein Mann irgendeines Vergehens verdächtigt wird, wird er vor Mofarigosat oder einen seiner Minister gebracht, der ihn über seine Schuld befragt. Und wenn die verdächtigte Person ihre Schuld bestreitet und ihre Unschuld nicht anders als durch einen Eid belegen kann, wird sie dem *Nganga*-Priester übergeben, dessen besondere Aufgabe es ist, eine Unschuldsprobe mit Gift herbeizuführen. Diese kann unter anderem mit einer Wurzel gehandhabt werden, die man *Imbunda* nennt; sie hat etwa die Dicke eines Daumes, ist einen halben Fuß groß und sieht aus wie eine weiße Möhre. Sie hat einen sehr strengen und gallenbitteren Geschmack, wie ich selbst weiß, da ich von ihr probiert habe, und mit einer Wurzel kann man bis zu einhundert Gottesurteile durchführen.

Die Eigenart dieser Wurzel besteht darin, daß, wenn man zu viel davon in Wasser gibt, die Person, die davon trinkt, keinen Urin mehr lassen kann, und so steigt die Flüssigkeit in den Kopf, als wäre der Betroffene betrunken, und er stürzt wie tot zu Boden. Woraufhin das Volk ruft: »*Ndoki, Ndoki*«, was soviel heißt wie ›Zauberer, Zauberer, nein!‹, und man versetzt ihm einen Schlag auf den Kopf und trägt ihn davon, um ihn von einer Klippe zu stürzen. Doch die, die Urin lassen können, werden als unschuldig erachtet und freigelassen.

Dieses Volk kennt noch ein anderes Gift, *Nkasa*, das von einem gewissen roten Baum stammt, der so verderblich ist, daß die Vögel nicht einmal seinen Schatten ertragen können. Wenn dieser Trank dem verabreicht wird, der ihn trinken muß, sagte der *Nganga*: »Wenn du schuldig bist, den Frieden gestört zu haben, oder ein Verräter bist, wenn du diese oder jenes Verbrechen begangen hast, wenn du dieses oder jene Sache gestohlen hast, wenn du diesen oder jenen Mann beraubt und getötet hast, oder wenn du diesen oder jenen bösen Fluch gesprochen hast, dann stirb an diesem *Nkasa*. Doch wenn du unschuldig bist, dann übergib dich und sei von allem Bösen frei.« Der Schuldige wird daraufhin überreichlich roten Urin lassen, ein paar Schritte tun, stürzen und sterben, und seiner Leiche wird ein heiliges Begräbnis verweigert. Doch der Unschuldige übergibt sich von dem Trank, und sein Urin bleibt gelb, und er überlebt.

Ich erfuhr in meinen späteren Tagen in Afrika von vielen anderen Gottesurteilen, etwa denen durch ein heißes Eisen, durch kochendes Wasser oder durch Schlangenhäute oder Muschelschalen. Doch darüber werde ich zu gegebener Zeit berichten.

Während meiner Wochen in der Stadt des Mofarigosat beobachtete ich noch vieles andere. Zum einen wurde ich Zeuge, wie die hochstehenden Narben entstanden, die die Eingeborenen als Zeichen der Schönheit erachten: indem man die Haut einschneidet und Zinder darunterschiebt, um sie zu versengen, oder indem man gewisse Pflanzen in die Schnitte drückt. Ich erfuhr, daß gewisse Narben auf den Frauen eine besondere Bedeutung haben; so sollen die an den Schenkeln zum Beispiel sagen: ›Drücke mich hier‹, und eine kreisrunde Narbe auf den Hinterbacken hat die Bedeutung: ›Hier soll mich ein Mann anfassen.‹ Doch von diesen Geheimnissen erfuhr ich nur ein wenig.

Und ich sah auch die Scham, die die Frauen überkommt, wenn sich ihre Monatsblutungen einstellen, denn dann hält man sie für unheilig und gefährlich. Die Männer haben eine tiefe Furcht vor diesem Blut und wollen unter keinen Umständen mit ihm in Berührung kommen; noch wird dem

Vieh des Stammes gestattet, sich einer Frau zu nähern, die ihre Menstruationszeit hat. Es gibt eigens ein Haus, das die Frauen während der beiden ersten Tage aufsuchen, und in dessen Nähe ist kein Brunnen, keine Anpflanzung, keine Weide. Und doch ist ihr Blut eine mächtige Magie, die sie bei verschiedenen Riten benutzen, von denen ich nichts weiß.

Da ich nichts zu tun hatte, außer solche Dinge zu beobachten, ging ich herum und bekam viel davon mit. Und ich wunderte mich sehr, daß eine jede Nation Afrikas ihre eigenen besonderen Gebräuche hat, ihre Myriaden von Hexenkünsten und Bannsprüchen und *Mokissos* und Philosophien, die sich von Stamm zu Stamm unterscheiden, so viele, daß tausend Chronisten tausend Leben haben müßten, um alle zu verzeichnen, und sie alle sind, glaube ich, von hohem Interesse.

Doch was wird geschehen, wenn die Portugiesen obsiegen und dieses gesamte Land in christliches Gebiet verwandeln? Und erzwingen, daß ein jeder hier portugiesische Kleider trägt, die portugiesische Zunge spricht, zur Messe geht und allen einheimischen Bräuchen abschwört? Ihr wollt vielleicht erwidern, daß dies nur zum besten geschähe, um die üblen heidnischen Wege abzuschaffen, und bis zu einem gewissen Grad stimme ich dem zu, da ich keine Tugend darin sehe, ein Gottesurteil durch Gift herbeizuführen oder den Frauen die Geschlechtsteile zu beschneiden. Doch haben wir nicht einen Großteil der Vielfältigkeit der Welt verloren, wenn diese Dinge gänzlich vom Antlitz der Erde verschwunden und alle Menschen überall gleich sind, ob wir nun in London oder Moskau oder der Türkei oder Angola sind?

Über all dies dachte ich nach, während ich darauf wartete, daß Pinto Dourado und seine Männer zurückkehrten und mich davon erlösten, an Mofarigosat verpfändet zu sein. Und die Tage verstrichen, und ich zählte sie, indem ich im

Holz eines weichen Baumes vor meiner Hütte kleine Markierungen anbrachte, und sie summierten sich zu zwanzig und vierzig und fünfzig und dann zu sechzig, womit die vereinbarte Zeitspanne verstrichen war. Ich war nicht so unschuldig, um zu erwarten, daß die Portugiesen wegen mir zurückkehren würden, doch ich war auch noch nicht so sehr von der Menschheit enttäuscht, daß ich von vornherein die Möglichkeit einer Rückkehr in Abrede stellen würde.

Und so hoffte und kerbte und hoffte und kerbte ich. Auch Mofarigosat führte ein Kerbholz; und als wir zum Ende des zweiten Monats kamen, erfolgte eine deutliche Veränderung darin, wie sie mich behandelten, denn ich bekam keine Frauen und keinen Palmwein mehr und auch nur noch viel bescheidenere Nahrung. Und die Zeit lief aus.

Ich muß Mofarigosat zugestehen, daß er mir eine Gnadenfrist von vier weiteren Tagen einräumte. Doch am vierundsechzigsten Tag hatte ich alle Gnade bekommen, die ich erwarten konnte, und einige der wichtigsten Männer seines Hofstaates kamen zu meiner Hütte, und einer sagte: »Dein Volk hat sein Versprechen nicht gehalten, und nun werden wir dir den Kopf abschlagen.«

Ich war mir sicher, daß ich ihn falsch verstanden hatte. Doch ich hatte ihn richtig verstanden, denn sie führten mich geradewegs zu einem großen Platz in ihrem Dorf, wo sie ihre Diebe und Ehebrecher bestraften. Hier befand sich ein Henkersblock, und direkt daneben war der fürchterlichste Ort, den man sich vorstellen konnte: Denn dort hatten sie viele abgeschlagene Hände und Arme und Beine aufgestapelt und auch eine beträchtliche Anzahl abgeschlagener Köpfe, und darunter waren alte Knochen zu sehen, und große Fliegen mit leuchtenden grünen Körpern summten dort in wahren Heerscharen herum. Dieser fürchterliche Haufen kündete von häufigen und schrecklichen Bestrafungen, die Mofarigosats Beamte seinem Volk auferlegten, und ich verstand nun, warum das Volk ihm solch einen Gehorsam entgegenbrachte.

Ich schaute zu dieser Anhäufung menschlicher Körperteile hinüber, und vor meinem geistigen Auge sah ich, wie der Kopf von Andy Battell mit seinem goldenen Haar hoch auf diesem abgetrennten und verfaulten schwarzen Fleisch lag und die Sonnenstrahlen genau horizontal einfielen und meinem Haar und Bart einen wundersamen Glanz verliehen. Es war eine Vision, die mir nicht sehr behagte.

Und doch schien es gewiß, daß mein Leben noch in dieser Stunde und an diesem Ort ein Ende finden würde. Denn obwohl es noch sehr früh am Morgen war und die Nebel und Dämpfe der Nacht noch auf dem Erdreich lagen, war eine große Menschenmenge zusammengekommen und hatte sich am Rand dieses Platzes versammelt. Der hohe Adel der Stadt hatte die besten Plätze ganz nah am Henkersblock. Ich sagte mir, daß es am Tower in London ganz ähnlich aussehen würde, wenn man irgendeine hochgestellte Persönlichkeit des Reiches köpfen wollte: Der Delinquent stand allein neben dem Henkersblock, und der Lordoberrichter war anwesend und der Bischof dieses oder jenen Ortes, alle ganz nahe, damit sie den Klang der Axt hören und das Blut spritzen sehen konnten.

Und dann trat ein gewaltiger Schwarzmohr zu mir, der einen Elephanto als Großvater gehabt haben mußte, denn er war eine Unermeßlichkeit aus Fleisch und Knochen und Muskeln, eine Mauer von Mann; und er hielt in einer Hand, wie man eine Pike oder ein Schlachtmesser halten würde, ein Schwert von überaus grausamen Ausmaßen; fünf Fuß lang war es oder sogar noch länger. Dieser Schwarzmohr war nackt bis auf ein Halsband aus kleinen Knochen um seinen Nacken und eine Kette mit langen Löwenzähnen um die

Hüfte, und seine Haut war eingeölt, daß sie hell glänzte. Dies war der Henker, und man konnte sehen, daß er an seiner Arbeit Geschmack fand, denn er lächelte und sang leise vor sich hin und schwang das gewaltige Schwert durch die Luft hin und her, um die Kraft seines rechten Arms zu erproben.

Ich sah mich um und sagte: »Ah, ihr wollt mich doch nicht an diesem heiligen Tag meines Glaubens töten!«

Ich hatte vor, für sie eine Fabel zu erfinden: daß dies der Tag aller Tage war, an dem niemand hingerichtet werden dürfte, weil seiner Seele der Zugang zum Himmel verwehrt werden würde, wenn er an diesem Tag starb, wenn er nicht gewisse Riten vollzog, was aber nur ein Priester für ihn tun konnte. Doch dieses Produkt meiner fieberhaften und verängstigten Phantasie war müßig, denn sie schenkten dem, was ich sagte, nicht die geringste Beachtung, sondern hielten mich fest und entledigten mich im Handumdrehen all meiner Kleider, und ich stand nackt vor dieser gewaltigen Menge.

Nun ist es ein schreckliches Ding, durch die Klinge des Henkers zu sterben, doch es ist fünfmal schrecklicher, nackt vor Hunderten von Zuschauern zu sterben. Ach je!, die Zuschauer waren genauso nackt oder wenigstens beinahe; doch zumindest waren ihre Geschlechtsteile anständig bedeckt, und außerdem waren sie nicht diejenigen, die an diesem Tage sterben würden.

Und ich stand da, das Glied, die Hoden und alles andere den Blicken der Neugierigen offenbart, was einen Mann seiner gesamten Würde beraubt, und auch noch in dem Augenblick, da er sie am dringendsten braucht, da er alles andere bald verlieren wird. Es ist barbarisch. Als König Heinrich seine Königin Anne Boleyn zum Block schickte, den Kopf zu verlieren, befahl er nicht noch obendrein, sie zu entblößen, damit alle Gaffer ihre königlichen Brüste und Lenden sehen konnten. Noch entblößte er den Zuschauern den gleichermaßen königlichen Bauch und die Hinterbacken der Katherine Howard, seiner späteren Königin, als *sie* zum Block ging. Oder stellt Euch Sir Thomas More nackt auf dem Schafott vor oder Somerset oder Northumberland oder Norfolk! Nay, es ist zuviel, bis zum Letzten vor den Spöttern entblößt zu werden; doch diese Wilden nahmen keine Rücksicht darauf. Ich hatte die größten Befürchtungen, daß ich mich vor Furcht vollschiß oder mit meinem Urin ihr Gelächter erregte oder, noch schlimmer, daß im letzten Augenblick mein Prügel steif stand, wie es ja manchmal bei Hingerichteten geschehen soll, und daß es keine Möglichkeit gab, irgendeine dieser Schwächen des Fleisches zu verbergen. Ich glaube, ich hatte mehr Angst, mir diese Schande anzutun, als vor dem Sterben selbst.

Nackt, allein und ohne erteilte Absolution marschierte ich also zwischen zwei Bewaffneten zum Henkersblock.

Ich schaute mich um.

»Ich erbitte eure Gnade«, sagte ich, »denn ich bin ein Fremder in diesem Land, und ich wurde von meinen Feinden als Pfand hier zurückgelassen, die hofften, mich auf diese Art und Weise zu beseitigen. Doch ich habe euch kein Unrecht zugefügt, wie ihr alle wißt.«

Diese Worte brachten mir keine Erwiderung. Einige *Ngangas* stimmten einen böse klingenden Gesang und eine üble Musik an.

»Gebt mir nur noch fünf Tage«, sagte ich, wobei ich Schwierigkeiten hatte, meine Stimme zu finden, denn meine Kehle war so trocken wie der Sand Ägyptens und meine Zunge angeschwollen vor Entsetzen, »und meine Gefährten werden zurückkehren und euch alles bringen, was ihr verlangt. Doch wenn ihr mich erschlagt, werden sie über euch herfallen und eine schreckliche Rache üben.«

Diese Worte erzeugten nur Gelächter bei ihnen, denn sie standen im Gegensatz zu meinem vorherigen Flehen.

Und daraufhin sagte ich, da ich wußte, daß meine Lage verzweifelt war: »Laßt mich beten und Frieden machen mit meinem Schöpfer, bevor ihr mich erschlagt.«

Sie bedeuteten mir, daß ich dies durfte. Doch ich konnte in meiner Seele keine Worte zum Gebet finden. Ich war nicht bereit für den Tod, und ich konnte dem Herrn mein Leben und meine Taten noch nicht zusammenfassen, weil ich empfand, mitten aus meinem Weg herausgerissen worden zu sein.

Weiß Gott, seit ich in dieses Land gekommen war, war ich dem Tode kein Fremder gewesen; doch nun, da er so nahe war, daß ich die Klinge sehen konnte, die meinen Hals durchtrennen und sich in den Block graben würde, auf den mein Kopf fallen würde, konnte ich nicht die Sprache der Gnade sprechen. So stand ich still da, gab vor zu beten und sank schließlich auf die Knie, und in meinem Kopf war nun ein Summen und Dröhnen wie von müßigen Insekten im Wind.

Als ich sah, daß es sinnlos war, erhob ich mich wieder, stand schlaff da und dachte, daß ich es nicht länger hinausschieben konnte. Denn Mofarigosat persönlich traf nun ein; er wurde in einer großen Sänfte, die mit Straußenfedern und Leopardenschwänzen reich verziert war, zum Hinrichtungsplatz getragen. Zweifellos hatte man nur auf ihn gewartet und würde das große Ereignis nun prompt vollziehen.

Doch dann erschien eine andere Gestalt, zu Fuß, außer Atem, und bahnte sich mit hohen, scharfen Schreien den Weg durch die Menge, die daraufhin schnell vor ihm zur Seite wich. Dies war der weißhäutige, rotäugige *Mdundu*-Hexer Mboma, mein Freund und Lehrmeister. Er war rot angelaufen und erschöpft, als sei er eine lange Strecke gelaufen, er, der so zerbrechlich und von so schwachem Körperbau war. Sie zerrten mich schon zum Henkersblock, der nur ein grobschlächtiger, schwerer Holzklotz war, tief eingekerbt und abgeschabt und mit altem Blut befleckt.

»Wartet!« rief Mboma. »Laßt ihn los!«

Die Henker schenkten ihm keine Beachtung, sondern stießen mich vor und zwangen mich nieder, und ihr Meister ergriff seine Waffe.

»Wartet, sage ich!« rief der Albino erneut und fügte einige Worte in der heiligen Sprache hinzu, die mir unbekannt war.

Schon hob sich das Schwert.

Mofarigosat beugte sich auf seinem aus Weiden geflochtenen Thron vor. »Was hat das zu bedeuten?« sagte er.

»Laßt ihm sein Leben!« sagte Mboma.

Der Henker sah Mofarigosat an, als wolle er sagen: Laßt uns diese Unterbrechung ignorieren, oh, mein Herr, und mich mit meinem Morgenwerk fortfahren. Doch Mofarigosat gab ihm mit einer kleinsten Bewegung seiner linken Hand ein Zeichen, und dieses winzige Zucken seiner Finger bewahrte mein Leben.

»Was hat das zu bedeuten?« sagte er erneut zu Mboma.

Der Hexer trat vor seinen Herrn Mofarigosat und antwortete mit seiner hohen, schrillen Stimme, die kaum fünf Ellen weit zu hören war »Wir dürfen ihn nicht erschlagen, denn seine Portugiesen kommen, mit vielen Kriegern und Musketen, um uns bei unseren Kriegen zu unterstützen.«

»Ist das sicher?« sagte Mofarigosat stirnrunzelnd.

»Ich habe die Wahrheit meiner Worte darin erkannt, wie sich der Rauch meines Feuers erhob«, erklärte der *Ndundu.* »In sechs Tagen werden sie hier sein.«

Die obersten Herren, die gekommen waren, um zu sehen, wie ich einen Kopf kürzer gemacht wurde, und nicht auf dieses Spektakel verzichten wollten, murrten und spuckten aus, doch Mofarigosat und sein Hexer führten ein kurzes Gespräch miteinander, das ich nicht verstehen konnte, und dann bedeutete der Häuptling dem Henker erneut, und diesmal offenkundiger, daß ich zu verschonen sei.

Ich fiel erneut auf die Knie. Diesmal flogen mir die Gebete nur so zu, eine Flut herzlicher Dankbarkeit, und das betörende Licht der Gnade des Herrn des Allmächtigen erleuchtete meine Seele.

Der riesige Henker schlich enttäuscht davon, und die Menge löste sich unter viel Gemurmel auf. Mit zitternden Händen sammelte ich meine Kleider ein und bedeckte meine Nacktheit.

»Ich verdanke dir mein Leben«, sagte ich zu Mboma.

Doch dieser zuckte nur die Schultern. »Die Botschaft war in den Bildern, die im Rauch entstanden.«

»Aye«, sagte ich. »Doch du hättest sie falsch deuten oder sie auch ganz ignorieren können. Und das hast du nicht getan.« Dann lachte ich wild auf, wie es einer tut, der unerwartet vom sicheren Verderben zurückgerufen wird, und sagte: »Freund Mboma, näher werde ich dem Rang eines Lords wohl nie kommen. Denn in meinem Land verlieren nur die Hohen Herren den Kopf auf dem Henkersblock, und alle geringeren Männer müssen durch das Hängen oder Verbrennen zum Tode gebracht werden, was viel schlimmer ist, da es länger währt. Und heute morgen war ich mir völlig sicher, daß ich den Tod eines Edelmanns sterben würde. Doch ich glaube, ich würde lieber das Leben eines gemeinen Matrosen leben, wenn ich nur weiterleben kann, als den großartigen Tod eines Herzogs zu sterben. Nicht wahr?«

Und ich grüßte ihn und schleppte mich zu meiner Hütte zurück, auf Beinen, die so taub waren und derart heftig zitterten, daß es mir vorkam, als würde ich auf zwei hölzernen Stelzen gehen.

9

Das Orakel des Feuers dieses Hexenmeisters hatte mich an diesem Morgen gerettet. Doch ich hatte weniger Vertrauen in jenes Orakel als die Wilden und faßte den Entschluß, ohne weiteren Verzug aus Mofarigosats Stadt zu fliehen. Vielleicht würde Pinto Dourado in der Tat in sechs Tagen zurückkehren, und doch war ich mir sicher, daß er es nicht tun würde: woraufhin der Henker schließlich doch noch seine Klinge an mir ausprobieren würde. Mboma oder kein Mboma.

So verbrachte ich diesen Tag in Abgeschiedenheit, dachte über die Ereignisse des Morgens nach und legte allmählich meine Furcht ab, die noch mehrere Stunden nach meiner Rettung in meinen Knochen widergehallt hatte. Es ist wahrlich kein leichtes Unterfangen, zu dem Platz mit dem Henkersblock geführt zu werden und die Klinge des Schwertes zu schauen, und den Schrecken, den dies verursacht, kann man nicht in einem Augenblick abschütteln. Überdies befürchtete ich, alles könne plötzlich umgekehrt werden, indem die Schwarzen wieder zu mir kamen, sagten, Mboma behauptet nun, er habe sich in der Deutung der Bilder im Rauch geirrt, und mir den Kopf abschlugen. Von Zeit zu Zeit drehte ich den Hals, um mich zu vergewissern, daß er noch heil war; und ich stellte mir vor, die Klinge würde sich senken, und fühlte ein eigentümliches Würgen in meinem Adamsapfel, und es sollte noch einige Tage dauern, bevor ich diese zwanghafte Vorstellung aufgeben konnte.

Als die Nacht kam und sich die Dunkelheit mit ihrer ganzen Tiefe gesenkt hatte – es stand kein Mond am Himmel –, erhob ich mich, verließ meine Hütte und schlich mich leise zum Stadtrand. Ich hatte die Muskete mitgenommen und die Munition und das Pulver, das Pinto Dourado mir zurückgelassen hatte, denn die Schwarzen hatten nicht daran gedacht, sie mir abzunehmen, und eine lederne Flasche mit Palmwein, doch sonst nichts.

Die Stadt war ruhig. Aber als ich an einer Gruppe Hütten vorbeiging, sprang ein Hund auf, bellte und heftete sich an meine Fersen, was einen Wachposten auftauchen ließ, einen großen schwarzen Krieger, der vor mich trat, als wolle er mir den Weg versperren. Ich wagte es nicht, mir die Zeit zu nehmen, mit ihm zu palavern, und so empfahl ich seine Seele Gott, stach mit meinem Messer zu und ging weiter.

Als ich die Stadt verließ, sah ich nur noch einen anderen Menschen. Doch dies war Mofarigosat, der auf irgendeiner dunklen Prüfung seiner Seele die Stadtgrenzen abschritt. Er erblickte mich nicht. Er ging mit gesenktem Kopf daher, die Hände auf dem Rücken verschränkt und tief in Gedanken verloren, und ich betete darum, daß er nicht in meine Richtung blickte, denn dann hätte ich auch sein Leben nehmen müssen, und dazu verspürte ich keinen Wunsch. Mit aller Ruhe, die ich aufbringen konnte, glitt ich hinter einen Baum und wartete, spähte dann und wann hervor, während der Häuptling auf und ab schritt und vor sich hin murmelte. Einmal glaubte ich, er hätte meine Richtung eingeschlagen, doch dann drehte er sich um, noch immer tief in seine Betrachtungen versunken. Was für eine edle Gestalt er war, dieser unerbittliche alte Mann, der seine schlaflosen Stunden mit dem Gespräch mit seinen heidnischen Göttern verbrachte! Hätte Gott seine Seele in den Körper eines Christen fahren lassen, so wäre er sicherlich irgendein Fürst gewesen oder ein Erzbischof.

Wie ein Geist trieb er von mir davon; sein schwarzer Körper wurde in der Nacht unsichtbar, und ich konnte nur noch sein weißes Haar ausmachen; und dann war er vollends verschwunden, und ich eilte in den Dschungel.

Wieder einmal war ich frei.

Doch ich war zweifellos der einzige Weiße im Umkreis von fünfzig Meilen, und ich hatte nicht die geringste Hoffnung, allein den Rückweg durch diese Einöden und Wildnisse nach São Paulo de Luanda zu finden. Noch hatte ich keine große Sehnsucht, zu diesem Ort zurückzukehren, bis auf die Tatsache, daß ich dort wieder die Süße meiner Matamba finden würde. Doch ansonsten war ich nicht versessen darauf, diese Portugiesen wiederzusehen; denn sie waren allesamt ein verräterisches Volk, und ich war ein für alle Mal mit ihnen fertig. Ich beabsichtigte, zum Lager der Jaqqas zu gehen. Aye, zu den Jaqqas.

Wie weit war ich nun gereist, von diesem unschuldigen jungen Mann, der zum ersten Mal zur See gefahren war! Dieser Junge hatte alle möglichen schmucken Ermahnungen über die Ehre erhalten, über das richtige Benehmen, über das, was falsch und richtig ist; und er hatte sich in seinen langen Unterweisungen unter den Sternen Afrikas von diesen Ermahnungen getrennt, von einer nach der anderen. Und nun war er auf dem Weg zu dem gefürchtetsten Kannibalenstamm dieses Landes, um sich freiwillig in dessen Dienste zu stellen, und erhob darüber auch keine Fragen der Ehre. Denn ich hoffte bei Gott, daß die Jaqqas bei ihren diabolischen Plünderungen so weit nach Westen ziehen würden, daß wir wieder das Meer sehen konnten; und so würde ich vielleicht auf irgendeinem Schiff und durch Gottes Gnade nach England zurückkehren können. Nur darauf kam es an: dieses verfluchte Land zu verlassen und nach Hause zu segeln. Ich würde rauben, ich würde töten, ich würde, wenn nötig, mir selbst dreimal abschwören, nur, um dieses höllische Afrika verlassen zu können, wohin es mich niemals gezogen hatte und wo ich nun gegen meinen Willen beinahe ein gutes Dutzend Jahre lang festgehalten worden war.

Die ganze Nacht über marschierte ich durch die schreckliche Dunkelheit. Ich vernahm Geräusche, die ich nicht benennen, und roch Ausdünstungen von Tieren, die ich nicht sehen konnte. Manchmal erklang ein abscheuliches, schnüffelndes Geräusch, als würde sich eine große Schnauze dicht gegen den Boden drücken, und manchmal ein ängstliches, schwaches Winseln, gefolgt von einem Knurren und dann dem Schmerzensschrei eines anderen Geschöpfes.

Ich wußte, daß der schädelgesichtige Tod auf leisen Pfoten neben mir einhertrottete und daß er mich in jedem Augenblick, in dem es ihm beliebte, nehmen konnte. Doch es beliebte ihm nicht. Ich brachte eine große Entfernung zwischen mich und Mofarigosat, bevor ich mir etwas Ruhe gönnte; und dann sank ich auf einem feuchten, moosbewachsenen Hügel nieder und gab mich dem Schlaf hin, der über mich kam, als sei ich betäubt worden.

Zwei Dinge zugleich weckten mich. Zum einen der Anbruch des Morgens, bei dem bleiches Sonnenlicht den grünen Baldachin der Kletterpflanzen über mir durchdrang; und zum anderen, weil gewisse kleine runde Insekten über meinen Körper krochen, die hellrot mit schwarzen Flecken waren und mich im Übermaß in alle freiliegenden Stellen bissen. Jeder Biß war wie der Stich einer heißen Nadel. Ich schaute sie erstaunt an und sah, wie die kleinen Geschöpfe ihre scharfen Röhren in mich stachen und das Blut aus mir heraussaugten; und mit einem Heulen wischte ich sie fort, doch mehrere dieser Röhren blieben in meinem Körper stecken, was sehr schmerzhaft war, und ich mußte sie mit großer Sorgfalt herausziehen. Nach wenigen Augenblicken entzündete sich jeder Biß, und rote Schwellungen bedeckten meinen ganzen Körper, so daß ich aussah wie einer, der die Pocken hatte. Später erzählte mir ein Afrikaner, daß ich hätte sterben können, wenn sie mich nur häufiger gestochen hätten, denn unter den Schwarzen verursacht der Saft dieser Insekten eine Auflösung des Fleisches und der Knochen.

Ich aß zum Frühstück einige glänzende gelbe Früchte, die ungefährlich aussahen und sich als süß und zart erwiesen. Dann suchte ich den Fluß Kuvu, der hier flach und brackig ist und an dessen Ufern ein paar siech wirkende Coccodrillos dösten, und folgte seinem Lauf ins Landesinnere. Der Dschungel war über meinem Kopf so dicht, daß ich kaum sehen konnte, in welcher Richtung die Sonne stand, doch als er sich einmal öffnete, erspähte ich vor mir die Berge der östlichen Landesteile und wußte, daß sie mich in die Richtung führen würden, in die die Jaqqas gezogen waren.

Am Nachmittag begegnete ich zwei Negern, die nicht zu Mofarigosats Nation gehörten und mich verwundert betrachteten, denn in diesem Landstrich war vor mir noch nie ein Weißer gewesen. Diese beiden waren zutiefst verängstigt und standen wie Statuen da, doch ich beruhigte sie und fragte sie, ob sie Jaqqas gesehen hätten, und sie sagten: »Ja, sie sind in der Stadt des Fürsten Cashil!« und zeigten mir den Weg. Dann gaben sie mir etwas Fleisch, das sie gerade aßen – es war gebratener Affe –, und ich gab ihnen fünf Perlen, die ich in meiner Tasche fand, und wir gingen unserer verschiedenen Wege.

Das Fleisch gab mir meine Kraft zurück, und ich marschierte durch sehr große Hitze weiter, die meinen Körper mit Schweiß überzog, bis ich auf Trampelpfade stieß, die gut ausgetreten waren, und wußte, daß die Stadt des Cashil nicht mehr weit entfernt sein konnte. Vor der Stadt entdeckte ich einen großen, hohlen Baum, um den Bienen schwärmten, und Knaben kamen und vertrieben die Bienen mit rauchenden Fackeln, um an den Honig heranzukommen. Und sie gaben mir etwas davon, ohne mich zu fragen, wer ich sei oder woher ich käme; doch ihre Hände zitterten, und ich bin mir sicher, daß sie mich für einen *Mokisso* hielten, der ihnen aus der Geisterwelt einen Besuch abstattete. Der Honig war betörend süß und viel besser als irgendeiner, den es in England gab.

Dann betrat ich die Stadt des Cashil, wo alles Volk, groß und klein, zusammenlief, um meine weiße Haut und mein Haar zu bestaunen, was ein großes Mysterium für sie war. Unter den Negern dieses Ortes befanden sich einige Unterführer des Imbe-Jaqqa, die ganz friedlich in Cashil weilten, denn die Jaqqas verwüsten nicht immer das Land, das sie betreten. Ich war richtig froh, sie zu sehen.

Diese Stadt des Fürsten Cashil war sehr groß und so überwachsen mit Ollicondi-Bäumen, Zedrachen und Palmen, daß die Straßen von ihnen verdunkelt wurden. Diese Straßen waren sehr ordentlich mit Palmpfählen umsäumt. Die Häuser waren rund wie ein Bienenstock und innen mit schönen, wenn auch fremdartig gewobenen Matten behangen. In der Stadtmitte befand sich ein Idol, das in etwa der Gestalt eines Mannes ähnelte, aber auf eigentümliche Art anders war, mit Stoßzähnen und großen, starren Augen, und eine Höhe von zwölf Fuß hatte; und am Sockel des Idols war ein Kreis aus Elephantozähnen in den Boden eingelassen. An diese Zähne waren zahlreiche Schädel angebracht, Schädel von toten Kriegern, die dem Idol geopfert worden waren. Ich sah, wie sie Palmöl über seine Füße gossen und auch ihr eigenes Blut.

Das Idol wird Quesango genannt, und das Volk glaubt an ihn und schwört auf ihn; und es nimmt auch an, daß sie Quesango beleidigt haben, wenn sie einmal krank sind. An vielen Stellen der Stadt befanden sich kleine *Mokisso*-Idole, und über ihnen waren zahlreiche Elephantozähne aufgestapelt. Am südöstlichen Ende der Stadt befand sich ein überaus schmucker *Mokisso*, bemalt mit Scharlachrot und Gold, darüber drei Tonnen gestapelte Elephantozähne.

In diesem dunklen und kühlen Ort kamen die Jaqqa-Unterführer zu mir, denn sie erkannten mich als den goldhaarigen Mann, dem sie an jenem Flußufer begegnet waren. Sie sprachen mit mir, wobei sie sowohl ihre eigene Sprache und die Kikongo-Zunge benutzten, so daß ich auf diese Art mehr von der Jaqqa-Sprache lernte.

Als sie mich fragten, weshalb ich hier sei, sagte ich, mein eigenes Volk habe mich zurückgelassen, und ich sei ein Gefangener des Mofarigosat gewesen und hätte mich in die dunkle Wildnis gewagt, um den Imbe-Jaqqa zu suchen und mich seiner Obhut zu übergeben. Worauf sie erwiderten, der Imbe-Jaqqa sei in der Stadt des Calicansamba, die zwei Tagesreisen landeinwärts läge.

»Und werdet ihr mich zu ihm bringen?« fragte ich.

»Das werden wir«, sagten die Jaqqas, grinsten mich mit ihren Zahnlücken an und schlugen mir auf die Schulter, als sei ich ein alter Gefährte von ihnen, den wiederzusehen sie sich sehr freuten.

Doch zuerst gab Cashil ein Fest, bei dem es sehr viel Palmwein zu trinken gab, denn als der Herr dieses Ortes sah, daß ich von den Jaqqas begünstigt wurde, bemühte er sich sehr, mir auch seine Gunst zu erweisen. Dieses Volk hat eine solche Furcht vor den Jaqqas, daß es seine halben Besitztümer hingibt, um die Menschenfresser wacker zu bewirten, und mitunter beraubten die Jaqqas sie danach auch noch der anderen Hälfte.

Ich sah hier, was ich nie zuvor gesehen hatte, nämlich, wie der Palmwein gewonnen wird. Diese Palmbäume, in denen er versteckt ist, wachsen sechs oder sieben Klafter hoch und tragen nur an der Spitze Blätter. Die Eingeborenen haben die Kunstfertigkeit entwickelt, diese Bäume flink wie die Affen zu erklettern, indem sie ein Tuch um den Stamm schlagen und mit den Händen daran ziehen, während sie sich mit den nackten Füßen am Holz abstützen, und wenn sie an der Spitze des Baumes angelangt sind, schneiden sie ein Loch hinein, drücken eine Flasche in die eingeschnittene Stelle und ziehen den Wein in die Flasche. Dieser ist eine Flüssigkeit von einem etwas milchigen Aussehen, den sie ein paar Tage beiseite stellen, damit er zusätzliche Reife gewinnt, und dann wird er süß und stark, so daß sich einem der Kopf dreht, wenn man davon trinkt. Diesen Wein trinkt man kalt, und er geht sehr stark in den Urin, so daß es in den Ländern, in denen er bevorzugt wird, keinen einzigen Menschen gibt, der Schwierigkeiten mit Nierensand oder Harngrieß hat. So bleibt ihnen diese übelste aller Qualen erspart. Der Wein macht sie betrunken, wenn sie zuviel davon zu sich nehmen, doch ansonsten ist er sehr nahrhaft. Nach einiger Zeit wird er sauer und zu Essig, mit dem man nur noch Salate anrichten kann.

Die Jaqqas schätzen den Palmwein mehr als jedes andere Getränk und trinken große Mengen davon. Doch ihre Art der Weinherstellung unterscheidet sich völlig von der des Dorfvolkes. Denn die Jaqqas, die ein Stamm von Nomaden sind, legen keine Pflanzungen mit Palmen an, die sie erst viel später abernten könnten. Statt dessen ziehen sie in ein Land, in dem es Palmen im Überfluß gibt, und fällen die Palmbäume an den Wurzeln. Der Baum muß zehn Tage liegen, bevor er Wein gibt. Und dann schneiden die Jaqqas viereckige Löcher in die Spitze und das Herz des Baumes und ziehen jeden Morgen und jeden Abend einen Quart* aus dem Loch. So gibt ein jeder gefällte Baum sechsundzwanzig Tage lang jeden Tag zwei Quart Wein, und dann trocknet er aus. Wenn die Jaqqas sich in einem Land niederlassen, fällen sie so viele Bäume, wie sie Wein für einen Monat haben wollen:

* Britisches Flüssigkeitsmaß von 1,136 Litern; Anm. d. Übers.

Und dann noch einmal genauso viele, so daß sie in sehr kurzer Zeit das Land verderben.

Ich sah, wie dies in der Stadt des Fürsten Cashil geschah. Die Jaqqas gingen auf die Palmenpflanzung, die schon so gut wie zerstört war, und fällten weitere fünf der besten Bäume, um sich später daran zu erfreuen. Einige von Cashils Männern standen daneben, als dies geschah, und beobachteten es zutiefst verdrossen, doch sie wagten nichts zu sagen, um die Jaqqas nicht zur völligen Vernichtung ihrer Stadt zu reizen.

Die Jaqqas bleiben niemals länger an einem Ort, als er sie ernähren kann. Zur Erntezeit brechen sie auf und lassen sich an dem fruchtreichsten Ort nieder, den sie finden können, und rauben das Korn ihrer Feinde und nehmen sein Vieh. Denn weder säen noch pflanzen sie noch haben sie eigenes Vieh, bis auf das, was sie durch Kriege erbeuten.

So blieb ich einige Tage in dieser Stadt. Was mir nicht gefiel, denn dieser Ort lag dem Reich Mofarigosats zu nahe, und ich fürchtete, er könne Boten auf die Suche nach mir ausschicken. Doch ich konnte die Jaqqas nicht veranlassen, mich schneller zu Imbe Calandola zu bringen. Es ist offensichtlich, daß nur ein Narr versuchen würde, die Jaqqas anzutreiben. Denn selbst ein freundlicher, und die in der Stadt des Fürsten Cashil waren überaus freundlich, wird wild werden und schnauben, wenn man ihn beleidigt, und mit der Hand oder dem Messer zuschlagen. Ich habe dies gesehen. Die Jaqqas sind ein fürchterliches Volk und töten wegen der geringsten Kleinigkeit.

So verweilte ich in der Stadt des Cashil und zeigte keine Ungeduld. Und in der Tat kamen fünf Männer aus dem Reich des Mofarigosat zu der Stadt und fragten, ob ein weißhäutiger Dämon mit goldenem Haar dieses Weges gekommen sei.

»Nay«, sagten Cashils Männer, während ich mich versteckt hielt, »solch einen haben wir nicht gesehen.«

»Wir wissen, daß er hier ist, und wir wollen ihn, denn er hat unseren Fürsten beleidigt.«

»Er ist nicht hier«, sagten Cashils Männer. Doch ihre Stimmen waren nun nicht mehr so fest, und in meinem Versteck fühlte ich, wie mir der Schweiß auf der Haut perlte.

»Er hat einen Fürsten unserer Stadt erschlagen«, sagten Mofarigosats Männer, »und er hat seinen Schwur unserem Fürsten gegenüber gebrochen. Wir haben einen falschen *Ndundu* hingerichtet, der gelogen hat, damit das Leben des weißen Mannes verschont wurde. Und nun müssen wir auch den Weißen töten, damit der *Zumbi* unseres *Ndundu* nicht zu uns kommt und uns Schaden zufügt.«

Bei diesem Geschwätz von *Zumbis* und *Ndundus* zeigten Cashils Männer große Furcht und beratschlagten untereinander, und ich glaube, sie schickten sich an, mich an Mofarigosat zu verraten. Doch als die Jaqqas der Stadt hörten, was dort vor sich ging, begaben sie sich zu den Gesandten und sagten laut: »Verschwindet, Narren, oder wir werden euch die Haut aufschlitzen und sie um Schweine binden und euch in der Verkleidung der Tiere, die ihr seid, eurem Fürsten zurückschicken.«

»Wir verlangen . . .« sagte einer von Mofarigosats Männern, und dann sagte er nichts mehr, da der Jaqqa ihn augenblicklich erschlug, woraufhin sich die anderen abwandten und flohen.

Ich wurde aus meinem Versteck gerufen, damit die Jaqqas mir berichten konnten, was sich ereignet hatte. Sie schienen den Mord, den sie begangen hatten, sehr kühl und gelassen zu betrachten.

»Und wird Mofarigosat nun keinen Krieg mit uns anfangen?« fragte ich.

»Nein«, erwiderten die Jaqqas, »denn er fürchtet den Imbe-Jaqqa und verlangt nicht so sehr nach dir. Doch wir werden diesen Ort morgen verlassen und dich zum Imbe-Jaqqa bringen.«

An diesem Abend kochten die Jaqqas Mofarigosats Mann in einem großen metallenen Topf, den sie mit sich führten, und warfen Gewürze und vielerlei Kräuter hinein, um eine Suppe zu machen, in der Fleischbrocken schwammen. Das Volk des Cashil betrachtete dieses Fest aus der Ferne und schaute überaus verdrossen drein, denn das Verspeisen von Menschen war nicht nach ihrem Geschmack, und dies spielte sich im Mittelpunkt ihrer eigenen Stadt ab. Als das Fleisch fertig war, spülten die Jaqqas es mit großen Mengen Palmwein herunter und riefen mir zu: »Ho, weißer Mann, speise mit uns, das Fleisch ist zart!«

Ich lehnte dies ab, indem ich eine Magenkrankheit vorschob, die es mir nicht gestattete, im Augenblick Fleisch zu essen. Dies beleidigte sie nicht, und sie schlugen sich die Mägen mit ihrer schrecklichen Delikatesse voll. Danach lagen sie sehr zufrieden auf dem Platz und schliefen diesen leichten Jaqqa-Schlaf, der beinahe überhaupt kein Schlaf ist.

Am Morgen brachen wir zu dem Lager des Imbe Calandola in der Stadt des Calicansamba auf.

Auf diesem Weg gelangte ich durch einen Hain mit riesigen Ollicondi-Bäumen, den größten, die ich jemals gesehen hatte; mit dem Wuchs ihrer Blätter verdunkelten sie sogar die Luft. Dieser Baum ist eins der Wunder Angolas; er ist sehr groß und überaus breit, mitunter so sehr, daß zwölf Mann ihn nicht umfassen könnten, und der Stamm und die Hauptäste sind ganz aufgeschwollen und aufgebläht. Einige davon sind hohl und empfangen zur Regenzeit vom freigebigen Himmel solche Wassermassen, daß sie in den harten, durstigen Monaten, die darauf folgen, Tausenden Geschöpfen gastfreundliche Wirte sind. Ich habe miterlebt, wie ganze Dörfer von drei- oder viertausend Seelen vierundzwanzig

Stunden bei einem dieser Bäume blieben und ihre Wasservorräte daraus bezogen, und dann war er immer noch nicht ausgeschöpft. Ich glaube, solch ein Baum kann bis zu vierzig Tonnen Wasser halten. Und man findet auch große Vorräte an Honig in ihnen, da dies der hier von den Bienen begünstigste Baum ist, und wie ich es schon beschrieben habe, vertreiben die Schwarzen die Bienen mit Rauch und belohnen die fleißigen Geschöpfe so mit Raub, Vertreibung und Tod. Um an den Honig heranzukommen, klettern die Neger mit Pfropfen aus Hartholz an den Bäumen hinauf, die das weichere Holz der Ollicondi leicht aufnimmt.

Nachdem wir diesen Wald aus geheimnisvollen Baumungetümen durchquert hatten, die wie Wale sind, die im Erdreich Wurzeln geschlagen haben – wenn auch die Wale mit knorrigen Armen und Myriaden kleiner Blätter –, gelangten wir zur Stadt des Calicansamba.

Der große Jaqqa hatte seit einigen Monaten hier sein Lager aufgeschlagen, und der gesamte Ort war durch seine Feste, das Trinken, Tanzen und Essen, zuschanden gekommen. Das einheimische Volk von Calicansamba stand wie traurige Geister herum, unfähig, sich den Jaqqas zu widersetzen, und gezwungen, ihnen alles zu geben, was sie verlangten: Die Jaqqas waren wie eine Heuschreckenplage, die über Vieh, Korn, Wein, Öl und – nicht zu vergessen – Menschenfleisch herfielen. Die Stadt war voll von ihnen. Ich glaube, es gab hier mehr Jaqqas als Einheimische, wobei der Unterschied zwischen ihnen sofort augenfällig war, denn die Jaqqas hatten ihre Haut anders geschmückt, praktizierten den Brauch, die Vorderzähne auszuschlagen, und trugen kaum Kleidung, sondern hauptsächlich Perlen und Muscheln. Und die Jaqqas schmückten sich mit schrecklichem Stolz, benahmen sich wie hohe, allmächtige Herren, selbst der bescheidenste unter ihnen, der noch den Sklavenkragen der Knabenschaft um den Hals trug. Das Volk des Calicansamba war völlig unterworfen, ohne daß ein Streich gefallen war, und ihre Männer schlichen mit hängenden Schultern und trüben Augen einher; sie sahen aus, wie nur ein niedergeworfenes Volk aussehen konnte.

Die Stadt des Calicansamba ähnelte der des Cashil sehr, bis auf die Tatsache, daß fast alle ihre Palmweinbäume gefällt worden und nur ein einziger Hain am östlichen Stadtrand unbehelligt geblieben war. Auch in der Mitte dieser Stadt stand ein großes Idol, und davor waren viele Elephantozähne in den Boden gestoßen worden. Und auch hier gab es einen Altar aus menschlichen Schädeln, der fürwahr sehr abscheulich anzuschauen war und mich daran erinnerte, wie nahe ich dem Schicksal gekommen war, zu Mofarigosats Vergnügen meinen Kopf zu verlieren.

Doch auf dem großen Platz von Calicansamba gab es auch gewisse Dinge, die ich in Cashil nicht gesehen hatte, weil sie nämlich den Jaqqas gehörten. In einer Reihe waren drei riesige Metallbehälter aufgestellt, von denen ich wußte, daß es sich um ihre Kochtöpfe handelte. Auf der einen Seite dieser Töpfe stand ein großer Bottich, der aus sehr eng gezogenen Fasern gewebt und auf der Innenseite mit einer Art dunklem Wachs ausgeschmiert war. Er enthielt mehrere Oxhoft* einer dicken, purpurroten Flüssigkeit, und als ich fragte, was das sei, tauchten die Jaqqas, die mich geführt hatten, fröhlich die Hände hinein, schmierten sich mit strömenden Bächlein der Flüssigkeit ein, lachten und sagten: »Das ist Blut, das wir für unsere Feste aufbewahren.«

Ich fragte nicht noch mußte man mir sagen, was für eine Art von Blut es war.

Auf der anderen Seite der drei Töpfe stand ein weiterer

* Altes britisches Flüssigkeitsmaß von 286 Litern; Anm. d. Übers.

Weidengeflechtkorb, dessen Inhalt bei weitem noch abstoßender war, da er aus einem weichen, fahlen, tranähnlichen Zeug bestand, bei dessen Anblick sich mein Magen hob und ich würgen mußte, denn es war ein großer Vorrat an Fett, das man aus Schenkeln und Brüsten und Bäuchen und Hinterbacken geschält hatte, und ich wandte mich ab, weil ich mich erbrechen wollte, und hielt mir vor Qual die Eingeweide.

»Dieser Vorrat gehört dem Imbe-Jaqqa allein«, sagte man mir, »doch wir haben in dieser Stadt so viel davon, daß er es freigebig verteilt.«

Aye! Darin bestand also die Großzügigkeit des großen Calandola: Er ließ die anderen seiner Nation sich mit dem Fett gefallener Feinde beschmieren, das seine Haut so glänzend machte, und sie erachteten dies als ein seltenes Privileg.

Und dies waren meine Gastgeber. Und dies waren die Geschöpfe, zu denen ich meiner Sicherheit willen geflohen war, weil meine eigene christliche Rasse mich verraten hatte. Aye, und auf solche Art und Weise suchen wir uns in dieser düsteren und elendigen Welt unsere Freunde aus, während wir uns den Weg durch die Fanggruben und Tumulte des Lebens hin zu der freudigen Belohnung bahnen, die uns am Ende erwartet.

10

Die meisten dieser Jaqqas hatten noch nie einen Weißen gesehen, und das Erstaunen, das ich unter ihnen hervorrief, war zehnmal größer als jedes, das ich je zuvor ausgelöst hatte. Sie umkreisten mich unablässig, die Augen weit aufgerissen und die Münder offenstehend, und sie deuteten auf mich, murmelten untereinander, stießen sich an und machten Bemerkungen, kamen immer näher, strichen über meine Haut und mein Haar, und tief aus ihren Kehlen kamen seltsame, leise Rufe, wie ich sie von noch keinem Menschen oder Tier auf dieser Erde vernommen hatte. So viele kamen nach meiner Ankunft in Calicansambe herbei, um mich zu betrachten, daß ich befürchtete, bei ihrem Ansturm erdrückt zu werden. Sie schnüffelten und schnaubten und drängten zu mir, wobei sie unablässig murmelten: »Haut ist weiß, Haar ist golden . . . Haut ist *weiß*, Haar ist *golden* . . . Haut ist WEISS, Haar ist GOLDEN . . . O Calandola! O Sumba-Jaqqa! O Kalunga! Haut ist *weiß*! Haar ist *golden*!« Und es erklangen viele weitere solcher Rufe, und ein Heulen wie das gequälter Seelen, und sie tanzten auf den Fersen um mich herum, die Arme steif in die Höhe gestoßen, als hingen sie an Drähten am Himmel fest.

Dies verängstigte mich sehr. Doch ich blieb standhaft, lächelte sie an, nickte und verbeugte mich leicht und akzeptierte ihre Neugier, wie der Papst in Rom die Ehrerbietungen einer schrecklichen Vielzahl von Papisten hingenommen hätte, oder wie ein König, den seine Untertanen mit Ehrfurcht begrüßen. Doch meine Hand umschloß fest die Muskete, und ich war entschlossen, ein paar laute Schüsse in die Luft zu feuern, wenn diese dicht gedrängte Menschenmenge mir gefährlich nahe kommen sollte.

Sie alle waren mit abscheulichen Schmieren eingeölt – ob es nun das Fett von Tieren oder von Menschen war, konnte ich nicht sagen –, und sie waren angemalt und juwelenbehangen, und ihren Mündern, die alle weit aufklafften, fehlten immer die Schneidezähne.

Ich kam mir vor wie im Mittelpunkt eines großen Strudels

der Fremdartigkeit, der mich leicht tiefer und immer tiefer zerren konnte, bis in die fernen Kreise der Hölle. Es war, als wäre ich in meiner ganzen Zeit in Afrika nur durch Dschungel und Wüsten und Sümpfe und Flüsse gewandert, um zu dieser Zeit an diesem Ort und bei diesem Volk einzutreffen, den wilden Menschenfressern, dessen Fürst, der Imbe-Jaqqa, sicherlich das Wesen und die Natur des Herrn der Finsternis hatte. Und nun war ich hier, und mein schreckliches Schicksal hatte sich erfüllt.

Während die Jaqqas diesen Tanz aufführten, erklang ein scharfer Schrei vom Rand des Kreises, der sich dann rasch auflöste, um einem Jaqqa von gewaltiger Größe Platz zu machen. Ich erkannte ihn nach einem Augenblick als Kinguri, Bruder des Calandola. Er umarmte mich, als sei auch ich sein Bruder, und hieß mich in ihrem Lager willkommen. Als er sprach, verstummten alle anderen.

»Was ist deine Absicht, Weißer?« sagte Kinguri.

»Unter euch zu leben.«

»Ah, und wirst du ein Jaqqa sein?«

»Ich werde nicht länger ein Portugiese sein«, sagte ich. »Denn sie haben mir nur Leid zugefügt und mich verraten, und nun mache ich sie zu meinen Feinden.«

»Dann ist unser Feind auch dein Feind, was uns zu Blutsverwandten macht«, sagte Kinguri. »Denn wir beabsichtigen, große Trauer über deine Feinde, die Portugiesen, zu bringen, und wir werden dich neben uns stellen, wenn wir dieses Werk angehen. Wie wirst du genannt?«

»Andrew Battel ist mein Name.«

»Andubatil«, sagte Kinguri.

Ich wollte ihn schon berichtigen, doch dann lächelte ich und sagte mir, nay, denn in diesem schwülen Urwald begann ein neues Kapitel meines Lebens, und ich konnte gleichzeitig gut einen neuen Namen annehmen.

»Aye«, gab ich laut zurück. »Ich bin Andubatil!«

»Komm zum Imbe-Jaqqa«, sagte er.

Ich wurde in einen entlegenen Teil der Stadt geführt, wo die Jaqqas hausten. Denn sie hatten neben dem Ort Calicansamba ein eigenes Dorf für sich errichtet und dort die Palisade geöffnet, so daß man ungehindert vom Dorf der Jaqqas in die Stadt der Einheimischen gehen konnte. Es ist der Brauch der Jaqqas, wo auch immer sie ihr Lager aufschlagen, obwohl sie manchmal nur eine Nacht an einem Ort bleiben, ihren Ruheplatz mit einer starken Palisade zu umgeben, die sie aus dem Holz errichteten, das dieser Ort bot. Wenn sie also einen Ort erreicht hatten, wo sie ein Lager aufschlagen wollten, fällte ein Teil von ihnen Bäume und schnitt die Äste ab, und der andere Teil errichtete einen Kreis mit zwölf Toren darin. Ein jedes dieser Tore unterstand einem der Hauptmänner der Jaqqas, von denen es zwölf an der Zahl gab und die alle ihrem Fürsten und General Imbe Calandola ewige Treue geschworen hatten. In der Mitte des Forts errichteten sie Calandolas Haus, das gründlich befestigt und zusätzlich mit einer dreifachen Dornenhecke gesichert wurde.

Ich glaube, es hätte fürwahr einer kühnen Armee bedurft, wollte sie sich Zugang zum inneren Heiligtum des Imbe-Jaqqa verschaffen.

Am einzigen Eingang zu Calandolas Haus standen Krieger in Doppelreihen, alle gut bewaffnet und von fürchterlicher Körpergröße und Kraft. Obwohl diese mich gern berührt und betastet hätten, rückten sie nicht von ihren Positionen ab, als ich an ihnen vorbeischritt. Ich gelangte zum inneren Palast, wo große, an beiden Enden zugespitzte Pfähle in den Boden gerammt waren, und auf der Spitze eines jeden solchen Pfahls staken abgetrennte Arme und Beine, die in der Hitze schon ganz verwest und eingeschrumpft und ausgetrocknet waren und auf deren Unterseiten sich gebleichte Knochen zeigten. Die Knochen galten als Zeichen des Triumphs. Hinter der Palisade wartete Imbe Calandola inmitten seines gesamten Hofstaates, seiner Unterführer und Hexenmeister und seiner Frauen, von denen es zwanzig oder dreißig an der Zahl gab, denn ich glaube, alle diese Frauen waren seine Weiber.

Obwohl dies das zweite Mal war, daß ich ihn sah, empfand ich die gleiche schaudernde Ehrfurcht und Verblüffung, die ich auch beim ersten Mal wahrgenommen hatte, so überwältigend war seine Gegenwart.

Er war gekleidet wie zuvor, mit einem Streifen Palmstoff um die Hüften, obwohl dieser nun gelb war und nicht scharlachrot; und er hatte Muscheln in seinem Haar verknotet und Kupferstücke durch die Ohren und Nase gestoßen und trug Perlen um die Hüften und gemalte Ornamente auf der schimmernden Haut. Er saß auf einer Art Sattel, der halb so groß war wie ein Mann und auf drei Beinen aus einem sehr schönen pechschwarzen Holz stand, das beinahe wie Steine aussah. In der Hand hielt er einen Becher, der bis zum Rand mit Palmwein gefüllt und höchst kunstvoll aus dem oberen Teil eines menschlichen Schädels gefertigt war.

Als ich eintrat, nickte der Imbe-Jaqqa mir sehr ruhig zu, senkte den Mund zu der Schüssel und nahm einen so mächtigen Schluck Wein, daß ich glaubte, er würde den Schädel mit einem Zug leeren. Als er den Kopf hob, tropfte der Wein von seinem Gesicht und lief die Wangen und das Kinn hinab, wie der Geifer eines Wolfs, wenn er sich in sein Opfer verbissen hat.

»Das ist Andubatil«, sagte Kinguri.

»Andubatil, sei willkommen.« Die Stimme Calandolas war wie das Knurren eines Bären. »Trink, Andubatil!«

Und er reichte mir den Becher, der noch etwa die Hälfte des Weins enthielt. Ich ergriff ihn, wie er ihn gehalten hatte, mit seinem Gewicht auf meinen beiden Händen und der Glätte des Schädels an meinem Kinn, und berührte ihn mit den Lippen. Das Getränk war noch süßer als jeder andere Palmwein, den ich bislang gekostet hatte, als sei er mit Honig versetzt worden. Doch es war kein Honig, wie ich nach einem Augenblick begriff. Denn der Wein hatte einen rötlichen Farbton, und ich erkannte, welche Substanz man ihm untergemischt hatte, um ihm diese Farbe zu geben. Und ich erschauderte, obwohl ich mich sehr bemühte, es zu verbergen. Aye! Die Schnauze eines Wolfs, die sich blutig hebt, um den Mond anzubellen!

»Schmeckt der Wein dir?« fragte Kinguri.

»Das tut er.«

»Es ist der königliche Wein, den nur der Imbe-Jaqqa trinken darf. Er hat dir eine große Ehre zuteil werden lassen.«

»Ich bin dankbar«, sagte ich zu Kinguri, der meine Worte Calandola übersetzte. Zu dieser Zeit sprach ich nur ein paar Brocken der Jaqqa-Zunge, und Calandola sprach weder Kikongo noch die portugiesische Zunge.

Calandola lächelte sein fürchterliches Lächeln, das Coccodrillo-Zähne von großer Schärfe und übler Länge entblößte, bis auf die vier fehlenden. Er musterte mich, wie er mich zuvor gemustert hatte, und sein Blick glitt tief wie eine Klinge in meine Seele.

»Trink, Andubatil«, sagte er erneut.

Ich zögerte nicht.

Sollen sie doch meinen Wein mit Blut vermischen, ich würde trotzdem trinken und noch einen tiefen Schluck nehmen und mich ob dieser großen Ehre geschmeichelt fühlen. Ah, dachte ich, ich habe die Papisten noch übertroffen!

Denn sie trinken Wein und geben vor, es sei Blut, während ich Blut trinke, mit dem mein Wein versetzt wurde, und vorgebe, es sei bloß Wein! Doch irgend etwas in meinen Eingeweiden lehnte sich dagegen auf, oder vielleicht war es auch etwas in meinem Verstand und nicht meinen Eingeweiden, und beim zweiten Schluck befürchtete ich, mich übergeben zu müssen, was eine tödliche Beleidigung gewesen wäre. Doch Gott sei gedankt, es war mir möglich, dieses Gefühl zu beherrschen und die Übelkeit zu verdrängen, und ich lächelte und trank erneut, nur einen kleinen Schluck, doch mit der Darbietung von Bereitschaft und Vergnügen, und gab Calandola schließlich den Weinschädel zurück.

Er schlug mit einer großen Hand gegen den schweren Muskel seines Arms, was seine Art und Weise war, Beifall auszudrücken.

»Was ist deine Nation, Andubatil?« sagte er dann.

»England, o Imbe-Jaqqa.«

»Änglannt?«

»Aye, Imbe-Jaqqa.«

»Was für eine Nation ist das?« fragte Kinguri.

»Es ist eine Insel«, erwiderte ich, »die weit entfernt im westlichen Meer liegt.« Ich wartete ab, ob der Bruder des Imbe-Jaqqa dies verstanden hatte, was der Fall zu sein schien, und fuhr dann fort: »Wo das Volk so hellhaarig ist wie ich und groß und kräftig gebaut ist und zur See fährt und mit großem Mut weit reist. Und wo unser Herrscher ein großer Fürst ist, der gleichzeitig eine Frau ist, und auch eine Jungfrau, und der beste Herr, den der Himmel jemals unserem Volk geschickt hat.«

Es war eine lange Rede, und in meiner Freude, über England zu sprechen, ließ ich die Worte alle gleichzeitig hinaus, und ich dachte, Kinguri hätte sie nicht verstanden. Doch das war nicht der Fall, denn Kinguri war ein Mann mit außerordentlich scharfem Verstand. Er wiederholte dem Imbe-Jaqqa alles, was ich gesagt hatte, und dieser beugte sich vor, lauschte mit großer Aufmerksamkeit und schluckte zweimal lautstark von seinem Wein. Ich konnte den meisten von Kinguris Worten folgen, und als er bei jenem Teil angelangt war, der ausführte, daß unser Fürst eine Frau war, richtete sich der Imbe-Jaqqa auf, und seine hellen Augen weiteten sich, und als Kinguri sagte, daß sie eine Jungfrau war, schlug Calandola erstaunt auf das Bein und gab ein langgezogenes, schnaubendes Geräusch von sich, das wie das eines Fluß-Hippopotamus klang.

Es folgte eine lange Unterredung zwischen Calandola und seinem Bruder, von der ich kaum ein Wort verstehen konnte, so schnell brachte der Imbe-Jaqqa seine Worte hervor. Doch er gestikulierte auch mit den Händen, stieß einen Finger zwischen zwei kreisrund geschlossenen der anderen Hand vor und zurück, was unmißverständlich darstellen sollte, wie ein männliches Glied in das Loch einer Frau gestoßen wurde, und da wußte ich, daß er über die Jungfräulichkeit Ihrer Majestät sprach.

Dann wandte Kinguri sich an mich und sagte: »Mein Bruder fragt, ob diese deine Königin eine Frau ist?«

»Aye, alle Königinnen sind Frauen.«

»Und sie ist der rechtmäßige Herrscher deines Landes?«

»Das ist sie, denn ihr Vater war unser König, der große Harry, der achte dieses Namens. Und sie ist die Königin, und ihre Schwester war vor ihr Königin, und ihr Bruder König, doch der starb als junger Mann.«

»Und deine Königin-Frau, sie hat nie erlebt, was es heißt, bei einem Mann zu liegen?«

Ich lächelte. »So heißt es. Wir nennen sie unsere Jungfraukönigin, und es wäre Blasphemie, gegen diese Wahrheit zu streiten. Außerdem glaube ich, daß es wirklich die Wahrheit ist.«

Kinguri schüttelte den Kopf. »Und das Volk deines Landes akzeptiert sie?« fragte er. »Und sie hat Frieden mit ihren Untertanen?«

»Aye.«

»Und wenn ein Mann zu ihr käme und sagte, Königin, ich möchte gern bei dir liegen, öffne dich mir, was wäre dann?«

»Nun, spräche er so mit ihr, würde sie ihm den anmaßenden Kopf abschlagen lassen!« Dann fügte ich hinzu: »Es gibt welche, die behaupten, der Lordadmiral Seymour habe in ihrer Jugend eine unzüchtige Tändelei mit ihr gehabt und später habe sie dem Grafen von Leicester beigewohnt und noch später auch Sir Walter Raleigh. Doch ich glaube, daß das nur Klatsch und Verleumdung ist und daß sie bis zu diesem Tage eine Jungfrau ist, und darauf würde ich auch meinen Kopf wetten.«

»Eine jungfräuliche Königin«, sagte Kinguri verwundert, und Imbe Calandola sprach genauso verwundert die gleichen Worte. Doch keiner von ihnen wollte mich der Lüge bezichtigen, denn ich nehme an, sie dachten, ein Land, wo die Menschen weiße Haut und langes goldenes Haar hatten, können auch Frauen als Fürsten haben, und darüber hinaus sogar Jungfrauen.

»Ich werde dich nach England schicken, Andubatil«, sagte Calandola, »und du wirst deiner Königin sagen, hierher zu mir zu kommen. Wirst du das tun? Du sagst ihr, daß Imbe Calandola ihr *das* anbietet.«

Und er schob sein gelbes Lendentuch beiseite und enthüllte einen schwarzen Pfahl, der so dick war wie der Rüssel eines Elephanto, wenn auch nicht ganz so lang, und zwei große schwere Eier, die wie dunkle, runde Äpfel aussahen.

Beim Anblick dieses stattlichen Mannestums klatschten

mehrere seiner Frauen in die Hände und lachten vor Freude oder Beifall, und Calandola ergriff diese Frauen freundlich am Fleisch ihrer Hinterbacken, zerrte sie gegen seinen Pfahl und schien sich über diesen Scherz köstlich zu amüsieren.

»Bei allem, was mir heilig ist, Fürst Jaqqa«, sagte ich, als sein tosendes Gelächter etwas verklungen war, »du mußt mich nur nach England schicken, und ich werde ihr deine Botschaft ausrichten, das schwöre ich!«

»Und wird sie auch kommen?« fragte Calandola, nachdem Kinguri ihm die Bedeutung meiner Worte erklärt hatte.

»Das kann ich nicht sagen, denn sie ist eine Königin, und ich kann ihr keine Befehle erteilen; das kann niemand. Doch ich werde sie fragen: Das schwöre ich.«

»Gut. Gut. Wie weit liegt England von hier entfernt?«

»Viele Tagesreisen, Fürst Jaqqa.«

»Weiter als das Land Kongo?«

»Zehnmal so weit«, sagte ich. »Vielleicht auch zwanzigmal.«

»Eines Tages werden wir nach England gehen«, sagte Calandola zu einigen seiner Hexenmeister, »und von den Weinen dieses Landes trinken. Nicht wahr? Und unseren feurigen Samen in den Schoß dieser Königin spritzen.« Und er lachte, schlug sich auf den Arm und rief nach mehr Wein, da sein Becher leer war. Eine seiner Frauen brachte ihn herbei, und er nahm reichlich, legte den Kopf zurück und ließ das blutige süße Zeug die Kehle hinabfließen. Den letzten Schluck hielt er eine Zeitlang im Mund und spuckte ihn dann in einem großen Kreis zu Boden. Was mir nur ungehörig erschien, war, wie ich später erfuhr, eine heilige Tat, eine Weihung des Erdbodens auf Art der Jaqqas.

Als er damit fertig war, bedeutete er mir etwas mit einer fließenden Bewegung, bei der er mit der Hand vor und zurück winkte, doch ich begriff nicht, was er von mir verlangte.

»Nimm die Kleider von deinem Körper«, sagte Kinguri.

»Warum?«

»Der Imbe Jaqqa fragt sich, ob du überall weiß bist.«

»Aye, das bin ich«, sagte ich, machte aber keine Anstalten, mich zu entkleiden.

»Er will es sehen«, sagte Kinguri.

»Ach, will er das?«

»Komm, keine weitere Verzögerung. Er will es sehen!«

Ich sah ein, daß es keine Weigerung gab, und so legte ich meine Kleidung ab, die sowieso nur noch aus Fetzen bestand, und stand nackt vor dieser Menge von Jaqqa-Kriegern und Hexenmeistern und Fürsten und dem Imbe-Jaqqa und seinen vielen Frauen. Nun, und mein Körper ist stattlich und gesund, und ich schäme mich seiner nicht; und hier nackt zu stehen war weniger bekümmernd als neulich in Mofarigosats Stadt, als ich den tödlichen Schlag des Henkers erwartete und mich nicht noch zusätzlich beschämen lassen wollte. Dennoch ist es nicht leicht, sich vor Fremden zu enthüllen, auch nicht vor Wilden, und ich entblößte meine Geschlechtsteile mit großem Unbehagen. Um so schlimmer für mich war, daß Calandola erst vor kurzem sein gewaltiges Glied und seine geschwollenen Hoden entblößt hatte: Denn verglichen mit ihm mußte ich als höchst unzulänglicher Mann erscheinen, obwohl mich noch keine Frau dafür gehalten hatte.

Calandola erhob sich, kam zu mir, legte hier und dort den Finger auf mein Fleisch und drückte ihn in meinen Bauch und die Schenkel, um zu sehen, wie sich die Hautfarbe auf seinen Druck veränderte. Dies schien ihn zu erstaunen, und er drückte an mehreren Stellen sein eigenes Fleisch, um zu sehen, wie dies sich verhielt. Dann zog er an dem Haar auf meiner Brust – an dieser Stelle war er völlig glatt und glänzend – drehte mich um, wohl, um zu sehen, ob ich auf der anderen Seite ebenfalls weiß war, und drehte mich wieder um. Ich mußte den Mund öffnen, in dem ich noch fast alle Zähne hatte, die Gott mir gegeben hatte, und er berührte jene vier Vorderzähne, die die Jaqqas sich ausschlagen. Als er diese Zähne berührte, befürchtete ich, er wolle sie mir an Ort und Stelle mit einem Ruck seiner mächtigen Finger ziehen, und dieser Gedanke ließ mich von meinen Eingeweiden bis zu meinem Hoden heftig erzittern. Doch ich ließ mir meine Befürchtungen nicht anmerken. Und meine Erleichterung war groß, als er schließlich die Hände von meinem Mund nahm.

Dann setzte der Imbe-Jaqqa seine genaue Untersuchung meines Körpers ein Stück tiefer fort, und er nahm mein Geschlecht in die Hand, so kühl, als hebe er eine Tasse oder ein Stück Obst, und sagte etwas zu seinem Bruder. Was er sagte, wußte ich nicht. Doch diese so müßige Behandlung meines *membrum virile* und seine so eingehende Erörterung brachte einen Anflug heißer Schamesröte auf mein Gesicht: Und dieses helle Rot erstaunte Calandola so sehr, daß er mein Glied losließ und die Wangen berührte, wohl um herauszufinden, wie ich einfach so meine Hautfarbe ändern konnte.

»Der Imbe-Jaqqa fragt sich«, sagte Kinguri, »ob alle Männer Englands solche Pimmel haben wie du, Andubatil.«

»Ich glaube schon«, erwiderte ich ein wenig wütend, »obwohl ich fürwahr nicht viel Zeit damit verbracht habe, sie zu untersuchen. Ich nehme an, daß einige größer und einige kleiner sind, doch meiner ist von der üblichen Größe.«

»Wir meinen nicht die Größe«, sagte Kinguri, »sondern die Form.«

Zuerst verstand ich den Sinn seiner Worte nicht. Also machte er eine Handbewegung, und die Männer des Hofes schoben ihre Lendentücher beiseite und enthüllten vergnügt ihre Geschlechter, und siehe!, ein jeder von ihnen war beschnitten.

»Aye«, sagte ich, »jetzt verstehe ich. Wir sind in dieser Hinsicht nicht so wie ihr, und das gilt für alle weißen Männer gleichermaßen, bis auf die Juden. In unserem Land leben noch ein paar Juden, obwohl sie eigentlich verbannt worden sind. Doch wir anderen schneiden unsere Vorhäute nicht ab.«

»Warum nicht?« fragte Calandola, nachdem er meine Antwort vernommen hatte.

»Nun«, sagte ich, »das ist eben nicht Brauch bei uns. Unter dem christlichen Gesetz, dem wir gehorchen, lassen wir diesen Teil unberührt.«

»Aber dann seid ihr keine Männer!« sagte Calandola.

»Dieser Auffassung sind wir nicht.«

»Ein Mann muß diesen Teil entfernen lassen. Denn es ist ein weiblicher Teil, und alles an ihm, was weiblich ist, muß abgeschnitten werden, wenn er das Mannesalter erreicht.«

Ich legte es nicht darauf an, diesen Sachverhalt mit dem Imbe-Jaqqa zu besprechen, da er eine neue und schwierige Philosophie für mich darstellte.

»Die Bakongos von der Küste«, sagte ich, »beschneiden sich auch nicht mehr, nun, da sie Christen sind.«

»Und ihre Männer sind nur noch Frauen«, sagte Calandola. »Ist das nicht offensichtlich?« Er runzelte nachdrücklich die Stirn.

»Dein Fürst ist eine Frau, die nicht zulassen will, daß sich ein Mann zwischen ihre Beine legt, und eure Männer wollen nicht den weiblichen Teil von ihren Geschlechtern entfernen. Also können unter euch keine Kinder geboren werden.«

»Ich versichere dir, daß dies nicht der Fall ist.«

»Aber wenn eure Königin . . .« Er hielt verwirrt inne.

»Sie ist die einzige keusche Frau unseres Reiches«, sagte ich, was nicht genau die richtige Art und Weise war, wie ich es eigentlich hatte ausdrücken wollen, doch es genügte. »Und was uns Männer betrifft, so sind wir durchaus imstande, so, wie wir sind, unsere Taten der Männlichkeit auszuüben, denn so sind wir auf die Welt gekommen, und Gott, unser Schöpfer, hat es genauso beabsichtigt.«

Ich befürchtete, der Imbe-Jaqqa sei darüber verärgert. Vielleicht hielt er Gott für seinen direkten Rivalen und wollte seinen Namen nicht hören. Doch sein Ärger – wenn es überhaupt ein solcher war – verstrich schnell, und er deutete wieder auf mein unbeschnittenes Glied und sagte: »In diesem Land solltest du so sein, wie wir sind. Wir werden dich jetzt so machen, wie wir sind.«

Was mich mit solch einer Furcht erfüllte, daß mir die Beine den Dienst zu versagen drohten. Denn da ich mit den Feinheiten der Jaqqa-Zunge größtenteils noch unvertraut war, verstand ich die Bedeutung seiner Worte falsch und dachte, er habe mir befohlen, mich an Ort und Stelle einer Beschneidung zu unterziehen. Wohingegen er lediglich ein freundliches Angebot machte; vielleicht war es auch nur ein Scherz: Ich bin mir nicht sicher.

Er winkte einen seiner Medizinmänner herbei, der ein langes Messer von beträchtlicher Schärfe aus einer Schneide zog. Ich schreckte vor ihm zurück und bedeckte mein Geschlecht, das wegen meines Schreckens auf die Größe das eines kleinen Jungen zusammengeschrumpft war, mit den Händen. Mich auf diese Art zu bedecken, rief bei den Frauen ein herzliches Gelächter hervor.

»Mit deiner Erlaubnis, großer Fürst Jaqqa . . .« sagte ich elendig . . .

»Komm, Andubatil, wir werden es nicht ganz abschneiden!« sagte er lachend. »Nur diesen einen Teil!«

»Das darf nicht sein, o Imbe-Jaqqa!«

»Und warum nicht?«

»Es ist unter den Männern meiner Nation verboten, sich solch einer Chirurgie zu unterziehen, denn das würde uns zu Juden machen, die unseren Gott getötet haben.«

»Euer Gott ist tot?« sagte Kinguri schnell, wobei er Überraschung und großes Interesse zeigte.

»Aye. Er wurde getötet, doch dann stand Er wieder auf . . .«

»Was sagst du da?«

Froh, das Gespräch vom Zustand meiner Vorhaut abwenden zu können, erwiderte ich, wobei sich meine Worte bald überschlugen: »Als Er in menschlicher Gestalt zur Erde hinabkam, um uns zu erlösen, wurde Er von Feinden ergriffen und an ein Kreuz genagelt, und es wurde auch ein Speer in Seine Seite gestoßen, und so starb Er, der Er Gottes Sohn und der Erlöser war, doch dann erhob Er sich, wie es prophezeit wurde, von den Toten . . .«

»Gottes Sohn? Doch du hast gesagt, der Gott sei gestorben!«

»Der Sohn ist Gott gleich«, antwortete ich, »denn er ist eine Person der Heiligen Dreifaltigkeit, die aus Gott dem Vater, dem Sohn und dem Heiligen Geist besteht.« Kinguris Blicke bewiesen mir seine Verwirrung, und bei meiner Seele, ich hätte ihm keine wahre Erleuchtung in diesen Dingen geben können, hätte er mich darum gebeten. Doch ich fuhr schnell fort, indem ich sagte: »Am dritten Tag nach Seiner Kreuzigung erhob Er sich von den Toten, um zur rechten Hand des Vaters zu sitzen . . .«

»Und wer war seine Mutter?« fragte Kinguri.

»Er wurde von einer Jungfrau mit Namen Maria geboren . . .«

»Dann ist die Königin deines Landes die Mutter deines Gottes?«

»Von einer anderen Jungfrau«, sagte ich, »und vor langer Zeit, und nicht in dem Land, aus dem ich komme.«

»Aber auch einer Jungfrau, nicht wahr? Und welche Farbe hatte ihre Haut?«

»Nun, die wie die meine.«

»Nicht dunkler?«

»Wir nehmen nicht an, daß sie dunkel war.«

»Und der Gott – ist er auch weiß?«

»Wir glauben nicht, daß Er eine Hautfarbe, eine Größe oder irgendeine Eigenschaft des menschlichen Fleisches hat.«

»Aber er kann sterben? Ist das keine Eigenschaft des menschlichen Fleisches?«

»Es war Sein Sohn, der starb«, sagte ich und dachte allmählich, es wäre vielleicht einfacher gewesen, mich der Beschneidung zu unterziehen, als dem Kannibalenfürsten diese komplexen und schwer verständlichen Dinge zu erklären.

»Ah«, sagte Kinguri. »Und warum ließ er sich töten, wenn er ein Gott und der Sohn eines Gottes war?«

»Um uns von der Sünde zu erlösen, die im ursprünglichen Paradies über uns gekommen ist, als unser erster Vater und unsere erste Mutter verbotenerweise vom Baum der Erkenntnis aßen und so Verderbtheit und Tod über die Welt brachten, die frei davon geschaffen worden war.«

Überaus nachdenklich und verwirrt dreinschauend, hob Kinguri eine Hand, um den Fluß meiner Unterweisung zu unterbrechen. »Das verstehe ich nicht. Dein Gott, der sein eigenen Sohn von einer jungfräulichen Mutter war, ist auf die Welt gekommen, um euch von dem Tod zu erlösen, der über euch kam, als ihr . . .«

Daraufhin unterbrach Calandola grob und fragte: »Was haben all diese Worte zu bedeuten?«

Kinguri drehte sich zu ihm, und erneut verstrickten die beiden sich in ein langes Gespräch, diesmal eins über die Mysterien des christlichen Glaubens, die ich ihnen enthüllt hatte. Wieviel Sinn sie ihm entnehmen konnten, weiß ich nicht; doch letztendlich kam dabei heraus, daß sie sich so sehr für Einzelheiten interessierten, daß der Imbe-Jaqqa meine Beschneidung für eine Weile vergaß und der Medizinmann seine Klinge wieder einsteckte.

Der Imbe-Jaqqa befragte mich, wie ich in diesen Teil des Landes gekommen sei, nachdem er mich zuletzt mit den Portugiesen an der Küste gesehen hatte. Ich erklärte, wie ich an Mofarigosat verpfändet und von Pinto Dourado zurückgelassen worden war. Ich berichtete, wie ich dem Henkersblock knapp entkommen und in den Dschungel geflohen war. Dies interessierte Calandola sehr.

Während dieses Gespräches wurde ich es sehr überdrüssig, mit entblößtem Geschlecht dazustehen, und so bat ich um die Erlaubnis, meine Kleider wieder anlegen zu dürfen; doch Calandola sagte: »Das ist keine angemessene Kleidung«, und befahl, Jaqqa-Kleidung für mich zu bringen. Mehrere Frauen traten vor und holten aus einer hözernen Truhe ein stattliches Stück grünen Palmstoffes, das sie um meine Lenden schlangen, und dann nahm Kinguri eine Schnur mit hellen Perlen von seiner Taille, und einer der Medizinmänner gab mir ein Halsband mit sehr glatt polierten Muscheln. Zuerst kam ich mir in diesem Zeug vor, als sei ich für eine Maskerade verkleidet, bei der ich die Rolle eines wilden Dschungelmannes spielte, doch innerhalb einer

Stunde fühlte ich mich in dieser Kleidung so wohl, als hätte ich sie schon mein Leben lang getragen. Meine alten Sachen nahmen sie mit, und ich sah sie nie wieder.

»Ein Fest!« rief Calandola nun. »Bereitet ein Fest für den Engländer Andubatil vor!«

Diese Worte, die ich klar und deutlich verstand, erzeugten einen größeren Schrecken in mir als alle andere. Denn sie konfrontierten mich mit etwas, das ich nicht zu bedenken versucht hatte, als ich beschloß, mich den Menschenfressern zu überantworten, und das war die Wahl ihres bevorzugten Fleisches. Oftmals verdrängen wir aus unserem Geist, womit wir uns nicht beschäftigen wollen; und mit dieser Sache hatte ich mich fürwahr nicht beschäftigen wollen. Doch es würde der Augenblick kommen, da ich mich damit abgeben mußte. Ich hatte Zuflucht bei den Jaqqas gesucht; sie hatten mich wie einen der ihren eingekleidet, und sie gaben mir zu Ehren ein großes Fest.

Konnte ich ihre Gastfreundschaft zurückweisen?

Ich hatte die Beschneidung höflich abgelehnt, indem ich behauptete, ich dürfe mich ihr aus religiösen Gründen nicht ausliefern. Nun, und ich hatte meine Vorhaut gerettet – aber wie konnte ich bei einem Fest das Fleisch ablehnen, das sie mir anbieten würden? Weitere religiöse Bedenken? Würden sie diese Antwort akzeptieren, oder würde sich Calandolas lebhafter Verstand, der sich so sehr über die Weißheit meiner Haut und die Jungfräulichkeit meiner Königin erheitert hatte, plötzlich gegen mich wenden und mich im Zorn in den Kochtopf verdammen? Es war fürwahr gefährlich, mich der Gnade dieser Kannibalen auszuliefern: denn sie waren wahrhaftig Teufel, und ich wurde an das alte Sprichwort erinnert, daß der, der mit dem Teufel ißt, einen langen Löffel haben muß.

»Ein Fest!« riefen sie alle. »Ein Fest!«

Woraufhin die Jaqqas aus dem Haus des Imbe-Jaqqa stürmten, als hätte sie ein Wirbelwind ergriffen, wenngleich ein jeder, als er aufbrach, sich umdrehte und ihrem schrecklichen Herrn seine Verehrung bekundete. Calandola, Kinguri und die Frauen und Hexenmeister waren die letzten, die gingen, und sie nahmen mich mit in die Stadt des Calicansamba und zu dem offenen Platz, wo sich die drei riesigen metallenen Gefäße befanden. Nun wurde das Fest vor unseren Augen vorbereitet, unter lautem Schlagen der Trommeln, höllischem Spiel der Trompeten und Pfeifen und schrecklichem Kreischen anderer Instrumente, wie ich sie noch nie gesehen hatte; sie erinnerten ein wenig an die Violen Europas, verfügten aber nur über eine Saite*.

Feuer wurden unter den Kesseln angezündet.

Und in die Kessel kamen:

Das Fleisch einer Kuh, die mit einem einzigen Schlag eines Schwertes gegen den Hals vor unseren Augen geschlachtet und dann mit einem langen Messer abgeschält wurde.

Das Fleisch einer Ziege, die auf die gleiche Art getötet wurde.

Das Fleisch eines gelben Hundes, der höchst mitleiderregend jaulte, bis das Messer seine Kehle fand.

Ein Hahn. Eine Taube.

Und in einen jeden Kessel kam auch die Leiche eines Gefangenen, der aus einem Verschlag geholt und vor meinen Augen erschlagen wurde. Bei diesen handelte es sich um drei muskulöse Krieger eines Stammes aus dem Landesinneren, die in einer Sprache fluchten, die ich nicht kannte, und tobten und die Fäuste zusammenballten. Genauso gut hätten sie vor dem Todesengel wüten können! Ein jeder dieser drei

* Im Gegensatz zu den sechs Saiten der früheren Form der europäischen Streichinstrumente; Anm. d. Übers.

wurde mit einer Wunde getötet, die das Blut im Körper hielt, und gab mit einem langgezogenen, seufzenden Gurgeln der Verzweiflung das Leben auf, und dann wurde das Blut vorsichtig von Männern, deren Aufgabe dies war, abgelassen und in den Kesseln geleitet, in dem diese Flüssigkeit aufbewahrt wurde.

Danach machten sich Vorschneider der Jaqqas daran, die Leichen für den Kochtopf vorzubereiten, und als sie in passende Stücke zerlegt worden waren, kamen sie zusammen mit dem anderen Fleisch hinein.

In die brodelnden Kochtöpfe wurden auch Früchte und Gemüse dieses Landstrichs gegeben, wahre Berge davon, und die Bohne namens *Nkasa,* der scharfe Pfeffer, Zwiebeln, Kürbisse und ich weiß nicht was sonst noch alles: Denn ich muß Euch gestehen, daß mein Verstand so benommen von dem Anblick der Gefangenen war, die sich wehrten und erschlagen und zerlegt und in den Topf geworfen wurden, daß ich einige der nachfolgenden Einzelheiten bei der Zubereitung nicht mitbekam.

Und die ganze Zeit über dröhnten die Trommeln, schrillten die Trompeten.

Und was dachte, was fühlte ich dabei?

Nun, ich nehme es auf meinen Eid, ich empfand nichts. Nichts fühlte ich. Denn ich sage Euch, es kommt eine Zeit, da der Verstand von Fremdartigkeiten und Abscheu dermaßen überwältigt wird, daß er nur noch sieht, ohne nachzudenken, und dies war nun bei mir der Fall, als ich neben dem Fürsten der Kannibalen und seinen Brüdern und den Stammespriestern stand. Und ich sagte nichts, ich dachte nichts, ich beobachtete nur. Hierher hatte mich die Reise meines Lebens geführt, hierher hatte mich mein neuerlicher Schiffbruch verschlagen, zu diesem grausamen Volk, das sein Abendmahl vorbereitete, und Gott hatte mich in Seiner

Weisheit veranlaßt, zu dieser Zeit an diesem Ort zu sein, und auch dafür stelle ich Ihn nicht in Frage.

Ich betete jedoch, daß sie mir, wenn sie das Fleisch servieren würden, ein Stück der Kuh oder der Ziege oder sogar des Hundes geben würden.

Nun floß der Palmwein freigebig; der Imbe-Jaqqa trank auf seine gierige Art aus seinem besonderen Schädelbecher, und nachdem er seinen Wein zur Hälfte mit Blut gemischt hatte, wurden auch die anderen aus einem anscheinend grenzenlosen Vorrat bewirtet, der in Holzbehältern herangeschafft wurde. In meinem Kopf drehte es sich, und mein Gesicht wurde rot und feucht. Die jüngeren Männer und einige der Frauen fanden sich zu einem höchst unzüchtigen und wollüstigen Tanz, und die Trommeln schlugen noch lauter, so daß sie wie Hämmer gegen meine Schläfen zu dröhnen schienen.

Calandola erhob sich nun und legte seine Kleidung ab. Mehrere seiner Frauen griffen in den Kessel, in dem das Menschenfett lagerte, und verrieben es auf seinem nacktem Körper, um dessen Glanz wiederherzustellen, wobei sie jeden Zentimeter von ihm bedeckten, seinen Bauch, die Schenkel, die großen Geschlechtsteile und alles andere. Daraufhin wurden ihm mit gefärbten Steinen neue Ornamente aufgetragen, und er legte seine Perlen und Muscheln und das schöne Lendentuch wieder an. Einige der Frauen rieben sich auch mit dem glänzenden Fett ein, andere nicht. Sie stimmten einen lauten Gesang an, und vierzig oder fünfzig Frauen traten vor und stellten sich um den Imbe-Jaqqa auf, wobei jede einen Schwanz des wilden Pferdes namens Zevvera in der Hand schwang. Die Ruten dieser Schweife, so hieß es, enthielte eine mächtige Medizin, die den Imbe-Jaqqa vor jedem Schaden behütete.

Und nach einer langen Weile dieser barbarischen Festlichkeiten erhob sich der Ruf, das Fleisch sei gekocht und das Mahl könne beginnen.

»Es ist ein Erst-Fest für dich«, sagte Kinguri zu mir, »und daher werden wir heute eine große Feier abhalten, Andubatil!«

»Ich bin dankbar für diese hohe Ehre.«

»Es ist Gesetz, daß der Imbe-Jaqqa vor allen anderen essen muß. Doch du wirst der zweite sein.«

Auch dafür bedankte ich mich überaus höflich.

Dann ging ein Medizinmann des königlichen Hofstaates, von Kopf bis Fuß mit Kreidezeichen bemalt, daß er fast wie ein Zevvera aussah, das Freudensprünge machte, zum mittleren Kessel, holte mit bloßen Händen ein Stück Fleisch aus dem kochenden Wasser, hielt es hoch und zeigte es den Jaqqas, die augenblicklich ein überaus schreckliches Heulen und Jammern anstimmten, was ihre Art ist, ihre Zustimmung zu zeigen, obwohl es eher wie das Kreischen des Pandämoniums selbst klingt.

Und es war nicht zu verkennen, daß dieses Lendenstück weder von der Kuh noch von der Ziege noch vom Hund stammte, und ich wußte, woher dieses Fleisch gekommen war.

Der Hexenmeister trug das dampfende Fleisch zu Calandola hinüber und hielt es dem Imbe-Jaqqa hin, damit dieser es begutachte. Calandola gab ein zustimmendes Geräusch von sich, nahm einen großen, sabbernden Schluck von seinem mit Blut vermischten Palmwein, ergriff das Lendenstück danach mit beiden Händen, schlug die Zähne hinein und riß einen großen Bissen heraus.

»Ayayya! Ayayya! Ayayya!« riefen die Jaqqas und führten sich noch wilder auf.

Und dann wandte sich der Imbe-Jaqqa mit der großen Scheibe Fleisch in den Händen mir zu.

Oh! Die Welt drehte sich um mich, so daß ich ihr Mittelpunkt und Strudel war und dachte, es würde mich zerreißen! Oh!

Und da war ein Sturm in meinem Gehirn, und ein Pochen in meiner Seele, und ich dachte, meine Brust würde zerspringen!

Oh! Und ich betete, der Erdboden möge sich öffnen und mich verschlucken, damit ich nicht an dem teilhaben mußte, was mir angeboten wurde!

Doch ich wurde nicht verschlungen; noch stürzte ich ohnmächtig hernieder, noch gab es ein anderes Versteck. Und ich wurde ganz ruhig und sagte mir, wie ich es mir schon oft zuvor gesagt hatte, dies alles geschehe zu irgendeinem hohen Zwecke, der über mein Verständnis hinausging.

»Nimm und iß«, sagte Calandola.

»Herr«, sagte ich, und ich sagte es laut und auf englisch, »ich bin Euer Diener Andrew Battell, und ich habe ein befremdliches Schicksal erlitten, das Ihr mir sicher aus gutem Grund auferlegt habt. Ich will bei allem, was ich tue, Euern Geboten folgen, und ich hoffe, daß Ihr mich behütet und meinen Körper vor Gefahren und meine Seele vor der Verderbnis beschützt. Amen.« Dies war mein eigenes Gebet, das ich mir vor langer Zeit unter den Portugiesen von São Paulo de Luanda ausgedacht hatte. Dieses Gebet war mir bislang gut zustatten gekommen, und als ich es nun hervorstieß, fühlte ich, wie sich meine Seele sehr erleichterte. Ich nahm das Fleisch von Calandola entgegen, der mich mit einem so wohlwollenden Lächeln bedachte, als sei dies meine Taufe.

Ich starrte das Ding an, das ich in meiner Hand hielt, als hätte ich noch nie zuvor Fleisch gesehen, von welcher Sorte auch immer.

Ich werde davon essen, sagte ich mir. Und wenn ich bebe

und spucke und es hervorwürge und den Imbe-Jaqqa beleidige, nun, dann soll er mich doch erschlagen und als den nächsten in den Topf werfen, und es wird mir egal sein, es wird mir egal sein, es wird mir egal sein.

Ich schlug die Zähne in das verbotene Fleisch und nahm einen zögernden Bissen, und ich schloß einen Augenblick lang die Augen und schluckte es hinunter.

Ich würgte nicht. Ich spuckte nicht. Das war das Erstaunlichste, was ich jemals erlebt hatte. Das Fleisch war saftig, gut gewürzt und war vom Geschmack her einem guten Stück Schwein nicht unähnlich, einem wohlgenährten Schwein. Ich fühlte, wie es über meine Zunge glitt und die Säfte meines Mundes einschießen ließ, und schluckte es herunter, und all das fiel mir befremdlich leicht. Es ist nur Fleisch, dachte ich. Und Fleisch von verblüffend gutem Geschmack, das der Herr erschaffen und auf die Erde gesetzt hat.

»Andubatil!« rief Calandola mit lauter Freude und Anerkennung. »Iß, Andubatil!«

Ich hatte ihre Gastfreundschaft akzeptiert, und nun wußte ich, daß ich das Lendenstück zurückgeben und um eins bitten konnte, das eher nach meinem üblichen Geschmack war. Und doch, und doch, und doch: Ich hatte seit langer Zeit überhaupt kein Fleisch mehr gegessen, und so leicht war mir der erste Bissen gefallen, und so überraschend wohlschmeckend war er an meinem Gaumen gewesen, daß ich bei mir dachte: Wenn ich dafür zur Hölle fahren muß, dann wird dieser eine Bissen mich schon verdammt haben, und so gibt es keinen Grund, nicht noch einen zweiten zu nehmen.

Gott gewähre mir Vergebung, dachte ich bei mir, und nahm einen zweiten Bissen des Fleisches.

»Andubatil!« rief Calandola erneut. »Andubatil Jaqqa!«

Und der Ruf erhob sich auf allen Seiten und wurde allumfassend, als sie sahen, wie ich an ihrem Festmahl teilnahm, das noch kein anderer Fremder jemals mit ihnen geteilt hatte und das mich nun zu einem der ihren machte. »Andubatil Jaqqa! Andubatil Jaqqa!«

Viertes Buch

Jaqqa

1

Und so trat ich an diesem Abend in den Stamm der Menschenfresser ein und wurde einer der Ihren: der erste weiße Jaqqa, der je auf dieser Erde gewandelt ist, und, Gott gewähre es, auch der letzte.

Ich nahm an ihrem monströsen Mahl teil. In meinem Leib lagen nun Fetzen des Fleisches, das vor ein paar Stunden noch das Fleisch eines Kindes Gottes gewesen war, eines Sohnes Adams. So sei es. Ich hielt mir darüber keine feierliche Rede tief in meiner Seele; denn wenn ich etwas auf dieser meiner afrikanischen Irrfahrt gelernt hatte, dann, daß man alles nehmen muß, wie es kommt, und nicht erwarten kann, an diesem Ort, der allem Englischen so entgegengesetzt ist, ein englisches Leben führen zu können.

Diesen ganzen rauhen Abend über feierten und tranken und tanzten die Jaqqas, und ich tat unter ihnen das gleiche. Sie baten mich, ihnen einen englischen Tanz vorzuführen, doch ich zögerte, da England lange her war und ich die meisten Vergnügungen dieses Landes vergessen hatte. Dann erinnerte ich mich an den Tanz, der Hornpipe genannt und von unseren Matrosen an Bord der Schiffe getanzt wird und den mir vor so langer Zeit meine Brüder Henry und John in den Docks von Essex beigebracht hatten.

»Tanze!« rief Imbe Calandola.

»Ah, doch ich muß Musik haben, wenn ich tanzen soll.«

Er deutete auf seine Musiker und sagte mir, ich solle mir aussuchen, wen immer ich brauchte.

Ich schritt die Reihen dieser angemalten, glänzenden Schauergestalten und Kakodämonen ab und fand einen, der mir genehm war, einen Pfeifenspieler, der die *Mpunga* spielte, die aus dem Stoßzahn des Elephantos gefertigt wird.

»Du«, sagte ich. »Gib mir dein Instrument, so daß ich dir die Melodie zeigen kann, die ich verlange.«

Er lachte, gab mir sein Instrument und legte meine Hände auf den Fingersatz. Mir fiel es nicht schwer, dieser barbarischen Pfeife einen Ton zu entlocken, wenngleich ich zuerst einen doppelt barbarischen erzeugte, der bei den Menschenfressern ein lautes, bellendes Gelächter hervorrief. Doch dann fand ich die Melodie und spielte sie überaus lebhaft, wobei ich mit dem Kopf nickte und mit dem Fuß tänzelte, und gab dem Besitzer die Pfeife schließlich wieder zurück, damit er die gleiche Weise spielen konnte.

Und ho! Er erfaßte die Musik mit dem Herzen und beherrschte sie in einem Augenblick so gut, daß er sich als fünfmal begabter erwies als ein jeder englische Pfeifenspieler. Die Hornpipe, die er spielte, war natürlich eine seltsame und überaus dissonante, die Hornpipenmelodie des Satans persönlich, und doch barg sie eine wilde, erfreuliche Kraft in sich.

Und als sich ihr Klang hoch über das Jaqqa-Lager erhob, wurden alle Menschenfresser ernst und stumm, und ich führte meinen Tanz auf.

Ah, und was für ein Tanz war es! In der schrecklichen gefrorenen Stille dieser Menschenfresser sprang ich auf und ab, warf die Beine hoch und legte, wie die Hornpipe es verlangt, zuerst diese und dann jene Hand auf meinen Bauch. Die Jaqqas hatten so etwas noch nie gesehen, und der Tanz versetzte sie in Erstarrung; steif wie Statuen und erstaunt beobachteten sie, wie der langbeinige Weiße mit seinen Perlen und Muscheln und einem Lendentuch aus Palmstoff zur klagenden Melodie dieser unheimlichen Pfeife zwischen ihnen herumhüpfte, zuerst diese Reihe entlang und dann die nächste.

»Andubatil Jaqqa!« begannen sie zu rufen, als sich die

Überraschung allmählich von ihnen hob. »Andubatil! Andubatil!«

Und sie erhoben sich und tanzten hinter mir, eine Gruppe fürchterlicher schwarzer Erscheinungen mit großen, langen, geisterhaften Beinen und Armen. Sie schwangen ihre Glieder und warfen die Köpfe zurück, sie schrien, riefen und stampften mit den Füßen auf. *»Uuhhm-dai!«* riefen sie. *»Uhm-da uuhm-da uhm-da! Uuhm-Jaqqa uuhm-Jaqqa uhm uhm uhm! Andubatil! Andubatil! Uhm!«*

Als sie sich derart ausgetobt hatten und der Pfeifenspieler gezwungen war, wegen der Taubheit seiner Lippen und eines übermächtigen Gelächters innezuhalten – denn dies war ein tumultuarischer Tanz, und obendrein ein recht befremdlicher Anblick: Jaqqas, die zur Hornpipe tanzten –, wandte Kinguri sich an mich und sagte: »Kennst du noch einen anderen Tanz, Andubatil?«

»Aye, ich kenne noch einen«, erwiderte ich.

Und ich dachte an jenen Tanz, den unser Dorf als den Sommerfesttanz kennt, und holte acht Jaqqas hervor und versuchte, ihnen die Bewegungen beizubringen, während ich einzelnen Musikern sagte, wie sie am besten den Rhythmus unserer Handtrommel und das Wimmern der Pfeifen und die schrillen Klänge der Fidel nachahmen konnten. All dies erzeugte eine große Erheiterung, und die großen Schwarzen sprangen und warfen bei einem Tanz, wie ihn weiß Gott die Dorfplätze von Essex noch nie gesehen hatten, die Beine wie Verrückte. Sie tanzten, bis sie erschöpft waren, und hätten selbst da noch weitergetanzt. Und ich sah mich schon als ihren Tanzlehrer, wie ich sie die Quadrille und den Reigen und vielleicht auch noch den Moriskentanz lehrte, bei dem kleine Glöckchen an ihren Beinen befestigt sein würden, und sie würden Robin Hood und Bruder Tuck und Little John darstellen, und eines der schwerbrüstigen, narbengesichtigen

Weiber des Imbe-Jaqqa die Maid Marian. Und dann nahm diese ausgelassene Fröhlichkeit plötzlich ein Ende, denn Calandola hatte sich von seinem Thronsessel erhoben und meine Muskete ergriffen, die die ganze Zeit unbeachtet an seiner Seite gelegen hatte.

Er betastete sie überaus eingehend, das Schloß und den Griff und den Lauf, bewunderte die kunstvolle Arbeit, roch an beiden Enden und hob sie hoch, um ihr Gewicht einschätzen zu können. Ich dachte schon, er würde sie dann an die Schulter legen und das Abfeuern nachahmen, doch er schien nicht zu wissen, wie man sie hielt.

Dann sah er zu mir hinüber und sagte: »Zeig uns, wie es geht.«

Ich nahm das Gewehr, gab Pulver hinein, schob eine Kugel in den Lauf, nahm meine Lunte und suchte nach einem geeigneten Ziel. Eine Nachteule saß geduckt in einem dunkelblättrigen Baum hoch über dem Lager und krächzte ihren omenbehafteten Ruf, und ich richtete die Muskete darauf. Es ist kein geringes Werk, des Nachts eine Eule mit einer Muskete von ihrem Ast zu schießen, doch während meiner Zeit als Soldat bei den Portugiesen hatte ich einiges Geschick mit dieser Waffe erworben. Und so nahm ich Ziel und drückte ab, und die Jaqqas keuchten beim Anblick des Pulverblitzes in der Pfanne laut auf, und ich traf die Eule genau in die Brust, und sie stürzte flügelschlagend zu Boden.

Erneut hob sich der Ruf: »Andubatil! Andubatil Jaqqa!«

Und die Jaqqas streckten die Hände aus, schlugen sich mit den offenen Handflächen gegen die Schläfen und durchschnitten die Luft mit den Ellbogen, was ihre Art und Weise war, Erstaunen zu zeigen.

Diese Art des Tötens beeindruckte die Seele des Imbe Calandola tief. Er stand eine lange Weile nachsinnend da, schaute zu mir und dann zu der gefallenen Eule hinüber und zu der Muskete und wieder zu mir. Denn er hatte unsere Waffen noch nie in Aktion gesehen und bestimmt nicht die Muskete: denn die Portugiesen sind hauptsächlich mit älteren Waffen ausgerüstet, wie der Arkebuse und der Hakenbüchse, und Musketen sind bei ihnen ziemlich ungebräuchlich. Und den Tod aus solch großer Entfernung herbeizuführen und mit einem so lauten Knall und einem so hellen Blitz – ja, das erregte das Interesse des Imbe-Jaqqa und ließ ihn nicht mehr los!

Dann grunzte Calandola leise und machte eine Handbewegung, und aus der Menge der Frauen kam eins seiner Weiber, eine Frau von vielleicht dreißig Jahren, die ein Labyrinth von Stammesnarben auf dem Körper trug, nur noch wenige Zähne im Mund hatte und deren Brüste lang hinabfielen und schlaff waren. Der Imbe-Jaqqa befahl ihr, sich etwa hundert Schritt von mir entfernt aufzustellen, oder etwas weniger, und dort blieb sie unbeweglich und anscheinend so teilnahmslos wie ein Baum stehen.

»Mach es mit ihr«, sagte Imbe Calandola.

Dieser Befehl traf mich wie ein Knie in den Magen. Kaltblütig eine unschuldige Frau abzuschießen? Gottes Augen, das war schlimmer als Kannibalismus!

»Nay«, sagte ich, »das kann ich nicht.«

»Du kannst es nicht?« wiederholte Calandola und drehte die Worte im Mund, als wären sie eine seltene Delikatesse. »Du kannst es nicht? Wer sagt dies zum Imbe-Jaqqa?«

»Der Imbe-Jaqqa möchte gern sehen«, murmelte Kinguri, der neben mir stand, »wie deine Waffe bei solch einem Ziel funktioniert.«

»Ich habe verstanden«, sagte ich, »doch es obliegt mir nicht, sie zu töten.«

»Sie verdankt ihr Leben nur der Gunst des Imbe-Jaqqas«, erwiderte Kinguri. »Und diese hat er ihr nun entzogen.«

»Ich bin müde, und die Waffe ist schwer, und ich habe heute abend so viel Wein getrunken, daß ich fürchte, ich könnte mein Ziel verfehlen.«

»Als du die Eule erschossen hast, hast du dein Ziel auch getroffen.«

»Da hat Gott meinen Blick geführt«, sagte ich, »doch Er wird dies nur einmal am Abend tun, und bevor ich noch einmal schieße, muß ich gewisse Gebete an ihn richten, die ziemlich langwierig sind.«

Indem ich von Gott und langen Gebeten sprach, hoffte ich, sie abzulenken, bis sie dieses böse Unterfangen vergaßen, wie sie meine Beschneidung vergessen hatten. Doch dazu kam es nicht. Kinguri spuckte aus und sagte etwas zu Calandola; und der Imbe-Jaqqa, der allmählich ungeduldig wurde, verschränkte die Arme vor der Brust und grunzte, und seine Augen blitzten, und ein scheußliches, wütendes Runzeln legte sich auf seine Stirn.

»Andubatil«, sagte Kinguri, »warum wartest du noch?«

»Dies ist nicht leicht für mich.«

»Der Imbe-Jaqqa möchte es gern sehen.«

»Ich bitte dich . . .«

Und allderweil stand die Frau unbewegt da und wartete auf den tödlichen Schuß. Ich kann nicht sagen, wieviel sie vom Sinn unseres Gesprächs mitbekam, doch ich habe auf dem Feld schon tumbe Tiere gesehen, die mit größerem Verständnis den Jäger betrachteten, der ihnen in einem Augenblick das Lebenslicht ausblasen würde.

Dann rief mir Calandola, den mein Zögern nun zu höchstem Zorn verärgerte, etwas in der Jaqqa-Sprache zu, und seine Stimme war derart voller Schnauben und Gebrüll, daß ich die Worte nicht verstehen konnte. Er stampfte mit dem Fuß auf, spuckte aus und ballte die Fäuste, und sein schwarzes Gesicht wurde vor Wut noch schwärzer. In diesem

Augenblick kam er mir vor wie ein Wahnsinniger, der zu allem fähig war.

Während er derart tobte, schickte ich mich an, die Muskete neu zu laden, was ein schmerzlich langsamer Vorgang ist. Sollte er in seinem Zorn irgendeinen Angriff auf mich anordnen und mich zum Kochtopf verdammen – oder mir Schlimmeres zugedenken –, so wollte ich zumindest meine Muskete auf ihn richten und ihm das Leben nehmen, bevor er meins haben konnte.

Doch diese Absicht verwarf ich noch in dem Augenblick, da sie sich bei mir einstellte, denn sie war die größtmögliche Torheit: für diese Kannibalen war der Imbe-Jaqqa beinahe ein Gott, und würde ich ihm auch nur leichten Schaden zufügen, so würde der Tod, den seine Gefolgschaft mir geben würde, wohl der übelste sein, den es auf dieser Welt gab, ein langsames Kochen vielleicht bei lebendigem Leib.

So ließ ich diesen Plan fallen und suchte nach einer anderen Möglichkeit, ihn zu besänftigen, doch es gab keine, bis auf die, seinem Wunsch nachzukommen. Sein Zorn wurde noch größer, und ich fürchtete mich davor, ihm zu trotzen, und so fand ich zu meiner Schande nicht mehr den Willen, ihm diese schreckliche Sache abzuschlagen.

»Es wird uns allen übel ergehen, wenn du ihm nicht gehorchst«, sagte Kinguri.«

»Schieße!« heulte der Imbe-Jaqqa.

»Der Herr sei Seinem unglücklichen Diener gnädig und vergebe ihm«, flüsterte ich, legte den Finger an den Abzug und schoß.

Meine Arme zitterten, und meine Augen waren vor Schamestränen halbblind. Und doch fand die Musketenkugel ihr Ziel, traf die Frau zwischen den Brüsten, warf sie fünf oder zehn Schritt zurück und ließ sie mit weit ausgebreiteten Armen zu Boden stürzen.

Einige Jaqqas liefen zu ihr, tanzten um sie herum, nahmen die blutige Leiche auf und hielten sie wie eine Trophäe hoch. Und sie stimmten ein wildes Freudengeheul an.

So tötete ich zum ersten und einzigen Mal in meinem Leben einen völlig unschuldigen Menschen, der mir keinen Schaden angetan und auch keinen angedroht und mir auch keine Hindernisse in den Weg gelegt hatte. Und dafür werde ich wohl lange Buße tun müssen, bevor ich das Paradies sehen darf. Doch in dem Augenblick, das ich diese Tat beging, hatte ich wohl keine andere Wahl, als dem dunklen Ansinnen des Imbe-Jaqqa nachzukommen.

Er hatte sich nun wieder beruhigt und lächelte mir ob meiner Treffsicherheit zu und applaudierte. Dieser wahnwitzige Zorn, der noch einen Augenblick zuvor Besitz von ihm ergriffen hatte, war völlig von ihm abgefallen, als hätte es ihn niemals gegeben. Er kam zu mir, legte seinen großen Arm um mich, zog mich freudig an sich, lobte mich herzlich mit heiseren Jaqqa-Worten, die ich kaum verstand, liebkoste den heißen Lauf meiner Muskete und rief nach seinem Mundschenk, der mir einen Schluck des königlichen Weins brachte. Und der Imbe-Jaqqa hielt den Becher hoch, gab eine lange Rede zum besten und reichte mir dann den Becher.

Kinguri und die anderen Jaqqafürsten hatten einen engen Kreis um mich gebildet, und ich sah, daß ihre Augen wie leuchtende Sterne funkelten. Einige aber waren weder erheitert noch freundlich.

»Was hat er gesagt?« fragte ich Kinguri.

»Ah, Andubatil, er hat dich zum Herrn über all seine Krieger ernannt.«

»Irrst du dich auch nicht?«

»Und dich zu seinem Stellvertreter auf dem Schlachtfeld gemacht und verkündet, daß man dir alle Ehren zuteil kommen lassen muß.«

»Aber ich bin weiß! Ich bin ein Christ!«

»Du bist Andubatil Jaqqa. Er nennt dich auch Kimana Kyeer, das heißt Herr des Donners.«

Und als er diesen neuen Namen aussprach, riefen alle anderen Jaqqas um uns herum: »Kimana Kyeer! Kimana Kyeer!« Doch einige freuten sich, und andere runzelten die Stirn dabei, wie es ihnen durchaus auch zukam, war dieser weiße Fremde mit dem Blinzeln eines Auges doch im Rang hoch über sie gestellt worden, nur weil er einen Donnerstock mit sich führte.

Calandola machte auf seine ungeduldige Art einige Handbewegungen und gab die Laute von sich, die, wie ich nun wußte, »Trinkt! Trinkt!« bedeuteten.

Also trank ich. Und sie schlugen mir auf den Rücken und faßten mich an, so daß der Wein mein Kinn und die Brust hinabfloß, bis zu meinen Lenden, wo ich fühlte, wie er über meine Geschlechtsteile rann, dieser Wein, der mit Blut vermischt war.

»Kimana Kyeer!« riefen sie alle.

Und die ganze Zeit über konnte ich nur an diese arme, tumbe Frau denken, die ich aufgrund eines unmenschlichen Befehls, dem zu widersetzen ich nicht die Kraft gefunden hatte, zur Hölle geschickt hatte.

»Schätze dich glücklich«, sagte Kinguri zu mir. »Er wird dich unter uns erheben und dich sehr glücklich machen, denn du hast die Macht, aus der Ferne zu töten.«

Ich sah zu den anderen Fürsten hinüber und bemerkte, daß sie sich emsig miteinander unterhielten, und einig nickten, und andere spuckten aus, und ich begriff, daß es gefährlich und kitzlig war, unter diesem Volk zum Stellvertreter und Fürsten erhoben zu werden. Doch ich war zu lange ein Gefangener und Faustpfand gewesen, und wenn meine Muskete mir zu Rang und Würden verhalf, so sagte ich mir, nun, dann wollte ich gern Kimana Kyeer sein, und den letzten beißen die Hunde.

Doch dann machte Calandola zu meinem Schrecken eine überaus herrische Geste, und eine zweite seiner Frauen wurde aus deren Menge hervorgestoßen.

Was, sollte ich etwa eine nach der anderen den gesamten Harem des Imbe-Jaqqa massakrieren? Bei Gottes Tod, das würde ich nicht! Stellvertreter oder nicht, Kimana Kyeer oder nicht, Herr über alle Krieger oder nicht, das würde ich nicht! Davon wollte ich nicht abweichen und mich auch nicht von Calandolas Zorn anderen Sinnes machen lassen. Ich sah bittend zu Kinguri hinüber, den ich schon zu diesem Zeitpunkt für einen der Vernunft zugänglicheren Mann hielt als seinen Bruder, und äußerte einige Worte des Protestes. Doch Kinguri lächelte, genau wie die Frau, die aus der Gruppe von Calandolas Weibern hervorgetreten war.

»Der Imbe-Jaqqa ist sehr zufrieden mit dir, Andubatil«, sagte Kinguri, »und er gibt dir seine liebste Frau, damit sie dir ein Weib ist.«

Gottes Wundmale!

Ich ein Kannibale, der Gemahl einer Kannibalin! Nun, und was sollte ich dazu sagen? Ich betrachtete sie mir genau.

Sie war in diesem frühen Frauenalter, in dem auch Matamba gewesen war, als ich sie aus der Sklaverei gekauft hatte: sechzehn Jahre, vielleicht noch jünger, was man nicht so leicht sagen konnte. Ihr Fleisch war reif, mit hochstehenden, schweren Brüsten, großen runden Hinterbacken und festen, glatten Schenkeln, die wie Säulen aus Ebenholz anmuteten, und alles an ihr war jung und fest, und die Haut saß straff über dem üppigen, kräftigen Fleisch. Ihre Augen waren freundlich, und sie hatte ein sanftes Lächeln, doch ihr Gesicht kam mir nicht schön vor, denn wenn auch ihre Züge gut geformt und fürwahr grazil und alles andere als grobschlächtig waren, war sie derart mit den Wundmalen ihres barbarischen Brauches geschmückt, daß sie mir kaum wie ein Mensch erschien, eher wie ein Ungetüm aus einer Fabel. Ornamente in Form von Blitzen, Dreiecken und Schlangen waren in ihre Wangen und dic Stirn eingelassen, und zwischen den Brüsten, auf der Außenseite des einen und der Innenseite des anderen Schenkels; und jede ihrer Hinterbacken, die entblößt lagen, während ihr knappes Lendentuch zwischen ihnen verlief, wies einen Schmuck aus kreisrunden Ringen auf, von denen einer im anderen lag und die eine erstaunliche Höhe erreichten. Darüber hinaus war sie mit der Schmiere aus Menschenfett eingeölt, die ihre Haut glänzen ließ, ihr jedoch einen überaus seltsamen Geruch verlieh, und ihr Haar, das lang hinabfiel, hing in schweren Zöpfen hinab, die mit Öl und einem roten Ton eingerieben waren und mit etwas besprenkelt waren, das an Lavendel erinnerte, wenngleich es auch viel herber roch. Und diese Frau, und nicht Anne Katherine, die ich schon längst vergessen hatte, sollte meine Frau werden, der ich seit Rose Ullwards Zeiten nicht mehr verheiratet gewesen war. Bei Gottes Gebeinen, zu solch einem seltsamen Traum war mein Leben geworden, zu solch einem wandelnden Schlaf der Trugbilder!

Die Kannibalenfrau kam sehr geziert mit niedergeschlagenen Augen zu mir und kniete nieder, wie es sich für eine Frau gehörte.

»Hebe sie auf, Andubatil«, sagte Kinguri.

Ich zog sie auf die Füße.

»Wie wirst du genannt?« fragte ich.

»Kulachinga«, sagte sie mit einem leisen Murmeln, das ich kaum vernehmen konnte.

»Sie ist voller Saft, Andubatil!« rief Calandola. »Sie ist weich und zart! Eine gute Frau für den Kimana Kyeer!«

Ich sah zu ihm hinüber und stellte fest, daß er seine römischen Besitztümer hervorgeholt hatte, die Soutane, den Kelch und das Kruzifix. Er hatte die Soutane angelegt und schlug nun überaus fröhlich mit dem Kruzifix gegen den Kelch, um einen neuen Beginn des Festes anzukündigen, das nun zu meinem Hochzeitsfest geworden war. Es war kein Fleisch mehr übrig, doch sie brachten Früchte und große Mengen an Wein, und es wurde wieder getanzt – zuerst die althergebrachten Kapriolen der Jaqqas und dann erneut die Hornpipe und die Quadrille, die ich ihnen beigebracht hatte –, und allderweil standen Bräutigam und Braut Hand in Hand in der Mitte, als würde man uns mit Blumen überschütten.

Dies ging noch einige Stunden so weiter. Und dann kam Calandola zu uns, lachte, legte eine Hand auf mein Hinterteil und eine auf das ihre und drückte uns zusammen, so daß ihre Brüste an mir rieben, und schob uns vor und zurück, wobei er gestikulierte, nun sei die Zeit für die Vollziehung unserer Ehe gekommen.

Bei Gott, sollte ich sie vor ihnen allen hier nehmen?

Dies war gewiß ein Ding der Unmöglichkeit, da ich voll des Weines und halbtot vor Erschöpfung und erschüttert von dem Wahnsinn und Tumult des Abends war, so daß es mir schon schwergefallen wäre, überhaupt zu kopulieren, geschweige denn, während mir ein ganzer Stamm wollüsterner Kannibalen zuschaute. Und überdies war diese Kulachinga mit ihrer eingeölten Haut, dem schlammverkrusteten Haar und den Schönheitsnarben am ganzen Körper weit von meinem Schönheitsideal entfernt. Und wie konnte ich, wenn sie daran dachte, daß vor kurzem noch Imbe Calandolas gewaltiger Prügel in ihr gesteckt hatte, einen Vergleich mit ihm bestehen?

Nun, und doch sagte ich mir, daß ich es tun würde, komme, was da wolle.

Die Jaqqas errichteten unter einem riesigen Ollicondi-Baum schon ein Liebesnest für uns, indem sie die abgerissenen Äste einiger blütentragenden Büsche, deren Laub wie auch das Holz überaus süß und wohlriechend war, aufhäuften und zu einem Kreis anordneten, wobei für uns in der Mitte Platz blieb. Und sie schlugen sich in die Hände, tanzten, sangen und bedeuteten uns mit Gesten, das Liebesnest zu betreten, und vollzogen mit dem Spiel der Finger auch die Vereinigung von Mann und Frau nach. Und sie bedachten mich mit ihrem unheimlichen Jaqqagrinsen. Und ich nahm an allem ausgelassen teil, ich, der Menschenfresser, ich, der Perlenträger, ich, der Frauentöter, ich, der Kimani Kyeer, ich, der englische Jaqqa, ich, Andubatil.

Ich nahm meine schöne junge Braut an der Hand und zog sie auf das weiche, zarte, junge Gras hinab.

Dann legten wir unsere Lendentücher, Muscheln und Perlenketten ab, von denen Kulachinga sehr viele um Hals, Arme und Beine trug. Und als wir so nackt waren wie Adam und Eva, sahen wir einander an, und sie gab durch die Lücken ihrer fehlenden Zähne ein leises, pfeifendes Geräusch von sich und sagte: »Andubatil.«

»Kulachinga«, sagte ich.

Ihre Haut leuchtete im flackernden Licht der Fackeln. Ich berührte ihre Haut und zog meine Finger an den Schmierespuren entlang, über die Kanten und Hügel und Täler ihrer Ornamente. Ich nahm ihre Brüste in die Hände und ließ mich von ihrem Gewicht erregen, denn sie waren von üppiger, prächtiger Größe. Ich legte die Hände um ihre Hinterbacken und berührte ihre heißen Schenkel, deren Narben erhaben und befremdlich waren. Und sie liebkoste mit großem Geschick meine Arme und meinen Rücken, und ging dann tiefer, zu meinem Rumpf, ließ sogar die Fingerspitzen zwischen meine Hinterbacken und ein wenig in das Loch gleiten, was sich überaus seltsam anfühlte, mich aber erregte. Und von dort aus tastete sie sich weiter zu meinem Pfahl, der noch nicht sehr hart geworden war; doch sie ergriff ihn kräftig mit den Fingern einer Hand und zog an ihm, wie man an den Eutern einer Kuh zieht, ein sanfter, fester Druck, und mit der anderen Hand ergriff diese Frau Kulachinga Jaqqa meine Eier und streckte die Finger, um sie beide umfassen zu können. Und zu meinem Erstaunen reagierte ich trotz der Zuschauer darauf und wurde unter ihrer Berührung steif und groß, und sie lachte, wie ein kleines Mädchen lacht, wenn man ihr ein hübsches Kleid schenkt, ein verspieltes Lachen des Vergnügens, das sie empfand, und sie zog mich auf sich und spreizte die Schenkel für mich, und mit einem guten Stoß spießte ich sie auf, während überall um mich herum der Dschungel mit meinen Namen widerhallte. »Andubatil, Andubatil, Andubatil!« riefen die Jaqqas.

Hinein und heraus, hinein und heraus, mit leichten, sicheren Bewegungen, und Kulachinga legte sich zurück, den Kopf hin und her schwenkend, die Lippen schlaff, die Augen geöffnet, doch das Dunkle darin hoch in den Kopf verdreht, und ich griff hinab und grub mit meiner Fingerspitze in ihrem dichten Haar, fand ihre kleine, harte Knospe und berührte sie nur zweimal, und sie keuchte und stöhnte und hatte ihre Erfüllung. Was wir drei- oder viermal wiederholten, bis sie schließlich die Knie zu den Brüsten hochzog, die Beine ausstreckte, die Fersen in meinen Rücken schlug und mich mit plötzlichen, heftigen Bewegungen ihrer Hüften zu meinem Samenerguß trieb. Danach legte sich ein schwerer Schweiß auf mich, den mir die große Hitze des Dschungels aus dem Körper trieb, und wahre Bäche der heißen Flüssigkeit brachen mir aus jeder Pore, so daß ich schlüpfrig war wie ein Fisch, und ich sank auf ihre Brüste, und sie hielt mich fest, und ich fiel in einen Schlaf, der sich kaum vom Tod unterschied, schätze ich, denn ich träumte nicht und wußte nicht, daß ich schlief, sondern lag bis zum Morgen wie ein Stein da. Und so verbrachte ich die erste Nacht meines Lebens unter den Jaqqas, und so vollzog ich auch die Hochzeitsnacht mit meiner afrikanischen Braut Kulachinga.

2

Die Jaqqas verblieben zwei weitere Monate in der Stadt des Calicansamba, bis sie alles, aber auch alles verwüstet hatten, was dieses Volk besessen hatte, und die meisten Dorfbewohner zu Cashil und Mofarigosat und anderen Fürsten geflohen waren und die Stadt nur noch aus leeren Straßen bestand, in denen die Schakale und Hyänen heulten und im Abfall stöberten. Dann kam der Befehl von Imbe Calandola und seinem Vizekönig Kinguri, daß der Stamm wieder seine Wanderung aufnehmen würde, und sie trieben ihr Vieh zusammen, sammelten ihre mit Palmwein gefüllten Gurde* und ihre Waffen ein und bereiteten sich auf den Marsch vor, der durch das Landesinnere zu den Bergen von Cashindcabar führen würde.

Diese Berge waren gewaltig hoch und verfügten über große Kupferminen, die die Schwarzmohren ausbeuteten, indem sie hineingingen und das Erz herausholten, einschmolzen und Schmuckstücke und Waffen daraus hämmerten. Die Jaqqas taten nichts davon selbst, sondern überfielen die Stämme, die das Metall bearbeiteten. Kinguri erklärte

* Kürbisflaschen; Anm. d. Übers.

mir, daß es sich dabei eher um eine Sache der Religion denn um eine der Bequemlichkeit handelte. »Unsere Bräuche verbieten es«, sagte er, »Metall aus der Erde zu ziehen, da dies eine schändliche Behandlung unserer Mutter ist. Doch wir müssen Werkzeuge haben; und so erlauben wir geringeren Völkern, sich an unserer Statt der Bearbeitung von Metallen zu widmen.«

Auf dem gesamten Weg nach Cashindcabar verwüsteten die Jaqqas das Land. Die Städte, deren Einwohner kupferne Glöckchen und Ketten und Armbänder herstellten, lieferten aus Furcht vor Imbe Calandola widerstandslos ihre Schätze aus. Auch nahm er ihnen ihr Vieh ab und zerstörte auf die überaus verschwenderische Art der Jaqqas viele ihrer Palmweinbäume. Und dann und wann, wenn den Stamm der Hunger auf Menschenfleisch überkam, wählten sie ein paar Dörfler aus, nach deren Fleisch es sie verlangte, und töteten und verspeisten sie auf einem ihrer großen Feste, die immer unter großem Aufwand abgehalten wurden.

Sie verschlangen Menschen nicht nur wegen des Geschmacks, obwohl die Jaqqas diesen sehr schätzten, sondern auch, weil dieser so unnatürliche und monströse Brauch großen Schrecken über die Völker dieses Landes brachte. So umgaben sich die Jaqqas mit einem Mantel aus seltsamer Macht und Schrecklichkeit: oftmals ergab sich eine Stadt kampflos, solch eine Furcht hatten sie vor den Jaqqas.

Immer weiter zogen wir, plündernd und essend, essend und plündernd. Ich nahm einen jeden Tag, wie er kam, und lebte ruhig mein Leben unter ihnen, indem ich mir schnell angewöhnte, mich so zu verhalten wie sie, so wie man auch atmet, ohne darüber nachzudenken. Doch zumindest in einer Hinsicht hielt ich mich nicht zurück, nämlich was die Rolle des Beobachters betraf, des Studierenden ihrer Handlungsweise und der Handlungsweisen der Stämme, die sie umgaben. Denn ich wußte, daß vor mir noch kein Mensch die Gelegenheit gehabt hatte, Zeuge dieser Dinge zu werden, und daß, wenn Gottes Gnade mich jemals an einen Ort bringen würde, an dem ich von meinen Erfahrungen berichten konnte, ich eine Geschichte zu erzählen haben würde wie nur wenige Wanderer und Reisende vor mir, ausgenommen vielleicht die Geschichte des großen Marco persönlich über Kathay*.

Im Land Cashindcabar, in dem dieser Bergbau betrieben wurde, beobachtete ich, wie das Bakongo-Volk das Metall bearbeitete; es benutzte Gußformen aus Wachs für seine Armbänder, wobei das Wachs schmolz und das fertig ausgegossene Armband zurückblieb. Diese Menschen sind auch in der Bearbeitung von Eisen erstaunlich beschlagen. Denn die Schmiede entzünden ein Feuer auf dem Boden, setzen sich daneben und üben ihre Kunst auf eine überaus gelassene Art und Weise aus, wobei sie weder Hammer noch Amboß benutzen. Statt eines Hammers verwenden sie ein Eisenstück, das groß genug ist, um die Hand auszufüllen, und dessen Form an einen Nagel erinnert. Der Amboß ist ein Stück Eisen von etwa zehn Pfund Gewicht, und sie stellen ihn wie einen Holzklotz auf den Boden. Darauf schmieden sie dann. Der Blasebalg besteht aus hohlen Holzklötzen, über die man ein Fell gespannt hat. Sie heben und senken dieses Fell mit der Hand und blasen auf diese Art Luft ins Feuer; dies beherrschen sie sehr gut, und es ergeben sich keine Schwierigkeiten dabei. Mit diesen drei einfachen Werkzeugen fertigen sie all ihre Eisenwaren, sogar die überaus kunstvoll gearbeiteten.

Diese Grobschmiede haben noch andere besondere Be-

* Gemeint ist natürlich Marco Polo, und Kathay ist der historisch gebräuchliche Name für China; Anm. d. Übers.

fähigungen. Wenn jemand von einer Krankheit geplagt wird, geht er zum Schmied, entrichtet ihm eine Bezahlung und läßt sich von ihm dreimal mit dem Blasebalg Luft ins Gesicht blasen. Wenn man sie fragt, warum sie dies tun, erwidern sie, die Luft aus dem Blasebalg würde das Böse aus dem Körper vertreiben und auf eine lange Zeit ihre Gesundheit erhalten. In einer der Grubenstädte unter den Bergen von Cashindcabar bildeten alle Fürsten der Jaqqas eine lange Reihe, die sich weit ins Land hinaus erstreckte, und traten einer nach dem anderen den ganzen Tag lang vor den Grobschmied dieses Ortes, um sich von ihm Luft ins Gesicht blasen zu lassen.

Gold ist für alle diese Völker nur von geringem Interesse. In Cashindcabar hob ich ein Jaqqa-Beil auf, um es zu bewundern, und bemerkte, daß neben anderen Kupferarbeiten auch etwas Gold in den Griff eingelegt war. Ich zeigte Kinguri das Beil.

»Wo kann man dieses Metall finden?« fragte ich.

»Du meinst dieses Kupfer?« sagte er.

»Nay, nicht das Kupfer, sondern diesen anderen hellen Stoff, der Gold heißt.« Ich benutzte dafür sowohl die englische wie auch die portugiesische Bezeichnung, die *Ouro* lautet, denn ich hatte noch nie einen afrikanischen Namen dafür gehört, so gering schätzten sie es ein.

»Gold?« sagte Kinguri. »Nun, dieses andere Metall ist ebenfalls Kupfer, nur von einer anderen Farbe.«

»Aye«, sagte ich, da ich ihm den Sachverhalt nicht auseinanderlegen wollte, »doch von wo kommt dieses andere Kupfer?«

»Aus einem Fluß südlich von der Bucht von Vaccas«, sagte er, »in dem es viel davon gibt. In der Regenzeit treibt das Wasser ganze Brocken dieses Metalls aus dem Sand, und wir sammeln es ein, denn es ist uns nicht verboten, Metall zu nehmen, das auf der Brust unserer Mutter liegt. Es leuchtet schön, doch es ist weich und ziemlich nutzlos.«

Ich bedrängte ihn, mir genauer zu erklären, wo dieser Fluß lag, doch er wußte nur, daß er südlich von der Bucht von Vaccas floß, das ist die Bucht um Benguela. Auf unseren Reisen dorthin hatte ich niemals gehört, daß die Portugiesen dort Gold gefunden hatten; es waren Sklaven, nach denen es sie verlangte, lediglich Sklaven und Sklaven und noch mehr Sklaven. Doch ich darf hoffen, daß eines Tages ein anderer Engländer das Gold von diesen Flußbänken aufsammelt, sollten wir Portugal jemals von diesem Teil der Erdkugel vertreiben. Und so merkte ich mir diesen Fundort, damit er nicht in Vergessenheit gerät.

Kinguri wurde mir in diesen ersten Monaten meiner Wanderungen mit den Jaqqas ein enger Gefährte. Obwohl er ein furchterregender Menschenfresser war, war er auch ein Mensch mit Verstand, Weisheit und Weitblick, Eigenschaften, mit denen er es in einem jedem Land weit gebracht hätte; es war nur die Laune des Schicksals, die ihn gezwungen hatte, sein Leben auf eine so barbarische Art und Weise zu verbringen. In diesem Stamm war er der Berater und Gefährte seines älteren Bruders, des Imbe-Jaqqa, doch er hatte keinerlei Anteil an der Herrschaft, denn die beanspruchte Calandola ganz für sich allein. In der Seele dieses großen Tyrannen war kein Platz, die Macht zu teilen, obwohl ich wußte, daß er Kinguri liebte und in hohen Ehren hielt – während er gleichzeitig auf ihn eifersüchtig war und sehr sorgsam darauf achtete, daß Kinguri sich nicht auch nur einen Fetzen der Autorität und der Privilegien des Imbe-Jaqqa aneignete.

Da ich mit der Zeit sowohl Calandola wie auch Kinguri ein enger Freund wurde, wenn ›Freund‹ das richtige und angemessene Wort ist, bekam ich manchmal einen Eindruck von dem Widerstreit zwischen diesen beiden, und ihre brüderliche Rivalität beanspruchte stark meine Loyalität. Doch das Ausmaß dieses Zwistes blieb mir zuerst verborgen, wenngleich ein jeder Mann mit auch nur einer Spur von Klugheit weiß, daß es gefährlich werden kann, Fürsten zu nahe zu kommen oder den Bruder des Fürsten scheinbar dem Fürsten selbst vorzuziehen. Der Fürst liebt seinen Bruder, doch er fürchtet ihn auch, und im allgemeinen aus gutem Grund; und so fürchtet er auch den Freund des Bruders.

Beide Brüder wollten den *Mokisso*, der in meiner weißen Haut lag, für sich selbst; ein jeder gelüstete nach mir, begehrte mich fast, wie es rivalisierende Liebhaber tun, denn ein jeder dachte, ich hätte etwas in mir, das seinen Geist erleuchten und erhöhen würde.

Ich erhielt schon früh einige Hinweise darauf, nämlich als der Medizinmann Kakula-banga, ein hoher Hexer des Stammes, zu mir kam, um mich mit magischen Zeichen zu bemalen, die die Bedrohung der *Zumbi* abwehren sollten. Diese Geister wurden sehr gefürchtet. Der Zauberer war ein kleiner, runzliger Mann mit nur einem Auge und einer Narbe, die einen Großteil seines Gesichts aussehen ließ, als sei es in einer Flamme geschmolzen worden; doch dieses eine Auge sah mit scharfem Blick. Und er sagte, als er seine Zickzackmuster auf meine Haut malte: »Calandola ist Feuer, und Kinguri ist Schnee, und so herrscht Calandola, denn das Feuer herrscht über den Schnee. Und doch kann Schnee töten, und es ist ein überaus kalter Tod.«

»Was hat dieses Hexergerede zu bedeuten, alter Mann?« sagte ich.

»Daß du zwischen der Flamme und dem Eis stehst und beide dich verbrennen können, o Andubatil Jaqqa. Doch du kannst nicht beide Verbrennungen ertragen. Du wirst dich eines Tages wie wir alle zwischen Kinguri und Calandola entscheiden müssen. Denke darüber nach, o Andubatil Jaqqa! Denke darüber nach!«

Doch diese dunklen Vorboten hatten keinen Gehalt für mich, bis im weitesten Sinne: nämlich, daß ich in der Nähe großer Männer vorsichtig sein mußte. In einem jeden Reich, und nicht nur dem der Menschenfresser, nährt sich Größe am Blut und Fleisch jener, die nicht so groß sind und aufzusteigen hoffen und bei ihrem Aufstieg sterben. Über solches Wissen hinaus war mir nichts bekannt, und ich entschloß mich, zu beobachten, abzuwarten und vorsichtig zu sein.

Von Kinguri erfuhr ich etwas über die Geschichte dieser schrecklichen Jaqqas. Sie waren, so sagte er mir, aus dem Land gekommen, das als Sierra Leona bekannt ist, eine Hochebene irgendwo im tiefsten Afrika. Doch vor langer Zeit haben sie diesen Ort verlassen, alle Seßhaftigkeit aufgegeben und zogen als Nomaden durchs Land. So haben sie sich als Plage – man könnte fast schon sagen: Pestilenz – über große Teile des Kontinentes ausgebreitet, dieses und jenes Land überfallen und sind mit der Zeit südlich durch das Königreich Kongo und weiter östlich zu der großen Stadt Angolas, die Dongo genannt wird, gezogen. So kam es, daß sie diese beiden Gebiete heimsuchten, die die Portugiesen kolonisiert hatten, und eine ständige Bedrohung für die kleinen portugiesischen Außenposten und die christlichen Schwarzmohrnationen sind, die die Portugiesen sich untertan gemacht haben.

Auf ihren Wanderungen haben die Jaqqas mit der Zeit immer größere Ähnlichkeit mit den Stämmen angenommen, die sie erobert haben. Denn sie dulden nicht, daß ihre Frauen eigene Kinder gebären, sondern nehmen, wie ich bereits berichtet habe, die stärksten und besten Kinder ihrer Feinde in ihr Volk auf. So gab es in dem gesamten Lager nur noch zwölf natürliche Jaqqas des wahren Blutes, die ihre Hauptmänner waren, und vierzehn oder fünfzehn Frauen. Denn es ist über fünfzig Jahre her, daß sie aus Sierra Leona kamen, was ihr Heimatland war. Doch ihr Lager ist sechzehntausend Mann stark, und manchmal noch stärker, und alle kennen sich nur als Jaqqas, ohne sich ein Wissen über die Stämme bewahrt zu haben, aus denen sie kamen; und wenn doch, dann verbergen sie es. Die Jaqqas nennen sich manchmal auch Imbangolas, was nur ›das Volk‹ bedeutet. Ich weiß nicht, warum sie zwei Namen für sich haben, doch vielleicht waren sie in ihrer früheren Heimat als Imbangolas bekannt und haben sich nur Jaqqas genannt, als sie auf Wanderschaft gingen. Doch dies ist nichts weiter als eine Annahme.

Die Vorschrift, keine Kinder zu haben, ist einer der seltsamsten ihrer Bräuche. Natürlich zeugen sie Kinder und tragen sie auch voll aus, und die Frauen sind sehr fruchtbar, da die Jaqqas ein wollüstiges Volk sind und ständig den Geschlechtsakt vollziehen. Doch den Frauen bleibt die Freude an ihren Kindern verwehrt: Denn kaum wird eine Frau von einem Kind entbunden, nimmt man es ihr augenblicklich fort und legt es in ein Loch in der Erde, und in diesem Gefängnis des Todes läßt man das neugeborene Geschöpf, das kaum das Licht des Lebens gesehen hat, sterben.

Der Grund für diese Grausamkeit liegt darin, daß sie sich auf ihren Reisen nicht mit beschwerlichen Bürden wie Kleinkindern abgeben und sich auch nicht mit der Erziehung von Kindern befassen wollen. Dies ist überaus monströs. Ich wurde selbst oftmals Zeuge, wie sie ein Loch aushoben und das Kind hineinlegten, und all dies geschah mit der größten Ruhe, dem größten Gleichmut, als schickten sie sich an, junge Katzen zu ertränken. Ich sprach Kinguri auf das offensichtlich Böse dieser Handlungsweise an, und er sagte: »Doch dadurch werden wir stärker, denn wir wählen nur die Besten für unser Volk aus und lassen alle anderen fallen.«

»Doch wären eure Kinder nicht stärker als die der anderen Stämme, da ihr ein so kühnes Volk seid? Und könnte man von ihnen nicht erwarten, daß sie genauso werden wir ihr?«

»Dies könnte schon sein, Andubatil, doch es geschieht nicht immer so. Große Könige bringen schwache Prinzen hervor. Hast du mir nicht selbst gesagt, daß dein König Heinrich nur kränkliche Söhne zeugte, die alle in jungen Jahren starben, so daß dein Königreich einer Frau überantwortet werden mußte?«

»Dies kann geschehen, aye, doch es ist nicht die Regel. Hast du keine eigenen Söhne gehabt, von deinen Frauen?«

Er schaute gleichgültig drein. »Ich habe sie nicht kennengelernt. Sie sind für mich nicht von Belang.«

»Sie sind deine Nachkommen, von deinem Blut, von deinem Mut!«

»Sie sind nur halb von mir, und wer weiß, welche Verderbtheit die andere Hälfte bringt? Ich sage dir, Andubatil, diese Kleinkinder sind nur Insekten, die einen Tag lang summen und dröhnen und dann sterben.«

»Nay, nay, nay«, sagte ich, ihn in die Enge treibend. »Ich glaube, daß starke Männer mit drallen Frauen gute und gesunde Kinder hervorbringen. Und mit der Ermordung eurer Kinder beraubst du dich mitsamt deinen Gefährten großer Kraft in euren Armeen und . . .«

»Gib Obacht, Andubatil!«

»Versündige ich mich?«

»Du versündigst dich extrem.«

»Ich spreche jedoch aus meinem Herzen.«

»Mein Bruder Calandola hat mir gesagt, du hättest das Herz eines Jaqqas.«

Das ließ mich einen Augenblick lang innehalten. Hatte ich in ihren Augen das Herz eines Jaqqas? Nun, ich hatte überaus freudig an ihren Festen teilgenommen, äffte die Jaqqa-Bräuche nach und trug gewissermaßen nun einen Jaqqa-Namen: Doch war ich im Herzen wirklich ein Jaqqa? Im Glauben? Diese Frage erstaunte mich sehr, und als ich ein zweites Mal darüber nachdachte, erinnerte ich mich an das heisere Krächzen dieses weißhäutigen Hexers, diesen dämonenäugigen Wahnsinnigen von *Ndundu*, der vor langer Zeit in der Stadt Loango gestöhnt und auf mich gezeigt und mich einen ›weißen Jaqqa‹ genannt hatte. Hatte sich seine Prophezeiung nun erfüllt? Nun, und so sei es, obwohl all dies überaus befremdlich für mich war.

»Und ist mein Herz nicht das eines Jaqqas?« fragte ich Kinguri.

»So erschien es meinem Bruder, und so erscheint es auch mir. Deshalb habe ich dich auch zu mir geholt und dir meine Liebe gezeigt. Doch irre ich mich? Ist dein Herz noch weiß?«

»Ich glaube, es ist sowohl weiß wie auch das eines Jaqqas«, sagte ich. »Ich bin auf der Reise zwischen dem einem Leben und einem anderen und schicke mich an, neue Gebräuche anzunehmen und alte abzulegen. Doch in mancher Hinsicht ist mein Herz so weiß wie immer. Wenn es darum geht, Kleinkinder zu ermorden . . .«

»Es ist kein Mord!«

»Für mich ist das Töten Unschuldiger Mord!«

»Du verstehst nichts!« rief er überaus wütend.

»Ich glaube, ich habe schon ein wenig Weisheit.«

»Nicht die geringste! Nicht die geringste!«

In seinen Augen war ein loderndes Feuer, und vor seinen Lippen stand Schaum. Mein Gehirn stand ebenfalls in Flammen, und auf meiner Zunge lagen zahlreiche Ausführungen, warum es nicht richtig sei, so mit seinen Kindern zu verfahren, wie die Jaqqas es taten. Doch ich hielt mich im Zaum und sagte nichts. Ich wollte seine Liebe nicht vollends verlieren und ihn mir zum Feinde machen. Wir waren in diesem Gespräch an unseren Grenzen angelangt, und sollte ich diese überschreiten, würde ich einen nicht wieder zu heilenden Bruch reißen.

»Ich will dich nicht bedrängen«, sagte ich.

»Das tust du besser auch nicht.«

Er war noch immer erzürnt. Und ich war noch fiebrig von der Hitze meiner Überzeugungen; doch ich gab nach und sagte nichts mehr, und nach einer Weile beruhigten wir uns wieder und erneuerten unsere Freundschaft.

Nie wieder sprach ich dieses Thema an, nicht einmal, um zu hören, welche geheimnisvollen Tiefgründigkeiten er vorbringen konnte, um das Gemetzel an Kindern zu rechtfertigen. In seine Seele zu blicken war wie ein starker Arzneitrank für mich, so befremdlich und unverständlich waren seine Gedanken. Vielleicht war in diesen Dingen sowieso keine Tiefgründigkeit auszumachen, sondern bloße Blutlust. Doch ich ermahnte mich, daß es ein Fehler wäre, diesen Menschen als Philosophen zu betrachten, mit dem ich unbeschränkten Gedankenaustausch betreiben konnte. Ich durfte nicht vergessen, was er war: ein Wilder, ein Kannibale, ein Mörder.

Kinguri erzählte mir, daß der erste der Jaqqakönige ein Häuptling mit seinem Namen gewesen sei, Kinguri, der, nachdem er gen Süden gezogen war, aus einem der örtlichen Stämme eine Frau namens Kulachinga geheiratet hatte. Nach ihm kamen Imbe-Jaqqas, die die Namen Kasanje und Kalunge und Ngonga trugen, alle aus der gleichen ursprünglichen Jaqqa-Familie des ersten Kinguri. Sie herrschten über die Mischung aus vielen Stämmen, die das Jaqqa-Volk bildete. Einige der Jaqqa-Monarchen nahmen freundliche

Beziehungen zu den Portugiesen des Kongos und von Angola auf und verbündeten sich in einzelnen Schlachen mit ihnen, wofür sie als Gegenleistung deren Territorien unbehindert durchqueren konnten. Doch diese Bündnisse kamen und gingen wie die schattenhaften Ereignisse eines Traumes, und die Portugiesen wußten niemals, ob die Jaqqas ihre Freunde oder ihre Todfeinde waren, was auch dem entsprach, wie die Jaqqas es haben wollten.

Der Imbe-Jaqqa, der direkt vor Calandola geherrscht hatte, hatte den Namen Elembe getragen, und er war es gewesen, der den Kongo mit jenen Verwüstungen überzog, bei denen so viele Portugiesen und Kongobewohner das Leben verloren hatten. Calandola war ein Edelknabe* dieses Elembe gewesen, und vielleicht auch sein Sohn, denn ich glaube, daß die Imbe-Jaqqas einige ihrer eigenen Nachkommen vor der allgemeinen Tötungsregel bewahren. Ich glaube, irgendwann hat Calandola Elembe gestürzt. Doch dies war wieder eine Sache, die gefährlich zu erkunden war, und als ich fühlte, daß sich Kinguri bei diesem Thema zurückzog und verschwiegen wurde, bohrte ich nicht nach. Doch gewiß war Calandola in den letzten Jahren alleiniger Herr der Jaqqas.

Sie haben keine *Feitissos* oder Idole. Diesen Brauch überlassen sie anderen Stämmen. Sie haben zwar Götter – gibt es ein Volk auf Erden, das keine hat? –, fertigen jedoch keine Bilder von ihnen an.

Soweit ich weiß, haben sie zwei Götter, doch ich kann Euch ihre Namen nicht nennen, wenn sie überhaupt Namen haben. Den einen bezeichnen sie als ›die Mutter‹, womit sie die Erde selbst meinen, unsere Weltenkugel; sie halten sie heilig und verabscheuen jede Entweihung ihrer Ganzheit, wie etwa den Berg- oder sogar den Ackerbau.

* Historische Bezeichnung für einen Pagen; Anm. d. Übers.

Daher kommt es, daß sie die Erde nicht pflügen wollen, und wenn man die Erde nicht pflügt, ist es fürwahr schwer, Getreide zu ernten, selbst in diesem überaus fruchtbaren Land Afrika. (Ich glaube auch, daß die Jaqqas das Pflügen verabscheuen, weil sie den Ackerbau als Arbeit betrachten, die man niederen Stämmen und Sklaven überläßt; das heißt, es ist eher Stolz denn Frömmigkeit, der sie dazu treibt, die Erzeugnisse anderer zu rauben und selbst keine hervorzubringen.) Die einzige Verletzung der Mutter Erde, die sie hinnehmen, besteht aus dem Graben von Löchern bei Begräbnissen. Doch dies sehen sie nicht als eine Entweihung der Mutter an, sondern eher als Rückgabe ihrer Kinder an sie.

Ihr anderer Gott ist ein dunkler *Mokisso* oder Geist, der die Kraft der Vernichtung ist, der Wirbelwind der Kriegsführung und des Tötens. Doch er ist auch der Gott der Schöpfung, der das Leben auf der Erde erschaffen hat.

Diese Gemeinschaft von Vernichtung und Schöpfung wurde mir von dem Medizinmann Kakula-banga erklärt, der sich zu meinem geistigen Vater dieses Stammes ernannt hatte. »Im Anfang«, sagte er, »gab es nur die Mutter, und sie war leer und blank wie ein ungemeißeltes Stück Stein, rein, leer und ganz. Doch obwohl sie perfekt war, kam sie sich nicht vollständig vor; und so rührte sie sich in ihrem Schlaf, drehte sich um und warf sich von der einen Seite auf die andere, bis sie einen gewaltigen Wind erzeugte, der *Mokisso* in sich hatte. Und dieser Wind tobte über das Antlitz der Erde und schnitt große Vertiefungen hinein, die Täler und die Flußbetten, und warf große Wälle auf, die Berge. Und immer wieder blies die Mutter den *Mokisso*-Wind um die Erde, immer heftiger und tiefer. Bis der Wind schließlich Samen in sie trug, sie fruchtbar machte und das erste Leben erzeugte. Und mit der Zeit kam der erste Mann aus ihrem Mutterschoß und die erste Frau und nacheinander dann die anderen Geschöpfe, und so wurde die Welt durch die Vereinigung des Wirbelwindes und der Mutter bevölkert. Und wenn die Zeit kommt, wird sie auf die gleiche Art und Weise vernichtet werden.«

»Wann wird sich dieser Wind erheben?« fragte ich.

Und Kakula-banga sagte: »Er hat sich bereits erhoben, o Andubatil Jaqqa Kimana Kyeer. Denn es liegt in den Händen des Imbe-Calandola, diesen Wind zu rufen, und er hat ihn gerufen!«

Ich glaube wahrhaftig, daß dieser Gott des Sturms der Satan ist, wenngleich die Jaqqas unsere Vorstellung vom Teufel als Widersacher Gottes auch nicht verstehen, sondern ihn als einen Geist anbeten, der selbst ein Gott und der höchsten Bewunderung würdig ist. Doch wie immer sind in der Gedankenwelt der Jaqqas die Schöpfung und die Vernichtung miteinander verwoben, und das Töten ist ein Mittel, Leben zu schenken, und ich nehme an, bei ihnen kann auch ein Gott ein Teufel sein und die Saat der großen Mutter weitergeben, zur gleichen Zeit, da er ihrer Vollkommenheit großes Unrecht antut.

Wann immer der große Jaqqa Calandola irgendeine mächtige Unternehmung gegen die Bevölkerung eines Landes erwägt, bringt er am Morgen, bevor die Sonne aufgeht, seinem Sturmgott, dem Teufel, ein Opfer. Er setzt sich dann auf einen Stuhl, flankiert von zwei Medizinmännern, dann schart er vierzig oder fünfzig Frauen um sich, die alle Zevvera-Schwänze in den Händen halten, die sie unter lautem Singen schwenken. Hinter ihnen befinden sich zahlreiche Männer, die laut auf ihren Trommeln und *Mpungas* und anderen Instrumenten spielen. In der Mitte befindet sich ein großes Feuer und auf dem Feuer ein tönerner Topf mit weißen Pulvern, mit denen die Medizinmänner ihm unter langen Zeremonien und Bannsprüchen und Gesängen die Stirn,

Schläfen, die Brust, den Bauch und die Wangen bemalen. Dies dauert an, bis die Sonne untergeht. So vollziehen sie den ganzen Tag ihre Beschwörungen.

Abends bringen die Medizinmänner dem Imbe-Jaqqa dann seine *Cassengula*, eine Waffe, die an ein großes Beil erinnert; sie besteht aus leuchtendem schwarzen Metall, und in ihren Griff ist ein schöner, funkelnder Kristall eingelassen. Diese legen sie ihm in die Hände und bitten ihn dabei, gegen seine Feinde stark zu sein: denn sein *Mokisso* ist bei ihm, und der Sieg wird ihm gehören. Und schließlich bringen sie ein Mann-Kind, das er daraufhin mit einem Schlag der *Cassengula* tötet, einer Waffe, die so schwer ist, daß die meisten Männer sie nicht einmal heben könnten. Dann werden normalerweise vier Männer vor ihn gebracht, Sklaven oder Gefangene: woraufhin er zwei davon augenblicklich auf die gleiche Art und Weise tötet, während die beiden anderen aus dem Jaqqa-Lager gebracht und dann von den Medizinmännern getötet werden.

In den ersten Wochen meines Aufenthalts bei den Jaqqas haben die Medizinmänner mir in diesem Augenblick immer befohlen, fortzugehen, denn ich glaube, sie wollten nicht, daß ein Christ einer Zeremonie beiwohnt, bei der der Teufel erscheint. Danach fanden gewisse überaus heilige Riten statt. Und schließlich befahl Calandola, fünf Kühe im und fünf außerhalb des Lagers zu töten, und ebenso viele Ziegen und Hunde, und ihr Blut wurde ins Feuer gesprenkelt, und ihr Fleisch wurde bei einem großen Fest voller Triumph verzehrt. Und genauso verfuhren sie mit den Leichen der Männer und des Mann-Kindes, die sie geopfert hatten.

Doch später, als der Wind in meinen Segeln stand und mich auf meiner Reise tiefer ins Reich der Jaqqas getragen hatte, kamen sie zu dem Schluß, daß ich nicht länger ein Christ sei und in ihre geheimsten Riten eingeführt werden könne. Und so geschah es, und ich werde darüber berichten, wenn die Zeit dazu gekommen ist. Doch obwohl ich Zeuge der heiligsten ihrer heiligen Riten wurde, habe ich nicht einmal den Teufel gesehen, wenn ich ihn nicht doch gesehen und sein Antlitz nicht erkannt habe. Doch ich bezweifle, daß er wirklich erschien.

Als wir einmal in ihrem Lager unter den großen, sich weit ausbreitenden Ästen eines Ollicondi-Baumes auf dem feuchten, schwarzen Erdboden saßen, erzählte Kinguri mir von den vielen Wundern, die er auf seinen Wanderungen durch diese Länder gesehen hatte. Er sprach von einem Tier namens Empalanga*, das in Größe und Gestalt einem Ochsen ähnelte, aber den Hals und den Kopf hoch aufgerichtet hält und breite und gekrümmte Hörner hat, die drei Handbreiten lang, in knotenartige Auswüchse unterteilt und am Ende spitz sind; aus diesen Hörnern kann man sehr gute Kornette machen, die einen hervorragenden Klang haben. Ich selbst habe keins dieser Geschöpfe gesehen, doch ich glaube, sie sind schwerer zu finden als der Teufel, da er überall auf einen lauert und sie scheu und selten sind.

Dann erzählte er mir noch von der großen Wasserotter namens Naumri, einer Schlange, die am Wasser lebt, auf die Äste und Zweige eines Baumes kriecht und von dort aus das Vieh beobachtet, das zur Tränke kommt. Wenn ein solches Tier dann in ihre Nähe kommt, läßt sie sich darauf hinabfallen, schlingt sich mannigfach um seinen Körper und schlägt mit dem Schwanz auf sein Hinterteil; und so erdrückt sie das Tier und beißt so viele Löcher hinein, daß es schließlich verendet. Und dann schleppt sie die Beute an einen abgelegenen Ort, um sie ungestört zu verschlingen, mit Haut, Hörnern, Hufen und allem.

* Schwarzfersenantilope, auch Impala; Anm. des Übers.

Nachdem ich diese Geschichte gehört hatte, erzählte ich Kinguri von dem Coccodrillo, das in Loango die ganze *Alibamba* von acht Sklaven gefressen hatte, woraufhin er lachte und sagte: »Nay, es ist unmöglich, daß ein Coccodrillo so viel fressen kann!« Als ich schwor, selbst gesehen zu haben, wie man das Ungetüm aufschnitt, wurde er zuerst wütend und bezichtigte mich der Lüge, und ich dachte schon, er würde mich mit der flachen Klinge seines Schwertes schlagen. Doch dann beruhigte er sich, und später hörte ich, wie er Imbe Calandola die Geschichte erzählte, nur daß es diesmal elf Sklaven gewesen waren, die das Coccodrillo gefressen hatte, und nicht bloß acht.

Von Kinguri erfuhr ich von dem großen Vogel namens Strauß, der größer als ein Mensch ist und Füße hat, die einen Menschen mit einem einzigen Tritt töten können. Wegen seiner gewaltigen Größe kann er nicht fliegen. Und er erzählte mir von gewissen anderen seltsamen Geschöpfen, die so groß wie Widder sind, Schwingen wie Drachen haben, lange Schwänze, mehrere Zahnreihen, und rohes Fleisch fressen. Sie sind grün und blau gefärbt, und ihre Haut besteht aus Schuppen; und nur zwei Beine haben sie, mehr nicht. Ich hatte in Mofarigosats Stadt von diesen Drachen gehört; einige davon werden von den Schwarzen angebetet und in besonderen Käfigen gehalten. Solch einen Drachen habe ich jedoch niemals gesehen. Kinguri versprach zwar, er würde mir einen zeigen, wenn wir in der Nähe von einem weilten, doch dieses Versprechen hielt er nicht.

»Wenn wir unter die Elephantos gehen«, sagte Kinguri, »werden wir vielleicht auch die Drachen sehen, denn diese führen oft Krieg gegeneinander, was wundersam anzusehen ist.«

»Ah«, sagte ich, »wie bekämpfen sie sich?«

Und er sagte, die Drachen würden das Blut der Elephantos

begehren, denn das Blut der Elephantos sei sehr kalt und würde das fiebrige Blut der Drachen abkühlen, das zu heiß sei. Daher legt sich der Drache auf die Lauer, bis ein Elephanto vorbeikommt, und windet dann seinen Schwanz (der von außergewöhnlicher Länge ist) um die Hinterbeine des Elephantos, hält sich so an ihm fest, stößt seinen Kopf in dessen Rüssel und saugt ihm den Atem aus oder beißt ihn ins Ohr, und wenn der Elephanto geschwächt ist, stürzt er auf die Schlange mit Schwingen, die nun voller Blut ist, und zerquetscht sie mit seinem Gewicht. Wenn dies geschieht, vermischt sich das kalte Blut des Elephantos mit dem des Drachen und läßt es zu jener Substanz gerinnen, die die Apotheker *sanguis draconis* nennen, das heißt: Drachenblut, auch Zinnober genannt, das Maler für gewisse Farben benutzen.

Ich könnte Euch noch viele andere Geschichten erzählen, die ich von Kinguri gehört habe, und wahrscheinlich werde ich das auch. Denn er war ein weitgereister und sehr kluger Mann; und als wir uns immer öfter unterhielten, erlernte er die portugiesische Zunge und ich die der Jaqqas, und wir beide beherrschten auch die Bakongo-Sprache, so daß wir über einen großen Wortschatz verfügten und uns ohne Schwierigkeiten verständigen konnten.

Kinguri stellte mir viele Fragen über das Leben in Europa, für das er sich sehr interessierte: über unsere Könige und Kirchen, wie wir uns kleideten, welche Größe und Gestalt die Welt unserer Ansicht nach hatte, und vieles mehr. Dabei hatte ich oft Schwierigkeiten, ihm zu antworten, denn wenngleich ich auf meine Art ein gebildeter Mann bin, hatte ich seit meiner Abreise aus England kein Buch mehr in den Händen gehalten, und vieles, das ich einmal gelernt hatte, hatte ich im Verlauf so vieler Jahre vergessen.

Seine Fragen waren auch nicht oberflächlich, denn er bohrte direkt ins Herz unserer Mysterien und stellte solche wie: Warum benutzen wir Gold als Geld und nicht Eisen, wo Eisen doch das härtere und nützlichere Metall war? Und: Warum errichteten wir große steinerne Häuser, in denen wir unseren Gott anbeteten, wo Gott doch überall ist? Und: Warum hat unser Gott den ersten Mann und die erste Frau unschuldig geschaffen und dann geduldet, daß der Teufel sie mit der Sünde versuchte, und Adam und Eva dann mit Scham und Tod bestraft, wo es doch viel leichter und gerechter gewesen wäre, sie so zu schaffen, daß sie dieser Versuchung standgehalten hätten, als Er sich die Mühe machte, sie ins Dasein zu bringen? Und all dies beantwortete ich mehr oder weniger, doch was die Fragen betraf, bei denen ich selbst einige Schwierigkeiten hatte, habe ich dem Bruder des Imbe-Jaqqa durch die Festigkeit meiner Ausführungen wohl keine große Befriedigung verschaffen können.

Ich stellte Kinguri eine ähnlich tiefgründige Frage, nämlich, zu welchem Zweck die Jaqqas durch diese Länder Afrikas marschierten und alles vernichteten, was ihnen über den Weg kam. Welcher Zorn trieb sie, welche Gier nach Zerstörung? Darauf erwiderte Kinguri eine lange Zeit über nichts, so daß ich fürchtete, ich hätte ihn mit meiner Ungehörigkeit erzürnt; seine Blicke schienen sich nach innen zu wenden, und er dachte kühl und geistesabwesend darüber nach. Dann erwiderte er schließlich: »Diese Frage werde ich nicht beantworten. Du mußt sie dem Imbe-Jaqqa stellen, der in diesen Dingen unser Führer und Herr ist.«

In jenen Tagen vermied ich es noch, wenn möglich, mit Calandola solche Gespräche zu führen. Bis auf große Feste hielt er sich von dem Lager fern, und seine Anwesenheit bei einem solchen Fest erinnerte an einen rauchenden Vulkan, an einen großen, schrecklichen Vesuv, der jeden Augenblick ausbrechen und rotglühende Lavabäche über die in seiner Nähe schleudern konnte. So ließ ich diese Frage fallen und dachte mir, es sei sowieso die eines Narren gewesen; womöglich gingen die Jaqqas dem Töten und Zerstören aus reiner Freude nach und hatten gar keine anderen Gründe. Doch tief in meinem Inneren argwöhnte ich anderes.

Bei meiner Betrachtung der Welt hatte ich immer den Eindruck, daß nur wenige Völker andere des reinen Schädigens wegen bekämpften oder gar vernichteten, sondern immer bestimmte Gründe für ihr Verhalten gehabt haben, die ihnen stets im hellsten Licht der rechtschaffenen Erhabenheit leuchteten.

Und so war es auch mit den Jaqqas. Doch das erfuhr ich erst viel später.

Wir hatten Cashindcabar nun verwüstet und zogen weiter in nordöstliche Richtung. Der Weg des Imbe-Jaqqa führte ihn nun über einen Fluß namens Longa und zu der Stadt Kalungu, die am Rande der Provinz Tondo liegt. Hier verharrten wir wie zwischen zwei Welten. Denn Kalungu ist ein sehr fruchtbarer Landstrich und immer bestellt und voller Grün, eine sehr große, weite Ebene voller Reichtümer, auf der Milch und Honig zu fließen scheinen. Doch dahinter liegt diese üble Wüste, in der die Portugiesen ihr Massaker durch den Kafuche Kambara erlitten, der übrigens auch ein großer Feind der Jaqqas war. Wir lagerten eine Weile vor Kalungu, während Calandola sich entscheiden wollte, ob er die reiche Stadt oder Kafuche Kambara heimsuchen wollte. Während dieser Zeit der Unentschlossenheit hielt er viele Zeremonien und große Feste zu Ehren des Satans ab und suchte dessen Rat.

Dann wurden wir eines Nachts alle aus dem Schlaf gerissen. Ich schaute nach Norden und sah viele seltsame Feuer und Flammen in der Luft, die bis zum Mond selbst hochzusteigen schienen. Und dazu waren die überaus sphärischen Klänge von Pfeifen, Trompeten und Trommeln zu hören.

Vor langer Zeit haben mir ältere Seefahrer von solch seltsamen Geräuschen berichtet, die vielleicht durch die starken und mannigfaltigen Bewegungen von heftigen Verdampfungen am Himmel erzeugt werden, wie Wind und Wärme sie herbeiführen. Dic heftigen Verdampfungen, die sich in die gewaltige Kälte der mittleren Luftschichten heben, werden plötzlich mit großer Macht zurückgeworfen und machen einen Lärm, der dem nicht unähnlich ist, den ein Feuer in der Luft erzeugt, etwa dem Zischen einer brennenden Kerze. Doch für Calandola war es ein großees Omen. Er stand da, blickte über die Ebene hinaus und sagte zu mir: »Sieh, Andubatil, dort kommt Hitze von den Strahlen des Mondes! Das heißt, daß wir marschieren und Kalungu zerstören müssen.«

Für mich fühlten sich die Strahlen des Mondes so kalt wie immer an. Doch ich wagte nicht, Calandola zu widersprechen.

Er legte seine schwere Hand auf meine Schulter und deutete mit der anderen auf die schlafende Stadt, die dort vor uns lag. »Sieh, sieh, Andubatil, die Höfe, die gepflügte Erde! Dieses Volk hat unsere Mutter versklavt, und wir müssen sie befreien.«

»Fürwahr versklavt?«

»Ja. Überall im Land gibt es Menschen, die sich zu den Herren der Mutter machen wollen. Und sie geißeln ihre dunkle, warme Haut mit ihren Pflügen, und sie bedecken sie mit ihren Häusern und Straßen. Das ist nicht richtig. Diese Menschen verbreiten sich wie eine Insektenplage über das Land.«

Ich war eher der Meinung, daß die Jaqqas die Plage waren. Doch dies behielt ich für mich.

»Verstehst du mich?« fuhr Calandola fort. »Nur wenige verstehen es. Wir Jaqqas kennen die Wahrheit, die den anderen Menschen verborgen bleibt, nämlich, daß dieses Versklaven der Erde durch Ackerbau und Handel ein großes

Übel ist. Es war der Menschheit nicht bestimmt, dies zu tun.« Er sprach überaus sanft und leise, eher wie ein nachdenklicher König denn wie ein Wahnsinniger. »Es ist unsere Aufgabe«, sagte er, »dieses Übel zu beenden. Und so ziehen wir von Land zu Land, und wir wüten und töten und verschlingen; und hinter uns bleibt alles viel einfacher, viel reiner, viel heiler zurück. Wir stellen die Erde wieder her, Andubatil. Wir machen sie so, wie sie in den ersten Tagen war: grün, rein, edel.« Und mit einem wilden Lachen sagte er: »Deine Portugiesen, sie bauen mit Steinen, nicht wahr? Nun, und wir werden sie ins Meer treiben und ihre Steinhäuser dem Dschungel überlassen, und die Kriech- und Schlingpflanzen werden die schweren Steinblöcke auseinanderreißen. Und dann, wenn das Mutterland völlig gesäubert ist, werden wir frohlocken. Verstehst du, Andubatil? So wenige verstehen es. Wir sind die Mächte der Säuberung. Wir nehmen in unsere Leiber jene auf, die die Feinde der Wahrheit sind, und wir absorbieren sie und machen ihre Stärke zu der unsrigen und legen ihre Schwäche ab. Und so erobern und überdauern wir. Und wir werden auf diese Art von Land zu Land ziehen, von einer Küste zur anderen, bis an den fernsten Rand des Himmels. Morgen wird es Kalungu sein, später dann Dongo und Mbanza Kongo und die anderen großen Städte, und mit der Zeit werden wir auch São Paulo de Luanda erreichen, und wenn diese Stadt verschwunden ist, wird alles wieder ein Ganzes sein. Danach werden wir sehen, was noch in ferneren Reichen zu tun bleibt. Begreifst du? Es hat den Anschein, als würden wir vernichten und zerstören, Andubatil: doch in Wirklichkeit machen wir die Dinge wieder zu einem Ganzen.«

Und wir standen die gesamte Nacht lange Seite an Seite, schauten zur Wüste hinüber und beobachteten, wie die Hexenfeuer in der Luft tanzten. Und diese Hexerei drang in mein Hirn und entflammte mein Blut, denn die Worte des Imbe-Jaqqa erschienen mir kristallklar und vernünftig, und ich machte keinen Zwist mit ihnen. Ich sah die Welt überzogen von Häßlichkeit und Verrat und Korruption und die gute grüne Brust der Erde belastet durch die schlechten Werke von Menschenhand; und es erschien mir überaus friedlich und schön, all das fortzuwischen und in die Stille des ersten Paradieses zurückzukehren.

Und als der Morgen kam, stieg Imbe Calandola auf ein hohes Gerüst und hielt seinen Truppen eine Kriegsrede, mit der er ihre Kampfeswut anstachelte. Woraufhin sie zur Stadt Kalungu schwärmten und sie nahmen und die Bewohner mit dem Schwert und die hohen, schlanken Palmbäume mit der Axt fällten und viele dieses Volkes gekocht und gebraten aßen und ihre Kinder in den Stamm der Jaqqas zwangen. Und auf diese Art wurde ein weiterer Teil des Landes seiner angestammten Reinheit übergeben. Und dabei – dies glaube ich wirklich – waren sich die Jaqqas keinerlei Heuchelei bewußt, sondern völlig aufrichtig; sie handelten in der vollen Überzeugung, daß dies ihre göttliche Mission war: zu verwüsten und vernichten, bis sie alle Dinge wieder zu einem Ganzen gemacht hatte. Aye, und Gott verschone uns vor einer solch schrecklichen Tugend!

3

Ich lege ein volles Geständnis ab. In dem Krieg, den die Jaqqas gegen die gesamte zivilisierte Welt vom Zaum gebrochen hatten, hatte ich mit viel Herzenslust und Lebendigkeit meinen vollen Anteil.

Denn Calandola hatte nicht im Scherz oder in müßiger Prahlerei gesprochen, als er mich in meiner Hochzeitsnacht zu seinem Unterführer und zum Führer all seiner Krieger ernannt und mir dem Namen Kimana Kyeer, Herr des Donners, gegeben hatte. Aus Liebe zu meiner Muskete oder aus Liebe zu meinem goldenen Haar hatte er mich mit einem Schlag zum Fürsten unter diesem Volk erhoben, mich, der ich so lange Gefangener und Sklave und Faustpfand der Portugiesen gewesen war. Nun, da wir in die Schlacht zogen, erwartete er in der Tat von mir, daß ich meiner Rolle als rechte Hand des Imbe-Jaqqa gerecht wurde, und ich wurde ihr mit der ganzen Inbrunst meiner Seele gerecht.

Indem er mir eine solch hohe Stellung verlieh, setzte er natürlich andere herab. Es gab, wie ich schon sagte, zwölf hohe Hauptmänner des Jaqqa-Stammes. Zuerst kam Calandola und dann, erst weit, weit hinter ihm, durch das Recht des Blutes, Kinguri. Ich will euch die Namen der zehn anderen nennen, die Ntotela, Zimbo, Kulambo, Ngonga, Kilombo, Kasanje, Kaimba, Bangala, Ti-Bangala und Machimba-lombo hießen. Alle von großer Statur und fürchterlicher Erscheinung, obwohl ich am Anfang kaum den einen vom anderen unterscheiden konnte. Ich kannte sie nur als langbeinige Gestalten, die mit einer eigenen Gefolgschaft wie Geister durch das Jaqqa-Lager schritten und bei den Festen dicht neben Calandola und Kinguri saßen und gewisse Privilegien hatten. Doch natürlich kam mit der Zeit eine gewisse Vertrautheit, und ich lernte jeden in seinem Wesen kennen und entdeckte, daß einige meine Feinde und andere mir mit dem Herzen freundlich zugetan waren. Doch dieses Wissen kam später.

Als wir in das Tal Kalungu gingen, um es zu nehmen, war ich bei ihnen, mit Kinguri zu meiner Linken und Kulambo, der die längsten Arme hatte, die ich jemals bei einem Menschen gesehen hatte, zu meiner Rechten. Calandola war nicht bei uns, denn er hatte sich in einer großen, scharlachroten Sänfte, die er manchmal benutzte, voraustragen lassen und gab von vorn seine Anweisungen. Doch die anderen schienen mich zu mustern, um zu sehen, was ich tun würde.

Als wir eine kleine Erhebung vor der belagerten Stadt erreichten, wo sich der Boden in seltsamen kleinen, lohfarbenen und sehr schmalen und unzulänglichen Hügeln zu mehr als dreifacher Mannesgröße hob, sagte ich: »Hier werde ich Stellung beziehen und ihnen zeigen, wofür eine Muskete gut ist!«

Und ich erkletterte einen Hügel, von dem aus ich zur Stadt hinabblicken konnte, die innerhalb der Schußweite meiner Waffe lag. Und mit meiner Muskete gab ich einen betörend lauten Schuß ab, der die Schwarzmohren erschreckte, die aus Kalunga gekommen waren, um sich zu verteidigen, und sie augenblicklich in die Flucht schlug.

»Kimana Kyeer!« erklang der Ruf, als ich meinen ersten Schuß abgab. Ich glaube, zehn Mann fielen, obwohl ich wahrscheinlich nicht mehr als einen getroffen haben konnte; die anderen waren wohl vor Schreck gestorben.

Ich zielte und schoß erneut. Und erneut kam der Ruf »Kimana Kyeer!« von den Jaqqas, doch nun erklang er auch, und nicht so jubilierend, aus den Kehlen der Männer von Kalungu.

Mit diesen beiden Schüssen versetzte ich die Stadt in Aufruhr. Imbe Calandola kam aus seiner Sänfte, um zu sehen, was geschehen war; und er grinste breit, holte seinen mächtigen Prügel unter seinen Roben hervor und ließ in die Richtung der Stadt Wasser, ein mächtiger, gelber Strom, der wie der Ausfluß eines riesigen Zapfens wirkte. Denn dies war das Zeichen des Sieges: auf die Schwelle eines Feindes zu pissen, der den Kampf aufgab.

Das war die erste meiner Schlachten für die Jaqqas; doch es war bei weitem nicht die letzte.

Weil ich so viele Neger mit meiner Muskete getötet und für jeden Erschlagenen einhundert in die Flucht gejagt hatte, stand ich so hoch im Ansehen des großen Imbe-Jaqqa, daß ich alles hätte von ihm verlangen können: den besten Wein, das saftigste Fleisch, gefangene Mädchen, hübschen erbeuteten Elfenbeinschmuck. Ich mußte es nur benennen, und es gehörte mir. Ich gestehe ein, daß ich einige Freude daraus zog. Ich verberge es nicht. Nachdem ich so lange nicht mein eigener Herr gewesen war, war ich nun der Herr des Donners, und ich war wie eine gewaltige Macht, die man von der Leine gelassen hatte. Darin lag eine Freude, die mich begierig eine Schlacht nach der anderen erwarten ließ. Und wenn ich kämpfte, war ich wie ein König oder wie ein Gott. Dennoch benutzte ich meine Munition vorsichtig und sparsam, denn ich wußte nicht, woher ich neues Pulver bekam, wenn es einmal verbraucht war. Da ich jedoch erfahren im Zielen war, zog ich den vollen Nutzen aus der Macht meiner Waffe und tötete viele Feinde, und die die nicht getötet wurden, waren wegen ihres Schreckens vor meiner Waffe hilflos.

Schrecken war ein Schlüssel für den Erfolg der Jaqqas. Ihre Gegner waren halbtot vor Angst, bevor die Schlacht überhaupt angefangen hatte. Calandola hatte sofort erkannt, daß ich eine neue Art von Schreckensverkünder war, und deshalb stellte er mich immer und immer wieder unter seinen ersten Truppen auf, und ich schoß, und es erhob sich der Schlachtruf: »Andubatil Jaqqa! Kimana Kyeer!« Und mächtig war die Waffe des Andubatil, und leicht fiel die Eroberung einer Stadt, die noch niemals zuvor eine Muskete gesehen hatte oder einen Weißen. Und um mich zu schützen, wenn wir in den Krieg zogen, stellte mich Calandola unter die Obhut seiner kühnsten Männer, ja sogar unter die seiner hohen Unterführer. So wurde ich oft auf ihren Armen aus dem Getümmel der Schlacht getragen, von dem riesigen Ti-Bangala oder dem stiernackigen Ngonga, und mein Leben auf diese Art bewahrt: denn es gab immer eine Phalanx der mächtigen Jaqqa-Kämpfer, die mich behütete und in Sicherheit brachte.

Die Jaqqas kämpften auf höchst kluge Art und Weise. Wenn sie in ein Land kamen, das stark war und das sie nicht am ersten Tag erobern konnten, befahl Calandola, ein starkes Fort zu errichten, und sie hielten sich manchmal einen oder gar zwei Monate ruhig. Denn Calandola sagte zu mir: »Zu sehen, wie ich mich in ihrem Land niederlasse, ist ein großer Krieg für die Bewohner dieses Reiches, so, als würde ich jeden Tag mit ihnen kämpfen.« Die Häuser der Jaqqa-Stadt wurden sehr eng aneinander gebaut, und draußen hielten alle Männer ihre Bögen, Pfeile und Speere griffbereit; und wenn Alarm gegeben wurde, stürmten sie alle plötzlich aus dem Fort, ergriffen ihre Waffen und waren kampfbereit, gleichgültig, welche Stunde es geschlagen hatte. Nachts wurden ständig die Tore bewacht, und die Männer spielten auf ihren Trommeln und den hölzernen Instrumenten namens *Tavales*, und es gab niemals ein Nachlassen der Wachsamkeit.

Manchmal kamen die ungestümsten der belagerten Dörfler dann hervor und griffen die Jaqqas in ihrem Fort an; doch wenn dies geschah, verteidigten sich die Jaqqas zwei oder drei Tage lang höchst energisch. Und wenn es Calandola genehm war, das Zeichen zum Angriff zu geben, schickte er des Nachts etwa eintausend Männer hinaus, die sich vielleicht eine Meile vom Fort entfernt in den Hinterhalt legten. Am Morgen zog der große Jaqqa dann mit all seinen Truppen aus dem Fort, als wolle er die Stadt einnehmen. Deren Einwohner kamen zum Fort, um ihr Land zu verteidigen, und die Jaqqas gaben die Nachricht mit ihren Trommeln weiter, und dann erhoben sich die Männer aus dem Hinterhalt und fielen von der anderen Seite über sie her, so daß nur wenige entkamen. Calandola überrannte dann das Land, das sich in Furcht und Panik ohne weiteren Kampf aufgab. Ich wurde oftmals Zeuge, wie er diese Taktik anwandte, und immer mit Erfolg.

Der Mut der Jaqqas schien keine Grenzen zu kennen. Doch dafür gab es einen guten Grund, denn wie die Spartaner des Altertums werden sie vom Knabenalter an zur Kühnheit erzogen. Zum einen gibt es den Brauch, neu aufgenommenen Jaqqas das Sklavenhalsband anzulegen, das sie tragen mußten, bis sie in der Schlacht einen Gegner getötet hatten. Es ist keine Schande für einen Jungen, diesen Kragen zu tragen, zumindest nicht, wenn er dreizehn oder vierzehn ist. Doch wenn er ein oder zwei Jahre älter ist und noch immer ein Halsband trägt, verspotten die Männer ihn, und die Mädchen wollen nicht bei ihm liegen, und er wird in der Schlacht vorstürmen, um zu töten oder getötet zu werden, weil er sonst als wertlos erachtet wird.

So versteht Ihr, daß nur die kriegerischen Jaqqas das Mannesalter erreichen und die schwachen frühzeitig aus dem Stamm gesondert werden. Doch wenn durch irgendein glückliches Schicksal ein Schwächling überlebt, wird er seine reifen Jahre nicht lange genießen können, denn die Soldaten, die nur wenig Mut haben und dem Feind den Rücken zuwenden, werden verdammt und als Feiglinge getötet, und ihre Leichen werden verspeist. Ich habe dies selbst gesehen.

Ich fragte Kinguri, warum sie das Fleisch eines Feiglings zum Teil ihres eigenen Fleisches machten, und er musterte mich stirnrunzelnd, als hätte ich ihm diese Frage auf griechisch oder hebräisch gestellt, und schließlich sagte er: »Ihre

Feigheit verkocht im Topf, und was bleibt, ist ihre angeborene Kraft, die wir verzehren.«

Sie kennen viele andere Möglichkeiten, ihren Mut zu stärken. Eine davon konnte ich einige Zeit nach der Eroberung von Kalungu beobachten, wo wir fünf oder sechs Monate blieben und uns von den Gütern dieses Bauernvolkes ernährten. Einige Jaqqa-Krieger nahmen eine Löwin von großer Wildheit gefangen, wobei sie eine Falle mit einem Kind als Köder benutzten. Diese Löwin – die weiblichen Tiere sind sehr viel wilder als die männlichen – ketteten sie am Stamm eines großen, rotrindigen Baumes inmitten einer geräumigen Ebene außerhalb ihres Forts an. In der Nähe errichteten die Jaqqas in der Krone eines anderen Baumes eine Art Gerüst, das den Imbe-Jaqqa und die wichtigsten seiner Fürsten aufnehmen konnte, zu denen ich nun auch gezählt wurde.

Als Calandola und sein gesamter Hofstaat dieses Gerüst bestiegen hatten, bauten die anderen Jaqqas sich in einem großen Kreis auf und veranstalteten einen gewaltigen Lärm, in den der Mißklang zahlreicher seltsamer Musikinstrumente einfiel, die ein Höllenspektakel veranstalteten. Dann gab der Imbe-Jaqqa ein Zeichen, und alle waren plötzlich leise und still; und augenblicklich wurde die Löwin losgebunden, was sie allerdings mit dem Verlust ihres Schwanzes bezahlte, der ihr gleichzeitig abgeschlagen wurde, um sie noch mehr zu erzürnen.

Zuerst sah die Löwin sich um; sie erkannte, daß sie wieder frei war, wenn auch nicht völlig frei, denn eine Vielzahl von Jaqqas umzingelte sie. Sofort stimmte sie ein schreckliches Brüllen an und stürzte sich dann, begierig auf Rache, in die Menge der Zuschauer, die nicht flohen, sondern im Gegenteil auf die Löwin zuliefen. Sie fiel über sie her, zerriß einen, und einen zweiten, und veranstaltete ein fürchterliches Gemetzel unter ihnen: und all dies, während die Leute unbewaffnet um sie herumliefen, entschlossen, sie entweder mit bloßen Händen zu töten oder zu sterben. Selbst in meinen befremdlichsten Träumen hatte ich noch nie etwas gesehen, das diesem blutigen Ereignis gleichkam, und ich glaubte einen Augenblick lang, im Circus des alten Roms zu sein und zu sehen, wie man Christen wilden Tieren vorwarf. Doch dies waren keine Christen, und sie waren freudig und bereitwillig auf diese tobende Löwin zugegangen.

In völligem Erstaunen beobachtete ich, wie das blutende Tier diesen und jenen Jaqqa mit den Pranken zerriß oder mit den Fängen griff. Sie tötete mehr als nur ein paar ihrer Angreifer. Die Jaqqas zogen ihren Ring enger und kämpften miteinander um das Privileg, im innersten Kreis zu stehen, der Löwin am nächsten.

Es kam mir wie der reine Wahnsinn vor. Doch es rührte mich auch auf: Mein Herz raste, mein Blut erhitzte sich, der Schweiß strömte aus allen Poren. Ich drängte mich zum Rand des Gerüstes, ballte die Fäuste, so daß die Nägel beinahe meine Handflächen durchdrangen, und schrie denen unten zu: »Vorsicht! Spring! Dreh dich um! Paß auf!«, während die Löwin raste und tobte.

Die anderen hohen Jaqqas waren von dem abscheulichen Spektakel nicht minder gepackt. Selbst Calandola knurrte und grollte, wobei er die Augen halb geschlossen hatte, als wälze er sich in einem Traum im Blut. Der grausame Kulambo, der ein großer Jäger war, rief denen in Bedrängnis Ermutigungen zu, schlug sich in die Hände und pries laut ihre Tapferkeit. Der nachdenkliche Machimba-lombo mit seiner dunklen Seele gab aus den Tiefen seiner Kehle leise Geräusche von sich und saß hochaufgerichtet auf seinem Platz; offensichtlich sehnte er sich danach, unten in der Menge zu sein. Selbst der nüchterne Philosoph Kinguri, der sich mit solch hohen Fragen wie denen des Glaubens, des

Geldes und der Herrschaft befaßte, erwies sich nun als genauso tierhaft wie die anderen; die blutdürstige Leidenschaft des Augenblicks hatte ihn genauso eng umfaßt. Doch wir waren alle nur Zuschauer, die dazu gezwungen waren, auf unserem Gerüst zu bleiben. Dies wurde ersichtlich, als Machimba-lombo es schließlich nicht mehr aushielt, sich erhob und rief: »Ich werde zu ihnen gehen!«

»Das darfst du nicht«, sagte der Imbe-Jaqqa kalt und scharf.

»Ich bitte darum, Fürst Calandola! Ich kann nicht länger hier sitzen!«

»Der Löwenkreis ist nicht mehr für dich bestimmt«, erwiderte sein Herr. »Du bist nun einer der Hauptmänner, und du wirst hierbleiben!«

Es lag eine greifbare Spannung zwischen ihnen in der Luft: Ich sah, daß es wie bei einem angeketteten Titanen in der Kehle und der Stirn des stolzen Machimba-lombo pochte. Er bewegte sich überaus langsam, wie durch einen greifbaren Nebel, auf die Leiter zu und zitterte dabei vor Anstrengung. Calandola zischte ihm etwas zu, und Machimba-lombo blieb stehen. Er kämpfte innerlich mit sich selbst.

Kinguri berührte leichthin sein Handgelenk und sagte leise: »Komm, erfreue dich und beobachte das Geschehen. Denn bei deinem Rang steht es dir nicht zu, nach unten zu gehen, guter Freund.« Es war, als ließe man Luft aus einer angeschwollenen Blase. Machimba-lombo, den Kinguris sanfte Worte bewegt hatten, wo Calandolas Zorn nicht zu ihm vorgedrungen war, gab nach und kehrte auf seinen Platz zurück, und die Spannung legte sich.

Unten hatte das Tier kaum noch Platz für seine Angriffe, so eng hatten die Jaqqas es umzingelt. Und sie stürmten mit einem schrecklichen Schrei heran, ergriffen das Tier und zwangen es nieder, und allein durch ihr Gewicht und ihre

Kraft zermalmten sie es und würgten ihm das Leben aus dem Leib. Ein jeder der Jaqqas versuchte, die anderen bei dem gefährlichen Anspringen der Löwin zu übertreffen. Und nach einiger Zeit erhob sich ein gewaltiger Aufschrei von ihnen allen, der besagte: »Das Tier ist tot!« Sie alle zogen sich zum äußeren Rand des Kreises zurück und ließen in der Mitte die tote Löwin, die nun nur noch wie eine große, schlafende Katze aussah, und um sie herum einige Mitglieder ihres Stammes, die sie erschlagen hatte, zurück.

Woraufhin die Kessel erhitzt wurden und sie alle gierig die Leichen der Gefallenen verschlangen. Die saftigsten Teile wurden Calandola und seinen Fürsten auf das Gerüst hochgereicht, und wir fielen wie die Geier über das Fleisch her, da sehr große Tugend darin liegt, das Fleisch jener zu verzehren, die bei diesem Kampf tapfer gestorben sind. Ich hielt mich eine Weile zurück und ließ sie, da sie so eifrig waren, zuerst ihren Anteil haben.

Doch als ich mir den meinen holen wollte, kam ich an Machimba-lombo vorbei, dessen Lippen und Unterkinn mit Fett verschmiert waren und in dessen Augen wilder Hunger und noch etwas anderes, eine Art Raserei, leuchteten. Ich dachte, er würde mich schlagen, als ich an ihm vorbei nach meinem Fleisch griff; doch erneut beherrschte er sich und hielt angespannt inne, und ich hörte, wie er leise etwas murmelte. Denn dieser Mann war mein Feind, und dies sollte ich nun erfahren. Und doch konnte ich nicht dulden, daß er mich vor den anderen bedrohte. So sagte ich höflich: »Ich bitte dich, guter Vetter, laß mich meinen gerechten Anteil haben.«

Seine Blicke ruhten wie die eines Wolfes auf mir. Doch was konnte er tun? Ich hatte freundliche Worte gesagt, wenn auch nicht in einem freundlichen Ton. Und er gab nach und ließ mich essen.

Die Musik setzte nun wieder ein und das Singen und Tanzen und die Rufe: »Lang lebe unser Herr Imbe-Jaqqa! Lang lebe unser Herr Imbe-Jaqqa!« Und einige der stärksten Krieger nahmen unten eine Art Ringkampf auf, der trotz all seiner Wildheit überaus grazil und schön anzusehen war, fast wie ein Tanz. Dies war das erste Mal, daß ich die Jaqqas ringen sah. Sie umfaßten sich mit ihren langen Armen, wiederholten die Bewegungen des anderen wie Spiegelbilder, beugten sich vor und zurück, sprangen auf und ab, fielen übereinander her und warfen sich mit der größten Eleganz zu Boden.

Was die Löwin betraf, so wurde ihr Fleisch nicht verzehrt, doch man schnitt ihr den Kopf und zog ihr das Fell ab und schmückte damit den Haushalt des Imbe-Jaqqa. Und die gesamte folgende Woche sah ich Jaqqas im Lager, die die tobende Löwin zerkratzt und verwundet hatte; und auf diese Art erzogen die Männer sich zu größerem Mut, als hätten sie nicht schon genug dieser Eigenschaft.

Sie gingen auch, um ihre Beherztheit zu steigern, auf die Jagd nach Elephantos, um denen die Schwänze abzuschneiden. Dies geschah nicht, wie es bei dem seßhaften Bakongo-Volk der Fall war, um Zierrat aus den dunklen, glänzenden Schwanzhaaren zu machen. Nay, die Jaqqas schätzten den gesamten Schweif des riesigen Tieres. Denn wenn einer ihrer Hauptmänner oder wichtigsten Fürsten zu Tode kam, bewahrten sie im allgemeinen einen dieser Schwänze zum Andenken an ihn auf, und ließen ihm eine tiefe Bewunderung zukommen, indem sie die große Kraft des Tieres mit der seinen verglichen. Sie hielten den Schrein, in dem dieser bestimmte Schwanz aufbewahrt wurde, von Zeit zu Zeit hoch und sagten: »Dies ist der Schwanz des Elephantos des Jaqqa Zimbo«, oder wie auch immer der Tote hieß. Um sich diese Schwänze zu beschaffen, verfolgten sie die Elephantos auf schmalen Pfaden, wie ich es zuvor schon beschrieben habe. Doch die Amputation mußte mit einem Schlag erfolgen, und bei einem lebendigen Elephanto, oder ihr Aberglaube sprach dem Schwanz keinen Wert zu.

Diese Elephanto-Jagden habe ich selbst nicht beobachtet, denn es war ein heiliges Ritual, das die Jaqqas allein durchführten, um ihre geistige Größe zu erhöhen, und keine Jagd, zu der man einen Gefährten einladen würde. Doch drei verschiedene Male sah ich, wie ein Jaqqa ins Lager gelaufen kam und den frisch abgetrennten Elephanto-Schwanz hochhielt, und ein jeder von ihnen strahlte über das ganze Gesicht, und eine gewaltige Freude ging von ihm aus, als sei das blutige Ding, das er hochhielt, nichts anderes als der Heilige Gral des Herrn.

Auf unseren Wanderungen kreuz und quer durch das Land sahen wir oft Elephantos. Und aus der Nähe waren sie wirklich schrecklich anzusehen, obwohl sie im allgemeinen sanfte und umgängliche Geschöpfe sind. Was für alle anderen Geschöpfe nur gut ist, bedenkt man ihre gewaltige Größe. Denn gäbe es ein Tier mit der Körpermasse eines Elephantos und dem Geist eines Wolfs oder einer Löwin, so hätte es schon längst die ganze Welt erobert.

Wenn Elephantos sich uns näherten, wichen sogar die Jaqqas ihnen aus, denn wenn sie erzürnt sind, kann man sie auch mit einer Waffe kaum töten, und sie richten großes Unheil an. Sie haben große, herabhängende Ohren und lange Lippen und eine sehr kleine Zunge, die so tief in ihrem Mund sitzt, daß man sie nicht sehen kann; doch die Schnauze oder der Rüssel ist so lang, daß der Elephanto ihn wie eine Hand benutzt, denn er ißt oder trinkt lediglich, indem er den Rüssel zum Mund führt. Auch kann er Bäume damit umreißen, um an die zarten Schößlinge hoch oben heranzukommen. Einmal sah ich, wie ein Elephanto einen

Jungen, der etwas Albernes getan hatte, um ihn zu ärgern, mit dem Rüssel um die Taille faßte und diesen törichten Knaben mit wild schlagenden Armen und Beinen hoch durch die Luft warf, so daß er völlig zerschmettert auf einem fernen Felsbrocken landete.

Der männliche Elephanto lebt zweihundert oder mindestens einhundertundzwanzig Jahre, der weibliche fast so lang. Sie lieben Flüsse und gehen oft bis zum Maul hinein, um sich mit Wasser zu bespritzen und zu spielen; schwimmen können sie wegen ihres Körpergewichts jedoch nicht. Da ich die alten griechischen und römischen Schriftsteller gelesen habe, weiß ich, daß man Elephantos abrichten kann, daß sie Lasten tragen und als Kriegstiere kämpfen; doch von den Afrikanern habe ich so etwas niemals gehört. Das Auge des Elephantos ist klein und sitzt hoch oben in seinem Kopf, doch es zeigt eine große Weisheit und sogar eine Art von Traurigkeit, und immer wenn ich das Auge eines Elephantos betrachtete, lief mir ein leiser Schauer den Rücken hinab, denn ich sagte mir dabei: Dies ist ein tiefgründiges und gedankenvolles Geschöpf, das lange lebt und viel versteht und etwas Heiliges an sich hat.

Wir sahen bei unseren Wanderungen durch diese Provinz von Kalungu ein anderes berühmtes, schwergewichtiges Tier, von dem ich schon viel gehört, aber dem ich in Afrika zuvor noch nicht begegnet war. Dies war das Rhinozeros, was eine Art Elephanto ist, aber nicht so groß und ohne den Rüssel oder die großen Ohren, aber mit einem Horn auf der Nase. Wie die Elephantos sind auch die Rhinozerosse gewaltig und dickhäutig und von grauer oder weißer Farbe, und sie haben schwere, flache Füße, unter denen das Erdreich erzittert, wenn sie laufen. Ich sah zuerst zwei, die meine Jaqqa-Frau Kulachinga mir zeigte. »Das sind Mutter und Tochter«, sagte sie, und kurz darauf folgte der Gatte, solch ein Monstrum, daß ich es kaum glauben konnte, gigantisch, wie eine Festung auf vier dicken, schweren Beinen. Sie gingen an uns vorbei, ohne jemandem Schaden zuzufügen, und ich starrte ihnen nach, als hätte ich drei Phantome aus einem Alptraum gesehen.

»Habt ihr in England solche Tiere nicht, Andubatil?« fragte Kulachinga.

»Nay«, sagte ich, »keine Rhinozerosse, keine Elephantos, keine Coccodrillos, keine Zevveras, nichts davon.«

»Dann habt ihr gar keine Tiere?«

»Doch, wir haben Vieh«, sagte ich, »und Schafe und Ziegen und Schweine und Hunde und Katzen und so weiter. Und in den Wäldern leben große Hirsche und vielleicht ein oder zwei Einhörner, doch ich glaube, es ist lange her, daß man in unseren Gestaden solch ein Geschöpf gesehen hat. Doch Rhinozerosse haben wir kein einziges.«

»Was für ein seltsames Land«, sagte Kulachinga.

Und ich dachte bei mir selbst: Ja, wie überaus seltsam, mit seinen grünen Feldern, die wie gepflegte Teppiche aussehen, und seinen kleinen Hügeln, der kühlen, regnerischen Luft und den Eichen und Ulmen, die die verwelkten Blätter fallen ließen, wenn die ersten kühlen Herbstwinde kamen. Ich hatte mittlerweile halb so lang in Afrika wie in England gelebt, oder beinahe jedenfalls, und mich an Ollicondi-Bäume und Palmen und Dornenbüsche und Elephantos und Coccodrillos gewöhnt. Und ich konnte mir gut vorstellen, daß mir mit der Zeit sogar Rhinozerosse so vertraut vorkommen würden wie ein Rehbock auf einem Hügel.

Ich lebte in jenen Tagen in der einträchtigsten Harmonie mit dieser meiner Jaqqa-Frau, und dies war an sich schon seltsam. Denn sicher waren wir nicht als Gefährten füreinander geschaffen. Zuerst konnten wir uns kaum miteinander unterhalten, da ich nur die spärlichsten Kenntnisse der

Jaqqa-Zunge und sie gar keine von meiner Sprache hatte. Wie es meine Art war, konnte ich mich in der Jaqqa-Zunge bald fließend verständigen, doch selbst das verhieß nicht unbedingt eine wirklich gute Ehe, denn in England gibt es ja viele Millionen Männer und Frauen, die die Sprache des anderen als eigene Muttersprache haben und dennoch einander die erbärmlichsten Gefährten sind. Und hier war nun Kulachinga mit ihrer vernarbten und zerfurchten Haut, den ganzen Körper eingeschmiert und eingeölt mit seltsamen, befremdlich riechenden Substanzen, das Haar mit rotem Ton und noch mehr Schmiere aufgerichtet, und sie war so wenig für mich geschaffen und ich für sie wie ein Coccodrillo für ein Rhinozeros. Und doch paßten wir gut zueinander.

Dies rührte wohl teilweise daher, weil sie ein wollüstiges Weib war und ich schon immer scharfe Freude an den Vergnügungen des Fleisches genommen hatte. Wenn zwischen einem Mann und einer Frau heiße Leidenschaft besteht, kann man über viele andere Dinge hinwegblicken, in denen man sich sehr unterscheidet, denn die Lust ist eine Brücke, die selbst die entferntesten Inseln miteinander verbindet. Und wir spielten das Spiel der miteinander verschlungenen Körper häufig und spielten es gut, sie auf Art der Jaqqas und ich auf englische Art. Sie wollte mich nicht küssen, und oft bot sie sich mir nach Art der Hunde an, ihr pralles Hinterteil hochgereckt, doch wie dem auch war: Ich stieß vor, wir vereinigten uns, und ich glitt vor und zurück in ihrer tiefen, doch engen Rinne, die von ihren süßen, natürlichen Säften geradezu tropfte, und Nacht um Nacht schoß ich meinen heißen Talg in sie hinein, und sie schrie vor Entzücken.

Es war tatsächlich der Fall, daß ich mich allmählich durch Frauen, die, Schritt um Schritt, immer dunkler, immer barbarischer waren, in mein afrikanisches Leben einfügte. Meine erste Lehrerin war Doña Teresa gewesen, die den äußeren Anschein einer Portugiesin erweckte und eine Frau von betörender Schönheit war, die ein jeder Europäer erkennen würde; doch irgendwo war die Saat ihrer afrikanischen Mütter in sie eingeflossen, auch wenn sich dies nur in der Färbung ihrer Brustwarzen und den Geheimnissen ihrer Seele zeigte. Nach ihr war Matamba gekommen, die völlig schwarz war, ein Geschöpf des Dschungels im Landesinneren: Dennoch war sie Christin, sprach die Zunge der Portugiesen und stand in ihrem Geist, wenn auch nicht in ihrer Erscheinung, mitten zwischen Wilden und Weißen. Und dann hatte es verschiedene Stammesfrauen gegeben, deren Namen ich Euch nicht nennen kann, die in Masanganu und anderen Orten meiner Reise meine Gelüste befriedigt hatten; so daß, als man mir Kulachinga als meine Jaqqa-Braut gab, ich bereit war, diese Frau der Kannibalenrasse ohne Widerwillen zu umarmen, und Nacht für Nacht gelassen neben ihr schlief; und nur dann und wann dachte ich mit Erstaunen über die Reise nach, die mich im Laufe der Jahre von Rose Ullward und Anne Katherine Sawyer, die so süß und englisch gewesen waren, zu dieser Jaqqa-Frau geführt hatte.

Kaluchinga hatte nicht den Wunsch, Portugiesisch zu lernen, und wußte nicht einmal, daß es eine englische Sprache gab. Nur selten zeigte sie Neugier über diese andere Welt, aus der ich gekommen war. In der Tat besaß sie überhaupt keinen suchenden und bohrenden Verstand, was sie von Doña Teresa und Matamba unterschied, an die ich mich gern als an zwei Frauen mit lebhaftem Geist und großem Lerneifer erinnerte. Kulachinga wußte nicht, welchem Stamm sie einmal angehört hatte, obwohl kaum mehr als ein paar Jahre vergangen sein konnten, seit sie von den Jaqqas aufgenommen worden war. Noch sprach sie mit mir irgendwie über ihre Ehe mit Imbe Calandola; mehr als »Er war mir ein guter

Mann!« wollte sie nicht sagen, und kein Wort darüber, wie die sinnlichen Begierden dieses dunklen Herrn aussehen mochten oder wie es war, eine von so vielen Frauen gewesen zu sein. Bald erkannte ich, daß ich von ihr nur wenig lernen würde, und das Lernen war immer eine meiner Leidenschaften gewesen. Und so begnügte ich mich einfach damit, mit ihr zu leben, mich nach einem beschwerlichen Tag auf dem Schlachtfeld von ihr trösten und mir die Schüssel mit Palmwein und das Fleisch, das sie am Abend für mich gebraten hatte, reichen zu lassen. Und oftmals griff ich des Nachts nach ihr, nahm ihre Brüste in die Hände und ließ meinen steifen Prügel in ihr feuchtes Loch gleiten. So lebte ich als glücklicher Mann mit ihr zusammen.

4

Als wir die Stadt Kalunga, die wir völlig zerstörten, geplündert und entleert hatten, brachen wir auf und marschierten in die Provinz Tondo ein, die tief im Norden und Osten lag. Dies war natürlich genau die entgegengesetzte Richtung, in die ich ursprünglich hatte ziehen wollen: nämlich zur Küste hin. Doch ich konnte den Imbe-Jaqqa bei den Zügen seiner Heere genauso wenig beeinflussen wie die Wogen der Gezeiten. Und überdies stellte ich fest, daß das Leben unter den Menschenfressern ungewöhnlich angenehm war, was ich am wenigsten erwartet hätte.

So hatte ich es nicht eilig, mich von ihnen zu trennen. Ich verbrachte meine Zeit ohne Trübsal im Dschungel, wurde in meiner Art von Tag zu Tag mehr ein Jaqqa und dachte mir, ich könne, da ich schon ein Dutzend Jahre und noch etwas länger darauf gewartet hatte, England wiederzusehen, noch etwas länger damit warten.

Wir gelangten zum Fluß Kwanza, über den ich oftmals gefahren war, als ich zwischen der Küste und dem Presidio Masanganu pendelte. Wir aber befanden uns ein gutes Stück im Landesinneren, sogar noch hinter dem Ort namens Kamkambe, wo es angeblich Silberminen geben sollte. Wir folgten dem Fluß nach Osten und drangen in der Nähe der großen Stadt Dongo in das Reich eines Fürsten ein, der Makellacolonge hieß.

Wir überquerten hohe Berge und fanden es sehr kalt, da wir auf Art des Dschungelvolkes fast nackt waren. In diesen steilen Pässen war die Luft sehr blau und scharf, und des Morgens lag wie eine kleine weiße Kruste Frost auf dem Boden, wenngleich es am Mittag durch die vollen Strahlen der Sonne sehr warm war und bis zur Dämmerung so blieb, als alle Wärme von der Welt floh. Die Pflanzen, die auf diesem hochgelegenen Land wuchsen, unterschieden sich von denen tiefer unten; es gab weder Palmen noch Schling- oder Kriechpflanzen, sondern gewisse Gewächse ohne Stämme, mit fleischigen dicken Blättern, die bleiche Streifen und Flecken aufwiesen und aus dem Erdboden sprossen, und aus ihrem Herzen kamen lange Dornen, die mit einer Myriade kleiner roter Blüten besetzt und überaus schön und befremdlich anzuschauen waren.

Auf der anderen Seite dieser Pässe ließ der Imbe-Jaqqa seine Truppen einige Tage lang ein Lager aufschlagen, ohne Makellacolonge anzugreifen. Wir schickten unsere Späher und Kundschafter aus, um einen Eindruck der geographischen Lage des Landes zu gewinnen, zogen jedoch nicht weiter; noch verrieten wir unserem Feind irgendwie, daß wir auf seinem Gebiet waren. Calandola beratschlagte sich oft mit seinen Medizinmännern und besonders mit dem *Nganga*

Kakula-banga, der der älteste und heiligste dieses Schlages war. Der Imbe-Jaqqa schaute sehr oft ernst und gedankenabwesend drein, verriet uns Hauptmännern jedoch nicht die Natur seiner Ängste.

Dennoch wollte er Makellacolonge angreifen, sobald die Omen richtig standen. Denn wir nahmen uns sehr viel Zeit, unsere Strategie zu planen, Calandola, Kinguri, die zehn anderen Hauptmänner und ich. Und der Imbe-Jaqqa faßte einen Plan und formte ihn immer wieder um, so daß er sich wie ein reißender Bach in einem flachen Bett veränderte; doch eins blieb dabei immer gleich, nämlich, daß ich der Mittelpunkt des Angriffs sein mußte.

»Du wirst mit deiner Muskete Stellung beziehen«, sagte er, »und wenn die Trompeten erklingen, wirst du feuern, fünf Mal in die Stadt, und dann . . . dann . . . dann . . .«

Es war das *und dann*, das er immer abänderte. Ich hatte Calandola niemals so unentschlossen gesehen. Denn sein Geist war völlig verwirrt und wollte nicht klarer werden.

Es war zu dieser Zeit, daß er mich oft zur Seite nahm und mit mir spazierenging, wobei er wenig sagte; doch ich glaube, in seiner Einbildung hielt er irgendeine Unterredung mit mir, einen langen Dialog, den er nicht mit mir teilen wollte, der ihn aber zufriedenstellte. Eindeutig war ich nun sein Favorit. Ich sah, wie er die Stirn runzelte und den Mund bewegte, und doch gab er mir keinen Hinweis darauf, was seine Seele beschäftigte. Dennoch fühlte ich, wie ich ihm näher kam, und es gab Augenblicke, da kam er mir nicht wie ein Titan oder Ungetüm vor, sondern wie ein Mensch, wenn auch einer von mächtiger Größe und Seltsamkeit, dem die Sorgen eines Menschen auf der Seele lagen.

Und schließlich sagte er auf einem dieser langen Spaziergänge zu mir: »Ich glaube, sie planen meinen Umsturz. Glaubst du das auch, Andubatil?«

»Wer könnte dich entmachten, o Imbe-Jaqqa?«

Er starrte mich überaus heftig an und sagte: »Gib mir jetzt kein Höflingsgewäsch! Ich habe Feinde in diesem Stamm.«

»Solche sind mir nicht bekannt.«

»Und mir auch nicht«, sagte er düster. »Und doch fühle ich, wie sie mich im Schatten umzingeln. Es gibt Männer hier, die auf meinen Rang gierig sind. Es gibt Männer, die mich stürzen wollen.«

Ich wußte nicht, was ich sagen sollte; also sagte ich nichts.

Er rückte mir näher, bis seine Augen vor den meinen waren. »Es wäre ein großes Unrecht«, murmelte er. »Sie können meine Aufgabe nicht übernehmen. Ihren Seelen mangelt es an Kraft. Verstehst du, was ich sage, Andubatil? Es gibt die Kraft des Körpers« – und er ergriff einen stämmigen Ast, der vor uns lag, und brach ihn entzwei, als sei er bloß Stroh –»und es gibt *hier* eine Kraft, die eine völlig andere ist.« Er schlug auf seinen Brustkorb. »Ich habe diese Kraft, und sie haben sie nicht, und so bin ich der einzigartige Imbe-Jaqqa! Und der muß ich bleiben!«

Seine Augen wurden wilder, sein Gesicht überzog sich mit Schweiß. Er fiel von einer ernsten, nachdenklichen Stimmung in eine der wahnsinnigen Erbitterung und des Hasses, und ich fühlte, wie sich dieser Haß in ihm zu einer gewaltigen Kraft sammelte, die der eines großen Felsens ähnelte, der einen Berg hinabrollte und alles unter sich zermalmte.

»Schau, da ist die Welt, Andubatil! Verderbt! Befleckt! Beschmutzt! Und ich habe die Aufgabe, sie zu reinigen! Nicht ihnen wurde sie gegeben, sondern Calandola, daß er in diese verrottete und entwürdigte und ungesunde Welt hinauszieht und sie rein und heilig macht. Sie verstehen das nicht; sie denken an das Herrschen, nicht an das Säubern. Und ich werde nicht dulden, daß sie mich absetzen. Und ich werde sie entlarven, und ich werde sie brechen, wie ich dies hier breche.« Woraufhin er auf die Knie fiel, auf allen Seiten das gefallene Holz des Waldes einsammelte, es zu dicken Scheiten bündelte und diese Bündel ohne Anstrengung zerbrach und die Stücke beiseite warf. »Ich werde sie brechen!« rief er.

Meiner Beschreibung seiner Worte zufolge werdet Ihr sagen: Aber er ist ja wahnsinnig! Und, ja, es war ein Wahnsinn in ihm. Aber auch eine schreckliche Kraft und eine Macht und eine versengende Hitze der Überzeugung, die man nur begreifen kann, wenn man so nahe neben ihm stand, wie ich nahe neben ihm stand.

»Wer ist es, der sich dir widersetzt, o Herr Imbe-Jaqqa?« fragte ich.

»Das weiß ich nicht«, sagte er. »Doch wenn du etwas hörst, komm mit dem, was du gehört hast, zu mir. Denn es wäre eine Verderbtheit und ein Verbrechen, würde ich vor meiner Zeit gestürzt werden und bevor ich mein Werk vollendet habe. Wirst du das tun? Wirst du mit den Namen der Verräter zu mir kommen, Andubatil?«

Ich schwor ihm, daß ich das tun würde, denn wie konnte ich es ihm abschlagen? Doch ich kannte keine Verräter, damals noch nicht.

Die Vorbereitungen des neuen Krieges wurden vorangetrieben und zogen sich endlos in die Länge, als wäre der Feind, dem Calandola gegenüberstand, Portugal selbst und nicht irgendein kleiner Fürst des Landesinneren. Ich glaube, seine eigenen Zweifel machten ihn unbeweglich, ihn, der sein ganzes Leben lang kein Zögern und Zweifeln gekannt hatte.

Mir fiel auf, daß ich nach diesen Wanderungen mit Calandola, auf denen wir uns unterhielten, meinen ersten Freund Kinguri immer weniger sah, der sich nun zurückhielt und meine Gesellschaft seltener suchte. Ich erinnerte mich der Warnung des Kakula-banga, daß ich eines Tages zwischen

Calandola und Kinguri würde wählen müssen, zwischen dem Feuer und dem Eis, und mir kam der Gedanke, daß ich nun vielleicht in eine Rolle gezwungen wurde, in der ich diese Wahl treffen mußte. Doch ich konnte nichts dagegen tun, nur die Augen aufhalten und abwarten.

Also beobachtete ich auf Calandolas Wunsch die zehn Hauptmänner des Stammes. Doch obwohl ich sie nun voneinander unterscheiden konnte und eine Vorstellung davon hatte, wie es in der Seele eines jeden aussah, bemerkte ich in ihnen wenig Feindschaft gegenüber Calandola. Bei den Zusammenkünften des hohen Rates fiel mir auf, daß gewisse Fürsten immer sogleich für jede Maßnahme sprachen, die Calandola vorschlug, und einige häufig dagegen Stellung ergriffen und ihre Unterstützung manchmal den Gegenmaßnahmen gaben, die Kinguri vorschlug. Die, die am sichersten zum Imbe-Jaqqa hielten, waren Kasanje und Kaimba und Bangala, und die, die mit Kinguri verbündet waren, waren Kulambo und Ngonga und Kilombo. Doch das bedeutete an sich nichts: Denn oftmals sind die loyalsten und hingebungsvollsten Ratgeber jene Männer, die es wagen, dem König ihr unabhängiges Urteil mitzuteilen, und die Verräter die, die völlige Unterwerfung vortäuschen. Von den anderen Fürsten waren Zimbo und Ntotela beide alt und weise und schienen nicht das Zeug zum Verrat in sich zu haben; und Ti-Bangala war ein mächtiger Held mit dem Herzen eines Löwen, und Machimba-lombo hatte, obwohl er voller Stolz war und oftmals vor irgendeiner verborgenen Wut tief in seiner Seele wie eine zu straff gespannte Harfensehne zitterte, auf dem Schlachtfeld so oft sein Leben für den Imbe-Jaqqa aufs Spiel gesetzt, daß ich mir bei ihm keine Falschheit vorstellen konnte. So erschien es mir, daß Calandola – wie so viele Caesaren vor ihm – Verschwörungen und Feinde aus Mondstrahlen und Spinnweben erfand, denn seine Herrschaft erschien mir absolut, und vielleicht zwang ihn nur irgendeine Seelenqual, solche Ängste zu ersinnen. Und doch erinnerte ich mich, daß der erste Caesar fürwahr von Verschwörern umgeben war, und nicht nur von Mondstrahlen; daher hielt ich die Augen offen.

Doch vielleicht nicht offen genug, oder ich wäre mehr auf der Hut gewesen.

Wir befanden uns in der dritten Woche unseres Zögerns vor Makellacolonge, und eine Art Klammheit hatte das gesamte Jaqqa-Lager erfaßt, wie die angespannte Stille vor einem großen Sturm. Wir Jaqqa-Fürsten hatten gut gefeiert, und Calandola hatte mir eine große Gunst erwiesen, indem er mir das saftigste Stück Fleisch gegeben und mir persönlich den mit Blut gemischten Wein eingeschenkt hatte. Danach ging ich zu meiner Schlafstätte, vergnügte mich überaus freudig und geräuschvoll mit meiner Frau Kulachinga und fiel dann in den Schlaf wie eine Statue, die von einem Unwetter umgestürzt worden war.

Und erwachte einige Zeit später in der Dunkelheit, weil ich leise, wimmernde Geräusche hörte, wie der Schmerzschrei einer Katze, und Kulachingas Hand – oder die eines anderen – an meiner Schulter fühlte, die mich überaus heftig auf die andere Seite der Matte stieß. Und ich sah auf und nahm durch die kalten, klaren Schäfte des Mondlichts wahr, wie sich eine Gestalt, groß wie ein Berg, über mir auftürmte, und eine Waffe hob und wieder senkte; und ich rollte mich zur Seite gerade, als die Waffe niederkam und sich tief in die Matte bohrte.

Obwohl der Schlaf mich eng umfaßt hatte und ich noch, wie man sagen könnte, von zu viel Wein und dem Lodern der Lust benommen war, ist nichts besser geeignet, einem den Kopf freizumachen und einen vollends aufzuwecken, als das Geräusch, mit dem ein großes Schwert in sein Kissen fährt.

Ich kam auf die Knie und sah, wie mein Angreifer versuchte, seine Waffe aus dem Boden zu ziehen, in den er sie gestoßen hatte; und als ich meine Hand auf seinen Arm legte, um ihn festzuhalten, schleuderte er mich beiseite wie ein Bündel Lumpen. Nun sah ich sein Gesicht. Es war das des Hauptmanns der Jaqqas, Machimba-lombo.

»Aye, und willst du mich töten?« fragte ich. Ich tastete mit der Hand und fand einen Speer und mein Schwert; und Kulachinga kniete nieder, ohne daß ich sie dazu aufgefordert hätte, um das Feuer aufzufächern, damit ich besser sehen konnte. Machimba-lombo ließ sein Schwert stecken, wo es stak, und griff nach seinem Dolch, den er gegen meinen rechten Arm hob, wobei er ihn leicht ankratzte. Ich stieß meinen Speer zwischen seine Beine und drehte ihn, womit ich ihn aus dem Gleichgewicht brachte, doch diese Strategie war eine schlechte, denn er fiel auf mich anstatt, wie ich gehofft hatte, seitwärts gegen die Wand. Wir stürzten, verloren all unsere Waffen in dem Tumult und wälzten uns hin und her, kämpften nicht auf die grazile, an einen Tanz erinnernde Weise der Jaqqas, sondern auf die derbste Gassenart, wobei wir beabsichtigten, uns gegenseitig eine tödliche Verwundung zuzufügen.

Ich hörte, wie Kulachinga schrie und loslief, um Hilfe zu holen.

In diesem Augenblick hatte Machimba-lombo die Oberhand, im nächsten schon wieder ich. Er war schwerer als ich und einige Jahre jünger; doch ich war schnell und kein Schwächling, und das Wissen, daß ich um mein Leben rang, verlieh mir zusätzliche Kraft. Seine Hände waren an meiner Kehle, doch ich zwang sie zurück und meine Daumen gegen die Seiten seines Halses; diesen Griff brach er, indem er die Schultern vom Boden schwang und mir dann das Knie in die Eingeweide stieß, was mich benommen machte und mich vor

Schmerz aufstöhnen ließ. Doch gerade dieser Tritt ließ einen Schwall Erbrochenes aus meinem malträtierten Leib hochschießen, der sich über ihn ergoß. Er grunzte auf und ließ mich in seinem Abscheu einen Augenblick lang los, wobei er sich gerade lange genug von mir abwandte, daß ich ihm mit einem knackenden Geräusch den Ellbogen in die Eingeweide stoßen und dann, als er zurücktaumelte, mit der Kante meiner anderen Hand gegen den Nacken schlagen konnte. Dies geschah mit solcher Kraft, daß ich es bis in meine Schulter spürte, und ich wage zu behaupten, daß er es noch viel schlimmer spürte, denn er krümmte sich, als hätte ich ihm mit diesem einen Schlag jeden Knochen im Leib gebrochen. Ich umfaßte seine Schultern mit meinen Armen, zwang sein Gesicht grob auf den Erdboden und rief: »Gibst du auf?«

»Du mußt sterben!«

»Komm, Machimba-lombo, gib auf! Gib auf!«

»Schmutz-Jaqqa! Diebes-Jaqqa! Gedärm-Jaqqa!«

»Diese Schimpfworte haben keine Kraft«, sagte ich.

Aber es war noch Kraft in ihm: Dies erfuhr ich bald, denn er richtete sich auf, versetzte mir mit seiner sich hebenden Schulter einen mächtigen Knuff gegen das Kinn, daß sich mir der Kopf drehte. Dann griff er an mir vorbei nach dem Dolch, den er fallen gelassen hatte. Ich bekam seinen Arm gerade noch rechtzeitig zu fassen, versetzte ihm mit meiner Handkante einen Hieb, so daß er gefühllos wurde, was aber auch für meine Hand galt. Ich bekam ihn Arm in Arm und warf ihn herum, so daß er durch das Herdfeuer flog, sich das Gesicht versengte und aufheulte. Doch auf der anderen Seite des Herdes prallte er gegen sein Schwert, das noch immer im Boden stak, und diesmal stürzte er mit solch einem Schwung darauf, daß es nachgab, als er daran zog. Er sprang auf wie ein Dämon, schwang das Schwert und wirbelte es in einem großen Kreis durch die Luft, daß es zischte und sang.

Ich sah meinen Speer, ergriff ihn und wartete auf ihn. Denn trotz seines heimtückischen Anschlags wollte ich ihn nicht töten; doch nun wußte ich, daß ich ihn erschlagen oder selbst sterben mußte. Es war ein großes, widerwärtiges Schwert, das er schwang, doch ein Schwert ist weder eine gute Stoß- noch eine Wurfwaffe, und ich konnte ihn aus sicherem Abstand erstechen und war auch bereit dazu.

Ich bereitete mich auf den Stoß vor. Doch dann waren plötzlich überall Fackeln, und die Hütte war voller Krieger, die um uns herumschwärmten und uns beide ergriffen und uns die Waffen abnahmen; und einen Augenblick später erschien Imbe Calandola persönlich am Ort des Geschehens und verlangte den Grund für den Aufruhr zu wissen.

»Als ich erwachte, wollte er gerade mit seinem Schwert zustoßen«, sagte ich. »Und wir kämpften; und dann hinderte man uns am Kämpfen. Ich bitte dich, Fürst Calandola, laß mich diese Sache beenden.«

Und ich funkelte Machimba-lombo an, dessen eine Gesichtshälfte von der Flamme in seinem Haar ganz verschmiert war; er war zwar verletzt, bebte aber vor Zorn. Und dieser Zorn füllte nun auch mich aus, und meine Brust war so voll davon, daß ich kaum atmen konnte, denn dieser Mann hätte mich feige im Schlaf getötet, abgeschlachtet wie ein Kalb. Von unserem Ringen schmerzte mein Körper an fünfzig Stellen, die ich einen Augenblick zuvor noch nicht gespürt hatte. Über meinen Augen lag ein Schleier aus heißer, roter Wut.

Er hatte sich genausowenig beruhigt. Er spuckte in meine Richtung und rief: »Sklaven-Jaqqa! Schweine-Jaqqa!«

»Nachtschleicher!«

Machimbo-lombo versuchte, sich zu befreien. Ich ebenso, und beinahe wäre es mir gelungen, doch dann hielt man mich wieder fest.

»Was ist das für ein Verrat, Machimba-lombo?« sagte Calandola. »Das ist der Kimana Kyeer, den du bedroht hast! Erkläre deinen Angriff.«

Doch nun sagte Machimba-lombo nichts.

Kinguri, Ntotela, Ti-Bangala und zwei oder drei weitere Fürsten traten ein. Sie beratschlagten flüsternd untereinander; Imbe Calandola rief sie zu sich; und einen Augenblick später wurde Machimba-lombo mit dicken, geflochtenen Weidenruten gefesselt und, noch immer fluchend und drohend, abgeführt. Erst dann gaben mich die Krieger, die mir die Arme auf den Rücken gebogen hatten, frei. Ich rieb meine Prellungen, die ich am ganzen Körper spürte, und Kulachinga trat überaus furchtsam zu mir und streichelte mich, um mich zu beruhigen.

»Ich weiß nicht, warum er mich so hinterhältig angriff«, sagte ich, »denn ich habe ihm niemals ein Unrecht zugefügt; doch vielleicht hat ihn erzürnt, daß ich so schnell in deiner Gunst gestiegen bin.«

»Es war nichts anderes als das«, sagte der Imbe-Jaqqa. Und er schaute verdrossen und nachdenklich drein, daß er, indem er mich zum Kimana Kyeer erhoben hatte, diesen geschätzten Prinzen zur Verzweiflung und zum Verrat getrieben hatte. »Er konnte deine Triumphe nicht verkraften.«

»Und er wollte mich aus purem Neid töten? Ah, das ist es! Ich hätte es voraussehen müssen!«

»Dein hoher Rang unter uns hat ihn sehr erzürnt, Andubatil«, sagte Kinguri. »Bevor du kamst, war er der kühnste unserer Krieger, doch deine Muskete hat sein Licht verdunkelt. Wir haben gesehen, daß er sich in den letzten Wochen verändert hat. Doch ich hätte nicht gedacht, daß er sich so sehr verändert, daß er in der Dunkelheit kommen würde, um dich zu töten.«

Obwohl er mich auf übelste Art getötet hätte, empfand ich

Trauer um diesen Fürsten Machimba-lombo. Da ich ein Mann mit ausgeglichenem Temperament bin, wie Ihr wißt, war meine Wut verraucht. Doch was für einen Schmerz mußte Machimba-lombo empfunden haben, mich so schnell bei seinem Volk aufsteigen zu sehen! Denn ich wußte, daß diese Jaqqa-Fürsten, waren sie bei klarem Verstand, einen Ehrbegriff hatten, der es ihnen nicht erlaubte, einen so schändlichen Mord zu begehen.

»Was wird nun mit ihm geschehen?« sagte ich zu Calandola.

»Er wird verurteilt und getötet werden.«

»Gibt es keine Möglichkeit, ihn zu verschonen?« fragte ich.

Der Imbe-Jaqqa schaute verblüfft drein. »Was, du willst ihn verschonen?«

»Das ist die Art der Christen«, sagte Kinguri leise zu ihm. »Sie lieben ihre Feinde, weil ihr großer *Mokisso* es ihnen so befiehlt.«

»Ah«, sagte Calandola zu mir, »du liebst ihn also?«

»Bei Gott, ich liebe ihn nicht, o Imbe-Jaqqa!« rief ich. »Als er unter meinem Griff zu Boden lag, hätte ich ihm wegen seines Verrats an mir das Leben genommen, hätte ich es nur gekonnt. Doch nun habe ich mich beruhigt. Ich glaube, es wäre eine große Verschwendung, ihn zu töten, denn er hat viel Kraft und ist von großem Wert für uns.«

»Jetzt ist er wertlos«, sagte der alte Ntotela. »Jetzt ist er ein Tier, eine wilde Bestie.«

»Er wird wieder zu Verstand kommen«, sagte ich. »Seht doch, wie der Imbe-Jaqqa sagte, war er nur eifersüchtig auf die Ehren, die ich von euch empfangen habe, weil ich neu unter euch und schon hoch aufgestiegen bin. Doch man kann ihm seinen Zorn nehmen.«

»Nay«, sagte Calandola. »Das ist töricht. Verteidige ihn

vor mir nicht länger, Andubatil. Er wird niemals seine Feindschaft dir gegenüber aufgeben. Es gibt nur eine Möglichkeit, diese Feindschaft zu beenden, und zwar die, dem ein Ende zu machen, der es gewagt hat, den großen Kimana Kyeer ermorden zu wollen. Komm.«

Es dämmerte nun. Ein großer roter Lichtschimmer, der wie das Freudenfeuer eines Riesen aussah, erhob sich über den Bergen im Osten. Die Luft war lau und schwer und verkündete einen baldigen Regen. Sämtliche Jaqqas waren nun auf, und alle schienen davon zu wissen, daß Machimba-lombo in mein Schlafgemach eingedrungen war, denn sie waren aufgebracht und erzürnt.

Kinguri schloß zu mir auf. »Es ist noch niemals vorgekommen«, sagte er, »daß ein Jaqqa-Fürst einen anderen geschlagen hat. Es war edel von dir, zu seinen Gunsten zu sprechen, doch du solltest nicht darauf beharren. Er ist verloren.«

Ich zuckte die Achseln. »Es bedeutet mir nichts, wenn er stirbt«, sagte ich. Denn mein Gnadenausbruch war so schnell von mir abgefallen wie zuvor mein heftiger Zorn. Ich fühlte nun alle Prellungen, die Machimba-lombo mir bei unserem Kampf bereitet hatte, und empfand nun auch den seltsamen, verspäteten Abscheu, der einen überkommt, wenn man dem Tode nahe gewesen war und dies anfangs nicht begriffen hatte. Doch hätte Kulachinga mich nicht gewarnt, wäre mein Körper nun durchtrennt, und ich würde mit meinem guten Blut die Mutter Erde tränken.

Sie hatten sich in einem Kreis um Machimba-lombo aufgebaut, wie damals um die Löwin, und Zimbo und einige andere der älteren Männer sprachen mit ihm. Man hatte seine Fesseln gelöst, und er schien in der Tat jetzt ruhiger zu sein, fast nachdenklich, fast betrübt. Doch er war nur so niedergeschlagen, weil es ihm nicht gelungen war, mich zu töten. Das Licht des Sonnenaufgangs fiel auf ihn, so daß seine tiefschwarze Haut mit einer bronzenen Helligkeit schimmerte, und ich sah die Verletzungen auf seiner Haut, die ich ihm beigebracht hatte. Als er mich erblickte, starrte er mich mit neuer Heftigkeit an, und wäre er frei gewesen, hätte er mich wohl erneut angefallen.

Imbe Calandola trat zu ihm. »Sprich, Machimba-lombo«, sagte er, »verrate uns, was in deinen Gedanken vor sich ging.«

»In meinen Gedanken ging vor sich, o Imbe-Jaqqa, daß dieser Mann keiner von uns ist und sich seinen Rang nicht verdient hat.«

»Und so wolltest du ihn töten?«

»Wenn nicht ich, wer dann? Denn ich wußte, daß du ihn nicht absetzen würdest. Und er sollte nicht das sein, was er unter uns ist, denn er gehört nicht zu uns.«

»Da irrst du dich. Er gehört tatsächlich zu uns, Machimba-lombo.«

Ich fand es überaus seltsam, den König der Menschenfresser dies über mich sagen zu hören. Doch ich bewahrte mein Schweigen und kaute innerlich ein wenig an diesen Worten.

»Wieso gehört er zu uns?« rief Machimba-lombo. »Seine Haut ist weiß! Sein Haar ist golden! Er ist ein Christ!«

»Wir haben ihn aufgenommen und zu einem der Unsrigen gemacht.«

»Aye, und sogar zum Fürsten! Aber er ist nicht von unserem Blut, o Imbe-Jaqqa!«

»Ich sage, daß er durch seine Seele mit uns blutsverwandt ist«, erwiderte Calandola. Dann fügte er ungeduldig hinzu: »Ich werde nicht mit dir darüber streiten. Du weißt, daß es Verrat ist, die Hand gegen einen hohen Jaqqa zu heben.«

»Er ist kein Jaqqa«, sagte Machimba-lombo starrköpfig.

»Und ich sage, er ist einer. Und du hast einen Verrat

begangen; und daher wirst du aller hohen Ehren entkleidet, und wir gewähren dir nur diese eine Gnade: daß dir ein Elephanto-Schwanz gewidmet wird, als wärest du in Ehren gestorben. Denn vor dieser Sache warst du ein Mann von Ehre.« Er gab dem Hauptmann Ti-Bangala ein Zeichen und sagte: »Bringe uns den Schwanz des Elephantos des Jaqqas Machimba-lombo.«

Daraufhin wurde das Gesicht des Machimba-lombo steinern und aschen, denn er wußte, daß ihn der Tod erwartete. Und ich glaube, er hörte, wie sein *Mokisso*, der ihn bald zur Hölle zerren würde, aus dem Erdreich zu ihm sang.

Ich verspürte etwas Mitleid für ihn, wenngleich er auch keins für mich empfunden hatte. Doch ich hielt es in meiner Brust verschlossen und musterte ihn nur wie einen Feind. Denn ich war Kimana Kyeer, und er hatte Verrat begangen gegen mich und den Stamm, der mich aufgenommen hatte.

Ti-Bangala kehrte zurück. In der Hand hielt er einen großen, schweren, haarigen Elephanto-Schwanz. Calandola nahm ihn entgegen und legte ihn wie eine Peitsche um seine Schultern. Dann sagte er zu Machimba-lombo: »Wir gewähren dir den Tod der Ehre, Machimba-lombo Jaqqa.«

Was dann geschah, erfüllte mich mit Verblüffung und Erstaunen. Sie brachten Machimba-lombo nicht mit Waffen zu Tode, wie ich es erwartet hatte, und auch nicht durch Gift. Calandola legte lediglich dem Verdammten den zusammengerollten Elephanto-Schwanz vor die Füße. Und Machimba-lombo nickte und schaute überaus ernst einen Augenblick lang auf ihn hinab; und dann schwankte er und stürzte zu Boden wie eine Marionetten-Puppe, deren Fäden man durchtrennt hatte. Denn er gab einfach sein Leben auf und ließ es aus eigenem Willen fahren, und dies machte ihm ein Ende. Dies ist eine Befähigung dieser Afrikaner, die ich nicht verstehe, und wenn sie in tiefer Trauer oder entehrt sind und sterben müssen, dann können sie dies allein mit Willenskraft vollbringen, indem sie zu sich sagen: »Verlasse diese Welt«, und sie verlassen sie.

Sechs der hohen Hauptmänner trugen Machimba-lombos Leiche davon, und es folgte eine Zeremonie, der ich nicht beiwohnte, und sie betteten ihn zur Ruhe. Und danach wurde ein anderer Jaqqa namens Paivaga an seiner Stelle zum Hauptmann ernannt; er war schlank und flink und hatte die dünnen Lippen und die schmale Nase eines Mauren, obwohl seine Haut pechschwarz war. Einige Tage lang hielt Calandola sich danach für sich, um den Tod des Machimba-lombo zu betrauern. Und in den Augen der anderen war ich nun endgültig ein hoher Jaqqa: Ich, Andubatil, ich, Kimana Kyeer.

5

Vier Tage nach dem Tod des Machimba-lombo rief mich Kinguri, der Bruder des Imbe-Jaqqa, verstohlen zu sich und sagte zu mir: »Erzähle es niemandem, doch bereite dich auf eine Reise vor, und nimm nichts mit bis auf ein Messer und ein Schwert.«

»Auch nicht meine Muskete?«

»Nay, sie würde dir nur hinderlich sein.«

Obwohl ich nicht wußte, was er im Sinn hatte, tat ich wie geheißen, und auf seinen Befehl stand ich des Nachts auf und sagte Kulachinga, ich würde zurückkehren, wisse aber nicht, wann. Durch den Morgennebel schritt ich zum Rand des Lagers und traf mich dort mit Kinguri.

Er und ich verließen verstohlen gemeinsam das Lager, nur

wir beide, und wandten uns in östliche Richtung zu einer breiten, offenen Ebene. Bei Sonnenaufgang machten wir halt, und er sagte: »Du hast mir einmal von der Stadt Rom erzählt, die der Sitz des Papstes und auf sieben Hügeln neben einem Fluß erbaut ist. Ist diese Stadt prachtvoll?«

»Dies habe ich gehört, obwohl ich sie niemals selbst gesehen habe.«

»Glaubst du, daß sie so prachtvoll ist wie *das da?*«

Und er führte mich ein kleines Stück um einen niedrigen, grasbewachsenen Hügel herum, und ich erblickte eine Stadt, die sich auf einem steinernen Berg von etwa sieben Meilen Durchmessern erhob und vorher durch die Windungen unseres Pfades meinem Blick entzogen gewesen war. Zwischen dieser Stadt und uns lagen reiche grüne Weiden, Felder und Wiesen, die denen, die dort lebten, sicher einen üppigen Anteil an Gottes Früchten bescherten.

»Das ist die Stadt Dongo«, sagte Kinguri, »die Residenz von König Ngola. Sag mir, Andubatil, kennst du in der ganzen christlichen Welt etwas so Prächtiges?«

Was hätte ich entgegnen können? Daß Dongo nur eine verwahrloste Stadt mit Strohhütten war und Rom die Hauptstadt der Welt? Nay, ich wollte ihm nicht so weh tun. Außerdem war dieses Dongo auf seine Art wirklich eine schöne, wundersame Stadt, war sie doch so hoch gelegen wie der Wohnort der Götter auf dem Berg Olymp und strahlte sie doch im frühen Tageslicht mit einer bleichen, fast überirdischen Schönheit.

»Beabsichtigt der Imbe-Jaqqa nun, diese Stadt zu überfallen und nicht Makellacolonge?«

Kinguri lächelte und schüttelte den Kopf. »Noch nicht, Andubatil, noch nicht! Denn sieh doch: Es führt nur ein Weg zum Berg, und dieser ist gut befestigt, und wollten wir ihn nehmen, würden wir große Verluste an Menschenleben erleiden. Der Imbe-Jaqqa ist noch nicht bereit, die Stadt zu nehmen. Zuerst müssen wir unsere Zahl vergrößern, auf das Dreifache dessen, was wir jetzt sind; und dann werden wir unterhalb von Dongo ein Lager aufschlagen, der Stadt den Zugang zu den Feldern nehmen und sie ein wenig aushungern. Und wenn sie ausgehungert genug ist, werden wir über sie herfallen, sie nehmen und vom Antlitz der Erde entfernen. Und das wird das Ende des Königs Ngola und seines Stammes sein.«

Dies sagte er überaus ruhig, anscheinend ohne Blutdurst. Seine Worte erinnerten mich an die des Calandola über dessen göttlichen Auftrag, die Welt von ihren Städten und Bauernhöfen zu befreien. Diese Auffassung teilte auch Kinguri, und auf eine leidenschaftslose Art sehnte er sich danach, Afrika zu einem neuen Eden für einfache, nackte Schäfer zu machen.

Nun, ich nehme an, das ist kein schlechterer Grund, in den Krieg zu ziehen, als so mancher anderer, und vielleicht sogar ein besserer. Denn was rechtfertigt es, einfach in ein Land einzumarschieren, um seinem Volk das Papsttum aufzuzwingen oder um ihm das Papsttum zu nehmen oder einen Regierungswechsel vorzunehmen, bei dem der eine wollüstige, gierige Fürst gegen den anderen ausgetauscht wird? Und der Krieg, den die Spanier gegen die Indianer geführt, bei dem sie ihnen ihr Gold gestohlen und dafür Pocken und andere Krankheiten gebracht haben – war der etwa edler als der Traum der Jaqqas, die Erde von allem zu reinigen, was die Menschen darauf erbaut hatten? Ich stand noch immer unter Calandolas Bann, und obwohl ich seinen monströsen Ehrgeiz nicht teilte, hatte er in meinen Augen Bestand. Ich sah darin eine Art seltsamer Poesie und eine überwältigende Einfachheit. Aye, entfernt alle, die die Erde entweiht haben, von ihrem Antlitz! Reißt die Städte nieder, treibt die treulosen Portugiesen ins Meer! Warum nicht? Es hatte seine Vorzüge. Morgen Dongo, und São Paulo de Luanda am Tag darauf. Aye, warum nicht, warum nicht? Und dann würde das Land seinen Frieden gefunden haben, und die Schafe konnten in Sicherheit weiden.

Kinguri führte mich näher an die Stadt Dongo heran. Ich fragte mich, ob er sie betreten wollte, was unser sicherer Tod sein würde, da ich in diesem Land so verdächtig war wie ein dreiköpfiges Kalb und er mit seiner Jaqqa-Statur und den Verzierungen kaum weniger auffällig.

Doch das war nicht seine Absicht. Als wir uns der Stelle näherten, wo sich der Pfad nach Dongo in die Berge hinaufwand, deutete er nach links und sagte: »Auf dieser Wiese leben die heiligen Pfaue des Königs Ngola, die er mehr als alles andere schätzt. Wenn du einem auch nur eine einzige Feder raubst und dabei ertappt wirst, ist dein Leben verwirkt. Gehen wir auf diese Wiese, Andubatil, und holen wir uns ein paar Federn.«

»Und wenn man uns faßt?«

»Dann werden wir sterben. Aber wir werden tapfer sterben.«

Ich konnte den Sinn dieser Anstrengung nicht sehen. Die Schwingen des Todes hatten mich diese Woche schon einmal berührt, und ich trug noch die Spuren meines Kampfes mit Machimba-lombo. Doch Kinguri schien seinen Plan unbedingt durchführen zu wollen, und nachdem ich ihn so weit begleitet hatte, konnte ich mich nicht abwenden.

So stahlen wir uns auf die Wiese, die feucht war und umgeben von säulenartigen Pflanzen, deren Stämme und Blätter einen bläulichen Farbton hatten. Vor uns befanden sich die königlichen Tiere; sie flogen auf die Bäume hoch und von ihnen hinab, spreizten ihre gewaltigen Schwänze und stießen wilde, schrille Schreie aus. Der Ort schien unbewacht zu sein, was mir seltsam erschien, waren diese Vögel dem König wirklich so wertvoll. Doch Kinguri sagte, Wachen lägen auf der Lauer, und trug mir auf, nach ihnen Ausschau zu halten.

Aus seinem Beutel zog er einen Lederstreifen, an dessen einem Ende zwei runde Steine befestigt waren. Überaus wachsam näherte er sich den Pfauen, um dieses Ding auf sie zu werfen und einem die Beine damit zu verschnüren. Die beiden ersten Versuche schlugen fehl, da die Vögel flinker waren, doch beim dritten traf er einen, der ein lautes Zetern und Toben anfing, als sich das Leder nach Kinguris kräftigem Wurf um seinen Körper schlang.

»Komm!« rief er, und wir stürmten vor, und mit unserem Messer schnitten wir dem Vogel die Kehle durch.

Dann faßte er mich am Oberarm und fügte mir sehr schnell, bevor ich den Arm zurückziehen konnte, einen tiefen, aber schmalen Schnitt zu, und sich selbst ebenfalls. Und er nahm die Kehle des Pfaus und ließ dessen Blut über seine Wunde tropfen, drückte seinen Arm gegen den meinen und rieb ihn daran, so daß sich das dreifach verschiedene Blut vermischte, seins und meins und das des Vogels, und dabei schaute er mir mit einem heftigen, wilden Blick in die Augen, hinter denen ich seine scharfe Intelligenz hell auflodern sah.

»Wir sind jetzt Brüder, du und ich, Andubatil Jaqqa!« sagte er mit heiserer, belegter Stimme.

»Blutsbrüder?«

»Ja. Und wenn wir dies schon früher getan hätten, hätte Machimba-lombo es nicht gewagt, dich zu berühren, denn dann hätte er gewußt, daß dein *Mokisso* und meiner miteinander verbunden sind. Doch dies wird dich nun vor weiteren solchen Feinden schützen, denn ich glaube, du hast noch einige davon, Andubatil.«

»Und wer sind diese Feinde?« fragte ich und musterte verwundert die blutende Wunde an meinem Arm.

»Ah, darüber können wir ein ander Mal sprechen. Komm jetzt.«

Schnell sammelten wir Schwanzfedern des Pfaus ein, stießen sie in die Perlengürtel, die wir trugen, warfen den Leichnam des Vogels beiseite und schickten uns an, die Wiese zu verlassen. Doch genau in diesem Augenblick kam der Wachposten dieses Ortes, der seine Morgenrunde machte, an uns vorbei und blieb beim Anblick eines Weißen und eines Jaqqas, die gemeinsam einen der heiligen Pfaue getötet hatten, überrascht stehen, den Mund wie ein Fisch auf dem Land öffnend und schließend. Er war ein kleiner Schwarzmohr, der die mittleren Jahre schon überschritten hatte, bekleidet mit einer grünen Samtrobe und einem hohen, türmchenförmigen Hut, und er deutete auf uns und gab keuchende, aber völlig geräuschlose Laute von sich, so groß war sein Erstaunen. Augenblicklich sprang Kinguri auf ihn zu, das Messer in der Hand.

Der Wachposten atmete tief ein, als bereite er sich darauf vor, einen lauten Schrei auszustoßen; und der Jaqqa stieß das Messer mit einer fließenden Bewegung in die Kehle des Mannes, der auf die Knie sank.

Wäre er an diesem Morgen zuerst auf die andere Seite der Wiese gegangen, so hätte er diesen Tag wohl überlebt, denke ich.

»Wir müssen uns beeilen, Bruder«, sagte Kinguri.

Durch die Nebel der Dämmerung flohen wir von diesem Ort, unser Beutegut, die Pfauenfedern, mit beiden Händen umklammernd, und mein Arm pochte und klopfte dort, wo fremdes Blut in ihn hineingeflossen war.

Auf dem Rückweg zum Jaqqalager war Kinguri überaus ermutigt und beseelt. Er legte solch eine Geschwindigkeit vor, daß ich mit seinen langen Beinen kaum Schritt halten konnte. Er stellte mir unendlich viele Fragen, etwa: Welche Farbe hat der Himmel über England? Wie groß ist der Palast der Königin von London? Besucht Gott jemals die Könige von Europa? Und er wollte ebenfalls wissen, wer denn nun bestimmte, wieviel Getreide man mit einem Stück Gold kaufen konnte und warum Gott zugelassen hatte, daß sein einziger Sohn von den Menschen erschlagen wurde, und ob es stimmte, daß die Engländer schwarz geboren und erst weiß wurden, nachdem sie der kalten Luft unseres Landes ausgesetzt waren, und so weiter. Ich hatte ihm kaum die eine Frage beantwortet, da stellte er mir schon die nächste, oder zwei oder drei hintereinander, wie ein Mann, den ein fieberhafter Wissensdurst überfallen hat; und dieser Mann, der wütend geworden war, als ich Einwände dagegen erhoben hatte, Neugeborene zu töten, und der erwidert hatte, ich sei ein Narr, daß ich nicht die offensichtliche Weisheit dieses Brauches erkennen würde, dieser Mann befragte mich nun wie ein wissensdurstiger Gelehrter.

Erst als wir das Lager erreichten, wurde er etwas stiller, und schließlich drehte er sich zu mir um, sah mir in die Augen und sagte: »Es ist nichts Geringes, was du und ich getan haben. Ein Jaqqa nimmt sich nur ein oder zwei Mal im Leben einen Bruder, und erst, nachdem er lange darüber nachgedacht hat. Und fast immer geschieht dies auf dem Schlachtfeld.«

»Warum hast du mich dann gewählt, Kinguri?«

»In deinem Blut ist Weisheit, Andubatil. Und nun sind wir miteinander verbunden, und die Weisheit der Weißen fließt auch in meinem Körper. Ich sage dir, ich könnte es nicht ertragen, sie nicht in mir zu haben!«

Und demzufolge strömt nun die Wildheit der Jaqqas in meinem Körper, dachte ich, sprach es aber nicht aus. Ich nahm ihr Fleisch in meinen Magen und ihr Blut in meine Adern, und Schritt um Schritt strömte mein Leben in den Fluß des ihren und vermischte sich damit, bis man es nicht mehr unterscheiden konnte.

Ich grinste ihn an und sagte: »Ich hoffe, ich werde mich deiner Wahl würdig erweisen, Bruder!«

»Du wirst dich als würdig erweisen«, sagte er. »Dessen bin ich mir sicher.«

Wir betraten das Lager gemeinsam, wobei wir die wunderschönen Federn hochhielten; und einige Knaben vom Hof des Imbe-Jaqqa sahen uns und auch die blutigen Schnitte an unseren Armen. Innerhalb von einer Stunde wußte jeder Jaqqa, was sich auf der Wiese unterhalb der Stadt Dongo zwischen mir und Kinguri ereignet hatte. Den ganzen Tag über flüsterten sie miteinander und warfen mir flüchtige Blicke zu. Selbst Kulachinga, die meine Frau war und eine ehemalige Frau des Imbe-Jaqqa, hielt sich fern von mir, als hätte ich eine weitere Erhöhung durchlebt, die weit über die hinausging, die ich schon erfahren hatte, und die ihr Erstaunen, wenn nicht sogar Schrecken einflößte.

Denn dies war einer der höchsten Bräuche unter den Jaqqas: daß zwei Männer, die einander schätzten und liebten, des Nachts zu einer langen Reise aufbrachen, die voller Gefahren steckte, eine ungewöhnliche Tat wie etwa den Diebstahl eines Pfaus des Königs Ngola vollbrachten und den Ritus des Vermischens ihres Blutes zelebrierten.

Ich war nun mit dem zweiten Mann des Reiches verbunden, dem natürlichen Bruder des Imbe Calandola persönlich, was mich gewissermaßen zu einem Mitglied der königlichen Familie machte.

Wie alle diese Ehren brachte auch diese einen hohen Preis mit sich: Sie stürzte mich noch tiefer in die Rivalitäten am Hofe.

Diese Jaqqas sind, wie alle Türken oder Tataren oder alle anderen auch, sogar wie wir Engländer mit unseren Kriegen zwischen York und Lancaster, eifersüchtig auf einen, der eine hohe Stellung einnimmt, und schmieden untereinander gewaltige Ränke und Intrigen, um einander zu übertreffen. Dies bekam ich nur allmählich mit, denn zuerst erschienen sie mir alle gleich, und alle schienen in einem Krieg gegen die Menschheit vereint. Doch dies war nur eine Illusion, die mir Machimba-lombos Schwert in meiner Schlafmatte ein für alle Mal genommen hatte. Vereint mochten sie sein, und doch gab es wie in jedem Volk Rivalitäten und Zwietracht.

So bescherte mir meine Erhebung in die Blutsbrüderschaft mit Kinguri dessen eigene Größe, die sich wie ein Glanz auf mich erstreckte, aber auch die Gefahr, weitere Feinde zu bekommen. Als ich Kinguri um Namen bedrängte, vor denen ich mich vorsehen müsse, schlüpfte er wie Quecksilber vor dem Thema zurück. Trotzdem drängte er mich, scharf auf Zeichen der Feindschaft zu achten. Ich hielt die Augen auf, und ich sah, daß unter den hohen Jaqqas die drei, die Kinguri am treuesten zugetan waren, nämlich Kulambo und Ngonga und Kilombo, die gleiche Zuneigung für mich zu empfinden schienen. Und die drei, die sich immer in der Gunst des Imbe-Jaqqa gesonnt hatten, nämlich Kasanje und Kaimba und Bangala, bedachten mich nun mit Blicken, Stirnrunzeln und Unfreundlichkeit, was mir Unbehagen verursachte. Doch obwohl ich oft daran dachte, wachte ich niemals wieder auf, um zu sehen, wie ein Meuchelmörder sein Schwert über mir hob.

Ich erinnerte mich an die Warnung des Medizinmannes Kakula-banga und fragte mich, welche Empfindungen mir Calandola nun entgegenbringen würde, nachdem ich mein Blut mit dem Kinguris vermischt hatte. Ich nahm zwar nicht an, daß Kinguri es gewagt hätte, dies ohne die Zustimmung des Imbe-Jaqqa zu tun, wußte es aber nicht genau. Und weil sich sein innerstes Wesen so sehr von dem anderer Männer unterschied, konnte ich mir niemals sicher sein, wie er auf das, was wir getan hatten, reagieren würde.

Am Tag meiner Blutsbrüderschaft mit Kinguri umarmte mich der Imbe-Jaqqa auf seine zermalmende Art, daß meine gerade verheilte Wunde wieder aufbrach, und rief überaus schallend: »Der Bruder meines Bruders ist mein Bruder!« Und verlangte nach mit Blut vermischtem Wein, den er mit mir teilte. Doch danach fiel mir auf, daß sein Gesicht überaus ernst und nachdenklich war, als sinne er über diese Sache nach und als gefiele ihm die neue Verbindung zwischen Kinguri und mir nicht.

In den folgenden Tagen nahm Calandola mich oftmals für Stunden ohne Ende an seine Seite und wollte mich nicht von ihm weichen lassen. Manchmal sprach er kein Wort, starrte einfach ins Leere und trank; und ich schwieg neben ihm und spürte die mächtige Ausstrahlung seiner Gegenwart, die insgeheim und leise an meinem Geist arbeitete. Manchmal war er überaus geschwätzig und brüstete sich endlos seiner Eroberungen, sagte, daß er diese und jene Stadt zerstört, diesen und jenen Häuptling gebraten, diese und jene Provinz verwüstet habe. Und bei wieder anderen Gelegenheiten sprach er nachdenklicher, fast so gedankenvoll wie der weise Kinguri, über den Sinn seines Zorns, seine Hoffnung, der Verderbtheit auf Erden – womit er natürlich seßhafte Zivilisationen meinte – ein Ende zu bereiten, und über die Unterschiede zwischen Afrika, wie er es sah, und Europa, wie ich es beschrieb.

Ich glaube, er hatte keinen rechten Eindruck von solchen Ländern wie England und Frankreich und Spanien und hielt sie für nur etwas belebtere Orte als Angola und den Kongo. Denn es fiel ihm schwer, meine Worte über Straßen und

Landstraßen zu verstehen, über große Häfen, Kathedralen und Paläste und alle anderen solche Dinge, die in seinem Land unbekannt waren. Er stellte sich vor, er würde sie sehen, wenn ich von ihnen sprach, doch wie ich seinen Worten entnahm, war seine Auffassung von ihnen viel geringer als die Wirklichkeit. Oder täuschte ich mich in ihm? Wir können niemals wirklich sehen, was in den Gedanken eines anderen vor sich geht, bis wir in den Himmel kommen, wo alles durchscheinend ist.

Oftmals ging ich nun mit bestimmten Fürsten des Stammes auf die Jagd, meistens mit Kinguri, doch auch mit seinen Gefährten Kulambo und Ngonga. Diese Männer waren tapfer und kühn und sagten wenig, sondern bewegten sich mit der starken und tödlichen Schnelligkeit großer Raubkatzen. Wir trennten uns dabei von dem Stamm, nahmen Lanzen oder Bögen oder Schwerter mit, und fielen zu unserem Vergnügen über die Tiere der Wildnis her, die Gazellen und Zevveras und Antilopen, und dann und wann über einen Leoparden, der des Nachts durch die Baumgipfel schlich, oder einen jungen Löwen. Niemals nahm ich bei diesen Streifzügen meine Muskete mit, da das Pulver und die Munition nicht zu ersetzen waren. Doch einmal bedauerte ich dies, nämlich, als ich allein mit dem großen, breitschultrigen Ngonga jagte.

Wir waren in die Dickichte im Osten gegangen, verfolgten die Fährte eines schnellen Geschöpfs und kamen ihm näher, denn sein Geruch wurde stärker. Doch dann traten wir plötzlich zwischen zwei dicken Schlingpflanzen, die sich wie wütende Schlangen wanden, auf eine Lichtung, und da lag unser Tier, und fünf Männer eines Stammes aus dem Landesinneren hatten sich darum geschart und zogen ihre Speere aus ihm.

Als sie uns erblickten, deuteten sie auf uns und riefen in

einem unbekannten Kauderwelsch. Ich glaube, sie kamen von so weit her, daß sie nicht einmal wußten, was ein Jaqqa war, denn sie zeigten trotz Ngongas Größe, seines majestätischen Erscheinungsbildes, der Jaqqa-Zähne und der Jaqqa-Narben keinerlei Furcht vor ihm. Wohingegen ein jedes Volk aus dem Busch, das gewußt hätte, daß es einem Jaqqa gegenüberstand, sofort geflohen wäre. Was mich betraf, so zeigten sie mehr Verwirrung, wohl, weil sie mich für einen Geist aus dem Jenseits hielten; doch sie zeigten auch vor mir keine Furcht, so daß sie entweder äußerst tapfer oder äußerst töricht waren.

Noch immer ihre wirren, dickzüngigen Laute ausstoßend, »*Jagh, ghagh ghagh jagh!*« oder so ähnlich, stürmten sie uns mit gezückten Waffen entgegen. Doch ihre Geschicklichkeit kam ihrem Mut nicht gleich. Ich parierte einen Stoß mit meinem Speer und stieß den Mann zu Ngonga, der ihn mit einem mächtigen Schlag mit der scharfen Klinge seines Schwertes an der Schulter traf und seinen Oberkörper glatt durchtrennte. Gleichzeitig stieß Ngonga einen Angreifer zu mir, in die Reichweite meiner Klinge, und ich hieb dem Mann schnell den Kopf von den Schultern. Die drei Überlebenden wollten nicht fliehen, sondern setzten starrköpfig ihren Angriff fort. Es kam sie teuer zu stehen, denn wir schlugen sie in Stücke. Es dauerte nur einen Augenblick.

Wir sahen einander an, schwer atmend, aber freudig erregt in der schönen Hitze, die einem vollbrachten Kampf folgt.

»Was ist das für ein törichtes Volk?« fragte ich ihn.

Er hob die Achseln. »Sie sind Fleisch«, sagte er. »Das ist alles, was sie sind, und mehr auch nicht.«

Auf diese Art verbrachte ich die Zeit, die wir außerhalb des Landes von Makellacolonge lagerten. Wir griffen nicht an, brachen aber auch nicht auf, und unter meinen Jaqqa-

Brüdern, die ungeduldig und argwöhnisch wurden, herrschte eine schlechte Stimmung. Sie verstanden nicht, warum wir so lange warteten. Calandola gab uns keinen Hinweis; er wurde von seinen Zauberern geleitet und von den Sternen und den Dingen, die er am Horizont sah, und er behielt seine Meinung für sich. So lenkten wir uns ab, wie immer wir nur konnten. Doch der Tod des Machimba-lombo lag noch auf unseren Gedanken und schuf viel Unruhe.

Zu diesen unsicheren Zeiten lebte im Jaqqa-Lager ein Brauch neu auf, von dem ich viel gehört, aber den ich noch nicht beobachtet hatte, nämlich der des Gottesurteils. Ich hatte so etwas beim Volk des Mofarigosat beobachtet, wo solche Urteile gewöhnlich durch Gift herbeigeführt werden. Doch das war nur eine der vielen teuflischen Formen dieser Rechtsprechung, die die Jaqqas bevorzugten.

Überdies verlangten sie diese Gottesurteile nicht nur, wenn irgendein Rechtsstreit entschieden werden mußte. Nein, sie gaben sie als allgemeinen Unschuldsbeweis, als Zeichen ihrer großen Kühnheit, um dem Imbe-Jaqqa ihre Treue zu beweisen.

Etwa zehn Tage nach meiner Verbrüderung mit Kinguri kam es zum ersten dieser Ereignisse, als alle Jaqqa-Fürsten vor Calandola traten, der auf seinem Thron saß. Der Imbe-Jaqqa verlangte von allen von ihnen eine Erneuerung ihres Treueeides, und zwar durch das Gottesurteil namens *Chilumbo*, das mit Feuer vollzogen wurde. Dabei wurde ein rotglühendes Eisen über den Schenkel eines jeden Mannes gezogen, wobei man davon ausging, daß der, der dem Imbe-Jaqqa treu ergeben war, unverletzt blieb, aber die, die insgeheim nicht zu ihm standen, versengt und verletzt wurden, wodurch sich ihr Verrat offenbarte.

Daraufhin ergriff der alte Zauberer Kakula-banga, der seine schönsten Federn und Farben trug und am ganzen Körper mit einer leuchtenden Schmiere bedeckt war, ein heiliges Beil, mit dem dieses Ritual durchgeführt wurde, und legte es ins Feuer. Dann traten die hohen Männer des Stammes einer nach dem anderen vor, während Musiker ein schreckliches Trommeln anstimmten, um alle in noch größere Erregung zu versetzen.

Der erste dieser hohen Fürsten war Kinguri, der laut ausrief: »Bei meinem *Mokisso*, ich schwöre, daß ich den Imbe-Jaqqa Calandola über alles andere auf der Welt liebe!« Und der Zauberer nahm das heiße Eisen aus dem Feuer und fuhr damit über Kinguris Bein, wobei er die Haut nicht berührte, sondern sich ihr nur näherte. Dabei hielt Kinguri den Kopf aufrecht und die Arme gespreizt, und er lächelte breit, ohne auch nur eine Spur von Furcht oder Schmerz zu zeigen. Und als der Zauberer zurücktrat, war nicht die kleinste Blase auf Kinguris Haut.

Nun wurde das *Chilumbo* bei den Jaqqa-Generalen Kasanja und Kaimba vollzogen, die es unbeschadet überstanden, was ich nicht begreifen konnte, da das Feuer so heiß war und der Kopf der Axt rubinrot glühte. Nach ihnen kam Kulambo, der Kinguri nahe stand, und auch er blieb unverletzt und lächelte während des Gottesurteils. Der Zauberer hielt das Beil nun wieder ins Feuer, um seine Hitze zu erneuern, und ich schaute mich um, wer der nächste sein würde, und war sehr überrascht und erstaunt, als Kinguri mir bedeutete, daß ich vortreten solle.

Ich stand einen Augenblick lang erstarrt da und wußte nicht, was ich tun sollte.

»Geh, Andubatil!« befahl Kinguri.

Ich hatte gedacht, man würde mich von dem Urteil ausschließen, da ich ein Fremder und nicht in diesen Stamm geboren war. Doch das war Torheit: Ich war Andubatil Jaqqa, Blutsbruder des großen Kinguri, und der Imbe-Jaqqa hatte mich zum Kimana Kyeer ernannt und erklärt, ich sei ein wahrer Jaqqa, als er Machimba-lombo schuldig sprach. Ich konnte nicht die hohen Privilegien meines Rangs genießen, ohne seine Gefahren zu akzeptieren.

Ich würde lügen, wollte ich Euch erzählen, daß sich bei Kinguris Befehl keine große Furcht in meinen Eingeweiden ausbreitete. Denn ich wußte nicht, mit welcher Magie dieses Gottesurteil vollzogen wurde. Noch hielt ich mich Calandola gegenüber für so treu ergeben, wie diese Männer es waren: Ich stand noch mit dem einen Fuß im Christentum. Würde das heiße Metall, wenn es sich meiner Haut näherte, das geheime Englischtum enthüllen, das ich mir bewahrt hatte, jenen Teil von mir, der sich noch nicht ganz den wüsten Kannibalengelagen ausgeliefert hatte? Und was würde mit mir geschehen, sollte meine Haut Blasen schlagen?

Doch ich hatte keine Wahl. Wenn ich nicht vortrat, würde ich mich damit als Verräter und Feigling entlarven, und dies war eine Nation, die keine Gnade kannte.

So setzte ich eine gute Miene zum bösen Spiel auf, zwang mich, vorzutreten, erklärte dem Imbe-Jaqqa lauthals meine Loyalität und vertraute mich Gott an, daß Er mich dieses Gottesurteil überstehen ließ, wie Er mich so vieles andere hatte überstehen lassen. Und der Zauberer Kakula-banga hob das glühende Beil und kam damit näher, hielt sein vernarbtes, runzliges Gesicht vor das meine und sah mit seinem einen hell funkelnden Auge in die meinen. Ich wußte nicht, ob er mich verspotten oder mir versichern wollte, daß alles in Ordnung sei, so seltsam und eindringlich war der Blick dieses Auges.

Er zog den Kopf des Beils so nah an mir vorbei, daß ich seine Hitze an meinem nackten Schenkel fühlte und den verbrannten Geruch der feinen Härchen wahrnahm, die aus meiner Haut sprossen. Während des gesamten Rituals zwang ich mich, selbstsicher zu lächeln und die Arme auszustrecken, als würde mir um alles in der Welt eine neue, große Ehre zugetan.

Dann zog sich das Beil von mir zurück, und ich stand einen Augenblick lang unbewegt da, weil ich mir nicht bewußt war, daß das Gottesurteil für mich vorbei und ich unverletzt war: Und schließlich gab ich meine starre Haltung auf und gesellte mich zu denen, die die Prüfung bestanden hatten, um mit ihnen Palmwein zu trinken.

»Ah, ich hatte keine Zweifel an dir, Bruder«, sagte Kinguri lachend.

Und so ging es weiter, Mann um Mann, und niemand wurde von der Hitze verletzt. Woraufhin ich schon dachte, das Gottesurteil sei nur ein hohler Mummenschanz zur Erheiterung des Imbe-Jaqqa. Doch dann trat ein gewisser Nbande vor, ein breitschultriger Krieger des zweiten Ranges, der stets mürrisch und verdrossen war; und als das Beil sich ihm näherte, heulte er auf und faßte sich ans Bein, das versengt war und einen großen roten Flecken aufwies, der an gebratenes Fleisch erinnerte. Dieser Nbande fiel dann auf die Knie und flehte Calandola an, behauptete, dieses Versengen müsse ein Irrtum gewesen sein und niemand würde den Imbe-Jaqqa mehr lieben als er, doch es war sinnlos, denn die Gerechtigkeit war schnell, und fünf oder sechs Jaqqa-Fürsten stachen mit ihren Speeren auf ihn ein und trieben ihm das Leben aus dem Leib.

»Das ist keine Überraschung«, sagte Kinguri neben mir. »Ich habe ihm schon immer mißtraut.«

An diesem Abend veranstalteten die Jaqqas einen Festschmaus mit dem Fleisch des Verräters Nbande und gaben dabei viele schlüpfrige Bemerkungen über die Verderbtheit des Mannes von sich; und die Frauen des Nbande, fünf an der Zahl, wurden weinend herangeschafft und mehreren hohen Jaqqas als Konkubinen angeboten. Bangala nahm eine und Paivaga auch eine, und der alte Zimbo zwei; doch als man mir die letzte anbot, lehnte ich ab, und Ngonga nahm sie. Danach gab es einen Ringkampf zwischen Paivaga, dem neuesten der Jaqqafürsten, und Kaimba. Diesen vollzogen sie überaus elegant, wobei sie viele Stürze wie bloße Finten aussehen ließen, und selbst wenn sie einander weh taten, bekundeten sie ihren Schmerz nicht durch einen Schrei, sondern höchstens durch ein etwas schärferes Einatmen. Paivaga wurde zum Sieger erklärt und legte Kaimba überaus freundlich den Arm auf die Schulter. Diese Ringkämpfe der Jaqqas, dachte ich bei mir, waren eins der schönsten Schauspiele dieses Volkes. Als sie ihren Kampf ausgetragen hatten, forderten sie andere auf, vorzutreten, und einige sahen zu mir hinüber.

Doch ich war noch wund von meiner Blutsbrüderschaft mit Kinguri, und die Verletzungen, die Machimba-lombo mir zugefügt hatte, waren auch noch nicht verheilt. Ich war auch nicht so guter Laune, daß ich solch eine Abwechslung willkommen geheißen hätte, denn der Schatten des Gottesurteils und der Tod des Nbande lagen noch auf meiner Seele. Ich lehnte den Ringkampf ab, indem ich sagte, ich sei noch nicht bereit dazu, und setzte mich etwas verdrossen zurück: Ich dankte Gott für mein knappes Entkommen und dachte, es könnte mein Fleisch sein, was auf dem Bankett heute abend gegessen wird, hätte die Hitze meine Haut versengt. Und es könnte meine Frau Kulachinga sein, die anderen zum Vergnügen angeboten wurde. Und ich begriff, daß man unter diesen Menschenfressern immer auf des Messers Schneide lebte.

6

An den folgenden Tagen gab es weitere Gottesurteile anderer Beschaffenheit. Dies waren keine großen Spektakel, bei denen die Treue zu Calandola bewiesen werden sollte, sondern Beilegungen von Zwisten unter den Jaqqas. Denn sie waren fürwahr ein streitsüchtiger und zänkischer Haufen. Eine Möglichkeit, solche Zwiste zu beenden, die mir sehr seltsam erschien, war das Gottesurteil mittels Muscheln, das bei den Jaqqas Mbula und Matadi angewandt wurde, als sie sich über den Besitz eines schönen Schwertes stritten. Kinguri befahl beiden, vor ihm zu erscheinen, und als sie angetreten waren, drückte er dem einen eine große gelbe und dem anderen eine große violette Muschel auf die Stirn und befahl ihnen gleichzeitig, sich zu verbeugen. An Mbulas Stirn blieb die Muschel kleben, doch von Matadis fiel sie hinab, und er wurde als Lügner abgetan.

Ein anderes Gottesurteil war das mittels kochenden Wassers, was ich bei einem Zwist über den Besitz einer Frau beobachtete, von der zwei Männer behaupteten, sie hätten sie gefangengenommen. Hier legte jeder von ihnen einen Eid ab – der *Nole Fianzumdu* genannt wurde –, und dann erhitzte ein Medizinmann ein Eisen, bis es rotglühend war, und tauchte es in einen Kübel voll Wasser. Das kochende Wasser wurde augenblicklich an die beiden weitergegeben, die den Eid geleistet hatten. Der eine schluckte es ohne Mühe, der andere hatte Schwierigkeiten – die Frau wurde dem ersten zugesprochen.

Ich wurde auch noch einmal Zeuge des Gottesurteils durch Gift, das mit der Frucht einer Palme namens *Emba,* die viel Öl gibt, praktiziert wurde. In diesem Fall hatte ein Jaqqa einen anderen des Verrats an Calandola beschuldigt und ihm sogar vorgeworfen, dessen Ermordung geplant zu haben.

»Das streite ich entschieden ab«, rief der Beschuldigte, und solch ein Tumult brach zwischen ihnen aus, daß sie zum Gottesurteil befohlen wurden. Dann wurden alle hohen Jaqqas zusammengerufen, und man reichte Calandola eine Schüssel mit *Emba*-Früchten, und dieser hielt sie hoch. Dann befahl der Imbe-Jaqqa einem seiner Medizinmänner, eine Frucht aus dem Korb auszuwählen, und biß selbst hinein, um zu zeigen, daß sie harmlos und ungefährlich war. Daraufhin wurden drei andere Früchte ausgesucht, und in eine gab man mittels eines langen Dorns ein Gift. Dann wurde die vergiftete Frucht zu den beiden anderen gelegt, und nach gewissen Gebeten der Medizinmänner reichte man den beiden Jaqqas die Schale.

Der Ankläger wählte zuerst und biß in die Frucht, und sie erwies sich als harmlos. Sie wurde weggeworfen, und man legte eine neue Frucht aus dem Korb in die Schale, damit der Beklagte ebenfalls zwischen zwei guten und einer vergifteten aussuchen konnte. Er biß in eine Frucht, und augenblicklich schwoll seine Kehle an, und er würgte und gab schreckliche gurgelnde Geräusche von sich. Und innerhalb von drei Minuten fiel er tot zu Boden. »So sterben alle Verräter«, sagte Imbe Calandola, und die Leiche wurde fortgetragen.

All dies kam mir überaus düster und unangenehm vor, denn ich sah nicht ein, wie man der Gerechtigkeit mit heißen Eisen, vergifteten Früchten und kochendem Wasser Genüge tun konnte. Ich erinnerte mich daran, daß wir diese Gottesurteile auch in England gekannt hatten, etwa das Tragen von rotglühenden Eisen oder den Zweikampf. Doch dies war alles schon vor langer Zeit abgeschafft worden, zur Herrschaft von Heinrich III. oder sogar noch vor ihm, da es eines zivilisierten Volkes nicht würdig ist; ausgenommen das Eintauchen von Hexen in einen Teich, denn es ist bekannt, daß Hexen nicht im Wasser versinken, sondern immer wieder an die Oberfläche kommen. Doch das gilt eben nur für Hexen, die ein besonderer Fall sind, und nicht für ordentliche Gerichtssachen.

Nach diesen Gottesurteilen war es unter den Jaqqas eine Weile wieder ruhig. Wir sammelten unsere Kräfte, um endlich den Angriff gegen Makellacolonge durchzuführen, doch im letzten Augenblick entschied sich Imbe Calandola wieder dagegen und sagte, die Omen wären nicht gut. Ich habe niemals erfahren, wieso er Angst davor hatte, diesen Fürsten anzugreifen, und vielleicht weiß er das selbst nicht. Wir brachen unser Lager ab und marschierten wieder gen Westen, ohne daß es zum Kampf gekommen war.

Indem wir wieder am Fluß Kwanza entlang marschierten, erreichten wir die Stadt eines Fürsten, der Shillambansa hieß und der Onkel des Königs von Angola war. Wir brannten diese Stadt, die auf ihre Art sehr prächtig erbaut war, nieder. Diese Gegend war sehr angenehm und fruchtbar. Wir fanden zahlreiche Pfauen, die frei herumliefen, und auch zahlreiche zahme. In der Mitte der Stadt befand sich das Grab des alten Fürsten Shillambansa, des Vaters des derzeitigen, und an seiner Grabstätte fanden wir einhundert zahme Pfauen, die als Opfergaben für seinen *Mokisso* gedacht waren. Diese Vögel wurden *Njili Mokisso* genannt, das heißt, die Vögel des Satans oder Idols, und galten als heilig. Auf dem Grab des Fürsten lagen viel Kupfer, viele Stoffe und andere Dinge, was in diesem Land üblich ist.

Auf Befehl des Imbe Calandola rührten wir keinen der *Njili Mokisso*-Vögel an, noch berührten wir die Güter auf dem Grab des alten Königs. Dies erinnerte mich an einen anderen Vorfall vor geraumer Zeit, als ein Portugiese nicht gezögert hatte, die Toten zu berauben. Die Jaqqas zeigten mehr Respekt vor dem Toten oder vielleicht auch nur mehr Angst vor seinem *Mokisso*.

Die Stadt selbst vernichteten wir völlig, und von den wilden Pfauen fingen wir viele; ihre Schwanzfedern steckten wir uns als Zierde an.

Bei dem Fest, das gefeiert wurde, um die Verwüstung Shillambansas zu feiern, floß der Palmwein reichlich, und wir tanzten und aßen und vergnügten uns sehr. Es hatte den Anschein, als läge die Zeit der Gottesurteile weit hinter uns. Ich sagte zu Kinguri: »Nun herrscht Friede unter den Jaqqas. Es hat den Anschein, daß dafür nur ein guter Krieg nötig war; ist dem nicht so?«

»Ah«, sagte er, »der Krieg ist uns immer eine Freude. Doch ich fürchte, daß es noch mehr Schwierigkeiten geben wird.«

»Und mehr Gottesurteile?«

»Und mehr Gottesurteile. Immer mehr Gottesurteile.«

»Sie sind mir so fremd, unterscheiden sich so gewaltig von unseren englischen Bräuchen.«

»Und wie sehen die aus?« fragte Kinguri.

»Nun, der Angeklagte wird vor einen Richter und vor Geschworene gebracht, die man aus der gesamten Bevölkerung ausgesucht hat, und sie hören die Beweise und stimmen darüber ab, was rechtens und unrecht war.«

Dies verblüffte ihn. »Nun, dann darf jeder solch ein Geschworener sein?«

»Jeder, der sich als würdig erwiesen hat. Das heißt, er muß ein Mann sein und weder von niedriger Geburt noch unehelich. Doch zumeist trägt man uns auf, als Geschworener zu dienen, die Geschichte zu vernehmen und abzuwägen und eine Entscheidung zu treffen.«

»Doch wie kann sich der König dann des Ergebnisses sicher sein?« Ich begriff nicht, was er meinte. »Das kann er nicht«, sagte ich, »Zuerst muß man untersuchen, was vorgefallen ist, die Aussagen von Zeugen hören und so weiter, und dann muß man Recht und Unrecht abwägen.«

Kinguri schüttelte den Kopf. Er war offensichtlich erstaunt. »Das ist nicht unsere Art«, sagte er. »Es ist Wahnsinn. Es kann keine Herrschaft geben, wenn die Gerechtigkeit dem Zufall überlassen bleibt.«

»Nicht dem Zufall, sondern Untersuchungen.«

»Das ist das gleiche«, sagte er. »Denn der König hat bei dem, was dabei herauskommt, keine Stimme, und wenn er sein Volk nicht beherrschen kann, ist er nicht König.«

Obwohl ich schon tief in den Becher geschaut hatte, versuchte ich Kinguri mehrmals zu erklären, wie Gerechtigkeit aus den Fakten des Falles und nicht aus den Wünschen des Königs entsteht. Doch je nachdrücklicher ich es darstellte, desto seltsamer erschien es Kinguri. Und als er schließlich selbst tief in den Becher geschaut hatte, verriet er mir ein paar Wahrheiten darüber, wie die Gottesurteile der Jaqqas funktionierten, und machte mir sehr vieles klar, das mir zuvor verborgen geblieben war. Denn ich war so töricht gewesen, wirklich zu glauben, es sei Hexerei darin verwickelt – denn wenn es überhaupt einen Ort gab, wo Hexerei gedeihen konnte, dann unter diesen Jaqqas –, doch wie ich zum Teil schon vermutet hatte, lag diesen Gottesurteilen etwas viel Gewöhnlicheres zugrunde.

Nicht der Gerechtigkeit wurde mit diesen Urteilen Genüge getan, sagte er, sondern dem allumfassenden Willen des Calandola, der das Schicksal der gesamten Jaqqa-Nation bestimmte. Bei allgemeinen Gottesurteilen, die über die Treue zu ihm Auskunft geben, werden die, bei denen er Untreue argwöhnt, von Calandola benannt; und die Medizinmänner, so erklärte Kinguri mir, bekommen den Auftrag, diese Männer zu entlarven. Und dies geschieht mit einer kleinen Handbewegung, mit der das Beil näher an die Haut des Opfers gerückt wird und länger dort verbleibt als bei den anderen, so daß allein er sich Verbrennungen zuzieht, obwohl es den Anschein hat, daß alle gleich behandelt werden. So wird die Gerechtigkeit durch den Imbe-Jaqqa, der vorgibt, göttlicher Wille habe gesprochen, wo nur seine eigenen Pläne verwirklicht werden, zu einem Mittel der Politik.

»Und das Gottesurteil mit den Muscheln«, sagte ich. »Wird bei dem auch eine besondere Gaunerei angewandt?«

»Gaunerei? Wer spricht von Gaunereien? Ich spreche davon, daß das richtige Urteil gefällt wird.«

»Das ist das gleiche«, erwiderte ich müde.

»Bei dem Fall, den du beobachtet hast, wußte ich, wem das Schwert gehörte und wer den falschen Anspruch erhoben hat. Wir alle wußten dies. Doch wir müssen das Ergebnis wie eine heilige Entscheidung aussehen lassen. Schau, Andubatil: Es gibt einen besonderen Kniff, diese Muscheln auf der Stirn zu befestigen, eine kleine Handbewegung, und sie bleibt einen Augenblick dort hängen, während die des anderen Mannes hinabfällt. Das habe ich getan: eine kleine Drehung bei dem einen, und keine bei dem, der der Lügner war.«

»Das habe ich mir gedacht«, sagte ich.

Ich fragte ihn nicht nach dem Gottesurteil mit dem kochenden Wasser, denn ich glaubte, allein darauf gekommen zu sein, wie dieses zustande gebracht wurde: Denn da man mitunter schon aus bloßer Besorgnis nicht schlucken kann, wird die Schuld dem einen Bittsteller die Kehle zuschnüren, dem anderen, der unschuldig ist, jedoch nicht. Und ich sah keine Möglichkeit, wie der Richter dieses Gottesurteil schon vor der Hand lenken konnte, so daß sich in diesem Fall die Gerechtigkeit der Jaqqas vielleicht als die wahre erwies.

»Und die vergiftete Palmfrucht?« fragte ich. »Wie wird das bewerkstelligt?«

Kinguri lachte. »Nun, es ist die Einfachheit selbst. Wenn

der *Nganga* über der Schale seine Gebete spricht, verbirgt er Palmfrüchte in den Händen und bewegt sie sehr schnell und geschickt. Wenn er dem Ankläger die Schale anbietet, sind alle drei Früchte frei von Gift, denn die vergiftete hat der *Nganga* nun in der Hand. Und wenn er die Schale dem Beklagten reicht, gibt er die vergiftete wieder hinein und tauscht die beiden harmlosen insgeheim gegen vergiftete aus. So wirken alle drei tödlich, und es besteht kein Zweifel über den Ausgang des Urteils.«

»Ah«, sagte ich. »Die Einfachheit selbst, wie du es sagst.«

»Fürwahr. Ist es nicht wirklich einfach?«

»Aber warum flieht derjenige nicht sofort, der sich diesen Urteilen unterziehen muß und weiß, daß das Ergebnis schon vorbestimmt ist?«

Kinguri schaute besorgt drein und erwiderte mit dunkler Stimme: »Aber sie wissen nicht, was ich dir gesagt habe.«

»Ah.«

»Du verstehst, das sind hohe Geheimnisse des Imbe-Jaqqa, die ich dir verraten habe, weil du mein Bruder bist.« Er ergriff mein Handgelenk. »Sie dürfen nicht enthüllt werden, Bruder.«

»Ich verstehe . . . Bruder.«

»Sie *dürfen nicht* enthüllt werden«, sagte er und verstärkte den Druck seiner Hand um meinen Arm, so daß ich fühlte, wie sich ihre Knochen bewegten, obwohl ich keinen Versuch machte, mich von seinem schmerzenden Griff zu befreien. »Auf keinen Fall, Bruder.«

»Bruder, das werden sie auch nicht«, sagte ich.

Und das wurden sie auch nicht, bis zu diesem Augenblick, da jeder Eid, den ich dem Kinguri Jaqqa vielleicht geleistet habe, längst erloschen und durch den Fluß der Zeit und die Wendungen des Schicksals längst aufgehoben ist.

Nachdem er mich mit solch großen Geheimnissen vertraut

gemacht hatte, fürchtete ich erneut um mein Leben, denn ich war der Meinung, daß Kinguri das, was er mir anvertraut hatte, noch mehr bedauern konnte, sobald sich der Wein erst einmal aus seinem Gehirn verflüchtigt hatte. Als ich also zu meiner Schlafmatte ging, hielt ich in dieser Nacht ein Auge und beide Ohren offen. Doch keine dunkle Gestalt schlich sich zu mir, und die nächsten Tage über brachte Kinguri mir nur Herzlichkeit entgegen und verriet mit keiner Geste, daß er mir zürnte.

Wir hatten die warme Regenzeit, und mehrere Jaqqas erkrankten an Fiebern. Für diese Kranken wurden am anderen Ende des Lagers Hütten aus Weidenruten errichtet, und sie mußten dort wohnen; versorgt wurden sie nicht, man bracht ihnen nur ein wenig zu essen. Sie bekamen auch keine Behandlung, obwohl die Medizinmänner des Stammes zu ihnen gingen und aus der Ferne Gebete sangen. Die Jaqqas sind im allgemeinen sehr freundlich zueinander, solange sie gesund sind, doch die Kranken verabscheuen sie, und sie meiden ihre Gesellschaft.

Einige der Kranken erholten sich, andere nicht. Für diese gab es ein Begräbnis. Um einen Toten zu begraben, hoben sie ein großes Loch in der Erde aus und setzten ihn hinein. Man hatte den Kopf des Toten mit Perlen und Spangen frisch geschmückt und seinen Körper gewaschen und mit süßen Pulvern eingerieben. Sie legten ihm seine besten Roben an, und zwei Mann trugen ihn zum Grab und setzen ihn hinein, als würde er noch leben. Dann mußten sich zwei seiner Frauen zu ihm setzten, die sehr ernst und verängstigt wirkten, und sie hatten auch allen Grund dazu: Denn man würde sie lebendig begraben. Man brach diesen Frauen die Arme, wohl, damit sie sich nicht aus ihrem Grab befreien konnten. Und nachdem sie saßen, wurde die Gruft von oben zugeschüttet. Danach trauerten und sangen die Gefährten des

Toten drei Tage lang an seinem Grab Klagelieder und töteten viele Ziegen und schütteten ihr Blut über das Grab und auch Palmwein.

Zur vollsten Regenzeit, als die Niederschläge wie schmierige warme Kugeln aus dem grauen Himmel fielen und das Land um uns herum in Morast und einen Schlammsee verwandelten, brachen diese Fieber wie eine große Pest im Jaqqa-Lager aus. Fünfzig, einhundert, zweihundert erkrankten, vielleicht sogar noch mehr, und mit jedem Tag kamen neue Opfer hinzu. Am Rande des Lagers erhoben sich ganze Dörfer aus Kranken-Häusern, und das Geräusch des Stöhnens und Würgens war ein schrecklicher Kontrast zum Trommeln des Regens.

Die beiden großen Männer der Jaqqas betrachteten dieses Unheil auf völlig gegensätzliche Art. Ich sah, wie Kinguri Stunde für Stunde mit vor Verzweiflung gekrümmten Schultern durch das Lager ging, das schwarze Gesicht noch schwärzer vor Trauer. Mit der Kraft der Verzweiflung versuchte er, dem Ausbreiten der Seuche Einhalt zu gebieten. Er beratschlagte sich oft mit den Medizinmännern und ließ sie noch heftiger auf die Trommeln schlagen, und wenn der Regen es erlaubte, ließ er große Feuer anzünden, in die man gewisse Pulver warf, die Flammen von kräftigen scharlachroten und gelben Tönen in die Luft schleuderten. »Dort leiden kühne Krieger«, sagte er zu mir. »Es liegt ein Fluch auf uns, und ich kann ihn nicht aufheben!«

»Er wird mit dem Regen vergehen«, sagte ich, um ihn zu trösten, obgleich ich keine genauere Vorstellung über die Wahrheit dieser Worte hatte als darüber, welche Vögel auf dem Mond leben.

»Es ist ein Fluch«, sagte Kinguri wieder überaus verdrossen.

Er brütete vor sich hin, schritt auf und ab und kochte

innerlich, als der Fieberausbruch zu einer wahren Epidemie im Lager wurde. Währenddessen hielt sich sein Bruder Calandola von uns abseits und türmte sich wie ein großer Berg, der sich in völliger Klarheit aus der Mitte des Chaos und des Sterbens erhob, hoch über die Nebel und den Dunst auf. Von Zeit zu Zeit sah ich ihn, wie er mit seiner besonderen Gefolgschaft durch das Lager schritt und auf überaus kühle, leidenschaftslose Art den Niedergang und die Verheerungen unter seiner Armee beobachtete. Doch dann wieder verließ er für eine lange Zeit seine Behausung nicht und hielt inmitten der Frauen und Medizinmänner hof, als sei nichts von Bedeutung geschehen. Es hatte den Anschein, als würde sich seine Sicht der Welt, die dringend der Reinigung, Säuberung und großer Verwüstungen bedurfte, sogar auf seine eigene Nation erstrecken: als betrachte er diese Pest als ein Verdampfen nutzloser Unreinheit und überflüssigen Unrats vom harten, glänzenden Kern der Jaqqa-Truppe. Doch das ist nur meine Überlegung; ich kann Euch nicht sagen, was während dieser dunklen Zeit wirklich in den Gedanken des Imbe Calandola vor sich ging.

Nur eins fürchtete ich sehr, während das Sterben seinen Lauf nahm, nämlich, daß irgendwer im Jaqqa-Lager mir die Pest vor die Tür legen und sagen würde: »Er ist ein Fremder, er ist keiner von uns, er hat ein weißes Gesicht, er hat die Pest über uns gebracht.« Und daß sie darauf bestehen würden, ihre *Mokissos* durch meinen Tod zu beschwichtigen. Würde Calandola nachgeben und mich opfern, wenn sich solch ein Aufschrei erheben sollte? Ich war täglich auf der Hut davor.

So zitterte ich, als ein Tag kam, da Calandola mich zu seinem inneren Heiligtum kommen und mir von Kasanja und Kilombo die Nachricht überbringen ließ. Und ich dachte, ah, sie haben endlich entschieden, daß ich der Grund für die Pest bin, und wollen mich erschlagen.

Ich fand den Imbe-Jaqqa auf seinem Thron, wie er mit Knochenspangen spielte; es waren nur vier oder fünf seiner Frauen in der Nähe. Sein Gesicht war ernst, aber ruhig, und aus dieser dunklen, schimmernden Maske strahlten seine schrecklichen Augen wie Leuchtfeuer, als er zu mir herabblickte und sagte: »Du mußt mir einen Dienst erweisen.«

»Erbitte ihn, o Imbe-Jaqqa.«

»Ich möchte, daß du dieser Krankheit, die unter uns weilt, ein Ende bereitest.«

»Ah, ich bin kein Chirurg, Herr Calandola.«

»Du bist mehr Chirurg, als du glaubst«, erwiderte der König der Menschenfresser. »Und du bist es, der dieser Pest das Herz herausschneiden muß, bevor sie uns alle verschlingt. Denn ich habe ihr freien Lauf gelassen und ließ sie auflodern wie ein kräftiges Feuer, doch nun muß ihr ein schnelles Ende bereitet werden.«

»Und ich soll ihr dieses Ende bereiten?«

»Nur du kannst tun, was erforderlich ist, mein Andubatil, mein Kimana Kyeer.«

Er erklärte mir, er habe in seinen Gebeten und Meditationen die Ursache dieser Seuche herausgefunden. Die nämlich darin lag, daß gewisse Mitglieder des Stammes, die erkrankt waren, aber weder gesundeten noch starben, der Herd der Infektion waren. Von ihren Weidenrutenunterkünften aus schickten sie dem Stamm den Makel ihrer Seelen, sagte er, und forderten so tagtäglich neue Opfer. Daher müßten diese Pest-Träger gänzlich entwurzelt werden. Und diese Aufgabe übertrug er mir, weil die *Ngangas* entschieden hatten, daß der, der sie entwurzelte, vom Herzen, aber nicht vom Körper her ein Jaqqa sein müsse, und dieser Mann könne nur ich sein.

»Woher soll ich wissen, wer diese Personen sind?« fragte ich.

»Man wird sie dir zeigen.«

Er hob seinen gewaltigen Körper vom Thron, stieg hinab und schritt in den strömenden Regen hinaus. Ich folgte ihm, hinter mir eine Menge Medizinmänner und Höflinge. Auch Kinguri kam zu ihm, und ein großer Hexenmeister des Stammes, dessen Haar scharlachrot gefärbt war und der auf einem schweren Palmwedel ein langes, überaus blankpoliertes Schwert trug.

»Das ist dein Chirurgen-Werkzeug«, erklärte Calandola.

Dann marschierten wir über die gesamte Breite des Lagers zu der Stelle, wo die Kranken-Häuser errichtet waren; und unsere Gefolgschaft fiel zurück und ließ Calandola, Kinguri und mich allein. Diese beiden und ich betraten ein bestimmtes Kranken-Haus, in dem der Unterführer Ti-Bangala leidend lag. Ich hatte keine Gelegenheit gehabt, diesen Mann, der ein großer Jäger und Bogenschütze war, näher kennenzulernen, doch ich respektierte ihn sehr. Obwohl er von beachtlicher Statur und Erscheinung war, lag er nun zusammengekauert und zitternd hernieder, halb ertränkt von seinem eigenen Schweiß, der ihm aus jeder Pore floß. Nachdem wir eingetreten waren, sah er auf und sagte mit leiser, müder Stimme, die kaum seine eigene war: »Imbe-Jaqqa? Fürst Kinguri? Ah, ich leide, ich leide; wann wird dies ein Ende finden?«

»Es wird jetzt ein Ende finden, Ti-Bangala«, sagte der Imbe-Jaqqa.

Dann traten die beiden Brüder zur Seite und gaben die Sicht auf mich frei, der ich dort, die große, helle Waffe in der Hand, wie ein Todesengel stand. Ti-Bangala zeigte keine Furcht vor meinem Schwert, nur eine Art milder Überraschung, und er lächelte mir schwach zu und sagte: »Ah, Andubatil, werden wir je wieder gemeinsam auf die Jagd geben?«

»Nay, ich fürchte nicht«, sagte ich.
»Dann bist du der Todes-*Mokisso*?«
»Der bin ich, Ti-Bangala.«
Und auf ein Zeichen von Calandola stieß ich ihm das Schwert durch die Brust, und die Luft entwich ihm sanft aus dem Mund, und er gab den Geist auf.

Von dort gingen wir zum Kranken-Haus des Jaqqa Paivaga, der auf mich den Eindruck machte, daß er sowieso schon dem Tode nahestand; doch auch ihn erledigte ich mit der Klinge. Und von dort aus zur Kammer des Nzingabandi, eines Meisters der Musik, der meinen Streich schweigend hinnahm; und dann weiter zu einem anderen und noch einem und dann noch insgesamt elf weiteren. Sie alle erlöste ich ohne einen weiteren Gedanken von dieser Welt. Die meisten waren so krank – ihre Augen waren glasig, und der Schweiß glänzte auf ihrer Haut –, daß sie kaum wahrnahmen, was mit ihnen geschah, bis sich mein Schwert senkte. Doch einer, Mbanda-kanini, ein Mann, der fast so groß und schwer wie Calandola war, sah auf die Waffe, warf sich auf die Knie und rief aus: »Erschlage mich nicht, Andubatil! Was hat das zu bedeuten, weshalb willst du mich zum Tode bringen?« Und in seinen Augen spiegelte sich sowohl die Bitte, ihn am Leben zu lassen, wie auch der Trotz gegen mein Vorhaben. Und ich durchbohrte ihn dennoch.

Ich glaube, ich hätte den ganzen Tag gelassen damit fortgefahren, diese bestimmten Jaqqas zu töten, die für die Ursache der Pest gehalten wurden; denn mein Arm gewöhnte sich daran und wurde schließlich ganz geschickt, und ich machte eine Kunst daraus, die lebenswichtigen Stellen zu suchen, so daß ich bei keinem ein zweites Mal zustoßen mußte. Ich stellte meine Arbeit auch nicht in Frage. Es war meine Aufgabe, dieses Wegschneiden, dieses Entwurzeln. Ich tat es gut. Ich stand in den Diensten des Imbe-Jaqqa.

»Es ist genug«, sagte Calandola schließlich. »Wir haben sie alle erschlagen.«

Draufhin gingen er, Kinguri und ich zum Fluß, entkleideten uns dort im Regen, gingen in den verschlammten, angeschwollenen, von Coccodrillos verseuchten Strom und wuschen uns, als wollten wir alle Pest, die wir uns bei diesem tödlichen Botengang vielleicht zugezogen hatten, von uns abwaschen. Woraufhin wir zu den Gemächern des Imbe-Jaqqa zurückkehrten, wo seine Diener unsere Körperbemalung erneuerten, die wir ebenfalls abgewaschen hatten; und ich übergab das Schwert, das heilig war, dem Medizinmann, der es aufbewahrte.

In dieser Nacht fand der Regen ein Ende. Als am Morgen die Sonne aufging und sich dampfende gelbe Nebelbänke von der allmählich trocknenden Erde erhoben, begann eine große Begräbniszeremonie. Und von diesem Tage an fiel die Pestilenz von uns ab, und das Leben kehrte im Lager der Jaqqas wieder zu seinen üblichen Normen zurück.

7

Als die Toten begraben waren, die Kranken sich erholt hatten und die Elephanto-Schwänze den erschlagenen Fürsten gewidmet und in ihre Schreine gelegt worden waren, marschierten wir am südlichen Ufer des Flusses Kwanza gen Westen. Dies führte uns direkt zu den Bergen von Kambambe, die die Portugiesen die Serras da Prata oder die Silberberge nennen. Nun befanden wir uns nicht weit östlich von Masanganu, so daß ich schließlich doch in eine Gegend zurückkehrte, wo sich die Portugiesen niedergelassen hatten.

Und ich betete, daß ich keinem begegnen würde. Denn sie waren mir verhaßt geworden, diese Männer mit ihren Wämsen und Schnallen und Beinkleidern und Aufschlägen, mit ihren steinernen Häusern und lauten Tavernen, mit ihrem Knoblauch und Safran und Zucker. Sie hatten den Geruch der verderbten Zivilisation an sich, und ich wollte keinen Luftzug davon abbekommen. Das Leben im Urwald hatte mich von allem Schleim und Gestank des Christentums gereinigt.

Ich war noch nie in Kambambe gewesen, obwohl ich mich Jahre zuvor nur ein paar Meilen davon entfernt befunden hatte. Hier wurde der Fluß zu einem großen Wasserfall, der sehr tief hinabstürzte und ein mächtiges Geräusch machte, das man noch dreißig Meilen weit hören konnte, ein Geräusch, das alle anderen Garäusche wie ein großer, gieriger Schlund verschluckte. Wir besuchten diesen Wasserfall, Kinguri und ich. Der Ort ist den Jaqqas heilig, wohl, weil die Strömung des stürzenden Wassers, das heftig diesen gewaltigen Abgrund hinabfällt, in ihrer Vorstellung ein Bild ihrer Mutter Erde erzeugt. Als wir wieder aufbrachen, verblieb das betäubende Tosen noch stundenlang in meinem Kopf, und ich kam mir vor, als hätte man mir eine dicke Schicht Wolle über Gesicht und Ohren gestülpt.

Kinguri fragte mich, warum die Portugiesen so oft zu diesem Ort kämen, und fragte sich, ob er vielleicht auch ihnen heilig sei. »Nay«, sagte ich, »nicht heilig auf eine Art und Weise, wie du sie verstehen würdest, denn der Gott, den sie anbeten, trägt den Namen Mammon, und du kennst ihn nicht. In Kambambe suchen sie ein weißes Metall, das es dort geben soll.«

»Dort gibt es keine weißen Metalle«, sagte Kinguri.

»Es gibt eins, das wir Silber nennen und das den Portugiesen und den anderen Christen sehr wertvoll ist. Und es liegt hier in der Erde.«

Er zuckte die Achseln und sagte erneut, es gäbe keine weißen Metalle, und ganz bestimmt keine in Kambambe. Doch dies führte uns zu einem Gespräch mit einigen anderen Jaqqas, und keiner wußte von den Silberminen. Doch der Fürst Kilombo, der auf vielen Feldzügen in der Provinz Matamba gekämpft hatte, erzählte uns, dort käme ein weißes Metall häufig vor und würde zu Armbändern geschmiedet.

Dieses Gerede von der Provinz Matamba berührte mich tief im Herzen, denn es erinnerte mich an einen geschätzten Menschen, den ich lange aus dem Herzen und der Seele verdrängt hatte.

»Als ich unter den Portugiesen lebte, kannte ich eine Frau aus Matamba«, sagte ich.

»Sie hat niemals von solch einem Metall gesprochen. Doch sollte ich sie jemals wiedersehen, werde ich sie danach fragen.«

»Wo ist diese Frau?« fragte Kinguri.

»In São Paulo de Luanda, wenn sie noch lebt.«

»Dann glaube ich, daß du sie bald wiedersehen wirst, Andubatil.«

»Was?«

Er lächelte und lehnte sich zurück. »Ich habe heute mit dem Imbe-Jaqqa gesprochen, und er hat mir seine Pläne unterbreitet. Wir stehen kurz davor, unseren Krieg gegen die Portugiesen zu richten.«

Diese Neuigkeit ließ mein Herz heftig in der Brust hämmern, und ein Frösteln legte sich auf meine Haut.

»Was«, sagte ich. »ihr wollt São Paulo de Luanda angreifen, wo ihr gezögert habt, die Stadt Dongo zu überfallen?«

»Das ist nicht das gleiche. Dongo ist gut abgeschottet und nicht einfach zu erreichen; und König Ngola weiß, wie wir kämpfen und wie man sich dagegen verteidigt. Aye, wir werden uns mit Dongo befassen, aber zu einer anderen Zeit. Die

Portugiesen werden nicht so schwierig sein. Imbe Calandola ist zur Meinung gelangt, daß wir sie jetzt vernichten müssen, bevor sie unserer Mutter noch größeren Schaden zufügen können und bevor sie so zahlreich geworden sind, daß wir sie nur noch schwer besiegen können. Sie sind der wahre Feind: Dieser Ansicht sind wir seit den letzten zehn Jahren. Und nun ist ihre Zeit gekommen.«

Diese Worte ließen mich lange nachdenken. Ja, ich verabscheute die Portugiesen für das, was sie waren und mir angetan hatten; es hatte durchaus Augenblicke gegeben, da ich ihre völlige Vernichtung so fieberhaft ersehnte wie Calandola selbst. Und doch, würde ich wirklich an diesem Krieg gegen São Paulo de Luanda teilnehmen? War ich so sehr zum Jaqqa geworden? Daß ich dieses Volk abschlachten und verzehren und die Fackel an ihre Stadt halten würde?

Der Christ in mir rief: »Nay, es ist ungeheuerlich, du darfst es nicht!« Doch der Engländer in mir rief hocherfreut: »Aye, nimm deine volle Rache an diesen öligen Bastarden, Andy-Boy!« Und dann war auch der Jaqqa in mir, der dunkel und heiß in meinen Adern floß und mir eindringlich und versuchend zuflüsterte: »Schlage zu, schlage hart zu, denn die Mutter muß von solchem Abschaum befreit werden!«

»Du wirkst tief bekümmert, Andubatil«, sagte Kinguri.

»Ein kleiner Krampf im Magen«, sagte ich achselzuckend. »Ich glaube, diese kleinen gelben Früchte, die wir gestern gepflückt haben, waren noch nicht reif.«

»Ah, dann wünsche ich dir ein gesundes Aufstoßen des Magens, Bruder.« Er lachte. »Es gibt ein Blatt, das ich dir geben könnte, und innerhalb einer Stunde hättest du das, was dich quält, ausgewürgt.«

»Gäbe es doch nur so etwas«, sagte ich.

»Komm, ich zeige es dir, mein guter Bruder!«

Doch ich lehnte seine Hilfe mit einer Handbewegung ab

und sagte: »Es wird vorübergehen, Kinguri. Die Last wird sich von mir heben. Ich fühle schon, wie die Beschwerden geringer werden.«

Was nicht der Wahrheit entsprach. Doch ich war nun imstande, die Sache etwas aus meinen Gedanken zu verdrängen, denn es wurde ersichtlich, daß Calandolas Kriegsvorbereitungen nicht reifer waren als die eingebildeten Früchte, denen ich mein Leid zugeschrieben hatte. Der Imbe-Jaqqa, sagte Kinguri, habe nicht vor, die Portugiesen anzugreifen, bis er sich mit der Streitmacht des Kafuche Kambara befaßt habe. Dieser große Schwarzmohr-Häuptling, dessen Zorn ich selbst erlebt hatte, war ein großer Rivale Calandolas; er war genauso mächtig und klug im Kopf, wenngleich auch kein Menschenfresser. Der Imbe-Jaqqa beabsichtigte nun, Kafuche Kambara zu erschlagen, dessen starke Streitmacht dann in seine eigene zu zwingen und mit vereinten Kräften nach São Paulo de Luanda zu marschieren, um die Portugiesen zu vernichten.

So betraten wir die Provinz Kisama, an die ich mich aufgrund meiner dortigen Erlebnisse vor langer Zeit gut, aber nicht gern erinnerte, und in dieser schrecklichen Einöde zeigten wir uns einem der Fürsten des Landes, der Langere hieß. Dieser schwarze Fürst wollte keinen Krieg mit Calandola, sondern kam überaus schnell aus seiner Stadt und huldigte dem Imbe-Jaqqa, indem er sich tief verbeugte und ihm zu essen und zu trinken anbot. Kinguri stand auf der einen Seite Calandolas und ich auf der anderen, und ich hielt meine Muskete wie einen Amtsknüttel, und Langere erniedrigte sich und bat um die Liebe Calandolas, bis der Imbe-Jaqqa ein wenig angewidert sagte: »Erhebe dich, Langere, wir wollen dich nicht essen.«

Der Häuptling erhob sich zitternd und fragte, was der Imbe-Jaqqa von ihm verlange, und Calandola sagte, er wolle

Langeres Krieger, um sie in einem Krieg gegen Kafuche Kambara einzusetzen. Daraufhin erbleichte Langere. Wenn man überhaupt davon sprechen kann, daß ein Schwarzmohr erbleicht, sah er von Entsetzen tatsächlich bleich oder eher gelblich aus. Zwischen dem einen Unheil und dem anderen gefangen, wählte Langere das entferntere: die Jaqqas standen schon vor seiner Stadt und würden ihn grausam bestrafen, wenn er sich nicht ihrem Willen unterwarf. Also gehorchte Langere und unterstellte sein Heer dem Imbe-Jaqqa, und wir alle marschierten zur Stadt des Kafuche Kambara.

Bevor wir dort eintrafen, zog Calandola mich zur Seite, bedachte mich mit einem überaus freundlichen Lächeln und sagte: »Das wird die größte Schlacht werden, an der du teilgenommen hast, seit du zu uns gekommen bist.«

»Aye, das weiß ich, denn ich habe die Truppen des Kafuche Kambara bei der Arbeit beobachtet, und sie zeigen keine Gnade.«

»Wir müssen ihren Fürsten vernichten, doch nicht die Krieger, denn die werden wir auf unserem Feldzug gegen die Portugiesen brauchen. Nimm also deine Muskete, Andubatil, und ziele auf die hohen Herren der Stadt, und wenn für uns alles gut verläuft, werden sie sich ergeben, wenn ihre Häuptlinge alle gefallen sind.«

»Ich werde so gut zielen, wie es mir möglich ist«, sagte ich.

»Du bist mir ein großer Reichtum«, sagte Calandola. Er war von Kopf bis Fuß mit der Schmiere von Menschenfett eingerieben, und sein Körper schimmerte wie ein schrecklicher Götze, und selbst sitzend war er ein Riese, so daß ich die Wellen der Macht fühlte, die von ihm ausgingen und unentwegt auf meine Seele einschlugen wie eine schwere Brandung. Und er sagte: »In allem bis auf deine Haut bist du ein wahrer Jaqqa, und an der können wir nichts ändern. Doch vor dieser Schlacht müssen wir dich in unsere höchsten Mysterien einweihen, damit du mit der größten Loyalität kämpfen wirst.«

»Meine Loyalität könnte nicht größer sein.«

»Ah, das weiß ich. Denn bist du nicht ein Blutsbruder des weisen Kinguri? Aber dennoch, dennoch . . . es gibt da einen Ritus, ein tieferes Verständnis . . .«

Ich wußte nicht, was er meinte.

Er machte mir mit diesem Gerede etwas angst, denn er sprach sehr ruhig, und mittlerweile war ich mir bewußt, daß es größtenteils des Schauspiels willen geschah, um die Törichten einzuschüchtern und zu erniedrigen, wenn Imbe Calandola tobte, mit den Füßen trampelte und die Fäuste zusammenschlug; doch wenn er leise sprach, dann, weil er eine dunkle und teuflische, überaus einfallsreiche und gefährliche Absicht hatte. Und dieses Gerede, daß ich Kinguris Blutsbruder sei – nun, ich wußte, daß diese Blutsbrüderschaft ihm Verdruß bereitete, daß sie in den dunklen, fiebrigen Tiefen seiner teuflischen Seele schwärte und ihm eine Quelle der Eifersucht und des Kummers war. Er sprach niemals offen davon, und wenn, dann so ruhig wie jetzt.

»Diese Riten hat noch kein Christ jemals gesehen«, sagte er zu mir. »Wir behüten sie selbst vor den Sklaven aus anderen Stämmen. Doch ich habe mit meinen Medizinmännern gesprochen, und sie stimmen mir zu, daß du bereit bist, unsere Geheimnisse zu teilen.«

Imbe Calandola hielt seinen Kopf nahe vor meinem, und seine Augen starrten in die meinen, daß ich mich nicht von ihnen lösen konnte, und seine Stimme war leise, tief und drängend, als er sagte: »Nun, willst du einer von uns sein, Andubatil?«

»Aye«, sagte ich, »das will ich, und zwar gern.«

Und dies war die Wahrheit, und ich unterzog mich monströsen Riten, und ich glaube, Ihr werdet mich dafür verdammen. Nichtsdestotrotz werde ich alles berichten. Ich sage Euch nur, daß Ihr nicht dort wart, und ich doch; daß Ihr nicht die lange Reise gemacht habt, die ich gemacht habe; daß Ihr Ihr seid und dieses Buch in Sicherheit im sicheren England umblättert, und ich der war, der ich war, die Summe und Essenz all meiner gefährlichen und mühsamen Abenteuer. Und so war ich in diesem Augenblick bereit, an allem teilzunehmen, was der Imbe-Jaqqa mir anbieten wollte.

Ich werde alles berichten.

Sobald offen beschlossen war, daß ich den Ritus empfangen würde, verbreitete sich die Nachricht allgemein im Jaqqa-Lager, und von diesem Augenblick an wurde ich behandelt wie einer, der eine hohe Gunst erhalten hatte. Sklaven begannen sofort damit, abseits vom Hauptlager am Flußufer ein Zeremonienhaus zu errichten, das von einer eng geflochtenen Mauer aus Palmfasern vor neugierigen Blicken geschützt wurde. Ich beobachtete sie, als sie es bauten, bis ich bemerkte, daß sie mich voller Furcht betrachteten und nicht gut arbeiten konnten. In meiner eigenen Hütte schlief Kulachinga nun auf einer eigenen Matte und sagte, sie könne mich nicht umarmen, bis ich geweiht sei: was ich bedauerte, doch ich kam dem Ritus nach. In der Tat berührte mich während all jener Tage niemand, als würde ich sie sonst mit einem gottesähnlichen, inneren Feuer verbrennen: Die, denen ich begegnete, unternahmen große Mühen, mir auszuweichen, und ich durfte weder an Jaqqa-Spielen noch -Tänzen teilnehmen.

An dem Tag, an dem der Ritus stattfinden sollte, suchte mich Imbe Calandola persönlich auf, führte mich zu dem Zeremonienhaus und hinein, und die Mauer aus Palmfasern wurde hinter mir geschlossen.

Einige Dutzend Jaqqas befanden sich bereits in dem Haus,

saßen mit gekreuzten Beinen da und erwarteten mich. Der Jaqqa Ntotela war unter ihnen und Zimbo, Kasanje und Bangala und auch der Hexer Kakula-banga; die anderen kannte ich nur entfernt. Kinguri war nicht dort. Das hatte ich auch nicht erwartet.

Calandola nahm seinen Platz am Kopf der feierlichen Gruppe ein. Vor dem Haus erklang Musik: ein langsames, dumpfes Dröhnen von Trommeln und dann der klagende, hohe, wehleidige Aufschrei einer Elfenbeinflöte, ein Klang, der mich an das Geräusch erinnerte, mit dem eine Schlange von einer Seite zur anderen gleitet, um dann zuzuschlagen.

Auf dem Boden stand eine große Schüssel mit Palmwein, auf die königliche Art und Weise gemischt: das heißt, mit Menschenblut durchsetzt. Als Einführung in den Ritus tranken wir alle davon, und zwar überaus reichlich.

Und da war auch ein Weidenkorb, der Menschenfett enthielt. Ich entfernte meine Schmuckstücke und das Lendentuch, und Calandola nickte zweien seiner Medizinmänner zu, die mich gründlich mit diesem Fett einrieben, wobei sie jeden Zoll meiner Nacktheit einölten. Alle anderen im Raum unterzogen sich ebenfalls dieser Ölung. Zuerst war mir der Geruch des Fettes widerwärtig und seine Schlüpfrigkeit unangenehm, doch nach einer kurzen Weile bemerkte ich es überhaupt nicht mehr.

Nun wandte sich der Imbe-Jaqqa mir zu und sagte: »Schwöre mir, beim Wind und Himmel und den Knochen der großen Mutter, daß alles, was hier vor sich geht, immerdar geheim bleiben wird. Und wenn du diesen Eid verletzt, wird dein Körper zerfallen, und du wirst immerdar von Ameisen zerfressen werden, doch du wirst auf ewig leben, während sie an dir fressen. Schwöre es mir darauf!«

Und er legte einen Talisman in meine Hand, der aus einem schwarzen Ebenholz von großem Gewicht geschnitzt war und die Form eines Gliedes und zweier Hoden hatte. Diesen ergriff ich am Glied, und er sagte: »Schwörst du das?«

»Das schwöre ich«, erwiderte ich. »Beim Wind und Himmel und den Knochen der großen Mutter, ich werde niemandem verraten, was heute in diesem Haus vonstatten geht.«

Dies habe ich geschworen. Und doch verrate ich alles, indem ich diese Worte niederschreibe. Und wenn ich auf ewig von Ameisen zerfressen werden sollte, soll dem so sein, denn ich habe mir selbst einen höheren Eid geleistet, nämlich, in allen Belangen meines Abenteuers die Wahrheit zu berichten. Ich glaube, dieser Eid hat Vorrang über den an Imbe Calandola. Und ich werde Euch alles berichten.

Nachdem ich den Eid geleistet hatte, bekam ich einen Becher zu trinken, der eine bittere Flüssigkeit enthielt, einen Trank, der aus gewissen getrockneten Wurzeln und Blättern gebraut wird; aus welchen, weiß ich nicht. Dieses Zeug zu trinken, war nicht leicht. Schon bald lief meine Haut rot an, und meine Augen weigerten sich, mir richtig zu dienen, sondern zeigten mir alles doppelt oder dreifach. Und ich fühlte ein seltsames, gewaltiges Strömen in meinem Kopf, als sei ich zu einem mächtigen Wasserfall geworden, der himmelwärts strömte und sich unentwegt in den Himmel ergoß. Und mein Gehör wurde empfindlicher, so daß die Trommeln und Pfeifen draußen zu einem gewaltigen Lärm anschwollen, und ich konnte auch die leisen, harten, raschelnden Geräusche von Insekten wahrnehmen, und – das glaubte ich zumindest – das flüsternde Rascheln des wachsenden Grases. Und flammende Farben strömten in die Luft, ein wilder, lodernder Strom aus roten, grünen und purpurnen Bannern, die nicht körperlich waren, sondern nur aus Farbe bestanden.

Während ich von all diesen Dingen benommen und verwirrt dasaß, tanzten die anderen überaus bedrohend um mich und um Imbe Calandola herum, der neben mir saß. Sie schwenkten die Arme, schüttelten die Fäuste und hoben die Füße, als wollten sie nach mir treten, berührten mich jedoch nicht ein einziges Mal und tanzten immer nur um mich herum. Dies dauerte eine gewisse Weile.

Dann trank ich erneut, eine kühlende Flüssigkeit aus einem neuen, hell polierten Becher mit zwei Griffen. Der eine Griff stellte das männliche Geschlecht dar, der andere das weibliche. Als ich getrunken hatte, nahm Calandola den Becher von mir entgegen und trank ebenfalls. Dieses Getränk, das wir gerade zu uns genommen hatten, war, wie er mir erzählte, ein starker Wein, dem man das getrocknete Pulver der Geschlechtsteile eines toten Medizinmanns beigemischt hatte. Was, Ihr erschaudert? Aye, jetzt erschaudere ich auch. Doch ich sage Euch, damals kam mir das weder seltsam noch auf irgend eine Art unangenehm vor.

Nun tanzten alle noch einmal und ich mit ihnen; es fiel mir schwer, dabei nicht zu stolpern, doch sie hielten mich an den Handgelenken und rissen mich mit, als wir im Kreis hüpften, schneller und schneller, zu immer lauterer Musik. Sie sangen die ganze Zeit über in einer Sprache, die ich nicht verstand und die ich für eine Art heiliges Latein hielt, das dieses Volk bei seinen Riten sprach.

Am Ende des Tanzes fielen wir erschöpft zu Boden. Die Medizinmänner zündeten ein Feuer an und warfen Pulver darauf, die die Flammen wie abscheuliche Phantome in die Luft schießen ließen, und eine lange Weile über sangen sie leise und gedämpft vor sich hin. Ihre Stimmen wichen niemals von den zwei oder drei gleichen Tönen ab, als sie immer wieder *Jumbe jumbe nimbe bonqon* sangen oder Worte, die so ähnlich klangen. Bei der zehntausendsten Wiederholung sprach ich es laut mit ihnen: *Jumbe jumbe nimbe bonqon*, und sie lächelten und ermutigten mich mit Handbewegungen dazu. Und dann erhoben sie sich, noch immer singend, zogen mich auf die Füße, schüttelten mich ein wenig hin und her und führten mich dann in einen Innenraum des gleichen Hauses.

Ich betrat ihn durch eine breite, gewölbte Tür, die mit roten, rohen Eingeweiden verhangen war, die ich – und ich war völlig ruhig dabei – für die eines Menschen hielt. Doch es waren nur die Innereien eines Schafes. Darunter, geschmückt mit den leuchtenden blauen Blättern eines heiligen Busches, lagen die Geschlechtsorgane dieses Schafes, bei dem es sich um ein weibliches gehandelt hatte, und mehrere andere Teile. Und neben dem Schaf knieten zwei von Calandolas Frauen, bis auf die zahlreichen Perlenketten, die sie trugen, nackt. Ich glaubte, ich könne sogar über das Schaf hinaus sehen und es stünde auf einer offenen, schattigen Weide, einer großen blauen Ebene, die sich bis zum fernen Horizont und über das Meer erstreckte; aber das habe ich vielleicht nur geträumt.

Ich stand sehr unsicher auf den Füßen. Calandola trat hinter mich, legte seine Arme unter die meinen und hielt mich so leicht, als sei ich ein Kleinkind. Er führte mich zur Mitte des Raumes, ließ mich vor dem Schaf niederknien und blieb gebückt hinter mir kauern.

Ich roch viele Gerüche. Das war der Wohlgeruch eines trockenen Hügels, der mit seltenen Kräutern bewachsen war, und die verkohlte, moschusartige Ausdünstung versengten Fleisches, und der süße, schwere Duft arabischer Öle. Es roch nach Wein, nach Fleisch, nach Frau. All diese Duftnoten fuhren an die Wurzeln meiner Seelen, zerrten daran und rissen mich aus meiner Vertäuung.

Die beiden Frauen hielten Schüsseln, eine mit Blut und eine mit Milch. Sie schickten sich an, mich mit diesen Flüssigkeiten zu waschen, zuerst die Arme und die Beine, und dann überaus zärtlich meine Geschlechtsteile, was sie mit ihren eingefetteten Fingern so geschickt taten, daß sich fast sofort mein Prügel hob. Die Gebräue, die ich zu mir genommen hatten, wirkten nun sehr stark in mir, so daß ich kaum wußte, ob ich wachte oder träumte, und mir dies auch gleichgültig war.

»Vorwärts, betrete das Tor«, murmelte Calandola und schob mich zu den aufgehäuften Teilen des Schafes, so daß mein Prügel in das angeschwollene Loch des toten Tieres eindrang. Ich schob ihn darin vor und zurück, während der Imbe-Jaqqa mir ein langes Lied ins Ohr sang, das eher ein langes Stöhnen war. Doch er flüsterte mir auch zu: »Achte sehr darauf, deinen Samen jetzt noch nicht zu verspritzen«, und so versuchte ich den Erguß zurückzuhalten, obwohl mich der Wein, die Gebräue, die pochende Musik und die Hände der Frauen sehr erregt hatten. Während ich mit dem Loch dieses toten Schafes kopulierte, legten andere Jaqqas Ringe aus Schaffell um meine und Calandolas Hand- und Fußgelenke.

Ich dachte fürwahr, der Teufel würde in diesem Raum erscheinen, mitten aus dem Rauch und Dunst heraus, und ich dachte auch, daß er meine Seele nehmen würde und ich für immer verloren sei, verdammt, da ich mich so bereitwillig auf diese diabolischen Riten eingelassen hatte. Und doch nahm ich diese Furcht leichten Herzens hin. Wenn ich ein Sklave des Satans werden sollte, dann sollte es so sein. Wenn ich mich in der Gesellschaft von Hexern befand, dann sollte es so sein. Die Vernunft war aus mir gewichen. Ich war in diesem Augenblick fürwahr der Jaqqa der Jaqqas. Ich gestehe vor Gott und seinem Sohn, daß ich bei dem, was ich tat, keine Scham empfand, wenngleich dies wohl daran lag, daß mich ihre Gebräue so benommen gemacht hatten. Doch vielleicht war es nicht das, sondern nur, daß ich so lange im

Dschungel des Satans gelebt hatte, weit weg vom Reich des guten Jesus. An solchen Orten konnte selbst ein Heiliger leicht zum Hexenmeister werden, und ich war nie ein Heliger gewesen.

Da war noch mehr.

Ich habe geschworen, alles zu berichten.

Sie zogen mich sanft von dem Schaf zurück, bevor ich meinen Samen verspritzt hatte, führten einen Widder herein und erschlugen ihn mit einem großen Schwert. Das Blut dieses Tieres spritzten sie dann über mich und Imbe Calandola. Sie schnitten dem Schafbock das Geschlechtsteil ab, stießen es mehrmals in das Loch des weiblichen Schafes, zogen es wieder heraus und brieten es auf einem scharfen Spieß; und das Fleisch wurde in kleine, mundgerechte Bissen zerschnitten, und ein jeder von uns aß eine Handvoll davon. Und das Blut des Widders und des Mutterschafs wurden vermischt, und zerstampfte Früchte und Körner wurden hineingegeben, und von diesem Brei aßen wir alle bis auf die beiden Frauen.

Als wir damit fertig waren, wurde der Rest auf die Schöße der beiden Frauen geschüttet, und Calandola und ich traten vor, knieten nieder und leckten ihn von ihren Schenkeln, Bäuchen und Geschlechtsteilen auf. Und dann wurden die Frauen hinausgeschickt. Ich hatte gedacht, daß wir mit ihnen kopulieren würden, doch darin irrte ich mich.

Ich glaube, die Nacht war angebrochen. Gewiß war ich der Überzeugung, die Welt sei dunkel geworden, doch während dieses Teils der Zeremonie hätte ich die Sonne nicht vom Mond unterscheiden können. Meine Erinnerungen werden nun verwirrt. Ich glaube, es gab noch weitere solcher Riten, bei denen magische Gegenstände verwendet wurden, wie etwa getrocknete Blätter und Amulette, doch ich bin mir nicht sicher. Es mag der Fall sein, daß mein Verstand die schrecklichsten und abscheulichsten dieser Hexereien ausradiert hat, um mich vor meinen eigenen Taten zu beschützen; doch weiß Gott, ich verberge nichts von dem, woran ich mich erinnern kann. Ich gab mich all dem völlig hin, so wie man sich völlig den Erlebnissen hingibt, die in einem Traum kommen.

Obwohl ich einige dieser späteren Ereignisse vergessen habe, gibt es eins, das ich nicht vergessen kann. Es war schon spät in der Nacht, und ich hatte andere berauschende Gebräue zu trinken bekommen und mehr Blutwein, und überall im Raum brannten Feuer, und es ertönte ein leiser Gesang, als ich plötzlich eine Hand an meinem Glied fühlte. Die Berührung war leicht und sanft, und in meiner Verwirrung dachte ich, eine von Calandolas Frauen müsse zurückgekommen sein, um mich zu liebkosen, und ich bewegte mich mit langsamen Stößen gegen den Griff der Hand und entnahm großes Vergnügen daraus.

»Meinen«, sagte eine dumpfe, schwere Stimme. »Tu das gleiche mit meinem.«

Die Stimme war die Imbe Calandolas, und die Hand auf meinem Glied war ebenfalls die Calandolas; mit großem Geschick führte sie meinen Schaft auf und ab. Und er saß neben mir, den mächtigen Körper eng gegen den meinen gedrückt, und als ich in dem trüben, rauchigen Dunst meinen Blick konzentrierte, sah ich, daß sein Prügel aufrecht stand wie ein riesiges schwarzes Zepter, fürchterlich dick und hoch.

Ich lehnte nicht ab, was er mir anbot.

Ich legte die Hand auf seinen Prügel, wie er die seine auf den meinen gelegt hatte. Ich öffnete breit die Finger, um dieses gewaltige Ding umfassen zu können, das mir so dick wie ein Arm vorkam, und fragte mich flüchtig, wie irgendeine Frau ihn jemals in sich aufnehmen konnte, ohne von ihm zerrissen zu werden. Und ich fuhr mit der Hand auf und ab und empfand dabei kein stärkeres Gefühl der Sünde, als ich es empfunden hätte, wenn ich meinen eigenen Prügel gestreichelt hätte oder das Geländer einer Treppe. Dies war der tiefste Punkt meiner Reise zum Herrn der Finsternis, dem Imbe-Jaqqa Calandola: Denn ich war völlig sein Geschöpf, völlig seinem Willen unterworfen, und hatte völlig vergessen, daß ich ein unabhängiges Wesen war. Meine Hand war auf seinem Glied und seine auf meinem, und sonst nahm ich nichts wahr. Und der letzte Fetzen dieses unschuldigen englischen Jungen, der am siebenten Tag des Mai im Jahre des Herrn 1589 in See gestochen war, verlor sich nun im Schlagen der Trommeln, dem aufsteigenden, mannigfarbigen Rauch und dem wilden Wirbeln des Gebräus in meinen Adern. Ich war zu einem Geschöpf des Dschungels geworden. Ich wurde von dessen Geheimnissen verschluckt. Ich war fürwahr Andubatil Jaqqa, der niemals ein früheres Leben gekannt hatte.

Ah! Das Abspritzen meines Samens stand bevor, mit einer Macht und Intensität, die ich nicht mehr gekannt hatte, seit ich ein geiler Junge gewesen war. Es entlockte mir einen lauten Schrei, der sich nicht sehr von einem Schmerzensschrei unterschieden haben konnte, obwohl er dem höchsten Vergnügen entsprang. Ich fühlte, wie ich vom Bauch bis zu den Schenkeln mit meinem heißen Erguß benetzt wurde.

Und meine Hand bewegte sich noch immer in ihrem unveränderlichen Auf und Ab, umklammerte diesen mächtigen schwarzen Prügel; und bald kam von Calandola ein tiefes, polterndes Geräusch, das etwa dem ähnelte, wie ich mir das Geräusch vorstelle, mit dem ein Vulcano-Berg seinen geschmolzenen Fels ergießt. Und dann fühlte ich das heftige Zittern und Schütteln seines Fleisches und den Ruck, und sein Aufschrei zerriß die Luft wie ein Donner.

Er rief meinen Namen und ich rief den seinen, und wir ließen einander los und fielen zurück auf die warme, feuchte

Erde und lagen dort, ohne uns zu bewegen. Ich glaube, das war das Ende. Zumindest erinnere ich mich an weiter nichts mehr.

Was immer in den späten Stunden der Nacht geschah, wenn überhaupt noch etwas, dann geschah es ohne mein Wissen, denn ich lag im tiefsten Schlaf hernieder. Ich habe Euch alles gesagt, was ich von dieser Nacht weiß. Dies habe ich geschworen, dies habe ich getan. Ich habe alles berichtet.

8

Es war Mittag, als ich erwachte, und ich befand mich noch immer im Zeremonienhaus. Zwei Jaqqa-Krieger saßen als eine Art Ehrenwache neben mir, doch Calandola war nicht dort. Ich sah sie an, wie ein Mann schaut, wenn er beinahe ertrunken wäre und zu sich kommt. Sie sagten nichts, weder Kasanje noch der alte Ntotela. Ich erhob mich, wobei ich mir vorkam wie die bloße ausgebrannte Hülle meiner selbst, und mit unsicheren Schritten verließ ich diesen Ort und ging zum Flußufer hinab, befreite mich von den Schmieren und Makeln der Rituale dieser Nacht und wusch und wusch mich, schrubbte mich überaus gründlich in diesem schnell fließenden Strom ab.

Zuerst hatte ich keine klaren Erinnerungen daran, was ich getan hatte, doch dann wurde mir, zuerst allmählich, dann immer deutlicher alles wieder bewußt. Und ich verspürte eine Art taubes, frostiges Erstaunen, daß ich diese Dinge getan hatte, und besonders das letzte. Doch ich empfand keine Scham deshalb. Es war zu spät für Scham. Ich wußte, daß ich vor einer Weile eine gewisse Grenze in meiner Seele überschritten hatte und daß ich nun, in mehr als nur einem Sinn, in einem Land lebte, das nicht mein Heimatland war.

Nur eins bekümmerte mich, nämlich daß Imbe Calandola von nun an vielleicht erwartete, daß ich ihm ständig als Liebhaber zur Verfügung stand. Ich hatte mich noch nicht so gänzlich verwandelt, daß ich bereit war, mich als willigen Buhlknaben zu sehen und frohen Herzens Sodomie durchzuführen. Ich bin mir der bösen Sünden von Sodom und Gomorrha durchaus bewußt und habe in meiner Seele niemals eine Neigung dazu verspürt. Viele Male haben sich mir an Bord eines Schiffes während langer Reisen Männer genähert und ihr Leben aufs Spiel gesetzt, um mir solch eine Einladung zu machen, indem sie sagten, sie würden mir mit den Händen, dem Mund, den Hinterbacken oder jedem anderen Körperteil, der mir gefiel, Vergnügen bereiten, und ob ich mit ihnen vielleicht die gleiche Päderastie treiben würde? Es fiel mir leicht, sie zurückzuweisen, denn dies war nicht mein Spiel; das feuchte, weiche Loch einer Frau zieht mich an, und was das andere betrifft, nun, dies ist nur totes Fleisch, das mich überhaupt nicht interessiert. Ich würde die Päderasten nicht auf den Scheiterhaufen bringen oder sie pfählen, wie es so häufig geschieht, oder sie ins Meer werfen, denn das ist auch nicht meine Art. Und ich weiß, daß viele große Männer dieses Laster gehabt haben und noch immer große Männer sind, aye, manche sogar König von England. Dies ist nicht mein Vergnügen.

Doch meine Ängste erwiesen sich als überflüssig, denn der Imbe-Jaqqa neigte genauso wenig zur Päderastie wie ich. Was zwischen uns geschehen war, war eine rituelle Tat von hoher geistiger Bedeutung und führte zu keinen Änderungen in unserem Verhältnis. Er ging zu seinen vielen Frauen zurück und ich zu der meinen.

Doch andere Dinge hatten sich verändert.

Kinguri kam an diesem Morgen zu mir und sagte, wobei er geistesabwesend und sehr niedergeschlagen wirkte: »Nun, so hat er dich für sich beansprucht, Bruder.«

»Es geschah, um mich noch mehr zum Jaqqa zu machen.«

»Aye, deshalb geschah es. Bist du jetzt noch mehr ein Jaqqa?«

»Ich habe neue Dinge gesehen, Bruder«, sagte ich. »Doch schau: Zwischen uns hat sich nichts geändert, und ich bin immer noch dein Bruder und dein bester Freund, und wir werden noch viele Stunden damit verbringen, über die Gesetze Englands zu sprechen und darüber, wie sie sich von denen Frankreichs unterscheiden und über andere Dinge.«

»Wir sind noch Brüder, aber du gehörst nun *ihm*.«

»Er ist der Imbe-Jaqqa. Ich konnte mich nicht weigern.«

»Das ist richtig«, sagte Kinguri. »Du konntest dich nicht weigern. Und du bist nun eins mit ihm.«

»Wir alle sind eins mit ihm«, sagte ich, da ich dieses Gespräch als höchst unbeholfen und unangenehm empfand, wie das zwischen einem Mann und dessen Frau, nachdem er sie wegen einer neuen Geliebten verlassen hatte. »Komm, Kinguri, weise mich nicht zurück! Ich konnte mich nicht weigern.«

»Dies habe ich begriffen.«

»Hast du den gleichen Ritus mit ihm gehabt?«

»Das durfte nicht sein. Ich bin sein Mutter-Bruder.«

»Aber du hast den Ritus gehabt?«

»Das habe ich«, sagte er.

»Und mit wem?«

»Zum einen mit Ngonga. Und mit einem Mann, der jetzt tot ist.«

»Aber sie sind nicht deine Brüder geworden?«

»Nein«, sagte er, »ich habe nur Calandola als Bruder und dich.«

»Warum weist du mich dann zurück, wenn das Bruder-Ritual ein engeres ist als jenes andere? Selbst jetzt bin ich lieber mit dir zusammen als mit ihm.«

»Ach, das bist du also?« sagte er. »Aber was du mit Calandola hattest, hatte noch kein anderer mit ihm.«

Und deshalb war er verdrossen und verletzt, fühlte sich betrogen und zurückgewiesen. Es war auf eine Art, die nicht die des Fleisches war und die wir alle gewißlich kennen, wie bei allen Liebhabern: Er hatte mich mit einem anderen geteilt, der mächtiger war, und glaubte nun, daß etwas verschüttet worden war. Dennoch konnte er nicht sehr überrascht sein, daß dies geschehen war, wußte er doch, daß Calandola ihn für einen Rivalen hielt und daß er deshalb nach allem begehrte, was Kinguri hatte. Von Anfang an war ich für Calandola etwas Kostbares gewesen, ein Überbringer des Lichts und der Helligkeit im Dunkel des Dschungels, was ich daran erkannt hatte, wie er mein helles Haar berührt hatte. Also konnte man es nicht reparieren: Ich war das Spielzeug dieser beiden mächtigen Brüder, und ich mußte auf mich selbst achtgeben, daß sie mich nicht in ihrem Kampf um mich zerrissen.

Danach war Kinguri höflich zu mir und ich zu ihm, doch wir gingen kühl miteinander um und gaben vor, daß sich nichts verändert hatte, während wir beide wußten, daß sich eine große Änderung vollzogen hatte. Er lud mich nicht mehr ein, mit ihm auf die Jagd zu gehen, und er kam nicht mehr in meine Hütte, um mich in tiefsinnige Gespräche zu verwickeln, was ich bedauerte. Doch bei den Festen saßen wir Seite an Seite, lächelten und gaben nach außen den Anschein brüderlicher Verbundenheit.

Das Verhältnis zu den anderen Jaqqas erfuhr auf eine andere Art ebenfalls eine Veränderung. Dank meines goldenen Haars und meiner weißen Haut hatten sie mich alle für eine Art *Ndundu*-Geschöpf gehalten, für einen Albino einer neuen Rasse und mit magischen Kräften. Diese Ehrfurcht war beträchtlich erhöht worden, indem ich Kinguris Blutsbruder wurde, und nun noch mehr, weil ich mit dem Imbe-Jaqqa diesen innigen Ritus vollzogen hatte. So schritt ich nun zwischen ihnen einher wie ein Mann, der elf Fuß groß war und dessen Füße den gewöhnlichen Erdboden nicht berührten. Sie huldigten mir mit ehrfürchtigen Handbewegungen und schlugen die Augen nieder, diese prahlerischen, teuflischen Kannibalen-Herren und -Fürsten. Und bei ihren Festen bekam ich die besten Bissen und soviel Wein, wie ich trinken wollte, und ich bin mir sicher, daß ich auch jede Frau hätte bekommen können, obwohl ich mich mit Kulachinga begnügte.

Einen oder zwei Tage nach meiner Weihe mit Calandola nahmen wir unseren Marsch zur Stadt des Kafuche Kambara wieder auf. Kurz darauf bezogen wir auf einer Hochebene nordöstlich davon Stellung. Ich sah sie tief unter mir, trocken und staubig, von der Farbe einer Löwin im heißen Sonnenlicht, und auch wie eine Löwin am Fuß niedriger, dunkler Hügel zusammengekauert. Die Stadt war groß, doch von hier aus wirkte sie wie ein Ameisenhügel.

Ich reinigte gründlich die Muskete und bereitete meine verbliebene Munition und das Pulver vor. Und an einem Tag von großer Hitze und etwas Regen bestieg der Imbe-Jaqqa sein sich auftürmendes Gerüst und hielt eine lange und überaus hitzige Rede, und die Schlacht-Trommeln und *Mpungas* und die anderen Instrumente der Kriegsmusik dröhnten, und mit großer Heftigkeit stürmten wir zu Kafuche Kambara hinab.

Es war Calandolas Strategie, Kafuche zu verängstigen und seinen Mut an jenem ersten Tag mit einem plötzlichen Angriff zu brechen. Doch so geschah es nicht. Dieser Fürst widerstand den Jaqqas starrsinnig, und wir hatten an diesem Tag eine gewaltige Schlacht, doch keine Seite trug den Sieg davon. Bei diesem Kriegszug stand ich auf einem hölzernen Gerüst, das die Jaqqas gebaut hatten, so daß ich mit meiner Muskete auf den Feind hinabschießen und vielleicht den feindlichen General töten konnte. Drei kühne Jaqqas standen mit großen Schilden aus Elephanto-Haut vor mir, um eine Phalanx zu meinem Schutz zu bilden, und immer und immer wieder öffneten sie sie auf ein Zeichen, und ich stieß meine Waffe durch die Öffnung und schoß sie mit einem schrecklichen Knall ab.

Doch Kafuche Kambara fiel nicht. Bei Sonnenuntergang zogen wir uns zurück – es waren viele unserer Männer auf dem Schlachtfeld gefallen – und errichteten auf die Art der Jaqqas eine Palisade aus Bäumen, hinter der wir lagern konnten. Und am nächsten Tag ging es so weiter und am übernächsten ebenso, eine Schlacht ohne Ergebnis.

Wir blieben fast vier Monate im Krieg mit ihnen und erlitten hohe Verluste. An einem Tag hatten wir die Oberhand, am anderen sie; doch es verwirrte Calandola sehr, daß er, gleich welche Taktik er einsetzte, die Truppen des Kafuche Kambara nicht erschüttern konnte. Niemals zuvor hatte ein Schwarzmohr-Fürst ihm so lange widerstanden. Wir hielten einen langen Kriegsrat, bei dem ich neben Kinguri und Kulambo und Kasanje und den anderen hohen Jaqqa-Fürsten anwesend war, und ich konnte sehen, wie in Calandola der Zorn schwelte. Und er sah mich von Zeit zu Zeit an, als könne ich einen Plan anbieten, wie wir das Schachmatt brechen konnten. Doch ich glaubte, daß ihm der einzige Plan, den ich hatte, nicht gefallen würde, und so behielt ich ihn für mich.

Nachdem wir schließlich stundenlang beratschlagt hatten, war es Kinguri, der die gleiche Idee vorbrachte, die auch mir in den Sinn gekommen war. »Da es den Anschein hat, daß wir sie nicht besiegen können, müssen wir uns mit ihnen gegen die Portugiesen verbünden.«

Daraufhin blitzten Imbe Calandolas Augen vor Zorn, und er schnaubte wie ein Dschungeltier und ballte krampfhaft die Fäuste. Vielleicht hatte nur Kinguri diesen Vorschlag machen können, ohne damit eine tödliche Beleidigung zu äußern. Denn eine Allianz mit einem Feind war nicht Calandolas Art; und er wollte nicht gern eingestehen, daß er gegen Kafuche Kambara gescheitert war.

Doch im Rats-Haus nickten die anderen Fürsten und stimmten Kinguri zu, zuerst der alte Zimbo und dann andere, wobei sie sehr vorsichtig blieben, denn sie wußten, wie gefährlich es war, etwas zu unterstützen, was dem Imbe-Jaqqa nicht gefiel.

Calandola wandte sich dann mir zu und sagte: »Was sagst du, Andubatil, sollen wir mit Kafuche Kambara verhandeln?«

Seine Augen strahlten überaus listig. Sicher war dies eine Prüfung, um zu sehen, ob meine Liebe mehr bei ihm oder bei seinem Bruder lag. So wählte ich meine Worte mit einiger Vorsicht und sagte: »Was ist unser größeres Ziel, o Imbe-Jaqqa? Kafuche Kambara zu vernichten oder die Portugiesen der Küste von unserem Land zu fegen?«

»Diese Frage beantwortet meine Frage nicht.«

»Aye, das tut sie doch! Wenn Kafuche der höhere Feind ist, nun, dann müssen wir hier verharren, bis wir ihn brechen. Doch wenn sich unser größerer Stoß gegen die Portugiesen richten soll, Fürst Calandola, dann nutzt es uns nichts, noch mehr von Kafuches Kriegern abzuschlachten. Denn wir werden sie bei dem Angriff gegen São Paulo de Luanda brauchen.«

Ich sah, wie ein schnelles, scharfes Lächeln über Kinguris

Gesicht glitt, und wußte, daß ich die richtigen Worte gefunden hatte.

Auch Calandola zeigte sich erfreut. »Ja, dem ist so. Jeden Tag töten wir eine große Anzahl seiner Männer.«

»Und sie töten auch eine große Anzahl der unseren«, sagte Kasanje, aber nicht so laut, daß der Imbe-Jaqqa ihn hören konnte.

Kulambo, der ein weiser und kühner Ratgeber war, sagte nun: »Der Andubatil Jaqqa spricht die Wahrheit. Wollen wir Kafuche Kambaras Heer verschonen und es für unsere Zwecke einsetzen! Und wenn die Portugiesen vernichtet sind, nun, dann können wir uns wieder gegen Kafuche wenden und uns mit ihm befassen, wie er es verdient.«

Calandola dachte eine lange Weile schweigend darüber nach, und ich sah, wie sich von Augenblick zu Augenblick sein Gesichtsausdruck veränderte, als er dieses und dann wieder jenes Argument abwog. Und dann hellte es sich auf, als hätte er alle abgewogen und die Wahrheit gefunden.

»Es sei, wie Kulambo es vorschlug«, sagte er endlich.

Und so wurden am nächsten Tag unter einer Parlamentärsflagge zwischen den Jaqqas und ihren Feinden Verhandlungen beschlossen. Ich sage ›Parlamentärsflagge‹, da dies die Art und Weise ist, wie wir diesen Vorgang beschreiben, doch in Wirklichkeit ging es ganz anders vonstatten: Denn es wurde ein Schwein geschlachtet und so gedreht, daß die Eingeweide offenlagen, und dieses Schwein wurde von sechs Jaqqafrauen auf das offene Feld getragen, wobei zwei Dutzend Jaqqakrieger sie als Wachen begleiteten. Damit wurde die Breitschaft zu Verhandlungen angedeutet, und Kafuche Kambara verstand das Zeichen und schickte als Zustimmung ein geschlachtetes und ähnlich aufgeschlitztes Kalb hinaus. Dieses Fleisch wurde gekocht und von den Gesandten beider

Seiten verzehrt, und danach wäre es unheilig gewesen, Krieg zu machen, so daß ein Waffenstillstand galt.

Obwohl alle anderen hohen Jaqqa-Fürsten daran teilnahmen, war ich bei diesen Verhandlungen nicht anwesend. Als ich mich anschickte, mit ihnen aufzubrechen, sagte Calandola: »Du nicht, Andubatil.«

»Und warum nicht?«

»Weil unsere Haut dunkel ist und deine weiß.«

»Das verstehe ich nicht«, sagte ich. »Bin ich kein Jaqqa?«

»Du bist innerlich und durch das Recht der Weihe, der Blutsbrüderschaft und Ehe ein Jaqqa. Doch dem äußeren Anschein nach bist du ein Weißer, und ich fürchte, daß du Kafuche dadurch Unbehagen bereiten wirst.«

»Das fürchtest du? Obwohl ich Jaqqa-Embleme trage?«

»Selbst dann«, sagte er, und ich wußte, daß es keine Widerspruch dagegen gab. So sehr ich es auch bedauerte, von den Verhandlungen ausgeschlossen zu sein, zog ich meine Bitte also zurück. Und ich glaube, Calandola hatte sich darin nicht geirrt. Dieser Kafuche war ein Mann von schnellem Argwohn, und man wußte, daß er den Weißen keine Liebe entgegenbrachte, und ich wäre ein viel zu seltsamer Jaqqa gewesen, als daß er keinen Anstoß an mir genommen hätte. Daher gab ich nach, obwohl ich beschämt war, zurückbleiben zu müssen.

Ich erhaschte einen Blick auf den schrecklichen Kafuche, als er aus seiner Stadt kam, um sich mit den Jaqqa-Fürsten zu treffen. Er war fürwahr eine strahlende Gestalt, sehr groß und stark, wenngleich auch schon alt, mit weiß gewordenem Haar, und als er zu uns kam, geschah dies auf eine Art und Weise, wie es einem König zustand. Denn er kam mit großem Pomp und Erhabenheit auf einem Elephanto geritten, und auf jeder Seite des Elephantos schritten sechs fürstliche Krieger, und da waren Sklaven, die über seinem Kopf einen hohen goldenen Baldachin trugen, und als seine Wache schritten etwa fünfhundert Bogenschützen vor ihm.

Mehr von ihm sah ich nicht, denn Calandola hatte eine andere Aufgabe für mich, die mich in ein neues und bitteres Abenteuer führte. Dies bestand darin, daß wir den Weg für die Invasion der portugiesischen Gebiete vorbereiten sollten, und so wurde ich ausgeschickt, um die Lande zu erkunden, die zwischen diesem Ort und Masanganu lagen, und ein Spion gegen die zahlreichen Portugiesen zu sein, die das Presidio dort verteidigten.

Um dies zu bewerkstelligen, gab mir der Imbe-Jaqqa zu meinem Schutz etwa neunzig gute Krieger mit, von denen einer, ein großer und schlanker Mann, der Golambolo hieß, mit großem Gelächter zu mir kam und sagte: »Kennst du mich nicht, Andubatil?«

»Aye, du bist der Krieger Golambolo«, sagte ich.

»Der bin ich. Doch kommt dir sonst nichts in den Sinn, nun, da wir gemeinsam diese trockene Einöde durchqueren sollen?«

»Ich verstehe den Sinn deiner Worte nicht«, sagte ich.

»Erinnerst du dich nicht an die fünf Jaqqas, die dich fanden, als du in dieser gleichen Wüste wandertest, nachdem die Portugiesen vom Heer des Kafuche Kambara aufgerieben worden waren?«

»Die mich sicher durch die Einöde nach Masanganu geleiteten?«

»Fürwahr«, sagte Golambolo.

Ich betrachtete ihn genau und gab vor, ihn zu erkennen: Doch in Wahrheit erkannte ich ihn nicht, denn in jenen frühen Tagen hatten für mich alle Jaqqas ziemlich gleich ausgesehen.

»Meine Dankbarkeit ist groß«, sagte ich. »Dir verdanke ich mein Leben.«

»Andubatils Leben ist uns allen teuer.«

»Aber damals war ich nicht Andubatil. Warum hast du mich also gerettet?«

Er lächelte und deutete auf mein Haar und sagte, er habe mich für einen mächtigen *Mokisso* gehalten oder zumindest für einen wichtigen Medizinmann, der zu den Portugiesen gehörte, und habe es nicht gewagt, die Feindschaft der Geisterwelt auf sich zu nehmen, falls ich Schaden erleiden sollte. Ich nahm die Perlenkette, die ich trug, von meinem Hals, weiße Perlen, um die Pech gegossen war, und hängte sie ihm um den Hals, und er nahm meine beiden Ellbogen in die Hände, was eine Jaqqa-Umarmung ist, die Treue und Hingabe ausdrückt, und wir lächelten einander um anderer Zeiten willen an.

Mit Golambolo und meinen neunzig Kriegern brach ich nun in Richtung des Flusses Kwanza auf, durch die Provinz Kisama und vorbei an einer Stadt namens Agokayongo, wo ein Fürst herrschte, der Kafuche Kambara untertan war. In dieser Stadt wurden wir mit einer unbehaglichen Feindschaft begrüßt – denn keiner dieser Dörfler erfreut sich am Anblick von Jaqqas, ob es nun zwei oder einundneunzig sind –, doch sie gaben uns zu essen und zu trinken, und dann erzählten sie uns, es sei gerade ein Trupp Portugiesen vorbeigekommen, die vom Presidio von Ndema gen Westen und nach Masanganu reisten, wo sie ein Schiff zurück zur Küste besteigen wollten.

Diese Nachricht bereitete mir Unbehagen. »Wie viele waren es?« fragte ich.

»Nicht viele«, erwiderte der Fürst von Agokayongo. »Weniger als die Finger zweier Hände.«

»Und sagten sie etwas von Ereignissen in der Provinz Kisama? Von einem Jaqqa-Heer oder von einem Krieg im Süden?«

»Ich habe von ihnen nichts Derartiges gehört«, erwiderte jener Fürst.

Doch auch wenn die Portugiesen gewußt hätten, daß Calandola durch die Provinz zog, hätten sie es nicht als wichtig erachtet, dem Fürsten von Agokayongo diese Neuigkeit mitzuteilen. Und selbst wenn er sie kennen sollte, mußte er mir nicht unbedingt die Wahrheit sagen. Und wenn es Portugiesen gab, die durch diese Gegend reisten und von den Zügen des Imbe Calandola wußten, so würde es uns schlecht ergehen, wenn sie die Truppen von Masanganu davon in Kenntnis setzten. So rief ich Golambolo und meine anderen Unterführer zusammen und sagte: »Wir müssen diese Portugiesen einholen, gefangennehmen und verhindern, daß sie ihren Landsleuten von uns berichten.«

Augenblicklich machten wir uns an die Verfolgung. Was mir keine leichte Aufgabe erschien, denn es gibt in dieser Gegend keine festen Straßen, und das Terrain ist sehr zerklüftet. Doch schon eine Meile hinter Agokayongo stießen wir auf ihre erste Spur: ein totes Pferd am Fuß einer Klippe, höchst elendig anzuschauen, denn es war eingefallen und verwittert und lag flach mit weit ausgebreiteten Gliedern da, wie eine fortgeworfene Puppe, aus der das gesamte Stroh gefallen war.

»Sie sind beritten?« sagte Golambolo. »Ah, dann sind sie schon tot.«

Ich dachte ähnlich. Denn es ist ein gefährliches Unterfangen, in dieser schrecklichen Einöde beritten zu reisen; es gibt wenig Futter für die armen Tiere, und die Luft selbst saugt ihnen das Leben aus den Lungen. Es ist weit besser, zu Fuß und mit wenig Gepäck zu gehen, denn es gibt einige Landstriche, und dieser ist einer davon, die man zu Fuß durchqueren kann, während ein Pferd nur eine Last und ein Nachteil ist.

In der Tat war dies bei diesen Portugiesen der Fall. Denn als wir weitermarschierten und dabei aus einem Tal einen großen Hügel hinaufstiegen, schauten wir nach Westen in eine tiefe Spalte zwischen zwei Hügeln, und dort waren sie. Sie saßen im Schatten eines breitkronigen Baumes, der in einem kleinen, brackigen Teich wurzelte. Es waren sechs, und vier Pferde, und Golambolo machte mit seinen scharfen Augen aus, daß eins der Pferde dem Tod nahe und die drei anderen nicht viel lebhafter waren. Offensichtlich hatten die Portugiesen ein Lager aufgeschlagen, um ihren Stuten zu ermöglichen, wieder zu Kräften zu kommen; und damit hatten sie einen großen Fehler begangen, denn dies lieferte sie uns aus.

»Ich werde sie ergreifen«, sagte Golambolo.

»Aye. Suche dir neun Männer aus, steige dort hinab und nimm sie gefangen. Dann bringe sie zum Fürsten Calandola zurück. Sag ihm, daß ich sie nach meiner Rückkehr von Masanganu befragen und von ihnen wertvolle Informationen über die Portugiesen in dieser Provinz bekommen werde. Und wenn du dies getan hast, marschierst du weiter und triffst mich bei der Stadt Ndala Chosa.«

»So werde ich es tun«, gab Golambolo zurück.

Er zog mit seinen neun Männern davon und in das Tal hinab, in dem die sechs Portugiesen lagerten. Ich wußte, daß ich ihm vertrauen konnte und er die Aufgabe mit Leichtigkeit bewerkstelligen würde; daher wartete ich nicht ab, sondern setzte mit meinen anderen Männern den Weg nach Norden fort. Wir entdeckten nichts Bemerkenswertes in dem öden Land vor uns, bis wir zu jenem Ort kamen, der Ndala Chosa heißt und ein paar Meilen stromaufwärts von Masanganu am südlichen Ufer des Flusses Kwanza liegt. Einen oder zwei Tage lagerten wir in diesem Dorf, denn ich hatte das Mißgeschick erlitten, mir den Fuß zu vertreten und so heftig zu verstauchen, daß ich nicht auftreten konnte. Während ich gezwungenermaßen ruhte, schickte ich Kundschafter aus, die bald mit Nachrichten aus jenem Teil der Provinz zurückkehrten, der sich von Ndala Chosa bis zum großen Wasserfall erstreckte. Es befinde sich ein portugiesisches Heer dort, sagten sie; nicht nur die übliche Besatzung des Presidios von Masanganu, sondern ein paar hundert weitere Männer, die außerhalb des Ortes lagerten, als bereiteten sie sich auf einen Krieg vor.

»Bringt mich augenblicklich dorthin«, sagte ich.

Es entspricht nicht der Natur der Jaqqas, Männer in Sänften zu tragen, wie es bei dem dienstbaren Bakongo-Volk üblich ist, doch nun hatten wir keine andere Wahl. Also zimmerten sie etwas zusammen, worauf sie mich tragen konnten, und wir nahmen den Weg nach Masanganu, bis wir einen niedrigen, sanft abfallenden Hügel erreichten, von dem aus wir gute Sicht auf die dahinter liegende heiße Hochebene hatten. Und in der Tat hatten die Portugiesen dort eine große, gut bewaffnete Streitmacht zusammengezogen.

»Was hat das zu bedeuten?« fragte ich. »Sind sie nur auf Streife, oder wollen sie Kisama erobern?«

Niemand konnte mir diese Frage beantworten. Und als ich zu ihnen hinabschaute, fühlte ich, wie mein Herz kräftig pochte und meine Seele schwankte, und ich empfand den mächtigen, alles überwältigenden Drang, mit meiner Fingerspitze auszuholen und diese Portugiesen von der Ebene zu wischen oder sie wie lästige Insekten in die Erde zu bohren. Aye, da wallte der Jaqqa in mir auf! Mit welchem Recht lagerten sie dort, fragte ich mich, mit all ihrer Ausrüstung, den Zelten und ihrem Kehricht und Abfall? Wischen wir sie fort, dachte ich. Und alle anderen auch, selbst die in São Paulo de Luanda! Soll es Krieg geben zwischen Jaqqa und Portugal, und treiben wir sie ins Meer.

Doch noch während diese wilden, kriegerischen Gedanken in mir kreisten und in meiner Seele Blutdurst erzeugten, überdachte ich den praktischen Nutzen eines solchen Feldzugs der Vernichtung und Auslöschung. Denn wenn die Portugiesen aus diesem Land vertrieben waren, würden vielleicht die Engländer kommen. Durch meinen erhitzten Verstand trieb eine Vision, wie ich ein holländisches Handelsschiff nach England bestieg, dort einen Trupp von Abenteurern zusammenstellte und nach Afrika zurückkehrte, um einen Feldzug zu unternehmen, der die Portugiesen vollends von hier verdrängte. Aye! Ich würde ein Bündnis mit meinem Bruder Calandola eingehen und ihm schwören, niemals unsere Mutter, die Erde, zu beleidigen, wie die Portugiesen es getan hatten, und dann die Sklavenhändler aus São Tomé vertreiben und ein neues England in diesem heißen, westafrikanischen Land errichten!

Ihr könnt an diesen Worten den Konflikt, den Gegensatz erkennen. Denn wie konnte ich daran denken, sowohl etwas zu vernichten als auch etwas aufzubauen, was mir beides gleichermaßen heilig war? Doch in diesem Augenblick waren zwei Seelen in meinem Herzen, eine englische und eine Jaqqa-Seele; und das Wunder daran war, daß ich beide in mir beherbergte und trotzdem nicht wahnsinnig wurde. Ich stand eine lange Weile dort und träumte davon, mit dem Segen des Imbe-Jaqqa, meines Fürsten und Bruders, die Portugiesen zu vertreiben und die Engländer willkommen zu heißen.

»Kommt«, sagte ich schließlich zu meinen Männern, »Wir müssen dem Imbe-Jaqqa von dieser Armee berichten.«

So wandten wir uns wieder nach Süden. Auf unserem Rückmarsch trennten wir uns, und die verschiedenen Gruppen zogen durch zahlreiche Täler, so daß wir vielleicht Golambolo begegneten, der ja nordwärts zog, um sich wieder zu uns zu gesellen. Doch wir sahen ihn nicht, obwohl wir große Aufmerksamkeit darauf verwandten, ihn auszumachen. Wir marschierten weiter nach Süden, bis wir beinahe Agokayongo erreicht hatten. Als wir uns diesem Ort näherten, schaute ich in das Tal hinab, in dem die sechs Portugiesen ihr Lager aufgeschlagen hatten, und sah, daß ihre Pferde tot unter dem breitkronigen Baum lagen. Doch von den Portugiesen selbst oder von Golambolo und seinen neun Jaqqas sah ich nichts. Dies verärgerte mich, denn ich wollte vermeiden, daß ein Teil meiner Streitmacht auf der Suche nach mir durch dieses Land wanderte, doch ich sah keine andere Möglichkeit, als nach Agokayongo zu marschieren.

Als die Stadt in Sicht kam, bot sich mir ein mächtiger und unerwarteter Anblick: Denn nicht die kleine Jaqqa-Gruppe Golambolos, sondern unzählige Tausende von Männern, die gesamte Streitmacht des Imbe Calandola und auch die Truppen des Kafuche Kambara, hatten auf der Ebene ein gewaltiges Lager aufgeschlagen, über dem jubelnd die Banner wehten. Ich schickte einen meiner flinken Jaqqas vor, damit er herausfinden sollte, was sich dort abspielte, und er kehrte bald mit der Nachricht zurück: »Der Imbe-Jaqqa und Kafuche Kambara haben ein Bündnis geschlossen und mit dem Marsch gen Norden, nach Masanganu, begonnen.«

Nun, während meiner Abwesenheit mußte es zu einem schnellen und geschickten Handel gekommen sein, daß sich die beiden ehemaligen Feinde so schnell und so traulich vereint hatten!

Meine Fußverletzung war mittlerweile fast ausgeheilt. So schritt ich in der Stunde des Sonnenuntergangs, als der Himmel rostrot gefärbt war, als wolle er über den gesamten Horizont Blut verschütten, an der Spitze meiner Männer schnell zum Herzen des Jaqqa-Lagers. Und ich fand heraus, daß unter großem Trommelschlagen, Tanzen und Gesang ein Fest begonnen hatte. Dieser wilde Lärm ließ mich innehalten, denn ich erkannte ihn als die Musik, die bei den Kannibalen-Festgelagen gespielt wurde. Heute abend würde Menschenfleisch gegessen werden: Doch welche Feinde hatten die Jaqqas gefangen, daß sie sie nun verspeisen wollten?

Die großen Kessel waren an Ort und Stelle, und das große Feuer war bereits angezündet. Und die Trommeln dröhnten, die Tänzer tanzten, die *Nganga*-Hexer riefen ihre schrillen Segnungen, wobei der alte Kakula-banga in vorderster Front herumhüpfte, und das Wasser kochte beinahe. Unter der sich einstellenden Dunkelheit hatten sich alle hohen Fürsten der Jaqqas zu ihrem grausamen Fest versammelt: Da war Imbe Calandola, prachtvoll gekleidet und geschmückt, stolz auf seinem Hohesitz, und neben ihm mit ernstem Gesicht mein Blutsbruder Kinguri, auch Ntotela und Kaimba und Kasanje und Ngonga und Zimbo und Kulambo und Bangala, womit alle noch lebenden Jaqqa-Größen versammelt waren, da niemand als Nachfolger von Ti-Bangala und Paivaga ernannt worden war.

Als sie mich erblickten, grüßten mich alle und jubelten mir zu, und Calandola winkte mir und rief: »Nun, Andubatil, gerade rechtzeitig zum Festmahl zurück?«

»Aye, und was für ein Fest ist dies?«

»Nun, wir werden heute gut an drallem, weißem Fleisch speisen. Komm, schnell, geselle dich zu uns!«

Er lachte und deutete mit der Hand zur anderen Seite der Lichtung, und ich schaute hinüber. Hinter den Kesseln lagen die nackten und blutigen Leichen von drei weißen Männern auf dem Boden. Ihre zerrissene Kleidung neben ihnen. Und drei weitere Gestalten drängten sich mit gefesselten Händen voller Schrecken und Furcht gegen einen großen Baum. Weil die Luft wegen des Rauchs und des Anbruchs der Nacht dunkel war, konnte ich diese drei aus der Ferne nicht genau ausmachen, doch an ihrer Kleidung wurde ersichtlich, daß es sich um Portugiesen handelte, und sicher waren es die drei anderen, die Golambolo ergriffen und als Gefangene hierher gebracht hatte. Als Gefangene – und nicht als Abendessen.

»Das ist ein großes Unrecht, o Fürst Imbe-Jaqqa«, sagte ich zu Calandola, geradeheraus und keiner Diplomatie eingedenk.

»Was sagst du da?« gab er schnaubend und knurrend zurück.

»Vor Ndala Chosa lagert ein neues Heer der Portugiesen, und ich weiß nicht, warum. Ich bin den ganzen Weg von Ndala Chosa hierher gekommen, um mit diesen Portugiesen zu sprechen und sie wegen der Bewegungen dieses Heeres zu befragen; deshalb habe ich sie in der Wüste ergreifen und hierherbringen lassen. Und ich muß feststellen, daß du sie kochst, o Imbe-Jaqqa, als wären sie bloße Tiere!«

»Ah, aus diesem Grund bist du so verärgert? Nicht, weil es dir mißfällt, daß wir Portugiesen kochen?«

Ich zuckte die Achseln. »Koche sie, brate sie, tue mit ihnen, was du willst. Aber nicht, bevor ich mit ihnen gesprochen habe!«

Calandolas gewaltiges, dröhnendes Gelächter trieb zu mir herab wie das weiße Wasser, das einen mächtigen Wasserfall hinabstürzt, und er sagte: »Ah, wir haben ein paar ausgespart, damit du sie befragen kannst, Andubatil! Feiere heute abend mit uns, und morgen kannst du mit ihnen sprechen, und an einem anderen Abend werden wir sie dann verspeisen. Nun? Paßt dir das, Jaqqa-Fürst?«

Die Jaqqa-Schlächter waren schon dabei, die Toten für den Kessel vorzubereiten. Nun, daran ließ sich nichts mehr ändern: Welche Informationen auch immer ich von ihnen erhalten hätte, sie waren verloren und würden nach dem Kochen nicht aufsteigen, um sich abschöpfen zu lassen.

Mein Zorn auf Calandola war gewaltig, und zu einer anderen Zeit hätte ich vielleicht dafür leiden müssen, ihn so vor seinem Volk anzusprechen, doch heute abend schien er guter Stimmung zu sein.

»Ich werde in einem Augenblick zu Euch kommen, Fürst Calandola«, sagte ich. »Ich bitte um die Erlaubnis, zuerst mit den Gefangenen zu sprechen.«

Er nickte und wandte sich von mir ab, um von einer seiner Frauen eine Schüssel Wein entgegenzunehmen. Ich ging zu der anderen Seite der Kessel, um mir die Gefangenen anzusehen, und ob ich welche davon aus meiner Zeit bei den Portugiesen kannte.

Und als ich zu ihnen ging, widerfuhr mir eine mächtige Überraschung, die mich bis ins Fundament und die Basis meiner Seele erschütterte: Zwei Portugiesen waren Männer, doch der dritte eine Frau, und damit hatte ich nicht gerechnet. Es war eindeutig eine Frau, obwohl sie ihr Haar zurückgebunden hatte, so daß es nicht länger zu sein schien als das eines Mannes. Ihre Kleidung war zerrissen und zerfetzt, und im kupfrigen Schein des Feuers konnte ich sehen, wie sich ihre vollen, runden, überaus schönen und mit dunklen Warzen versehenen Brüste hoben und senkten. Aye! Und dies waren Brüste, die ich, bei meinem Glauben, überaus gut kannte. Ich wußte, wie sie sich in meinen hohlen Händen anfühlten, und kannte ihren Geschmack an meinen Lippen. Denn diese Frau war Doña Teresa, das Hexengeschöpf mit der dunklen Seele, das ich geliebt hatte und das auch mich geliebt hatte, als ich Andrew Battell war, der englische Seemann aus Leigh in Essex, und von der ich überaus schändlich verraten worden war, was allerdings auch schon ein halbes Leben zurückzuliegen schien. Wäre die Frau, die an den Baum gefesselt war, meine Mutter gewesen, hätte ich nicht entsetzter oder erschrockener sein können, sie hier zu finden.

In der Halbdunkelheit des schweren Zwielichts starrte sie mich an, und ihre geröteten Augen wurden heller, und sie machte eine Geste des Erstaunens. Und mit einer Stimme, die von Verblüffung beinahe erstickt wurde, sagte sie: »Andres? Andres, ist es möglich? Bist du das wirklich? Andres, in diesem wilden Aufzug?«

»Aye«, sagte ich, »ich bin Andres.«

Ihre Lippen zitterten. »Du hast dich sehr verändert, Andres!«

»Aye«, sagte ich. Nachdem ich diese langen Monate die Jaqqa-Zunge gesprochen hatte, kamen die portugiesischen Worte hart und ungeschliffen über meine Lippen. »Ich habe mich fürwahr sehr verändert. Ich bin kaum noch Andres.«

»Wenn du nicht Andres bist, was bist du dann?«

»Ich bin Andubatil Jaqqa«, gab ich zurück.

»Mutter Gottes«, sagte sie leise. »Dann bin ich verloren!«

9

Ich trat näher zu ihr, zu dieser Frau, die mir so viel Unrecht angetan und davor so viel Vergnügen bereitet hatte, und betrachtete sie im Licht des hochschlagenden, lodernden Feuers.

Und ich sah die wilde, panische Furcht in ihren Augen, die für mich so enthüllend waren wie der kostbarste, glänzendste Spiegel. Wie erschreckend mußte der Mann sein, den sie sah! Denn vor ihr stand eine Art Ungeheuer, beinahe nackt, mit Farbe auf dem Körper und barbarischen Perlen und Armringen und zahlreichen Narben, die ich mir im Kampf zugezogen hatte. Sie starrte die zahlreichen Stammesnarben an, die die Medizinmänner der Jaqqas mir unter höchsten Schmerzen in die Haut geritzt hatten, und ein neuer, hellerer Schrecken leuchtete auf ihrem Gesicht. Mein Haar hing bis über meine Schultern hinab und war ein Gewirr dicker Knäuel; mein Bart war so zottig und verfilzt wie der einer Ziege; und obwohl ich seit mehr Monaten, als ich gezählt hatte, mein Gesicht in keinem Spiegel mehr gesehen hatte, wußte ich, daß ich nun ein barbarisches Antlitz mit wilden, harten Augen haben mußte, das kärgliche Fleisch von der gnadenlosen tropischen Sonne hart und sonnenverbrannt.

Doña Teresa erschauerte und bedeckte ihre Brüste mit dem einen Arm, der nicht gefesselt war. Solch eine Geste der Scham hatte ich bei der hochmütigen, gebieterischen und wollüstigen Doña Teresa zuvor nie gesehen.

Und ich, was empfand ich, als ich sie anschaute?

Haß, zuerst und hauptsächlich, und den Wunsch nach Rache. Denn ich hätte längst in England sein können, wäre sie nicht gewesen, die mich fälschlicherweise der Vergewaltigung beschuldigt hatte, woraufhin man mich von dem Schiff des Holländers gezerrt und sechs Jahre lang der Folter im Presidio von Masanganu ausgesetzt hatte, unter der meine Seele beinahe zerbrochen wäre. Und all dies der Eifersucht wegen, einer müßigen Boshaftigkeit, weil ich mit Matamba zusammengelebt hatte. Sie hatte mir das Leben gestohlen, genau wie Cocke, als er mich auf der Insel zurückgelassen hatte, und wie all diese perfiden Hurensöhne von portugiesischen Gouverneuren, die mich lange Jahre in Angola hatten dienen lassen.

Ich bin weiß Gott ein Mensch von ausgeglichenem Gemüt; doch ich habe Gefühle, bin keine Statue aus Stein und hasse die, die mir Unrecht antun, und ich erfreute mich in diesem Augenblick, Doña Teresa in Angst um ihr Leben zu sehen, während die Kessel schon für sie und ihre Gefährten aufgeheizt wurden.

Doch diesen Haß empfand ich nur im ersten Augenblick, denn ihre Schönheit schmolz mein Herz, obwohl ich mich so lange danach gesehnt hatte, mich an ihr zu rächen. Und ihr Verbrechen gegen mich schien so lange zurückzuliegen. Es gelang mir nicht, so sehr ich es auch versuchte, meine Rachsucht lange aufrechtzuhalten. Sie entglitt mir wie ein schlüpfriger Aal noch in dem Augenblick, da ich zu ihr hinabschaute und versuchte, Vergnügen an ihrem Sturz zu finden.

Ich sage Euch, obwohl sie beschmutzt und zersaust und verweint war und obwohl sie mir aus müßiger Eifersucht diese schreckliche, sechsjährige Knechtschaft eingebracht hatte und obwohl ihr irgendwie der Schwefelgeruch der Hexerei anhaftete, schmolz ihre Schönheit meinen Verstand.

In meinen Augen war sie wunderbar.

Als sie das erste Mal in meinen Kerker in São Paulo de Luanda gekommen war, hatte sie eine königliche Haltung gehabt. Doch in den dreizehn oder vierzehn Jahren, die seitdem vergangen waren, war sie in der Tat prachtvoll geworden, eine Frau von kaiserlichem Glanz, den nicht einmal ihr jetziger armseliger Zustand verbergen konnte.

Als ich vor ihr stand und ihr in die Augen sah, zitterte ich, konnte mich aber ansonsten vor dieser plötzlichen wiederauferstandenen Liebe kaum rühren. Doch sie hatte keine Ahnung davon, denn sie sah nur das seltsame Jaqqa-Ungetüm, zu dem ich geworden war. Und noch etwas geschah mit mir, denn ihre wunderbare Schönheit wusch nicht nur meinen lange gehegten Haß auf sie ab, sondern auch die Fremdartigkeit, die auf mir lag, das Jaqqa-Ich, in das ich mich gehüllt hatte. Ich war als Andubatil vor sie getreten, doch nun hörte ich in meinem Kopf nur die Stimme Andrew Battells, die bei unseren Liebesspielen höchst vergnügt mit ihr englisch sprach und solche Worte wie ›Aasfresser‹ und ›Steinmetz‹ und ›Steckrübe‹ sagte. Was mich in tiefe

Verwirrung stürzte und meine Seele gleiten und rutschen ließ, so daß ich mir vorkam wie jemand, der in schwerer Brandung schwankte und taumelte und immer, wenn er aufzustehen versuchte, auf die Knie geworfen wurde und bei diesem Kampf seine Kraft verlor und zu ertrinken drohte.

Was war ich, ein Jaqqa oder ein Engländer? Und haßte oder liebte ich sie? Ich ertrank in den Gegensätzen und Widersprüchen meiner verwirrten Seele. Doch wie einer, der fühlt, daß er ertrinkt, letztendlich vielleicht hinauf zur Erlösung schwimmt, so begann auch ich aus diesem Mahlstrom der Verwirrung den Aufstieg zu einem gewissen Maß des Verständnisses. Denn ich wußte nun, daß ich trotz all meiner Reisen in die Denkungsart der Kannibalen mehr Engländer als Jaqqa war und daß ich für diese Frau mehr Liebe als Abscheu empfand. Und ich schwor mir einen gewaltigen Eid bei Gott dem Erlöser und jedem *Mokisso* dieses düsteren Dschungels, daß ich sie vor dem Kannibalenkessel erretten oder selbst in diesen Kessel gehen würde. Und dieses Mal war keine Hexerei bei mir am Werk; ich faßte diesen Entschluß aus freier Entscheidung.

Und doch enthüllte ich ihr dies noch nicht. Ich umkreiste sie einfach von der einen zur anderen Seite, wie ein Leopard, der eine in der Falle sitzende Beute begutachtete, und musterte sie ausgiebig. Sie schwebte in diesem Grenzland zwischen Furcht und Kühnheit und beherrschte mit wundersamer Kraft den Schrecken, den sie empfinden mußte.

»Nun«, sagte sie schließlich, »bringe es hinter dich; schleppe mich zum Topf und wirf mich hinein, Andres!«

»Glaubst du wirklich, daß ich das tun werde?«

»Du bist so aufgetakelt und wild in deinem Aufzug, daß es mich nicht erstaunen würde.«

»Ah, du bist stark, stark, Teresa!«

»Ach, bin ich das? Aber nicht stark genug, um diese Fesseln zu zerreißen, fürchte ich.«

»Wie hat es sich zugetragen, daß du hier in Gefangenschaft bist?«

»Don Fernão und ich reisten durch das Landesinnere«, sagte sie. »Von Ndemba nach Masanganu und weiter nach Kambambe, um im Auftrag des Gouverneus die Presidios zu inspizieren.«

»Noch immer Don João de Mendoça?«

»Nein«, sagte sie. »Er ist schon lange tot, der arme, nette Mann, und es ist ein neuer aus Portugal gekommen, Don João Coutinho mit Namen, der sehr freizügig und beliebt ist. Er soll neue Festungen in diesem Land errichten und es im Auftrag des Königs von Portugal endgültig erobern. Und so marschieren nun Armeen durch alle Teile der Provinz.«

Ah, dachte ich. Das erklärt die Truppen, die ich vor der Stadt Ndala Chosa gesehen hatte.

»Und so schickte dieser Gouverneur uns hier hinaus«, fuhr sie fort. »Doch unsere Pferde starben, und die Jaqqas haben uns überfallen . . .« Ihre Lippen zitterten, und ihre Stärke brach für einen Augenblick, und sie begann zu schluchzen und weinen, was bei dieser königlichen Frau seltsam anzusehen war. Doch nur einen Moment lang, und dann hatte sie die Kraft zurückgefunden. »Don Fernão ist tot, und uns wird man essen«, sagte sie verbittert. »Und wirst du dich auch an uns laben, Andres? Hast du dich in einen Menschenfresser verwandelt? Denn ich glaube, das mußt du nun sein.«

»Wo ist Don Fernão?« fragte ich.

Sie deutete mit einer Kopfbewegung auf einen der toten Portugiesen, der noch während unseres Gesprächs gevierteilt und in einen der Töpfe mit dem kochenden Wasser geworfen wurde. Und als sie dorthin sah, stieg solch ein Ekel und Schrecken in ihr empor, daß sich ihr Magen hob, sie sich vor

Übelkeit wand und den Kopf wegdrehte, um die Flut der Magensäfte zurückzuwürgen, die in ihr emporschwallte. Ich empfand beinahe ähnlich, als ich an diesen gut gekleideten, eitlen, törichten Souza dachte, der eigentlich recht wenig Böses getan hatte und nun von meinen Jaqqa-Brüdern in Stücke geschnitten und wie ein Hammel gekocht wurde.

Dann faßte sie sich wieder und sagte: »Wieviel länger soll ich noch leben? Und kannst du mir einen schnellen Tod geben, damit ich nicht mehr länger in diesem Ausläufer der Hölle ausharren muß, in dem ich hier bin?«

»Ich habe vor, dich vor dem Verderben zu bewahren«, sagte ich überaus sanft.

»Du? Der herumhüpfende, bemalte, nackte Menschenfresser mit seinen Armreifen?«

»Wie du siehst, habe ich mich verändert, Doña Teresa. Doch etwas in mir ist der Mann geblieben, den du kanntest.«

»Das ist kein Augenblick, um mich zu verhöhnen, Andres.«

»Ich verhöhne dich nicht. Ich werde dich vor diesem Festmahl bewahren.«

Ihre Augen wurden groß. »Jesu Christo, und das kannst du?«

»Ich habe viel Macht unter diesem Volk, denn ich bin ein enger Verwandter des Jaqqa-Königs geworden, und von seinem Bruder auch.« Ich legte die Hand auf ihren Arm und umfaßte ihn überaus sanft; vor dieser Berührung schreckte sie zuerst zurück, doch dann gab sie nach und schmiegte sich dagegen. Aye, wie hätte ich zulassen können, daß man sie abschlachtete? Das war eine zu schwere Rache für das Unrecht, das sie mir angetan hatte; und sie hatte mir vor diesem einen Verrat auch viel Gutes getan. Ich hätte sie am liebsten inmitten dieses kannibalischen Alptraums von ihren Fesseln befreit und sie an meine Brust gedrückt, um sie zu trösten, doch zuerst mußte ich vom Imbe-Jaqqa ihre Freiheit erbitten.

»Deine Gefährten kann ich nicht retten«, sagte ich leise. »Doch für dein Leben werde ich mich sofort einsetzen. Hab keine Angst.«

Auf der anderen Seite, wo die Fürsten der Jaqqas saßen, war alles wild und fröhlich. Sie tranken ihren mit Blut versetzten Wein, lachten lauthals und waren wegen des Festmahls sehr erheitert. Ich näherte mich dem Imbe-Jaqqa. Er betrachtete mich mit einem kleinen Anflug von Ärger oder zumindest Mißfallen. »Ich habe dir gesagt, Andubatil«, meinte er, »daß du die Gefangenen morgen befragen darfst. Nun komm zu uns und teile den Wein mit uns!«

»Ich bitte um Verzeihung, mein Fürst Calandola, doch ich habe die Gefangenen nicht befragt.«

»Nur die Frau, ha! Ich habe dich bei ihr gesehen.« Er schlug die großen Schenkel zusammen, rieb sich fröhlich mit den Händen über den eingeschmierten Körper und sagte: »Sie ist schön und saftig, diese Portugiesin! Ich werde ihre Brüste nehmen und Kinguri ihr Hinterteil, und die Schenkel, Andubatil, willst du die Schenkel haben?«

Seine gefühllosen Worte erzürnten mich zum äußersten.

»Nay!« rief ich in plötzlicher Erregung. »Nay, Fürst Calandola!«

»Also nicht die Schenkel?«

Ich schüttelte überaus energisch den Kopf. »Keinen Teil von ihr! Wir werden sie nicht essen!«

»Was sagst du da?« fragte er auf seine neugierige Art, denn es erstaunte ihn immer, wenn man sich seinem Willen widersetzte, und er schaute den, der sich ihm widersetzte, an, als würde er eine Fliege von der Größe eines Elephantos betrachten oder einen Elephanto von der Größe einer Fliege. »Sie wird nicht gegessen, Andubatil, weil du es befiehlst?«

»Mein guter Fürst«, sagte ich mit größerer Bescheidenheit, »ich erbitte eine große Gnade. Ich bitte dich, diese Frau nicht zu töten.«

»Damit du sie haben kannst, nicht wahr?«

»O Imbe-Jaqqa, diese Portugiesenfrau war mein Weib, als ich in São Paulo de Luanda lebte.«

»Ah, dein Weib«, sagte er, wie er auch gesagt hätte: *deine Stiefel, deine Mütze, dein Becher.* »Nun, und was hat das zu bedeuten? Du hast jetzt ein anderes Weib. Du kannst drei oder vier andere haben oder sieben, wenn du willst.«

»Nay«, sagte ich heftig schwitzend und versuchte, mein Unbehagen zu verbergen. »Ich habe sie sehr geliebt und allen anderen Frauen vorgezogen. Ich bitte dich, nicht so hungrig von ihr zu sprechen.«

»Dein Weib, Andubatil?« sagte er, über die Vorstellung nachdenkend.

»Aye, wir wurden dem höchsten Brauch entsprechend vor unserem Gott vereint«, log ich überaus fieberhaft, »und es hat mich sehr erstaunt, sie hier unter deinen Gefangenen zu sehen. Denn wir waren in den vergangenen Jahren, nach dem Verrat, der mich in Mofarigosats Hände auslieferte, voneinander getrennt. Die ganze Zeit über habe ich mich sehr nach ihr gesehnt, und nun hat man sie mir wiedergegeben.«

Kinguri lehnte sich zu uns hinüber. »Du solltest wissen, Andubatil«, sagte er mit dunkler Stimme, »daß sie einem dieser Portugiesen, der nun tot ist und für das Fest vorbereitet wird, sehr nahe und vertraut war.«

»Ihr Bruder«, sagte ich schnell.

»Ah.«

»Aye. Don Fernão de Souza. Ich kannte ihn in meinem alten Leben; ein Mann, der sich immer sehr prachtvoll gekleidet hat. Sie waren einander sehr lieb, der Bruder der

Schwester und die Schwester dem Bruder. Fürst Imbe-Jaqqa, laß mich nun zu ihr gehen und sie von ihren Fesseln befreien.«

»Die Frau ist gefährlich«, sagte Kinguri leise zu seinem Bruder; aber ich konnte es dennoch hören. »Ich habe sie mit den anderen Portugiesen gesehen, und diese behandelten sie, als wäre sie ihre Königin. Es liegt eine große Kraft in ihr. Ich fühle es, ich sehe es deutlich. Wenn wir sie leben lassen, wird sie uns Unheil bescheren.«

»Sie ist Andubatils Weib«, erwiderte Calandola.

»Er hat jetzt ein anderes.«

Ich sah, daß dies zu einem Zwist zwischen den königlichen Brüdern wurde, dem Fragen zugrunde lagen, wer die Macht hatte, und vielleicht auch einige Fragen, ob ich meine Liebe nun der Frau zuwenden würde, von der ich behauptete, sie sei mein Weib.

Ich deutete mit dem Arm auf Kinguri und rief: »Bruder! Wie kannst du so grausam vor mir sprechen?«

»Ich will nicht unser gesamtes Werk gefährden«, erwiderte Kinguri mit einem frostigen Lächeln, »um eine Frau zu retten, auch wenn sie die deine ist.«

»Und eine Frau, nackt und verängstigt, gefährdet das gesamte große Werk der Jaqqas? Pfui, Kinguri! Ich habe dich für einen weisen Mann gehalten.«

»Der bin ich auch, Andubatil Jaqqa; meine Weisheit und die deine haben sich in meinem Blut vermischt, und diese vermischte Weisheit rät mir, diese Portugiesenfrau zu fürchten. Ich sage, erschlagt sie, daß sie kein Unheil anrichten kann.«

Ich wandte mich von ihm ab.

»Ich wende mich an dich, Fürst Calandola . . .«

»Du bist ihr zugetan?« fragte mich der große Jaqqa, noch immer sehr neugierig, als sei ihm diese Art von Leidenschaft ein gewaltiges Geheimnis.

»Das bin ich. Ich liebe sie fast wie mein Leben selbst. Ich könnte es nicht ertragen, zu sehen, wie sie für dieses Fest erschlagen wird.«

»Mein Bruder Kinguri mag sie nicht, und er irrt sich selten in solchen Einschätzungen.«

»Ich sage dir, sie wird nichts Böses tun, Fürst Imbe-Jaqqa.«

Calandola zuckte die Achseln. Ich sah, daß ihm diese Sache lästig wurde. Er senkte das Gesicht zu seinem Wein-Becher und nahm einen tiefen Schluck, und als er es wieder hob, waren die Wangen und der Mund mit der purpurnen Blutflüssigkeit bedeckt, die ihn zehnmal schrecklicher aussehen ließ. Und doch lag nun Wohlwollen in seinem Lächeln, und er nickte seinem Bruder freundschaftlich zu. »Andubatil hat mir gut gedient«, sagte er, »und ich möchte ihm den Wunsch nicht abschlagen, Bruder. Er begehrt die Portugiesenfrau. Ich sehe die Gier, die in ihm brennt.«

»Ich bin beunruhigt, Bruder«, murmelte Kinguri.

Ich streckte die Hand nach diesem teuflisch klugen Jaqqa aus. »Ich biete mich selbst als Sicherheit, Bruder«, sagte ich. »Sie wird unserem Volk keinen Schaden zufügen. Ich möchte gern, daß mir meine Frau zurückgegeben wird, und bitte dich, deine Einwände zurückzunehmen.«

»So sei es«, sagte Calandola mit einer ungeduldigen Handbewegung. »Dann nimm sie also.«

»Tausend Dank, mächtiger Imbe-Jaqqa«, sagte ich und verbeugte mich tief. Als ich aufschaute, sah ich kalte Feindschaft in Kinguris Gesicht, denn offensichtlich wollte er nicht, daß ich sie bekam, und noch weniger wollte er, daß der Imbe-Jaqqa mir trotz seiner drängenden Worte zugestimmt hatte.

»Was die beiden anderen Portugiesen betrifft«, sagte Calandola, »so werden sie vor dem Fest morgen getötet. Sorge dafür, daß du vorher mit ihnen sprichst und erfährst, was du von ihnen erfahren kannst.«

»Das werde ich«, sagte ich.

Dann ging ich zu Doña Teresa und befahl dem Jaqqa, der sie bewachte, ihre Fesseln abzunehmen. Aus Respekt vor mir schickte er sich an, mir zu gehorchen, doch dann überkam ihn Zweifel, und er blickte zum Imbe-Jaqqa. Calandola lächelte, und der Wachposten ließ sie frei.

Doña Teresa raffte ihre Fetzen zusammen, um ihre Brüste zu verbergen, dankte mir mit einem Händedruck und fragte: »Wie hast du dies bewerkstelligt?«

»Ich habe ihnen geschworen, du seiest meine Frau, und sie haben dich mir zurückgegeben.«

»Ah. Dann gibt es hier keine Strafe für einen Meineid?«

Ich beugte mich zu ihr. »Dein Fall war verzweifelt«, sagte ich. »Sollte ich mich an die Nettigkeiten der Wahrheit halten und zusehen, wie du gekocht wirst?«

»Dann bin ich hier also deine Frau?«

»Entweder das, oder du wirst wieder in Fesseln gelegt«, sagte ich.

»Ah. Ah, ich verstehe.« Es war Unheil in ihren Augen und ein wenig Zorn, aber auch Erheiterung, glaube ich. »Nun, und ich nehme an, dann kann ich ihnen vorspielen, daß ich deine Frau bin, Andres.«

»Du wirst mehr tun, als es nur vorzuspielen«, sagte ich.

»Du bist sehr offen, nun, da du ein Menschenfresser bist.«

»Hochwohlgeborene Dame, ich habe Euer Leben gerettet. Aber ich habe meins als Sicherheit geboten, daß du in diesem Lager kein Unheil anrichten wirst. Daher wirst du dich weniger herrisch geben und mir bei dieser Vortäuschung unserer Ehe helfen, oder ich werde noch in diesem Augenblick rückgängig machen, was ich getan habe. Hast du das verstanden?«

»Ah, Andres, Andres, ich will dir keine Schwierigkeiten bereiten! Ich habe nur ein wenig gescherzt.«

»Scherze ein anderes Mal«, sagte ich. Denn ich war wegen ihres Stolzes sehr erzürnt und empfand wieder weniger für sie. Ihr Leben zu retten hatte mich bei Kinguri einiges gekostet, doch das mußte ich ihr nicht erklären; ich mußte mir nur sicher sein, daß sie bei dem falschen Spiel, das ihr Leben gerettet hatte, auch mitspielte.

»Und diese beiden?« sagte sie nach einem Augenblick.

»Ich habe keine Gewalt über ihr Leben. Man wird sie töten.«

»Ah«, sagte sie. »Nun, dann müssen wir wohl für ihre Seelen beten.« Sie wirkte nicht übermäßig bekümmert. »Du bist ein Verwandter dieser Menschenfresser, sagst du, Andres?«

Ich zögerte, diese Frage zu beantworten. »Sie haben mich als engen Gefährten aufgenommen«, entgegnete ich schließlich. »Es liegt an meiner Haut und meinem Haar; ich glaube, sie haben Ehrfurcht vor seiner Farbe. Und vor meiner Muskete, die ich in ihren Diensten sehr oft eingesetzt habe.«

»Du kämpft in ihren Schlachten?«

»Aye«, antwortete ich. »Ich bin ein großer Krieger.«

Sie trat ein wenig zurück und starrte mich an, als wäre mir ein Satans-Schweif gewachsen oder als spucke ich Feuer. Hinter uns wurde der Lärm der Trommeln und der anderen Musik wesentlich heftiger. Es war nun beinahe völlig dunkel, und eine schwere Hitze senkte sich, in der kleine Tropfen Feuchtigkeit hingen, und hinter dem Kreis unserer Feuer schrien die Geschöpfe des Dschungels.

»Du sprichst mit guten portugiesischen Worten zu mir«, sagte sie leise und mit seltsam klingender Stimme, »und ich glaube, du bist noch der Mann, den ich in São Paulo de Luanda kannte, der so geradeheraus und aufrecht war. Und dann betrachte ich dich, und ich sehe diese Zeichen des Heidentums auf deinem Körper und höre, daß du in Jaqqa-Schlachten gekämpft und ihnen große Dienste erwiesen hast, und ich weiß, daß du ein Wechselbalg bist, Andres.«

»Ein Wechselbalg. Aye«, sagte ich. »Ich glaube, das bin ich; eine andere Seele ist hinter mein Gesicht geschlüpft. Und das Gesicht hat sich auch sehr verändert, nicht wahr?«

»Als du zu mir kamst, habe ich dich kaum erkannt«, sagte sie. Nun war ein Zittern in ihren Armen, und vielleicht auch noch woanders, und ihre Augen waren starr und hart vor Furcht. »Ich dachte, was ist dies für ein Geschöpf, das die Haut eines Weißen, aber das Aussehen eines Jaqqas hat? Und ich war zutiefst verängstigt. Und ich bin auch jetzt noch zutiefst verängstigt.«

»Bist du das?«

»Hör doch! Hör doch! Die Flöten, die Trommeln, der Gesang. Überall um uns herum sind Teufel.«

»Aye.«

»Und du, du bist selbst ein halber Teufel.«

»Mehr als ein halber vielleicht. Doch was bekümmert dich das? Du bist selbst eine Teufelin.«

»Nay«, sagte sie und schlug das Zeichen des Kreuzes. »Nay, du verstehst mich nicht.«

»Dich, mit deinen Idolen und deinen Hexengesängen?«

»Ich bin Christin, Andres. Ich benutze nur die älteren Dinge, wenn es nötig ist. Doch ich bin keine Hexe!«

»Ah«, meinte ich. »Wenn du es sagst, muß es so sein.«

»Verspotte mich nicht. Ich bin nicht die Hexe, für die du mich hältst, und ich habe fürchterliche Angst. Ich glaube, wir sind in der Hölle. Doch wo sind die Feuer? Wo sind die Kobolde?«

»Siehst du die Feuer nicht?«

»Diese da?« sagte sie erschaudernd. »Werden sie im Laufe der Nacht höher lodern? Sind es wirklich Höllenfeuer, Andres? Und sind das da Dämonen um mich herum oder nur Menschen und Wilde? Oh, Andres, wie haben sie dich so verhexen können?«

Wegen ihrer Blässe und ihres Zitterns dachte ich, sie würde wieder weinen, doch das tat sie nicht. Sie war einfach durch all das, was sie um sich herum sah – und auch durch das, was sie in meinem Gesicht lesen konnte –, bis in den Kern ihrer Seele erschüttert.

»Komm«, sagte ich, »ich bringe dich zu den Jaqqa-Fürsten.«

»Was, und wir werden prächtig mit ihnen speisen, als wären wir alle hier Edelmänner und ebensolche Damen?«

»Wir speisen mit ihnen«, sagte ich, »oder sie verspeisen dich. Was ziehst du vor?«

»Und was werden wir essen? Das Fleisch von . . .?«

Sie konnte es nicht aussprechen. Sie war vor Ekel gelb im Gesicht.

»Ich werde dich nicht dazu zwingen. Doch sie sind die Herren dieses Ortes. Wir müssen ihnen unsere Freundschaft zeigen.«

»Ja. Ja, ich verstehe. Es geht darum, am Leben zu bleiben.«

»Genau.«

»Und um am Leben zu bleiben, hast du bei solchen Gelegenheiten auch . . .«

»Komm«, sagte ich. »Stelle weniger Fragen, nimm meinen Arm und sei meine Frau, wenn du dich vor dem Kochtopf retten willst.«

Doch sie schreckte vor mir zurück. Ich bot ihr erneut den Arm an, und sie schüttelte sich ein wenig, erholte sich aber wieder, richtete sich auf und reckte die Schultern hoch. Die Augen von dem Kessel und seinem brodelnden Inhalt nehmend, diesen abgetrennten, dahintreibenden Gliedern, die dann und wann an die Oberfläche wallten, ging sie mit mir wie eine wahrhaftige Dame zur anderen Seite der Feuer.

Überall um uns herum waren Horden von aufgewühlten Jaqqas, die mit den Bewegungen ihres Tanzes die Knie hochwarfen, aber in ihrem wilden Herumspringen innehielten, um mich zu grüßen, was auf Doña Teresa eine gewisse Wirkung nicht verfehlte.

Wir gingen zum Bankett-Platz der hohen Jaqqas. Als würde ich sie am Hofe Ihrer Majestät vorführen, stellte ich Doña Teresa dem Imbe-Jaqqa vor und fühlte den straffen Griff ihrer Hand an meinem Arm, als er seine glühenden, angsteinflößenden Augen auf sie legte und sie bis zu den tiefsten Geheimnissen ihrer Seele durchdrang: Sie atmete stoßweise, und ihre Brüste hoben und senkten sich überaus heftig, so groß war ihr Schrecken. Und doch glaube ich, hätte ich in dem Augenblick, da Calandolas teuflischer Blick auf sie fiel, eine Hand zwischen ihre Beine gelegt, dann hätte ich diese Stelle heiß und naß vorgefunden, und zwar auf eine lustvolle Art, bei der man das Monströse als überaus erregend empfindet.

Ich stellte sie danach Kinguri vor, der mich mit einem überaus kalten und sie mit einem kaum wärmeren Lächeln bedachte, und dann den anderen Fürsten; und wir nahmen Platz und bekamen Wein; und man reichte uns Schüsseln mit Gemüse und Brei, mit denen wir uninteressiert herumspielten, denn keiner von uns hatte unter dieser Anspannung großen Hunger. Und die Medizinmänner führten ihren Tanz auf, entzündeten Feuer von seltsamer Farbe und sangen ihre schrillen Hymnen zum Lob des Imbe-Jaqqa.

Und Doña Teresa betrachtete all das, als sei sie wahrhaftig in die Höllengrube gefahren und Zeugin der schrecklichen Feiern und Riten des Belial und Beelzebub, des Moloch und Luzifer. Und doch blieb sie äußerlich ruhig, wenngleich sie gespannt und zitternd dasaß wie die gestimmte Saite einer Harfe.

»Seit wie vielen Monaten bist du nun unter diesen Geschöpfen?« sagte sie schließlich.

»Ich glaube, es sind bald zwei Jahre. Es ist nicht einfach, zu behalten, wieviel Zeit verstrichen ist.«

Sie hielt ihre Weinschale, schaute hinein wie in die magische Glaskugel eines Zauberers und drehte sie langsam.

»Warum haben sie dich nicht erschlagen, Andres? Sie erschlagen alles auf ihrem Weg.«

»Dem ist nicht so«, sagte ich. »Sie sind Philosophen . . .«

»Ha! Bist du betrunken oder nur wahnsinnig?«

»Philosophen«, sagte ich erneut, »und folgen der großen Mission, die Welt nach ihren Vorstellungen zu verändern.«

»Soviel weiß ich auch; aber dies ist keine Philosophie.«

»Ich sage dir, es ist Philosophie!« rief ich.

»Dann bist du verrückt!«

»Hör mir zu. Sie wollen die Welt in etwas verwandeln, das nach ihrer Sicht heilig ist. Sie töten, wie es die Not und der Hunger verlangen; aber sie töten nicht einfach so. Sie dienen einer höheren Sache als der bloßen Zerstörung.«

Sie blickte sich um, sah zu dem tumulthaft schreienden Calandola hinüber, zu dem kalt planenden Kinguri, zu den Tänzern, den Medizinmännern.

»Dann sind sie noch größere Teufel«, sagte sie, »als ich gedacht habe.«

»Ich glaube, darin hast du recht, Teresa.«

»Und du dienst ihnen.«

»Ja, ich diene ihnen.«

»Welche Verwendung haben sie für dich? Obwohl du stark bist, kommst du einem Dämonen-Jaqqa doch nicht gleich.«

»Ah, ich habe eine Muskete«, sagte ich.

»Das ist es. Ich hatte es übersehen. Sie verlangen wegen deiner Muskete nach dir, Andres.«

»Aye, wegen meiner Muskete, und auch wegen mir selbst.

Ich bin der weiße *Mokisso* mit dem goldenen Haar, und sie glauben, daß eine göttliche Kraft in mir wohnt.«

Sie musterte mich eindringlich und lange. Ein Sklave kam mit Wein vorbei und bot ihn uns an; sie ließ ihre Schale bis um Rand füllen, trank aus und bat um mehr. Es war nicht der mit Blut vermischte Wein. Wäre er es gewesen, hätte ich es ihr wohl nicht gesagt. Doch davon trank nur Calandola.

»All das erstaunt mich sehr, Andres«, sagte sie schließlich.

»Mich auch, eine Zeitlang zumindest. Doch ich lebe, und das ist Grund genug für alles.«

»Manchmal zieht man es vor, den Tod zu wählen.«

»Manchmal«, sagte ich. »Aber diesem Manchmal bin ich noch nicht begegnet.«

»Wie bist du zu ihnen gekommen?« fragte sie.

Ich lachte verbittert. »Durch den üblichen Verrat deiner Brüder, der Portugiesen«, erwiderte ich. »Sie haben mich einem Schwarzmohrhäuptling als Faustpfand zurückgelassen und nicht wieder ausgelöst. Dann wollten die Schwarzmohren mich erschlagen, und ich bin ihnen entschlüpft und den Menschenfressern begegnet, die mir das ehrlichste Volk diese Landes zu sein scheinen, da sie allein keine Tugenden vorgeben, die sie nicht haben.«

»Ah. Und du hast dich ihnen angeschlossen.«

»Ich wurde willkommen geheißen. Man hat mir eine Heimat gegeben, einen Rang und eine der Frauen des Königs zum Weib . . .«

»Eine Frau?« rief sie erstaunt. »Aber jetzt bin ich deine Frau!«

»Dann habe ich zwei.«

»Ah«, sagte sie. »Ich verstehe. Du bist ein Heide durch und durch; das wird mir immer deutlicher.«

»Ich hätte mehr Frauen haben können. Ich nahm nur eine. Ich würde noch immer nur eine haben, Teresa, doch dies erschien mir eine Möglichkeit, dein Leben zu retten. Wenn du es vorziehst, mußt du nicht meine Frau sein. Wie du gerade gesagt hast, zieht man es manchmal vor, den Tod zu wählen. Und der Tod erwartet dich in diesen Kesseln. Nun?«

»Ich bin deine Frau«, sagte die verdrossen.

»Dann beschuldige mich nicht der Schande, zwei Frauen zu haben.«

»Wo ist deine erste Frau? Warum ist sie nicht an deiner Seite?«

»Sie tanzt dort, mit den anderen Frauen. Siehst du, das junge Mädchen mit dem rot gefärbten Haar?«

Doña Teresa blickte in die Richtung, in die ich mit meinem Finger wies, und kniff in der raucherfüllten Dunkelheit die Augen zusammen, bis sie Kulachinga erspäht hatte, die überaus eifrig tänzelte und sprang, mit schwingenden Brüsten, den Körper glänzend vor Schweiß und Ölen. Auf mich wirkte Kulachinga durchaus schön; doch einen Augenblick später sah ich sie durch Doña Teresas Augen, mit ihren Wundmal-Narben, den dicken Lippen, dem schweren Hinterteil, was alles ihre Dschungelherkunft verriet. »Diese da ist deine Frau?« sagte Doña Teresa. »Du liegst mit ihr, Andres?«

»Aye, das tue ich.«

»Als du am Anfang in dieses afrikanische Land gekommen bist, hast du dich voller Stolz abseits gehalten und sogar mich für ein fremdes Geschöpf gehalten. Ja, und jetzt kopulierst du freudig mit einer eingeölten Menschenfresserin, die roten Ton in ihr Haar schmiert.«

»Ich bin vor vielen Jahren in dieses Land gekommen, Teresa.«

»Wie hast du dich verändert!« Und mit leiserer, rauher, zitternder Stimme fuhr sie fort: »Ich kann meinen Schrecken vor dir nicht ablegen. Ich kann nicht umhin, mich noch immer vor dir zu fürchten.«

»Dann bin ich also so erschreckend?«

Sie wandte sich mir zu, und ihre Nüstern blähten sich auf, und ihre Augen waren hell und hart, und ich wußte, daß sie mich fürchtete und daß sie sich haßte, weil sie ihren lieben alten Andres fürchtete, den man so leicht an der Nase herumführen konnte. »Du weißt, daß ich zum Teil Afrikanerin bin«, sagte sie nach einem Augenblick, »obwohl ich vorgebe, daß dies nicht der Fall ist und diese Seite meines Blutes sogar vor mir verberge und mir das Gehabe einer portugiesischen Dame gebe. Aber du! Du, der du ein reiner, hellhäutiger Engländer bist! Du bist zu drei Vierteln ein Wilder geworden und darüber hinaus ein überaus teuflischer Wilder. Ich kannte dich, als du noch wie ein großer Junge warst, die Ehre eines Schulknaben hattest, die sehr bezaubernd, wenn auch ein wenig töricht anmutete. Es ist eine überaus erschreckende Verwandlung.«

»Ach ja? Ich habe nicht darum gebeten. Ich könnte schon seit Jahren ein ruhiges Leben in England führen und hätte nichts von dem hier getan.«

»Ist von England überhaupt noch etwas in dir übrig, Andres?«

»Es ist tief unten.«

»Das glaubst du wirklich?«

»Das hoffe ich«, sagte ich, wobei ich mir alles andere als sicher war. »Ich passe mich meinen Umgebungen an, Teresa«, sagte ich überaus eindringlich zu ihr. »Das ist meine Art zu überleben, und das Überleben ist mir ein sehr hohes Ziel, wie es wohl auch bei dir der Fall ist. Ich glaube, wir sind uns in vielem ähnlicher, als daß wir uns unterscheiden, und deshalb ziehen wir uns so stark an, und deshalb hast du mir diesen Schlag versetzt, als du glaubtest, du hättest mich verloren.«

»Sprich nicht von dieser Zeit, Andres. Du sagtest, wir würden deshalb keine Feinde sein.«

»Ah. Das habe ich gesagt. Und wir sind keine Feinde, nicht wahr? Oder doch? Nun bist du doch meine Frau, nicht wahr?«

»Ich und auch diese Kannibalenfrau. Du hast zwei Frauen.«

»Aye, zwei Frauen. Der König hat etwa vierzig. Ich kann zwei haben.«

»Nimmt man sich auch in England zwei Frauen gleichzeitig?«

»Dies ist nicht England.«

»Ich glaube, du sprichst die Wahrheit«, sagte sie. Und sie lächelte und schien sich ein wenig zu beruhigen. »Du bist so seltsam, Andres, wie du jetzt bist. Doch ich kann mich wohl daran gewöhnen. Ich werde hier deine Frau sein, obwohl du mich erschreckst. Ich werde auf der einen Seite von dir liegen, und die Menschenfresser-Frau . . . wie heißt sie?«

»Kulachinga.«

»Kitchalunga. Sie wird auf der anderen liegen. Und wir werden dich eng zwischen uns nehmen und uns an deinem Körper reiben. Gibt es eine bessere Art zu leiden?«

»Ich glaube, deine Lebensgeister kehren zurück, Teresa.«

»Es ist der Wein«, sagte sie. Und lächelte wieder, doch es war ein dunkles und scharfwinkliges Lächeln, denn tote Portugiesen kochten in dem Kessel, und lebendige waren an den Baum gefesselt, und die Menschenfresser tobten und tanzten überall herum. Und das waren Realitäten, die man nicht einfach mit einem Scherz umstoßen konnte.

Nun wurde das Fleisch serviert; zuerst dem Imbe-Jaqqa, dann Kinguri, dann mir. Teresa zischte ein wenig, als man uns den Teller reichte, und wandte den Blick ab, und ein Großteil ihrer brüchigen, neu gewonnenen Ruhe fiel von ihr ab.

»Ich will nichts davon«, sagte ich zu dem Diener. Denn ich

wollte nicht, daß Teresa sah, wie ich solches Fleisch aß; obwohl ich mich in meiner langen Zeit unter den Jaqqas an ihre Bräuche gewohnt hatte, konnte ich nichts von dem Fleisch des Don Fernão de Souza essen, das man uns aller Wahrscheinlichkeit nach hier auftrug; genausogut hätte ich meinen rechten Arm zum Mund führen, einen Fleischbrocken abbeißen und zu kauen anfangen können. So wurde das Tablett weitergereicht, und wir tranken unseren Wein und aßen unseren Brei. Es war ein ganz alltägliches Fest der Jaqqas, an denen ich schon oft teilgenommen hatte, doch heute abend sah ich es, wie Doña Teresa es sah, und ich glaube, es brachte mich irgendwie wieder zu Verstand, diese Festlichkeiten mit ihren Augen zu sehen.

Sie blieb beherrscht und hielt ihre Tränen und ihre Furcht zurück. Das Fest wurde zu wild und laut, als daß wir noch hätten Worte wechseln können, und wir saßen nebeneinander und sagten wenig. An unserem hohen Tisch wurde viel gelacht und gepoltert, und es wurden große Mengen Wein getrunken.

Doch es waren auch einige Risse zwischen dem Imbe-Jaqqa und seinem Bruder ersichtlich: Ich sah, wie sie flüsterten und heiße Blicke wechselten, und einmal kam der Medizinmann Kakula-banga zu ihnen und schien die Rolle eines Vermittlers in einem großen Zwist zu spielen. Den Worten, die ich verstehen konnte, entnahm ich, daß sie immer noch darüber stritten, ob Doña Teresa verschont werden sollte, was Kinguri für einen Fehler hielt.

Der listige Kinguri – daß er in ihr die Macht sah, die dort verborgen lag! Fast auf den ersten Blick zu wissen, daß sie eine Frau mit großer Macht war, die man am besten erschlagen hätte, während sie noch gefesselt war! Ich bewunderte die Schärfe seines Verstandes und fürchtete die Konsequenzen, mich ihm in den Weg gestellt zu haben; und irgendwie wußte ich, daß ich, als ich gegen die starken Vorbehalte Kinguris Doña Teresas Leben von Imbe Calandola erbeten hatte, die Kluft, die sich zwischen den beiden Brüdern öffnete, noch verbreitert und die Schwierigkeiten meiner eigenen Position im Jaqqa-Lager vergrößert hatte.

Schließlich ließen die Brüder das Thema fallen, und Calandola lenkte sich ab, indem er einen Ringkampf befahl. Mein Golambolo und ein Mann namens Tikonje-nzinga traten als erste vor, und sie sahen einander an, streckten die langen Arme aus und begannen mit dem langsamen und ruhigen Tanz, der das Vorspiel und die Einführung in ihren Kampf war.

Solch einen Ringkamp hatte ich bei den Festen dieser Menschenfresser oft gesehen, und immer hatte ihm eine wilde Schönheit innegewohnt. Der Sinn dieses Wettstreites lag darin, die Flinkheit und Geschicklichkeit zu zeigen, die er erforderte, und es kam dabei weniger darauf an, wer gewann oder verlor; dem Sieger schenkte man nur wenig Beachtung, einer ausgezeichneten Vorführung jedoch viel, und einer, der bei seiner Niederlage noch Anmut zeigte, wurde oft höher gepriesen als sein Unterwerfer. So begannen Golambolo und Tikonje-nzinga nun kunstvoll mit ihren Pavanen und Allemanden des Kampfes, bis Tikonje-nzinga in der Hitze des Gefechts niedergeworfen wurde und überaus gelassen fiel, was ihm hohes Lob einbrachte.

Die nächsten beiden, die miteinander rangen, waren Kaimba und Ngonga – denn die hohen Fürsten der Jaqqas traten eifrig in die Arena – und nach ihnen der ehrwürdige Ntotela mit einem muskulösen, grobschlächtigen Mann, der Kulurimba hieß und in seinem Alter war. Und sie alle waren elegant und gefällig in ihren Bewegungen, und ich beneidete und bewunderte sie und dachte: Gott, gib mir die Anmut und das Geschick, so zu ringen wie sie! Und ich fragte mich, was geschehen würde, wenn ich in die Arena treten würde, was ich noch nie getan hatte.

Ich sah zu Doña Teresa hinüber, und sie war von der Schönheit dieser Wettstreite fürwahr genauso angetan wie ich. Ihre Augen leuchteten, ihr Gesicht war erstarrt, ihr Atem kam langsam, und ihre Lippen waren ein wenig geöffnet, und wenn der eine oder der andere Wettstreiter für kurze Zeit die Oberhand errang, schloß und öffnete sie die Hände in stummem Mitgefühl. Als Ntotela schließlich auf der Brust seines Widersachers kniete, wandte sie sich mir zu und sagte mit belegter, flüsternder Stimme: »Ah, sie sind wie die Engel, wenn sie ringen! Wie kann das sein, daß Teufel auf einmal wie Engel sind?«

»Dieser Wettstreit ist eine große Kunst unter ihnen.«

»Und hast du sie erlernt?«

»Ich? Ich habe nur zugesehen, doch niemals gekämpft.«

»Doch würdest du kämpfen, Andres, wenn man dich dazu auffordert?«

»Das würde ich, und zwar überaus gern«, sagte ich. »Und Gott möge mich behüten, denn ich fürchte, der schwächste dieser Jaqqas würde mich im Ringkampf besiegen; aber dennoch würde ich mich gern mit einem messen.«

»Nun, sieh doch, der hohe Oberteufel hält gerade nach den nächsten Ringern Ausschau. Geh du doch, Andres!«

»Ah, nicht an diesem Abend«, sagte ich und erwiderte Calandolas suchenden Blick nicht.

Denn ich brütete über ein anderes Ringen nach. Nun hatte ich zwei Frauen, und meine Gedanken beschäftigten sich unbehaglich damit, was geschehen würde, wenn ich Teresa mit Kulachinga zusammenbrachte. In England unterweist man uns schließlich nicht darin, wie man einen Harem unterhält.

»Du willst also nicht kämpfen?« fragte Teresa, und ich sah,

wie sehr ihr Blut von den bisherigen Ringkämpfen aufgewühlt worden war.

»Ich sage dir, heute abend nicht. Komm, das Fest neigt sich seinem Ende zu, und ich möchte, daß du meine Kulachinga kennenlernst.«

Ich nahm sie am Arm und führte sie mitten unter die Jaqqas. Und siehe, es war kein Frost zwischen ihnen. Mein Jaqqa-Weib lächelte lediglich ohne Erbitterung, denn es war Brauch unter diesem Volk, mehrere Frauen zu nehmen, und vielleicht dachte sie, daß ich mir schon längst hätte eine zweite nehmen sollen. Und Doña Teresa, die mir einst wegen ihrer Rivalin Matamba soviel Verdruß bereitet hatte, begrüßte Kulachinga nun überaus freundlich. Obwohl keine der beiden auch nur ein Wort der Zunge der anderen sprach, schienen sie sich augenblicklich zu verstehen.

Gemeinsam gingen wir zu der Behausung, die die Jaqqas mir im neuen Lager vor der Stadt Agokayongo errichtet hatten. Es war eine schöne Flechtwerkhütte, über deren Boden Stroh verstreut war; und an den Wänden hingen einige bestickte, scharlach- und pupurrote Tapisserien, die ich mit mir geführt hatte, seit Kinguri sie mir in der Stadt Shillambansa, die wir geplündert hatten, geschenkt hatte. Ich war wegen der langen Reise, der großen Aufregungen des Abends und des schweren Weins sehr müde, und nachdem wir die Hütte betreten hatten, sank ich auf dem Erdboden auf die Knie. Meine beiden Frauen kamen zu mir und liebkosten mich, und es war überaus seltsam für mich, von zwei Frauen gleichzeitig gestreichelt zu werden, und dazu noch von einer stattlichen Portugiesin in ihrem zerrissenen Gewand und einer jungen Schwarzen, deren kräftiger Körper von Kopf bis Fuß eingeölt und deren Haar dick mit Ton verschmiert war. Man konnte sich kaum drei seltsamere Seelen als uns vorstellen.

Als ich am Anfang Doña Teresa so nahe bei mir fühlte, gab es einen schwierigen Augenblick. Denn seit unserer heftigen früheren Liebe hatte es einen gewaltigen Abgrund der Jahre und Gefühle zwischen uns gegeben, und solche Abgründe kann man nicht leicht überbrücken. So viele Jahreszeiten waren durch das große, eherne Tor der Zeit gegangen, seit sich unser Fleisch zum letzten Mal in solch einer Umarmung vereint hatte, daß sie mir fremd vorkam und mir unbehaglich zumute war, unser Liebesspiel erneut aufzunehmen.

Doch alte Kenntnisse, die man gut erlernt hat, kehren rasch zurück. Ich legte die Hände auf ihre Brüste und preßte meine Lippen auf die ihren, was bei Kulachinga, der das Küssen fremd war, einen kichernden Heiterkeitsausbruch hervorrief. Und dann drückten Doña Teresa und ich unsere Körper von den Schenkeln bis zur Brust aneinander, und ihre Finger gruben sich tief in mein Fleisch und meine in ihres, als könnten wir mit einer einzigen gewaltigen Umarmung all die vielen Jahre, die wir getrennt waren, ungeschehen machen.

Doch da war auch noch Kulachinga, und ich wollte sie nicht zurückweisen. Also löste ich meinen Griff um Teresa ein wenig und wandte mich der Jaqqa-Frau zu, und wir umarmten einander auch auf unsere andere Art. Dabei streichelte Doña Teresa Kulachingas eingeölte Haut überaus intim und liebevoll, ohne Scham zu zeigen, sich mit einer anderen Frau zu befassen.

Dann zogen mich die beiden gemeinsam zu sich hinab.

Ah, was sollte ich jetzt nur tun, hatte ich doch nur ein Glied! Doch durch den Wein und die Müdigkeit drehte sich in meinem Kopf alles, so daß ich diesen Schwierigkeiten keine Beachtung schenkte, sondern mich einfach auf dem Fluß des Augenblicks dahintreiben ließ und dorthin ging, wohin immer die Reise mich führte, genau wie ein Matrose, der über Bord gegangen ist, sich dem Busen des Wassers übergibt und keinen Versuch unternimmt, seine Richtung zu bestimmen, wenn er klug ist.

Bei Gottes Blut! Es war eine wunderbare Erfahrung! Ihre Hände waren auf mir, hier und dort und überall. Ihre Körper, die so unterschiedlich waren in Form, Empfindlichkeit und Geruch, drängten sich an mich. Ich hatte eine Hand zwischen diesen Schenkeln und eine zwischen jenen; meine Finger bewegten sich geschäftig und ertasteten Wärme und Feuchtigkeit; ich hörte Geräusche; ich schloß die Augen; Finger fuhren über die Länge meines Schaftes und wanderten wieder zurück; eine der beiden bestieg mich und ließ sich von mir pfählen; die andere drückte mir Brüste mit harten Warzen gegen die Lippen; ich streichelte die eine und trieb meinen Schaft in die andere; und zog mich zurück oder wurde zurückgezogen; drang in die eine ein und streichelte die andere; meine Sinne waren überwältigt, und mein Verstand löste sich auf, und meine Seele trieb dahin, und das ganze Universum wurde zu einem Meer aus Bewegungen, des Keuchens und Stoßens und Lachens und Zuckens, mit Strömen heißen Schweißes, die unsere Haut schlüpfrig machten; und es kam der Augenblick, da ich meine Lust mit einer gewaltigen Explosion entlud, in die eine oder in die andere Frau, und für alles Gold in Peru hätte ich Euch nicht sagen können, in welche; und ich fiel in einen Schlaf, als sei ich betäubt worden, und als ich erwachte, weil ich ein Wimmern hörte oder ein Tier des Urwalds in der Nähe, oder dies jedenfalls glaubte, sah ich im spärlichen Licht der Dämmerung, wie sich die beiden umarmten, die Brüste gegen die Brüste rieben und die Beine wie Ringkämpfer ineinander verschlungen hatten. Doch sie führten keinen Ringkampf durch. Und ich lächelte und beobachtete Teresa und Kulachinga eine Weile bei ihrem Spiel und schüttelte verwundert den Kopf, wandte mich von ihnen ab, schloß die Augen und fiel in einen tiefen Schlaf, aus dem mich weiß Gott nicht einmal die Arme der Venus selbst hätten zerren können.

10

Am Morgen suchte ich Golambolo und fragte ihn, ob er meiner Weisung nicht nachgekommen sei, Imbe Calandola zu sagen, die portugiesischen Gefangenen, die er hergebracht hatte, seien zu verschonen, bis ich sie befragt hatte. Überaus betrübt, daß ich ihn einer Unterlassung verdächtigte, schwor er mir bei dem Mutter-*Mokisso*, daß er meine Worte ausgerichtet habe, und bat mich, ihn zu erschlagen, falls ich feststellen sollte, daß er nicht die Wahrheit sprach.

»Aber warum wurden dann einige getötet?« wollte ich wissen.

»Ah, Calandolas Hunger kennt keinen Einhalt«, sagte er, und da ich wußte, daß dies der Fall war, entließ ich ihn mit meiner Entschuldigung.

Dann ging ich zu den beiden noch lebenden Portugiesen. Es waren keine Männer, die ich kannte: Einer hieß Benevides, der andere Negreiros. Sie waren im Schlepptau dieses neuen Gouverneurs Coutinho erst kürzlich nach São Paulo de Luanda gekommen. Von dem, was sie am vergangenen Abend gesehen hatten, waren sie vor Furcht beinahe von Sinnen, und der Anblick meiner Gestalt mit all ihren Jaqqa-Narben verschaffte ihnen keine große Erleichterung. Ich kniete neben ihnen nieder und bot ihnen Trost, sagte ihnen, ich würde dafür sorgen, daß sie die Freiheit bekommen, wenn sie mir sagen konnten, wieviel Mann das Heer umfaßte, das sich vor Ndala Chosa versammelt hatte und zu welchem Zweck es dort lagerte. Doch sie wußten nicht mehr davon, als daß es dort war, obwohl sie überaus elendig versuchten, ein paar Einzelheiten zu erfinden, die mir von Nutzen sein konnten. Sie weinten, baten um ihr Leben und flehten mich an, sie vor dem Kochtopf zu bewahren. Doch ich konnte ihnen nur die Hoffnung auf Gottes Gnade anbieten und eine schnelle Erlösung von ihren Leiden. Und als sie sahen, daß sie von mir keine weitere Hilfe erwarten konnten, wandten sie sich ab, sagten nichts mehr und schwiegen bis zum letzten Augenblick. Und beim nächsten Fest starben sie, um den Hunger der Jaqqas zu stillen.

Ich lebte in jenen Tagen in einer seltsamen Doppelehe, und zu meiner großen Verwunderung muß ich berichten, daß keinerlei Mißklänge daraus erwuchsen. Warum Teresa und Kulachinga sofort solch eine Zuneigung zueinander empfanden, kann ich nicht sagen; vielleicht lag es nur daran, daß sie leicht und ohne Zögern in jene intimen Umarmungen glitten, weil manchen Frauen einfach jene Wollust angeboren ist, die zu ihnen kam, als unsere erste Mutter im Garten Eden von der Schlange den Apfel entgegennahm. Oder es war nur eine glückliche Fügung der Wesenszüge: Kulachinga war ein natürliches Kind des Dschungels und Teresa lüstern und in ihrer Leidenschaft unersättlich, und so vereinigten sich die beiden aus völlig verschiedenen Motiven, die eine aus schierer Unschuld, und die andere aus reiner Verschlagenheit. Was immer es war, sie schienen sich miteinander nicht minder zu vergnügen als eine jede von ihnen mit mir oder ich mich mit einer jeden von ihnen.

In den frühen Tagen unserer Wiedervereinigung versuchten Doña Teresa und ich, die Kluft der Ereignisse, die sich im Laufe der Jahre zwischen uns geöffnet hatte, zu überbrücken. Von meinen Abenteuern war schnell berichtet, denn sie wußte von meinen Reisen im Auftrag von Don João de Mendoça in den Süden nach Benguela, und danach hatte ich bis auf meine Gefangenschaft unter Mofarigosat und mein Leben unter den Jaqqas nichts mehr zu erzählen. Was sie zu erzählen hatte, bewegte mich tief, denn es war der Tod Don Joãs, der schon krank war, als ich zum letzten Mal in São Paulo de Luanda gewesen war. »Er zog sich eine Krankheit zu, die ihn anschwellen ließ«, sagte sie, »und in einen aufgeschwemmten Ball verwandelte, bis wir schließlich nicht einmal mehr seine Gesichtszüge erkennen konnten. Als das Ende nahte, verlor er den Verstand und führte lange Gespräche mit seinen Vorfahren, mit König Philip und vielen anderen, und mit dir.«

»Mit mir? Fürwahr?«

»Aye, er sprach in seinem Wahn mit dir über England und sagte, er würde dich mit dem nächsten Schiff als seinen Gesandten dorthin schicken, denn er sei der König von Afrika. Der arme Mann! Und dann starb er, in der Trockenzeit des Jahres 1602, und in den Sarg, der ihn aufnahm, hätte auch ein Elephanto gepaßt, und zehn starke Männer mußten ihn tragen.«

»In der Trockenzeit des Jahres 1602«, sagte ich verwundert, denn ich hatte während meiner Zeit unter den Jaqqas dem Lauf der Jahre wenig Beachtung geschenkt. »Und was für ein Jahr schreiben wir jetzt?«

»Wir haben die Mitte des Jahres 1603.«

»Ah«, sagte ich, während ich diese Zahl durch meine Gedanken kreisen ließ und versuchte, ihr einen Sinn zu entnehmen. »Es war in diesem Jahr vierzehn Jahre her, daß ich England verließ, wenngleich sie mir manchmal wie vierzehnhundert erscheinen. Die Jungen, die an jenem Tag geboren wurden, haben jetzt Bärte, und den Mädchen sprießen die

Brüste! Und Königin Elisabeth ist eine alte Frau, wenn sie den Thron noch hält. Und wenn nicht . . . wer ist ihr gefolgt?«

»Davon weiß ich nichts«, sagte Doña Teresa. »Doch König Philip von Spanien ist tot.«

»Was, dieser alte Mönch? Ich dachte, er würde ewig leben. Seit wann?«

»Seit fünf Jahren«, sagte sie. »Er starb 1598.«

»Aber warum habe ich dann nichts davon gehört? Niemand in São Paulo hat davon gesprochen, und ich war zu jener Zeit dort.«

Sie zuckte die Achseln. »Die Neuigkeiten kommen nur langsam zu uns«, erwiderte sie. »Und außerdem trägt nun ein weiterer Philip, sein Sohn, die Krone, und wir dachten eine Zeitlang, es wäre der gleiche Philip wie zuvor.«

Ich lachte darüber, da ich nun erkannte, daß Angola ein Ort am Ende der Welt war, wenn der mächtigste König des Christentums sterben konnte und seine eigenen Untertanen erst Jahre später davon erfuhren. Nun, ich machte mir keine Illusionen. In Wirklichkeit gab ich kaum etwas um diese Dinge; sie waren die Belange der Weißen, der Europäer. Ein anderer Philip saß auf dem spanischen Thron, und als er noch Prinz war, hatte es geheißen, er sei ein schwacher und dummer Mensch und würde vielleicht auch ein schwacher und dummer König sein, der es England ermöglichen würde, dem Krieg mit Spanien, der solch eine Verschwendung englischer Mittel darstellte, ein Ende zu bereiten. Doch dies war ein verschwommenes Ding, das in einem Sturm trieb, ein bloßes belangloses Grübeln, all dieses Gerede von Königen und Nationen. Ich konnte jetzt keinen Gehalt mehr darin finden. Meine Welt wurde von Kesseln und Trommeln und Ollicondi-Bäumen begrenzt.

»Berichte mir darüber, was sich in São Paulo de Luanda ereignet hat«, sagte ich der Höflichkeit halber.

»Die Stadt ist sehr gewachsen. Sie hat eine neue große Kirche, und der Gouverneur hat seinen Palast vergrößern lassen.«

»Dieser Gouverneur heißt Don João Coutinho, sagst du?«

»So heißt er. Als Don João erkrankte, schickte ihn der neue König Philip zu uns, mit dem Auftrag, die Minen oder Berge von Kambambe zu erobern. Um dies zu bewerkstelligen, hat der König von Spanien ihm auf sieben Jahre die Erträge aller Sklaven und Güter bewilligt, die von Angola nach Westindien*, Brasilien oder wohin auch immer geschafft werden, unter der Bedingung, daß er drei Burgen baut – eine in Ndemba, wo die Salzminen sind, eine in Kambambe und die dritte im Süden, bei Bahia das Vaccas.«

»Und wird er nach Kambambe kommen, wo die Jaqqas doch in der Nähe weilen?«

»Er weiß nichts von den Jaqqas. Es war Don Fernãos Auftrag, diese Provinzen zu inspizieren und ihm Bericht zu erstatten. Nun, wie ich sehe, gibt es über sehr viel Bericht zu erstatten.« Sie beugte sich zu mir und zog an meinem Arm. »Was ist das für ein Heer, das die Jaqqas gemeinsam mit Kafuche Kambara gebildet haben?«

»Es ist, was du siehst: ein Heer.«

»Weshalb haben sie es gebildet?«

»Aus dem üblichen Grund«, sagte ich. »Krieg.«

»Doch wen kann Calandola noch unterwerfen, wenn er mit Kafuche Frieden geschlossen hat? Wird er gegen König Ngola in Dongo marschieren?«

»Das glaube ich nicht«, sagte ich.

Sie schwieg eine Weile. »Aber dann gibt es nur noch São Paulo de Luanda«, sagte sie dann.

Ich erwiderte nichts darauf.

* Die Inseln Mittelamerikas; Anm. d. Übers.

»Ist das sein Plan? Werden sie gen Westen marschieren und die Stadt überfallen, wie sie zu Zeiten meines Vaters São Salvador im Kongo überfallen haben?«

Ich konnte sie nicht belügen. »Das haben sie wohl vor«, sagte ich nach einigem bedrücktem Zögern. »Wir haben darüber gesprochen.«

»Mehr als nur gesprochen! Es ist beschlossene Sache, nicht wahr?«

»Das ist es«, sagte ich.

»Und wann?« sagte sie heftig. »Werden sie bald marschieren?«

»Das kann ich dir nicht sagen, Teresa.«

»Komm, komm, verberge nichts vor mir! Wieso sagst du, du kannst es mir nicht sagen?«

»Weil ich es nicht weiß«, erwiderte ich. »Wir werden marschieren, wenn nach Calandolas Ansicht die Vorzeichen günstig stehen, und niemand außer Calandola weiß, wann das ist. Ich schwöre es dir, Teresa. Ich verberge nichts dabei. Es wird einen Krieg geben; doch wann, ist noch nicht entschieden.«

»Ah«, sagte sie und schaute überaus ernst drein. »Du weißt«, sagte sie nach einem Moment, »daß diese Jaqqas meine Mutter erschlagen und sie in ihren Kessel geworfen haben. Und sie haben nun auch meinen Mann erschlagen.«

»Deinen Mann, ja. Aber es sind nicht die gleichen Jaqqas, die vor langer Zeit deine Mutter erschlagen haben.«

»Das spielt keine Rolle. Jaqqas sind sie trotzdem. Ich verabscheue dieses Volk, Andres. Wenn ich nur könnte, würde ich sie in die tiefsten Gewölbe der Hölle verbannen und sie auf ewig dort braten lassen.«

»Ich glaube, man sagt ihnen vieles zu Unrecht nach.«

Ihre Augen weiteten sich, und sie lachte überaus zornig. »Was? Du verteidigst die Menschenfresser? Bist du von deinen Wanderungen im Dschungel völlig verrückt geworden, Andres? Sie sind Ungeheuer!«

»Aye«, sagte ich.

»Wie kannst du ihnen dann etwas Gutes nachsagen?«

»Dieses Land ist eine Grube von Ungeheuern«, sagte ich leise und streng, »sowohl von weißen wie auch schwarzen, die einander ihr Land rauben und ihr Leben. Je mehr ich von den Portugiesen sah, Teresa, desto weniger verabscheute ich die Jaqqas.«

»Und so bist du einer von ihnen geworden? Und wirst mit ihnen gegen mein Volk kämpfen, wenn sie gegen São Paulo de Luanda marschieren?«

Darauf gab ich ihr keine Antwort.

»Wirst du das? Was wirst du in diesem Krieg tun? Was ist aus dir geworden, Andres? *Was ist nur aus dir geworden?*«

Als wir diese Worte wechselten, schritten wir die Ausläufer des Jaqqa-Lagers ab, das sich wie eine Springflut über die trockene Ebene zur Stadt Agokayongo erstreckte. Und überall um uns herum wurden Kriegsvorbereitungen betrieben, Klingen geschmiedet und Bogen bespannt, was Doña Teresa nicht entging. Vor uns lag das zweite Heer, das des Kafuche Kambara, das sich zu einer Allianz mit uns verbündet hatte und beinahe so stark wie das unsere war. Auch dies beobachtete Doña Teresa, und ich wußte, daß sie sich vor ihrem geistigen Auge vorstellte, wie sich diese barbarische Horde in einer Sturzflut auf São Paulo de Luanda ergoß, wobei zehn oder mehr Wilde auf jeden Portugiesen kamen, und dort auf schreckliche Art und Weise raubte und metzelte, plünderte und schändete. Ich bemerkte, wie ernst ihr Gesicht war, und verstand die Furcht in ihrem Herzen. Und dennoch bot ich ihr in diesem Augenblick keinen Trost.

Nicht weit von uns entfernt erspähte ich eine sich auftürmende Gestalt, die langsam durch das Lager schritt. Es war der Imbe-Jaqqa, der allein bis auf eine Leibwache, die ein paar Schritte hinter ihm folgte, eine Musterung seiner Männer vornahm.

»Andubatil!« rief er, als er mich erblickte, und winkte mich zu sich.

»Dein König ruft dich«, sagte Doña Teresa verbittert. »Geh zu ihm!«

»Laß uns beide gehen.«

»Das werde ich nicht«, sagte sie, trat ein paar Schritte zurück und lehnte sich gegen einen Baum mit großen, gewundenen Wurzeln, die auf dem Erdboden wie aufgeschwollene Schlangen anmuteten.

Ich stellte sehr bald fest, daß Calandola in einer nachdenklichen und etwas versonnenen Stimmung war und nichts von seinem lauten, tosenden Gehabe an sich hatte; dennoch haftete ihm dieser deutliche Anschein von Erhabenheit an, von kaum beherrschter Macht, die jeden Augenblick hervorbrechen konnte, was wohl das erschreckendste an ihm war. Er legte die Hand auf meine Schulter und sah mir mit seinem kalten, funkelnden, diabolischen Blick tief in die Augen. »Nun, Andubatil«, sagte er mit seiner tiefen, fürchterlichen Stimme, »bist du erfreut, deine Frau wieder bei dir zu haben?«

»Das bin ich, und zwar sehr, großer Imbe-Jaqqa.«

»Es hat mich viel Zorn meines Bruder Kinguri gekostet, der sie aus tiefstem Herzen verabscheut.«

»Das weiß ich«, sagte ich. »Ich würde Kinguri gern aufsuchen und seine Furcht vor ihr beruhigen, doch er weicht mir aus.«

»Ich dachte, du und er, ihr wäret enge Freunde.«

»Das dachte ich auch, Fürst Calandola.«

»Er ist sehr klug, nicht wahr?«

»Er hat einen scharfen Verstand«, sagte ich.

Calandola lächelte, wandte den Blick ab, legte die Hand auf seinen gewaltigen Stiernacken und drückte ihn, und nach einem Augenblick erklärte er: »Kinguri ist auch ein großer Narr.«

Darauf erwiderte ich nichts.

»Ein Narr«, sagte Calandola, »denn sein Verstand ist voller Gedanken über Portugal und England und Europa und andere Orte, die keine Bedeutung haben. Und er will alles von deinem Gott wissen und deinem Teufel und den anderen christlichen *Moskissos.* Warum sollten solche Dinge eine Rolle spielen? Sie sind unwirklich. Sie sind bedeutungslos.« All dies sagte er ganz ruhig, wenngleich ich, wie immer, einen rauchenden Schmelzofen in diesem Mann oder Dämon oder was immer er auch sein mochte, zu sehen glaubte. »All diese Dinge werde ich vom Antlitz der Welt wischen«, fuhr er genauso ruhig fort. »Und dann wird eine Zeit des Glücks und des einfachen Lebens kommen. Es wird nur ein Volk geben. Es wird nur eine Sprache geben. Es wird nur einen König geben. Und so wird es auch besser sein.«

Ich erwiderte seinen schrecklichen Blick und nickte, wenn er sprach, und gab ihm keine Widerrede. Und er fuhr fort und erläuterte seine Vision der Reinheit und Tugend des Jaqqa-Reiches, sobald es sich erst auf jede Nation der Welt erstreckte, die ich schon zuvor vernommen hatte, doch nun sprach er mit viel erhabeneren Worten davon, nicht mit dem Eifer eines Dämons, sondern mit dem eines Erzdämons. Und diese Vision überwältigte mich.

Ihr lacht vielleicht über die Vorstellung, die Städte des Christentums könnten ausgelöscht und durch Urwälder voller tanzender, bemalter Kannibalen ersetzt werden, und womöglich sagt Ihr, daß es niemals dazu kommen könne; doch glaubt mir, als Calandola sprach und mir erneut diese Vision ausmalte, in der all unsere Sünden abgeschafft, all unsere gewundenen Straßen und besudelten Gassen untergepflügt, all unsere Verkrustungen auf dem Antlitz der Erde weggebrannt wurden, als er mit dieser tiefen und magischen Stimme in einem völligen Gleichklang der Worte davon sprach, erschien es mir beinahe, als sei es das höchste Ziel der Menschheit, all das zu vernichten, was wir seit Caesars Tagen erschaffen hatten, und uns den Wirbelstürmen der reinen Natur zu unterwerfen. Es war Wahnsinn.

Ich fühlte, wie die Philosophie des Imbe Calandola erneut wie Quecksilber in meinen Adern floß und wie Feuer in mir brannte, denn sie war meiner Natur zwar fremd, gleichzeitig aber tief in mich eingedrungen. Ich wußte, daß es Torheit war. Ich wußte, daß sich seine Macht niemals über die Wälder dieses wilden Landes hinaus erstrecken würde. Und doch war der Dschingis Khan der Tartaren mit fast dem gleichen Traum aus den staubigen Ebenen des tiefsten Asien gekommen und wie ein Wirbelwind mit den Krummschwertern über die großen Nationen der Welt hinweggefegt, und hatte zu seiner Zeit nicht ganz Europa vor ihm gezittert? Und wer konnte schon mit Bestimmtheit sagen, daß sich unter diesem Calandola nicht alles wiederholen würde? Einen Augenblick lang – wenn auch nur diesen Augenblick lang – sah ich, wie der Imbe-Jaqqa im Triumph an der Spitze seiner schwarzen Legionen durch die Straßen von London marschierte und weiter nach Canterbury, um inmitten der eingestürzten Steinblöcke der Kathedrale ein wildes, ausgelassenes Fest zu feiern, und ich spürte die grausame Kälte dieser schrecklichen Vorstellung, aber auch ihre frostige Schönheit.

Dann sagte er: »Möchtest du noch eine Frau haben, Andubatil, oder genügen dir diese beiden?«

»Sie genügen mir völlig, Fürst Calandola!«

»Gut. Gut. Ich möchte nicht, daß es dir an irgend etwas mangelt. Andubatil, ich bin dir sehr zugetan. Wenn wir gegen São Paulo de Luando marschieren, wirst du die Schlachtreihe neben mir befehligen, und ich möchte sehen, wie dein Haar wie ein Leuchtfeuer im heißen Sonnenlicht glänzt. Ist deine Muskete in gutem Zustand?«

»Aye, das ist sie.«

»Und du hast Pulver, hast Munition? Ich habe den Befehl erteilt, daß man dir die Waffen dieser Portugiesen geben soll.«

»Dies ist geschehen«, sagte ich. »Ich habe nun soviel Pulver, wie ich benötige, und einen großen Vorrat an Munition.«

»Gut.«

»Und wann, großer Calandola, werden wir marschieren?«

»In vier Tagen, schätze ich. Oder in fünf. Ich muß mich mit Kakula-banga beratschlagen, ob wir in vier oder fünf Tagen aufbrechen werden, und ihn die Omen deuten lassen.«

Er drehte sich um, nahm meine Hand in die seine und drückte sie auf seine heftige Art, die seine Liebe ausdrücken sollte; und erneut begegnete der Blick des Imbe-Jaqqa dem meinen und maß mich; und dann schritt er davon.

Ich stand da und blickte ihm staunend nach. Was für eine Macht hatte er nur, die mich so in ihren Bann schlug? Es war nicht nur seine Größe, denn es gibt viele große Männer, die nur dumme Ochsen sind, und auch nicht allein seine Stimme oder sein Gesicht und auch nicht die Vision von der Beherrschung und Vernichtung der Welt; nein, es war wohl all dieses zusammen. Er hatte mich gefesselt, obwohl ich ansonsten wohl kein Mann war, den man so einfach führen konnte; dieser Calandola jedoch drückte mir auf eine überaus geheimnisvolle Art und Weise seinen Willen auf und reduzierte mich auf etwas, das sehr viel weniger war als mein wahres Ich, so daß ich mich oft nicht aus eigenem Antrieb, sondern mit der allgemeinen Wut und Stoßkraft einer größeren, unwiderstehlichen Masse bewegte. Und so dankte ich dem Herrn dem Allmächtigen, daß Er Calandola zu einem Afrikaner gemacht und von unseren Ufern ferngehalten hatte. Doch eines Tages, so fürchte ich, wird ein Mann seiner Art näher an unserer Heimat aufsteigen, die ganze zivilisierte Welt in seinen Bann schlagen und das Werk des Teufels mit ihr verrichten, und dann wird es uns übel ergehen. Möge Gott verhüten, daß der Tag dieses Mannes jemals kommt.

Als Calandola gegangen war, kehrte Doña Teresa zurück.

»Das ist der Satan selbst«, sagte sie.

»Vielleicht. Oder des Satans Sohn.«

»Warum erschlägst du ihn nicht, während er so kameradschaftlich neben dir steht, und erlöst die Welt von diesem Ungeheuer?«

»Wenn ich dies täte, lebte ich keine Stunde mehr«, sagte ich. »Und ich glaube, er ist nicht so monströs, wie es den Anschein hat.«

»Du bist ein Narr geworden, Andres.«

»Ach, bin ich das?«

»Du verteidigst ihn immer, ihn, der nicht zu verteidigen ist. Was einen Narr aus dir macht.«

Ich schüttelte den Kopf. »Zweifellos hat er einen Einfluß auf mich. Doch ich glaube, ich sehe ihn genauer als die meisten. Es läßt sich leicht sagen: Er ist ein Ungeheuer. Es erfordert eine schärfere Wahrnehmung, um unter der furchterregenden Oberfläche die Philosophie zu finden.«

»Philosophie!« rief sie überaus verächtlich. »Aye, ich kenne seine Philosophie. Töte und esse, tranchiere und weide aus. Das ist eine wunderbare, gedankenvolle Philosophie! Magst du den Geschmack von Menschenfleisch mittlerweile so sehr, Andres?«

»Du bist mir eine schöne Frau, wenn du mich so verfluchst.«

»Ich versuche nur, deine Seele zu finden. Bist du noch ein Christ? Oder hast du dich ganz diesen kannibalischen Riten ausgeliefert?«

»Laß mich in Ruhe, Teresa«, sagte ich müde.

»Du hast von dem verbotenen Fleisch gegessen, nicht wahr?«

»Wer hat verboten, davon zu essen?«

»Die Worte Gottes und die Gesetze der Menschen«, sagte sie. »Doch du hast davon gespeist. Das weiß ich. Und du wirst wieder davon speisen, und die Liebe zu seinem Geschmack hat Besitz von dir ergriffen und dich verrückt gemacht.«

»Nay, Teresa, ich bin nicht verrückt; ich bin nur ein armer, verlorener Seemann, der sich nach seiner Heimat sehnt.«

»Du gibst dich Selbsttäuschungen hin.«

»Es ist die Wahrheit. Bis zu dem Tag, da ich Afrika verlassen kann, fahre ich unter jeder Flagge, unter der ich fahren kann.«

»So lauten deine Worte. Doch ich glaube, es hat dich eine größere Veränderung überkommen, und dein Gerede von der Heimkehr ist nur noch bloßes Gerede, das du wiederholst, weil du es so lange wiederholt hast; doch diese Worte haben schon seit einigen Jahren ihren Drang für dich verloren.«

»Dem ist nicht so«, sagte ich, doch ich sagte es kaum mit großer Überzeugung.

»Dieser Mann ist kein Mensch, sondern ein Teufel, nicht wahr?« sagte sie mit hitzigem Nachdruck. »Und ich glaube, er hat dich verhext und dich in ein verfluchtes Geschöpf verwandelt. Und du siehst es nicht einmal, sondern glaubst, du würdest lediglich vorgeben, ihm zu dienen, während du deine Zeit abwartest. Oder du belügst dich selbst genauso wie mich.« Sie sah mir in die Augen, und ich zwang mich, nicht zusammenzuzucken. »Ich frage dich, worüber habt ihr beide gesprochen?«

»Über seinen Bruder Kinguri«, sagte ich. »Denn ich habe eine Kluft zwischen ihnen aufgerissen. Und wir sprachen auch über den Krieg, den Calandola gegen die ganze Welt machen will, und seine Hoffnung, ihn zu führen. Er träumt davon, in Europa einzufallen.«

»Das ist Wahnsinn.«

»Was ich nicht abstreiten will. Das wird er niemals bewerkstelligen. Doch bald wird er auf jeden Fall gegen São Paulo de Luanda marschieren.«

Sie ergriff meinen Arm. »Wie bald?«

»Das kann ich nicht sagen.«

»Diese Antwort hast du mir schon zuvor gegeben. Doch damals, weil du es nicht wußtest. Jetzt weißt du es. Wie bald, Andres?«

Ich atmete tief ein. »In vier Tagen. Oder vielleicht in fünf. Es hängt davon ab, welche Horoskope seine Medizinmänner werfen.«

»Wir müssen eine Warnung schicken!«

»Wir werden nichts dergleichen tun«, sagte ich barsch.

»Pfui, Andres, laß uns von hier fliehen und den Gouverneur benachrichtigen, bevor alle dahingemetzelt werden.«

»Wir können nicht von hier entfliehen. Sie würden uns verfolgen, und am Abend des Tages, da sie uns fangen, werden wir in den Kesseln sein.«

»Aber wir können nicht untätig zusehen, wie die Stadt vernichtet wird«, sagte sie.

»Das müssen wir.«

»Dieser Krieg darf nicht sein!«

»Davon bin ich nicht überzeugt«, sagte ich. »Ich glaube, es könnte sein Gutes haben, wenn São Paulo de Luanda zerstört wird.«

»Was, Andres? Jetzt tritt die Wahrheit hervor. Du gehörst gänzlich zu ihnen!«

»Ich habe meine Gründe für das, was ich sage.«

»Gründe des Irrsinns!«

»Ich habe keinen Grund, die Portugiesen zu lieben. Welche Liebe haben sie mir jemals erwiesen, bis auf Barbosa, der tot ist? Und Don João, der mit dem einen Mundwinkel süß zu mir gesprochen und mich mit dem anderen verraten hat? Und du, Doña Teresa, die du das gleiche getan hast?«

»Das hast du mir vergeben.«

»Aye, dir ja. Aber den anderen? Denen, die mich in Ketten gelegt, die mich geschlagen, die mich verspottet, die mich all diese Jahre nicht haben nach Hause zurückkehren lassen? Bin ich Jesus, daß ich sie umarmen und Gott bitten soll, sie zu verschonen?«

»Du brauchst sie aber auch nicht zu vernichten.«

»Aye, doch vielleicht wäre mir solch eine Rache willkommen.«

Sie musterte mich lange. »Du bist kein Mensch, in dem solch ein Haß natürlich wäre. Dessen bin ich mir gewiß.«

»Vielleicht habe ich mich verändert, Doña Teresa.«

»Komm, Andres, vergiß diesen Zorn und versuche mit mir, die Stadt zu retten. Wir müssen etwas tun! Ich werde eine Möglichkeit ausfindig machen.«

»Ich erinnere dich daran, Doña Teresa, daß ich für dein gutes Benehmen mein Leben als Pfand gegeben habe. Was auch immer du tust, es wird mein Untergang sein. Wirst du mich ein zweites Mal vernichten?«

»Die Stadt, Andres, denke an die Stadt!«

»Aye«, sagte ich. »Ich denke an die Stadt.«

Sie bedachte mich mit einem Stirnrunzeln, schüttelte den Kopf und ging in die Richtung unserer Hütte davon. Ich folgte ihr nicht dorthin, sondern schritt wie ein aufgebrachter Löwe durch das Lager der Jaqqas, und mein Verstand schwamm und schwankte vor dem Chaos, der in ihm war. Ich sah kaum, wohin ich ging; doch während meines Streifzuges kam ich zu einem Ort, wo die Kriegsmusiker verweilten, und sie stimmten ihre Instrumente, oder was auch immer sie mit ihnen tun. Diese Männer lächelten mir überaus freundschaftlich zu und boten mir an, auf ihren Flöten und Trommeln zu spielen, doch ich schüttelte den Kopf und ging weiter, und hinter mir vereinigten sich zehn disharmonische Töne plötzlich zu den wilden und betörenden Klängen der Jaqqa-Harmonien.

11

Mehrere Tage lang wurden die Kriegsvorbereitungen mit zunehmendem Eifer betrieben. Waffen wurden zusammengetragen, Kriegshäuptlinge trafen sich zu Beratungen, um ihr Netz der Strategien zu errichten; der hohe Medizinmann Kakula-banga beschäftigte sich damit, Omen zu deuten und an den Grenzen unseres Lagers übelriechende Hexenfeuer anzuzünden. In dieser Zeit mußte ich meiner Rolle als Calandolas Unterführer nachkommen und verbrachte viel Zeit mit ihm, fertigte ihm Karten der Stadt São Paulo de Luanda an, zeigte ihm auf, wie wir uns der Stadt am besten nähern konnten, wo sich die Festung befand und die Kasernen der Soldaten. Mit Doña Teresa kam ich kaum zusammen, nur des Nachts; doch sie war jetzt ruhiger; der Zorn und die Besorgnis waren von ihr gefallen.

Dann, eines Nachts ein paar Tage darauf, schüttelte man mich plötzlich mitten im Schlaf wach, riß mich grobschlächtig auf die Füße und hielt von hinten meine beiden Arme fest. Ich kämpfte ein wenig, doch es war sinnlos; man hielt mich fest. Ich war gefangen, noch halb vom Schlaf benommen.

»Was hat das zu bedeuten?« rief ich. »Hilfe! Meuchelmörder!«

Unsere Hütte war voller Jaqqas. Im Licht der Fackeln sah ich ihre vernarbten Gesichter mit den Zahnlücken und stellte fest, daß es Männer waren, die ich kannte, Golambolo und einige andere, die in den Kriegen unter mir gedient hatten. Doch nun wirkten sie verschlossen und feindselig und glichen sehr den Dämonen, für die ich damals, vor langer Zeit, die ersten Jaqqas gehalten hatte, als ich bis auf seine fürchterliche Reputation noch nichts von diesem Volk gewußt hatte. Sie hielten mich fest, so daß ich mich nicht losreißen konnte, und ergriffen auch Doña Teresa, deren Gesicht im Licht der Fackeln eine starre Maske der Furcht war. Kulachinga lag unangetastet zu meinen Füßen auf dem Strohlager, das wir drei gerade noch so behaglich miteinander geteilt hatten.

Sie zerrten mich davon, und auch Doña Teresa, durch das Lager zu der inneren Befestigung, hinter der der Imbe-Jaqqa weilte. Und dort mußte ich feststellen, daß sich alle hohen Männer des Kannibalenstammes bereits versammelt hatten; und ihre Gesichter waren überaus ernst und grimmig. Imbe Calandola saß auf seinem Hohethron, geschmückt mit einem Halsband mit gebleichten Knochen und ein Zepter in der Hand, das ebenfalls aus einem Knochen bestand, dem eines Unterschenkels vielleicht; und neben ihm waren Kinguri, genauso ernst, und andere hohe Fürsten. Und auf dem Boden vor ihnen lag, gefesselt und verschnürt, so daß sein Körper überaus schmerzhaft wie ein Bogen gekrümmt war, ein Schwarzmohr, den ich nicht kannte, einer der Bakongo-

Sklaven, die die Jaqqas in ihrem Lager hielten. Beim Anblick dieses Mannes entwand sich Doña Teresas Kehle ein leises, zischendes Geräusch und dann ein tiefes Stöhnen des Schmerzes oder Leids. Was mir dazu verhalf, die geheimnisvollen Vorgänge, die mir widerfahren waren, zu entschleiern, und woraufhin mir die Beine den Dienst zu versagen drohten, als ich begriff, was geschehen sein mußte. Schockiert und erzürnt sah ich Doña Teresa an, doch sie erwiderte meinen Blick nicht. Dann führten die, die uns hielten, uns auf verschiedene, fast gegenüberliegende Seiten des Rats-Kreises. Mein Herz schlug mit fürchterlicher Macht, und ich sah zu ihr hinüber, wußte ich doch, daß sie mich erneut verraten hatte, ohne daß ich bereit war, dies von ihr zu glauben; doch sie wollte mich nicht ansehen.

»Es hat einen Verrat gegeben«, sagte Kinguri.

Ah, dann war es also wahr! Und doch war ich entschlossen, mich von dieser Tat abzusondern, denn ich hatte keinen Anteil an ihr.

»Guter Bruder, was ist geschehen?« fragte ich. »Und warum werde ich festgehalten? Ich habe nichts Unrechtes getan.«

»Das werden wir herausfinden«, sagte Kinguri.

Er deutete auf den Bakongo-Sklaven. »Ist dieser Mann dein Geschöpf, Andubatil?«

»Ich habe sein Gesicht noch nie gesehen.«

»Aye. Aber vielleicht hast du durch einen Mittelsmann mit ihm gesprochen, um ihm einen Auftrag zu erteilen.«

»Ich verstehe nicht, was du meinst«, sagte ich. Ich sah zu Calandola hinüber, der so fern wie Zeus hoch über dieser Versammlung saß, keinen Anteil an ihr zu nehmen schien und die Augen abgewandt hatte, und ich sagte: »Mächtiger Fürst Imbe-Jaqqa, ich frage dich, was hier vor sich geht.«

»Richte deine Fragen an mich«, sagte Kinguri kalt, und

Calandola machte keine Anstalten, meinen Worten zu antworten.

»Dann frage ich dich erneut . . .«

»Du hast diesen Mann nicht angeheuert, einen Auftrag für dich auszuführen?«

»Das habe ich nicht.«

»Und deine portugiesische Frau auch nicht?«

Mit tiefem Zorn schaute ich zu Doña Teresa hinüber, die meinen Blick einen Moment lang erwiderte, und ihre Augen waren hart und hell vor Schrecken.

»Ich weiß nicht, was sie mit diesem Mann zu tun gehabt hat, wenn sie überhaupt etwas mit ihm zu tun gehabt hat«, sagte ich. »Ich wurde, wie du weißt, in letzter Zeit sehr von den Kriegsvorbereitungen in Anspruch genommen.«

»Ah«, sagte Kinguri. »Natürlich: wie konnte ich das nur übersehen? Aber es hat einen Verrat gegeben, Andubatil.«

Er nickte einem gewaltigen Jaqqa zu, der vortrat und die Fesseln des Bakongo-Sklaven noch etwas anspannte, was dem gequälten Mann einen Schmerzensschrei entlockte. Dann sagte Kinguri in der Sprache des Sklaven: »Sage uns erneut, wozu man dich angestiftet hat und wer.«

»Nach . . . nach São Paulo de Luanda zu gehen . . .« sagte der Mann leise, denn er lag so gekrümmt und verspannt da, daß er die Worte kaum hinausbekam; denn die Verhöre, die die zivilisierten Völker auf der Streckbank durchführen, finden bei den Jaqqas auf diese Art statt.

»Zu welchem Zweck?« fragte Kinguri.

»Um die . . . Portugiesen zu warnen . . . daß die . . . Jaqqas kommen . . .«

»Ah. Um sie zu warnen! Hörst du, Imbe-Jaqqa? Verstehst du die Worte dieses Mannes?«

Calandola runzelte überaus verdrossen die Stirn.

Kinguri beugte sich zu dem Sklaven hinab, bedeutete, daß

die Fesseln noch etwas angespannt werden sollten, und sagte zu ihm: »Und welche Personen haben dir diesen Auftrag gegeben?«

»Frau . . . Portugiesenfrau . . .«

»Die, die du hier siehst?«

»Diese.«

»Und welche andere Person?«

»Frau . . . die Frau . . .«

»Die Frau, ja, doch wer sonst noch?«

Von dem Sklaven kam nur Gestöhn und Gewimmer.

»Lockert die Fesseln ein wenig«, sagte Kinguri, und es geschah. Dann hockte sich der langbeinige Jaqqa so ernst wie ein Kardinal der Heiligen Inquisition über den schweißnassen Gefangenen und sagte erneut: »Welchen Komplizen hatte die Portugiesenfrau?«

»Sprach . . . nur mit . . . Frau . . .«

»Nenne den anderen!«

»Kenne . . . nicht . . .«

»Wieder straffer«, sagte Kinguri, und erneut wurden die Fesseln angespannt, und der Sklave schrie auf.

»Genug«, sagte Imbe Calandola.

»Er hat noch kein volles Geständnis abgelegt«, protestierte Kinguri.

Calandola machte eine ungeduldige Handbewegung. »Es ist genug. Er weiß nicht mehr. Tötet ihn.«

»Mein Herr Imbe-Jaqqa!« rief Kinguri.

Doch Calandola hatte seinen Befehl erteilt. Ein Jaqqa, der einer der Scharfrichter des Stammes war, trat vor und schnitt den unglücklichen Sklaven mit einem Streich seiner gewaltigen Klinge, die pfiff, als sie sich senkte, entzwei.

Kinguri wirbelte herum und warf protestierend die Arme hoch, denn er war erzürnt, daß man ihm seine Quelle für Geständnisse so schnell dahingemetzelt hatte.

Calandola blickte zu Doña Teresa hinab und sagte: »Dieser Sklave hat dich uns als Verräterin genannt. Welche Aussage hast du zu machen?«

»Keine«, sagte Doña Teresa, nachdem man ihr die Worte in die Kikongo-Sprache übersetzt hatte; doch sie sagte es mit so trockener Kehle, daß kein Geräusch zu vernehmen, sondern nur die stumme Bewegung ihrer Lippen zu sehen war; und so mußte sie das Wort noch einmal sagen.

»Du streitest die Beschuldigung nicht ab?« fragte der Imbe-Jaqqa.

»Weshalb soll ich meinen Atem damit verschwenden?«

Selbst jetzt konnte ich nicht zulassen, daß sie sich einfach ihrem Schicksal übergab, indem sie die Schuld anerkannte.

»Fürst Imbe-Jaqqa!« brach es aus mir hervor. »Ich bitte dich, vergib dieser törichten Frau! Was immer sie getan haben mag, es geschah überstürzt und ohne nachzudenken, und es war nur ein müßig Ding, denn sie hat kein Verständnis von . . .«

»Schweig, Andubatil. Dieser Unsinn gerät dir zum Nachteil.« Zu Teresa sagte er erneut: »Die Worte dieses toten Gefangenen hier, die wir alle mehrmals vernommen haben, seit wir ihn am Rand unseres Lagers gefangengenommen haben, beschuldigen dich des Verrats. Er hat gesagt, du hättest ihm viele Muscheln versprochen, wenn er deine Nachricht den Portugiesen überbringt. Ist dem so?«

»Ich sage nichts«, erwiderte sie mit einem Aufblitzen des Zorns in ihren Augen und einem anmaßenden Blick, denn obwohl mir nun ersichtlich wurde, daß alles verloren war, schien ihr Mut jetzt zu ihr zurückzukehren.

Der Imbe-Jaqqa wandte sich nun mir zu. »Und du, Andubatil, du wirst beschuldigt, dich in diesem Verrat mit ihr verschworen zu haben.«

»Ich weiß nichts davon, o Fürst Imbe-Jaqqa.«

»Er lügt«, sagte Kinguri.

»Ach, ich lüge? Und hat der Sklave mich genannt? Hat er von mir gesprochen, bevor ich kam?«

»Deine Schuld ist uns bekannt«, sagte Kinguri.

»Nein, Bruder, nein!«

»Du bist nicht mein Bruder.«

»Bei dieser Narbe, die ich trage, und auch bei deiner, Kinguri. Was, willst du mich nun zurückweisen, der du so gern bis tief in die Nacht über die Königreiche und Gesetze des Christentums und so viel mehr mit mir gesprochen hast?«

»Ich bin nicht der Bruder eines Lügners und Verräters«, sagte er sehr kalt und verächtlich. Und Calandola rief er zu: »Du, der du der Bruder meines Fleisches bist, siehst du nicht die Schuld Andubatils?«

»Ich sehe sie nicht«, sagte Calandola.

»Sie haben sich miteinander verschworen, die Frau und der Mann! Sie müssen beide sterben, o Fürst!«

»Andubatil hat keinen Verrat begangen«, sagte der Imbe-Jaqqa.

»Und meine Frau auch nicht!« sagte ich, vielleicht zu rasch. »Es gibt keinen Beweis! Der Sklave wurde bezahlt, um gegen sie auszusagen!«

»Die Frau«, sagte Calandola, »hat sicher Haß für uns. Du nimmst ein ernstes Risiko in Kauf, sie zu verteidigen, außer, du tust dies aus Liebe. Wir glauben, daß ihre Schuld sicher ist, und werden sie dem Gottesurteil unterziehen, um es zu beweisen.«

»Ich bitte dich, mein guter Fürst, bei allem, das in jener Nacht, an die du dich erinnerst, zwischen uns geschehen ist, verschone sie!«

Dies sagte ich mit leiser Stimme und allein zu ihm. Und er schaute nicht angetan drein, angesichts der Macht dieses Ritus, den wir miteinander geteilt hatten, beschworen zu werden. Mich überaus verschlossen anfunkelnd, fuhr er fort: »Sie ist eine Verräterin. Mein Bruder klagt dich des gleichen Vergehens an, das du bestreitest. Es ist eine schwerwiegende Beschuldigung, die nicht ignoriert werden darf. Wir müssen sie sorgfältig überprüfen und werden dabei die Medizinmänner hinzuziehen. Bis wir unseren richtigen Weg gefunden haben, bleibst du gefangen.«

Er hob die Hand, und Teresa und ich wurden aus seinem Heiligtum gezerrt, ich zu einem Weidenwerk-Verschlag nicht weit von den großen Kesseln entfernt, deren Anblick mich nicht gerade aufheiterte, und sie an einen anderen Ort, wo ich sie nicht sehen konnte. Dort blieb ich, um allein über diese neueste Wendung meines Schicksals zu brüten.

Es erzürnte mich, daß sie versucht hatte, ihr Volk vor unserem Angriff auf São Paulo de Luanda zu warnen. An ihrer Schuld hatte ich keinen Zweifel. Offensichtlich hatte sie diesen Mann angeheuert, den Portugiesen die Warnung zu überbringen; und offensichtlich würde sie dafür sterben. Sie war beschuldigt worden und hatte nichts zu ihrer Verteidigung zu sagen, noch wollte sie versuchen, sich eine auszudenken, ob dies nun an ihrem übermächtigen Stolz oder an der Unterwerfung unter ein unausweichliches Schicksal lag. Sie würde sterben. Und trotz all des Schmerzes, den sie mir bereitet hatte, stellte ich fest, daß ich darüber zutiefst betrübt war. Wie konnte sie nur sterben? Sie war so lebensfroh, so tief im Leben verwurzelt, so übermächtig schön; wenn sie keine Hexe war, dann war sie eine Art Göttin. Und doch würde sie sterben, und darüber hinaus war ich mir keineswegs sicher, daß ich selbst den Vorwurf des Verrats überleben würde, wo Kinguri nun mein unversöhnlicher Feind geworden war. Sicher sah er mich als einen Rivalen um Calandolas Zuneigung an und als Feind seines eigenen Ehrgeizes; und mit einem so mächtigen Feind am Hofe des Imbe-

Jaqqa würde es schwerfallen, aus dieser Sache lebend herauszukommen.

Einen Tag lang und einen halben weiteren blieb ich in meinem Käfig, die ganze Zeit über von schweigenden Jaqqas bewacht und mich den melancholischsten Gedanken und einem gelegentlichen Augenblick des Gebets ausliefernd. Dann wurde ich erneut vor die Ratsversammlung berufen, wo sich die gleichen hohen Jaqqas wie zuvor zusammengefunden hatten. Und dorthin wurde auch Doña Teresa gebracht, deren Arme auf dem Rücken gefesselt waren, worauf man bei mir allerdings verzichtet hatte.

Sie sah mich an, und in ihren Augen erblickte ich keine Furcht, sondern lediglich Kraft, Resignation, Mut.

»Mein Bruder Kinguri hat mit den *Nganga*-Männern gesprochen«, sagte Imbe Calandola. »Sie sind der Ansicht, daß der Vorwurf des Verrats wahrscheinlich berechtigt ist und durch ein Gottesurteil festgestellt werden muß.«

»Ah, dann bin ich so gut wie tot!« rief ich.

»Wenn es Verrat gegeben hat, dann ist dem so«, erwiderte Calandola überaus ernst.

»Und wer von uns soll sich dem Gottesurteil zuerst unterziehen, die Frau oder ich?«

»Nur einer muß sich ihm unterziehen«, sagte der Imbe-Jaqqa, »denn die Schuld der Frau ist sicher, und ihr Schicksal ist besiegelt.«

Daraufhin stieß Doña Teresa einen leisen Laut der Verzweiflung aus, ein bloßes Zischen der Luft, das sie schnell unterbrach; dann hatte sie ihre Unerschütterlichkeit zurückgefunden.

Und ich, der ich auf der wahrhaftigen Schwelle des Todes stand, vor dem sich die Erde auftat und ihm androhte, ihn in die Hölle zu reißen, was empfand ich in diesem Augenblick? Nun, wieder einmal empfand ich überhaupt nichts, keine Furcht, keine Verzweiflung, ich, der ich schon so oft auf der gleichen Schwelle des Todes gestanden hatte – im Herzen war ich ganz kalt, betäubt wie einer, der sich an eine der großen Eisschollen des Nordens geklammert hatte; im Mittelpunkt meiner Seele war ich völlig ruhig und gelassen. Denn man kann dem Tod nur so und so oft entgegensehen, und dann hat einen die Furcht vor ihm verlassen, und man wird leer und völlig ruhig, wie einer, den ein ständiger Krieg so sehr ermüdet hat, daß er die tödlichen Pfeile, die an seiner Wange vorbeischwirren, gar nicht mehr bemerkt.

Sie verlangten von mir, mich dem Gottesurteil mit Gift zu unterziehen, von dem ich durch das Zeugnis des Kinguri, als der Wein dessen Zunge gelöst hatte, wußte, daß es von vornherein durch den Willen des Königs entschieden war. So lautete die einzige Frage, die es zu beantworten galt, ob der Betrug des Gottesurteils der des Kinguri war, der mich tot sehen wollte, oder der des Calandola, der glaubte, daß ich nichts mit Teresas Verrat zu tun hatte, und mich schützen wollte. Calandola war mächtiger; Kinguri war geschickter; ich hatte keine Ahnung, wer von ihnen obsiegen würde. Doch obwohl ich nicht die Liebe zum Leben verloren hatte, die mich seit meinen ersten Jahren so tief ausgefüllt hatte, obwohl ich mich so leidenschaftlich wie eh und je danach sehnte, zu überleben und zu sehen, was hinter der nächsten Landspitze und der dahinter lag, erfüllte mich der Ausgang dieser Prüfung nicht mit Pein: Was immer mir zustoßen würde, es würde so oder so geschehen, ob ich mir nun Sorgen machte oder nicht. Und so war ich völlig ruhig.

»Bringt nun die Frucht der *Emba*«, sagte Calandola.

Ein stark bemalter und vor Fett glänzender *Nganga* trat vor, die Schüssel mit den Früchten dieses Palm-Baums tragend, die etwa die Größe und Form eines kleinen Pfirsichs hatten, aber eine glatte und leuchtende Haut mit einem goldenen Farbton und schwachen, roten Streifen darin. Wie ich es schon zuvor einmal beobachtet hatte, nahm der Medizinmann eine dieser Früchte aus der Schale und aß sie, um die anderen zu beeindrucken, spuckte den harten Kern aus und stand nicht vergiftet, sondern gesund und lächelnd vor uns. Dann trat ein zweiter dieser Medizinmänner mit einer Flasche zu ihm, die aus einem hell polierten glänzenden Holz geschnitzt war und das Gift enthielt, schob einen großen, langen Dorn in die Flasche, zog ihn heraus, wobei von diesem Dorn eine Flüssigkeit tropfte, und stieß den Dorn tief in eine der *Emba*-Früchte und in eine zweite und in eine dritte.

Imbe Calandola deutete von seinem Hohethron aus mit dem Knochenzepter auf mich und sagte: »Du bist angeklagt, Andubatil, unseren Kriegszug gegen die Portugiesen von São Paulo de Luanda verraten zu haben. Was sagst du zu dieser Anklage?«

»Ich streite sie ganz und gar ab.«

»Leiste einen Eid auf diesen Knüttel.«

Ich berührte sein Zepter an der Spitze. Woraufhin ich leise erschauderte und dachte, daß vielleicht schon nächste Woche jemand einen meiner Knochen schwingen könnte. »Ich tue hiermit kund«, sagte ich laut, »daß ich niemals einen Verrat gegen das Jaqqa-Volk begangen habe noch gegen seinen Herrn Imbe Calandola, noch gegen seinen und meinen Bruder Kinguri.«

Und indem ich dies sagte, musterte ich tief Imbe Calandola und dann Kinguri, der meinen Blick mit Augen erwiderte, die wie glühende Kohlen waren, voller Feuer und Haß.

Calandola machte eine Geste. »Wir haben in diese Schüssel drei Früchte gegeben«, sagte der Medizinmann, der mir die Schüssel hinhielt, »die ein tödliches Gift enthalten. Suche, nimm und iß, und wenn du kein Verbrechen begangen hast, wird dein *Mokisso* dich vor Schaden bewahren.«

Und nun fiel meine seltsame Ruhe von mir ab, als hätte ich einen Mantel abgelegt, und ich empfand von den Zehen bis zu den Haarwurzeln eine große Furcht, ich, der ich gedacht hätte, ich hätte die Erfahrung der Todesfurcht schon lange überwunden; denn ich erinnerte mich an jenes eine Mal, da ich gesehen hatte, wie ein Jaqqa diesen Eid geleistet hatte und wie der Mann, für den der Tod bestimmt war, schreckliche Geräusche gemacht hatte und wie seine Kehle angeschwollen und er würgend gestorben war, was eine schreckliche Todesart ist.

Doch ich tat ganz kühn, als ich mich anschickte, die Frucht auszusuchen. Der *Nganga*-Mann hielt die Schüssel hoch, damit ich an den Früchten keine Spuren oder Einstiche sehen konnte, und ich griff hinein und wurde wieder ruhig und zuversichtlich und sagte mir, daß ich schon oft bereit gewesen war, Gott den Tod zurückzuzahlen, den ich ihm schuldete, da er mir das Leben geschenkt hatte, und wenn dies der Augenblick war, dann sei dem so, und wenn er es nicht war, würde er lediglich später kommen. Und ich nahm eine Frucht und biß hinein, und ich fand den Geschmack süß und angenehm, mit keinem Hinweis auf ein Gift, und aß sie und spuckte den Kern aus, und lächelte breit und sagte: »Nun, damit ist bewiesen, daß mich keine Mittäterschaft trifft.«

»Wähle eine andere«, sagte der Medizinmann.

»Ich habe gewählt!«

»Dieses Gottesurteil verlangt, daß du drei Früchte wählst«, sagte Kinguri.

»Beim anderen Mal, als drei Früchte gereicht wurden, war dem nicht so«, sagte ich, »und da war nur eine vergiftet, und der Angeklagte mußte das Risiko nur einmal eingehen . . .«

»Dies ist eine andere Prüfung«, sagte Kinguri, und als ich hilfesuchend zu Imbe Calandola sah, erwiderte er meinen

Blick ausdruckslos und wartete wie eine steinerne Statue darauf, daß ich die nächste Frucht nahm.

Der *Nganga* schob mir die Schüssel hin. Und ich wählte erneut.

Ich war mir nun sicher, daß sie mich an diesem Tag zu Tode bringen würden, daß mich Kinguri weitermachen ließ, bis ich eine der vergifteten wählte; und um die Sache zu beschleunigen, biß ich zu, spuckte den Kern aus und schluckte und wunderte mich und fühlte keinen Tod in meinen Adern.

»Erneut ist meine Unschuld bewiesen, Imbe Calandola!«

»Nimm eine weitere«, sagte der Medizinmann unerbittlich.

Ah, also würde die Knochenhand jetzt zugreifen, und sie hatten das Gift für die dritte aufbewahrt, um dem Spiel mehr Reiz zu verleihen! Die Schüssel schwebte über mir. Ich griff hinaus und traf meine Wahl.

»Jesu behüte mich«, sagte ich. »Der Herr sei mir gnädig. Die Engel mögen mich schützen.«

Und ich nahm die dritte Frucht in den Mund.

Und diesmal hatte ich die sichere Gewißheit, daß meine letzte Stunde geschlagen hatte, ich bald zu meiner letzten Ruhe gerufen und mit meinem Vater und meinen toten Brüdern im Himmel schreiten würde. Ich kannte kein Zittern der Furcht, nur die größte Zuversicht, daß der Erlöser die Auferstehung und das Leben war und daß mein Erlöser lebte und daß ich, obwohl ich nun im Schattental des Todes wandelte, nichts Böses zu fürchten hatte, denn Er war bei mir, und Sein Zepter und Sein Stab behüteten mich.

Ich aß die Frucht und spuckte den Kern aus, sah zu Kinguri, meinem dunklen Bruder, der nun mein Feind geworden war, und sah das Feuer seiner Augen und die Strenge seines Blicks. Und ich fiel nicht, und ich würgte und hustete nicht, und ich starb nicht; und dieses Tau zwischen Kinguri und mir riß, denn er setzte sich mit tiefster Enttäuschung und tiefstem Widerwillen zurück und schnaubte leise, weil ich noch lebte. Von Calandola kam ein donnerndes Gelächter, und der Imbe-Jaqqa stand auf, schlug die Hände zusammen und rief: »Es ist vollbracht, Andubatil! Dein *Mokisso* ist bei dir und beweist deine Unschuld!« Und er nahm dem Medizinmann die Schüssel mit den Palm-Früchten aus den Händen, schleuderte sie in die Büsche und streckte mir in kameradschaftlichem Jubel die Arme entgegen.

12

So kehrte ich in die Gunst des Imbe-Jaqqa zurück, und mein Leben war nicht mehr in Gefahr. Ich wurde freigelassen und nahm neben Imbe Calandola Platz, um seinen Wein mit ihm zu teilen, und alle Männer der Jaqqa-Nation jubelten mir wieder als einem ihrer Fürsten zu. Alle bis auf Kinguri, der sich verdrossen abgesondert hielt, wie damals Achilles in seinem Zelt.

Doch noch war die Sache mit Doña Teresa nicht ausgestanden: Denn ihr drohte die Todesstrafe, und Gnade für sie gab es nicht. Und ich stand bei Calandola auch nicht so hoch in der Gunst, daß ich sie freibekommen konnte, denn sie hatte einen eindeutigen Verrat begangen. Wäre es ihrem Sklaven gelungen, den Portugiesen ihre Warnung zu überbringen, hätte dies das Ende von Calandolas Kriegsplan bedeutet. So würde sie ohne weitere Gottesurteile sterben, doch erst, wenn der *Nganga*-Mann sagte, der richtige Augenblick für die Hinrichtung sei gekommen.

Calandolas Plan, gegen São Paulo de Luanda zu marschieren, war durch diese kürzlichen Ereignisse erst einmal zurückgestellt und aufgeschoben worden, und nun wurde er wieder zurückgestellt, denn der Mond war in eine dafür ungeeignete Phase geglitten. Es durften keine bedeutenden Taten unternommen werden, bis die Medizinmänner ihre Zustimmung gaben. Der Mond hat eine große Bedeutung für diese Jaqqas, die glauben, daß er eine mächtige Wirkung auf den Körper des Menschen hat, seiner Gesundheit abträglich ist und gemieden werden muß. In klaren Vollmondnächten wenden sie sich mit besonderen Gebeten an ihre Mokissos und stellen alle wichtigen Unternehmungen zurück. Kinguri erzählte mir einmal, daß er zu solch einer Zeit sein Gebet einmal vergessen und der Mond, der auf seine Schulter leuchtete, ihm außerordentliche Schmerzen und ein heftiges Brennen verursacht hatte, so daß er beinahe den Verstand verloren habe, doch schließlich, nach langen Qualen, durch Medizinen und Bannsprüche Linderung bekam. Doña Teresas Hinrichtung machte ein großes Fest erforderlich, und dieses Fest konnte erst stattfinden, wenn der Mond richtig stand, und der Krieg konnte erst nach dem Fest beginnen, und daher stand alles still und hing unbeweglich in der Schwebe.

Bei Gottes Blut, ich wollte nicht zulassen, daß sie getötet wurde!

Sie ging mir nicht aus dem Kopf, und trotz allem, was sie mir angetan hatte, konnte ich nicht vergessen, wie sie für mich gesorgt hatte, als ich damals so krank gewesen war; und ich dachte an unsere frühe Liebe und auch an ihre Schönheit und das Feuer, das sie in mir entfachte. Ich nahm an, daß ihr geschnitztes Idol immer noch Macht über mich besaß, obwohl ich es damals in den Fluß geworfen hatte. Wie konnte ich sie sterben lassen? Ich hatte geschworen, sie zu schützen; dieser Eid band mich noch; und wenn ich müßig zusah und sie sterben ließ, war ich kein Mann.

Und doch war sie verloren. Sie wurde gut bewacht, und es würde unser beider Leben kosten, sollte ich einen überstürzten Befreiungsversuch unternehmen. So brütete ich einen Tag und einen zweiten vor mich hin, ohne zu einer Lösung zu kommen, und die Zeit wurde knapp für Doña Teresa. Ich mußte bald handeln oder eingestehen, daß ich sie im Stich gelassen hatte. Wer tanzt, muß weitertanzen, auch wenn er nur hüpft.

Während dieser Zeit kam Golambolo zu mir hinaus, dem die Späher unterstanden, die die umliegenden Bezirke überwachten. Er verbeugte sich vor mir und sagte: »Nachrichten vom portugiesischen Heer, o Andubatil!«

»Und welche Nachrichten, Golambolo?«

»Es hat Ndala Chosa verlassen und zieht durch das Land.«

»In welche Richtung?« fragte ich höchst erregt.

»Sie scheinen es selbst nicht zu wissen. Zuerst zogen sie zum großen Wasserfall, und dann wandten sie sich wieder gen Westen, und schließlich gen Süden, als wollten sie gegen Langere ziehen. Ich glaube, sie haben keinen Streitplan; sie ziehen nur durchs Land und hoffen, auf Feinde zu stoßen.«

»Ah. Wir müssen sie genau beobachten.« Ich schloß die Augen, rief mir das Bild der Gegend in Erinnerung, die Lage eines jeden Ortes am Fluß Kwanza und auch unsere eigene Position südlich davon. Und sagte zu Golambolo: »Schicke eine doppelte Anzahl von Spähern aus, die stündlich überprüfen sollen, welche Richtung das Heer nimmt. Und wenn es die Richtung seines Marsches verändert, sollen deine Läufer eine Kette bilden: das heißt, der eine Läufer überbringt die Nachricht einem zweiten, der noch frisch ist, und dieser wieder dem nächsten, so daß mich die Nachricht so schnell wie der Wind erreicht. Ich muß sie sofort erfahren.«

Er salutierte und eilte davon, um zu gehorchen. Und am nächsten und übernächsten Tag trafen sehr häufig Nachrichten bei mir ein: daß die Portugiesen schnell marschierten, aber anscheinend noch ohne Ziel, und daß ein großes Heer in das Gebiet einmarschierte, bei dem Ndala Chosa, Langere und Agokayongo die Enden eines Dreiecks bildeten. Daraus ließ sich nicht schließen, daß sie wußten, welch große Streitmacht wir in Agokaycongo versammelt hatten, noch hatten Golambolos Männer Anzeichen ausgemacht, daß die Portugiesen in unsere Richtung marschieren müssen. Doch irgend etwas braute sich zusammen, denn nun waren sie nur noch einen Tagesmarsch – oder vielleicht ein bißchen mehr als das – von uns entfernt. Erneut verdoppelte ich die Zahl der Späher unter Golambolos Befehl, so daß wir genaue Kenntnisse bekommen würden.

Calandola war mittlerweile damit beschäftigt, sich außerhalb von Agokayongo auf halber Strecke zwischen seinem und dem anderen Heer mit Kafuche Kambara zu beraten. Ich wurde zu diesen Treffen nicht geladen und auch die anderen Jaqqa-Generale nicht: Es kamen lediglich diese beiden hohen Herren zusammen, um ihre Taktik der Plünderung São Paulo de Luandas zu beraten. Doch ich glaube, es gab irgendeinen politischen Zwist zwischen ihnen und Zorn, der mit dem Fortschreiten der Verhandlungen immer heißer kochte; denn es kamen Gerüchte ins Jaqqa-Lager, daß die andere Streitmacht das Bündnis mit uns auflösen oder uns sogar wieder angreifen würde. Dafür sprach auch, daß der Imbe-Jaqqa verdrossen und abweisend war, wenn er zu uns zurückkehrte, und sich mit einigen seiner Frauen zurückzog und wir nichts mehr von ihm sahen.

So meldete ich ihm die Bewegungen der portugiesischen Streitmacht nicht. Ich sah es einfach als zu meiner Autorität gehörig an, dieses Heer mit Golambolos Männer zu überwachen und mir alle diesbezüglichen Entscheidungen vorzubehalten, bis eindeutig war, in welche Richtung es zog. Es bestand nur aus ein paar hundert Mann, und wir waren viele tausend; wenn sie in unsere Nähe kamen, würden wir sie leicht überwältigen können.

Dann – der Mond stand noch immer ungünstig – rief mich Calandola plötzlich zu sich und erklärte: »Lade deine Muskete, Andubatil, denn wir werden morgen in den Krieg ziehen.«

»Fürst Calandola, ist das nicht übereilt?«

Er wirbelte wie ein erzürntes Coccodrillo zu mir herum und keuchte und entblößte die Zähne. »Was, willst du mir sagen, was zu tun ist?«

»Unsere Männer waren bereit, doch wir haben die Zügel schleifen lassen«, erwiderte ich. »Sicherlich brauchen wir eine Weile, um wieder kampfesbereit zu sein.«

»Wir müssen kämpfen«, sagte er. »Ich fühle, wie die Ereignisse auf mich herabstürzen. Wenn wir nicht am nächsten Tag den Krieg gegen São Paulo de Luanda beginnen, werden wir unseren Schwung völlig verlieren. Heute feiern wir; morgen brechen wir auf. Ich gebe den Befehl allgemein bekannt.«

»Der Mond . . .«

»Der Mond wird sich zu unseren Gunsten wenden«, sagte er.

Ich wagte nicht, ihm weiter zu widersprechen.

Dies war die Zeit, ihm zu sagen, daß eine portugiesische Streitmacht nicht weit entfernt war und daß wir sie in unsere Überlegungen einbeziehen mußten. Doch etwas hielt mich davon ab, ihn in diesem Augenblick darüber zu informieren, und im nächsten verdrängte ich diese Nachricht völlig aus meinem Verstand, als er sagte: »Und heute abend werden wir uns auch mit der Portugiesin befassen. Ich gebe dir Erlaubnis, dich von ihr zu verabschieden, wenn du das willst.«

Dies traf mich sehr hart, denn in den letzten Tagen hatte es den Anschein gehabt, daß Calandola Doña Teresa unter dem Druck der Umstände völlig vergessen hatte oder nicht mehr darauf bestand, ihr Leben zu nehmen. Die Macht seiner Worte mußte sich überaus verräterisch auf meinem Antlitz gezeigt haben, denn er bemerkte meinen Blick und sagte etwas sanfter: »Sie muß sterben, Andubatil. Es gibt keinen anderen Weg. Hast du dich noch nicht damit abgefunden?«

»Diese Frau ist mir sehr teuer.«

»Ah, doch sie ist eine Verräterin und hat ihren Verrat gestanden. Ich kann sie nicht leben lassen, oder es würde das Ende meiner Herrschaft bedeuten. Kinguri schreit nach ihrem Blut.«

»Und wer ist hier der Herr, Kinguri oder Calandola?«

»Calandola ist der Herr!« bellte er. »Calandola wird sie töten lassen! Und gib acht, Andubatil, daß er nicht auch dein Leben nimmt, wenn nicht wegen eines Verrats, dann wegen einer Beleidigung!«

»Ich hatte keine Beleidigung beabsichtigt, mein Herr. Erkennst du an meinen Worten, wie sehr ich es bedauere, daß sie getötet wird?«

»Sie muß sterben«, sagte er etwas ruhiger, obwohl ich wußte, daß ich ihn tief getroffen hatte und er mir nicht so bald vergeben würde. »Sprich keine weiteren Torheiten, Andubatil. Geh zu ihr, fordere sie auf, sich mit ihrem Schicksal abzufinden, tröste sie, nimm, welchen Trost du selbst bekommen kannst; denn es ist beschlossene Sache.«

»Man kann sie nicht verschonen?«

»Nein.«

»Dann werde ich zu ihr gehen«, sagte ich.

Und als wir uns trennten, rief er mir nach: »Andubatil! Versuche keinen verzweifelten Verrat, wenn du bei ihr bist. Ich bitte dich, unternimm nichts Törichtes. Es würde mich zutiefst betrüben, sehen zu müssen, wie du auf dem Fest neben ihr getötet wirst.«

»Ich werde nicht ungestüm sein, o Imbe-Jaqqa«, erwiderte ich, obwohl er direkt in mein Herz geschaut hatte.

Ich ging sofort zu dem Ort, an dem Doña Teresa gefangengehalten wurde; und da die Wachen wußten, daß es Calandolas Wille war, ließen sie mich ihren Käfig betreten. So wurde unsere erste Begegnung nun umgekehrt; nun war sie die Gefangene und ich der Besucher, während es nach meinem Eintreffen in diesem Land im Presidio von São Paulo de Luanda genau anders herum gewesen war.

Ihre Gefangenschaft hatte tiefe Spuren hinterlassen. Sie hatten sie nicht verhungern lassen, denn ich sah Wasser und Nahrung in ihrem Käfig; doch sie mußte nur wenig davon gegessen haben, und sie war abgemagert, als würde die Flamme in ihr nur niedrig brennen. Ihre Kleidung, die zuvor schon in Fetzen und Lumpen gewesen war, war nun locker und verdreckt, und sie machte keine Anstalten, sie zu ordnen, so daß Brüste und Bauch unbedeckt waren, und ihre Haut erschien mir eingefallen, ihre Haltung schwach, Edelmut und Schönheit schwindend. Als ich eintrat, saß sie über einem kleinen Ding aus Zweigen und Stroh gebückt und murmelte ihm Worte zu, und dann blickte sie beunruhigt auf und verbarg es hinter ihrem Rücken.

»Was ist das, Teresa?« fragte ich.

»Es ist nichts, Andres.«

»Zeige es mir.«

Sie schüttelte den Kopf; und als ich danach griff, zischte sie wie eine wütende Katze und wich vor mir zurück in eine Ecke des Käfigs.

»Es ist ein Idol, nicht wahr?« fragte ich. »Ein *Mokisso*-Ding, das du gemacht hast und nun anbetest?«

»Es geht dich nichts an«, sagte sie.

»Es ist nicht die Zeit für Idole und Hexerei. Es ist die Zeit für richtige Gebete, Teresa.«

Sie sah mich mit trüben und ernsten Augen an. »Sie werden mich heute abend töten, Andres, nicht wahr?« sagte sie.

»So hat es der Imbe-Jaqqa verfügt.«

»Und werden sie mich danach essen?«

»Ich bitte dich, Teresa, sprich nicht von solchen Dingen.«

»Sie werden mich essen. Es ist wie damals, als meine Mutter starb. Ich werde in ihren Topf wandern, und sie werden mich zerlegen, und der eine wird meine Brüste essen und der andere meine Schenkel, und . . . ach, was für eine Rolle spielt es, wenn ich erst tot bin?«

Sie sah mir kalt in die Augen und sagte: »Und wirst du deinen Anteil meines Fleisches essen?«

»Es macht mich krank, daß du so etwas sagst.«

»Andres . . . oh! Ich will nicht sterben, Andres, nicht so bald! Wird es heute abend sein?«

»Das ist ihre Absicht«, sagte ich leise.

»Und wirst du mich nicht retten? Gibt es keine Möglichkeit? Du bist diesen Jaqqa-Fürsten ein Bruder; geh zu ihnen, bitte um mein Leben, erbitte eine Begnadigung, sage ihnen, daß sie mich statt dessen verbannen können, daß ich zum Kongo gehen werde, nach Benguela, wohin sie auch wollen, wenn sie mich nur am Leben lassen, Andres!«

»Ich habe um dein Leben gebeten. Es hat nichts genutzt.«

»Aber du hast Macht unter ihnen!«

»Ich schätze mich glücklich, von deiner Schuld nicht mit in den Abgrund gerissen worden zu sein, wie Kinguri es am liebsten gesehen hätte. Denn ich habe bei meiner Ehre erklärt, daß du keinen Verrat begehen würdest. Sie hätten alles Recht, mich für deine Tat zu bestrafen.«

»Was sollte ich denn tun? Zusehen, wie die Stadt überfallen wird und keine Warnung schicken?«

»Es war eine Torheit. Sie waren auf der Hut, daß du so etwas versuchen würdest.«

»Nun, was für eine Rolle spielt das jetzt noch? Ich bin des Todes«, sagte sie, völlig entmutigt und niedergeschlagen. »Du kannst mich nicht retten? Du willst es nicht?«

»Ich kann es nicht. Obwohl ich es versucht habe und bis zum letzten Augenblick weiterhin versuchen werde. Ich werde noch einmal mit dem Jaqqa-König sprechen, wenn er etwas Wein getrunken hat und sich unter seinen Frauen behaglich fühlt.«

»Du klingst nicht sehr hoffnungsvoll.«

»Ich werde versuchen, dich zu retten. Ich kann dir nicht versprechen, daß ich Erfolg habe.«

»Laß wenigstens nicht zu, daß sie mich verspeisen«, sagte sie.

»Falls es dazu kommt – falls ich nicht bewirken kann, daß dein Leben verschont wird –, werde ich den Imbe-Jaqqa bitten, dir ein christliches Begräbnis zu gewähren. Doch ich hoffe, daß es nicht dazu kommen wird.«

»O Andres, ich bin nicht bereit dafür! Ich liebe mein Leben. Weißt du, daß ich in Angola eine große Frau war? Ich war in dieser Stadt wie eine Königin. Sieh mich nun an! Ich bin in einer Woche zehn Jahre älter geworden. Meine Schönheit ist zerstört. Ich habe Angst, Andres. Ich hatte niemals vor etwas Angst, und nun bin ich eine wandelnde Furchtsäule und bestehe über die gesamte Länge meines Körpers nur noch aus Angst. Werde ich zur Hölle fahren, Andres?«

»Wenn du als Christin stirbst, brauchst du keine Angst davor zu haben.«

»Ich habe gesündigt. Ich habe die Sünden des Fleisches gekannt . . .«

»Dies waren Vereinigungen der Liebe, was keine Sünde ist.«

»Und andere Sünden, die des Stolzes, des Hochmuts. Ich habe dich verraten, den ich liebte. Ich habe überaus bösartige Lügen erzählt, um dir Schaden zuzufügen – ich habe dich geliebt, wußtest du das?«

»Aye, Teresa. Und ich empfand Liebe für dich. Vermischt mit einer gewissen Furcht, glaube ich, denn du warst so stark, so erschreckend in deiner Stärke.«

»Meine gesamte Stärke hat mich verlassen. Ich werde mich vor Angst vollmachen, wenn ich den Käfig verlasse, um getötet zu werden.«

»Das glaube ich nicht. Ich glaube, wenn es dazu kommen wird, wirst du dich gut halten. Wie eine Königin.«

»Wie eine englische Königin? Was haben die Königinnen deines Königs Harry gesagt und getan, als sie vortraten, um den Kopf zu verlieren?«

»Nun, damals war ich noch nicht geboren«, sagte ich, »doch es heißt, daß sie sehr mutig waren und ihrem Schicksal ohne das geringste Zittern entgegengesehen haben. Was auch auf die schottische Königin Maria zutrifft, die kurz bevor ich England verließ, hingerichtet wurde. Und du wirst so kühn und stark wie sie alle sein, denn auch du bist königlich.«

»Halte mich fest, Andres.«

Ich nahm sie in die Arme. Sie zitterte und schmiegte sich an mich wie ein verängstigtes Kind.

»Als ich dich vor so langer Zeit zum ersten Mal in São Paulo de Luanda sah«, sagte sie mit einer Stimme, die ich kaum vernehmen konnte, »da sagte ich mir, er ist wunderschön, er strahlt wie die Sonne, ich will ihn. Du warst ein hübsches Spielzeug. Und dann kam ich zu dir in die Festung, und ich pflegte dich, als du krank und nicht bei Sinnen warst, und wenn du schliefst, sah ich zu dir hinab und liebte dich. Und als du gesund warst und ich dich mit dem Schwamm wusch und deine Männlichkeit sich hob, wollte ich dich, wie ich noch nie einen Mann gewollt hatte, und so wurden wir Liebende und wären all diese Jahre Liebende gewesen, wenn die Umstände es geduldet hätten. Ich habe von dir geträumt. Wenn ich mit Don Fernão im Bett lag, gab ich vor, er sei du. Als du dir diese Schwarzmohrhure als Sklavin und Konkubine zulegtest, wollte ich sie töten ... oder dich ... oder mich, so stark war meine Liebe. Und hast du mich geliebt, Andres?«

»Das habe ich, und überaus tief, Teresa. Denn ich glaube, du bist die große Liebe meines Lebens gewesen.«

»Und die wundervolle Anne Katherine, von der du so oft gesprochen hast?« sagte sie mit einem leisen Lachen.

»Vor langer Zeit. Ein Geist, der in meinem Verstand umherhuscht. Ich kannte sie nur ein wenig, als ich ein Junge war. In diesen vierzehn Jahren bist du im Mittelpunkt meines Herzens gewesen.«

»Andres ...«

»Aye, Teresa. Es ist wahr.«

»Ich fürchte mich vor dem Sterben.«

»Wir werden zusammen beten.«

»Ich fürchte mich auch vor dem Beten«, sagte sie mit einem Blick über die Schulter, dorthin, wo sie ihr kleines Hexenwerk aus Stroh und Zweigen hatte. »Ich bin immer wieder von dem wahren Gott abgefallen, Andres.«

»Er heißt die verlorenen Schafe immer wieder willkommen«, sagte ich. Ich griff an ihr vorbei, nahm das kleine heidnische Ding in die Hand und sagte: »Du mußt dich nicht verdammen, so kurz vor dem Ende. Lege dieses Hexenwerk ab, stoße es davon und übergib dich dem liebenden Sohn Gottes.«

»Wirst du jetzt mit mir beten?«

»Das werde ich.«

Sie zerriß ihr Idol und verstreute die Fetzen auf dem Boden.

»Bete auf englisch«, sagte sie. »Sprich die Gebete, die du auch für deine englische Frau sprechen würdest.«

»Wenn ich mich noch an die Worte erinnere, werde ich dies tun.«

Und die Worte kehrten nur langsam zu mir zurück, doch schließlich waren sie da, und ich kniete neben ihr nieder und sagte: »Der Herr ist mein Licht und meine Erlösung; wen soll ich da fürchten. Der Herr ist die Kraft meines Lebens; wen soll ich da fürchten?« Und ich sprach die Worte dann auch auf portugiesisch, und sie sprach sie mit mir. Und ich sagte auch: »Ich werde meine Blicke zu den Hügeln heben, denn von diesen kommt meine Hilfe. Meine Hilfe kommt im Namen des Herrn, der Himmel und Erde erschaffen hat.« Und sie sprach die Worte nach. Und ich sagte: »Wir bitten dich, o Herr, bring Licht in unsere Dunkelheit und schütze uns mit deiner großen Gnade vor allen Unbillen und Gefahren der Nacht.« Was sie mir ebenfalls nachsprach.

Dann kniete Doña Teresa neben mir nieder und sprach zu mir, als sei ich ihr Beichtvater, und berichtete mir von ihren Sünden, die zu hören ich kein Recht hatte, da ich kein Priester war und noch nicht einmal dem gleichen Glauben wie sie angehörte. Doch ich hörte zu, da sie das Bedürfnis zur Beichte hatte und sie nicht sterben sollte, ohne daß man ihr die Beichte abgenommen hatte, falls diese Nacht tatsächlich ihre letzte sein sollte.

Die Sünden, die sie mir beichtete, waren zum Teil geringfügig und einige von ihnen nicht so geringfügig, und einige erstaunten mich sehr. Doch obwohl ich so umfassend über alles gesprochen habe, was mir in Afrika wiederfuhr, werde ich hier nicht von Doña Teresas Sünden sprechen, denn es waren allein die ihren, und wenn ich ihr Beichtvater war, muß ich die Heiligkeit der Beichte respektieren; und so soll Gott der einzige Zeuge dessen sein, was sie mir beichtete. So hörte ich sie an, und als sie fertig war, sprach sie das Glaubensbekenntnis: »Ich glaube an Gott den allmächtigen Vater, den Schöpfer des Himmels und der Erde.« Sie sprach es auf latein, während ich es auf englisch sprach, und schließlich betete ich zum Abschluß: »Guter Gott, erlöse uns in der Zeit unserer Drangsal; in der Zeit unseres Reichtums; in der Stunde unseres Todes und am Tag des Jüngsten Gerichts, Guter Gott, erlöse uns«, was sie überaus heftig betete.

Dann erhoben und umarmten wir uns, und durch meinen Verstand rollten wie auf einer endlosen Schrifttafel alle Bilder meines Lebens mit dieser Frau, vom ersten bis zum letzten, unsere große Wollust und unser freudiges Liebesspiel, unser Leid und die Verstimmungen, unsere Abschiede und Wiedersehen, und ich fühlte Tränen in meinen Augen und hielt sie zurück, um keine Trauer in ihr zu wecken. Doch schließlich konnte ich sie nicht mehr zurückhalten, und wir weinten gemeinsam, und ich küßte sie zärtlich, und sie sagte: »Geh nun. Ich bin bereit für das, was da kommen muß, Andres.«

»Wir werden nur daran glauben, und du wirst verschont bleiben.«

»Das glaube ich nicht, Andres.«

»Wir geben die Hoffnung nicht auf, meine Dame, bis die Hoffnung selbst hoffnungslos ist.«

Als ich mich zum Abschied wandte, griff sie nach meiner Hand, drückte etwas hinein und schloß meine Finger darum, wie sie es vor so langer Zeit schon einmal mit ihrem geschnitzten Liebesidol getan hatte. Ich öffnete meine Hand und sah, daß sie mir ein kleines goldenes Kruzifix gegeben hatte, das ich oftmals zwischen ihren Brüsten gesehen hatte.

»Nimm es«, sagte sie. »Es soll dich an mich erinnern.«

»Du solltest es behalten.«

»Ich werde es bald nicht mehr brauchen. Nimm es, Andres.«

Ich konnte ihr nicht sagen, daß dieses Stück Gold für mich genauso ein Idol wie jenes andere war; in der Tat empfand ich, so seltsam es sich anhört, in diesem Augenblick auch nicht unbedingt so, sondern erkannte darin eine Art von Macht, was wohl bedeutete, daß Afrika ein wenig in meine Seele eingedrungen war und mich bis zu einem gewissen Ausmaß wenn auch nicht zu einem Papisten, so doch zu einem Idol-Anbeter gemacht hatte. Doch ich glaube, ich empfand die Macht darin hauptsächlich, weil es von Doña Teresa kam. So nahm ich es, hing es mir um und dankte ihr.

Und ich ging von ihr, und der Käfig wurde hinter mir geschlossen, und ich ging eine lange Zeit im Jaqqa-Lager umher, lauschte den seltsamen und barbarischen Geräuschen, dem Intonieren, dem Gesang, dem Spielen der Instrumente und dem Schärfen der Messer, und als ich zu dem Platz kam, wo die Kessel standen, war bereits ein Feuer entfacht, und das Wasser kochte schon. Und bei diesem Anblick stieg eine gewaltige Wut in mir empor, so daß ich darüber nachsann, Calandola zu ergreifen und ihn als Geisel für Teresas Leben zu halten und mit ihr neben mir und dem Imbe-Jaqqa an der Spitze meines Schwertes aus dem Lager zu fliehen; doch ich wußte, daß dies Torheit war.

Allmählich zog ich mich von der Versenkung in die Lebensweise der Jaqqas zurück und begann meine Rückkehr zur Zivilisation. Ihre Absicht, Doña Teresa zu erschlagen, und ihre anderen Vorhaben nahmen die Farbe von Blut an, und ich löste mich von ihnen und stand zögernd da, schwankte zwischen der Seite Gottes und der des Satans. Denn ich sah, daß Gott der Geist ist, der *Yeah!* ruft, und Satan der Geist, der *Nay!* ruft, und während meiner afrikanischen Gefangenschaft hatte ich schließlich genauso laut *Nay!* gerufen wie der Satan und war bereit gewesen, alles niederzureißen, um meinen eigenen Schmerz zu lindern. Denn eine Zeitlang war ich verrückt gewesen, glaube ich, oder hatte geträumt. Und während dieser Zeit hatte ich mich Calandola ausgeliefert, für den der Akt der Vernichtung der Akt der Schöpfung war. Ich hatte eine Zeitlang die Poesie in dieser seltsamen Begattung von Vorstellungen gesehen. Doch nicht länger. Und nun wanderte ich, verzweifelt, verloren, zwischen der einen und der anderen Welt.

In diesem Augenblick kam Golambolo laufend und schwer atmend zu mir, als hätte er eine große Entfernung zurückgelegt. Er sprang auf seinen langen Beinen zu mir und keuchte, bevor er sprechen konnte, und schließlich überschlugen sich seine Worte.

»Die Portugiesen! Sie kommen näher, o Andubatil! Sie kommen auf uns zu!«

»Dann ist das ein Angriff?«

Er schüttelte den Kopf. »Ich glaube nicht. Ich glaube, sie bewegen sich nur zufällig in unsere Richtung. Doch wenn der Morgen kommt, werden sie über unsere äußeren Streitmächte stolpern.«

»Wie weit sind sie nun von uns entfernt?«

»Vielleicht eine Stunde oder zwei oder drei. Sie haben ein Lager für die Nacht aufgeschlagen.«

»Ah. Und wo sind sie?«

»In der Richtung von Langere, zwischen den beiden grauen Hügeln.«

»Der Imbe-Jaqqa muß es erfahren«, sagte ich. »Ich werde

sofort zu ihm gehen.« Dann faßte ich Golambolo am Handgelenk, sah ihm in die Augen und sagte: »Sprich mit niemandem sonst darüber, was deine Späher dir mitgeteilt haben, nicht mit Kinguri, nicht mit Ntotela, mit keinem, bis ich beim Imbe-Jaqqa gewesen bin, denn ich möchte nicht, daß sich die Nachricht verbreitet, bis sich der Hohe Rat getroffen hat, um einen Plan auszuarbeiten.«

»Ich verstehe. Ich werde gehorchen, o Andubatil.«

»Gut getan, Golambolo.«

Nun lag das Schicksal allein in meinen Händen, und ich stand auf des Messers Schneide zwischen diesem Weg und jenem, und ich traf meine Wahl.

Zu Kulachinga, meiner Jaqqa-Frau, ging ich, zu ihr, die so kräftig und zuverlässig war und die so starke Beine hatte und schnell wie der Wind war.

»Ich brauche dich dringend«, sagte ich. »Geh nun, laufe nach Osten, in Richtung Langere, zu einem Ort mit zwei grauen Hügeln, den wir zuvor schon einmal gesehen haben. Dort befindet sich eine Streitmacht. Nimm dies und gib es ihrem Kommandanten.« Ich drückte ihr das goldene Kruzifix in die Hand, das Doña Teresa mir gegeben hatte. »Und sage ihm diese Worte, die du mir wiederholen mußt, bis du sie auswendig kannst.« Und ich sagte ihr die portugiesischen Worte vor, die bedeuteten: *»Kommt sofort, schlagt heute abend zu!«* Sie wiederholte, und beim fünften Mal sprach sie sie perfekt, obwohl sie keine Ahnung von ihrer Bedeutung hatte. »Zeige ihnen mit Zeichen, wo sich unser Lager befindet, und führe sie zu uns, denn der Imbe-Jaqqa hat den Plan, sie zu täuschen und über sie herzufallen, wenn sie es am wenigsten erwarten. Geh nun!«

»Ich werde gehen«, sagte sie, wandte sich ab, sank in den Wald wie ein Stein ins Meer und war meinen Blicken entschwunden.

Es war also vollbracht. Ich hatte meine Wahl getroffen.

Und die Nacht senkte sich; und die Jaqqas sammelten sich zu ihrem großen Fest des Todes.

13

Die Fürsten der Menschenfresser-Nation trugen ihre besten Gewänder, ihre schönsten Farben und Perlenketten und Knochenornamente; und ich, der ich ein Jaqqa-Prinz war, tat dasselbe, da es mir oblag, meine Rolle zu spielen. Sklaven brachten weiße Kreise an meinem Körper an und rote und blaue Streifen, und die Stammesnarben, die ich in meinem Gesicht trug, färbte ich selbst mit gewissen Jaqqa-Pulvern, und dann schlang ich mir ein Palm-Tuch um die Lenden und legte als Zeichen der Ehre meine klingelnden Halsketten um und befestigte mein Schwert an der einen und meinen Dolch an der anderen Hüfte. All dies, während Kulachinga durch die Dunkelheit lief, mit Doña Teresas kleinem goldenen Kruzifix in der Hand und immer wieder die Worte *»Kommt sofort, schlagt heute abend zu!«* wiederholend. Würden sie kommen? Und würden sie rechtzeitig kommen? Und welchen Preis würde ich für meinen Verrat zahlen, wenn sie kamen? Diese Fragen konnte ich nicht beantworten. In meinen prächtigen Amtszeichen ging ich dann zum Fest und nahm neben Imbe Calandola und meinem Bruder Kinguri Platz.

Als es völlig dunkel war, schafften sie Doña Teresa herbei.

Man hatte ihr die Fetzen ausgezogen, sie gebadet, ihren Körper etwas bemalt und ihr nur eine Kette mit den Zähnen eines Tieres um die Lenden gelegt, die nichts verbarg, so daß sie hervortrat, wie ich einst zur Hinrichtungsstätte gegangen war: nackt, die hohen runden Brüste und das dunkle, krause Flies ihres Schamhaars zur Schau gestellt.

Und doch schritt sie gerade und stolz und königlich, trotz all ihrer Nacktheit, diese Christin, deren geheimste Körperstellen zehntausend Wilden offenbart waren. Ich glaube, ich hätte sie lieber schwach und verängstigt gesehen; denn ihr derart königlicher Anblick erweckte in mir scharfe Erinnerungen an die Frau aus São Paulo de Luanda, die ich geliebt hatte und die mir bald für immer verloren sein würde, wenn sich nicht irgendein Wunder ereignete, und die Zeit wurde grausam knapp für Wunder. Ich spürte, wie sich nahendes Unheil über diesen Ort legte, und nicht allein für Doña Teresa. Und mir fielen diese Worte aus Meister Marlowes Schauspiel von Faustus wieder ein, als die Uhr elf schlägt und Mephistopheles sich nähert, um die Seele des Verdammten zu beanspruchen:

Steht still, ihr rastlos regen Himmelssphären!
Zeit, höre auf! Nie werd' es Mitternacht!
Steig, schönes Auge der Natur, von neuem
empor und laß den Tag nie enden, mach mir
zum Jahr, zum Monat diese eine Stunde,
zur Woche – nur zu einem Tag . . .

Nun spielten die Musiker, nun tanzten die *Nganga*-Männer und schrien und beschworen ihren *Mokisso,* den Teufel. Und die Sklaven der Jaqqas trugen große lederne Säcke mit Palmwein herbei, weiß Gott genug von dem Zeug, um die ganze Spanische Armada ans Schwimmen zu bringen, und reichten ihn herum, füllten die Becher immer und immer wieder. Und all dies, während Doña Teresa nackt inmitten dieser barbarischen Menge stand und mit auf dem

Rücken verschränkten Händen überaus ruhig ihren Tod erwartete.

Laß es eine lange Zeremonie werden, betete ich. Laß sie Stunden und Stunden springen und tanzen, so daß die Retter rechtzeitig kommen. Ich legte großes Vertrauen in diese Retter. Ich war zuversichtlich, daß Gottes Vorsehung Doña Teresa vor dem Tod behüten würde.

Doch . . . wie sagte Faustus noch?

Wie sonst gehn Zeit und Sterne, und der Pendel
holt aus zum Schlag! der Teufel kommt! und Faust
fällt in Verdammnis!

Sie werden Kulachingas Nachricht nicht verstehen, dachte ich; oder sie werden sie nicht glauben und für eine Falle halten; oder sie werden sie ignorieren. Warum war ich nicht selbst gegangen? Warum hatte ich nicht früher einen Boten zu den Portugiesen geschickt? Ich quälte mich mit tausend solchen Fragen, von denen jede müßig war.

Mein Nachsinnen wurde unterbrochen, als der Jaqqa Kasanje meinen Arm berührte und sagte: »Calandola will mit dir sprechen, o Andubatil.«

Schrecken! O Berge und Hügel, kommt, kommt und stürzt über mir ein und verbergt mich vor ihm! Denn ich war mir sicher, daß er von meinem Verrat wußte: daß Kulachinga ergriffen worden war, daß sie alles gestanden hatte, daß man mir meinen Verrat vorwerfen und ich neben der Portugiesin sterben mußte.

Ich setzte eine feste und nichts enthüllende Miene auf und ging zum Tisch des Imbe-Jaqqa, der mich sehr ernst begrüßte, fast abweisend und grimmig; und als sich unsere Blicke begegneten, mußte ich all meine Willenskraft aufbringen, um nicht vor ihm niederzuknien und meine Verfehlung zu gestehen.

»Wenn das Fest sein Ende gefunden hat«, sagte er zu mir, »muß ich dringend mit dir sprechen, Andubatil.«

Ah, er wußte also von meinem Verrat!

Doch nein, es war eine völlig andere Sache. Denn als ich ihn so steinern ansah, sagte er: »Ich habe heute viel erfahren, das wichtig für mich ist. Die Verschwörung gegen mich, die ich befürchtet und über die ich mit dir gesprochen habe: Sie ist wirklich, sie ist reif. Ihr Führer ist mir nun bekannt. Er hat vor, sehr bald zuzuschlagen. Doch ich werde zuerst zuschlagen, Andubatil, und du wirst an meiner Seite sein, wenn wir meine Feinde erschlagen.«

Also wußte er nichts von meinem Verrat, wofür ich eine unermeßliche Erleichterung empfand.

»Ah, wer ist denn der Feind?« sagte ich.

»Später werden wir uns allein unterhalten.« Er nahm meine Hand zwischen seine riesigen Pranken. »Dir allein kann ich vertrauen. Du allein bist mein Bruder.«

Was mich mit Scham erfüllte, da er solch eine Liebe für mich empfand und ich solch einen Verrat gegen ihn begangen hatte. Und Calandolas Worte – *»Du allein bist mein Bruder!«* – machten mir auch klar, wer der Feind sein mußte. Also würde diese Nacht eine Nacht vieler Abrechnungen sein.

Aber eine war vordringlich. In der Hoffnung, er würde mir diese eine große Gunst gewähren, weil er mich brauchte oder weil er mich liebte, sagte ich mit leiser Stimme zu ihm: »Darf ich dich nun noch einmal bitten, o Imbe-Jaqqa, der Portugiesin Gnade zu erweisen und . . .«

»Nein!« brüllte er wie ein erzürnter Löwe.

»Ich bitte . . .«

»Nein«, sagte er erneut, leiser diesmal, und schüttelte den großen Kopf. »Es darf nicht sein, Andubatil! Ich bitte dich, belästige mich damit nicht mehr. Sie ist verloren. Nichts kann sie retten. Nichts! Sie hat Verrat begangen; sie muß sterben, oder keiner mehr wird meine Macht respektieren.«

»Ah.«

»Vergiß sie. Sie ist dir verloren. Geh nun an deinen Platz. Doch komme danach zu mir und halte dein Schwert bereit; denn ich glaube, diese Nacht wirst du es brauchen.«

Es bestand keine Hoffnung. Ihr Tod war beschlossene Sache.

Und was nun? Wie konnte ich die Zeit aufhalten? Von den Portugiesen war nichts zu sehen. Es gab niemanden außer Calandola, an den ich mich wenden konnte, und er hatte meine Bitte abgewiesen, und wenn ich nicht die Tat eines Verrückten beging, die mich zweifellos das Leben kosten würde, konnte ich nur warten und zusehen, beten und warten. *Schreckliche Höll', öffne dich nicht! Nein, komm nicht, Luzifer!«* Doch ich konnte das Einläuten der letzten Stunde, die nun bevorstand, nicht abwenden.

Der Wein floß in Strömen, die Jaqqas lärmten und tobten, schütteten sich das Zeug durch die Kehlen und füllten sich die Mägen damit im Überfluß. Imbe Calandola stand auf und gab sein Zeichen, und der riesige schwarze Scharfrichter des Stammes trat mit seiner riesen Klinge vor, und die Trommeln und die Flöten verstummten einen Augenblick, lange genug, daß ich hören konnte, wie Doña Teresa überaus elendig sagte: *»Sancta Maria ora pro nobis«*, und einige andere Gebete.

Jetzt, Portugiesen! Jetzt kommt und fallt über diese heidnische Bande her!

Doch sie kamen nicht. Und ich mußte einsehen, daß sie nicht kommen würden, daß man die Uhr nicht aufhalten konnte, daß der letzte Augenblick bevorstand. Ich war hilflos.

Ich schaute zu Doña Teresa hinüber und bekam ihren

nackten, schlanken Körper, der noch immer so wunderschön und voller Leben war, zum letzten Mal zu sehen, und ich erinnerte mich an Anne Boleyn, die Königinmutter, und an Katherine Howard und an viele andere, die man zuvor so getötet hatte, denn dies ist wahrlich ein Jammertal: und es erklang ein plötzlicher, verängstigter Ruf, *»Andres!«*, und sie beugte sich vor.

Und der gewaltige Jaqqa schlug ihr den Kopf ab. Wegen des Schmerzes in meiner Seele wandte ich den Blick ab, doch ich vernahm das schreckliche Geräusch; und ich werde dieses Geräusch niemals vergessen können. Und als ich wieder hinsah, hätte ich gern die schreckliche Bestätigung meiner Vision zurückgewiesen, doch ich konnte es nicht.

So war es also geschehen, und ich war Zeuge gewesen, und doch konnte ich es auch jetzt, nachdem es geschehen war, noch nicht glauben, so scharf war meine Erinnerung an sie in meinen Armen, so tief war der Eindruck, den sie in meiner Seele hinterlassen hatte. Ich konnte das geköpfte Ding, das blutig auf der Lichtung lag, nicht in Einklang mit dem schlanken Mädchen bringen, das zu mir in den Kerker gekommen war, oder mit der vornehmen Frau, die so königlich durch die Straßen von São Paulo de Luanda geschritten war, oder mit der Gefährtin, die ich vor ein paar Tagen noch umarmt hatte. Es war geschehen.

»Gebt mir Wein!« rief ich, riß einen Becher an mich und stürzte den Inhalt hinab, um meinen Schmerz zu lindern.

»So wird es mit allen Portugiesen dieser Stadt geschehen«, sagte Calandola. »Du wirst es sehen, Andubatil. Wir werden sie gefangennehmen, während sie schlafen, und wir werden ihnen die Köpfe abschlagen, und wir werden sie in uns aufnehmen, und sie werden aus diesem Land verschwunden sein. Du allein wirst an diesen Ufern die weiße Haut tragen, Andubatil. Wir werden keine anderen hier haben.«

Und er rief nach Wein und schlug auf seinen Becher, bis er ihn bekam. Und als er ihn bekam, schenkte er erst mir, dann ihm und dann Kinguri ein; und ich sah, wie Kinguri mit besonderer Freude lächelte, weil er mir mit dem Tod meiner Geliebten Schmerz bereitet hatte.

»Nachdem wir gegessen haben«, sagte Kinguri, »werden wir ringen, du und ich. Nun? Wirst du mir im Kampf gegenübertreten?«

»Wenn der Imbe-Jaqqa es erlaubt, werde ich es«, sagte ich.

Er wandte sich zu Calandola. »Was sagst du, Calandola? Darf ich heute abend mit dem Christen ringen?«

Calandola musterte ihn lange, und schließlich sagte er: »Ja, du wirst mit ihm ringen, Kinguri. So sei es. Du und Andubatil.«

Kinguris Augen leuchteten. »Ich habe lange darauf gewartet, Andubatil.«

»Genau wie ich, Bruder«, sagte ich zu ihm.

»Ah«, sagte er. »Nach dem heutigen Abend wirst du mich nicht mehr Bruder nennen!«

Ich zuckte die Achseln und wandte mich ab. Meine Seele war noch immer von Teresas Tod betäubt, und ich wollte keinen Zank mit Kinguri, der meine Trauer vergrößern würde, nicht jetzt. Es würde später die Zeit kommen, mit ihm zu ringen und, wenn Gott mir die Kraft gab, ihn in Stücke zu brechen, seine langen Glieder von seinem Leib abzureißen und ihn wie Fleischabfall in die Knochengrube zu werfen. Doch dies würde später geschehen.

Ich trank schwer, um die kalte Stelle unter meinem Brustbein zu erwärmen, die dort wie ein Klumpen uralten Eises lag, einen Krug Wein vielleicht und dann noch einen, einen Kübel, ein Oxhoft, ein Faß Wein. Und doch berührte er mich kaum und erwärmte meine Seele nicht: Die Kälte darin brannte alles fort.

Einige Jaqqa-Diener hoben mittlerweile Doña Teresas Leiche auf und trugen sie zu dem Kessel, und sie schafften auch ihren Kopf fort, wohl, um ihn zu bestatten und zu verhindern, daß ihr *Mokisso* ihre Seelen heimsuchte oder ihr *Zumbi* ihren Schlaf störte. Alledem schenkte ich nur wenig Beachtung. Denn ich brütete düster über ihren Tod nach, der mich so hart getroffen hatte. Und ich erinnerte mich an ihre Ambitionen, ihre Träume von Ruhm und Gier auf einen hohen Rang und all diese anderen Wesensarten von ihr, die nun auf nichts reduziert waren, da sie jetzt nur noch totes Fleisch war, und dies bereitete mir eine tiefe Trauer, die Ungerechtigkeit ihres Todes und die Ungerechtigkeit eines jeden Todes überhaupt.

Doch als der Wein mich endlich erreichte, und mein Leid umhüllte, nahm ich ihren Tod schon eher hin. Denn welche Rolle spielte es schon, daß Doña Teresa jetzt und nicht später gestorben war, da doch vorbestimmt war, daß sie eines Tages sowieso sterben mußte? Ich erinnerte mich an die Worte eines der weisesten Männer, die jemals gelebt hatten, des Kaisers Marcus Aurelius, dessen Meditationsbuch ich als Junge gelesen hatte, und seine Worte trieben nun wieder durch meine Seele: »Handle nicht, als lebtest du zehntausend Jahre. Der Tod schwebt über dir.«

Aye! Und wo ist Marcus heute? Und wo sind all die, die vor hundert Jahren neben Heinrich Tudor auf dem Bosworth Field gestanden haben, so stolz, wie sie damals waren, die Nation vom buckligen König Richard zurückzugewinnen! Warum quälte ich mich nun also über den Tod einer Frau oder fürchtete, ich selbst könne sterben, wo unser aller Leben doch wie das eines Schmetterlings war? Alles hat nur einen Tag Bestand.

Diese Gedanken verschafften mir etwas Erleichterung, und auch der Wein. Doch ich saß verdrossen da, während die um mich herum wild und ausgelassen waren. Soweit ich schauen konnte, sah ich feiernde Jaqqas, die alle schwer getrunken hatten, ihre Frauen umarmten und mit ihnen auf der nackten, warmen Erde kopulierten. Sklaven gingen unter ihnen umher, brachten ihnen Fleischscheiben von dem geschlachteten Vieh, alle möglichen Arten von Früchten und andere Leckerbissen.

Und dann kam der monströse Augenblick, da das Bankett seinen Höhepunkt erreichte und Doña Teresas Fleisch fertig gegart war und sie dieses überaus schreckliche Gericht zum Hohetisch der Jaqqas brachten, auf daß sich die Jaqqa-Fürsten daran laben konnten.

Kinguri erhob sich, bedachte mich mit einem kalten, wilden Lächeln, wandte sich an seinen Bruder und verkündete laut: »O Imbe-Jaqqa, da diese Frau Andubatils Weib war, ist es nur gerecht, daß du ihm das Vorrecht der Wahl des Fleisches läßt, obwohl es dein Recht ist, die erste Wahl zu treffen.«

Calandola schaute verblüfft drein, denn dies hatte er nicht erwartet, und ich nehme an, er war sich nicht sicher, ob Kinguri ihm damit irgendeinen Schaden zufügen wollte. Doch dann dachte er darüber nach und kam zum Schluß, daß ihm diese Bitte angemessen erschien.

Er wandte sich mir zu. »Aye«, erklärte er, »das ist angemessen. Ich gewähre dir die Portion des Imbe-Jaqqa, o Andubatil!«

Ich starrte ihn erstaunt an. »Das ist doch nicht dein Ernst, o Herr!«

»Es ist mir eine große Ehre.«

»Nay«, sagte ich tief in meiner Kehle. »Ich werde nicht davon essen!«

Doch dies erzürnte den Imbe-Jaqqa, denn er war weder Widerspruch gewohnt noch daß Kinguri ihm sagte, wie er sich verhalten solle, und all dies hatte ihn durcheinandergebracht. Seine Augen wurden wütend, seine dicken Adern standen am Hals hoch hervor, und er rief: »Iß und nimm sie in dich auf!«

»Ich bitte dich, Fürst Imbe-Jaqqa . . .«

»Ich befehle es dir, Andubatil!«

Woraufhin Kinguri sagte: »Willst du dich dem Befehl des Imbe-Jaqqa widersetzen?«

»Gib nach, Bruder«, antwortete ich ihm. »Ich will an diesem Fest nicht teilhaben.«

»Ah, wir hätten dich sofort erschlagen sollen«, sagte er. »Anstatt dir zugetan zu sein, dich in Ehren zu halten und vorzutäuschen, daß du einer von uns bist. Ein weißer Jaqqa! Welcher Wahnsinn! Du bist der Anlaß und die Wurzel all unseres Leids! Nimm und iß!«

Und Kinguri ergriff ein breites grünes Blatt eines Dschungelbaums, das so groß wie ein Teller war, und hielt es mir vors Gesicht, und darauf lag ein dampfendes Stück Fleisch, ein Stück, das . . . nay, ich werde es nicht beschreiben, mein Verstand lehnt sich auf, und sogar mein Magen hebt sich . . .

Doch dieses schreckliche Fleisch bot mir der Bruder des Imbe-Jaqqa überaus beharrlich an und rief derweil mit stentorischer Stimme, daß mir damit eine hohe Ehre widerfuhr, und drängte mich, es zum Wohle meines eigenen Geistes zu essen.

Ich blieb standhaft mit meiner Weigerung und er mit seinem Beharren, und er schob mir das dampfende Stück Fleisch hin, und ich schob es zurück. Wir beide schrien nun überaus heftig. Ich fürchtete Kinguris Zorn nicht. Ich fürchtete in diesem Augenblick nicht einmal den Tod, denn ich würde nicht mit der Schande dieser grausamen Mahlzeit auf meiner Seele sterben.

Auch Calandola war erzürnt, daß ich das Fleisch abgelehnt hatte.

»Du wirst nicht ablehnen!« rief er. »Iß! Nimm, iß!«

Und er hielt mich und schüttelte mich, und ich widersetzte mich ihm, wobei ich mir in seinem Griff in der Tat wie ein Schmetterling vorkam; doch der Wein und meine Trauer und Wut machten mich zu allem bereit, und mit einer Kraft, die ich selbst nicht vermutet hatte, riß ich mich von ihm los. Doch er ergriff mich wieder.

»Iß! Iß!«

Und von hinten kam Kinguri, vor Freude über den Streit kichernd, den er von Zaun gebrochen hatte, und rief: »Iß, Andubatil! Iß!«

Calandolas Kraft war teuflisch; ich konnte ihr nicht widerstehen. Er hielt mich fest, zwang mich zurück und schob mir dieses saftige Stück des einst geliebten Fleisches mit schrecklicher Gewalt vor den Mund, den ich jedoch nicht öffnen wollte, gleichgültig, welch fürchterliche Folter er anwenden würde. Sein Gesicht schwebte einen Zoll vor dem meinen; sein Schweiß fiel auf meine Haut und verbrühte mich; seine Augen waren große Leuchtfeuer, die sich in meinen Schädel brannten; fürwahr war er die Inkarnation des Satans, fürwahr der wahre Diabolus, und in diesem Alptraum aus lautem Geschrei und Gezerre und Musik wurde mein Verstand an die Grenzen seiner Kraft getrieben und beinahe von der schrecklichen Macht dieses Kannibalenhäuptlings unterworfen.

Ich weiß nicht, was dann geschehen wäre, nur, daß der Imbe-Jaqqa mich gezwungen hätte, Teresas Fleisch zu essen, um sein wahnwitziges Bedürfnis zu befriedigen, mich zu beherrschen; doch in diesem Augenblick, als sich das Fleisch meinen Lippen näherte, stieß Calandola plötzlich einen Schrei der Überraschung und des Schmerzes aus und ließ mich los. Ich sah, daß Kinguri mit einem Kriegsbeil in der Hand neben ihm stand, mit dem er seinem Bruder eine tiefe Verletzung zugefügt hatte.

So hatte die Rebellion also begonnen, und der Feind hatte den ersten Schlag geführt. Ich erkannte, daß dies alles Kinguris Absicht gewesen war, eine Ablenkung, diese Sache mit dem Fleisch, um Calandola zu erzürnen und zu bewegen, seine Vorsicht abzulegen, damit er ihn töten konnte. Nun strömte Blut über den Rücken des Imbe-Jaqqa hinab, und er wirkte benommen und verblüfft, und Kinguri schickte sich an, ein zweites und letztes Mal zuzuschlagen.

Bei diesem Anblick begannen die Jaqqas unter uns und um uns herum ebenfalls zu schreien und zu springen und aufeinander einzuschlagen; der Aufruhr am Hohetisch schien wie ein Funken zu wirken, der in das trockene Holz des Lagers fiel, nachdem die Männer so viel Wein getrunken und von der langen Verzögerung vor dem Aufbruch in den Krieg so unruhig geworden waren. Und Kinguris Schlag gegen Calandola war, wie ich sah, das Zeichen für den allgemeinen Aufstand, für einen Krieg zwischen den beiden Jaqqa-Parteien, wobei die eine dem König und die andere seinem Bruder treu ergeben war.

Die Leibwächter des Imbe-Jaqqa, die zwar etwas vom Wein benommen, aber nicht völlig betrunken waren, stürmten zu Kinguri und zerrten ihn ein Dutzend Fuß zurück, bevor er ein zweites Mal zuschlagen konnte. Nun versank alles im Wahnsinn. Tausende von betrunkenen Jaqqas tobten und sprangen wie Affen-Geschöpfe umher, wobei sie kaum noch an Menschen erinnerten, sondern eher an haarige Paviane oder wilde Pongos oder Engecos, und zertrümmerten alles, was in ihrem Weg lag, stürzten die Kessel mit kochendem Wasser um, schlugen auf Bäume und auf Vieh und auf einander ein.

Ich sah mich nach einem Fluchtweg um, doch Flucht war unmöglich, denn mich umgab eine Turbulenz von Männern, die nicht mehr bei Sinnen waren, ein Eintopf aus verrückten menschlichen Dreschflegeln, und es war wie der große Mahlstrom oder Wirbel der nördlichen Gewässer, der zu einem so unwiderstehlichen Sog wird, daß er alles verschluckt und es kein Entkommen vor ihm gibt. Überall wurde getötet; und ich sah, wie der blutüberströmte Calandola tobte und brüllte und gegen ein Dutzend Männer gleichzeitig kämpfte.

Dann fand ich mich im allgemeinen Aufruhr Auge in Auge mit Kinguri. Blut floß in Strömen von seinem Schädel und seiner Stirn, und seine Augen waren die eines Wahnsinnigen.

»Du!« rief er. »Die Gefahr, der Fluch unter uns!«

»Laß mich vorbei, Bruder«, sagte ich.

Er schlug mit der Schneide seiner Axt nach mir und legte meine Wange fast bis zum Knochen bloß, wobei er mir die älteren Narben meiner Stammeszier abschnitt. Ich fühlte, wie mein Blut floß, empfand jedoch keinen Schmerz, noch nicht. Er schlug ein zweites Mal zu, doch auch in mir war nun ein großer Irrsinn von jener Art, die einem Mann im Kampf dazu verhilft, über seine Kräfte hinauszuwachsen. Und als sich das Beil senkte, ergriff ich sein Handgelenk und hielt es hoch über mir fest, so daß sich keiner von uns beiden bewegen konnte.

Wir standen vielleicht fünfhundert Jahre da, oder vielleicht fünftausend, erstarrt, völlig unbeweglich, während uns all die betrunkenen Jaqqas umkreisten und nicht wagten, näher zu kommen. Wir waren beide gleich stark, so daß Kinguri seinen starken, langen Arm nicht senken konnte, um mich zu verletzen, und ich konnte diesen Arm nicht zurückstoßen und die Waffe aus dem Griff der Hand lösen. Doch wenn allein der Haß mich hätte versengen können, wäre ich unter seinem Blick zu Asche aufgelodert.

»Du wirst jetzt sterben«, sagte er zu mir, während wir dort standen, »und du wirst dich zu deiner portugiesischen Hure zum Festmahl gesellen!«

»Ah, nay, Bruder, nay, glaube das nicht! Ich werde mich wegen ihres Todes an dir rächen!«

Und mit einer Woge der Kraft, wie sie einen Mann vielleicht ein oder zwei Mal im Leben überkommt, wenn er in höchster Not ist, nahm ich seinen Arm und zwang ihn hinab und verdrehte ihn so, daß er aus dem Gelenk schnappte; denn endlich rangen wir miteinander, doch es war nicht der grazile Tanz des Jaqqa-Ringens, sondern eher ein Ringen um Leben und Tod; und seine Lippen zogen sich zu einem schrecklichen Schrei zurück; das Beil fiel, und ich hob es auf und schickte mich an, ihm das Leben zu nehmen.

Dann senkte sich eine große, sich ausbreitende Dunkelheit über uns, als hätte ein gewaltiger Vogel über uns die Flügel gespreizt und das Funkeln der Sterne verdeckt.

Ich verstand nicht, was da vor sich ging. Doch nach einem Augenblick begriff ich, daß es der gewaltige Calandola war, der sich wie ein Rachedämon über uns auftürmte.

»Er gehört mir«, sagte Calandola und riß mir Kinguris Beil aus der Hand, das Beil, das ihn verwundet hatte; und er hob es so mühelos, als wäre es aus Stroh; und Kinguri kauerte sich zischend nieder und hob zum Schutz die Hände.

»Sklave!« schrie der Imbe-Jaqqa. »Geh! Geh von mir! Geh von dieser Welt!«

Und mit einem fürchterlichen Schlag verstümmelte er seinen niedergekauerten Bruder mit dem Beil, schlug ihm einen Arm ab und schlug dann erneut zu, wobei der zweite Schlag tödlich war und Kinguris Blut aufspritzte und uns beide besprenkelte.

»Nugga-Jaqqa!« rief Calandola. »Schegga-Jaqqa!« Und er spuckte auf die Leiche seines Bruders und trampelte sie in die gerötete Erde.

Dann wandte er sich von ihm ab und musterte mich erneut, und ich hoffe, niemals einen höllischeren Anblick zu sehen. Sein eigenes Blut und das Kinguris hatte seinen Körper von oben bis unten beschmiert, und er leuchtete auch vor Menschenfett, und seine Augen waren die eines Wahnsinnigen, denn er sah, daß in diesem Bruderkrieg, der sich so plötzlich entzündet hatte, sein Königreich unterging.

»Komm, wir müssen sie alle töten!« rief er.

»Töte sie allein«, sagte ich. »Ich will an deinem Krieg nicht mehr teilhaben.«

»Was sagst du da?«

»Ich gehöre nicht länger zu deinem Königreich, Calandola.«

»Ach, ist dem so?« Er trat näher zu mir und sagte mit seiner dumpfen, halb erstickten Stimme: »Du wirst kämpfen, wenn ich es dir sage, Andubatil, und essen, was ich dir zu essen gebe, und du wirst mir in allen Dingen gehorchen. Du bist mein Geschöpf, du bist mein Spielzeug!« Und dann schrie er in einer Sprache auf, die ich nicht kannte, vielleicht in überhaupt keiner Sprache bis auf die des Irrsinns, oder der Sprache der Hölle, irgendein bellendes, heiseres, rauhes Kauderwelsch, die Sprache der Coccodrillos, die Sprache der Traum-Magier. Und er sprang hoch und schlug mit dem Beil zu, doch ich sprang zur Seite und blieb unverletzt, und er sprang erneut hoch, wirbelte herum, hätte mir beinahe den Bart geschoren und schrie erneut in seiner Coccodrillo-Sprache auf.

Ich war sicher, daß ich unter seiner Hand sterben würde, so verrückt war er, doch ich wollte es ihm so schwer wie möglich machen. So jagte er mich über den engen Platz, den wir zur Verfügung hatten, schlug nach mir und verfluchte mich und weinte und stöhnte, während sich das Blut über ihn ergoß und seine Gefolgsleute betrunken untereinander kämpften. Ich sehnte mich nach einer Pistole, die ich ihm ins Gesicht stoßen und mit der ich ihn zur Hölle schicken konnte; doch ich hatte keine, und meine Muskete war in meiner Hütte, und sie wäre auf so enge Distanz sowieso nutzlos gewesen. Ein Schwert hatte ich, und endlich war ich imstande, es zu ziehen, und einen Augenblick lang standen wir uns als Gleichwertige gegenüber. Doch nur einen Augenblick lang, denn als ich ihn mit meiner Klinge angriff, schlug er so heftig mit seiner Axt darauf, daß mein Arm taub wurde, ich die Waffe fallen ließ und nicht mehr wußte, ob ich noch einen Arm hatte oder nicht.

»Jesu empfange mich!« rief ich.

»Inga negga hagga khagga!« rief Calandola, oder ein anderes wildes Kauderwelsch dieser Art.

Und er schickte sich an, mich anzugreifen und mir ein Ende zu machen. Doch in diesem Augenblick erklang ein Donnerschlag, und eine Stichflamme brach hoch, und ein zweiter solcher Donnerschlag und ein dritter. Mitten im Schlag hielt der Imbe-Jaqqa inne und sah sich um.

Eine Kanone!

Aye, von allen Seiten erklangen christliche Waffen! Denn wir waren umzingelt, das Heer der Portugiesen war endlich gekommen und hatte diesen Ort umzingelt, während die Jaqqas sich blind dem Wein hingegeben hatten. Ach, zu spät für Doña Teresa, aber rechtzeitig, rechtzeitig, um mich zu befreien, war die Garnison aus Masanganu eingetroffen und überzog die Menge der Jaqqas mit einem tödlichen Krieg.

Imbe Calandola betrachtete mich im Augenblick des Überfalls überaus melancholisch, genau wie Caesar Brutus betrachtet haben mußte, denn ich glaube, er vermutete, daß ich die Armee hergelockt hatte.

»Ah, Verräter, Verräter«, sagte er mit leiser, trauriger Stimme und streckte den Arm aus, ergriff meine Schulter und hielt sie einen langen Moment fest, wie ein Bruder in einer dunklen Zeit einen Bruder halten mag, so daß ich genau fühlte, wie seine mächtige Seele auf mich einstürmte. Und ich glaubte, er würde mich nun erschlagen, doch er runzelte lediglich die Stirn, bespuckte mich und drehte sich ohne ein weiteres Wort um. Dann rief er nach seinen Unterführern: »Kasanje! Kaimba! Bangala!«

Die Invasion der Portugiesen hatte ihn völlig ernüchtert. Ich glaube, er hätte jetzt gern Kinguri an seiner Seite gehabt und auch Andubatil; doch Kinguri lag verstümmelt im Staub, und Andubatil war nicht mehr Andubatil; er hatte sein Bündnis mit den Jaqqas aufgekündigt und war wieder Andrew Battell aus Leigh in Essex.

Calandola lief wie ein Luzifer, dessen Pläne man durchkreuzt hatte, in die eine Richtung davon und ich in die andere, mit dem Vorhaben, mich in die Dunkelheit des Unterholzes zu schlagen und die Perlenketten und Knochen der Menschenfresser-Nation abzulegen. Lieber nackt sein als ein Jaqqa. Als ich davonlief, sah ich, wie der alte Ntotela und Zimbo zu mir gelaufen kamen, beide verwundet und mehr als nur halb betrunken wirkend. Sie jubelten mir zu und riefen: »Andubatil! Imbe-Jaqqa Andubatil!«

»Ah, nay, ich werde nicht euer König sein«, sagte ich, denn dies war ihre Absicht: mir nun, wo alles andere ins Chaos gestürzt war, die Jaqqa-Krone anzubieten.

»Imbe-Jaqqa!« sagten sie erneut, traurig und verwirrt, doch ich schüttelte den Kopf und lief an ihnen vorbei.

Feuer loderten auf, staubige Rauchwolken erhoben sich. Aus ihren Stellungen um uns herum feuerten die Portugiesen immer und immer wieder, ließen in der Dunkelheit einen Sonnenaufgang explodieren, und die Jaqqas liefen überaus wild durcheinander; ihre Tapferkeit hatte sich wegen des überraschenden Angriffs und des Mangels an Führerschaft völlig verflüchtigt. Sie liefen hierhin und dorthin, eine kopflose Menge. Einige stürzten in das benachbarte Lager des Kafuche Kambara, wo sie wohl niedergemetzelt wurden; andere hielten ihre Stellung und kämpften gegeneinander, während die Portugiesen sie mit ihrer geordneten Schlachtreihe zur Hölle schickten; einige verfielen dem Wahnsinn und schrien und tobten in den Bäumen; und ich weiß nicht, was die anderen taten, nur, daß ein Lager von vielen Tausenden zerstreut und in einer oder zwei Stunden vernichtet wurde.

Dann kam endlich die Dämmerung. Ich stand allein auf einem schrecklichen Schlachtfeld. Überall lagen schwarze Leichen und ein paar weiße in Rüstungen. Die großen Kessel der Menschenfresser waren umgestürzt worden, ihre Banner niedergerissen, ihre Schreine zertrampelt. Nebel trieben über den Boden, und Ströme von Blut flossen wie Wein, und Ströme von Wein neben dem Blut, so daß sie sich zu einem grausamen Gespött des Lieblingsgetränks des Imbe-Jaqqa vermischten.

Von Calandola sah ich nichts. Er war entkommen; er war sicher nicht getötet worden. Ich glaube nicht, daß man ihn töten kann. Er ist eine zu dunkle Macht, steht zu sehr mit seinem Herrn, dem Satan, im Bunde, für dessen Inkarnation ich ihn halte. Ich suchte nach seiner gewaltigen Leiche und fand sie nicht. Es hätte mich sehr überrascht, wäre es anders gewesen.

Und bei Sonnenaufgang fanden mich die Portugiesen. Ich war bis auf einige wenige Fetzen nackt; ich war blutüberströmt und verwundet; und ich schluchzte, nicht vor Trauer oder Furcht, sondern einfach vor Erleichterung, daß diese ewige Nacht vorüber und die Dämonen geflohen waren und ich noch lebte.

Drei Soldaten, die kaum mehr als Knaben waren, kamen auf mich zu und richteten ihre Musketen auf mich, und ich warf die Hände hoch, um ihnen zu zeigen, daß ich ihnen nichts Böses wollte.

»Was ist das?« fragten sie. »Ist das ein Jaqqa oder ein Dämon, oder was?«

»Ein Engländer«, sagte ich in ihrer eigenen portugiesischen Sprache. »Ich bin Andres der Piloto, aus São Paulo de Luanda, in den letzten Jahren Gefangener der Jaqqas, und Ihr habt mich befreit.«

»Geh du zum Gouverneur«, sagte ein Portugiese zu einem anderen, der sofort davoneilte. Und zu mir sagte er, mich mit großen Augen betrachtend: »Ich habe Geschichten von Euch gehört, doch ich hielt sie nur für Fabeln. Was ist mit Euch geschehen, Mann? Seid Ihr verletzt?«

»Ich war in den Klauen des Teufels selbst«, erwiderte ich, »und er hat mich ein wenig gequetscht. Doch ich bin noch heil, glaube ich, und werde wohl noch eine Weile atmen. Jesu Christo, es ist ein Traum gewesen, und kein heiterer, doch nun bin ich wach. Nun bin ich wach!«

Und ich fiel auf die Knie und dankte dem Herrn, der mich behütet und erlöst hatte.

Durch den Wald kamen nun weitere Portugiesen, und angeführt wurden sie von dem Gouverneur Angolas, João Coutinho, von dem Doña Teresa gesprochen hatte. Dieser Mann betrachtete mich lange, ohne wirklich zu glauben, was er sah, als hätte ich einen zweiten Kopf neben dem meinen oder Schwingen und einen Schweif. Und schließlich sagte er: »Dann wart Ihr es, der uns gerufen hat.«

»Aye. Doch ich hatte jede Hoffnung aufgegeben, daß Ihr noch kommen würdet.«

»Wir kamen so schnell wir konnten. Es gab Berichte, daß sich die Jaqqas gesammelt hatten, und so waren wir auf den Angriff vorbereitet und mußten nur noch wissen, wo wir zuschlagen konnten. Wie ist Euer Name, Engländer? Andres, nicht wahr?«

»Andrew, eigentlich. Andrew Battell.«

Er gab mir die Hand und zog mich hoch, befahl, daß man einen Mantel über mich warf, und schickte nach seinem Sanitäter, der meine Verletzungen untersuchen sollte. Dieser João Coutinho war ein Mann von vielleicht vierunddreißig Jahren, sehr schlank und mit einem stattlichen Gesicht, und er hatte eine warme und freundliche Art; ich erkannte an seinen Augen, die die Spiegel seiner Seele waren, daß er mich gut behandeln würde und großes Mitgefühl für meine Pein empfand, so daß ich von ihm vielleicht nicht mehr verraten werden würde.

»Und die Portugiesen, die Eure Mitgefangenen waren?« sagte er.

»Tot. Alle.«

»Doña Teresa? Don Fernão?«

»Tot«, sagte ich. »Tot und verspeist.«

Er wandte den Blick ab und würgte mit tiefem Ekel.

»Das sind Ungeheuer«, sagte er nach einem Augenblick. »Wir werden sie niedermachen, und sie werden alle umkommen. Haben sie Euch sehr gequält?«

»Nay«, gab ich zurück. »Sie haben mich wie einen der Ihren behandelt. Ich glaube, es war wegen meines goldenen Haars, wegen dem ich ihnen wie eine Art Geist erschien.«

»Goldenes Haar?« sagte Don João Coutinho verwundert. »Dann ist es also golden?«

»Ist es das nicht?«

Er legte die Hand auf meinen Kopf, fuhr sanft mit den Fingern durch mein Haar und sagte: »Es ist weiß, Senhor Andrew, es ist völlig und gänzlich weiß.«

Fünftes Buch

Odyssee

1

So endete mein Aufenthalt unter den Jaqqas. Doch es gibt noch mehr zu berichten. Denn ich war noch nicht fertig mit Afrika, noch für eine lange Zeit nicht, und meine Seele wurde noch vielen Versuchungen und Stählungen ausgesetzt, bevor dieses Land mich freigeben sollte. Und ich bin immer noch nicht gänzlich frei. Und ich bin bis zu dieser Stunde dem bösartigen Sog des Imbe-Jaqqa Calandola noch nicht ganz entkommen.

Don João Coutinho wollte nicht, daß ich mit seiner Armee marschierte, sondern erließ den Befehl, daß ich von Dienern vom Schlachtfeld und nach Masanganu getragen werden sollte. Denn man konnte nun keinen Krieg mehr betreiben: Die Jaqqas waren in alle Himmelsrichtungen zerstreut, und das andere Heer, das des Kafuche Kambara, war sehr schnell aufgebrochen und zu seiner Heimat irgendwo südöstlich dieses Ortes zurückgekehrt. Was uns nur zugute kam, denn der einzige Vorteil, den dieser portugiesische Stoßtrupp gehabt hatte, war der der Überraschung gewesen, und dieser war nun erloschen; denn die Portugiesen waren nur etwa vierhundert Mann, obwohl sie in dieser Nacht viele Tausende getötet hatten.

In Masanganu, das mir vorher so verhaßt gewesen war, mir nun aber wie ein liebliches Jerusalem erschien, kam ich schnell wieder zu Kräften. Ich wurde sehr gut von diesem neuen Gouverneur behandelt, der mich als eine Art heiligen Märtyrer betrachtete, ja sogar als einen Pilger, der eine schwere Prüfung durchgemacht hatte und nun mit der freundlichsten Behandlung entschädigt werden mußte.

Während ich also dort in Masanganu lag, erteilte er den Befehl, daß ich den besten Wein und die besten Getränke bekommen sollte; und seine Sanitäter taten, was sie konnten, um meine Wunden zu schließen und sie ohne weitere Verstümmelung meiner Haut abheilen zu lassen. Die natürliche Stärke und Widerstandskraft meines Körpers setzten sich durch, so daß ich nach einer Weile meine Erschöpfung überwunden hatte. Doch nichtsdestotrotz wußte ich, daß ich mich verändert hatte, auf eine Art, von der es keine Genesung gab. Mein Körper trug Narben, sowohl die der Stammeszier als auch die des Krieges und der rauhen Behandlung. Und nun hatte ich das Gesicht eines alten Mannes, was das äußere Zeichen meiner Erfahrungen war, Ausdruck und Symbol der Schrecken, die ich beobachtet und die ich begangen hatte.

In jenen ersten Nächten besuchte mich Doña Teresa oft in meinen Träumen und sagte zu mir: »Weine nicht, Andres, ich bin bei den Heiligen im Himmel.« Was mir nur ein spöttischer Trost war. Meine philosophische Ruhe über ihren Tod hatte mich verlassen. Ich dachte oft an den weisen Marcus Aurelius, doch dessen Lehren erschienen mir nun wertlos, denn sie, die ich sehr lieb gehabt und verloren und unerwartet wiedergewonnen hatte, war nun tot, und ich würde sie nicht noch einmal wiedergewinnen, gleichgültig, wie genau ich dieses feuchte Dschungelland durchsuchte. Und dieser große Verlust brannte immer heißer in mir, je mehr mein erschöpfter Körper seine Gesundheit zurückgewann.

Dann suchte ich Don João Coutinho in seinem Palast im Presidio von Masanganu auf, und er begrüßte mich überaus freundlich, mit einer Umarmung und gutem Wein, und fragte, welchen Dienst er mir erweisen könne.

Woraufhin ich erwiderte: »Nur einen, daß Ihr mich an Bord einer Pinasse nach São Paulo de Luanda setzt und den Befehl gebt, daß man mich freilassen und nach England verschiffen soll, denn ich bin nun alt und würde gern unter meinem eigenen Volk sterben.«

»Warum seid Ihr überhaupt hier?« fragte er.

Ich erzählte ihm alles darüber, die große, verworrene Geschichte, wie ich mit Abraham Cocke in See stach, in Brasilien zurückgelassen und gefangengenommen wurde, als Lotse diente und wieder gefangengesetzt wurde, und so weiter und so fort, den gesamten Verlauf dieser gewundenen Jahre, für den er sich sehr interessierte. Nur bei dem Teil meines Lebens, den ich mit den Jaqqas verbracht hatte, war ich wortkarg und berichtete ihm lediglich, ihr Gefangener gewesen zu sein.

Als ich fertig war, umarmte er mich und sagte: »Ihr werdet Eure Freiheit haben, Senhor Andrew. Doch in den nächsten Monaten wird dieses Land kein Schiff verlassen.«

»Da ich nun weiß, daß ich an Bord des nächsten gehe, kann ich auch noch etwas warten«, sagte ich. »Denn eigentlich bin ich auch noch gar nicht bereit, England wiederzusehen.«

»Ach, ist dem so?«

Dem war in der Tat so, wenngleich ich ihm auch nicht den Grund dafür nennen konnte. Der in Wirklichkeit natürlich jener war, daß noch zu viel von den Jaqqas in mir war; daß mein Verstand und meine Seele von den dunklen Riten dieses Dschungelvolkes, an denen ich teilgenommen hatte, korrumpiert waren; daß ich einige Zeit brauchte, um mich von all dem zu reinigen und eine volle Säuberung durchzumachen, bevor ich mich in das reine, stille Leben in England begeben konnte, von dem ich so lange fortgewesen war, daß ich kaum noch der Meinung war, dorthin zu gehören.

Der Gouverneur gab mir seinen Eid, daß ich nach Hause zurückkehren würde. Und wie Ihr wißt, war dies fürwahr ein Eid, den ich schon oft zuvor gehört hatte. Doch dieser

Coutinho erschien mir aufrichtig. Ich könne nach Hause gehen, wann immer ich wolle, sagte er, und ob ich ihm in der Zwischenzeit noch einen kleinen Dienst erweisen könne?

Ah, dachte ich, das alte Lied wird erneut angestimmt; dies ist das Rad, an das ich auf ewig gefesselt bin. Wenn ich nicht als Lotse für sie dienen sollte, dann als Soldat ihres Heeres oder in einer anderen Funktion, ich, der ich mich doch nur aus den Gefechten zurückziehen und an meinem Seelenheil arbeiten wollte. Und doch war ich ihm für meine Rettung verpflichtet.

Was war dies also für eine Kleinigkeit, die er von mir verlangte? Nun, er wollte in die Provinz Kisama marschieren, alle Rebellen zur Räson bringen, den Jaqqas ein Ende bereiten, wenn er sie nur fand, und ein für alle Mal die Macht des Häuptlings Kafuche Kambara brechen. Nun, und ob ich ihn bei diesem Unternehmen nicht begleiten wolle, da ich diese Menschen ja so gut kannte und ihre Zunge sprach, als wäre ich unter ihnen geboren.

Nun, was konnte ich sagen? Ich war ihm verpflichtet. Also zog ich erneut in den Krieg. Der Gouverneur machte mich zu einem Feldwebel der portugiesischen Streitmacht, und mir unterstanden einhundert Mann. Zuerst marschierten wir nach Muchima, dem Ort, wo ich vor langer Zeit zum ersten Mal dem blutigen Zorn der Jaqqas begegnet war, und im Presidio dort sammelten wir weitere Soldaten; von dort aus ging es dann in südöstliche Richtung zu einem Ort namens Cava und dann nach Malombe, was die Hauptstadt eines großen Fürsten war, der Kafuche Kambara untertan war. Hier verweilten wir vier Tage, und es kamen viele Fürsten und unterwarfen sich uns, so daß unsere Streitmacht mit schwarzen Hilfstruppen gewaltig anschwoll.

Von dort aus marschierten wir nach Agokayongo, wo ich kürzlich solch schreckliche Ereignisse miterlebt hatte. Der

Häuptling dieser Stadt war ein Christ, und wir ließen uns acht Tage dort nieder und empfanden die Stadt als sehr angenehm und voller Vieh und Lebensmitteln. Doch hier überkam mich ein neues Unheil, denn der freigebige Don João Coutinho erkrankte an dem Fieber, das in Masanganu so verbreitet ist und das er, in seinem Körper verborgen, von diesem Ort mitgebracht hatte. Er siechte schnell dahin und tobte ein paar Tage wie von Sinnen, und dann starb er, was für uns alle ein großer Verlust war, und insbesondere für mich.

Als seinen Nachfolger wählte das Heer nun seinen Stellvertreter, dessen Name Manoel Cerveira Pereira lautete. Er war nicht sehr nach meinem Geschmack. Dieser Cerveira Pereira war von kleiner Gestalt und sehr hartfleischig und dunkel, wie manche Portugiesen es sind, als hätte die Sonne alle Gnade und Barmherzigkeit aus seinem Körper gebacken. Er war von ernster Miene und tief religiös, betastete ständig seine Rosenkränze und Kruzifixe und anderen heiligen Gegenstände. Die Jesuiten von Angola schätzten ihn sehr, und er gab ihnen viel Einfluß in der Kolonie, was ihm die Feinschaft vieler Reichen und Mächtigen einbrachte. Mich behandelte er nach außen hin mit Höflichkeit und bestätigte mich in dem Amt des Feldwebels, das Don Jaão Coutinho mir verliehen hatte. Doch weil Cerveira Pereira ein so hingebungsvoller Papist war und ich bloß ein protestantischer Ketzer, sah er mich insgeheim als jemanden an, bei dem ein einmal gegebenes Versprechen nicht bindend war, und täuschte mich leider auf vielerlei Art und Weise.

Doch eins will ich ihm zugute halten: Er war ein ausgezeichneter Soldat. Sobald er dem verstorbenen Gouverneur ein anständiges Begräbnis gegeben hatte, hielt er vor seinem Heer eine Rede und bereitete sich auf den Aufbruch vor. Wir waren achthundert oder noch mehr Portugiesen, und ich weiß nicht wie viele tausend Schwarze: fürwahr ein sehr großes Heer und gut bewaffnet. Wir marschierten nach Osten. Die Jaqqas waren völlig verschwunden und mit dem Land verschmolzen wie die Phantome, die sie vielleicht auch waren, doch das Heer des Kafuche Kambara stand mit über sechzigtausend Mann nicht weit hinter Agokayongo, und wir fielen gewaltig darüber her. Wir errangen den Sieg, richteten ein großes Gemetzel unter ihnen an und nahmen alle Frauen und Kinder des Kafuche Kambara gefangen. Dies trug sich am zehnten Tage des Augusts Anno 1603 zu, und zwar an genau der gleichen Stelle, wo Kafuche Jahre zuvor so viele Portugiesen erschlagen hatte, so daß diese schreckliche Niederlage gerächt war.

Nachdem wir zwei Monate im Land um Agokayongo verweilt hatten, marschierten wir gegen Kambambe, was nur drei Tagesreisen entfernt war, zogen an den Serras da Prata vorbei und setzten über den Fluß Kwanza über. Bei den großen Wasserfällen, die das Heiligtum der Jaqqas waren, fanden wir Spuren, aus denen hervorging, daß sich die Menschenfresser kürzlich dort aufgehalten hatten: Einige Überreste ihrer Feste und gewisse bemalte Stellen auf den Felsen. Doch von den Jaqqas selbst sahen wir nichts; sie waren so schwer faßbar wie Geister. Dies war mir sehr recht, hatte ich doch für ein Leben genug von diesem Volk gesehen und nicht den Wunsch, ihnen noch einmal zu begegnen. Nachts erschien mir Imbe Calandola sehr oft in meinen Träumen, trieb wie ein bösartiges Ungeheuer aus den Tiefen durch die Meere meines Verstandes, lachte, erzeugte reißende Mahlströme und rief: »Andubatil Jaqqa! Kehre zu mir zurück, Andubatil Jaqqa, und laß uns die Welt verschlingen!« Auf solch ein Mahl war mir jedoch der Appetit vergangen.

Schließlich überrannten wir das Land um Kambambe und errichteten direkt am Flußufer ein Fort.

Für mich ergab sich keine Gelegenheit, zur Küste zurückzukehren oder an Bord eines Schiffes nach England zu gehen. Als ich Gouverneur Cerveira Pereira an das Versprechen Don João Coutinhos erinnerte, mich nach einer gewissen Zeit freizugeben, zuckte cr nur die Achseln und sagte: »Ich finde in seinen Journalen nichts von solch einem Versprechen, Don Andres.«

Aye, und was konnte ich darauf sagen?

So wartete ich meine Zeit ab, eine Kunst, in der ich kein geringes Geschick entwickelt hatte. Ich lebte nun abgesondert von den Portugiesen, war freundlich zu ihnen, stand ihnen aber nicht nahe, noch hatten sie den Wunsch, sich mit mir anzufreunden. Ich glaube, sie wußten nicht, was sie von mir halten sollten, und weiß Gott, ich wußte es selbst kaum, so verändert hatte ich mich mit der Zeit und durch die monströsen Ereignisse. Ich hatte solch eine Vielzahl von Ekel und Schrecken gesehen, daß sie einen tiefen Abdruck auf meiner Seele hinterlassen hatten. Wenn ich die Augen schloß, sah ich oft, wie sich die Klinge des Scharfrichters auf Doña Teresa senkte; oder ich stellte mir vor, in Kulachingas schmieriger Umarmung zu liegen, ihr schlüpfriger Körper eng an dem meinen; oder ich saß bei einem schrecklichen Fest zwischen Calandola und Kinguri und erwachte mit dem Geschmack von Menschenfleisch in der Nase und auf der Zunge.

Ich hatte eine überaus befremdliche Reise hinter mir, die mich in die dunkelsten Reiche dieser Welt geführt hatte; und obwohl ich die anderen mit einem Lächeln bedachte, mit einer fröhlichen Begrüßung, einem *»Bom dia!«* für alle und einem freundlichen *»Adeus!«* beim Abschied, war ich doch mitten unter ihnen allein, ein Mann, der Dinge gesehen hatte, die ihn hinter die Schranken eines üblichen Gemeinwesens setzten. Ich kam mir beinahe vor wie ein Wanderer aus einer anderen Welt; der ich fürwahr auch war, auf fünf oder sechs verschiedene Arten.

Wir marschierten zu den Stämmen hinter Kambambe und warfen dort viele Völker nieder. Unter den Unterworfenen war Shillambansa, der Onkel des Königs von Angola, den ich schon einmal vertrieben hatte, als ich noch bei den Jaqqas war. Er hatte seine Stadt mit fast der alten Pracht wieder aufgebaut; und als dieser Häuptling mich erneut in der siegreichen Armee der Portugiesen sah, sah er mich an wie einen Dämon, der sich besonders gegen seine, Shillambansas, Geschicke gewandt hatte, zischte mir ein *»Mokisso!«* zu, und ein »Weißer Jaqqa!«, und wandte sich mit großem Schrecken ab. Nun, ich nehme an, er hatte keinen Grund, mich zu lieben, hatte ich doch zwei völlige Verheerungen über ihn gebracht und war meine Gestalt nun wirklich erschreckend anzusehen; mit meinen Narben, dem langen, verfilzten Haar, dem goldenen Bart und den blauen Augen mußte ich ihm wie der leibhaftige Teufel vorkommen.

Cerveira Pereira ließ in Kamkamba ein Presidio errichten, und erneut schickten sich die Portugiesen an, sich auf die Suche nach den Silberminen zu begeben, doch ich glaube, sie fanden nur wenig Silber oder überhaupt keins. Dieser neue, eifrige Gouverneur, der keine königliche Vollmacht von seinem Herrscher hatte, war sehr grausam zu seinen Soldaten, so daß ihn mit der Zeit all seine Freiwilligen im Stich ließen; und das bedeutete, daß er nicht weitermarschieren konnte. So blieben wir Monat um Monat in Kambambe.

Dann kamen zwei Jesuiten zu uns, die den Kwanza hinaufgefahren waren, um dem Gouverneur gewisse Nachrichten zu überbringen; als sie ihn in Masanganu nicht angetroffen hatten, waren sie hierher weitergefahren. Diese beiden beratschlagten sehr lange mit Cerveira Pereira, und zwei Tage darauf kamen Boten und sagten, Cerveira Pereira wünsche mit mir zu sprechen.

Ich ging zu ihm, und er erklärte ohne irgendeine freundliche Konversation zuvor: »Eure Königin Elisabeth ist tot.«

»Nay, das kann nicht sein!« rief ich und nahm die Nachricht auf wie einen heftigen Schlag gegen meinen Hals.

»Die Jesuitenpater haben mir die Nachricht gebracht. Sie sagen, sie sei schon lange tot, im April 1603 gestorben.«

»Wer ist dann König in meinem Land?«

»James von Schottland, der Sohn der Schottischen Königin.«

»Aye, ich nahm an, daß er es sein würde«, sagte ich. »Denn sie starb als Jungfrau, unsere Elisabeth, und der Schottische König ist von königlichem Blut.« Und ich versuchte, inbrünstig zu denken: *König James, König James,* versuche, den Hall dieser Worte in meinem Kopf richtig klingen zu lassen, denn im Augenblick klangen sie völlig falsch. *König James.* Nie zuvor hatte es einen König James von England gegeben, meist nur einen Heinrich, Wilhelm, Eduard und Richard, und einen vereinzelten Johannes und Stephan, so daß James ein seltsamer Name auf dem Thron war. Und überdies hatte es zu meinen Lebzeiten überhaupt keinen König von England gegeben, sondern nur die Königin, nämlich Elisabeth, und vor ihr Königin Maria Tudor, die blutige, so daß ich mich in meinen Gedanken an die Herrschaft von Frauen gewöhnt hatte. König James? Aye, also dann König James, König James, König James. Ich würde versuchen, die Musik dieses Namens auswendig zu lernen, wenngleich sie mir jetzt wie ein Mißklang erschien. *König James.* Von diesem Mann wußte ich wenig oder nichts, abgesehen davon, daß er ein Schotte war und es hieß, er sei nicht schön anzuschauen, und daß er ein Protestant war, obwohl seine Mutter Katholikin gewesen war. Ein wirklicher Protestant sicher, denn sonst hätte Elisabeth ihm nicht die Krone hinterlassen.

»Es gibt noch mehr Neuigkeiten, Don Andres«, sagte Cerveira Pereira. »Der Krieg zwischen Spanien und England hat auf Befehl von König James und König Philip ein Ende gefunden, und so gibt es auch Frieden zwischen Portugal und England, der im letzten August proklamiert wurde.«

»Gott sei gepriesen! Dann bin ich in diesem Land niemandes Feind mehr!«

»So ist es der Fall«, sagte er.

»Ich wende mich mit einer Bitte an Euch, Don Manoel, nämlich, mir die Erlaubnis zu geben, in mein Heimatland zurückzukehren, da ich nicht länger mehr Gefangener des Reiches bin, sondern nur noch ein Reisender hier.«

Er betrachtete mich lange aus seinen harten und glänzenden dunklen Augen, und ich kam mir vor wie ein Fisch am Haken, der in der Luft baumelt, während der Angler überlegt, ob er ihn in die Freiheit des Wassers zurückwerfen soll.

»Ihr könnt in den Archiven in São Paulo de Luanda nachschlagen«, sagte ich in sein Schweigen hinein, »in den Aufzeichnungen aus Gouverneur Serrãos Zeit, die erklären, wie ich aus Brasilien hierher gebracht wurde, nachdem man mich auf meiner Freibeuterfahrt gefangengenommen hat, und . . .«

»Das weiß ich alles«, erwiderte er. »Und Ihr habt uns sehr tapfer gedient, Don Andres.«

»Sicher hat dieser Dienst nun ein Ende gefunden.«

»Ich glaube schon«, sagte er.

»Dann darf ich gehen?«

»Aye«, sagte er. »Reicht mir eine schriftliche Petition ein, und ich werde Euch die Erlaubnis geben, und Ihr könnt nach Hause zurückkehren.«

Solch einfache und leichte Worte! Solch eine Beiläufigkeit, die von seinen Lippen fiel! Ich würde England wiedersehen!

Ich würde in König James' Land zurückkehren, denn Gouverneur Cerveira Pereira hatte mir die Erlaubnis gegeben!

Aye, aber nicht so schnell, denn nichts geht leicht oder schnell, wenn man es mit den Portugiesen zu tun hat. Ich machte an diesem Nachmittag meine schriftliche Eingabe bei Don Manoel Cerveira Pereira, und dann schickte ich mich an, Gott für meine Erlösung zu danken und um Frieden für Ihre Protestantische Majestät Elisabeth, Gott habe sie selig, zu bitten, und auch meiner Hoffnung Ausdruck zu verleihen, daß Gott es mit dem neuen König und Herrn James I. gut meinte, der schon fast zwei Jahre mein Monarch war, ohne daß ich es wußte. Doch noch immer war ich in Kambamba, viele Meilen von der Küste entfernt. Und Cerveira Pereira erwies mir auch nicht die Gunst einer schriftlichen Beantwortung meiner Eingabe, obwohl er mir dies mündlich versprochen hatte.

Bald darauf war es für den Gouverneur an der Zeit, in seine Hauptstadt zurückzukehren, und ich brach mit ihm und seinem Gefolge nach São Paulo de Luanda auf. Ich erkannte diese Stadt kaum wieder, so groß war sie geworden, mit majestätischen neuen Gebäuden, die sich nun auf dem Hügel und den flachen Stadtteilen erhoben; im Vergleich zu ihnen wirkten die alten Paläste und die Kathedrale in ihrer Mitte geradezu winzig. Sklavenhandel war die Haupteinnahmequelle der Stadt geworden und sah dem großen Lager São Tomé nicht unähnlich: Überall befanden sich große Käfige, in denen die traurige menschliche Handelsware eingepfercht war.

Es war seltsam, wieder in der Zivilisation zu sein, in einem richtigen Bett zu schlafen, portugiesische Speisen zu essen, Rotwein zu trinken und saubere Kleidung zu tragen. Ich verspürte noch immer den Sog der Jaqqas, die magnetische Kraft des Dschungels. Ich gehörte zum Teil noch immer zu ihrem Volk, obwohl ich mich nun seit einigen Jahren nicht mehr unter ihnen befand; ich glaube, ich werde immer zum Teil ein Jaqqa sein, denn in meinen Adern fließt unauslöschlich Jaqqa-Blut.

In den wenigen Jahren, die ich aus São Paulo de Luanda fort gewesen war, war ich zu einem völlig Fremden geworden, der keine Verbindungen mehr zu diesem Ort hatte. Ich sah mich eifrig um, und nichts war mir vertraut. Die Männer, die ich in den alten Tagen gekannt hatte, waren gestorben oder fortgezogen, und selbst die Straßen, die ich gekannt hatte, waren von den neuen verschlungen worden. Ich konnte auch Matamba nicht finden und auch niemanden, der von ihr wußte. Die Namen Don João de Mendoça und Fernão da Souza und seiner Frau Doña Teresa schienen in dieser größeren, lauteren Stadt in Vergessenheit geraten zu sein. Und was Andrew Battell betraf, nun, so war auch er vergessen. Ich bekam keine besondere Aufmerksamkeit, nicht einmal wegen meiner Hautfarbe, denn mein Haar war nicht mehr golden noch war goldenes Haar hier eine Rarität, denn die Stadt war voller Holländer – und einige Franzosen –, die am Sklavenhandel teilnahmen.

Aye, und bestieg ich das erste Schiff nach Europa, da ich nun die Erlaubnis zum Aufbruch hatte? Sicher habe ich das getan, werdet Ihr sagen.

Doch ich tat es nicht. Denn man würde mich nicht aus reiner Höflichkeit nach Hause mitnehmen; ich mußte mir meine Passage kaufen, und zwar zu einem recht hohen Preis. Und zu denen, die mich vergessen hatten, gehörten auch jene Bankiers, denen ich meinen Reichtum anvertraut hatte. Bevor ich Mofarigosat in die Hände gespielt worden war, hatte ich im Kontor von São Paulo de Luanda die Erträge meiner sämtlichen Handelsreisen nach Benguela hinterlegt, und dies war keine kleine Summe. Doch als ich, der Meinung, sie sei zu einem staatlichen Stapel gewachsen, danach verlangte, ließen sie mich lange Zeit in dem samtbeschlagenen Kassenraum stehen, und als sie zu mir zurückkamen, täuschten sie vor, sie wüßten nicht, weshalb ich gekommen sei, und ließen mich erneut stehen, und so weiter, bevor sie schließlich abstritten, von irgendeinem Guthaben meinerseits bei ihnen zu wissen. Hatte ich irgendeine Einzahlungsbescheinigung?

Was konnte ich sagen, der ich nackt durch die Wildnis gestreift war, Perlenketten und Farbe getragen und keine Börse gehabt hatte, in der ich meine Dokumente aufbewahren konnte? »Ihr seht doch«, sagte ich, »daß ich Andrew Battell bin, oder vielleicht habt ihr mich auch als Andres geführt, der als Lotse unter Don João de Mendoça gedient hat . . .«

Doch sie kannten keinen Don João, und sie kannten auch mich nicht, und sie hatten auch mein Geld nicht und auch keine Unterlagen darüber.

Ich ging zum Gouverneur, um mich zu beschweren, doch er wollte mich nicht empfangen, und sein Sekretär sagte mir geradeheraus, das Kontor sei als ehrbar bekannt. Ich hatte keine weiteren Ansprüche. Diese Spanier, die die Bank hielten, waren verschlagene Hunde, und ich war ein Engländer, der in diesem Land keine Rechte hatte. Sie hatten mich all meines Wohlstands beraubt, und damit war die Sache erledigt. Wenn ich nach England zurückgekehrt war, so ein Beamter, konnte ich ja einen Gerichtsbeschluß gegen das Kontor erzwingen. Doch ohne dieses Geld war ich nicht in der Lage, nach England zurückzukehren.

Wie also sollte ich für meine Passage bezahlen? Meine Narben versetzen? Ich hatte keine Freunde in dieser Stadt, und von den Geldverleihern wollte sich keiner mit mir abgeben; kurzum, ich war ein so hilfloser Bettler, wie ich es an dem Tag gewesen war, da man Thomas Torner und mich in Ketten in unseren Kerker geworfen hatte.

Doch bei diesem Stand der Dinge kam mir ein guter Portugiese zu Hilfe, und zwar ein gewisser Händler namens Nicolau Cabral, der jüngere Bruder des Pinto Cabral, der auf meinen Reisen mit mir gesegelt war, als ich Lotse gewesen war. Dieser jüngere Cabral, der mich von den Erzählungen seines Bruders her kannte, suchte mich auf und sagte: »Ich beabsichtige, eine Handelsreise in das Königreich Kongo zu machen, wo meines Erachtens sehr viel Profit zu holen ist. Und mein Bruder sagt, daß Ihr ein beherzter Mann seid, in vielen Sprachen beschlagen und mit großem Wissen über die Völker dieses Landes, und so möchte ich Euch bei diesem Unternehmen als meinen Partner haben.«

Ich umarmte diesen Cabral überaus herzlich und sagte ihm, er sei meine Erlösung, denn ich stünde ohne einen Heller da und suchte eine Möglichkeit, mir die Passage in meine Heimat zu verdienen und genug Geld, um auf meine alten Tage bestehen zu können, falls ich England je erreichen sollte. Und so wurde vereinbart, daß ich ihn führen und vor Schaden bewahren und dafür einen Anteil der Profite der Reise bekommen würde, auch, wenn ich kein eigenes Kapital dafür aufbringen konnte. Überdies wolle er mir schwören, sagte er, auch wenn wir mit unserem Handel keinen Gewinn erzielen würden, mir genug Geld für meine Passage zu zahlen. Dieses Angebot bereitete mir große Freude, wenngleich ich auch sagte: »Ich glaube, es wird nicht nötig sein, Euch diese Bedingungen abzuverlangen, denn wir werden mit zahlreichen Schätzen beladen heimkommen.«

2

Auf diese Weise fand ich, der ich geglaubt hatte, zu dieser Zeit schon längst auf der Heimreise zu sein, mich erneut als Wanderer in den Wäldern und Einöden Afrikas wieder.

Doch es war keine lästige Plage. Welche Rolle spielt eine weitere kleine Verzögerung, wenn einer, wie es bei mir der Fall war, der Heimat seit über fünfzehn Jahren fern gewesen war? Ich konnte doch nicht als Bettler zurückkehren. Überdies gestehe ich Euch auch, daß ich Angst hatte, nach England zurückzukehren, obwohl dies so lange mein Traum gewesen war, denn ich hatte die Befürchtung, daß die vielen Veränderungen, die in diesem Land vonstatten gegangen waren, mich vollends verwirren würden. Und überdies hielt mich das Wissen von meinem großen Ziel ab, daß noch zu viel Afrika in mir war, ich mich noch nicht im Einklang mit dem Geist meines Heimatlandes befand und noch immer versuchen mußte, Calandola hinter mir zu lassen; denn der Geschmack des verbotenen Fleisches stieg mir manchmal noch auf die Zunge.

Wir brachen in die Provinz Mbamba auf, Nicolau Cabral und ich, die nördlich von Angola liegt, und ließen Städte namens Musulu und Lembo und Nkondo hinter uns. Dies waren christliche Orte, die schon seit langem unter dem Einfluß Portugals standen. Doch wurde hier ein sehr seltsames Christentum praktiziert, das mir höchst abstoßend vorkam.

Dies geschah, glaube ich, in der Stadt namens Musulu. Eines Abends hörte ich eine Stunde nach Sonnenuntergang, wie eine Vielzahl von Menschen sangen, doch auf solch gequälte Art und Weise, daß es mir Schrecken bereitete. Ich befragte meine Diener, was dies zu bedeuten habe, und sie antworteten, es sei das Stadtvolk, das sich in der Kirche geißeln wolle, weil es ein Freitag im März sei. Ich ging zu der Kirche, um dies selbst zu sehen, und fand dort einen römischen Priester, der zwei Kerzen angezündet hatte und die Glocke läutete.

Die Schwarzmohren verharrten vor der Kirche auf den Knien und sangen in ihrer Sprache mit einer sehr klagenden Melodie das *Salve Regina;* dann betraten sie die Kirche, und der Priester besprenkelte sie alle mit Weihwasser. Er bot dies auch mir an, doch ich hielt mich vom Weihwasserbecken fern. Die Gläubigen waren etwa zweihundert, die zur größeren Buße alle mächtige Holzscheite von beträchtlichem Gewicht trugen. Der Priester sprach ein paar Worte zu ihnen, etwa: »Wenn wir nicht in dieser Welt Buße tun, werden wir sie in der nächsten über uns ergehen lassen müssen«, und dann sah er wieder zu mir, hielt mich wohl für einen guten Baptisten und erwartete, daß ich niederkniete. Ich tat dies nicht, sondern sah nur weiterhin zu und sagte mir, daß ich, obwohl ich für meine Sünden nicht genug Buße tun konnte, dies nicht unter den Auspizien Roms tun würde.

Die Schwarzmohren knieten alle nieder und geißelten sich, nehme ich an, wohl eine ganze Stunde lang, mit langen Lederriemen und Schnüren aus Baumrinden. Mehrmals lud mich der Priester mit Gesten ein, daran teilzunehmen. Doch welchen Wert hätte es schon, meinen Körper zu geißeln, um meine Seele zu reinigen? Es war das Gebet, das ich brauchte, und die göttliche Gnade, doch keine Peitschenschläge. So wurde ich der Zeremonie bald überdrüssig und ging hinaus, um festzustellen, daß Nicolau Cabral nach mir suchte.

»Was«, sagte er, »bist du jetzt ein Katholik, Andres?«

»Noch nicht ganz«, sagte ich. »Doch ich wurde Zeuge eines überaus freudlosen Ritus.« Und ich nahm ihn mit hinein und zeigte ihm, wie die Schwarzmohren sich noch immer geißelten. Und der Priester trieb sie an, sagte, daß sie Sünden gegen die Größe Gottes begangen hätten, der dem, der Buße tue, gnädig sei, aber überaus hart zu dem, der nicht büße.

Cabral zog mich am Arm und führte mich hinaus, wobei er sagte, es betrübe ihn, so etwas sehen zu müssen; denn obwohl er von katholischem Glauben war, hatte er kein Verständnis für diese Züchtigungen; und ich glaube, inbrünstig war er der Meinung, es sei besser gewesen, diese Völker in ihrem Heidentum zu belassen, als ihnen solch einen bitteren Geschmack von der Liebe unseres Erlösers zu geben.

Doch bevor wir diesen Ort verließen, stellten wir den wahren Grund für dieses grausame Geißeln fest, der darin zu suchen war, daß das Stadtvolk erfahren hatte, daß die Jaqqas die Grenze bedrohten, und indem sie sich züchtigten, hofften sie irgendwie, Gottes Gunst gegen die Menschenfresser zu gewinnen. Als das Wort »Jaqqa« fiel, atmete ich tief ein und biß mir auf die Lippen, denn ich war tief betroffen.

»Und sind sie weit von hier?« fragte ich.

»Das weiß niemand«, erwiderte der, mit dem ich sprach, ein Bakongo-Mann namens Nsaku, der ins Landesinnere gereist war. »Sie huschen wie Geister von einem Ort zum anderen, wie es bei ihnen immer der Fall ist.«

»Ist Imbe Calandola noch ihr König?« fragte ich.

»Ihr König soll ein schreckliches Ungeheuer sein, das zum Mittagessen Kinder frißt«, sagte Nsaku, »doch seinen Namen kenne ich nicht. Ich weiß nur, daß wir Gottes Gnade gegen diese Geschöpfe erflehen müssen, oder sie werden uns vernichten.«

»Es heißt, Ihr hättet eine Zeitlang unter ihnen gelebt, Andres«, sagte Cabral zu mir.

»Aye«, sagte ich. »Das habe ich, bevor sie unter Don João Coutinho besiegt wurden.«

»Und war es eine schreckliche Folter, ihr Gefangener zu sein?«

»Aye. Es war so schmerzlich, daß ich nicht darüber sprechen möchte.«

»Das kann ich verstehen, mein Freund. Die Spuren des Leidens stehen in Eurem Gesicht geschrieben.« Und er bedachte mich mit einem freundlichen Lächeln, und wir gaben Nsaku etwas Muschelgeld für seine Informationen und schickten uns an, diesen Ort zu verlassen.

Als wir tiefer in den dunklen Urwald eindrangen, spürte ich, daß sich die große Furcht wie ein fühlbares Gewicht auf mich legte, wir könnten in dieser tiefen Wildnis einem Jaqqa-Trupp begegnen. Nicht, daß ich fürchtete, unter ihren Händen zu sterben; ich glaube, ich empfand schon lange keine Furcht mehr vor dem Tod, nay, in Wirklichkeit fürchtete ich, daß ich sie überraschen könnte, wie sie auf irgendeiner Lichtung lagerten, mit ihren Kesseln und ihrer Musik, und daß ich mir die portugiesischen Kleider vom Leib reißen und mich vor Imbe Calandola auf den Boden werfen könnte, um seine Vergebung zu erbitten, und daß er mich wieder in sein Volk aufnähme.

Klingt dies in Euern Ohren wie Wahnsinn? Aye, so erklingt es auch mir. Doch es war ein sehr plausibler Wahnsinn, denn Calandola war wirklich für mich, und England in diesem Augenblick nur ein Phantom, und einen Großteil der Zeit über lag mein Verstand in einem trüben Grenzland zwischen dem Wirklichen und dem Unwirklichen. Ich hatte die Lebensweise der Jaqqas zuerst nur angenommen, weil sie mich vielleicht der Küste und der Hoffnung auf meine Heimat näherbringen könnten; doch auf irgendeine Art war während meiner Reisen mit ihnen ihre Infektion in meinen Körper eingedrungen, und sie tobte noch immer in einer fernen Ecke meines Seins. Ich dachte, ich hätte endgültig mit den Jaqqas gebrochen, als ich Kulachinga zu Don João Coutinho schickte, um Calandola zu verraten; ich dachte, diese Tat markiere ein für alle Mal meine Ergebenheit an die christliche Zivilisation; und doch stand ich hier im Urwald des Kongos und erzitterte, denn sollte ich sie dort in jenem Ollicondi-Hain finden, würde ich eine neue Allianz mit ihrem Herrn der Finsternis eingehen.

Doch, Gott sei gedankt, wir begegneten keinen Jaqqas und erreichten ungehindert die bedeutendste Provinz des Königreichs Kongo.

Dies war nun der Ort, wo die Portugiesen zum ersten Mal auf dieser Seite Afrikas Wurzeln geschlagen und sich in ein Königreich eingeschmuggelt hatten, das schon reich und durchaus zivilisiert gewesen war. Es gab hier schon seit langer Zeit schwarze Könige. Als die Portugiesen kamen, vor hundert Jahren oder noch früher, hatten sie dieses Volk dazu verleitet, den papistischen Glauben anzunehmen und Verbündete Portugals zu werden, was mit der Zeit jedoch nur bedeutete, daß Portugal sie verschluckte. Christen wurden sie, mit christlichen Bräuchen und Kleidern und Namen, und sie brüsteten sich ständig damit, diese neuen Bräuche hätten ihnen große Vorteile gebracht, während die Portugiesen in aller Stille durch Schmeichelei und Betrug den Wohlstand aus ihrem Land sogen. Ich fürchte, dies ist die alte Geschichte, die sich wiederholen wird, wo auch immer die Tücke Europas der Unschuld des Paradieses begegnet.

Die Hauptstadt dieses Königreichs trug den Namen Mbanza, was in ihrer Sprache nur »Die Stadt« oder »Der königliche Hof« bedeutet, und als sich die Portugiesen hier niederließen, nannten sie sie São Salvador de Mbanza, was nun ihr offizieller Name ist. Obwohl sie wegen der Jaqqa-Invasion vor dreißig Jahren und anderer Kalamitäten ihre größte Zeit schon hinter sich hatte, bot sie uns noch immer einen großen Anblick, als wir uns ihr näherten, waren wir doch durch dichten Urwald, vorbei an Marschen und Sümpfen, über Schluchten und Flüsse zu dem Hochland marschiert, auf dem die Stadt etwa einhundertundfünfzig Meilen vom Meer entfernt liegt.

Sie sitzt auf einem großen und hohen Berg, den die Portugiesen Outeiro nennen und der fast gänzlich aus Fels besteht, wenngleich er auch eine Eisenader aufweist, von der die Einheimischen bei ihrem Hausbau großen Nutzen ziehen. Dieser Berg hat auf seiner Spitze eine große und sehr fruchtbare Ebene, auf der in einem Umkreis von etwa zehn Meilen viele Häuser und Dörfer stehen, in denen fast einhunderttausend Menschen hausen und wohnen. Das Erdreich ist fruchtbar und die Luft frisch und rein; es gibt viele Quellen mit gutem Wasser und einen Überfluß an allen Arten von Vieh.

Diese Stadt São Salvador hat bis auf ein kleines Stück im Süden weder eine Einfriedigung noch eine Mauer; diesen Stadtteil ließ der erste König errichten und übergab ihn später den Portugiesen als Residenz. Ansonsten sind nur der königliche Palast und die Häuser der Adligen von Mauern umgeben. Zwischen dem portugiesischen Stadtteil und dem königlichen Palast befindet sich ein großer Platz, auf dem eine Kirche erbaut wurde; dahinter liegt ein schöner Marktplatz. Die Mauern der portugiesischen Stadt und der des Königs sind sehr dick, doch die Tore werden des Nachts nicht geschlossen und auch nicht durch Wächter gesichert. Die Gebäude der hohen Männer bestehen aus Kreidefels und Stein, doch die anderen aus sehr eng geflochtenem Stroh: Die einzelnen Räume, Speisezimmer, Galerien und so weiter sind nach europäischem Brauch mit sehr kunstvollen Matten behangen. In den Innenhöfen liegen Gärten, in denen eine Vielzahl von Kräutern wächst und verschiedene Baumsorten angepflanzt wurden. Es gibt zehn oder elf Kirchen zu Ehren der unterschiedlichsten Heiligen und eine Jesuitenschule und Schulen, in denen die Knaben unterrichtet und in der lateinischen und portugiesischen Sprache unterwiesen werden.

Wir suchten zuerst den Hof des Königs auf. Der Name dieses Monarchen lautete Don Alvaro II., obwohl er eigentlich Mepanzu a Mini hieß, doch es war eine Beleidigung, ihn so zu nennen, da dies kein christlicher Name war. Er war schon seit über dreißig Jahren König und galt als eifriger Christ, wenngleich es hieß, daß er die Portugiesen nicht besonders leiden mochte.

Cabral erzählte mir, in letzter Zeit habe er seine Gunst den Holländern geschenkt, von denen sich nun viele im Kongo aufhielten; und ich wußte bereits, daß dieser König sich während der Kriege mehrfach mit dem König von Angola und anderen Feinden der Portugiesen verbündet hatte.

Und doch empfing er uns durchaus freundlich und mit großem Pomp. Als wir uns ihm inmitten eines großen Lärms von Trompeten, Flöten, Trommeln und Hörnern näherten, fanden wir ihn angetan mit einem scharlachroten Mantel und Goldknöpfen und weißen Schnürstiefeln über blaßrosa Seidenstrümpfen. Cabral flüsterte mir zu, er trage jeden Tag andere Kleidung, was ich bei einem Land, in dem schöne Stoffe und gute Schneider selten sind, kaum glauben mochte. Vor ihm schritten vierundzwanzig junge Schwarze, alles Söhne von Herzögen oder Marquis dieses Königreichs, die um die Hüften Tücher aus schwarz gefärbten Palmstoffen trugen und um die Schultern Umhänge aus europäischen Stoffen, die bis zum Boden fielen; aber ansonsten waren sie nackt und barfüßig.

Neben Seiner Majestät stand ein Beamter, der dessen seidenen Sonnenfächer trug, einen feuerfarbenen, goldgeränderten Schirm, und ein zweiter, der einen mit blaßrosa Samt überzogenen und goldenen Nägeln beschlagenen Stuhl trug, dessen Holz völlig vergoldet war. Zwei andere, mit roten Umhängen bekleidet, trugen die rote Hängematte des Königs, doch ich weiß nicht, ob sie aus Seide oder gefärbter Baumwolle bestand. Wir verbeugten uns und grüßten Seine Majestät, die sich in verblüffend gutem Portugiesisch an uns wandte und mich fragte, ob ich ein Holländer sei.

Ich entgegnete, ich sei Engländer, und er fand dies einer Bemerkung wert und sagte: »Es war noch nie ein Engländer an diesem Hof. Kommt näher und laßt mich Euch genauer betrachten.«

Was ich tat, woraufhin er die Jaqqa-Narben auf meinem Gesicht erspähte und fragte: »Was sind das für Narben, und wie habt Ihr sie Euch zugezogen?«

»Sie wurden mir von den Menschenfressern beigebracht, als ich ihr Gefangener war.«

Daraufhin bekreuzigte er sich und erzählte mir, wie die Jaqqas in diese Stadt gekommen waren, als er noch ein Kind gewesen war, und Tausende dahingemetzelt und seinen Vater gezwungen hatten, auf der Hippopotamus-Insel im Fluß Zaire Zuflucht zu suchen. All dies wußte ich schon, doch ich lauschte überaus aufmerksam. Dann fragte er mich, ob ich während meines Aufenthalts unter diesem Volk mit eigenen Augen den große Jaqqa Imbe Calandola gesehen habe.

»Das habe ich«, sagte ich, »und er ist ein überaus fürchterliches Geschöpf.«

»Dann gibt es ihn wirklich, und er ist nicht nur eine Märchenfigur, mit denen man Knaben erschrickt?«

»Bei meinem Glauben, er ist so wirklich wie Eure Majestät!«

»Und er ist ein Ungeheuer?«

»Er ist überaus fürchterlich«, sagte ich erneut, aber nichts weiter, da ich nicht wünschte, von den Festen und den anderen geheimen Dingen zu sprechen, an denen ich mit dem Fürsten Imbe-Jaqqa teilgenommen hatte.

König Alvaro schloß die Augen und schien nachzudenken, und nach einer Weile sagte er: »Es ist vom Schicksal verfügt, daß die Jaqqas die Welt verschlingen und uns alle vor das Jüngste Gericht bringen werden, doch dann werden sich die Christen endlich erheben und sie niederwerfen. Ich hoffe, daß dieser Krieg noch lange auf sich warten läßt.«

»Auch ich hoffe dies, Eure Majestät«, erwiderte ich und dachte bei mir, daß dies eine sehr seltsame Art des Christentums war, bei der der sanfte Erlöser mit dem Imbe-Jaqqa kämpfte, wenn erst das Ende der Welt gekommen war. Doch ich behielt es für mich. Ich glaube, diese Leute sind wirklich gute Christen, die ihren Priestern gehorchen, zur Messe gehen und so weiter, doch im stillen argwöhne ich, daß sie ihren Katechismus mit sehr viel verkrustetem heidnischen Glauben vermischt haben, was die Männer des Vatikans sehr überraschen würde, wüßten sie nur davon. Doch es ging mich nichts an, ob diese guten schwarzen Katholiken ein paar *Mokissos* in ihr Glaubensbekenntnis gerührt und aus Calandola einen Antichristen gemacht hatten. Denn ein jeder Glaube ist ein wahrer Glaube, und wenn der Imbe-Jaqqa nicht der Erzfeind ist, so kommt er ihm zumindest doch sehr nahe.

Als wir ihm unsere Ehrerbietung erwiesen hatten und mit anderen Mitgliedern des Hofes sowie gewissen Söhnen des Königs bekannt gemacht worden waren, sowohl wirklichen wie auch Bastarden (so stellte man sie uns vor), konnten wir unserem Handel nachgeben. Cabral hatte alle möglichen nützlichen Waren in dieses Land mitgebracht, etwa Nachtgeschirre, Rasierschüsseln, Eisenkessel, Decken aus flandrischem, portugiesischem und französischem Leinen, gestärkte Mützen und vieles andere, das wir auf den Marktplatz mitnahmen. Hier fanden wir schönes Messinggeschirr und Töpfer waren, hervorragend gewebte Matten, Elephantozähne, Felle von Leoparden und anderen stattlichen Tieren, geschnitzte Stäbe mit wunderschönen Mustern und andere solche Produkte des Landes, die wir zu den günstigsten Austauschraten kaufen konnten, so begierig war das Volk des Kongos auf unsere Waren. Sie stürzten sich geradezu auf alles, was in Europa hergestellt worden war, so bescheiden es auch sein mochte.

Ich erwarb mir zwei junge Negerknaben als Diener, die mir zu einem guten Preis angeboten wurden; ich brauchte ihre Hilfe, um mein Gepäck zu tragen.

Nun hatten wir genug Profit gemacht, daß ich an Bord eines Schiffes nach Spanien gehen konnte, doch ich war noch nicht bereit, mit dem Handeln aufzuhören, noch war es Nicolau Cabral.

Wir drangen tiefer in den Kongo ein, gingen nach Ngongo und nach Bata, wo große heidnische Idole errichtet waren. Nachdem wir dort den Großteil unserer Waren verkauft hatten, kehrten wir an die Zairemündung zurück. Dort wartete eine Pinasse auf Cabral, die unsere Güter nach Süden bringen würde, aber auch ein anderes, holländisches Schiff, das nordwärts segeln wollte, und ich schlug vor, sie ein Stück zu begleiten, und ließ unsere Ware bei Cabral zurück. Dies zeigt Euch, welch großes Vertrauen ich in diesen Mann hatte, daß er mich nicht um meinen Anteil betrügen würde; und einmal war dieses Vertrauen durchaus gerechtfertigt. Wir verabschiedeten uns überaus freundlich, und ich fuhr ein paar Tage mit den Holländern die Küste hinauf.

Ich verweilte kurz in der Provinz Mayombe, die nur aus Wäldern und Hainen besteht und so dicht bewachsen ist, daß man zwanzig Tage im Schatten reisen kann, ohne die Sonne zu sehen oder unter Hitze zu leiden. Hier gab es sehr viele Elephantos, deren Fleisch die Eingeborenen hoch schätzten, und viele andere wilde Tiere; und auch sehr viele Fische. In den Wäldern gab es so viele verschiedene Affen, Papageien und anderes Getier, daß man Angst haben mußte, allein zu reisen. Doch die Jaqqas sind in diesem Land nicht gefürchtet, ja kaum bekannt außer als ferne Bedrohung.

Hier gibt es auch zwei Arten von Ungetümen, von denen ich einst von meinem Freund seligen Angedenkens Barbosa gehört hatte, nämlich Affen, den Pongo* und den Engeco**. Der Pongo entspricht in allen Proportionen dem Menschen, ist aber von der Statur her eher ein Riese denn ein Mensch; denn er ist sehr groß und hat das Gesicht eines Menschen, mit tiefliegenden Augen und langen Haaren auf seinen Brauen. Gesicht und Ohren sind unbehaart, die Hände ebenso. Der Körper ist voller Haare, aber sie sind nicht sehr dick und von graubrauner Farbe. Er unterscheidet sich nur in den Beinen vom Menschen, denn sie haben keine Wade. Er geht immer auf den Beinen und hat die Hände auf dem Genick verschränkt, wenn er auf dem Boden geht.

Sie schlafen in den Bäumen und bauen sich Unterkünfte, die sie vor dem Regen schützen. Sie ernähren sich von Früchten, die sie im Wald finden, und von Nüssen, denn sie essen überhaupt kein Fleisch. Sie können nicht sprechen und haben nicht mehr Verstand als ein Tier. Ich sah diese Geschöpfe hin und wieder, aber immer nur aus großer Ferne, denn sie sind sehr scheu.

Wenn die Menschen dieses Landes im Urwald reisen, machen sie Feuer, an denen sie nachts schlafen. Und wenn sie am Morgen weitergezogen sind, kommen die Pongos und

**Pongo pygmaeus,* heute gebräuchlicher wissenschaftlicher Name für den Orang-Utan; gemeint ist hier jedoch der Gorilla. Anm. d. Übers.

** Schimpanse; Anm. d. Übers.

setzen sich ans Feuer, bis es erlöscht, denn sie verstehen es nicht, das Holz zusammenzulegen. Sie gehen immer in großen Gruppen und töten viele Neger, die durch die Wälder reisen. Oftmals fallen sie über die Elephantos her, die weiden wollen, wo sie fressen, und schlagen mit geballten Fäusten und Holzknüppeln auf sie ein, daß sie brüllend vor ihnen fliehen.

Diese Pongos werden niemals lebend gefangengenommen, denn sie sind so stark, daß zehn Mann nicht einen von ihnen halten können; doch die Neger fangen viele ihrer Jungen mit vergifteten Pfeilen. Der junge Pongo hält sich am Bauch seiner Mutter fest und schlingt eng die Arme um sie, so daß die Neger ein solches Weibchen töten und dann das Junge ergreifen, das sich an ihr festhält. Ich wollte unbedingt einen jungen Pongo erwerben, um ihn als Kuriosität mit nach England zu nehmen und ihn König James zu schenken, doch ich konnte keinen bekommen. Das war sehr schade, denn ich bin überzeugt, daß man in England noch nie solch einen monströsen Affen gesehen hatte.

Der Engeco ist ein ganz anderes, ein viel kleineres Tier, das die Größe eines zwölfjährigen Knaben erreicht und mit rauhem dunklem Fell bedeckt ist. Es geht auf krummen Beinen, die hellrosa Füße haben, und sein Gesicht ist fast komisch anzusehen, wie das eines Komödianten oder Possenreißers. Er ißt auch kein Fleisch und soll von schnellerem Verstand als der Pongo sein. Ich versuchte, auch ein solches Geschöpf für England zu erwerben, und in der Stadt des Mani Mayombe wurde mir eins gebracht, das kaum mehr als ein Säugling war, höchst mitleidserregend anzusehen, wie ein kleiner, sehr haariger Mensch, mit traurigen Augen und einem großen, häßlichen, aufklaffenden Maul. Der König hätte mich wohl zum Ritter geschlagen, wenn ich ihm dieses Geschöpf zum Geschenk gemacht hätte, doch ich kaufte es nicht, und es starb kurz darauf vor Sehnsucht nach seiner Mutter.

Es gibt einen anderen Fürsten östlich von der Stadt des Mani Mayombe, der Mani Kesock heißt, und er befindet sich acht Tagesreisen von Mayombe entfernt. Dorthin ging ich mit meinen beiden Negerknaben, um Elephantohaare und -schwänze zu kaufen. Und in einem Monat kaufte ich zwanzigtausend, die ich den Portugiesen später für dreißig Sklaven verkaufte, so daß ich wieder ein wohlhabender Mann war. Von diesem Ort aus schickte ich einen meiner Negersklaven mit einem Spiegelglas zum Fürsten Mani Sette. Er schätzte es sehr hoch ein und schickte mir durch seine Männer vier Elephantozähne von beträchtlicher Größe, die meinen Reichtum zusätzlich vermehrten.

Im Nordosten von Mani Kesock leben kleine Menschen, die Matimbas genannt werden und nicht größer als zwölfjährige Knaben, aber sehr stämmig sind. Sie leben nur von Fleisch, das sie mit ihren Bögen und Pfeilen in den Wäldern töten. Sie erweisen dem Mani Kesock Tribut und bringen ihm all ihre Elephantozähne und -schwänze. Die Frauen tragen genau wie die Männer Pfeil und Bogen, und sie ziehen allein in die Wälder und töten die Pongos mit ihren vergifteten Pfeilen.

Hier endet mein Bericht von den Wundern dieser Provinz, denn ich hatte mit Gottes Gunst solche Reichtümer erworben, daß ich keiner weiteren bedurfte, und kehrte zur Küste zurück, wo mich nach einiger Zeit die holländischen Händler abholten und mich nach São Paulo de Luanda mitnahmen.

Es war nun das Jahr 1607 angebrochen, und ich war auf meine Rückkehr nach England gut vorbereitet; doch so gut vorbereitet ich auch sein mochte, hatte ich noch immer etwas Angst davor, dieses Reich des Alptraums zu verlassen und jenes freundliche, süße Land zu betreten. Trotz meiner Sehnsucht hatte ich mich noch nicht aus dem Griff dieses Landes befreit. Ich träumte manchmal noch immer von Imbe Calandola, wie er schrie und tobte und auf und ab schritt, während das Blut von seinem Unterkinn tropfte, und in widerspenstigen Augenblicken erhoben sich Bilder vom Tod Doña Teresas aus meinen Gedanken, und dann und wann schleppte ein gieriges Coccodrillo seine große, schuppige Gestalt durch die Träume meines Schlafes. Ich wollte abwarten, bis diese Dinge von allein aus meinen Gedanken wichen. Aber wenn man unter Teufel geht, muß man damit rechnen, daß einem gewisse Auswürfe der Teufelskunst auf ewig die Grenzen der Seele verkrusten, sagte ich mir.

Und so schickte ich mich an, nun, da ich die Mittel dazu hatte, nach England zurückzukehren, um dort eine völlige Heilung zu erfahren. Doch wie üblich war ich zu hoffnungsvoll auf einen guten Ausklang.

3

Nicolau Cabral hatte mich in der Tat nicht betrogen, sondern den Ertrag unserer Handelsreise in Gold umgesetzt, und mein Anteil erwartete mich. Dieser und der Verkauf meiner dreißig Sklaven brachte mir soviel Wohlstand ein, wie man es nur verlangen konnte, und so hatte die Reise, die ich vor achtzehn Jahren begonnen hatte, nach vielen Wendungen des Schicksals doch noch zu dem Vermögen geführt, das zu gewinnen ich ausgezogen war.

Und nun auf nach England!

Ich beabsichtigte, mich nach Spanien und von dort aus

nach England einzuschiffen, da zwischen diesen beiden Ländern nun Frieden herrschte. Doch dazu benötigte ich die Erlaubnis von Gouverneur Cerveira Pereira, und ich ging zu ihm und sagte: »Ihr habt mir die Erlaubnis gegeben, dieses Land zu verlassen, und nun ist die Zeit zum Abschied gekommen, und ich hätte gern das Papier von Euch.«

Dieser kleine Mann, der so dunkel und zäh war, mit einem schwarzen, spitz zulaufenden Bart, schob die Dokumente auf dem Tisch lange hin und her und gab keine Antwort. Dann blickte er schließlich zu mir auf, der ich unbehaglich dastand und sagte: »Es kann nicht sein.«

»Was? Ihr brecht Euer Versprechen?«

Dies erzürnte ihn. Röte stieg in sein Gesicht, und er, der er mir nicht einmal bis zu den Schultern ging, erhob sich und schrie mich an: »Ich werde Euch gehen lassen, wenn ich es für richtig halte! Aber jetzt könnte Ihr noch nicht gehen, denn Ihr werdet gebraucht!«

»Bei Gottes Augen, muß ich das schon wieder hören? Seit fast zwanzig Jahren habt ihr Portugiesen mich gebraucht! Warum bin ich unentwegt so nützlich für euch? Aye, und muß ich wieder Lotse sein, oder was? Soll ich Euch Straßen in den Urwald schlagen? Soll ich Decks kalfatern und Staub fortwischen? In Jesu Namen, wie könnt Ihr noch mehr von mir verlangen?« Und wie Ihr Euch vorstellen könnt, warf ich ihm weitere solche Dinge an den Kopf und schmeichelte ihm dabei nicht gerade, denn in mir kochte so viel Überraschung, Zorn und Wut, daß ich ihn gut hätte töten können.

»Es sind die Jaqqas, die sich wieder Kambambe nähern«, sagte er, »und wir müssen sie zurücktreiben, und wir wissen, daß Ihr Euch mit ihnen auskennt. Wir beginnen den Kriegszug, und Ihr müßt uns unterstützen. Ich befehle Euch, in zwei Tagen mit uns in den Krieg zu ziehen.«

Gottes Tod, ich hätte ihn beinahe niedergeschlagen!

Zwei Tage, und dann sollte ich in den Krieg ziehen? Und sie wollten mir befehlen, mit den Jaqqas zu kämpfen? Nay, nay, das würde ich nicht tun, es war unvorstellbar! Auf meiner langen Reise hatte ich mir viel stoische Philosophie angeeignet, um stark zu sein und allem widerstehen zu können und meine Zeit abzuwarten und ruhig an der Verwirklichung meiner Ziele zu arbeiten; doch dies war zuviel, dies ging über alle Grenzen, und es gab keine Philosophie, die so honigsüß war, daß ich diesen Brocken geschluckt hätte.

Schlußendlich erwies ich mich als Philosoph genug, um mich von Gouverneur Pereira zu verabschieden, ohne ihm gegenüber handgreiflich zu werden. Doch ich war nahe daran, ja, gefährlich nahe, und wäre ich nicht ein Mann gemäßigten Temperaments gewesen, hätte ich ihn reglos auf dem Boden zurückgelassen, reif für den Jaqqa-Kochtopf und sonst nichts mehr.

Doch ich würgte meinen Zorn herunter und verließ den Palast, obwohl ein roter Nebel vor meinen Augen stand. Zwei Tage, und dann wieder in den Krieg ziehen! Das würde ich nicht tun. Ich war entschlossen, diesmal nicht nachzugeben.

Doch was nun, was nun?

Es waren Holländer im Hafen, die sich wenig um die Befehle und Dekrete der stutzerhaften Portugiesen scheren würden. Ich könnte zu einem gehen, wie ich es lange zuvor bei Cornelis van Warwyck getan hatte, und ihn bitten, mir eine geheime Passage zu geben, und ihn großzügig mit meinem Gold entlohnen. Doch was, wenn der Plan fehlschlug? Ich erinnerte mich, wie meine Vereinbarungen mit Warwyck geendet hatten; sie hatten mich einem Todesurteil nahegebracht, und ich wußte, daß es nicht besonders klug war, dergleichen unter Cerveira Pereira zu versuchen. Er würde mir nicht die Gnade zeigen, die mir Don João de Mendoça erwiesen hatte.

Doch als ich an diesem Abend überaus verdrossen in einer Taverne der Stadt saß, bot sich eine viel leichtere Lösung an, denn ich hörte, wie einige Portugiesen sagten, Portugal habe einen neuen Gouverneur geschickt, der in zwei oder drei Tagen, oder höchstens sechs, eintreffen würde. Denn ich wußte, daß Cerveira Pereira keine königliche Bevollmächtigung hatte, sondern lediglich aufgrund der Wahl der Soldaten diente, und er hatte sein Amt bereits drei Jahre oder noch länger auf dieser Grundlage ausgeübt. Nun würde ein rechtmäßiger Gouverneur eintreffen, dessen Name Manoel Pereira Forjaz lautete.

Und so war mein weiterer Weg klar. Ich beschloß, zehn oder zwanzig Tage vom Heer wegzubleiben, bis der neue Gouverneur eingetroffen war, und dann in die Stadt zurückzukehren. Denn ein jeder Gouverneur, der neu eintrifft, erläßt eine Proklamation für alle Männer, die Fahnenflucht begangen haben, daß sie begnadigt werden, wenn sie zurückkehren. Und ich war mir sicher, daß dieser Pereira Forjaz mir die Erlaubnis geben würde, nach Hause zurückzukehren, da ich für ihn ohne Nutzen oder Bedeutung war.

In der gleichen Nacht noch floh ich mit meinen beiden Negerknaben, die meine Muskete, sechs Pfund Pulver, einhundert Schuß Munition und den wenigen Proviant trugen, den ich mir hatte beschaffen können, aus São Paulo de Luanda. Am Morgen war ich etwa zwanzig Meilen von der Stadt entfernt am Ufer des Flusses Mbengu, und dort blieb ich ein paar Tage, überquerte den Mbengu dann und kam zum Fluß Dande, der nordwärts verläuft.

Hier war ich in der Nähe des Weges zum Kongo, den ich im Jahr zuvor auf meiner Reise mit Nicolau Cabral eingeschlagen hatte und den tagtäglich Händler passierten. Ich schickte einen meiner Negersklaven aus, um diese Händler zu befragen, was es Neues in der Stadt gebe.

Der Knabe kehrte bald darauf zurück. »Es gibt nichts Neues«, sagte er.

»Und was ist mit dem neuen Gouverneur?«

»Er ist nicht gekommen. Der alte herrscht immer noch, und es ist sicher, daß der neue dieses Jahr nicht mehr kommen wird.«

Bei diesen schrecklichen Nachrichten wurde mir ganz schwer ums Herz.

Nun konnte ich mir überlegen, ob ich in die Stadt zurückkehren und an den Galgen kommen oder bleiben und im Urwald leben wollte. Denn ich war schon einmal geflohen, und sie hatten es nicht einfach hingenommen; und diesmal hatte ich ein großes Verbrechen begangen, denn Cerveira Pereira hatte mir befohlen, in den Krieg zu ziehen, und ich hatte statt dessen Fahnenflucht begangen. Was konnte ich tun? In die Stadt zurückkehren und zu ihm sagen: »Ich habe euch Portugiesen mein halbes Leben geschenkt, und das ist genug. Ich werde euch nicht länger dienen, also laßt mich bitte nach Hause zurückkehren.« Er würde auf seine üble Art lachen und erwidern, ich sei vor dem Feldzug gegen die Jaqqas fahnenflüchtig und müsse deshalb sterben. Bei Gottes Blut, dies genügte, um mich wieder auf die Seite der Jaqqas zu treiben und sie in ihrem Krieg gegen die ganze Menschheit zu unterstützen!

Doch ich bewahrte die Ruhe und tat nichts davon.

Und so war ich gezwungen, einen Monat lang zwischen den Flüssen Dande und Mbengu im Urwald zu leben. Dann ging ich wieder zum Mbengu, überquerte den Fluß in der Nähe eines Ortes namens Mani Kaswea und ging zum See Kasanza, wo ich schon einmal Zuflucht gefunden hatte. Das war damals gewesen, als ich mit dem Zigeuner Christovão aus dem Kerker von Masanganu geflohen war, was achthundert Jahre zurückzuliegen schien.

Da es am See Kasanza solch einen Wildreichtum gab, ließ es sich dort recht gut leben. An diesem See blieb ich sechs Monate und jagte die Tiere mit meiner Muskete, solche Geschöpfe etwa wie Büffel, Rehe, Mokoken, Impolancas, Rehböcke und andere. Das Mokoke ist ein sehr großes graues Tier, das überaus grazil und schnell ist, und das Impolanca ist ein ähnliches Tier, das einem Reh ähnelt. Nachdem ich die Tiere getötet hatte, trocknete ich das Fleisch, wie die Wilden es tun, auf einem Rost drei Fuß über dem Erdboden, und auf das große Feuer legte ich fleischige grüne Blätter, die den Rauch und die Wärme des Feuers niederhielten. Ich machte mir auf Art der Wilden mit zwei kleinen Stöcken Feuer. Manchmal bekam ich auch Guinea-Weizen zu essen, den einer meiner Negerknaben bei den Einwohnern der in der Nähe befindlichen Stadt Kasanza gegen Stücke getrockneten Fleisches eintauschte.

Im See Kasanza wimmelt es vor Fischen mannigfaltiger Art, die meinen Speiseplan bereicherten. Einmal sah ich einen Fisch, der aus dem Wasser ans Ufer gesprungen war; er war vier Fuß lang, und die Heiden nennen ihn *Nsombo.* Dieser Fisch ist lang und schlangenähnlich und gibt eine Art Ausstrahlung oder Kraft von sich, die sich, wenn man so kühn sein sollte, ihn anzufassen, ganz wie ein Blitzschlag anfühlt. Doch mit dem Leben verläßt auch diese jupiterähnliche Kraft den *Nsombo,* und sein Fleisch ist von außerordentlichem Wohlgeschmack.

Die größte Gefahr dieses Sees ist nicht der *Nsombo*-Fisch, sondern das Flußpferd oder Hippopotamus, das besonders in der Nacht am Ufer entlangwandert. Diese Geschöpfe fressen immer an Land und ernähren sich nur von Gras. Im Wasser sind sie sehr gefährlich, weil von überaus hitzigem

Temperament. Ich glaube, sie leiden unter der Größe ihrer Köpfe, die überaus extrem ist, und dies macht sie ungehobelt; denn sie schnauben und schnappen und beißen nach allem, obwohl man sie sonst für so friedlich wie Schweine halten könnte. Abgesehen vom Elephanto sind sie die größten Geschöpfe in diesem Land. Die Klauen ihrer linken Vorderbeine sollen von großer Heilkraft sein. Die Portugiesen machen Ringe aus ihnen, die ein sofortiges Heilmittel gegen die Ruhr sein sollen. Ich habe viele dieser Tiere gesehen und bin ihnen im großen Bogen ausgewichen, denn ich fürchtete sie mehr als die Coccodrillos, die hier auch nicht unbekannt sind.

Nachdem ich sechs Monate von getrocknetem Fleisch und Fisch gelebt und meine Bleibe mit Hippopotami und Coccodrillos geteilt hatte und kein Ende meines Elends abzusehen war, überlegte ich mir, ob ich den See nicht verlassen sollte. Denn obwohl ich hier in Ruhe und Frieden verweilte und sich eine seltsame Gelassenheit auf meine Seele gelegt hatte, die wohl von einem tiefen und völligen Mangel an Erlebnissen herrührte, hoffte ich doch noch auf eine Möglichkeit, woanders zu leben oder meine lange unterbrochene Heimreise fortzusetzen. Denn obwohl ich wie ein wandernder Odysseus dieses Jahr unter den Lotusessern und das nächste auf der Insel Calypso verbringen konnte, träumte ich doch immer vom eigenen Herd und Bett im Land meiner Geburt, selbst wenn dieses Land mir mittlerweile so fremd wie ein jedes andere auf der Welt geworden sein sollte.

So schickte ich mich zum Aufbruch an. Im See Kasanza gibt es viele kleine Inseln, die voller Bäume namens *Bimba* stehen, die so leicht und weich wie Kork sind. Aus diesen Bäumen baute ich mir mit einem Messer der Wilden, das ich bei mir hatte, ein *Janqada* oder Floß, eine Art mit hölzernen Pflöcken vernagelten Kasten, den ich mit einer Reling umzog, so daß die Wellen mich nicht von Bord spülen konnten; und ich schnitzte mir drei Ruder und machte aus einem Tuch, das ich hatte, ein Segel.

Dieser See Kasanza ist acht Meilen lang und öffnet sich in den Fluß Mbengu. So bestieg ich also mit meinen beiden Negerknaben das Floß, ruderte in den Fluß Mbengu hinein und trieb mit der Strömung zwölf Meilen hinab zu der Barre, die in der Flußmündung liegt. Hier war ich in großer Gefahr, denn die See ging schwer, und als meine Knaben sahen, wie sich die Wellen hoben, schrien sie und befürchteten, ihre letzte Stunde sei gekommen.

»Habt keine Angst«, sagte ich ihnen gelassen, »denn ich bin Andrew Battell, der einer großen Linie von Seefahrern entstammt, die Lotsen des Trinity House sind.«

Lange nach diesen Geschehnissen gestehe ich nun ein, daß auch ich damals Furcht empfand; doch ich konnte nicht glauben, daß Gott, mein treusorgender Vater, der mich so lange und in so vielen Gefahren behütet hatte, nun beabsichtigte, mich in diese Brandung zu werfen. Und ich brachte mein Floß sicher über die Barre, fuhr aufs Meer hinaus und segelte dann vor dem Wind die Küste entlang, die ich sehr gut kannte; und ich beabsichtigte, ins Königreich Loango zu fahren, das im Norden lag.

Und warum fuhr ich nicht nach São Paulo de Luanda? Ach, ich wußte doch nicht, was sich dort zugetragen hatte, bis auf die Tatsache, daß Manoel Cerveira Pereira aller Wahrscheinlichkeit nach noch Gouverneur und er mein Feind war. Es erschien mir viel klüger, das Risiko der Fahrt auf diesem kleinen Floß einzugehen und mich vom Wind die Küste hinaufwehen zu lassen, anstatt in dieser Stadt meinen Kopf wieder zwischen die Kiefer des Löwen zu stecken. Und wenn ich den Rest meiner Tage in Loango verbringen und England niemals wiedersehen sollte, nun, dann ließ sich daran nichts ändern, doch zumindest entzog ich mich so den Portugiesen, die mich getötet hätten.

So fuhr ich also den ganzen Tag und die ganze Nacht über nordwärts, und die Knaben mit mir.

Am nächsten Tag sah ich, wie eine Pinasse vor dem Wind segelte, die von der Stadt São Paulo de Luanda kam und Kurs auf mich hielt. Es gab keine Flucht vor diesem Schiff, und so wartete ich ab, was geschehen würde, bereit, mein Leben teuer zu verkaufen, falls es dazu kommen sollte. Doch als die Portugiesen näher kamen und mich begrüßten, waren mein Erstaunen und meine Freude groß, denn der Kapitän dieses Schiffes war mein guter Freund Pinto Cabral aus alten Tagen, der ältere Bruder Nicolaus. Er musterte mich von oben bis unten und sagte: »Andres? Ist das Andres der Piloto, mit dem ich vor Jahren gefahren bin und der mir das Leben rettete, als ich auf dieser Teufelsklippe zu ertrinken drohte?«

»Der gleiche«, sagte ich. »Innerlich und äußerlich sehr verändert und doch im Kern noch der gleiche, wie ich hoffe.«

Wir umarmten uns, und er gab mir Wein, woran ich große Freude nahm, und Fleisch und Schiffszwieback, und versorgte auch meine Knaben. Ich fragte ihn, welche Neuigkeiten es in der Stadt gäbe, doch es waren keine großen. Cerveira Pereira sei noch Gouverneur, sagte er. Pereira Forjaz solle bald von Lissabon aus aufbrechen, doch so hieß es schon seit einem Jahr. »Ich kenne diesen kleinen Cerveira Pereira nicht gut«, erklärte Cabral, »denn ich war die beiden letzten Jahre über im Norden, auf São Tomé. Doch er ist sehr verhaßt, und ich glaube, man wird ihm nicht nachtrauern, wenn er geht.«

»Ich bestimmt nicht«, sagte ich, »denn er verweigerte mir die Heimreise, als ich ihn darum bat.«

Pinto Cabral lachte. »So war es doch immer bei dir,

Andres, nicht wahr?« sagte er. »Doch deine Zeit wird kommen, und deine Brise wird dich schließlich doch noch heimwärts wehen.«

»Möge Gott es gewähren, Freund«, sagte ich.

Ich fragte ihn nach seinem Bruder Nicolau, meinem Partner. Doch hier waren die Nachrichten traurig: Denn dieser vertrauenswürdige Mann war tot, bei einem Streit auf der Straße erschlagen. Dies bedrückte mich sehr, sowohl weil ich diesen Mann in der kurzen Zeit, die ich ihn gekannt hatte, sehr gut leiden gemocht hatte, als auch weil ich ihm den größten Teil meines Goldes zur Aufbewahrung anvertraut hatte, das nun sicherlich verloren war. Von meinem Schatz dort war nur noch die Börse an meinem Gürtel geblieben, die ich klüglich mit einigen Goldstücken gefüllt hatte, als ich aus São Paulo de Luanda geflohen war. Und Pinto Cabral, der mein Elend erkannte, gab mir auch noch ein paar Goldstücke.

Er kehrte nach São Tomé zurück, um Sklaven an Bord zu nehmen. Doch weil wir Schiffskameraden gewesen waren, erbarmte er sich meiner, brachte mich nach Loango und setzte mich in diesem Hafen an Land, den ich schon einmal mit ihm besucht hatte, als ich damals der Lotse der Pinasse des Gouverneurs gewesen war; und dort ließ er mich zurück.

Ich erinnerte mich gut an diesen Ort, wo ich das Coccodrillo gesehen hatte, das die acht Sklaven gefressen hatte, und den toten Jaqqa, den alle so fürchteten, und den Friedhof der Könige und andere Wunder, die mich damals, als ich neu in diesem Land gewesen war, so tief beeindruckt hatten. Nun ging ich ruhig wie ein Baum die drei Meilen vom Ufer zur Stadt, und als ich die Menschen dieses Ortes sah, grüßte ich sie, hieß ihnen überaus fließend in ihrer eigenen Zunge einen guten Morgen und betrat die Stadt, als sei ich einer ihrer Bürger, der nun heimkehrte. Ich erinnerte mich an sie, als hätte ich sie erst gestern gesehen: das große Haus des Maloangos oder Königs und die breite Straße zum Markt, und zur Audienzzeit ging ich zum Maloango, setzte mich vor dem König nieder, der der gleiche war wie bei meinem letzten Besuch, aber viel älter und mit weißem Haar, und ich rief *»Nzambi! Ampungu!«* zum Gruß, was bedeutete: *»O höchster Gott.«*

Woraufhin er diese Begrüßung erwiderte, die mir einst so geheimnisvoll vorgekommen war: *»Byani ampembe mpolo, muneya ka zinga«*, was bedeutete: *»Mein Gefährte, das weiße Gesicht, hat sich aus der Erde erhoben und wird nicht lange leben«*, was sich sehr seltsam anhörte, aber nur eine rituelle Phrase war.

»Kommst du, um Handel zu treiben?« fragte er dann.

»Nay, ich komme, um hier Schutz zu suchen vor dem Zorn der Portugiesen, die nicht wollen, daß ich in mein Heimatland zurückkehre. Und ich war schon einmal hier, als mein Haar noch golden war.«

Da erinnerte sich dieser König Maloango Njimbe an mich und sprach von der Zeit, als ich im Meer getaucht hatte, um das *Mokisso*-Idol zu bergen, das sie dort fallen gelassen hatten. Und dann trat ein anderer vor, der sich an mich erinnerte, nämlich dieser weißhäutige *Ndundu*-Hexer mit den roten Augen, die mich vor langer Zeit geschaut und meine Seele mit großer Kälte gefüllt hatten. Dieses Geschöpf war nun von hohem Alter, verrunzelt und schrecklich anzusehen, und er schlurfte vor, um mich zu betrachten.

Schließlich sagte er: »Du bist der weiße Jaqqa.«

»Aye, so hast du mich einst genannt, doch ich habe es nicht verstanden.«

»Doch nun ist dir das Verständnis gekommen?«

»Das ist es, und es hat mich tief gebrannt.«

»Du bist immer noch ein Jaqqa«, sagte das Albino-

Geschöpf, »und doch birgst du keine Gefahr in dir. Denn du hast deine Reise gemacht, und nun bist du zur Ruhe gekommen, und alles ist gut in dir. Du bist nun ein Jaqqa-*Ndundu.*«

Dies ist nun nicht leicht zu verstehen, ein Jaqqa-*Ndundu*, und ich bat ihn auch nicht, mir die Bedeutung zu erklären. Doch so weit ich es ergründen kann, wollte er damit sagen, daß ich ein Weißer war, der innerlich zum Schwarzen geworden und nun wieder weiß war, doch meine Hautfarbe war nun das Weiß des Albinos, des Wechselbalgs, und nicht das Weiß des Weißen. Nun, ich gebe nicht vor, ein tiefgründiger Gelehrter zu sein, doch ich glaube, verstanden zu haben, was er meinte. Denn eins ist sicher: Bei meinem ersten Besuch hier hatte mich dieser Medizinmann mit Schrecken und Abscheu betrachtet, für ein Ungetüm gehalten, das man meiden mußte, doch nun bat er den Maloango, mich in diesem Land wie einen Heiligen willkommen zu heißen, den es hierher verschlagen hatte.

So geschah es dann auch. Ich blieb drei Jahre in Loango und wurde vom König gut gelitten, weil ich mit meiner Muskete für ihn Wild und Geflügel tötete.

Des weiteren versuchte ich noch einmal, dieses versunkene Idol zu bergen, das sie all diese Jahre an die Oberfläche zu holen versucht hatten. Diesmal ließ ich mir ein Ledergewand machen, das ganz mit Fett und Pech bestrichen war und in das kein Wasser eindringen konnte. Dieses Gewand hatte einen großen, ebenfalls geteerten Kopfteil, und an der Nase saßen drei und am Mund zwei Blasen. Dieses Gewand legte ich an und ließ mich von ihnen bei achtzehn Faden Tiefe ins Meer werfen, wobei ein gewaltiger Stein um meine Hüften gebunden war. Das Gewicht dieses Steines zog mich nach unten, doch ich konnte trotzdem noch atmen, obwohl die Luft schnell heiß und faulig wurde. Auf dem Meeresgrund tastete ich herum, und sieh!, das ragte das Bein des *Moskissos* aus dem Schlick und Schlamm, der es bedeckte. Mir war mittlerweile sehr unbehaglich, denn der Stein zog mich nach unten, und die Luft im Kopf trieb mich nach oben, so daß ich schon dachte, das Seil um meine Hüften würde mich in Stücke schneiden. Unter großen Qualen nahm ich ein Messer, das an mein Gewand gebunden war, schnitt das Seil durch und hielt das Idol fest. Ich wurde nach oben getragen, und sobald mein Kopf aus dem Wasser ragte, riß ich die Blasen von meinem Gesicht und schnitt mein Gewand auf, denn ich war fast erstickt. Danach war ich sehr benommen und schritt beinahe eine Stunde lang im Kreis herum, und ich fühlte mich mehrere Tage, ja fast eine Woche lang, nicht wohl. Doch ich hatte nach so vielen Jahren ihr Idol geborgen, und sie bejubelten mich dafür als großen Helden und bedachten mich mit vielen großzügigen Geschenken.

Ich glaube, ich hätte beinahe den Rest meiner Tage in Loango verbracht. Denn wie der *Ndundu* gesagt hatte, hatte ich meine Reise gemacht und war zur Ruhe gekommen. Ich kämpfte nicht mehr gegen das Schicksal an. Ich lebte friedlich unter ihnen, aß ihr Essen, besuchte ihre Feste und wurde nicht von ihnen gemieden. Wenn ich am Haus des großen *Mokisso* Kikoko vorbeikam, klatschte ich in die Hände, wie sie es taten. Der König gab mir eine Frau, die die letzte meiner afrikanischen Frauen war; sie hieß Inizanda und war sanft und zärtlich, wenngleich sie auch nur wenig sprach, und ich glaube, sie betrachtete sich eher als meine Sklavin denn als mein Weib. Wenn wir zusammenlagen, streichelte sie mich tröstend und bereitete mir Vergnügen, wenn ich es verlangte. Was nicht mehr so oft wie in alten Tagen geschah, da ich nun schon ein wenig über fünfzig Jahre zählte. Das ist ein schönes, volles Alter, und die Feuer brennen bei solchen Gelegenheiten ein wenig tiefer, wenn man solch ein Leben geführt hatte wie ich. Doch wenn ich mich meiner Inizanda zuwandte und die Hand auf ihren Schenkel legte, öffnete sie mir die Beine und nahm meinen Kopf an ihre Brüste, und mein Glied glitt in ihr warmes Nest, und das war mir eine große Erquickung.

So lebte ich zufrieden mein Leben in Loango, und ein Jahr glitt ins nächste über. Und ich dachte an all meine Mühen, in mein Heimatland zurückzukehren, und wie weit dieses Ziel nun von meiner Seele entfernt war; und ich lächelte darüber, daß es mir nun gleichgültig geworden war. England? Was war das für ein Land, und wo war es? Ich war im Land der Lotus-Esser! Ob die englische Nation nun unter der Herrschaft von König James stand oder von König Peter oder von König Calandola, hatte keine Bedeutung mehr für mich. Trugen die Engländer nun schottische Gewänder? Wurden die Shilling-Münzen dieser Tage aus Ton geprägt? War London ins Meer gestürzt? Nun, es war mir alles einerlei: fremd, wie ein Traum. Ich war zufrieden. Ich hatte meine Reise gemacht, und ich war zur Ruhe gekommen.

Dann marschierte eines Tages eine Gruppe Portugiesen in die Stadt Loango, und an ihrer Spitze schritt Pinto Cabral, der von einer anderen Reise von São Tomé nach São Paulo de Luanda zurückkehrte und gekommen war, um nach mir zu suchen.

Ich wurde geholt. Ich ging in meinem Palmtuch-Hemd und mit meiner Muschelkette zu ihm, was ihn erstaunte. Doch er lachte, umarmte mich und sagte: »Endlich finden wir dich! Wir haben auf unserem Weg nach Norden hier haltgemacht, doch du warst auf der Jagd unterwegs. Ich habe gute Nachrichten für dich, Andres.«

»Und was sind dies für Nachrichten?«

»Nun, daß Gouverneur Pereira Forjaz dich sucht, um dich nach England zurückzuschicken! Deine Geschichte ist ihm bekannt, und er hat an der ganzen Küste die Nachricht verbreitet, daß er dir eine Begnadigung gewährt hat.«

»Nay, es ist ein Scherz«, sagte ich. »Sie werden mich ergreifen und mich gegen König Ngola in den Krieg schicken oder in einen anderen solchen Dienst zwingen. Oder mich bei ihrer Reise zum antarktischen Pol zum Lotsen machen. Es kann nicht sein, daß ich begnadigt wurde.«

»Zu viel Unglück hat dich verhärten lassen«, erwiderte Cabral. »Bei Gott, es ist die Wahrheit.«

Ich lachte darüber.

»Warum lachst du, Andres?«

»Ich lache, weil es mir gleichgültig geworden ist«, erwiderte ich. »Es ist immer so, daß uns unsere tiefsten Wünsche gewährt werden, wenn sie kein Gewicht mehr haben. Ich bin hier glücklich. Mein Leben ist friedlich. Dieser Ort ist mir ein guter Hafen. Und nun kommst du und sagst, ich bin begnadigt worden, ich bin frei, ein Schiff wartet darauf, mich nach Hause zu bringen. Nach Hause? Wo ist meine Heimat? Manchmal glaube ich, Loango ist meine Heimat.«

Pinto Cabral wurde daraufhin sehr ernst, musterte mich eingehend und ergriff meine Hand.

»Ist dem so? Sollen wir dich hier zurücklassen, alter Freund?«

Ich antwortete nicht sofort darauf. Ich war mir nicht sicher.

»Es ist mir gleich, ob du bleibst oder mitkommst, wenn du nur glücklich bist«, sagte er. »Ich möchte dich nicht von diesem Ort fortzerren.«

»Nay«, erwiderte ich nach einem langen Augenblick. »Nay, ich bin alt und töricht, und ich weiß nicht, was ich sage. Doch, ich möchte nach England. Bring mich von hier fort! Natürlich, nimm mich mit, Freund Cabral, nimm mich mit und schicke mich auf den Weg nach England, denn das ist es, was ich will, und sonst nichts.«

»Bist du dir sicher?«

»Ich bin mir sicher«, sagte ich.

Und ich war es mir auch, nach diesem Augenblick des Zögerns; denn Andrew Battell, der in mir geschlafen hatte, war erwacht und sagte mir: Du bist ein Engländer, du bist kein Mann dieser schwarzen Welt, kein Jaqqa, kein *Ndundu*, du bist Andrew Battell aus Leigh in Essex, also lege deine Perlen und dein Palmtuch ab und fahre in die Stadt und kehre nach England zurück, wo das ganze Jahr über kalter Regen fällt, und sitze dort am Feuer und erzähle deine Geschichten hellhaarigen Kindern, die mit großen Augen zu deinen Füßen kauern. Und ich hörte diese Stimme in mir, die diese und andere Dinge sagte, und meine Kraft kehrte zurück, und meine Entschlossenheit schärfte sich, und es kehrte auch die Vernunft zurück, die mir sagte, wer ich war und wo ich nach Gottes Willen leben sollte.

Und ich gab mein Leben in Loango auf und kehrte mit Pinto Cabral nach São Paulo de Luanda zurück.

4

Diesmal wurde kein Verrat an mir geübt. Diesmal verfuhren sie höchst ehrbar mit mir.

Gouverneur Cerveira Pereira war nach Lissabon zurückgekehrt, um sich gewissen höchst schwerwiegenden Anklagen bezüglich seiner Herrschaft in Angola zu stellen, und Pereira Forjaz war nun Gouverneur. Cabral sagte, daß dieser Mann nicht besser gelitten wurde als sein Vorgänger, denn er belegte die Stammeshäuptlinge mit hohen Steuern und wirschaftete dieses Geld in seine Taschen und die seiner Günstlinge. Doch diese Dinge waren nur Dunst für mich; und für mich war dieser Pereira Forjaz ein wahrhaftiger Heiliger und ein Solomon der Weisheit. Denn er sagte zu mir: »Ich habe in Eure Register geschaut, und es ist Euch in diesen vielen Jahren ein großes Unrecht geschehen. So sollt Ihr nun nach Hause zurückkehren.«

»Und bekomme ich Eure schriftliche Erlaubnis?«

»Die sollt Ihr haben«, sagte er und gab mir ein schriftliches Dokument und auch eine Börse mit Gold. Es war nicht viel Geld, und verglichen mit den Vermögen, die ich in diesem Land zweimal verloren hatte, sehr wenig, doch ich würde zumindest ein paar Münzen klingeln lassen können, wenn ich England betrat. Ich mußte nur noch kurze Zeit warten, bis das nächste Schiff nach Spanien aufbrechen würde. Ich war mir sicher, daß sie in dieser kurzen Zeit eine Möglichkeit finden würden, mir dieses Geschenk der Freiheit wieder zu entziehen, doch dem war nicht so.

Während ich in São Paulo de Luanda war und der Dinge harrte, erzählte mir ein Holländer namens Janszoon, der dort Handel trieb, daß ein anderer Engländer, ein alter und kranker Mann, in der Stadt sei und in einem Wirtshaus am Hafen wohne. Die Nachricht, daß ein Landsmann hier weilte, hob meinen Mut sehr, denn ich hatte seit zwanzig Jahren keinen Menschen meiner Rasse mehr gesehen, seit jener Zeit, da Thomas Torner aus Angola geflohen war. In der Tat hatte ich eine starke Ahnung, dieser alte Engländer könne vielleicht Torner sein, der womöglich die ganze Zeit über auf ähnlichen Pfaden wie ich gewandert und am Ende am gleichen Ort gestrandet war. So ging ich zu dem Wirtshaus und sagte zu dem Portugiesen, der der Wirt war: »Habt Ihr einen Engländer hier liegen?«

»Aye, er ist ein elender Lump und überaus verdrossen.«

»Ich möchte ihn trotzdem gern sehen.«

»Ihr werdet Euch von ihm nur die Pest holen.«

»Und wenn ich sie mir hole, dann sterbe ich, weil ich einem Landsmann helfe, und dies ist keine schlechte Sache.«

Der Gastwirt zuckte die Achseln, als wolle er sagen, was ich mir antat, ginge auf meine Kappe, führte mich zu einem dunklen und muffigen Zimmer im ersten Stock, und rief hinein: »Du hast einen Gast, Bursche!«

Aus der Dunkelheit kam ein mürrisches, knurrendes und hustendes Geräusch, mehr nicht.

Ich ging hinein. So sicher war ich mir, daß dies Torner war, daß sich mein Verstand schon mit den Geschichten füllte, die ich ihm erzählen wollte, von all meinen Reisen und Qualen und Frauen und so weiter, wobei eine Geschichte über die nächste stolperte, als ich sie schnell und eilends in meinem Kopf ordnete und überlegte, welche ich ihm zuerst erzählen sollte.

Doch der Mann war nicht Thomas Torner.

Es war ein kleiner, eingefallener, verfallener Mann mit käsigem Gesicht, rundem, kahlem Kopf und flechsigem, dünnen Bart, der zitterig und schwach am Fenster saß.

Als ich eintrat, blickte er zu mir auf, sah mich jedoch nicht, denn seine Augen waren fahl und blind, und er schnüffelte laut, als würde er mich allein durch den Geruch finden.

»Es heißt«, sagte ich, und es fiel mir nicht leicht, nach einem so langen Aufenthalt hier die richtigen englischen Redewendungen zu finden, »Ihr seid ein Engländer.«

»Aye.«

»Ich bin auch einer, der seit zwanzig Jahren an diesen Gestaden weilt.«

Darauf erwiderte er nichts.

»Geht es Euch nicht gut?« sagte ich. »Kann ich Euch irgendwie helfen?«

»Ich möchte sterben, kann es aber nicht. Mein Leben ist vorbei, und dennoch lebe ich weiter.«

»Sagt niemals, Ihr würdet den Tod willkommen heißen, bis zu dem Augenblick, da der Tod auf Euch liegt. Kommt, Bruder, gehen wir ein Stück in der frischen Luft des Strandes.«

»Laßt mich in Ruhe.«

»Die Brise wird Euer Blut wieder zum Fließen bringen und Eure Gesundheit wiederherstellen.«

»Laßt mich in Ruhe. Ich habe nicht den Wunsch, daß meine Gesundheit wiederhergestellt wird.«

»Ich bitte Euch, Bruder . . .«

»Verdammt, laßt mich in Ruhe!« schrie er mit einem eulenhaften Krächzen, das mehr Pein denn Zorn enthielt. Speichel befleckte sein Gesicht, und er erhob sich ein Stück von seinem Stuhl und schlug mit einer zur Klaue geformten Hand nach mir, konnte sich aber nicht vollends erheben und fiel zitternd wieder zurück, saß zusammengekauert und fahrig da. »Seht Ihr nicht«, sagte er mit sehr leiser Stimme, »ich bin zu schwach, um zu stehen! Und doch kann ich nicht sterben. Und doch verschmäht mich der Tod.«

»Das sehe ich«, sagte ich. Und es galt ihm mein ganzes Mitleid, denn er war ein elender Sterblicher in höchster Not, und es war meine christliche Pflicht, ihn zu trösten. Ich zog einen zweiten Stuhl heran und setzte mich neben ihn. »Laßt mich Euch helfen, wie ich nur kann«, sagte ich, »denn wenn ein Engländer nicht dem anderen hilft, wer soll ihm überhaupt helfen?«

Er sah mich weniger düster an und beruhigte sich etwas.

»Sagt mir, wie Ihr an diesen Ort gekommen seid, Freund«, sagte ich.

»Die Portugiesen haben mich hergebracht«, erwiderte er, »nachdem sie mich fünf Jahre lang als Sklaven auf ihren Galeeren hatten, und einmal haben sie mich ausgepeitscht, bis ich nicht mehr aufrecht gehen konnte, und danach verlor ich mein Augenlicht; und sie brachten mich nach São Tomé, doch dort war ich nicht erwünscht, und sie brachten mich hierher, auf daß ich hier sterbe.«

»Ihr habt viel gelitten.«

»Sie haben mich völlig zerstört. Aber sie hatten Grund, mir zu schaden, denn ich war einmal ein Freibeuter-Kapitän, durchstöberte König Philips Meere und machte große Beute an seinen Schiffen, bis sie mich griffen.«

»Ah«, sagte ich, »ich war auch einmal Freibeuter, wenngleich ich auch kaum Beute gemacht habe. Wo kommt Ihr her?«

»Aus Essex«, sagte er. »Ich komme aus der Stadt Leigh, die nah dem Meer liegt. Kennt Ihr sie zufällig?«

»Aye«, sagte ich.

Und ein gewaltiges Frösteln lief mein Rückgrat hinab, nachdem er dies gesagt hatte, und ich war bald gelähmt vor Erstaunen, und mein Atem kam in plötzlichen, heftigen Stößen aus meiner pochenden Brust; denn ich beugte mich zu ihm hinüber, versuchte, die Umrisse seines Gesichts unter den Veränderungen auszumachen, die die Jahre bei ihm bewirkt hatten, und ich sah, daß ich ihn kannte, obwohl ich beinahe nicht glauben konnte, daß dieser Mann . . . dieser Mann . . .

»Mein Name«, sagte er, und obwohl er es mit einem kratzigen Flüstern sagte, explodierten die Worte in meinen Ohren wie das Bombardement von hundert Kanonen, »mein Name ist Abraham Cocke.«

»Ah, das dachte ich mir!«

Und einen Augenblick lang überlegte ich mir, ihn totzuschlagen, wie ich es mir so oft vorgestellt hatte, wenn ich diesem Mann jemals noch einmal begegnen sollte. Doch wie konnte ich diesen schwachen, alten Schurken schlagen, den die Jahre und die Not schon vernichtet hatten?

»Ihr kennt mich?«

»Ihr seid dieser große Kapitän«, sagte ich, »der im April des Jahres 1589 mit zwei Pinassen aus der Thema auslief, mit der *May-Morning* und der *Dolphin*, und der den Fluß de la Plata als Ziel hatte.«

Er erhob sich halbwegs und öffnete weit seine blinden Augen, obwohl es ihm nichts half, denn er konnte mich nicht sehen.

»Ihr wißt von diesen Schiffen? Ihr erinnert Euch an diese Reise? Wer seid Ihr? In Jesu Namen, wer seid Ihr, Mann?«

»Ich bin Andrew Battell.«

»Andrew Battell?« Er sprach den Namen ruhig, neugierig wie jemand, der ihn nie zuvor gehört hatte. »Battell? Das ist ein Name aus Leigh, nicht wahr?«

»Thomas James Battell war mein Vater, und meine Brüder waren die Seefahrer Thomas und Henry und John.«

»Ah. Ich kenne diese Namen.«

»Und der Name Andrew Battell ist Euch unbekannt?«

»Er hallt in meinem Kopf, aber ich kann ihn nicht richtig unterbringen.«

»Nay«, sagte ich, »es ist so viele Jahre her, daß Ihr es sicher vergessen habt. Doch wir kämpften gemeinsam gegen die Armada, auf der *Margaret and John.*«

»Aye. Ich erinnere mich gut an dieses Schiff.«

»Und danach fuhrt Ihr mit der *May-Morning* und der *Dolphin* auf Kaperfahrt . . .«

»Aye.«

»Und ich gehörte zu Eurer Besatzung.«

»Es ist so lange her, guter Andrew.«

»Aye, einundzwanzig Jahre, diesen April. Und wir segelten zuerst in afrikanischen Gewässern, sogar nach São Tomé, und dann westlich, eine schwere Reise, auf der wir große Not litten.«

»Aye, eine schwere Reise.«

Ich erzitterte vor Wut, als ich mich daran erinnerte. »Und da war eine Insel namens São Sebastião, unter dem Wendekreis des Steinbocks, wo wir fürchterlichen Hunger litten. Und Ihr bestimmtet ein paar Männer, die an Land gehen und Nahrung und Wasser beschaffen sollten.«

»Es ist so lange her. Ich kann mich nicht erinnern. Es gab so viele Reisen, so viele Inseln.«

»Ihr wähltet ein paar Matrosen aus und schicktet sie auf die Insel, und dann fielen Indianer über sie her. Und erschlugen ein paar von uns. Einige entkamen. Doch wir waren auf dieser Insel verloren, denn unser Kapitän war davongesegelt, ohne nach uns zu suchen, und ich war unter diesen Männern, Kapitän Cocke.«

»Ah«, sagte er mit Grabesstimme. »Ah, ich glaube, ich erinnere mich schwach daran.«

Ich schob mein Gesicht vor das seine und sagte überaus streng: »Ich erinnere mich mehr als nur schwach dran, denn diese Tat, dort im Stich gelassen zu werden, hat mir mein gesamtes Leben gestohlen. Denn ich fiel den Portugiesen in die Hände, und im Juni '90 brachten sie mich als Gefangenen nach Angola, und seitdem bin ich dort.«

»Ah. Und Ihr seid Andrew Battell aus Leigh?«

»Der bin ich.«

»Ich dachte, diese Matrosen, die auf die Insel gingen, um Früchte und Wasser zu sammeln, wären tot.«

»Und Ihr seid nicht zurückgekommen, um nach uns zu suchen?«

»Aber warum sollte ich das Leben der anderen in Gefahr bringen, wenn ihr doch tot wart?«

»Und wenn wir nicht tot waren? Und wenn wir noch lebten, Kapitän Cocke, und in die Sklaverei gingen, weil Ihr nicht nach uns gesucht habt?«

Sein Gesicht war grau, sein Kopf gebeugt.

Sein Körper zitterte, als kämen ihm die Tränen, doch seine Wangen waren trocken.

»Ich habe geschworen«, sagte ich, »Euch mit bloßen Händen zu erschlagen, Cocke, sollte ich Euch jemals finden, weil Ihr mein Leben zerstört habt.«

»Aye. Dann erschlagt mich«, sagte er freudlos.

»Ihr habt mir das Leben genommen. Ihr habt mich in unvorstellbare Gefahren und Qualen geschickt.«

»Dann erschlagt mich«, sagte er erneut. »Es war nicht meine Absicht, Euch dort zurückzulassen. Ich war mir sicher, daß ihr alle tot wart. Aber es war eine Sünde, eine überaus ernste Sünde, nicht nach Euch gesucht zu haben. Erschlagt mich.«

Er hatte keine Angst. Er bettelte um meine Rache.

Ah, was sollte ich tun? Ihn jetzt töten?

»Das werde ich nicht«, sagte ich.

»Was sagt Ihr da?«

»Wir sind alte Männer«, sagte ich düster, »und mein Leben hat seinen Weg genommen, und ich glaube, Eure Zeit ist beinahe abgelaufen. Welches Vergnügen bereitet es mir, Euch jetzt zu töten? Welche Rache? Wird sie mir diese zwanzig Jahre zurückgeben, Cocke?«

»Um Jesu willen, tut es!«

»Ich werde es nicht tun.« Und ich sagte: »Warum seid Ihr so versessen zu sterben?«

Woraufhin er erwiderte: »Seht Ihr mich nicht? Blind und gebrochen und schwach wie eine zertretene Spinne? Warum sollte ich leben? Ah, Ihr haßt mich so sehr, daß Ihr mich bestrafen wollt, indem Ihr mich am Leben laßt, ist es das, Battell? Aye. Aye, ich verstehe das. Ich habe Euer Leben genommen, und Ihr bestraft mich, indem Ihr mir das meine schenkt. Aber das ist grausam von Euch, überaus grausam.«

»Ich hasse Euch nicht mehr«, sagte ich. »Ich verabscheue die Tat, die Ihr mir angetan habt, aber Ihr wart nur der erste von vielen, die mich betrogen und verraten haben, und wie kann ich in meinem Herzen Platz genug haben, sie alle zu hassen? Nay, Cocke, ich empfinde nichts für Euch, nichts!«

»Ich habe Schmerzen. Um Christi Gnade willen, schlagt zu und bereitet meinem Leiden ein Ende.«

»Das werde ich nicht tun«, sagte ich. »Sitzt hier und denkt über Euer Leben nach und zittert und werdet meinetwegen alt in diesem Zimmer. Ich werde bald nach England segeln. Soll ich Euern Freunden in Leigh Grüße bestellen?«

»Ich kenne niemanden . . . niemanden . . .«

Er erzitterte wieder, als weinte er, und diesmal kamen tatsächlich Tränen, sehr reichlich, ein Strom, der seine eingefallenen Wangen hinabrann. Ich erhob mich und ging, ohne mich von ihm zu verabschieden.

»Battell, in Jesu Namen!« rief er mir hinterher. »Kommt zurück! Macht mir ein Ende!«

Ich schritt schnell durch die Straßen am Hafen; in meinem Kopf drehte sich alles, weil ich ihn gesehen hatte und weil er so heruntergekommen war und um den Tod bettelte. Ich dachte an die Worte, die zwischen uns gefallen waren, und daß ich ihm gesagt hatte, ich würde ihn nicht mehr hassen. Doch haßte ich ihn wirklich nicht mehr? Nay, mein Zorn war nicht gewichen; doch der Cocke, den ich verabscheute, war der von der Insel São Sebastião und nicht dieser jämmerliche alte Mann. Den anderen hätte ich gern totgeschlagen; für diesen empfand ich nur Mitleid und Mitgefühl, denn er hatte gelitten wie wir alle auf der Erde und war ein Sünder, der seine Strafe bekommen hatte und noch mehr bekommen würde und der zumindest äußerlich Reue zeigte. Mich dünkte, die beste Rache, die ich an ihm nehmen konnte, war die, ihn in seinem Elend und Schmerz leben zu lassen. Nun saß er dort in seinem Zimmer und wußte, daß die Erlösung, die der Tod für ihn bedeutete, zehn Zoll vor ihm gestanden hatte und ihm nicht gewährt worden war. Das mußte fürwahr bitter für ihn sein.

Und so verließ ich ihn, zumindest für die beiden nächsten Tage. Dann jedoch erbarmte sich mein Herz: selbst für Abraham Cocke von der *May-Morning* und der *Dolphin.* Und ich entschloß mich, dem Bösen mit Gutem zu begegnen, wie der Herr es uns geboten hat. So schickte ich einen meiner Negerknaben auf den Markt, um ein gewisses Gift zu erwerben, das die Schwarzmohren beim Fischfang benutzten und mit dem sie die betäubten Geschöpfe veranlassen, an die Wasseroberfläche zu steigen, wo sie dann mit dem Netz eingefangen werden. Und ich trug dem Knaben auf, die Phiole mit diesem Gift ins Wirtshaus zu bringen, sie Cocke zu geben und ihm zu sagen: »Dies ist von Andrew Battell, der Barmherzigkeit willen, damit Ihr Euern Weg schneller zurücklegen könnt.«

Ich weiß nicht, ob er das Gift benutzte, doch ich glaube schon. Denn am nächsten Tag führten mich meine Streifzüge zu diesem Inn, und ich sah, wie ein Sarg hinausgetragen wurde, und erkundigte mich bei dem Gastwirt danach, der sagte: »Das ist dieser ungehobelte Engländer, der in dieser Nacht ganz plötzlich gestorben ist.«

Und so erfährt seine Seele nun das Fegefeuer für seine vielen Missetaten, auch die ernsten, die er durch Nachlässigkeit oder Böswilligkeit mir zugefügt hatte; und unter diese Rechnung zwischen Abraham Cocke und mir ist nun ein Strich gezogen. Ich habe manchmal ein oder zwei Gebete für seinen Seelenfrieden gesprochen.

In meinen letzten Tagen in São Paulo de Luanda begegnete ich auch einer zweiten Person aus früheren Jahren, mit der ebenfalls eine mächtige Verwandlung vonstatten gegangen war und die mir eine große Überraschung bereitete. Dies ereignete sich, als ich mich vor der großen Kirche der Stadt befand, die Glocke läutete und ein Dutzend schwarze Nonnen herauskamen, alle in ihren Zevvera-gestreiften Trachten und mit gesenkten Köpfen. Diese heiligen Frauen gingen im Gänsemarsch an mir vorbei zu ihrem Kloster; alle bis auf eine, die aus der Reihe trat, zögernd stehenblieb und zu mir zurückschaute. Und ich sah sie an, doch nur beiläufig, denn ich kannte keine Nonnen. Und doch stand sie da, musterte mich, ergründete mein Gesicht, trat schließlich näher zu mir und sagte mit leiser, sanfter Stimme: »Du bist Andres, nicht wahr?«

»Der bin ich.«

»Und ich bin dir eine Fremde?«

Ich lächelte und sagte: »Ich kenne Euch nicht, gute Schwester.«

»Ah, ich glaube, du kennst mich sehr gut«, sagte sie.

Ich betrachtete sie näher, und es war immer noch ein Mysterium, denn sie war eine Frau mittleren Alters, mit einem runden, herzlichen Gesicht, hellen, freundlichen Augen und einer Haut, die eher rötlichbraun denn schwarz gefärbt war. Und als ich sie musterte, fiel der Schleier der Jahre von mir ab, und ich sah vor meinem geistigen Auge keine Nonne mehr, sondern ein Mädchen von vielleicht vierzehn Jahren, drall und nackt, mit festen, hochstehenden Brüsten, einem starken, runden Gesäß und einem Brandzeichen der Sklaverei an der Innenseite ihres Schenkels, direkt unter den Lenden. Und ich schämte mich dafür, denn es ist nicht anständig, sich eine Nonne so vorzustellen. Doch ich sah auch, wie dieses fesche nackte Mädchen mich umarmte, und in meinem Gedächtnis hörte ich ihre keuchenden Geräusche des Entzückens, und heiße Wogen des Erstaunens brandeten durch meine Seele.

»Matamba?« fragte ich stammelnd.

Sie nickte. »Aber das ist nicht mehr mein Name. Es war nie mein Name, obwohl es mir nicht schlecht gefallen hat, daß du mich so genannt hast, Andres. Ich bin nun Schwester Isabel, und als Schwester Isabel werde ich sterben.«

»Ah, es tut meinem Herzen gut, dich noch einmal zu sehen!« rief ich. »Denn nach meiner Rückkehr in diese Stadt habe ich lange nach dir gesucht. Aber niemand wußte von dir.«

»Nay«, sagte sie, »die Matamba, die deine Sklavin war, ist tot, und die Matamba, die so oft auf dem Hurenmarkt benutzt wurde, ist tot, und nur noch Schwester Isabel lebt in diesem Körper. O Andres, Andres, wie ich mich freue, daß der Herr dich behütet hat! Komm, nimm meine Hand, laß uns unsere Freundschaft erneuern!«

Und sie nahm meine Hände in die ihren und drückte sie überaus fest, woraufhin ich wieder Scham empfand.

»Ist dies erlaubt?« fragte ich. »Wo du nun eine Nonne bist?«

»Es fügt uns keinen Schaden zu, wenn wir uns berühren«, sagte sie. »Denn wir sind alte Freunde, und wir haben keine Geheimnisse zwischen uns. Willst du mir hineinfolgen?«

»Aye.«

Ich ging mit ihr in die Kirche, auch wenn es eine katholische war, denn es war kühl und dunkel und leer darin, und wir konnten sitzen, und ich war nicht mehr versessen darauf, in der heißen Sonne zu stehen. Wir wählten eine Bank und setzten uns einander gegenüber, diese Nonne und ich, und ihre Augen strahlten vor Vergnügen, und ihr Lächeln war wie das klare Licht der Morgendämmerung.

»Ich dachte, du wärst unter den Jaqqas umgekommen«, sagte sie. »Denn so hieß es hier: Daß du von ihnen ergriffen und vor langer Zeit erschlagen worden seist.«

»Dem war nicht so. Ich bin freiwillig zu ihnen gegangen, denn ich zog ihre Gesellschaft der der Portugiesen vor.«

»Aye, das hast du getan? Du hast also unter den Jaqqas gelebt?«

»Und neben ihrem König gespeist, und mein Blut mit dem des Königs Bruder vermischt und viele andere seltsame Taten begangen, über die ich nicht sprechen möchte. Denn für diese Dinge kenne ich etwas Schuld.«

Sie betrachtete sorgsam mein Gesicht. »Gott wird dir alles verzeihen«, sagte sie nach einer Weile.

»Darum bitte ich Ihn ständig. Und du? Dieses Nonnentum – wie bist du dazu gekommen?«

»Nun, welchen anderen Hafen gab es für mich? Als du fort warst, hätten sie mich wieder zu einer Hure gemacht, und in der Tat behandelten mich einige Portugiesen so; doch ich ging zu den Priestern und bot mich für ihren Dienst an, und sie nahmen mir vor vier Jahren das Gelübde ab. Und ich bin sehr glücklich. Ich bin nun allen Qualen entkommen.«

»Aye«, sagte ich. »Du hast deine Reise gemacht, und du bist zur Ruhe gekommen.«

»So ist es. Ich helfe den Kranken; ich tröste die Sterbenden; ich spreche meine Gebete und komme meinen Pflichten nach. Dafür bin ich auf die Welt gekommen, Andres, obwohl ich lange brauchte, meine Berufung zu finden. Und dir verdanke ich mein Leben.«

»Mir, fürwahr?«

»Aye«, sagte sie und nahm wieder meine Hand, herzlich, eher wie eine Geliebte denn wie eine Nonne. »Denn du hast mich aus der Sklaverei gekauft und bei dir aufgenommen und mir gezeigt, wie anständige christliche Menschen ihr Leben führen. Das war meine Errettung, denn ansonsten wäre ich Sklavin in Amerika geworden und hätte mich wahrscheinlich schon vor langer Zeit zu Tode gearbeitet. Und dann hast du mich ein zweites Mal gerettet, als man mich auf den Hurenmarkt geworfen hatte; und du hast mich gepflegt und mir meine Gesundheit zurückgegeben. Ich werde Gott immer dankbar sein, daß er dich mir geschickt hat.«

»Und ich habe ihm oft für dich gedankt, Matamba.«

»Schwester Isabel bin ich jetzt.«

»Verzeihung. Schwester Isabel. Aber ich habe mich immer an unsere Liebe erinnert und wie süß sie war. Ist es Blasphemie, jetzt an solche Dinge zu denken? Nun, da du eine . . .«

»Nay«, sagte sie. »Es war wirklich und echt. Wir müssen es nicht verleugnen. Ich habe in deiner Umarmung Erfüllung gefunden, Andres.«

»Und ich in deiner.«

»Und wir hatten unsere Zeit, und es war eine schöne Zeit, und nun sind wir in andere Welten aufgebrochen, und so sei es. Was wirst du nun tun?«

»Endlich nach England zurückkehren.«

»Ah. Wann denn?«

»In ein paar Tagen, mehr nicht.«

»Der Herr gehe mit dir, beschleunige deine Reise und beschere dir eine glückliche Heimkehr.«

»Darum bete ich auch, Schwester Isabel.«

»Du gehst allein?«

»Ich habe zwei Knaben, Sklaven. Ich werde sie bitten, mich zu begleiten, denn ich weiß nicht, was hier aus ihnen werden wird, und sie mögen mich sehr und ich sie auch.«

»Es gab einmal eine Portugiesin . . .«

»Ja, Doña Teresa. Die Jaqqas haben sie erschlagen.« Und ich wandte plötzlich den Blick ab, denn diese schreckliche Szene erwachte erneut in meinem Verstand, und ich hörte Geräusche und sah Bilder, an die ich mich lieber nicht erinnert hätte.

In meinem Schmerz rückte Schwester Isabel eng zu mir und sagte: »Ich weiß, du hast sie sehr geliebt.«

»Das werde ich nicht abstreiten.«

»Es spielt keine Rolle. Ich weiß, daß du mich geliebt hast, und du hast auch sie geliebt, und es gab in deinem Herzen Platz für uns beide. Erinnerst du dich«, sagte sie dann mit einem fast mädchenhaften Lachen, »wie sie und ich wie wilde Tiere miteinander gekämpft und uns aus Eifersucht gekratzt und uns die Kleider vom Leib gerissen haben?«

»Wie könnte ich das jemals vergessen?«

»Genausowenig wie ich. Sie war wie ein Dämon. Aber ich teilte genausoviel aus wie ich einsteckte. Ich glaube, diese Frau war eine Hexe, Andres, und ich glaube, daß sie jetzt dafür leidet.«

»Am Ende bat sie Gott um Vergebung und betete aufrichtig. Ich war bei ihr.«

»Es ist so lange her, Andres, so sehr lange her.«

»Es waren gute Zeiten damals, als wir zusammen waren.«

»Das waren sie. Ohne Scham sage ich dir, daß ich große Freude an deinem Körper nahm.«

»Und ich an dem deinen«, erwiderte ich. »Darf ich solche Dinge zu einer heiligen Schwester sagen?«

»Zu jener Zeit war es rechtmäßig, was wir taten, und unsere Freude war das Maß dieser Rechtmäßigkeit. Ich freue mich so sehr, dich dieses letzte Mal zu sehen und mit dir auf all diese Dinge zurückzublicken.« In ihren Augen lag ein heftiges Leuchten, als sie sich an diese Dinge aus alten Zeiten erinnerte, fast schon ein Strahlen. Dann erhob sie sich.

»Komm. Ich habe meine Pflichten, und ich darf sie nicht vernachlässigen.«

»Nur noch eine Minute mit dir«, sagte ich.

»Natürlich.«

Ich sah sie an. Ein phantastischer Plan kam mir in den Sinn, daß sie mit mir nach England kommen solle und wir in der Erneuerung der Liebe, die wir einst gekannt hatten, zusammenlebten – keusch, heißt das, sie und ich. Denn wir waren die einzigen Überlebenden der Vergangenheit, und es war eine Schande, daß wir uns trennen sollten, nachdem wir uns nun wiedergefunden hatten.

Doch dieser Plan, der mir einen Augenblick lang so wertvoll erschien, verfiel schon im Moment darauf zur Absurdität, als ich seinen Wahnsinn betrachtete: daß ich in England, in diesem protestantischen Land – einen Haushalt – ob nun keusch oder nicht – mit einer schwarzen katholischen Nonne führen sollte. Es konnte nicht sein. Und es war auch nicht wahrscheinlich, daß sie, selbst aus Liebe zu mir, mir folgen und ihre Berufung und ihren Heimatkontinent verlassen würde. So schluckte ich die Worte, als sie in mir emporstiegen, und sagte nichts und drückte nur ihre Hände mit all meiner Liebe mit den meinen.

»Lebwohl, Matamba Schwester Isabel«, sagte ich dann schließlich.

»Lebwohl, Andres. Gottes Liebe gehe mit dir. Du weißt, daß meine immer bei dir ist.«

Und sie spitzte ihre Lippen und gab mir einen flüchtigen Kuß, was niemals Teil ihres Liebesspiels gewesen war, und dann war sie fort, schritt zum Kirchenportal und hinaus ins helle Sonnenlicht.

5

Kurz darauf kam ein Bote vom Gouverneur zu meiner Behausung und sagte, das Schiff sei bereit und ich solle mich auf den Aufbruch vorbereiten. Was ich kaum glauben konnte, nachdem ich so lange von diesem Tag geträumt hatte. Denn wenn wir zu lange von einer Sache träumen, läßt sich die Verwirklichung dieser Sache schließlich nicht mehr vom Traum unterscheiden und verliert jede Wirklichkeit. Ich dachte, ich würde vor Freude weinen, wenn der Tag kam, da sie mir sagten, ich könne gehen; doch der Tag war gekommen, und ich weinte nicht. Freude verspürte ich schon, aber nur eine unterdrückte; man weint nicht vor Freude, wenn man das Weinen im Geist schon eingeübt hat. Ich glaube, es muß einen unerwartet überkommen.

Ich trug meine wenigen Besitztümer und mein bißchen Gold zusammen und ging ein letztes Mal unter der heißen afrikanischen Sonne durch die Stadt. Die Sonne ging unter, und im Westen lag ein Streifen von schrecklicher Schönheit am Horizont, der wie Blut aussah. Ich fühlte, wie ein befremdliches Bedauern in mir emporstieg, daß ich diesen Ort, den ich so unwillig betreten hatte, nun verlassen sollte. Er war in diesen zwanzig Jahren zu meiner Heimat geworden.

Doch England ist immer die größere und wahrere Heimat, gleichgültig, wie weit wir wandern. Und das Schiff wartete, und ich hatte niemandem Lebwohl zu sagen, nachdem ich mich schon von Matamba verabschiedet hatte, Pinto Cabral auf einer Sklavenfahrt unterwegs war und sich fast alle anderen Bekannten meines afrikanischen Lebens nun im Jenseits befanden: Doña Teresa, Don João, Serrão, Barbosa, Nicolau Cabral, Kinguri und all die vielen anderen, bis auf, glaube ich, den Imbe-Jaqqa Calandola, der nicht sterben konnte. Und von ihm würde es niemals einen Abschied geben: Er bleibt auf ewig in meiner Seele, wie ein schwarzer Nebel, der sich des Nachts ungebeten aus den Tiefen erhebt.

Das Schiff war eine Handelskarracke von sechshundert Tonnen, die *Santa Catalina,* die reich mit einer Fracht von Elephantozähnen und anderen afrikanischen Schätzen beladen war und über eine gemischte Mannschaft aus Portugiesen und Spaniern verfügte. Sie hatte Cadiz zum Ziel und dann Lissabon, wo ich, wie man mir versichert hatte, eine Überfahrt nach England bekommen würde. Ihr Kapitän war ein gewisser Pedro Teixeira, der mich mit großer Höflichkeit und Freundlichkeit behandelte und mir eine gute Kabine anbot. »Ihr seid alt«, sagte er, »und man hat mir gesagt, daß Ihr Portugal große Dienste erwiesen habt, und ich möchte, daß Ihr gut schlaft in diesen Nächten.« Und seine Worte trafen mich in zweifacher Hinsicht tief: denn im Inneren hatte ich noch nicht begriffen, daß ich alt geworden war, und ich würde von mir auch nicht sagen, daß ich Portugal große Dienste erwiesen hätte, diesem Land, das so lange der Feind des meinen gewesen war. Doch diese beiden Dinge waren durch und durch wahr, ob es mir nun gefiel oder nicht.

Ich nahm nur einen meiner Schwarzmohr-Knaben auf die Reise mit; er war zwölf Jahre alt und sehr begierig, England zu sehen. Doch der andere wollte mich nicht begleiten und bat mich, ihn in Angola zu verkaufen, was ich ihm auch gewährte. Dieser Junge, den ich mitnahm, hatte keinen Namen, denn er hatte ihn während seiner Gefangenschaft vergessen, und nun gab ich ihm einen, und zwar Francis, zu Ehren des großen Drake.

An einem Märztage von äußerster Klarheit der Sonne im Jahre des Herrn 1610 setzten wir die Segel, fuhren an der Insel Luanda vorbei und aufs offene Meer. Und ich drehte mich um und schaute zurück zu der festgebackenen Erde und den großen Bäumen von Angola und zu der Festung der Stadt auf ihrem Hügel, wo ich als Gefangener gelegen hatte. Und es war, als zöge mein ganzes Leben in Afrika auf einmal vor meinen Augen vorbei, meine Kriege und Dienste und Verletzungen, meine Jahre unter den Portugiesen und den Jaqqas, und meine Weiber und die Frauen, die ich geliebt hatte, all das in einem einzigen großen Blitz, der mich benommen machte, und ich mußte mich an der Reling festhalten, um nicht zu stürzen. Und ein spanischer Matrose sprang zu mir und sagte: »Lehnt Euch an mich, alter Mann, und ich werde Euch stützen.«

»So alt bin ich nicht«, sagte ich, schmerzlich getroffen, dieses Wort zum zweiten Mal in einer Stunde zu hören, *velho* von den Lippen des Kapitäns und *viejo* von denen des anderen, wobei jedoch die Bedeutung gleich war und beide den gleichen, tiefen Klang hatten. Woraufhin der Junge lächelte, denn er war nicht mehr als dreiundzwanzig und ich alt genug, um sein Vater sein zu können. In meiner Vorstellung war ich immer noch der goldenhaarige Junge, der England verlassen hatte, doch in seinen Augen, so fürchte ich, schien ich von der Zeit ausgedörrt und verwittert und eingefallen zu sein.

Und ich sagte: »Es war der Ansturm der Erinnerungen, der mich geschwächt hat, denn ich verlasse ein Land, in dem ich lange, lange Zeit verbracht habe.«

»Und Ihr geht ungern, Vater?«

»Nay«, sagte ich, »ich kehre gern nach Hause zurück.«

Doch ich wußte, daß meine Gefühle in dieser Hinsicht gemischt waren.

Ich blieb dort stehen und schaute zu dem Hügel zurück. Und es kam eine Wolke und verdunkelte das Land, und ich glaubte, in den Rundungen und Krümmungen dieses Hügels das Gesicht des Imbe Calandola zu sehen, und stellte mir vor, wie er mir mit seiner lauten, tiefen Stimme zurief: »Andubatil! Andubatil!« Und so wandte ich ihm den Rücken zu, und ganz Afrika, und schaute auf die gewaltige, sonnenfunkelnde, blaugrüne Brust des Ozeans hinaus.

Unser Schiff war langsam und schwer, und die Winde waren widrig, wie sie es immer sind; doch wir entfernten uns langsam, aber gleichmäßig von der Küste. Ich schaute wieder zum Land zurück, dachte, wie ein Lotse denkt, daß ich dieses Kap kenne und jenes und daß dort drüben die Zairemündung sein muß und dort Cabo de Palmar im Land Loango und dort Kabinda, und so weiter und so fort. Diese Namen nannte ich den Matrosen, die erst wenig Dienst in Afrika geleistet hatten und mit jenen Landmarken unvertraut waren; und auch sie lächelten mir zu und hielten mich zweifellos für einen törichten, wenn auch gutherzigen Alten.

Doch einige kamen zu mir und baten mich um Geschichten aus Angola, und ich berichtete ihnen einige und verriet ihnen etwas meines Lotsenwissens, das in meinem Geist noch immer scharf war. Es waren gute Matrosen, Männer von Kühnheit und Fleiß, die von Jugend an mit dem Tagwerk der See aufgewachsen waren. Es bereitete mir zuerst Unbehagen, unter so vielen Spaniern zu sein, nachdem sie, seit ich ein Junge war, die Feinde meiner Nation gewesen waren. Doch dieser Krieg hatte ein Ende gefunden, und diese Männer brachten mir keine Feindschaft entgegen. Und warum sollten sie es auch? Die meisten waren zur Zeit der Armada erst Säuglinge gewesen. Sie sagten, England und Spanien lebten nicht nur im Frieden, sondern trieben auch viel Handel miteinander, und es gab Gerüchte, daß der Sohn des Königs von England, Charles, vielleicht eine spanische Prinzessin heiraten würde, was ich doch für überaus wundersam hielt.

»Was?« sagte ich. »Und Drake und Raleigh schlucken das und statten dem Hof König Philips einen Höflichkeitsbesuch ab?«

Doch die Namen Drake und Raleigh bedeuteten diesen Jungen nichts; und von Kapitän Teixeira erfuhr ich die Wahrheit, nämlich, daß Drake schon lange tot war, wie auch John Hawkins 1596 vor der Nordostküste Südamerikas auf einer unglücklichen Reise gestorben; und Raleigh war es kaum besser ergangen, nachdem König James ihn im Jahre des Herrn 1603 unter der Anklage des Verrats in den Tower geworfen hatte und er jetzt, sieben Jahre später, noch immer dort gefangen war. Und so wußte ich, daß ich ein sehr verändertes England betreten würde, in dem alte Helden als Verräter eingekerkert und die spanische Zunge in den Gemächern unseres Königs gehört werden konnte. Und dies lehrte mich viel über die Veränderungen, die der Zahn der Zeit eingenagt hatte.

Wir reisten unter einer brennenden, geschwollenen Sonne vorbei an den hochtropischen Landen und an Guinea und am Vorgebirge Sierra Leona und in den Breitengrad des Kap Verde, und ein paar Tage darauf waren wir direkt unter dem Wendekreis des Krebses. Am nächsten Tag sichteten wir ein Schiff, das gegen den Wind zu uns fuhr und sich als französischer Freibeuter von neunzig Tonnen erwies. Es kam hartnäckig und verzweifelt auf uns zu, stellte fest, daß wir ein Handelsschiff waren, und hielt uns für schwach und eine leichte Beute. Die Franzosen legten sich also längsseits von uns, und es traten einige Männer in Rüstungen auf Deck und befahlen uns, die Segel zu streichen; woraufhin wir sie unter Feuer nahmen, mit Querfeuer, Kettenschüssen und Pfeilen, so daß ihnen das Oberwerk des Schiffes um die Ohren flog, wir alle diese Männer töteten und das Schiff mit unseren Geschützen schwer beschädigten.

Dann fiel der Franzose zurück, setzte die Segel und verschwand; und als wir das sahen, gaben wir ihm noch vier oder fünf gute Salven zum Abschied; und so wurden wir diesen Franzosen los. Das sind die Risiken der See. An diesem heißen Gefecht nahm ich nicht teil, da ich nur Passagier war und nicht gebraucht wurde. Doch es erinnerte mich an meine jungen Tage, denn dies war meine gefährlichste Passage, die ich seit der Armada gehabt hatte. Was ich zu den Matrosen sagte, und die jüngeren betrachteten mich mit so leeren Augen, als ich die Armada erwähnte, als hätte ich von den Kreuzzügen gesprochen. Nun, und eines Tages werden auch sie fünfzig Jahre alt sein, wenn ihnen so viel Glück gewährt ist. Denn niemand kann sich dem Lauf der Zeit entziehen oder ist vor ihm gefeit, wie sehr er dies auch denken mag, wenn er jung ist.

Dann setzten wir unseren Weg fort, und nach erstaunlich kurzer Zeit fuhren wir in die Straße von Cadiz ein. Hier entluden wir einen Großteil unserer Fracht, und ich ging an Land, um sagen zu können, einmal einen Fuß auf spanischen Boden gesetzt zu haben. Es regnete etwas, und die Luft war kalt, und ich hüllte mich eng in meine Kleidung, da diese Temperatur mir, der ich von meinem langen Leben in Afrika dünnhäutig geworden war, höchst rauh erschien. Und danach fuhren wir nach Lissabon, wo ich zwei Wochen in besserem Wetter verbrachte, bis ich an Bord des englischen Schiffes *Mary Christopher* gehen konnte, das mich nach Hause brachte.

Dies war schließlich eine Reise, die so schnell vonstatten ging, daß sie mir wie ein Traum vorkam. Denn am einen Tag betrat ich das Schiff, und – so stellte ich es mir vor – am nächsten war ich in meiner Heimat. Doch in Wirklichkeit trug sich dies nicht ganz so zu, denn ich zog mir ein Fieber zu und delirierte ein paar Tage; doch ich erholte mich wieder völlig. Der Name des Kapitäns lautete Nicholas Kenning, und sein Lotse hieß John Loxmith, und sie betrachteten mich – wie übrigens auch ihre Männer – wie ein überaus seltenes und zerbrechliches Exemplar Mensch, denn sie wußten, daß ich lange Zeit in afrikanischer Gefangenschaft verbracht hatte.

Wir bekamen einen guten Wind nach England, und durch Gottes Gunst und Vorsehung bekamen wir am siebenundzwanzigsten Tag des Junis im Jahre des Herrn 1610 The Lizard* in Sicht, wo wir unter heftige Winde gerieten, und am nächsten Tag erreichten wir etwa gegen neun Uhr morgens sicher den Hafen von Plymouth und dankten Gott für unsere gute Landkennung. Kenning und Loxmith waren neben mir, als ich auf Deck trat, und der Kapitän sagte: »Nun, Ihr seid wieder in England.«

»Ich dachte, ich würde bei diesem Anblick vor Freude weinen, doch seht! Meine Augen sind trocken, denn ich kann kaum glauben, daß ich hier bin.«

»Seid versichert, dies ist England.«

Und während er so sprach, gab der Himmel, der grau war, als eine Art Willkommen ein paar Regentropfen auf uns frei; und bei diesem Glücksstreich lachte ich sehr herzlich, und mein Gelächter verwandelte sich plötzlich in Tränen, wenn auch in solche der Freude: Ich, der ich mit trockenen Augen in den Hafen von Plymouth eingefahren war, wurde von diesem Regen freudig überrascht.

Ich ging an Land, wobei ich aber auf große Gesten verzichtete; nicht etwa, daß ich niederkniete und die Erde küßte oder so etwas. Doch ich verspürte eine ruhige Freude, die tief und rein und in jeder Faser meines Seins war. Denn ich war ein Engländer, der nach einer so unbedeutenden kleinen

* Halbinsel in Cornwall mit dem südlichsten Punkt Englands; Anm. d. Übers.

Reise von lediglich einundzwanzig Jahren wieder nach England zurückgekehrt war.

Plymouth ist immer voller Seeleute aus allen seltsamen Ecken der Erde, und so machte man keine Berühmtheit aus mir, wofür ich sehr dankbar war. Denn ich verlangte nur, leise in dieses mein Land zurückzukehren und mich an die Bräuche dort anzupassen, die mir nun seltsamer waren als jene des Calicansamba und Mofarigosat. Doch es war nicht so leicht. Bei einem Geldwechsler verschaffte ich mir englisches Geld, und die Silberstücke, die König James' Gesicht zeigten, kamen mir sehr seltsam vor, obwohl er durchaus königlich aussah, mit seinem geschwundenen Schnurrbart, dem Backenbart und den buschigen Brauen. Ich trat in eine Taverne und nahm eine Unterkunft für die Nacht für mich und den schwarzen Knaben Francis, der ungläubig schaute und ganz versessen auf die Wunder dieses Landes war. An diesem Abend aß ich eine Fleischpastete, die für mich überhaupt keinen Geschmack hatte und nach den Gerichten Afrikas nur ein laffes Ding ohne Gewürze war, und ich trank ein paar Seidel schaumigen Bieres, wobei ich jedoch den schweren, süßen Geschmack des Palmweines vermißte. Und in der Kühle der Nacht glaubte ich zu sterben, obwohl ich mich tief unter meinen Decken versteckte, auf meinem weichen Bett, das mir viel zu weich erschien.

Und so weiter und so fort: Es war mein erster Tag, und ich kannte England nicht mehr, sondern war, wie Moses einst von sich gesagt hatte, ein Fremder in einem fremden Land.

Ich bekam noch einen weiteren seltsamen ersten Eindruck von diesem neuen England. Es hatte den Anschein, daß ich in ein kleineres und stilleres Land zurückgekehrt war als das, was ich einst verlassen hatte. Zu Elisabeths Zeiten war das Volk lebhaft und unruhig gewesen und hatte es einen gewaltigen Aufruhr aus Leben und Kühnheit und einem die Erde umspannenden Wachstum gegeben: Und nun, unter James, spürte ich sofort, daß sich die Menschen vorsichtiger gaben, öfter furchtsam über die Schulter zurückschauten und mit weniger kräftigeren Stimmen sprachen. War es eine Täuschung? Ich glaube nicht; denn dieser erste Eindruck bestätigte sich mir in den folgenden Tagen und Wochen. Für England war ein gewisser großer Augenblick verstrichen und nur noch Erinnerung. Es war, als habe die Welt einst nur aus Feuer und Kristall bestanden und bestehe nun nur noch aus Wolle und Rauch und dunkelroten Funken in der Asche. Und ich bedauere, daß ich nicht hier war und diese Zeit des Feuers und Kristalls miterleben konnte; doch bei Jesu, zumindest habe ich gesehen, wie es in seiner frühen Reife brannte!

Wie immer gewöhnte ich mich schnell an meine Umgebung; und nach einem oder zwei Tagen kam mir Plymouth wieder ganz normal vor und schien sich kaum noch von den Erinnerungen zu unterscheiden, die ich daran hatte; und die Häuser und Straßen und Karren und so weiter erweckten den Anschein einer anständigen Stadt, wenngleich sie auch nicht sehr denen glich, in denen ich die letzten zwanzig Jahre verbracht hatte. Ich begegnete dem Kapitän eines Fischerbootes aus Essex, der nach Hause zurückkehrte, und heuerte ihn an, mich zu meinem Dorf Leigh zu bringen, und am Nachmittag stachen wir unter einem scharfen, lieblichen Wind in See. Dieser Kapitän brachte mich zu meinem Geburtsort, ohne auch nur einmal zu fragen, wo ich gewesen oder wie lange ich fort gewesen sei; manchen Engländern fehlt es wohl an dieser Neugier.

Schließlich trat ich also wieder auf diese vertrauten Straßen von Leigh, die wiederzusehen ich die Hoffnung nie aufgegeben hatte.

Meine Wanderungen waren vorüber. Wie der listige Odysseus war ich wieder nach Hause zurückgekehrt; doch es gab einen Unterschied, denn mich erwartete hier keine treue Penelope, kein guter Sohn Telemachus, kein treuer Hund und Hirte. Auf diesen Straßen und Gassen von Leigh war ich so einsam, als schritte ich über die Prachtstraßen des rötlichen Mars. Obwohl ich dieses und jenes Haus kannte, diesen Rasen und jenen Stall, ging von dem Dorf noch eine kühle Fremdartigkeit aus, als wolle die ganze Stadt sagen: *Wer bist du, alter Fremder, und warum bist du hierher gekommen?*

Und doch sollte es schon bald Überraschungen für mich geben. Meine Füße führten mich über diese und jene Straße, bis ich wie einer, der in einem Traum wandelt, plötzlich vor dem Haus meines Vaters stand, in dem ich geboren war. Eine alte, gebeugte und eingefallene Frau fegte die Stufen sehr energisch mit einem Besen, und als ich stehen blieb, sah sie mit runden und argwöhnischen Augen zu mir mit meinem vernarbten und sonnengebräunten Gesicht auf und zu dem Neger, der mit offenem Mund neben mir stand, als wären wir beide Erscheinungen.

»Ist dies das Haus von Thomas James Battell?« sagte ich.

»Das war es, aber er ist seit vielen Jahren schon tot und seine Söhne auch.«

»Daß der gute Thomas tot ist, weiß ich fürwahr«, sagte ich. »Aber nicht alle seine Söhne sind gestorben.«

»Nay, ist dem so?«

»Dem ist so, denn ich bin Andrew, der anno 1589 von hier aufbrach.«

»Nay! Das kann nicht sein!«

»Fürwahr, Großmutter, so ist es, und ich bin zurück von den Kriegen in Afrika, wo ich für die Portugiesen kämpfen mußte, und dieser Schwarzmohr-Knabe ist mein Begleiter, und ich habe ein wenig Gold in meiner Börse.«

Sie blinzelte und musterte mich von hier und von dort, verdrehte den Kopf und bespähte mich aus jedem Winkel. Und mit einem Kopfschütteln erklärte sie: »Aber Andrew war ein guter, starker, großer Junge, und Ihr seid gebeugt und alt!«

»Ah«, sagte ich, »er war ein Mann von dreißig Jahren, als er von hier aufbrach, und kein Junge mehr. Und ich bin einundfünfzig, und die Zeit hat mir übel mitgespielt. Doch ich bin Andrew Battell.«

»Ich glaube, du bist es«, sagte sie ein wenig widerwillig.

»Ich schwöre es beim Bart meines Vaters!«

»Ah, dann leistest du einen sehr starken Eid. Andrew Battell ist heimgekehrt! Ich sehe nun, daß du es bist. Doch wenn du Andrew Battell bist, wie du es sagst, wieso kennst du mich dann nicht?«

»Meine gute Dame«, sagte ich, der ich sie für eine Bedienstete des Hauses hielt, das einst das meines Vaters gewesen war, »es ist so viele Jahre her . . .«

»Fürwahr. Und ich habe dich zuerst auch nicht erkannt. Dennoch solltest du mich kennen, da die Zeit mich nicht so sehr verändert hat wie dich.«

Ich betrachtete sie genauer. Ihre Wangen waren wie die Landkarte der Welt, nur Linien und Einkerbungen. Ich dachte an alle alte Frauen aus Leigh, an die ich mich erinnern konnte, und sie war keine von ihnen; und dann dachte ich an die jüngeren Frauen, die jetzt auch schon siebzig oder in diesem Alter sein würden, die Mütter meiner Freunde, und dann brach die Wahrheit bei mir durch, und ich war zutiefst beschämt wegen meiner Torheit, daß ich sie in der Scheune gesucht und nicht direkt zum Herd vorgeschritten war.

»Gottes Blut! Mutter Cecily!«

»Aye, Kind.« Und sie lachte, ließ den Besen fallen und trat zu mir, und wir umarmten uns. Denn wer war sie, wenn nicht die Frau meines Vaters, die mich von Kindes an großgezogen, mir das Lesen beigebracht hatte und mit mir zur Themsemündung gegangen war, um mir einen frühen Geschmack der salzigen Luft zu geben? Ohne darüber nachzudenken, hatte ich vorausgesetzt, daß sie tot sei, da so viele Jahre verstrichen waren; doch sie war viel jünger gewesen als mein Vater und konnte nun nicht älter als sechsundsechzig sein oder vielleicht noch jünger. Warum also sollte sie nicht mehr leben, und auch noch im gleichen Haus?

Als ich sie schließlich losließ, traten wir zurück und musterten einander von neuem, und sie sagte: »Ich hielt dich einst an meiner Brust. Und nun sind wir beide zwei alte Leute, eher wie Bruder und Schwester denn wie Mutter und Sohn. Oh, Andrew, Andrew, wo bist du gewesen, was ist mit dir geschehen?«

»Es würde mich weitere zwanzig Jahre kosten, alles zu erzählen«, sagte ich.

Wir gingen ins Haus. Es war viel kleiner, als ich mich daran erinnerte, und dunkler; und doch war es vertraut und geliebt. Ich sah mich lange schweigend um und stand vor den Porträts meines Vaters Thomas und meiner Mutter Mary Martha und neigte den Kopf, um sie zu begrüßen, den Vater, den ich verehrt, und die Mutter, die ich nie gekannt hatte, und sagte: »Ich bin zurückgekehrt, und ich habe viel getan, und ich sage euch, euer Blut in meinen Adern ist gutes, kräftiges Blut, für das ich dankbar bin.«

Und dann erinnerte ich mich, daß ich durch eine feierliche Transfusion das Blut des Jaqqa Kinguri in meinen Adern hatte, und ich wandte mich verwirrt und beschämt ab.

Mutter Cecily bedachte ich so schnell mit Fragen, daß sie sie kaum beantworten konnte, über diese und jene Person, über Spielkameraden und Lehrer und so weiter, von denen einige tot, einige nach London gezogen waren und einige, so sagte sie, noch in Leigh lebten. Schließlich stellte ich ihr die Frage, die die erste hätte gewesen sein sollen, nur, daß ich nicht die Kraft gehabt hatte, sie ihr zu stellen, ohne sie vorher lange hinauszuschieben.

»Und erzähle mir auch, Mutter, von der, mit der ich vor langen Jahren verlobt war, von Anne Katherine. Was ist aus ihr geworden, welchen Lauf hat ihr Leben genommen, und hat sie je von mir gesprochen? Wo ist sie nun?«

Und ich wartete zitternd in dem langen Schweigen, das die Antwort meiner Stiefmutter war.

Dann sagte sie schließlich: »Warte hier und trinke einen Krug Ale, und ich werde bald zurück sein.«

So saß ich dort in der Küche dieses alten Hauses, und mein Herz hämmerte, und meine Lippen waren trocken, und ich wagte nicht zu denken, sondern saß nur steif da wie eine geschnitzte Statue. Lange Minuten verstrichen, und der Knabe Francis wanderte davon, berührte verwundert die Mauern und Böden, drückte die Lippen gegen die Fenster und so weiter. Dann hörte ich Schritte auf der Treppe, und meine Stiefmutter kam ins Haus zurück. Und bei ihr war solch ein Wunder, daß ich es wie einen Donnerschlag erfuhr.

Denn sie hatte Anne Katherine mitgebracht. Und ich meine nicht die faltige, alte Anne Katherine, mit der ich in diesem Jahre des Herrn 1610 vielleicht rechnen konnte, sondern die schöne und goldblonde Maid einer lange verstrichenen Zeit, die nicht älter als sechzehn oder siebzehn Jahre war, oder noch jünger, mit Haar wie leuchtende Seide und mit hellblauen Augen, und an ihrem Hals, auf dem süßen vollen Polster ihrer Brüste ruhend, war die Perle, die wie eine blaue Träne aussah, und sie hing an der Kette, die ich vor einer Ewigkeit von meinem Bruder Henry geschenkt bekommen und ihr als Geschenk überreicht hatte, als Beweis unserer Verlobung.

Ich zitterte, schrak zurück und riß die Hände hoch.

»Bei Gottes Tod, Frau« rief ich, »bist du jetzt eine Hexe?«

»Andrew . . .« rief meine Stiefmutter verängstigt. »Andrew, was plagt dich?«

Das Mädchen, das vor einem Augenblick noch gelächelt hatte, wich angesichts meines wilden Ausbruchs oder vielleicht aus Furcht vor meinem grobschlächtigen Aussehen verängstigt zurück.

»Wie kann das sein?« sagte ich mit belegter und furchtsamer Stimme. »Sie hat sich in diesen einundzwanzig Jahren nicht verändert! Welches *Nganga*-Werk ist dies, welche Hexerei?«

Meine Stiefmutter, die nun verstand, kam zu mir und sagte mit scharfer, leiser Stimme: »Die Sonne hat deinen Verstand zerrüttet, Junge! Hast du sie für deine Anne Katherine gehalten?«

»Sie ist ihr Ebenbild.«

»Das ist sie. Doch es ist Torheit, das Bild für die Wirklichkeit zu halten. Mädchen, sag ihm deinen Namen.«

»Kate Elizabeth«, antwortete sie mit hoher, aber süßer Stimme.

»Und deine Herkunft?«

»Die Tochter von Richard Hooker und Anne Katherine Hooker, die zuvor Anne Katherine Sawyer war.«

»Ah«, sagte ich. »Ihre Tochter! Jetzt ist es mir klar! Aber du siehst genauso aus wie sie, Kate Elizabeth!«

»Das sagt man oft. Nur heißt es, sie sei wunderschön gewesen, und ich glaube, ich bin nicht so schön wie sie es war.«

»*War?*«

»Aye«, sagte das Mädchen, »meine Mutter ist schon lange tot.«

»Ah«, sagte ich. Ich trat etwas näher an sie heran, musterte sie und sagte: »Ich glaubte, du wärest ihr Ebenbild, aber dem ist nicht so. Denn du bist noch schöner als deine Mutter, Mädchen!«

Farbe erblühte auf ihren Wangen, und sie wandte den Blick ab. Doch sie lächelte. Und sie war aufgeregt, denn ihre Brüste hoben und senkten sich sehr schnell unter ihrer Bluse, wie ich zu beobachten nicht umhin kam.

»Und wann ist deine Mutter gestorben?« fragte ich.

»Es war am Michaelisfest* vor sieben Jahren.«

»Ich werde an ihr Grab gehen. Du weißt, daß sie und ich einst verlobt waren?«

»Ich habe gehört, daß es einen Seefahrer gab, den sie liebte und der auf Freibeuterfahrt nach Amerika gegangen ist.«

»Ich war dieser Seemann.«

»Ja«, sagte sie. »Das weiß ich.« Ihre Schüchternheit und Furcht vor mir schmolzen rasch dahin. Sie berührte die Perle und sagte: »Als ich ein Kind war, hat meine Mutter oft von Euch gesprochen. Sie sagte, Ihr hättet ihr dies geschenkt und versprochen, mit Truhen voller Dublonen von Südamerika zurückzukehren, doch Ihr wäret auf See verschollen und bei einem Raubzug in Brasilien umgekommen.«

»Ah. So wurde es berichtet, was?«

»Sie wollte es nicht glauben, als man ihr sagte, Ihr wäret tot. Sie hat lange auf Euch gewartet, aufs Meer hinausgeschaut und gehofft, Ihr würdet eines Nachmittags von Plymouth kommen.«

»Das ist wahr, Andrew«, sagte meine Stiefmutter Cecily. »Jeden Tag ist sie zum Ufer gegangen und hat gewartet und gebetet. Und man drängte sie zur Heirat, doch sie sagte, sie wollte nicht. Bis schließlich sicher war, daß Ihr tot sein mußtet, und dann hat sie sich endlich mit Richard Hooker verlobt, dem Sohn des Advokaten.«

»Ich glaube, ich kann mich an ihn erinnern. Ein dunkelhaariger Mann mit einem strahlenden, guten Lächeln?«

* Dem 29. September; Anm. d. Übers.

»Aye, das war er!« rief das Mädchen.

»Ich hoffe, er hat sie gut behandelt.«

»Aye, er war ein überaus liebevoller Gatte. Und er schenkte ihr zwei Söhne und eine Tochter, und dann starb sie, und es war ein sehr schmerzlicher Verlust für ihn. Der wohl auch zu seinem frühen Tod geführt hat.«

»Dann ist er also auch tot.«

»Es ist vor drei Jahren geschehen.«

»Wie alt bist du, Mädchen?«

»Fünfzehn, Sir.«

»Fünfzehn. Aye. Und du führst den Haushalt allein, als die älteste?«

»Das tue ich«, sagte sie.

Fünfzehn. Nun, wenn dieses Mädchen 1595 geboren war, mußte Anne Katherine drei oder fünf Jahre auf mich gewartet und dann 1592 oder 1593 Hookers Werben nachgegeben haben. So rechnete ich es nach. Nun, und es war eine gute Art und Weise, jemandem seine Liebe zu zeigen, wenn man so lange Jahre auf ihn wartete. Und ich war nicht bekümmert, daß sie schließlich doch geheiratet hatte, denn hatte ich nicht dergleichen getan, mit meiner Kulachinga und meiner Inizanda und auch mit meiner Matamba und meiner Doña Teresa, die niemals meine angetrauten Frauen gewesen waren, es aber hätten sein können?

»Es bereitet mir Vergnügen«, sagte ich, »zu sehen, daß meine Anne Katherine in dir wiedergeboren ist, mit all ihrer Grazie und unveränderten Schönheit oder vielleicht sogar einer erhöhten.«

»Ihr seid sehr freundlich, Sir.«

»Kate«, sagte meine Stiefmutter, »habe die Güte, einen Augenblick hinauszugehen, ja, Mädchen?«

Sie machte einen Knicks und ging hinaus; und als sie fort war, sagte Mutter Cecily: »Es ist fast wie Hexerei, nicht wahr, Andrew? Sie ist fürwahr die wiedergeborene Anne Katherine. Ich verstehe nun, warum du so erstaunt warst, als ich sie herbrachte.«

»Aye. Sogar das gleiche Alter wie damals, als ich mich in ihre Mutter verliebte.«

»Sie ist vaterlos und trägt die Last, ihr Haus zu führen.«

»Das hat sie gesagt, aye.«

»Und du bist nicht mehr jung, und frisch von großen Abenteuern zurückgekehrt, und ich glaube, du möchtest dich hier niederlassen und deine Jahre in Ruhe verbringen.«

»Das möchte ich, Mutter Cecily.«

»Nun, dann . . .

Ich sah sie völlig erstaunt an. »Was willst du sagen?«

»Ist es nicht klar?«

»Daß ich sie als meine Frau nehmen soll?«

»Ah, du bist langsam, Andrew, aber mit der Zeit findest du die Antwort.«

Ich traute kaum meinen Augen. Sie meinte es völlig ernst. Ich blinzelte und gaffte und stellte mich mit diesem Mädchen im Ehebett vor, wie sich meine alte, lederartige Haut an ihrer zarten, nackten rieb, und meine Hand, die an so viele seltsame Orte gefaßt hatte, ihr Jungfrauenflies ertastete, und mein Glied, das sich an Jaqqa-Lenden und so vielen anderen gewärmt hatte, in ihren zärtlichen Hafen glitt – aye, ich war versucht, doch sie war auch ungeheuerlich, solch eine Hochzeit von April und November! Ich spielte mit dem Gedanken, wie ich mit dem gespielt hatte, die Nonne Schwester Isabel mit nach England zu nehmen, und hielt ihn für genauso unmöglich. Und ich schüttelte den Kopf und drehte mich zu meiner Stiefmutter um und sagte leise: »Sie ist nicht Anne Katherine. Und ich bin nicht der Andy Battell, der vor fünfundzwanzig Jahren der Anne Katherine diese Perle geschenkt hat. Ich liebe dieses Kind, aber nicht als meine

Frau, Mutter Cecily. Das könnte ich nicht von ihr verlangen.«

»Als ich sie holte, habe ich ihr gesagt, du würdest sie vielleicht fragen.«

»Das hast du?«

»Sie ist fast im richtigen Alter. Du würdest ihr gleichzeitig Mann und Vater sein. Ich dachte, es sei eine gute Partie.«

»Und sie?«

»Sie auch, glaube ich. Obwohl du sie ein wenig verschreckt hast, mit deinem wilden Haar und Bart und dem Schrei, den du ausgestoßen hast, als sie hereinkam. Doch dich hatte die Überraschung gepackt; und das Haar kann man schneiden.«

»Nay«, sagte ich. »Es ist unmöglich.«

»Sie würde es tun.«

»Das weiß ich. Aber ich könnte es nicht. Aber ich habe eine andere Idee. Rufe sie zurück, Mutter Cecily.«

Was sie tat, und das Mädchen kam in das Zimmer, und ich sah noch immer die Furcht in ihren Augen; denn ich wußte, daß sie mich heiraten würde, wenn ich sie bat, denn sie brauchte den Schutz eines Mannes, wenngleich sie nicht den eines so alten und verbrauchten und rauhbeinigen Seefahrers verlangte, wie ich es war.

»Kate«, sagte ich, »ich bin nach Hause gekommen, um hier zu leben, und meine Abenteuer haben mich ermüdet, und ich möchte nicht allein leben. Willst du bei mir wohnen und meine Tochter sein?«

»Eure . . . Tochter?«

»Aye. Das Kind, das ich von Anne Katherine hätte haben können, hätte das Schicksal uns anders mitgespielt. Denn ich habe niemanden sonst, bis auf die alte Mutter Cecily und diesen schwarzen Knaben, meinen Diener. Und diese Welt, dieses England, ist mir fremd geworden. So können wir einander helfen, du und ich, indem wir den vor uns liegenden Geheimnissen ins Auge sehen, denn ich habe eine schwer gewonnene Weisheit, und du hast Jugend und Lebenskraft. Wenn du mein Haus mit mir teilst, könnten wir unsere Anstrengungen und unsere Stärken miteinander teilen. Sollen wir?«

»Eure Tochter«, sagte sie verwundert.

»Sagen wir Stieftochter. Ich werde dich als die meine adoptieren. Soll es so sein, Kate Elizabeth?«

»Aye«, sagte sie. »Aye, das laßt uns tun, denn es gefällt mir sehr gut!«

Und ihre Augen strahlten vor Glück, sowohl, so schätze ich, vor Erleichterung wie auch vor Freude.

6

So haben wir in den vergangenen drei Jahren in dem alten Haus der Battells gelebt: Kate Elizabeth in ihrem Schlafzimmer und ich in meinem, und Mutter Cecily in dem ihren, bis sie zur letzten Osterzeit leise der Tod im Schlaf ereilt hat. Kate Elizabeth sorgt für mich, und ich sorge für sie, und wir beide sorgen für ihre beiden jüngeren Brüder und meinen Schwarzmohren Francis, der uns gut dient. Und für die Welt sind wir Vater und Tochter, und so werden wir es sein, bis irgendein Verehrer kommt und sie mitnimmt. Was nun jeden Monat geschehen kann, so sehr wird sie umfreit.

Ich frage mich oft, ob ich sie hätte heiraten sollen, als es mir möglich war. Denn sie ist freundlich und schön und warmherzig und hätte mir im Bett sehr viel Freude gespendet; und ich bin noch nicht ganz ohne Lust, denn einmal habe ich Kate Elizabeth zufällig bei ihrem Bad beobachtet, und der Anblick ihrer Brüste und Schenkel und goldenen Locken erweckte eine so heftige Begierde in mir, daß sie mir beinahe die Tränen aus den Augen gezwungen hätte; doch ich habe es sofort wieder unterdrückt. Sie weiß nichts davon; noch wird sie es jemals erfahren.

Ich war in diesen Jahren damit beschäftigt, diese meine Erinnerungen niederzuschreiben. Ich weiß, es ist eine sehr lange Geschichte, doch dafür entschuldige ich mich nicht, denn mir ist viel zugestoßen, und ich möchte nichts davon auslassen. Nicht, daß ich irgendein ungewöhnlicher Mensch wäre, nur ein einfacher und glücklicher Mann, ehrbar genug, Gottes Gnade zu gewinnen, und kräftig genug, meine Mißgeschicke zu überstehen. Doch wo ich gewesen bin und was ich gesehen habe, ist nicht unwichtig, und ich möchte einen Bericht darüber machen, genau wie andere Reisende der Vergangenheit ihre Berichte gemacht haben, angefangen bei Marco Polo aus Venedig.

Denn ich habe die Vision einer neuen englischen Welt jenseits der Meere, und ich hoffe, mit meinen Worten auf eine Art und Weise dafür einzutreten, die Eindruck hinterläßt. Dies ist eine sehr kleine Insel, und sie hat wenig eigenen Reichtum, nur ein paar Schafe, etwas Gras, ein paar Bäume und so weiter. Doch wir sind Engländer, und das heißt, daß wir eine innere Kraft haben, die den meisten anderen Völkern nicht gegeben wurde, und ich glaube, daß wir in die Welt hinausgehen, sie nach unserem Muster formen und sie zu unserer Erhöhung und zum allgemeinen Nutzen verwenden sollten.

Diese Vorstellung ist nicht neu. Als ich ein kleiner Junge war, hörte ich, wie Francis Willoughby zu meinem Vater sagte, es sei für uns Engländer die Zeit gekommen, uns wie Samen auf der Erde zu verstreuen oder auszubreiten wie geworfene Münzen, sagte er auch, helle, funkelnde Münzen. Dies ist ein hübscheres Bild, doch mir gefällt das mit dem Samen besser, denn solch ein Samen wächst mit der Zeit zu einer mächtigen Eiche heran. Nun, und viele von uns sind wahrhaftig über dic Erdc verstreut worden, doch es ist an der Zeit, darüber nachzudenken, was der tiefere Sinn dieses Zerstreuens ist.

Wie England es derzeit handhabt, mit dem Freibeutertum und so weiter, ist es vergeblich. Wir können nicht groß werden, indem wir den Reichtum anderer stehlen. Noch können wir bloß in tropische Länder gehen und den Leuten dort die Schätze rauben, die sie haben. Wir müssen uns niederlassen, Wurzeln schlagen und bauen; wir müssen ein Reich schaffen, das überall tiefe Wurzeln schlägt, wie die der himmelanstrebendsten Bäume. Denn auf diese Art werden wir die Größe erreichen, die uns durch unser Blut vorbestimmt ist.

Die Portugiesen haben gut daran getan, durch die Anstrengungen ihrer kühnen Forscher vor über einhundert Jahren Afrika zu öffnen. Doch sie haben nur die Kanten geöffnet, und ihre Häfen liegen weit auseinander, und sie haben keine Anstrengungen unternommen, ins Landesinnere vorzudringen.

Ich glaube, wir könnten die Portugiesen mit Leichtigkeit verdrängen – oder besser friedlich im Zaume halten und überwältigen –, wenn wir vom Kap der Guten Hoffnung aufwärts und durch das Landesinnere ziehen. Dann würde der Reichtum Afrikas uns gehören; nicht seine Sklaven noch seine Elephanto-Zähne, sondern der wahrere Reichtum seiner Äcker und Weiden. Wir könnten in dieser wunderbaren Fruchtbarkeit ein zweites England errichten, ein England, das fünfzig Mal so groß ist wie das unsere.

Und wenn wir nicht als Tyrannen und Oberherren unter die Schwarzen gingen, sondern als ältere Brüder, und ihnen unsere Weisheiten geben und ihnen nichts aufzwingen, könnten wir sie als Partner und nicht als Sklaven in unser Reich aufnehmen. Dies ist eine überaus kühne und befremdliche Vorstellung: Aber ich kenne diese Leute besser als irgendein anderer in England, und ich sage Euch, wir könnten es vollbringen, wenn wir die Gelegenheit jetzt nur am Schopfe fassen und es wagen. Denn in weiteren fünfzig Jahren wird es zu spät sein; die Portugiesen und Holländer und Franzosen werden Afrika unter sich aufgeteilt haben, und sie werden es vernichten, wie in der neuen Welt schon so viel durch die Ankunft gieriger Männer aus Europa vernichtet worden ist.

Das ist also meine Vision. Natürlich gibt es auch noch eine andere Vision, die ich nicht vergessen darf, und zwar die des Imbe-Jaqqa, Fürst Calandola.

Dieses dunkle Geschöpf kommt noch immer zu mir, in meinem Schlaf oder manchmal auch, wenn ich am Feuer sitze und über meinem Ale döse. Er hat mich erst vor einer Woche besucht, als er mit seiner Magie aus einer Rauchsäule feste Gestalt annahm und mit seiner gewaltigen, sich auftürmenden Masse mein Gesichtsfeld ausfüllte, schwarz wie die Nacht und vor der üblen Schmiere glänzend, in die er so vernarrt ist.

»Andubatil?« sagte er mit einer Stimme, die so tief war wie die tiefste Violine.

»Aye, Fürst Imbe-Jaqqa!«

»Bist du zufrieden dort in England? Sieh, draußen fällt der weiße Schnee. Fröstelt es dich nicht?«

»Ich bin im Haus, Fürst Calandola.«

»Komm zurück. Komm zurück und geselle dich zu mir und bringe hundert Engländer deines Formats mit und viele Musketen. Denn wir werden bald marschieren. Die Welt schreit danach, vernichtet zu werden.«

»Ich habe nicht den Wunsch, sie zu vernichten, Fürst Calandola.«

»Ah, Andubatil, Andubatil! Ich dachte, du wärest einer von uns! Ich dachte, du hättest dir meine Weisheit angeeignet. Schau doch, du träumst davon, große Reiche zu errichten, während du dort sitzt und döst: Das weiß ich. Aber das ist völlig falsch, Andubatil! Reiße nieder! Baue nichts auf! Mache die Erde rein! Die große Mutter wird durch all dieses Bauen befleckt und entwürdigt. Kannst du nicht hören, wie sie weint? Bei meinem *Mokisso,* ihr Weinen klingt in meinen Ohren laut wie ein Donner! Ich sehe meine Aufgabe immer noch und sehne mich danach, sie zu vollenden.«

»Ich glaube, du wirst damit keinen Erfolg haben, oh mächtiger Imbe-Jaqqa!«

Er lachte sein diabolisches Gelächter und sagte: »Manchmal fürchte ich, daß du recht haben könntest, Andubatil! Ich habe nicht genug Zeit, nicht genug Kraft. Ich habe Niederlagen erlitten, und sie haben mich um Jahre zurückgeworfen. Aber ich werde daran festhalten. Es wäre leichter gewesen, wärest du mir treu geblieben und hättest mich nicht verraten. Aber ich vergebe dir. Hat nicht auch dein Herr Jesus Verrat gekannt und seinem Judas vergeben?«

»Du bist nicht zufrieden, der Satan zu sein, du mußt auch noch Jesus sein, o Imbe-Jaqqa?«

»Ich bin die Welt und alles, was sie enthält«, sagte der Herr der Finsternis zu mir. »Ich gewähre dir Vergebung und rufe dich an meine Seite zurück, und wir werden Brüder sein, du und ich, der weiße Jaqqa und der schwarze.«

»Nay, Calandola. Dies ist für mich alles vorbei.«

»Ist es das? Aber es ist ein Jaqqa in dir. Es ist ein Jaqqa in jedem Menschen, Andubatil, das weiß ich: doch besonders in dir. Er ist ein Teil von dir, und du kannst ihm niemals entkommen.«

»Aber ich kann ihm widerstehen, Fürst Calandola. Das ist mein Stolz: daß ich dem Jaqqa in meiner Seele widerstehe und ihn bezwinge und über ihn triumphiere. Geh, Fürst Calandola, und laß mich allein: Ich bin alt, ich habe nicht den Wunsch, in den Krieg zu ziehen, und ich habe dich in meinem Herzen besiegt.«

»Ah, ist dem so?«

»Dem ist so.«

»Nun gut«, sagte er. »Ich werde allein weitermachen. Und wenn mir nicht die Zeit bleibt, meine Aufgabe zu vollenden, wird es andere Imbe-Jaqqas nach mir geben. Ich weiß nicht, wer sie sein werden, und vielleicht werden es Jaqqas mit weißer Haut sein, die in deinem Europa oder in noch unbekannten Ländern geboren werden. Doch sie werden sich erheben und hervortreten, diese Könige des Schwertes, und sie werden mein Werk vollenden und das Ding fortwischen, das als Zivilisation bekannt ist, und dann wird die Erde wieder glücklich sein. Das sage ich dir voraus, o Andubatil. Das sehe ich ganz deutlich. Und nun leb wohl. Doch ich glaube, daß ich zu dir zurückkehren werde.«

Und er verwandelte sich wieder in schwarzen Rauch und verschwand, und ich saß allein mit meinem Seidel da.

Ich bete darum, daß er sich mit seiner Vision irrt.

Doch mit einem abartigen Teil meiner Seele, der sich meinem Verständnis entzieht, heiße ich dieses Hinwegfegen der Zivilisation beinahe willkommen. Es wäre wie die Sintflut des Noah, die die Welt vom Bösen befreit. Ihr seht jetzt, wie verworren ich rede: In einem Atemzug davon, Reiche zu errichten und sie niederzureißen. Doch Ihr wißt aus der Geschichte dieses meines langen Abenteuers, daß ich ein Mann der Gegensätze bin und der großen inneren Unterschiede. Ich möchte die Welt nicht zerstört sehen, und dennoch erkenne ich die seltsame Schönheit vom Traum des Imbe-Jaqqa. Und wenn sie ein Ende finden muß und er seine Vision verwirklicht, nun, dann wird es vielleicht zu unserem Besten geschehen, denn er würde uns damit einen neuen Anfang schenken, wenn nur die Besten von uns überleben und fortbestehen und obsiegen und ein neues Reich errichten. Denn so setzt sich der ewige Kreislauf fort: Ein Reich wird errichtet, zerstört und wieder aufgebaut.

Doch dies alles wird ohne mich geschehen. Ich sitze hier und schreibe und träume von fernen Ländern und werde alt, und die Welt bewegt sich um mich herum. Es heißt, Walter Raleigh werde den Kopf verlieren, weil er Spanien beleidigt habe, als er auf die Suche nach dem Land El Dorado ging. Bei Gottes Tod, sein Schicksal klingelt seltsam in meinen Ohren! Und ich kann hören, was Königin Bess sagen würde, wenn sie wüßte, daß ihr Raleigh geköpft wird, weil er Spanien gegenüber zu unfreundlich war. Doch dies ist eine neue Zeit, und sie ähnelt der ihren nicht sehr und auch nicht der Raleighs oder der meinen. Ich schreibe nur mein Buch, denke nach und schüttle manchmal den Kopf.

Meine süße Kate Elizabeth hat mir einen Mann vorgestellt, einen kleinen, schrecklichen, pedantischen Mann namens Samuel Purchas, der der Vikar von Eastwood ist; das liegt zwei Meilen von Leigh entfernt. Dieser Purchas ist ein trockener und frömmelnder Bursche von vierzig oder fünfzig Jahren, der seinen Grad der Theologie in Cambridge bekommen hat und vorgibt, ein Gelehrter zu sein. Er hat die Papiere von Master Richard Hakluyt geerbt, der einen großen Band mit Reisen berühmter Reisender zusammengestellt hat, und dieser Purchas beabsichtigt, ein neues, noch größeres Werk zusammenzustellen.

Nun, ich habe Hakluyts Bücher gelesen, und sie sind wirklich das Werk eines bedeutenden Herausgebers, und ich glaube nicht, daß dieser Purchas sie übertreffen kann, denn obwohl er fleißig ist, scheint er auch sehr zufällig vorzugehen und einen überhasteten Ehrgeiz zu haben. Er spricht davon, aus seinen Berichten ›das Langweilige zu kürzen‹, womit er wohl meint, alle Einzelheiten über die Strecken und Reisen herauszunehmen und nur die Wunder und Mysterien stehenzulassen. Master Hakluyt war klüger. Doch Master Hakluyt ist tot, und Purchas ist unsere einzige Hoffnung, unsere Geschichten drucken zu lassen. Ich habe mehrmals mit ihm gesprochen, und er hat mich eingehend über mein Abenteuer befragt und sich zahlreiche Notizen gemacht. Er wird über mich schreiben und der Welt berichten, wo ich gewesen bin und was ich getan habe. Gott gewähre, daß er die Wahrheit schreibt.

Und er wird mein großes Buch nehmen und es kürzen, um es in seine Sammlung von Reisen einzufügen, und ich glaube, er wird meine Worte in ein dummes Kauderwelsch verändern und alles aus der Ordnung bringen, denn das scheint seine Vorgehensweise zu sein; doch ich bete, daß er es nicht tun wird. Ich kenne diese Gelehrten, die das Buch eines Mannes nehmen und es ganz verändern, so daß es genauso wenig Ähnlichkeit mit dem hat, was dieser Mann geschrieben hat, wie ein abgelegter Überzieher mit dem Grafen, der ihn getragen hat. Doch wir werden sehen. Das heißt, ich werde es nicht mehr sehen, denn ich glaube nicht, daß ich noch sehr lange auf dieser Erde weilen werde; doch vielleicht werden meine Worte mich überdauern. Und wenn nicht, nun, dann spielt es wohl auch keine Rolle, wenn der Imbe-Jaqqa Calandola seine Vision verwirklicht und diese unsere Welt unter der Flut der Vernichtung dem Vergessen anheimgegeben wird.

Daß mein Ende nahe ist, bereitet mir kein Entsetzen. Ich

bin weit gereist, habe viel gesehen und mein Bestes gegeben. Ich ging in die Fremde, wie England und Ihre Majestät es von den Männern meiner Zeit verlangt haben, und ich wurde über die Erde verstreut wie guter englischer Samen: und wenn Gott will, so habe ich eine Ernte hinterlassen und etwas zur Vergrößerung des Reichs getan. Ich erinnere mich nun an einige Worte des Marcus Aurelius, die einigen Worten ähneln, die ich auch am Ende meiner Reise in Afrika gehört habe, und zwar von dem alten *Ndundu*-Hexer, der sagte, ich hätte meine Reise gemacht und sei zur Ruhe gekommen, und alles sei gut in mir. Denn was Marcus schrieb, klingt beinahe genauso: »Du bist an Bord gegangen, du hast die Reise gemacht, du hast ein Ufer erreicht: Steige dort aus.«

Das werde ich tun, wenn man mich ruft.

Allmächtiger Gott, ich danke Dir für meine Erlösung von dem dunklen Land Afrika. Und doch bin ich Dir dankbar für alles, das Du mir in diesem Land gezeigt hast, selbst für den Schmerz, mit dem Du mich meiner tieferen Unterweisung willen belegt hast. Und ich danke Dir auch, daß Du mich vor dem Zorn der Portugiesen, die mich versklavt haben, verschont hast, und vor dem der anderen Feinde mit schwarzer Haut und schwärzester Seele, mit denen ich mich gemessen habe. Und ich danke Dir auch, daß Du mich den Genuß seltsamer Liebe an seltsamen Orten hast kosten lassen, so daß ich in diesen meinen späteren Jahren mit Vergnügen auf Vergnügen zurückblicken kann, die nur wenige Engländer gekannt haben. Doch am meisten danke ich Dir, daß Du mir das Antlitz des Bösen gezeigt und mich heil und freudig und unerschüttert in meiner Liebe zu Dir vor ihm bewahrt hast.

Dies ist das Buch des Andrew Battell aus Leigh in Essex, der im Jahre des Herrn 1589 zu einer Reise zur Küste Südamerikas aufbrach und viele andere Orte gesehen hat, bevor er einen sicheren Hafen fand. Es ist Dir gewidmet, dem aller Ruhm sei, und immerwährendes Preisen, auf einer Welt ohne Ende: Amen.

ENDE

Nachwort

Andrew Battell und viele andere Charaktere dieses Romans hat es tatsächlich gegeben. Doch wir wissen von Battell nur, daß er 1589 mit einem gewissen Abraham Cocke in See stach, vor Brasilien gefangengenommen und nach Angola verschifft wurde und dort zwanzig abenteuerliche Jahre verlebte; als er 1610 nach England zurückkehrte, diktierte er dem Geographen Samuel Purchas seine Erinnerungen. Eine abgeänderte und anscheinend verstümmelte Version dieser Memoiren veröffentlichte Purchas in seinem großen Kompendium *Purchas His Pilgrimes* (1625), und eine moderne Ausgabe erschien 1901: *The Strange Adventure of Andrew Battell,* herausgegeben von E. G. Ravenstein (London, The Hakluyt Society).

Ich habe Battells kurze Erzählung als Grundlage für diesen Roman benutzt, doch man betrachtet dieses Buch am besten nicht als Geschichtswerk, sondern eher als einen historischen Roman. Denn da Andrew Battell nur sehr spärliche Informationen über seine Person hinterließ und man bis heute noch nicht einmal sein Geburts- noch sein Todesdatum feststellen konnte, oder wie sein Leben vor und nach Afrika aussah, habe ich mir die Freiheit genommen, Andrew Battell neu zu erfinden. Ich habe mir einen familiären Hintergrund für ihn ersonnen, einige Ehefrauen, mehrere Geliebte, eine Philosophie und sehr viel mehr, was er wahrscheinlich als skandalös oder gar verleumderisch empfinden würde, könnte er dieses Buch lesen. Ich bin den breiten Umrissen seiner abenteuerlichen Geschichte gefolgt und habe – des dramatischen Aufbaus willen – nur unbedeutende Veränderungen in der Abfolge der Ereignisse vorgenommen; doch ich habe diese breiten (und oftmals verschwommenen)

Umrisse mit von mir ersonnenen Einzelheiten gefüllt. Daher hoffe ich, daß der wirkliche Andrew Battell mir vergeben wird. Der Mann in diesem Buch ist mein Geschöpf, dessen Lebensgeschichte sich in einigen Aspekten mit der des anderen Andrew Battell überlappt, der zu Zeiten der Herrschaft von Königin Elisabeth die Meere befahren hat. Meine Absicht war es, aufzuzeigen, *wie es für einen englischen Seefahrer hätte sein können,* im späten sechzehnten Jahrhundert zwanzig Jahre im Urwald Westafrikas zu verbringen; Andrew Battells wahre, aber umrißhafte Geschichte bot einen gewissen Rahmen für mein Vorhaben, und da Purchas nicht geneigt war, uns mehr als den Umriß dessen zu überliefern, was Battell ihm berichtet hat, habe ich den Rest erfunden.

Robert Silverberg